中国现代文学作品选

（第4版）上　册

Zhongguo Xiandai
Wenxue Zuopinxuan

刘　勇　李春雨　主编

北京师范大学出版集团
BEIJING NORMAL UNIVERSITY PUBLISHING GROUP
北京师范大学出版社

图书在版编目(CIP)数据

中国现代文学作品选 / 刘勇，李春雨主编. —4 版 .—北京：北京师范大学出版社，2024.1(2026.1 重印)
(新世纪高等学校教材　中国语言文学系列教材)
ISBN 978-7-303-28610-2

Ⅰ. ①中…　Ⅱ. ①刘…　②李…　Ⅲ. ①中国文学－现代文学－作品综合集－高等学校－教材　Ⅳ. ①I216.1

中国国家版本馆 CIP 数据核字(2023)第 001169 号

ZHONGGUO XIANDAI WENXUE ZUOPINXUAN
出版发行：北京师范大学出版社 https://www.bnupg.com
北京市西城区新街口外大街 12-3 号
邮政编码：100088
印　　刷：河北虎彩印刷有限公司
经　　销：全国新华书店
开　　本：787 mm×1092 mm　1/16
印　　张：45.75
字　　数：1100 千字
版　　次：2024 年 1 月第 4 版
印　　次：2026 年 1 月第 2 次印刷
定　　价：85.00 元

策划编辑：周劲含　　　　责任编辑：杨磊磊
美术编辑：李向昕　　　　装帧设计：李向昕
责任校对：陈　荟　　　　责任印制：马　洁

目　录

小　说　卷

绪　论　中国现代文学的历史进程及文体特征

一、中国现代文学发展的历史轮廓

“中国现代文学作品选”这门课程，虽然以单篇作品为主要教学内容，但实际上，对任何一篇作品的把握，都不可能离开与之相关的社会文化背景。因此，在学习“中国现代文学作品选”这门课程之前，对中国现代文学作品产生的大致背景有一个基本的了解是非常必要的。

中国现代文学是指以新文化运动为开端至中华人民共和国成立这一历史时期的文学。它包括在此期间发生的文学运动、文学论争、文艺思潮和在此期间出现的文学社团、文学流派以及所有不同类型作家的创作。

这三十年的文学史在中国的文学史长河中是极为短暂的一瞬，但它的意义却是不能用时间来衡量的。它是整个中国文学历史发展进程中一个巨大的转折点，显示出新文化与旧文化的深深“断裂”，体现出中外文化的猛烈“碰撞”。它以全新的内涵和全新的表现形式掀开了中国文学史崭新的一页，开创了新文学的新天地。古典文学的根本变化就从这里开始，当代文学的种种端倪就在这里显露。现代文学所具有的这种纵横交错、承前启后的历史特质，是中国以往任何一段文学史都难以比拟的。中国现代文学大致经历了三个大的发展阶段，即“三个十年”。

（一）第一个十年（1917—1927）

主要包括五四时期和第一次国内革命战争时期的文学，一般被称为五四时期的文学。这一时期文学的基本特征是从文学革命向革命文学发展，即由文学形式的外在改革逐渐转向思想内涵的深刻变化。1917 年年初，胡适、陈独秀分别在《新青年》上发表了《文学改良刍议》和《文学革命论》，标志着文学革命运动的正式兴起。随后，钱玄同、刘半农、鲁迅、李大钊等人积极响应文学革命的主张，推进文学革命的发展。“十月革命”的炮声、马克思主义的传播、五四运动的爆发将文学革命运动迅猛地推向了高潮。与此同时，鲁迅、郭沫若等人创作的新文学作品，显示了文学革命的实绩，表明了新文学的实质性进展。小说方面，有鲁迅的《狂人日记》和后来结集在《呐喊》《彷徨》中的诸篇小说，还有叶绍钧、冰心、郁达夫等一大批新文学作家创作的内容和形式全新的小说。诗歌方面，出现了胡适、刘半农、沈尹默、刘大白等大批白话新诗人。他们以白话新诗动摇了千百年来格律诗的正宗地位，尤其是郭沫若的诗集《女神》，以其内容和艺术的特有气势，开创了自由体白话新诗的一代诗风。这一时期，散文方面的成就甚至超过了小说和诗歌。它体现在鲁迅、李大钊等人创作的大量文艺短论（即随感录、杂文）和朱自清、许地山等人创作的抒情叙事散文（即“美文”）中。此外，瞿秋白创作的《饿乡纪程》和《赤都心史》等通讯报道，是中国现代报告文学的最初萌芽，而胡适、洪深、田汉等人在中国最早尝试了话剧这一新的文学样式。所有这些创作都以新的题材、新的主题、新的人物形象和新的语言形式，呈现出开创一代文风的崭新气象，充满了破旧立新的五四时代精神。这一时期文学创作最突出的主题是反封建。农民及其命运成为许多作品的素材，而且同历来的文学不同，作家在描写农民及其命运的过程中，彻底否定了整个封建旧制度，具有更为强大的批判力量。知识分子的生活和探索也得到了广泛的表现。很多作品反映了进步知识分子对民族压迫和封建压迫的高度敏感性，描写了他们摆脱封建道德束缚、争取婚恋自主、追求个性解放的奋斗与抗争，同样体现了反封建的思想主题。

1921年以后，随着新文学理论和创作的深入发展，出现了大量的新文学刊物，涌现出众多的新文学社团，其中重要的有文学研究会、创造社、语丝社、新月社以及风格接近文学研究会的未名社、莽原社，接近创造社的南国社、浅草社和沉钟社等。文学研究会标榜“为人生”的写实主义，创造社鼓吹“为艺术”的浪漫主义，形成了各具特色的两大风格流派，对后来的文学发展产生了重要而深远的影响。此外，还出现了“问题小说”、“身边小说”、“乡土文学”、“语丝文体”、“象征派”和“现代派”等丰富多彩的风格和流派。这些社团、流派的出现，表明了新文学的成熟和壮大。这一时期新文学作家们还通过各种渠道广泛译介了大量的外国文学作品和文学理论，扩大了新文学的艺术视野，开创了中国文学与世界文学相联络的格局。这一时期文学的局限性在于，一些作家生活视野还较狭窄，不太熟悉自己以外的天地，资产阶级、小资产阶级自我表现的情绪成为一时的风尚；有些作品还不同程度地带有感伤颓废情调，甚至有宿命论倾向；在译介外国文学的过程中，未能很好地区分精华和糟粕，缺乏应有的分析批判能力，而在对待民族文学遗产上的某些形而上学、虚无主义倾向，又导致文学创作无法更好地实现民族化、大众化。

（二）第二个十年（1928—1937）

主要是指第二次国内革命战争时期的文学。由于这一时期左翼文学空前高涨，所以通常也被称为“左联”时期的文学。1928年前后，为适应蓬勃发展的无产阶级革命运动，以后期创造社和太阳社为主，开始积极倡导无产阶级革命文学运动，并得到了广大进步作家的积极响应。30年代初成立的“左联”等左翼文学团体，把这一运动全力推向高潮，使无产阶级革命文学运动成为这一时期的文学主潮。这一时期文学创作的思想性和战斗性显著增强，作品的题材扩大了。很多作家注重正面反映轰轰烈烈的无产阶级革命斗争，揭露帝国主义对中国军事、经济、文化侵略的罪恶，批判半殖民地半封建都市社会光怪陆离、纸醉金迷的腐朽生活。作品反帝反封建的主题也进一步深化了，革命者的形象和底层劳动者特别是农民的形象塑造，受到普遍重视。很多作品不仅表现农民的苦难遭遇，而且着力描写农民的思想觉醒和英勇斗争，不仅揭露封建压迫的残酷和阶级矛盾的对立，还注重展现帝国主义势力对农村的入侵和民族矛盾的加剧。这些都表明文学创作达到了新的思想深度。茅盾这一时期的代表作《子夜》《林家铺子》《农村三部曲》等，还有蒋光慈、洪深、田汉、臧克家、丁玲、张天翼、叶紫、洪灵菲，以及“左联”五烈士、“东北作家群”、中国诗歌会等作家的创作，都显示了左翼无产阶级革命文学创作的辉煌成就。这一时期，一些重要的现实主义、革命民主主义作家也创作出了现代文学史上里程碑式的杰作，特别是巴金的《激流三部曲》、老舍的《骆驼祥子》和曹禺的《雷雨》《日出》等作品，从不同角度揭示了现实社会的矛盾，具有很深的思想性，显示了较高的艺术成就。这一时期，文学创作在反映现实生活的深度和广度上普遍超过了前一时期，但也存在着明显的缺陷：由于一些作家对群众的革命斗争生活还缺乏实际了解，因此有些作品生活实感较弱，革命者和劳动群众的形象塑造也不同程度地存在概念化的弊病，有些人物形象不够丰满，甚至单薄苍白；一些作品虽反映现实较为及时，但缺乏艺术磨炼，显得较为粗糙，以至于影响了作品长久的审美价值。这一时期，在理论和实践中虽也广泛注意到文艺大众化的问题，并多次展开专门讨论，但问题远未解决。

（三）第三个十年（1938—1949）

以 1942 年延安文艺座谈会的召开为界，这一时期的文学明显分为两个阶段。前一阶段是抗战时期的文学，广大作家纷纷走出书斋投身抗日救亡运动，积极宣传一致抗日和爱国主义思想。围绕抗日救亡运动，出现了大量通俗明快、短小精悍的文艺作品，如街头诗、独幕剧等，也出现了一些大型的集体创作。这一阶段还出现了一系列历史剧，作家们纷纷借历史故事和历史人物之口，反映严峻的现实，表达人民的正义呼声。其中，郭沫若的《屈原》《虎符》等历史剧最为成功，影响最大。后一阶段文学分为解放区和国统区两大区域。在解放区，毛泽东的《在延安文艺座谈会上的讲话》提出了一条较为完整的马克思主义文艺思想方针，明确了文艺为工农兵服务的方向，解决了文艺大众化等一系列五四以来重要的文艺理论和实践问题，开辟了无产阶级革命文学的新阶段。文学创作中出现了大量的新主题、新题材、新形式，涌现出赵树理、孙犁、丁玲、周立波等一大批优秀作家，以及《白毛女》《王贵与李香香》等一大批具有比较典型的民族风格、民族气派的作品，显示了实践文艺为工农兵服务所取得的重要成就。国统区，主要围绕反压迫、争民主的民主革命运动，出现了大量具有讽刺性、揭露性的作品，如茅盾的《腐蚀》、巴金的《寒夜》、陈白尘的《升官图》、钱锺书的《围城》等，它们从不同角度、运用不同体裁，全面而深刻地揭露和批判了国统区的黑暗现实。国统区很多作品在艺术风格上也努力向民族化和大众化的方向发展，并取得了可喜的成绩。

纵观中国现代文学三十年，无论是从它自身的演变来看，还是从它和时代社会的关系来看，它都是随着新民主主义革命历史的发展而发展的，是和新民主主义革命斗争相辅相成的。同时，它又具有相对独立的鲜明特性。三十年的文学发展过程中虽然出现了多样的创作方法，如现实主义、浪漫主义、象征主义、现代主义等，但总的说来，以革命现实主义的创作方法为主流，为人生、为革命的现实主义的基本精神渗透现代文学的各个层面。

中国现代文学从总体上看还体现出了以下几个重要的本质特点。

其一，新与旧的冲突与承接。

中国现代文学既是在五四时期新的历史条件下产生的，体现出全新的现代社会、现代人生的精神风貌和崭新的文学表述方式，也是几千年中国传统文学发展演进的必然结果。中国现代文学与传统的文学母体有着难以分割的联系。中国现代文学的出现既体现了现代新文学新文化与传统旧文学旧文化的根本冲突，也体现了二者之间的关联，新文学新文化是在与旧文学旧文化的联系中更新发展的。

其二，中与外的沟通和融会。

五四时期外国文学在中国的译介、传播和影响，对中国现代文学的诞生和发展，毫无疑问起到了重要的作用，有一些新文学作品甚至是在外国文学的直接影响下出现的。中国现代文学是在充分吸收了外来各国文学与文化的情况下发展起来的。五四新文学的这一特点是当时整个时代特征的一个具体体现，而这一特点又使中国现代文学表现出了与以往传统旧文学的根本不同。

其三，伴随始终的使命感和责任感。

中国现代文学在整体上形成了自己的根本特质：责任感、使命感以及对崇高纯正艺术境界的不懈追寻。这种特质使中国现代文学在思想和艺术上都达到了很高的水准。

其四，对个性与人性的追求及对自身的剖析与批判。

以鲁迅等为代表的中国现代作家，最犀利地批判社会的黑暗，又最无私地解剖自身的弱点；最无情地揭露人性的弊病，又最深情地关注着整个人类的命运。鲁迅、郭沫若、茅盾、巴金、老舍、曹禺、沈从文、艾青、孙犁、钱锺书等现代作家的作品往往都蕴含着一种对整个人类的大关怀。他们从自身的经历和感受出发，直逼人性的本质深处。正因如此，中国现代文学短短三十年的历史发展过程中，出现了那么多的大作家，那么多的文化伟人，呈现出整个中国文学史上难得的大气象。

总结上述本质特点，主要是为了帮助人们理解中国现代文学是在怎样的时代历史条件下生成发展的，帮助人们理解新文学与旧文学之间的关系、中国现代文学的民族性与世界性之间的关系，以及作家个人与时代社会之间的关系。

二、中国现代文学各类文体的发展概况

既然“中国现代文学作品选”这门课程重点考查的是作品本身，那么对中国现代文学各类作品的文体特征及发展状况有一个初步的认识也是很重要的。

（一）现代小说坚实而辉煌的足迹

中国现代小说的正式起步以1918年5月《新青年》杂志第4卷第5号发表的鲁迅的《狂人日记》为标志。整个中国现代文学三十年的历史进程，伴随着中国现代小说兴起、发展、深化的艰辛和坚实而辉煌的足迹。

其一，中国现代小说是在与传统旧文学的深深“断裂”和与外国文学的猛烈“碰撞”中诞生的。因此，中国现代小说的出现不仅体现出它在文学和文体等方面的价值，更显示出一种文化的意义。也就是说，中国现代小说的首要价值定位在顺应时代发展的文化品格中。中国小说渊源悠长，明清以来更是出现了众多的白话小说，然而以五四新文学为起点，以鲁迅的白话小说为标志，中国现代小说以全新的思想内涵和前所未有的表现形式，掀开了中国小说发展史上崭新的一页。中国现代小说自觉地担负起了展示中国社会历史进程、反映现代国人行为方式与思维方式的重任。中国现代小说虽然是全新的、独创的，但并不意味着它是孤立的。恰恰相反，它的发展得益于纵横多向的继承与吸取。中国传统小说的思想精华与多种艺术技法在现代小说中有一种无形而深刻的传

承；20 世纪初开始大量涌入中国的各种外国文学的理论观点、创作思潮和艺术流派，都充分地被中国现代小说所吸取、融解和消化。最具民族个性的文化伟人鲁迅在谈及自己“怎么做起小说来”时说:“大约所仰仗的全在先前看过的百来篇外国作品和一点医学上的知识。”这绝不是自谦，而是真实地反映了一代文化巨子广博敏锐的胸襟与现代性的知识结构。的确，鲁迅的《狂人日记》里，既有俄国作家果戈理同名作品的启示和影响，又有来自不同侧面的生活原型，还有作者早年学医的专业知识，当然其中更有作者所背负的沉重的历史重压以及力图超越这种重压的现代人的炽热理想。经过鲁迅“杂取种种人，合成一个”的高度典型化过程，不朽的“狂人”就站在了中国现代文学及现代小说的起跑线上。这种广泛接纳多种素养进而构成自己的独特价值，正是中国现代小说的现代意识的深刻体现。

其二，中国现代小说虽然仅有短短三十年的创作历程，但大家辈出，名作四起，还出现了一批个性鲜明、风格独特的创作流派。其中，短篇小说有现实主义与浪漫主义“双峰并峙”的鲁迅和郁达夫，长篇小说有茅盾、巴金、老舍诸位大家，还有“为人生”写实派的小说作家叶圣陶、许地山、王统照，乡土小说的代表沈从文、王鲁彦等，幽默讽刺的小说作家沙汀、张天翼、钱锺书，风采多姿的女作家冰心、萧红、丁玲、张爱玲，新感觉派的小说作家刘呐鸥、穆时英、施蛰存，“七月”派的小说作家路翎、丘东平，通俗小说大师张恨水，“大河小说”的探索者李劼人，各具特点的左翼小说家蒋光慈、柔石、叶紫，解放区民族化的小说家代表赵树理、孙犁，等等。三十年的时间里出现了如此众多的在中国文学史上留下深深痕迹乃至蜚声世界文坛的作家作品，我们只能说这是时代历史对中国现代小说的特别赐予。

其三，中国现代小说对中国当代文学的影响也是广泛而深远的。例如，鲁迅的人格魅力、精神风范，他倾注在小说里的愤懑、热忱以及那种无可比拟的圆熟老到的笔法，是许多当代作家心中的准绳。鲁迅对当代作家、当代国人的影响无疑是超越世纪的。中国现代小说对民族命运的思考、对中国社会生活的真实描写以及对国人精神状态的无情剖析，都自然地传承到当代小说的流脉里。在许多当代小说的人物形象身上，人们看到了非常熟悉的阿 Q 的影子，甚至在 20 世纪 90 年代新生代作家的小说中也能体悟出当年郁达夫作品中那些焦虑而无奈的“零余者”形象的意味。新感觉派常用的象征、意识流等手法，现代小说中所蕴含的散文化、抒情化等倾向，现代小说中的现实主义、浪漫主义、现代主义相交会等现象，都对当代小说的多样化发展提供了有益的借鉴。至于乡土小说、幽默讽刺小说、通俗小说等，从现代到当代本来就是连为一体的。

总之，中国现代小说是一个全新的创造与开端，同时又是一种复杂的继承与吸取，更是一种广泛而深远的影响。

（二）现代新诗高扬生命激情的风帆

中国三千年的传统文学虽然以文为本，以文为正宗，但却掩隐不住诗歌创作的奇光异彩。诗的格式、诗的韵律、诗的意境，在我们这个举世公认的诗歌王国里几已完美无瑕，登峰造极。面对这历史的诗碑和诗碑的历史，后人只能叹为观止！

然而，历史毕竟又发展到了一个根本性转折的关头。20 世纪初，中国漫长的封建社会走向解体，近现代化的历史进程开始启动。社会历史的发展要求诗歌也有新的根本性的发展，并为这种发展提供了一切新的条件。灿烂辉煌的传统诗歌与诗歌传统面临着前所未有的挑战和抉择。

五四文学革命实绩的一个重要特征，即新文学作品产生了普遍的强烈的轰动效应，而这一点在现代新诗方面的体现尤为突出。虽然有白话小说、白话“美文”及现代话剧先后问世，甚至有鲁迅的《狂人日记》为现代小说乃至整个现代文学做了开天辟地之举，但毕竟现代新诗与传统诗歌的比照太鲜明。当那些诸如“两个黄蝴蝶，双双飞上天”，“我便是我呀！我的我要爆了！”之类的白话新诗突然出现时，人们普遍感到疑惑：这就是新诗吗？一个有着悠久诗歌传统的国度以后就按照这种样式来写诗吗？

除旧布新的时代特质、容纳百川的社会氛围，终使稚嫩的现代新诗江河千里，蔚为大观。五四时期“蹒跚学步”，到现代文学史阶段结束时，中国现代新诗已经是名家辈出，流派众多，形成了民族化、大众化、现代化、多样化的繁荣格局。

从风格流派的角度来看，中国现代新诗可大体归为早期写实派、早期浪漫派、湖畔诗派、小诗派、新月诗派、象征诗派、现代诗派、中国诗歌会派、“七月”诗派、“九叶”诗派、晋察冀诗派等；而从诗歌本身的内在关联与发展趋向来看，中国现代新诗的发展又可大致分为四个时期。

第一，以胡适、郭沫若为代表的尝试、创造期。冲破传统的诗歌观念、打碎格律的枷锁、创造现代白话自由体的崭新形式，是这一时期诗歌创作压倒一切的特征。现代新诗的基石得以确立。

第二，以新月、象征、现代诸诗派为主要代表的反省、深化期。对新诗格律化的理论建设及其实践、对新诗形式完美的追求，以及对多种艺术手法在新诗中运用的探讨，是这一时期现代诗人所肩负的主要使命。现代新诗正在走向成熟与繁荣。

第三，以艾青等人为主要代表，把现代新诗推向了又一个高潮。民族性与世界性的融合、诗体的进一步开放和完善，使诗歌获得更大意义上的自由与和谐。这是艾青等人的突出贡献。

第四，以穆旦等“九叶”诗人为主要代表，对现代新诗在现代主义理论及创作实践上进行了更为系统和深入的探索，使现代新诗在表现现代人的情绪和审美情趣等方面达到了新的深度与高度。

中国现代新诗虽然在不同的发展阶段显示出了不同的特点，但究其总貌，人们可以清楚地看到，它始终高扬着生命的激情与艺术追求的风帆。

（三）品种繁多的散文与迅猛崛起的话剧

相对中国现代小说与诗歌波澜起伏的发展势头而言，现代散文的发展较为平和沉静，尽管也有杂文的愤激之声，但总体来说现代散文以一种更为平稳的步伐前行，而且在发展的过程中不断创造新的品种。从五四初期的随感录到蔚为大观的杂文运动，从小品文到报告文学的兴起，现代散文在多种形式的发展变换中迎来了勃勃生机。

现代散文在五四时期即取得了累累硕果。以《新青年》为核心，出现了一大批“杂感”作家。《新青年》特辟“随感录”专栏，使最初一批五四文学革命的先驱利用杂文的艺术形式表达思想，阐明主张，抒写个人情怀，而在这个过程中，杂文即已悄然生长。陈独秀、李大钊、胡适、鲁迅、钱玄同、刘半农、俞平伯等人的杂文创作，为杂文的进一步发展奠定了基础。到现代文学的第二个十年，动荡的时代和黑暗的社会，更加强烈地引发了广大进步作家的愤激之声，更有鲁迅杂文创作的实际带动和深刻影响，于是20世纪30年代出现了一个凡进步的、有正义感和责任感的，哪怕是不同阵营的、有不同审美追求的作家，均来写杂文的壮观景象。鲁迅之外，茅盾、瞿秋白、郁达夫、老舍、叶圣陶、郑振铎、朱自清、许地山、丰子恺、胡风、唐弢、徐懋庸、阿英、柯灵、巴金、潘汉年、邹韬奋、梁遇春、廖沫沙、陶行知、周建人、林语堂、施蛰存、林徽因等，形成了一个庞大的杂文作家群。作家之众，作品之多，实为新文学史所罕见。特别是鲁迅后期的杂文以其深刻的思想文化意蕴和撼人心魄的艺术魅力，显示了杂文创作所达到的新的高峰。第三个十年的杂文创作更加密切地配合时代政治斗争，把杂文的战斗性推向深入。可以说，现代杂文是伴随着整个新文学的战斗步伐艰难前行的。

报告文学是一个新型的散文品种，20世纪20年代初期开始萌芽，以瞿秋白的《饿乡纪程》和《赤都心史》为代表。1936年引人注目地迎来了中国报告文学的第一个丰收年，以夏衍的《包身工》、宋之的的《一九三六年春在太原》和茅盾主持的大型报告文学集《中国的一日》等为标志，中国报告文学的创作全面兴起并开始走向成熟。对于报告文学在30年代的崛起，“左联”的大力号召和广大进步作家的积极响应固然起到了重要作用，但报告文学自身的特质及其与时代社会的契合，则是更为内在的原因。40年代，报告文学在更为广阔的时代社会背景下发挥着独特的作用。沙汀、丁玲、周立波、萧乾等人的报告文学都在思想性和艺术性方面达到了新的水准。总之，报告文学在反映中国社会历史进程的根本性变动之际，特别是在伟大的抗日战争和解放战争中，发挥了一般文体无法替代的作用。

抒情叙事的小品散文题材更广，作家更多，甚至可以说，在整个中国现代文学作家群中，很少有人没有写过小品散文。五四时期，小品散文的成就就不在其他文体之下。鲁迅的《野草》《朝花夕拾》是这一时期小品散文的重要收获。此外，朱自清、冰心、叶圣陶、许地山、郭沫若、郁达夫、徐志摩等人也都在小品散文创作方面取得了出色的成就，其中朱自清等人成为独具风格的散文大家。到了第二个十年，除上述前一时期的作家继续创作各具特色的小品散文之外，又出现了新的小品散文创作群，这就是20世纪30年代脱颖而出的以何其芳、李广田、丽尼、陆蠡、缪崇群等人为代表的“新诗人散文群”。他们的小品散文更注重个人情怀的抒写，更加追求艺术形式的完美。30年代还出现了以林语堂等为代表的“幽默小品”，他们主张小品散文的闲适、性灵与幽默。这对小品散文创作有建设性的一面，但也使小品散文逐渐脱离时代社会。第三个十年，小品散文的创作更趋于作家的个性化，更注入了文化的内涵。其中，张爱玲、钱锺书、巴金等人的创作都在个性与时代、与社会文化的结合上做出了各自的努力与贡献。

相对中国现代小说、诗歌和散文而言，话剧又更显独特。中国的传统文学样式中本没有话剧这种形式，它是20世纪初叶才从国外传入我国的。尽管话剧在我国发展的历史并不长，但它的发展势头却很迅猛，短短的数十年间出现了一大批风格独特、闻名中外的优秀话剧作家作品。话剧这种外来的文学品种，在中国的艺术舞台上扎下了根。

最早公开发表的话剧作品是胡适于1919年3月刊在《新青年》上的《终身大事》。随后出现了田汉早期剧作《咖啡店之一夜》《获虎之夜》，洪深早期剧作《赵阎王》，丁西林早期剧作《一只马蜂》《压迫》等。这些早期的尝试对外国话剧形式吸取较多，虽然反映了一定的社会现实生活，但艺术上还较生硬，未能真正使中国的读者和观众全面接受。

第二个十年，话剧创作开始走向成熟。这尤其得力于曹禺的剧作。曹禺在20世纪30年代先后创作了《雷雨》《日出》《原野》，在40年代初创作了《北京人》，并把巴金的小说《家》成功地改编成话剧。曹禺的这些剧作真正奠定了中国现代话剧发展的基础，使话剧这一新的文学样式在中国扎下了根。这一时期，洪深、田汉等人的剧作也得到了长足的发展。洪深的《农村三部曲》、田汉的《名优之死》都成为这一时期的重要剧作。中国现代剧作家也开始形成各自独特的风格。

第三个十年，现代话剧更加成熟，向更高的艺术水准发展，并探索着新的发展途径。夏衍的《法西斯细菌》等一系列剧作，显示出一种新的艺术追求。全民族抗战爆发前后，出现了大规模的戏剧创作和演出活动，有力地配合了抗日救亡这一压倒一切的中心主题。在国统区，话剧创作的成就主要体现在两个方面：一是历史剧；二是讽刺剧。以郭沫若的创作为代表的历史剧创作在20世纪40年代初期达到了一个高潮。郭沫若早在20年代就创作了《三个叛逆的女性》等历史剧，以历史人物反映了具有五四时代精神的现实问题；“皖南事变”发生后，郭沫若又接连创作了《屈原》《虎符》等六部历史剧，再次通过历史反映现实，并形成了自己浪漫主义创作的第二个高峰。《屈原》无疑成为当时众多历史剧中最优秀的代表。郭沫若之外，阳翰笙、阿英、欧阳予倩等也分别创作了大量借古喻今的历史剧。在讽刺喜剧方面，有老作家丁西林等人的新作，如《妙峰山》《等太太回来的时候》等，更突出的是陈白尘的讽刺喜剧，尤其是他的《升官图》，喜剧色彩与冷峻的现实批判相结合，将喜剧创作推向了新的高潮。在解放区，值得一提的是，广大作家在努力实践文艺的民族化、大众化的过程中，创作了一批民族新歌剧，其中影响最大的当数歌剧《白毛女》。此外，解放区的旧剧改革和地方戏改革也取得了喜人的成就。总之，在短短的三十年里，话剧从诞生、发展到成熟，再到日益民族化、大众化，所取得的成就是令人瞩目的。

三、课程简介与学习应试指导

（一）本课程的性质和特点

根据新的教学计划，从2001年起，北京市高等教育自学考试“中国现代文学”这门课程，正式分为两门课程，即专科阶段的“中国现代文学作品选”和本科阶段的“中国现代文学史”。课程的重新设置，体现了循序渐进、由浅入深的学习原则。也就是说，从理论上讲，应该先学好专科阶段的“中国现代文学作品选”，再去学本科阶段的“中国现代文学史”。但实际情况是，有些考生赶上的时间不对，上来就先学先考了文学史。尽管也不是绝对不可以，但肯定学得不顺。没有学过作品选，直接考文学史，往往难度较大，甚至会漏洞百出。几年来考试的实际情况很能说明这一点。

过去，学生学习“中国现代文学”这门课，普遍感到较难。难就难在它既有作品选的要求，又有文学史的要求。教材虽不厚，但课程的内容很复杂，要求很多，大家难以把握。现在这门课分为两门，考试的目的和要求更为单一和明确。虽然教材较厚，但只要明确考试的要求，便不难把握。

现在的“中国现代文学作品选”这门课，顾名思义，考的就是作品选读，要求学生在阅读所选作品上下功夫。考的重点就是阅读、领会、理解和分析作品的能力，同时，也适当考一些相关作家的创作概况和创作特点。因此，把教材所选作品通读一遍，读懂并基本理解，是考试通过的基本保证。

（二）本课程的指定教材及使用

《中国现代文学作品选》（上、下）是本课程的指定教材，在几年的使用过程中，受到了教师与学生的普遍欢迎。现又在原有基础上进行了修订，使之在各方面都有了进一步的完善。作为一门课程的教材，它的篇幅、容量及难易度都得到了适当调整。

这套教材所选作品上册是小说，下册是散文、诗歌和戏剧。教材没有分精读和泛读，请大家都要读。当然，无论就各类文体而言，还是就具体作家作品而言，总还是有轻重之分的，这要靠大家在自学中细心地体会。

关于教材的学习和使用，还有几点需要说明：

第一，请大家最好先读作品，后看学习提示和思考练习题，不要上来就被学习提示和思考练习题牵着鼻子走。

第二，思考练习题主要供大家思考练习用，它有重要的引导作用，但它不是考题，不要仅仅局限于它。

第三，学习提示是帮助大家认识和理解作品用的，不是作为答案供大家死记硬背用的，提示绝不等于考试答案。

第四，有关作家作品的背景材料及对作品所做的一些分析虽在学习提示中出现，但往往也是考试的内容，这一点请大家不要忽视。

第五，对于一些节选的作品（主要是长篇小说和多幕剧），大家最好在重点阅读的基础上，找来作品原文，把全篇读完。

（三）本课程学习与考试的主要要求

第一，认真阅读作品，随时捕捉自己的阅读感受。对于任何一篇作品，首先应立足于读懂它的基本意思，即首先把握它的思想内容。在此基础上，进一步去理解它的艺术手法和审美特征。

第二，由于考试的重点就是作品本身，所以大家阅读作品要细、要深。本课程会在很细小、很深入的地方考查大家的水平和能力。

第三，适当结合文学史的教材进行学习，粗读文学史，精读作品选。一般来说，作品的思想内涵、艺术特色总是与作家的创作道路、审美追求、人生信念以及时代社会文化的大背景相关联的，作品不是孤立的现象，只不过本课程的学习重点是在理解作品本身。

第四，特别需要提醒大家注意的一点就是，“中国现代文学作品选”这门课绝不是让大家把一部作品的思想艺术简单地概括为几条几点，而是重在通过对具体作家作品的实际分析，来说明和印证其风格特点。也就是说，不是用某些特点去套作家作品，而是透过作家作品自然而然地得出结论。准确理解这个思路，是学好这门课的一个关键所在。

小 说 卷

狂人日记

鲁　迅

某君昆仲，今隐其名，皆余昔日在中学校时良友；分隔多年，消息渐阙。日前偶闻其一大病；适归故乡，迂道往访，则仅晤一人，言病者其弟也。劳君远道来视，然已早愈，赴某地候补矣。因大笑，出示日记二册，谓可见当日病状，不妨献诸旧友。持归阅一过，知所患盖"迫害狂"之类。语颇错杂无伦次，又多荒唐之言；亦不著月日，惟墨色字体不一，知非一时所书。间亦有略具联络者，今撮录一篇，以供医家研究。记中语误，一字不易；惟人名虽皆村人，不为世间所知，无关大体，然亦悉易去。至于书名，则本人愈后所题，不复改也。七年四月二日识。

一

今天晚上，很好的月光。

我不见他，已是三十多年；今天见了，精神分外爽快。才知道以前的三十多年，全是发昏；然而须十分小心。不然，那赵家的狗，何以看我两眼呢？

我怕得有理。

二

今天全没月光，我知道不妙。早上小心出门，赵贵翁的眼色便怪：似乎怕我，似乎想害我。还有七八个人，交头接耳的议论我，又怕我看见。一路上的人，都是如此。其中最凶的一个人，张着嘴，对我笑了一笑；我便从头直冷到脚跟，晓得他们布置，都已妥当了。

我可不怕，仍旧走我的路。前面一伙小孩子，也在那里议论我；眼色也同赵贵翁一样，脸色也都铁青。我想我同小孩子有什么仇，他也这样。忍不住大声说，"你告诉我！"他们可就跑了。

我想：我同赵贵翁有什么仇，同路上的人又有什么仇；只有廿年以前，把古久先生的陈年流水簿子，踹了一脚，古久先生很不高兴。赵贵翁虽然不认识他，一定也听到风声，代抱不平；约定路上的人，同我作冤对。但是小孩子呢？那时候，他们还没有出世，何以今天也睁着怪眼睛，似乎怕我，似乎想害我。这真教我怕，教我纳罕而且伤心。

我明白了。这是他们娘老子教的！

三

晚上总是睡不着。凡事须得研究，才会明白。

他们——也有给知县打枷过的，也有给绅士掌过嘴的，也有衙役占了他妻子的，也有老子娘被债主逼死的；他们那时候的脸色，全没有昨天这么怕，也没有这么凶。

最奇怪的是昨天街上的那个女人，打他儿子，嘴里说道，“老子呀！我要咬你几口才出气！”他眼睛却看着我。我出了一惊，遮掩不住；那青面獠牙的一伙人，便都哄笑起来。陈老五赶上前，硬把我拖回家中了。

拖我回家，家里的人都装作不认识我；他们的眼色，也全同别人一样。进了书房，便反扣上门，宛然是关了一只鸡鸭。这一件事，越教我猜不出底细。

前几天，狼子村的佃户来告荒，对我大哥说，他们村里的一个大恶人，给大家打死了；几个人便挖出他的心肝来，用油煎炒了吃，可以壮壮胆子。我插了一句嘴，佃户和大哥便都看我几眼。今天才晓得他们的眼光，全同外面的那伙人一模一样。

想起来，我从顶上直冷到脚跟。

他们会吃人，就未必不会吃我。

你看那女人“咬你几口”的话，和一伙青面獠牙人的笑，和前天佃户的话，明明是暗号。我看出他话中全是毒，笑中全是刀。他们的牙齿，全是白厉厉的排着，这就是吃人的家伙。

照我自己想，虽然不是恶人，自从踹了古家的簿子，可就难说了。他们似乎别有心思，我全猜不出。况且他们一翻脸，便说人是恶人。我还记得大哥教我做论，无论怎样好人，翻他几句，他便打上几个圈；原谅坏人几句，他便说“翻天妙手，与众不同”。我那里猜得到他们的心思，究竟怎样；况且是要吃的时候。

凡事总须研究，才会明白。古来时常吃人，我也还记得，可是不甚清楚。我翻开历史一查，这历史没有年代，歪歪斜斜的每叶上都写着“仁义道德”几个字。我横竖睡不着，仔细看了半夜，才从字缝里看出字来，满本都写着两个字是“吃人”！

书上写着这许多字，佃户说了这许多话，却都笑吟吟的睁着怪眼睛看我。

我也是人，他们想要吃我了！

四

早上，我静坐了一会。陈老五送进饭来，一碗菜，一碗蒸鱼；这鱼的眼睛，白而且硬，张着嘴，同那一伙想吃人的人一样。吃了几筷，滑溜溜的不知是鱼是人，便把他兜肚连肠的吐出。

我说“老五，对大哥说，我闷得慌，想到园里走走。”老五不答应，走了；停一会，可就来开了门。

我也不动，研究他们如何摆布我；知道他们一定不肯放松。果然！我大哥引了一个老头子，慢慢走来；他满眼凶光，怕我看出，只是低头向着地，从眼镜横边暗暗看我。大哥说，“今天你仿佛很好。”我说“是的。”大哥说，“今天请何先生来，给你诊一诊。”我说“可以！”其实我岂不知道这老头子是刽子手扮的！无非借了看脉这名目，揣一揣肥瘠：因这功劳，也分一片肉吃。我也不怕；虽然不吃人，胆子却比他们还壮。伸出两个拳头，看他如何下手。老头子坐着，闭了眼睛，摸了好一会，呆了好一会；便张开他鬼眼睛说，“不要乱想。静静的养几天，就好了。”

不要乱想，静静的养！养肥了，他们是自然可以多吃；我有什么好处，怎么会“好了”？他们这群人，又想吃人，又是鬼鬼祟祟，想法子遮掩，不敢直捷下手，真要令我笑死。我忍不住，便放声大笑起来，十分快活。自己晓得这笑声里面，有的是义勇和正气。老头子和大哥，都失了色，被我这勇气正气镇压住了。

但是我有勇气，他们便越想吃我，沾光一点这勇气。老头子跨出门，走不多远，便低声对大哥说道，“赶紧吃罢！”大哥点点头。原来也有你！这一件大发见，虽似意外，也在意中：合伙吃我的人，便是我的哥哥！

吃人的是我哥哥！

我是吃人的人的兄弟！

我自己被人吃了，可仍然是吃人的人的兄弟！

五

这几天是退一步想：假使那老头子不是刽子手扮的，真是医生，也仍然是吃人的人。他们的祖师李时珍做的“本草什么”上，明明写着人肉可以煎吃；他还能说自己不吃人么？

至于我家大哥，也毫不冤枉他。他对我讲书的时候，亲口说过可以“易子而食”；又一回偶然议论起一个不好的人，他便说不但该杀，还当“食肉寝皮”。我那时年纪还小，心跳了好半天。前天狼子村佃户来说吃心肝的事，他也毫不奇怪，不住的点头。可见心思是同从前一样狠。既然可以“易子而食”，便什么都易得，什么人都吃得。我从前单听他讲道理，也胡涂过去；现在晓得他讲道理的时候，不但唇边还抹着人油，而且心里满装着吃人的意思。

六

黑漆漆的，不知是日是夜。赵家的狗又叫起来了。

狮子似的凶心，兔子的怯弱，狐狸的狡猾，……

七

我晓得他们的方法，直捷杀了，是不肯的，而且也不敢，怕有祸祟。所以他们大家连络，布满了罗网，逼我自戕。试看前几天街上男女的样子，和这几天我大哥的作为，便足可悟出八九分了。最好是解下腰带，挂在梁上，自己紧紧勒死；他们没有杀人的罪名，又偿了心愿，自然都欢天喜地的发出一种呜呜咽咽的笑声。否则惊吓忧愁死了，虽则略瘦，也还可以首肯几下。

他们是只会吃死肉的！——记得什么书上说，有一种东西，叫“海乙那”的，眼光和样子都很难看；时常吃死肉，连极大的骨头，都细细嚼烂，咽下肚子去，想起来也教人害怕。“海乙那”是狼的亲眷，狼是狗的本家。前天赵家的狗，看我几眼，可见他也同谋，早已接洽。老头子眼看着地，岂能瞒得我过。

最可怜的是我的大哥，他也是人，何以毫不害怕；而且合伙吃我呢？还是历来惯了，不以为非呢？还是丧了良心，明知故犯呢？

我诅咒吃人的人，先从他起头；要劝转吃人的人，也先从他下手。

八

其实这种道理，到了现在，他们也该早已懂得，……

忽然来了一个人；年纪不过二十左右，相貌是不很看得清楚，满面笑容，对了我点头，他的笑也不像真笑。我便问他，“吃人的事，对么？”他仍然笑着说，“不是荒年，怎么会吃人。”我立刻就晓得，他也是一伙，喜欢吃人的；便自勇气百倍，偏要问他。

“对么？”

“这等事问他什么。你真会……说笑话。……今天天气很好。”

天气是好，月色也很亮了。可是我要问你，“对么？”

他不以为然了。含含胡胡的答道，“不……”

“不对？他们何以竟吃？!”

“没有的事……”

“没有的事？狼子村现吃；还有书上都写着，通红斩新!”

他便变了脸，铁一般青。睁着眼说，“有许有的，这是从来如此……”

“从来如此，便对么？”

“我不同你讲这些道理；总之你不该说，你说便是你错!”

我直跳起来，张开眼，这人便不见了。全身出了一大片汗。他的年纪，比我大哥小得远，居然也是一伙；这一定是他娘老子先教的。还怕已经教给他儿子了；所以连小孩子，也都恶狠狠的看我。

九

自己想吃人，又怕被别人吃了，都用着疑心极深的眼光，面面相觑。……

去了这心思，放心做事走路吃饭睡觉，何等舒服。这只是一条门槛，一个关头。他们可是父子兄弟夫妇朋友师生仇敌和各不相识的人，都结成一伙，互相劝勉，互相牵掣，死也不肯跨过这一步。

十

大清早，去寻我大哥；他立在堂门外看天，我便走到他背后，拦住门，格外沉静，格外和气的对他说，

“大哥，我有话告诉你。”

“你说就是，”他赶紧回过脸来，点点头。

“我只有几句话，可是说不出来。大哥，大约当初野蛮的人，都吃过一点人。后来因为心思不同，有的不吃人了，一味要好，便变了人，变了真的人。有的却还吃，——也同虫子一样，有的变了鱼鸟猴子，一直变到人。有的不要好，至今还是虫子。这吃人的人比不吃人的人，何等惭愧。怕比虫子的惭愧猴子，还差得很远很远。

“易牙蒸了他儿子，给桀纣吃，还是一直从前的事。谁晓得从盘古开辟天地以后，一直吃到易牙的儿子；从易牙的儿子，一直吃到徐锡林；从徐锡林，又一直吃到狼子村

捉住的人。去年城里杀了犯人，还有一个生痨病的人，用馒头蘸血舐。

“他们要吃我，你一个人，原也无法可想；然而又何必去入伙。吃人的人，什么事做不出；他们会吃我，也会吃你，一伙里面，也会自吃。但只要转一步，只要立刻改了，也就人人太平。虽然从来如此，我们今天也可以格外要好，说是不能！大哥，我相信你能说，前天佃户要减租，你说过不能。”

当初，他还只是冷笑，随后眼光便凶狠起来，一到说破他们的隐情，那就满脸都变成青色了。大门外立着一伙人，赵贵翁和他的狗，也在里面，都探头探脑的挨进来。有的是看不出面貌，似乎用布蒙着；有的是仍旧青面獠牙，抿着嘴笑。我认识他们是一伙，都是吃人的人。可是也晓得他们心思很不一样，一种是以为从来如此，应该吃的；一种是知道不该吃，可是仍然要吃，又怕别人说破他，所以听了我的话，越发气愤不过，可是抿着嘴冷笑。

这时候，大哥也忽然显出凶相，高声喝道，

“都出去！疯子有什么好看！”

这时候，我又懂得一件他们的巧妙了。他们岂但不肯改，而且早已布置；预备下一个疯子的名目罩上我。将来吃了，不但太平无事，怕还会有人见情。佃户说的大家吃了一个恶人，正是这方法。这是他们的老谱！

陈老五也气愤愤的直走进来。如何按得住我的口，我偏要对这伙人说，

“你们可以改了，从真心改起！要晓得将来容不得吃人的人，活在世上。

“你们要不改，自己也会吃尽。即使生得多，也会给真的人除灭了，同猎人打完狼子一样！——同虫子一样！”

那一伙人，都被陈老五赶走了。大哥也不知那里去了。陈老五劝我回屋子里去。屋里面全是黑沉沉的。横梁和椽子都在头上发抖；抖了一会，就大起来，堆在我身上。

万分沉重，动弹不得；他的意思是要我死。我晓得他的沉重是假的，便挣扎出来，出了一身汗。可是偏要说，

“你们立刻改了，从真心改起！你们要晓得将来是容不得吃人的人，……”

十一

太阳也不出，门也不开，日日是两顿饭。

我捏起筷子，便想起我大哥；晓得妹子死掉的缘故，也全在他。那时我妹子才五岁，可爱可怜的样子，还在眼前。母亲哭个不住，他却劝母亲不要哭；大约因为自己吃了，哭起来不免有点过意不去。如果还能过意不去，……

妹子是被大哥吃了，母亲知道没有，我可不得而知。

母亲想也知道；不过哭的时候，却并没有说明，大约也以为应当的了。记得我四五岁时，坐在堂前乘凉，大哥说爷娘生病，做儿子的须割下一片肉来，煮熟了请他吃，才算好人；母亲也没有说不行。一片吃得，整个的自然也吃得。但是那天的哭法，现在想起来，实在还教人伤心，这真是奇极的事！

十二

不能想了。

四千年来时时吃人的地方，今天才明白，我也在其中混了多年；大哥正管着家务，妹子恰恰死了，他未必不和在饭菜里，暗暗给我们吃。

我未必无意之中，不吃了我妹子的几片肉，现在也轮到我自己，……

有了四千年吃人履历的我，当初虽然不知道，现在明白，难见真的人！

十三

没有吃过人的孩子，或者还有？

救救孩子……

一九一八年四月

（选自《鲁迅全集》第一卷，人民文学出版社，2005）

【学习提示】

鲁迅（1881—1936），原名周树人，字豫才，出生于浙江绍兴府会稽县一个没落的封建士大夫家庭。少年时期的鲁迅经常出入当铺和药店，深切地体味了社会人情的冷暖，这使他很早就萌生了“走异路，逃异地”的想法。鲁迅17岁便离开故乡到南京求学，进洋务派办的江南水师学堂和矿路学堂学习，开始接触西学，并于4年后考取官费生到日本留学。他先在日本弘文学院学习日语，后入仙台医学专门学校学习医学。

1918年5月，首次用笔名“鲁迅”发表中国现代文学史上第一篇白话小说《狂人日记》，揭露人性的阴暗与旧礼教“吃人”的本质。五四运动前后，发表多篇小说与杂感，猛烈抨击封建文化与封建道德，批判愚昧落后的国民性，坚持启蒙立场，成为新文化运动的伟大旗手。20世纪20年代陆续出版了《呐喊》《坟》《热风》《彷徨》《野草》《朝花夕拾》《华盖集》《华盖集续编》等作品集，表现出革命民主主义的思想特色。

1926年8月，鲁迅离京南下，到厦门大学任教。1927年1月，到广州中山大学任教。同年10月，他又离开广东到上海定居，开始了上海十年的战斗生涯。鲁迅后期创作以杂文为主。杂文在鲁迅的创作中占有很大的比重。他把自己成熟时期的绝大部分心血都用到了杂文创作中。鲁迅的杂文，深刻地分析了各种社会问题，表现出卓越的政治远见和韧性的战斗精神，对中国革命文化事业做出了巨大贡献。1936年10月19日，鲁迅不幸病逝于上海，过早地走完了其艰苦抗争和辉煌灿烂的人生历程。毛泽东在《新民主主义论》一文中曾经赞扬鲁迅“没有丝毫的奴颜和媚骨”，并高度评价鲁迅——“鲁迅是在文化战线上，代表全民族的大多数，向着敌人冲锋陷阵的最正确、最勇敢、最坚决、最忠实、最热忱的空前的民族英雄。鲁迅的方向，就是中华民族新文化的方向。”

《狂人日记》发表于1918年5月《新青年》第四卷第五号，是中国现代文学史上第一篇真正意义上的现代白话短篇小说，是鲁迅在新旧文化交锋的风口浪尖上的时代宣言。鲁迅在《狂人日记》的写法上借鉴了俄国文学家果戈理的同名小说的写法，以表现的深切和格式的特别体现了他清醒的现实主义精神和启蒙主义思想。

小说在写法上打破了传统小说紧凑细密的叙述链条，开篇以文言作序，所谓“今撮录一篇，以供医家研究”，后以“语颇错杂无伦次”，“间亦有略具联络”的日记连缀全篇。小说着笔于狂人的日常起居，以狂人看似狂乱的心理意识和视角反观人们习以为常的正常社会。狂人疑心一切，从天上的月光到赵家狗的眼光，甚至从哥哥和医生的眼光中读出“他们想要吃我了”。

小说以狂人之口，熔上下古今于一炉，将中国数千年的历史归于“吃人”二字，对中国的历史和当时社会的罪恶做了彻底的批判；从古书记载霸王暴君的残忍一直到同时代的革命党人徐锡麟被吃，揭示了自古以来吃人惨剧从未在历史上停止过的真相。小说同时也寓有生机——狂人在小说最后预言，“将来容不得吃人的人，活在世上”，并警告吃人的人“你们可以改了，从真心改起！”小说最后发出了“救救孩子”的呼声，发出了五四发轫期振聋发聩的声音。

【思考练习题】

1. 这篇小说打破了中国传统小说的叙述方式，以没有时间标志的“狂人”的日记来连缀全篇，这种写法有哪些独特的作用和效果？

2. “狂人”是中国现代小说史上的早期觉醒者之一，联系整篇小说谈谈“狂人”形象的思想内涵。

3. 小说最后发出了“救救孩子”的呼喊，如何理解这句话的含义？

阿Q正传（节选）

鲁　迅

第七章　革　命

宣统三年九月十四日——即阿Q将搭连卖给赵白眼的这一天——三更四点，有一只大乌篷船到了赵府上的河埠头。这船从黑魆魆中荡来，乡下人睡得熟，都没有知道；出去时将近黎明，却很有几个看见的了。据探头探脑的调查来的结果，知道那竟是举人老爷的船！

那船便将大不安载给了未庄，不到正午，全村的人心就很摇动。船的使命，赵家本来是很秘密的，但茶坊酒肆里却都说，革命党要进城，举人老爷到我们乡下来逃难了。惟有邹七嫂不以为然，说那不过是几口破衣箱，举人老爷想来寄存的，却已被赵太爷回复转去。其实举人老爷和赵秀才素不相能，在理本不能有“共患难”的情谊，况且邹七嫂又和赵家是邻居，见闻较为切近，所以大概该是伊对的。

然而谣言很旺盛，说举人老爷虽然似乎没有亲到，却有一封长信，和赵家排了“转折亲”。赵太爷肚里一轮，觉得于他总不会有坏处，便将箱子留下了，现就塞在太太的床底下。至于革命党，有的说是便在这一夜进了城，个个白盔白甲：穿着崇正皇帝的素①。

阿Q的耳朵里，本来早听到过革命党这一句话，今年又亲眼见过杀掉革命党。但他有一种不知从那里来的意见，以为革命党便是造反，造反便是与他为难，所以一向是“深恶而痛绝之”的。殊不料这却使百里闻名的举人老爷有这样怕，于是他未免也有些“神往”了，况且未庄的一群鸟男女的慌张的神情，也使阿Q更快意。

“革命也好罢，”阿Q想，“革这伙妈妈的的命，太可恶！太可恨！……便是我，也要投降革命党了。”

阿Q近来用度窘，大约略略有些不平；加以午间喝了两碗空肚酒，愈加醉得快，一面想一面走，便又飘飘然起来。不知怎么一来，忽而似乎革命党便是自己，未庄人却都是他的俘虏了。他得意之余，禁不住大声的嚷道：

“造反了！造反了！”

未庄人都用了惊惧的眼光对他看。这一种可怜的眼光，是阿Q从来没有见过的，一见之下，又使他舒服得如六月里喝了雪水。他更加高兴的走而且喊道：

“好，……我要什么就是什么，我欢喜谁就是谁。

得得，锵锵！

悔不该，酒醉错斩了郑贤弟，

悔不该，呀呀呀……

---

① 崇正，作品中人物对崇祯的讹称。崇祯是明思宗（朱由检）的年号。

得得，锵锵，得，锵令锵！

我手执钢鞭将你打……”

赵府上的两位男人和两个真本家，也正站在大门口论革命。阿Q没有见，昂了头直唱过去。

“得得，……”

“老Q，”赵太爷怯怯的迎着低声的叫。

“锵锵，”阿Q料不到他的名字会和“老”字联结起来，以为是一句别的话，与己无干，只是唱。“得，锵，锵令锵，锵！”

“老Q。”

“悔不该……”

“阿Q！”秀才只得直呼其名了。

阿Q这才站住，歪着头问道，“什么？”

“老Q，……现在……”赵太爷却又没有话，“现在……发财么？”

“发财？自然。要什么就是什么……”

“阿……Q哥，像我们这样穷朋友是不要紧的……”赵白眼惴惴的说，似乎想探革命党的口风。

“穷朋友？你总比我有钱。”阿Q说着自去了。

大家都怃然，没有话。赵太爷父子回家，晚上商量到点灯。赵白眼回家，便从腰间扯下搭连来，交给他女人藏在箱底里。

阿Q飘飘然的飞了一通，回到土谷祠，酒已经醒透了。这晚上，管祠的老头子也意外的和气，请他喝茶；阿Q便向他要了两个饼，吃完之后，又要了一支点过的四两烛和一个树烛台，点起来，独自躺在自己的小屋里。他说不出的新鲜而且高兴，烛火像元夜似的闪闪的跳，他的思想也迸跳起来了：

“造反？有趣，……来了一阵白盔白甲的革命党，都拿着板刀，钢鞭，炸弹，洋炮，三尖两刃刀，钩镰枪，走过土谷祠，叫道，‘阿Q！同去同去！’于是一同去。……

“这时未庄的一伙鸟男女才好笑哩，跪下叫道，‘阿Q，饶命！’谁听他！第一个该死的是小D和赵太爷，还有秀才，还有假洋鬼子，……留几条么？王胡本来还可留，但也不要了。……

“东西，……直走进去打开箱子来：元宝，洋钱，洋纱衫，……秀才娘子的一张宁式床先搬到土谷祠，此外便摆了钱家的桌椅，——或者也就用赵家的罢。自己是不动手的了，叫小D来搬，要搬得快，搬得不快打嘴巴。……

“赵司晨的妹子真丑。邹七嫂的女儿过几年再说。假洋鬼子的老婆会和没有辫子的男人睡觉，吓，不是好东西！秀才的老婆是眼胞上有疤的。……吴妈长久不见了，不知道在那里，——可惜脚太大。”

阿Q没有想得十分停当，已经发了鼾声，四两烛还只点去了小半寸，红焰焰的光照着他张开的嘴。

“荷荷！”阿Q忽而大叫起来，抬了头仓皇的四顾，待到看见四两烛，却又倒头睡去了。

第二天他起得很迟，走出街上看时，样样都照旧。他也仍然肚饿，他想着，想不起什么来；但他忽而似乎有了主意了，慢慢的跨开步，有意无意的走到静修庵。

庵和春天时节一样静，白的墙壁和漆黑的门。他想了一想，前去打门，一只狗在里面叫。他急急拾了几块断砖，再上去较为用力的打，打到黑门上生出许多麻点的时候，才听得有人来开门。

阿Q连忙捏好砖头，摆开马步，准备和黑狗来开战。但庵门只开了一条缝，并无黑狗从中冲出，望进去只有一个老尼姑。

“你又来什么事？”伊大吃一惊的说。

“革命了……你知道？……”阿Q说得很含胡。

“革命革命，革过一革的，……你们要革得我们怎么样呢？”老尼姑两眼通红的说。

“什么？……”阿Q诧异了。

“你不知道，他们已经来革过了！”

“谁？……”阿Q更其诧异了。

“那秀才和洋鬼子！”

阿Q很出意外，不由的一错愕；老尼姑见他失了锐气，便飞速的关了门，阿Q再推时，牢不可开，再打时，没有回答了。

那还是上午的事。赵秀才消息灵，一知道革命党已在夜间进城，便将辫子盘在顶上，一早去拜访那历来也不相能的钱洋鬼子。这是“咸与维新”的时候了，所以他们便谈得很投机，立刻成了情投意合的同志，也相约去革命。他们想而又想，才想出静修庵里有一块“皇帝万岁万万岁”的龙牌，是应该赶紧革掉的，于是又立刻同到庵里去革命。因为老尼姑来阻挡，说了三句话，他们便将伊当作满政府，在头上很给了不少的棍子和栗凿。尼姑待他们走后，定了神来检点，龙牌固然已经碎在地上了，而且又不见了观音娘娘座前的一个宣德炉。

这事阿Q后来才知道。他颇悔自己睡着，但也深怪他们不来招呼他。他又退一步想道：

“难道他们还没有知道我已经投降了革命党么？”

第八章　不准革命

未庄的人心日见其安静了。据传来的消息，知道革命党虽然进了城，倒还没有什么大异样。知县大老爷还是原官，不过改称了什么，而且举人老爷也做了什么——这些名目，未庄人都说不明白——官，带兵的也还是先前的老把总。只有一件可怕的事是另有几个不好的革命党夹在里面捣乱，第二天便动手剪辫子，听说那邻村的航船七斤便着了道儿，弄得不像人样子了。但这却还不算大恐怖，因为未庄人本来少上城，即使偶有想进城的，也就立刻变了计，碰不着这危险。阿Q本也想进城去寻他的老朋友，一得这消息，也只得作罢了。

但未庄也不能说是无改革。几天之后，将辫子盘在顶上的逐渐增加起来了，早经说过，最先自然是茂才公，其次便是赵司晨和赵白眼，后来是阿Q。倘在夏天，大家将辫子盘在头顶上或者打一个结，本不算什么稀奇事，但现在是暮秋，所以这“秋行夏令”

的情形，在盘辫家不能不说是万分的英断，而在未庄也不能说无关于改革了。

赵司晨脑后空荡荡的走来，看见的人大嚷说，

“嚄，革命党来了！”

阿Q听到了很羡慕。他虽然早知道秀才盘辫的大新闻，但总没有想到自己可以照样做，现在看见赵司晨也如此，才有了学样的意思，定下实行的决心。他用一支竹筷将辫子盘在头顶上，迟疑多时，这才放胆的走去。

他在街上走，人也看他，然而不说什么话，阿Q当初很不快，后来便很不平。他近来很容易闹脾气了；其实他的生活，倒也并不比造反之前艰难，人见他也客气，店铺也不说要现钱。而阿Q总觉得自己太失意：既然革了命，不应该只是这样的。况且有一回看见小D，愈使他气破肚皮了。

小D也将辫子盘在头顶上了，而且也居然用一支竹筷。阿Q万料不到他也敢这样做，自己也决不准他这样做！小D是什么东西呢？他很想即刻揪住他，拗断他的竹筷，放下他的辫子，并且批他几个嘴巴，聊且惩罚他忘了生辰八字，也敢来做革命党的罪。但他终于饶放了，单是怒目而视的吐一口唾沫道“呸！”

这几日里，进城去的只有一个假洋鬼子。赵秀才本也想靠着寄存箱子的渊源，亲自去拜访举人老爷的，但因为有剪辫的危险，所以也就中止了。他写了一封“黄伞格”的信，托假洋鬼子带上城，而且托他给自己绍介绍介，去进自由党。假洋鬼子回来时，向秀才讨还了四块洋钱，秀才便有一块银桃子挂在大襟上了；未庄人都惊服，说这是柿油党的顶子，抵得一个翰林；赵太爷因此也骤然大阔，远过于他儿子初隽秀才的时候，所以目空一切，见了阿Q，也就很有些不放在眼里了。

阿Q正在不平，又时时刻刻感着冷落，一听得这银桃子的传说，他立即悟出自己之所以冷落的原因了：要革命，单说投降，是不行的；盘上辫子，也不行的；第一着仍然要和革命党去结识。他生平所知道的革命党只有两个，城里的一个早已“嚓”的杀掉了，现在只剩了一个假洋鬼子。他除却赶紧去和假洋鬼子商量之外，再没有别的道路了。

钱府的大门正开着，阿Q便怯怯的躄进去。他一到里面，很吃了惊，只见假洋鬼子正站在院子的中央，一身乌黑的大约是洋衣，身上也挂着一块银桃子，手里是阿Q曾经领教过的棍子，已经留到一尺多长的辫子都拆开了披在肩背上，蓬头散发的像一个刘海仙。对面挺直的站着赵白眼和三个闲人，正在必恭必敬的听说话。

阿Q轻轻的走近了，站在赵白眼的背后，心里想招呼，却不知道怎么说才好：叫他假洋鬼子固然是不行的了，洋人也不妥，革命党也不妥，或者就应该叫洋先生了罢。

洋先生却没有见他，因为白着眼睛讲得正起劲：

“我是性急的，所以我们见面，我总是说：洪哥！我们动手罢！他却总说道No！——这是洋话，你们不懂的。否则早已成功了。然而这正是他做事小心的地方。他再三再四的请我上湖北，我还没有肯。谁愿意在这小县城里做事情。……”

“唔，……这个……”阿Q候他略停，终于用十二分的勇气开口了，但不知道因为什么，又并不叫他洋先生。

听着说话的四个人都吃惊的回顾他。洋先生也才看见：

“什么？”

“我……”

“出去!”

“我要投……”

“滚出去!”洋先生扬起哭丧棒来了。

赵白眼和闲人们便都吆喝道:“先生叫你滚出去，你还不听么!”

阿Q将手向头上一遮，不自觉的逃出门外；洋先生倒也没有追。他快跑了六十多步，这才慢慢的走，于是心里便涌起了忧愁：洋先生不准他革命，他再没有别的路；从此决不能望有白盔白甲的人来叫他，他所有的抱负，志向，希望，前程，全被一笔勾销了。至于闲人们传扬开去，给小D王胡等辈笑话，倒是还在其次的事。

他似乎从来没有经验过这样的无聊。他对于自己的盘辫子，仿佛也觉得无意味，要侮蔑；为报仇起见，很想立刻放下辫子来，但也没有竟放。他游到夜间，赊了两碗酒，喝下肚去，渐渐的高兴起来了，思想里才又出现白盔白甲的碎片。

有一天，他照例的混到夜深，待酒店要关门，才踱回土谷祠去。

拍，吧~~~~!

他忽而听得一种异样的声音，又不是爆竹。阿Q本来是爱看热闹，爱管闲事的，便在暗中直寻过去。似乎前面有些脚步声；他正听，猛然间一个人从对面逃来了。阿Q一看见，便赶紧翻身跟着逃。那人转弯，阿Q也转弯，既转弯，那人站住了，阿Q也站住。他看后面并无什么，看那人便是小D。

“什么?”阿Q不平起来了。

“赵……赵家遭抢了!”小D气喘吁吁的说。

阿Q的心怦怦的跳了。小D说了便走；阿Q却逃而又停的两三回。但他究竟是做过“这路生意”的人，格外胆大，于是躄出路角，仔细的听，似乎有些嚷嚷，又仔细的看，似乎许多白盔白甲的人，络绎的将箱子抬出了，器具抬出了，秀才娘子的宁式床也抬出了，但是不分明，他还想上前，两只脚却没有动。

这一夜没有月，未庄在黑暗里很寂静，寂静到像羲皇时候一般太平。阿Q站着看到自己发烦，也似乎还是先前一样，在那里来来往往的搬，箱子抬出了，器具抬出了，秀才娘子的宁式床也抬出了，……抬得他自己有些不信他的眼睛了。但他决计不再上前，却回到自己的祠里去了。

土谷祠里更漆黑；他关好大门，摸进自己的屋子里。他躺了好一会，这才定了神，而且发出关于自己的思想来：白盔白甲的人明明到了，并不来打招呼，搬了许多好东西，又没有自己的份，——这全是假洋鬼子可恶，不准我造反，否则，这次何至于没有我的份呢？阿Q越想越气，终于禁不住满心痛恨起来，毒毒的点一点头:“不准我造反，只准你造反？妈妈的假洋鬼子，——好，你造反！造反是杀头的罪名呵，我总要告一状，看你抓进县里去杀头，——满门抄斩，——嚓！嚓!”

（选自《鲁迅全集》第一卷，人民文学出版社，2005）

【学习提示】

《阿 Q 正传》是鲁迅具有世界影响力的一部作品，也是中国现代文学自立于世界文学之林的重要代表。它最初连载发表于 1921 年 12 月 4 日至 1922 年 2 月 12 日的《晨报副刊》，后被收入小说集《呐喊》中。

鲁迅曾经说过，他创作《阿 Q 正传》的目的，就是要画出“这样沉默的国民的魂灵来”（俄文版《阿 Q 正传 · 序》），而所谓“沉默的国民的魂灵”，主要是通过主人公阿 Q 这样一个人物形象体现出来的。在阿 Q 身上，我们不难发现两千多年来集权专制文化压迫下的国民的种种劣根性，尤其是普通百姓被统治者精神戕害和奴役而造成的心灵创伤。阿 Q 的最大悲剧就在于，他所有的思想观念和行为方式都不是自己理性思考的结果。他缺乏起码的自我意识和独立思维能力，只是懵懵懂懂地听从于外在因袭的思想文化氛围和自己本能的驱使。因此这样一个社会底层和边缘化的“小人物”，却往往成为“圣贤”道德和专制等级秩序的坚定维护者。他相信“不孝有三，无后为大”，相信“男女授受不亲”，而他所理解的“恋爱”就是在本能的驱使下向人下跪要求“困觉”；同样，他心目中的“革命”便是造反，便是“革这伙妈妈的的命”式的充满破坏欲的变态满足。于是，自视甚高的道德优越感和地痞无赖式的流氓言行、饱受压迫与侮辱而产生的朴素的不满乃至反抗情绪和强盗式的匪徒、偷窃行为，在阿 Q 身上得到了奇妙的统一。

当阿 Q 无时无刻不被人蔑视和凌辱而他还不得不让自己生存下去的时候，“精神胜利法”的产生就是不可避免的了。其实阿 Q 的“精神胜利法”实在是别无选择的选择——当一个人在现实生活中处处失败、体现不出任何自身价值的时候，他就只能到虚幻的精神世界里获得心灵上的安慰，但恰恰是这种“精神胜利法”又进一步加剧了自身被奴役的命运。

这篇小说体现了鲁迅创作人物时“杂取种种人，合成一个”的典型化手法，表现出高度的概括性。作者故意淡化阿 Q 的身份特征，把他作为连接社会各阶层乃至城与乡的一个纽带加以描述，从而增强了阿 Q 精神对于中华民族乃至全人类的普遍适用性，而未庄也简直可以被看作“老中国”背景的一个缩影。作者还把阿 Q 的个人命运和中国特定时代的沧桑变化联系起来，极大地丰富了作品的社会历史内涵。在具体写法上，作者则打破了悲喜剧的界限，把两者融为一体，看似轻松诙谐的笔墨背后又蕴藏着深沉的悲剧内涵。

【思考练习题】

1. 为什么说作为文学典型的阿 Q 是说不尽的？谈谈你的理解。
2. 阿 Q 的“精神胜利法”的内涵是什么？意义何在？
3. 这部作品在借鉴传统小说手法方面有哪些表现？

伤 逝

鲁 迅

如果我能够，我要写下我的悔恨和悲哀，为子君，为自己。

会馆里的被遗忘在偏僻里的破屋是这样地寂静和空虚。时光过得真快，我爱子君，仗着她逃出这寂静和空虚，已经满一年了。事情又这么不凑巧，我重来时，偏偏空着的又只有这一间屋。依然是这样的破窗，这样的窗外的半枯的槐树和老紫藤，这样的窗前的方桌，这样的败壁，这样的靠壁的板床。深夜中独自躺在床上，就如我未曾和子君同居以前一般，过去一年中的时光全被消灭，全未有过，我并没有曾经从这破屋子搬出，在吉兆胡同创立了满怀希望的小小的家庭。

不但如此。在一年之前，这寂静和空虚是并不这样的，常常含着期待；期待子君的到来。在久待的焦躁中，一听到皮鞋的高底尖触着砖路的清响，是怎样地使我骤然生动起来呵！于是就看见带着笑涡的苍白的圆脸，苍白的瘦的臂膊，布的有条纹的衫子，玄色的裙。她又带了窗外的半枯的槐树的新叶来，使我看见，还有挂在铁似的老干上的一房一房的紫白的藤花。

然而现在呢，只有寂静和空虚依旧，子君却决不再来了，而且永远，永远地！……

子君不在我这破屋里时，我什么也看不见。在百无聊赖中，随手抓过一本书来，科学也好，文学也好，横竖什么都一样；看下去，看下去，忽而自己觉得，已经翻了十多页了，但是毫不记得书上所说的事。只是耳朵却分外地灵，仿佛听到大门外一切往来的履声，从中便有子君的，而且橐橐地逐渐临近，——但是，往往又逐渐渺茫，终于消失在别的步声的杂沓中了。我憎恶那不像子君鞋声的穿布底鞋的长班的儿子，我憎恶那太像子君鞋声的常常穿着新皮鞋的邻院的搽雪花膏的小东西！

莫非她翻了车么？莫非她被电车撞伤了么？……

我便要取了帽子去看她，然而她的胞叔就曾经当面骂过我。

蓦然，她的鞋声近来了，一步响于一步，迎出去时，却已经走过紫藤棚下，脸上带着微笑的酒窝。她在她叔子的家里大约并未受气；我的心宁帖了，默默地相视片时之后，破屋里便渐渐充满了我的语声，谈家庭专制，谈打破旧习惯，谈男女平等，谈伊孛生①，谈泰戈尔，谈雪莱……她总是微笑点头，两眼里弥漫着稚气的好奇的光泽。壁上就钉着一张铜板的雪莱半身像，是从杂志上裁下来的，是他的最美的一张像。当我指给她看时，她却只草草一看，便低了头，似乎不好意思了。这些地方，子君就大概还未脱尽旧思想的束缚，——我后来也想，倒不如换一张雪莱淹死在海里的记念像或是伊孛生

---

① 伊孛生，通译易卜生，挪威剧作家。

的罢；但也终于没有换，现在是连这一张也不知那里去了。

"我是我自己的，他们谁也没有干涉我的权利！"

这是我们交际了半年，又谈起她在这里的胞叔和在家的父亲时，她默想了一会之后，分明地，坚决地，沉静地说了出来的话。其时是我已经说尽了我的意见，我的身世，我的缺点，很少隐瞒；她也完全了解的了。这几句话很震动了我的灵魂，此后许多天还在耳中发响，而且说不出的狂喜，知道中国女性，并不如厌世家所说那样的无法可施，在不远的将来，便要看见辉煌的曙色的。

送她出门，照例是相离十多步远；照例是那鲇鱼须的老东西的脸又紧帖在脏的窗玻璃上了，连鼻尖都挤成一个小平面；到外院，照例又是明晃晃的玻璃窗里的那小东西的脸，加厚的雪花膏。她目不邪视地骄傲地走了，没有看见；我骄傲地回来。

"我是我自己的，他们谁也没有干涉我的权利！"这彻底的思想就在她的脑里，比我还透澈，坚强得多。半瓶雪花膏和鼻尖的小平面，于她能算什么东西呢？

我已经记不清那时怎样地将我的纯真热烈的爱表示给她。岂但现在，那时的事后便已模胡，夜间回想，早只剩了一些断片了；同居以后一两月，便连这些断片也化作无可追踪的梦影。我只记得那时以前的十几天，曾经很仔细地研究过表示的态度，排列过措辞的先后，以及倘或遭了拒绝以后的情形。可是临时似乎都无用，在慌张中，身不由己地竟用了在电影上见过的方法了。后来一想到，就使我很愧恧，但在记忆上却偏只有这一点永远留遗，至今还如暗室的孤灯一般，照见我含泪握着她的手，一条腿跪了下去……

不但我自己的，便是子君的言语举动，我那时就没有看得分明；仅知道她已经允许我了。但也还仿佛记得她脸色变成青白，后来又渐渐转作绯红，——没有见过，也没有再见的绯红；孩子似的眼里射出悲喜，但是夹着惊疑的光，虽然力避我的视线，张皇地似乎要破窗飞去。然而我知道她已经允许我了，没有知道她怎样说或是没有说。

她却是什么都记得：我的言辞，竟至于读熟了的一般，能够滔滔背诵；我的举动，就如有一张我所看不见的影片挂在眼下，叙述得如生，很细微，自然连那使我不愿再想的浅薄的电影的一闪。夜阑人静，是相对温习的时候了，我常是被质问，被考验，并且被命复述当时的言语，然而常须由她补足，由她纠正，像一个丁等的学生。

这温习后来也渐渐稀疏起来。但我只要看见她两眼注视空中，出神似的凝想着，于是神色越加柔和，笑窝也深下去，便知道她又在自修旧课了，只是我很怕她看到我那可笑的电影的一闪。但我又知道，她一定要看见，而且也非看不可的。

然而她并不觉得可笑。即使我自己以为可笑，甚而至于可鄙的，她也毫不以为可笑。这事我知道得很清楚，因为她爱我，是这样地热烈，这样地纯真。

去年的暮春是最为幸福，也是最为忙碌的时光。我的心平静下去了，但又有别一部分和身体一同忙碌起来。我们这时才在路上同行，也到过几回公园，最多的是寻住所。我觉得在路上时时遇到探索，讥笑，猥亵和轻蔑的眼光，一不小心，便使我的全身有些瑟缩，只得即刻提起我的骄傲和反抗来支持。她却是大无畏的，对于这些全不关心，只是镇静地缓缓前行，坦然如入无人之境。

寻住所实在不是容易事，大半是被托辞拒绝，小半是我们以为不相宜。起先我们选择得很苛酷，——也非苛酷，因为看去大抵不像是我们的安身之所；后来，便只要他们能相容了。看了二十多处，这才得到可以暂且敷衍的处所，是吉兆胡同一所小屋里的两间南屋；主人是一个小官，然而倒是明白人，自住着正屋和厢房。他只有夫人和一个不到周岁的女孩子，雇一个乡下的女工，只要孩子不啼哭，是极其安闲幽静的。

我们的家具很简单，但已经用去了我的筹来的款子的大半；子君还卖掉了她唯一的金戒指和耳环。我拦阻她，还是定要卖，我也就不再坚持下去了；我知道不给她加入一点股分去，她是住不舒服的。

和她的叔子，她早经闹开，至于使他气愤到不再认她做侄女；我也陆续和几个自以为忠告，其实是替我胆怯，或者竟是嫉妒的朋友绝了交。然而这倒很清静。每日办公散后，虽然已近黄昏，车夫又一定走得这样慢，但究竟还有二人相对的时候。我们先是沉默的相视，接着是放怀而亲密的交谈，后来又是沉默。大家低头沉思着，却并未想着什么事。我也渐渐清醒地读遍了她的身体，她的灵魂，不过三星期，我似乎于她已经更加了解，揭去许多先前以为了解而现在看来却是隔膜，即所谓真的隔膜了。

子君也逐日活泼起来。但她并不爱花，我在庙会时买来的两盆小草花，四天不浇，枯死在壁角了，我又没有照顾一切的闲暇。然而她爱动物，也许是从官太太那里传染的罢，不一月，我们的眷属便骤然加得很多，四只小油鸡，在小院子里和房主人的十多只在一同走。但她们却认识鸡的相貌，各知道那一只是自家的。还有一只花白的叭儿狗，从庙会买来，记得似乎原有名字，子君却给它另起了一个，叫作阿随。我就叫它阿随，但我不喜欢这名字。

这是真的，爱情必须时时更新，生长，创造。我和子君说起这，她也领会地点点头。

唉唉，那是怎样的宁静而幸福的夜呵！

安宁和幸福是要凝固的，永久是这样的安宁和幸福。我们在会馆里时，还偶有议论的冲突和意思的误会，自从到吉兆胡同以来，连这一点也没有了；我们只在灯下对坐的怀旧谭中，回味那时冲突以后的和解的重生一般的乐趣。

子君竟胖了起来，脸色也红活了；可惜的是忙。管了家务便连谈天的工夫也没有，何况读书和散步。我们常说，我们总还得雇一个女工。

这就使我也一样地不快活，傍晚回来，常见她包藏着不快活的颜色，尤其使我不乐的是她要装作勉强的笑容。幸而探听出来了，也还是和那小官太太的暗斗，导火线便是两家的小油鸡。但又何必硬不告诉我呢？人总该有一个独立的家庭。这样的处所，是不能居住的。

我的路也铸定了，每星期中的六天，是由家到局，又由局到家。在局里便坐在办公桌前钞，钞，钞些公文和信件；在家里是和她相对或帮她生白炉子，煮饭，蒸馒头。我的学会了煮饭，就在这时候。

但我的食品却比在会馆里时好得多了。做菜虽不是子君的特长，然而她于此却倾注着全力；对于她的日夜的操心，使我也不能不一同操心，来算作分甘共苦。况且她又这样地终日汗流满面，短发都粘在脑额上；两只手又只是这样地粗糙起来。

况且还要饲阿随，饲油鸡，……都是非她不可的工作。

我曾经忠告她：我不吃，倒也罢了；却万不可这样地操劳。她只看了我一眼，不开口，神色却似乎有点凄然；我也只好不开口。然而她还是这样地操劳。

我所预期的打击果然到来。双十节的前一晚，我呆坐着，她在洗碗。听到打门声，我去开门时，是局里的信差，交给我一张油印的纸条。我就有些料到了，到灯下去一看，果然，印着的就是：

> 奉
>
> 局长谕史涓生着毋庸到局办事
>
> 秘书处启　十月九号

这在会馆里时，我就早已料到了；那雪花膏便是局长的儿子的赌友，一定要去添些谣言，设法报告的。到现在才发生效验，已经要算是很晚的了。其实这在我不能算是一个打击，因为我早就决定，可以给别人去钞写，或者教读，或者虽然费力，也还可以译点书，况且《自由之友》的总编辑便是见过几次的熟人，两月前还通过信。但我的心却跳跃着。那么一个无畏的子君也变了色，尤其使我痛心；她近来似乎也较为怯弱了。

“那算什么。哼，我们干新的。我们……”她说。

她的话没有说完；不知怎地，那声音在我听去却只是浮浮的；灯光也觉得格外黯淡。人们真是可笑的动物，一点极微末的小事情，便会受着很深的影响。我们先是默默地相视，逐渐商量起来，终于决定将现有的钱竭力节省，一面登“小广告”去寻求钞写和教读，一面写信给《自由之友》的总编辑，说明我目下的遭遇，请他收用我的译本，给我帮一点艰辛时候的忙。

“说做，就做罢！来开一条新的路！”

我立刻转身向了书案，推开盛香油的瓶子和醋碟，子君便送过那黯淡的灯来。我先拟广告；其次是选定可译的书，迁移以来未曾翻阅过，每本的头上都满漫着灰尘了；最后才写信。

我很费踌躕，不知道怎样措辞好，当停笔凝思的时候，转眼去一瞥她的脸，在昏暗的灯光下，又很见得凄然。我真不料这样微细的小事情，竟会给坚决的、无畏的子君以这么显著的变化。她近来实在变得很怯弱了，但也并不是今夜才开始的。我的心因此更缭乱，忽然有安宁的生活的影像——会馆里的破屋的寂静，在眼前一闪，刚刚想定睛凝视，却又看见了昏暗的灯光。

许久之后，信也写成了，是一封颇长的信；很觉得疲劳，仿佛近来自己也较为怯弱了。于是我们决定，广告和发信，就在明日一同实行。大家不约而同地伸直了腰肢，在无言中，似乎又都感到彼此的坚忍崛强的精神，还看见从新萌芽起来的将来的希望。

外来的打击其实倒是振作了我们的新精神。局里的生活，原如鸟贩子手里的禽鸟一般，仅有一点小米维系残生，决不会肥胖；日子一久，只落得麻痹了翅子，即使放出笼外，早已不能奋飞。现在总算脱出这牢笼了，我从此要在新的开阔的天空中翱翔，趁我还未忘却了我的翅子的扇动。

小广告是一时自然不会发生效力的；但译书也不是容易事，先前看过，以为已经懂得的，一动手，却疑难百出了，进行得很慢。然而我决计努力地做，一本半新的字典，不到半月，边上便有了一大片乌黑的指痕，这就证明着我的工作的切实。《自由之友》的总编辑曾经说过，他的刊物是决不会埋没好稿子的。

可惜的是我没有一间静室，子君又没有先前那么幽静，善于体贴了，屋子里总是散乱着碗碟，弥漫着煤烟，使人不能安心做事，但是这自然还只能怨我自己无力置一间书斋。然而又加以阿随，加以油鸡们。加以油鸡们又大起来了，更容易成为两家争吵的引线。

加以每日的"川流不息"的吃饭；子君的功业，仿佛就完全建立在这吃饭中。吃了筹钱，筹来吃饭，还要喂阿随，饲油鸡；她似乎将先前所知道的全都忘掉了，也不想到我的构思就常常为了这催促吃饭而打断。即使在坐中给看一点怒色，她总是不改变，仍然毫无感触似的大嚼起来。

使她明白了我的作工不能受规定的吃饭的束缚，就费去五星期。她明白之后，大约很不高兴罢，可是没有说。我的工作果然从此较为迅速地进行，不久就共译了五万言，只要润色一回，便可以和做好的两篇小品，一同寄给《自由之友》去。只是吃饭却依然给我苦恼。菜冷，是无妨的，然而竟不够；有时连饭也不够，虽然我因为终日坐在家里用脑，饭量已经比先前要减少得多。这是先去喂了阿随了，有时还并那近来连自己也轻易不吃的羊肉。她说，阿随实在瘦得太可怜，房东太太还因此嗤笑我们了，她受不住这样的奚落。

于是吃我残饭的便只有油鸡们。这是我积久才看出来的，但同时也如赫胥黎的论定"人类在宇宙间的位置"一般，自觉了我在这里的位置：不过是叭儿狗和油鸡之间。

后来，经多次的抗争和催逼，油鸡们也逐渐成为肴馔，我们和阿随都享用了十多日的鲜肥；可是其实都很瘦，因为它们早已每日只能得到几粒高粱了。从此便清静得多。只有子君很颓唐，似乎常觉得凄苦和无聊，至于不大愿意开口。我想，人是多么容易改变呵！

但是阿随也将留不住了。我们已经不能再希望从什么地方会有来信，子君也早没有一点食物可以引它打拱或直立起来。冬季又逼近得这么快，火炉就要成为很大的问题；它的食量，在我们其实早是一个极易觉得的很重的负担。于是连它也留不住了。

倘使插了草标到庙市去出卖，也许能得几文钱罢，然而我们都不能，也不愿这样做。终于是用包袱蒙着头，由我带到西郊去放掉了，还要追上来，便推在一个并不很深的土坑里。

我一回寓，觉得又清静得多多了；但子君的凄惨的神色，却使我很吃惊。那是没有见过的神色，自然是为阿随。但又何至于此呢？我还没有说起推在土坑里的事。

到夜间，在她的凄惨的神色中，加上冰冷的分子了。

“奇怪。——子君，你怎么今天这样儿了？”我忍不住问。

“什么？”她连看也不看我。

“你的脸色……”

“没有什么，——什么也没有。”

我终于从她言动上看出，她大概已经认定我是一个忍心的人。其实，我一个人，是容易生活的，虽然因为骄傲，向来不与世交来往，迁居以后，也疏远了所有旧识的人，然而只要能远走高飞，生路还宽广得很。现在忍受着这生活压迫的苦痛，大半倒是为她，便是放掉阿随，也何尝不如此。但子君的识见却似乎只是浅薄起来，竟至于连这一点也想不到了。

我拣了一个机会，将这些道理暗示她；她领会似的点头。然而看她后来的情形，她是没有懂，或者是并不相信的。

天气的冷和神情的冷，逼迫我不能在家庭中安身。但是往那里去呢？大道上，公园里，虽然没有冰冷的神情，冷风究竟也刺得人皮肤欲裂。我终于在通俗图书馆里觅得了我的天堂。

那里无须买票；阅书室里又装着两个铁火炉。纵使不过是烧着不死不活的煤的火炉，但单是看见装着它，精神上也就总觉得有些温暖。书却无可看：旧的陈腐，新的是几乎没有的。

好在我到那里去也并非为看书。另外时常还有几个人，多则十余人，都是单薄衣裳，正如我，各人看各人的书，作为取暖的口实。这于我尤为合式。道路上容易遇见熟人，得到轻蔑的一瞥，但此地却决无那样的横祸，因为他们是永远围在别的铁炉旁，或者靠在自家的白炉边的。

那里虽然没有书给我看，却还有安闲容得我想。待到孤身枯坐，回忆从前，这才觉得大半年来，只为了爱，——盲目的爱，——而将别的人生的要义全盘疏忽了。第一，便是生活。人必生活着，爱才有所附丽。世界上并非没有为了奋斗者而开的活路；我也还未忘却翅子的扇动，虽然比先前已经颓唐得多……。

屋子和读者渐渐消失了，我看见怒涛中的渔夫，战壕中的兵士，摩托车①中的贵人，洋场上的投机家，深山密林中的豪杰，讲台上的教授，昏夜的运动者和深夜的偷儿……。子君，——不在近旁。她的勇气都失掉了，只为着阿随悲愤，为着做饭出神；然而奇怪的是倒也并不怎样瘦损……。

冷了起来，火炉里的不死不活的几片硬煤，也终于烧尽了，已是闭馆的时候。又须回到吉兆胡同，领略冰冷的颜色去了。近来也间或遇到温暖的神情，但这却反而增加我的苦痛。记得有一夜，子君的眼里忽而又发出久已不见的稚气的光来，笑着和我谈到还

---

① 摩托车，当时对小汽车的称呼。

在会馆时候的情形，时时又很带些恐怖的神色。我知道我近来的超过她的冷漠，已经引起她的忧疑来，只得也勉力谈笑，想给她一点慰藉。然而我的笑貌一上脸，我的话一出口，却即刻变为空虚，这空虚又即刻发生反响，回向我的耳目里，给我一个难堪的恶毒的冷嘲。

子君似乎也觉得的，从此便失掉了她往常的麻木似的镇静，虽然竭力掩饰，总还是时时露出忧疑的神色来，但对我却温和得多了。

我要明告她，但我还没有敢，当决心要说的时候，看见她孩子一般的眼色，就使我只得暂且改作勉强的欢容。但是这又即刻来冷嘲我，并使我失却那冷漠的镇静。

她从此又开始了往事的温习和新的考验，逼我做出许多虚伪的温存的答案来，将温存示给她，虚伪的草稿便写在自己的心上。我的心渐被这些草稿填满了，常觉得难于呼吸。我在苦恼中常常想，说真实自然须有极大的勇气的；假如没有这勇气，而苟安于虚伪，那也便是不能开辟新的生路的人。不独不是这个，连这人也未尝有！

子君有怨色，在早晨，极冷的早晨，这是从未见过的，但也许是从我看来的怨色。我那时冷冷地气愤和暗笑了；她所磨练的思想和豁达无畏的言论，到底也还是一个空虚，而对于这空虚却并未自觉。她早已什么书也不看，已不知道人的生活的第一着是求生，向着这求生的道路，是必须携手同行，或奋身孤往的了，倘使只知道捶着一个人的衣角，那便是虽战士也难于战斗，只得一同灭亡。

我觉得新的希望就只在我们的分离；她应该决然舍去，——我也突然想到她的死，然而立刻自责，忏悔了。幸而是早晨，时间正多，我可以说我的真实。我们的新的道路的开辟，便在这一遭。

我和她闲谈，故意地引起我们的往事，提到文艺，于是涉及外国的文人，文人的作品：《诺拉》，《海的女人》①。称扬诺拉的果决……。也还是去年在会馆的破屋里讲过的那些话，但现在已经变成空虚，从我的嘴传入自己的耳中，时时疑心有一个隐形的坏孩子，在背后恶意地刻毒地学舌。

她还是点头答应着倾听，后来沉默了。我也就断续地说完了我的话，连余音都消失在虚空中了。

“是的。”她又沉默了一会，说，“但是，……涓生，我觉得你近来很两样了。可是的？你，——你老实告诉我。”

我觉得这似乎给了我当头一击，但也立即定了神，说出我的意见和主张来：新的路的开辟，新的生活的再造，为的是免得一同灭亡。

临末，我用了十分的决心，加上这几句话：

“……况且你已经可以无须顾虑，勇往直前了。你要我老实说；是的，人是不该虚伪的。我老实说罢：因为，因为我已经不爱你了！但这于你倒好得多，因为你更可以毫无挂念地做事……。”

---

① 《诺拉》，通译《娜拉》（又译作《玩偶之家》）；《海的女人》，通译《海的夫人》。都是易卜生的著名剧作。

我同时豫期着大的变故的到来，然而只有沉默。她脸色陡然变成灰黄，死了似的；瞬间便又苏生，眼里也发了稚气的闪闪的光泽。这眼光射向四处，正如孩子在饥渴中寻求着慈爱的母亲，但只在空中寻求，恐怖地回避着我的眼。

我不能看下去了，幸而是早晨，我冒着寒风径奔通俗图书馆。

在那里看见《自由之友》，我的小品文都登出了。这使我一惊，仿佛得了一点生气。我想，生活的路还很多，——但是，现在这样也还是不行的。

我开始去访问久已不相闻问的熟人，但这也不过一两次；他们的屋子自然是暖和的，我在骨髓中却觉得寒洌。夜间，便蜷伏在比冰还冷的冷屋中。

冰的针刺着我的灵魂，使我永远苦于麻木的疼痛。生活的路还很多，我也还没有忘却翅子的扇动，我想。——我突然想到她的死，然而立刻自责，忏悔了。

在通俗图书馆里往往瞥见一闪的光明，新的生路横在前面。她勇猛地觉悟了，毅然走出这冰冷的家，而且，——毫无怨恨的神色。我便轻如行云，漂浮空际，上有蔚蓝的天，下是深山大海，广厦高楼，战场，摩托车，洋场，公馆，晴明的闹市，黑暗的夜……。

而且，真的，我豫感得这新生面便要来到了。

我们总算度过了极难忍受的冬天，这北京的冬天；就如蜻蜓落在恶作剧的坏孩子的手里一般，被系着细线，尽情玩弄，虐待，虽然幸而没有送掉性命，结果也还是躺在地上，只争着一个迟早之间。

写给《自由之友》的总编辑已经有三封信，这才得到回信，信封里只有两张书券：两角的和三角的。我却单是催，就用了九分的邮票，一天的饥饿，又都白挨给于己一无所得的空虚了。

然而觉得要来的事，却终于来到了。

这是冬春之交的事，风已没有这么冷，我也更久地在外面徘徊；待到回家，大概已经昏黑。就在这样一个昏黑的晚上，我照常没精打采地回来，一看见寓所的门，也照常更加丧气，使脚步放得更缓。但终于走进自己的屋子里了，没有灯火；摸火柴点起来时，是异样的寂寞和空虚！

正在错愕中，官太太便到窗外来叫我出去。

“今天子君的父亲来到这里，将她接回去了。”她很简单地说。

这似乎又不是意料中的事，我便如脑后受了一击，无言地站着。

“她去了么？”过了些时，我只问出这样一句话。

“她去了。”

“她，——她可说什么？”

“没说什么。单是托我见你回来时告诉你，说她去了。”

我不信；但是屋子里是异样的寂寞和空虚。我遍看各处，寻觅子君；只见几件破旧而黯淡的家具，都显得极其清疏，在证明着它们毫无隐匿一人一物的能力。我转念寻信或她留下的字迹，也没有；只是盐和干辣椒，面粉，半株白菜，却聚集在一处了，旁边还有几十枚铜元。这是我们两人生活材料的全副，现在她就郑重地将这留给我一个人，在不言中，教我借此去维持较久的生活。

我似乎被周围所排挤，奔到院子中间，有昏黑在我的周围；正屋的纸窗上映出明亮的灯光，他们正在逗着孩子玩笑。我的心也沉静下来，觉得在沉重的迫压中，渐渐隐约地现出脱走的路径：深山大泽，洋场，电灯下的盛筵，壕沟，最黑最黑的深夜，利刃的一击，毫无声响的脚步……。

心地有些轻松，舒展了，想到旅费，并且嘘一口气。

躺着，在合着的眼前经过的豫想的前途，不到半夜已经现尽；暗中忽然仿佛看见一堆食物，这之后，便浮出一个子君的灰黄的脸来，睁了孩子气的眼睛，恳托似的看着我。我一定神，什么也没有了。

但我的心却又觉得沉重。我为什么偏不忍耐几天，要这样急急地告诉她真话的呢？现在她知道，她以后所有的只是她父亲——儿女的债主——的烈日一般的严威和旁人的赛过冰霜的冷眼。此外便是虚空。负着虚空的重担，在严威和冷眼中走着所谓人生的路，这是怎么可怕的事呵！而况这路的尽头，又不过是——连墓碑也没有的坟墓。

我不应该将真实说给子君，我们相爱过，我应该永久奉献她我的说谎。如果真实可以宝贵，这在子君就不该是一个沉重的空虚。谎话当然也是一个空虚，然而临末，至多也不过这样地沉重。

我以为将真实说给子君，她便可以毫无顾虑，坚决地毅然前行，一如我们将要同居时那样。但这恐怕是我错误了。她当时的勇敢和无畏是因为爱。

我没有负着虚伪的重担的勇气，却将真实的重担卸给她了。她爱我之后，就要负了这重担，在严威和冷眼中走着所谓人生的路。

我想到她的死……。我看见我是一个卑怯者，应该被摈于强有力的人们，无论是真实者，虚伪者。然而她却自始至终，还希望我维持较久的生活……

我要离开吉兆胡同，在这里是异样的空虚和寂寞。我想，只要离开这里，子君便如还在我的身边；至少，也如还在城中，有一天，将要出乎意表地访我，像住在会馆时候似的。

然而一切请托和书信，都是一无反响；我不得已，只好访问一个久不问候的世交去了。他是我伯父的幼年的同窗，以正经出名的拔贡①，寓京很久，交游也广阔的。

大概因为衣服的破旧罢，一登门便很遭门房的白眼。好容易才相见，也还相识，但是很冷落。我们的往事，他全都知道了。

“自然，你也不能在这里了，”他听了我托他在别处觅事之后，冷冷地说，“但那里去呢？很难。——你那，什么呢，你的朋友罢，子君，你可知道，她死了。”

---

① 清代科举考试制度，在规定的年限（原定六年，后改为十二年）选拔“文行兼优”的秀才，保送到京师，贡入国子监，称为“拔贡”。是贡生的一种。

我惊得没有话。

“真的?”我终于不自觉地问。

“哈哈。自然真的。我家的王升的家，就和她家同村。”

“但是，——不知道是怎么死的?”

“谁知道呢。总之是死了就是了。”

我已经忘却了怎样辞别他，回到自己的寓所。我知道他是不说谎话的；子君总不会再来的了，像去年那样。她虽是想在严威和冷眼中负着虚空的重担来走所谓人生的路，也已经不能。她的命运，已经决定她在我所给与的真实——无爱的人间死灭了!

自然，我不能在这里了；但是，“那里去呢?”

四围是广大的空虚，还有死的寂静。死于无爱的人们的眼前的黑暗，我仿佛一一看见，还听得一切苦闷和绝望的挣扎的声音。

我还期待着新的东西到来，无名的，意外的。但一天一天，无非是死的寂静。

我比先前已经不大出门，只坐卧在广大的空虚里，一任这死的寂静侵蚀着我的灵魂。死的寂静有时也自己战栗，自己退藏，于是在这绝续之交，便闪出无名的，意外的，新的期待。

一天是阴沉的上午，太阳还不能从云里面挣扎出来，连空气都疲乏着。耳中听到细碎的步声和咻咻的鼻息，使我睁开眼。大致一看，屋子里还是空虚；但偶然看到地面，却盘旋着一匹小小的动物，瘦弱的，半死的，满身灰土的……

我一细看，我的心就一停，接着便直跳起来。

那是阿随。它回来了。

我的离开吉兆胡同，也不单是为了房主人们和他家女工的冷眼，大半就为着这阿随。但是，“那里去呢?”新的生路自然还很多，我约略知道，也间或依稀看见，觉得就在我面前，然而我还没有知道跨进那里去的第一步的方法。

经过许多回的思量和比较，也还只有会馆是还能相容的地方。依然是这样的破屋，这样的板床，这样的半枯的槐树和紫藤，但那时使我希望，欢欣，爱，生活的，却全都逝去了，只有一个虚空，我用真实去换来的虚空存在。

新的生路还很多，我必须跨进去，因为我还活着。但我还不知道怎样跨出那第一步。有时，仿佛看见那生路就像一条灰白的长蛇，自己蜿蜒地向我奔来，我等着，等着，看看临近，但忽然便消失在黑暗里了。

初春的夜，还是那么长。长久的枯坐中记起上午在街头所见的葬式，前面是纸人纸马，后面是唱歌一般的哭声。我现在已经知道他们的聪明了，这是多么轻松简截的事。

然而子君的葬式却又在我的眼前，是独自负着虚空的重担，在灰白的长路上前行，而又即刻消失在周围的严威和冷眼里了。

我愿意真有所谓鬼魂，真有所谓地狱，那么，即使在孽风怒吼之中，我也将寻觅子君，当面说出我的悔恨和悲哀，祈求她的饶恕；否则，地狱的毒焰将围绕我，猛烈地烧尽我的悔恨和悲哀。

我将在孽风和毒焰中拥抱子君，乞她宽容，或者使她快意……。

但是，这却更虚空于新的生路；现在所有的只是初春的夜，竟还是那么长。我活着，我总得向着新的生路跨出去，那第一步，——却不过是写下我的悔恨和悲哀，为子君，为自己。

我仍然只有唱歌一般的哭声，给子君送葬，葬在遗忘中。

我要遗忘；我为自己，并且要不再想到这用了遗忘给子君送葬。

我要向着新的生路跨进第一步去，我要将真实深深地藏在心的创伤中，默默地前行，用遗忘和说谎做我的前导……。

一九二五年十月二十一日毕。

（选自《鲁迅全集》第二卷，人民文学出版社，2005）

【学习提示】

《伤逝》是鲁迅唯一一部以青年的恋爱和婚姻为题材的小说，在被收入小说集《彷徨》之前，未在报刊上发表过。

作品以“涓生的手记”的形式，以男主人公涓生沉痛悔恨的语气回忆了他和子君从相识、相爱、同居到感情破灭、子君死亡的悲剧过程。鲁迅在五四初期曾写过一篇《娜拉走后怎样》的杂文。针对当时个性解放和妇女解放思潮的高涨，鲁迅深刻而不无偏激地认为，娜拉出走以后，不是堕落，就是回来。鲁迅的这篇小说在某种程度上也可以说是他对这一观点的回应。对于子君的死，涓生负有不可推卸的责任。他以为在人生的抗争历程中是子君连累了他：“其实，我一个人，是容易生活的……只要能远走高飞，生路还宽广得很。现在忍受着这生活压迫的苦痛，大半倒是为她……”他没有想到爱情对于子君意味着什么，当时的社会氛围和传统势力对子君这样一个“私奔”的女子有多么严厉。而子君的悲剧也恰在于她将爱情的追求和实现当成了自己人生的终极目标，所以，当她生命中的唯一支柱——爱情消失了的时候，摆在她面前的也许只有死路一条了。鲁迅的告诫意味深长：不要“只为了爱，——盲目的爱，——而将别的人生的要义全盘疏忽了”。

作者显然把批判的锋芒更多地指向了黑暗而强大的传统社会势力，是它剥夺了这对年轻人的幸福，它也是杀害子君的真正凶手。鲁迅似乎在暗示：在群体社会尚不具备个性解放意识之前，少数先知先觉者的叛逆社会之举只能走向失败。

小说采用的第一人称的叙述方式，大大增加了作品的情感力度和深度。

【思考练习题】

1. 阐述涓生和子君爱情悲剧的原因及意义。
2. 小说的副标题是“涓生的手记”，小说采用“手记”的形式有什么样的艺术效果？
3. 如何理解小说的最后一段话？

铸剑

鲁迅

一

眉间尺刚和他的母亲睡下，老鼠便出来咬锅盖，使他听得发烦。他轻轻地叱了几声，最初还有些效验，后来是简直不理他了，格支格支地径自咬。他又不敢大声赶，怕惊醒了白天做得劳乏，晚上一躺就睡着了的母亲。

许多时光之后，平静了；他也想睡去。忽然，扑通一声，惊得他又睁开眼。同时听到沙沙地响，是爪子抓着瓦器的声音。

“好！该死！”他想着，心里非常高兴，一面就轻轻地坐起来。

他跨下床，借着月光走向门背后，摸到钻火家伙，点上松明，向水瓮里一照。果然，一匹很大的老鼠落在那里面了；但是，存水已经不多，爬不出来，只沿着水瓮内壁，抓着，团团地转圈子。

“活该！”他一想到夜夜咬家具，闹得他不能安稳睡觉的便是它们，很觉得畅快。他将松明插在土墙的小孔里，赏玩着；然而那圆睁的小眼睛，又使他发生了憎恨，伸手抽出一根芦柴，将它直按到水底去。过了一会，才放手，那老鼠也随着浮了上来，还是抓着瓮壁转圈子。只是抓劲已经没有先前似的有力，眼睛也淹在水里面，单露出一点尖尖的通红的小鼻子，咻咻地急促地喘气。

他近来很有点不大喜欢红鼻子的人。但这回见了这尖尖的小红鼻子，却忽然觉得它可怜了，就又用那芦柴，伸到它的肚下去，老鼠抓着，歇了一回力，便沿着芦干爬了上来。待到他看见全身，——湿淋淋的黑毛，大的肚子，蚯蚓似的尾巴，——便又觉得可恨可憎得很，慌忙将芦柴一抖，扑通一声，老鼠又落在水瓮里，他接着就用芦柴在它头上捣了几下，叫它赶快沉下去。

换了六回松明之后，那老鼠已经不能动弹，不过沉浮在水中间，有时还向水面微微一跳。眉间尺又觉得很可怜，随即折断芦柴，好容易将它夹了出来，放在地面上。老鼠先是丝毫不动，后来才有一点呼吸；又许多时，四只脚运动了，一翻身，似乎要站起来逃走。这使眉间尺大吃一惊，不觉提起左脚，一脚踏下去。只听得吱的一声，他蹲下去仔细看时，只见口角上微有鲜血，大概是死掉了。

他又觉得很可怜，仿佛自己作了大恶似的，非常难受。他蹲着，呆看着，站不起来。

“尺儿，你在做什么？”他的母亲已经醒来了，在床上问。

“老鼠……。”他慌忙站起，回转身去，却只答了两个字。

“是的，老鼠。这我知道。可是你在做什么？杀它呢，还是在救它？”

他没有回答。松明烧尽了；他默默地立在暗中，渐看见月光的皎洁。

“唉！”他的母亲叹息说，“一交子时，你就是十六岁了，性情还是那样，不冷不热地，一点也不变。看来，你的父亲的仇是没有人报的了。”

他看见他的母亲坐在灰白色的月影中，仿佛身体都在颤动；低微的声音里，含着无限的悲哀，使他冷得毛骨悚然，而一转眼间，又觉得热血在全身中忽然腾沸。

“父亲的仇？父亲有什么仇呢？”他前进几步，惊急地问。

“有的。还要你去报。我早想告诉你的了；只因为你太小，没有说。现在你已经成人了，却还是那样的性情。这教我怎么办呢？你似的性情，能行大事的么？”

“能。说罢，母亲。我要改过……。”

“自然。我也只得说。你必须改过……。那么，走过来罢。”

他走过去；他的母亲端坐在床上，在暗白的月影里，两眼发出闪闪的光芒。

“听哪！”她严肃地说，“你的父亲原是一个铸剑的名工，天下第一。他的工具，我早已都卖掉了来救了穷了，你已经看不见一点遗迹；但他是一个世上无二的铸剑的名工。二十年前，王妃生下了一块铁，听说是抱了一回铁柱之后受孕的，是一块纯青透明的铁。大王知道是异宝，便决计用来铸一把剑，想用它保国，用它杀敌，用它防身。不幸你的父亲那时偏偏入了选，便将铁捧回家里来，日日夜夜地锻炼，费了整三年的精神，炼成两把剑。

“当最末次开炉的那一日，是怎样地骇人的景象呵！哗拉拉地腾上一道白气的时候，地面也觉得动摇。那白气到天半便变成白云，罩住了这处所，渐渐现出绯红颜色，映得一切都如桃花。我家的漆黑的炉子里，是躺着通红的两把剑。你父亲用井华水慢慢地滴下去，那剑嘶嘶地吼着，慢慢转成青色了。这样地七日七夜，就看不见了剑，仔细看时，却还在炉底里，纯青的，透明的，正像两条冰。

“大欢喜的光采，便从你父亲的眼睛里四射出来；他取起剑，拂拭着，拂拭着。然而悲惨的皱纹，却也从他的眉头和嘴角出现了。他将那两把剑分装在两个匣子里。

“‘你只要看这几天的景象，就明白无论是谁，都知道剑已炼就的了。’他悄悄地对我说。‘一到明天，我必须去献给大王。但献剑的一天，也就是我命尽的日子。怕我们从此要长别了。’

“‘你……’我很骇异，猜不透他的意思，不知怎么说的好。我只是这样地说：‘你这回有了这么大的功劳……。’

“‘唉！你怎么知道呢！’他说。‘大王是向来善于猜疑，又极残忍的。这回我给他炼成了世间无二的剑，他一定要杀掉我，免得我再去给别人炼剑，来和他匹敌，或者超过他。’

“我掉泪了。

“‘你不要悲哀。这是无法逃避的。眼泪决不能洗掉运命。我可是早已有准备在这里了！’他的眼里忽然发出电火似的光芒，将一个剑匣放在我膝上。‘这是雄剑。’他说。‘你收着。明天，我只将这雌剑献给大王去。倘若我一去竟不回来了呢，那是我一定不再在人间了。你不是怀孕已经五六个月了么？不要悲哀；待生了孩子，好好地抚养。一到成人之后，你便交给他这雄剑，教他砍在大王的颈子上，给我报仇！’”

“那天父亲回来了没有呢？”眉间尺赶紧问。

“没有回来!”她冷静地说，“我四处打听，也杳无消息。后来听得人说，第一个用血来饲你父亲自己炼成的剑的人，就是他自己——你的父亲。还怕他鬼魂作怪，将他的身首分埋在前门和后苑了!”

眉间尺忽然全身都如烧着猛火，自己觉得每一枝毛发上都仿佛闪出火星来。他的双拳，在暗中捏得格格地作响。

他的母亲站起了，揭去床头的木板，下床点了松明，到门背后取过一把锄，交给眉间尺道:“掘下去!”

眉间尺心跳着，但很沉静的一锄一锄轻轻地掘下去。掘出来的都是黄土，约到五尺多深，土色有些不同了，似乎是烂掉的材木。

“看罢!要小心!”他的母亲说。

眉间尺伏在掘开的洞穴旁边，伸手下去，谨慎小心地撮开烂树，待到指尖一冷，有如触着冰雪的时候，那纯青透明的剑也出现了。他看清了剑靶，捏着，提了出来。

窗外的星月和屋里的松明似乎都骤然失了光辉，惟有青光充塞宇内。那剑便溶在这青光中，看去好像一无所有。眉间尺凝神细视，这才仿佛看见长五尺余，却并不见得怎样锋利，剑口反而有些浑圆，正如一片韭叶。

“你从此要改变你的优柔的性情，用这剑报仇去!”他的母亲说。

“我已经改变了我的优柔的性情，要用这剑报仇去!”

“但愿如此。你穿了青衣，背上这剑，衣剑一色，谁也看不分明的。衣服我已经做在这里，明天就上你的路去罢。不要记念我!”她向床后的破衣箱一指，说。

眉间尺取出新衣，试去一穿，长短正很合适。他便重行叠好，裹了剑，放在枕边，沉静地躺下。他觉得自己已经改变了优柔的性情;他决心要并无心事一般，倒头便睡，清晨醒来，毫不改变常态，从容地去寻他不共戴天的仇雠。

但他醒着。他翻来覆去，总想坐起来。他听到他母亲的失望的轻轻的长叹。他听到最初的鸡鸣;他知道已交子时，自己是上了十六岁了。

二

当眉间尺肿着眼眶，头也不回的跨出门外，穿着青衣，背着青剑，迈开大步，径奔城中的时候，东方还没有露出阳光。杉树林的每一片叶尖，都挂着露珠，其中隐藏着夜气。但是，待到走到树林的那一头，露珠里却闪出各样的光辉，渐渐幻成晓色了。远望前面，便依稀看见灰黑色的城墙和雉堞。

和挑葱卖菜的一同混入城里，街市上已经很热闹。男人们一排一排的呆站着;女人们也时时从门里探出头来。她们大半也肿着眼眶;蓬着头;黄黄的脸，连脂粉也不及涂抹。

眉间尺预觉到将有巨变降临，他们便都是焦躁而忍耐地等候着这巨变的。

他径自向前走;一个孩子突然跑过来，几乎碰着他背上的剑尖，使他吓出了一身汗。转出北方，离王宫不远，人们就挤得密密层层，都伸着脖子。人丛中还有女人和孩子哭嚷的声音。他怕那看不见的雄剑伤了人，不敢挤进去;然而人们却又在背后拥上来。他只得宛转地退避;面前只看见人们的背脊和伸长的脖子。

忽然，前面的人们都陆续跪倒了；远远地有两匹马并着跑过来。此后是拿着木棍，戈，刀，弓弩，旌旗的武人，走得满路黄尘滚滚。又来了一辆四匹马拉的大车，上面坐着一队人，有的打钟击鼓，有的嘴上吹着不知道叫什么名目的劳什子。此后又是车，里面的人都穿画衣，不是老头子，便是矮胖子，个个满脸油汗。接着又是一队拿刀枪剑戟的骑士。跪着的人们便都伏下去了。这时眉间尺正看见一辆黄盖的大车驰来，正中坐着一个画衣的胖子，花白胡子，小脑袋；腰间还依稀看见佩着和他背上一样的青剑。

他不觉全身一冷，但立刻又灼热起来，像是猛火焚烧着。他一面伸手向肩头捏住剑柄，一面提起脚，便从伏着的人们的脖子的空处跨出去。

但他只走得五六步，就跌了一个倒栽葱，因为有人突然捏住了他的一只脚。这一跌又正压在一个干瘪脸的少年身上；他正怕剑尖伤了他，吃惊地起来看的时候，肋下就挨了很重的两拳。他也不暇计较，再望路上，不但黄盖车已经走过，连拥护的骑士也过去了一大阵了。

路旁的一切人们也都爬起来。干瘪脸的少年却还扭住了眉间尺的衣领，不肯放手，说被他压坏了贵重的丹田，必须保险，倘若不到八十岁便死掉了，就得抵命。闲人们又即刻围上来，呆看着，但谁也不开口；后来有人从旁笑骂了几句，却全是附和干瘪脸少年的。眉间尺遇到了这样的敌人，真是怒不得，笑不得，只觉得无聊，却又脱身不得。这样地经过了煮熟一锅小米的时光，眉间尺早已焦躁得浑身发火，看的人却仍不见减，还是津津有味似的。

前面的人圈子动摇了，挤进一个黑色的人来，黑须黑眼睛，瘦得如铁。他并不言语，只向眉间尺冷冷地一笑，一面举手轻轻地一拨干瘪脸少年的下巴，并且看定了他的脸。那少年也向他看了一会，不觉慢慢地松了手，溜走了；那人也就溜走了；看的人们也都无聊地走散。只有几个人还来问眉间尺的年纪，住址，家里可有姊姊。眉间尺都不理他们。

他向南走着；心里想，城市中这么热闹，容易误伤，还不如在南门外等候他回来，给父亲报仇罢，那地方是地旷人稀，实在很便于施展。这时满城都议论着国王的游山，仪仗，威严，自己得见国王的荣耀，以及俯伏得有怎么低，应该采作国民的模范等等，很像蜜蜂的排衙。直至将近南门，这才渐渐地冷静。

他走出城外，坐在一株大桑树下，取出两个馒头来充了饥；吃着的时候忽然记起母亲来，不觉眼鼻一酸，然而此后倒也没有什么。周围是一步一步地静下去了，他至于很分明地听到自己的呼吸。

天色愈暗，他也愈不安，尽目力望着前方，毫不见有国王回来的影子。上城卖菜的村人，一个个挑着空担出城回家去了。

人迹绝了许久之后，忽然从城里闪出那一个黑色的人来。

“走罢，眉间尺！国王在捉你了！”他说，声音好像鸱鸮。

眉间尺浑身一颤，中了魔似的，立即跟着他走；后来是飞奔。他站定了喘息许多时，才明白已经到了杉树林边。后面远处有银白的条纹，是月亮已从那边出现；前面却仅有两点磷火一般的那黑色人的眼光。

“你怎么认识我？……”他极其惶骇地问。

“哈哈！我一向认识你。”那人的声音说。“我知道你背着雄剑，要给你的父亲报仇，我也知道你报不成。岂但报不成；今天已经有人告密，你的仇人早从东门还宫，下令捕拿你了。”

眉间尺不觉伤心起来。

“唉唉，母亲的叹息是无怪的。”他低声说。

“但她只知道一半。她不知道我要给你报仇。”

“你么？你肯给我报仇么，义士？”

“阿，你不要用这称呼来冤枉我。”

“那么，你同情于我们孤儿寡妇？……”

“唉，孩子，你再不要提这些受了污辱的名称。”他严冷地说，“仗义，同情，那些东西，先前曾经干净过，现在却都成了放鬼债的资本。我的心里全没有你所谓的那些。我只不过要给你报仇！”

“好。但你怎么给我报仇呢？”

“只要你给我两件东西。”两粒磷火下的声音说。“那两件么？你听着：一是你的剑，二是你的头！”

眉间尺虽然觉得奇怪，有些狐疑，却并不吃惊。他一时开不得口。

“你不要疑心我将骗取你的性命和宝贝。”暗中的声音又严冷地说，“这事全由你。你信我，我便去；你不信，我便住。”

“但你为什么给我去报仇的呢？你认识我的父亲么？”

“我一向认识你的父亲，也如一向认识你一样。但我要报仇，却并不为此。聪明的孩子，告诉你罢。你还不知道么，我怎么地善于报仇。你的就是我的；他也就是我。我的魂灵上是有这么多的，人我所加的伤，我已经憎恶了我自己！”

暗中的声音刚刚停止，眉间尺便举手向肩头抽取青色的剑，顺手从后项窝向前一削，头颅坠在地面的青苔上，一面将剑交给黑色人。

“呵呵！”他一手接剑，一手捏着头发，提起眉间尺的头来，对着那热的死掉的嘴唇，接吻两次，并且冷冷地尖利地笑。

笑声即刻散布在杉树林中，深处随着有一群磷火似的眼光闪动，倏忽临近，听到咻咻的饿狼的喘息。第一口撕尽了眉间尺的青衣，第二口便身体全都不见了，血痕也顷刻舔尽，只微微听得咀嚼骨头的声音。

最先头的一匹大狼就向黑色人扑过来。他用青剑一挥，狼头便坠在地面的青苔上。别的狼们第一口撕尽了它的皮，第二口便身体全都不见了，血痕也顷刻舔尽，只微微听得咀嚼骨头的声音。

他已经掣起地上的青衣，包了眉间尺的头，和青剑都背在背脊上，回转身，在暗中向王城扬长地走去。

狼们站定了，耸着肩，伸出舌头，咻咻地喘着，放着绿的眼光看他扬长地走。

他在暗中向王城扬长地走去，发出尖利的声音唱着歌：

哈哈爱兮爱乎爱乎！

爱青剑兮一个仇人自屠。
夥颐连翩兮多少一夫。
一夫爱青剑兮呜呼不孤。
头换头兮两个仇人自屠。
一夫则无兮爱乎呜呼！
爱乎呜呼兮呜呼阿呼，
阿呼呜呼兮呜呼呜呼！

三

游山并不能使国王觉得有趣；加上了路上将有刺客的密报，更使他扫兴而还。那夜他很生气，说是连第九个妃子的头发，也没有昨天那样的黑得好看了。幸而她撒娇坐在他的御膝上，特别扭了七十多回，这才使龙眉之间的皱纹渐渐地舒展。

午后，国王一起身，就又有些不高兴，待到用过午膳，简直现出怒容来。

“唉唉！无聊！”他打一个大呵欠之后，高声说。

上自王后，下至弄臣，看见这情形，都不觉手足无措。白须老臣的讲道，矮胖侏儒的打诨，王是早已听厌的了；近来便是走索，缘竿，抛丸，倒立，吞刀，吐火等等奇妙的把戏，也都看得毫无意味。他常常要发怒；一发怒，便按着青剑，总想寻点小错处，杀掉几个人。

偷空在宫外闲游的两个小宦官，刚刚回来，一看见宫里面大家的愁苦的情形，便知道又是照例的祸事临头了，一个吓得面如土色；一个却像是大有把握一般，不慌不忙，跑到国王的面前，俯伏着，说道：

“奴才刚才访得一个异人，很有异术，可以给大王解闷，因此特来奏闻。”

“什么?!”王说。他的话是一向很短的。

“那是一个黑瘦的，乞丐似的男子。穿一身青衣，背着一个圆圆的青包裹；嘴里唱着胡诌的歌。人问他。他说善于玩把戏，空前绝后，举世无双，人们从来就没有看见过；一见之后，便即解烦释闷，天下太平。但大家要他玩，他却又不肯。说是第一须有一条金龙，第二须有一个金鼎。……”

“金龙？我是的。金鼎？我有。”

“奴才也正是这样想。……”

“传进来！”

话声未绝，四个武士便跟着那小宦官疾趋而出。上自王后，下至弄臣，个个喜形于色。他们都愿意这把戏玩得解愁释闷，天下太平；即使玩不成，这回也有了那乞丐似的黑瘦男子来受祸，他们只要能挨到传了进来的时候就好了。

并不要许多工夫，就望见六个人向金阶趋进。先头是宦官，后面是四个武士，中间夹着一个黑色人。待到近来时，那人的衣服却是青的，须眉头发都黑；瘦得颧骨，眼圈骨，眉棱骨都高高地突出来。他恭敬地跪着俯伏下去时，果然看见背上有一个圆圆的小包袱，青色布，上面还画上一些暗红色的花纹。

“奏来！”王暴躁地说。他见他家伙简单，以为他未必会玩什么好把戏。

“臣名叫宴之敖者；生长汶汶乡。少无职业；晚遇明师，教臣把戏，是一个孩子的头。这把戏一个人玩不起来，必须在金龙之前，摆一个金鼎，注满清水，用兽炭煎熬。于是放下孩子的头去，一到水沸，这头便随波上下，跳舞百端，且发妙音，欢喜歌唱。这歌舞为一人所见，便解愁释闷，为万民所见，便天下太平。”

“玩来!”王大声命令说。

并不要许多工夫，一个煮牛的大金鼎便摆在殿外，注满水，下面堆了兽炭，点起火来。那黑色人站在旁边，见炭火一红，便解下包袱，打开，两手捧出孩子的头来，高高举起。那头是秀眉长眼，皓齿红唇；脸带笑容；头发蓬松，正如青烟一阵。黑色人捧着向四面转了一圈，便伸手擎到鼎上，动着嘴唇说了几句不知什么话，随即将手一松，只听得扑通一声，坠入水中去了。水花同时溅起，足有五尺多高，此后是一切平静。

许多工夫，还无动静。国王首先暴躁起来，接着是王后和妃子，大臣，宦官们也都有些焦急，矮胖的侏儒们则已经开始冷笑了。王一见他们的冷笑，便觉自己受愚，回顾武士，想命令他们就将那欺君的莠民掷入牛鼎里去煮杀。

但同时就听得水沸声；炭火也正旺，映着那黑色人变成红黑，如铁的烧到微红。王刚又回过脸来，他也已经伸起两手向天，眼光向着无物，舞蹈着，忽地发出尖利的声音唱起歌来：

哈哈爱兮爱乎爱乎!
爱兮血兮兮谁乎独无。
民萌冥行兮一夫壶卢。
彼用百头颅，千头颅兮用万头颅!
我用一头颅兮而无万夫。
爱一头颅兮血乎呜呼!
血乎呜呼兮呜呼阿呼，
阿呼呜呼兮呜呼呜呼!

随着歌声，水就从鼎口涌起，上尖下广，像一座小山，但自水尖至鼎底，不住地回旋运动。那头即随水上上下下，转着圈子，一面又滴溜溜自己翻筋斗，人们还可以隐约看见他玩得高兴的笑容。过了些时，突然变了逆水的游泳，打旋子夹着穿梭，激得水花向四面飞溅，满庭洒下一阵热雨来。一个侏儒忽然叫了一声，用手摸着自己的鼻子。他不幸被热水烫了一下，又不耐痛，终于免不得出声叫苦了。

黑色人的歌声才停，那头也就在水中央停住，面向王殿，颜色转成端庄。这样的有十余瞬息之久，才慢慢地上下抖动；从抖动加速而为起伏的游泳，但不很快，态度很雍容。绕着水边一高一低地游了三匝，忽然睁大眼睛，漆黑的眼珠显得格外精采，同时也开口唱起歌来：

王泽流兮浩洋洋；
克服怨敌，怨敌克服兮，赫兮强!

宇宙有穷止兮万寿无疆。
幸我来也兮青其光！
青其光兮永不相忘。
异处异处兮堂哉皇！
堂哉皇哉兮嗳嗳唷，
嗟来归来，嗟来陪来兮青其光！

头忽然升到水的尖端停住；翻了几个筋斗之后，上下升降起来，眼珠向着左右瞥视，十分秀媚，嘴里仍然唱着歌：

阿呼呜呼兮呜呼呜呼，
爱乎呜呼兮呜呼阿呼！
血一头颅兮爱乎呜呼。
我用一头颅兮而无万夫！
彼用百头颅，千头颅……

唱到这里，是沉下去的时候，但不再浮上来了；歌词也不能辨别。涌起的水，也随着歌声的微弱，渐渐低落，像退潮一般，终至到鼎口以下，在远处什么也看不见。

“怎了？”等了一会，王不耐烦地问。

“大王，”那黑色人半跪着说：“他正在鼎底里作最神奇的团圆舞，不临近是看不见的。臣也没有法术使他上来，因为作团圆舞必须在鼎底里。”

王站起身，跨下金阶，冒着炎热立在鼎边，探头去看。只见水平如镜，那头仰面躺在水中间，两眼正看着他的脸。待到王的眼光射到他脸上时，他便嫣然一笑。这一笑使王觉得似曾相识，却又一时记不起是谁来。刚在惊疑，黑色人已经掣出了背着的青色的剑，只一挥，闪电般从后项窝直劈下去，扑通一声，王的头就落在鼎里了。

仇人相见，本来格外眼明，况且是相逢狭路。王头刚到水面，眉间尺的头便迎上来，狠命在他耳轮上咬了一口。鼎水即刻沸涌，澎湃有声；两头即在水中死战。约有二十回合，王头受了五个伤，眉间尺的头上却有七处。王又狡猾，总是设法绕到他的敌人的后面去。眉间尺偶一疏忽，终于被他咬住了后项窝，无法转身。这一回王的头可是咬定不放了，他只是连连蚕食进去；连鼎外面也仿佛听到孩子的失声叫痛的声音。

上自王后，下至弄臣，骇得凝结着的神色也应声活动起来，似乎感到暗无天日的悲哀，皮肤上都一粒一粒地起粟；然而又夹着秘密的欢喜，瞪了眼，像是等候着什么似的。

黑色人也仿佛有些惊慌，但是面不改色。他从从容容地伸开那捏着看不见的青剑的臂膊，如一段枯枝；伸长颈子，如在细看鼎底。臂膊忽然一弯，青剑便蓦地从他后面劈下，剑到头落，坠入鼎中，淜的一声，雪白的水花向着空中同时四射。

他的头一入水，即刻直奔王头，一口咬住了王的鼻子，几乎要咬下来。王忍不住叫一声“阿唷”，将嘴一张，眉间尺的头就乘机挣脱了，一转脸倒将王的下巴下死劲咬住。

他们不但都不放，还用全力上下一撕，撕得王头再也合不上嘴。于是他们就如饿鸡啄米一般，一顿乱咬，咬得王头眼歪鼻塌，满脸鳞伤。先前还会在鼎里面四处乱滚，后来只能躺着呻吟，到底是一声不响，只有出气，没有进气了。

黑色人和眉间尺的头也慢慢地住了嘴，离开王头，沿鼎壁游了一匝，看他可是装死还是真死。待到知道了王头确已断气，便四目相视，微微一笑，随即合上眼睛，仰面向天，沉到水底里去了。

四

烟消火灭；水波不兴。特别的寂静倒使殿上殿下的人们警醒。他们中的一个首先叫了一声，大家也立刻迭连惊叫起来；一个迈开腿向金鼎走去，大家便争先恐后地拥上去了。有挤在后面的，只能从人脖子的空隙间向里面窥探。

热气还炙得人脸上发烧。鼎里的水却一平如镜，上面浮着一层油，照出许多人脸孔：王后，王妃，武士，老臣，侏儒，太监。……

“阿呀，天哪！咱们大王的头还在里面哪，�唷唷！”第六个妃子忽然发狂似的哭嚷起来。

上自王后，下至弄臣，也都恍然大悟，仓皇散开，急得手足无措，各自转了四五个圈子。一个最有谋略的老臣独又上前，伸手向鼎边一摸，然而浑身一抖，立刻缩了回来，伸出两个指头，放在口边吹个不住。

大家定了定神，便在殿门外商议打捞办法。约略费去了煮熟三锅小米的工夫，总算得到一种结果，是：到大厨房去调集了铁丝勺子，命武士协力捞起来。

器具不久就调集了，铁丝勺，漏勺，金盘，擦桌布，都放在鼎旁边。武士们便揎起衣袖，有用铁丝勺的，有用漏勺的，一齐恭行打捞。有勺子相触的声音，有勺子刮着金鼎的声音；水是随着勺子的搅动而旋绕着。好一会，一个武士的脸色忽而很端庄了，极小心地两手慢慢举起了勺子，水滴从勺孔中珠子一般漏下，勺里面便显出雪白的头骨来。大家惊叫了一声；他便将头骨倒在金盘里。

“阿呀！我的大王呀！”王后，妃子，老臣，以至太监之类，都放声哭起来。但不久就陆续停止了，因为武士又捞起了一个同样的头骨。

他们泪眼模胡地四顾，只见武士们满脸油汗，还在打捞。此后捞出来的是一团糟的白头发和黑头发；还有几勺很短的东西，随乎是白胡须和黑胡须。此后又是一个头骨。此后是三枝簪。

直到鼎里面只剩下清汤，才始住手；将捞出的物件分盛了三金盘：一盘头骨，一盘须发，一盘簪。

“咱们大王只有一个头。那一个是咱们大王的呢？”第九个妃子焦急地问。

“是呵……”老臣们都面面相觑。

“如果皮肉没有煮烂，那就容易辨别了。”一个侏儒跪着说。

大家只得平心静气，去细看那头骨，但是黑白大小，都差不多，连那孩子的头，也无从分辨。王后说王的右额上有一个疤，是做太子时候跌伤的，怕骨上也有痕迹。果然，侏儒在一个头骨上发见了；大家正在欢喜的时候，另外的一个侏儒却又在较黄的头骨的右额上看出相仿的瘢痕来。

“我有法子。”第三个王妃得意地说，“咱们大王的龙准是很高的。”

太监们即刻动手研究鼻准骨，有一个确也似乎比较地高，但究竟相差无几；最可惜的是右额上却并无跌伤的瘢痕。

“况且，”老臣们向太监说，“大王的后枕骨是这么尖的么？”

“奴才们向来就没有留心看过大王的后枕骨……”

王后和妃子们也各自回想起来，有的说是尖的，有的说是平的。叫梳头太监来问的时候，却一句话也不说。

当夜便开了一个王公大臣会议，想决定那一个是王的头，但结果还同白天一样。并且连须发也发生了问题。白的自然是王的，然而因为花白，所以黑的也很难处置。讨论了小半夜，只将几根红色的胡子选出；接着因为第九个王妃抗议，说她确曾看见王有几根通黄的胡子，现在怎么能知道决没有一根红的呢。于是也只好重行归并，作为疑案了。

到后半夜，还是毫无结果。大家却居然一面打呵欠，一面继续讨论，直到第二次鸡鸣，这才决定了一个最慎重妥善的办法，是：只能将三个头骨都和王的身体放在金棺里落葬。

七天之后是落葬的日期，合城很热闹。城里的人民，远处的人民，都奔来瞻仰国王的“大出丧”。天一亮，道上已经挤满了男男女女；中间还夹着许多祭桌。待到上午，清道的骑士才缓辔而来。又过了不少工夫，才看见仪仗，什么旌旗，木棍，戈戟，弓弩，黄钺之类；此后是四辆鼓吹车。再后面是黄盖随着路的不平而起伏着，并且渐渐近来了，于是现出灵车，上载金棺，棺里面藏着三个头和一个身体。

百姓都跪下去，祭桌便一列一列地在人丛中出现。几个义民很忠愤，咽着泪，怕那两个大逆不道的逆贼的魂灵，此时也和王一同享受祭礼，然而也无法可施。

此后是王后和许多王妃的车。百姓看她们，她们也看百姓，但哭着。此后是大臣，太监，侏儒等辈，都装着哀戚的颜色。只是百姓已经不看他们，连行列也挤得乱七八糟，不成样子了。

一九二六年十月作

（选自《鲁迅全集》第二卷，人民文学出版社，2005）

【学习提示】

《铸剑》于1927年发表于《莽原》半月刊，原题为“眉间尺”，后被收入小说集《故事新编》中。1936年1月，《故事新编》由上海文化生活出版社出版，是鲁迅的第三部小说集，其中收录了他于1922年至1935年创作的8篇历史题材的短篇小说。

《故事新编》中的作品以远古神话和历史传说为题材，大多是在“博考文献”的基础上，“取一点因由，随意点染”而成，但鲁迅曾再三说过，《铸剑》是这8篇小说中写得最认真的。

《铸剑》的故事原型在古代神话集《列异传》和《搜神记》中都有记载。在故事的主要情节上，鲁迅的《铸剑》与故事原型基本上相同：一个技能高超的铸工干将，为楚王造剑，造成后遭楚王杀害。干将在临死前叮嘱其妻，要子女长大后为其报仇。干将之子赤长大后，在侠客的帮助下，终于杀了楚王，报了父仇。在《列异传》和《搜神记》中，主人公"赤"只是单纯地报父仇，"客"只是个行侠仗义、不惜生命替人报仇的勇士。《铸剑》的主题虽然依旧是复仇，但在鲁迅的笔下，"仇"已经具有了崭新的、深广的含义，已从个人的复仇升华到为普天下被侮辱、被迫害的人民大众向统治阶级复仇的高度。这是这篇小说最重大、最鲜明的主题。

这个主题通过"黑色人"的形象表现得尤为充分。"黑色人"是鲁迅着力塑造的中心人物，他的性格异常鲜明而丰满。鲁迅不仅扩充了古小说中关于"黑色人"的行动、语言描写，还增加了"黑色人"的肖像、神态、心理描写。他的个性可归结为一个"冷"字，但这种"冷"，不是冷若冰霜，而是冷中透热。他深爱劳动者的孩子，他的身上奔腾着一股热流；他像同情一切被迫害者那样，同情眉间尺一家的悲惨遭遇，保护眉间尺不受侵扰，支持眉间尺的复仇行动，当眉间尺最后报仇无门、自身难保时，他慷慨允诺替眉间尺复仇。"黑色人"既敢于斗争，又善于斗争；既有战斗的勇气，又有斗争的策略。他反对眉间尺冒险行刺，阻止了眉间尺的冒失行动，避免了无谓的牺牲。然而，他又取走了眉间尺的头，这正是他周密的、奇异的报仇计划。在承诺为眉间尺复仇时，他就已成竹在胸了，没有眉间尺的头便无法进入王宫，更无法接近国王。"黑色人"足智多谋，以玩"异术"为名，取得了大臣和国王的信任，只身进入金殿。他刚毅果断，利用国王立在鼎边呆看"异术"的时机，手疾眼快，掣出宝剑轻轻一击，把国王的头颅砍入鼎中。但国王凶恶狡猾的头十分疯狂，直咬得眉间尺的头失声叫痛，无力反抗，"黑色人"毫不犹豫地举起青剑砍下自己的头颅投入鼎中，和眉间尺的头一起死死咬住国王的头不放，用力撕扯，直至王头断气。"黑色人"是鲁迅浓墨重彩颂扬的"中国的脊梁"，是具有伟大崇高的思想、坚韧不拔的意志、优异杰出的斗争艺术的"真的猛士"。

《铸剑》具有浓郁的浪漫主义色彩，借助神奇的想象来渲染气氛，如写"黑色人"在王宫中表演绝技，唱着难以理解的咒语般的歌，指挥沸鼎中的人头上下翻腾、左右回旋，跳最神奇的团圆舞。小说又很注重生活细节描写，以此来表现人物性格。这种浪漫主义和现实主义互相渗透的写法，使小说的格调既奇幻又沉实，既峻急又舒展，反映了作者深厚的艺术功力。

《铸剑》还体现了鲁迅高超而深沉的讽刺艺术。鲁迅选取现实中能激起愤怒、仇恨的事物，将其插入对古代人物事件的描述之中，然后通过正面人物之口对其进行批判和鞭挞。鲁迅在《新时代的放债法》一文中说："先前，我总以为做债主的人是一定要有钱的，近来才知道无须。在'新时代'里，有一种精神的资本家。"这些"精神的资本家"惯用仗义、同情等"冠冕堂皇的招牌"，作为"雄厚的资本"去收买人的灵魂。显然，"黑色人"的那段话——仗义，同情，那些东西，先前曾经干净过，现在却都成了放鬼债的资本——与这段文字不仅精义相同，而且语式、语调甚至语词结构也颇为相似，它表现的是现代人的心绪，讽刺的是现实的生活。鲁迅的讽刺不是潇洒志士无伤大雅的讥嘲，而是一种愤怒的叫喊，是对腐败社会的痛击。

【思考练习题】

1. 在小说中，“黑色人”说：“你的就是我的；他也就是我。我的魂灵上是有这么多的，人我所加的伤，我已经憎恶了我自己！”《铸剑》的故事从古代到鲁迅的笔下主要情节都是“复仇”，请谈谈鲁迅笔下的“复仇”具有什么新的内涵。

2. 结合《铸剑》中对讽刺手法的运用，思考鲁迅历史题材小说中的讽刺与他的现实题材小说中的讽刺有何不同。

【延展阅读】

本篇选自鲁迅小说集《故事新编》，是其中的8篇历史题材小说之一。为了更加充分地感受鲁迅笔下历史题材小说的意境与风味，请补充阅读《故事新编》中的其他7篇作品。

肥 皂

鲁 迅

四铭太太正在斜日光中背着北窗和她八岁的女儿秀儿糊纸锭，忽听得又重又缓的布鞋底声响，知道四铭进来了，并不去看他，只是糊纸锭。但那布鞋底声却愈响愈逼近，觉得终于停在她的身边了，于是不免转过眼去看，只见四铭就在她面前耸肩曲背的狠命掏着布马挂底下的袍子的大襟后面的口袋。

他好容易曲曲折折的汇出手来，手里就有一个小小的长方包，葵绿色的，一径递给四太太。她刚接到手，就闻到一阵似橄榄非橄榄的说不清的香味，还看见葵绿色的纸包上有一个金光灿烂的印子和许多细簇簇的花纹。秀儿即刻跳过来要抢着看，四太太赶忙推开她。

“上了街？……”她一面看，一面问。

“唔唔。”他看着她手里的纸包，说。

于是这葵绿色的纸包被打开了，里面还有一层很薄的纸，也是葵绿色，揭开薄纸，才露出那东西的本身来，光滑坚致，也是葵绿色，上面还有细簇簇的花纹，而薄纸原来却是米色的，似橄榄非橄榄的说不清的香味也来得更浓了。

“唉唉，这实在是好肥皂。”她捧孩子似的将那葵绿色的东西送到鼻子下面去，嗅着说。

“唔唔，你以后就用这个……。”

她看见他嘴里这么说，眼光却射在她的脖子上，便觉得颧骨以下的脸上似乎有些热。她有时自己偶然摸到脖子上，尤其是耳朵后，指面上总感着些粗糙，本来早就知道是积年的老泥，但向来倒也并不很介意。现在在他的注视之下，对着这葵绿异香的洋肥皂，可不禁脸上有些发热了，而且这热又不绝的蔓延开去，即刻一径到耳根。她于是就决定晚饭后要用这肥皂来拚命的洗一洗。

“有些地方，本来单用皂荚子是洗不干净的。”她自对自的说。

“妈，这给我！”秀儿伸手来抢葵绿纸；在外面玩耍的小女儿招儿也跑到了。四太太赶忙推开她们，裹好薄纸，又照旧包上葵绿纸，欠过身去搁在洗脸台上最高的一层格子上，看一看，翻身仍然糊纸锭。

“学程！”四铭记起了一件事似的，忽而拖长了声音叫，就在她对面的一把高背椅子上坐下了。

“学程！”她也帮着叫。

她停下糊纸锭，侧耳一听，什么响应也没有，又见他仰着头焦急的等着，不禁很有些抱歉了，便尽力提高了喉咙，尖利的叫：

“絟儿呀！”

这一叫确乎有效，就听到皮鞋声橐橐的近来，不一会，绘儿已站在她面前了，只穿短衣，肥胖的圆脸上亮晶晶的流着油汗。

“你在做什么？怎么爹叫也不听见？”她谴责的说。

“我刚在练八卦拳①……。”他立即转身向了四铭，笔挺的站着，看着他，意思是问他什么事。

“学程，我就要问你：‘恶毒妇’是什么？”

“‘恶毒妇’？……那是，‘很凶的女人’罢？……”

“胡说！胡闹！”四铭忽而怒得可观。“我是‘女人’么!?”

学程吓得倒退了两步，站得更挺了。他虽然有时觉得他走路很像上台的老生，却从没有将他当作女人看待，他知道自己答的很错了。

“‘恶毒妇’是‘很凶的女人’，我倒不懂，得来请教你？——这不是中国话，是鬼子话，我对你说。这是什么意思，你懂么？”

“我，……我不懂。”学程更加局促起来。

“吓，我白化钱送你进学堂，连这一点也不懂。亏煞你的学堂还夸什么‘口耳并重’，倒教得什么也没有。说这鬼话的人至多不过十四五岁，比你还小些呢，已经叽叽咕咕的能说了，你却连意思也说不出，还有这脸说‘我不懂’！——现在就给我去查出来！”

学程在喉咙底里答应了一声“是”，恭恭敬敬的退出去了。

“这真叫作不成样子，”过了一会，四铭又慷慨的说，“现在的学生是。其实，在光绪年间，我就是最提倡开学堂的②，可万料不到学堂的流弊竟至于如此之大：什么解放咧，自由咧，没有实学，只会胡闹。学程呢，为他化了的钱也不少了，都白化。好容易给他进了中西折中的学堂，英文又专是‘口耳并重’的，你以为这该好了罢，哼，可是读了一年，连‘恶毒妇’也不懂，大约仍然是念死书。吓，什么学堂，造就了些什么？我简直说：应该统统关掉！”

“对咧，真不如统统关掉的好。”四太太糊着纸锭，同情的说。

“秀儿她们也不必进什么学堂了。‘女孩子，念什么书？’九公公先前这样说，反对女学的时候，我还攻击他呢；可是现在看起来，究竟是老年人的话对。你想，女人一阵一阵的在街上走，已经很不雅观的了，她们却还要剪头发。我最恨的就是那些剪了头发的女学生，我简直说，军人土匪倒还情有可原，搅乱天下的就是她们，应该很严的办一办……。”

“对咧，男人都像了和尚还不够，女人又来学尼姑了。”

“学程！”

学程正捧着一本小而且厚的金边书快步进来。便呈给四铭，指着一处说：

---

① 八卦拳，拳术的一种，多用掌法，按八卦的特定形式运行。清末有些王公大臣和“五四”前后的复古派曾把它作为“国粹”加以提倡。

② 关于光绪年间开学堂，戊戌变法（1898）期间，在维新派的推动下，我国开始兴办近代教育；1902年（光绪二十八年）清廷颁布《钦定学堂章程》，开始兴办学堂。

“这倒有点像。这个……。”

四铭接来看时，知道是字典，但文字非常小，又是横行的。他眉头一皱，擎向窗口，细着眼睛，就学程所指的一行念过去：

“‘第十八世纪创立之共济讲社①之称’。——唔，不对。——这声音是怎么念的？”他指着前面的“鬼子”字，问。

“恶特拂罗斯（Oddfellows）。”

“不对，不对，不是这个。”四铭又忽而愤怒起来了。“我对你说：那是一句坏话，骂人的话，骂我这样的人的。懂了么？查去！”

学程看了他几眼，没有动。

“这是什么闷胡卢，没头没脑的？你也先得说说清，教他好用心的查去。”她看见学程为难，觉得可怜，便排解而且不满似的说。

“就是我在大街上广润祥买肥皂的时候，”四铭呼出了一口气，向她转过脸去，说。“店里又有三个学生在那里买东西。我呢，从他们看起来，自然也怕太噜苏一点了罢。我一气看了六七样，都要四角多，没有买；看一角一块的，又太坏，没有什么香。我想，不如中通的好，便挑定了那绿的一块，两角四分。伙计本来是势利鬼，眼睛生在额角上的，早就撅着狗嘴的了；可恨那学生这坏小子又都挤眉弄眼的说着鬼话笑。后来，我要打开来看一看才付钱：洋纸包着，怎么断得定货色的好坏呢。谁知道那势利鬼不但不依，还蛮不讲理，说了许多可恶的废话；坏小子们又附和着说笑。那一句是顶小的一个说的，而且眼睛看着我，他们就都笑起来了：可见一定是一句坏话。”他于是转脸对着学程道，“你只要在‘坏话类’里去查去！”

学程在喉咙底里答应了一声“是”，恭恭敬敬的退去了。

“他们还嚷什么‘新文化新文化’，‘化’到这样了，还不够？”他两眼钉着屋梁，尽自说下去。“学生也没有道德，社会上也没有道德，再不想点法子来挽救，中国这才真个要亡了。——你想，那多么可叹？……”

“什么？”她随口的问，并不惊奇。

“孝女。”他转眼对着她，郑重的说。“就在大街上，有两个讨饭的。一个是姑娘，看去该有十八九岁了。——其实这样的年纪，讨饭是很不相宜的了，可是她还讨饭。——和一个六七十岁的老的，白头发，眼睛是瞎的，坐在布店的檐下求乞。大家多说她是孝女，那老的是祖母。她只要讨得一点什么，便都献给祖母吃，自己情愿饿肚皮。可是这样的孝女，有人肯布施么？”他射出眼光来钉住她，似乎要试验她的识见。

她不答话，也只将眼光钉住他，似乎倒是专等他来说明。

“哼，没有。”他终于自己回答说。“我看了好半天，只见一个人给了一文小钱；其余的围了一大圈，倒反去打趣。还有两个光棍，竟肆无忌惮的说：‘阿发，你不要看得这货色脏。你只要去买两块肥皂来，咯支咯支遍身洗一洗，好得很哩！’哪，你想，这成什么话？”

---

① 共济讲社（Oddfellows），又译共济社，十八世纪初在英国出现的一种有宗教性质的秘密结社。后以秘密支部的形式传布于许多国家。

“哼，”她低下头去了，久之，才又懒懒的问，“你给了钱么？”

“我么？——没有。一两个钱，是不好意思拿出去的。她不是平常的讨饭，总得……。”

“嗡。”她不等说完话，便慢慢地站起来，走到厨下去。昏黄只显得浓密，已经是晚饭时候了。

四铭也站起身，走出院子去。天色比屋子里还明亮，学程就在墙角落上练习八卦拳：这是他的“庭训”①，利用昼夜之交的时间的经济法，学程奉行了将近大半年了。他赞许似的微微点一点头，便反背着两手在空院子里来回的踱方步。不多久，那惟一的盆景万年青的阔叶又已消失在昏暗中，破絮一般的白云间闪出星点，黑夜就从此开头。四铭当这时候，便也不由的感奋起来，仿佛就要大有所为，与周围的坏学生以及恶社会宣战。他意气渐渐勇猛，脚步愈跨愈大，布鞋底声也愈走愈响，吓得早已睡在笼子里的母鸡和小鸡也都唧唧足足的叫起来了。

堂前有了灯光，就是号召晚餐的烽火，合家的人们便都齐集在中央的桌子周围。灯在下横；上首是四铭一人居中，也是学程一般肥胖的圆脸，但多两撇细胡子，在菜汤的热气里，独据一面，很像庙里的财神。左横是四太太带着招儿；右横是学程和秀儿一列。碗筷声雨点似的响，虽然大家不言语，也就是很热闹的晚餐。

招儿带翻了饭碗了，菜汤流得小半桌。四铭尽量的睁大了细眼睛瞪着看得她要哭，这才收回眼光，伸筷自去夹那早先看中了的一个菜心去。可是菜心已经不见了，他左右一瞥，就发见学程刚刚夹着塞进他张得很大的嘴里去，他于是只好无聊的吃了一筷黄菜叶。

“学程，”他看着他的脸说，“那一句查出了没有？”

“那一句？——那还没有。”

“哼，你看，也没有学问，也不懂道理，单知道吃！学学那个孝女罢，做了乞丐，还是一味孝顺祖母，自己情愿饿肚子。但是你们这些学生那里知道这些，肆无忌惮，将来只好像那光棍……。”

“想倒想着了一个，但不知可是。——我想，他们说的也许是‘阿尔特肤尔’②。”

“哦哦，是的！就是这个！他们说的就是这样一个声音：‘恶毒夫咧。’这是什么意思？你也就是他们这一党：你知道的。”

“意思，——意思我不很明白。”

“胡说！瞒我。你们都是坏种！”

“‘天不打吃饭人’，你今天怎么尽闹脾气，连吃饭时候也是打鸡骂狗的。他们小孩子们知道什么。”四太太忽而说。

“什么？”四铭正想发话，但一回头，看见她陷下的两颊已经鼓起，而且很变了颜色，三角形的眼里也发着可怕的光，便赶紧改口说，“我也没有闹什么脾气，我不过教

---

① “庭训”，《论语·季氏》载：孔子“尝独立，鲤（按即孔子的儿子）趋而过庭”，孔子要他学“诗”、学“礼”。后来就常有人称父亲的教训为“庭训”或“过庭之训”。

② “阿尔特肤尔”，英语 Old fool 的音译，意为“老傻瓜”。

学程应该懂事些。”

“他那里懂得你心里的事呢。”她可是更气忿了。“他如果能懂事，早就点了灯笼火把，寻了那孝女来了。好在你已经给她买好了一块肥皂在这里，只要再去买一块……”

“胡说！那话是那光棍说的。”

“不见得。只要再去买一块，给她咯支咯支的遍身洗一洗，供起来，天下也就太平了。”

“什么话？那有什么相干？我因为记起了你没有肥皂……”

“怎么不相干？你是特诚买给孝女的，你咯支咯支的去洗去。我不配，我不要，我也不要沾孝女的光。”

“这真是什么话？你们女人……”四铭支吾着，脸上也像学程练了八卦拳之后似的流出油汗来，但大约大半也因为吃了太热的饭。

“我们女人怎么样？我们女人，比你们男人好得多。你们男人不是骂十八九岁的女学生，就是称赞十八九岁的女讨饭：都不是什么好心思。‘咯支咯支’，简直是不要脸！”

“我不是已经说过了？那是一个光棍……”

“四翁！”外面的暗中忽然起了极响的叫喊。

“道翁么？我就来！”四铭知道那是高声有名的何道统，便遇赦似的，也高兴的大声说。“学程，你快点灯照何老伯到书房去！”

学程点了烛，引着道统走进西边的厢房里，后面还跟着卜薇园。

“失迎失迎，对不起。”四铭还嚼着饭，出来拱一拱手，说。“就在舍间用便饭，何如？……”

“已经偏过了。”薇园迎上去，也拱一拱手，说。“我们连夜赶来，就为了那移风文社的第十八届征文题目，明天不是‘逢七’么？”

“哦！今天十六？”四铭恍然的说。

“你看，多么胡涂！”道统大嚷道。

“那么，就得连夜送到报馆去，要他明天一准登出来。”

“文题我已经拟下了。你看怎样，用得用不得？”道统说着，就从手巾包里挖出一张纸条来交给他。

四铭踱到烛台面前，展开纸条，一字一字的读下去：

“‘恭拟全国人民合词吁请贵大总统特颁明令专重圣经崇祀孟母①以挽颓风而存国粹文’。——好极好极。可是字数太多了罢？”

“不要紧的！”道统大声说。“我算过了，还无须乎多加广告费。但是诗题呢？”

“诗题么？”四铭忽而恭敬之状可掬了。“我倒有一个在这里：孝女行。那是实事，应该表彰表彰她。我今天在大街上……”

“哦哦，那不行。”薇园连忙摇手，打断他的话。“那是我也看见的。她大概是‘外路人’，我不懂她的话，她也不懂我的话，不知道她究竟是那里人。大家倒都说她是孝女；然而我问她可能做诗，她摇摇头。要是能做诗，那就好了。”

---

① 孟母，指孟子的母亲，据传她是善于教子的“贤母”。

“然而忠孝是大节，不会做诗也可以将就……。”

“那倒不然，而孰知不然！”薇园摊开手掌，向四铭连摇带推的奔过去，力争说。“要会做诗，然后有趣。”

“我们，”四铭推开他，“就用这个题目，加上说明，登报去。一来可以表彰表彰她；二来可以借此针砭社会。现在的社会还成个什么样子，我从旁考察了好半天，竟不见有什么人给一个钱，这岂不是全无心肝……”

“阿呀，四翁！”薇园又奔过来，“你简直是在‘对着和尚骂贼秃’了。我就没有给钱，我那时恰恰身边没有带着。”

“不要多心，薇翁。”四铭又推开他，“你自然在外，又作别论。你听我讲下去：她们面前围了一大群人，毫无敬意，只是打趣。还有两个光棍，那是更其肆无忌惮了，有一个简直说，‘阿发，你去买两块肥皂来，咯支咯支遍身洗一洗，好得很哩。’你想，这……”

“哈哈哈！两块肥皂！”道统的响亮的笑声突然发作了，震得人耳朵嗅嗅的叫。“你买，哈哈，哈哈！”

“道翁，道翁，你不要这么嚷。”四铭吃了一惊，慌张的说。

“咯支咯支，哈哈！”

“道翁！”四铭沉下脸来了，“我们讲正经事，你怎么只胡闹，闹得人头昏。你听，我们就用这两个题目，即刻送到报馆去，要他明天一准登出来。这事只好偏劳你们两位了。”

“可以可以，那自然。”薇园极口应承说。

“呵呵，洗一洗，咯支……唏唏……”

“道翁！！！”四铭愤怒的叫。

道统给这一喝，不笑了。他们拟好了说明，薇园誊在信笺上，就和道统跑往报馆去。四铭拿着烛台，送出门口，回到堂屋的外面，心里就有些不安逸，但略一踌躕，也终于跨进门槛去了。他一进门，迎头就看见中央的方桌中间放着那肥皂的葵绿色的小小的长方包，包中央的金印子在灯光下明晃晃的发闪，周围还有细小的花纹。

秀儿和招儿都蹲在桌子下横的地上玩；学程坐在右横查字典。最后在离灯最远的阴影里的高背椅子上发见了四太太，灯光照处，见她死板板的脸上并不显出什么喜怒，眼睛也并不看着什么东西。

“咯支咯支，不要脸不要脸……”

四铭微微的听得秀儿在他背后说，回头看时，什么动作也没有了，只有招儿还用了她两只小手的指头在自己脸上抓。

他觉得存身不住，便熄了烛，踱出院子去。他来回的踱，一不小心，母鸡和小鸡又唧唧足足的叫了起来，他立即放轻脚步，并且走远些。经过许多时，堂屋里的灯移到卧室里去了。他看见一地月光，仿佛满铺了无缝的白纱，玉盘似的月亮现在白云间，看不出一点缺。

他很有些悲伤，似乎也像孝女一样，成了“无告之民”①，孤苦零丁了。他这一夜

---

① “无告之民”，语出《礼记·王制》，其中说：孤、独、鳏、寡“四者，天民之穷而无告者也”。无告，有苦无处诉说。

睡得非常晚。

但到第二天的早晨，肥皂就被录用了。这日他比平日起得迟，看见她已经伏在洗脸台上擦脖子，肥皂的泡沫就如大螃蟹嘴上的水泡一般，高高的堆在两个耳朵后，比起先前用皂荚时候的只有一层极薄的白沫来，那高低真有霄壤之别了。从此之后，四太太的身上便总带着些似橄榄非橄榄的说不清的香味；几乎小半年，这才忽而换了样，凡有闻到的都说那可似乎是檀香。

一九二四年三月二二日

（选自《鲁迅全集》第二卷，人民文学出版社，2005）

【学习提示】

《肥皂》是鲁迅创作的短篇小说，首次发表于《晨报副刊》，后被收入小说集《彷徨》中。作品讲述了四铭路遇求乞的孝女，买肥皂，被学生嘲骂，以至于掀起家庭风波的故事。主人公四铭是一个言辞冠冕堂皇，实则伪善卑劣的封建知识分子。他曾提倡开学堂，现在却因为对求乞的孝女起了淫心，便大骂新学和女学生，一言一行中充斥着陈旧腐朽的道德观念。类似的形象还有《高老夫子》中的高老夫子。鲁迅对这一类封建知识分子进行了细致的刻画与深刻的批判，揭露了封建复古派的卑琐灵魂以及根植于封建伦理道德中的虚伪性和腐朽性。

作品中反复出现的意象“肥皂”和象声词“咯支”隐喻着卫道士们的肉体欲望和幻想。他们在对话中直接将孝女、肥皂和性联系起来。能洗涤污垢的“肥皂”象征着西方现代文明，本就与传统文明呈现出微妙的关系，在文中又投射着四铭等封建知识分子不道德的欲念，内涵被扩充了。

鲁迅在小说形式方面展开了多样的探索。《肥皂》通过对戏剧性场景的描写和对人物潜意识的披露，戳穿了封建卫道士的虚伪面目，颠覆了传统伦理道德。四铭表面上同情孝女，实际上对流氓的话念念不忘。何道统、卜薇园来访，几人津津有味地谈论孝女，虚伪地表达着对世风日下的不满，其实只是以此为借口来宣泄潜意识里压抑的欲望。所谓推崇孝道、为社会风气激愤不已，只不过是在遮掩与宣泄得不到满足的淫念以及被学生嘲骂所感到的愤怒与焦躁。焦点的转移、人物之间“看与被看”的关系，进一步显示出四铭外部的身份言行与其潜意识之间的矛盾张力，揭露出卫道士们隐秘的内心世界，辛辣地批判了假道学的丑恶本质，展现了鲁迅小说精妙的心理描写和讽刺艺术。

【思考练习题】

1. 小说以“肥皂”为线索构思情节，尝试分析“肥皂”的结构功能与象征意蕴。
2. 分析四铭太太态度的变化，体会小说的讽刺艺术。

沉　沦（节选）

郁达夫

六

搬进了山上梅园之后，他的忧郁症（hypochondria）又变起形状来了。

他同他的北京的长兄，为了一些儿细事，竟生起龃龉来。他发了一封长长的信，寄到北京，同他的长兄绝了交。

那一封信发出之后，他呆呆的在楼前草地上想了许多时候。他自家想想看，他便是世界上最不幸的人了。其实这一次的决裂，是发始于他的。同室操戈，事更甚于他姓之相争，自此之后，他恨他的长兄竟同蛇蝎一样。他被他人欺侮的时候，每把他长兄拿出来作比：

“自家的弟兄，尚且如此，何况他人呢！”

他每达到这一个结论的时候，必尽把他长兄待他苛刻的事情，细细回想出来。把各种过去的事迹列举出来之后，就把他长兄判决是一个恶人，他自家是一个善人。他又把自家的好处列举出来，把他所受的苦处夸大的细数起来。他证明得自家是一个世界上最苦的人的时候，他的眼泪就同瀑布似的流下来。他在那里哭的时候，空中好象有一种柔和的声音在对他说：

“啊吓，哭的是你么？那真是冤屈了你了。象你这样的善人，受世人的那样的虐待，这可真是冤屈了你了。罢了罢了，这也是天命，你别再哭了，怕伤害了你的身体！”

他心里一听到这一种声音，就舒畅起来。他觉得悲苦的中间，也有无穷的甘味在那里。

他因为想复他长兄的仇，所以就把所学的医科丢弃了，改入文科里去。他的意思，以为医科是他长兄要他改的，仍旧改回文科，就是对他长兄宣战的一种明示。并且他由医科改入文科，在高等学校须迟卒业一年。他心里想，迟卒业一年，就是早死一岁，你若因此迟了一年，就到死可以对你长兄含一种敌意。因为他恐怕一二年之后，他们兄弟两人的感情，仍旧和好起来；所以这一次的转科，便是帮他永久敌视他长兄的一个手段。

气候渐渐儿的寒冷起来，他搬上山来之后，已经有一个月了。几日来天气阴郁，灰色的层云，天天挂在空中。寒冷的北风吹来的时候，梅林的树叶已将凋落起来。

初搬来的时候，他卖了些旧书，买了许多炊饭的器具，自家烧了一个月饭，因为天冷了，他也懒得烧了。他每天的伙食，就一切包给了山脚下的园丁家包办，他近来只同退院的闲僧一样，除了怨人骂己之外，更没有别的事情了。

有一天早晨，他侵早的起来。把朝东的窗门开了之后，他看见前面的地平线上有几缕红云，在那里浮荡。东天半角，反照出一种银红的灰色。因为昨天下了一天微雨，所以他看了这清新的旭日，比平日更添了几分欢喜。他走到山的斜面上，从那古井里汲了水，洗了手面之后，觉得满身的气力，一霎时回复转来的样子。他便跑上楼外，拿了一本黄仲则的诗集下来，一边高声朗读，一边尽在那梅林的曲径里，跑来跑去的跑圈子。不多一会，太阳起来了。

从他住的山顶向南方看去，眼下看得出一大平原。平原里的稻田，都尚未收割起。金黄的谷色，以绀碧的天空作了背景，反映着一天太阳的晨光，那风景正同看密来(Millet)的田园清画一般。

他觉得自家好象已经变了几千年前的原始基督教徒的样子，对了这自然的默示，他不觉笑起自家的气量狭小起来。

“饶赦了！饶赦了！你们世人得罪于我的地方，我都饶赦了你们罢，来，你们来。都来同我讲和罢！”

手里拿着了那一本诗集，眼里浮着了两泓清泪，正对了那平原的秋色呆呆的立在那里想这些事情的时候，他忽听见他的近边，有两人在那里低声的说：

“今晚上你一定要来的哩！”

这分明是男子的声音。

“我是非常想来的，但是恐怕……”

他听了这娇滴滴的女子的声音之后，好象是被电气贯穿了的样子，觉得自家的血液循环都停止了。原来他的身边有一丛长大的苇草生在那里，他立在苇草的右面，那一对男女，大约是在苇草的左面，所以他们两个还不晓得隔着苇草，有人站在那里。那男人又说：

“你心真好，请你今晚上来罢，我们到如今还没在被窝里××。”

“……”

他忽然听见两人的嘴唇，咂咂的好象在那里吮吸的样子。他正同偷了食的野狗一样，就惊心吊胆的把身子屈倒去听了。

“你去死罢，你去死罢，你怎么会下流到这样的地步。”

他心里虽然如此的在那里痛骂自己，然而他那一双尖着的耳朵却一言半语也不愿意遗漏，用了全副精神在那里听着。

地上的落叶索息索息的响了一下。

解衣带的声音。

男人嘶嘶的吐了几口气。

舌尖吮吸的声音。

女人半轻半重，断断续续的说：

“你！……你！……你快……快××罢。……别……别……别被人……被人看见了。”

他的面色，一霎时的变了灰色了。他的眼睛同火也似的红了起来。他的上颚骨同下颚骨呷呷的发起颤来。他再也站不住了。他想跑开去，但是他的两只脚，总不听他的话。他苦闷了一场，听听两人出去了之后，就同落水的猫狗一样，回到楼上房里去，拿出被窝来睡了。

七

他饭也不吃，一直在被窝里睡到午后四点钟的时候才起来。那时候夕阳洒满了远近。平原的彼岸的树林里，有一带苍烟，悠悠扬扬的笼罩在那里。他踉踉跄跄的走下了山，上了那一条自北趋南的大道，穿过了那平原，无头无绪的尽是向南的走去。走尽了平原，他已经到了 A 神宫前的电车停留处了。那时候恰好从南面有一乘电车到来，他不知不觉就乘了上去，既不知道他究竟为什么要乘电车，也不知道这电车是往什么地方去的。

走了十五六分钟，电车停了，运车的教他换车，他就换了一乘车。走了二三十分钟，电车又停了，他听见说是终点了，他就走了下来。他的面前就是筑港了。

前面一片汪洋的大海，横在午后的太阳光里，在那里微笑。超海而南有一发青山，隐隐的浮在透明的空气里，西边是一脉长堤，直驰到海湾的心里去。堤外有一处灯台，同巨人似的，立在那里。几艘空船和几只舢板，轻轻的在系着的地方浮荡。海中近岸的地方，有许多浮标，饱受了斜阳，红红的浮在那里。远处风来，带着几句单调的话声，既听不清楚是什么话，也不知道是从哪里来的。

他在岸边上走来走去走了一会，忽听见那一边传过了一阵击磬的声来。他跑过去一看，原来是为唤渡船而发的。他立了一会，看有一只小火轮从对岸过来了。跟着了一个四五十岁的工人，他也进了那只小火轮去坐下了。

渡到东岸之后，上前走了几步，他看见靠岸有一家大庄子在那里。大门开得很大，庭内的假山花草，布置得楚楚可爱。他不问是非，就踱了进去。走不上几步，他忽听得前面家中有女人的娇声叫他说：

“请进来吓！”

他不觉惊了一头，就呆呆的站住了。他心里想：

“这大约就是卖酒食的人家，但是我听见说，这样的地方，总有妓女在那里的。”

一想到这里，他的精神就抖擞起来，好象是一桶冷水浇上身来的样子。他的面色立时变了。要想进去又不能进去，要想出来又不得出来；可怜他那同兔儿似的小胆，同猿猴似的淫心，竟把他陷到一个大大的难境里去了。

“进来吓！请进来吓！”里面又娇滴滴的叫了起来，带着笑声。

“可恶东西，你们竟敢欺我胆小么！”

这样的怒了一下，他的面色更同火也似的烧了起来。咬紧了牙齿，把脚在地上轻轻的蹬了一蹬，他就捏了两个拳头向前进去，好象是对了那几个年轻的侍女宣战的样子。但是他那青一阵红一阵的面色，和他的面上的微微儿在那里振动的筋肉，他总隐藏不过。他走到那几个侍女的面前的时候，几乎要同小孩似的哭出来了。

“请上来！”

“请上来！”

他硬了头皮，跟了一个十七八岁的侍女走上楼去，那时候他的精神已经有些镇静下来了。走了几步，经过一条暗暗的夹道的时候，一阵恼人的粉花香气，同日本女人特有的一种肉的香味，和头发上的香油气息合作了一处，扑上他的鼻孔里来。他立刻觉得头晕起来，眼睛里看见了几颗火星，向后边跌也似的退了一步。他再定睛一看，只见他的前面黑暗暗的中间，有一长圆形的女人粉面，堆着了微笑在那里问他说：

“你！你还是上靠海的地方去呢？还是怎样？”

他觉得女人口里吐出来的气息，也热和和的喷上他的面来。他不知不觉把这气息深深的吸了一口。他的意识感觉到他这行为的时候，他的面色又立刻红了起来。他不得已只能含含糊糊的答应她说：

“上靠海的房间里去。”

进了一间靠海的小房间，那侍女便问他要什么菜。他就回答说：

“随便拿几样来吧。”

“酒要不要？”

“要的。”

那侍女出去之后，他就站起来推开了纸窗，从外边放了一阵空气进来。因为房里的空气沉浊得很，他刚才在夹道中闻过的那一阵女人的香味，还剩在那里，他实在是被这一阵气味压迫不过了。

一湾大海，静静的浮在他的面前。外边好象是起了微风的样子，一片一片的海浪，受了阳光的返照，同金鱼的鱼鳞似的在那里微动。他立在窗前看了一会，低声的吟了一句诗出来：

“夕阳红上海边楼。”

他向西的一望，见太阳离西南的地平线只有一丈多高了。呆呆的看了一会，他的心思怎么也离不开刚才的那个侍女。她的口里的头上的面上的和身体上的那一种香味，怎么也不容他的心思去想别的东西。他才知道他想吟诗的心是假的，想女人的肉体的心是真的了。

停了一会，那侍女把酒菜搬了进来，跪坐在他的面前，亲亲热热的替他上酒。他心里想仔仔细细的看她一看，把他的心里的苦闷都告诉了她，然而他的眼睛怎么也不敢平视她一眼，他的舌根怎么也不能摇动一摇动。他不过同哑子一样，偷看着她那搁在膝上的一双纤嫩的白手，同衣缝里露出来的一条粉红的围裙角。

原来日本的妇人都不穿裤子，身上贴肉只围着一条短短的围裙。外边就是一件长袖的衣服，衣服上也没有纽扣，腰里只缚着一条一尺多宽的带子，后面结着一个方结。她们走路的时候，前面的衣服每一步一步的掀开来，所以红色的围裙，同肥白的腿肉，每能偷看。这是日本女子特别的美处；他在路上遇见女子的时候，注意的就是这些地方。他切齿的痛骂自己，畜生！狗贼！卑怯的人！也便是这个时候。

他看了那侍女的围裙角，心头便乱跳起来。愈想同她说话，他愈觉得讲不出话来。大约那侍女是看得不耐烦起来了，便轻轻的问他说：

“你府上是什么地方？”

一听了这一句话，他那清瘦苍白的面上，又起了一层红色；含含糊糊的回答了一声，他呐呐的总说不出话来。可怜他又站在断头台上了。

原来日本人轻视中国人，同我们轻视猪狗一样。日本人都叫中国人作“支那人”，这“支那人”三字，在日本，比我们骂人的“贱贼”还更难听，如今在一个如花的少女前头，他不得不自认说“我是支那人”了。

“中国呀中国，你怎么不强大起来！”

他全身发起痉来，他的眼泪又快滚下来了。

那侍女看他发颤发得厉害，就想让他一个人在这里喝酒，好教他把精神安静安静，所以对他说：

“酒就快没有了，我再去拿一瓶来罢？”

停了一会，他听得那侍女的脚步声又走上楼来。他以为她是上他这里来的，所以就把衣服整了一整，姿势改了一改。但是他被她欺了。她原来是领了两三个另外的客人，上间壁的那一间房间里去的。那两三个客人都在那里对那侍女取笑，那侍女也娇滴滴的说：

“别胡闹了，间壁还有客人在那里。”

他听了就立刻发起怒来。他心里骂他们说：

“狗才！俗物！你们都敢来欺侮我么？复仇复仇，我总要复你们的仇。世间那里有真心的女子！那侍女的负心东西，你竟敢把我丢了么？罢了罢了，我再也不爱女人了，我再也不爱女人了。我就爱我的祖国，我就把我的祖国当做了情人罢。”

他马上就想跑回去发愤用功。但是他的心里，却很羡慕那间壁的几个俗物。他的心里，还有一处地方在那里盼望那个侍女再回到他这里来。

他按住了怒，默默的喝干了几杯酒，觉得身上热起来。打开了窗门，他看太阳就快要下山去了。又连饮了几杯，他觉得他面前的海景都朦胧起来。西面堤外的灯台的黑影，长大了许多。一层茫茫的薄雾，把海天融混作了一处。在这一层混沌不明的薄纱影里，西方的将落不落的太阳，好象在那里惜别的样子。他看了一会，不知道是什么缘故，只觉得好笑。呵呵的笑了一回，他用手擦擦自家那火热的双颊，便自言自语的说：

“醉了醉了！”

那侍女果然进来了。见他红了脸，立在窗口在那里痴笑，便问他说：

“窗开了这样大，你不冷的么？”

“不冷不冷，这样好的落照，谁舍得不看呢？”

“你真是一个诗人呀！酒拿来了。”

“诗人！我本来是一个诗人。你去把纸笔拿了来，我马上写首诗给你看看。”

那侍女出去了之后，他自家觉得奇怪起来。他心里想：

“我怎么会变了这样大胆的？”

痛饮了几杯新拿来的热酒，他更觉得快活起来，又禁不得呵呵的笑了一阵。他听见间壁房间里的那几个俗物，高声的唱起日本歌来，他也放大了嗓子唱着说：

“醉拍阑干酒意寒，江湖寥落又冬残，剧怜鹦鹉中州骨，未拜长沙太傅官，一饭千金图报易，五噫几辈出关难，茫茫烟水回头望，也为神州泪暗弹。”

高声的念了几遍，他就在席上醉倒了。

八

一醉醒来，他看看自家睡在一条红绸的被里，被上有一种奇怪的香气。这一间房间也不很大，但已不是白天的那一间房间了。房中挂着一盏十烛光的电灯，枕头边上摆着了一壶茶，两只杯子。他倒了二三杯茶，喝了之后，就踉踉跄跄的走到房外去。他开了门，却好白天的那侍女也跑过来了。她问他说：

"你！你醒了么？"

他点了一点头，笑微微的回答说：

"醒了。厕所是在什么地方的？"

"我领你去吧。"

他就跟了她去。他走过日间的那条夹道的时候，电灯点得明亮得很。远近有许多歌唱的声音，三弦的声音，大笑的声音，传到他的耳朵里来。白天的情节，他都想出来了。一想到酒醉之后，他对那侍女说的那些话的时候，他觉得面上又发起烧来。

从厕所回到房里之后，他问那侍女说：

"这被是你的么？"

侍女笑着说：

"是的。"

"现在是什么时候了？"

"大约是八点四五十分的样子。"

"你去开了账来罢！"

"是。"

他付清了账，又拿了一张纸币给那侍女，他的手不觉微颤起来。那侍女说：

"我是不要的。"

他知道她是嫌少了。他的面色又涨红了，袋里摸来摸去，只有一张纸币了，他就拿了出来给她说：

"你别嫌少了，请你收了罢。"

他的手震动得更加厉害，他的话声也颤动起来了。那侍女对他看了一眼，就低声的说：

"谢谢！"

他一直的跑下了楼，套上了皮鞋，就走到外面来。

外面冷得非常，这一天，大约是旧历的初八九的样子。半轮寒月，高挂在天空的左半边。淡青的圆形盖里，也有几点疏星，散在那里。

他在海边上走了一回，看看远岸的渔灯，同鬼火似的在那里招引他。细浪中间，映着了银色的月光，好象是山鬼的眼波，在那里开闭的样子。不知是什么道理，他忽想跳入海里去死了。

他摸摸身边看，乘电车的钱也没有了。想想白天的事情看，他又不得不痛骂自己。

"我怎么会走上那样的地方去的，我已经变了一个最下等的人了。悔也无及，悔也无及。我就在这里死了罢。我所求的爱情，大约是求不到的了。没有爱情的生涯，岂不同死灰一样么？唉，这干燥的生涯，这干燥的生涯，世上的人又都在那里仇视我，欺侮我，连我自家的亲弟兄，自家的手足，都在那里挤我出去到这世界外去。我将何以为生，我又何必生存在这多苦的世界里呢！"

想到这里，他的眼泪就连连续续的滴了下来。他那灰白的面色，竟同死人没有分别了。他也不举起手来揩揩眼泪，月光射到他的面上，两条泪线倒变了叶上的朝露一样放起光来。他回转头来，看看他自家的又瘦又长的影子，觉得心痛起来。

“可怜你这清影，跟了我二十一年，如今这大海就是你的葬身地了。我的身子，虽然被人家欺辱，我可不该累你也瘦弱到这地步的。影子呀影子，你饶了我罢！”

他向西面一看，那灯台的光，一霎变了红一霎变了绿的在那里尽它的本职。那绿的光射到海面上的时候，海面就现出一条淡青的路来。再向西天一看，他只见西方青苍苍的天底下，有一颗明星，在那里摇动。

“那一颗摇摇不定的明星的底下，就是我的故国，也就是我的生地。我在那一颗星的底下，也曾送过十八个秋冬，我的乡土吓，我如今再不能见你的面了。”

他一边走着，一边尽在那里自伤自悼的想这些伤心的哀话。走了一会，再向那西方的明星看了一眼，他的眼泪便同骤雨似的落下来了。他觉得四边的景物，都模糊起来。把眼泪揩了一下，立住了脚，长叹了一声，他便断断续续的说：

“祖国呀祖国！我的死是你害我的！

“你快富起来，强起来吧！

“你还有许多儿女在那里受苦呢！”

一九二一年五月九日改作

（选自《郁达夫文集》第一卷，花城出版社，生活·读书·新知三联书店香港分店，1982）

【学习提示】

郁达夫（1896—1945），浙江富阳（今杭州富阳区）人。早年留学日本。1921年与郭沫若等发起组织创造社。回国后从事新文学创作，参与主编《创造季刊》《洪水》等刊物，并先后在北京大学、武昌大学、中山大学等校任教。1928年与鲁迅合编《奔流》杂志。抗日战争期间，积极从事抗日宣传工作。1945年8月29日被日本宪兵杀害。1952年被中央人民政府追认为烈士。早期小说大都表现五四青年的爱国情绪、社会遭遇和内心忧郁，情调感伤激愤。20世纪30年代后转以散文、游记创作为主，文风趋于清隽洒脱。

《沉沦》最初收于1921年上海泰东图书局出版的小说集《沉沦》中。《沉沦》是中国现代文学史上第一部白话短篇小说集。其中的小说《沉沦》又是郁达夫的代表作。小说描述了一位年轻的中国留学生在日本东京沉沦，此后又自责、恐惧，他不甘沉沦，却又无力自拔，最后跳海自杀的悲凉故事，其中刻意表现了主人公“他”在日本那样陌生而异质的特定文化环境中所产生的“文化震惊”感和由此导致的心灵失衡以及遭受弱国子民的屈辱的心灵痛苦。

《沉沦》中有三类意象——大自然、怀有母性情感的女性和祖国母亲。它们起到的作用基本相似，都是主人公的心灵避难所。“他”虽然口口声声地呼唤“异性的爱情”，但“他”实际所要求的，与其说是男女双方平等地相互占有和给予现代意义上的爱情，不如说是母爱般的抚慰与体贴。也许，异域生活的孤独与屈辱，更加剧了“他”对这种包含母爱成分的性爱的渴望。“他”在人生失意时热烈地怀念着远方的祖国，这种情感正像一个在外面受了伤的小孩子渴望回家一样真切自然。当大自然、怀有母性情感的女性和祖国母亲这三种“心灵避难所”都无法抚慰“他”心灵的苦闷时，“他”便决绝地走向了自我毁灭。

这篇小说典型地体现了作家一贯主张的“自叙传”文学观。不论是从生活经历来看还是从精神气质来看，都不难发现郁达夫本人和主人公“他”的相似性。

【思考练习题】

1.“祖国呀祖国！我的死是你害我的！”结合这句话，谈谈如何理解《沉沦》中“他”的“堕落”。

2. 谈谈对郁达夫小说中“零余者”形象的理解。

3. 谈谈这篇小说的艺术特色。

迟桂花（节选）

郁达夫

月光下的翁家山，又不相同了，从树枝里筛下来的千条万条的银线，象是电影里的白天的外景。不知躲在什么地方的许多秋虫的鸣唱，骤听之下，满以为在下急雨。白天的热度，日落之后，忽然收敛了，于是草木很多的这深山顶上，就也起了一层白茫茫的透明雾障。山上电灯线似乎还没有接上，远近一家一家看得见的几点煤油灯光，仿佛是大海湾里的渔灯野火。一种空山秋夜的沉默的感觉，处处在高压着人，使人肃然会起一种畏敬之思。我独立在庭前的月光亮里看不上几分钟，心里就有点寒竦竦的怕了起来；回身再走回客室，酒菜杯筷，都已热气蒸腾的摆好在那里候客了。

四个人当吃晚饭的中间，则生又说了许多笑话。因为在前回听取了一番他所告诉我的衷情之后，我于举酒杯的瞬间，偷眼向他妹妹望望，觉得在她的柔和的笑脸上，的确似乎是有一种说不出的悲寂的表情流露在那里的样子。这一餐晚饭，吃尽了许多时间，我因为白天走路走得不少，而谈话之后又感到了一点兴奋，肚子有点饿了，所以酒和菜，竟吃得比平时要多一倍。到了最后将快吃完的当儿，我就向则生提出说：

“老翁，五云山我倒还没有去玩过，明天你可不可以陪我一道去玩一趟？”

则生仍复以他的那种滑稽的口吻回答我说：

“到了结婚的前一日，新郎官哪里走得开呢，还是改天再去罢。等新娘子来了之后，让新郎新娘抬了你去烧香，也还不迟。”

我却仍复主张着说，明天非去不行。则生就说：

“那么替你去叫一顶轿子来，你坐了轿子去，横竖是明天轿夫会来的。”

“不行不行，游山玩水，我是喜欢走的。”

“你认得路么？”

“你们这一种乡下的僻路，我哪里会认得呢？”

“那就怎么办呢？……”

则生抓着头皮，脸上露出了一脸为难的神气。停了一二分钟，他就举目向他的妹妹说：

“莲！你怎么样！你是一位女豪杰，走路又能走，地理又熟悉，你替我陪了郁先生去怎么样？”

他妹妹也笑了起来，举起眼睛来向她娘看了一眼。接着她娘就说：

“好的，莲，还是你陪了郁先生去罢，明天你大哥是走不开的。”

我一看她脸上的表情，似乎已经有了答应的意思了，所以又追问了她一声说：

“五云山可着实不近哩，你走得动的么？回头走到半路，要我来背，那可办不到。”

她听了这话，就真同从心坎里笑出来的一样笑着说：

“别说是五云山，就是老东岳，我们也一天要往返两次哩。”

从她的红红的双颊，挺突的胸脯，和肥圆的肩臂看来，这句话也决不是她夸的大口。吃完晚饭，又谈了一阵闲天，我们因为明天各有忙碌的操作在前，所以一早就分头到房里去睡了。

山中的清晓，又是一种特别的情景。我因为昨天夜里多喝了一点酒，上床去一睡，就同大石头掉下海里似的，一直就酣睡到了天明。窗外面吱吱唧唧的鸟声喧噪得厉害，我满以为还是夜半，月明将野鸟惊醒了，但睁开眼掀开帐子来一望，窗内窗外已饱浸着晴天爽朗的清晨光线，窗子上面的一角，却已经有一缕朝阳的红箭射到了。急忙滚出了被窝，穿起衣服，跑下楼去一看，他们母子三人，也已梳洗得妥妥服服，说是已经在做了个把钟头的事情之后。平常他们总是于五点钟前后起床的。这一种日出而作，日入而息的山中住民的生活秩序，又使我对他们感到了无穷的敬意。四人一道吃过了早餐，我和则生的妹妹，就整了一整行装，预备出发。临行之际，他娘又叫我等一下子，她很迅速地跑上楼上去取了一枝黑漆手杖下来，说，这是则生生病的时候用过的，走山路的时候，用它来撑扶撑扶，气力要省得多。我谢过了她的好意，就让则生的妹妹上前带路，走出了他们的大门。

早晨的空气，实在澄鲜得可爱。太阳已经升高了，但它的领域，还只限于屋檐，树梢，山顶等突出的地方。山路两旁的细草上，露水还没有干，而一味清凉触鼻的绿色草气，和入在桂花香味之中，闻了好象是宿梦也能摇醒的样子。起初还在翁家山村内走着，则生的妹妹，对村中的同性，三步一招呼，五步一立谈的应接得忙不暇给。走尽了这村子的最后一家，沿了入谷的一条石板路走上下山面的时候，遇见的人也没有了，前面的眺望，也转换了一个样子。朝我们去的方向看去，原又是冈峦的起伏和别墅的纵横，但稍一住脚，掉头向东面一望，一片同呵了一口气的镜子似的湖光，却躺在眼下了。远远从两山之间的谷顶望去，并且还看得出一角城里的人家，隐约藏躲在尚未消尽的湖雾当中。

我们的路先朝西北，后又向西南，先下了山坡，后又上了山背，因为今天有一天的时间，可以供我们消磨，所以一离了村境，我就走得特别的慢。每这里看看，那里看看的看个不住。若看见了一件稍可注意的东西，那不管它是风景里的一点一堆，一山一水，或植物界的一草一木与动物界的一鸟一虫，我总要拉住了她，寻根究底的问得它仔仔细细。说也奇怪，小时候只在村里的小学校里念过四年书的她——这是她自己对我说的——对于我所问的东西，却没有一样不晓得的。关于湖上的山水古迹，庙宇楼台哩，那还不要去管它，大约是生长在西湖附近的人，个个都能够说出一个大概来的，所以她的知道得那么详细，倒还在情理之中，但我觉得最奇怪的，却是她的关于这西湖附近的区域之内的种种动植物的知识。无论是如何小的一只鸟，一个虫，一株草，一棵树，她非但各能把它们的名字叫出来，并且连几时孵化，几时他迁，几时鸣叫，几时脱壳，或几时开花，几时结实，花的颜色如何，果的味道如何等，都说得非常有趣而详尽，使我觉得仿佛是在读一部活的桦候脱的《赛儿鹏自然史》（G. White's *Natural History and Antiquities of Selborne*）。而桦候脱的书，却决没有叙述得她那么朴质自然而富于刺激，因为听听她那种舒徐清澈的语气，看看她那一双天生成象饱使过耐吻胭脂棒般的红唇，更加上以她所特有的那一脸微笑，在知识分子之外还不得不添一种情的成分上去，于书的趣味之上更要兼一层人的风韵在里头。我们慢慢的谈着天，走着路，不上一个钟头的光景，我竟恍恍惚惚，象又回复了青春时代似的完全为她迷倒了。

她的身体，也真发育得太完全，穿的虽是一件乡下裁缝做的不大合式的大绸夹袍，但在我的前面一步一步的走去，非但她的肥突的后部，紧密的腰部，和斜圆的胫部的曲线，看得要簇生异想，就是她的两只圆而且软的肩膊，多看一歇，也要使我贪鄙起来。立在她的前面和她讲话哩，则那一双水汪汪的大眼，那一个隆正的尖鼻，那一张红白相间的椭圆嫩脸，和因走路走得气急，一呼一吸涨落得特别快的那个高突的胸脯，又要使我恼杀。还有她那一头不曾剪去的黑发哩，梳的虽然是一个自在的懒髻，但一映到了她那个圆而且白的额上，和短而且腴的颈际，看起来，又格外的动人。总之，我在昨天晚上，不曾在她身上发见的康健和自然的美点，今天因这一回的游山，完全被我观察到了。此外我又在她的谈话之中，证实了翁则生也和我曾经讲到过的她的生性的活泼与天真。譬如我问她今年几岁了？她说，二十八岁。我说这真看不出，我起初还以为你只有二十三四岁，她说，女人不生产是不大会老的。我又问她，对于则生这一回的结婚，你有点什么感触？她说，另外也没有什么，不过以后长住在娘家，似乎有点对不起大哥和大嫂。象这一类的纯粹真率的谈话，我另外还听取了许多许多，她的朴素的天性，真真如翁则生之所说，是一个永久的小孩子的天性。

爬上了龙井狮子峰下的一处平坦的山顶，我于听了一段她所讲的如何栽培茶叶，如何摘取焙烘，与那时候的山家生活的如何紧张而有趣的故事之后，便在路旁的一块大岩石上坐下了。遥对着在晴天下太阳光里躺着的杭州城市，和近水遥山，我的双眼只凝视着苍空的一角，有半晌不曾说话。一边在我的脑里，却只在回想着德国的一位名延生（Jenson）的作家所著的一部小说《野紫薇爱立喀》（*Die Braune Erika*）。这小说后来又有一位英国的作家哈特生（Hodson）摹仿了，写了一部《绿荫》（*Green Mansions*）。两部小说里所描写的，都是一个极可爱的生长在原野里的天真的女性，而女主人公的结果，后来都是不大好的。我沉默着痴想了好久，她却从我背后用了她那只肥软的右手很自然地搭上了我的肩膀。

“你一声也不响的在那里想什么？”

我就伸上手去把她的那只肥手捏住了，一边就扭转了头微笑着看入了她的那双大眼，因为她是坐在我的背后的。我捏住了她的手又默默对她注视了一分钟，但她的眼里脸上却丝毫也没有羞惧兴奋的痕迹出现，她的微笑，还依旧同平时一点儿也没有什么的笑容一样。看了我这一种奇怪的形状，她过了一歇，反又很自然的问我说：

“你究竟在那里想什么？”

倒是我被她问得难为情起来了，立时觉得两颊就潮热了起来。先放开了那只被我捏住在那儿的她的手，然后干咳了两声，最后我就鼓动了勇气，发了一声同被绞出来似的答语：

“我……我在这儿想你！”

“是在想我的将来如何的和他们同住么？”

她的这句反问，又是非常的率真而自然，满以为我是在为她设想的样子。我只好沉默着把头点了几点，而眼睛里却酸溜溜的觉得有点热起来了。

“啊，我自己倒并没有想得什么伤心，为什么，你，你却反而为我流起眼泪来了呢？”

她象吃了一惊似的立了起来问我，同时我也立起来了，且在将身体起立的行动当中，乘机拭去了我的眼泪。我的心地开朗了，欲情也净化了，重复向南慢慢走上岭去的时候，我就把刚才我所想的心事，尽情告诉了她。我将那两部小说的内容讲给了她听，我将我自己的邪心说了出来，我对于我刚才所触动的那一种自己的心情，更下了一个严正的批判，末后，便这样的对她说：

“对于一个洁白得同白纸似的天真小孩，而加以玷污，是不可赦免的罪恶。我刚才的一念邪心，几乎要使我犯下这个大罪了。幸亏是你的那颗纯洁的心，那颗同高山上的深雪似的心，却救我出了这一个险。不过我虽则犯罪的形迹没有，但我的心，却是已经犯过罪的。所以你要罚我的话，就是处我以死刑，我也毫无悔恨。你若以为我是那样卑鄙，而将来永没有改善的希望的话，那今天晚上回去之后，向你大哥母亲，将我的这一种行为宣布了也可以。不过你若以为这是我的一时糊涂，将来是永也不会再犯的话，那请你相信我的誓言，以后请你当我作你大哥一样那么的看待，你若有急有难，有不了的事情，我总情愿以死来代替着你。”

当我在对她作这些忏悔的时候，两人起初是慢慢在走的，后来又在路旁坐下了。说到了最后的一节，倒是她反同小孩子似的发着抖，捏住了我的两手，倒入了我的怀里，呜呜咽咽的哭了起来。我等她哭了一阵之后，就拿出了一块手帕来替她揩干了眼泪，将我的嘴唇轻轻地搁到了她的头上。两人偎抱着沉默了好久，我又把头俯了下去，问她，我所说的这段话的意思，究竟明白了没有。她眼看着了地上，把头点了几点。我又追问了她一声：

“那么你承认我以后做你的哥哥了不是？”

她又俯视着把头点了几点，我撒开了双手，又伸出去把她的头捧了起来，使她的脸正对着了我。对我凝视了一会，她的那双泪珠还没有收尽的水汪汪的眼睛，却笑起来了。我乘势把她一拉，就同她搀着手并立了起来。

“好，我们是已经决定了，我们将永久地结作最亲爱最纯洁的兄妹。时候已经不早了，让我们快一点走，赶上五云山去吃午饭去。”

我这样说着，搀着她向前一走，她也恢复了早晨刚出发的时候的元气，和我并排着走向了前面。

两人沉默着向前走了几十步之后，我侧眼向她一看，同奇迹似地忽而在她的脸上看出了一层一点儿忧虑也没有的满含着未来的希望和信任的圣洁的光耀来。这一种光耀，却是我在这一刻以前的她的脸上从没有看见过的。我愈看愈觉得对她生起敬爱的心思来了，所以不知不觉，在走路的当中竟接连着看了她好几眼。本来只是笑嘻嘻地在注视着前面太阳光里的五云山的白墙头的她，因为我的脚步的迟乱，似乎也感觉到了我的注意力的分散了，将头一侧，她的双眼，却和我的视线接成了两条轨道。她又笑起来了，同时也放慢了脚步。再向我看了一眼，她才腼腆地开始问我说：

“那我以后叫你什么呢？”

“你叫则生叫什么，就叫我也叫什么好了。”

“那么——大哥！”

大哥的两字，是很急速的紧连着叫出来的，听到了我的一声高声的“啊！”的应声之后，她就涨红了脸，撒开了手，大笑着跑上前面去了。一面跑，一面她又回转头来，“大哥！”“大哥！”的接连叫了我好几声。等我一面叫她别跑，一面我自己也跑着追上了她背后的时候，我们的去路已经变成了一条很窄的石岭，而五云山的山顶，看过去也似乎是很近了。仍复了平时的脚步，两人分着前后，在那条窄岭上缓步的当中，我才觉得真真是成了她的哥哥的样子，满含着了慈爱，很正经地吩咐她说：

“走得小心，这一条岭多么险啊！”

走到了五云山的财神殿里，太阳刚当正午，庙里的人已经在那里吃中饭了。我们因为在太阳底下的半天行路，口已经干渴得象旱天的树木一样，所以一进客堂去坐下，就教他们先起茶来，然后再开饭给我们吃。洗了一个手脸，喝了两三碗清茶，静坐了十几分钟，两人的疲劳兴奋，都已平复了过去，这时候饥饿却抬起头来了，于是就又催他们快点开饭。这一餐只我和她两人对食的五云山上的中餐，对于我正敌得过英国诗人所幻想着的亚力山大王的高宴。若讲到心境的满足，和谐，与食欲的高潮亢进，那恐怕亚力山大王还远不及当时的我。

吃过午饭，管庙的和尚又领我们上前后左右去走了一圈。这五云山，实在是高，立在庙中阁上，开窗向东北一望，湖上的群山，都象是青色的土堆了。本来西湖的山水的妙处，就在于它的比舞台上的布景又真实伟大一点，而比各处的名山大川又同盆景似地整齐渺小一点这地方。而五云山的气概，却又完全不同了。以其山之高与境的僻，一般脚力不健的游人是不会到的，就在这一点上，五云山已略备着名山的资格了，更何况前面远处，蜿蜒盘曲在青山绿野之间的，是一条历史上也着实有名的钱塘江水呢？所以若把西湖的山水，比作一只锁在铁笼子里的白熊来看，那这五云山峰与钱塘江水，便是一只深山的野鹿。笼里的白熊，是只能满足满足胆怯无力者的冒险雄心的；至于深山的野鹿，虽没有高原的狮虎那么雄壮，但一股自由奔放之情，却可以从它那里摄取得来。

我们在五云山的南面又看了一会钱塘江上的帆影与青山，就想动身上我们的归路了，可是举起头来一望，太阳还在中天，只西偏了没有几分。从此地回去，路上若没有耽搁，是不消两个钟头就能到翁家山上的；本来是打算出来把一天光阴消磨过去的我们，回去得这样的早，岂不是辜负了这大好的时间了么？所以走到了五云山西南角的一条狭路边上的时候，我就又立了下来，拉着了她的手亲亲热热地问了她一声：

“莲，你还走得动走不动？”

“起码三十里路总还可以走的。”

她说这句话的神气，是富有着自信和决断，一点也不带些夸张卖弄的风情，真真是自然到了极点，所以使我看了不得不伸上手去，向她的下巴底下拨了一拨。她怕痒；缩着头颈笑起来了，我也笑开了大口，对她说：

“让我们索性上云栖去罢！这一条是去云栖的便道，大约走下去，总也没有多少路的，你若是走不动的话，我可以背你。”

两人笑着说着，似乎只转瞬之间，已经把那条狭窄的下山便道走尽了大半了。山下面尽是些绿玻璃似的翠竹，西斜的太阳晒到了这条坞里，一种又清新又寂静的淡绿色的光同清水一样，满浸在这附近的空气里在流动。我们到了云栖寺里坐下，刚喝完了一碗茶，忽而前面的大殿上，有嘈杂的人声起来了，接着就走进了两位穿着分外宽大的黑布和尚衣的老僧来。知客僧便指着他们夸耀似地对我们说：

“这两位高僧，是我们方丈的师兄，年纪都快八十岁了，是从城里某公馆里回来的。”

城里的某巨公，的确是一位佞佛的先锋，他的名字，我本系也听见过的，但我以为同和尚来谈这些俗天，也不大相称，所以就把话头扯了开去，问和尚大殿上的嘈杂的人声，是为什么而起的。知客僧轻鄙似地笑了一笑说：

“还不是城里的轿夫在敲酒钱，轿钱是公馆里付了来的，这些穷人心实在太凶。”

这一个伶俐世俗的知客僧的说话，我实在听得有点厌起来了，所以就要求他说：

“你领我们上寺前寺后去走走罢？”

我们看过了“御碑”及许多石刻之后，穿出大殿，那几个轿夫还在咕噜着没有起身。我一半也觉得走路走得太多了，一半也想给那个知客僧以一点颜色看看，所以就走了上去对轿夫说：

“我给你们两块钱一个人，你们抬我们两人回翁家山去好不好？”

轿夫们喜欢极了，同打过吗啡针后的鸦片嗜好者一样，立时将态度一变，变得有说有笑了。

知客僧又陪我们到了寺外的修竹丛中，我看了竹上的或刻或写在那里的名字诗句之类，心里倒有点奇怪起来，就问他这是什么意思。于是他也同轿夫他们一样，笑眯眯地对我说了一大串话。我听了他的解释，倒也觉得非常有趣，所以也就拿出了五圆纸币，递给了他，说：

“我们也来买两枝竹放放生罢！”

说着我就向立在我旁边的她看了一眼，她却正同小孩子得到了新玩意儿还不敢去抚摸的一样，微笑着靠近了我的身边轻轻地问我：

“两枝竹上，写什么名字好？”

“当然是一枝上写你的，一枝上写我的。”

她笑着摇摇头说：

“不好，不好，写名字也不好，两个人分开了写也不好。”

“那么写什么呢？”

“只教把今天的事情写上去就对。”

我静立着想了一会，恰好那知客僧向寺里去拿的油墨和笔也已经拿到了。我拣取了两株并排着的大竹，提起笔来，就各写上了“郁翁兄妹放生之竹”的八个字。将年月日写完之后，我搁下了笔，回头来问她这八个字怎么样，她真象是心花怒放似的笑着，不说话而尽在点头。在绿竹之下的这一种她的无邪的憨态，又使我深深地，深深地受到了一个感动。

坐上轿子，向西向南的在竹荫之下走了六七里坂道，出梵村，到闸口西首，从九溪口折入九溪十八涧的山坳，登杨梅岭，到南高峰下的翁家山的时候，太阳已经悬在北高峰与天竺山的两峰之间了。他们的屋里，早已挂上了满堂的灯彩，上面的一对红灯，也已经点尽了一半的样子。嫁妆似乎已经在新房里摆好，客厅上看热闹的人，也早已散了。我们轿子一到，则生和他的娘，就笑着迎了出来，我付过轿钱，一踱进门槛，他娘就问我说：

“早晨拿出去的那枝手杖呢？”

我被她一问，方才想起，便只笑着摇摇头对她慢声的说：

“那一枝手杖么——做了我的祭礼了。”

“做了你的祭礼？什么祭礼？”则生惊疑似地问我。

“我们在狮子峰下，拜过天地，我已经和你妹妹结成了兄妹了。那一枝手杖，大约是忘记在那块大岩石的旁边的。”

正在这个时候，先下轿而上楼去换了衣服下来的他的妹妹，也嬉笑着，走到了我们的旁边。则生听了我的话后，就也笑着对他的妹妹说：

“莲，你们真好！我们倒还没有拜堂，而你和老郁，却已经在狮子峰拜过天地了，并且还把我的一枝手杖忘掉，作了你们的祭礼。娘！你说这事情应怎么罚罚他们？”

经他这一说，说得大家都笑了起来，我也情愿自己认罚，就认定后日餪房，算作是我一个人的东道。

这一晚翁家请了媒人，及四五个近族的人来吃酒，我和新郎官，在下面奉陪。做媒人的那位中老乡绅，身体虽则并不十分肥胖，但相貌态度，却也是很富裕的样子。我和他两人干杯，竟干满了十八九杯。因酒有点微醉，而日里的路，也走得很多，所以这一晚睡得比前一晚还要沉熟。

九月十二的那一天结婚正日，大家整整忙了一天。婚礼虽系新旧合参的仪式，但因两家都不喜欢铺张，所以百事也还比较简单。午后五时，新娘轿到，行过礼后，那位好好先生的媒人硬要拖我出来，代表来宾，说几句话。我推辞不得，就先把我和则生在日本念书时候的交情说了一说，末了我就想起了则生同我说的迟桂花的好处，因而就抄了他的一段话来恭祝他们：

“则生前天对我说，桂花开得愈迟愈好，因为开得迟，所以经得日子久。现在两位的结婚，比较起平常的结婚年龄来，似乎是觉得大一点了，但结婚结得迟，日子也一定经得久。明年迟桂花开的时候，我一定还要上翁家山来。我预先在这儿计算，大约明年来的时候，在这两株迟桂花的中间，总已经有一株早桂花发出来了。我们大家且等着，等到明年这个时候，再一同来吃他们的早桂的喜酒。”

说完之后，大家就坐拢来吃喜酒。猜猜拳，闹闹房，一直闹到了半夜，各人方才散去。当这一日的中间，我时时刻刻在注意着偷看则生的妹妹的脸色，可是则生所说而我也曾看到过的那一种悲寂的表情，在这一日当中却终日没有在她的脸上流露过一丝痕迹。这一日，她笑的时候，真是乐得难耐似的完全是很自然的样子。因了她的这一种心情的反射的结果，我当然可以不必说，就是则生和他的母亲，在这一日里，也似乎是愉快到了极点。

因为两家都喜欢简单成事的缘故，所以三朝回郎等繁缛的礼节，都在十三那一天白天行完了，晚上餪房，总算是我的东道。则生虽则很希望我在他家里多住几日，可以和他及他的妹妹谈谈笑笑，但我一则因为还有一篇稿子没有做成，想另外上一个更僻静点的地方去做文章，二则我觉得我这一次吃喜酒的目的也已经达到了，所以在馔房的翌日，就离开翁家山去乘早上的特别快车赶回上海。

送我到车站的，是翁则生和他的妹妹两个人。等开车的信号钟将打，而火车的机关头上在吐白烟的时候，我又从车窗里伸出了两手，一只捏着了则生，一只捏着了他的妹妹，很重很重的捏了一回。汽笛鸣后，火车微动了，他们兄妹俩又随车前走了许多步，我也俯出了头，叫他们说：

“则生！莲！再见，再见！但愿得我们都是迟桂花！”

火车开出了老远老远，月台上送客的人都回去了，我还看见他们兄妹俩直立在东面月台篷外的太阳光里，在向我挥手。

一九三二年十月在杭州写

（选自《郁达夫文集》第二卷，花城出版社，生活·读书·新知三联书店香港分店，1982）

【学习提示】

郁达夫的早期代表作小说《沉沦》以浓郁的感伤和抒情色彩而闻名，并因其含有较多作者的自我经历而被称为“自叙传”。《迟桂花》创作于1932年，是郁达夫后期小说创作的代表。与《沉沦》相比，《迟桂花》在思想和艺术特色上都有较为明显的变化。

小说题为“迟桂花”，文中又多次直接细致地描写了“迟桂花”，“迟桂花”可谓小说的“文眼”，具有深刻的象征意义。“迟桂花”的特点是开得晚，却经得久，具有清香、朴素、耐久的品性。在这篇小说中，“迟桂花”既代表着一种沉静自得的安然之美，也体现为一种顽强的意志力。作者对“迟桂花”的歌颂，也是着意于对人的生活态度与精神品格的歌颂。小说不是抽象和单纯地赞美、歌颂“迟桂花”，而是在充分展示“迟桂花”那动人的自然美的同时，更将它化为人物的故事，把自然和人的生活不留痕迹地融为一体，具体而形象地表现出“迟桂花”的美感特征与精神品质。小说中的重要形象之一——翁则生的婚姻，被作者比喻为“迟桂花”，但更能体现“迟桂花”的美与性格的，还是翁则生的妹妹——莲。

莲是作者着力塑造的中心人物形象。她是一个农村青年，美丽善良，性格率真，尽管遭受了生活的挫折，却依然保持着天真活泼的性格。她的美丽、沉静和乐观，给予了叙述者“郁先生”强烈的精神愉悦感，使他被燃起的欲望得到平息，使其心灵也得以净化。小说中莲的形象和“迟桂花”时时相映衬，仿佛她不只是一个具体的人，同时也是大自然的美和宁静的化身，是一枝生活在现实生活中的、活脱脱的“迟桂花”。

《迟桂花》最重要的艺术特色是散文化的叙事风格和内敛而又强烈的感情色彩。《迟桂花》的故事单纯、朴素，表达也如同生活本身一样质朴、自然，语言则体现出散文般的清新和流畅。最能吸引和感染读者的，是作者无处不在的、热烈却又内敛的真挚感情。

《迟桂花》的另一艺术特色是情与景的完美融合。小说中的感情并不突兀，而是被融合在美丽的山水风景中，自然地流淌出来。作者在写景方面用力甚勤，效果非常好，如在写翁家山的风景时，就分别从暮时、月下和清晨三个时间段来写，充分地描写了山村的恬静和安宁。

《迟桂花》问世以来，受到了广大读者的普遍喜爱，也得到了研究者的高度评价。《迟桂花》被誉为郁达夫在艺术上最精致成熟的小说，也被认为是中国现代文学史上不可多得的具有浓郁抒情味的小说之一。

【思考练习题】

1. 作者借人物之口写道："桂花开得愈迟愈好，因为开得迟，所以经得日子久。""迟桂花"有何象征意义？这种象征意义在作品其他地方是如何表现的？

2.《迟桂花》与郁达夫的早期小说相比，在思想情调与艺术手法上体现出了哪些不同的特色？

潘先生在难中

叶绍钧

一

车站里挤满了人，各有各的心事，都现出异样的神色。脚夫的两手插在号衣的口袋里，睡着一般地站着；他们知道可以得到特别收入的时间离得还远，也犯不着老早放出精神来。空气沉闷得很，人们略微感到呼吸的受压迫，大概快要下雨了。电灯亮了一歇了，仿佛比平时昏黄一点，望去好象一切的人物都在雾里梦里。

揭示处的黑漆版上标明西来的快车须迟到四点钟。这个报告在几点钟以前早就教人家看熟了，现在便同风化了的戏单一样，没有一个人再望他一眼。象这种报告，在这一个礼拜里，几乎每天每趟的行车都有：大家也习以为当然了。

不知几多人心系着的来车居然到了，闷闷的一个车站就一变而为扰扰的境界。来客的安心，候客者的快意，以及脚夫的小小发财，我们且都不提。单讲一位从让里来的潘先生。他当火车没有驶进站场之先，早已调排得十分周妥：他领头，右手提着个黑漆皮包，左手牵着个七岁的孩子；七岁的孩子牵着他的哥哥（今年九岁）；哥哥又牵着他的母亲潘师母。潘先生说人多照顾不齐，这么牵着，首尾一气，犹如一条蛇，什么地方都好钻了。他又屡次叮嘱，教大家握得紧紧，切勿放手；尚恐大家万一忘了，又屡次摇荡他的左手，意思是教把这警告打电报似地一站站递过去。

首尾一气诚然不错，可是也不能全乎没有弊病。火车将停时，所有的客人和东西都要涌向车门，潘先生一家的那条蛇就有点“尾大不掉”了。他用黑漆皮包做前锋，胸腹部用力向前抵，居然进展到距车门只两个窗洞的地位。但是他的七岁的孩子还在距车门四个窗洞的地方，被挤在好些客人和坐椅的中间，一动不能动；两臂一前一后，伸得很长，前后的牵引力都很大，似乎快要把臂膀拉了去的样子。他急得直喊：“啊！我的臂膀！我的臂膀！”

一些客人听见了带哭的喊声，方才知道腰下挤着个孩子；留心一看，见他们四个人一串，手联手牵着。一个客人呵斥道：“赶快放手；要不然，把孩子拉做两半了！”

“怎么弄的，孩子不抱在手里！”又一个客人用鄙夷的声气自语，一方面他仍注意在攫得向前行进的机会。

“不，”潘先生心想他们的话不对的，牵着自有牵着的妙用；再一转念，妙用岂是人人能够了解的，向他们辩白，也不过徒劳唇舌，不如省些精神吧：就把以下的话咽了下去。而七岁的孩子还是“臂膀！臂膀！”喊着，潘先生前进后退都没有希望，只得自己失约，先放了手，随即惊惶地发命令道：“你们看着我！你们看着我！”

车轮一顿，在轨道上站定了；车门里弹出去似地跳下了许多人。潘先生觉得前头松动了些；但是后面的力量突然增加，他的脚作不得一点主，只得向前推移；要回转头来招呼自己的队伍，也不得自由，于是对着前面的人的后脑叫喊：“你们跟着我！你们跟着我！”

他居然从车门里被弹出来了。旋转身子看，后面没有他的儿子同夫人。心知他们还挤在车中，守住车门老等总是稳当的办法。又下来了百多人，方才看见脚踏上人丛中现出七岁的孩子的上半身，乘着电灯光，面目作哭泣的形相。他走前去，几次被跳下来的客人冲回，才用左臂把孩子抱了下来。再等了一会，潘师母同九岁的孩子也下来了；她吁吁地呼着气，连喊“啊唷，啊唷”，凄然的眼光相着潘先生的脸，似乎要求抚慰的孩子。

潘先生到底镇定，看见自己的队伍全下来了，重又发命令道：“我们仍旧同刚才这样联起来。你们看月台上的人这么多，收票处又挤得厉害，要不是联着，就要走散了！”

七岁的孩子觉得害怕，拦住他的膝头说：“爸爸，抱。”

“没用的东西！”潘先生颇有点愤怒，但随即耐住，蹲下身子把孩子抱了起来。同时关照大的孩子拉着他的长衫的后幅，一手要紧紧牵着母亲，因为他自己两只手都不空了。

潘师母向来不曾受过这样的困累，好容易下了车，却还有可怕的拥挤在前头，不禁发怨道：“早知道这样子，宁可死在家里，再也不要逃难的了！”

“悔什么！”潘先生一半发气，一半又觉得怜惜。“到了这里，懊悔也是没用。并且，性命到底安全了。走吧，当心脚下。”于是四个一串向人丛中蹒跚地移过去。

一阵的拥挤，潘先生如在梦里似的，出了收票处的隘口。他仿佛急流里的一滴水滴，没有回旋转侧的余地，只有顺着大众的势，脚不点地地走。一会儿，已经出了车站的铁栅栏，跨过了电车轨道，来到水门汀的旁路上。慌忙地回转身来，只见数不清的给电灯光耀得发白的面孔以及数不清的提箱与包裹，一齐向自己这边涌来。忽然觉得长衫后幅上的小手没有了，不知什么时候放了的；心头怅惘到不可言说，只是无意识地把身子乱转。转了几回，一丝影踪也没有。家破人亡之感立时袭进他的心门，禁不住渗出两滴眼泪来，望出去电灯人形都有点模糊了。

幸而抱着的孩子眼光敏锐，他瞥见母亲的疏疏的额发，便认识了，举起手来指点道：“妈妈，那边。”

潘先生一喜；但是还有点不大相信，眼睛凑近孩子的衣衫擦了擦，然后望去。搜寻了一歇，果然看见他的夫人呆鼠一般在人丛中瞎撞，前面护着那大的孩子，他们还没有跨过电车轨道呢。他便向前迎上去，连喊着“阿大”，把他们引到刚才站定的旁路上。于是放下手中的孩子，舒畅地吐一口气，一手抹着脸上的汗说：“现在好了！”的确好了，只要跨出那一道铁栅栏，就有人保着险，什么兵火焚掠都遭逢不到；而已经散失的一妻一子，又幸福得很，一寻即着：岂不是四条性命，一个皮包，都从毁灭和危难的当中捡了回来么？岂不是“现在好了”？

“黄包车！”潘先生很入调地喊着。

车夫们听见了，一齐拉着车围拢来，问他到什么地方。

他昂起一点头，似乎增加好几分威严，伸出两个指头扬着说：“只消两辆！两辆！”他想了一想，继续说：“十个铜子，四马路，去的就去！”这分明表示他是个“老上海”。

辩论了好一会，终于讲定十二个铜子一辆。潘师母带着大的孩子坐一辆，潘先生带着小的孩子同黑漆皮包坐一辆。

车夫刚要拔脚前奔，一个背枪的印度巡捕一臂在前面一横，只得缩住了。小的孩子看这个人的形相可怕，不由得回过脸来，贴着父亲的胸际。

潘先生领悟了，连忙解释道："不要害怕，那就是印度巡捕，你看他的红包头。我们因为本地没有他，所以要逃到这里来；他背着枪保护我们。他的胡子很好玩的，你可以看一看，同罗汉的胡子一个样子。"

孩子总觉得怕，便是同罗汉一样的胡子也不想看。直到听见当当的声音，才从侧边斜睨过去，只见很亮很亮的一个房间一闪就过去了；那边一家家都是花花灿灿的，都点得亮亮的，他于是不再贴着父亲的胸际。

到了四马路，一连问了八九家旅馆，都大大的写着客满的牌子；而且一望而知情商也没用，因为客堂里都搭起床铺，可知确实是住满了。最后到一家也标着客满，但是一个伙计懒懒地开口道："找房间么？"

"是找房间，这里还有么？"一缕安慰的心直透潘先生的周身，仿佛到了家的样子。

"有是有一间，客人刚刚搬走，他自己租了房子了。你先生若是迟来一刻，说不定就没有了。"

"那一间就是我们住好了。"他放了小的孩子，回身去扶下夫人同大的孩子来，说："我们总算运气好，居然有房间住了！"随即付车钱，慷慨地照原价加上一个铜子；他相信运气好的时候多给人一些好处，以后好运气会续续而来的。但是车夫偏不知足，说跟着他们回来回去走了这多时，非加上五个铜子不可。结果旅馆里的伙计出来调停，潘先生又多破费了四个铜子。

这房间就在楼下，有一个床，一盏电灯，一桌，两椅，此外就只有烟雾一般的一房间的空气了。潘先生一家跟着茶房走进去时，立刻闻到刺鼻的油腥味，中间又混着阵阵的尿臭。潘先生不快地自语道："讨厌的气味！"随即听见隔壁有食料投下油锅的声音，才知道原是一间厨房。再一思想，气味虽讨厌，究竟比吃枪子睡露天好多了；也就觉得没有什么，舒舒泰泰在一把椅子上坐下。

"用晚饭吧？"茶房放下皮包回头问。

"我要吃火腿汤淘饭，"小的孩子咬着指头说。

潘师母马上对他看个白眼，凛然说："火腿汤淘饭！是逃难呢，有得吃就好了，还要这样那样点戏！"

大的孩子也不懂看看风色，央着潘先生说："今天到上海了，你可给我吃大菜。"

潘师母竟然发怒了，她回头呵斥道："你们都是没有心肝的，只配什么也没得吃，活活地饿……"

潘先生有点儿窘，却作没事的样子说："小孩子懂得什么。"便吩咐茶房道："我们在路上吃了东西了，现在只消来两客蛋炒饭。"

茶房似答非答地一点头就走，刚出房门，潘先生又把他喊回来道："带一斤绍兴，一毛钱熏鱼来。"

茶房的脚声听不见了，潘先生舒快地对潘师母道："这一刻该得乐一乐，喝一杯了。

你想，从兵祸凶险的地方，来到这绝无其事的境界，第一件可乐。刚才你们忽然离开了我，找了半天找不见，真把我急得要死了；倒是阿二乖觉（他说着，把阿二拖在身边，一手轻轻地拍着），他一眼便看见了你，于是我迎上来，这是第二件可乐。乐哉乐哉，陶陶酌一杯。”他作举杯就口的样子，眯眯地笑着。

潘师母不做声，她正想着家里呢。细软的虽然已经带在皮包里以及寄到教堂里去了，但是留下的东西究竟还不少。不知王妈到底可靠不可靠；又不知隔壁那家穷人家会不会知道他们一家统出来了，只剩个王妈在家里看守；又不知王妈睡觉时，会不会忘记关上一扇门或是一扇窗。她又想起院子里的三只母鸡，没有做完的阿二的裤子，厨房里的一碗白爊鸭……真同通了电一般，一刻之间，种种的事情都涌上心头，觉得异样地不舒服；便叹口气道："不知弄到怎样呢！"

两个孩子都怀着失望的心情，茫昧地觉得这样的上海没有平时父亲嘴里的上海来得好玩而有味。

疏疏的雨点从窗外洒进来，潘先生站起来说："果真下雨了，幸亏在这一刻下，"就把窗关上。突然看见原先给窗子掩没的旅客须知单，他便想起一件顶要紧的事情，一眼不眨地直注着那单子看。

“不折不扣，两块！”他惊讶地喊。回转头时，眼珠瞪视着潘师母，一段舌头从嘴里伸了出来。

二

第二天早上，走廊中茶房们正蜷在几条长凳上熟睡，狭得只有一条的天井上面很少有晨光透下来，几许房间里的电灯还是昏黄地亮着。但是潘先生夫妇两个已经在那里谈话了；两个孩子希望今天的上海或许比昨晚的好一点，也醒了一歇了，只因父母教他们再睡一会，所以还躺在床上，彼此呵痒为戏。

“我说你一定不要回去，”潘师母焦心地说。“这报纸上的话，知道它靠得住靠不住的，既然千难万难地逃了出来，哪有立刻又回去的道理！”

“料是我早先也料到的。顾局长的脾气就是一点不肯马虎。‘地方上又没有战事，学自然照常要开的，’这句话确然是他的声口。这个通信员我也认识，就是教育局里的职员，又哪里会靠不住？回去是一定要回去的。”

“你要晓得，回去危险呢！”潘师母凄然地说。“说不定三天两天他们就会打到我们那地方去，你就是回去开学，有什么学生来念书？就是不打到我们那地方，将来教育局长怪你为什么不开学时，你也有话回答。你只要问他，到底性命要紧还是学堂要紧？他也是一条性命，想来决不会对你过不去。”

“你懂得什么！”潘先生颇怀着鄙薄的意思。“这种话只配躲在家里，伏在床角里，由你这种女人去说；你道我们也说得出口的么！你切不要拦阻我（这时候他已转为抚慰的声调），回去是一定要回去的；但是决没有一点危险，我自有保全自己的法子。而且（他自喜心思灵捷，微微笑着），你不是很不放心家里的东西么？我回去了，就可以自己照看，你也能定心定意住在这里了。等到时局平定了，我马上来接你们回去。”

潘师母知道丈夫的回去是万无挽回的了。回去可以照看东西固然很好；但是风声这样地紧，一去之后，犹如珠子抛在海里，谁保得定必能捞回来呢！生离死别的哀感涌上她的心头，再不敢正眼看她的丈夫，眼泪早在眼角边偷偷地想跑出来了。她又立刻想起这个场面不大吉利，现在并没有什么不好的事情，怎么能凄惨地流起泪来。于是勉强忍住，聊作自慰的请求道："那么你去看看情形，假如教育局长并没有照常开学这句话，如还来得及，你就乘了今天下午的车来，不然，乘了明天的早车来。你要知道（她到底忍不住，一滴眼泪落在手背，立刻在衫子上擦去了），我不放心呢！"

潘先生心里也着实有点烦乱，局长的意思照常开学，自己万无主张暂缓开学之理，回去当然是天经地义。但是又怎么放得下这里！看他夫人这样的依依之情，决计一走，未免太没有恩义。又况一个女人两个孩子都是很懦弱的，一无依傍，寄住在外边，怎能断言决没有意外？他这样想时，不禁深深地发恨：恨这人那人调兵遣将，预备作战，恨教育局长主张照常开学，又恨自己没有个已经成年，可以帮助一臂的儿子。

但是他究竟不比女人，他更从利害远近种种方面着想，觉得回去终于是天经地义，便把恼恨搁在一旁，脸上也不露一毫形色，顺着夫人的口气点头道："假若打听明白局长并没有这意思，依你的话，就搭了下午的车来。"

两个孩子约略听得回去和再来的话，小的就伏在床沿作娇道："我也要回去。"

"我同爸爸妈妈回去，剩下你独个儿住在这里，"大的孩子扮着鬼脸说。

小的听着，便迫紧喉咙喊作啼哭的腔调，小手擦着眉眼的部分，但眼睛里实在没有眼泪。

"你们都跟着妈妈留在这里，"潘先生提高了声音说。"再不许胡闹了，好好儿起来等吃早饭吧。"说罢，又嘱咐了潘师母几句，径出雇车，赶往车站。

模糊地听得行人在那里说铁路已断火车不开的话，潘先生想："火车如果不开，倒死了我的心，就是立刻免职也只得由他了。"同时又觉得这消息很使他失望；又想他若是运气好，未必会逢到这等失望的事，那么行人的话也未必可靠。欲决此疑，只希望车夫三步并作一步跑。

他的运气诚然不坏，赶到车站一看，并没有火车不开的通告；揭示处只标明夜车要迟四点钟才到，这一刻还没到呢。买票处绝不拥挤，时时有一两个人前去买票。聚集在站中的人却不少，一半是候客的，一半是为看看来的，也有带着照相器具的，专等夜车到时摄取车站拥挤的情形，好作《风云变幻史》的一页。行李房满满地堆着箱子铺盖，各色各样，几乎碰到铅皮的屋面。

他心中似乎很安慰，又似乎有点儿怅惘，顿了一顿，终于前去买了一张三等票，就走入车厢里坐着。晴明的阳光照得一车通亮，温温地不嫌燠热；坐位很宽舒，就是勉强要躺躺也可以。他想："这是难得逢到的。倘若心里没有事，真是一趟愉快的旅行呢。"

这趟车一路耽搁，听候军人的命令，等待兵车的通过。直到抵达让里，已是下午三点过了。潘先生下了车，急忙赶到家，看见大门紧紧关着，心便一定，原来昨天再四叮嘱王妈的就是这一件。

扣了十几下，王妈方才把门开了。一见潘先生，出惊地说："怎么，先生回来了！不用逃难了么？"

潘先生含糊地回答了她；奔进里面四周一看，便开了房门的锁，闯进去上下左右打量着。没有变更，一点没有变更，什么都同昨天一样。于是他吊起的一半心放下来了。还有一半心没放下，便又锁上房门，回身出门；吩咐王妈道："你照旧好好把门关上了。"

王妈摸不清头绪，关了门进去只是思索。她想主人们一定就住在本地，恐怕她也要跟去，所以骗她说逃到上海去。"不然，怎么先生又回来了？奶奶同两个孩子不一同来，又躲在什么地方呢？但是，他们为什么不让我跟了去？这自然嫌人多了不好。——他们一定就住在那洋人的红房子里，那些兵都讲通的，打起仗来不打那红房子。——其实就是老实告诉我，要我跟了去，我也不高兴呢。我在这里一点也不怕；如果打仗打到这里来，横竖我的老衣早做好了。"她随即想起甥女儿送她的一双绣花鞋真好看，穿了这鞋子上西方，阎王一定另眼相看；于是她感到一种微妙的舒快，不复想那主人究竟在哪里的问题。

潘先生出门，就去访那当通信员的教育局职员，问他局长究竟有没有照常开学的意思。那人回答道："怎么没有？他还说有一些教员只顾逃难，不顾职务，这就是表示教育的事业不配他们干的；乘此淘汰一下也是好处。"潘先生听了，仿佛觉得一凛；但又赞赏自己的有主意，决定回来到底是不错的。一口气奔到自己的学校里，提起笔来就起草送给学生家属的通告。意思是说兵乱虽然可虑，子弟的教育犹如布帛菽粟，是一天一刻不可废弃的，现在暑假期满，我校照常开学。从前欧洲大战的时候，他们天空里布着防御炸弹的网，下面学校里却依然在那里上课：这种非常的精神，我们应当不让他们专美于前。希望家长们能够体谅这一层意思，如无其事地依旧把子弟送来：这不但是家庭和学校的益处，实也是地方和国家的荣誉。

他起完这草，往复看了三遍，觉得再没有可以增损，局长看见了，至少也得说一声"先得我心。"便得意地誊上蜡纸，又自己动手印刷了百多张，命校役向一个个学生家里送去。公事算是完毕了，开始想到私事：既要开学，上海是去不成了，他们母子三个住在旅馆里怎么弄得下去！但也没有办法，唯有教他们一切留意，安心住着。于是蘸着刚才的残墨写寄与夫人的信。

第二天，他从茶馆里得到确实的信息，铁路真个不通了！他心头突然一沉，似乎觉得最亲热的一妻两儿忽地乘风飘去，飘得很远，几至于渺茫。没精没采地踱到学校里，校役回报昨天的使命道："昨天出去送通告，有二十多家是关上大门的，打也打不开，只好从门缝里插了进去。有三十多家只有佣人在家里，主人逃到上海去了，孩子当然跟着去，不一定几时才能回来念书。其余的都说知道了；有的又说性命还保不定安全，读书的事情再说吧。"

"哦，知道了。"潘先生并不留心在这些上边，更深的忧虑正萦绕于心曲。抽完了一支香烟以后，应走的路途决定了，便赶到红十字会分会的办事处。

他缴纳会费愿做会员；又宣言自己的学校房屋还宽阔，也愿意作为妇女收容所，到万一的时候收容妇女。这是慈善的举措，当然受到热诚的欢迎，更兼潘先生本来是体面的大家知道的人物。办事处就给他红十字的旗子，好在学校门前张起来；又给他红十字的徽章，标明这是红十字会的一员。

潘先生接旗子和徽章在手，象捧着救命的神符，心头起一种神秘的快慰。"现在什么都安全了！但是……"想到这里，便笑向办事处的职员道："多给我一面旗，几个徽章吧，”他的理由是学校还有个侧门，也得挂一面旗，而徽章这东西不很大，恐怕偶尔遗失了，不如多拿几个备在那里。

办事员同他说笑话，这些东西又不好吃的，拿着玩也没什么意思，多拿几个也只作一个会员，不如不要多拿吧。但是终于依他的话给了他。

两面红十字旗立刻在新秋的轻风中招展着；可是学校的侧门上并没有旗，原来移到潘先生家的大门上去了。一枚红十字徽章早已跳上潘先生的衣襟，闪耀着慈善庄严的光，给与潘先生一种新的勇气。其余几枚呢，潘先生重重包裹着，藏在贴身小衫的一个口袋里。他想：“一个是她的，一个是阿大的，一个是阿二的。”虽然他们离处在那渺茫难接的上海，但是仿佛给他们加保了一重稳当可靠的险，他们也就各各增加一种新的勇气。

三

碧庄地方两军开火了！

让里的人家很少有开门的，店铺自然更不用说，路上时时有兵士经过。他们快要开拔到前方去，觉得最高的权威附灵在自己身上，什么东西都不在眼里，只要高兴提起脚来踏，总可以踏做泥团踏做粉。这就来了拉夫的事情：恐怕被拉的人乘隙脱逃，便用长绳一个联一个缚着臂膀，几个弟兄在前，几个弟兄在后，一串一串牵着走。因此，大家对于出门这事都觉得危惧，万不得已时，也只从小巷僻路走，甚至佩有红十字徽章的如潘先生之辈，也不免怀着戒心，不敢大模大样地踱来踱去。于是让里的街道见得清静且宽阔起来了。

上海的报纸好几天没有来。本地的军事机关却常常有前方的战报公布出来，无非是些“敌军大败，我军进攻若干里”的话。街头巷口贴出一张新鲜的来时，慢慢聚集，也有好些人注目看着。但大家看罢以后依然不能定心，好似这布告背后还伏着许多的话，于是怅怅地各自散了，眉头照旧皱着。

这几天潘先生无聊极了。最难堪的，自然是妻儿远离，而且不通消息，而且似乎有永远难通的朕兆。次之便是自身的问题，“碧庄冲过来只一百多里路，这徽章虽说有用处，可是没有人写过笔据，万一没有用，又向谁去说话？——枪子炮弹劫掠放火都是真家伙，不是耍的，到底要多打听多走门路才行。”他于是这里那里探听前方的消息，只要这消息与外间传说的不同，便觉得真实的成分越多，即根据着盘算对于自身的利害。街上如其有一个人神色仓皇急忙行走时，他便突地一惊，以为这个人一定探得确实而又可怕的消息了；只因与他不相识，“什么！”一声就在喉际咽住了。

红十字会派人在前方办理救护的事情，常有人附着兵车回来，要打听消息自然最可靠了。潘先生虽然是个会员，却不常到办事处去探听，以为这样就对公众表示胆怯，很不好意思。然而红十字会究竟是可以得到真消息的机关，舍此他求未免有点傻，于是每天傍晚，到姓吴的办事员家里打听去。姓吴的告诉他没有什么，或者说前方抵住在那里，他才透了口气回家。

这一天傍晚，潘先生又到姓吴的家里；等了好久，姓吴的才从外面走进来。

“没有什么吧？”潘先生急切地问。“照布告上说，昨天正向对方总攻击呢。”

“不行，”姓吴的忧愁地说；但随即咽住了，捻着唇边仅有的几根二三分长的胡须。

“什么！”潘先生心头突地跳起来，周身有一种拘牵不自由的感觉。

姓吴的悄悄地回答，似乎防着人家偷听了去的样子，“确实的消息，正安（距碧庄八里的一个镇）今天早上失守了！”

“啊！”潘先生发狂似地喊出来。顿了一顿，回身就走，一壁说道：“我回去了！”

路上的电灯似乎特别昏暗，背后又仿佛有人追赶着的样子，惴惴地，歪斜的急步赶到了家，叮嘱王妈道：“你关着门就可安睡，我今夜有事，不回来住了。”他看见衣橱里有件绉纱的旧绵袍，当时没有收拾在寄出去的箱子里，丢了也可惜；又有孩子的几件布夹衫，仔细看实在还可以穿穿；又有潘师母的一条旧绸裙，她不一定舍得便不要它：便胡乱包在一起，提着出门。

“车！车！福星街红房子，一毛钱。”

“哪里有一毛钱的？”车夫懒懒地说。“你看这几天路上有几辆车？不是拚死寻饭去的，早就躲起来了。随你要不要，三毛钱。”

“就是三毛钱，”潘先生迎上去，跨上脚踏坐稳了，“你也得依着我，跑得快一点！”

“潘先生，你到哪里去？”一个姓黄的同业在途中瞥见了他，立定了问。

“哦，先生，到那边……”潘先生失措地回答，也不辨这是谁的声音；忽然想起回答他实是多事，——车轮滚得绝快，那个人决不至于赶上来再问，——便缩住了。

红房子里早已住满了人，大都是十天以前就搬来的，儿啼人语，灯火这边那边亮着，颇有点热闹的气象。主人翁相见之后，说：“这里实在没有余屋了。但是先生的东西都寄在这里，却也不好拒绝。刚才有几位匆忙地赶来，也因不好拒绝，权且把一间做饭吃的厢房给他们安顿。现在去同他们商量，总可以多插你先生一个。”

“商量商量总可以，”潘先生到了家一般地安慰。“况且在这么的时候，我也不预备睡觉，随便坐坐就得了。”

他提着包裹跨进厢房的当儿，疑惑自己受惊太厉害了，眼睛生了翳，因而引起错觉。但是闭了一闭再张开来时，所见依然如前，这靠窗坐着，在那里同对面的人谈话，上唇翘起两笔浓须的，不就是教育局长么？

他顿时踌躇起来，已跨进去的一只脚想要缩出来，又似乎不大好。那局长也望见了他，尴尬的脸上故作笑容说：“潘先生，你来了，进来坐坐。”主人翁听了，知道他们是相识的，转身自去。

“局长先在这里了。还方便吧，再容一个人？”

“我们只三个人，当然还可以容你。我们带着席子；好在天气不很凉，可以轮流躺着歇歇。”

潘先生觉得今晚的局长特别可亲，全不同平日那副庄严的神态，便忘形地直跨进去说：“那么不客气，就要陪三位先生过一夜了。”

这厢房不很宽阔。地上铺着一张席，一个戴眼镜的中年人坐在上面，略微有疲倦的神色，但绝无欲睡的意思。锅灶等东西贴着一壁。靠窗一排摆着三只凳子，局长坐一只，头发梳得很光的二十多岁的人，局长的表弟，坐一只，一只空着。那边的墙角有一只柳条箱，三个衣包，大概就是三位先生带来的。仅仅这些，房间里已没有空地了。电灯的光本来很弱，又蒙上了一层灰尘，照得房间里的人物都昏黯模糊。

潘先生也把衣包摆在那边的墙角，与三位的东西合伙。回过来谦逊地坐上那只空凳子。局长给他介绍了自己的同伴，随说："你也听到了正安的消息么？"

"是呀，正安。正安失守，碧庄未必靠得住呢。"

"大概这方面对于南路很疏忽，正安失守，便是明证。那方面从正安袭取碧庄是最便当的，说不定此刻已被他们得手了。要是这样，不堪设想！"

"要是这样，这里非糜烂不可！"

"但是，这方面的杜统帅不是庸碌无能的人，他是著名善于用兵的，大约见得到这一层，总有方法抵挡得住。也许就此反守为攻，势如破竹，直捣那方面的巢穴呢。"

"但得这样，战事便收场了，那就好了！——我们办学的就可以开起学来，照常进行。"

局长一听到办学，立刻感到自己的尊严，捻着浓须叹道："别的不要讲，这一场战争，大大小小的学生吃亏不小呢！"他把坐在这间小厢房里的侷促不舒的感觉遗忘了，仿佛堂皇地坐在教育局的办公室里。

坐在席上的中年人仰起头来含恨似地说："那方面的朱统帅实在可恶！这方面打过去，他抵抗些什么，——他没有不终于吃败仗的。他若肯漂亮点儿让了，战事早就没有了。"

"他是傻子，"局长的表弟顺着说，"不到尽头不肯死心的。只是连累了我们，这当儿坐在这又暗又窄的房间里。"他带着玩笑的神气。

潘先生却想念起远在上海的妻儿来了。他不知道他们可安好，不知他们出了什么乱子没有，不知他们此刻已经睡了不曾，抓既抓不到，想象也极模糊；因而想自己的被累要算最深重了，凄然望着窗外的小院子默不作声。

"不知到底怎样呢！"他又转而想到那个可怕的消息以及意料所及的危险，不自主地吐露了这一句。

"难说，"局长表示富有经验的样子说。"用兵全在乎趁一个机，机是刻刻变化的，也许竟不被我们所料，此刻已……所以我们……"他对着中年人一笑。

中年人，局长的表弟同潘先生三个已经领会局长这一笑的意味；大家想坐在这地方总不至于有什么，也各安慰地一笑。

小院子里长满了草，是蚊虫同各种小虫的安适的国土。厢房里灯光亮着，它们齐向那里飞去。四位怀着惊恐的先生就够受用了；扑头扑面的全是那些小东西，蚊虫突然一针，痛得直跳起来。又时时停话侧耳，惶惶地听外边有没有枪声或人众的喧哗。睡眠当然是无望了，只实做了局长所说的轮流躺着歇歇。

明天清晨，潘先生的眼球上添了几缕红丝；风吹过来，觉得身上很冷。他急欲知道外面的情形，独个儿闪出红房子的大门。路上同平时的早晨一样，街犬竖起了尾巴高兴地这头那头望，偶尔走过一两个睡眼惺忪的人。他走过去，转入另一条街，也不听见什么特别的风声。回想昨夜的匆忙情形，不禁心里好笑。但是再转一念，又觉得实在并无可笑，小心一点总比冒险好。

二十余天之后，战事停止了。大众点头自慰道："这就好了！只要不打仗，什么都平安了！”但是潘先生还不大满意，铁路还没有通，不能就把避居上海的妻儿接回来。信是来过两封了，但简略得很，比较不看更教他想念。他又恨自己到底没有先见之明；不然，这一笔冤枉的逃难费可以省下，又免得几十天的孤单。

他知道教育局里一定要提到开学的事情了，便前去打听。跨进招待室，看见局里的几个职员在那里裁纸磨墨，象是办喜事的样子。

一个职员喊出来道：“巧得很，潘先生来了！你写得一手好颜字，这个差就请你当了罢。”

“这么大的字，非得潘先生写不可，”其余几个人附和着。

“写什么东西？我完全茫然。”

“我们这里正筹备欢迎杜统帅凯旋的事务。车站的两头要搭起对对的四个彩牌坊，让统帅的花车在中间通过。现在要写的就是牌坊上的几个字。”

“我哪里配写这上边的字？”

“当仁不让，”“一致推举，”几个人一哄地说；笔杆便送到潘先生手里。

潘先生觉得这当儿很有点滋味，接了笔便在墨盒里蘸墨汁。凝想一下，提起笔来在蜡笺上一并排写“功高岳牧”四个大字。第二张写的是“威镇东南”。又写第三张，是“德隆恩溥”。——他写到“溥”字，仿佛看见许多影片，拉夫，开炮，烧房屋，淫妇人，菜色的男女，腐烂的死尸，在眼前一闪。

旁边看写字的一个人赞叹说：“这一句更见恳切，字也越来越好了。”

“看他对上一句什么，”又一个说。

一九二四年十一月二十七日

（选自《中国现代文学作品选》第一册，复旦大学出版社，1986）

【学习提示】

叶绍钧（1894—1988），字秉臣，辛亥革命时改字为圣陶，江苏苏州人。1911 年中学毕业，因家贫即踏上社会，在当地初等小学做教师。1914 年，叶绍钧开始用文言创作，曾在《礼拜六》《小说丛报》等刊物上发表小说及旧体诗词。1919 年，他开始用白话创作散文、诗歌、小说、剧本等，以短篇小说为主，并加入新潮社。1921 年，与茅盾、郑振铎等发起成立新文学运动中第一个文学社团——“文学研究会”，倡导“为人生的艺术”和“写实主义”的创作方法，在文学青年中产生了广泛影响。

20 世纪二三十年代是叶绍钧的创作取得丰硕成果的时期，主要作品有短篇小说集《隔膜》《火灾》《线下》《城中》《未厌集》《四三集》，散文集《脚步集》《未厌居习作》《西川集》，长篇小说《倪焕之》。叶绍钧还是我国最早的儿童文学作家。1923 年出版的《稻草人》是我国现代文学史上最早的童话集，此外还有童话集《古代英雄的石像》。

叶绍钧始终坚持实践“为人生”的文学主张，对生活有着细致入微的观察和体验。他提倡写自己最熟悉的生活。由于长期从事教育工作，他擅长描写小市民和小资产阶级知识分子的灰色人生。“他的‘人物’写得最好的，是小镇里的醉生梦死的灰色人。”（茅盾《中国新文学大系·小说一集导言》）

《潘先生在难中》是叶绍钧描写小资产阶级知识分子灰色人生的杰作，写于1924年11月，发表于1925年1月的《小说月报》第16卷第1期。小说以20世纪20年代江浙军阀齐燮元、卢永祥的混战为大背景，把人物放在最能考验人的战争环境中，刻画了主人公潘先生的卑琐、自私、麻木形象，深刻地批判了旧中国小资产阶级知识分子的“临虚惊而失色，暂苟安而又喜”的卑怯可憎心理，活画出小资产阶级知识分子的灰色灵魂，引发人们对小知识分子生活道路的深沉思考。

这篇小说在艺术上达到了叶绍钧短篇小说创作的现实主义的高峰。作家以他一以贯之的冷峻的笔触精雕细刻，通过对人物进行“显微镜”式的心理剖析和精神状态描写，突现出人物与众不同的，又能反映同一阶层特征的代表性灵魂，概括了旧中国小资产阶级知识分子的思想性格特征，从而把一个二三十年代司空见惯的故事提炼为文学典型。

小说的主人公潘先生是一个市侩气颇为浓重的乡镇小学校长，听说军阀开战，便由让里携妻带子如丧家之犬逃往上海租界避乱。由于临近开学，担心局长斥责他玩忽职守而丢了校长职位，经过一番思想斗争后他只身返回让里。可巧碧庄开战，铁路不通，他就去外国人办的红十字会乞求庇护，领取会旗会徽时也不忘给妻儿各要一份，苟安保家是他的人生哲学。战事结束后，潘先生立刻忘记了自己一家在战乱中所受的折磨和战乱给人们生活带来的灾祸，竟然为军阀杜统帅大书“功高岳牧”“威镇东南”“德隆恩溥”的彩色条幅，没有立场、不顾廉耻地为军阀歌功颂德。这是一个苟且偷生、自私卑琐、没有理想、安于现状、随波逐流、奴性十足的市侩。作者没有静止、孤立地写心理，而是让人物随环境、战事而变化，一波三折、百转千回，淋漓尽致地展示小资产阶级知识分子在不能把握自己命运时的恐慌、动摇和苟安时的沾沾自喜的心理侧面，使人物活生生地站在读者面前。通过对潘先生这一典型人物的塑造，小说揭示了社会生活的一角。

整篇小说结构严谨，富于变化，把一场普通的逃难写得既有声有色、别开生面，又富有戏剧性冲突。例如，碧庄开火，正安失守后，潘先生仓皇逃往福星街红房子的红十字会分会驻地，在厢房中遇到教育局局长，谈话中下属的阿谀奉承，上级的自恃了得，同样的苟且自私、出乖露丑，尽显出来。

小说语言朴素生动，洁净洗练，接近口语。作者还善于运用富有个性化的文学语言来揭示人物的心理活动，使人如见其人，如闻其声。

【思考练习题】

1. 结合小说情节分析潘先生的形象特征及其典型意义。
2. 这篇小说的心理描写对刻画人物形象有何作用？
3. 这篇小说的写作手法体现了作者怎样的创作风格？

缀网劳蛛

许地山

“我象蜘蛛，
　　命运就是我底网。”
我把网结好，
　　还住在中央。

呀，我底网甚时节受了损伤！
　　这一坏，教我怎地生长？
生的巨灵说：“补缀补缀罢，”
　　世间没有一个不破的网。

我再结网时，
　　要结在玳瑁梁栋
　　　　珠玑帘栊；
或结在断井颓垣
　　荒烟蔓草中呢？
生的巨灵按手在我头上说：
　　“自己选择去罢，
　　你所在的地方无不兴隆、亨通。”

虽然，我再结的网还是象从前那么脆弱，
　　敌不过外力冲撞；
我网底形式还要像从前那么整齐——
　　平行的丝连成八角、十二角的形状吗？
他把“生的万花筒”交给我，说：
“望里看罢，
　　你爱怎样，就结成怎样。”

呀，万花筒里等等的形状和颜色
　　仍与从前没有什么差别！
求你再把第二个给我，
　　我好谨慎地选择。
“咄咄！贪得而无智的小虫！

自而今回溯到蒙鸿，
从没有人说过里面有个形式与前相同。
去罢，生的结构都由这几十颗‘彩琉璃屑’幻成种种，
不必再看第二个生的万花筒。”

那晚上底月色格外明朗，只是不时来些微风把满园底花影移动得不歇地作响。素光从椰叶下来，正射在尚洁和她底客人史夫人身上。她们二人底容貌，在这时候自然不能认得十分清楚，但是二人对谈的声音却象幽谷底回响，没有一点模糊。

周围的东西都沉默着，象要让她们密谈一般：树上底鸟儿把喙插在翅膀底下；草里底虫儿也不敢做声；就是尚洁身边那只玉狸，也当主人所发的声音为催眠歌，只管鼾鼾地沉睡着。她用纤手抚着玉狸，目光注在她底客人身上，懒懒地说：“夺魁嫂子，外间的闲话是听不得的。这事我全不计较——我虽不信定命的说法，然而事情怎样来，我就怎样对付，毋庸在事前预先谋定什么方法。”

她底客人听了这场冷静的话，心里很是着急，说：“你对于自己底前程太不注意了！若是一个人没有长久的顾虑，就免不了遇着危险，外人底话虽不足信，可是你得把你底态度显示得明了一点教人不疑惑你才是。”

尚洁索性把玉狸抱在怀里，低着头，只管摩弄。一会儿，她才冷笑了一声，说：“吓吓，夺魁嫂子，你底话差了，危险不是顾虑所能闪避的。后一小时的事情，我们也不敢说准知道，那里能顾到三四个月、三两年那么长久呢？你能保我待一会不遇着危险，能保我今夜里睡得平安么？纵使我准知道今晚上会遇着危险，现在的谋虑也未必来得及。我们都在云雾里走，离身二三尺以外，谁还能知道前途的光景呢？经理说：‘不要为明日自夸，因为一日要生何事，你尚且不能知道。’这句话，你忘了么？……唉，我们都是从渺茫中来，在渺茫中住，望渺茫中去。若是怕在这条云封雾锁的生命路程里走动，莫如止住你底脚步；若是你有漫游的兴趣，纵然前途和四周的光景暧昧，不能使你尝心快意，你也是要走的。横竖是往前走，顾虑什么？

“我们从前的事，也许你和一般侨寓此地的人都不十分知道。我不愿意破坏自己底名誉，也不忍教他出丑。你既是要我把态度显示出来，我就得略把前事说一点给你听，可是要求你暂时守这个秘密。

“论理，我也不是他底……”

史夫人没等她说完，早把身子挺起来，作很惊讶的样子，回头用焦急的声音说：“什么？这又奇怪了！”

“这倒不是怪事，且听我说下去。你听这一点，就知道我底全意思了。我本是人家底童养媳，一向就不曾和人行过婚礼——那就是说，夫妇底名分，在我身上用不着。当时，我并不是爱他，不过要仗着他底帮助，救我脱出残暴的婆家。走到这个地方，依着时势的境遇，使我不能不认他为夫……”

“原来你们底家有这样特别的历史。……那么，你对于长孙先生可以说没有精神的关系，不过是不自然的结合罢了。”

尚洁庄重地回答说：“你底意思是说我们没有爱情么？诚然，我从不曾在别人身上用

过一点男女底爱情；别人给我的，我也不曾辨别过那是真的，这是假的。夫妇，不过是名义上的事；爱与不爱，只能稍微影响一点精神底生活，和家庭底组织是毫无关系的。

“他怎样想法子要奉承我，凡认识我的人都觉得出来。然而我却没有领他底情，因为他从没有把自己底行为检点一下。他底嗜好多，脾气坏，是你所知道的。我一到会堂去，每听到人家说我是长孙可望底妻子，就非常的惭愧。我常想着从不自爱的人所给的爱情都是假的。

“我虽然不爱他，然而家里的事，我认为应当替他做的，我也乐意去做。因为家庭是公的，爱情是私的。我们两人底关系，实在就是这样。外人说我和谭先生的事，全是不对的。我底家庭已经成为这样，我又怎能把它破坏呢？”

史夫人说：“我现在才看出你们底真相，我也回去告诉史先生，教他不要多信闲话。我知道你是好人，是一个纯良底女子，神必保佑你。”说着，用手轻轻地拍一拍尚洁底肩膀，就站立起来告辞。

尚洁陪她在花阴底下走着，一面说：“我很愿意你把这事底原委单说给史先生知道。至于外间传说我和谭先生有秘密的关系，说我是淫妇，我都不介意。连他也好几天不回来啦。我估量他是为这事生气，可是我并不辩白。世上没有一个人能够把真心拿出来给人家看；纵然能够拿出来，人家也看不明白，那么，我又何必多费唇舌呢？人对于一件事情一存了成见，就不容易把真相观察出来。凡是人都有成见，同一件事，必会生出歧异的评判，这也是难怪的。我不管人家怎样批评我，也不管他怎样疑惑我，我只求自己无愧，对得住天上底星辰和地下底蝼蚁便了。你放心罢，等到事情临到我身上，我自有方法对付。我底意思就是这样，若是有工夫，改天再谈罢。”

她送客人出门，就把玉狸抱到自己房里。那时已经不早，月光从窗户进来，歇在椅桌、枕席之上，把房里的东西染得和铅制的一般。她伸手向床边按了一按铃子，须臾，女佣妥娘就上来。她问：“佩荷姑娘睡了么？”妥娘在门边回答说：“早就睡了。消夜已预备好了，端上来不？”她说着，顺手把电灯拧着，一时满屋里都著上颜色了。

在灯光之下，才看见尚洁斜倚在床上。流动的眼睛，软润的颔颊，玉葱似的鼻，柳叶似的眉，桃绽似的唇，衬着蓬乱的头发……凡形体上各样的美都凑合在她头上。她底身体，修短也很合度。从她口里发出来的声音，都合音节，就是不懂音乐的人，一听了她底话语，也能得着许多默感。她见妥娘把灯拧亮了，就说：“把它拧灭了吧。光太强了，更不舒服。方才我也忘了留史夫人在这里消夜。我不觉得十分饥饿，不必端上来，你们可以自己方便去。把东西收拾清楚，随着给我点一支洋烛上来。”

妥娘遵从她底命令，立刻把灯灭了，接着说：“相公今晚上也许又不回来，可以把大门扣上吗？”

“是，我想他永远不回来了。你们吃完，就把门关好，各自歇息去罢，夜很深了。”

尚洁独坐在那间充满月亮的房里，桌上一支洋烛已燃过三分之二，轻风频拂火焰，眼看那支发光的小东西要泪尽了。她于是起来，把烛火移到屋角一个窗户前头的小几上。那里有一个软垫，几上搁几本经典和祈祷文。她每夜睡前的功课就是跪在那垫上默记三两节经句，或是诵几句祷词。别的事情，也许她会忘记，惟独这圣事是她所不敢忽略的。她跪在那里冥想了许久，睁眼一看，火光已不知道在什么时候从烛台上逃走了。

她立起来，把卧具整理妥当，就躺下睡觉。可是她怎能睡着呢？呀，月亮也循着宾客底礼，不敢相扰，慢慢地辞了她，走到园里和它底花草朋友、木石知交周旋去了！

月亮虽然辞去，她还不转眼地望着窗外的天空，象要诉她心中底秘密一般。她正在床上辗来转去，忽听园里“翟啤”一声，响得很厉害。她起来，走到窗边，往外一望，但见一重一重的树影和夜雾把园里盖得非常严密，教她看不见什么。于是她蹑步下楼，唤醒妥娘，命她到园里去察看那怪声底出处。妥娘自己一个人那里敢出去；她走到门房把团哥叫醒，央他一同到围墙边察一察。团哥也就起来了。

妥娘去不多会，便进来回话。她笑着说：“你猜是什么呢？原来是一个蹇运的窃贼摔倒在我们底墙根。他底腿已摔坏了，脑袋也撞伤了，流得满地都是血，动也动不得了。团哥拿着一枝荆条正在抽他哪。”

尚洁听了，一霎时前所有的恐怖情绪一时尽变为慈祥的心意。她等不得回答妥娘，便跑到墙根。团哥还在那里，“你这该死的东西……不知厉害的坏种！……”一句一鞭，打骂得很高兴。尚洁一到，就止住他，还命他和妥娘把受伤的贼扛到屋里来。她吩咐让他躺在贵妃榻上。仆人们都显出不愿意的样子，因为他们想着一个贼人不应该受这么好的待遇。

尚洁看出他们底意思，便说：“一个人走到做贼的地步是最可怜悯的，若是你们不得着好机会，也许……”她说到这里，觉得有点失言，教她底佣人听了不舒服，就改过一句说话：“若是你们明白他底境遇，也许会体贴他。我见了一个受伤的人，无论如何，总得救护的。你们常常听见‘救苦救难’的话，遇着忧患的时候，有时也会脱口地说出来，为何不从‘他是苦难人’那方面体贴他呢？你们不要怕他底血沾脏了那垫子，尽管扶他躺下罢。”团哥只得扶他躺下，口里沉吟地说：“我们还得为他请医生去吗？”

“且慢，你把灯移近一点，待我来看一看。救伤的事，我还在行。妥娘，你上楼去把我们那个‘常备药箱’捧下来。”又对团哥说：“你去倒一盆清水来罢。”

仆人都遵命各自干事去了。那贼虽闭着眼，方才尚洁所说的话，却能听得分明。他心里底感激可使他自忘是个罪人，反觉他是世界里一个最能得人爱惜的青年。这样的待遇，也许就是他生平第一次得着的。他呻吟了一下，用低沉的声音说：“慈悲的太太，菩萨保佑慈悲的太太！”

那人底太阳边受了一伤很重，腿部倒不十分厉害。她用药棉蘸水轻轻地把伤处周围的血迹涤净，再用绷带裹好。等到事情做得清楚，天早已亮了。

她正转身要上楼去换衣服，蓦听得外面敲门的声很急，就止步问说：“谁这么早就来敲门呢？”

“是警察罢。”

妥娘提起这四个字，教她很着急。她说：“谁去告诉警察呢？”那贼躺在贵妃榻上，一听见警察要来，恨不能立刻起来跪在地上求恩。但这样的行动已从他那双劳倦的眼睛表白出来了。尚洁跑到他跟前，安慰他说：“我没有叫人去报警察……”正说到这里，那从门外来的脚步已经踏进来。

来的并不是警察，却是这家底主人长孙可望。他见尚洁穿着一件睡衣站在那里和一个躺着的男子说话，心里底无名业火已从身上八万四千个毛孔里发射出来。他第一句就问："那人是谁？"

这个问题实在教尚洁不容易回答，因为她从不曾问过那受伤者的名字，也不便说他是贼。

"他……他是受伤的人……"

可望不等说完，便拉住她底手，说："你办的事，我早已知道。我这几天不回来，正要侦察你底动静，今天可给我撞见了。我何尝辜负你呢？……一同上去罢，我们可以慢慢地谈。"不由分说，拉着她就往上跑。

妥娘在旁边，看得情急，就大声嚷着："他是贼！"

"我是贼，我是贼！"那可怜的人也嚷了两声。可望只对着他冷笑，说："我明知道你是贼。不必报名，你且歇一歇罢。"

一到卧房里，可望就说："我且问你，我有什么对你不起的地方？你要入学堂，我便立刻送你去；要到礼拜堂听道，我便特地为你预备车马。现在你有学问了，也入教了；我且问你，学堂教你这样做，教堂教你这样做么？"

他底话意是要诘问她为什么变心，因为他许久就听见人说尚洁嫌他鄙陋不文，要离弃他去嫁给一个姓谭的。夜间的事，他一概不知，他进门一看尚洁底神色，老以为她所做的是一段爱情把戏。在尚洁方面，以为他是不喜欢她这样待遇窃贼。她底慈悲性情是上天所赋的，她也觉得这样办，于自己底信仰和所受的教育没有冲突，就回答说："是的，学堂教我这样做，教会也教我这样做。你敢是……"

"是吗？"可望喝了一声，猛将怀中小刀取出来向尚洁底肩膀上一击。这不幸的妇人立时倒在地上，那玉白的面庞已象渍在胭脂膏里一样。

她不说什么，但用一种沉静的和无抵抗的态度，就足以感动那愚顽的凶手。可望当此情景，心中恐怖的情绪已把凶猛的怒气克服了。他不再有什么动作，只站在一边出神。他看尚洁动也不动一下，估量她是死了；那时，他觉得自己底罪恶压住他，不许再逗留在那里，便溜烟似地望外跑。

妥娘见他跑了，知道楼上必有事故，就赶紧上来。她看尚洁那样子，不由得"啊，天公！"喊了一声，一面上去，要把她搀扶起来。尚洁这时，眼睛略略睁开，象要对她说什么，只是说不出。她指着肩膀示意，妥娘才看见一把小刀插在她肩上。妥娘底手便即酥软，周身发抖，待要扶她，也没有气力了。她含泪对着主妇说："容我去请医生罢。"

"史……史……"妥娘知道她是要请史夫人来，便回答说："好，我也去请史夫人来。"她教团哥看门，自己雇一辆车找救星去了。

医生把尚洁扶到床上，慢慢施行手术；赶到史夫人来时，所有的事情都弄清楚啦。医生对史夫人说："长孙夫人底伤不甚要紧，保养一两个星期便可复元。幸而那刀从肩胛骨外面脱出来，没有伤到肺叶——那两个创口是不要紧的。"

医生辞去以后，史夫人便坐在床沿用法子安慰她。这时，尚洁底精神稍微恢复，就对她底知交说："我不能多说话，只求你把底下那个受伤的人先送到公医院去；其余的，待我好了再给你说。……唉，我底嫂子，我现在不能离开你，你这几天得和我同在一块儿住。"

史夫人一进门就不明白底下为什么躺着一个受伤的男子。妥娘去时，也没有对她详细地说。她看见尚洁这个样子，又不便往下问。但尚洁底颖悟性从不会被刀所伤，她早明白史夫人猜不透这个闷葫芦，就说："我现在没有气力给你细说，你可以向妥娘打听去。就要速速去办，若是他回来，便要害了他底性命。"

史夫人照她所吩咐的去做；回来，就陪着她在房里，没有回家。那四岁的女孩佩荷更不知道这是怎么一回事，还是啼啼笑笑，过她底平安日子。

一个星期，两个星期，在她病中默默地过去。她也渐次复元了。她想许久没有到园里去，就央求史夫人扶着她慢慢走出来。她们穿过那晚上谈话的柳荫，来到园边一个小亭下，就歇在那里。她们坐的地方满开了玫瑰，那清静温香的景色委实可以消灭一切忧闷和病害。

"我已忘了我们这里有这么些好花，待一会，可以折几枝带回屋里。"

"你且歇歇，我为你选择几枝罢。"史夫人说时，便起来折花。尚洁见她脚下有一朵很大的花，就指着说："你看，你脚下有一朵很大、很好看的，为什么不把它摘下？"

史夫人低头一看，用手把花提起来，便叹了一口气。

"怎么啦？"

史夫人说："这花不好。"因为那花只剩地上那一半，还有一边是被虫伤了。她怕说出伤字，要伤尚洁底心，所以这样回答。但尚洁看的明明是一朵好花，直教递过来给她看。

"夺魁嫂，你说它不好么？我在此中找出道理咧！这花虽然被虫伤了一半，还开得这么好看，可见人底命运也是如此——若不把他底生命完全夺去，虽然不完全，也可以得着生活上一部分的美满，你以为如何呢？"

史夫人知道她联想到自己底事情上头，只回答说："那是当然的，命运底偃蹇和亨通，于我们底生活没有多大关系。"

谈话之间，妥娘领着史夺魁先生进来。他向尚洁和他底妻子问过好，便坐在她们对面一张凳上。史夫人不管她丈夫要说什么，头一句就问："事情怎样解决呢？"

史先生说："我正是为这事情来给长孙夫人一个信。昨天在会堂里有一个很激烈的纷争，因为有些人说可望底举动是长孙夫人迫他做成的，应当剥夺她赴圣筵的权利。我和我奉真牧师在席间极力申辩，终归无效。"他望着尚洁说："圣筵赴与不赴也不要紧。因为我们底信仰决不能为仪式所束缚；我们底行为，只求对得起良心就算了。"

"因为我没有把那可怜的人交给警察，便责罚我么？"

史先生摇头说："不，不，现在的问题不在那事上头。前天可望寄一封长信到会里，说到你怎样对他不住，怎样想弃绝他去嫁给别人。他对于你和某人、某人往来的地点、时间都说出来。且说，他不愿意再见你底面；若不与你离婚，他永不回家。信他所说的人很多，我们怎样申辩也挽不过来。我俩虽然知道事实不是如此，可是不能找出什么凭据来证明。我现在正要告诉你，若是要到法庭去的话，我可以帮你底忙。……况且他底买卖起先都是你拿资本出来；要离异时，照法律，最少总得把财产分一半给你。……象这样的男子，不要他也罢了。"

尚洁说："那事实现在不必分辨，我早已对嫂子说明了。会里因为信条底缘故，说我底行为不合道理，便禁止我赴圣筵——这是他们所信的，我有什么可说的呢！"她说到末一句，声音便低下了。她底颜色很象为同会底人误解她和误解道理惋惜。

“唉，同一样道理，为何信仰的人会不一样？”

她听了史先生这话，便兴奋起来，说：“这何必问？你不常听见人说‘水是一样，牛喝了便成乳汁，蛇喝了便成毒液’吗？我管保我所得能化为乳汁，那能干涉人家所得的变成毒液呢？若是到法庭去的话，倒也不必。我本没有正式和他行过婚礼，自毋须乎在法庭上公布离婚。若说他不愿意再见我底面，我尽可以搬出去。财产是生活的赘瘤，不要也罢，和他争什么？……他赐给我的恩惠已是不少，留着给他……”

“可是你一把财产全部让给他，你立刻就不能生活。还有佩荷呢？”

尚洁沉吟半晌便说：“不妨，我私下也曾积聚些少，只不能支持到一年罢了。但不论如何，我总得自己挣扎。至于佩荷……”她又沉思了一会，才续下去说：“好罢，看他底意思怎样，若是他愿意把那孩子留住，我也不和他争。我自己一个人离开这里就是。”

他们夫妇二人深知道尚洁底性情，知道她很有主意，用不着别人指导。并且她在无论什么事情上头都用一种宗教底精神去安排。她底态度常显出十分冷静和沉毅，做出来的事，有时超乎常人意料之外。

史先生深信她能够解决自己将来的生活，一听了她底话，便不再说什么，只略略把眉头皱了一下而已。史夫人在这两三个星期间，也很为她费了些筹划。他们有一所别业在土华地方，早就想教尚洁到那里去养病；到现在她才开口说：“尚洁妹子，我知道你一定有更好的主意，不过你底身体还不甚复原，不能立刻出去做什么事情，何不到我们底别庄里静养一下，过几个月再行打算？”史先生接着对他妻子说：“这也好。只怕路途远一点，由海船去，最快也得两天才可以到。但我们都是惯于出门的人，海涛底颠簸当然不能制服我们。若是要去的话，你可以陪着去，省得寂寞了长孙夫人。”

尚洁也想找一个静养的地方，不意他们夫妇那么仗义，所以不待踌躇便应许了。她不愿意为自己底缘故教别人麻烦，因此不让史夫人跟着前去。她说：“寂寞的生活是我尝惯的。史嫂子在家里也有许多当办的事情，那里能够和我同行？还是我自己去好一点。我很感谢你们二位底高谊，要怎样表示我底谢忱，我却不懂得；就是懂，也不能表示得万分之一。我只说一声‘感激莫名’便了。史先生，烦你再去问他要怎样处置佩荷，等这事弄清楚，我便要动身。”她说着，就从方才摘下的玫瑰中间选出一朵好看的递给史先生，教他插在胸前底钮门上。不久，史先生也就起立告辞，替她办交涉去了。

土华在马来半岛底西岸，地方虽然不大，风景倒还幽致。那海里出的珠宝不少，所以住在那里的多半是搜宝之客。尚洁住的地方就在海边一丛棕林里。在她底门外，不时看见采珠底船往来于金的塔尖和银的浪头之间。这采珠底工夫赐给她许多教训。因为她这几个月来常想着人生就同入海采珠一样；整天冒险入海里去，要得着多少，得着什么，采珠者一点把握也没有。但是这个感想决不会妨害她底生命。她见那些人每天迷蒙蒙地搜求，不久就理会她在世间的历程也和采珠底工作一样。要得着多少，得着什么，虽然不在她底权能之下，可是她每天总得入海一遭，因为她底本分就是如此。

她对于前途不但没有一点灰心，且要更加奋勉。可望虽是剥夺她们母女的关系，不许佩荷跟着她，然而她仍不忍弃掉她底责任，每月要托人暗地里把吃的用的送到故家去给她女儿。

她现在已变主妇底地位为一个珠商底记室了。住在那里的人，都说她是人家底弃妇，就看轻她，所以她所交游的都是珠船里的工人。那班没有思想的男子在休息的时候，便因着她底姿色争来找她开心。但她底威仪常是调伏这班人的邪念，教他们转过心来承认她是他们底师保。

她一连三年，除干她底正事以外，就是教她那班朋友说几句英吉利语，念些少经文，知道些少常识。在她底团体里，使令、供养，无不如意。若说过快活日子，能象她这样，也就不劣了。

虽然如此，她还是有缺陷的。社会地位，没有她底分；家庭生活，也没有她底分；我们想想，她心里到底有什么感觉？前一项，于她是不甚重要的；后一项，可就缭乱她底衷肠了！史夫人虽常寄信给她，然而她不见信则已，一见了信，那种说不出来的伤感就加增千百倍。

她一想起她底家庭，每要在树林里徘徊，树上底蛁蟧常要幻成她女儿底声音对她说："母思儿耶？母思儿耶？"这本不是奇迹，因为发声者无情，听音者有意；她不但对于那些小虫底声音是这样，即如一切的声音和颜色，偶一触着她底感官，便幻成她底家庭了。

她坐在林下，遥望着无涯的波浪，一度一度地掀到岸边，常觉得她底女儿踏着浪花踊跃而来，这也不止一次了。那天，她又坐在那里，手拿着一张佩荷底小照，那是史夫人最近给她寄来的。她翻来翻去地看，看得眼昏了。她猛一抬头，又得着常时所现的异象。她看见一个人携着她底女儿从海边上来，穿过林樾，一直走到跟前。那人说："长孙夫人，许久不见，贵体康健啊！我领你底女儿来找你哪。"

尚洁此时，展一展眼睛，才理会果然是史先生携着佩荷找她来。她不等回答史先生底话，便上前用力搂住佩荷；她底哭声从她爱心的深密处殷雷似地震发出来。佩荷因为不认得她，害怕起来，也放声哭了一场。史先生不知道感触了什么，也在旁边只尽管擦眼泪。

这三种不同情绪的哭泣止了以后，尚洁就呜咽地问史先生说："我实在喜欢。想不到你会来探望我，更想不到佩荷也能来！……"她要问的话很多，一时摸不着头绪。只搂定佩荷，眼看着史先生出神。

史先生很庄重地说："夫人，我给你报好消息来了。"

"好消息？"

"你且镇定一下，等我细细地告诉你。我们一得着这消息，我底妻子就教我和佩荷一同来找你。这奇事，我们以前都不知道，到前十几天才听见我奉真牧师说的。我牧师自那年为你底事卸职后，他底生活，你已经知道了。"

"是，我知道。他不是白天做裁缝匠，晚间还做制饼师吗？我信得过，神必要帮助他，因为神底儿子说：'为义受逼迫的人是有福的。'他底事业还顺利吗？"

"倒没有什么过不去的地方。他不但日夜劳动，在合宜的时候，还到处去传福音哪。他现在不用这样地吃苦，因为他底老教会看他底行为，请他回国仍旧当牧师去，在前一个星期已经动身了。"

"是吗！谢谢神！他必不能长久地受苦。"

“就是因为我牧师回国的事，我才能到这里来。你知道长孙先生也受了他底感化么？这事详细地说起来，倒是一种神迹。我现在来，也是为告诉你这件事。

“前几天，长孙先生忽然到我家里找我。他一向就和我们很生疏，好几年也不过访一次，所以这次的来，教我们很诧异。他第一句就问你底近况如何，且诉说他底懊悔。他说这反悔是忽然的，是我牧师警醒他的。现在我就将他底话，照样地说一遍给你听——

“‘在这两三年间，我牧师常来找我谈话，有时也请我到他底面包房里去听他讲道。我和他来往那么些次，就觉得他是我底好师傅。我每有难决的事情或疑虑的问题，都去请教他。我自前年生事，二人分离以后，每疑惑尚洁官底操守，又常听见家里佣人思念她的话，心里就十分懊悔。但我总想着，男人说话将军箭，事已做出，那里还有脸皮收回来？本是打算给它一个错到底的。然而日子越久，我就越觉得不对。到我牧师要走，最末次命我去领教训的时候，讲了一章经，教我很受感动。散会后，他对我说，他盼望我做的是请尚洁官回来。他又念《马可福音》十章给我听，我自得着那教训以后，越觉得我很卑鄙、凶残、淫秽，很对不住她。现在要求你先把佩荷带去见她，盼望她为女儿的缘故赦免我。你们可以先走，我随后也要亲自前往。’”

“他说懊悔的话很多，我也不能细说了。等他来时，容他自己对你细说罢。我很奇怪我牧师对于这事，以前一点也没有对我说过，到要走时，才略提一提，反教他来到我那里去，这不是神迹吗？”

尚洁听了这一席话，却没有显出特别愉悦的神色，只说：“我底行为本不求人知道，也不是为要得人家的怜恤和赞美；人家怎样待我，我就怎样受，从来是不计较的。别人伤害我，我还饶恕，何况是他呢？他知道自己底卤莽，是一件极可喜的事。——你愿意到我屋里去看一看吗？我们一同走走罢。”

他们一面走，一面谈。史先生问起她在这里的事业如何，她不愿意把所经历的种种苦处尽说出来，只说：“我来这里，几年的工夫也不算浪费，因为我已找着了许多失掉的珠子了！那些灵性的珠子，自然不如入海去探求那么容易，然而我竟能得着二三十颗。此外，没有什么可以告诉你。”

尚洁把她底事情结束停当，等可望不来，打算要和史先生一同回去。正要到珠船里和她底朋友们告辞，在路上就遇见可望跟着一个本地人从对面来。她认得是可望，就堆着笑容，抢前几步去迎他，说：“可望君，平安哪！”可望一见她，也就深深地行了一个敬礼，说：“可敬的妇人，我所做的一切事都是伤害我底身体，和你我二人底感情，此后我再不敢了。我知道我多多地得罪你，实在不配再见你底面，盼望你不要把我底过失记在心中。今天来到这里，为的是要表明我悔改底行为；还要请你回去管理一切所有的。你现在要到那里去呢？我想你可以和史先生先行动身，我随后回来。”

尚洁见他那番诚恳的态度，比起从前，简直是两个人，心里自然满是愉快，且暗自谢她底神在他身上所显的奇迹。她说：“呀！往事如梦中之烟，早已在虚幻里消散了，何必重行提起呢？凡人都不可积聚日间的怨恨、怒气和一切伤心的事到夜里，何况是隔了好几年的事？请你把那些事情搁在脑后罢。我本想到船里去，向我那班同工底人辞行。你怎样不和我们一起回去，还有别的事情要办么？史先生现时在他底别业——就是我住的地方——我们一同到那里去罢，待一会，再出来辞行。”

“不必，不必。你可以去你的，我自己去找他就可以。因为我还有些正当的事情要办。恐怕不能和你们一同回去；什么事，以后我才教你知道。”

“那么，你教这土人领你去罢，从这里走不远就是。我先到船里，回头再和你细谈。再见哪！”

她从土华回来，先住在史先生家里，意思是要等可望来到，一同搬回她底旧房子去。谁知等了好几天，也不见他底影。她才知道可望在土华所说的话意有所含蓄。可是他到那里去呢？去干什么呢？她正想着，史先生拿了一封信进来对她说：“夫人，你不必等可望了，明后天就搬回去罢。他寄给我这一封信说，他有许多对不起你的地方，都是出于激烈的爱情所致，因他爱你的缘故，所以伤了你。现在他要把从前邪恶的行为和暴躁的脾气改过来，且要偿还你这几年来所受的苦楚，故不得不暂时离开你。他已经到槟榔屿了。他不直接写信给你的缘故，是怕你伤心，故此写给我，教我好安慰你；他还说从前一切的产业都是你的，他不应独自霸占了许久，要求你尽量地享用，直等到他回来。

“这样看来，不如你先搬回去，我这里派人去找他回来如何？唉，想不到他一会儿就能悔改到这步田地！”

她遇事本来很沉静，史先生说时，她底颜色从不曾显出什么变态，只说：“为爱情么？为爱而离开我么？这是当然的，爱情本如极利的斧子，用来剥削命运常比用来整理命运的时候多一些。他既然规定他自己底行程，又何必费工夫去寻找他呢？我是没有成见的，事情怎样来，我怎样对付就是。”

尚洁搬回来那天，可巧下了一点雨，好象上天使园里的花木特地沐浴得很妍净来迎接它们底旧主人一样。她进门时，妥娘正在整理厅堂，一见她来，便嚷着：“奶奶，你回来了！我们很想念你哪！你底房间乱得很，等我把各样东西安排好再上去。先到花园去看看罢，你手植各样的花木都长大了。后面那棵释迦头长得象罗伞一样，结果也不少，去看看罢。史夫人早和佩荷姑娘来了，他们现时也在园里。”

她和妥娘说了几句话，便到园里。一拐弯，就看见史夫人和佩荷坐在树荫底下一张凳上——那就是几年前，她要被刺那夜，和史夫人坐着谈话的地方。她走来，又和史夫人并肩坐在那里。史夫人说来说去，无非是安慰她的话。她象不信自己这样的命运不甚好，也不信史夫人用定命论底解释来安慰她，就可以使她满足。然而她一时不能说出合宜的话，教史夫人明白她心中毫无忧郁在内。她无意中一抬头，看见佩荷拿着树枝把结在玫瑰花上一个蜘蛛网撩破了一大部分。她注神许久，就想出一个意思来。

她说：“呀，我给这个比喻，你就明白我底意思。

“我象蜘蛛，命运就是我底网。蜘蛛把一切有毒无毒的昆虫吃入肚里，回头把网组织起来。它第一次放出来的游丝，不晓得要被风吹到多么远；可是等到粘着别的东西的时候，它底网便成了。

“它不晓得那网什么时候会破，和怎样破法。一旦破了，它还暂时安安然然地藏起来；等有机会再结一个好的。

“它底破网留在树梢上，还不失为一个网。太阳从上头照下来，把各条细丝映成七色；有时粘上些少水珠，更显得灿烂可爱。

“人和他底命运，又何尝不是这样？所有的网都是自己组织得来，或完或缺，只能听其自然罢了。”

史夫人还要说时，妥娘来说屋子已收拾好了，请她们进去看看。于是，她们一面谈，一面离开那里。

园里没人，寂静了许久。方才那只蜘蛛悄悄地从叶底出来，向着网底破裂处，一步一步，慢慢补缀。它补这个干什么？因为它是蜘蛛，不得不如此！

（选自《许地山选集》上卷，人民文学出版社，1982）

【学习提示】

许地山（1893—1941），名赞堃，笔名落华生，原籍台湾台南，寄籍福建龙溪（今漳州）。1917年，许地山考入燕京大学，毕业后留校任教。1921年，与茅盾、叶圣陶、郑振铎等发起成立文学研究会。后曾留学美国、英国，并赴印度研究佛学。回国后先后任燕京大学、北京大学、清华大学等校教授。抗日战争全面爆发前后在香港大学任教，并从事进步文化活动。

许地山的早期作品有小说集《缀网劳蛛》、散文集《空山灵雨》。他的早期小说大都充满了浪漫主义的传奇色彩，故事情节生动曲折，异域风情浓烈，蕴含着宗教意味。这些传奇故事的主人公大多是女性，对生活抱有一种任其自然、逆来顺受的态度，以德报怨，宿命观念严重。

随着时代和中国革命的发展，许地山的艺术风格也不断发生转变，由早期的“哀而不怨，怨而不怒”转为“愤激”，浪漫主义色彩减弱，现实主义倾向增强。1928年的短篇小说《在费总理的客厅里》是许地山艺术风格转变的标志，同时，他的文学观也有了变化。他主张文学要“切实地描写群众”。这一时期许地山的小说无论是描写人物还是描写趣味都由浪漫主义向苍劲、厚实、凝重的现实主义转变。

《缀网劳蛛》于1922年发表于《小说月报》，是作者早期的代表作。“我象蜘蛛，命运就是我底网。”小说的第一句话便道出了中心思想。蜘蛛结下自己的网，这个网就主宰了它的一切。网会破，蜘蛛不停地补缀，选在哪里就结在哪里，爱结成什么形状就结成什么形状，直到一生终了。人生亦如此，命运由自己的手织就，然后只能顺应自然，破了就补，永不停歇。这实际上也是许地山对人生的看法。

许地山是一个深受佛教、道教和基督教多重影响的现代作家，但在人生的不同阶段，许地山表现出了不同的人生态度和精神。正如茅盾在《中国新文学大系·小说一集导言》中所说，许地山的“人生观是二重性的。一方面是积极的昂扬意识的表征（这是‘五四’初期的），另一方面却又是消极的退婴的意识（这是他创作当时普遍于知识界的）”。

《缀网劳蛛》里的主人公尚洁正是这样一位戴着出世面具的入世者，“蜘蛛哲学”的代言人。为了塑造这样一个能体现作者自己人生观的人物，许地山首先将尚洁放到复杂的矛盾纠葛中去，让她从容镇静地予以应付，以不变应万变。表面看来，尚洁是个逆来顺受的弱者，实际上她的冷静中透出一种乐天知命的强韧。即使在她最孤单无助的时候，“她对于前途不但没有一点灰心，且要更加奋勉”。“蜘蛛哲学”引导尚洁的不是对人生的否定，而是走向心灵的平衡，净化情感和进一步强化生存的意志和行动的欲望，为再次入世做准备。小说的结局是丈夫认错，蒙冤三年的尚洁重返旧居，母女团圆。这也正说明了她的出世是不得已的，入世才是目的。

尚洁的形象体现出较为明显的浪漫主义特征。许地山按着自己当时的人生追求及美学理想来设计尚洁的言行、心灵、外貌，尚洁从外到内融合了人类的很多优秀品质，思想也和许地山的甚为相似。为了表达自己思想，许地山在很大程度上将尚洁变成了自己的思想的传声筒。

在“五四”文坛上，不少小说家也是以浪漫主义著称的。他们侧重于表现主观世界，表现自己的内心，其小说以抒情见长，如郁达夫的小说的感伤情调往往浓烈到不能控制。许地山却侧重于表现自己的理智，好作冷静而富哲理性的议论，其笔下的人物犹如哲学家在课堂上讲课。

【思考练习题】

1.“我象蜘蛛，命运就是我底网。”这句话实际上是对小说中的人生哲学的高度概括。请结合作品谈谈对这种人生哲学内涵的理解。

2. 如何理解和评价主人公尚洁的性格特征及意义？

春蚕

茅　盾

一

老通宝坐在“塘路”边的一块石头上，长旱烟管斜摆在他身边。“清明”节后的太阳已经很有力量，老通宝背脊上热烘烘地，像背着一盆火。“塘路”上拉纤的快班船上的绍兴人只穿了一件蓝布单衫，敞开了大襟，弯着身子拉，额角上黄豆大的汗粒落到地下。

看着人家那样辛苦的劳动，老通宝觉得身上更加热了；热的有点儿发痒。他还穿着那件过冬的破棉袄，他的夹袄还在当铺里，却不防才得“清明”边，天就那么热。

“真是天也变了！”

老通宝心里说，就吐一口浓厚的唾沫。在他面前那条“官河”内，水是绿油油的，来往的船也不多，镜子一样的水面这里那里起了几道皱纹或是小小的涡旋，那时候，倒影在水里的泥岸和岸边成排的桑树，都晃乱成灰暗的一片。可是不会很长久的。渐渐儿那些树影又在水面上显现，一弯一曲地蠕动，像是醉汉，再过一会儿，终于站定了，依然是很清晰的倒影。那拳头模样的桠枝顶都已经簇生着小手指儿那么大的嫩绿叶。这密密层层的桑树，沿着那“官河”一直望去，好像没有尽头。田里现在还只有干裂的泥块，这一带，现在是桑树的势力！在老通宝背后，也是大片的桑林，矮矮的，静穆的，在热烘烘的太阳光下，似乎那“桑拳”上的嫩绿叶过一秒钟就会大一些。

离老通宝坐处不远，一所灰白色的楼房蹲在“塘路”边，那是茧厂。十多天前驻扎过军队，现在那边田里留着几条短短的战壕。那时都说东洋兵要打进来，镇上有钱人都逃光了；现在兵队又开走了，那座茧厂依旧空关在那里，等候春茧上市的时候再热闹一番。老通宝也听得镇上小陈老爷的儿子——陈大少爷说过，今年上海不太平，丝厂都关门，恐怕这里的茧厂也不能开；但老通宝是不肯相信的。他活了六十岁，反乱年头也经过好几个，从没见过绿油油的桑叶白养在树上等到成了“枯叶”去喂羊吃；除非是“蚕花”不熟，但那是老天爷的“权柄”，谁又能够未卜先知？

“才得清明边，天就那么热！”

老通宝看着那些桑拳上怒茁的小绿叶儿，心里又这么想，同时有几分惊异，有几分快活。他记得自己还是二十多岁少壮的时候，有一年也是“清明”边就得穿夹，后来就是“蚕花二十四分”，自己也就在这一年成了家。那时，他家正在“发”；他的父亲像一头老牛似的，什么都懂得，什么都做得；便是他那创家立业的祖父，虽说在长毛窝里吃过苦头，却也愈老愈硬朗。那时候，老陈老爷去世不久，小陈老爷还没抽上鸦片烟，“陈老爷家”也不是现在那么不像样的。老通宝相信自己一家和“陈老爷家”虽则一边是高门大户，而一边不过是种田人，然而两家的运命好像是一条线儿牵着。不但“长毛造反”那时候，老通宝的祖父和陈老爷同被长毛掳去，同在长毛窝里混上了六七年，不但他们俩同时从长毛营盘里逃了出来，而且偷得了长毛的许多金元宝——人家到现在还是这么说；并且老陈老爷做丝生意“发”起来的时候，老通宝家养蚕也是年年都好，十年中间挣得了二十亩的稻田和十多亩的桑地，还有三开间两进的一座平屋。这时候，老通宝家在东村庄上被人人所妒羡，也正像“陈老爷家”在镇上是数一数二的大户人家。可是以后，两家都不行了；老通宝现在已经没有自己的田地，反欠出三百多块钱的债，“陈老爷家”也早已完结。人家都说“长毛鬼”在阴间告了一状，阎罗王追还“陈老爷家”的金元宝横财，所以败的这么快。这个，老通宝也有几分相信：不是鬼使神差，好端端的小陈老爷怎么会抽上了鸦片烟？

可是老通宝死也想不明白为什么“陈老爷家”的“败”会牵动到他家。他确实知道自己家并没得过长毛的横财。虽则听死了的老头子说，好像那老祖父逃出长毛营盘的时候，不巧撞着了一个巡路的小长毛，当时没法，只好杀了他，——这是一个“结”！然而从老通宝懂事以来，他们家替这小长毛鬼拜忏念佛烧纸锭，记不清有多少次了。这个小冤魂，理应早投凡胎。老通宝虽然不很记得祖父是怎样“做人”，但父亲的勤俭忠厚，他是亲眼看见的；他自己也是规矩人，他的儿子阿四，儿媳四大娘，都是勤俭的。就是小儿子阿多年纪青，有几分“不知苦辣”，可是毛头小伙子，大都这么着，算不得“败家相”！

老通宝抬起他那焦黄的皱脸，苦恼地望着他面前的那条河，河里的船，以及两岸的桑地。一切都和他二十多岁时差不了多少，然而“世界”到底变了。他自己家也要常常把杂粮当饭吃一天，而且又欠出了三百多块钱的债。

呜！呜，呜，呜，——

汽笛叫声突然从那边远远的河身的弯曲地方传了来。就在那边，蹲着又一个茧厂，远望去隐约可见那整齐的石“帮岸”。一条柴油引擎的小轮船很威严地从那茧厂后驶出来，拖着三条大船，迎面向老通宝来了。满河平静的水立刻激起泼剌剌的波浪，一齐向两旁的泥岸卷过来。一条乡下“赤膊船”赶快拢岸，船上人揪住了泥岸上的树根，船和人都好像在那里打秋千。轧轧轧的轮机声和洋油臭，飞散在这和平的绿的田野。老通宝满脸恨意，看着这小轮船来，看着它过去，直到又转一个弯，呜呜呜地又叫了几声，就看不见。老通宝向来仇恨小轮船这一类洋鬼子的东西！他从没见过洋鬼子，可是他从他的父亲嘴里知道老陈老爷见过洋鬼子：红眉毛，绿眼睛，走路时两条腿是直的。并且老陈老爷也是很恨洋鬼子，常常说“铜钿都被洋鬼子骗去了”。老通宝看见老陈老爷的时候，不过八九岁，——现在他所记得的关于老陈老爷的一切都是听来的，可是他想起了“铜钿都被洋鬼子骗去了”这句话，就仿佛看见了老陈老爷捋着胡子摇头的神气。

洋鬼子怎样就骗了钱去，老通宝不很明白。但他很相信老陈老爷的话一定不错。并且他自己也明明看到自从镇上有了洋纱，洋布，洋油，——这一类洋货，而且河里更有了小火轮船以后，他自己田里生出来的东西就一天一天不值钱，而镇上的东西却一天一天贵起来。他父亲留下来的一分家产就这么变小，变做没有，而且现在负了债。老通宝恨洋鬼子不是没有理由的！他这坚定的主张，在村坊上很有名。五年前，有人告诉他：朝代又改了，新朝代是要“打倒”洋鬼子的。老通宝不相信。为的他上镇去看见那新到的喊着“打倒洋鬼子”的年青人们都穿了洋鬼子衣服。他想来这伙年青人一定私通洋鬼子，却故意来骗乡下人。后来果然就不喊“打倒洋鬼子”了，而且镇上的东西更加一天一天贵起来，派到乡下人身上的捐税也更加多起来。老通宝深信这都是串通了洋鬼子干的。

然而更使老通宝去年几乎气成病的，是茧子也是洋种的卖得好价钱；洋种的茧子，一担要贵上十多块钱。素来和儿媳总还和睦的老通宝，在这件事上可就吵了架。儿媳四大娘去年就要养洋种的蚕。小儿子跟他嫂嫂是一路，那阿四虽然嘴里不多说，心里也是要洋种的。老通宝拗不过他们，末了只好让步。现在他家里有的五张蚕种，就是土种四张，洋种一张。

“世界真是越变越坏！过几年他们连桑叶都要洋种了！我活得厌了！”

老通宝看着那些桑树，心里说，拿起身边的长旱烟管恨恨地敲着脚边的泥块。太阳现在正当他头顶，他的影子落在泥地上，短短地像一段乌焦木头，还穿着破棉袄的他，觉得浑身躁热起来了。他解开了大襟上的钮扣，又抓着衣角扇了几下，站起来回家去。

那一片桑树背后就是稻田。现在大部分是匀整的半翻着的燥裂的泥块。偶尔也有种了杂粮的，那黄金一般的菜花散出强烈的香味。那边远远地一簇房屋，就是老通宝他们住了三代的村坊，现在那些屋上都袅起了白的炊烟。

老通宝从桑林里走出来，到田塍上，转身又望那一片爆着嫩绿的桑树。忽然那边田里跳跃着来了一个十来岁的男孩子，远远地就喊道：

“阿爹！妈等你吃中饭呢！”

“哦——”

老通宝知道是孙子小宝，随口应着，还是望着那一片桑林。才只得“清明”边，桑叶尖儿就抽得那么小指头儿似的，他一生就只见过两次。今年的蚕花，光景是好年成。三张蚕种，该可以采多少茧子呢？只要不像去年，他家的债也许可以拔还一些罢。

小宝已经跑到他阿爹的身边了，也仰着脸看那绿绒似的桑拳头。忽然他跳起来拍着手唱道：

“清明削口，看蚕娘娘拍手！”①

老通宝的皱脸上露出笑容来了。他觉得这是一个好兆头。他把手放在小宝的“和尚头”上摩着，他的被穷苦弄麻木了的老心里勃然又生出新的希望来了。

二

天气继续暖和，太阳光催开了那些桑拳头上的小手指儿模样的嫩叶，现在都有小小的手掌那么大了。老通宝他们那村庄四周围的桑林似乎发长得更好，远望去像一片绿锦平铺在密密层层灰白色矮矮的篱笆上。“希望”在老通宝和一般农民们的心里一点一点一天一天强大。蚕事的动员令也在各方面发动了。藏在柴房里一年之久的养蚕用具都拿

---

① 这是老通宝所在那一带乡村里关于“蚕事”的一种歌谣式的成语。所谓“削口”，指桑叶抽发如指；“清明削口”谓清明边桑叶已抽放如许大也。“看”是方言，意同“饲”或“育”。全句谓清明边桑叶开绽则熟年可卜，故蚕妇拍手而喜。——作者原注

出来洗刷修补。那条穿村而过的小溪旁边，蠕动着村里的女人和孩子，工作着，嚷着，笑着。

这些女人和孩子们都不是十分健康的脸色，——从今年开春起，他们都只吃个半饱；他们身上穿的，也只是些破旧的衣服。实在他们的情形比叫花子好不了多少。然而他们的精神都很不差。他们有很大的忍耐力，又有很大的幻想。虽然他们都负了天天在增大的债，可是他们那简单的头脑老是这么想：只要蚕花熟，就好了！他们想象到一个月以后那些绿油油的桑叶就会变成雪白的茧子，于是又变成丁丁当当响的洋钱，他们虽然肚子里饿得咕咕地叫，却也忍不住要笑。

这些女人中间也就有老通宝的媳妇四大娘和那个十二岁的小宝。这娘儿两个已经洗好了那些“团匾”和“蚕箪”①，坐在小溪边的石头上撩起布衫角揩脸上的汗水。

“四阿嫂！你们今年也看（养）洋种么?”

小溪对岸的一群女人中间有一个二十岁左右的姑娘隔溪喊过来了。四大娘认得是隔溪的对门邻舍陆福庆的妹子六宝。四大娘立刻把她的浓眉毛一挺，好像正想找人吵架似的嚷了起来：

“不要来问我！阿爹做主呢！——小宝的阿爹死不肯，只看了一张洋种！老糊涂的听得带一个洋字就好像见了七世冤家！洋钱，也是洋，他倒又要了!”

小溪旁那些女人们听得笑起来了。这时候有一个壮健的小伙子正从对岸的陆家稻场上走过，跑到溪边，跨上了那横在溪面用四根木头并排做成的雏形的“桥”。四大娘一眼看见，就丢开了“洋种”问题，高声喊道：

“多多弟！来帮我搬东西罢！这些匾，浸湿了，就像死狗一样重!”

小伙子阿多也不开口，走过来拿起五六只“团匾”，湿漉漉地顶在头上，却空着一双手，划桨似的荡着，就走了。这个阿多高兴起来时，什么事都肯做，碰到同村的女人们叫他帮忙拿什么重家伙，或是下溪去捞什么，他都肯；可是今天他大概有点不高兴，所以只顶了五六只“团匾”去，却空着一双手。那些女人们看着他戴了那特别大箬帽似的一叠“匾”，袅着腰，学镇上女人的样子走着，又都笑起来了，老通宝家紧邻的李根生的老婆荷花一边笑，一边叫道：

“喂，多多头！回来！也替我带一点儿去!”

“叫我一声好听的，我就给你拿。”

阿多也笑着回答，仍然走。转眼间就到了他家的廊下，就把头上的“团匾”放在廊檐口。

“那么，叫你一声干儿子!”

荷花说着就大声的笑起来，她那出众地白净然而扁得作怪的脸上看去就好像只有一张大嘴和眯紧了好像两条线一般的细眼睛。她原是镇上人家的婢女，嫁给那不声不响整天苦着脸的半老头子李根生还不满半年，可是她的爱和男子们胡调已经在村中很有名。

---

① 老通宝乡里称那圆桌面那样大，极像一个盘的竹器为“团匾”；又一种略小而底部编成六角形网状的，称为“箪”，方言读如“踏”；蚕初收蚁时，在“箪”中养育，呼为“蚕箪”，那是糊了纸的；这种纸通称“糊箪纸”。——作者原注

“不要脸的！”

忽然对岸那群女人中间有人轻声骂了一句。荷花的那对细眼睛立刻睁大了，怒声嚷道：

“骂哪一个？有本事，当面骂，不要躲！”

“你管得我？棺材横头踢一脚，死人肚里自得知：我就骂那不要脸的骚货！”

隔溪立刻回骂过来了，这就是那六宝，又一位村里有名淘气的大姑娘。

于是对骂之下，两边又泼水。爱闹的女人也夹在中间帮这边帮那边。小孩子们笑着狂呼。四大娘是老成的，提起她的“蚕箪”，喊着小宝，自回家去。阿多站在廊下看着笑。他知道为什么六宝要跟荷花吵架；他看着那“辣货”六宝挨骂，倒觉得很高兴。

老通宝掮着一架“蚕台”① 从屋子里出来。这三棱形家伙的木梗子有几条给白蚂蚁蛀过了，怕的不牢，须得修补一下。看见阿多站在那里笑嘻嘻地望着外边的女人们吵架，老通宝的脸色就板起来了。他这“多多头”的小儿子不老成，他知道。尤其使他不高兴的，是多多也和紧邻的荷花说说笑笑。“那母狗是白虎星，惹上了她就得败家”，——老通宝时常这样警戒他的小儿子。

“阿多！空手看野景么？阿四在后边扎‘缀头’②，你去帮他！”

老通宝像一匹疯狗似的咆哮着，火红的眼睛一直盯住了阿多的身体，直到阿多走进屋里去，看不见了，老通宝方才提过那“蚕台”来反复审察，慢慢地动手修补。木匠生活，老通宝早年是会的；但近来他老了，手指头没有劲，他修了一会儿，抬起头来喘气，又望望屋里挂在竹竿上的三张蚕种。

四大娘就在廊檐口糊“蚕箪”。去年他们为的想省几百文钱，是买了旧报纸来糊的。老通宝直到现在还说是因为用了报纸——不惜字纸，所以去年他们的蚕花不好。今年是特地全家少吃一餐饭，省下钱来买了“糊箪纸”来了。四大娘把那鹅黄色坚韧的纸儿糊得很平贴。然后又照品字式糊上三张小小的花纸——那是跟“糊箪纸”一块儿买来的，一张印的花色是“聚宝盆”，另两张都是手执尖角旗的人儿骑在马上，据说是“蚕花太子”。

“四大娘！你爸爸做中人借来三十块钱，就只买了二十担叶。后天米又吃完了，怎么办？”

老通宝气喘喘地从他的工作里抬起头来，望着四大娘。那三十块钱是二分半的月息。总算有四大娘的父亲张财发做中人，那债主也就是张财发的东家“做好事”，这才只要了二分半的月息。条件是蚕事完后本利归清。

四大娘把糊好了的“蚕箪”放在太阳底下晒，好像生气似的说：

“都买了叶！又像去年那样多下来——”

“什么话！你倒先来发利市了！年年像去年么？自家只有十来担叶；五张布子（蚕种），十来担叶够么？”

---

① “蚕台”是三棱式可以折起来的木架子，像三张梯连在一处的家伙；中分七八格，每格可放一团匾。——作者原注

② “缀头”也是方言，是稻草扎的，蚕在上面做茧子。——作者原注

“噢，噢；你总是不错的！我只晓得有米烧饭，没米饿肚子！”

四大娘气哄哄地回答；为了那“洋种”问题，她到现在常要和老通宝抬杠。

老通宝气得脸都紫了。两个人就此再没有一句话。

但是“收蚕”的时期一天一天逼进了。这二三十人家的小村落突然呈现了一种大紧张，大决心，大奋斗，同时又是大希望。人们似乎连肚子饿都忘记了。老通宝他们家东借一点，西赊一点，居然也一天一天过着来。也不仅老通宝他们，村里哪一家有两三斗米放在家里呀！去年秋收固然还好，可是地主，债主，正税，杂捐，一层一层地剥削来，早就完了。现在他们唯一的指望就是春蚕，一切临时借贷都是指明在这“春蚕收成”中偿还。

他们都怀着十分希望又十分恐惧的心情来准备这春蚕的大搏战！

“谷雨”节一天近一天了。村里二三十人家的“布子”都隐隐现出绿色来。女人们在稻场上碰见时，都匆忙地带着焦灼而快乐的口气互相告诉道：

“六宝家快要‘窝种’① 了呀！”

“荷花说她家明天就要‘窝’了。有这么快！”

“黄道士去测一字，今年的青叶要贵到四洋！”

四大娘看自家的五张“布子”。不对！那黑芝麻似的一片细点子还是黑沉沉，不见绿影。她的丈夫阿四拿到亮处去细看，也找不出几点“绿”来。四大娘很着急。

“你就先‘窝’起来罢！这余杭种，作兴是慢一点的。”

阿四看着他老婆，勉强自家宽慰。四大娘堵起了嘴巴不回答。

老通宝哭丧着干皱的老脸，没说什么，心里却觉得不妙。

幸而再过了一天，四大娘再细心看那“布子”时，哈，有几处转成绿色了！而且绿的很有光彩。四大娘立刻告诉了丈夫，告诉了老通宝，多多头，也告诉了她的儿子小宝。她就把那些布子贴肉揾在胸前，抱着吃奶的婴孩似的静静儿坐着，动也不敢多动了。夜间，她抱着那五张“布子”到被窝里，把阿四赶去和多多头做一床。那“布子”上密密麻麻的蚕子儿贴着肉，怪痒痒的；四大娘很快活，又有点儿害怕，她第一次怀孕时胎儿在肚子里动，她也是那样半惊半喜的！

全家都是惴惴不安地又很兴奋地等候“收蚕”。只有多多头例外。他说：今年蚕花一定好，可是想发财却是命里不曾来。老通宝骂他多嘴，他还是要说。

蚕房早已收拾好了。“窝种”的第二天，老通宝拿一个大蒜头涂上一些泥。放在蚕房的墙脚边；这也是年年的惯例，但今番老通宝更加虔诚，手也抖了。去年他们“卜”② 的非常灵验。可是去年那“灵验”，现在老通宝想也不敢想。

现在这村里家家都在“窝种”了。稻场上和小溪边顿时少了那些女人们的踪迹。一个“戒严令”也在无形中颁布了：乡农们即使平日是最好的，也不往来；人客来冲了蚕

---

① “窝种”也是老通宝乡里的习惯；蚕种转成绿色后就得把来贴肉揾着，约三四天后，蚕蚁孵出，就可以“收蚕”。这工作是女人做的。“窝”是方言，意即“揾”也。——作者原注

② 用大蒜头来“卜”蚕花好否，是老通宝乡里的迷信。收蚕前两三天，以大蒜泥置蚕房中，至收蚕那天拿来看，蒜叶多主蚕熟，少则不熟。——作者原注

神不是玩的！他们至多在稻场上低声交谈一二句就走开。这是个“神圣”的季节。

老通宝家的五张布子上也有些“乌娘”① 蠕蠕地动了。于是全家的空气，突然紧张。那正是“谷雨”前一日，四大娘料来可以挨过了“谷雨”节那一天②。布子不须再“窝”了，很小心地放在“蚕房”里。老通宝偷眼看一下那个躺在墙脚边的大蒜头，他心里就一跳。那大蒜头上还只有一两茎绿芽！老通宝不敢再看，心里祷祝后天正午会有更多更多的绿芽。

终于“收蚕”的日子到了。四大娘心神不定地淘米烧饭，时时看饭锅上的热气有没有直冲上来。老通宝拿出预先买了来的香烛点起来，恭恭敬敬放在灶君神位前。阿四和阿多去到田里采野花。小小宝帮着把灯芯草剪成细末子，又把采来的野花揉碎。一切都准备齐全了时，太阳也近午刻了，饭锅上水蒸气嘟嘟地直冲，四大娘立刻跳了起来，把“蚕花”③ 和一对鹅毛插在发髻上，就到“蚕房”里。老通宝拿着秤杆，阿四拿了那揉碎的野花片儿和灯芯草碎末。四大娘揭开“布子”，就从阿四手里拿过那野花碎片和灯芯草末子撒在“布子”上，又接过老通宝手里的秤杆来，将“布子”挽在秤杆上，于是拔下发髻上的鹅毛在“布子”上轻轻儿拂；野花片，灯芯草末子，连同“乌娘”，都拂在那“蚕箪”里了。一张，两张，……都拂过了；最后一张是洋种，那就收在另一个“蚕箪”里。末了，四大娘又拔下发髻上那朵“蚕花”，跟鹅毛一块插在“蚕箪”的边儿上。

这是一个隆重的仪式！千百年相传的仪式！那好比是誓师典礼，以后就要开始了一个月光景的和恶劣的天气和厄运以及和不知什么的连日连夜无休息的大决战！

“乌娘”在“蚕箪”里蠕动，样子非常强健；那黑色也是很正路的。四大娘和老通宝他们都放心地松一口气了。但当老通宝悄悄地把那个“命运”的大蒜头拿起来看时，他的脸色立刻变了！大蒜头上还只得三四茎嫩芽！天哪！难道又同去年一样？

三

然而那“命运”的大蒜头这次竟不灵验。老通宝家的蚕非常好！虽然头眠二眠的时候连天阴雨，气候是比“清明”边似乎还要冷一点，可是那些“宝宝”都很强健。

村里别人家的“宝宝”也都不差。紧张的快乐弥漫了全村庄，似那小溪里琮琮的流水也像是朗朗的笑声了。只有荷花家是例外。她们家看了一张“布子”，可是“出火”④ 只称得二十斤；“大眠”快边人们还看见那不声不响晦气色的丈夫根生倾弃了三“蚕箪”在那小溪里。

这一件事，使得全村的妇人对于荷花家特别“戒严”。她们特地避路，不从荷花的门前走，远远的看见了荷花或是她那不声不响丈夫的影儿就赶快躲开；这些幸运的人儿

---

① 老通宝乡间称初生的蚕蚁为“乌娘”；这也是方言。——作者原注

② 老通宝乡里的习惯，“收蚕”——即收蚁，须得避过“谷雨”那一天，或上或下都可以，但不能正在“谷雨”那一天。什么理由，可不知道。——作者原注

③ “蚕花”是一种纸花，预先买下来的。这些迷信的仪式，各处小有不同。——作者原注

④ “出火”也是方言，是指“二眠”以后的“三眠”；因为“眠”时特别短，所以叫“出火”。——作者原注

惟恐看了荷花他们一眼或是交谈半句话就传染了晦气来！

老通宝严禁他的小儿子多多头跟荷花说话。——“你再跟那东西多嘴，我就告你忤逆！”老通宝站在廊檐外高声大气喊，故意要叫荷花他们听得。

小小宝也受到严厉的嘱咐，不许跑到荷花家的门前，不许和他们说话。

阿多像一个聋子似的不理睬老头子那早早夜夜的唠叨，他心里却在暗笑。全家就只有他不大相信那些鬼禁忌。可是他也没有跟荷花说话，他忙都忙不过来。

“大眠”捉了毛三百斤，老通宝全家连十二岁的小宝也在内，都是两日两夜没有合眼。蚕是少见的好，活了六十岁的老通宝记得只有两次是同样的，一次就是他成家的那年，又一次是阿四出世那一年。“大眠”以后的“宝宝”第一天就吃了七担叶，个个是生青滚壮，然而老通宝全家都瘦了一圈，失眠的眼睛上布满了红丝。

谁也料得到这些“宝宝”上山前还得吃多少叶。老通宝和儿子阿四商量了：

“陈大少爷借不出，还是再求财发的东家罢？”

“地头上还有十担叶，够一天。”

阿四回答，他委实是支撑不住了，他的一双眼皮像有几百斤重，只想合下来。老通宝却不耐烦了，怒声喝道：

“说什么梦话！刚吃了两天老蚕呢。明天不算，还得吃三天，还要三十担叶，三十担！”

这时外边稻场上忽然人声喧闹，阿多押了新发来的五担叶来了。于是老通宝和阿四的谈话打断，都出去“捋叶”。四大娘也慌忙从蚕房里钻出来。隔溪陆家养的蚕不多，那大姑娘六宝抽得出工夫，也来帮忙了。那时星光满天，微微有点风，村前村后都断断续续传来了吆喝和欢笑，中间有一个粗暴的声音嚷道：

“叶行情飞涨了！今天下午镇上开到四洋一担！”

老通宝偏偏听得了，心里急得什么似的。四块钱一担，三十担可要一百二十块呢，他哪来这许多钱！但是想到茧子总可以采五百多斤，就算五十块钱一百斤，也有这么二百五，他又心里一宽。那边“捋叶”的人堆里忽然又有一个小小的声音说：

“听说东路不大好，看来叶价钱涨不到多少的！”

老通宝认得这声音是陆家的六宝。这使他心里又一宽。

那六宝是和阿多同站在一个筐子边“捋叶”。在半明半暗的星光下，她和阿多靠得很近。忽然她觉得在那“杠条”① 的隐蔽下，有一只手在她大腿上拧了一把。好像知道是谁拧的，她忍住了不笑，也不声张。蓦地那手又在她胸前摸了一把，六宝直跳起来，出惊地喊了一声：

“嗳哟！”

“什么事？”

同在那筐子边捋叶的四大娘问了，抬起头来。六宝觉得自己脸上热烘烘了，她偷偷地瞪了阿多一眼，就赶快低下头，很快地捋叶，一面回答：

“没有什么。想来是毛毛虫刺了我一下。”

---

① “杠条”也是方言，指那些带叶的桑树枝条。通常采叶是连枝条剪下来的。——作者原注

阿多咬住了嘴唇暗笑。虽然在这半个月来也是半饱而且少睡，也瘦了许多了，他的精神可还是很饱满。老通宝那种忧愁，他是永远没有的。他永不相信靠一次蚕花好或是田里熟，他们就可以还清了债再有自己的田；他知道单靠勤俭工作，即使做到背脊骨折断也是不能翻身的。但是他仍旧很高兴地工作着，他觉得这也是一种快活，正像和六宝调情一样。

第二天早上，老通宝就到镇里去想法借钱来买叶。临走前，他和四大娘商量好，决定把他家那块出产十五担叶的桑地去抵押。这是他家最后的产业。

叶又买来了三十担。第一批的十担发来时，那些壮健的“宝宝”已经饿了半点钟了。“宝宝”们尖出了小嘴巴，向左向右乱晃，四大娘看得心酸。叶铺了上去，立刻蚕房里充满着萨萨萨的响声，人们说话也不大听得清。不多一会儿，那些“团匾”里立刻又全见白了，于是又铺上厚厚的一层叶。人们单是“上叶”也就忙得透不过气来。但这是最后五分钟了。再得两天，“宝宝”可以上山。人们把剩余的精力榨出来拚死命干。

阿多虽然接连三日三夜没有睡，却还不见怎么倦。那一夜，就由他一个人在“蚕房”里守那上半夜，好让老通宝以及阿四夫妇都去歇一歇。那是个好月夜，稍稍有点冷。蚕房里爇了一个小小的火。阿多守到二更过，上了第二次的叶，就蹲在那个“火”旁边听那些“宝宝”萨萨萨地吃叶。渐渐儿他的眼皮合上了。恍惚听得有门响，阿多的眼皮一跳，睁开眼来看了看，就又合上了。他耳朵里还听得萨萨萨的声音和屑索屑索的怪声。猛然一个踉跄，他的头在自己膝头上磕了一下，他惊醒过来，恰就听得蚕房的芦帘拍叉一声响，似乎还看见有人影一闪。阿多立刻跳起来，到外面一看，门是开着，月光下稻场上有一个人正走向溪边去。阿多飞也似跳出去，还没看清那人是谁，已经把那人抓过来摔在地下。他断定了这是一个贼。

“多多头！打死我也不怨你，只求你不要说出来！”

是荷花的声音，阿多听真了时不禁浑身的汗毛都竖了起来。月光下他又看见那扁得作怪的白脸儿上一对细圆的眼睛定定地看住了他。可是恐怖的意思那眼睛里也没有。阿多哼了一声，就问道：

“你偷什么？”

“我偷你们的宝宝！”

“放到哪里去了？”

“我扔到溪里去了！”

阿多现在也变了脸色。他这才知道这女人的恶意是要冲克他家的“宝宝”。

“你真心毒呀！我们家和你们可没有冤仇！”

“没有么？有的，有的！我家自管蚕花不好，可并没害了谁，你们都是好的！你们怎么把我当作白老虎，远远地望见我就别转了脸？你们不把我当人看待！”

那妇人说着就爬了起来，脸上的神气比什么都可怕。阿多瞅着那妇人好半晌，这才说道：

“我不打你，走你的罢！”

阿多头也不回的跑回家去，仍在“蚕房”里守着。他完全没有睡意了。他看那些“宝宝”，都是好好的。他并没想到荷花可恨或可怜，然而他不能忘记荷花那一番话；他觉到人和人中间有什么地方是永远弄不对的，可是他不能够明白想出来是什么地方，或是为什么。再过一会儿，他就什么都忘记了。“宝宝”是强健的，像有魔法似的吃了又吃，永远不会饱！

以后直到东方快打白了时，没有发生事故。老通宝和四大娘来替换阿多了，他们拿那些渐渐身体发白而变短了的“宝宝”在亮处照着，看是“有没有通”。他们的心被快活胀大了。但是太阳出山时四大娘到溪边汲水，却看见六宝满脸严重地跑过来悄悄地问道：

“昨夜二更过，三更不到，我远远地看见那骚货从你们家跑出来，阿多跟在后面，他们站在这里说了半天话呢！四阿嫂！你们怎么不管事呀?”

四大娘的脸色立刻变了，一句话也没说，提了水桶就回家去，先对丈夫说了，再对老通宝说。这东西竟偷进人家“蚕房”来了，那还了得！老通宝气得直跺脚，马上叫了阿多来查问。但是阿多不承认，说六宝是做梦见鬼。老通宝又去找六宝询问。六宝是一口咬定了看见的。老通宝没有主意，回家去看那“宝宝”，仍然是很健康，瞧不出一些败相来。

但是老通宝他们满心的欢喜却被这件事打消了。他们相信六宝的话不会毫无根据。他们唯一的希望是那骚货或者只在廊檐口和阿多鬼混了一阵。

“可是那大蒜头上的苗却当真只有三四茎呀!”

老通宝自心里这么想，觉得前途只是阴暗。可不是，吃了许多叶去，一直落来都很好，然而上了山却干僵了的事，也是常有的。不过老通宝无论如何不敢想到这上头去；他以为即使是肚子里想，也是不吉利。

四

“宝宝”都上山了，老通宝他们还是捏着一把汗。他们钱都花光了，精力也绞尽了，可是有没有报酬呢，到此时还没有把握。虽则如此，他们还是硬着头皮去干。“山棚”下爇了火，老通宝和阿四他们伛着腰慢慢地从这边蹲到那边，又从那边蹲到这边。他们听得山棚上有些屑屑索索的细声音①，他们就忍不住想笑，过一会儿又不听得了，他们的心就重甸甸地往下沉了。这样地，心是焦灼着，却不敢向山棚上望。偶或他们仰着的脸上淋到了一滴蚕尿了②，虽然觉得有点难过，他们心里却快活；他们巴不得多淋一些。

阿多早已偷偷地挑开“山棚”外围着的芦帘望过几次了。小小宝看见，就扭住了阿多，问“宝宝”有没有做茧子。阿多伸出舌头做一个鬼脸，不回答。

“上山”后三天，息火了。四大娘再也忍不住，也偷偷地挑开芦帘角看了一眼，她的心立刻卜卜地跳了。那是一片雪白，几乎连“缀头”都瞧不见；那是四大娘有生以来从没有见过的“好蚕花”呀！老通宝全家立刻充满了欢笑。现在他们一颗心定下来了！

---

① 蚕在山棚上受到热，就往“缀头”上爬，所以有屑索屑索的声音。这是蚕要作茧的第一步手续。爬不上去的，不是健康的蚕，多半不能作茧。——作者原注

② 据说蚕在作茧以前必撒一泡尿，而这尿是黄色的。——作者原注

“宝宝”们有良心，四洋一担的叶不是白吃的；他们全家一个月的忍饿失眠总算不冤枉，天老爷有眼睛！

同样的欢笑声在村里到处都起来了。今年蚕花娘娘保佑这小小的村子。二三十人家都可以采到七八分，老通宝家更是比众不同，估量来总可以采一个十二三分。

小溪边和稻场上现在又充满了女人和孩子们。这些人都比一个月前瘦了许多，眼眶陷进了，嗓子也发沙，然而都很快活兴奋。她们嘈嘈地谈论那一个月内的“奋斗”时，她们的眼前便时时现出一堆堆雪白的洋钱，她们那快乐的心里便时时闪过了这样的盘算：夹衣和夏衣都在当铺里，这可先得赎出来；过端阳节也许可以吃一条黄鱼。

那晚上荷花和阿多的把戏也是她们谈话的资料。六宝见了人就宣传荷花的“不要脸，送上门去！”男人们听了就粗暴地笑着，女人们念一声佛，骂一句，又说老通宝家总算幸气，没有犯克，那是菩萨保佑，祖宗有灵！

接着是家家都“浪山头”了，各家的至亲好友都来“望山头”①。老通宝的亲家张财发带了小儿子阿九特地从镇上来到村里。他们带来的礼物，是软糕，线粉，梅子，枇杷，也有咸鱼。小小宝快活得好像雪天的小狗。

“通宝，你是卖茧子呢，还是自家做丝?”

张老头子拉老通宝到小溪边一棵杨柳树下坐了，这么悄悄地问。这张老头子张财发是出名“会寻快活”的人，他从镇上城隍庙前露天的“说书场”听来了一肚子的疙瘩东西；尤其烂熟的，是“十八路反王，七十二处烟尘”，程咬金卖柴扒，贩私盐出身，瓦岗寨做反王的《隋唐演义》。他向来说话“没正经”，老通宝是知道的；所以现在听得问是卖茧子或者自家做丝，老通宝并没把这话看重，只随口回答道：

“自然卖茧子。”

张老头子却拍着大腿叹一口气。忽然他站了起来，用手指着村外那一片秃头桑林后面耸露出来的茧厂的风火墙说道：

“通宝！茧子是采了，那些茧厂的大门还关得紧洞洞呢！今年茧厂不开秤！——十八路反王早已下凡，李世民还没出世；世界不太平！今年茧厂关门，不做生意！”

老通宝忍不住笑了，他不肯相信。他怎么能够相信呢？难道那“五步一岗”似的比露天毛坑还要多的茧厂会一齐都关了门不做生意？况且听说和东洋人也已“讲拢”，不打仗了，茧厂里驻的兵早已开走。

张老头子也换了话，东拉西扯讲镇里的“新闻”，夹着许多“说书场”上听来的什么秦叔宝，程咬金。最后，他代他的东家催那三十块钱的债，为的他是“中人”。

然而老通宝到底有点不放心。他赶快跑出村去，看看“塘路”上最近的两个茧厂，果然大门紧闭，不见半个人；照往年说，此时应该早已摆开了柜台，挂起了一排乌亮亮的大秤。

老通宝心里也着慌了，但是回家去看见了那些雪白发光很厚实硬古古的茧子，他又忍不住嘻开了嘴。上好的茧子！会没有人要，他不相信。并且他还要忙着采茧，还要谢

---

① “浪山头”在息火后一日举行，那时蚕已成茧，山棚四周的芦帘撤去。“浪”是“亮出来”的意思。“望山头”是来探望“山头”，有慰问祝颂的意思。“望山头”的礼物也有定规。——作者原注

"蚕花利市"①，他渐渐不把茧厂的事放在心上了。

可是村里的空气一天一天不同了。才得笑了几声的人们现在又都是满脸的愁云。各处茧厂都没开门的消息陆续从镇上传来，从"塘路"上传来。往年这时候，"收茧人"像走马灯似的在村里巡回，今年没见半个"收茧人"，却换替着来了债主和催粮的差役。请债主们就收了茧子罢，债主们板起面孔不理。

全村子都是嚷骂，诅咒，和失望的叹息！人们做梦也不会想到今年"蚕花"好了，他们的日子却比往年更加困难。这在他们是一个青天的霹雳！并且愈是像老通宝他们家似的，蚕愈养得多，愈好，就愈加困难，——"真正世界变了"，老通宝捶胸跺脚地没有办法。然而茧子是不能搁久了的，总得赶快想法：不是卖出去，就是自家做丝。村里有几家已经把多年不用的丝车拿出来修理，打算自家把茧做成了丝再说。六宝家也打算这么办。老通宝便也和儿子媳妇商量道：

"不卖茧子了，自家做丝！什么卖茧子，本来是洋鬼子行出来的！"

"我们有四百多斤茧子呢，你打算摆几部丝车呀！"

四大娘首先反对了。她这话是不错的。五百斤的茧子可不算少，自家做丝万万干不了。请帮手么？那又得花钱。阿四是和他老婆一条心。阿多抱怨老头子打错了主意，他说：

"早依了我的话，扣住自己的十五担叶，只看一张洋种，多么好！"

老通宝气得说不出话来。

终于一线希望忽又来了。同村的黄道士不知从哪里得的消息，说是无锡脚下的茧厂还是照常收茧。黄道士也是一样的种田人，并非吃十方的"道士"，向来和老通宝最说得来。于是老通宝去找那黄道士详细问过了以后，便又和儿子阿四商量把茧子弄到无锡脚下去卖。老通宝虎起了脸，像吵架似的嚷道：

"水路去有三十多九呢②！来回得六天！他妈的！简直是充军！可是你有别的办法么？茧子当不得饭吃，蚕前的债又逼紧来！"

阿四也同意了。他们去借了一条赤膊船，买了几张芦席，赶那几天正是好晴，又带了阿多。他们这卖茧子的"远征军"就此出发。

五天以后，他们果然回来了；但不是空船，船里还有一筐茧子没有卖出。原来那三十多九水路远的茧厂挑剔得非常苛刻：洋种茧一担只值三十五元，土种茧一担二十元，薄茧不要。老通宝他们的茧子虽然是上好的货色，却也被茧厂里挑剩了那么一筐，不肯收买。老通宝他们实卖得一百十一块钱，除去路上盘川，就剩了整整的一百元，不够偿还买青叶所借的债！老通宝路上气得生病了，两个儿子扶他到家。

打回来的八九十斤茧子，四大娘只好自家做丝了。她到六宝家借了丝车，又忙了五六天。家里米又吃完了。叫阿四拿那丝上镇里去卖，没有人要；上当铺当铺也不收。说

① 老通宝乡里的风俗，"大眠"以后得拜一次"利市"，采茧以后，又是一次。经济窘的人家只举行"谢蚕花利市"，"拜利市"也是方言，意即"谢神"。——作者原注

② 老通宝乡间计算路程都以"九"计；"一九"就是九里。"十九"是九十里，"三十多九"就是三十多个"九里"。——作者原注

了多少好话，总算把清明前当在那里的一石米换了出来。

就是这么着，因为春蚕熟，老通宝一村的人都增加了债！老通宝家为的养了五张布子的蚕，又采了十多分的好茧子，就此白赔上十五担叶的桑地和三十块钱的债！一个月光景的忍饥熬夜还不算！

1932年11月1日

（选自《茅盾全集》第八卷，人民文学出版社，1985）

【学习提示】

茅盾（1896—1981），原名沈德鸿，字雁冰，浙江桐乡人。父亲是清末秀才，但思想开明，颇重新学，不幸30余岁即病逝；母亲也通文理，而且很有远见，茅盾称母亲是他的“第一个启蒙老师”。1913年夏，茅盾考入北京大学预科，初步接触到外国文学作品，尤其是打下了坚实的古典文史根底。预科期满后，因家庭经济日窘，1916年8月，茅盾放弃学业到上海商务印书馆编译所工作，从此开始了文学活动。1921年1月，他接编并全部革新了《小说月报》，使之成为新文学的一个重要阵地。同年10月他参与发起组织了文学研究会，从此便致力于扶持创作、倡导新文学理论、开展文学批评工作，以坚实的创作实践，成为现代文学的杰出代表。

1930年3月，茅盾回到上海，加入“左联”，并积极参与左翼运动的领导工作。20世纪30年代中期除《子夜》外，茅盾还写下了一系列中短篇小说，代表作有由《春蚕》《秋收》《残冬》组成的“农村三部曲”以及《林家铺子》《多角关系》等。

茅盾主张作家要努力反映“全般的社会现象”和“全般的社会结构”，使文学成为时代的镜子。他的小说创作成功地印证了自己的主张。茅盾的作品排列起来，基本能够反映五四前夕直到抗日战争结束中国社会发展的全过程，特别是政治、经济方面大的变动。这种反映绝不是浮光掠影、杂乱无章的。茅盾擅长运用先进的思想对社会加以解剖，分析它的本质，因此他的小说具有鲜明的理性色彩。茅盾开创了“社会剖析派”风格小说，同时也是它的代表作家。

茅盾不仅以鸿篇巨制《子夜》著称于世，而且以独具风格的短篇赢得赞誉。其中《春蚕》以其独特的艺术形式和鲜明的人物形象，深刻地揭示了20世纪30年代初期中国农村破产的悲惨现实。

《春蚕》以1932年的“一·二八”事变为背景，描写了浙江农村的蚕农老通宝一家养蚕卖茧的故事。蚕花虽然获得了大丰收却卖不出去，只好远途贱价出售，结果老通宝反而债务增多，忧劳成疾。“丰收成灾”是当时中国农村的普遍现象。小说深刻地揭示了“丰收成灾”的社会原因。在20世纪30年代初期的中国，日本的生丝和人造丝充斥市场，民族丝织工业陷于破产的境地，因而江南一带农民的主要副产品——蚕丝没有了销路。而中国的封建地主阶级和资产阶级也加重了对农民的盘剥，地主放高利贷，资本家压低蚕丝的收购价格。沉重的民族压迫与阶级压迫，势必造成老通宝一家以及广大农村人民破产的命运。

《春蚕》成功地塑造了老通宝的形象。老通宝是深受旧思想意识熏染的老一代农民的典型。长期的辛勤劳作造就了他勤劳俭朴、忠厚善良的性格和顽强的生活意志。他只是想丰收以后将夹衣、夏衣从当铺里赎出来，过端午节时可以吃一条黄鱼。这就是老通宝对生活的要求。然而就连这样的要求他都无法达到，反而欠了更多的债。老通宝虽然没有革命觉悟，但在“春蚕愈熟，蚕农愈困顿”这种灾祸的威胁下，他从“惊异”到“仇恨”，从“惴惴不安”到“气得生病”，反抗的因素在他的性格中开始增长。小说对这种反抗性的表现是曲折有致的，几乎全部沉浸在他的落后和守旧的意识中。老通宝观察事物的眼光还停留在义和团时代，但透过他盲目排外的心理活动，作者写出了这个老农民对帝国主义和一切反动势力的不满和憎恶。

《春蚕》也成功地塑造了正在成长中的、觉醒的农民形象，阿多便是代表。和父亲老通宝不同，阿多所生活的时代处处是饥饿、贫穷、破产和凋敝。他看到自己的父辈年年月月辛勤劳作，年年月月不得温饱。生活已经告诉他“单靠勤俭工作，即使做到背脊骨折断也是不能翻身的”。他的身上既有父辈的热爱劳动、勤俭忠厚的品质，又有青年一代乐观开朗、与人为善、乐于助人的特点。阿多身上表现出日益觉醒的青年农民的特征。这个形象概括了新一代农民的精神风貌，它代表着一种希望和理想。作者正是借助典型人物的塑造将小说中深刻的思想力量展示出来的。

【思考练习题】

1. 老通宝说:“世界真是越变越坏！过几年他们连桑叶都要洋种了！我活得厌了!”从这句话出发，谈谈小说反映了怎样的社会时代问题。

2. 小说成功地塑造了老通宝父子两代农民形象。试比较两代农民形象的性格与命运的不同并阐述其意义。

【延展阅读】

《春蚕》与《秋收》《残冬》合称茅盾的“农村三部曲”。请补充阅读《秋收》《残冬》以及茅盾的其他农村题材小说，从整体上领略、把握茅盾的农村题材小说的特色与风格。

子　夜（节选）

茅　盾

十

旧历端阳节终于在惴惴不安中过去了。商家老例的一年第一次小结账不得不归并到未来的“中秋”；战争改变了生活的常轨。

“到北平去吃月饼！”——军政当局也是这么预言战事的结束最迟不过未来的中秋。

但是结束的朕兆此时依然没有。陇海线上并没多大发展，据说两军的阵线还和开火那时差不多；上游武汉方面却一天一天紧。张桂联军突然打进了长沙！那正是旧历端阳节后二天，阳历六月四日。上海的公债市场立刻起了震动。谣言从各方面传来。华商证券交易所投机的人们就是谣言的轻信者，同时也就是谣言的制造者，和传播者，三马路一带充满了战争的空气！似乎相离不远的昼锦里的粉香汗臭也就带点儿火药味。

接着又来一个恐怖的消息：共产党红军占领了岳州！

从日本朋友那边证实了这警报的李玉亭，当时就冷了半截身子。他怔了一会儿，取下他那副玻璃酒瓶底似的近视眼镜用手帕擦了又擦，然后决定去找吴荪甫再进一次忠告。自从“五卅”那天以后，他很小心地不敢再把自己牵进了吴荪甫他们的纠纷，可是看见机会凑巧时，他总打算做和事老；他曾经私下地怂恿杜竹斋“大义灭亲”，他劝竹斋在吴荪甫头上加一点压力，庶几吴赵的妥协有实现的可能。他说荪甫那样的刚愎自信是祸根。

当下李玉亭匆匆忙忙赶到吴公馆时，刚碰着有客；大客厅上有几个人，都屏息侧立，在伺察吴荪甫的一笑一颦。李玉亭不很认识这些人，只其中有一个五十岁左右的小胡子，记得仿佛见过。

吴荪甫朝外站着，脸上的气色和平时不同；他一眼看见李玉亭，招了招手，就喊道：

“玉亭，请你到小客厅里去坐一会儿；对不起。”

小客厅里先有一人在，是律师秋隼。一个很大的公事皮包摊开着放在膝头，这位秋律师一手拈着一叠文件的纸角，一手摸着下巴在那里出神。李玉亭悄悄地坐了，也没去惊动那沉思中的秋律师，心里却反复自问：外边是一些不认得的人，这里又有法律顾问，荪老三今天有些重要的事情……

大客厅里吴荪甫像一头笼里的狮子似的踱了几步，狞厉的眼光时时落到那五十岁左右小胡子的脸上，带便也扫射到肃立着的其他三人。忽然吴荪甫站住了，鼻子里轻轻哼一声，不能相信似的问那小胡子道：

“晓生，你说是省政府的命令要宏昌当也继续营业不是？”

“是！还有通源钱庄，油坊，电厂，米厂，都不准停闭。县里的委员对我说，镇上的市面就靠三先生的那些厂和那些铺子；要是三先生统统把来停闭了，镇上的市面就会败落到不成样子！”

费小胡子眼看着地下回答；他心里也希望那些厂和铺子不停闭，但并非为了什么镇上的市面，而是为了他自己。虽则很知道万一荪甫把镇上的事业统统收歇，也总得给他费晓生一碗饭吃，譬如说调他到上海厂里，然而那就远不如在镇上做吴府总管那么舒服而且威风，况且他在县委员跟前也满口自夸能够挽回“三先生”的主意。

“嘿！他们也说镇上市面怎样怎样了！他们能够保护市面么？”

吴荪甫冷冷地狞笑着说。他听得家乡的人推崇他为百业的领袖，觉得有点高兴了。费小胡子看准了这情形，就赶快接口说道：

“现在镇上很太平，很太平。新调来的一营兵跟前番的何营长大不相同。”

“也不见得！离市梢不到里把路，就是共匪①的世界。他们盘踞四乡，他们的步哨放到西市梢头。双桥镇里固然太平，可是被包围！镇里的一营兵只够守住那条到县里去的要路。我还听说军队的步哨常常拖了枪开小差。共匪的人数枪枝都比从前多了一倍！”

突然一个人插进来说；这是吴荪甫的远房侄儿吴为成，三十多岁，这次跟费小胡子一同来的。

“还听说乡下已经有了什么苏维埃呢！”

吴为成旁边的一个二十多岁的青年也加了一句；他是那位住在吴公馆快将半个月的曾家驹的小舅子马景山，也是费小胡子此番带出来的。他的肩旁就贴着曾家驹，此时睁大了眼睛发怔。

吴荪甫的脸色突然变了，转过去对吴为成他们看了一眼，就点了一下头。费小胡子却看着心跳，觉得吴荪甫这一下点头比喝骂还厉害些；他慌忙辩白道：

“不错，不错；那也是有的。——可是省里正在调兵围剿，镇上不会再出乱子。”

吴为成冷笑一声，正想再说，忽然听得汽车的喇叭声从大门外直叫进来，接着又看见荪甫不耐烦地把手一摆，就踱到大客厅门外的石阶上站着张望。西斜的太阳光把一些树影子都投射在那石阶，风动时，这五级的石阶上就跳动着黑白的图案画。吴荪甫垂头看了一眼，焦躁地跺着脚。

一辆汽车在花园里柏油路上停住了，当差高升抢前去开了车门。杜竹斋匆匆地钻出车厢来，抬头看着当阶而立的吴荪甫，就皱了眉尖摇头。这是一个严重的表示。吴荪甫的脸孔变成了紫酱色，却勉强微笑。

“真是作怪！几乎涨停板了！”

杜竹斋走上石阶来，气吁吁地说，拿着雪白的麻纱手帕不住地在脸上揩抹。

吴荪甫只是皱了眉头微笑，一句话也不说。他对杜竹斋看了一眼，就回身进客厅去，蓦地放下脸色来，对费小胡子说道：

“什么镇上太平不太平，我不要听！厂，铺子，都是我开办的，我要收歇，就一定得收！我不是慈善家，镇上市面好或是不好，我就管不了，——不问是省里或县里来找我说，我的回答就只有这几句话！”

---

① 共匪，国民党反动派对共产党领导的武装力量的蔑称。——编者注

“可不是！我也那么对他们说过来呀！然而，他们——三先生！——”

吴荪甫听得不耐烦到了极点，忽地转为狞笑，打断了费小胡子的话：

“他们那一套门面话我知道！晓生，你还没报告我们放出去的款子这回端阳节收起了多少。上次你不是说过六成是有把握的么？我算来应该不止六成！究竟收起了多少！你都带了来么？”

“没有。镇上也是把端阳节的帐展期到中秋了。”

“哼！什么话！”

吴荪甫勃然怒叫起来了。这又是他万万料不到的打击！虽说总共不过七八万的数目，可是他目前正当需要现款的时候，七八万圆能够做许多事呀！他虎起了脸，踱了几步，看看那位坐在沙发里吸鼻烟的杜竹斋。于是公债又几乎涨停板的消息蓦地又闯进了吴荪甫的气胀了的头脑，他心里阴暗起来了。

杜竹斋两个鼻孔里都吸满了鼻烟，正闭了眼睛，张大着嘴，等候打喷嚏。

“要是三先生马上把各店收歇，连通源钱庄也收了，那么，就到中秋节，也收不回我们的款子。”

费小胡子走前一步，轻声地说。吴荪甫耸耸肩膀，过一会儿，他像吐弃了什么似的，笑了笑说道：

“呵！到中秋节么？到那时候，也许我不必提那注钱到上海来了！”

“那么，三先生就怕眼前镇上还有危险罢？刚才为成兄的一番话，也未免过分一点儿。——省里当真在抽调得力的军队来围剿。现在省里县里都请三先生顾全镇上的市面，到底是三先生的家乡，况且收了铺子和厂房，也未必抽得出现款来，三先生还是卖一个面子，等过了中秋再说。宏昌当是烧了，那就又当别论。”

费小胡子看来机会已到，就把自己早就想好的主意说了出来，一对眼睛不住地转动。

吴荪甫不置可否地淡淡一笑，转身就坐在一张椅子里。他现在看明白了：家乡的匪祸不但使他损失了五六万，还压住了他的两个五六万，不能抽到手头来应用。他稍稍感到天下事不能尽如人意了。但一转念，他又以为那是因为远在乡村，而且不是他自己的权力所能完全支配的军队的事，要是他亲手管理的企业，那就向来指挥如意。他的益中信托公司现在已经很有计划地进行；陈君宜的绸厂就要转移到他们的手里，还有许多小工业也将归益中公司去办理。

这么想着的吴荪甫便用爽利果决的口气对费小胡子下了命令：

“晓生，你的话也还不错；我总得对家乡尽点义务。中秋以前，除了宏昌当无法继续营业，其余的厂房和铺子，我就一力维持。可是你得和镇上的那个营长切实办交涉，要他注意四乡的共匪。”

费小胡子恭恭敬敬接连答应了几个“是”，眼睛看在地下。可是他忽又问道：

“那么通源庄上还存着一万多银子，也就留在镇上——”

“留在那里周转自家的几个铺子。放给别家，我可不答应！”

吴荪甫很快地说，对费小胡子摆一摆手，就站了起来，走到杜竹斋跟前去。费小胡子又应了一个“是”，知道自己的事情已完，也打算走了，可是他眼光一瞥，看见吴为成和马景山一边一个夹住了那野马似的曾家驹，仍然直挺挺地站在靠窗的墙边，他猛的记起另一件事，就乘着吴荪甫还没和杜竹斋开始谈话以前，慌慌忙忙跟在吴荪甫背后叫道：

“三先生！还有一点事——”

吴荪甫转过脸来盯了费小胡子一眼，很不耐烦地皱了眉头。

“就是为成兄和景山兄两位。他们打算来给三先生办事的。今天他们跟我住在旅馆里，明天我要回镇去了，他们两位该怎么办，请三先生吩咐。”

费小胡子轻声儿说着，一面偷偷地用眼睛跟吴为成他们两位打招呼。但是两位还没有什么动作，那边杜竹斋忽然打了一个很响的喷嚏，把众人都吓了一跳。

“大家都到上海来找事，可是本来在上海有事的，现在还都打破了饭碗呢！银行界，厂家，大公司里，都为的时局不好，裁员减薪。几千几万裁下来的人都急得走投无路。邮政局招考，只要六十名，投考的就有一千多！内地人不晓得这种情形，只顾往上海钻。我那里也有七八个人等着要事情。”

杜竹斋像睡醒了似的，一面揉着鼻子，一面慢吞吞地说。吴荪甫却不开口，只皱着眉头，狞起了眼睛，打量那新来的两个人。和曾家驹站在一处，这新来的两位似乎中看一些。吴为成的方脸上透露着精明能干的神气，那位马景山也像不是浑人；两个都比曾家驹高明得多。或者这两个尚堪造就——这样的念头，在吴荪甫心里一动。

做一个手势叫这两位过来，吴荪甫就简单地问问他们的学历和办事经验。

费小胡子周旋着杜竹斋，拣这位“姑老爷”爱听的话说了几句，就又转身把呆在那里的曾家驹拉到客厅外边轻声儿说道：

“尊夫人要我带口信给你，叫你赶快回家去呢！”

“小马已经跟我说过了。我不回去。我早就托荪甫表兄给我找一个差使。”

“找到了没有呢？你打算做什么事？回头我也好去回复尊夫人。”

“那还没有找定。我是有党证的，我想到什么衙门里去办事！”

费小胡子忍不住笑了，他想来这位不识起倒的曾老二一定把吴荪甫缠的头痛。

那边小客厅内，此时亦不寂寞。秋律师把手里的一叠文件都纳进了公事皮包去，燃着一枝香烟，伸一个懒腰，回答李玉亭道：

“你看，世界上的事，总是那么大虫吃小虫！尽管像你说的有些银行家和美国人打伙儿想要操纵中国的工业——想把那些老板们变做他们支配下的大头目，可是工厂老板像吴荪甫他们，也在并吞一些更小的厂家。我这皮包里就装着七八个小工厂的命运。明后天我掮着益中信托公司全权代表的名义和那些小厂的老板们接洽，叫他们在我这些合同上签了字，他们的厂就归益中公司管理了，实际上就是吴荪记，孙吉记，或者王和记了！——玉亭，我就不大相信美国资本的什么托拉斯那样的话，我倒疑惑那是吴荪甫他们故意造的谣言，乱人耳目！美国就把制造品运到中国来销售也够了，何必在乱哄哄的中国弄什么厂？”

“绝不是！绝对不是！老赵跟荪甫的冲突，我是源源本本晓得的！”

李玉亭很有把握地说。秋律师就笑了一笑，用力吸进一口烟，挺起眼看那白垩房顶上精工雕镂的葡萄花纹。李玉亭跟着秋律师的眼光也向上望了一望，然后再看着秋律师的面孔，轻声儿问道：

“一下子就有七八个小厂么？荪甫他们的魄力真不小呀！是一些什么厂呢？”

“什么都有：灯泡厂，热水瓶厂，玻璃厂，橡胶厂，阳伞厂，肥皂厂，赛璐珞厂，——规模都不很大。”

“光景都是廉价收盘的罢？”

李玉亭急口地再问。可是秋律师却不肯回答了。虽则李玉亭也是吴府上的熟人，但秋律师认为代当事人守业务上的秘密是当然的；他又洋洋地笑了一笑，就把话支了开去：

“总要没有内乱，厂家才能够发达。”

说了后，秋律师就挟着他的公事皮包走出那小客厅，反手把门仍旧关上。

那门关上时砰的一声，李玉亭听着忽然心里一跳。他看看自己的表，才得五点钟。原来他在这小客厅里不过坐了十分钟光景，可是他已经觉得很长久了；现在只剩了他一人，等候上司传见似的枯坐在这里，便更加感到无聊。他站起来看看墙壁上那幅缂丝的《明妃出塞》图，又踅到窗边望望花园里的树木。停在柏油路上的那辆汽车，他认得是杜竹斋的，于是忽然他更加不安起来了；外边大客厅里有些不认得的人，刚才这里有法律顾问，此刻也走了，杜竹斋的汽车停在园子里，这一切，都不是证明了吴荪甫有重要的事情么？可是他，李玉亭，偶然来的时候不凑巧，却教在这里坐冷板凳，岂不是主人家对于他显然有了戒心？然而李玉亭自问他还是从前的李玉亭，并没有什么改变。就不过在几天前吃了赵伯韬一顿夜饭，那时却没有别的客人，只他和老赵两个，很说了些关联着吴荪甫的话语，如此而已！

李玉亭觉得背脊上有些冷飕飕了。被人家无端疑忌，他想来又是害怕，又是不平。他只好归咎于自己的太热心，太为大局着想，一心指望那两位“巨人”妥协和平。说不定他一片好心劝杜竹斋抑制着吴荪甫的一意孤行那番话，杜竹斋竟也已经告诉了荪甫！说不定他们已经把他看成了离间亲戚的小人！把他看成了老赵的走狗和侦探，所以才要那么防着他！

这小客厅另有一扇通到花园去的侧门。李玉亭很想悄悄地溜走了完事。但是一转念，他又觉得不辞而去也不妥。忽然一阵哄笑声从外边传来。那是大客厅里人们的笑声！仿佛那笑声就是这样的意思：“关在那里了，一个奸细！”李玉亭的心跳得噗噗的响，手指尖是冰冷。蓦地他咬紧了牙齿，心里说：“既然疑心我是侦探，我就做一回！”他慌忙走到那通连大客厅的门边。伛下了腰，正想把耳朵贴到那钥匙孔上去偷听，忽然又转了念头：“何苦呢！我以老赵的走狗自待，而老赵未必以走狗待我！”他倒抽一口气，挺直身体往后退一步，就颓然落在一张椅子里。恰好这时候门开了，吴荪甫微笑着进来，后面是杜竹斋，右手揉着鼻子，左手是那个鼻烟壶。

“玉亭，对不起！几个家乡来的人，一点小事情。”

吴荪甫敷衍着，又微笑。杜竹斋伸伸手，算是招呼，却又打了个大喷嚏。

“哦——哦——”

李玉亭勉强笑着，含糊地应了两声；他心里却只要哭，他觉得吴荪甫的微笑就像一把尖刀。他偷眼再看杜竹斋。杜竹斋是心事很重的样子，左手的指头旋弄他那只鼻烟壶。

三个人品字式坐了，随便谈了几句，李玉亭觉得吴荪甫也还是往日那个态度，便又心宽起来，渐渐地又站定了他自己的立场了：一片真心顾全大局。于是当杜竹斋提起了内地土匪如毛的时候，李玉亭就望着吴荪甫的面孔，郑重地说道：

“原来岳州失陷不是谣传，倒是真的!”

“真的么？那也是意中之事！长沙孤城难守，张桂军自然要分兵取岳州。”

吴荪甫随随便便地回答，又微笑了。杜竹斋在那边点头。李玉亭一怔，忍不住失声叫道：

“取岳州不是张桂军呢！是共党红军！荪甫，难道你这里没有接到这个消息？”

“谣言！故意架到共党头上的!”

荪甫又是淡淡地回答，翻起眼睛看那笼里的鹦鹉剥落花生。

李玉亭跟着吴荪甫的眼光也对那鹦鹉看了一眼，心里倒没有了主意，然而他对于日本人方面消息的信仰心是非常坚定的，他立刻断定吴荪甫是受了另一方面宣传的蒙蔽。他转眼看着杜竹斋，很固执地说：

“确是红军！荪甫得的消息怕有些作用。据说是正当张桂军逼近长沙的时候，共党也进攻岳州。两处是差不多同时失陷的！荪甫，平心而论，张桂军这次打湖南，不免是替共党造机会。可不是么，竹斋，他们就在陇海线上分个雌雄也算了罢，何必又牵惹到共党遍地的湖南省呢?”

杜竹斋点头，却不做声。吴荪甫还是微笑，但眉尖儿有点皱了。李玉亭乘势又接下去说，神气很兴奋：

“现在大局就愈弄愈复杂了。大江的南北都是兵火。江西的共产党也在那里蠢动。武汉方面兵力单薄，离汉口六十里的地面就有共党的游击队！沙市，宜昌一带，杂牌军和红军变做了猫鼠同穴而居——”

“对了！前几天孙吉人那轮船局里有一条下水轮船在沙市附近被扣了去，到现在还查不出下落，也不知道是杂牌军队扣了去呢，还是共匪扣了去!”

吴荪甫打断了李玉亭的议论，很不耐烦地站了起来，但只伸一伸腿，就又坐下去。

“孙吉翁可真走的黑运！江北的长途汽车被征发了，川江轮船却又失踪；听说还是去年新打的一条船，下水不满六个月，造价三十万两呢!”

杜竹斋接口说，右手摸着下巴；虽然他口里是这么说，耳朵也听着李玉亭的议论，可是他的心里却想着另一些事。公债市场的变幻使他纳闷。大局的紊乱如彼，而今天公债反倒回涨，这是他猜不透的一个谜。这时，吴荪甫又站了起来，绕着客厅里那张桌子踱一个圈子，有意无意的时时把眼光往李玉亭脸上溜。李玉亭并没理会到，还想引吴荪甫注意大局的危险，应该大家和衷共济。可是他已经没有再发言的机会。一个当差来请吴荪甫去听电话，说是朱吟秋打来的。吴荪甫立刻眉毛一跳，和杜竹斋对看了一眼，露出不胜诧异的神气。李玉亭瞧来是不便再坐下去了，也就告辞，满心是说不出的冤枉苦闷。

杜竹斋衔着雪茄，一面忖量朱吟秋为什么打电话来，一面顺步就走上楼去。他知道女客们在二楼那大阳台的凉棚下打牌，姑奶奶两姊妹和少奶奶两姊妹刚好成了一桌。阿萱和杜新箨在旁边观场。牌声历历落落像是要睡去似的在那里响。姑奶奶看见她的丈夫进来，就唤道：

“竹斋，你来给我代一副！”

杜竹斋笑了笑，摇头，慢慢地从嘴唇上拿开那枝雪茄，踅到那牌桌边望了一眼，说道：

“你觉得累了么？叫新箨代罢！你们打多少底呀？”

“爸爸是不耐烦打这些小牌的！”

杜新箨帮着他母亲，这样轻轻地向他的父亲攻击，同时向对面的林佩珊使了个眼色。

“姑老爷要是高兴，就打一副；不比得荪甫，他说麻将是气闷的玩意儿；他要是赌，就爱的打宝摇摊！”

吴少奶奶赶快接口说，很温婉地笑着；可是那笑里又带几分神思恍惚。吴少奶奶近来老是这么神思恍惚，刚才还失碰了“白板”；就只六圈牌里，她已经输了两底了。这种情形，别人是不觉得的，只有杜新箨冷眼看到，却也不明白是什么缘故。

那边杜姑奶奶已经站起来了，杜新箨就点了缺。他和林佩珊成了对家。吴少奶奶也站了起来，一把拉住了旁边的阿萱，吃吃地笑着说：

“看你和四妹两个新手去赢他们两位老手的钱！”

刚笑过了，吴少奶奶又是眉尖深锁，怔怔地向天空看了一眼，就翩然走了。

杜竹斋和他的夫人走到那阳台的东端，离开那牌桌远远的，倚在那阳台的石栏杆上，脸朝着外边。他们后面牌桌上的四个人现在打得很有劲儿，阿萱和林佩珊的声音最响。杜太太回头去望了一下，忽然轻声说：

“有一件事要跟你商量。刚才佩瑶悄悄地对我说，我们的阿新和他们的佩珊好像很有意思似的；阿新到这里来，总是和佩珊一块儿出去玩！”

“哦！随他们去罢。现在是通行的。”

“嗳，嗳！看你真是糊涂呀！你忘记了两个人辈份不对么？佩珊是大着一辈呢！”

杜竹斋的眉头皱紧了。他伸手到栏杆外，弹去了雪茄的灰，吁一口气，却没有话。杜太太回头向那牌桌望了一眼，又接下去说：

“佩瑶也为了这件事担心呢。有人要过佩珊的帖子。她看来倒是门当户对——”

“哪一家？是不是范博文？”

“不是。姓雷的。雷参谋！”

“哦，哦！雷参谋！可是他此刻在江北打仗，死活不知。”

“说是不久就可以回来，也是佩瑶说的。”

杜竹斋满脸透着为难的样子，侧过脸去望了那打牌的两个人一眼；过了一会儿，他方才慢吞吞地说：

“本来都是亲戚，走动走动也不要紧。可是，现在风气太坏，年轻人耳濡目染——况且那么大的儿子，也管不住他的脚。太太！你就不操这份心也罢！”

“啧，啧！要是做出什么来，两家面子上都不好看！”

“咳，依你说，怎么办呢？”

“依我么？早先我打算替我们的老六做媒，都是你嫌她们林家没有钱——”

“算了，算了；太太，不要翻旧账。回头我关照阿新。不过这件事的要紧关子还在女的。要是女的心里拿得准，立得稳，什么事也生不出来。”

“她的姊姊说她还是小孩子，不懂得什么——”

“哼！”

杜竹斋不相信似的摇头，可是也没多说。此时吴少奶奶又上阳台来了，望见杜竹斋夫妇站在一处，就好像看透了一定是为的那件事，远远地就送了一个迷惘的笑容来。她到那牌桌边带便瞧了一眼，就袅袅地走向杜竹斋夫妇那边，正想开口，忽然下边花园里当差高升大声喊上来：

“姑老爷！老爷请你说话！”

杜竹斋就抽身走了。吴少奶奶微蹙着眉尖，看定了杜姑奶奶问道：

“二姊，说过了罢？”

杜姑奶奶笑了一笑，代替回答。然后两个人紧靠着又低声谈了几句，吴少奶奶朗朗地笑了起来。她们转身就走到那牌桌边，看那四个青年人打牌。

杜竹斋在书房内找见了吴荪甫正在那里打电话，听来好像对方是唐云山。他们谈的是杜竹斋不甚了解的什么“亨堡装出后走了消息”。末后，吴荪甫说了一句“你就来罢”，就把听筒挂上了。

吴荪甫一脸的紧张兴奋，和杜竹斋面对面坐了，拿起那经纪人陆匡时每天照例送来的当天交易所各项债票开盘收盘价格的报告表，看了一眼，又顺手撩开，就说道：

“竹斋，明天你那边凑出五十万来——五十万！”

杜竹斋愕然看了荪甫一眼，还没有回答，荪甫又接下去说：

“昨天涨上了一元，今天又几乎涨停板；这涨风非常奇怪！我早就料到是老赵干的把戏。刚才云山来电话，果然，——他说和甫探听到了，老赵和广帮中几位做多头，专看市场上开出低价来就扒进，却也不肯多进，只把票价吊住了，维持本月四日前的价格——”

“那我们就糟了！我们昨天就应该补进的！”

杜竹斋丢了手里的雪茄烟头，慌忙抢着说；细的汗珠从他额角上钻出来了。

“就算昨天补进，我们也已经吃亏了。现在事情摆在面前明明白白的：武汉吃紧，陇海线没有进出，票价迟早要跌；我们只要压得住，不让票价再涨，我们就不怕。现在弄成了我们和老赵斗法的局面：如果他们有胃口一见开出低价来就扒进，一直支持到月底，那就是他们打胜了；要是我们准备充足——”

“我们准备充足？哎！我们也是一见涨风就抛出，也一直支持到月底，就是我们胜了，是么？”

杜竹斋又打断了吴荪甫的话头，盯住了吴荪甫看，有点不肯相信的意思。

吴荪甫微笑着点头。

“那简直是赌场里翻筋斗的作法！荪甫！做公债是套套利息，照你那样干法，太危险！”

杜竹斋不能不正面反对了，然而神情也还镇定。吴荪甫默然半晌，泛起了白眼仁，似乎在那里盘算；忽然他把手掌在桌子角上拍了一下，用了沉着的声音说：

“没有危险！竹斋，一定没有危险！你凑出五十万交给我，明天压一下，票价就得回跌，散户头就要恐慌，长沙方面张桂军这几天里一定也有新发展，——这么两面一夹，市场上会转了卖风，哪怕老赵手段再灵活些，也扳不过来！竹斋！这不是冒险！这是出奇制胜！”

杜竹斋闭了眼睛摇头，不说话。他想起李玉亭所说荪甫的刚愎自用来了。他决定了主意不跟着荪甫跑了。他又看得明明白白：荪甫是劝不转来的。过了一会儿，杜竹斋睁开眼来慢慢地说道：

“你的办法有没有风险，倒在其次，要我再凑五十万，我就办不到；既然你拿得那么稳，一定要做，也好，益中凑起来也有四五十万，都去做了公债罢。”

“那——不行！前天董事会已经派定了用场！刚才秋律师拿合同来，我已经签了字，那几个小工厂是受盘定的了；益中里眼前这一点款子恐怕将来周转那几个小工厂还嫌不够呢！”

吴荪甫说着，眼睛里就闪出了兴奋的红光。用最有利的条件收买了那七八个小厂，是益中信托公司新组织成立以后第一次的大胜利，也是吴荪甫最得意的“手笔”，而也是杜竹斋心里最不舒服的一件事。当下杜竹斋帐触起前天他们会议时的争论，心里便又有点气，立刻冷冷地反驳道：

“可不是！场面刚刚拉开，马上就闹饥荒！要做公债，就不要办厂！况且人家早就亏本了的厂，我们添下资本去扩充，营业又没有把握，我真不懂你们打的什么算盘呀——”

“竹斋——”

吴荪甫叫着，想打断杜竹斋的抱怨话；可是杜竹斋例外地不让荪甫插嘴：

“你慢点开口！我还记得那时候你们说的话。你们说那几个小工厂都因为资本太小，或者办的不得法，所以会亏本；你们又说他们本来就欠了益中十多万，老益中就被这注欠帐拖倒，我们从老益中手里顶过这注烂帐来，只作四成算，这上头就占了便宜，所以我们实在只花五六万就收买了估价三十万的八个厂；不错，我们此番只付出五万多就盘进八个厂，就眼前算算，倒真便宜，可是——”

杜竹斋在这里到底一顿，吴荪甫哈哈地笑起来了，他一边笑，一边抢着说：

“竹斋，你以为还得陆续添下四五十万去就不便宜，可是我们不添的话，我们那五六万也是白丢！这八个厂好比落了膘的马，先得加草料喂壮了，这才有出息。还有一层，要是我们不花五万多把这些厂盘进来，那么我们从老益中手里顶来的四成烂帐也是白丢！”

“好！为了舍不得那四成烂帐，倒又赔上十倍去，那真是‘豆腐拌成了肉价钱’的玩意！”

“万万不会！”

吴荪甫坚决地说，颇有点不耐烦了。他霍地站起来，走了一步，自个儿狞笑着。他万万料不到劝诱杜竹斋做公债不成，却反节外生枝，引起了竹斋的大大不满于益中。自从那天因为收买那些小厂发生了争论后，吴荪甫早就看出杜竹斋对于益中前途不起劲，也许到了收取第二次股款的时候，竹斋就要托词推诿。这在益中是非常不利的。然而要使杜竹斋不动摇，什么企业上的远大计划都不中用；只有今天投资明天就获利那样的"发横财"的投机阴谋，勉强能够拉住他。那天会议时，王和甫曾经讲笑话似的把他们收买那八个小工厂比之收旧货；当时杜竹斋听了倒很以为然，他这才不再争执。现在吴荪甫觉得只好再用那样的策略暂时把杜竹斋拉住。把竹斋拉住，至少银钱业方面通融款子就方便了许多。可是须得拉紧些。当下吴荪甫一边踱着，一边就想得了一个"主意"。他笑了一笑，转身对满脸不高兴的杜竹斋轻声说道：

"竹斋，现在我们两件事——益中收买的八个厂，本月三日抛出的一百万公债，都成了骑虎难下之势，我们只有硬着头皮干到哪里是哪里了！我们好比推车子上山去，只能进，不能退！我打算凑出五十万来再做'空头'，也就是这个道理。益中收买的八个厂不能不扩充，也就是这个道理！"

"冒险的事情我是不干的！"

杜竹斋冷冷地回答，苦闷地摇着头。吴荪甫那样辣硬的话并不能激发杜竹斋的雄心；吴荪甫皱了眉头，再逼进一句："那么，我们放在益中的股本算是白丢！"

"赶快缩手，总有几成可以捞回；我已经打定了主意！"

杜竹斋说的声音有些异样，脸色是非常严肃。

吴荪甫忍不住心里也一跳。但他立即狂笑着挪前一步，拍着杜竹斋的肩膀，大声喊道：

"竹斋！何至于消极到那步田地！不顾死活去冒险，谁也不愿意；我们自然还有别的办法。你总知道上海有一种会打算盘的精明鬼。顶了一所旧房子来，加本钱粉刷装修，再用好价钱顶出去。我们弄那八个厂，最不济也要学学那些专顶房子的精明鬼！不过我们要有点儿耐心。"

"可是你也总得先看看谁是会来顶这房子的好户头？"

"好户头有的是！只要我们的房子粉刷装修得合式，他是肯出好价钱的：这一位就是鼎鼎大名的赵伯韬先生！"

吴荪甫哈哈笑着说，一挺腰，大踏步地在书房里来回地走。

杜竹斋似信非信的看住了大步走的吴荪甫并没说话，可是脸上已有几分喜意。他早就听荪甫说起过赵伯韬的什么托拉斯，他相信老赵是会干这一手的，而且朱吟秋的押款问题老赵不肯放松，这就证明了那些传闻有根。于是他忽然想起刚才朱吟秋有电话给荪甫，也许就为了那押款的事；他正想问，吴荪甫早又踱过来，站在面前很高兴地说道：

"讲到公债，眼前我们算是亏了两万多块，不过，竹斋，到交割还有二十多天，我们很可以反败为胜的，我刚才的划算，错不到哪里去；要是益中有钱，自然照旧可以由益中去干，王和甫跟孙吉人他们一定也赞成，就为的益中那笔钱不好动，我这才想到我们个人去干。这是公私两便的事！就可惜我近来手头也兜不转，刚刚又吃了费小胡子一口拗口风——那真是混蛋！得了，竹斋，我们两个人拼凑出五十万来罢！就那么净瞧着老赵一个人操纵市面，总是不甘心的！"

杜竹斋闭了眼睛摇头，不开口。吴荪甫说的愈有劲儿，杜竹斋心里却是愈加怕。他怕什么武汉方面即刻就有变动不过是唐云山他们瞎吹，他更怕和老赵“斗法”，他知道老赵诡计多端，并且剽劲非常大。

深知杜竹斋为人的吴荪甫此时却百密一疏，竟没有看透了竹斋的心曲。他一而再，再而三地，用鼓励，用反激；他有点生气了，然而杜竹斋的主意牢不可破，他只是闭着眼睛摇头，给一个不开口。后来杜竹斋表示了极端让步似的说了一句：

“且过几天，看清了市面再做罢；你那样性急！”

“不能等过几天呀！投机事业就和出兵打仗一般，要抓得准，干得快！何况又有个神鬼莫测的老赵是对手方！”

吴荪甫很暴躁地回答，脸上的小疱一个一个都红而且亮起来。杜竹斋的脸色却一刻比一刻苍白。似乎他全身的血都滚到他心里，镇压着，不使他的心动摇。实在他亦只用小半个心去听吴荪甫的话，另有一些事占住了他的大半个心：这是些自身利害的筹划，复杂而且轮廓模糊，可是一点一点强有力，渐渐那些杂念集中为一点：他有二十万元的资本“放”在益中公司。他本来以为那公司是吸收些“游资”，做做公债，做做抵押借款；现在才知道不然，他上了当了。那么乘这公司还没露出败相的时候就把资本抽出来罢，不管他们的八个厂将来有多少好处，总之是“一身不入是非门”罢！伤了感情？顾不得许多了！——可是荪甫却还剌剌不休强聒着什么公债！不错，照今天的收盘价格计算，公债方面亏了两万元，但那是益中公司名义做的，四股分摊，每人不过五千，只算八圈牌里吃着了几副五百和！……于是杜竹斋不由得自己微笑起来，他决定了，白丢五千元总比天天提心吊胆那十九万五千元要上算得多呀！可是他又觉得立刻提出他这决定来，未免太突兀，他总得先有点布置。他慢慢地摸着下巴，怔怔地看着吴荪甫那张很兴奋的脸。

似乎有什么东西在他心里打架，吴荪甫的神气叫人看了有点怕；如果他知道了杜竹斋此时心里的决定，那他的神气大概还要难看些。但他并不想到那上头，他是在那里筹划如何在他的二姊方面进言，“出奇兵”煽起杜竹斋的胆量来。他感到自己的力量不能奈何那只是闭眼摇头而不开口的杜竹斋了。

但是杜竹斋在沉默中忽然站起来伸一个懒腰，居然就“自发的”讲起了“老赵”和“公债”来：

“荪甫！要是你始终存了个和老赵斗法的心，你得留心一交跌伤了元气！我见过好多人全是伤在这‘斗’字上头！”

吴荪甫眉毛一挺，笑起来了；他误认为杜竹斋的态度已经有点转机。杜竹斋略顿一顿，就又接着说：

“还有，那天李玉亭来回报他和老赵接洽的情形，有一句话，我觉得很有道理——”

“哪一句话？”

吴荪甫慌忙问，很注意地站起来，走到杜竹斋跟前立住了。

“就是他说的唐云山有政党关系！——不错，老赵自己也有的，可是，荪甫我们何苦呢！老赵不肯放朱吟秋的茧子给你，也就借此借口，不是你眼前就受了拖累——”

杜竹斋又顿住了，踌躇满志地掏出手帕来揩了揩脸儿。他是想就此慢慢地就说到自己不愿意再办益中公司的，可是吴荪甫忽然狞笑了一声，跺着脚说道：

“得了，竹斋，我忘记告诉你，刚才朱吟秋来电话，又说他连茧子和厂都要盘给我了！”

“有那样的事？什么道理？”

“我想来大概是老赵打听到我已经收买了些茧子，觉得再拉住朱吟秋，也没有意思，所以改变方针了。他还有一层坏心思：他知道我现款紧，又知道我茧子已经够用，就故意把朱吟秋的茧子推回来，他是想把我弄成一面搁死了现款，一面又过剩了茧子！总而言之一句话，他是挖空了心思，在那里想出种种方法来逼我。不过朱吟秋竟连那座厂也要盘给我，那是老赵料不到的！”

吴荪甫很镇静地说，并没有多少懊恼的意思。虽然他目下现款紧，但扩充企业的雄图在他心里还是勃勃有势，这就减轻了其他一切的怫逆。倒是杜竹斋脸色有点变了，很替吴荪甫担忧。他更加觉得和老赵“斗法”是非常危险的，他慌忙问道：

“那么，你决定主意要盘进朱吟秋的厂了？”

“明天和他谈过了再定——”

一句话没有完，那书房的门忽然开了，当差高升斜侧着身体引进一个人来，却是唐云山，满脸上摆明着发生了重大事情的慌张神气。荪甫和竹斋都吃了一惊。

“张桂军要退出长沙了！”

唐云山只说了这么一句，就一屁股坐在就近的沙发里，张大了嘴巴搔头皮。

书房里像死一样的静。吴荪甫狞起了眼睛看看唐云山，又看看书桌上纸堆里那一张当天交易所各债票开盘收盘价目的报告表。上游局面竟然逆转么？这是意外的意外呢！杜竹斋轻轻吁了一口气，他心里的算盘上接连拨落几个珠儿：一万，一万五——二万；他刚才满拟白丢五千，他对于五千还可以不心痛，但现在也许要丢到二万，那就不同。

过了一会儿，吴荪甫咬着牙齿嗄声问道：

“这是外面的消息呢，还是内部的？早上听你说，云山，铁军是向赣边开拔的，可不是？”

“现在知道那就是退！离开武长路线，避免无益的牺牲！我是刚刚和你打过电话后就接了黄奋的电话，他也是刚得的消息；大概汉口特务员打来的密电是这么说，十成里有九成靠得住！”

“那么外边还没有人晓得，还有法子挽救。”

吴荪甫轻声地似乎对自己说，额上的皱纹也退了一些。杜竹斋又吁了一声，他心里的算盘上已经摆定了二万元的损失了，他咽下一口唾沫，本能地掏出他的鼻烟壶来。吴荪甫搓着手，低了头；于是突然他抬头转身看着杜竹斋说道：

“人事不可不尽。竹斋，你想来还有法子没有？——云山这消息很秘密，是他们内部的军事策略；目下长沙城里大概还有桂军，而且铁军开赣边，外边人看来总以为南昌吃紧；我们连夜布置，竹斋，你在钱业方面放一个空炮：公债抵押的户头你要一律追加抵押品。混过了明天上午，明天早市我们分批补进——”

“我担保到后天，长沙还在我们手里！”

唐云山忽然很有把握似的插进来说，无端的哈哈笑了。

杜竹斋点着头不作声。为了自己二万元的进出，他只好再一度对益中公司的事务热心些。他连鼻烟也不嗅了，看一看钟，六点还差十多分，他不能延误一刻千金的光阴。说好了经纪人方面由荪甫去布置，杜竹斋就匆匆走了。这里吴荪甫，唐云山两位，就商量着另一件事。吴荪甫先开口：

“既然那笔货走漏了消息，恐怕不能装到烟台去了，也许在山东洋面就被海军截住；我刚才想了一想，只有一条路：你跑香港一趟，就在那边想法子转装到别处去。”

“我也是这么想。我打算明天就走。公司里总经理一职请你代理。”

“那不行！还是请王和甫罢。”

“也好。可是——哎，这半个月来，事情都不顺利；上游方面接洽好了的杂牌军临时变卦，都观望不动，以至张桂军功败垂成，这还不算怎样；最糟的是山西军到现在还没有全体出动，西北军苦战了一个月，死伤太重。弹药也不充足。甚至于区区小事，像这次的军火，办得好好的，也会忽然走了消息！”

唐云山有点颓丧，搔着头皮，看了吴荪甫一眼，又望着窗外；一抹深红色的夕照挂在那边池畔的亭子角，附近的一带树叶也带些儿金黄。

吴荪甫左手叉在腰里，右手指在写字台上画着圆圈子，低了头沉吟。他的脸色渐渐由藐视一切的傲慢转成了没有把握的晦暗，然后又从晦暗中透出一点儿兴奋的紫色来；他猛然抬头问道：

“云山，那么时局前途还是一片模糊？本月底山东方面未必有变动罢？”

“现在我不敢乱说了。看下月底罢，——哎，叫人灰心！”

唐云山苦着脸回答。

吴荪甫突然一声怪笑，身体仰后靠在那纯钢的转轮椅背上，就闭了眼睛。他的脸色倏又转为灰白，汗珠布满了他的额角。他第一次感到自己是太渺小，而他的事业的前途波浪太大；只凭他两手东拉西抓，他委实是应付不了！

送走了唐云山后，吴荪甫就在花园里踯躅。现在最后的一抹阳光也已经去了，满园子苍苍茫茫，夜色正从树丛中爬出来，向外扩张。那大客厅，小客厅，大餐间，二楼，各处的窗洞，全都亮出了电灯光。吴荪甫似乎厌见那些灯光，独自踱到那小池边，在一只闲放着的藤椅子里坐了，重重地吐一口气。

他再把他的事业来忖量。险恶的浪头一个一个打来，不自今日始，他都安然过去，而且扬帆迈进，乃有今天那样空前的宏大规模。他和孙吉人他们将共同支配八个厂，都是日用品制造厂！他们又准备了四十多万资本在那里计划扩充这八个厂；他们将使他们的灯泡，热水瓶，阳伞，肥皂，橡胶套鞋，走遍了全中国的穷乡僻壤！他们将使那些新从日本移植到上海来的同部门的小工厂都受到一个致命伤！而且吴荪甫又将单独接办陈君宜的绸厂和朱吟秋的丝厂。这一切，都是经过了艰苦的斗争方始取得，亦必须以同样艰苦的斗争方能维持与扩大。风浪是意料中事；所谓“道高一尺，魔高一丈！”他，吴荪甫，以及他的同志孙吉人他们，都是企业界身经百战的宿将，难道就怕了什么？

这样想着的吴荪甫不禁独自微笑了。水样凉的晚风吹拂他的衣襟，他昂首四顾，觉得自己并不渺小，而且绝不孤独。他早就注意到他们收买的八个厂的旧经理中有几位可以收为臂助，他将训练出一批精干的部下！只是下级办事员还嫌薄弱。他想起了今天来谋事的吴为成和马景山了。似乎这两个都还有一二可取之处，即使不及屠维岳，大概比那些老朽的莫干丞之类强得多罢？

忽然他觉得身后有人来了，接着一阵香风扑进鼻子；他急回头去看，薄暗中只瞧那颀长轻盈的身段就知道是少奶奶。

“雷参谋来了个电报呢！奇怪得很，是从天津打来的。”

吴少奶奶斜倚在荪甫的藤椅子背上，软声说；那声音稍稍有点颤抖。

“哦！天津？说了些什么话？”

“说是他的事情不久就完，就要回到上海来了。”

吴少奶奶说时声音显然异样，似喜又似怕。然而吴荪甫没有留意到。他的敏活的神经从“天津”二字陡然叠起了一片疑云来了。雷参谋为什么会到了天津？他是带着一旅兵的现役军官！难道就打到了天津么？那么明天的公债市场！——刹那间的心旷神怡都逃走了，吴荪甫觉得浑身燥热，觉得少奶奶身上的香气冲心作呕了。他粗暴地站了起来，对少奶奶说：

“佩瑶，你这香水怪头怪脑！——嗳，进屋子里去罢！二姊还没走么？”

也没等少奶奶回答，吴荪甫就跑了。一路上，他的脑筋里沸滚着许多杂乱的自问和自答：看来应得改做“多头”了？竹斋不肯凑款子可怎么好？拼着那八万元白丢，以后不做公债了罢？然而不行，八万元可以办一个很好的橡胶厂！而且不从公债上打倒赵伯韬，将来益中的业务会受他破坏！……

大客厅里，姑奶奶在那里和小一辈的吴为成絮絮谈话。吴荪甫直走到姑奶奶跟前，笑着说：

“二姊，我和你讲几句话！”

姑奶奶似乎一怔，转脸去望了那同坐在钢琴旁边翻琴书的林佩珊和杜新箨一眼，就点头微笑。吴荪甫一面让姑奶奶先进小客厅去，一面却对吴为成说道：

“你和马景山两个，明天先到我的厂里去试几天，将来再派你们别的事！”

“荪甫，还有一位曾家少爷，他候了半个多月了。也一块儿去试试罢？”

吴少奶奶刚跑进客厅来，赶快接口说，对吴荪甫睃了一眼。吴荪甫的眉头皱了一下，可是到底也点着头。他招着少奶奶到一边附耳轻声说：

“我们到二姊面前撺怂着竹斋放胆做公债，你要说雷参谋是吃了败仗受伤，活活地捉到天津——嗳，你要说得像些，留心露马脚！”

吴少奶奶完全呆住了，不懂得荪甫的用意；可是她心里无端一阵悲哀，仿佛已经看见受伤被擒的雷参谋了。荪甫却微微笑着，同少奶奶走进小客厅。但在关上那客厅门以前，他忽又想起了一件事，探出半个身体来唤着当差高升道：

“打个电话给陆匡时老爷，请他九点钟前后来一趟！”

1932 年

（选自《茅盾选集》第一卷，四川文艺出版社，1994）

【学习提示】

1933 年 1 月，上海开明书店出版了茅盾的《子夜》。它既是左翼文学的杰出代表，同时也标志着现代长篇小说创作进入了成熟期。

1930年春末夏初，几件大事左右了当时中国的政局。首先是国民党内部的争权斗争又一次爆发为内战。它始终左右着公债市场，进而影响着民族工业的发展。其次是1929年下半年开始的世界性资本主义国家经济危机开始波及我国。帝国主义为了转嫁危机，在中国大量倾销过剩产品，排挤国货，在国际上又争夺中国出口市场，使中国民族工业内外受挫，尤其是以外销为主的轻工业，濒于破产。资本家为了挽救自己，就加强了对工人的剥削，延长工作时间，降低工资，大批开除工人，这就引起了工人的猛烈反抗。最后是处于三座大山残酷压迫下的农民在中国共产党的领导下武装起义，势已燎原。书名“子夜”便喻指黎明前最黑暗的时刻。

《子夜》以上海的工业、金融业为中心，呈现了20世纪30年代初期中国社会的急剧变化和时代风貌。这里有帝国主义转嫁经济危机造成的30年代社会经济大崩溃中买办资产阶级与民族资产阶级之间的殊死搏斗，有工人的罢工斗争，有农民的破产和暴动，有中小民族工业的被侵吞，有公债市场上惊心动魄的斗法，有军阀混战中各派势力的勾结，还有知识分子的苦闷与毫无出路……对整个大时代丰富性、复杂性的准确再现使《子夜》具有一种史诗风范。

同时，小说又绝非仅仅是对事件和现象的展示，更为深刻之处在于，它通过民族资本家吴荪甫的失败，形象地说明了“中国没有走向资本主义发展的道路，中国在帝国主义、封建势力和官僚买办阶级的压迫下，是更加半封建半殖民地化了”这一事实。

《子夜》的成功之处还在于它塑造了形形色色的人物，有官僚买办资本家和民族资本家，有公债市场上的各种投机者、交易所的经纪人、逃亡地主和小官吏、资产阶级的少爷小姐、知识分子、军官和政客、交际花和各种出卖灵肉的人，还有工人、农民、革命者以及工贼。众多人物组成一个庞大的群体，生动地再现了时代的众生相。

《子夜》的艺术成就之一是宏伟而严谨的结构设计。作者以吴老太爷逃到上海起笔，巧妙地交代了土地革命这一历史背景。吴老太爷的猝死又象征了封建地主阶级的时代已经结束，中国新兴资产阶级的历史悲喜剧的幕布正在拉开。第二章、第三章两章借吴老太爷的丧事，使主要人物登场，并由吴荪甫引出三条战线。第四章通过农村暴动贯串了曾氏父子等一些人物。第五章到第八章写吴荪甫在三条战线同时作战，最后以胜利告终，形势暂时得到缓和。第九章到第十二章写赵吴斗法。第十三章到第十六章写工人运动，将吴荪甫置于两面作战的困境中。第十七章到第十九章写吴荪甫背水一战，最终以失败告终。为了与纷繁复杂的生活相适应，小说采用蛛网式的结构，“把好几个线索的头，同时提出来，然后，再交错地发展下去”，力求张弛结合，富于节奏感。在结构的细部处理上，作者也极具匠心，如以吴老太爷避难开头，以吴荪甫灰溜溜到牯岭避暑结尾，首尾呼应，气韵圆融，而又富于象征意义。

《子夜》的另一艺术成就是成功的心理描写。茅盾在创作中努力把时代背景、社会环境与人物的心理统一起来加以表现。他既善于通过人物的动作、对话展示人物复杂的心态，又善于对人物的心理进行直接的剖析，其中对潜意识、幻觉、心理变态的描写，使得作品的心理描写更加复杂细微。

总之，无论是就思想内容还是就艺术成就来说，《子夜》都无愧于瞿秋白的高度评价:“这是中国第一部写实主义的成功的长篇小说。”

【思考练习题】

1. 联系《子夜》试论茅盾小说创作的主要特色，特别是《子夜》在艺术结构上有何特点。

2. 吴荪甫形象的典型意义体现在哪些方面?

3. 吴荪甫与赵伯韬之间的明争暗斗体现了作品怎样的思想内涵?

家（节选）

巴　金

二十六

就在琴伤心痛哭的这个晚上，夜深人静的时候，鸣凤被唤到太太的面前。在黯淡的清油灯光下，露出周氏的那张虽然生得相当动人、但是没有表情的胖脸。鸣凤不知道太太要对她说些什么话，然而她料想太太不会带给她好的消息。她又想起了这天下午冯老太太过来看老太爷和陈姨太的事情。她怀着颤抖的心，立在周氏的面前，甚至她的眼光也有点摇晃不定。在说话的时候，周氏的淡淡擦了一点白粉的圆脸渐渐变为浮肿而成了一个很大的圆东西，不停地在她的眼前摇荡，使她更加胆怯了。

"鸣凤，你在公馆里头做了这几年，也做得够了，"周氏开始慢腾腾地说，但是依旧比别人说得快些，而且以后愈说愈快，好像一盘珠子在不停地滚动一般。"我想你一定愿意早些出去。今天老太爷吩咐说，要送你到冯家去，给冯老太爷做小①。下个月初一是个好日子，冯家就要在那天接人。今天是二十八，离初一还有三天。明天起你不必做事情了，你好好休息两天，等着到冯家去。……你到冯家去要好好地服侍冯老太爷两夫妇，听说冯老太爷脾气古怪，冯老太太脾气也不大好，你遇事要将就他们，不要使性子。冯家还有老爷、太太、孙少爷。你也应该尊敬他们。你在我房里做了几年丫头，也没有得到多少好处。现在给你找到这门亲事，我也算放了心。冯家很有钱，只要你在那边安分守己，你一生穿衣吃饭一点也不用忧愁。这样也比五太太的喜儿好得多。……你服侍我几年，我没有什么报答你，我明天就叫裁缝来给你做两身好衣服，还给你预备点首饰……"她还要说下去，却被鸣凤的哭声打岔了。

这些话的每一个字都像利刀刺进鸣凤的心，她只得任它们乱刺，没法防卫自己。她的希望完全破灭了。人们甚至连她所赖以生活的爱情也要给她夺去了。把自己的青春拿去服侍一个脾气古怪的老头子，得不到一点怜惜。在那种家庭里做姨太太的人的命运是极其明显的：流眼泪，吃打骂，受闲气，依旧会成为她的生活里的重要事情。所不同的是她还要把自己的身体交给那个脾气古怪的老头子蹂躏。做姨太太，这是何等可耻的事。在平日她们丫头的骂人术语里，"给人家做小"也就是一句。然而在高家经过了八年的忠心的苦役之后，她所得到的报酬，却是去做姨太太，给人家蹂躏，让人家折磨。她的前途依然是一片浓密的黑暗，那一线被纯洁的爱情所带来的光明也给人家摧残了。一个青年的和善的面颜在她的面前溜了过去，接着许多狞笑的歪脸恶狠狠地向她逼来。她害怕地用手遮住脸，她好像在跟什么可怕的幻象挣扎。忽然一个声音在她的耳边响起来，好像有人在说："一切都是命中注定了的。你不能够改变它。"于是一种不可抗拒的

① 小，即小老婆。

绝望的感觉紧紧地抓住了她。她忍不住伤心地哭起来。

周氏的话像珠子一般地滚着。她一口气说了许多，很难马上止住。现在她才注意地鸣凤的这种不寻常的举动，而且也听见了这个少女的悲惨的哭声，她惊愕地闭了口，注意地观察鸣凤的举动。她还不能够明白鸣凤为什么要这样伤心。但是她已经被这个少女的哭声感动了。她温和地问道："鸣凤，怎么了？你哭什么？"

"太太，我不愿意去！"鸣凤的口里迸出了哭声道，"我宁愿在公馆里做一辈子的丫头，服侍太太，服侍小姐，服侍少爷。……太太，我只求你不要送我出去，我在公馆里事情还没有做得够！……我才只做了八年。……太太，我年纪还轻，请你不要把我送出去。……"

这种情形触动了周氏的平常很少被触到的母性，对这婢女她突然感到了母亲对女儿的爱怜，她带着凄然的微笑说："本来我也怕你不愿意，实在说冯老太爷的年纪太大了，论年纪你可以做他的孙女。然而这是老太爷的意思，我也只得听他的话。不过只要你到了那边好好地服侍冯老太爷，日子也并不怎样难过，倒强似嫁一个贫家男人，连衣食也顾不周到。……"

"太太，我宁愿受冻挨饿，我不情愿给人家做小……"鸣凤吐出了这句话以后，觉得自己的全身的力量都用尽了，她站不住，跪下来，抓着周氏的膝头哀求道："太太，请你不要把我送走，我愿意在公馆里做一辈子的丫头。我愿意服侍你一辈子。……太太，可怜我，我年纪轻！……你打我、骂我都可以，只是不要把我送到冯家去。……我怕，我怕过那种日子。……太太，请你发点慈悲，可怜可怜我罢。……太太，我不能去啊！"她说到这里，一阵更大的悲哀压倒了她，她觉得有什么东西潮也似地从她的心底直涌上来，无数凄惨的话到了她的喉边又被她咽下去，她的口已经被什么东西塞住了。她不能再说一句话，只顾低声哭着，愈哭愈伤心，她觉得要把她的心哭出来才痛快。

周氏被鸣凤这一哭引起了自己的心事。她看见那个跪在她面前把头俯在她的膝上哀哀哭着的少女，也觉得凄然。这时候她的母性完全被触动了。她并不推开鸣凤，却温和地用手摩抚鸣凤的头发，像母亲对女儿那样，她爱怜地说："我也知道你太年轻，老实说我也不愿意把你送到冯家去。……然而这是老太爷答应了的。我们老太爷的脾气也很古怪，他说要怎么办就要怎么办，我做媳妇的怎敢违抗他？……现在没有法子挽回了。无论如何你初一一定要去。……你不要哭了，哭也没有用。……其实到了冯家也会有好日子过。你不要怕，好心的人终有好报的。……你快起来，回屋去睡罢。"

鸣凤把周氏的腿抱得愈紧，她觉得这时候只有这一双腿可以救她。她绝望地作最后的努力，哀声说："太太，你当真不肯救我？你一点也不可怜我吗？……救救我罢，我宁死也不要到冯家去！"她抬起头来把满是泪痕的脸对着周氏的眼睛，她拉住太太的一只手哀求地说："太太，救救我罢。"声音非常凄惨。

周氏不住地摇着头凄然说道："现在实在没有法子可想。我自己要不放你去，也不行。老太爷的话，连我也不敢不听。……快起来，好好地去睡罢。"她说着便挣开手去拉鸣凤的膀子。

鸣凤默默地让周氏拉她起来。她茫然地立在周氏的面前，觉得好像是在做梦。她痴痴地立了片刻，又把眼睛向四面看，周围是阴沉沉的。她的哭声止了。她还在抽泣。最后她连抽泣也止住了。她极力忍住悲哀，拉起衫子的底襟角揩了眼泪，用冷冷的、但依旧是凄凉的声音说："太太，我听你的话……"她还想说什么，但是看见周氏疲倦地站起来，又听见周氏说："好，只要你肯听话，我也就放心了。"她知道再留在这里多说也等于白说。太太的脾气她已经摸熟了。她无精打彩地说一声："太太，我去睡了，"便慢慢地移动脚步走出了太太的房间。她用手按住自己的胸膛，她怕她的心会炸裂。周氏看见鸣凤出去了，望着她的背影叹了两口气。周氏这时候很同情鸣凤，因为自己不能够帮助她而感到痛苦。可是过了一个钟头，太太又把这个少女的事情忘在脑后了。

天井里只有一片黑。鸣凤看不见一个人影。黯淡的灯光从觉慧的房间里射出来。她本来想回到仆婢室里去睡，却被这灯光引诱着轻脚轻手地走到了觉慧的窗下。三扇玻璃窗都被白纱窗帷遮住，灯光从细孔里漏出来，投了美丽的花纹在地上。这窗帷，这玻璃窗，这房间，如今在她的眼前变得非常可爱了。她不闪眼地立在窗前石阶上，仰望着白纱窗帷。她屏住呼吸，不做出一点声音，唯恐惊动里面的人。过了一些时候，白纱窗帷渐渐地带了空幻的色彩，而变得更加美丽了。模糊中在里面出现了美丽的人物，男男女女，穿得很漂亮，态度也很轩昂。他们走过她的面前，带着轻视的眼光看她一眼，便急急地掉过头走开了。忽然在人丛中出现了她朝夕想念的那个人，他投了一瞥和善的眼光在她的脸上。他站住，好像要跟她说话，但是后面一群人猛然拥挤过来，把他挤得不见了。她注意地用眼光去找寻他，然而在她面前白纱窗帷静静地遮住了房里的一切。她看不见别的什么。她走近窗户想伸起头去望里面，但是窗台较高，她的头达不到。她试了两次，都没有用，便绝望地退了几步。一个不留心，她把手触到了窗板，发出一个低微的响声，接着房里起了一声咳嗽，正是那个人的声音。她才知道他还没有睡。她盼望他走到窗前揭起窗帷来看她，她在那里等待着。然而里面又寂然了，只有笔落在纸上的极其低微的声音。她又走去在窗板上敲了两下，她盼望他会听见敲声。但是这一次他只在里面做出两三下响声，好像是移动了椅子，接着落笔的声音更勤了些。她知道轻敲是没有用的，待要重敲，又害怕惊动了别人。因为他和他的哥哥同住在这间屋里。然而她还怀着最后的希望，又一次走到窗前轻轻敲了三下，又低声叫了一次："三少爷"，便退后两步，静静地站着。她想这一次他一定会出现了。但是过了一些时候还是没有动静，只是落笔的声音更急了。接着她又听见他放下笔，用惊讶的声音自言自语："怎么就两点钟了？……明早晨八点钟还有课。……"于是落笔的声音又起了。

她痴痴地立在那里，她明白她再要敲也是没有用的，他不会听见。她并不怨他，她反而更加爱他。他的这两句话还在她的耳边荡漾，在她，它们比音乐还好听。她默默地回味着这两句话，她觉得他就在她的身边，活泼的，热烈的，跟平时一样。忽然另一个思想又来到她的脑子里，她想，他正需要着一个女人来爱他，来照料他，来服侍他。她又知道在这个世界上并没有人像她这样地爱他，她真愿意为他做一切的事情。然而同时她又知道有一堵墙横在她跟他的中间，而且现在人们就要送她到冯家去了，并不要多久，就在三天以后。那时候她便成了冯家的人。她再没有机会看见他了。任她怎样受人侮辱，怎样呻吟哀叫，他也不会知道，也不会来救她了。分离，永久的分离，这种情形比死别还要难堪。她觉得这样的生活是值不得留恋的了。当她向太太说"宁死也不要到冯家去"的时候，她并非拿这句话来威胁太太，她确实想到了那个"死"字。大小姐曾经屡次教过她，这个“死”字便是薄命女子的唯一的出路，她很相信这个。

房里一声长叹把她从纷乱的思想中唤醒过来。她凄凉地朝四面望了一下。周围静寂寂没有人声，黑魆魆没有光明。她忽然记起来几个月以前也曾经有过跟这相似的情景，那时候是他在窗外而她在房里。而且那时的传闻如今却成了事实。她又细细地回味着那一晚的情景。她想起他对她的态度，又想起她对他说过的话：“我向你赌咒，我决不去跟别人……”她的心好像被什么东西绞着，痛得厉害，她的眼睛又被泪珠打湿了。房里的灯光爱怜地抚着她的眼睛。她带着贪婪的眼光看那灯光，一种欲望渐渐地抓住了她。她想不顾一切地跑进房里，跪在他的面前，向他哭诉她的痛苦，并且哀求他把她从不幸的遭遇中拯救出来。她愿意永远做他的奴隶，爱他，服侍他。

她决定要跑进去了。然而……眼前一阵漆黑。房里的灯光突然灭了。她睁大眼睛，但是她什么也看不见。她拔不动脚，孤零零地立在黑暗里。无情的黑暗从四面八方包围过来。过了一些时候，她才提起脚，慢慢地走回自己的房间去。一路上什么都不存在了。她只顾在黑暗中摸索着，费了许久的工夫，她才摸到自己的房间，推开半掩着的门进去。

瓦油灯上结了一个大灯花，使微弱的灯光变得更加阴暗。屋子里到处都是阴影。两边的几张木板床上摆了一些死尸似的身体。粗促的鼾声从肥胖的张嫂的床上发出来，四处撞击，显得很可怕。鸣凤一进门便吃了一惊，连忙站住，打起精神四面一看。她懒洋洋地走到桌子前，把灯芯朝外拨，灯花去掉。屋子里马上亮了许多。她正要解衣服，忽然一阵悲哀压倒了她，她支持不住就扑倒在床上哭起来，头紧紧地压在被上，不多几时就把被褥弄湿了一滩。她愈想愈伤心。后来她的哭声把老黄妈惊醒了。老黄妈用不十分清楚的声音问：“鸣凤，你在哭什么？”她不回答，只顾哭着。老黄妈劝了她两句，翻一个身又睡熟了，剩下鸣凤一个人伤心地哭着，一直哭到她进入梦中的时候。

从第二天起鸣凤的态度完全改变了。她整天不露一个笑脸，做事情也是没精打彩的，而且害怕跟人接近。她看见一个人，马上就疑心她的事情已经被那个人知道了，她就在那个人的脸上看见了轻视或嘲笑的表情，她连忙躲开。她看见两三个女佣或仆人轿夫在一起谈话，她就疑心她们（或他们）在谈论她的事情。“姨太太”、“小老婆”、“小”，这些字眼好像到处都有人在讲，后来甚至主人们也谈论起来了。她好像听见五老爷对人说：“好个标致的姑娘，白白送给老头子做姨太太，真可惜。”又有一次她似乎在厨房里听见那个肥胖的张嫂鄙夷地说：“呸，年纪轻轻就给死老头子做小。再有多少钱我也不干嘞！”到处她都听见这一类的嘲骂的语句。她什么地方都不敢去了，除了每天两顿饭以外，其余的时间里她不是躲在自己房中就是藏在花园里。有时候婉儿、倩儿或喜儿来找她谈些话。但是她们也很忙，只能够偷偷地抽出一点空时间来看她，安慰她。老黄妈温和地跟她谈过一次话。她不等老黄妈讲完就借故跑开了。她害怕多听安分守己、顺从命运这一类的话。

这两天鸣凤很想找到觉慧，跟他谈谈她的事。她时时刻刻等着这个机会。然而近来觉慧弟兄似乎比从前更忙，他们每天早晨绝早就出去上学，下午很迟才回来，在家里吃过饭，马上又出去，往往到九十点钟才回家，回来就关在房里写文章、读书。她难得见到觉慧一面，即使两人遇见了，也不过是他投一瞥爱怜的眼光过来，温和地看她几眼，或者对她微笑，却难得对她讲几句话。自然这些也是爱的表示。她觉得他的忙碌是正当的，虽然因此对她疏远一点，她也并不怪他。

然而实际上她就只有两天的时间。这么短！她必须跟觉慧谈一次话，把她的痛苦告诉他，看他有什么意见。无论如何她必须同他商量。然而他仿佛完全不知道这一回事情，他并不给她一个这样的机会。花园里没有他的脚迹。只有在吃午饭的时候，她才可以见到他，但是他放下饭碗就匆忙地走了，她待要追上去说话也来不及。晚上他回家很迟。再要找像从前那样的跟他一起谈笑的机会，是不可能的了。

三十日终于到了。鸣凤的事公馆里知道的人并不太多，觉慧一点也不知道，因为：一则，在外面他们的周报社里发生了变故，他用了全副精神去应付这件事，就没有心肠管家里的事情；二则，他在家里时也忙着写文章或者读书，没有机会听见别人谈鸣凤的事。

三十日在觉慧看来不过是这个月的最后一日，然而在鸣凤却是她一生的最后一天了，她的命运就要在这一天决定了：或者永远跟他分离，或者永远和他厮守在一起，然而事实上后一个希望却是非常渺茫。她自己也知道。自然她满心希望他来拯救她，让她永远和他厮守在一起；但是在他们两个人的中间横着那一堵不能推倒的墙，使他们不能够接近。这就是身份的不同。她是知道的。她从前在花园里对他说“不，不……我没有那样的命”时，她就已经知道这个了。虽然他答应要娶她，然而老太爷、太太们以及所有公馆里的人全隔在他们两个人的中间，他又有什么办法？在老太爷的命令下现在连太太也没有办法了，何况做孙儿的他？她的命运似乎已经决定，是无可挽回的了。然而她还不能放弃最后的希望，她不能甘心情愿地走到毁灭的路上去，而没有一点留恋。她还想活下去，还想好好地活下去。她要抓住任何的希望。她好像是在欺骗自己，因为她明明知道连一点希望也没有了，而且也不能够有了。

这一天她怀着颤抖的心等着跟觉慧见面。然而觉慧回来的时候已经是晚上九点钟了。她走到他的窗下，听见他的哥哥说话的声音，她觉得胆怯了。她在那里徘徊着，不敢进去，但是又不忍走开，因为要是这一晚再错过机会，不管是生与死，她永远不能再看见他了。

好容易挨过了一些时候，屋里起了脚步声，她知道有人走出来，便往角落里一躲，果然看见一个黑影从里面闪出来。这是觉民。她看见他走远了，连忙走进房里去。

觉慧正埋着头在电灯光下面写文章，他听见她的脚步声并不抬起头，也不分辨这是谁在走路。他只顾专心写文章。

鸣凤看见他不抬头，便走到桌子旁边胆怯地但也温柔地叫了一声：“三少爷。”

“鸣凤，是你？”他抬起头惊讶地说，对她笑了笑。“什么事？”

“我想看看你……”她说话时两只忧郁的眼睛呆呆地望着他的带笑的脸。她的话没有说完，就被他接下去说：

“你是不是怪我这几天不跟你说话？你以为我不理你吗？”他温和地笑道，“不是，你不要起疑心。你看我这几天真忙，又要读书，又要写文章，还有别的事情。”他指着面前一大堆稿件、几份杂志和一叠原稿纸对她说：“你看我忙得跟蚂蚁一样。……再过两天就好了，我就把这些事情都做完了，再过两天。……我答应你，再过两天。”

“再过两天……”她绝望地悲声念着这四个字，好像不懂它们的意义，过后又茫然地问道:“再过两天?……”

“对,”他笑着说,“再过两天,我的事情就做完了。只消等两天。再过两天,我要跟你谈许许多多的事情。”他又埋下头去写字。

“三少爷,我想跟你说两句话。……”她极力忍住眼泪,不要哭出声来。

“鸣凤,你不看见我这样忙?”他短短地说,便抬起头来,看见她的眼里闪着泪光,他马上心软了。他伸手去捏了捏她的手,又站起来,声音柔和地关心问道:“你受了什么委屈吗?不要难过。”他真想丢开面前的原稿纸,带着她到花园里好好地安慰她。可是他马上又想起明天早晨就要交出去的文章,想起周报社的斗争,便改变了主意说:“你忍耐一下,过两天我们好好地商量,我一定给你帮忙。我明天会找你,现在你让我安安静静地做事情。”他说完,放下她的手,看见她还用期待的眼光在看他,他一阵感情冲动,连自己说不出是为了什么,他忽然捧住她的脸,轻轻地在她的嘴上吻了一下,又对她笑了笑。他回到座位上,又抬起头看了她一眼,然后埋下头,拿起笔继续做他的工作。但是他的心还怦怦地跳动,因为这是他第一次吻她。

鸣凤不说一句话,她痴呆地站在那里。她甚至不知道自己在这时候想些什么,又有什么样的感觉。她轻轻地摩抚她的第一次被他吻了的嘴唇。过了一会儿她又喃喃地念着:“再过两天……”

这时外面起了吹哨声,觉慧又抬起头催促鸣凤:“快去,二少爷来了。”

鸣凤好像从梦中醒过来似的,她的脸色马上变了。她的嘴唇微微动着,但是并没有说出什么。她的非常温柔而略带忧郁的眼光留恋地看了他几眼,忽然她的眼睛一闪,眼泪流了下来,她的口里迸出了一声:“三少爷。”声音异常凄惨。觉慧惊奇地抬起头来看,只看见她的背影在门外消失了。

“女人的心理真古怪,”他叹息地自语道,过后又埋下头写字。

觉民走进房里,第一句话就问:“刚才鸣凤来过吗?”

“嗯,”觉慧过了半晌才简单地答道。他依旧在写字,并不看觉民。

“她一点也不像丫头,又聪明,又漂亮,还认得字。可惜得很!……”觉民自语似地叹息道。

“你说什么?你可惜什么?”觉慧放下笔,吃惊地问。

“你还不晓得?鸣凤就要嫁了。”

“鸣凤要嫁了!哪个说的?我不相信!她这样年轻!”

“爷爷把她送给冯乐山做姨太太了。”

“冯乐山?我不相信!他不是孔教会里的重要分子吗?他六十岁了,还讨小老婆?”

“你忘记了去年他们几个人发表梨园榜,点小旦薛月秋做状元,被高师的方继舜在《学生潮》上面痛骂了一顿?他们那种人什么事都做得出来,横竖他们是本省的绅士,名流。明天就是他接人的日子。我真替鸣凤可惜。她今年才十七岁!”

“我怎么早不晓得?……哦,我明明听见过这样的消息,怎么我一点儿也记不起来?”觉慧大声说,他马上站起来,一直往外面走,一面拼命抓自己的头发,他的全身颤抖得厉害。

“明天!”“嫁!”“做姨太太!”“冯乐山!”这些字像许多根皮鞭接连地打着觉慧的

头，他觉得他的头快要破碎了。他走出门去，耳边顿时起了一阵悲惨的叫声。突然他发现在他的面前是一个黑暗的世界。四周真静，好像一切生物全死灭了。在这茫茫天地间他究竟走向什么地方去？他徘徊着。他抓自己的头发，打自己的胸膛，这都不能够使他的心安静。一个思想开始来折磨他。他恍然明白了。她刚才到他这里来，是抱了垂死的痛苦来向他求救。她因为相信他的爱，又因为爱他，所以跑到他这里来要求他遵守他的诺言，要求他保护她，要求他把她从冯乐山的手里救出来。然而他究竟给了她什么呢？他一点也没有给。帮助，同情，怜悯，他一点也没有给。他甚至不肯听她的哀诉就把她遣走了。如今她是去了，永久地去了。明天晚上在那个老头子的怀抱里，她会哀哀地哭着她的被摧残的青春，同时她还会诅咒那个骗去她的纯洁的少女的爱而又把她送进虎口的人。这个思想太可怕了，他不能够忍受。

去，他必须到她那里去，去为他自己赎罪。

他走到仆婢室的门前，轻轻地推开了门。屋里漆黑。他轻轻地唤了两声“鸣凤”，没有人答应。难道她就上床睡了？他不能够进去把她唤起来，因为在那里还睡着几个女佣。他回到屋里，却不能够安静地坐下来，马上又走出去。他又走到仆婢室的门前，把门轻轻地推开，只听见屋里的鼾声。他走进花园，黑暗中在梅林里走了好一阵，他大声唤：“鸣凤”，听不见一声回答。他的头几次碰到梅树枝上，脸上出了血，他也不曾感到痛。最后他绝望地走回到自己的房里。他看见屋子开始在他的四周转动起来……

其实这时候他所寻找的她并不在仆婢室，却在花园里面。

鸣凤从觉慧的房里出来，她知道这一次真正是：一点希望也没有了。她并不怨他，她反而更加爱他。而且她相信这时候他依旧像从前那样地爱她。她的嘴唇还热，这是他刚才吻过的；她的手还热，这是他刚才捏过的。这证明了他的爱，然而同时又说明她就要失掉他的爱到那个可怕的老头子那里去了。她永远不能够再看见他了。以后的长久的岁月只是无终局的苦刑。这无爱的人间还有什么值得留恋？她终于下了决心了。

她不回自己的房间，却一直往花园里走去。她一路上摸索着，费了很大的力，才走到她的目的地——湖畔。湖水在黑暗中发光，水面上时时有鱼的唼喋声。她茫然地立在那里，回想着许许多多的往事。他跟她的关系一幕一幕地在她的脑子里重现。她渐渐地可以在黑暗中辨物了。一草一木，在她的眼前朦胧地显露出来，变得非常可爱，而同时她清楚地知道她就要跟这一切分开了。世界是这样静。人们都睡了。然而他们都活着。所有的人都活着，只有她一个人就要死了。过去十七年中她所能够记忆的是打骂，流眼泪，服侍别人，此外便是她现在所要身殉的爱。在生活里她享受的比别人少，而现在在这样轻的年纪，她就要最先离开这个世界了。明天，所有的人都有明天，然而在她的前面却横着一片黑暗，那一片、一片接连着一直到无穷的黑暗，在那里是没有明天的。是的，她的生活里是永远没有明天的。明天，小鸟在树枝上唱歌，朝日的阳光染黄树梢，在水面上散布无数明珠的时候，她已经永远闭上眼睛看不见这一切了。她想，这一切是多么可爱，这个世界是多么可爱。她从不曾伤害过一个人。她跟别的少女一样，也有漂亮的面孔，有聪明的心，有血肉的身体。为什么人们单单要蹂躏她，伤害她，不给她一瞥温和的眼光，不给她一颗同情的心，甚至没有人来为她发出一声怜悯的叹息！她顺从地接受了一切灾祸，她毫无怨言。后来她终于得到了安慰，得到了纯洁的、男性的爱，找到了她崇拜的英雄。她满足了。但是他的爱也不能拯救她，反而给她添了一些痛苦的回忆。他的爱曾经允许过她许多美妙的幻梦，然而它现在却把她丢进了黑暗的深渊。她爱生活，她爱一切，可是生活的门面面地关住了她，只给她留下那一条堕落的路。她想到这里，那条路便明显地在她的眼前伸展，她带着恐怖地看了看自己的身子。虽然在黑暗里她看不清楚，然而她知道她的身子是清白的。好像有什么人要来把她的身子投到那条堕落的路上似的，她不禁痛惜地、爱怜地摩抚着它。这时候她下定决心了。她不再迟疑了。她注意地看那平静的水面。她要把身子投在晶莹清澈的湖水里，那里倒是一个很好的寄身的地方，她死了也落得一个清白的身子。她要跳进湖水里去。

忽然她又站住了。她想她不能够就这样地死去，她至少应该再见他一面，把自己的心事告诉他，他也许还有挽救的办法。她觉得他的接吻还在她的唇上燃烧，他的面颜还在她的眼前荡漾。她太爱他了，她不能够失掉他。在生活中她所得到的就只有这一点，就只有他的爱这一点。难道这一点她也没有权利享受吗？难道她一生连这么小的幸福也不该享受吗？为什么所有的人还活着的时候，她在这样轻的年纪就应该离开这个世界？这些问题一个一个在她的脑子里盘旋。同时在她的眼前又模糊地现出了一幅乐园的图画，许多跟她同年纪的有钱人家的少女在那里怎样地嬉戏，笑谈，享乐。她知道这不是幻象，在那个无穷大的世界中到处都有这样的幸福的女子，到处都有这样的乐园，然而现在她却不得不在这里断送她的年轻的生命。就在这个时候也没有一个人为她流一滴同情的眼泪，或者给她送来一两句安慰的话。她死了，对这个世界，对这个公馆并不是什么损失，人们很快地就忘记了她，好像她不曾存在过一般。“我的生存就是这样地孤寂吗？”她想着，她的心里充满着无处倾诉的哀怨。泪珠又一次迷糊了她的眼睛。她觉得自己没有力量支持了，便坐下去，坐在地上。耳边仿佛有人接连地叫“鸣凤”，她知道这是他的声音，便止了泪注意地听。周围是那样的静寂，一切人间的声音都死灭了。她静静地倾听着，她希望再听见同样的叫声，可是许久，许久，都没有一点儿动静。她完全明白了。他是不能够到她这里来的。永远有一堵墙隔开他们两个人。他是属于另一个环境的。他有他的前途，他有他的事业。他应该做一个伟大的人。她不能够拉住他，她不能够妨碍他，她不能够把他永远拉在她的身边。她应该放弃他。他的存在比她的更重要。她不能让他牺牲他的一切来救她。她应该去了，在他的生活里她应该永久地去了。事情已经到了这样，如果不牺牲他，便无可挽回了。然而对她来说，他比她自己还更宝贵，她甘愿牺牲她自己。她这样想着，就定下了最后的决心。她又感到一阵心痛。她紧紧地按住了胸膛。她依旧坐在那里，她用留恋的眼光看着黑暗中的一切。她还在用思想。她所想的只是他一个人。她想着，脸上时时浮出凄凉的微笑，但是眼睛里还有泪珠。

最后她懒洋洋地站起来，用极其温柔而凄楚的声音叫了两声：“三少爷，觉慧，”便纵身往湖里一跳。

平静的水面被扰乱了，湖里起了大的响声，荡漾在静夜的空气中许久不散。接着水面上又发出了两三声哀叫，这叫声虽然很低，但是它的凄惨的余音已经渗透了整个黑夜。不久，水面在经过剧烈的骚动之后又恢复了平静。只是空气里还弥漫着哀叫的余音，好像整个的花园都在低声哭了。

（选自《巴金文集》第四卷，人民文学出版社，1958）

【学习提示】

巴金（1904—2005），原名李尧棠，字芾甘，祖籍浙江嘉兴，生于四川成都。巴金出身于官僚地主大家庭，十多岁时，父母相继去世。他对大家庭内部的钩心斗角和相互倾轧以及封建家庭的虚伪、丑恶，有着深切的体验和洞察。因此，巴金对社会上一切压制人性、妨碍个性发展的专制制度都深恶痛绝，奉行“人类至上”的人道主义思想。新文化运动的爆发更使他受到新思潮的鼓舞。在此期间他阅读了大量的西方社会主义的书籍及《新青年》等新文化刊物，并与朋友一起成立社团，办刊物，印传单等，批判现存的社会制度。1925年，高中毕业后在上海从事社会活动和编译工作。1927年1月，巴金去法国求学，大量阅读法国大革命时期的思想文化作品，特别是卢梭、伏尔泰等人的著作，还研读并翻译了无政府主义者克鲁泡特金等人的著作。这对他以后的人生信念和人生道路产生了很大的影响。

1928年，面对革命被镇压的苦闷，巴金在法国怀着满腔激情写下了第一部带有自传色彩的中篇小说《灭亡》。正是这部作品，促使巴金走上了文学创作的道路，从此创作成为他生命中不可缺少的一部分，成为他的一种特殊生活方式。他的以《灭亡》《爱情三部曲》为代表的早期小说大多涉及域外题材，表现了战争与和平、人性的善与恶及自由、平等与博爱等永恒的主题，但在艺术上显得比较粗糙和幼稚。

抗日战争全面爆发后发表的《火》（第一部于1940年出版，第二部于1941年出版，第三部于1944年出版）、《憩园》（1944）、《第四病室》（1946）、《寒夜》（1947）代表了巴金美学理想的最高水平。

巴金还是一位极有成就的散文家，晚年创作的由150多篇散文结集而成的《随想录》，堪称其散文创作的高峰。作者既发出了对历史的深沉控诉和批判，又怀着强烈的自省意识无情地解剖了自己的心理和行为。

1931年4月至1932年5月在《时报》上连载、1933年由开明书店出版的长篇小说《家》，发表时原题为“激流”，出版单行本时被改为“家”，是现代文学史上最畅销的作品之一。

《家》以爱情故事为情节发展的线索，表现了一个封建旧家庭的衰败和年青一代的觉醒，尤其以觉慧与鸣凤，觉新与钱梅芬、李瑞珏以及觉民和琴等几对年轻人爱情上的不同遭遇和不同的人生选择为主干。《家》中写到的人物有六七十个，最主要的是高老太爷、觉新和觉慧三个典型人物。高老太爷是整个高家的最高统治者，也是封建专制制度的人格化身。他掌握着高家所有人的命运，专横、残暴而虚伪，《家》中发生的一系列悲剧，莫不与他密切相关。觉慧则是年青一代叛逆者的代表，作者称他是一个“幼稚而大胆的叛徒”。觉慧的大哥觉新则是作品中最见艺术功力的人物形象，也是巴金贡献给新文学的一个不朽的文学典型。这个人物最主要的个性特征是双重人格。一方面，觉新和其他五四青年一样，受过新思潮的浸染和熏陶，他清醒地意识到了封建旧家庭的罪恶和必然灭亡的命运；另一方面，他本人是这个封建家庭和封建制度的产物，“长房长孙”的特殊地位又进一步加剧了他对这个旧家庭的道义责任感。日复一日，年复一年，他只能在牺牲自己和牺牲别人（包括自己所爱的人）之间委曲求全，其结果只能是害人害己。这一形象对于揭示中国现代知识分子的软弱性具有重要意义。

《家》标志着巴金的小说艺术走向成熟。它克服了《灭亡》等早期小说叙事不足的缺陷，却保持了作家在创作时那青春的热情和真挚的爱，整部作品流泻着诗一样的情绪节奏。作品在结构上也颇具匠心，显示出巴金驾驭长篇小说的卓越的艺术才华。“激流三部曲”的后两部，《春》《秋》则继续着高家故事的叙述，只不过语气舒缓、冷静了许多。

【思考练习题】

1. 高觉新这一人物形象的主要特点及意义是什么？高觉慧形象的典型意义是什么？
2. 《家》的叙事结构有什么特点？
3. 以选文中的鸣凤之死为例，谈谈是什么原因迫使鸣凤结束了自己的生命。

断魂枪

老　舍

“生命是闹着玩，事事显出如此，从前我这么想过，现在我懂得了。”

沙子龙的镖局已改成客栈。

东方的大梦没法子不醒了。炮声压下去马来与印度野林中的虎啸。半醒的人们，揉着眼，祷告着祖先与神灵；不大会儿，失去了国土、自由与主权。门外立着不同面色的人，枪口还热着。他们的长矛毒弩，花蛇斑彩的厚盾，都有什么用呢；连祖先与祖先所信的神明全不灵了啊！龙旗的中国也不再神秘，有了火车呀，穿坟过墓破坏着风水。枣红色多穗的镖旗，绿鲨皮鞘的钢刀，响着串铃的口马①，江湖上的智慧与黑话，义气与声名，连沙子龙，他的武艺、事业，都梦似的变成昨夜的。今天是火车、快枪，通商与恐怖。听说，有人还要杀下皇帝的头呢！

这是走镖已没有饭吃，而国术还没被革命党与教育家提倡起来的时候。

谁不晓得沙子龙是短瘦、利落、硬棒，两眼明得像霜夜的大星？可是，现在他身上放了肉。镖局改了客栈，他自己在后小院占着三间北房，大枪立在墙角，院子里有几只楼鸽。只是在夜间，他把小院的门关好，熟习熟习他的“五虎断魂枪”。这条枪与这套枪，二十年的工夫，在西北一带，给他创出来:“神枪沙子龙”五个字，没遇见过敌手。现在，这条枪与这套枪不会再替他增光显胜了；只是摸摸这凉、滑、硬而发颤的杆子，使他心中少难过一些而已。只有在夜间独自拿起枪来，才能相信自己还是“神枪沙”。在白天，他不大谈武艺与往事；他的世界已被狂风吹了走。

在他手下创练起来的少年们还时常来找他。他们大多数是没落子的，都有点武艺，可是没地方去用。有的在庙会上去卖艺：踢两趟腿，练套家伙，翻几个跟头，附带着卖点大力丸，混个三吊两吊的。有的实在闲不起了，去弄筐果子，或挑些毛豆角，赶早儿在街上论斤吆喝出去。那时候，米贱肉贱，肯卖膀子力气本来可以混个肚儿圆；他们可是不成：肚量既大，而且得吃口管事儿的②；干饽饽辣饼子③咽不下去。况且他们还时常去走会：五虎棍，开路，太狮少狮……虽然算不了什么——比起走镖来——可是到底有个机会活动活动，露露脸。是的，走会捧场是买脸的事，他们打扮的得像个样儿，至少得有条青洋绉裤子，新漂白细市布的小褂，和一双鱼鳞洒鞋——顶好是青缎子抓地虎靴子。他们是神枪沙子龙的徒弟——虽然沙子龙并不承认——得到处露脸，走会得赔上

① 口马，指张家口外的马匹。

② 管事儿的，有营养，吃了不至于不久又饿的。

③ 辣饼子，剩下的隔夜干粮。

俩钱，说不定还得打场架。没钱，上沙老师那里去求。沙老师不含糊，多少不拘，不让他们空着手儿走。可是，为打架或献技去讨教一个招数，或是请给说个“对子”——什么空手夺刀，或虎头钩进枪——沙老师有时说句笑话，马虎过去：“教什么？拿开水浇吧！”有时直接把他们赶出去。他们不大明白沙老师是怎么了，心中也有点不乐意。

可是，他们到处为沙老师吹腾，一来是愿意使人知道他们的武艺有真传授，受过高人的指教；二来是为激动沙老师：万一有人不服气而找上老师来，老师难道还不露一两手真的么？所以：沙老师一拳就砸倒了个牛！沙老师一脚把人踢到房上去，并没使多大的劲！他们谁也没见过这种事，但是说着说着，他们相信这是真的了，有年月，有地方，千真万确，敢起誓！

王三胜——沙子龙的大伙计——在土地庙拉开了场子，摆好了家伙。抹了一鼻子茶叶末色的鼻烟，他抡了几下竹节钢鞭，把场子打大一些。放下鞭，没向四围作揖，叉着腰念了两句：“脚踢天下好汉，拳打五路英雄！”向四围扫了一眼：“乡亲们，王三胜不是卖艺的；玩艺儿会几套，西北路上走过镳，会过绿林中的朋友。现在闲着没事，拉个场子陪诸位玩玩。有爱练的尽管下来，王三胜以武会友，有赏脸的，我陪着。神枪沙子龙是我的师傅；玩艺地道！诸位，有愿下来的没有？”他看着，准知道没人敢下来，他的话硬，可是那条钢鞭更硬，十八斤重。

王三胜，大个子，一脸横肉，努着对大黑眼珠，看着四围。大家不出声。他脱了小褂，紧了紧深月白色的“腰里硬”，把肚子杀进去。给手心一口唾沫，抄起大刀来：

“诸位，王三胜先练趟瞧瞧。不白练，练完了，带着的扔几个；没钱，给喊个好，助助威。这儿没生意口。好，上眼①！”

大刀靠了身，眼珠努出多高，脸上绷紧，胸脯子鼓出，像两块老桦木根子。一跺脚，刀横起，大红缨子在肩前摆动。削砍劈拨，蹲越闪转，手起风生，忽忽直响。忽然刀在右手心上旋转，身弯下去，四围鸦雀无声，只有缨铃轻叫。刀顺过来，猛的一个“跺泥”，身子直挺，比众人高着一头，黑塔似的。收了势：“诸位！”一手持刀，一手叉腰，看着四围。稀稀的扔下几个铜钱，他点点头。“诸位！”他等着，等着，地上依旧是那几个亮而削薄的铜钱，外层的人偷偷散去。他咽了口气：“没人懂！”他低声的说，可是大家全听见了。

“有功夫！”西北角上一个黄胡子老头儿答了话。

“啊？”王三胜好似没听明白。

“我说，你——有——功——夫！”老头子的语气很不得人心。

放下大刀，王三胜随着大家的头往西北看。谁也没看重这个老人：小干巴个儿，披着件粗蓝布大衫，脸上窝窝瘪瘪，眼陷进去很深，嘴上几根细黄胡，肩上扛着条小黄草辫子，有筷子那么细，而绝对不像筷子那么直顺。王三胜可是看出这老家伙有功夫，脑门亮，眼睛亮——眼眶虽深，眼珠可黑得像两口小井，深深的闪着黑光。王三胜不怕：他看得出别人有功夫没有，可更相信自己的本事，他是沙子龙手下的大将。

“下来玩玩，大叔！”王三胜说得很得体。

---

① 上眼，请观众注意看。

点点头，老头儿往里走。这一走，四外全笑了。他的胳臂不大动；左脚往前迈，右脚随着拉上来，一步步的往前拉扯，身子整着，像是患过瘫痪病。蹭到场中，把大衫扔在地上，一点没理会四围怎样笑他。

“神枪沙子龙的徒弟，你说？好，让你使枪吧；我呢？”老头子非常的干脆，很像久想动手。

人们全回来了，邻场耍狗熊的无论怎么敲锣也不中用了。

“三截棍进枪吧？”王三胜要看老头子一手，三截棍不是随便就拿得起来的家伙。

老头子又点点头，拾起家伙来。

王三胜努着眼，抖着枪，脸上十分难看。

老头子的黑眼珠更深更小了，像两个香火头，随着面前的枪尖儿转，王三胜忽然觉得不舒服，那俩黑眼珠似乎要把枪尖吸进去！四外已围得风雨不透，大家都觉出老头子确是有威。为躲那对眼睛，王三胜耍了个枪花。老头子的黄胡子一动：“请！”王三胜一扣枪，向前躬步，枪尖奔了老头子的喉头去，枪缨打了一个红旋。老人的身子忽然活展了，将身微偏，让过枪尖，前把一挂，后把撩王三胜的手。拍，拍，两响，王三胜的枪撒了手。场外叫了好。王三胜连脸带胸口全紫了，抄起枪来；一个花子，连枪带人滚了过来，枪尖奔了老人的中部。老头子的眼亮得发着黑光；腿轻轻一屈，下把掩裆，上把打着刚要抽回的枪杆；拍，枪又落在地上。

场外又是一片彩声。王三胜流了汗，不再去拾枪，努着眼，木在那里。老头子扔下家伙，拾起大衫，还是拉拉着腿，可是走得很快了。大衫搭在臂上，他过来拍了王三胜一下：“还得练哪，伙计！”

“别走！”王三胜擦着汗：“你不离，姓王的服了！可有一样，你敢会会沙老师？”

“就是为会他才来的！”老头子的干巴脸上皱起点来，似乎是笑呢。“走；收了吧；晚饭我请！”

王三胜把兵器拢在一处，寄放在变戏法二麻子那里，陪着老头子往庙外走。后面跟着不少人，他把他们骂散了。

“你老贵姓？”他问。

“姓孙哪，”老头子的话与人一样，都那么干巴。“爱练；久想会会沙子龙。”

沙子龙不把你打扁了！王三胜心里说。他脚底下加了劲，可是没把孙老头落下。他看出来，老头子的腿是老走着查拳门中的连跳步；交起手来，必定很快。但是，无论他怎么快，沙子龙是没对手的。准知道孙老头要吃亏，他心中痛快了些，放慢了些脚步。

“孙大叔贵处？”

“河间的，小地方。”孙老者也和气了些：“月棍年刀一辈子枪，不容易见功夫！说真的，你那两手就不坏！”

王三胜头上的汗又回来了，没言语。

到了客栈，他心中直跳，唯恐沙老师不在家，他急于报仇。他知道老师不爱管这种事，师弟们已碰过不少回钉子，可是他相信这回必定行，他是大伙计，不比那些毛孩子；再说，人家在庙会上点名叫阵，沙老师还能丢这个脸么？

“三胜，”沙子龙正在床上看着本《封神榜》，“有事吗？”

三胜的脸又紫了，嘴唇动着，说不出话来。

沙子龙坐起来，“怎么了，三胜？”

“栽了跟头！”

只打了个不甚长的哈欠，沙老师没别的表示。

王三胜心中不平，但是不敢发作；他得激动老师：“姓孙的一个老头儿，门外等着老师呢；把我的枪，枪，打掉了两次！”他知道“枪”字在老师心中有多大分量。没等吩咐，他慌忙跑出去。

客人进来，沙子龙在外间屋等着呢。彼此拱手坐下，他叫三胜去泡茶。三胜希望两个老人立刻交了手，可是不能不沏茶去。孙老者没话讲，用深藏着的眼睛打量沙子龙。沙很客气：

“要是三胜得罪了你，不用理他，年纪还轻。”

孙老者有些失望，可也看出沙子龙的精明。他不知怎样好了，不能拿一个人的精明断定他的武艺。“我来领教领教枪法！”他不由地说出来。

沙子龙没接碴儿。王三胜提着茶壶走进来——急于看二人动手，他没管水开了没有，就沏在壶中。

“三胜，”沙子龙拿起个茶碗来，“去找小顺们去，天汇见，陪孙老者吃饭。”

“什么！”王三胜的眼珠几乎掉出来。看了看沙老师的脸，他敢怒而不敢言地说了声“是啦！”走出去，撅着大嘴。

“教徒弟不易！”孙老者说。

“我没收过徒弟。走吧，这个水不开！茶馆去喝，喝饿了就吃。”沙子龙从桌子上拿起缎子褡裢，一头装着鼻烟壶，一头装着点钱，挂在腰带上。

“不，我还不饿！”孙老者很坚决，两个“不”字把小辫从肩上抡到后边去。

“说会子话儿。”

“我来为领教领教枪法。”

“功夫早搁下了，”沙子龙指着身上，“已经放了肉！”

“这么办也行，”孙老者深深的看了沙老师一眼：“不比武，教给我那趟五虎断魂枪。”

“五虎断魂枪？”沙子龙笑了：“早忘干净了！早忘干净了！告诉你，在我这儿住几天，咱们各处逛逛，临走，多少送点盘缠。”

“我不逛，也用不着钱，我来学艺！”孙老者立起来，“我练趟给你看看，看够得上学艺不够！”一屈腰已到了院中，把楼鸽都吓飞起去。拉开架子，他打了趟查拳：腿快，手飘洒，一个飞脚起去，小辫儿飘在空中，像从天上落下来一个风筝；快之中，每个架子都摆得稳、准，利落；来回六趟，把院子满都打到，走得圆，接得紧，身子在一处，而精神贯串到四面八方。抱拳收势，身儿缩紧，好似满院乱飞的燕子忽然归了巢。

“好！好！”沙子龙在台阶上点着头喊。

“教给我那趟枪！”孙老者抱了抱拳。

沙子龙下了台阶，也抱着拳：“孙老者，说真的吧；那条枪和那套枪都跟我入棺材，一齐入棺材！”

“不传？”

“不传!”

孙老者的胡子嘴动了半天，没说出什么来。到屋里抄起蓝布大衫，拉拉着腿:“打搅了，再会!”

“吃过饭走!”沙子龙说。

孙老者没言语。

沙子龙把客人送到小门，然后回到屋中，对着墙角立着的大枪点了点头。

他独自上了天汇，怕是王三胜们在那里等着。他们都没有去。

王三胜和小顺们都不敢再到土地庙去卖艺，大家谁也不再为沙子龙吹腾；反之，他们说沙子龙栽了跟头，不敢和个老头儿动手；那个老头子一脚能踢死个牛。不要说王三胜输给他，沙子龙也不是他的“个儿”。不过呢，王三胜到底和老头子见了个高低，而沙子龙连句硬话也没敢说。“神枪沙子龙”慢慢似乎被人们忘了。

夜静人稀，沙子龙关好了小门，一气把六十四枪刺下来；而后，拄着枪，望着天上的群星，想起当年在野店荒林的威风。叹一口气，用手指慢慢摸着凉滑的枪身，又微微一笑，“不传！不传!”

（选自《老舍小说全集》第十卷，长江文艺出版社，1993）

【学习提示】

老舍（1899—1966），原名舒庆春，字舍予，1899年2月3日出生在北京西城护国寺街小羊圈胡同的一户贫苦人家。在贫困的生活中长大成人的经历使得他对底层人民的生活有着天然的亲近感。因为家境贫寒，老舍上的是免费供给食宿的北京师范学校，并于1918年以优异的成绩毕业，被京师学务局破例任命为小学校长。

1923年，老舍发表了第一篇白话小说《小铃儿》。1924年夏，老舍到英国伦敦大学东方学院任讲师。在英国期间，老舍阅读了大量世界文学名著，并尝试着从事文学创作。他先后出版了《老张的哲学》《赵子曰》《二马》三部长篇小说。1929年取道新加坡回国，他在新加坡短暂停留时创作了长篇童话小说《小坡的生日》。次年回国后，老舍先后任教于齐鲁大学和山东大学，并从事文学创作。他先后创作了长篇小说《大明湖》《猫城记》《离婚》《牛天赐传》《骆驼祥子》等。其中《大明湖》的手稿在战火中被毁，后来作者根据自己的回忆将其压缩成了短篇小说《月牙儿》。这期间创作的短篇小说《断魂枪》也堪称现代小说中不可多得的珍品。

1937年抗日战争全面爆发，老舍投身到民族解放斗争的洪流中去。1938年3月，“中华全国文艺界抗敌协会”成立，老舍任常任理事兼总务部主任，为文艺界团结抗战做出了贡献。这期间他创作了长篇小说《四世同堂》的头两部《惶惑》《偷生》。1946年3月，老舍和曹禺应邀到美国讲学，在美国完成了《四世同堂》的第三部《饥荒》和长篇小说《鼓书艺人》，1949年12月回到祖国。

中华人民共和国成立后，老舍的创作重心转向话剧，1950年推出第一个剧本《方珍珠》，后写出了《龙须沟》《茶馆》等剧作和未完成的自传体长篇小说《正红旗下》。

老舍擅写长篇小说，但短篇也写得很精致，《断魂枪》便是中国现代短篇小说的精品。这篇小说写于1935年。老舍本想写一部长篇武侠小说，后由于各种原因没有写成，便将其中一个最精彩的段落改写成了短篇小说《断魂枪》。小说以“神枪沙子龙”为核心人物，重点描写了他面对近代中国社会急剧变化的局势时的复杂心态。老舍善于把个人的命运和时代变迁的历史大背景结合起来，在短小的篇幅里营造出深远的大格局。

小说在塑造人物形象时，运用了烘托和对照的手法。王三胜的鲁莽气盛与沙子龙的深藏不露相对比，孙老者的刚直锐进与沙子龙的保守愚顽相映照。在刻画一个人物的性格特点时，或用反差极强的对比手法，或用先扬后抑的手法。对于人物复杂的心理活动，小说并不多用对话和直接的心理剖析，而是通过对人物的外形和动作的精确描绘来披露。

在中国现代文学史上，老舍作为“北京市民社会的表现者与批判者”，在创作中“最关注的是民族的文化心态精神面貌，包括它的落后与新生”。《断魂枪》就是老舍以武侠小说的形式，以现代性的思维来观照中国传统民族文化的经典文本。《断魂枪》折射出来的文化意蕴可被看作对老舍一生文化选择的展现，象征了老舍多艰的人生命运。

【思考练习题】

1. 小说开端写道：“东方的大梦没法子不醒了。……这是走镳已没有饭吃，而国术还没被革命党与教育家提倡起来的时候。”这段话形象而深刻地写出了当时的重大时代问题，对此，应如何理解与认识？

2. 小说最后写道：“夜静人稀，沙子龙关好了小门，一气把六十四枪刺下来；而后，拄着枪，望着天上的群星，想起当年在野店荒林的威风。叹一口气，用手指慢慢摸着凉滑的枪身，又微微一笑，‘不传！不传！’”结合这段描述，分析沙子龙的形象特征与文化心态。

骆驼祥子（节选）

老　舍

六

初秋的夜晚，星光叶影里阵阵的小风，祥子抬起头，看着高远的天河，叹了口气。这么凉爽的天，他的胸脯又是那么宽，可是他觉到空气仿佛不够，胸中非常憋闷。他想坐下痛哭一场。以自己的体格，以自己的忍性，以自己的要强，会让人当做猪狗，会维持不住一个事情，他不只怨恨杨家那一伙人，而渺茫的觉到一种无望，恐怕自己一辈子不会再有什么起色了。拉着铺盖卷，他越走越慢，好像自己已经不是拿起腿就能跑个十里八里的祥子了。

到了大街上，行人已少，可是街灯很亮，他更觉得空旷渺茫，不知道往哪里去好了。上哪儿？自然是回人和厂。心中又有些难过。做买卖的，卖力气的，不怕没有生意，倒怕有了照顾主儿而没作成买卖，像饭铺理发馆进来客人，看了一眼，又走出去那样。祥子明知道上工辞工是常有的事，此处不留爷，自有留爷处。可是，他是低声下气的维持事情，舍着脸为是买上车，而结果还是三天半的事儿，跟那些串惯宅门的老油子一个样，他觉着伤心。他几乎觉得没脸再进人和厂，而给大家当笑话说："瞧瞧，骆驼祥子敢情也是三天半就吹呀，哼！"

不上人和厂，又上哪里去呢？为免得再为这个事思索，他一直走向西安门大街去。人和厂的前脸是三间铺面房，当中的一间作为柜房，只许车夫们进来交账或交涉事情，并不准随便来回打穿堂儿，因为东间与西间是刘家父女的卧室。西间的旁边有一个车门，两扇绿漆大门，上面弯着一根粗铁条，悬着一盏极亮的，没有罩子的电灯，灯下横悬着铁片涂金的四个字——"人和车厂"。车夫们出车收车和随时来往都走这个门。门上的漆深绿，配着上面的金字，都被那支白亮亮的电灯照得发光；出来进去的又都是漂亮的车，黑漆的黄漆的都一样的油汪汪发光，配着雪白的垫套，连车夫们都感到一些骄傲，仿佛都自居为车夫中的贵族。由大门进去，拐过前脸的西间，才是个四四方方的大院子，中间有棵老槐。东西房全是敞脸的，是存车的所在；南房和南房后面小院里的几间小屋，全是车夫的宿舍。

大概有十一点多了，祥子看见了人和厂那盏极明而怪孤单的灯。柜房和东间没有灯光，西间可是还亮着。他知道虎姑娘还没睡。他想轻手蹑脚的进去，别教虎姑娘看见；正因为她平日很看得起他，所以不愿头一个就被她看见他的失败。他刚把车拉到她的窗下，虎妞由车门里出来了：

"哟，祥子？怎——"她刚要往下问，一看祥子垂头丧气的样子，车上拉着铺盖卷，把话咽了回去。

怕什么有什么，祥子心里的惭愧与气闷凝成一团，登时立住了脚，呆在了那里。说不出话来，他傻看着虎姑娘。她今天也异样，不知是电灯照的，还是擦了粉，脸上比平日白了许多；脸上白了些，就掩去好多她的凶气。嘴唇上的确是抹着点胭脂，使虎妞也带出些媚气；祥子看到这里，觉得非常的奇怪，心中更加慌乱，因为平日没拿她当过女人看待，骤然看到这红唇，心中忽然感到点不好意思。她上身穿着件浅绿的绸子小夹袄，下面一条青洋绉肥腿的单裤。绿袄在电灯下闪出些柔软而微带凄惨的丝光，因为短小，还露出一点点白裤腰来，使绿色更加明显素净。下面的肥黑裤被小风吹得微动，像一些什么阴森的气儿，想要摆脱开那贼亮的灯光，而与黑夜联成一气。祥子不敢再看了，茫然的低下头去，心中还存着个小小的带光的绿袄。虎姑娘一向，他晓得，不这样打扮。以刘家的财力说，她满可以天天穿着绸缎，可是终日与车夫们打交道，她总是布衣布裤，即使有些花色，在布上也就不惹眼。祥子好似看见一个非常新异的东西，既熟识，又新异，所以心中有点发乱。

心中原本苦恼，又在极强的灯光下遇见这新异的活东西，他没有了主意。自己既不肯动，他倒希望虎姑娘快快进屋去，或是命令他干点什么，简直受不了这样的折磨，一种什么也不像而非常难过的折磨。

“嗨！”她往前凑了一步，声音不高的说：“别愣着！去，把车放下，赶紧回来，有话跟你说。屋里见。”

平日帮她办惯了事，他只好服从。但是今天她和往日不同，他很想要思索一下，愣在那里去想，又怪僵得慌；他没主意，把车拉了进去。看看南屋，没有灯光，大概是都睡了；或者还有没收车的。把车放好，他折回到她的门前。忽然，他的心跳起来。

“进来呀，有话跟你说！”她探出头来，半笑半恼的说。

他慢慢走了进去。

桌上有几个还不甚熟的白梨，皮儿还发青。一把酒壶，三个白磁酒盅。一个头号大盘子，摆着半只酱鸡，和些熏肝酱肚之类的吃食。

“你瞧，”虎姑娘指给他一个椅子，看他坐下了，才说：“你瞧，我今天吃犒劳，你也吃点！”说着，她给他斟上一杯酒；白干酒的辣味，混合上熏酱肉味，显着特别的浓厚沉重。“喝吧，吃了这个鸡；我已早吃过了，不必让！我刚才用骨牌打了一卦，准知道你回来，灵不灵？”

“我不喝酒！”祥子看着酒盅出神。

“不喝就滚出去；好心好意，不领情是怎着？你个傻骆驼！辣不死你！连我还能喝四两呢。不信，你看看！”她把酒盅端起来，灌了多半盅，一闭眼，哈了一声。举着盅儿：“你喝，要不我揪耳朵灌你！”

祥子一肚子的怨气，无处发泄；遇到这种戏弄，真想和她瞪眼。可是他知道，虎姑娘一向对他不错，而且她对谁都是那么直爽，他不应当得罪她。既然不肯得罪她，再一想，就爽性和她诉诉委屈吧。自己素来不大爱说话，可是今天似乎有千言万语在心中憋闷着，非说说不痛快。这么一想，他觉得虎姑娘不是戏弄他，而是坦白的爱护他。他把酒盅接过来，喝干。一股辣气慢慢的，准确的，有力的，往下走，他伸长了脖子，挺直了胸，打了两个不十分便利的嗝儿。

虎妞笑起来。他好容易把这口酒调动下去，听到这个笑声，赶紧向东间那边看了看。

“没人，”她把笑声收了，脸上可还留着笑容。“老头子给姑妈做寿去了，得有两三天的耽误呢；姑妈在南苑住。”一边说，一边又给他倒满了盅。

听到这个，他心中转了个弯，觉出在哪儿似乎有些不对的地方。同时，他又舍不得出去；她的脸是离他那么近，她的衣裳是那么干净光滑，她的唇是那么红，都使他觉到一种新的刺激。她还是那么老丑，可是比往常添加了一些活力，好似她忽然变成另一个人，还是她，但多了一些什么。他不敢对这点新的什么去详细的思索，一时又不敢随便的接受，可也不忍得拒绝。他的脸红起来。好像为是壮壮自己的胆气，他又喝了口酒。刚才他想对她诉诉委屈，此刻又忘了。红着脸，他不由的多看了她几眼。越看，他心中越乱；她越来越显出他所不明白的那点什么，越来越有一点什么热辣辣的力量传递过来，渐渐的她变成一个抽象的什么东西。他警告着自己，须要小心；可是他又要大胆。他连喝了三盅酒，忘了什么叫作小心。迷迷忽忽的看着她，他不知为什么觉得非常痛快，大胆；极勇敢的要马上抓到一种新的经验与快乐。平日，他有点怕她；现在，她没有一点可怕的地方了。他自己反倒变成了有威严与力气的，似乎能把她当作个猫似的，拿到手中。

屋内灭了灯。天上很黑。不时有一两个星刺入了银河，或划进黑暗中，带着发红或发白的光尾，轻飘的或硬挺的，直坠或横扫着，有时也点动着，颤抖着，给天上一些光热的动荡，给黑暗一些闪烁的爆裂。有时一两个星，有时好几个星，同时飞落，使静寂的秋空微颤，使万星一时迷乱起来。有时一个单独的巨星横刺入天角，光尾极长，放射着星花；红，渐黄；在最后的挺进，忽然狂悦似的把天角照白了一条，好像刺开万重的黑暗，透进并逗留一些乳白的光。余光散尽，黑暗似晃动了几下，又包合起来，静静懒懒的群星又复了原位，在秋风上微笑。地上飞着些寻求情侣的秋萤，也做着星样的游戏。

第二天，祥子起得很早，拉起车就出去了。头与喉中都有点发痛，这是因为第一次喝酒，他倒没去注意。坐在一个小胡同口上，清晨的小风吹着他的头，他知道这点头疼不久就会过去。可是他心中另有一些事儿，使他憋闷得慌，而且一时没有方法去开脱。昨天夜里的事教他疑惑，羞愧，难过，并且觉着有点危险。

他不明白虎姑娘是怎么回事。她已早不是处女，祥子在几点钟前才知道。他一向很敬重她，而且没有听说过她有什么不规矩的地方；虽然她对大家很随便爽快，可是大家没在背地里讲论过她；即使车夫中有说她坏话的，也是说她厉害，没有别的。那么，为什么有昨夜那一场呢？

这个既显着胡涂，祥子也怀疑了昨晚的事儿。她知道他没在车厂里，怎能是一心一意的等着他？假若是随便哪个都可以的话……祥子把头低下去。他来自乡间，虽然一向没有想到娶亲的事，可是心中并非没有个算计；假若他有了自己的车，生活舒服了一些，而且愿意娶亲的话，他必定到乡下娶个年轻力壮，吃得苦，能洗能作的姑娘。像他那个岁数的小伙子们，即使有人管着，哪个不偷偷的跑“白房子”①？祥子始终不肯随和，一来他自居为要强的人，不能把钱花在娘儿们身上；二来他亲眼得见那些花冤钱的傻子们——有的才十八九岁——在厕所里头顶着墙还撒不出尿来。最后，他必须规规矩

① 白房子，最下等妓院。

矩，才能对得起将来的老婆，因为一旦要娶，就必娶个一清二白的姑娘，所以自己也得像那么回事儿。可是现在，现在……想起虎妞，假若当个朋友看，她确是不错；当个娘们看，她丑，老，厉害，不要脸！就是想起抢去他的车，而且几乎要了他的命的那些大兵，也没有像想起她这么可恨可厌！她把他由乡间带来的那点清凉劲儿毁尽了，他现在成了个偷娘们的人！

再说，这个事要是吵嚷开，被刘四知道了呢？刘四晓得不晓得他女儿是个破货呢？假若不知道，祥子岂不独自背上黑锅？假若早就知道而不愿意管束女儿，那么他们父女是什么东西呢？他和这样人搀合着，他自己又是什么东西呢？就是他们父女都愿意，他也不能要她；不管刘老头子是有六十辆车，还是六百辆，六千辆！他得马上离开人和厂，跟他们一刀两断。祥子有祥子的本事，凭着自己的本事买上车，娶上老婆，这才正大光明！想到这里，他抬起头来，觉得自己是个好汉子，没有可怕的，没有可虑的，只要自己好好的干，就必定成功。

让了两次座儿，都没能拉上。那点别扭劲儿又忽然回来了。不愿再思索，可是心中堵得慌。这回事似乎与其他的事全不同，即使有了解决的办法，也不易随便的忘掉。不但身上好像粘上了点什么，心中也仿佛多了一个黑点儿，永远不能再洗去。不管怎样的愤恨，怎样的讨厌她，她似乎老抓住了他的心，越不愿再想，她越忽然的从他心中跳出来，一个赤裸裸的她，把一切丑陋与美好一下子，整个的都交给了他，像买了一堆破烂那样，碎铜烂铁之中也有一二发光的有色的小物件，使人不忍得拒绝。他没和任何人这样亲密过，虽然是突乎其来，虽然是个骗诱，到底这样的关系不能随便的忘记，就是想把它放在一旁，它自自然然会在心中盘绕，像生了根似的。这对他不仅是个经验，而也是一种什么形容不出来的扰乱，使他不知如何是好。他对她，对自己，对现在与将来，都没办法，仿佛是碰在蛛网上的一个小虫，想挣扎已来不及了。

迷迷糊糊的他拉了几个买卖。就是在奔跑的时节，他的心中也没忘了这件事，并非清清楚楚的，有头有尾的想起来，而是时时想到一个什么意思，或一点什么滋味，或一些什么感情，都是渺茫，而又亲切。他很想独自去喝酒，喝得人事不知，他也许能痛快一些，不能再受这个折磨！可是他不敢去喝。他不能为这件事毁坏了自己。他又想起买车的事来。但是他不能专心的去想，老有一点什么拦阻着他的心思；还没想到车，这点东西已经偷偷的溜出来，占住他的心，像块黑云遮住了太阳，把光明打断。到了晚间，打算收车，他更难过了。他必须回车厂，可是真怕回去。假如遇上她呢，怎办？他拉着空车在街上绕，两三次已离车厂不远，又转回头来往别处走，很像初次逃学的孩子不敢进家门那样。

奇怪的是，他越想躲避她，同时也越想遇到她，天越黑，这个想头越来得厉害。一种明知不妥，而很愿试试的大胆与迷惑紧紧的捉住他的心，小的时候去用竿子捅马蜂窝就是这样，害怕，可是心中跳着要去试试，像有什么邪气催着自己似的。渺茫的他觉到一种比自己还更有力气的劲头儿，把他要揉成一个圆球，抛到一团烈火里去；他没法阻止住自己的前进。

他又绕回西安门来，这次他不想再迟疑，要直入公堂的找她去。她已不是任何人，她只是个女子。他的全身都热起来。刚走到门脸上，灯光下走来个四十多岁的男人，他似乎认识这个人的面貌态度，可是不敢去招呼。几乎是本能的，他说了声："车吗？"那个人愣了一愣，"祥子？"

"是呀，"祥子笑了。"曹先生？"

曹先生笑着点了点头。"我说祥子，你要是没在宅门里的话，还上我那儿来吧？我现在用着的人太懒，他老不管擦车，虽然跑得也怪麻利的①；你来不来？"

"还能不来，先生！"祥子似乎连怎样笑都忘了，用小毛巾不住的擦脸。"先生，我几儿上工呢？"

"那什么，"曹先生想了想，"后天吧。"

"是了，先生！"祥子也想了想："先生，我送回你去吧？"

"不用；我不是到上海去了一程子吗②，回来以后，我不在老地方住了。现今住在北长街；我晚上出来走走。后天见吧。"曹先生告诉了祥子门牌号数，又找补了一句："还是用我自己的车。"

祥子痛快得要飞起来，这些日子的苦恼全忽然一齐铲净，像大雨冲过的白石路。曹先生是他的旧主人，虽然在一块没有多少日子，可是感情顶好；曹先生是非常和气的人，而且家中人口不多，只有一位太太和一个小男孩。

他拉着车一直奔了人和车厂去。虎姑娘屋中的灯还亮着呢。一见这个灯亮，祥子猛的木在那里。

立了好久，他决定进去见她；告诉她他又找到了包月；把这两天的车份儿交上；要出他的储蓄；从此一刀两断——这自然不便明说，她总会明白的。

他进去先把车放好，而后回来大着胆叫了声刘姑娘。

"进来！"

他推开门，她正在床上斜着呢，穿着平常的衣裤，赤着脚。依旧斜着身，她说："怎样？吃出甜头来了是怎着？"

祥子的脸红得像生小孩时送人的鸡蛋。愣了半天，他迟迟钝钝的说："我又找好了事，后天上工。人家自己有车……"

她把话接了过来："你这小子不懂好歹！"她坐起来，半笑半恼的指着他："这儿有你的吃，有你的穿；非去出臭汗不过瘾是怎着？老头子管不了我，我不能守一辈女儿寡！就是老头子真犯牛脖子，我手里也有俩体己，咱俩也能弄上两三辆车，一天进个块儿八毛的，不比你成天满街跑臭腿去强？我哪点不好？除了我比你大一点，也大不了多少！我可是能护着你，疼你呢！"

"我愿意去拉车！"祥子找不到别的辩驳。

"地道窝窝头脑袋！你先坐下，咬不着你！"她说完，笑了笑，露出一对虎牙。

祥子青筋蹦跳的坐下。"我那点钱呢？"

"老头子手里呢；丢不了，甭害怕；你还别跟他要，你知道他的脾气？够买车的数儿，你再要，一个小子儿也短不了你的；现在要，他要不骂出你的魂来才怪！他对你不

---

① 麻利，快的意思。

② 程子，即一些日子。

错！丢不了，短一个我赔你俩！你个乡下脑袋！别让我损你啦！”

祥子又没的说了，低着头掏了半天，把两天的车租掏出来，放在桌上：“两天的。”临时想起来：“今儿个就算交车，明儿个我歇一天。”他心中一点也不想歇息一天；不过，这样显着干脆；交了车，以后再也不住人和厂。

虎姑娘过来，把钱抓在手中，往他的衣袋里塞：“这两天连车带人都白送了！你这小子有点运气！别忘恩负义就得了！”说完，她一转身把门倒锁上。

（选自《老舍小说全集》第四卷，长江文艺出版社，1993）

【学习提示】

《骆驼祥子》连载于1936年至1937年的《宇宙风》第25期至第48期。1939年3月由人间书屋出版了单行本。小说讲述了健壮朴实的祥子在三次“丢车”的经历中一步步走向堕落，最终成为得过且过的行尸走肉的故事。

祥子的悲剧首先是社会的悲剧。小说展现了这样一个富有意味、引人深思的主题：一位善良的老实人是如何被旧社会唆使而变“坏”的，旧社会又是如何把他给抛弃的。好人不能生存，恶人、坏人却永远跋扈，这是老舍对现实人生最痛彻的感受和体验。老舍说他写《骆驼祥子》很重要的一点便是“由车夫的内心状态观察地狱是什么样子”。作家通过祥子的悲剧，对当时的社会发出了深沉的控诉与批判。

祥子的悲剧还是他个人的悲剧。小生产者的懦弱与自私，是他屈服于命运，甚至走向堕落的原因所在，而其视野的狭窄和对生活缺乏起码的认识，以及对生活抱有不切实际的幻想，也决定了一旦幻想破灭之后，他便无法再进一步找到抗拒邪恶的“精神资源”，只能认同邪恶本身。

小说中的另一个主要人物虎妞则是一个相对复杂的人物。她是车主刘四的女儿。父亲出于自私而险恶的目的一再拖延虎妞的婚事。长期的压抑与寄生生活显然极大地伤害了虎妞健康的心灵。虎妞看上了老实健壮的“乡下人”祥子，为了嫁给祥子不惜与父亲决裂，但她和祥子之间的心理距离实在太远，他们之间的感情很快就出现了裂痕，婚姻没有给她带来幸福，反而加剧了她的死亡。

《骆驼祥子》在老舍的小说创作中具有突出的地位。《骆驼祥子》改变了老舍前期作品中因过于幽默而失之“油滑”的倾向。艺术上表现出成熟的节制与分寸感，加强了整部作品的悲剧力量。在人物塑造上，老舍善于运用丰富细腻的描写手法，特别是对主人公祥子的心理活动和心理变化的描写，取得了很好的艺术效果，而小说结构的完整与单纯历来也为人称道。

【思考练习题】

1. 谈谈《骆驼祥子》的悲剧内涵。
2. 试述《骆驼祥子》的艺术特色。
3. 结合祥子落入虎妞圈套后的心理描写，分析祥子的性格特征。

为奴隶的母亲

柔 石

她底丈夫是一个皮贩，就是收集乡间各猎户底兽皮和牛皮，贩到大埠上出卖的人。但有时也兼做点农作，芒种的时节，便帮人家插秧，他能将每行插得非常直，假如有五人同在一个水田内，他们一定叫他站在第一个做标准。然而境况总是不佳，债是年年积起来了。他大约就因为境况的不佳，烟也吸了，钱也喝了，博也赌起来了。这样，竟使他变做一个非常凶狠而暴躁的男子，但也就更贫穷下去，连小小的移借，别人也不敢答应了。

在穷底结果的病以后，全身便就成枯黄色，脸孔黄的和小铜鼓一样，连眼白也黄了。别人说他是黄胆病，孩子们也就叫他"黄胖"了。有一天，他向他底妻说：

"再也没有办法了，这样下去，连小锅子也都卖去了。我想，还是从你底身上设法罢。你跟着我挨饿，有什么办法呢？"

"我底身上？……"

他底妻坐在灶后，怀里抱着她底刚满三周的男小孩——孩子还在啜着奶，她讷讷地低声地问。

"你，是呀，"她底丈夫病后的无力的声音，"我已经将你出典了……"

"什么呀？"他底妻几乎昏去似的。

屋内是稍稍静寂了一息。他气喘着说：

"三天前，王狼来坐讨了半天的债回去以后，我也跟着他去，走到了九亩潭边，我很不想要做人了。但是坐在那株爬上去一纵身就可落在潭里的树下，想来想去，总没有力气跳了。猫头鹰在耳朵边不住地啭，我底心被它叫寒起来，我只得回转身，但在路上，遇见了沈家婆，她问我，晚也晚了，在外做什么。我就告诉她，请她代我借一笔款，或向什么人家的小姐借些衣服或首饰去暂时当一当，免得王狼底狼一般的绿眼睛天天在家里闪烁。可是沈家婆向我笑道：

"你还将妻养在家里做什么呢，你自己黄也黄到这个地步了？"

"我低着头站在她面前没有答，她又说：

"'儿子呢，你只有一个了，舍不得。但妻——'

"我当时想：'莫非叫我卖去妻子么？'

而她继续道：

'但妻——虽然是结发的，穷了，也没有法。还养在家里做什么呢？'

"这样，她就直说出：'有一个秀才，因为没有儿子，年纪已五十岁了，想买一个妾，又因他底大妻不允许，只准他典一个，典三年或五年，叫我物色相当底女人：年纪约30岁左右，养过两三个儿子的，人要沉默老实，又肯做事，还要对他底大妻肯低眉下首。这次是秀才娘子向我说的，假如条件合，肯出 80 元或 100 元的身价。我代她寻了好几天，总没有相当的女人。’她说：现在碰到我，想起了你来，样样都对的。当时问我底意见怎样，我一边掉了几滴泪，一边却被她催的答应她了。”

说到这里，他垂下头，声音很低弱，停止了。他底妻简直痴似的，话一句没有。又静寂了一息，他继续说：

“昨天，沈家婆到过秀才底家里，她说秀才很高兴，秀才娘子也喜欢，钱是一百元，年数呢，假如三年养不出儿子，是五年。沈家婆并将日子也拣定了——本月十八，五天后。今天，她写典契去了。”

这时，他底妻简直连腑脏都颤抖，吞吐着问：

“你为什么早不对我说？”

“昨天在你底面前旋了三个圈了，可是对你说不出。不过我仔细想，除出将你底身子设法外，再也没有办法了。”

“决定了么？”妇人战着牙齿问。

“只待典契写好。”

“倒霉的事情呀，我！——一点也没有别的办法了么？春宝底爸呀！”

春宝是她怀里的孩子底名字。

“倒霉，我也想到过，可是穷了，我们又不肯死，你什么办法？今年，我怕连插秧也不能插了。”

“你也想到过春宝么？春宝还只有 5 岁，没有娘，他怎么好呢？”

“我领他便了。本来是断了奶的孩子。”

他似乎渐渐发怒了，也就走出门外去了。她，却呜呜咽咽地哭起来。

这时，在她过去的回忆里，却想起恰恰一年前的事：那时她生下了一个女儿，她简直如死去一般地卧在床上。死还是整个的，她却肢体分作四碎与五裂。刚落地的女婴，在地上的干草堆上叫：“呱呀，呱呀”声音很重的，手脚揪缩。脐带绕在她底身上，胎盘落在一边，她很想挣扎起来给她洗好。可是她底头昂起来，身子凝滞在床上。这样，她看见她底丈夫，这个凶狠的男子，飞红着脸，提了一桶沸水到女婴的旁边。她简直用了她一生底最后的力向他喊：“慢！慢！……”但这个病前极凶狠的男子，没有一分钟商量的余地，也不答半句话，就将“呱呀，呱呀，”声音很重地在叫着的女儿，刚出世的新生命，用他底粗暴的两手捧起来，如屠户捧将杀的小羊一般，扑通，投下在沸水里了！除出沸水的溅声和皮肉吸收沸水的嘶声以外，女孩一声也不喊——她疑问地想，为什么也不重重地哭一声呢？竟这样不响地愿意冤枉死去么？啊！——转念，那是因为她自己当时昏过去的缘故，她当时剜去了心一般地昏去了。

想到这里，似乎泪竟干涸了。“唉，苦命呀！”她低低地叹息了一声。这时春宝拔去了奶头，向他底母亲的脸上看，一边叫：

“妈妈！妈妈！”

在她将离别底前一晚，她拣了房子底最黑暗处坐着。一盏油灯点在灶前，萤火那么的光亮。她，手里抱着春宝，将她底头贴在他底头发上。她底思想似乎浮漂在极远，可是她自己捉摸不定远在哪里。于是慢慢地跑回来，跑到眼前，跑到她底孩子底身上。她向她底孩子低声叫：

“春宝，宝宝！”

“妈妈，”孩子含着奶头答。

“妈妈明天要去了……”

“唔，”孩子似不十分懂得，本能地将头钻进他母亲底胸膛。

“妈妈不回来了，三年内不能回来了。”

她擦一擦眼睛，孩子放松口子问：

“妈妈那里去呢？庙里去？”

“不是，三十里路外，一家姓李的。”

“我也去。”

“宝宝去不得的。”

“呃！”孩子反抗地，又吸着并不多的奶。

“你跟爸爸在家里，爸爸会照料宝宝的：同宝宝睡，也带宝宝玩，你听爸爸底话好了。过三年……”

她没有说完，孩子要哭似地说：

“爸爸要打我的！”

“爸爸不再打你了，”同时用她底左手抚摸着孩子底右额，在这上，有他父亲在杀死他刚生下的妹妹后第三天，用锄柄敲他，肿起而又平复了的伤痕。

她似要还想对孩子说话，她底丈夫踏进门了。他走到她底面前，一只手放在袋里，掏取着什么，一边说：

“钱已经拿来七十元了。还有三十元要等你到了后十天付。”

停了一息说：“也答应轿子来接。”

又停了一息：“也答应轿夫一早吃好早饭来。”

这样，他离开了她，又向门外走出去了。

这一晚，她和她底丈夫都没有吃晚饭。

第二天，春雨竟滴滴淅淅地落着。

轿是一早就到了，可是这妇人，她却一夜不曾睡。她先将春宝底几件破衣服都修补好。春将完了，夏将到了，可是她，连孩子冬天用的破烂棉袄都拿出来，移交给他底父亲——实在，他已经在床上睡去了。以后，她坐在他底旁边，想对他说几句话，可是长夜是迟延着过去，她底话一句也说不出，而且，她大着胆向他叫了几声，发了几个听不清楚的声音，声音在他底耳外，她也就睡下不说了。

等她朦朦胧胧地刚离开思索将要睡去，春宝又醒了。他就推叫他底母亲，要起来。以后当她给他穿衣服的时候，向他说：

“宝宝好好地在家里，不要哭，免得你爸爸打你。以后妈妈常买糖果来，买给宝宝吃，宝宝不要哭。”

而小孩子竟不知道悲哀是什么一回事，张大口子“唉，唉，”地唱起来了。她在他底唇边吻了一吻，又说：

“不要唱，你爸爸被你唱醒了。”

轿夫坐在门首的板凳上，抽着旱烟，说着他们自己要听的话。一息，邻村的沈家婆也赶到了，一个老妇人，熟悉世故的媒婆，一进门，就拍拍她身上的雨点，向他们说：

“下雨了，下雨了，这是你们家里此后会有滋长的预兆。”

老妇人忙碌似地在屋内旋了几个圈，对孩子底父亲说了几句话，意思是讨报酬。因为这件契约之能订的如此顺利而合算，实在是她的力量。

“说实在话，春宝底爸呀，再加五十元，那老头子可以买一房妾了。”她说。

于是又转向催促她——妇人却抱着春宝，这时坐着不动。老妇人声音很高地：

“轿夫要赶到他们家里吃中饭的，你快些预备走呀！”

可是妇人向她瞧了一瞧，似乎说：

“我实在不愿意离开呢！让我饿死在这里罢！”

声音是在她底喉下，可是媒婆懂得了，走近她前面，眯眯地向她笑说：

“你真是一个不懂事的丫头，黄胖还有什么东西给你呢？那边真是一份有吃有剩的人家，两百多亩田，经济是宽裕，房子是自己底，也雇着长工养着牛。大娘底性子是极好的，对人非常客气，每次看见人总给人一些吃的东西。那老头子——实在并不老，脸是很白白的，也没有留胡子，因为读了书，背有些偻偻的，斯文的模样。可是也不必多说，你一走下轿就看见的，我是一个从不说谎的媒婆。”

妇人拭一拭泪，极轻地：

“春宝……我怎么能抛开他呢！”

“不用想到春宝了，”老妇人一手放在她的肩上，脸凑近她和春宝。“有五岁了，古人说：‘三周四岁离娘身’可以离开你了。只要你底肚子争气些，到那边，也养下一二个来，万事都好了。”

轿夫也在门首催起身子，他们噜苏着说：

“又不是新娘了，啼啼哭哭的。”

这样，老妇人将春宝从她底怀里拉去，一边说：

“春宝让我带去罢。”

小小的孩子也哭了，手脚乱舞的，可是老妇人终于给他拉到小门外去。当妇人走进轿门的时候，向他们说：

“带进屋里来罢，外边有雨呢。”

她底丈夫用手支着头坐着，一动没有动，而且也没有话。

两村的相隔有三十里路，可是轿夫的第二次将轿子放下肩，就到了。春天的细雨，从轿子的布篷里飘进，吹湿了她底衣衫。一个脸孔肥肥的，两眼很有心计的约摸五十四五岁的老妇人来迎她，她想：这当然是大娘了。可是只向她满面羞涩地看一看，并没有叫。她很亲昵似地将她牵上阶沿，一个长长的瘦瘦的而面孔圆细的男子就从房里走出来。他向新来的少妇，仔细地瞧了瞧，堆出满脸的笑容来，向她问：

“这么早就到了么？可是打湿你底衣裳了。”

而那位老妇人，却简直没有顾到他底说话，也向她问：

“有什么在轿里么？”

“没有什么了。”少妇答。

几位邻舍的妇人站在大门外，探头张望的，可是她们走进屋里面了。

她自己也不知道这究竟为什么，她底心老是挂念着她底旧的家，掉不下她的春宝。这是真实而明显的，她应庆祝这将开始的三年的生活——这个家庭，和她所典给他的丈夫，都比曾经过去的要好，秀才确是一个温良和善的人，讲话是那么地低声，连大娘，实在也是一个出乎意料之外的妇人，她底态度之殷勤和滔滔的一席话：说她和她丈夫底过去的生活之经过，从美满而漂亮的结婚生活起，一直到现在，中间的30年。她曾做过一次的产，十五六年以前了，养了一个男孩子，据她说，是一个极美丽又聪明的婴儿，可是不到十个月，竟患了天花死去了。这样，以后就没有再养过第二个。在她底意思中，似乎——似乎——早就叫她底丈夫娶一房妾。可是他，不知是爱她呢，还是没有相当的人——这一层她并没有说清楚。于是，就一直到现在。这样，竟说得这个具着朴素的心地的她，一时酸，一会苦，一时甜上心头，一时又咸的压下去了。最后，这个老妇人并将她底希望又向她说出来了。她底脸是娇红的，可是老妇人说：

"你是养过三四个孩子的女人了，当然，你是知道什么的，你一定知道的还比我多。"

这样，她说着走开了。

当晚，秀才也将家里底种种情形告诉她，实际，不过是向她夸耀或求媚罢了。她坐在一张橱子的旁边，这样的红的木橱，是她旧的家所没有的，她眼睛白晃晃地瞧着它。秀才也就坐到橱子底面前来，问她：

"你叫什么名字呢？"

她没有答，也并不笑，站起来，走到床底前面，秀才也跟到床底旁边，更笑地问她：

"怕羞么？哈，你想你底丈夫么？哈，哈，现在我是你底丈夫了。"声音是轻轻的，又用手去牵着她底袖子。"不要愁罢！你也想你底孩子的，是不是？不过——"

他没有说完，却又哈的笑了一声，他自己脱去他外面的长衫了。

她可以听见房外的大娘底声音在高声地骂着什么人，她一时听不出在骂谁，骂烧饭的女仆，又好像骂她自己，可是因为她底怨恨，仿佛又是为她而发的。秀才在床上叫道：

"睡罢，她常是这么噜噜苏苏的，她以前很爱那个长工，因为长工要和烧饭的黄妈多说话，她却常要骂黄妈的。"

日子是一天天地过去了。旧的家，渐渐地在她底脑子里疏远了，而眼前，却一步步地亲近她使她熟悉。虽则，春宝的哭声有时竟在她底耳朵边响，梦中，她也几次地遇到过他了。可是梦是一个比一个缥缈，眼前的事务是一天比一天繁多。她知道这个老妇人是猜忌多心的，外表虽则对她还算大方，可是她底嫉妒的心是和侦探一样，监视着秀才对她的一举一动。有时，秀才从外面回来，先遇见了她而同她说话，老妇人就疑心有什么特别的东西买给她了，非在当晚，将秀才叫到她自己底房内去，狠狠地训斥一番不可。"你给狐狸迷着了么？""你应该称一称你自己底老骨头是多么重！"像这样的话，她耳闻到不止一次了。这样以后，她望见秀才从外面回来而旁边没有她坐着的时候，就非得急忙避开不可。即使她在旁边，有时也该让开一些，但这种动作，她要做的非常自然，而且不能让旁人看出，否则，她又要向她发怒，说是她有意要在旁人的前面暴露她大娘底丑恶。而且以后，竟将家里的许多杂务都堆积在她底身上。同一个女仆那么样。她还算是聪明的，有时老妇人底换下来的衣服放着，她也给她拿去洗了，虽然她说：

“我底衣服怎么要你洗呢？就是你自己的衣服，也可叫黄妈洗的。”可是接着说：

“妹妹呀，你最好到猪栏里去看一看，那两只猪为什么这样嗝嗝叫的，或者因为没有吃饱罢，黄妈总是不肯给它们吃饱的。”

八个月了，那年冬天，她底胃却起了变化：老是不想吃饭，想吃新鲜的面，番薯等。但番薯或面吃了两餐，又不想吃，又想吃馄饨，多吃又要呕。而且还想吃南瓜和梅子——这是六月里的东西，真稀奇，向那里去找呢？秀才是知道在这个变化中所带来的预告了。他整日地笑微微，能找到的东西，总忙着给她找来。他亲身给她到街上去买橘子，又托便人买了金柑来。他在廊沿下走来走去，口里念念有词的，不知说什么。他看她和黄妈磨过年的粉，但还没有磨了三升，就向她叫：“歇一歇罢，长工也好磨的，年糕是人人要吃的。”

有时在夜里，人家谈着话，他却独自拿了一盏灯，在灯下，读起《诗经》来了：

关关雎鸠，
在河之洲，
窈窕淑女，
君子好逑——

这时长工向他问：

“先生，你又不去考举人，还读它做什么呢？”

他却摸一摸没有胡子的口边，怡悦地说道：

“是呀，你也知道人生底快乐么？所谓：‘洞房花烛夜，金榜挂名时。’你也知道这两句话底意思么？这是人生底最快乐的两件事呀！可是我对于这两件事都过去了，我却还有比这两件更快乐的事呢？”

这样，除出他底两个妻以外，其余的人们都大笑了。

这些事，在老妇人底眼睛里是看得非常气恼了。她起初闻到她底受孕也欢喜，以后看见秀才的这样奉承她。她却怨恨她自己肚子底不会还债了。有一次，次年三月了，这妇人因为身体感觉不舒服，头有些痛，睡了三天。秀才呢，也愿她歇息歇息，更不时地问她要什么，而老妇人却着实地发怒了。她说她装娇，噜噜苏苏地也说了三天。她先是恶意地讥嘲她：说一到秀才底家里就高贵起来了，什么腰酸呀，头痛呀，姨太太的架子也都摆出来了；以前在她自己底家里，她不相信她有这样的娇养，恐怕竟和街头的母狗一样，肚子里有着一肚皮的小狗，临产了，还要到处地奔求着食物。现在呢，因为“老东西”——这是秀才的妻叫秀才的名字——趋奉了她，就装着娇滴滴的样子了。

“儿子，”她有一次在厨房里对黄妈说，“谁没有养过呀？我也曾怀过十个月的孕，不相信有这么的难受。而且，此刻的儿子，还在‘阎罗王的簿里’，谁保的定生出来不是一只癞虾蟆呢？也等到真的‘鸟儿’从洞里钻出来看见了，才可在我底面前显威风，摆架子，此刻，不过是一块血的猫头鹰，就这么地装腔，也显得太早一点！”

当晚这妇人没有吃晚饭，这时她已经睡了，听了一番婉转的冷嘲与热骂，她呜呜咽咽地低声哭泣了。秀才也带衣服坐在床上，听到浑身透着冷汗，发起抖来。他很想扣好衣服，重新走起来，去打她一顿，抓住她底头发狠狠地打她一顿，泄泄他一肚皮的气。但不知怎样，似乎没有力量，连指也颤动，臂也酸软了，一边轻轻地叹息着说：

“唉，一向实在太对她好了。结婚了三十年，没有打过她一掌，简直连指甲都没有弹到她底皮肤上过，所以今日，竟和娘娘一般地难惹了。”

同时，他爬过到床底那端，她底身边，向她耳语说：

“不要哭罢，不要哭罢。随她吠去好了！她是阉过的母鸡，看见别人的孵卵是难受的。假如你这一次真能养出一个男孩子来，我当送你两样宝贝——我有一只青玉的戒指，一只白玉的……”

他没有说完，可他忍不住听下门外的他底大妻的喋喋的讥笑的声音，他急忙地脱去衣服，将头钻进被窝里去，凑向她底胸膛，一边说：

“我有白玉的……”

肚子一天天地膨胀如斗那么大，老妇人终究也将产婆雇定了，而且在别人的面前，竟拿起花布来做婴儿用的衣服。

酷热的暑天到了尽头，旧历的六月，他们在希望的眼中过去了。秋开始，凉风也拂拂地在乡镇上吹送。于是有一天，这全家的人们都到了希望底最高潮，屋里底空气完全地骚动起来。秀才底心更是异常地紧张，他在天井上不断地徘徊，手里捧着一本历书，好似要读它背诵那么地念去——“戊辰”，“甲戌”，“壬寅之年”，老是反复地轻轻地说着。有时他底焦急的眼光向一间关了窗的房子望去——在这间房子内是有产母底低声呻吟的声音。有时他向天上望一望被云笼罩着的太阳，于是又走向房门口，向站在房门内的黄妈问：

“此刻如何？”

黄妈不住地点着头不做声响，一息，答：

“快下来了，快下来了。”

于是他又捧了那本历书，在廊下徘徊起来。

这样的情形，一直继续到黄昏底青烟在地面起来，灯火一盏盏的如春天的野花般在屋内开起，婴儿才落地了，是一个男的。婴儿的声音是很重地在屋内叫，秀才却坐在屋角里，几乎快乐到流出眼泪来了。全家的人都没有心思吃晚饭，在平淡的晚餐席上，秀才底大妻向用人们说道：

“暂时瞒一瞒罢，给小猫头避避晦气，假如别人问起，也答养一个女的好了。”

他们都微笑地点点头。

一个月以后，婴儿底白嫩的小脸孔，已在秋天的阳光里照耀了。这个少妇给他哺着奶，邻舍的妇人围着他们瞧，有的称赞婴儿底鼻子好，有的称赞婴儿底口子好，有的称赞婴儿底两耳好，更有的称赞婴儿底母亲，也比以前好，白而且壮了。老妇人却正和老祖母那么地吩咐着，保护着，这时开始说：

“够了，不要弄他哭了。”

关于孩子底名字，秀才是煞费苦心地想着，但总想不出一个相当的字来。据老妇人底意见，还是从“长命富贵”或“福禄寿喜”里拣一个字，最好还是“寿”字或与“寿”同意义的字，如“其颐”，“彭祖”等。但秀才不同意，以为太通俗，人云亦云的名字。于是翻开了《易经》，《书经》，向这里面找，但找了半月，一月，还没有恰贴的字。在他底意思：以为在这个名字内，一边要祝福孩子，一边要包含他底老而得子底蕴义，所以竟不容易找。这一天，他一边抱着三个月的婴儿，一边又向书里找名字，戴着一副眼镜，将书递到灯的旁边去。婴儿的母亲呆呆地坐在房内的一边，不知思想着什么，却忽然开口说道：

“我想，还是叫他‘秋宝’罢。”屋内的人们底几对眼睛都转向她，注意地静听着：“他不是生在秋天吗？秋天的宝贝——还是叫他‘秋宝’罢。”

秀才立刻接着说道：

“是呀，我真极费心思了。我年过半百，实在到了人生的秋期；孩子也正养在秋天。‘秋’是万物成熟的季节，秋宝，实在是一个很好的名字呀！而且《书经》里没有么？‘乃亦有秋’，我真乃亦有‘秋’了！”

接着，又称赞了一通婴儿底母亲：说是呆读书实在无用，聪明是天生的。这些话，说的这妇人连坐着都觉得局促不安，垂下头，苦笑地又含泪地想：

“我不过因春宝想到罢了。”

秋宝是天天成长的非常可爱地离不开他底母亲了。他有出奇的大眼睛，对陌生人是不倦地注视地瞧着，但对他底母亲，却远远地一眼就知道了。他整天地抓住了他底母亲，虽则秀才是比她还爱他，但不喜欢父亲。秀才底大妻呢，表面也爱他，似她自己亲生的儿子一样，但在婴儿底大眼睛里，却看她似陌生人，也用奇怪的不倦的视法。可是他的执住他底母亲愈紧，而他底母亲的离开这家的日子也愈近了。春天底口子咬住了冬天的尾巴，而夏天底脚又常是紧随着在春天底身后的。这样，谁都将孩子底母亲底三年快到的问题横放在心头上。

秀才呢，因为爱子的关系，首先向他底大妻提出来了：他愿意再拿出一百元钱，将她永远买下来。可是他底大妻底回答是：

“你要买她，那先给我药死罢！”

秀才听到这句话，气得只向鼻孔放出气，许久没有说，以后，他反而做着笑脸地：

“你想想孩子没有娘……”

老妇人也尖利地冷笑地说：

“我不好算是他底娘么？”

在孩子底母亲的心呢，却正矛盾着这两种的冲突了：一边，她底脑里老是有“三年”这两个字，三年是容易过去的，于是她底生活便变做在秀才家里底用人似的了。而且想象中的春宝，也同眼前的秋宝一样活泼可爱，她既舍不得秋宝，怎么就能舍得掉春宝呢？可是另一边，她实在愿意永远在这新的家里住下去，她想，春宝的爸爸不是一个长寿的人，他底病一定是在三五年之内要将他带走到不可知的异国里去的，于是，她便要求她底第二个丈夫，将春宝也领过来，这样，春宝也在她的眼前。有时，她倦坐在房外的沿廊下，初夏的阳光，异常地能令人昏朦地起幻想，秋宝睡在她底怀里，含着她底乳，可是她觉得仿佛春宝同时也站在她底旁边，她伸出手去也想将春宝抱近来，她还要对他们兄弟两人说几句话，可是身边也是空空的。

在身边的较远的门口，却站着这位脸孔慈善而眼睛凶毒的老妇人，目光注视着她。这样，她也恍恍惚惚地敏悟："还是早些脱离罢，她简直探子一样监视着我了。"可是忽然怀内的孩子一叫，她却又什么也没有的只剩着眼前的事实来支配她了。

以后，秀才又将计划修改了一些，他想叫沈家婆来，叫她向秋宝底母亲底前夫去说，他愿否再拿进三十元——最多是五十元，将妻续典三年给秀才，秀才对她底大妻说：

"要是秋宝到五岁，是可以离开娘了。"

他底大妻正是手里捻着念佛珠，一边在念着"南无阿弥陀佛"，一边答：

"她家里也还有前儿在，你也应放她和她底结发丈夫团聚一下罢。"

秀才低着头，断断续续地仍然这样说：

"你想想秋宝两岁就没有娘……"

可是老妇人放下念佛珠说：

"我会养的，我会管理他的，你怕我谋害了他么。"

秀才一听到末一句话，就拔步走开了。老妇人仍在后面说：

"这个儿子是帮我生的，秋宝是我底；绝种虽然是绝了你家底种，可是我却仍然吃着你家底餐饭，你真被迷了，老昏了，一点也不会想了。你还有几年好活。却要拼命拉她在身边！双连牌位，我是不愿意坐的！"

老妇人似乎还有许多刻毒的锐利的话，可是秀才走远开听不见了。

在夏天，婴儿底头上生了一个疮，有时身体稍稍发些热，于是这位老妇人就到处地问菩萨，求佛药，给婴儿敷在疮上，或灌下肚里，婴儿的母亲觉得并不十分要紧，反而使这样小小的生命哭成一身的汗珠，她不愿意，或将吃了几口的药暗地里拿去倒掉了。于是这位老妇人就高声叹息，向秀才说：

"你看，她竟一点也不介意他底病，还说孩子是并不怎样瘦下去。爱在心里的是深的；专疼表面是假的。"

这样，妇人只有暗自挥泪，秀才也不说什么话了。

秋宝一周纪念的时候，这家热闹底排了一天的酒筵，客人也到了三四十，有的送衣服，有的送面，有的送银制的狮狉，给婴儿挂在胸前的，有的送镀金的寿星老头儿，给孩子钉在帽上的，许多礼物，都在客人底袖子里带来了。他们祝福着婴儿的飞黄腾达，赞颂着婴儿的长寿永生。主人底脸孔，竟是荣光照耀着，有如落日的云霞反映着在他底颊上似的。

可是在这天，正当他们筵席将举行的黄昏时，来了一个客，从朦胧的暮光中向他们底天井走进，人们都注意他：一个憔悴异常的乡人，衣服补衲的，头发很长，在他底腋下，挟着一个纸包。主人骇异地迎上前去，问他是哪里人，他口吃似地答了，主人一时糊涂的，但立刻明白了，就是那个皮贩。主人更轻轻地说：

"你为什么也送东西来呢？你真不必呀！"

来客胆怯地向四周看看，一边答说：

"要，要的……我来祝祝这个宝贝长寿千……"

他似没有说完，一边将腋下的纸包打开来了，手指颤动地打开两三重的纸，于是拿出四只铜制镀银的字，一方寸那么大，是“寿比南山”四字。

秀才的大娘走来了，向他仔细一看，似乎不大高兴。秀才却将他招待到席上，客人们互相私语着。

两点钟的酒与肉，将人们弄得胡乱与狂热了：他们高声猜着拳，用大碗盛着酒互相比赛，闹得似乎房子都被震动了。只有那个皮贩，他虽然也喝了两杯酒，可是仍然坐着不动，客人们也不招呼他。等到兴尽了，于是各人草草地吃了一碗饭，互祝着好话，从两两三三的灯笼光影中，走散了。

而皮贩，却吃到最后，则人来收拾羹碗了，他才离开了桌。走到廊下的黑暗处。在那里，他遇见了他底被典的妻。

“你也来做什么呢？”妇人问，语气是非常凄惨的。

“我那里又愿意来，因为没有法子。”

“那末你为什么来的这样晚？”

“我那里来买礼物的钱呀？！奔跑了一上午，哀求了一上午，又到城里买礼物，走得乏了，饿了，也迟了。”

妇人接着问：

“春宝呢？”

男子沉吟了一息答：

“所以，我是为春宝来的。……”

“为春宝来的？”妇人惊异地回音似地问。

男人慢慢地说：

“从夏天来，春宝是瘦的异样了。到秋天，竟病起来了。我又那里有钱给他请医生吃药，所以现在，病是更厉害了。再不想法救救他，眼见得要死了！”静寂了一刻，继续说：“现在，我是向你来借钱的……”

这时妇人底胸膛内，简直似有四五只猫在抓她，咬她，咀嚼着她底心脏一样。她恨不得哭出来，但在人们个个向秋宝祝颂的日子，她又怎么好跟在人们底声音后面叫哭呢？她吞下她底眼泪，向她底丈夫说：

“我又那里有钱呢？我在这里，每月只给我两角钱的零用，我自己又那里要用什么，悉数补在孩子底身上了。现在，怎么好呢？”

他们一时没有说话，以后，妇人又问：

“此刻有什么人照顾着春宝呢？”

“托了一个邻舍。今晚，我仍旧想回家，我就要走了。”

他一边说着，一边揩着泪。女的同时哽咽着说：

“你等一下罢，我向他借借看。”

她就走开了。

三天以后的一天晚上，秀才忽然问这妇人道：

“我给你的那只青玉戒指呢？”

“在那天夜里，给了他了。给了他拿去当了。”

“没有借你五块钱么？”秀才愤怒地。

妇人低着头停了一息答：

“五块钱怎么够呢！”

秀才接着叹息说：

“总是前夫和前儿好，无论我对你怎么样！本来我很想再留你两年的，现在，你还是到明春就去罢！”

女人简直连泪也没有地呆着了。

几天后，他还向她那么地说：

“那只戒指是宝贝，我给你是要你传给秋宝的，谁知你一下就拿去当了！幸得她不知道，要是知道了。有三个月好闹了！”

妇人是一天天地黄瘦了。没有精彩的光芒在她底眼睛里起来，而讥笑与冷骂的声音又充塞在她底耳内了。她是时常记念着她底春宝的病的，探听着有没有从她底本乡来的朋友，也探听着有没有向她底本乡去的便客，她很想得到一个关于“春宝的身体已复原”的消息，可是消息总没有；她也想借两元钱或买些糖果去，方便的客人又没有，她不时地抱着秋宝在门首过去一些的大路边，眼睛望着来和去的路。这种情形却很使秀才底大妻不舒服了，她时常对秀才说：

“她那里愿意在这里呢，她是极想早些飞回去的。”

有几夜，她抱着秋宝在睡梦中突然喊起来，秋宝也被吓醒，哭起来了。秀才就追逼地问：

“你为什么，你为什么？”

可是女人拍着秋宝，口子哼哼的没有答。秀才继续说：

“梦着你底前儿死了么，那么地喊？连我都被你叫醒了。”

女人急忙地一连答：

“不，不，……好像我底前面有一圹坟呢！”

秀才没有再讲话，而悲哀的幻像更在女人底前面展现开来，她要走向这坟去。

冬末了，催离别的小鸟，已经到她底窗前不住地叫了。先是孩子断了奶，又叫道士们来给孩子度了一个关，于是孩子和他亲生的母亲的别离——永远的别离的命运就被决定了。

这一天，黄妈先悄悄地向秀才底大妻说：

“一顶轿子送她去么？”

秀才底大妻还是手里捻着念佛珠说：

“走走好罢，到那边轿钱是那边付的，她又那里有钱呢，听说她底亲夫连饭也没得吃，她不必摆阔了。路也不算远，我也是曾经走过三四十里路的人，她底脚比我大，半天可以到了。”

这天早晨当她给秋宝穿衣服的时候，她底泪如溪水那么地流下，孩子向她叫：“婶婶，婶婶，”——因为老妇人要他叫她自己是“妈妈”，只准叫她是“婶婶”——她向他咽咽地答应。她很想对他说几句话，意思是：

“别了，我底亲爱的儿子呀！你底妈妈待你是好的，你将来也好好地待还她罢，永远不要再记念我了！”

可是她无论怎样也说不出。她也知道一周半的孩子是不会了解的。

秀才悄悄地走向她，从她背后的腋下伸进手来，在他底手内是十枚双毫角子，一边轻轻说：

“拿去罢，这两块钱。”

妇人扣好孩子底钮扣，就将角子塞在怀内的衣袋里。

老妇人又进来了，注意着秀才走出去的背后，又向妇人说：

“秋宝给我抱去罢，免得你走时他哭。”

妇人不做声响，可是秋宝总不愿意，用手不住地拍在老妇人底脸上。于是老妇人生气地又说：

“那么你同他去吃早饭去罢，吃了早饭交给我。”

黄妈拼命地劝她多吃饭，一边说：

“半月来你就这样了，你真比来的时候还瘦了。你没有去照照镜子。今天，吃一碗下去罢，你还要走三十里路呢。”

她只不关紧要地说了一句：

“你对我真好！”

但是太阳是升的非常高了，一个很好的天气，秋宝还是不肯离开他底母亲，老妇人便狠狠地将他从她底怀里夺去，秋宝用小小的脚踢在老妇人底肚子上，用小小的拳头搔住她底头发，高声呼喊地。妇人在后面说：

“让我吃了中饭去罢。”

老妇人却转过头，汹汹地答：

“赶快打起你底包袱罢，早晚总有一次的！”

孩子的哭声便在她耳内渐渐远去了。

打包裹的时候，耳内是听着孩子的哭声。黄妈在旁边，一边劝慰着她，一边却看她打进什么去。终于，她挟着一只旧的包裹走了。

她离开他底大门时，听见她底秋宝的哭声；可是慢慢地远远地走了三里路了，还听见她底秋宝的哭声。

暖和的太阳所照耀的路，在她底面前竟和天一样无穷止地长。当她走到一条河边的时候，她很想停止她底那么无力的脚步，向明澈可以照见她自己底身子的水底跳下去了。但在水边坐了一会之后，她还得依前去的方向，移动她自己底影子。

太阳已经过午了，一个村里的一个年老的乡人告诉她，路还有十五里，于是她向那个老人说：

“伯伯，请你代我就近叫一顶轿子罢，我是走不回去了！”

“你是有病的么？”老人问。

“是的。”

她那时坐在村口的凉亭里面。

“你从哪里来？”

妇人静默了一时答：

“我是向那里去的；早晨我以为自己会走的。”

老人怜悯地也没有多说话，就给她找了两位轿夫，一顶没篷的轿。因为那是下秧的时节。

下午三四时的样子，一条狭窄而污秽的乡村小街上，抬过了一顶没篷的轿子，轿里躺着一个脸色枯萎如同一张干瘪的黄菜叶那么的中年妇人，两眼朦胧地颓唐地闭着。嘴里的呼吸只有微弱地吐出。街上的人们个个睁着惊异的目光，怜悯地凝视着过去。一群孩子们，争噪地跟在轿后，好像一件奇异的事情落到这沉寂的小村镇里来了。

春宝也是跟在轿后的孩子们中底一个，他还在似赶猪那么地哗着轿走，可是当轿子一转一个弯，却是向他底家里去的路，他却伸直了两手而奇怪了，等到轿子到了他家里的门口，他简直呆似地远远地站在前面的，背靠在一株柱子上，面向着轿，其余的孩子们胆怯地围在轿的两边。妇人走出来了，她昏迷的眼睛还认不清站在前面的，穿着褴褛的衣服，头发蓬乱的，身子和三年前一样的短小，那个八岁的孩子是她底春宝。突然。她哭出来地高叫了：

“春宝呀！”

一群孩子们，个个无意地吃了一惊，而春宝简直吓的躲进屋里他父亲那里去了。

妇人在灰暗的屋里坐了许久许久，她和她底丈夫都没有一句话。夜色降落了，他下垂的头昂起来，向她说：

“烧饭吃罢！”

妇人就不得已地站起来，向屋角上旋转了一周，一点也没有力气地对她丈夫说：

“米缸内是空空的……”

男人冷笑了一声，答说：

“你真在大人家底家里生活过了！米，盛在那只香烟盒子内。”

当天晚上，男子向他底儿子说：

“春宝，跟你底娘去睡！”

而春宝却靠在灶边哭起来了。他底母亲走近他，一边叫：

“春宝，春宝！”

可是当她的手去抚摸他底时候，他又躲闪开了。男子加上说：

“会生疏得那么快，一顿打呢！”

她眼睁睁地睡在一张龌龊的狭板床上，春宝陌生似地睡在她底身边。在她底已经麻木的脑内，仿佛秋宝肥白可爱地在她身边挣动着，她伸出两手想去抱，可是身边是春宝。这时，春宝睡着了，转了一个身，他底母亲紧紧地将他抱住，而孩子却从微弱的鼾声中，脸伏在她底胸膛上，两手抚摩着她底两乳。

沉静而寒冷的死一般的长夜，似无限地拖延着，拖延着……

1930年1月20日

（选自《中国新文学大系1927—1937》第三集，上海文艺出版社，1984）

【学习提示】

柔石（1902—1931），原名赵平复，浙江宁海人，左翼作家中最受鲁迅推崇的一位。1918 年，柔石在杭州入浙江第一师范学校读书。1921 年，柔石参加了叶圣陶、朱自清、潘漠华、冯雪峰的“晨光文学社”，开始从事新文学创作。1928 年，柔石开始与鲁迅交往，与鲁迅一起创办“朝花社”。1931 年 2 月 7 日，柔石在上海龙华监狱被国民党反动派秘密杀害。柔石是一位极有才华的作家，其作品有短篇小说集《疯人》《希望》，中篇小说《三姊妹》《二月》，此外还有长篇小说《旧时代之死》。《二月》和《为奴隶的母亲》是其代表作。

短篇小说《为奴隶的母亲》创作于 1930 年，讲述的是一个“典妻”的故事。皮货商人“黄胖”（因患黄疸病，又黄又肿，所以人们都叫他“黄胖”），在穷困潦倒的时候，将自己的妻子典给邻村一个老秀才为之延续香火。黄胖的儿子春宝刚满 5 岁。面对这残酷的交易，春宝娘气得差点晕过去。在秀才家的屈辱岁月中，春宝娘既要负责为秀才生儿子，又要承担仆人的体力活，还要忍受秀才老婆（一个狠毒的老妇人）恶毒的诅咒和发泄。后来，春宝娘终于怀孕，为秀才生下一个白胖儿子，取名“秋宝”。当秋宝开始牙牙学语时，春宝娘完成了她作为生育奴隶的任务，被秀才一家赶走。在极度悲伤和虚弱的情况下，春宝娘回到了原先的家。春宝已经长大，不认得娘了，黄胖对她则更加冷漠。完成典当合同的她，在这肮脏而一贫如洗的家中，继续她奴隶和母亲的生涯。

《为奴隶的母亲》所揭示的，不仅是一般意义上的剥削制度，更是深刻的人的非人命运和处境。春宝娘被剥夺的，不仅是人的权利、人的尊严，还有做母亲的权利。她的悲惨处境，深刻地揭露了社会的黑暗和野蛮。

这篇小说与柔石其他小说不同的是，主人公不再是知识分子，而是处于社会底层的劳动妇女。小说描写非常细腻、准确，叙述非常自然，语言简练而又富于情感，显示出作者深厚的艺术功力。小说既有完整的叙事，又贯穿着忧郁的抒情调子，感人至深。

【思考练习题】

1. 试述小说的思想内涵。
2. 小说在艺术描写上主要运用了哪些手法？

【延展阅读】

中国现代文学中还有不少以“典妻”为题材的小说，如罗淑的《生人妻》、许杰的《赌徒吉顺》、台静农的《蚯蚓们》等。请补充阅读上述小说，深刻理解这些小说所表达的主题与时代背景。

生死场（节选）

萧　红

麦　场

一只山羊在大道边啮嚼榆树的根端。

城外一条长长的大道，被榆树荫蒙蔽着。走在大道中，像是走进一个动荡遮天的大伞。

山羊嘴嚼榆树皮，黏沫从山羊的胡子流涎着。被刮起的这些黏沫，仿佛是胰子的泡沫，又像粗重浮游着的丝条；黏沫挂满羊腿。榆树显然是生了疮疖，榆树带着偌大的疤痕。山羊却睡在荫中，白囊一样的肚皮起起落落……

菜田里一个小孩慢慢地踱走。在草帽的盖伏下，像是一棵大形的菌类。捕蝴蝶吗？捉蚱虫吗？小孩在正午的太阳下。

很短时间以内，跌步的农夫也出现在菜田里。一片白菜的颜色有些相近山羊的颜色。

毗连着菜田的南端生着青穗的高粱的林。小孩钻入高粱之群里，许多穗子被撞着，从头顶坠下来。有时也打在脸上。叶子们交结着响，有时刺痛着皮肤。那里是绿色的甜味的世界，显然凉爽一些。时间不久，小孩子争斗着又走出最末的那棵植物。立刻太阳烧着他的头发，机灵的他把帽子扣起来。高空的蓝天，遮覆住菜田上闪耀着的阳光，没有一块行云。一株柳条的短枝，小孩夹在腋下，走路他的两腿膝盖远远的分开，两只脚尖向里勾着，勾得腿在抱着个盆样。跌脚的农夫早已看清是自己的孩子了，他远远地完全用喉音在问着：

“罗圈腿，唉呀！……不能找到？”

这个孩子的名字十分象征着他。他说：“没有。”

菜田的边道，小小的地盘，绣着野菜。经过这条短道，前面就是二里半的房窝，他家门前种着一株杨树，杨树翻摆着自己的叶子。每日二里半走在杨树下，总是听一听杨树的叶子怎样响，看一看杨树的叶子怎样摆动？杨树每天这样……他也每天停脚。今天是他第一次破例，什么他都忘记，只见跌脚跌得更深了！每一步像在踏下一个坑去。

土屋周围，树条编做成墙，杨树一半荫影洒落到院中；麻面婆在荫影中洗濯衣裳。正午田圃间只留着寂静，惟有蝴蝶们围着花，远近的翩飞，不怕太阳烧毁它们的翅膀。一切都回藏起来，一只狗也寻着有荫的地方睡了！虫子们也回藏不鸣！

汗水在麻面婆的脸上，如珠如豆，渐渐侵着每个麻痕而下流。麻面婆不是一只蝴蝶，她生不出磷膀来，只有印就的麻痕。

两只蝴蝶飞戏着闪过麻面婆，她用湿的手把飞着的蝴蝶打下来，一个落到盆中溺死了！她的身子向前继续伏动，汗流到嘴了，她舐尝一点盐的味，汗流到眼睛的时候，那是非常辣，她急切用湿手揩拭一下，但仍不停的洗濯。她的眼睛好像哭过一样，揉擦出脏污可笑的圈子，若远看一点，那正合乎戏台上的丑角；眼睛大得那样可怕，比起牛的眼睛来更大，而且脸上也有不定的花纹。

土房的窗子，门，望去那和洞一样。麻面婆踏进门，她去找另一件要洗的衣服，可是在炕上，她抓到了日影，但是不能拿起，她知道她的眼睛是晕花了！好像在光明中忽然走进灭了灯的夜。她休息下来。感到非常凉爽。过了一会在席子下面她抽出一条自己的裤子。她用裤子抹着头上的汗，一面走回树荫放着盆的地方，她把裤子也浸进泥浆去。

裤子在盆中大概还没有洗完，可是搭到篱墙上了！也许已经洗完？麻面婆的事是一件跟紧一件，有必要时，她放下一件又去做别的。

邻屋的烟筒，浓烟冲出，被风吹散着，布满全院。烟迷着她的眼睛了！她知道家人要回来吃饭，慌张着心弦，她用泥浆浸过的手去墙角拿茅草，她贴了满手的茅草，就那样，她烧饭，她的手从来没用清水洗过。她家的烟筒也冒着烟了。过了一会，她又出来取柴，茅草在手中，一半拖在地面，另一半在围裙下，她是拥着走。头发飘了满脸，那样，麻面婆是一只母熊了！母熊带着草类进洞。

浓烟遮住太阳，院中一霎幽暗，在空中烟和云似的。

篱墙上的衣裳在滴水滴，蒸着污浊的气。全个村庄在火中窒息。午间的太阳权威着一切了！

“他妈的，给人家偷着走了吧？”

二里半跌脚厉害的时候，都是把屁股向后面斜着，跌出一定的角度来。他去拍一拍山羊睡觉的草棚，可是羊在哪里？

“他妈的，谁偷了羊……混账种子！”

麻面婆听着丈夫骂，她走出来凹着眼睛：

“饭晚啦吗？看你不回来，我就洗些个衣裳。”

让麻面婆说话，就像让猪说话一样，也许她喉咙组织法和猪相同，她总是发着猪声。

“唉呀！羊丢啦！我骂你那个傻老婆干什么？”

听说羊丢了，她去扬翻柴堆，她记得有一次羊是钻过柴堆。但，那在冬天，羊为着取暖。她没有想一想，六月天气，只有和她一样傻的羊才要钻柴堆取暖。她翻着，她没有想。全头发洒着一些细草，她丈夫想止住她，问她什么理由，她始终不说。她为着要作出一点奇迹，为着从这奇迹，今后要人看重她。表明她不傻，表明她的智慧是在必要的时节出现，于是像狗在柴堆上要得疲乏了！手在扒着发间的草秆，她坐下来。她意外的感到自己的聪明不够用，她意外的对自己失望。

过了一会邻人们在太阳底下四面出发，四面寻羊；麻面婆的饭锅冒着气，但，她也跟在后面。

二里半走出家门不远，遇见罗圈腿，孩子说：

“爸爸，我饿！”

二里半说：“回家去吃饭吧！”

可是二里半转身时老婆和一捆稻草似的跟在后面。

“你这老婆，来干什么？领他回家去吃饭。”

他说着不停的向前跌走。

黄色的，近黄色的麦地只留下短短的根苗。远看来麦地使人悲伤。在麦地尽端，井边什么人在汲水。二里半一只手遮在眉上，东西眺望，他忽然决定到那井的地方，在井沿看下去，什么也没有，用井上汲水的桶子向水底深深的探试，什么也没有。最后，绞上水桶，他伏身到井边喝水，水在喉中有声，像是马在喝。

老王婆在门前草场上休息：

“麦子打得怎样啦？我的羊丢了！”

二里半青色的面孔为了丢羊更青色了！

咩……咩……羊叫？不是羊叫，寻羊的人叫。

林荫一排砖车经过，车夫们哗闹着。山羊的午睡醒转过来，它迷茫着用犄角在周身剔毛。为着树叶绿色的反映，山羊变成浅黄。卖瓜的人在道旁自己吃瓜。那一排砖车扬起浪般的灰尘，从林荫走上进城的大道。

山羊寂寞着，山羊完成了它的午睡，完成了它的树皮餐，而归家去了。山羊没有归家，它经过每棵高树，也听遍了每张叶子的刷鸣，山羊也要进城吗！它奔向进城的大道。

咩……咩，羊叫？不是羊叫，寻羊的人叫，二里半比别人叫出来更大声，那不像是羊叫，像是一条牛了！

最后，二里半和地邻动打，那样，他的帽子，像断了线的风筝，飘摇着下降，从他头上飘摇到远处。

“你踏碎了俺的白菜！——你……你……”

那个红脸长人，像是魔王一样，二里半被打得眼睛晕花起来，他去抽拔身边的一棵小树；小树无由的被害了，那家的女人出来，送出一支搅酱缸的耙子，耙子滴着酱。

他看见耙子来了，拔着一棵小树跑回家去，草帽是那般孤独的丢在井边，草帽他不知戴过了多少年头。

二里半骂着妻子：“混蛋，谁吃你的焦饭！”

他的面孔和马脸一样长。麻面婆惊惶着，带着愚蠢的举动，她知道山羊一定没能寻到。

过了一会，她到饭盆那里哭了！“我的……羊，我一天一天喂喂……大的，我抚摸着长起来的！”

麻面婆的性情不会抱怨。她一遇到不快时，或是丈夫骂了她，或是邻人与她拌嘴，就连小孩子们扰烦她时，她都是像一摊蜡消融下来。她的性情不好反抗，不好争斗，她的心像永远贮藏着悲哀似的，她的心永远像一块衰弱的白棉。她哭抽着，任意走到外面把晒干的衣裳搭进来，但她绝对没有心思注意到羊。

可是会旅行的山羊在草棚不断的搔痒，弄得板房的门扇快要掉落下来，门扇摔摆的响着。

下午了，二里半仍在炕上坐着。

“妈的，羊丢了就丢了吧！留着它不是好兆相。”

但是妻子不晓得养羊会有什么不好的兆相，她说：

“哼！那么白白地丢了？我一会去找，我想一定在高粱地里。”

“你还去找？你别找啦！丢就丢了吧！”

“我能找到它呢！”

“唉呀：找羊会出别的事哩！”

他脑中回旋着挨打的时候：——草帽像断了线的风筝飘摇着下落，酱耙子滴着酱。快抓住小树，快抓住小树。……二里半心中翻着这不好的兆相。

他的妻不知道这事。她朝向高粱地去了：蝴蝶和别的虫子热闹着，田地上有人工作了。她不和田上的妇女们搭话，经过留着根的麦地时，她像微点的爬虫在那里。阳光比正午钝了些，虫鸣渐多了；渐飞渐多了！

老王婆工作剩余的时间，尽是，述说她无穷的命运。她的牙齿为着述说常常切得发响，那样她表示她的愤恨和潜怒。在星光下，她的脸纹绿了些，眼睛发青，她的眼睛是大的圆形。有时她讲到兴奋的话句，她发着嘎而没有曲折的直声。邻居的孩子们会说她是一头“猫头鹰”，她常常为着小孩子们说她“猫头鹰”而愤激：她想自己怎么会成个那样的怪物呢？像碎着一件什么东西似的，她开始吐痰。

孩子们的妈妈打了他们，孩子跑到一边去哭了！这时王婆她该终止她的讲说，她从窗洞爬进屋去过夜。但有时她并不注意孩子们哭，她不听见似地，她仍说着那一年麦子好；她多买了一头牛，牛又生了小牛，小牛后来又怎样？……她的讲话总是有起有落；关于一头牛，她能有无量的言词：牛是什么颜色？每天要吃多少水草？甚至要说到牛睡觉是怎样的姿势。

但是今夜院中一个讨厌的孩子也没有，王婆领着两个邻妇，坐在一条喂猪的槽子上，她们的故事便流水一般地在夜空里延展开。

天空一些云忙走，月亮陷进云围时，云和烟样，和煤山样，快要燃烧似地。再过一会，月亮埋进云山，四面听不见蛙鸣，只是萤火虫闪闪着。

屋里，像是洞里，响起鼾声来，布遍了的声波旋走了满院。天边小的闪光不住的在闪合。王婆的故事对比着天空的云：

“……一个孩子三岁了，我把她摔死了，要小孩子我会成了个废物。……那天早晨……我想一想！……是早晨，我把她坐在草堆上，我去喂牛；草堆是在房后。等我想起孩子来，我跑去抱她，我看见草堆上没有孩子；我看见草堆下有铁犁的时候，我知道，这是恶兆，偏偏孩子跌在铁犁一起，我以为她还活着呀！等我抱起来的时候……啊呀！”

一条闪光裂开来，看得清王婆是一个兴奋的幽灵。全麦田，高粱地，菜圃，都在闪光下出现。妇人们被惶惑着，像是有什么冷的东西，扑向她们的脸去。闪光一过，王婆的话声又连续下去：

“……啊呀！……我把她丢到草堆上，血尽是向草堆上流呀！她的小手颤颤着，血在冒着汽从鼻子流出，从嘴也流出，好像喉管被切断了。我听一听她的肚子还有响；那和一条小狗给车轮轧死一样。我也亲眼看过小狗被车轮压死，我什么都看过。这庄上的谁家养小孩，一遇到孩子不能养下来，我就去拿着钩子，也许用那个掘菜的刀子，把孩子从娘的肚里硬搅出来。孩子死，不算一回事，你们以为我会暴跳着哭吧？我会嚎叫吧？起先我心也觉得发颤，可是我一看见麦田在我眼前时，我一点都不后悔，我一滴眼泪都没淌下。以后麦子收成很好，麦子是我割倒的，在场上一粒一粒我把麦子拾起来，就是那年我整个秋天没有停脚，没讲闲话，像连口气也没得喘似的，冬天就来了！到冬天我和邻人比着麦粒，我的麦粒是那样大呀！到冬天我的背曲得有些厉害，在手里拿着大的麦粒。可是，邻人的孩子却长起来了！……到那时候，我好像忽然才想起我的小钟。”

王婆推一推邻妇，荡一荡头：

“我的孩子小名叫小钟呀！……我接连着煞苦了几夜没能睡，什么麦粒？从那时起，我连麦粒也不怎样看重了！就是如今，我也不把什么看重。那时我才二十几岁。”

闪光相连起来，能言的幽灵默默坐在闪光中。邻妇互望着，感到有些寒冷。

狗在麦场张狂着咬过来，多云的夜什么也不能告诉人们。忽然一道闪光，看见的黄狗卷着尾巴向二里半叫去，闪光一过，黄狗又回到麦堆，草茎折动出细微的声音。

“三哥不在家里？”

“他睡着哩！”王婆又回到她的默默中，她的答话像是从一个空瓶子或是从什么空的东西发出。猪槽上她一个人化石一般地留着。

“三哥！你又和三嫂闹嘴吗？你常常和她闹嘴，那会败坏了平安的日子的。”

二里半，能宽容妻子，以他的感觉去衡量别人。

赵三点起烟火来，他红色的脸笑了笑：“我没和谁闹嘴哩！”

二里半他从腰间解下烟袋，从容着说：

“我的羊丢了！你不知道吧？它又走了回来。要替我说出买主去，这条羊留着不是什么好兆相。”

赵三用粗嘎的声音大笑，大手和红色脸在闪光中伸现出来：

“哈……哈，倒不错，听说你的帽子飞到井边团团转呢！”

忽然二里半又看见身边长着一棵小树，快抓住小树，快抓住小树。他幻想终了，他知道被打的消息是传布出来，他捻一捻烟火，解辩着说：

“那家子不通人情，那有丢了羊不许找的勾当？她硬说踏了她的白菜，你看，我不能和她动打。”

摇一摇头，受着辱一般的冷没下去，他吸烟管，切心地感到羊不是好兆相，羊会伤着自己的脸面。

来了一道闪光，大手的高大的赵三，从炕沿站起，用手掌擦着眼。他忽然响叫：

“怕是要落雨吧！——坏啦！麦子还没打完，在场上堆着！”

赵三感到养牛和种地不足，必须到城里去发展。他每日进城，他渐渐不注意麦子，他梦想着另一桩有望的事业。

“那老婆，怎不去看麦子？麦子一定要给水冲走呢？”

赵三习惯的总以为她会坐在院心，闪光更来了！雷响，风声。一切翻动着黑夜的村庄。

“我在这里呀！到草棚拿席子来，把麦子盖起吧！”

喊声在有闪光的麦场响出，声音像碰着什么似的，好像在水上响出，王婆又震动着喉咙：“快些，没有用的，睡觉睡昏啦！你是摸不到门啦！”

赵三为着未来的大雨所恐吓，没有同她拌嘴。

高粱地像要倒折，地端的榆树吹啸起来，有点像金属的声音，为着闪的原故，全庄忽然裸现，忽然又沉埋下去。全庄像是海上浮着的泡沫。邻家和距离远一点的邻家有孩子的哭声，大人在嚷吵，什么酱缸没有盖啦！驱赶着鸡雏啦！种麦田的人家嚷着麦子还没有打完啦！农家好比鸡笼，向着鸡笼投下火去，鸡们会翻腾着。

黄狗在草堆开始做窝，用腿扒草，用嘴扯草。王婆一边颤动，一边手里拿着耙子。

“该死的，麦子今天就应该打完，你进城就不见回来，麦子算是可惜啦！”

二里半在电光中走近家门，有雨点打下来，在植物的叶子上稀疏地响着。雨点打在他的头上时，他摸一下头顶而没有了草帽。关于草帽，二里半一边走路一边怨恨山羊。

早晨了，雨还没有落下。东边一道长虹悬起来；感到湿的气味的云掠过人头，东边高粱头上，太阳走在云后，那过于艳明，像红色的水晶，像红色的梦。远看高粱和小树林一般森严着；村家在早晨趁着气候的凉爽，各自在田间忙。

赵三门前，麦场上小孩子牵着马，因为是一条年青的马，它跳着荡着尾巴跟它的小主人走上场来。小马欢喜用嘴撞一撞停在场上的“石磙”，它的前腿在平滑的地上跺打几下，接着它必然像索求什么似的叫起不很好听的声来。

王婆穿的宽袖的短袄，走上平场。她的头发毛乱而且绞卷着，朝晨的红光照着她，她的头发恰像田上成熟的玉米缨穗，红色并且蔫卷。

马儿把主人呼唤出来，它等待给它装置“石磙”，“石磙”装好的时候，小马摇着尾巴，不断的摇着尾巴，它十分驯顺和愉快。

王婆摸一摸席子潮湿一点，席子被拉在一边了；孩子跑过去，帮助她，麦穗布满平场，王婆拿着耙子站到一边。小孩欢跑着立到场子中央，马儿开始转跑。小孩在中心地点也是转着。好像画圆周时用的圆规一样，无论马儿怎样跑，孩子总在圆心的位置。因为小马发疯着，飘扬着跑，它和孩子一般地贪玩，弄得麦穗溅出场外。王婆用耙子打着马，可是走了一会它游戏够了，就和厮耍着的小狗需要休息一样，休息下来。王婆着了疯一般地又挥着耙子，马暴跳起来，它跑了两个圈子，把“石磙”带着离开铺着麦穗的平场；并且嘴里咬嚼一些麦穗。系住马勒带的孩子挨着骂：

“呵！你总偷着把它拉上场，你看这样的马能打麦子吗？死了去吧！别烦我吧！”

小孩子拉马走出平场的门；到马槽子那里，去拉那个老马。把小马束好在杆子间。老马差不多完全脱了毛，小孩子不爱它，用勒带打着它走，可是它仍和一块石头或是一棵生了根的植物那样不容搬运。老马是小马的妈妈，它停下来，用鼻头偎着小马肚皮间破裂的流着血的伤口。小孩子看见他爱的小马流血，心中惨惨的眼泪要落出来，但是他没能晓得母子之情，因为他还没能看见妈妈，他是私生子。脱着光毛的老动物，催逼着离开小马，鼻头染着一些血，走上麦场。

村前火车经过河桥，看不见火车，听见隆隆的声响。王婆注意着旋上天空的黑烟。

前村的人家，驱着白菜车去进城，走过王婆的场子时，从车上抛下几个柿子来，一面说：“你们是不种柿子的，这是贱东西，不值钱的东西，麦子是发财之道呀！”驱着车子的青年结实的汉子过去了；鞭子甩响着。

老马看着墙外的马不叫一声，也不响鼻子。小孩去拿柿子吃，柿子还不十分成熟，半青色的柿子，永远被人们摘取下来。

马静静地停在那里，连尾巴也不甩摆一下。也不去用嘴触一触石磙；就连眼睛它也不远看一下，同时它也不怕什么工做，工作来的时候，它就安心去开始；一些绳锁束上身时，它就跟住主人的鞭子。主人的鞭子很少落到它的皮骨，有时它过分疲惫而不能支持，行走过分缓慢；主人打了它，用鞭子，或是用别的什么，但是它并不暴跳，因为一切过去的年代规定了它。

麦穗在场上渐渐不成形了！

“来呀！在这儿拉一会马呀！平儿！”

“我不愿意和老马在一块，老马整天像睡着。”

平儿囊中带着柿子走到一边去吃，王婆怨怒着：

“好孩子呀！我管不好你，你还有爹哩！”

平儿没有理谁，走出场子，向着东边种着花的地端走去。他看着红花，吃着柿子走。

灰色的老幽灵暴怒了：“我去唤你的爹爹来管教你呀！”

她像一支灰色的大鸟走出场去。

清早的叶子们！树的叶子们，花的叶子们，闪着银珠了！太阳不着边际地圆轮在高粱棵的上端，左近的家屋在预备早饭了。

老马自己在滚压麦穗，勒带在嘴下拖着，它不偷食麦粒，它不走脱了轨，转过一个圈，再转过一个，绳子和皮条有次序的向它光皮的身子磨擦，老动物自己无声的动在那里。

种麦的人家，麦草堆得高涨起来了！福发家的草堆也涨过墙头。福发的女人吸起烟管。她是健壮而短小，烟管随意冒着烟；手中的耙子，不住的耙在平场。

侄儿打着鞭子行经在前面的林荫，静静悄悄地他唱着寂寞的歌；她为歌声感动了！耙子快要停下来，歌声仍起在林端：

“昨晨落着毛毛雨，……小姑娘，披蓑衣……小姑娘……去打鱼。”

（选自《萧红全集》第一卷，北方文艺出版社，1991）

【学习提示】

萧红（1911—1942），原名张迺莹，黑龙江呼兰（今哈尔滨市呼兰区）人。1920年，萧红在当地龙王庙入小学，1927年，考入哈尔滨东省特别区区立第一女子中学。1930年，萧红得知其父将自己许配给呼兰汪家后，逃婚，出走哈尔滨，同年秋到北平读书。1931年春，萧红被汪家少爷找到，并与之同居。1932年春，萧红只身逃往北平，被汪找到，后被遗弃，患难之中遇到萧军，开始了与他长达五年多的坎坷生活。1938年与萧军分开，1940年春到香港，集中精力创作《呼兰河传》《马伯乐》等，1942年1月22日客死香港。

萧红一生短暂，但其著作成就不凡。1933年，她与萧军合著小说、散文集《跋涉》。1934年，完成代表作《生死场》。《生死场》后作为“奴隶丛书”之三，由上海容光书局出版。萧红的主要作品有长篇小说《呼兰河传》《马伯乐》，中篇小说《生死场》，短篇小说集《牛车上》、《跋涉》(与萧军合著)、《朦胧的期待》、《旷野的呼喊》，散文集《商市街》等。鲁迅先生曾这样评价她的作品：“女性作者的细致的观察和越轨的笔致，又增加了不少明丽和新鲜。”

《生死场》这部小说没有完整、连贯的故事情节，主要通过对农民群体的生活常态和悲惨命运的描写，展示了东北地区闭塞的农村中的农民的焦灼和苦难。在《生死场》中，萧红用散文化、诗化的语言展示给人们的是那些生活状态跟动物一样的愚昧而又痛苦的人们的生活。为了揭示这些人的非人处境，萧红常常将人与牲畜放在一起描写。譬如在写女人的难产时，小说中时时有母牛生犊难产的对比性描写，而在这种场面中，女人常常不及母牛或牛犊受重视。在小说中，萧红的笔触常常伸向遭受苦难最多的女性。她们不仅承受着与男性一样的贫困、疾病、辛劳、无望，而且因为是女人，她们还要遭受男人或家庭的虐待。而在对苦难的描绘中，人们还时时能感受到处于非人境地中的人的那种本能的生命意志。这部散文化的小说像一幅流动的风俗画，展示给人们的是“状态”而不是传奇故事。

【思考练习题】

1. 《生死场》的思想内容主要表现在哪些方面？
2. 《生死场》这部作品在艺术上主要有哪些特色？
3. 结合选文中的景色描写，谈谈萧红小说的语言风格。

小城三月

萧　红

一

三月的原野已经绿了，象地衣那样绿，透出在这里，那里。郊原上的草，是必须转折了好几个弯儿才能钻出地面的，草儿头上还顶着那胀破了种粒的壳，发出一寸多高的芽子，欣幸的钻出了土皮。放牛的孩子，在掀起了墙脚片下面的瓦片时，找到了一片草芽了，孩子们到家里告诉妈妈，说:“今天草芽出土了!”妈妈惊喜地说:“那一定是向阳的地方!”抢根菜的白色的圆石似的籽儿在地上滚着，野孩子一升一斗地在拾。蒲公英发芽了，羊咩咩地叫，乌鸦绕着杨树林子飞。天气一天暖似一天，日子一寸一寸的都有意思。杨花满天照地飞，象棉花似的。人们出门都是用手捉着，杨花挂着他了。草和牛粪都横在道上，放散着强烈的气味。远远的有用石子打船的声音，空空……的大响传来。

河冰发了，冰块顶着冰块，苦闷地又奔放地向下流。乌鸦站在冰块上寻觅小鱼吃，或者是还在冬眠的青蛙。

天气突然的热起来，说是“二八月，小阳春”，自然冷天气还是要来的，但是这几天可热了。春天带着强烈的呼唤从这头走到那头……

小城里被杨花给装满了，在榆树还没变黄之前，大街小巷到处飞着，像纷纷落下的雪块……

春来了。人人象久久等待着一个大暴动，今天夜里就要举行，人人带着犯罪的心情，想参加到解放的尝试……春吹到每个人的心坎，带着呼唤，带着蛊惑……

我有一个姨，和我的堂哥哥大概是恋爱了。

姨母本来是很近的亲属，就是母亲的姊妹。但是我这个姨，她不是我的亲姨，她是我的继母的继母的女儿。那么她可算与我的继母有点血统的关系了，其实也是没有的。因为我这个外祖母是在已经做了寡妇之后才来到的外祖父家，翠姨就是这个外祖母的原来在另外的一家所生的女儿。

翠姨还有一个妹妹，她的妹妹小她两岁，大概是十七八岁，那么翠姨也就是十八九岁了。

翠姨生得并不是十分漂亮，但是她长得窈窕，走起路来沉静而且漂亮，讲起话来清楚的带着一种平静的感情。她伸手拿樱桃吃的时候，好象她的手指尖对那樱桃十分可怜的样子，她怕把它触坏了似的轻轻地捏着。

假若有人在她的背后招呼她一声，她若是正在走路，她就会停下；若是正在吃饭，就要把饭碗放下，而后把头向着自己的肩膀转过去，而全身并不大转，于是她自觉地闭合着嘴唇，象是有什么要说而一时说不出来似的……

而翠姨的妹妹，忘记了她叫什么名字，反正是一个大说大笑的，不十分修边幅，和她的姐姐完全不同。花的绿的，红的紫的，只要是市上流行的，她就不大加以选择，做起一件衣服来赶快就穿在身上。穿上了而后，到亲戚家去串门，人家恭维她的衣料怎样漂亮的时候，她总是说，和这完全一样的，还有一件，她给了她的姐姐了。

我到外祖父家去，外祖父家里没有象我一般大的女孩子陪着我玩，所以每当我去，外祖母总是把翠姨喊来陪我。

翠姨就住在外祖父的后院，隔着一道板墙，一招呼，听见就来了。

外祖父住的院子和翠姨住的院子，虽然只隔一道板墙，但是却没有门可通，所以还得绕到大街上去从正门进来。

因此有时翠姨先来到板墙这里，从板墙缝中和我打了招呼，而后回到屋去装饰了一番，才从大街上绕了个圈来到她母亲的家里。

翠姨很喜欢我，因为我在学堂里念书，而她没有，她想什么事我都比她明白。所以她总是有许多事务同我商量，看看我的意见如何。

到夜里，我住在外祖父家里了，她就陪着我也住下的。

每每从睡下了就谈，谈过了半夜，不知为什么总是谈不完……

开初谈的是衣服怎样穿，穿什么样的颜色的，穿什么样的料子。比如走路应该快或是应该慢。有时白天里她买了一个别针，到夜里她拿出来看看，问我这别针到底是好看或是不好看，那时候，大概是十五年前的时候，我们不知别处如何装扮一个女子，而在这个城里几乎个个都有一条宽大的绒绳结的披肩，蓝的，紫的，各色的也有，但最多多不过枣红色了。几乎在街上所见的都是枣红色的大披肩了。

哪怕红的绿的那么多，但总没有枣红色的最流行。

翠姨的妹妹有一张，翠姨有一张，我的所有的同学，几乎每人有一张。就连素不考究的外祖母的肩上也披着一张，只不过披的是蓝色的，没有敢用那最流行的枣红色的就是了。因为她总算年纪大了一点，对年青人让了一步。

还有那时候都流行穿绒绳鞋，翠姨的妹妹就赶快地买了穿上。因为她那个人很粗心大意，好坏她不管，只是人家有她也有，别人是人穿衣裳，而翠姨的妹妹就好象被衣服所穿了似的，芜芜杂杂，但永远合乎着应有尽有的原则。

翠姨的妹妹的那绒绳鞋，买来了，穿上了。在地板上跑着，不大一会工夫，那每只鞋脸上系着的一只毛球，竟有一个毛球已经离开了鞋子，向上跳着，只还有一根绳连着，不然就要掉下来了。很好玩的，好象一颗大红枣被系到脚上去了。因为她的鞋子也是枣红色的。大家都在嘲笑她的鞋子一买回来就坏了。

翠姨，她没有买，她犹疑了好久，不管什么新样的东西到了，她总不是很快地就去买了来，也许她心里边早已经喜欢了，但是看上去她都象反对似的，好象她都不接受。

她必得等到许多人都开始采办了，这时候看样子，她才稍稍有些动心。

好比买绒绳鞋，夜里她和我谈话，问过我的意见，我也说是好看的，我有很多的同学，她们也都买了绒绳鞋。

第二天翠姨就要求我陪着她上街，先不告诉我去买什么，进了铺子选了半天别的，才问到我绒绳鞋。

走了几家铺子，都没有，都说是已经卖完了。我晓得店铺的人是这样瞎说的。表示他家这店铺平常总是最丰富的，只恰巧你要的这件东西，他就没有了。我劝翠姨说咱们慢慢的走，别家一定会有的。

我们是坐马车从街梢上的外祖父家来到街中心的。

见了第一家铺子，我们就下了马车。不用说，马车我们已经是付过了车钱的。等我们买好了东西回来的时候，会另外叫一辆的。因为我们不知道要有多久。大概看见什么好，虽然不需要也要买点，或是东西已经买全了不必要再多留连，也要留连一会，或是买东西的目的，本来只在一双鞋，而结果鞋子没有买到，反而罗里罗嗦的买回来许多用不着的东西。

这一天，我们辞退了马车，进了第一家店铺。

在别的大城市里没有这种情形，而在我家乡里往往是这样，坐了马车，虽然是付过了钱，让他自由去兜揽生意，但是他常常还仍旧等候在铺子的门外，等一出来，他仍旧请你坐他的车。

我们走进第一个铺子，一问没有。于是就看了些别的东西，从绸缎看到呢绒，从呢绒再看到绸缎，布匹是根本不看的，并不象母亲们进了店铺那样子，这个买去做被单，那个买去做棉袄的，因为我们管不了被单棉袄的事。母亲们一月不进店铺，一进店铺又是这个便宜应该买；那个不贵，也应该买。比方一块在夏天才用得着的花洋布，母亲们冬天里就买起来了，说是趁着便宜多买点，总是用得着的。而我们就不然了，我们是天天进店铺的，天天搜寻些个是好看的，是贵的值钱的，平常时候绝对的用不到想不到的。

那一天我们就买了许多花边回来，钉着光片的，带着琉璃的。说不上要做什么样的衣服才配得着这种花边。也许根本没有想到做衣服，就贸然地把花边买下了。一边买着，一边说好，翠姨说好，我也说好。到了后来，回到家里，当众打开了让大家评判，这个一言，那个一语，让大家说得也有一点没有主意了，心里已经五六分空虚了。于是赶快地收拾了起来，或者从别人的手中夺过来，把它包起来，说她们不识货，不让她们看了。

勉强说着：

“我们要做一件红金丝绒的袍子，把这个黑琉璃边镶上。”

或是：

“这红的我们送人去……”

说虽仍旧如此说，心里已经八九分空虚了，大概是这些所心爱的，从此就不会再出头露面的了。

在这小城里，商店究竟没有多少，到后来又加上看不到绒绳鞋，心里着急，也许跑得更快些，不一会工夫，只剩了三两家了。而那三两家，又偏偏是不常去的，铺子小，货物少。想来它那里也是一定不会有的了。

我们走进一个小铺子里去，果然有三四双，非小即大，而且颜色都不好看。

翠姨有意要买，我就觉得奇怪，原来就不十分喜欢，既然没有好的，又为什么要买呢？让我说着，没有买成回家去了。

过了两天，我把买鞋子这件事情早忘了。

翠姨忽然又提议要去买。

从此我知道了她的秘密，她早就爱上了那绒绳鞋了，不过她没有说出来就是。她的恋爱的秘密就是这样子的，她似乎要把它带到坟墓里去，一直不要说出口，好象天底下没有一个人值得听她的告诉……

在外边飞着满天的大雪，我和翠姨坐着马车去买绒绳鞋。我们身上围着皮褥子，赶车的车夫高高的坐在车夫台上，摇晃着身子唱着沙哑的山歌："喝咧咧……"耳边的风呜呜地啸着，从天下倾下来的大雪迷乱了我们的眼睛，远远的天隐在云雾里，我默默地祝福翠姨快快买到可爱的绒绳鞋，我从心里愿意她得救……

市中心远远的朦朦胧胧地站着，行人很少，全街静悄无声。我们一家挨一家地问着，我比她更急切，我想赶快买到吧，我小心地盘问着那些店员们，我从来不放弃一个细微的机会，我鼓励翠姨，没有忘记一家。使她都有点儿诧异，我为什么忽然这样热心起来，但是我完全不管她的猜疑，我不顾一切地想在这小城里，找出一双绒绳鞋来。

只有我们的马车，因为载着翠姨的愿望，在街上奔驰得特别的清醒，又特别的快。雪下的更大了，街上什么人都没有了，只有我们两个人，催着车夫，跑来跑去。一直到天都很晚了，鞋子没有买到。翠姨深深地看到我的眼里说："我的命，不会好的。"我很想装出大人的样子，来安慰她，但是没有等到找出什么适当的话来，泪便流出来了。

二

翠姨以后也常来我家住着，是我的继母把她接来的。

因为她的妹妹订婚了，怕是她一旦的结了婚，忽然会剩下她一个人来，使她难过。因为她的家里并没有多少人，只有她的一个六十多岁的老祖父，再就是一个也是寡妇的伯母，带一个女儿。

堂姊妹本该在一起玩耍解闷的，但是因为性格的相差太远，一向是水火不同炉地过着日子。

她的堂妹妹，我见过，永久是穿着深色的衣裳，黑黑的脸，一天到晚陪着母亲坐在屋子里。母亲洗衣裳，她也洗衣裳；母亲哭，她也哭。也许她帮着母亲哭她死去的父亲，也许哭的是她们的家穷。那别人就不晓得了。

本来是一家的女儿，翠姨她们两姊妹却象有钱的人家的小姐，而那个堂妹妹，看上去却象乡下丫头。这一点使她得到常常到我们家里来住的权利。

她的亲妹妹订婚了，再过一年就出嫁了。在这一年中，妹妹大大地阔气了起来，因为婆家那方面一订了婚就来了聘礼。这个城里，从前不用大洋票，而用的是广信公司出的帖子，一百吊一千吊的论。她妹妹的聘礼大概是几万吊，所以她忽然不得了起来，今天买这样，明天买那样，花别针一个又一个的，丝头绳一团一团的，带穗的耳坠子，洋手表，样样都有了。每逢出街的时候，她和她的姐姐一道，现在总是她付车钱了，她的姐姐要付，她却百般的不肯，有时当着人面，姐姐一定要付，妹妹一定不肯，结果闹得很窘，姐姐无形中觉得一种权利被人剥夺了。

但是关于妹妹的订婚，翠姨一点也没有羡慕的心理。妹妹未来的丈夫，她是看过的，没有什么好看，很高，穿着蓝袍子黑马褂，好象商人，又象一个小土绅士。又加上翠姨太年青了，想不到什么丈夫，什么结婚。

因此，虽然妹妹在她的旁边一天比一天的丰富起来，妹妹是有钱了，但是妹妹为什么有钱的，她没有考查过。

所以当妹妹尚未离开她之前，她绝对的没有重视“订婚”的事。

就是妹妹已经出嫁了，她也还是没有重视这“订婚”的事。

不过她常常的感到寂寞。她和妹妹出来进去的，因为家庭环境孤寂，竟好象一对双生子似的，而今去了一个，不但翠姨自己觉得单调，就是她的祖父也觉得她可怜。

所以自从她的妹妹嫁了，她就不大回家，总是住在她的母亲的家里。有时我的继母也把她接到我们家里。

翠姨非常聪明，她会弹大正琴，就是前些年所流行在中国的一种日本琴。她还会吹箫或是会吹笛子。不过弹那琴的时候却很多。住在我家里的时候，我家的伯父，每在晚饭之后必同我们玩这些乐器的。笛子、箫、日本琴、风琴、月琴，还有什么打琴。真正的西洋的乐器，可一样也没有。

在这种正玩得热闹的时候，翠姨也来参加了。翠姨弹了一个曲子，和我们大家立刻就配合上了。于是大家都觉得在我们那已经天天闹熟了的老调子之中，又多了一个新的花样。于是立刻我们就加倍的努力，正在吹笛子的把笛子吹得特别响，把笛膜振抖得似乎就要爆裂了似的滋滋地叫着。十岁的弟弟在吹口琴，他摇着头，好象要把那口琴吞下去似的，至于他吹的是什么调子，已经是没有人留意了。在大家忽然来了勇气的时候，似乎只需要这种胡闹。

而那按风琴的人，因为越按越快，到后来也许是已经找不到琴键了，只是那踏脚板越踏越快，踏的呜呜的响，好象有意要毁坏了那风琴，而想把风琴撕裂了一般地。

大概所奏的曲子是《梅花三弄》，也不知道接连地弹过了多少圈，看大家的意思都不想要停下来。不过到了后来，实在是气力没有了，找不着拍子的找不着拍子，跟不上调的跟不上调，于是在大笑之中，大家停下来了。

不知为什么，在这么快乐的调子里边，大家都有点伤心，也许是乐极生悲了，把我们都笑得一边流着眼泪，一边还笑。

正在这时候，我们往门窗处一看，我的最小的小弟弟，刚会走路，他也背着一个很大的破手风琴来参加了。

谁都知道，那手风琴从来也不会响的。把大家笑死了。在这回得到了快乐。

我的哥哥（伯父的儿子，钢琴弹得很好）吹箫吹得最好，这时候他放下了箫，对翠姨说：“你来吹吧！”翠姨却没有言语，站起身来，跑到自己的屋子去了，我的哥哥，好久好久的看住那帘子。

三

翠姨在我家，和我住一个屋子。月明之夜，屋子照得通亮。翠姨和我谈话，往往谈到鸡叫，觉得也不过刚刚半夜。

鸡叫了，才说：“快睡吧，天亮了。”

有的时候，一转身，她又问我：

“是不是一个人结婚太早不好，或许是女子结婚太早是不好的！”

我们以前谈了很多话，但没有谈到这些。

总是谈什么衣服怎样穿，鞋子怎样买，颜色怎样配；买了毛线来，这毛线应该打个什么的花纹；买了帽子来，应该评判这帽子还微微有点缺点，这缺点究竟在什么地方，虽然说是不要紧，或者是一点关系也没有，但批评总是要批评的。

有时再谈得远一点，就是表姊表妹之类订了婆家，或是什么亲戚的女儿出嫁了。或是什么耳闻的，听说的，新娘子和新姑爷闹别扭之类。

那个时候，我们的县里，早就有了洋学堂了。小学好几个，大学没有。只有一个男子中学，往往成为谈论的目标。谈论这个，不单是翠姨，外祖母、姑姑、姐姐之类，都愿意讲究这当地中学的学生。因为他们一切洋化，穿着裤子，把裤腿卷起来一寸，一张口，“格得毛宁”① 外国话，他们彼此一说话就“答答答”②，听说这是什么俄国话。而更奇怪的就是他们见了女人不怕羞。这一点，大家都批评说是不如从前了，从前的书生，一见了女人脸就红。

我家算是最开通的了。叔叔和哥哥他们都到北京和哈尔滨那些大地方去读书了，他们开了不少的眼界。回到家里来，大讲他们那里都是男孩子和女孩子同学。

这一题目，非常的新奇，开初都认为这是造了反。后来因为叔叔也常和女同学通信，因为叔叔在家庭里是有点地位的人。并且父亲从前也加入过国民党，革过命，所以这个家庭都“咸与维新”起来。

因此在我家里一切都是很随便的，逛公园，正月十五看花灯，都是不分男女，一齐去。

而且我家里设了网球场，一天到晚地打网球，亲戚家的男孩子来了，我们也一齐的打。

这都不谈，仍旧来谈翠姨。

翠姨听了很多的故事。关系男学生结婚的事情，就是我们本县里，已经有几件事情不幸的了。有的结婚了，从此就不回家了，有的娶来了太太，把太太放在另一间房子里住着，而且自己却永久住在书房里。

每逢讲到这些故事时，多半别人都是站在女的一面，说那男子都是念书念坏了，一看了那不识字的又不是女学生之类就生气。觉得处处都不如他。天天总说是婚姻不自由，可是自古至今，都是爹许娘配，偏偏到了今天，都要自由，看吧，这还没有自由呢，就先来了花头故事了，娶了太太的不回家，或是把太太放在另一个屋子里。这些都是念书念坏了的。

翠姨听了许多别人家的评论。大概她心里边也有些不平，她就问我不读书是不是很坏的，我自然说是很坏的。而且她看了我们家里男孩子、女孩子通通到学堂去念书的。而且我们亲戚家的孩子也都是读书的。

---

① Good morning：早安（英语）。——原注

② да，да，да：是的，对的。——原注

因此她对我很佩服，因为我是读书的。

但是不久，翠姨就订婚了。就是她妹妹出嫁不久的事情。

她的未来的丈夫，我见过。在外祖父的家里。人长得又低又小，穿一身蓝布棉袍子，黑马褂，头上戴一顶赶大车的人所戴的五耳帽子。

当时翠姨也在的，但她不知道那是她的什么人，她只当是哪里来了这样一位乡下的客人。外祖母偷着把我叫过去，特别告诉了我一番，这就是翠姨将来的丈夫。

不久翠姨就很有钱，她的丈夫的家里，比她妹妹丈夫的家里还更有钱得多。婆婆也是个寡妇，守着个独生的儿子。儿子才十七岁，是在乡下的私学馆里读书。

翠姨的母亲常常替翠姨解说，人矮点不要紧，岁数还小呢，再长上两三年两个人就一般高了。劝翠姨不要难过，婆家有钱就好的。聘礼的钱十多万都交过来了，而且就由外祖母的手亲自交给了翠姨；而且还有别的条件保障着，那就是说，三年之内绝对的不准娶亲，借着男的一方面年纪太小为辞，翠姨更愿意远远的推着。

翠姨自从订婚之后，是很有钱的了，什么新样子的东西一到，虽说不是一定抢先去买了来，总是过不了多久，箱子里就要有的了。那时候夏天最流行银灰色市布大衫，而翠姨的穿起来最好，因为她有好几件，穿过两次不新鲜就不要了，就只在家里穿，而出门就又去做一件新的。

那时候正流行着一种长穗的耳坠子，翠姨就有两对，一对红宝石的，一对绿的，而我的母亲才能有两对，而我才有一对。可见翠姨是顶阔气的了。

还有那时候就已经开始流行高跟鞋了。可是在我们本街上却不大有人穿，只有我的继母早就开始穿，其余就算是翠姨。并不是一定因为我的母亲有钱，也不是因为高跟鞋一定贵，只是女人们没有那么摩登的行为，或者说她们不很容易接受新的思想。

翠姨第一天穿起高跟鞋来，走路还很不平稳，但到第二天就比较的习惯了。到了第三天，就是说以后，她就是跑起来也是很平稳的。而且走路的姿态更加可爱了。

我们有时也去打网球玩玩，球撞到她脸上的时候，她才用球拍遮了一下，否则她半天也打不到一个球。因为她一上了场站在白线上就是白线上，站在格子里就是格子里，她根本地不动。有的时候她竟拿着网球拍子站着一边去看风景去。尤其是大家打完了网球，吃东西的吃东西去了，洗脸的洗脸去了，惟有她一个人站在短篱前面，向着远远的哈尔滨市影痴望着。

有一次我同翠姨一同去做客。我继母的族中娶媳妇。她们是八旗人，也就是满人，满人才讲究场面呢，所有的族中的年青的媳妇都必得到场，而个个打扮得如花似玉。似乎咱们中国的社会，是没这么繁华的社交场面的，也许那时候，我是小孩子，把什么都看得特别繁华，就只说女人们的衣服吧，就个个都穿得和现在西洋女人在夜会里边那么庄严。一律都穿着绣花大袄。而她们是八旗人，大袄的襟下一律的没有开口。而且很长。大袄的颜色枣红的居多，绛色的也有，玫瑰紫色的也有。而那上边绣的颜色，有的荷花，有的玫瑰，有的松竹梅，一句话，特别的繁华。

她们的脸上，都擦着白粉，她们的嘴上都染得桃红。

每逢一个客人到了门前，她们是要列着队出来迎接的，她们都是我的舅母，一个一个地上前来问候了我和翠姨。

翠姨早就熟识她们的，有的叫表嫂子，有的叫四嫂子。而在我，她们就都是一样的，好象小孩子的时候，所玩的用花纸剪的纸人，这个和那人都是一样，完全没有分别。都是花缎的袍子，都是白白的脸，都是很红的嘴唇。

就是这一次，翠姨出了风头了，她进到屋里，靠着一张大镜子旁坐下了。

女人们就忽然都上前来看她，也许她从来没有这么漂亮过，今天把别人都惊住了。

依我看翠姨还没有她从前漂亮呢，不过她们说翠姨漂亮得象棵新开的腊梅。翠姨从来不擦胭脂的，而那天又穿了一件为着将来作新娘子而准备的蓝色缎子满是金花的夹袍。

翠姨让她们围起看着，难为情了起来，站起来想要逃掉似的，迈着很勇敢的步子，茫然地往里边的房间里闪开了。

谁知那里边就是新房呢，于是许多的嫂嫂们就哗然地叫着，说：

“翠姐姐不要急，明年就是个漂亮的新娘子，现在先试试去。”

当天吃饭饮酒的时候，许多客人从别的屋子来呆呆地望着翠姨。翠姨举着筷子，似乎是在思量着，保持着镇静的态度，用温和的眼光看着她们。仿佛她不晓得人们专门在看着她似的。但是别的女人们羡慕了翠姨半天了，脸上又都突然的冷落起来，觉得有什么话要说出，又都没有说，然后彼此对望着，笑了一下，吃菜了。

四

有一年冬天，刚过了年，翠姨就来到了我家。

伯父的儿子——我的哥哥，就正在我家里。

我的哥哥，人很漂亮，很直的鼻子，很黑的眼睛，嘴也好看，头发也梳得好看，人很长，走路很爽快。大概在我们所有的家族中，没有这么漂亮的人物。

冬天，学校放了寒假，所以来我们家里休息。大概不久，学校开学就要上学去了。哥哥是在哈尔滨读书。

我们的音乐会，自然要为这新来的角色而开了。翠姨也参加的。

于是非常的热闹，比方我的母亲，她一点也不懂这行，但是她也列了席，她坐在旁边观看，连家里的厨子、女工，都停下了工作来望着我们，似乎他们不是听什么乐器，而是在看人。我们聚满了一客厅。这些乐器的声音，大概很远的邻居都可以听到。

第二天邻居来串门的，就说：

“昨天晚上，你们家又是给谁祝寿?”

我们就说，是欢迎我们的刚到的哥哥。

因此我们家是很好玩的，很有趣的。不久就到了正月十五看花灯的时节了。

我们家里自从父亲维新革命，总之在我们家里，兄弟姊妹，一律相待，有好玩的就一齐玩，有好看的就一齐去看。

伯父带着我们，哥哥、弟弟、姨……共八九个人，在大月亮地里往大街里跑去了。那路之滑，滑得不能站脚，而且高低不平。他们男孩子们跑在前面，而我们因为跑得慢就落了后。

于是那在前边的他们回头来嘲笑我们，说我们是小姐，说我们是娘娘。说我们走不动。

我们和翠姨早就连成一排向前冲去，但是不是我倒，就是她倒。到后来还是哥哥他们一个一个地来扶着我们，说是扶着，未免的太示弱了，也不过就是和他们连成一排向前进着。

不一会到了市里，满路花灯。人山人海。又加上狮子、旱船、龙灯、秧歌，闹得眼也花起来，一时也数不清多少玩艺。哪里会来得及看，似乎只是在眼前一晃，就过去了，而一会别的又来了，又过去了。其实也不见得繁华得多么了不得了，不过觉得世界上是不会比这个再繁华的了。

商店的门前，点着那么大的火把，好象热带的大椰子树似的。一个比一个亮。

我们进了一家商店，那是父亲的朋友开的。他们很好的招待我们，茶、点心、橘子、元宵。我们哪里吃得下去，听到门外一打鼓，就心慌了。而外边鼓和喇叭又那么多，一阵来了，一阵还没有去远，一阵又来了。

因为城本来是不大的，有许多熟人，也都是来看灯的都遇到了。其中我们本城里的在哈尔滨念书的几个男学生，他们也来看灯了。哥哥都认识他们。我也认识他们，因为这时候我们到哈尔滨念书去了。所以一遇到了我们，他们就和我们在一起，他们出去看灯，看了一会，又回到我们的地方，和伯父谈话，和哥哥谈话。我晓得他们，因为我们家比较有势力，是很愿和我们讲话的。

所以回家的一路上，又多了两个男孩子。

无管人讨厌不讨厌，他们穿的衣服总算都市化了。个个都穿着西装，戴着呢帽，外套都是到膝盖的地方，脚下很利落清爽。比起我们城里的那种怪样子的外套，好象大棉袍子似的好看得多了。而且颈间又都束着一条围巾，那围巾自然也是全丝全线的花纹。似乎一束起那围巾来，人就更显得庄严，漂亮。

翠姨觉得他们个个都很好看。

哥哥也穿的西装，自然哥哥也很好看。因此在路上她直在看哥哥。

翠姨梳头梳得是很慢的，必定梳得一丝不乱；擦粉也要擦了洗掉，洗掉再擦，一直擦到认为满意为止。花灯节的第二天早晨她就梳得更慢，一边梳头一边在思量。本来按规矩每天吃早饭，必得三请两请才能出席，今天必得请到四次，她才来了。

我的伯父当年也是一位英雄，骑马、打枪绝对的好。后来虽然已经五十岁了，但是风采犹存。我们都爱伯父的，伯父从小也就爱我们。诗、词、文章，都是伯父教我们的。翠姨住在我们家里，伯父也很喜欢翠姨。今天早饭已经开好了。催了翠姨几次，翠姨总是不出来。

伯父说了一句：“林黛玉……”

于是我们全家的人都笑了起来。

翠姨出来了，看见我们这样的笑，就问我们笑什么。我们没有人肯告诉她。翠姨知道一定是笑的她，她就说：

“你们赶快的告诉我，若不告诉我，今天我就不吃饭了，你们读书识字，我不懂，你们欺侮我……”

闹嚷了很久，还是我的哥哥讲给她听了。伯父当着自己的儿子面前到底有些难为情，喝了好些酒，总算是躲过去了。

翠姨从此想到了念书的问题，但是她已经二十岁了，上哪里去念书？上小学没有她这样的大学生；上中学，她是一字不识，怎样可以。所以仍旧住在我们家里。

弹琴、吹箫、看纸牌，我们一天到晚地玩着。我们玩的时候，全体参加，我的伯父，我的哥哥，我的母亲。

翠姨对我的哥哥没有什么特别的好，我的哥哥对翠姨就象对我们，也是完全的一样。

不过哥哥讲故事的时候，翠姨总比我们留心听些，那是因为她的年龄稍稍比我们大些，当然在理解力上，比我们更接近一些哥哥的了。哥哥对翠姨比对我们稍稍的客气一点。他和翠姨说话的时候，总是“是的”“是的”的，而和我们说话则“对啦”“对啦”。这显然因为翠姨是客人的关系，而且在名分上比他大。

不过有一天晚饭之后，翠姨和哥哥都没有了。每天饭后大概总要开个音乐会的。这一天也许因为伯父不在家，没有人领导的缘故。大家吃过也就散了。客厅里一个人也没有。我想找弟弟和我下一盘棋，弟弟也不见了。于是我就一个人在客厅里按起风琴来，玩了一下也觉得没有趣。客厅是静得很的，在我关上了风琴盖子之后，我就听见了在后屋里，或者在我的房子里是有人的。

我想一定是翠姨在屋里。快去看看她，叫她出来张罗着看纸牌。

我跑进去一看，不单是翠姨，还有哥哥陪着她。

看见了我，翠姨就赶快地站起来说：

“我们去玩吧。”

哥哥也说：

“我们下棋去，下棋去。”

他们出来陪我来玩棋，这次哥哥总是输。从前是他回回赢我的，我觉得奇怪，但是心里高兴极了。

不久寒假终了，我就回到哈尔滨的学校念书去了。可是哥哥没有同来，因为他上半年生了点病，曾在医院里休养了一些时候，这次伯父主张他再请两个月的假，留在家里。

以后家里的事情，我就不大知道了。都是由哥哥或母亲讲给我听的。我走了以后，翠姨还住在家里。

后来母亲还告诉过，就是在翠姨还没有订婚之前，有过这样一件事情。我的族中有一个小叔叔，和哥哥一般大的年纪，说话口吃，没有风采，也是和哥哥在一个学校里读书。虽然他也到我们家里来过，但怕翠姨没有见过。那时外祖母就主张给翠姨提婚。那族中的祖母，一听就拒绝了，说是寡妇的孩子，命不好，也怕没有家教，何况父亲死了，母亲又出嫁了，好女不嫁二夫郎，这种人家的女儿，祖母不要。但是我母亲说，辈分合，他家还有钱，翠姨过门是一品当朝的日子，不会受气的。

这件事情翠姨是晓得的，而今天又见了我的哥哥，她不能不想哥哥大概是那样看她的。她自觉地觉得自己的命运不会好的。现在翠姨自己已经订了婚，是一个人的未婚妻；二则她是出了嫁的寡妇的女儿，她自己一天把这个背了不知有多少遍，她记得清清楚楚。

五

翠姨订婚，转眼三年了，正这时，翠姨的婆家，通了消息来，张罗要娶。她的母亲来接她回去整理嫁妆。

翠姨一听就得病了。

但没有几天，她的母亲就带着她到哈尔滨采办嫁妆去了。

偏偏那带着她采办嫁妆的向导又是哥哥给介绍来的他的同学。他们住在哈尔滨的秦家岗上，风景绝佳，是洋人最多的地方。那男学生们的宿舍里边，有暖气、洋床。翠姨带着哥哥的介绍信，象一个女同学似的被他们招待着。又加上已经学了俄国人的规矩，处处尊贵女子，所以翠姨当然受了他们不少的尊敬，请她吃大菜，请她看电影。坐马车的时候，上车让她先上；下车的时候，人家扶她下来。她每一动别人都为她服务，外套一脱，就接过去了。她刚一表示要穿外套，就给她穿上了。

不用说，买嫁妆她是不痛快的，但那几天，她总算一生中最开心的时候。

她觉得到底是读大学的人好，不野蛮，不会对女人不客气，绝不能象她的妹夫常常打她的妹妹。

经这到哈尔滨去一买嫁妆，翠姨就更不愿意出嫁了。她一想那个又丑又小的男人，她就恐怖。

她回来的时候，母亲又接她来到我们家来住着，说她的家里又黑，又冷，说她太孤单可怜。我们家是一团暖气的。

到了后来，她的母亲发现她对于出嫁太不热心，该剪裁的衣裳，她不去剪裁；有一些零碎还要去买的，她也不去买。做母亲的总是常常要加以督促，后来就要接她回去，接到她的身边，好随时提醒她。她的母亲以为年青的人必定要随时提醒的，不然总是贪玩。而况出嫁的日子又不远了，或者就是二三月。

想不到外祖母来接她的时候，她从心的不肯回去，她竟很勇敢地提出来她要读书的要求。她说她要念书，她想不到出嫁。

开初外祖母不肯，到后来，她说若是不让她读书，她是不出嫁的。外祖母知道她的心情，而且想起了很多可怕的事情……

外祖母没有办法，依了她。给她在家里请了一位老先生，就在自己家院子的空房子里边摆上了书桌，还有几个邻居家的姑娘，一齐念书。

翠姨白天念书，晚上回到外祖母家。

念了书，不多日子，人就开始咳嗽，而且整天的闷闷不乐。她的母亲问她，有什么不如意？陪嫁的东西买得不顺心吗？或者是想到我们家去玩吗？什么事都问到了。

翠姨摇着头不说什么。

过了一些日子，我的母亲去看翠姨，带着我的哥哥。他们一看见她，第一个印象，就觉得她苍白了不少。而且母亲断言地说，她活不久了。

大家都说是念书累的，外祖母也说是念书累的，没有什么要紧的；要出嫁的女儿们，总是先前瘦的，嫁过去就要胖了。

而翠姨自己则点点头，笑笑，不承认，也不加以否认。还是念书，也不到我们家来了，母亲接了几次，也不来，回说没有工夫。

翠姨越来越瘦了，哥哥去到外祖母家看了她两次，也不过是吃饭、喝酒，应酬了一番。而且说是去看外祖母的。在这里年青的男子，去拜访年青的女子，是不可以的。哥哥回来也并不带回什么欢喜或是什么新的忧郁，还是一样和大家打牌下棋。

翠姨后来支持不了啦，躺下了。她的婆婆听说她病，就要娶她，因为花了钱，死了不是可惜了吗？这一种消息，翠姨听了病就更加严重。婆家一听她病重，立刻要娶她。因为在迷信中有这么一章，病新娘娶过来一冲，就冲好了。翠姨听了就只盼望赶快死，拚命地糟蹋自己的身体，想死得越快一点儿越好。

母亲记起了翠姨，叫哥哥去看翠姨。是我的母亲派哥哥去的，母亲拿了一些钱让哥哥给翠姨去，说是母亲送她在病中随便买点什么吃的。母亲晓得他们年青人是很拘泥的，或者不好意思去看翠姨，也或者翠姨是很想看他的，他们好久不能看见了。同时翠姨不愿出嫁，母亲很久的就在心里边猜疑着他们了。

男子是不好去专访一位小姐的，这城里没有这样的风俗。母亲给了哥哥一件礼物，哥哥就可去了。

哥哥去的那天，她家里正没有人，只是她家的堂妹妹应接着这从未见过的生疏的年青的客人。

那堂妹妹还没问清客人的来由，就往外跑，说是去找她们的祖父去，请他等一等。大概她想是凡男客就是来会祖父的。

客人只说了自己的名字，那女孩子连听也没有听就跑出去了。

哥哥正想，翠姨在什么地方？或者在里屋吗？翠姨大概听出什么人来了，她就在里边说：

“请进来。”

哥哥进去了，坐在翠姨的枕边，他要去摸一摸翠姨的前额，是否发热，他说：

“好了点吗？”

他刚一伸出手去，翠姨就突然地拉了他的手，而且大声地哭起来了，好象一颗心也哭出来了似的。哥哥没有准备，就很害怕，不知道说什么，作什么。他不知道现在应该是保护翠姨的地位，还是保护自己的地位。同时听得见外边已经有人来了，就要开门进来了。一定是翠姨的祖父。

翠姨平静地向他笑着，说：

“你来得很好，一定是姐姐告诉你来的，我心里永远纪念着她。她爱我一场，可惜我不能去看她了……我不能报答她了……不过我总会记起在她家里的日子的……她待我也许没有什么，但是我觉得已经太好了……我永远不会忘记的……我现在也不知道为什么，心里只想死得快一点就好，多活一天也是多余的……人家也许以为我是任性……其实是不对的，不知为什么，那家对我也是很好的，我要是过去，他们对我也会是很好的，但是我不愿意。我小时候，就不好，我的脾气总是，不从心的事，我不愿意……这个脾气把我折磨到今天了……可是我怎能从心呢……真是笑话……谢谢姐姐她还惦着我……请你告诉她，我并不象她想的那么苦呢，我也很快乐……”翠姨苦笑了一笑，“我心里很安静，而且我求的我都得到了……”

哥哥茫然地不知道说什么。这时祖父进来了。看了翠姨的热度，又感谢了我的母亲，对我哥哥的降临，感到荣幸。他说请我母亲放心吧，翠姨的病马上就会好的，好了就嫁过去。

哥哥看了翠姨就退出去了，从此再没有看见她。

哥哥后来提起翠姨常常落泪，他不知翠姨为什么死，大家也都心中纳闷。

尾　声

等我到春假回来，母亲还当我说：

“要是翠姨一定不愿意出嫁，那也是可以的，假如他们当我说。”

……

翠姨坟头的草籽已经发芽了，一掀一掀的和土粘成了一片，坟头显出淡淡的青色，常常会有白色的山羊跑过。

这时城里的街巷，又装满了春天。

暖和的太阳，又转回来了。

街上有提着筐子卖蒲公英的了，也有卖小根蒜的了。更有些孩子们他们按着时节去折了那刚发芽的柳条，正好可以拧成哨子，就含在嘴里满街地吹。声音有高有低，因为那哨子有粗有细。

大街小巷，到处地呜呜呜，呜呜呜。好象春天是从他们的手里招呼回来了似的。

但是这为期甚短。一转眼，吹哨子的不见了。

接着杨花飞起来了，榆钱飘满了一地。

在我的家乡那里，春天是快的。五天不出屋，树发芽了，再过五天不看树，树长叶了，再过五天，这树就象绿得使人不认识它了。使人想，这棵树，就是前天的那棵树吗？自己回答自己，当然是的。春天就象跑的那么快。好象人能够看见似的。春天从老远的地方跑来了，跑到这个地方只向人的耳朵吹一句小小的声音：“我来了呵”，而后很快地就跑过去了。

春，好象它不知道多么忙迫，好象无论什么地方都在招呼它，假若它晚到一刻，阳光会变色的，大地会干成石头，尤其是树木，那真是好象再多一刻工夫也不能忍耐，假若春天稍稍在什么地方留连了一下，就会误了不少的生命。

春天为什么它不早一点来，来到我们这城里多住一些日子，而后再慢慢地到另外的一个城里去，在另外一个城里也多住一些日子。

但那是不能的了，春天的命运就是这么短。

年青的姑娘们，她们三两成双，坐着马车，去选择衣料去了，因为就要换春装了。她们热心的弄着剪刀，打着衣样，想装成自己心中想得出的那么好，她们白天黑夜地忙着，不久春装换起来了，只是不见载着翠姨的马车来。

1941年

（选自《萧红选集》，人民文学出版社，1981）

【学习提示】

《小城三月》有着萧红惯有的散文化小说风格。全文没有紧张的情节冲突，但是由于贯穿了一个总的情感基调和指向，因此显得颇为紧凑。小说通过写春天及春天带给人们的感觉而引出翠姨，将翠姨拉到情感的中心。笔致由清新、优雅转为忧愁、焦虑、悲苦、思念，直至走完全文的情感历程，如行云流水，毫不阻滞。

作者成功地运用侧面描写、对比烘托、细节描写等手法，通过对生活琐事的描写，如买绒绳鞋一节，就将翠姨内向的性格和感伤气质刻画得细腻传神。

小说开头写北国之春充满生机，引出翠姨的爱情故事，结尾写春天过得很快，翠姨坟头的草籽已经发芽了，结构上首尾呼应。“春天的命运就是这么短”一句，语义双关，富于象征韵味。结句“只是不见载着翠姨的马车来”，感伤惆怅，余味不尽。

另外，全篇语言细致、优美，读来让人回味不已。

【思考练习题】

1. 简析翠姨这一人物形象。
2. 分析翠姨之死的原因。
3. 小说在语言表达上有什么特色？

华威先生

张天翼

转弯抹角算起来——他算是我的一个亲戚。我叫他“华威先生”。他觉得这种称呼不大好。

“暧，你真是！”他说。“为什么一定要个‘先生’呢。你应当叫我‘威弟’。再不然叫‘阿威’。”

把这件事交涉过了之后，他立刻戴上了帽子：

“我们改日再谈好不好？我总想畅畅快快跟你谈一谈——唉，可总是没有时间。今天刘主任起草了一个县长公余工作方案，硬叫我参加意见，叫我替他修改。三点钟又还有一个集会。”

这里他摇摇头，没奈何地苦笑了一下。他声明他并不怕吃苦：在抗战时期大家都应当苦一点。不过——时间总要够支配呀。

“王委员又打了三个电报来，硬要请我到汉口去一趟。这里全省文化界抗敌总会又成立了，一切抗战工作都要领导起来才行。我怎么跑得开呢，我的天！”

于是匆匆忙忙跟我握了握手，跨上他的包车。

他永远挟着他的公文皮包。并且永远带着他那根老粗老粗的黑油油的手杖。左手无名指上带着他的结婚戒指。拿着雪茄的时候就叫这根无名指微微地弯着，而小指翘得高高的，构成一朵兰花的图样。

这个城市里的黄包车谁都不作兴跑，一脚一脚挺踏实地踱着，好象饭后千步似的。可是包车例外：叮当，叮当，叮当，——一下子就抢到了前面。黄包车立刻就得往左边躲开，小推车马上打斜，担子很快地就让到路边，行人赶紧就避到两旁的店铺里去。

包车踏铃不断地响着，钢丝在闪着亮。还来不及看清楚——它就跑得老远老远的了，象闪电一样快。

而——据这里有几位抗战工作者的上层分子的统计——跑得顶快的是那位华威先生的包车。

他的时间很要紧。他说过——

“我恨不得取消晚上睡觉的制度，我还希望一天不止二十四小时，抗战工作实在太多了。”

接着掏出表来看一看，他那一脸丰满的肌肉立刻紧张了起来。眉毛皱着，嘴唇使劲撮着，好象他在把全身的精力都要收敛到脸上似的。他立刻就走：他要到难民救济会去开会。

照例——会场里的人全到齐了坐在那里等着他。他在门口下车的时候总得顺便把踏铃踏它一下：叮！

同志们彼此看着：唔，华威先生到会了。有几位透了一口气。有几位可就拉长了脸瞧着会场门口。有一位甚至于要准备决斗似的——抓着拳头瞪着眼。

华威先生的态度很庄严，用种从容的步子走进去，他先前那副忙劲儿好象被他自己的庄严态度消解掉了。他在门口稍为停了一会儿，让大家好把他看个清楚，仿佛要唤起同志们的一种信任心，仿佛要给同志们一种担保——什么困难的大事也都可以放下心来。他并且还点点头。他眼睛并不对着谁，只看着天花板。他是在对整个集体打招呼。

会场里很静，会议就要开始。有谁在那里翻着什么纸张，窸窸窣窣的。

华威先生很客气地坐到一个冷角落里，离主席位子顶远的一角，他不大肯当主席。

"我不能当主席，"他拿着一支雪茄烟打手势。"工人抗战工作协会的指导部今天开常会。通俗文艺研究会的会议也是今天。伤兵工作团也要去的，等一下。你们知道我的时间不够支配：只容许我在这里讨论十分钟。我不能当主席，我想推举刘同志当主席。"

说了就在嘴角上闪起一丝微笑，轻轻地拍几下手板。

主席报告的时候，华威先生不断地在那里刮洋火点他的烟。把表放在面前，时不时象计算什么似地看看它。

"我提议！"他大声说。"我们的时间是很宝贵的：我希望主席尽可能报告得简单一点。我希望主席能够在两分钟之内报告完。"

他刮了两分钟洋火之后，猛的站了起来。对那正在哇啦哇啦的主席摆摆手：

"好了，好了。虽然主席没有报告完，我已经明白了。我现在还要赴别的会，让我先发表一点意见。"

停了一停。抽两口雪茄，扫了大家一眼。

"我的意见很简单，只有两点，"他舔舔嘴唇。"第一点，就是——每个工作人员不能够怠工。而是相反，要加紧工作。这一点不必多说，你们都是很努力的青年，你们都能热心工作。我很感谢你们。但是还有一点——你们时时刻刻不能忘记，那就是我要说的第二点。"

他又抽了两口烟，嘴里吐出来的可只有热气。这就又刮了一根洋火。

"这第二点呢就是：青年工作人员要认定一个领导中心。你们只有在这一个领导中心的领导之下，抗战工作才能够展开。青年是努力的，是热心的，但是因为理解不够，工作经验不够，常常容易犯错误。要是上面没有一个领导中心，往往要弄得不可收拾。"

瞧瞧所有的脸色，他脸上的肌肉耸动了一下——表示一种微笑。他往下说：

"你们都是青年同志，所以我说得很坦白，很不客气。大家都要做抗战工作，没有什么客气可讲。我想你们诸位青年同志一定会接受我的意见。我很感激你们。好了，抱歉得很，我要先走一步。"

把帽子一戴，把皮包一挟，瞧着天花板点点头，挺着肚子走了出去。

到门口可又想起了一件什么事。他把当主席的同志拽开，小声儿谈了几句。

"你们工作——有什么困难没有？"他问。

"我刚才的报告提到了这一点，我们……"

华威先生伸出个食指顶着主席的胸脯：

"唔，唔，唔。我知道我知道。我没有多余的时间来谈这件事。以后——你们凡是想到的工作计划，你们可以到我家里去找我商量。”

坐在主席旁边那个长头发青年注意地看着他们，现在可忍不住插嘴了：

“星期三我们到华先生家里去过三次，华先生不在家……”

那位华先生冷冷地瞅他一眼，带着鼻音哼了一句——“唔，我有别的事，”又对主席低声说下去：

“要是我不在家，你们跟密司黄接头也可以。密司黄知道我的意见，她可以告诉你们。”

密司黄就是他的太太。他对第三者说起她来，总是这么称呼她的。

他交代过了这才真的走开。这就到了通俗文艺研究会的会场。他发现别人已经在那里开会，正有一个人在那里发表意见。他坐了下来，点着了雪茄，不高兴地拍了三下手板。

“主席！”他叫。“我因为今天另外还有一个集会，我不能等到终席。我现在有点意见，想要先提出来。”

于是他发表了两点意见：第一，他告诉大家——在座的人都是当地的文化人，文化人的工作是很重要的，应当加紧地做去。第二，文化人应当认清一个领导中心，文化人在文抗会的领导中心的领导之下团结起来，统一起来。

五点三刻他到了文化界抗敌总会的会议室。

这回他脸上堆上了笑容，并且对每一个人点头。

“对不住得很，对不住得很：迟到了三刻钟。”

主席对他微笑一下，他还笑着伸了伸舌头，好象闯了祸怕挨骂似的。他四面瞧瞧形势，就拣在一个小胡子的旁边坐下来。

他带着很机密很严重的脸色——小声儿问那个小胡子：

“昨晚你喝醉了没有？”

“还好，不过头有点晕。你呢？”

“我啊——我不该喝了那三杯猛酒，”他严肃地说。“尤其是汾酒，我不能猛喝。刘主任硬要我干掉——嗨，一回家就睡倒了。密司黄说要跟刘主任去算账呢：要质问他为什么要把我灌醉。你看！”

一谈了这些，他赶紧打开皮包，拿出一张纸条——写几个字递给了主席。

“请你稍为等一等，”主席打断了一个正在发言的人的话。“华威先生还有别的事情要走。现在他有点意见：要求先让他发表。”

华威先生点点头站了起来。

“主席！”腰板微微地一弯。“各位先生！”腰板微微地一弯。“兄弟首先要请求各位原谅：我到会迟了点，而又要提前退席。……”

随后他说出了他的意见。他声明——这文化界抗敌总会的常务理事会，是一切救亡工作的领导机关，应该时时刻刻起领导中心作用。

“群众是复杂的，工作又很多。我们要是不能起领导作用，那就很危险，很危险。事实上，此地各方面的工作也非有个领导中心不可。我们的担子真是太重了，但是我们不怕怎样的艰苦，也要把这担子担起来。”

他反复地说明了领导中心作用的重要，这就戴起帽子去赴一个宴会。他每天都这么忙着，要到刘主任那里去联络。要到各学校去演讲，要到各团体去开会。而且每天——不是别人请他吃饭，就是他请别人吃饭。

华威太太每次遇到我，总是代替华威先生诉苦。

“唉，他真苦死了！工作这么多，连吃饭的工夫都没有。”

“他不可以少管一点，专门去做某一种工作么？”我问。

“怎么行呢？许多工作都要他去领导呀。”

可是有一次，华威先生简直吃了一大惊。妇女界有些人组织了一个战时保婴会，竟没有去找他！

他开始打听，调查。他设法把一个负责人找来。

“我知道你们委员会已经选出来了。我想还可以多添加几个。由我们文化界抗敌总会派人来参加。”

他看见对方在那里踌躇，他把下巴挂了下来：

“问题是在这一点：你们委员是不是能够真正领导这工作？你能不能够对我担保——你们会内没有汉奸，没有不良份子？你能不能担保——你们以后工作不至于错误，不至于怠工？你能不能担保，你能不能？你能够担保的话，那我要请你写个书面的东西，给我们文抗会常务理事会。以后万一——如果你们的工作出了毛病，那你就要负责。”

接着他又声明：这并不是他自己的意思。他不过是一个执行者。这里他食指点点对方胸脯：

“如果我刚才说的那些你们办不到，那不是就成了非法团体了么？”

这么谈判了两次，华威先生当了战时保婴会的委员。于是在委员会开会的时候，华威先生挟着皮包去坐这么五分钟，发表了一两点意见就跨上了包车。

有一天他请我吃晚饭，他说因为家乡带来了一块腊肉。

我到他家里的时候，他正在那里对两个学生样的人发脾气。他们都挂着文化界抗敌总会的徽章。

“你昨天为什么不去，为什么不去？”他吼着。“我叫你拖几个人去的。但是我在台上一开始演讲，一看——连你都没有去听！我真不懂你们干了些什么？”

“昨天——我去出席日本问题座谈会的。”

华威先生猛地跳起来了：

“什么！什么！日本问题座谈会？怎么我不知道，怎么不告诉我？”

“我们那天部务会议决议了的。我来找过华先生，华先生又是不在家——”

“好啊，你们秘密行动！”他瞪着眼。“你老实告诉我——这个座谈会到底是什么背景，你老实告诉我！”

对方似乎也动了火：

“什么背景呢，都是中华民族！部务会议议决的，怎么是秘密行动呢。……华先生又不到会，开会也不终席，来找又找不到……我们总不能把部里的工作停顿起来。”

“混蛋！”他咬着牙，嘴唇在颤抖着。“你们小心！你们，哼，你们！你们！……”他倒到了沙发上，嘴巴痛苦地抽得歪着。“妈的！这个这个——你们青年！……”

五分钟之后他抬起头来，害怕地四面看一看。那两个客人已经走了。他叹一口长气，对我说：

“唉，你看你看！现在的青年怎么办，现在的青年！”

这晚他没命地喝了许多酒，嘴里嘶嘶地骂着那些小伙子。他打碎了一只茶杯。密司黄扶着他上了床，他忽然打个寒噤说：

“明天十点钟有个集会……”

（选自《张天翼文集》第四卷，上海文艺出版社，1985）

【学习提示】

张天翼（1906—1985），原名元定，号一之，祖籍湖南湘乡，生于江苏南京。张天翼早年深受鸳鸯蝴蝶派小说的影响。1929年，张天翼发表短篇小说《三天半的梦》，从此正式开始了创作生涯，1931年秋参加“左联”，此后，在上海、长沙等地除写作外，还参加过一些救亡活动和文化界的抗敌活动、文艺活动。中华人民共和国成立后，任第一至第三届全国人大代表、第五届全国政协委员，并任中国作家协会书记处书记、《人民文学》主编等职。

中华人民共和国成立前，张天翼出版的短篇小说有《从空虚到充实》《小彼得》《蜜蜂》《反攻》《移行》《团圆》《春风》等，中篇小说有《清明时节》，长篇小说有《鬼土日记》《齿轮》《一年》《在城市里》等，儿童文学作品有《大林和小林》《秃秃大王》等。中华人民共和国成立后，张天翼主要从事儿童文学创作，发表了小说《去看电影》《罗文应的故事》，童话《宝葫芦的秘密》《不动脑筋的故事》，剧本《大灰狼》等。

《华威先生》于1938年4月16日发表在茅盾主编的《文艺阵地》创刊号上，是张天翼在抗战期间的代表作品，也是他最著名的短篇讽刺小说。《华威先生》最初创作于1938年2月，正值全民族抗战初期，全国的文艺界掀起了一股抗战文艺的高潮，《华威先生》便是这一高潮之下的一篇杰作。在全民族抗战初期，以抗战为题材的文艺作品往往表现出一种盲目的乐观情绪，《华威先生》却弹了一个别调，冷静地指出了抗日民族统一战线内部存在的问题，并通过对“华威先生”这个形象的塑造，有力地揭露了国民党当局争夺抗战领导权、破坏统一战线的阴谋。

在小说里，令读者印象最为深刻的便是“华威先生”这个人物形象。华威先生官派十足。“永远”带着的一身行头——“雪茄”“怀表”“公文皮包”“老粗老粗的黑油油的手杖”，使得他的小官吏形象活灵活现地呈现在读者眼前。华威先生很“忙”：他整天忙碌于参加各种以抗战为名的会议，但是每次会议他都迟到，每次他都因为要赶着去参加下一场会议而“不得不”打断别人的发言，每次他的讲话内容都是努力工作和“认定一个领导中心”这两点。

然而，在华威先生的“官派”和“忙碌”之外，读者似乎还看到了别的东西。在通俗文艺研究会上，华威先生并不是在认真聆听主席的发言，而是在跟小胡子私下讨论头一天晚上醉酒的事情，谈完这个他便提出要离开会议。华威先生所“忙”的“事业”就是请客吃饭喝酒，处心积虑地加入各种各样的委员会。即使是妇女界所发起的战时保婴会，他都不放过。新成立的日本问题座谈会没有邀请华威先生参加，他便勃然大怒，“嘴里嘶嘶地骂着”，并不断质问“你老实告诉我——这个座谈会到底是什么背景，你老实告诉我”，俨然一副审问的姿态。

通过“华威先生”这一形象，张天翼抨击了国民党顽固派的消极抵抗政策，讽刺了抗日民族统一战线中如“华威先生”一般的许多破坏分子，“华威先生”因此而成为中国现代文学史上一个令人难忘的形象。这个形象已经超越了时代，具有了更为深远的象征意义。

【思考练习题】

1.“他永远挟着他的公文皮包。并且永远带着他那根老粗老粗的黑油油的手杖。左手无名指上带着他的结婚戒指。拿着雪茄的时候就叫这根无名指微微地弯着，而小指翘得高高的，构成一朵兰花的图样。”请从这段描写入手，分析“华威先生”这个人物形象的内涵。

2. 结合作品中人物的语言，谈谈《华威先生》的主题与讽刺艺术。

【延展阅读】

张天翼在全民族抗战初期创作了《谭九先生的工作》、《华威先生》和《新生》三篇短篇讽刺小说。这三篇小说都着力于揭露全民族抗日战争时期国统区的一些丑陋现象，后被合成小说集《速写三篇》出版。阅读《谭九先生的工作》和《新生》这两篇小说，进一步了解张天翼小说的主题和讽刺艺术。

在其香居茶馆里

沙　汀

坐在其香居茶馆里的联保主任方治国，当他看见正从东头走来，嘴里照例扰嚷不休的邢幺吵吵的时候，简直立刻冷了半截，觉得身子快要坐不稳了。

使他发生这种异状的原因是：为了种种胡涂措施，目前他正处在全镇市民的围攻当中，这是一；其次，幺吵吵的第二个儿子，因为缓役了四次，又从不出半文钱壮丁费，好多人讲闲话了；加之，新县长又宣布了要认真整顿“役政”，于是他就赶紧上了封密告，而在三天前被兵役科捉进城了。

而最为重要的还在这里：正如全市市民批评的那样，幺吵吵是个不忌生冷的人，什么话他都嘴一张就说了，不管你受得住受不住。就是联保主任的令尊在世的时候，也经常对他那张嘴感到头痛。因为尽管幺吵吵本人并不可怕，他的大哥可是全县极有威望的耆宿，他的舅子是财务委员，县政上的活跃分子，都是很不好沾惹的。

幺吵吵终于一路吵过来了。这是那种精力充足，对这世界上任何物事都采取一种毫不在意的态度的典型男性。他时常打起哈哈在茶馆里自白道：“老子这张嘴么，就这样：说是要说的，吃也是要吃的；说够了回去两杯甜酒一喝，倒下去就睡！……”

现在，幺吵吵一面跨上其香居的阶沿，拖了把圈椅坐下，一面直着嗓子，干笑着嚷叫道：

“嗨，对！看阳沟里还把船翻了么！……”

他所参加的那张茶桌已经有三个茶客，全是熟人：十年前当过视学的俞视学；前征收局的管帐，现在靠着利金生活的黄光锐；会文纸店的老板汪世模汪二。

他们大家，以及旁的茶客，都向他打着招呼：

“拿碗来！茶钱我给了。”

“坐上来好吧，”俞视学客气道，“这里要舒服些。”

“我要那么舒服做什么哇？”出乎意外，幺吵吵横着眼睛嚷道，“你知道么，我坐上席会头昏的，——没有那个资格！……”

本份人的视学禁不住红起脸来。但他随即猜出来幺吵吵是针对着联保主任说的，因为当他嚷叫的时候，视学看见他充满恶意地瞥了一眼坐在后面首席上的方治国。

除却联保主任，那张桌子还坐得有张三监爷。人们都说他是方治国的军师，实际上，他可只能跟主任坐坐酒馆，在紧要关头进点不着边际的忠告。但这并不特别，他原是对什么事都关心的，而往往忽略了自己。他的老婆孩子经常在家里挨饿，他却很少管顾。

同监爷对面坐着的是黄牦牛肉，正在吞服一种秘制的戒烟丸药。他是主任的重要助手；虽然并无多少才干，惟一的本领就是毫无顾忌。“现在的事你管那么多做什么哇？”

他常常这么说，“拿得到手的就拿！”

牦牛肉应付这世界上一切经常使人大惊小怪的事变，只有一种态度：装做不懂。

“你不要管他的，发神经！”他小声向主任建议。

“这回子把蜂窝戳破了。”主任方治国苦笑说。

“我看要赶紧‘缝’呵！”捧着暗淡无光的黄铜烟袋，监爷皱着脸沉吟道，“另外找一个人去‘抵’怎样？”

“已经来不及了呀。”主任叹口气说。

“管他做什么呵！”牦牛肉眨眼而且努嘴，“是他妈个火炮性子。”

这时候，幺吵吵已经拍着桌子，放开嗓子在叫嚷了。但是他的战术依然停留在第一阶段，即并不指出被攻击的人的姓名，只是影射着对方，正象一通没头没脑的谩骂那样。

“搞到我名下来了！”他显得做作地打了一串哈哈，“好得很！老子今天就要看他是什么东西做出来的：人吗？狗吗？你们见过狗起草么，嗨，那才有趣！……”

于是他又比又说地形容起来了。虽然已经蓄了十年上下的胡子，幺吵吵的粗鲁话可是越来越多。许多闲着无事的人，有时候甚至故意挑弄他说下流话。他的所谓“狗”，是指他的仇人方治国说的，因为主任的外祖父曾经当过衙役，而这又正是方府上下人等最大的忌讳。

因为他形容得太恶俗了，俞视学插嘴道：

“少造点口孽呵！有道理讲得清的。”

“我有啥道理哇！”幺吵吵忽然板起脸嚷道，“有道理，我也早当了什么主任了。两眼墨黑，见钱就拿！”

“吓，邢表叔！……”

气得脸青面黑、身材瘦小的联保主任方治国，一下子忍不住站起来了。

“吓，邢表叔！”他重复说，“你说话要负责啊！”

“什么叫做负责哇？我就不懂！表叔！”幺吵吵模拟着主任的声调，这惹得大家忍不住笑起来，“你认错人了！认真是你表叔，你也不吃我了！”

“对，对，对，我吃你！”主任解嘲地说，干笑着坐了下去。

“不是吗？”幺吵吵拍了一巴掌桌子，嗓子更加高了，“兵役科的人亲自对我老大说的！你的报告真做得好呢。我今天倒要看你长的几个卵子！……”

幺吵吵一个劲说下去。而他愈来愈加觉得这不是开玩笑，也不是平日的瞎吵瞎闹，完全为了个痛快；他认真感觉到忿激了。

他十分相信，要是一年半年以前，他是用不着这么样着急的，事情好办得很。只需给他大哥一个通知，他的老二就会自自由由走回来的。因为以往抽丁，象他这种家庭一直就没人中过签。但是现在情形已经两样，一切要照规矩办了。而最为严重的，是他的老二已经抓进城了。

他已经派了他的老大进城，而带回来的口信，更加证明他的忧虑不是没有根据。因为那捎信人说，新县长是认真要整顿兵役的，好几个有钱有势的青年人都偷跑了；有的成天躲在家里。幺吵吵的大哥已经试探过两次，但他认为情形险恶。额外那捎信人又说，壮丁就快要送进省了。

凡是邢大老爷都感觉辣手的事，人还能有什么办法呢？他的老二只有当炮灰了。

“你怕我是聋子吧，”幺吵吵简直在咆哮了，“去年蒋家寡母子的儿子五百，你放了；陈二靴子两百，你也放了！你比土匪头儿肖大个子还要厉害。钱也拿了，脑袋也保住了，——老子也有钱的，你要张一张嘴呀？”

“说话要负责啊！邢幺老爷！……”

主任又出马了，而且现出假装的笑容。

主任是一个胡涂而胆怯的人。胆怯，因为他太有钱了；而在这个边野地区，他又从来没有摸过枪炮。这地区是几乎每个人都能来两手的，还有人靠着它维持生计。好些年前，因为预征太多，许多人怕当公事，于是联保主任这个头衔忽然落在他头上了，弄得一批老实人莫名其妙。

联保主任很清楚这是实力派的阴谋，然而，一向忍气吞声的日子驱使他接受了这个挑战。他起初老是垫钱，但后来他尝到甜头了：回扣、黑粮，等等。并且，当他走进茶馆的时候，招呼茶钱的声音也来得响亮了。而在三年以前，他的大门上已经有了一道县长颁赠的匾额：

尽瘁桑梓

但是，不管怎样，正象他自己感觉到的一般，在这回龙镇，还是有人压住他的。他现在多少有点失悔自己做了胡涂事情；但他佯笑着，满不在意似地接着说道：

“你发气做啥呵，都不是得外人！……”

“你也知道不是外人么？”幺吵吵反问，但又并不等候回答，一直嚷叫下去道，“你既知道不是外人，就不该搞我了，告我的密了！”

“我只问你一句！……”

联保主任又一下站起来了，而他的笑容更加充满一种讨好的意味。

“你说一句就是了！”他接着说，“兵役科什么人告诉你的？”

“总有那个人呀，”幺吵吵冷笑说。“象还是谣言呢！”

“不是！你要告诉我什么人说的啦。”联保主任说，态度装得异常诚恳。

因为看见幺吵吵松了劲，他察觉出可以说理的机会到了。于是就势坐向俞视学侧面去，赌咒发誓地分辩起来，说他一辈子都不会做出这样胆大胡涂的事情来的！

他坐下，故意不注意幺吵吵，仿佛视学他们倒是他的对手。

“你们想吧，”他说，摊开手臂，蹙着瘦瘦的铁青的脸蛋，“我姓方的是吃饭长大的呀！并且，我一定要抓他的人做啥呢？难道‘委员长’会赏我个状元当么？没讲的话，这街上的事，一向糊得圆我总是糊的！”

“你才会糊！”幺吵吵叹着气抵了一句。

“那总是我吹牛啊！”联保主任无可奈何地辩解说，瞥了一眼他的对手，“别的不讲，就拿救国公债说吧，别人写的多少，你又写的多少？”

他随又把嘴凑近视学的耳朵边呻唤道：

“连丁八字都是五百元呀！”

联保主任表演得如此精采，这不是没原因的，他想充分显示出事情的重要性，和他对待幺吵吵的一片苦心。同时，他发觉看热闹的人已经越来越多，几乎街都快扎断了，漏出风声太不光采，而且容易引起纠纷。

大约视学相信了他的话，或者被他的态度感动了，兼之又是出名的好好先生，因此他斯斯文文地扫了扫喉咙，开始劝解起幺吵吵来。

“幺哥！我看这样啊；人不抓，已经抓了，横竖是为国家，……”

“这你才会说！”幺吵吵一下撑起来了，眯起眼睛问视学道，“这样会说，你那么一大堆，怎么不挑一个送起去呢？”

“好！我两个讲不通。”

视学满脸通红，故意勾下脑袋喝茶去了。

“再多讲点就讲通了！”幺吵吵重又坐了下去，接着满脸怒气嚷道，“没有生过娃娃当然会说生娃娃很舒服！今天怎么把你个好好先生遇到了呵：冬瓜做不做得甑子？做得。蒸垮了呢？那是要垮呀，——你个老哥子真是！”

他的形容引来一片笑声；但他自己却并不笑，他把他那结结实实的身子移动了一下，抹抹胡子，又把袖头两挽，理直气壮地宣告道：

“闲话少讲！方大主任，说不清楚你今天走不掉的！”

“好呀！”主任一面应声，一面懒懒退还原地方去，“回龙镇只有这样大一个地方哩，我会往哪里跑？就要跑也跑不脱的。”

联保主任的声调和表情照例带着一种嘲笑的意味，至于是嘲笑自己，或者嘲笑对方，那就要凭你猜了。他是经常凭借了这点武器来掩护自己的，而且经常弄得顽强的敌手哭笑不得。人们一般都叫他做软硬人：碰见老虎他是绵羊，如果对方是绵羊呢，他又变成了老虎了。

当他回到原位的时候，牦牛肉一面吞服着戒烟丸，生气道：

“我白还懒得答呢，你就让他吵去！”

“不行不行，”监爷意味深长地说，“事情不同了。”

监爷一直这样坚持自己的意见，是颇有理由的。因为他确信这镇上正在对准联保主任进行一种大规模的控告，而邢大老爷，那位全县知名的绅耆，可以使这控告成为事实，也可以打消它。这也就是说，现在联络邢家是个必要措施。何况谁知道新县长是怎样一副脾气的人呢！

这时候，茶堂里的来客已增多了。连平时懒于出门的陈新老爷也走来了。新老爷是前清科举时代最末一科的秀才，当过十年团总，十年哥老会的头目，八年前才退休的。他已经很少过问镇上的事情了，但是他的意见还同团总时代一样有效。

新老爷一露面，茶客们都立刻直觉到：幺吵吵已经布置好一台讲茶了。茶堂里响起一片零乱的呼唤声。有照旧坐在座位上向堂倌叫喊的，有站起来叫喊的，有的一面挥着钞票一面叫喊，但是都把声音提得很高很高，深恐新老爷听不见。

其间一个茶客，甚至于怒气冲冲地吼道：

“不准乱收钱啦！嗨！这个龟儿子听到没有？……”

于是立刻跑去塞一张钞票在堂倌手里。

在这种种热情的骚动中间，争执的双方，已经很平静了。联保主任知道自己会亏理的，他正在积极地制造舆论，希望能于自己有利。而幺吵吵则一直闷着张脸，这是因为当着这许多漂亮人物面前，他忽然深切地感觉到，既然他的老二被抓，这就等于说他已经失掉了面子！

这镇上是流行着这样一种风气的，凡是照规矩行事的，那就是平常人，重要人物都是站在一切规矩之外的。比如陈新老爷，他并不是个惜疼金钱的脚色，但是就连打醮这类事情，他也没有份的；否则便会惹起人们大惊小怪，以为新老爷失了面子，和一个平常人没多少区别了。

面子在这镇上的作用就有如此厉害，所以幺吵吵闷着张脸，只是懒懒地打着招呼。直到新老爷问起他是否欠安的时候，这才稍稍振作起来。

“人倒是好的，”他苦笑着说，“就是眉毛快给人剪光了！”

接着他又一连打了一串干燥无味的哈哈。

“你瞎说！”新老爷严正地截断他，“简直瞎说！”

“当真哩！不然，也不敢劳驾你哥子动步了。”

为了表示关切，新老爷深深叹了口气。

“大哥有信来没有呢？”新老爷接着又问。

“他也没办法呀！……”

幺吵吵呻唤了。

“你想吧，”为了避免人们误会，以为他的大哥也成了没面子的脚色了，他随又解释道，“新县长的脾气又没有摸到，叫他怎么办呢？常言说，新官上任三把火，又是闹起要整顿役政的，谁知道他会发些什么猫儿毛病？前天我又托蒋门神打听去了。”

“新县长怕难说话，”一个新近从城里回来的小商人插入道，“看样子就晓得了：随常一个人在街上串，戴他妈副黑眼镜子……”

严肃沉默的空气没有让小商人说下去。

接着，也没有人敢再插嘴，因为大家都不知道应该如何表示自己的感情。表示高兴吧，这是会得罪人的，因为情形的确有些严重；但说是严重吧，也不对，这又会显得邢府上太无能了。所以彼此只好暧昧不明地摇头叹气，喝起茶来。

看见联保主任似乎正在考虑一种行动，牦牛肉包着戒烟丸药，小声道：

“不要管他！这么快县长就叫他们喂家了么？”

“去找找新老爷是对的！”监爷意味深长地说。

这个脸面浮肿、常以足智多谋自负的没落士绅，正投了联保主任的机，方治国早就考虑到这个必要的措施了。使得他迟疑的，是他觉得，比较起来，新老爷同邢家的关系一向深厚得多，他不一定捡得到便宜。虽然在派款和收粮上面，他并没有对不住新老爷的地方；逢年过节，他也从未忘记送礼，但在几件小事情上，他是开罪过新老爷的。

比如，有一回曾布客想抵制他，抬出新老爷来，说道：

“好的，我们到新老爷那里去说！”

“你把时候记错了！”主任发火道，“新老爷吓不倒我！”

后来，事情虽然照旧是在新老爷的意志下和平解决了的，但是他的失言一定已经散播开去，新老爷给他记下一笔帐了。但他终于站了起来，向着新老爷走过去了。

这个行动，立刻使得人们很振作了，大家全都期待着一个新的开端。有几个人在大声喊叫堂倌拿开水来，希望缓和一下他们的紧张心情。幺吵吵自然也是注意到联保主任的攻势的，但他不当作攻势看，以为他的对手是要求新老爷调解的；但他猜不准这个调解将会采取一种什么方式。

而且，从幺吵吵看来，在目前这样一种严重问题上，一个能够叫他满意的调解办法，是不容易想出来的。这不能道欠了事，也不能用金钱的赔偿弥补，那么剩下来的只有上法庭起诉了！但一想到这个，他就立刻不安起来，因为一个决心整饬役政的县长，难道会让他占上风?!

幺吵吵觉得苦恼，而且感觉一切都不对劲。这个一向坚实乐观的汉子，第一次遭到烦扰的袭击了，简直就同一个处在这种境况的平常人不差上下：一点抓拿没有！

他忽然在桌子上拍了一掌，苦笑着自言自语道：

“哼！乱整吧，老子大家乱整?”

“你又来了！”俞视学说，“你总会拿话出来说嘛。”

“这还有什么说的呢?”幺吵吵苦着脸反驳道，“你个老哥子怎么不想想呵：难道什么天王老子会有这么大的面子，能够把人给我取回来么?!”

“不是那么讲。取不出来，也有取不出来的办法。”

“那我就请教你！”幺吵吵认真快发火了，但他尽力克制着自己，“什么办法呢?！——说一句对不住了事？——打死了让他赔命？……”

“也不是那样讲。……”

“那又是怎样讲呢?”幺吵吵毕竟大发其火，直着嗓子叫了，“老实说吧，他就没有办法！我们只有到场外前大河里去喝水了！”

这立刻引起一阵新的骚动。全都预感到精采节目就要来了。

一个站在阶沿下人堆里的看客，大声回绝着朋友的催促道：

“你走你的嘛，我还要玩一会！”

提着茶壶穿堂走过的堂倌，也在兴高采烈叫道：

“让开一点，看把脑袋烫肿！”

在当街的最末一张茶桌上，那里离幺吵吵隔着四张桌子，一种平心静气的谈判已经快要结束。但是效果显然很少，因为长条子的陈新老爷，忽然气冲冲站起来了。

陈新老爷仰起瘦脸，颈子一扭，大叫道：

“你倒说你娃条鸟啊！……”

但他随又坐了下去，手指很响地击着桌面。

“老弟！”他一直望着联保主任，几乎一字一顿地说，“我不会害你的！一个人眼光要放远大一点，目前的事是谁也料不到的！——懂么?”

“我懂呵！难道你会害我?”

“那你就该听大家的劝呀！”

“查出来要这个啦，——我的老先人！”

联保主任苦涩地叫着，同时用手掌在后颈上一比：他怕杀头。

这的确也很可虑，因为严惩兵役舞弊的明令，已经来过三四次了。这就算不作数，我们这里隔上峰还远，但是县长对于我们就全然不相同了：他简直就在你的鼻子前面。并且，既然已经把人抓起去了，就要额外买人替换，一定也比平日困难得多。

加之，前一任县长正是为了壮丁问题被撤职的，而新县长一上任便宣称他要扫除役政上的种种积弊。谁知道他是不是也如一般新县长那样，上任时候的官腔总特别打得响，结果说过算事，或者他硬要认真地干一下？他的脾气又是怎样的呢？……

此外，联保主任还有一个不能冒这危险的重大理由。他已经四十岁了，但他还没有取得父亲的资格。他的两个太太都不中用，虽然一般人把责任归在这作丈夫的先天不足上面。好象就是再活下去，他也永远无济于事，作不成父亲。

然而，不管如何，看光景他是决不会冒险了。所以停停，他又解嘲地继续道：

"我的老先人！这个险我不敢冒。认真是我告了他的密都说得过去！……"

他佯笑着，而且装做得很安静。同幺吵吵一样，他也看出了事情的诸般困难的，而他首先应该矢口否认那个密告的责任。但他没有料到，他把新老爷激恼了。

新老爷没有让他说完，便很生气地反驳道：

"你这才会装呢！可惜是大老爷亲自听兵役科说的！"

"方大主任！"幺吵吵忽然直接地插进来了，"是人做出来的就撑住哇！我告诉你：赖，你今天无论如何赖不脱的！"

"嘴巴不要伤人啊！"联保主任忍不住发起火来。

他态度严正，口气充满了警告气味；但是幺吵吵可更加蛮横了。

"是的，老子说了：是人做出来的你就撑住！"

"好嘛，你多凶啊。"

"老子就是这样！"

"对对对，你是老子！哈哈！……"

联保主任响着干笑，一面退回自己原先的座位上去。他觉得他在全镇的市民面前受了侮辱，他决心要同他的敌人斗到底了。仿佛就是拼掉老命他都决不低头。

联保主任的幕僚们依旧各有各的主见。牦牛肉说：

"你愈让他愈来了，是吧！"

"不行不行，事情不同了。"监爷叹着气说。

许多人都感到事情已经闹成僵局，接着来的一定会是谩骂，是散场了。因为情形明显得很，争吵的双方都是不会动拳头的。那些站在大街上看热闹的，已经在准备回家吃午饭了。

但是，茶客们却谁也不能轻易动身，担心有失体统。并且新老爷已经请了幺吵吵过去，正在进行一种新的商量，希望能有一个顾全体面的办法。虽然按照常识，一个二十岁的青年人的生命，绝不能和体面相提并论，而关于体面的解释也很不一致。

然而，不管怎样，由于一种不得已的苦衷，幺吵吵终于是让步了。

"好好，"他带着决然忍受一切的神情说，"就照你哥子说的做吧！"

"那么方主任，"新老爷紧接着站起来宣布说，"这一下就看你怎样，一切用费么老爷出，人由你找；事情也由你进城去办，办不通还有他们大老爷，——”

“就请大老爷办不更方便些么？”主任嘴快地插入说。

“是呀！也请他们大老爷，不过你负责就是了。”

“我负不了这个责。”

“什么呀?!”

“你想，我怎么能负这个责呢？”

“好!”

新老爷简捷地说，闷着脸坐下去了。他显然是被对方弄得不快意了；但是，沉默一会，他又耐着性子重新劝说起来。

“你是怕用的钱会推在你身上吧？”新老爷笑笑说。

“笑话!”联保主任毫不在意地答道，“我怕什么？又不是我的事。”

“那又是什么人的事呢？”

“我晓得的呀!”

联保主任回答这句话的时候，带着一种做作的安闲态度，而且嘲弄似地笑着，好象他是什么都不懂得，因此什么也不觉得可怕；但他没有料到幺吵吵冲过来了。而且，那个气得胡子发抖的汉子，一把扭牢他的领口就朝街面上拖。

“我晓得你是个软硬人！——老子今天跟你拼了！……”

“大家都是面子上的人，有话好好说呵!”茶客们劝解着。

然而，一面劝解，一面偷偷溜走的也就不少。堂倌已经在忙着收茶碗了。监爷在四处向人求援，昏头昏脑地胡乱打着漩子，而这也正证明着联保主任并没有白费自己的酒肉。

“这太不成话了!”他摇头叹气说，“大家把他们分开吧!”

“我管不了!”视学边往街上溜去边说，“看血喷在我身上。”

牦牛肉在收捡着戒烟丸药，一面叽叽咕咕嚷道：

“这样就好！哪个没有生得有手么？好得很!”

但当丸药收捡停当的时候，他的上司已经吃了亏了。联保主任不断淌着鼻血，左眼睛已经青肿起来。他是新老爷解救出来的，而他现在已经被安顿在茶堂门口一张白木圈椅上面。

“你姓邢的是对的!”他摸摸自己的肿眼睛说，“你打得好！……”

“你嘴硬吧!”幺吵吵气喘吁吁地唾着牙血，“你嘴硬吧!”

牦牛肉悄悄向联保主任建议，说他应该马上找医生诊治一下，取个伤单；但是他的上司拒绝了他，反而要他赶快去雇滑竿。因为联保主任已经决定立刻进城控告去了。

联保主任的眷属，特别是他的母亲，那个以悭吝出名的小老太婆，早已经赶来了。

“咦，兴这样打么？”她连连叫道，“这样眼睛不认人么?!”

邢幺太太则在丈夫耳朵边报告着联保主任的伤势。

“眼睛都肿来象毛桃子了！……”

“老子还没有打够!”吐着牙血，幺吵吵吸口气说。

别的来看热闹的妇女也很不少，整个市镇几乎全给翻了转来。吵架打架本来就值得看，一对有面子的人物弄来动手动脚，自然也就更可观了！因而大家的情绪比看把戏还要热烈。

但正当这人心沸腾的时候，一个左腿微跛，满脸胡须的矮汉子忽然从人丛中挤了进来。这是蒋米贩子，因为神情呆板，大家又叫他蒋门神。前天进城赶场，幺吵吵就托过他捎信的，因此他立刻把大家的注意一下子集中了。那首先抓住他的是邢幺太太。

这是个顶着假发的肥胖妇人，爱做作，爱饶舌，诨名九娘子。她颤声颤气问那米贩子道：

“托你打听的事情呢？…… 坐下来说吧！”

“打听的事情？”米贩子显得见怪似地答道，“人已经出来啦。”

“当真的呀！”许多人吃惊了，一齐叫了出来。

“那还是假的么？我走的时候，还在十字口茶馆里打牌呢。昨天夜里点名，他报数报错了，队长说他没资格打国仗，就开革了；打了一百军棍。”

“一百军棍?!”又是许多声音。

“不是大老爷面子大，你就再挨几个一百也出来不了呢。起初都讲新县长厉害，其实很好说话。前天大老爷请客，一个人老早就跑去了：戴他妈副黑眼镜子……”

米贩子叙说着，而他忽然一眼注意到了幺吵吵和联保主任。

“你们是怎样搞的？你牙齿痛吗？你的眼睛怎么肿啦？……”

1940 年

（选自《沙汀选集》第一卷，四川人民出版社，1982）

【学习提示】

沙汀（1904—1992），原名杨朝熙，又名杨子青，四川安县安昌镇（今属北川）人。1921 年就读于成都第一师范学校。1927 年加入中国共产党。1929 年流亡上海后，参与创办辛垦书店。

1931 年，沙汀在上海以他的农村生活体验为基础开始了文学创作。在鲁迅、茅盾的鼓励和指导下，他迅速成长为“左联”有成就的小说作家之一。1932 年，沙汀的第一部短篇小说集《法律外的航线》问世，以后他又陆续出版了《土饼》《磁力》《兽道》《堪察加小景》等短篇小说。沙汀初期的小说，以较大的篇幅揭露了旧社会的黑暗腐败，反映了旧中国农村的动荡不安。《代理县长》《在祠堂里》等是他初期小说的代表作，在一定程度上起到了抨击和控诉旧社会的作用，但基调都比较沉闷，技巧也不够纯熟。

全民族抗战爆发后，沙汀的小说创作进入成熟期。沙汀对故乡的社会环境和各阶层人物有深刻的体验和理解，写下了《联保主任的消遣》《在其香居茶馆里》《替身》等揭露社会黑暗的小说。由《淘金记》《困兽记》《还乡记》组成的“三记”是他这一时期文学创作的重要收获。

沙汀的小说大多取材于四川的社会生活，描写四川农村和小城镇的世态人情、风俗习惯，具有浓烈的地方色彩。沙汀善于广泛地展现社会各阶层的人物画像，尤其善于敏锐地捕捉各种人物富于时代特征的心理状态和内心变化，并加以细致的刻画。沙汀在描写丑恶的现实时，往往寄愤懑于精细的写实，寓热情于辛辣的嘲笑。平白、朴实的叙述中，饱含着炽热的讽刺力量，显示出谨严、凝重而深沉的风格特色。

《在其香居茶馆里》写于1940年，是沙汀的代表作，也是抗日战争期间脍炙人口的讽刺作品名篇。作品没有正面描写国民党抽壮丁的情况，而是通过四川一个普通乡镇——回龙镇的两个“体面人物”——联保主任方治国和土豪恶棍邢幺吵吵在其香居茶馆里一场狗咬狗的闹剧，以冷峻的笔触入木三分地讽刺并揭露了国民党兵役制度的腐败以及基层政权各色人等的丑行劣迹。

这篇小说结构谨严、紧凑，分明暗两条线索进行。明线是邢幺吵吵和方治国在其香居茶馆里的这场“龙虎斗”，暗线是邢幺吵吵的大哥跟新县长的一桩肮脏交易。这两条线索相辅相成，互相推动，促成了情节发展的波澜起伏。小说充分展示了沙汀的讽刺才能。结尾别具匠心——正当茶馆里打得难分难解之时，传来了邢幺吵吵的二儿子已被县里借故“革除”的消息，两个“体面人物”顿时陷入尴尬的境地。这一喜剧性的结局，戳穿了新县长所谓“整顿兵役”的骗局，达到了极为强烈的讽刺的艺术效果。

浓郁的地方色彩是这篇小说的鲜明特点。沙汀用朴素、生动、俗常的四川土语方言描写人物的对话，把故事集中在“吃讲茶”的场景中，使小说整体笼罩在四川乡村浓浓的泥土气息中。

【思考练习题】

1. 简析小说的思想内容。
2. 小说中的讽刺有什么特点？
3. 举例分析小说的地方色彩。

山峡中

艾 芜

江上横着铁链作成的索桥，巨蟒似的，现出顽强古怪的样子，终于渐渐吞蚀在夜色中了。

桥下凶恶的江水，在黑暗中奔腾着，咆哮着，发怒地冲打崖石，激起吓人的巨响。

两岸蛮野的山峰，好像也在怕着脚下的奔流，无法避开一样，都把头尽量地躲入疏星寥落的空际。

夏天的山中之夜，阴郁、寒冷、怕人。

桥头的神祠，破败而荒凉的，显然已给人类忘记了，遗弃了，孤零零地躺着，只有山风、江流送着它的余年。

我们这几个被世界抛却的人们，到晚上的时候，趁着月色星光，就从远山那边的市集里，悄悄地爬了下来，进去和残废的神们，一块儿住着，作为暂时的自由之家。

黄黑斑驳的神龛面前，烧着一堆煮饭的野火，跳起熊熊的红光，就把伸手取暖的阴影，鲜明地绘在火堆的周遭。上面金衣剥落的江神，虽也在暗淡的红色光影中，显出一脚踏着龙头的悲壮样子，但人一看见那只扬起的握剑的手，是那么地残破，危危欲坠了，谁也要怜惜他这位末路英雄的。锅盖的四围，呼呼地冒出白色的蒸汽，咸肉的香味和着松柴的芬芳，一时到处弥漫起来。这是宜于哼小曲、吹口哨的悠闲时候，但大家都是静默地坐着，只在暖暖手。

另一边角落里，燃着一节残缺的蜡烛，摇曳地吐出微黄的光辉，展画出另一个暗淡的世界。没头的土地菩萨侧边，躺着小黑牛，污腻的上身完全裸露出来。正无力地呻唤着，衣和裤上的血迹，有的干了，有的还是湿渍渍的。夜白飞就坐在旁边，给他揉着腰杆，擦着背，一发现重伤的地方，便惊讶地喊：

“呵呀，这一处！”

接着咒骂起来：

“他妈的！这地方的人，真毒！老子走尽天下，也没碰见过这些吃人的东西！……这里的江水也可恶，像今晚要把我们冲走一样！”

夜愈静寂，江水也愈吼得厉害，地和屋宇和神龛都在震颤起来。

“小伙子，我告诉你，这算什么呢？对待我们更要残酷的人，天底下还多哩，……苍蝇一样的多哩！”

这是老头子不高兴的声音，由那薄暗的地方送来，仿佛在说，“你为什么要大惊小怪哪！”他躺在一张破烂虎皮的毯子上面，样子却望不清楚，只是铁烟管上的旱烟，现出一明一暗的红焰。复又吐出教训的话语：

“我么？人老了，拳头棍棒可就挨得不少。……想想看，吃我们这行饭，不怕挨打就是本钱哪！……没本钱怎么做生意呢？”

在这边烤火的鬼冬哥把手一张，脑袋一仰，就大声插嘴过去，一半是讨老人的好，一半是夸自己的狠。

“是呀，要活下去。我们这批人打断腿子倒是常有的事情，……你们看，像那回在鸡街，鼻血打出了，牙齿打脱了，腰杆也差不多伸不起来，我回来的时候，不是还在笑么？……”

“对哪！”老头子高兴地坐了起来，“还有，小黑牛就是太笨了，嘴巴又不会扯谎，有些事情一说就说脱了的。像今天，你说，也掉东西，谁还拉着你哩？……只晓得说‘不是我，不是我’，就是这一句，人家怎不搜你身上呢？……不怕挨打，也好嘛？……呻唤，呻唤，尽是呻唤！”

我虽是没有就着火光看书了，但却仍旧把书拿在手里的。鬼冬哥得了老头子的赞许，就动手动脚起来，一把抓着我的书喊道：

“看什么？书上的废话，有什么用呢？一个钱也不值，……烧起来还当不得这一根干柴……听，老人家在讲我们的学问哪！”

一面就把一根干柴，送进火里。

老头子在砖上叩去了铁烟管上的余烬，很矜持地说道：

“我们的学问，没有写在纸上，……写来给傻子读么？……第一……一句话，就是不怕和扯谎！……第二……我们的学问，哈哈哈。”

似乎一下子觉出了，我才同他合伙没多久的，便用笑声掩饰着更深一层的话了。

“烧了吧，烧了吧，你这本傻子才肯读的书！”

鬼冬哥作势要把书抛进火里去，我忙抢着喊：

“不行！不行！”

侧边的人就叫了起来：

“锅碰倒了！锅碰倒了！”

“同你的书一块去跳江吧！”

鬼冬哥笑着把书丢给了我。

老头子轻徐地向我说道：

“你高兴同我们一道走，还带那些书做什么呢。……那是没用的，小时候我也读过一两本。”

“用处是不大的，不过闲着的时候，看看罢了，像你老人家无事的时候吸烟一样。……”

我不愿同老头子引起争论，因为就有再好的理由也说不服他这顽强的人的，所以便这样客气地答复他。他得意地笑了，笑声在黑暗中散播着。至于说到要同他们一道走，我却没有如何决定，只是一路上给生活压来说气忿话的时候，老头子就误以为我真的要入伙了。今天去干的那一件事，无非由于他们的逼迫，凑凑角角罢了，并不是另一个新生活的开始。我打算趁此向老头子说明，也许不多几天，就要独自走我的，但却给小黑牛突然一阵猛烈的呻唤打断了。

大家皱着眉头沉默着。

在这些时候，不息地打着桥头的江涛。仿佛要冲进庙来，扫荡一切似的。江风也比往天晚上大些，挟着尘沙，一阵阵地滚入，简直要连人连锅连火吹走一样。

残烛熄灭，火堆也闷着烟，全世界的光明，统给风带走了，一切重返于无涯的黑暗。只有小黑牛痛苦的呻吟，还表示出了我们悲惨生活的存在。

野老鸦拨着火堆，尖起嘴巴吹，闪闪的红光，依旧喜悦地跳起，周遭不好看的脸子，重又画出来了。大家吐了一口舒适的气。野老鸦却是流着眼泪了，因为刚才吹的时候，湿烟熏着了他的眼睛，他伸手揉揉之后，独自悠悠地说：

"今晚的大江，吼得这么大……又凶，……像要吃人的光景哩，该不会出事吧……"

大家仍旧沉默着。外面的山风、江涛，不停地咆哮，不停地怒吼，好像诅咒我们的存在似的。

小黑牛突然大声地呻唤，发出痛苦的呓语：

"哎呀，……哎……害了我了……害了我了，……哎呀……哎呀……我不干了！我不……"

替他擦着伤处的夜白飞，点燃了残烛，用一只手挡着风，照映出小黑牛打坏了的身子——正痉挛地做出要翻身不能翻的痛苦光景，就赶快替他往腰部揉一揉，恨恨地抱怨他：

"你在说什么？你……鬼附着你哪！"

同时掉头回去，恐怖地望望黑暗中的老头子。

小黑牛突地翻过身，嗄声嘶叫：

"你们不得好死的！你们！……菩萨！菩萨呀！"

已经躺下的老头子突然坐了起来，轻声说道：

"这样吗？……哦……"

忽又生气了，把铁烟管用力地往砖上扣了一下，说：

"菩萨，菩萨，菩萨也同你一样的倒楣！"

交闪在火光上面的眼光，都你望我我望你地，现出不安的神色。

野老鸦向着黑暗的门外看了一下，仍旧静静地说：

"今晚的江水实在吼得太大了！……我说嘛……"

"你说，……你一开口，就是吉利的！"

鬼冬哥粗暴地盯了野老鸦一眼，恨恨地咒诅着。

一阵风又从破门框上刮了进来，激起点点红艳的火星，直朝鬼冬哥的身上迸射。他赶快退后几步，向门外黑暗中的风声，扬着拳头骂：

"你进来！你进来！……"

神祠后面的小门一开，白色鲜明的玻璃灯光和着一位油黑蛋脸的年青姑娘，连同笑声，挤进我们这个暗淡的世界里来了。黑暗、沉闷和忧郁，都悄悄地躲去。

"喂，懒人们！饭煮得怎样了？……孩子都要饿哭了哩！"

一手提灯，一手抱着一块木头人儿，亲昵地偎在怀里，做出母亲那样高兴的神情。

蹲着暖手的鬼冬哥把头一仰，手一张，高声哗笑起来：

"哈呀，野猫子，……一大半天，我说你在后面做什么？……你原来是在生孩子哪！……"

“呸，我在生你！”

接着啵的响了一声，野猫子生气了，鼓起原来就是很大的乌黑眼睛，把木人儿打在鬼冬哥的身旁；一下子冲到火堆边上，放下了灯，揭开锅盖，用筷子查看锅里翻腾滚沸的咸肉。白濛濛的蒸汽，便在雪亮的灯光中，袅袅地上升着。

鬼冬哥拾起木人儿，做模做样地喊道：

“呵呀，……尿都跌出来了！……好狠毒的妈妈！”

野猫子不说话，只把嘴巴一尖，头颈一伸，向他做个顽皮的鬼脸，就撕着一大块油腻腻的肉，有味地嚼她的。

小骡子用手肘碰碰我，斜起眼睛打趣说：

“今天不是还在替孩子买衣料吗？”

接着大笑起来：

“吓吓，……酒鬼……吓吓，酒鬼。”

鬼冬哥也突地记起了，哗笑着，向我喊：

“该你抱！该你抱！”

就把木人儿递在我的面前。

野猫子将锅盖骤然一盖，抓着木人儿，抓着灯，像风一样蓦地卷开了。

小骡子的眼珠跟着她的身子溜，点点头说：

“活像哪，活像哪，一条野猫子！”

她把灯、木人儿和她自己，一同蹲在老头子的面前，撒娇地说：

“爷爷，你抱抱！娃儿哭哩！”

老头子正生气地坐着，虎着脸，耳根下的刀痕，绽出红涨的痕迹，不答理他的女儿。女儿却不怕爸爸的，就把木人儿的蓝色小光头，伸向短短的络腮胡上，顽皮地乱闯着，一面努起小嘴巴，娇声娇气地说：

“抱，嗯，抱，一定要抱！”

“不！”

老头子的牙齿缝里挤出这么一声。

“抱，一定要抱，一定要，一定！”

老头子在各方面，都很顽强的，但对女儿却每一次总是无可奈何地屈服了。接着木人儿，对在鼻子尖上，鼓大眼睛，粗声粗气地打趣道：

“你是哪个的孩子？……喊声外公吧！喊，蠢东西！”

“不给你玩！拿来，拿来！”

野猫子一把抓去了，气得翘起了嘴巴。

老头子却粗暴地哗笑起来。大家都感到了异常的轻松，因为残留在这个小世界里的怒气，这一下子也已完全冰消了。

我只把眼光放在书上，心里却另外浮起了今天那一件新鲜而有趣的事情。

早上，他们叫我装做农家小子，拿着一根长烟袋，野猫子扮成农家小媳妇，提着一只小竹篮，同到远山那边的市集里，假作去买东西。他们呢，两个三个地远远尾在我们的后面，也装做忙忙赶市的样子。往日我只是留着守东西，从不曾伙同他们去干的，今天机会一到，便逼着扮演一位不重要的角色，可笑而好玩地登台了。

山中的市集，也很热闹的，拥挤着许多远地来的庄稼人。野猫子同我走到一家布摊子的面前，她就把竹篮子套在手腕上，乱翻起摊子上的布来，选着条纹花的说不好，选着棋盘格的也说不好，惹得老板也感到烦厌了。最后她扯出一匹蓝底白花的印花布，喜孜孜地叫道：

“呵呀，这才好看哪！”

随即掉转身来，仰起乌溜溜的眼睛，对我说：

“爸爸，……买一件给阿狗穿！”

我简直想笑起来——天呀，她怎么装得这样像！幸好始终板起了面孔，立刻记起了他们教我的话。

“不行，太贵了！……我没那样多的钱花！”

“酒鬼，我晓得！你的钱，是要喝马尿水的！”

同时在我的鼻子尖上，竖起一根示威的指头，点了两点。说完就一下子转过身去，气狠狠地把布丢在摊子上。

于是，两个人就小小地吵起嘴来了。

满以为狡猾的老板总要看我们这幕滑稽剧的，哪知道他才是见惯不惊了，眼睛始终照顾着他的摊子。

野猫子最后赌气说：

“不买了，什么也不买了！”

一面却向对面街边上的货摊子望去。突然做出吃惊的样子，低声地向我也是向着老板喊：

“呀！看，小偷在摸东西哪！”

我一望去，简直吓灰了脸，怎么野猫子会来这一着？在那边干的人不正是夜白飞、小黑牛他们吗！

然而，正因为这一着，事情却得手了。后来，小骡子在路上告诉我，就是在这个时候，狡猾的老板始把时时刻刻都在提防的眼光引向远去，他才趁势偷去一匹上好的细布的。当时我却不知道，只听得老板幸灾乐祸地袖着手说：

“好呀！好呀！王老三，你也倒楣了！”

我还呆着看，野猫子便揪了我一把，喊着：

“酒鬼，死了么？”

我便跟着她赶快走开，却听着老板在后面冷冷地笑着，说风凉话哩。

“年纪青青，就这样的泼辣！咳！”

野猫子掉回头去啐了一口。

…………

“看进去了！看进去了！”

鬼冬哥一面端开炖肉的锅，一面打趣着我。

于是，我的回味，便同山风刮着的火烟，一道儿溜走了。

中夜，纷乱的足声和嘈杂的低语，惊醒了我；我没有翻爬起来，只是静静地睡着。

像是野猫子吧？走到我所睡的地方，站了一会，小声说道：

“睡熟了，睡熟了。”

我知道一定有什么瞒我的事在发生着了，心里禁不住惊跳起来，但却不敢翻动，只是尖起耳朵凝神地听着。忽然听见夜白飞哀求的声音，在暗黑中颤抖地说着：

“这太残酷了，太，太残酷了……魏大爷，可怜他是……”

尾声低小下去，听着的只是夜深打岸的江涛。

接着老头子发出钢铁一样的高声，叱责着：

“天底下的人，谁可怜过我们？……小伙子，个个都对我们捏着拳头哪！要是心肠软一点，还活得到今天吗？你……哼，你！小伙子，在这里，懦弱的人是不配活的。……他，又知道我们的……咳，那么多！怎好白白放走呢？”

那边角落里躺着的小黑牛，似乎被人抬了起来，一路带着痛苦的呻唤和着杂乱的脚步，流向神祠的外面去。一时屋里静悄悄的了，简直空洞得十分怕人。

我轻轻地抬起头，朝破壁缝中望去，外面一片清朗的月色，已把山峰的姿影、崖石的面部和林木的参差，或浓或淡地画了出来，更显着峡壁的阴森和凄郁，比黄昏时候看起来还要怕人些。山脚底，汹涌着一片蓝色的奔流，碰着江中的石礁，不断地在月光中，溅跃起、喷射起银白的水花。白天，尤其黄昏时候，看起来像是顽强古怪的铁索桥呢，这时却在皎洁的月下，露出妩媚的修影了。

老头子和野猫子站在桥头。影子投在地上。江风掠飞着他们的衣裳。

另外抬着东西的几个阴影，走到索桥的中部，便停了下来。蓦地一个人那么样的形体，很快地丢下江去。原先就是怒吼着的江涛，却并没有因此激起一点另外的声息，只是一霎时在落下处，跳起了丈多高亮晶晶的水珠，然而也就马上消灭了。

我明白了，小黑牛已经在这世界上凭借着一只残酷的巨手，完结了他的悲惨的命运了。但他往天那样老实而苦恼的农民样子，却还遗留在我的心里，搅得我一时无法安睡。

他们回来了。大家都是默无一语地悄然睡下，显见得这件事的结局是不得已的，谁也不高兴做的。在黑暗中，野老鸦翻了一个身，自言自语地低声说道：

“江水实在吼得太大了！”

没有谁答一句话，只有庙外的江涛和山风，鼓噪地应和着。

我回忆起小黑牛坐在坡上歇气时，常常爱说的那一句话了。

“那多好呀！……那样的山地！……还有那小牛！”

随着他那忧郁的眼睛瞭望去，一定会在晴明的远山上面，看出点点灰色的茅屋和正在缕缕升起的蓝色轻烟的。同伴们也知道，他是被那远处人家的景色，勾引起深沉的怀乡病了，但却没有谁来安慰他，只是一阵地瞎打趣。

小骡子每次都爱接着他的话说：

“还有那白白胖胖的女人啰！”

另一人插嘴道：

“正在张太爷家里享福哪，吃好穿好的。”

小黑牛呆住了，默默地低下了头。

“鬼东西，总爱提这些！……我们打几盘再走吧，牌喃？牌喃？……谁捡着？”

夜白飞始终袒护着小黑牛；众人知道小黑牛的悲惨故事，也是由他的嘴巴传达出来的。

“又是在想，又是在想！你要回去死在张太爷的拳头下才好的！……同你的山地牛儿一块去死吧！”

鬼冬哥在小黑牛的鼻子尖上示威似地摇一摇拳头，就抽身到树荫下打纸牌去了。

小黑牛在那个世界里躲开了张太爷的拳击，掉过身来在这个世界里，却仍然又免不了江流的吞食。我不禁就由这想起，难道穷苦人的生活本身，便原是悲痛而残酷的么？也许地球上还有另外的光明留给我们的吧？明天我终于要走了。

次晨醒来，只有野猫子和我留着。

破败凋残的神祠，尘灰满积的神龛，吊挂蛛网的屋角，俱如我枯燥的心地一样，是灰色的、暗淡的。

除却时时刻刻都在震人心房的江涛声而外，在这里简直可以说没有一样东西使人感到兴奋了。

野猫子先我起来，穿着青花布的短衣，大脚统的黑绸裤，独自生着火，炖着开水，悠悠闲闲地坐在火旁边唱着：

> 江水呵，
> 慢慢流，
> 流呀流，
> 流到东边大海头，

我一面爬起来扣着衣纽，听着这样的歌声，越发感到岑寂了。便没精打采地问（其实自己也是知道的）：

“野猫子，他们哪里去了？”

“发财去了！”

接着又唱她的：

> 那儿呀，没有忧！
> 那儿呀，没有愁！

她见我不时朝昨夜小黑牛睡的地方瞭望，便打探似的说道：

“小黑牛昨夜可真叫得凶，大家都吵来睡不着。”

一面闪着她乌黑的狡猾的眼睛。

“我没听见。”

打算听她再捏造些什么话，便故意这样地回答。

她便继续说：

“一早就抬他去医伤去了！……他真是个该死的家伙，不是爸爸估着他，说着好，他还不去呢！”

她比着手势，很出色地形容着，好像真有那么一回事一样。

刚在火堆边坐着的我，简直感到忿怒了，便低下头去，用干枝拨着火冷冷地说：

“你的爸爸，太好了，太好了！……可惜我却不能多跟他老人家几天了。”

“你要走了吗？”她吃了一惊，随即生气地骂道，“你也想学小黑牛了！”

“也许……不过……”

我一面用干枝画着灰，一面犹豫地说。

“不过什么？不过！……爸爸说的好，懦弱的人，一辈子只有给人踏着过日子的。……伸起腰杆吧！抬起头吧！……羞不羞哪，像小黑牛那样子！”

“你的爸爸，说的话，是对的，做的事，却错了！”

“为什么？”

“你说为什么？……并且昨夜的事情，我通通看见了！”

我说着，冷冷的眼光浮了起来。看见她突然变了脸色，但又一下子恢复了原状，而且狡猾地说着：“吓吓，就是为了这才要走吗？你这不中用的！”

马上揭开开水罐子看，气冲冲地骂：

“还不开！还不开！”

蓦地像风一样卷到神殿后面去，一会儿，抱了一抱干柴出来。一面拨大火，一面柔和地说：

“害怕吗？要活下去，怕是不行的。昨夜的事，多着哩，久了就会见惯了的。……是吗？规规矩矩地跟我们吧，……你这阿狗的爹，哈哈哈。”

她狂笑起来，随即抓着昨夜丢下了的木人儿，顽皮地命令我道：

“木头，抱，抱，他哭哩！”

我笑了起来，但却仍然去整顿我的衣衫和书。

“真的要走么？来来来，到后面去！”

她的两条眉峰一竖，眼睛露出恶毒的光芒，看起来，却是又美丽又可怕的。

她比我矮一个头，身子虽是结实，但却总是小小的，一种好奇的冲动作弄着我：于是无意识地笑了一下，便尾着她到后面去了。

她从柴草中抓出一把雪亮的刀来，半张不理地递给我，斜瞬着狡猾的眼睛，命令道：

“试试看，你砍这棵树！”

我由她摆布，接着刀，照着面前的黄桷树，用力砍去，结果只砍了半寸多深。因为使刀的本事，我原是不行的。

“让我来！”

她突地活跃了起来，夺去了刀，做出一个侧面骑马的姿势，很结实地一挥，喳的一刀，便没入树身三四寸的光景，又毫不费力地拔了出来，依旧放在柴草里面，然后气昂昂地走来我的面前，两手插在腰上，微微地噘起嘴巴，笑嘻嘻地嘲弄我：

“你怎么走得脱呢？……你怎么走得脱呢？”

于是，在这无人的山中，我给这位比我小块的野女子窘住了。正还打算这样地回答她：

“你的爸爸会让我走的！”

但她却忽然抽身跑开了，一面高声唱着，仿佛奏着凯旋一样：

这儿呀，也没有忧，
这儿呀，也没有愁，
……

我慢步走到江边去，无可奈何地徘徊着。

峰尖浸着粉红的朝阳。山半腰，抹着一两条淡淡的白雾。崖头苍翠的树丛，如同雨洗后一样的鲜绿。峡里面，到处都流溢着清新的晨光。江水仍旧发着吼声，但却没有夜来那样的怕人。清亮的波涛，碰在嶙峋的石上，溅起万朵灿然的银花，宛若江在笑着一样。谁能猜到这样美好的地方，曾经发生过夜来那样可怕的事情呢？

午后，在江流的澎湃中，迸裂出马铃子连击的声响，渐渐强大起来。野猫子和我都感到非常的诧异，赶快跑出去看。久无人行的索桥那面，从崖上转下来一小队人，正由桥上走了过来。为首的一个胖家伙，骑着马，十多个灰衣的小兵，尾在后面。还有两三个行李挑子，和一架坐着女人的滑竿。

“糟了！我们的对头呀！”

野猫子恐慌起来，我却故意喜欢地说道：

“那么，是我的救星了！”

野猫子狠狠地看了我一眼，把嘴唇紧紧地闭着，两只嘴角朝下一弯，傲然地说：

“我还怕么？……爸爸说的，我们原是在刀上过日子哪！迟早总有那么一天的。”

他们一行人来到庙前，便歇了下来。老爷和太太坐在石阶上，互相温存地问询着。勤务兵似的孩子，赶忙在挑子里面，找寻着温水瓶和毛巾，抬滑竿的伕子，满头都是汗，走下江边去喝江水。兵士们把枪横在地上，从耳上取下香烟缓缓地点燃，吸着。另一个班长似的灰衣汉子，军帽挂在脑后，毛巾缠在颈上，走到我们的面前。枪兜子抵在我的足边，眼睛盯着野猫子，盘问我们是做什么的，从什么地方来，到什么地方去。

野猫子咬着嘴唇，不作声。

我就从容地回答他，说我们是山那边的人，今天从丈母家回来，在此歇歇气的。同时催促野猫子说：

“我们走吧！——阿狗怕在家里哭哩！”

“是呀，我很担心的。……唉，我的脚怪疼哩！”

野猫子做出焦眉愁眼的样子，一面就摸着她的脚，叹气。

“那就再歇一会吧。”

我们便开始讲起山那边家中的牛马和鸡鸭，竭力做出一副庄稼人的应有的风度。

他们歇了一会，就忙着赶路走了。

野猫子欢喜得直是跳，抓着我喊：

“你怎么不叫他们抓我呢？怎么不呢？怎么不呢？”

她静下来叹一口气，说：

“我倒打算杀你哩；唉，我以为你是恨我们的。……我还想杀了你，好在他们面前显显本事。……先前，我还不曾单独杀过一个人哩。”

我静静地笑着说：

“那么，现在还可以杀哩。”

“不，我现在为什么要杀你呢？……”

“那么，规规矩矩地让我走吧！”

“不！你得让爸爸好好地教导一下子！……往后再吃几个人血馒头就好了！”

她坚决地吐出这话之后，就重又唱着她那常常在哼的歌曲，我的话、我的祈求，全不理睬了。

于是，我只好待着黄昏的到来，抑郁地。

晚上，他们回来了，带着那么多的“财喜”，看情形，显然是完全胜利，而且不像昨天那样小干的了。老头子喝得泥醉，由鬼冬哥的背上放下，便呼呼地睡着。原来大家因为今天事事得手，就都在半路上的山家酒店里，喝过庆贺的酒了。

夜深都睡得很熟，神殿上交响着鼻息的鼾声。我却不能安睡下去，便在江流激湍中，思索着明天怎样对付老头子的话语，同时也打算趁此夜深人静，悄悄地离开此地。但一想到山中不熟悉的路径，和夜间出游的野物，便又只好等待天明了。

大约将近天明的时候，我才昏昏地沉入梦中。醒来时，已快近午，发现出同伴们都已不见了，空空洞洞的破残神祠里，只我一人独自留着。江涛仍旧热心地打着崖石，不过比往天却显得单调些、寂寞些了。

我想着，这大概是我昨晚独自儿在这里过夜，做了一场荒诞不经的梦，今朝从梦中醒来，才有点感觉异样吧。

但看见躺在砖地上的灰堆，灰堆旁边的木人儿，与乎留在我书里的三块银元时，烟霭也似的遐思和怅惘，便在我岑寂的心上缕缕地升起来了。

1933 年冬，上海

（选自《艾芜集》，花城出版社，2011）

【学习提示】

艾芜（1904—1992），原名汤道耕，四川新繁（今属成都市新都区）人。1921 年入成都四川第一师范学校学习。1925 年起流浪于西南少数民族聚居区及缅甸、新加坡等地。

1932 年夏在上海参加“左联”并从事文学创作。早期创作的短篇小说集《南行记》把他所亲身经历、耳闻目睹的弱小者被压迫的悲剧切切实实地描绘了出来，以其浓郁的传奇色彩和热情的笔致引起了读者的注意。《人生哲学的一课》是其中蕴意较深的一篇。

抗日战争全面爆发后，艾芜把自己的目光投向民族解放战争中社会生活所发生的各种变化，并加以细致入微的反映。《荒地》《秋收》等短篇小说集是这一时期的代表作品。

抗日战争胜利后，艾芜创作的现实主义力量有所加强，达到了一个新的高度。短篇小说《石青嫂子》以及《丰饶的原野》《故乡》《山野》等长篇小说的出现，标志着艾芜现实主义创作的成熟。

艾芜的小说创作题材丰富多样，但大多取自下层人民的生活和斗争。艾芜塑造人物形象时，善于剖析人物的内心世界，揭示人物的性格特征，更倾向于挖掘人物身上的积极因素。在艾芜用洗练清新的语言描绘的艺术画面里，读者总能从浓重的黑暗中依稀地看到微茫的光亮。这种光亮是作品内在的一种思想艺术力量，使作品透露着乐观的情绪并洋溢着浓郁的抒情色彩。

《南行记》是1935年由上海文化生活出版社出版的短篇小说集，共收8篇小说，是艾芜小说集中艺术成就最高的。《南行记》中又以《山峡中》最具艺术魅力，可以说是《南行记》的代表作品。

《山峡中》描写了一个被现代文明社会所“抛却”的世界。生活在这个世界中的人是两种完全不相同的人：一种是如魏大爷、野猫子、鬼冬哥等这些以盗窃为生的人；另一种则是“我”，一个书不离手的青年知识分子。魏大爷、野猫子、鬼冬哥等使的是刀和剑，靠不怕挨打甚至不惜性命偷盗而来的财物生活。由于他们是在刀上过日子的人，随时都会被打，因此他们学会了用一种比现实更为残酷的态度来面对生活：把受重伤的小黑牛投入江水之中，以免他拖累大家。他们的这一举动是作为读书人的“我”绝对无法接受的。“我”与他们在一起，是无可奈何之举，“我”时时想着离开他们。小黑牛的事情最终刺激“我”真正地将脱离他们这一想法付诸实践。

将截然不同的两类人物放置于同一环境之下，这一构思是值得深思的。实际上，艾芜着重表现的不是一个被现代文明所遗忘的山峡中的世界，而是生存在这个被遗忘的世界中的人们的生活道路的问题。更确切地说，艾芜在这篇小说中思考的是被现代文明社会所遗弃的、逐渐边缘化了的现代知识分子的道路问题。在小说的最后，“我”一个人在“破残神祠”中醒来，这正是艾芜对这一问题的回答。

《山峡中》在环境和人物的塑造上也是很有特色的。小说的开头描绘的巨蟒似的索桥、凶恶的江水、蛮野的山峰、破败而荒凉的神祠，将读者的视线一下子从现代社会中抽离出来，使之回归原始的自然之中。通过这种环境的描写，艾芜制造出了一种恐怖、怪异的气氛，让读者的心一下子就悬了起来。随后，读者看到的魏大爷、野猫子等虽然是一群抛弃受伤同伴的冷酷的人，但他们在冷酷之中似乎也讲人情。在“我”帮助野猫子躲过了一小队官兵的盘问之后，魏大爷、野猫子他们终于决定不杀“我”灭口，而是留“我”一个人在神祠之中，甚至还在“我”的书里留下了三块银元。结局颇具有象征意义，引人深思。

【思考练习题】

1. 同为“被世界抛却的人”，小说中的魏大爷、野猫子和“我”有何不同？
2. 如何理解“我”独自在神祠中醒来，而魏大爷、野猫子们早已离去这一结局？

【延展阅读】

《南行记》以艾芜早年的漂泊生活为背景，描绘了西南地区的风土人情。补充阅读《南行记》中的其他作品，充分感受艾芜小说中的地域色彩和独特的艺术风格。

死水微澜（节选）

李劼人

第二部分　在天回镇

一

由四川省省会成都，出北门到成都府属的新都县，一般人都说有四十里，其实只有三十多里。路是弯弯曲曲画在极平坦的田畴当中，这是一条不到五尺宽的泥路，仅在路的右方铺了两行石板；大雨之后，泥泞有几寸深，不在草鞋后跟拴上铁脚马几乎半步难行，晴明几日，泥泞又会变为一层浮动的尘土，人一走过，很少有不随着鞋的后跟而扬起几尺的；然而到底算是川北大道。它一直向北伸去，直达四川边县广元，再过去是陕西省的宁羌州、汉中府，以前走北京首都的驿道，就是这条路线。并且由广元分道向西，是川、甘大镇碧口，再过去是甘肃省的阶州、文县，凡西北各省进出货物，这条路是必由之道。

路是如此平坦，但是不知从甚么时代起，用四匹马拉的高车，竟自在四川全境绝了迹，到现在只遗留下一种二把手推着行走的独轮小车；运货只有骡马与挑担，运人只有八人抬的、四人抬的、三人抬的、二人抬的各式各样轿子。

以前官员士子来往北京与四川的，多半走这条路。尤其是主考、学政、总督们的上任下任。沿路州县官吏除供张之外，还须修治道路。以此，大川北路不但与川东路一样，按站都有很宽绰、很大样的官寓，并且常被农人侵蚀为田的道路：毕竟不似其他大路，名义是官道，却只能剩一块二尺来宽的石板给人轿、驼马行走，而这路，还居然保持到五尺来宽的路面。

路是如此重要，所以每日每刻，无论晴雨，你都可以看见有成群的驼畜，载着各种货物，掺杂在四人官轿、三人丁拐轿、二人对班轿，以及载运行李的扛担挑子之间，一连串来，一连串去。在这人流当中，间或一匹瘦马，在项下摇着一串很响的铃铛，载着一个背包袱、挎雨伞的急装少年，飞驰而过，你就知道这是驿站上送文书的人。不过近年因为有了电报，文书马已逐渐逐渐的少了。

就在成都与新都之间，刚好二十里处，在锦田绣错的旷野中，位置了一个不算大也不算小的镇市。你从大路的尘幕中，远远便可望见在一些黑魆魆的大树荫下，象岩石一样，伏着一堆灰黑色的瓦屋；从头一家起，直到末一家止，全是紧紧接着，没些儿空隙。在灰黑瓦屋丛中，也象大海里涛峰似的，高高突出几处雄壮的建筑物，虽然只看得见一些黄琉璃碧琉璃的瓦面，可是你一定猜得准这必是关帝庙、火神庙，或是甚么宫甚么观的大殿与戏台了。

镇上的街面，自然是石板铺的，自然是遭叽咕车的独轮碾出了很多的深槽，以显示交通频繁的成绩，更无论乎驼畜的粪，与行人所丢的甘蔗渣子。镇的两头，不能例外地没有极脏极陋的穷人草房，没有将土地与石板盖满的秽草猪粪，狗矢人便。而臭气必然扑鼻，而褴褛的孩子们必然在这里嬉戏，而穷人妇女必然设出一些摊子，售卖水果与便宜的糕饼，自家便安坐在摊后，共邻居们谈天、做活。

不过镇街上也有一些较为可观的铺子，与镇外情形便全然不同了。即如火神庙侧那家云集栈，虽非官寓，而气派竟不亚于官寓。门口是一片连五开间的饭铺，进去是一片空坝，全铺的大石板，两边是很大的马房。再进去，一片广大的轿厅，可以架上十几乘大轿。穿过轿厅，东厢六大间客房，西厢六大间客房，上面是五开间的上官房。上官房后面，一个小院坝，一道短墙与更后面的别院隔断；而短墙的白石灰面上，是彩画的福禄寿三星图，虽然与全部房舍同样地陈旧黯淡，表白出它的年事已高，幸而青春余痕，尚未泯灭干净。

这镇市是成都北门外有名的天回镇。志书上，说它得名的由来远在盛唐。因为唐玄宗李隆基避安禄山之乱，由长安来南京，——成都在唐时号称南京，以其在长安之南的原故。——刚到这里，便“天旋地转回龙驭”了。皇帝在昔自以为是天之子，天子由此回銮，所以得了这个带点封建臭味的名字。

二

镇街上还有一家比较可观的铺子，在火神庙之南，也是一个双开间铺面。新建时是黑漆漆过的，还一定漆得很好；至今被风日剥蚀，黑漆只剩了点痕迹，但门枋、门槛、铺板、连里面一条长柜台，还是好好的并未朽坏。招牌是三个大字：兴顺号，新的时候，那贴了金的字，一定很辉煌；如今招牌的字虽不辉煌，但它的声名，知道的却多。

兴顺号是镇上数一数二，有好几十年历史的一家杂货铺。货色自然不能与城内一般大杂货店相比，但在乡间，总算齐备。尤其是卖的各种白酒，比镇上任何一家酒店、任何一家杂货铺所卖的都好。其实酒都是贩来的，都是各地烧房里烤的，而兴顺号的酒之所以被人称扬者，只在掺的水没有别家那么多。

兴顺号还有被人称扬之处，在前是由于掌柜——在别处称老板，成都城内以及近乡都称掌柜——蔡兴顺之老实。蔡兴顺小名叫狗儿，曾经读过两年私塾，杂字书满认得过，写得起。所以当他父亲在时，就在自家铺子里管理帐目，并从父亲学了一手算盘。二十岁上，曾到新都县城里一家商店当过几年伙计。一点恶嗜好没有，人又极其胆小可靠，只是喜欢喝一杯，不过也有酒德，微醺时只是眦着眼睛笑；及了量，便酣然一觉，连炸雷都打不醒。老板与同事们都喜欢他，也因为他太老实一点，对于别人的玩弄，除了受之勿违外，实在不晓得天地间还有报复的一回事。于是，大家给他上了一个徽号，叫傻子。

他父亲要死时，他居然积存了十二两银子回来。他父亲虽是病得发昏，也知道这儿子是个克绍箕裘的佳儿，不由不放心大胆，一言不发，含笑而逝。老蔡兴顺既死，狗儿便承继了这个生理，并承继了兴顺名号。做起生意，比他父亲还老实，这自然受人称扬；但不像他父亲通达人情，不管你是至亲好友，要想向他赊欠一点东西，那却是从来没有的事。可是也有例外，这例外只限于他一个表哥歪嘴罗五爷。

兴顺号在近年来被人称扬的，更是由于他的老婆了。

方蔡傻子三年孝满，生意鼎盛之际，他新都县城的一个旧同事，因为一件什么事，路过天回镇，来看他。也不知他因了什么缘由，忽然留这旧同事吃了杯大曲酒，一个盐蛋，两块豆腐干。这位被优礼的客人，大概为答报他盛情起见，便给他做起媒来。说他有个远房亲戚，姓邓的，是个务农人家，有个姑娘，已二十岁了，有人材，有脚爪，说来配他，恰是再好没有了。

蔡傻子虽然根本未想到娶妻这件事，也不明白娶妻的好处，但既经人当面提说，也不免红起脸来。自己没有主意，特意将罗歪嘴找来商量。

罗歪嘴道："你是有身家的生意人，不比我这个跑滩匠，你应该讨个老婆，把姑夫的香烟承继起来。我早就给你留心了的，既有人做媒，那便好了；你只管答应下，我一切跟你帮忙好了。"

务农人家的女儿配一个小镇市上杂货铺的掌柜，谁不说是门户相当，天作之合？何况蔡掌柜又无父母、伯叔、兄弟、姊妹，人又本分，这婚姻又安得不一说便成，一成便就呢？

但是谁也料不到猪能产象。务农人家的姑娘，竟不象一个村姑，而象一个城里人。首先把全镇轰动的，就是陪奁丰富，有半堂红漆木器；其次是新娘子有一双伶俐小脚；再次是新娘子人材出众。

新婚之后，新娘子只要一到柜台边，镇上的一般少年必一拥而来，纷纷喊着蔡大嫂，要同她攀谈。她虽是怯生，却居然能够对答几句，或应酬一杯便茶，一筒水烟；与一般乡下新娘子，只要见了生人，便死死把头埋着，一万个不开口的，比并起来，自然她就苏气①多了。

镇上男子们不见得都是圣人之徒。可惜邓家幺姑嫁给蔡傻子，背地议论为"一朵鲜花插在牛屎上"的，何尝没有人？羡慕蔡傻子，羡慕到眼红，不惜犯法背理，要想把乾坤扭转来的，又何尝没有人？蔡傻子之所以能够毫无所损的安然过将下去者，正亏他的表哥罗歪嘴的护法力量。

三

罗歪嘴——其实他的嘴并不歪。因为他每每与女人调情时，不免要把嘴歪几歪，于是便博得了这个绰号。——名字叫罗德生，也是本地人。据说，他父亲本是个小粮户，他也曾读过书，因为性情不近，读到十五岁，还未把"四书"读完；一旦不爱读了，便溜出去，打流跑滩②。从此就加入哥老会，十几年只回来过几次。

他父母死了。一个姐姐嫁在老绵州，小小家当，早就弄光。到他回来之时，总是住在他姑夫老蔡兴顺的铺子内。老蔡兴顺念着内亲情谊，待他很好。他对姑夫，也极其恳挚，常向他说："你老人家待我太厚道，我若有出头日子，总不会忘记你老人家的。"

---

① 四川人习用语言中，凡是称道一个人的态度大方，打扮漂亮，都叫作苏气。——原注

② 本是四川哥老会的术语，后来竟普遍化了。打流，是流荡的意思，跑滩，是漂流各处的意思。以跑滩为职业的，叫作跑滩匠。——原注

老蔡兴顺回答的是："我们都是至亲，不要说这些生分话。只是你表弟狗儿太老实，你随时照顾他一下就好了。"

蔡傻子承继之后，也居然能贴体父志，与他常通有无，差不多竟象是亲兄弟一样。

最近三四年，他当了本码头舵把子朱大爷的大管事。以他的经历，以他的本领，朱大爷声光越大，而他的地位也越高。纵横八九十里，只要以罗五爷一张名片，尽可吃通；至于本码头的天回镇，更不消说了。

罗歪嘴更令一般人佩服的，就是至今还是一个光杆。年纪已是三十五岁，在手上经过的银钱，总以千数，而到现在，除了放三分大利的几百两银子外，随身只有红漆皮衣箱一口，被盖卷一个，以及少许必用的东西。

他的钱哪里去了？这是报得出支销来的：弟兄伙的通挪不说了，其次是吃了，再次是嫖了。

嫖，在袍哥界中，以前规矩严时，本是不许的，但到后来，也就没有人訾议了。何况罗歪嘴嫖得很有分寸，不是卖货，他绝不下手。他常说："老子们出钱买淫，天公地道。"又常自负：婊子、要子、小旦，嫖过不少，好看的，娇媚的，到手总有几十，但要过就是，顶多三几个月，一脚踢开。说不要，就不要，自己从未沉迷过，也从未与人争过风，吃过醋。

有人劝他不如正正经经讨房老婆，比起嫖来，既省钱，又方便。再则，三十五岁的人，也应该有个家才好呀。他的回答，则是："家有啥子味道？家就是枷！枷一套上颈项，你就休想摆脱。女人本等就是拿来耍的，只要新鲜风趣，出了钱也值得。老是守着一个老婆，已经寡味了，况且讨老婆，总是讨的好人家女儿，无非是作古正经死板板的人，那有什么意思？"

他的见解如此，而与蔡兴顺的交谊又如彼。所以当蔡大嫂新嫁过来，许多人正要发狂之际，罗歪嘴便挺身而出，先向自己手下三个调皮的弟兄张占魁、田长子、杜老四，郑重吩咐道："蔡傻子，哪个人不晓得是老子的表弟，他的老婆，自是老子的表弟妇。虽是长得伸抖①一点，也是各人的福气。……其实，不算什么，为啥子大家就眼红起来？……你们去向大家招呼一声罢！"

罗歪嘴发了话，蔡傻子夫妇才算得了清静，一直到两年半之后，金娃子已一岁零四个月，才发生了一件新的事故。

四

蔡大嫂是邓大娘前夫的女儿。她的亲生父亲，是在一个大户人家当小管事的。她出世半岁，就丧了父亲，一岁半时，就随母来到邓家。母亲自然是爱的，后父也爱如己出，大家都喊她做幺女，幺姑，虽然在她三岁上，她母亲还给她生了一个妹妹，直到四岁才害天花死了。

邓幺姑既为父母所钟爱，自然，凡乡下姑娘所应该做的事：捞柴草，喂猪，纺棉纱，织布，她就有时要做，她母亲也会说："幺姑丢下好了，去做你的细活路！"她的确

---

① 伸抖，丰姿出众的意思，有时叫作伸展。是四川尤其川西一带的习用语。——原注

如她母亲所言，自幼爱好，粗活路不做，细活路却很行。因此，在十二岁上，她已缠了一双好小脚。她母亲常于她洗脚之后，听见她在半夜里痛得不能睡，抱着一双脚，咈咈的呻吟着哭，心里不忍得很，叫她把裹脚布松一松，“幺姑，我们乡下人的脚，又不比城里太太、小姐们的，要缠那么小做啥子？”

她总是一个字的回答：“不！”劝很了，她便生气说：“妈也是呀！你管得我的！为啥子乡下人的脚，就不该缠小？我偏要缠，偏要缠，偏要缠！痛死了是我嘛！”

她又会做针线，这是在她十五岁上，跟邻近韩家院子里二奶奶学的。韩二奶奶是成都省里一个大户人家的姑娘，嫁到韩家不过四年，已经生了一儿一女，但一直过不惯乡下生活，终日都是愁眉苦眼地在想念成都。虽有妯娌姊妹，总不甚说得来，有时一说到成都，还要被她们带笑讥讽说：“成都有啥子好？连乡坝里一根草，都是值钱的！烧柴哩，好象烧檀香！我们也走过一些公馆，看得见簸箕大个天，没要把人闷死！成都人啥子都不会，只会做假。”于是，例证就来了。二奶奶一张口如何辩得赢多少口，只好不辩。一直在邓幺姑跟前，二奶奶才算舒了气。

邓幺姑顶喜欢听二奶奶讲成都。讲成都的街，讲成都的房屋，讲成都的庙宇花园，讲成都的零碎吃食，讲成都一年四季都有新鲜出奇的小菜：“这也怪了！我是顶喜欢吃新鲜小菜的，当初听说嫁到乡坝里来，我多高兴，以为一年到头，都有好小菜吃了。哪晓得乡坝里才是鬼地方！小菜倒有，吃萝卜就尽吃萝卜，吃白菜就尽吃白菜！总之：一样菜出来，就吃个死！并且菜都出得迟，打个比方，象这一晌，在成都已吃新鲜茄子了，你看，这里的茄子才在开花！……”

尤其令邓幺姑神往的，就是讲到成都一般大户人家的生活，以及妇女们争奇斗艳的打扮。二奶奶每每讲到动情处，不由把眼睛揉着道：“我这一辈子是算了的，在乡坝里拖死完事！还想过从前日子，只好望来生去了！幺姑，你有这样一个好胎子，又精灵，说不定将来嫁给城里人家，你才晓得在成都过日子的味道！”

并且逢年过节，又有逢年过节的成都。二奶奶因为思乡病的原因，愈把成都美化起来。于是，两年之间，成都的幻影，在邓幺姑的脑中，竟与她所学的针线工夫一样，一天一天的进步，一天一天的扩大，一天一天的真确。从二奶奶口中，零零碎碎将整个成都接受过来，虽未见过成都一面，但一说起来，似乎比常去成都的大哥哥还熟悉些。她知道成都有东南西北四道城门，城墙有好高，有好厚；城门洞中间，来往的人如何拥挤。她知道由北门至南门有九里三分长；西门这面别有一个满城，里面住的全是满吧儿，与我们汉人很不对。她知道北门方面有个很大的庙宇，叫文殊院；吃饭的和尚日常是三四百人，煮饭的锅，大得可以煮一只牛，锅巴有两个铜制钱厚。她知道有很多的大会馆，每个会馆里，单是戏台，就有三四处，都是金碧辉煌的；江南馆顶阔绰了，一年要唱五六百台整本大戏，一天总是两三个戏台的唱。她知道许多热闹大街的名字：东大街，总府街，湖广馆；湖广馆是顶好买小菜买鸡鸭鱼虾的地方，凡是新出的菜蔬野味，这里全有；并且有一个卓家大酱园，是做过宰相的卓秉恬家开的，红糟豆腐乳要算第一，酱园门前还竖立着双斗旗杆。她知道点心做得顶好的是淡香斋，桃圆粉、香肥皂做得顶好的是桂林轩，卖肉包子的是都一处，过了中午就买不着了，卖水饺子的是亢饺子，此外还有便宜坊，三钱银子可以配一个消夜攒盒，一两二钱银子可以吃一只烧填鸭，就中顶著名的，是青石桥的温鸭子。她知道制台、将军、藩台、臬台，出来时多大威风，全街没一点人声，只要听见导锣一响，铺子里铺子外，凡坐着的人，都该站起来，头上包有白帕子，戴有草帽子的，都该立刻揭下；成都、华阳称为两首县，出来就不同了，拱竿四轿拱得有房檐高，八九个轿夫抬起飞跑，有句俗话说："要吃饭，抬两县，要睡觉，抬司道。"她知道大户人家是多么讲究，房子是如何地高大，家具是如何地齐整，差不多家家都有一个花园。她更知道当太太的、奶奶的、少奶奶的、小姐的、姑娘的、姨太太的，是多么舒服安逸，日常睡得晏晏地起来，梳头打扮，空闲哩，做做针线，打打牌，到各会馆女看台去看看戏，吃得好，穿得好，又有老妈子、丫头等服伺；灶房里有伙房、有厨子，打扫、跑街的有跟班、有打杂，自己从没有动手做过饭、扫过地；一句话说完，大户人家，不但太太小姐们不做这些粗事，就是上等丫头，又何尝摸过锅铲，提过扫把？哪个的手，不是又白又嫩，长长的指甲，不是凤仙花染红的？

邓幺姑之认识成都，以及成都妇女的生活，是这样的，固无怪其对于成都，简直认为是她将来最好归宿的地方。

有时，因为阴雨或是什么事，不能到韩家大院去，便在堂屋织布机旁边，或在灶房烧火板凳上，同她母亲讲成都。她母亲虽是生在成都，嫁在成都，但她所讲的，几乎与韩二奶奶所讲的是两样。成都并不象天堂似的好，也不象万花筒那样五色缤纷，没钱人家苦得比在乡坝里还厉害："乡坝里说苦，并不算得。只要你勤快，到处都可找得着吃，找得着烧。任凭你穿得再褴褛，再坏，到人家家里，总不会受人家的嘴脸。还有哩，乡坝里的人，也不象成都那样动辄笑人，鄙薄人，一句话说得不好，人家就看不起你。我是在成都过伤了心的。记得你前头爹爹，以前还不是做小生意的，我还不是当过掌柜娘来？强强勉勉过了一年多不操心的日子，生你头半年，你前头爹爹运气不好，一场大病，把啥子本钱都害光了。想着那时，我怀身大肚地走不动，你前头爹爹扶着病，一步一拖去找亲戚，找朋友，想借几个钱来吃饭、医病。你看，这就是成都人的好处，哪个理睬他？后来，连啥子都当尽卖光，只光光的剩一张床。你前头爹爹好容易找到赵公馆去当个小管事，一个月有八钱银子，那时已生了你了。……"

五

旧时创痕，最好是不要去剥它，要是剥着，依然会流血的，所以邓大娘谈到旧时，虽然事隔十余年，犹然记得很清楚：是如何生下幺姑之时，连什么都没有吃的，得亏隔壁张姆姆盛了一大碗新鲜饭来，才把腔子填了填。是如何丈夫旧病复发死了，给赵老爷、赵太太磕了多少头，告了多少哀，才得棺殓安埋。是如何告贷无门，处处受别人的嘴脸，房主催着搬家，连磕头都不答应，弄到在人贩子处找雇主，都说带着一个小娃娃不方便，有劝她把娃娃卖了的，有劝她丢了的，她舍不得，后来，实在没法，才听凭张姆姆说媒，改嫁给邓家。算来，从改嫁以后，才未焦心穿吃了。

邓大娘每每长篇大论总要讲到两眼红红，不住地擤鼻涕。有时还要等到邓大爷劝得不耐烦，生了气，两口子吵一架，才完事。

但是邓幺姑总疑心她母亲说的话，不见得比韩二奶奶说的更为可信。间或问到韩二奶奶："成都省的穷人，怕也很苦的罢？"而回答的却是："连讨口子都是快活的！你想，七个钱两个锅魁，一个钱一大片卤牛肉，一天哪里讨不上二十个钱，那就可以吃荤了！四城门卖的十二象①，五个钱吃两大碗，乡坝里能够吗？”

少年人大抵都相信好的，而不相信不好的，所以邓幺姑对于成都的想像，始终被韩二奶奶支配着在。总想将来得到成都去住，并在大户人家去住，尝尝韩二奶奶所描画的滋味，也算不枉生一世。

要不是韩二奶奶在邓幺姑的十八岁上死了，她或许有到成都去住的机会。因为韩二奶奶有一次请她做一只挑花裹肚，说是送给她娘家三兄弟的。据她说来，她三兄弟已下过场，虽没有考上秀才，但是书却读通了。人也文秀雅致，模样比自己长得好，十指纤纤，比女子的手还嫩。今年二十一岁，大家正在给他说亲哩。不知韩二奶奶是否有意，说到她三兄弟的婚事时，忽拿眼睛上上下下把邓幺姑仔细审视了一番。她也莫明其妙，忽觉心头微微有点跳，脸上便发起烧来。

隔了两个月，韩二奶奶已经病倒了，不过还撑得起来，只是咳。邓幺姑去看她时，她一把抓住她的手，低低说道：“幺姑，我们再不能同堆做活路，……摆龙门阵了！……我本想把你说给我三兄弟的，……他们已看过你的活路，……就只嫌门户不对。……听说陆亲翁要讨一个姨娘，……他虽是五十几岁的人，……两个儿子都捐了官，……家务却好，……又是分开在住。……我已带口信去了，……但我恐怕等不得回信，……幺姑，你自家的事，……你自家拿主意罢！……”

她很着急，很想问个明白，但是房里那么多人，怎好出口？打算下一次再来问，老无机会，也老不好意思，而韩二奶奶也不待说清楚就奄然而逝。于是，一块沉重的石头便搁在邓幺姑的心上。

韩二奶奶之死，本是太寻常一件事，不过邓幺姑却甚为伤心，逢七必去哭一次，足足哭了七次。大家只晓得韩二奶奶平日待邓幺姑好，必是她感激情深；又谁晓得邓幺姑之哭，乃大半是自哭身世。因她深知，假使她能平步登天的一下置身到成都的大户人家，这必须借重韩二奶奶的大力，如今哩，万事全空了！

其实，她应该怨恨韩二奶奶才对的。如其不遇见韩二奶奶，她心上何至于有成都这个幻影，又何至于知道成都大户人家的妇女生活之可欣羡，又何至于使她有生活的比较，更何至于使她渐渐看不起当前的环境，而心心念念想跳到较好的环境中去，既无机会实现，而又不甘恬淡，便渐渐生出了种种不安来？

自从韩二奶奶死后，她的确变了一个样子。平常做惯的事，忽然不喜欢做了。半个月才洗一回脚，丈许长的裹脚布丢了一地，能够两三天的让它塞在那里，也不去洗；一件汗衣，有本事半个月不换。并且懒得不得开交，几乎连针掉在地上，也不想去拈起来。早晨可以睡到太阳晒着屁股还不想起床，起来了，也是大半天地不梳头，不洗脸；夜里又不肯早点睡，不是在月光地上，就是守着瓦灯盏，呆呆地不知想些什么。脾气也变得很坏，比如你看见她端着一碗干饭，吃得哽哽咽咽，你劝她泡点米汤，她有本事立

① 在清朝年间，甚至在辛亥革命后若干年，成都四城门外，有这样一种小饭铺，把瘟猪、死猪的脏腑，死猫肉，死狗肉，甚至活鲜鲜的老鼠肉，总之，凡是动物的肉，煮一大锅，专门卖给一般穷人乞丐，平时难得吃油荤的人，叫作十二象，意思说，从鼠到猪十二肖象的生物全有。

刻把碗重重地向桌上一搁，转身就走，或是鼓着眼说道："你管我的！"平日对大哥很好，给大哥做袜子补袜底，不等妈妈开口；如今大哥的袜子破到底子不能洗了，还照旧地扔在竹篮里。并且对大哥说话，也总是秋风黑脸的，两个月内，只有一次，她大哥哥从成都给她买了一条印花洋葛巾来，她算喜欢了两顿饭工夫。

她这种变态，引起第一个不安的，是邓大爷。有一天，她不在跟前，他遂一面卷叶子烟，一面向邓大娘说道："妈妈，你可觉得幺姑近来很有点不对劲不？……我看这女娃子怕是有了心了？"

邓大娘好象吃了惊似的，瞪着他道："你说她懂了人事，在闹嫁吗？"

"怕不是吗？……算来再隔三个月就满十八岁了。……不是已成了人吗？"

"未必罢？我们十八九岁时，还什么都不懂哩。……说老实话，我二十一岁嫁给你前头那个的时候，一直上了床，还是浑的，不懂得。"

"那咋能比呢；光绪年间生的人？……"

两个人彼此瞪着，然后把他们女儿近月来的行动，细细一谈论，越觉得女儿确是有了心。邓大娘首先就伤心起来，抹着眼泪道："我真没有想到，幺姑一转眼就是别人家的人了，这十几年的苦心，我真枉费了！看来，女儿到底不及男娃子。你看，老大只管是你前头那个生的，到底能够送我们的终，到底是我的儿子！……"

六

邓幺姑的亲事既被父母留心之后，来做媒的自然不少。庄稼人户以及一般小粮户，能为邓大爷欣喜的，又未必是邓大娘合意的；邓大娘看得上的，邓大爷又不以为然。

邓大爷自以为是一家之主，嫁女大事，他认为不对的，便不可商量。邓大娘则以为女儿是我的，你虽是后老子，顶多只能让你作半个主，要把女儿嫁给什么人，其权到底在我的手上。两口子为女儿的事，吵过多少回，然而所争执的，无非是你作主我作主的问题，至于所说的人家，是不是女儿喜欢的，所配的人须不须女儿看一看，问问她中不中意？照规矩，这只有在嫁娶二婚嫂时，才可以这样办，黄花闺女，自古以来，便只有静听父母作主的了。设如你就干犯世俗约章，亲自去问女儿：某家某人你要见不见一面，还合不合意？你打不打算嫁给他？或者是某家怎样？某人怎样？那我可以告诉你，你就问到舌焦唇烂，未必能得到肯定的答复。或者竟给你一哭了事，弄得你简直摸不着火门。

乡间诚然不比城市拘泥，务农人家诚然不比仕宦人家讲礼，但是在说亲之际，要姑娘本身出来有所主张，这似乎也是开天辟地以来所没有的。所以，邓幺姑听见父母在给她代打主意，自己只管暗暗着急，要晓得所待嫁与的，到底是什么人；然而也只好暗暗着急，爹爹妈妈不来向自己说，自己也不好去明白地问。只是风闻得媒人所提说的，大抵都在乡间，而并非成都，这是令她既着急而又丧气的事。

直到她十八岁的春天，韩二奶奶的坟上已长满了青草。一晚，快要黄昏了，一阵阵老鸹乱叫着直向许多丛树间飞去，田里的青蛙到处在喧闹，田间已不见一个人，她正站在拢门口，看邻近一般小孩子牵着水牛出沟里困水之际，忽见向韩家大院的小路上，走来两个女人；一个是老实而寡言的韩大奶奶，一个却认不得，穿得还整齐干净。两个人笔端走来，韩大奶奶把自己指了指，悄悄在那女人耳边，嘁喳了几句，那女人便毫不拘执的，来到跟前，淡淡打了个招呼，从头至脚，下死眼把自家看一遍；又把一双手要去，握在掌里，捏了又看，看了又摸，并且牵着她走了两步，这才同她说了几句话，问了她年龄，又问她平日做些甚么。态度口吻，很是亲切。韩大奶奶只静静地站在旁边。

末后，那女人才向韩大奶奶说道："在我看，倒是没有谈驳；想来我们老太爷也一定喜欢。我们就进去同她爹妈讲罢，早点了，早点好！今天这几十里的路程，真把我赶够了！"

从这女人的言谈装束，以及那满不在乎的态度上看来，不必等她自表，已知她是从成都来的。从成都赶来的一个女人，把自己如此地看，如此地问；再加以说出那一番话；即令邓幺姑不是精灵人，也未尝猜想不到是为的什么事。因此当那女人与韩大奶奶进去之后，她便觉得心跳得很，身上也微微有点打抖。女人本就有喜欢探求秘密的天性，何况更是本身的事情，于是她就赶快从祠堂大院这畔绕过去，绕到灶房，已经听见堂屋里说话的声音。

是邓大爷有点生气的声音："高大娘，承你的情来说这番话！不过，我们虽是耕田作地的庄稼老，却也是清白人家，也还有碗饭吃，还弄不到把女儿卖给人家当小老婆哩？……"

跟着是邓大娘的声音："岁数差得也太远啦！莫说做小老婆，卖断根，连父母都见不着面，就是明媒正娶，要讨我们幺姑去做后太太，我也嫌他老了。不说别的，单叫他同我们幺姑站在一块，就够难看了！"

那女人象又劝了几句，听不很清楚，只急得她绞着一双手，心想："该可答应了罢！"

然而事实相反，妈妈更大声的喊了起来："好道！两个儿子都做了官，老姨太太还有啥势力？只管说有钱，家当却在少爷、少娘手上，老头子在哩，自然穿得好，吃得好，呼奴使婢，老头子死了呢？……"

爹爹又接过嘴去："妈妈，同她说这些做啥？我们不是卖女儿的人！我们也不希罕别人家做官发财，这是各人的命！我们女儿也配搭不上，我们也不敢高攀！我们乡下人的姑娘，还是对给乡下人的好，只要不饿死！"

又是妈妈的声音："这话倒对！城里人家讨小的事，我也看得多，有几个是有好下场的？倒不如乡坝里，一鞍一马，过得多舒服！……"

邓幺姑不等听完，已如浸在冰里一样，抱着头，也不管高低，一直跑到沟边，伤伤心心地哭了好一会。她父母却一直不晓得有这样一回事。

后来，似乎也说过城里人家，也未说成。直至她二十岁上，父母于她的亲事，差不多都说得在厌烦的时候，忽然一个远房亲戚，在端阳节后，来说起天回镇的蔡兴顺：二十七岁一个强壮小伙子，道地乡下人，老老实实，没一点毛病，没一点脾气，双开间的大杂货铺，生意历年兴隆，有好几百银子的本钱，自己的房子；上无父母，下无兄弟姊妹，旁无诸姑伯叔，亲戚也少。条件是太合适了，不但邓大爷、邓大娘认为满意，就是幺姑从壁子后面听见，也觉得是个好去处，比嫁到成都，给一个老头子当小老婆，去过受气日子，这里确乎好些。多过两年，又多了点见识，以前只是想到成都，如今也能作退一步想：以自己身份，未见得能嫁到成都大户人家，与其耽搁下去，倒不如规规矩矩在乡镇上作一个掌柜娘的好！因此她又着急起来。

但是，邓大爷夫妇还不敢就相信媒人的嘴。与媒人约了个时候，在六月间一个赶场日子，两口子一同起个早，跑到天回镇来。

虽然大家口里都不提说，而大家心里却是雪亮。邓大爷只注意在看铺子，看铺子里的货色；这样也要问个价钱，那样也要问个价钱，好像要来顶打蔡兴顺的铺底似的。并故意到街上，从旁边人口中去探听蔡兴顺的底实。邓大娘所着眼的，第一是人。人果然不错，高高大大的身材，皮色虽黄，比起作苦的人，就白净多了。天气热，大家不拘礼，蓝土布汗衣襟一敞开，好一个结实的胸脯子！只是脸子太不中看，又象胖，又象浮肿。一对水泡眼，简直看不见几丝眼白。鼻梁是塌得几乎没有，连鼻准都是扁的。口哩，倒是一个海口，不过没有胡须，并且连须根都看不见。脸子如此不中看，还带有几分憨像，不过倒是个老实人，老实到连说话都有点不甚清楚。并且脸皮很嫩，稍为听见有点分两的话，立刻就可看见他一张脸胀得通红，摆出十分不好意思和胆怯的样子来。但是这却完全合了邓大娘的口味。她的想法：幺姑有那个样子，又精灵，又能干，又是有点怪脾气的，象这样件件齐全的女人，嫁的男人若果太好，那必要被克；何况家事也还去得，又是独自一个；设若男子再精灵，再好，那不免过于十全，恐怕幺姑的命未见得能够压得住。倒是有点缺憾的好，并且男子只要本分、老实、脾气好，丑点算什么，有福气的男儿汉，十有九个都是丑的。

何况吃饭之际，罗歪嘴听见了，赶来作陪。凭他的一张嘴，蔡傻子竟变成了人世间稀有的宝贝；而罗歪嘴的声名势力，更把蔡傻子抬高了几倍。第一个是邓大爷，他一听见罗歪嘴能够走官府，进衙门，给人家包打赢官司，包收滥帐，这真无异于说平书的口中的大英雄了。他是蔡兴顺的血亲老表，并来替他打圆场，这还敢不答应吗？邓大娘自然更喜欢了。

两夫妇在归途中，彼此把见到的说出，而俱诧异，何以这一次，两个人的意思竟能一样，和上年之不答应高大嫂与韩大奶奶时完全相同？他们寻究许久，得不到结果，没办法，只好归之于前生的命定，今世的缘法。

自然不再与儿女商量。赓即按照乡间规矩，一步一步地办去。到九月二十边，邓幺姑便这样自然而然变做了蔡大嫂，蔡掌柜娘。

七

大家常说，能者多劳。我们于罗歪嘴之时而回到天回镇，住不几天，或是一个人，或是带着张占魁、田长子、杜老四一干人，又走了，你问他的行踪，总没有确实地方，不在成都省城，便远至重庆府，这件事上，真足以证实了。常住在一处，而平生难得走上百里，如蔡兴顺等人，看起他来，真好比神仙似的。蔡兴顺有时也不免生点感慨，向蔡大嫂议论起罗大老表来，总是这一句：“唉！坐地看行人！”

在蔡兴顺未娶妻之前，罗歪嘴回到天回镇时，只要不带婊子、要子，以及别的事件，总是落脚在兴顺号上。自蔡大嫂来归之后，云集栈的后院，便成了他的老家。只有十分空闲时，到兴顺号坐坐。

兴顺号是全镇数一数二的大铺子，并且经营了五十年。所以它的房舍，相当来得气派！临街是双开间大铺面，铺门之外，有四尺宽的檐阶；铺子内，货架占了半边，连楼板上都悬满了的蜡烛火炮；一张 L 字柜台，有三尺高，二尺宽；后面货架下与柜台上，摆着大大小小几口瓦坛，全盛着镇上最负盛名的各种白酒，红纸签帖上标着绵竹大曲、资阳陈色、白沙烧酒。柜台内有一张高脚长方木凳，与铺面外一张矮脚立背木椅；都是兴顺号传家之宝，同时也是掌柜的宝座；不过现在柜台内的宝座，已让给了掌柜娘，只有掌柜娘退朝倦勤以及夜间写帐时，才由掌柜代坐。

铺子之内、柜台之外，尚空有半间，则摆了两张极结实、极朴素的柏木八仙桌，两张桌的上方，各安了两把又大、又高、又不好坐的笔竿椅子，其余三方，则是宽大而厚重的板凳，这是预备赶场时卖酒的座头，闲场也偶尔有几个熟酒客来坐坐。两方泥壁，是举行婚姻大典时刷过粉浆，都还白净；靠内的壁上，仍悬着五十年前开张鸿发时，邻里契友等郑而重之地敬送的贺联，朱砂笺虽已黯淡，而前人的情谊仍隆重得象昨日一样。就在这壁的上端悬了一个神龛，供着神主；其下靠柜台一方，开了一道双扇小门，平常挂着印白花的蓝布门帘，进去，另是一大间，通常称之为内货间，堆了些东西和家具，上前面楼上去的临时楼梯，就放在这间。因为前后都是泥壁，而又仅有三道门，除了通铺面的一道，其余一道通后面空坝，一道在右边壁上，进去，即是掌柜与掌柜娘的卧房；仅这三道门，却无窗子，通光地方，全靠顶上三行亮瓦，而亮瓦已有好几年未擦洗，实在通光也就有限。卧房的窗子倒有两大堵，前面一堵临着柜房，四方格子的窗棂，糊着白纸，不知在什么时候，窗棂上嵌了一块人人稀奇的玻璃片，有豆腐干大一块；一有这家伙，那真方便啦，只要走到床背后，把粘的飞纸一揭开，就将外面情形看得清清楚楚，而在外面的人却不能察觉；后面一堵，临着空坝，可以向外撑开。后窗之左，又一道单扇小门。全部建筑，以这一间为最好，差不多算得是主要部分；上面也是楼板，不过不住人，下面是地板；又通气，又通光，而且后面空坝中还有两株花红树，长过了屋檐，在春夏之交绿荫荫的景色，一直逼进屋来。

空坝之左，挨着内货间，是灶房。灶房横头，本有一个猪圈的，因为蔡大嫂嫌猪臭，自她到来，便已改来堆柴草。而原来堆柴草之处，却种了些草花，和一个豆角、金瓜架子。日长无事，在太阳晒不着时，她顶喜欢端把矮竹椅坐在这里做活路。略为不好的，就是右邻石姆姆养了好些鸡，竹篱笆又在破了，没人时，最容易被拳大的几只小鸡侵入，将草花下的浮土爬得乱糟糟，还要撒下一堆一堆的鸡粪。靠外面也是密竹篱笆，开了一道门，出去，是场后小路；三四丈远处，一道流水小沟，沿沟十几株桤木，蔡大嫂和邻居姆姆们洗衣裳的地方，就在这里。

罗歪嘴每次来坐谈时，总在铺面的方桌上方高椅上一蹲，口头叼着一根三尺来长猴儿头竹子烟杆。蔡兴顺总在他那矮脚宝座上陪着咂烟，蔡大嫂坐在柜台内面随便谈着话。大都是不到半袋叶子烟，就有人来找罗歪嘴，他就不走，而方桌一周，总是有许多人同他谈着这样，讲着那样；内行话同特殊名词很多，蔡大嫂起初听不懂，事后问蔡兴顺，也不明白，后来听熟了，也懂得了几分。起初很惊奇罗歪嘴等人说话举动，都分外粗鲁，乃至粗鲁到骇人，分明是一句好话，而必用骂的声口，凶喊出来；但是在若干次后，竟自可以分辨得出粗鲁之中，居然也有很细腻的言谈，不惟不觉骇人，转而感觉比那斯斯文文地更来得热，更来得有劲，她很想加入谈论，只可惜没有自己插嘴的空隙，而自己也谈不来，也没有可谈的。再看自己丈夫，于大家高谈阔论时，总是半闭着眼睛，仰坐在那里，憨不憨，痴不痴的，而众人也不瞅睬他。倒是罗歪嘴对于他始终是一个样子，吃叶子烟时，总要递一支给他，于不要紧的话时，总要找他搭几句白。每每她在无人时候，问他为何不同大家交谈，他总是摇着头道："都与我不相干的，说啥子呢？"

只有一两次，因为罗歪嘴到来，正逢赶场日子，外面座头上挤满了人，不好坐，便独自一人溜到后面空坝上来，咂着烟，想什么事。蔡兴顺一则要照顾买主，因为铺子上只雇用了一个十四岁不到的小徒弟，叫土盘子的，不算得力，不能分身；二则也因罗歪嘴实在不能算客，用不着去管他。倒是蔡大娘觉得让他独自一人在空坝上，未免不成体统，每每抱着还是一个布卷子似的金娃子，离开柜房，另拖了一把竹椅，放在花红树下来陪他。

有时，同他谈谈年成，谈谈天气，罗歪嘴也是毫不经意地随便说说；有时没有话说，便逗下子孩子，从孩子身上找点谈资。只有一次，不知因何忽然说到近月来一件人人都在提说的案子：是一个城里粮户，只因五斗谷子的小事，不服气，将他一个佃客，送到县里。官也不问，一丢卡房，便是几个月。这佃客有个亲戚，是码头上的弟兄，曾来拜托罗歪嘴向衙门里说情，并请出朱大爷一封关切信交去，师爷们本已准保提放的了，却为那粮户晓得了，立递一呈，连罗歪嘴也告在内，说他"钱可通神，力能回天"。县大老爷很是生气，签差将这粮户锁去，本想结实捶他一个不逊的，却不料他忽然大喊，自称他是教民。这一下把全二堂的人，从县大老爷直到站堂助威的差人，通通骇着了，连忙请他站起来，而他却跪在地下不依道："非请司铎大人来，我是不起来的；我不信，一个小小的袍哥，竟能串通衙门，来欺压我们教民！你还敢把我锁来，打我！这非请司铎大人立奏一本，参掉你的知县前程不可！"其后，经罗歪嘴等人仔细打听清楚，这人并未奉教。但是知县官已被骇昏了，佃客自不敢放，这粮户咆哮公堂的罪也不敢理落，他向朋友说："他既有胆量拿教民来轰我，安知他明天不当真去奉教？若今天办了他，明天洋人当真走来，我这官还好做吗？"官这样软下去不要紧，罗歪嘴等人的脸面，真是扫了个精光。众人说起来，同情他们的，都为之打抱不平，说现在世道，忒变得不成话！怨恨他们的，则哈哈笑道："也有今日！袍哥到底有背时的时候！"

谈到这件事上，蔡大嫂很觉生气，问罗歪嘴道："教民也是我们这些人呀，为啥子一吃了洋教，就连官府也害怕他们！洋教有好凶吗？"

罗歪嘴还是平常样子，淡淡地说道："洋教并不凶，就只洋人凶，所以官府害怕他，不敢得罪他。"

"洋人为啥子这么凶法？"

"因为他们枪炮厉害，连皇帝老官都害怕他们。"

"他们有多少人？"

"那，却不知道。……想来也不多，你看，光是成都省不过十几二十个人罢？"

她便站了起来，提高了声音："那，你们就太不行了！你们常常夸口：全省码头有好多好多，你们哥弟伙有好多好多。天不怕，地不怕！为啥子连十几二十个洋人就无计奈何！就说他们炮火凶，到底才十几二十个人，我们就拚一百人，也可以杀尽他呀！"

罗歪嘴看她说得脸都红了，一双大眼，光闪闪地，简直象红小旦安安唱劫营时的样子。心中不觉很为诧异："这女人倒看不出来，还有这样的气概！并且这样爱问，真不大象乡坝里的婆娘们！”

八

但是蔡大嫂必要问个明白，“洋人既是才十几二十个人，为啥子不齐心把他们除了？教堂既是那么要不得，为啥子不把它打了？”罗歪嘴那有闲心同一个婆娘来细细谈说这道理，说了谅她也不懂，他想起昨日接到的那篇白头帖子，说得很透彻，管她懂不懂，念一遍给她听，免得再来罗嗦。他遂从衣袋里摸出两张写满字的纸，眨了眨眼睛对蔡大嫂说：

“昨天有个朋友给我看了篇东西，正是说打教堂的，你耐着性子我念给你听罢：

“为什么该打教堂？道理极多。概括说来，教堂者，洋鬼子传邪教之所也！洋鬼子者，中国以外之蛮夷番人也！尤怪者，是他懂我们的话，我们不懂他的话。穿戴也奇，行为也奇，又不作揖磕头，又不严分男女，每每不近人情，近乎鬼祟，故名之为洋鬼子，贱之也！而尤令人百思不得其解者，我们中国自有我们之教，读书人有儒教，和尚有佛教，道士有道教，治病的有医，打鬼的有巫，看阴阳论五行的有风水先生，全了，关于人生祸福趋避，都全了；还要你番邦的什么天主教，耶稣教做啥！我们中国，奉教者出钱，谓之布施，偏那洋教，反出钱招人去奉，中国人没有这样傻！他们又从何来的这么多钱？并且凡传教与卖圣书的，大都不要脸，受得气，你不睬他，他偏要钻头觅缝来亲近你，你就骂他，他仍笑而受之，你害了病，不待你请，他可以来给你诊治不要钱，还连带施药，中国人也没有这样傻！我们中国也有捐资设局，施医施药的善人，但有所图焉。人则送之匾额，以矜其善；菩萨则保佑他官上加官，财上加财，身生贵子，子生贵孙，世世代代，坐八人轿，隔桌打人，而洋鬼子却不图这些。你问他为何行善？他只说应该；再问他为何应该？也只能说耶稣吩咐要爱人。耶稣是什么？说是上帝之子。上帝，天也。那吗，耶稣是天子了，天子者，皇帝也，耶稣难道是皇帝吗？古人说过，天无二日，民无二王，普天之下，哪有两个皇帝之理？是真胡说八道，而太不近人情了！况且，看病也与中国医生不同，不立脉案，不开药方，惟见其刀刀叉叉，尚有稀奇古怪之家伙，看之不清，认之不得，药也奇怪，不是五颜六色之水，即是方圆不等的片也、丸也，虽然有效，然而究其何药所制：甘草吗？大黄吗？牛黄吗？马宝吗？则一问摇头而三不知。从这种种看来，洋鬼子真不能与人并论！但他不辞劳苦，挨骂受气，自己出钱，远道来此，究何所图？思之思之，哦！知道了！传教医病，不过是个虚名！其实必是来盗宝的！中国一定有些什么宝贝，我们自己不知道，番邦晓得了，才派出这般识宝的，到处来探访。又怕中国人知道了不依，因才施些假仁假义，既可以掩耳目，又可以买人心。此言并非诬枉他们，实在是有凭有据。大家岂没有听见过吗？扬州地方，有一根大禹王镇水神铁，放在一个古庙中，本没有人认得，有一年，被一个洋鬼子偷去了，那年，扬州便遭大水，几乎连地都陷了。又某处有一颗镇地火的神珠，嵌在一尊石佛额上的，也是被洋鬼子偷了，并且是连佛头齐颈砍去，那地方果就喷出地火，烧死多少人畜。还有，只要留心，你们就看得见有些洋鬼子，一到城外，总要拿一具奇怪镜子，这里照一照，那里照一照，那就是在探寻宝物了。你们又看得见，他们常拿一枝小木杖，在一本簿子上画，那就在画记号了。所以中国近年来不是天干，就是水涝，年成总不似以前好，其大原因，就在洋鬼子之为厉。所以欲救中国，欲卫圣教，洋鬼子便非摒诸国外不可，而教堂是其巢穴，此教堂之宜打者一也。

“其次，他那医病的药，据奉教的，以及身受过他医好的病人说，大都是用小儿身上的东西配合而成。有人亲眼看见他那做药房间里，摆满了人耳朵、人眼睛、人心、人肝、人的五脏六腑，全用玻璃缸装着，药水浸着，要用时，取出来，以那奇怪火炉熬炼成膏。还有整个的胎儿，有几个月的，有足了月的，全是活生生从孕妇腹中剖出，此何异乎白莲教之所为呢？所以自洋鬼子来，而孕妇有被害的了，小儿有常常遗失的了！单就小儿而言，岂非有人亲眼看见，但凡被人抛弃在街上，在茅房的私生子，无论死的活的，只要他一晓得，未有不立刻收去的；还有些穷人家养不活的孩子，或有残废为父母所不要的孩子，他也甘愿收去，甚至出钱买去。小儿有何益处？他们不惜花钱劳神，而欲得之，其故何也？何况只见其收进去，而不见其送出来，墙高屋邃，外人不得而见，其不用之配药，将安置之？例如癸巳端阳节日，大家都于东校场中，撒李子为乐之际，忽有人从四圣祠街教堂外奔来，号于众人：洋鬼子方肆杀小儿！其人亲闻小儿着刃，呼号饶命。此言一播，众皆发指，立罢掷李之戏，而集于教堂门阈，万口同声，哀其将小儿释出，而洋鬼子不听也，并将大门关得死紧。有义士焉，舍身越墙而入，启门纳众，而洋鬼子则已跑了，小儿亦被藏了。但药水所浸的耳朵、眼睛、五脏、六腑，大小胎儿，以及做药家伙，却尚来不及收拾；怪火炉上，方正发着绿焰之火，一银铛中所烹制者，赫然人耳一对。故观者为义愤所激，遂有毁其全屋之举，此信而有征之事，非谰言也。圣人说过，不以养人者害人，洋鬼子偏杀人以治人，纵是灵药，亦伤天害理之至。何况中国人就洋鬼子求治者极少，他那有盈箱满箧的药，岂非运回番邦，以医其邦人？‘蛮夷不可同中国’，况以中国之人，配为药物，以治蛮夷之病，其罪浮于白莲教，岂止万万！而教堂正其为恶之所，此教堂之宜打者二也。

“夫教民，本天子之良民也。只因为饥寒所迫，遂为洋鬼子小恩小惠，引诱以去。好的存心君国，暂时自污，机运一至，便能自己拔来归，还可借以窥见夷情。而多数则自甘暴弃，连祖先都不要了，倚仗洋势，横行市廛，至于近年，教民二字，竟成了护身符了，官吏不能治，王法不能加，作奸犯科，无所不用其极。这些都叫作莠民，应该置之严刑而不赦者，而教堂正其凭依之所，此教堂之宜打者三也。有此三者，但凡打毁教堂，杀尽洋人，天必佑之，人必颂之，邦人君子，岂可勿诸。”

九

蔡大嫂眉宇之间，仍然有些不了然的样子。一面解开胸襟，去喂金娃子的奶，一面仰头把罗歪嘴瞅着说：“说得真对！我虽然不完全听得懂，道理总明白了。教民就是依仗着洋鬼子的势力，我们只要把洋鬼子整治了，还怕他啥子教民不教民。唉！说起来真丑！那样坏的人。我们偏偏要害怕他……”

罗歪嘴无意之间，一眼落在她那解开外衣襟而露出的一件汗衣上，粉红布的，还是新嫁娘时候穿的喜衣，虽是已洗褪了一色，但仍娇艳地衬着那一只浑圆饱满的奶子，和半边雪白粉细的胸脯。他忙把眼光移到几根生意葱茏，正在牵蔓的豆角藤上去。

“……大老表，你是久跑江湖，见多识广的人，总比我们那个行得多！……我们那个，一天到晚，除了算盘帐薄外，只晓得吃饭睡觉。说起来，真气人！你要想问问他的话，十句里头，包管你十句他都不懂。我们大哥哥，还不是在铺子上当伙计的，为啥子他又懂呢？……”

罗歪嘴仍站在那里，不经意地伸手去将豆角叶子摘了一片，在指头上揉着。

“……不说男子汉，就连婆娘的见识，他都没有。韩家二奶奶不是女的吗？你看，人家哪样不晓得？你同她摆起龙门阵来，真真头头是道，咋样来，咋样去，讲得多好！三天三夜，你都不想离开她一步……”

一片豆角叶子被罗歪嘴揉烂了，又摘第二片。心头仍旧在着想：“这婆娘！……这婆娘！……”

“……人家韩二奶奶并没有读过书、认得字的呀。我们那个，假巴意思，还认了一肚皮的字，却啥子都不懂！……”

罗歪嘴不由回过头来看了她一眼。微微的太阳影子，正射在她的脸上。今天是赶场日子，所以她搽了水粉，涂了胭脂，虽把本来的颜色掩住了，却也烘出一种人工的艳彩来。这些都还寻常，只要是少妇，只要不是在太阳地里作苦的少妇，略加打扮，都有这种艳彩的，他很懂得。而最令他诧异的，只有那一对平日就觉不同的眼睛，白处极白，黑处极黑，活泼玲珑，简直有一种说不出的神气。此刻正光芒乍乍地把自己盯着，好象要把自己的什么都打算射穿似的。

他心里仍旧寻思着：“这婆娘！……这是个不安本分的怪婆娘！……”口里却接着说道：“傻子是老实人，我觉得老实人好些。”

蔡大嫂一步不让的道：“老实人好些？果然好些！会受气，会吃闷饭，会睡闷觉！我嫁给他两年多，你去问他，跟我摆过十句话的龙门阵没有？他并不是不想摆，并不是讨厌我不爱摆，实在是没有摆的。就比方说洋鬼子嘛，我总爱晓得我们为啥子害怕他，你，大老表，还说出了些道理，我听了，心里到底了然点；你去问他，我总不止问过他一二十回，他那一回不是这一句：我晓得吗？……啊！说到这里，大老表，我还要问问你。要说我们百姓当真怕洋鬼子，却也未必罢！你看，百姓敢打教堂，敢烧他的房子，敢抢他的东西，敢发洋财，咋个一说到洋鬼子，总觉得不敢惹他似的；这到底是啥道理呀！”

罗歪嘴算是间接受了一次教训，这次不便再轻看了她，遂尽其所知道的，说出了一篇原由：

“不错，百姓们本不怕洋人的，却是被官府压着，不能不怕。就拿四圣祠的教案说罢，教堂打了，洋人跑了，算是完了事罢，百姓们何曾犯了洋人一根毛？但是官府不依了，从制台起，都骇得不得了，硬说百姓犯了滔天大罪，把几个毫没出息，骇得半死的男女洋人，恭恭敬敬迎到衙门里，供养得活祖宗一样；一面在藩库里，提出了几十万两雪花银子来赔他们，还派起官员师爷亲自督着泥木匠人，给他们把教堂修起，修得比以前还高，还大，还结实；一面又雷厉风行严饬一府两县要办人，千数的府差、县差，真象办皇案似的，一点没有让手，逮了多少人，破了多少家，但凡在教堂里捡了一根洋钉的，都脱不了手。到头，砍了七八个脑袋，在站笼里站死的又是一二十，监里、卡房里还关死了好些，至今还有未放的。因这原故，不打教堂，还要好些，打了后，反使洋人的气焰加高了。他们虽然没有摆出吃人的嘴脸，从此，大家就不敢再惹他们了。岂但不敢惹，甚至不敢乱巴结；怕他们会错了意，以为你在欺侮他；他只须对直跑进衙门去，随便说一句，官就骇慌了，可以立时立刻叫差人把你锁去，不问青红皂白，倒地就是几千小板子，把你两腿打烂，然后一面枷，枷上，丢到牢里去受活罪；不管洋人追究不追究，老是把你关起；有钱的还可买路子，把路子买通，滚出去。但是你的家倾了，就没有拖死，也算活活的剥了一层皮！官是这样的害怕洋人，这样的长他们的威风，压着百姓不许生事，故所以凡在地方上当公事的，更加比官害怕！码头上哥弟伙，说老实话，还怕惹不起洋人吗？不过，就因为被官管着，一个人出了事，一千人被拖累，哪个又不存一点顾忌呢？说到官又为什么害怕洋人到这步田地？那自然也和百姓一样，被朝廷压着，不能不怕；如其不怕，那吗，拿纱帽来；做官的，又哪个不想升官，甘愿为百姓丢官呢？至于朝廷，又为啥害怕洋人？那是曾经遭洋人打得弱弱大败过。听说咸丰皇帝还遭洋人撵到热河，火烧圆明园时，几乎烧死。皇帝老官骇破了胆，所以洋人人数虽不多，听说不过几万人，自然个个都恶得象天神一样了！”

蔡大嫂听入了神，金娃子已睡着了，犹然让那一只褐色乳头，露在外面，忘记了去掩衣襟。

末后，她感叹了一声道：“大老表，你真会说！走江湖的人，是不同。可也是你，才弄得这么清楚，张占魁他们，未必能罢！”

这不过是很寻常的恭维话，但在罗歪嘴听来，却很入耳，佩服她会说话，“真不象乡坝里的婆娘！”

只算这一次，罗歪嘴在兴顺号，独自一个与蔡大嫂谈得最久，而印象最好，引起他留心的时候最多。

一〇

罗歪嘴又因为一件什么事，离开了天回镇。过了好几个月，到秋末时节，一天下午，是闲场日子，蔡大嫂正双手挽着金娃子，在铺子外面平整的檐阶上，教他走路；土盘子蹲在对面三四尺远处，手上拿件顽意，逗着金娃子走过去拿。

两乘长行小轿，一前一后的从场头走进来。土盘子跳起来喊道：“罗五爷回来了！”

蔡大嫂忙揽着金娃子，立起身，回头看去。前头一乘轿内，果是罗德生，两手靠在扶手板上，拿了副大墨晶眼镜。满脸是笑地望着她打招呼道：“表弟妇好哇！……”

她也很欣喜地高声喊道：“大老表好呀！这一回走了好几个月啦！……洗了脸请过来耍啊！……”

“要来的！……要来的！……”轿子已走过了。

后头一乘轿的轿帘，是放下来的。但打跟前走过时，从轿窗中，却隐隐约约看见里面坐了个年轻女人。跟着轿子有两根挑子，挑了三口箱子，两只大网篮。

她微微一呆，向土盘子努了个嘴道：“云集栈去看看，两乘轿是不是一路的？那女人是做啥的？姓啥子？长得还好看不？”

直到一顿饭后，土盘子回来了，说那女人是罗五爷带回来的，听他们赶着喊刘三，长得好，就只矮一点，脚也大。

她不禁向蔡兴顺笑道："罗大老表到底是吃屎狗，断不了这条路！这回又带一个回来，看又要得多久。挨边四十岁的人，真不犯着还这样的瞎闹！"

他咂着叶子烟，坐在矮脚宝座上，只是摇着头："啊"了一声；算是他很同意于她所说的。

二

刘三是刘三金的简称，是内江刘布客的女。遭人诱拐出来之后，自己不好意思回去，便老老实实流落在江湖上，跑码头。样子果如土盘子所言，长得好。白白净净一张圆脸，很浓的一头黑发，鼻子塌一点，额头削一点，颈脖子短一点，与一般当婊子的典型，没有不同之处。口还小，眼睛也还活动。自己说是才十八岁，但从肌理与骨骼上看来，至少有二十二四岁，再从周旋肆应、言谈态度上看来，怕不已有二十七八岁了？也会唱几句"上妆台"、"玉美人"，只是嗓子不很圆润。鸦片烟却烧得好，也吃两口，说是吃耍的，并没有瘾。在石桥与罗歪嘴遇着，耍了五天，很投合口味，遂与周大爷商量，打算带她到天回镇来。这事情太小了，周大爷落得搭手，把龟婆叫来，打了招呼。由罗歪嘴先给了三十两银子，叫刘三金把东西收拾收拾，因就带了回来。

云集栈的后院，因是码头上一个常开的赌博场合，由右厢便门进出的人，已很热闹了。如今再添了一个婊子，——一个比以前来过的婊子更为风骚、更为好看些的婊子。——更吸引了一些人来。就不赌博，也流恋着不肯走，调情打俏的声音，把隔墙上官房住的过客，每每吵来睡不着。

后院房子是一排五大间，中间一间，是个广厅，恰好做摆宝、推牌九的地方。其余四间，通是客房。罗歪嘴住着北头一间耳房，也是上面楼板。下面地板，前后格子窗，与其他的房间一样；所不同的，就是主人格外讨好于罗管事，在去年，曾用粉裱纸糊过，把与各房间壁上一样应有的"身在外面心在家"的通俗诗，全给遮掩了。而地板上铜钱厚的污泥，家具上粗纸厚的灰尘，则不能因为使罗管事感觉不便，而例外地铲除干净，打抹清洁。仅仅是角落里与家具脚下的老蜘蛛网，打扫了一下，没有别的房间里那么多。

房里靠壁各安了一张床，白麻布印蓝花的蚊帐，是栈房里的东西。前窗下一张黑漆方桌，自罗歪嘴一回来，桌上的东西便摆满了。有蓝花瓷茶食缸，有红花大碗盘，随时盛着芙蓉糕、锅巴糖等类的点心，有砚台，有笔，有白纸，有梅红名片，有白铜水烟袋，有白铜嗽口盂，有虬鱼骨嘴子的叶子烟杆，有茶碗，有茶缸。桌的两方，各放有一张高椅。后窗下，原只有两条放箱子的宽凳，这次除箱子外，还安了一张条桌，摆的是刘三金的梳头镜匣，旁边一只简单洗脸架，放了面白铜洗脸盆，也是她的。此外就只几条端来端去没有固定位置的板凳了。两张床铺上，都放有一套鸦片烟家具，比较还讲究，是罗歪嘴的家当之一。两盏烟灯，差不多从晌午过后就点燃了，也从这时候起，每张铺上，总有一个外来的人躺在那里。

刘三金虽是罗歪嘴临时包来的婊子，但他并不象别一般嫖客的态度："这婊子是我包了的，就算是我一个人的东西，别人只准眼红，不准染指；若是乱来了，那就是有意要跟老子下不去，这非拚一个你死我活不可！"他从没有这样着想过。他的常言："婊子原本大家要的，只要耍得高兴便好。若是嫖婊子，便把婊子当做了自家的老婆，随时都在用心使气，那不是自讨苦吃？”

他的朋友哥弟伙，全晓得他这性格的，背后每每讥笑他太无丈夫气，或笑他是“久嫖成龟”。但一方面又衷心的佩服他，象他这种毫不动真情的本事，谁学得到？这种不把女人当人的见解，又谁有？因此，也落得与他光明正大地同乐起来。

刘三金起初那里肯信他从石桥起身时说的“你要晓得，我与别的嫖客不同，虽是包了你，你仍可以做零碎生意的，只是夜里不准离开我，除非我喊你去陪人睡。”凭她的经验来估评，要不是他故意说顽，就必别有用意，准备自己落了他的圈套，好赖包银罢咧。

到了天回镇几天，他这里办法，果然有些异样。赌博朋友不说了，一来就朝耳房里钻，打个招呼，向烟盘边一躺，便什么话都说得出，什么怪像都做得出。就不是赌博朋友，只要是认得的，也可对直跑来，当着罗哥的面，与她调情打俏做眉眼。

有一个顶急色的土绅粮，叫陆茂林，——也是兴顺号常去的酒客，借名吃酒，专门周旋蔡大嫂；却从未得蔡大嫂正眼看一下。——有三十几岁，黄黄的一张油皮脸，一对常是眯着的近视眼；鼻头偏平，下颏宽大，很有点像牛形。穿得不好，但肚兜中常常抓得出一些银珠子和散碎银子，肩头上一条土蓝布用白丝线锁狗牙纹的褡裢，也常是装得饱鼓鼓的。他不喜欢压宝、推牌九，不得已只陪人打打纸牌，而顶高兴烧鸦片烟，又烧得不好，每每烧一个牛粪堆，总要糟踏许多烟。又没有瘾，把烟枪凑在嘴上，也不算抽，只能说在吹。

他头一次钻进耳房，觌面把刘三金一看，便向罗歪嘴吵道：“好呀，罗哥，太对不住人了！弄了恁好一朵鲜花回来。却不通知我一声！岂有此理，岂有此理！”

一转身就把正在吃水烟的刘三金拉去，搂在怀里，硬要吃个香香。

罗歪嘴躺在烟盘旁边笑骂道：“你个龟杂种，半年不见，还是这个脾气，真叫老马不死旧性在！你要这样红不说白不说的瞎闹，老子硬要收拾你了！”

陆茂林丢开刘三金，哈哈一笑，向烟盘那边董一声倒将下去道：“莫吵，莫吵！我还不是有分寸的，象你那位令亲蔡大嫂，我连笑话都不敢说一句。象这些滥货，晓得你哥子是让得人的，瞎闹下子，热闹些！”

刘三金就不依了，跑过去，在他大腿上就是一拳，打得他叫唤起来。

“滥货？你妈妈才是滥货！……”

罗歪嘴伸过脚去，将她快要打下的第二拳架住道：“滥货不滥货，不在他的口里，只你自己明白就是了。”

她遂乘势扶着他的脚杆，一歪身就倒在他怀里，撒着娇道：“干达达，你也这样挖苦你的正经女儿吗？”

两个男子都笑了起来。

刘三金满以为陆茂林肚兜里的银子是可以搬家的，并且也要切实试一试罗歪嘴的慷慨。她寻思要是有人吃起醋来，这生意才有做头哩。不过，她也很谨慎，直到八天之后，午晌，罗歪嘴在兴顺号坐了一会，回到栈房，赌博的人尚没有来，别的人也都吃饭去了；一个后院很是清静，只有那株大梧桐树上的干叶子，着午风吹得嘁嘁的响。

他走上檐阶喊道："三儿！三儿！"

刘三金从耳房里奔出来，一下扑到他怀里，只是顿脚。

他大为诧异，拿手把她的头扶起来，当真是眼泪汪汪的，喉咙里似乎还在哽咽。他遂问道："做啥子，搞成了这般模样？"

她这才咽咽哽哽地说道："啊！……干达达，你要给我作主呀！……我遭他欺负了！……干达达！……"

"好生说罢，遭那个欺负了？咋个欺负的？"

"就是天天猴在这里的那个陆茂林呀！……今天趁你走了，……红不说白不说的……你看呀！……挨刀的东西！……"

罗歪嘴哈哈笑了起来，把她挽进耳房，向床铺上一攮，几乎把她攮了一交。一面说道："罢哟！这算啥子！问他要钱就完了！老陆是悭吝鬼，只管有钱，却只管想占便宜。以后硬要问他拿现钱，不先给钱，不干！那你就不会遭他空欺负了！"

刘三金坐在床边上，茫然看着他道："你硬是受得！……"

"我早跟你说过，要零卖就正明光大地零卖，不要跟老子做这些过场！"

这真出乎刘三金的意外，跑了多年的码头，象这样没醋劲的人，委实是初见。既然如此，又何必客气哩。

（选自《李劼人选集》第一卷，四川人民出版社，1980）

【学习提示】

李劼人（1891—1962），四川成都人。中学时代便与郭沫若一起作为学生代表参加了四川的保路运动。《大波》中写到的学生军与清军在成都西郊战斗的情形就是根据他在这次保路运动中的亲身体验写成的。1912 年春《晨钟报》上发表了他的第一篇小说《游园会》，但李劼人并没有因此而立即走上文学创作的道路。直到 1915 年，在成都的一个刊物《娱闲录》上发表了短篇小说《儿时影》后被《四川群报》聘为主笔，李劼人才正式走上了文学创作之路。后来，远赴法国留学。其间，他勤工俭学，同时从事一些法国文学的翻译工作。李劼人因此成为我国现代文学史上著名的法国文学翻译家。他后来的文学创作在一定程度上受到法国文学的影响，在小说创作上追求一种宏大的叙事框架和史诗性的气魄，被郭沫若誉为"小说的近代史"。

在《死水微澜》的前记中，李劼人曾经谈道："从一九二五年起，一面教书，一面仍旧写一些短篇小说时，便起了一个念头，打算把几十年来所生活过，所切感过，所体验过，在我看来意义非常重大，当得起历史转捩点的这一段社会现象，用几部有连续性的长篇小说，一段落一段落地把它反映出来。"于是，李劼人连续创作了《死水微澜》、《暴风雨前》和《大波》三部小说，真实地描写了从甲午战争到辛亥革命前后这一时期，成都的社会生活和这里的人们所经历的历史巨变。这三部小说在内容上有一定的连续性，可作为"三部曲"来阅读。《死水微澜》是其中的第一部，同时也是李劼人的代表作。

《死水微澜》以甲午战争开始到《辛丑条约》签订这一段历史时期为时代背景，描写了成都北郊天回镇原本一潭死水似的生活在时代风云的激荡下发生的变化。

《死水微澜》成功塑造了罗歪嘴、顾天成、蔡大嫂的形象，尤其着力刻画了蔡大嫂这一人物。最初，蔡大嫂从乡下嫁到天回镇的小店主蔡兴顺家，也着实过了一段舒心日子。但由于她内心始终向往着成都大户人家的生活，不满于与蔡兴顺的平淡而无趣的生活，遂做了“有胆量”、“有见识”同时又“殷勤体贴”的袍哥首领罗歪嘴的姘头，陶醉于罗歪嘴给她带来的截然不同的生活和物质享受之中。罗歪嘴在与顾天成的势力斗争中失败后被撵出天回镇。之后，蔡大嫂很快又跟了顾天成。现代文明已经逐渐渗透天回镇这样的内地小镇，渗透于小镇里像蔡大嫂这样的人物的内心之中。蔡大嫂不再像小镇上的前辈人那样甘于封闭、保守、传统的生活方式，而是不断地追求物质的享乐和欲望的满足。蔡大嫂的这种对于物质的疯狂欲望和她大胆而狂野的个性，在小镇人们平淡如死水般的生活中掀起了阵阵“微澜”。

《死水微澜》表现出一股鲜明的地方特色。在天回镇这个偏远的小镇上，代表旧的社会势力的袍哥们正在逐渐堕落并失去其控制一方的势力，新的教会势力已经渗透这个封闭的小镇，并逐渐取得了当地的领导地位。这两股势力的斗争实际上是传统的中国旧文化与现代的西方文明之间的较量。李劼人正是借这种较量而写小镇上的人们，写小镇人们生活状况和思想观念的变化，写他们在新旧两种文明的冲撞和交替之中的生活遭际。从这个意义上来说，《死水微澜》的思想性是相当深刻的。

【思考练习题】

1. 蔡大嫂说道:“人生一辈子，这样狂荡欢喜下子，死了也值得。”结合作品分析蔡大嫂的性格特征。

2.《死水微澜》对于世俗人情和日常生活有细腻而精当的描写，这种描写中渗透着作者对于时代环境的审视。结合具体情节，谈谈小说是如何通过生活事件来反映时代环境的。

萧萧

沈从文

乡下人吹唢呐接媳妇，到了十二月是成天会有的事情。

唢呐后面一顶花轿，两个伕子平平稳稳的抬着。轿中人被铜锁锁在里面，虽穿了平时不上过身的体面红绿衣裳，也仍然得荷荷大哭。在这些小女人心中，做新娘子，从母亲身边离开，且准备作他人的母亲，从此必然将有许多新事情等待发生。像做梦一样，将同一个陌生男子汉在一个床上睡觉，做着承宗接祖的事情。这些事想起来，当然有些害怕，所以照例觉得要哭哭，于是就哭了。

也有做媳妇不哭的人，萧萧做媳妇就不哭。这小女子没有母亲，从小寄养到伯父种田的庄子上，终日提个小竹兜箩，在路旁田坎捡狗屎挑野菜。出嫁只是从这家转到那家。因此到那一天，这女人还只是笑。她又不害羞，又不怕。她是什么事也不知道，就做了人家的新媳妇了。

萧萧做媳妇时年纪十二岁，有一个小丈夫，年纪还不到三岁。丈夫比她年少九岁，断奶还不多久。按地方规矩，过了门，她喊他做弟弟。她每天应作的事是抱弟弟到村前柳树下去玩，到溪边去玩，饿了，喂东西吃，哭了，就哄他，摘南瓜花或狗尾草戴到小丈夫头上，或者亲嘴，一面说："弟弟，哪，啵再来，啵。"在那肮脏的小脸上亲了又亲，孩子于是便笑了。孩子一欢喜兴奋，行动粗野起来，会用短短的小手乱抓萧萧的头发。那是平时不大能收拾蓬蓬松松在头上的黄发。有时候，垂到脑后那条小辫儿被拉得太久，把红绒线结也弄松了，生了气，就挞那弟弟几下，弟弟自然哇的哭出声来。萧萧于是也装成要哭的样子，用手指着弟弟的哭脸，说："哪，人不讲理，可不行！哪能这样动手动脚，长大了不是要杀人放火！"

天晴落雨日子混下去，每日抱抱丈夫，也帮家中作点杂事，能动手的就动手。又时常到溪沟里去洗衣，搓尿片，一面还捡拾有花纹的田螺给坐在身边的小丈夫玩。到了夜里睡觉，便常常做这种年龄人所做的梦，梦到后门角落或别的什么地方捡得大把大把铜钱，吃好东西，爬树，自己变成鱼到水中各处溜。或一时仿佛身子很小很轻，飞到天上众星中，没有一个人，只是一片白，一片金光，于是大喊"妈！"人就吓醒了。醒来心还只是跳。吵了隔壁的人，不免骂着："疯子，你想什么！白天玩得疯，晚上就做梦！"萧萧听着却不作声，只是咕咕的笑。也有很好很爽快的梦，为丈夫哭醒的事情。那丈夫本来晚上在自己母亲身边睡，有时吃多了，或因另外情形，半夜大哭，起来放水拉稀是常有的事。丈夫哭到婆婆无可奈何，于是萧萧轻脚轻手爬起床来，睡眼蒙眬，走到床边，把人抱起，给他看月光，看星光；或者互相觑着，孩子气的"嗨嗨，看猫呵"那样喊着哄着，于是丈夫笑了。玩一会会，困倦起来，慢慢的合上眼。人睡定后，放上床，站在床边看着，听远处一传一递的鸡叫，知道天快到什么时候了，于是仍然蜷到小床上睡去。天亮后，虽不做梦，却可以无意中闭眼开眼，看一阵在面前空中变幻无端的黄边紫心葵花，那是一种真正的享受。

萧萧嫁过了门，做了拳头大丈夫的小媳妇，一切并不比先前受苦，这只看她一年来身体发育就可明白。风里雨里过日子，象一株长在园角落不为人注意的蓖麻，大叶大枝，日增茂盛。这小女人简直是全不为丈夫设想那么似的，一天比一天长大起来了。

夏夜光景说来如做梦。大家饭后坐到院中心歇凉，挥摇蒲扇，看天上的星同屋角的萤，听南瓜棚上纺织娘咯咯咯拖长声音纺车，远近声音繁密如落雨，禾花风翛翛吹到脸上，正是让人在各种方便中说笑话的时候。

萧萧好高，一个人常常爬到草料堆上去，抱了已经熟睡的丈夫在怀里，轻轻的轻轻的随意唱着自编的四句头山歌。唱来唱去却把自己也催眠起来，快要睡去了。

在院坝中，公公婆婆，祖父祖母，另外还有帮工汉子两个，散乱的坐在小板凳上，摆龙门阵学古，轮流下去打发上半夜。

祖父身边有个烟包，在黑暗中放光。这用艾蒿作成的烟包，是驱逐长脚蚊得力东西，蜷在祖父脚边，犹如一条乌梢蛇。间或又拿起来晃那么几下。

想起白天场上的事情，祖父开口说话：

“我听三金说，前天又有女学生过身。”

大家就哄然笑了起来。

这笑的意义何在？只因为在大家印象中，都知道女学生没有辫子，留下个鹌鹑尾巴，象个尼姑，又不完全象。穿的衣服象洋人，又不是洋人。吃的，用的，……总而言之，事事不同，一想起来就觉得怪可笑！

萧萧不大明白，她不笑。所以老祖父又说话了。他说：“萧萧，你长大了，将来也会做女学生！”

大家于是更哄然大笑起来。

萧萧为人并不愚蠢，觉得这一定是不利于己的一件事情，所以接口便说：

“爷爷，我不做女学生。”

“你象个女学生，不做可不行。”

“我一定不做。”

众人有意取笑，异口同声的说：“萧萧，爷爷说得对，你非做女学生不行！”

萧萧急得无可如何，“做就做，我不怕。”其实做女学生有什么不好，萧萧全不知道。

女学生这东西，在本乡的确永远是奇闻。每年一到六月天，据说放“水假”日子一到，照例便有三三五五女学生，由一个荒谬不经的热闹地方来，到另一个远地方去，取道从本地过身。从乡下人眼中看来，这些人都近于另一世界中活下的人，装扮奇奇怪怪，行为更不可思议。这种女学生过身时，使一村人都可以说一整天的笑话。

祖父是当地一个人物，因为想起所知道的女学生在大城中的生活情形，所以说笑话要萧萧也去作女学生。一面听到这话，就感觉一种打哈哈趣味，一面还有那被说的萧萧感觉一种惶恐，说这话的不为无意义了。

女学生由祖父方面所知道的是这样一种人：她们穿衣服不管天气冷暖，吃东西不问饥饱，晚上交到子时才睡觉，白天正经事全不作，只知唱歌打球，读洋书。她们都会花钱，一年用的钱可以买十六只水牛。她们在省里京里想往什么地方去时，不必走路，只要钻进一个大匣子中，那匣子就可以带她到地。城市中还有各种各样的大小不同匣子，都用机器开动。她们在学校，男女在一处上课读书，人熟了，就随意同那男子睡觉，也不要媒人，也不要财礼，名叫“自由”。她们也做做州县官，带家眷上任，男子仍然喊作“老爷”，小孩子叫“少爷”。她们自己不养牛，却吃牛奶羊奶，如小牛小羊；买那奶时是用铁罐子盛的。她们无事时到一个唱戏地方去，那地方完全象个大庙，从衣袋中取出一块洋钱来（那洋钱在乡下可买五只母鸡），买了一小方纸片儿，拿了那纸片到里面去，就可以坐下看洋人扮演影子戏。她们被冤了，不赌咒，不哭。她们年纪有老到二十四岁还不肯嫁人的，有老到三十四十居然还好意思嫁人的。她们不怕男子，男子不能使她们受委屈，一受委屈就上衙门打官司，要官罚男子的款，这笔钱她有时独占自己花用，有时和官平分。她们不洗衣煮饭，也不养猪喂鸡；有了小孩子，也只花五块钱或十块钱一月，雇个人专管小孩，自己仍然整天看戏打牌，或者读那些没有用处的闲书。……

总而言之，说来事事都稀奇古怪，和庄稼人不同，有的简直还可说岂有此理。这时经祖父一为说明，听过这话的萧萧，心中却忽然有了一种模模糊糊的愿望，以为倘若她也是个女学生，她是不是照祖父说的女学生一个样子去做那些事情？不管好歹，女学生并不可怕，因此一来却已为这乡下姑娘初次体念到了。

因为听祖父说起女学生是怎样的人物，到后萧萧独自笑得特别久。笑够了时，她说：

“爷爷，明天有女学生过路，你喊我，我要看看。”

“你看，她们捉你去作丫头。”

“我不怕她们。”

“她们读洋书念经你也不怕？”

“念观音菩萨消灾经，念紧箍咒，我都不怕。”

“她们咬人，和做官的一样，专吃乡下人，吃人骨头渣渣也不吐，你不怕？”

萧萧肯定的回答说：“也不怕。”

可是这时节萧萧手上所抱的丈夫，不知为甚么，在睡梦中哭了，媳妇于是用作母亲的声势，半哄半吓的说：

“弟弟，弟弟，不许哭，不许哭，女学生咬人来了。”

丈夫还仍然哭着，得抱起各处走走。萧萧抱着丈夫离开了祖父，祖父同人说另外一样古话去了。

萧萧从此以后心中有个“女学生”。做梦也便常常梦到女学生，且梦到同这些人并排走路。仿佛也坐过那种自己会走路的匣子，她又觉得这匣子并不比自己跑路更快。在梦中那匣子的形体同谷仓差不多，里面还有小小灰色老鼠，眼珠子红红的，各处乱跑，有时钻到门缝里去，把个小尾巴露在外边。

因为有这样一段经过，祖父从此喊萧萧不喊“小丫头”，不喊“萧萧”，却唤作“女学生”。在不经意中萧萧答应得很好。

乡下里日子也如世界上一般日子，时时不同。世界上人把日子糟蹋，和萧萧一类人家把日子吝惜是同样的，各有所得，各属分定。许多城市中文明人，把一个夏天完全消磨到软绸衣服、精美饮料以及种种好事情上面。萧萧的一家，因为一个夏天的劳作，却得了十多斤细麻，二三十担瓜。

作小媳妇的萧萧，一个夏天中，一面照料丈夫，一面还绩了细麻四斤。到秋八月工人摘瓜，在瓜间玩，看硕大如盆、上面满是灰粉的大南瓜，成排成堆摆到地上，很有趣味。时间到摘瓜，秋天真的已来了，院子中各处有从屋后林子里树上吹来的大红大黄木叶。萧萧在瓜旁站定，手拿木叶一束，为丈夫编小小笠帽玩。

工人中有个名叫花狗，年纪二十三岁，抱了萧萧的丈夫到枣树下去打枣子。小小竹竿打在枣树上，落枣满地。

“花狗大①，莫打了，太多了吃不完。”

虽听到这样喊，还不歇手。到后，仿佛完全因为丈夫要枣子，花狗才不听话。萧萧于是又警告她那小丈夫：

“弟弟，弟弟，来，不许捡了。吃多了生东西肚子痛！”

丈夫听话，兜了大堆枣子向萧萧身边走来，请萧萧吃枣子。

“姐姐吃，这是大的。”

“我不吃。”

“要吃一颗！”

她两手那里有空！木叶帽正在制边，工夫要紧，还正要个人帮忙！

“弟弟，把枣子喂我口里。”

丈夫照她的命令作事，作完了觉得有趣，哈哈大笑。

她要他放下枣子帮忙捏紧帽边，便于添加新木叶。

丈夫照她吩咐作事，但老是顽皮的摇动，口中唱歌。这孩子原来象一只猫，欢喜时就得捣乱。

“弟弟，你唱的是什么？”

“我唱花狗大告我的山歌。”

“好好的唱一个给我听。”

丈夫于是帮忙拉着帽边，一面就唱下去，照所记到的歌唱：

天上起云云起花，
包谷林里种豆荚，
豆荚缠坏包谷树，
娇妹缠坏后生家。

天上起云云重云，
地下埋坟坟重坟，

---

① 花狗大的“大”字，即大哥的简称。

娇妹洗碗碗重碗，
娇妹床上人重人。

歌中意义丈夫全不明白，唱完了就问萧萧好不好。萧萧说好，并且问跟谁学来的，她知道是花狗教他的，却故意盘问他。

“花狗大告我，他说还有好多歌，长大了再教我唱。”

听说花狗会唱歌，萧萧说：

“花狗大，花狗大，你唱一个好听的歌我听听。”

那花狗，面如其心，生长得不很正气，知道萧萧要听歌，人也快到听歌的年龄了，就给她唱“十岁娘子一岁夫”。那故事说的是妻年大，可以随便到外面作一点不规矩事情；夫年小，只知吃奶，让他吃奶。这歌丈夫完全不懂，懂到一点儿的是萧萧。把歌听过后，萧萧装成“我全明白”那种神气，她用生气的样子，对花狗说：

“花狗大，这个不行，这是骂人的歌！”

花狗分辩说：“不是骂人的歌。”

“我明白，是骂人的歌。”

花狗难得说多话，歌已经唱过了，错了陪礼，只有不再唱。他看她已经有点懂事了，怕她回头告祖父，会挨顿臭骂，就把话支吾开，扯到“女学生”上头去。他问萧萧，看没看过女学生习体操唱洋歌的事情。

若不是花狗提起，萧萧几乎已忘却了这事情。这时又提到女学生，她问花狗近来有没有女学生过路，她想看看。

花狗一面把南瓜从棚架边抱到墙角去，告她女学生唱歌的事情，这些事的来源还是萧萧的那个祖父。他在萧萧面前说了点大话，说他曾经到官路上见过四个女学生，她们都拿得有旗子，走长路流汗喘气之中仍然唱歌，同军人所唱的一模一样。不消说，这自然完全是胡诌的。可是那故事把萧萧可乐坏了。因为花狗说这个就叫做“自由”。

花狗是起眼动眉毛、一打两头翘、会说会笑的一个人。听萧萧带着歆羡口气说“花狗大，你膀子真大”，他就说：“我不止膀子大。”

“你身个子也大。”

“我全身无处不大。”

萧萧还不大懂得这个话的意思，只觉得憨而好笑。

到萧萧抱了她的丈夫走去以后，同花狗在一起摘瓜，取名字叫哑巴的，开了平时不常开的口。

“花狗，你少坏点。人家是十三岁黄花女，还要等十年才圆房！”

花狗不做声，打了那伙计一巴掌，走到枣树下捡落地枣去了。

到摘瓜的秋天，日子计算起来，萧萧过丈夫家有一年半了。

几次降霜落雪，几次清明谷雨，一家中人都说萧萧是大人了。天保佑，喝冷水，吃粗粝饭，四季无疾病，倒发育得这样快。婆婆虽生来象一把剪子，把凡是给萧萧暴长的机会都剪去了，但乡下的日头同空气都帮助人长大，却不是折磨可以阻拦得住。

萧萧十五岁时已高如成人，心却还是一颗糊糊涂涂的心。

人大了一点，家中做的事也多了一点。绩麻、纺线、洗衣、照料丈夫以外，打猪草推磨一些事情也要作，还有浆纱织布。凡事都学，学学就会了。乡下习惯凡是行有余力的都可从劳作中攒点本分私房，两三年来仅仅萧萧个人份上所聚集的粗细麻和纺就的棉纱，也够萧萧坐到土机上抛三个月的梭子了。

丈夫早断了奶。婆婆有了新儿子，这五岁儿子就象归萧萧独有了。不论做什么，走到什么地方去，丈夫总跟在身边。丈夫有些方面很怕她，当她如母亲，不敢多事。他们俩实在感情不坏。

地方稍稍进步，祖父的笑话转到“萧萧你也把辫子剪去好自由”那一类事上去了。听着这话的萧萧，某个夏天也看过了一次女学生，虽不把祖父笑话认真，可是每一次在祖父说过这笑话以后，她到水边去，必不自觉的用手捏着辫子末梢，设想没有辫子的人那种神气，那点趣味。

打猪草，带丈夫上螺蛳山的山阴是常有的事。

小孩子不知事故，听别人唱歌也唱歌。一开腔唱歌，就把花狗引来了。

花狗对萧萧生了另外一种心，萧萧有点明白了，常常觉得惶恐不安。但花狗是男子，凡是男子的美德恶德都不缺少，劳动力强，手脚勤快，又会玩会说，所以一面使萧萧的丈夫非常欢喜同他玩，一面一有机会即缠在萧萧身边，且总是想方设法把萧萧那点惶恐减去。

山大人小，到处是树林蒙茸，平时不知道萧萧所在，花狗就站在高处唱歌逗萧萧身边的丈夫；丈夫小口一开，花狗穿山越岭就来到萧萧面前了。

见了花狗，小孩子只有欢喜，不知其他。他原要花狗为他编草虫玩，做竹箫哨子玩，花狗想方法支使他到一个远处去找材料，便坐到萧萧身边来，要萧萧听他唱那使人开心红脸的歌。她有时觉得害怕，不许丈夫走开；有时又象有了花狗在身边，打发丈夫走去反倒好一点。终于有一大，萧萧就这样给花狗把心窍子唱开，变成个妇人了。

那时节，丈夫走到山下采刺莓去了，花狗唱了许多歌，到后却向萧萧唱：

> 娇家门前一重坡，
> 别人走少郎走多，
> 铁打草鞋穿烂了，
> 不是为你为哪个？

末了却向萧萧说：“我为你睡不着觉。”他又说他赌咒不把这事情告给人。听了这些话仍然不懂什么的萧萧，眼睛只注意到他那一对粗粗的手膀子，耳朵只注意到他最后一句话。末了花狗大便又唱了许多歌给她听。她心里乱了。她要他当真对天赌咒，赌过了咒，一切好象有了保障，她就一切尽他了。到丈夫返身时，手被毛毛虫螫伤，肿了一大片，走到萧萧身边。萧萧捏紧这一只小手，且用口去呵它，吮它，想起刚才的糊涂，才仿佛明白自己作了一点不大好的糊涂事。

花狗诱她做坏事情是麦黄四月，到六月，李子熟了，她欢喜吃生李子。她觉得身体有点特别，在山上碰到花狗，就将这事情告给他，问他怎么办。

讨论了多久，花狗全无主意。虽以前自己当天赌得有咒，也仍然无主意。原来这家伙个子大，胆量小。个子大容易做错事，胆量小做了错事就想不出办法。

到后，萧萧捏着自己那条乌梢蛇似的大辫子，想起城里了，她说：

“花狗大，我们到城里去自由，帮帮人过日子，不好么？”

“那怎么行？到城里去做什么？”

“我肚子大了。”

“我们找药去。场上有郎中卖药。”

“你赶快找药来，我想……”

“你想逃到城里去自由，不成的。人生面不熟，讨饭也有规矩，不能随便！”

“你这没有良心的，你害了我，我想死！”

“我赌咒不辜负你。”

“负不负我有什么用，帮我个忙，赶快拿去肚子里这块肉吧。我害怕！”

花狗不再做声，过了一会，便走开了。不久丈夫从他处拿了大把山里红果子回来，见萧萧一个人坐在草地上眼睛红红的。丈夫心中纳罕。看了一会，问萧萧：

“姐姐，为甚么哭？”

“不为甚么，灰尘落到眼睛窝里，痛。”

“我吹吹吧。”

“不要吹。”

“你瞧我，得这些这些。”

他把手中拿的和从溪中捡来放在衣口袋里的小蚌、小石头全部陈列到萧萧面前，萧萧泪眼婆娑看了一会，勉强笑着说：“弟弟，我们要好，我哭你莫告家中。告家中我可要生气！”到后这事情家中当真就无人知道。

过了半个月，花狗不辞而行，把自己所有的衣裤都拿去了。祖父问同住的长工哑巴，知不知道他为什么走路，走哪儿去？是上山落草，还是作薛仁贵投军？哑巴只是摇头，说花狗还欠了他两百钱，临走时话都不留一句，为人少良心。哑巴说他自己的话，并没有把花狗走的理由说明。因此这一家稀奇一整天，谈论一整天。不过这工人既不偷走物件，又不拐带别的，这事情过后不久，自然也就把他忘掉了。

萧萧仍然是往日的萧萧。她能够忘记花狗就好了，但是肚子真有些不同了，肚中东西总在动，使她常常一个人干着急，尽做怪梦。

她脾气坏了一点，这坏处只有丈夫知道，因为她对丈夫似乎严厉苛刻了好些。

仍然每天同丈夫在一处，她的心，想到的事自己也不十分明白。她常想，我现在死了，什么都好了。可是为什么要死？她还很高兴活下去，愿意活下去。

家中人不拘谁在无意中提起关于丈夫弟弟的话，提起小孩子，提起花狗，都象使这话如拳头，在萧萧胸口上重重一击。

到九月，她担心人知道更多了，引丈夫庙里去玩，就私自许愿，吃了一大把香灰。吃香灰被她丈夫看见了，丈夫问这是做甚么，萧萧就说肚子痛，应当吃这个。虽说求菩萨保佑，菩萨当然没有如她的希望，肚子中的东西依旧在慢慢的长大。

她又常常往溪里去喝冷水，给丈夫看见时，丈夫问她，她就说口渴。

一切她所想到的方法都没有能够使她同自己不欢喜的东西分开。大肚子只有丈夫一人知道，他却不敢告这件事给父母晓得。因为时间长久，年龄不同，丈夫有些时候对于萧萧的怕同爱，比对于父母还深切。

她还记得花狗赌咒那一天里的事情，如同记着其他事情一样。到秋天，屋前屋后毛毛虫都结茧，成了各种好看蝶蛾，丈夫象故意折磨她一样，常常提起几个月前被毛毛虫螫手的旧话，使萧萧心里难过。她因此极恨毛毛虫，见了那小虫就想用脚去踹。

有一天，又听人说有好些女学生过路，听过这话的萧萧，睁了眼做过一阵梦，愣愣的对日头出处痴了半天。

萧萧步花狗后尘，也想逃走，收拾一点东西预备跟了女学生走的那条路上城。但没有动身，就被家里人发觉了。这种打算照乡下人说来是一件大事，于是把她两手捆了起来，丢在灶屋边，饿了一天。

家中追究这逃走的根源，才明白这个十年后预备给小丈夫生儿子继香火的萧萧肚子已被另一个人抢先下了种。这在一家人生活中真是了不得的一件大事！一家人的平静生活，为这件新事全弄乱了。生气的生气，流泪的流泪，骂人的骂人，各按本分乱下去。悬梁，投水，吃毒药，被禁困着的萧萧，诸事漫无边际的全想到了，究竟是年纪太小，舍不得死，却不曾做。于是祖父从现实出发，想出个聪明主意，把萧萧关在房里，派人好好看守着，请萧萧本族的人来说话，照规矩，看是“沉潭”还是“发卖”？萧萧家中人要面子，就沉潭淹死了她，舍不得死就发卖。萧萧只有一个伯父，在近处庄子里为人种田，去请他时先还以为是吃酒，到了才知是这样丢脸事情，弄得这老实忠厚的家长手足无措。

大肚子作证，什么也没有可说。照习惯，沉潭多是读过“子曰”的族长爱面子才作出的蠢事。伯父不读“子曰”，不忍把萧萧当牺牲，萧萧当然应当嫁人作“二路亲”了。

这也是一种处罚，好象极其自然，照习惯受损失的是丈夫家里，然而却可以在发卖上收回一笔钱，当作损失赔偿。那伯父把这事情告给了萧萧，就要走路。萧萧拉着伯父衣角不放，只是幽幽的哭。伯父摇了一会头，一句话不说，仍然走了。

一时没有相当的人家来要萧萧，送到远处去也得有人，因此暂时就仍然在丈夫家中住下。这件事情既经说明白，照乡下规矩，倒又象不甚么要紧，只等待处分，大家反而释然了。先是小丈夫不能再同萧萧在一处，到后又仍然如月前情形，姊弟一般有说有笑的过日子了。

丈夫知道了萧萧肚子中有儿子的事情，又知道因为这样萧萧才应当嫁到远处去。但是丈夫并不愿意萧萧去，萧萧自己也不愿意去。大家全莫名其妙，只是照规矩象逼到要这样做，不得不做。究竟是谁定的规矩，是周公还是周婆，也没有人说得清楚。

在等候主顾来看人，等到十二月，还没有人来，萧萧只好在这人家过年。

萧萧次年二月间，十月满足，坐草生了一个儿子，团头大眼，声响洪壮。大家把母子二人，照料得好好的，照规矩吃蒸鸡同江米酒补血，烧纸谢神。一家人都欢喜那儿子。

生下的既是儿子，萧萧不嫁别处了。

到萧萧正式同丈夫拜堂圆房时，儿子已经年纪十岁，有了半劳动力，能看牛割草，成为家中生产者一员了。平时喊萧萧丈夫做大叔，大叔也答应，从不生气。

这儿子名叫牛儿。牛儿十二岁时也接了亲，媳妇年长六岁。媳妇年纪大，方能诸事作帮手，对家中有帮助。唢呐到门前时，新娘在轿中呜呜的哭着，忙坏了那个祖父，曾祖父。

这一天，萧萧刚坐月子不久，孩子才满三月，抱了自己新生的毛毛，在屋前榆蜡树篱笆间看热闹，同十年前抱丈夫一个样子。小毛毛哭了，唱歌一般地哄着他：

"哪，毛毛，看，花轿来了。看，新娘子穿花衣，好体面！不许闹，不讲道理不成的！不讲理我要生气的！看看，女学生也来了！明天长大了，我们讨个女学生媳妇！"

一九二九年作

（选自《沈从文选集》第二卷，四川人民出版社，1983）

【学习提示】

沈从文（1902—1988），原名沈岳焕，1902年12月28日生于风光如画、富有传奇色彩的湘西凤凰县。凤凰是一座古老的小城，地处湘、渝、黔边境。各种人物在这里聚散。这里交织着原始与秀丽、善良与野蛮，对沈从文具有巨大的诱惑力。从少年时代起，他就熟读社会这本大书，生命的智慧多半直接从生活中得来。14岁高小毕业后，沈从文入当地行伍，看惯了湘兵的雄武，见识了各种迫害、杀戮和欺诈，但他并没有被环境影响，反而形成了追求美好人生、善良德行的品格。1923年，他独自跑到北京，求学不成，决心专门写作，其生活困窘自不待言。后来，他用"休芸芸"等笔名，在《晨报副刊》《现代评论》《小说月报》《新月》上发表作品，并以其独特的"湘西"色彩而成为中国现代小说大家。

《萧萧》这个故事有些不同寻常。通过萧萧的故事人们可以看到平静中寓有躁动的湘西一隅。这里虽然古陋封闭，但也有外面的"女学生"闹"自由"的故事。这喻示了再偏僻再宁静的地方也要发生变化。作者批判了这里人们的蒙昧。但是，这里毕竟是湘西，没有几个人深通"子曰诗云"，对于"自由"的"女学生"也不过是随便谈谈，打发时间罢了。真正牵动他们的还是身边的生老病死、婚丧嫁娶。这里的人淳朴、勤劳、善良，从小说中可以看出作者对他们的欣赏和同情。

作者在表达以上观点的同时，还向人们集中展示了萧萧纯真、善良的天然之美。这种天然之美成长在偏僻的山村，吸引了人们的原初的爱美之心。这种美经不得糟蹋，但被摧折又是萧萧命运中不可抗拒、也不可确定的因素。她年轻的天然的美，终不免湮逝在岁月的流逝和人们的蒙昧无知里。这不禁让读者觉得惋惜和忧伤。

小说突出之处在于对乡风民俗的勾画，如小说开头的"乡下人吹唢呐接媳妇，到了十二月是成天会有的事情"，点明岁末年关山乡盛行抬花轿接媳妇之风。还有对于湘西乡村夏夜的描写，如"夏夜光景说来如做梦"，"远近声音繁密如落雨，禾花风翛翛吹到脸上，正是让人在各种方便中说笑话的时候"等，不一而足，都让人觉得身临其境。

伴随着乡风民俗勾画的，必然是沈从文优美如诗的语言。作者善于取喻，赋予作品乡土生活的色彩和质感，逼真地描绘出湘西山村八月的风光。作者还善于把农民独特的感受和情绪凝聚笔端，如爷爷讲述的“女学生”的故事。总之，通篇语言都有朴实、自然、寓技巧于平实之中的风采，洋溢着浓重的乡土气息。

另外，本篇首尾场景似真似幻的重合，暗喻了人物命运的重叠和生命的平淡流逝，给人以较强的震撼力，这也是本文的艺术特点。

【思考练习题】

1. 浅析《萧萧》中女性形象的悲剧意义。
2. 结合小说，分析沈从文笔下湘西世界的艺术特征。

边　城（节选）

沈从文

七

到了端午，祖父同翠翠在三天前业已预先约好，祖父守船，翠翠同黄狗过顺顺吊脚楼去看热闹。翠翠先不答应，后来答应了。但过了一天，翠翠又翻悔回来，以为要看两人去看，要守船两人守船。祖父明白那个意思，是翠翠玩心与爱心相战争的结果。为了祖父的牵绊，应当玩的也无法去玩，这不成！祖父含笑说："翠翠，你这是为什么？说定了的又翻悔，同茶峒人平素品德不相称。我们应当说一是一，不许三心二意。我记性并不坏到这样子，把你答应了我的即刻忘掉！"祖父虽那么说，很显然的事，祖父对于翠翠的打算是同意的。但人太乖巧，祖父有点愀然不乐了。见祖父不再说话，翠翠就说："我走了，谁陪你？"

祖父说："你走了，船陪我。"

翠翠把一对眉毛皱拢去苦笑着，"船陪你，嗨，嗨，船陪你。"

祖父心想："你总有一天会要走的！"但不敢提起这件事。祖父一时无话可说，于是走过屋后塔下小圃里去看葱，翠翠跟了过去。

"爷爷，我决定不去，要去让船去，我替船陪你！"

"好，翠翠，你不去我去，我还得戴了朵红花，装老太婆去见世面！"

两人皆为这句话笑了许久。所争持的事，不求结论了。

祖父理葱，翠翠却摘了一根大葱吹着，有人在东岸喊过渡，翠翠不让祖父占先，便忙着跑下溪边，跳上了渡船，援着横溪缆子拉船过溪去接人。一面拉船一面喊祖父：

"爷爷，你唱，你唱！"

祖父不唱，却只站在高岩上望翠翠，把手摇着，一句话不说。

祖父有点心事。

翠翠一天比一天大了，无意中提到什么时，会红脸了。时间在成长她，似乎正催促她，使她在另外一件事情上负点儿责。她欢喜看扑粉满脸的新嫁娘，欢喜述说关于新嫁娘的故事，欢喜把野花戴到头上去，还欢喜听人唱歌。茶峒人的歌声，缠绵处她已领略得出。她有时仿佛孤独了一点，爱坐在岩石上去，向天空一片云一颗星凝眸。祖父若问："翠翠，你在想什么？"他便带着点儿害羞情绪，轻轻的说："翠翠不想什么。"但在心里却同时又自问："翠翠，你想什么？"同是自己也就在心里答着："我想的很远，很多。可是我不知想些什么。"她的确在想，又的确连自己也不知是想些什么。这女孩子身体既发育得很完全，在本身上因年龄自然而来的一种"奇事"，到月就来，也使她多了些思索。

祖父明白这类事情对于一个女子的影响，祖父心情也变了些。祖父是一个在自然里活了七十年的人，但在人事上的自然现象，就有了些不能安排处。因为翠翠的长成，使祖父记起了些旧事，从掩埋在一大堆时间里的故事中重新找回了些东西。

翠翠的母亲，某一时节原同翠翠一个样子，眉毛长，眼睛大，皮肤红红的，也乖得使人怜爱——也懂在一些小处，起眼动眉毛，机伶懂事，使家中长辈快乐。也仿佛永远不会同家中这一个分开。但一点不幸来了，她认识了那个兵。到末了丢开老的和小的，却陪了那个兵死了。这些事从老船夫说来谁也无罪过，只应“天”去负责。翠翠的祖父口中不怨天，心中却不能完全同意这种不幸的安排。到底还像年青人，说是放下了，也正是不能放下的莫可奈何容忍到的一件事情。

并且那时有个翠翠。如今假如翠翠又同妈妈一样，老船夫的年龄，还能把小雏儿再抚育下去吗？人愿意的事神却不同意！人太老了，应当休息了，凡是一个良善的中国乡下人，一生中活下来所应得到的劳苦与不幸，业已全得到了。假若另外高处有一个上帝，这上帝且有一双手支配一切，很明显的事，十分公道的办法，是应当把祖父先收回去，再来让那个年青的在新的生活上得到应分接受那一份的。

可是祖父并不那么想。他为翠翠担心。有时便躺到门外岩石上，对着星子想他的心事。他以为死是应当快到了的，正因为翠翠人已长大了，证明自己也真正老了。可是无论如何，得让翠翠有个着落。翠翠既是她那可怜的母亲交把他的，翠翠大了，他也得把翠翠交给一个人，他的事才算完结！翠翠应分交给谁？必需什么样的人方不委屈她？

前几天顺顺家天保大老过溪时，同祖父谈话，这心直口快的青年人，第一句话就说：

“老伯伯，你翠翠长得真标致，像个观音样子。再过两年，若我有闲空能留在茶峒照料家事，不必像老鸦成天到处飞，我一定每夜到这溪边来为翠翠唱歌。”

祖父用微笑奖励这种自由。一面把船拉动，一面把那双小眼睛瞅着大老。意思好像说，你的傻话我全明白，我不生气，你尽管说下去，看你还有什么要说。

于是大老又说：

“翠翠太娇了，担心她只宜于听点茶峒人的歌声，不能作茶峒女子做媳妇的一切正经事。我要个能听我唱歌的情人，却更不能缺少个照料家务的媳妇。‘又要马儿不吃草，又要马儿走得好’，唉，这两句话恰是古人为我说的！”

祖父慢条斯理把船转了头，让船尾傍岸，就说：

“大老，也有这种事儿！你瞧着吧。”

那青年走去后，祖父温习着那些出于一个年青男子口中的真话，实在又愁又喜。翠翠若应当交把一个人，这个人是不是适宜于照料翠翠？当真交把了他，翠翠是不是愿意？

八

初五大清早落了点毛毛雨，河上游且涨点了“龙船水”，河水全变作豆绿色。祖父上城买办过节的东西，戴了个粽粑叶“斗篷”，携带了一个篮子，一个装酒的大葫芦，肩头上挂了个褡裢，内中放了一吊六百制钱，就走了。因为是节日，这一天从小村小寨带了铜钱担了货物上城去办货掉货的极多，这些人起身也极早，故祖父走后，黄狗就伴同翠翠守船。翠翠头上戴了一个崭新的斗篷，把过渡人一趟一趟的送来送去。黄狗坐在船头，每当船拢岸时必先跳上岸边去衔绳头，引起每个过渡人的兴味。有些过渡的乡下人也携了狗上城，照例如俗话说的“狗离不得屋”，这些狗一离了自己的家，即或傍着主人，也变得非常老实了。到过渡时，翠翠的狗必走过去嗅嗅，从翠翠方面讨取了一个眼色，似乎明白翠翠的意思的就不敢有什么举动。直到上岸后，把拉绳子的事情作完，眼见到那只陌生的狗上小山去了，也必跟着追去。或者向狗主人轻轻吠着，或者逐着那陌生的狗，必得翠翠带点儿嗔恼的嚷着：“狗、狗，你狂什么？还有事情做，你就跑呀！”于是这黄狗赶快跑回船上来，依然满船闻嗅不已。翠翠说：“这算什么轻狂举动！跟谁学得的？还不好好蹲到那边去！”狗俨然极其懂事，便即刻到它自己原来地方去，其间或又像想起什么心事似的，轻轻的吠几声。

雨落个不止，溪面一片烟。翠翠在船上无事可作时，便算着老船夫的行程。她知道他这一去应在什么地方碰到什么人，谈些什么话，这一天城门边应当是些什么情形，河街上应当是些什么情形，“心中一本册”，她完全如同亲眼见到的那么明明白白。她又知道祖父的脾气，一见城中相熟粮子上人物，不管是马夫火夫，总会把过节时应有的颂祝说出。这边说：“副爷，你过节吃饱喝饱！”那一个便也将说：“划船的，你吃饱喝饱！”这边如果说着如上的话，那边人说：“有什么可以吃饱喝饱？四两肉，两碗酒，既不会饱也不会醉！”那么，祖父必很诚实邀请这熟人过碧溪岨喝个够量。倘若有人当时就想喝一口祖父葫芦中的酒，这老船夫也从不吝啬，必很快的就把葫芦递过去。酒喝过后，那兵营中人卷舌子舔着嘴唇，称赞酒好，于是又必被勒迫着喝第二口。酒在这种情形下少起来了，就又跑到原来铺上去，加满为止。翠翠且知道祖父还会到码头上去同刚拢岸一天两天的上水船水手谈谈话，问问下河的米价盐价，有时且弯着腰钻进那带有海带鱿鱼味，以及其他油味、醋味、柴烟味的船舱里去，水手们从小坛中抓出一把红枣，递给老船夫，过一阵，等到祖父回家被翠翠埋怨时，这红枣便成为祖父与翠翠和解的工具。祖父一到河街上，且一定有许多铺子上商人送他粽子与其他东西，作为对这个忠于职守的划船人一点敬意，祖父虽笑嚷着“我带了那么一大堆，回去会把老骨头压断”，可是不管如何，这些东西多少总得领点情。走到卖肉案桌边去，他想买肉，人家却照例不愿接钱。屠户若不接钱，他却宁可到另外一家去，决不想沾那点便宜。那屠户说：“爷爷，你为人那么硬算什么？又不是要你去做犁口耕田！”但不行，他以为这是血钱，不比别的事情，你不收钱他会把钱预先算好，猛的把钱掷到那大而长的钱筒里去，攫了肉就走去的。卖肉的明白他那种性情，到他称肉时总选取最好的一处，且把分量故意加多，他见及时却将说：“喂喂，大老板，凡事公平，我不要你那些好处！腿上的肉是城里斯文人炒鱿鱼肉丝用的肉，莫同我开玩笑！我要夹项肉，我要浓的，糯的，我是个划船人，我要拿去炖胡萝卜喝酒的！”得了肉，把钱交过手时，自己先数一次，又嘱咐屠户再数，屠户却照例不理会他，把一手钱哗的向长竹筒口丢去。他于是简直是妩媚的微笑着走了。屠户与其他买肉人，见到他这种神气，必笑个不止。……

翠翠还知道祖父必到河街上顺顺家里去。

翠翠温习着两次过节两个日子所见所闻的一切，心中很快乐，好像目前有一个东西，同早间在床上闭了眼睛所看到那种捉摸不定的黄葵花一样，这东西仿佛很明朗的在眼前，却看不准，抓不住。

翠翠想："白鸡关真出老虎吗？"她不知道为什么忽然想起白鸡关。白鸡关是西水中部一个地名，离茶峒两百多里路！

于是又想："三十二个人摇六匹橹，上水走风时张起个大篷，一百幅白布拼成的一片东西，坐在这样大船上过洞庭湖，多可笑……"她不明白洞庭湖有多大，也从不见过这种大船。更可笑的，还是她自己也不知道为什么却想起这个问题。

一群过渡人来了，有担子，有送公事跑差模样的人物，另外还有母女二人。母亲穿了新浆洗得硬朗的蓝布衣服，女孩子脸上涂着两饼红色，穿了不甚称身的新衣，上城到亲戚家中去拜节看龙船的。等待众人上船稳定后，翠翠一面望着那小女孩，一面把船拉过溪去。那小孩从翠翠估来年纪也将十二岁了，神气却很娇，似乎从不能离开过母亲。脚下穿的是一双尖尖头新油过的钉鞋，上面沾污了些黄泥。袴子是那种翻紫的葱绿布做的。见翠翠尽是望她，她也便看着翠翠，眼睛光光的如同两粒水晶球。神气中有点害羞，有点不自在，同时也有点不可言说的爱娇。那母亲模样的妇人便问翠翠年纪有几岁。翠翠笑着，不高兴答应，却反问小女孩今年几岁，听那母亲说十三岁时，翠翠忍不住笑了。那母女显然是财主人家的妻女，从神气上就可看出的。翠翠注视那女孩，发现了女孩子手上还带得有一副麻花绞的银手镯，闪着白白的亮光，心中有点儿歆羡。船傍岸后，人陆续上了岸，妇人从身上摸出一把铜子，塞到翠翠手中，就走了。翠翠当时竟忘了祖父的规矩，也不说道谢，也不把钱退还，只望着这一行人中那个女孩子身后发痴。一行人正将翻过小山时，翠翠忽又忙匆匆的追上去，在山头上把钱还给那妇人。那妇人说："这是送你的！"翠翠不说什么，只微笑着把头尽摇，表示不能接受，且不等妇人来得及说第二句话，就很快的向自己渡船边跑去了。

到了渡船上，溪那边又有人喊过渡，翠翠把船又拉回去。第二次过渡是七个人，又有两个女孩子，也同样因为看龙船特意换了干净衣服，相貌却并不如何美观，因此使翠翠更不能忘记先前那一个。

今天过渡的人特别多，其中女孩子比平时更多。翠翠既在船上拉揽子摆渡，故见到什么好看的，极古怪的，人乖的，眼睛眶子红红的，莫不在记忆中留下个印象。无人过渡时，等着祖父，祖父又不来，便尽只反复温习这些女孩子的神气，且轻轻地无所谓的唱着：

"白鸡关出老虎咬人，不咬别人，团总的小姐派第一。……大姐戴副金簪子，二姐戴副银钏子，只有我三妹莫得什么戴，耳朵上长年戴条豆芽菜。"

城中有人下乡的，在河街上一个酒店前面，曾见及那个撑渡船的老头子，把葫芦嘴推让给一个年青水手，请水手喝他新买的白烧酒。翠翠问及时，那城中人就告给她所见到的事情。翠翠笑祖父的慷慨不是时候，不是地方。过渡人走了，翠翠就在船上又轻轻的哼着巫师迎神的歌玩：

你大仙，你大神，睁眼看看我们这里人！
他们既诚实，又年青，又身无疾病。
他们大人会喝酒，会做事，会睡觉。

他们孩子能长大，能耐饥，能耐冷。
他们牯牛肯耕田，山羊肯生仔，鸡鸭肯孵卵。
他们女人会养儿子，会唱歌，会找她心中欢喜的情人！

你大神，你大仙，排驾前来站两边。
关夫子身跨赤兔马，
尉迟公手拿大铁鞭。

你大仙，你大神，云端下降慢慢行！
张果老驴上得坐稳，
铁拐李脚下要小心！

福禄绵绵是神恩，
和风和雨神好心，
好酒好饭当前陈，
肥猪肥羊火上烹！

洪秀全，李鸿章，
他们在生是霸王，
杀人放火尽节全忠各有道，
今来坐席又何妨！

慢慢吃，慢慢喝，
月白风清好过河！
醉时携手同归去，
我当为你再唱歌。

那首歌声音既极柔和，快乐中又微带忧郁。唱完了这歌，翠翠心上觉得有一丝儿凄凉。她想起秋末酬神还愿时田坪中的火燎同鼓角。

远处鼓声已起来了，她知道绘有朱红长线的龙船这时节已下河了，细雨依然落个不止，溪面一片烟。

（选自《沈从文全集》第八卷，北岳文艺出版社，2002）

【学习提示】

沈从文依据自己熟悉而又魂牵梦绕的湘西故乡，编织了一个世外桃源，这便是民风淳朴的茶峒。然而这个世外桃源并不是完美的，它甚至将人生残酷的一面展示给了读者。翠翠的纯真无瑕、美丽单纯与她的孤独、她的弱者处境相对，形成一种强烈的悬念，使读者在充分领略湘西优美的山水与和谐淳朴的人情之后，不禁产生一种忧虑、一种牵挂。这篇小说既以它无与伦比的乡情描绘，展示了与都市文明社会相对立的原始乡村那自然和宁静的美，又通过对翠翠的孤单与没有结果的命运的叙述，向人们揭示了这个原始的美好的生活情调之内其实是深含着人生的悲剧意味的。这二者，大约并非沈从文构思小说时的初衷，却赋予了作品深沉的意味，使这篇小说比沈从文的其他小说都更美，更有内涵。沈从文本来想向读者展示一个理想社会的蓝图，他的有关湘西题材的小说大都有这样一个预设的目的，但是《边城》故事的长度和沈从文真挚的态度，最终使小说的叙述好像有点偏离了本来的意愿，而这篇小说却因有了这种悲剧意味而成为沈从文小说中的杰作，同时也成为中国现代小说史上难得的佳作。

《边城》在艺术上代表着沈从文小说创作的最高水准。

沈从文的小说，常常不以情节取胜，而是具有明显的散文化的倾向。然而《边城》却有完整的叙事情节，它以舒缓的语气叙述了翠翠的遭遇与命运。作品通过对风土人情的展示，营造了一种牧歌式的优美调子。无论是摆渡的祖父与过渡人之间那淳朴的人情关系，还是赛龙舟时人们关于船总两个儿子的议论，以及船总顺顺与其他人的关系，都使淳厚而实际的民风“伸手可掬”。同时，翠翠这一诗意化的优美女性形象的塑造，更将一种如诗如歌的情调呈现出来。小说写翠翠的内心，决不深入，却又准确无比，传神而又优美地将少女单纯而忧郁的精神世界表现出来。小说像一幅隽秀淡泊的水墨画，人物的性格是单纯的，生活的情趣是质朴的，作品的语言也是朴素而隽永的。单从叙事上看，也许觉得它的情节进展太缓慢，有时甚至是枝蔓的，然而《边城》的诗的情调正是在这些“散漫”的叙述中形成的。《边城》是小说，但它的本质却是诗。

【思考练习题】

1. 结合具体内容，谈谈小说向我们展示了一个怎样的理想世界。
2. 《边城》如何集中体现了沈从文小说创作的审美追求？

【延展阅读】

沈从文一生创作了大量以故乡“湘西”为背景的小说、散文，着力表现了具有原始风貌、美好人性、淳朴人情的社会人生景观。请补充阅读其他同类题材的小说，深入体会沈从文笔下湘西世界的内涵，理解沈从文的创作动机与艺术理想。

竹林的故事

废　名

出城一条河，过河西走，坝脚下有一簇竹林，竹林里露出一重茅屋，茅屋两边都是菜园：十二年前，他们的主人是一个很和气的汉子，大家呼他老程。

那时我们是专门请一位先生在祠堂里讲《了凡纲鉴》，为得拣到这菜园来割菜，因而结识了老程，老程有一个小姑娘，非常的害羞而又爱笑，我们以后就借了割菜来逗她玩笑。我们起初不知道她的名字，问她，她笑而不答，有一回见了老程呼“阿三”，我才挽住她的手：“哈哈，三姑娘！”我们从此就呼她三姑娘。从名字看来，三姑娘应该还有姊妹或兄弟，然而我们除掉她的爸爸同妈妈，实在没有看见别的谁。

一天我们的先生不在家，我们大家聚在门口掷瓦片，老程家的捏着香纸走我们的面前过去，不一刻又望见她转来——不笔直的循走原路，勉强带笑的弯近我们：“先生！替我看看这签。”我们围着念菩萨的绝句，问道，“你求的是什么呢？”她对我们诉一大串，我们才知道她的阿三头上本来还有两个姑娘，而现在只要让她有这一个，不再三朝两病的就好了。

老程除了种菜，也还打鱼卖。四五月间，霪雨之后，河里满河山水，他照例拿着摇网走到河边的一个草墩上，——这墩也就是老程家的洗衣裳的地方，因为太阳射不到这来，一边一棵树交荫着成一座天然的凉棚。水涨了，搓衣的石头沉在河底，剩现绿团团的坡，刚刚高过水面，老程老像乘着划船一般站在上面把摇网朝水里兜来兜去；倘若兜着了，那就不移地的转过身倒在挖就了的荡里，——三姑娘的小小的手掌，这时跟着她的欢跃的叫声热闹起来，一直等到碰跳碰跳好容易给捉住了，才又坐下草地望着爸爸。

流水潺潺，摇网从水里探起，一滴滴的水点打在水上，浸在水当中的枝条也冲击着查查作响。三姑娘渐渐把爸爸站在那里都忘掉了，只是不住的抠土，嘴里还低声的歌唱；头毛低到眼边，才把脑壳一扬，不觉也就瞥到那滔滔水流上的一堆白沫，顿时兴奋起来，然而立刻不见了，偏头又给树叶子遮住了，——使得眼光回复到爸爸的身上，是突然一声“阿呀！”这回是一尾大鱼！而妈妈也沿坝走来，说盐钵里的盐怕还够不了一餐饭。

老程由街转头，茅屋顶上正在冒烟，叱咤一声，躲在园里吃菜的猪飞奔的跑，——三姑娘也就出来了，老程从荷包里掏出一把大红头绳：“阿三，这个打辫好吗？”三姑娘抢在手上，一面还接下酒壶，奔向灶角里去。“留到端午扎呵，别糟蹋了！”妈妈这样答应着，随即把酒壶伸到灶孔烫。三姑娘到房里去了一会又出来，见了妈妈抽筷子，便赶快拿出杯子——家里只有这一个，老是归三姑娘照管——站着脚送在桌上；然而老程终于还是要亲自朝中间挪一挪，然后又取出壶来。“爸爸喝酒，我吃豆腐干！”老程实在用不着下酒的菜，对着三姑娘慢慢的喝了。

三姑娘八岁的时候，就能够代替妈妈洗衣。然而绿团团的坡上，从此也不见老程的踪迹了，——这只要看竹林的那边河坝倾斜成一块平坦的上面，高耸着一个不毛的同教书先生（自然不是我们的先生）用的戒方一般模样的土堆，堆前竖着三四根只有杪梢还没有斩去的枝桠吊着被雨粘住的纸幡残片的竹竿，就可以知道是什么意义。

老程家的已经是四十岁的婆婆，就在平常，穿的衣服也都是青蓝大布，现在不过系鞋的带子也不用那水红颜色的罢了，所以并不现得十分异样。独有三姑娘的黑地绿花鞋的尖头蒙上一层白布，虽然更现得好看，却叫人看了也同三姑娘自己一样懒懒的没有话可说了。

然而那也并非是长久的情形。母子都是那样勤敏，家事的兴旺，正如这块小天地，春天来了，林里的竹子，园里的菜，都一天一天的绿得可爱。老程的死却正相反，一天比一天淡漠起来，只有鹞鹰在屋头上打圈子，妈妈呼喊女儿道，“去，去看坦里放的鸡娃。”三姑娘才走到竹林那边，知道这里睡的是爸爸了。到后来，青草铺平了一切，连曾经有个爸爸这件事实几乎也没有了。

正二月间城里赛龙灯，大街小巷，真是人山人海。最多的还要算邻近各村上的女人，她们象一阵旋风，大大小小牵成一串从这街冲到那街，街上的汉子也借这个机会撞一撞她们的奶。然而能够看得见三姑娘同三姑娘的妈妈吗？不，一回也没有看见！锣鼓喧天，惊不了她母女两个，正如惊不了栖在竹林的雀子。鸡上埘的时候，比这里更西也是住在坝下的堂嫂子们顺便也邀请一声“三姐”，三姑娘总是微笑的推辞。妈妈则极力鼓励着一路去，三姑娘送客到坝上，也跟着出来，看到底攀缠着走了不；然而别人的渐渐走得远了，自己的不还是影子一般的依在身边吗？

三姑娘的拒绝，本是很自然的，妈妈的神情反而有点莫名其妙了！用询问的眼光朝妈妈脸上一瞧，——却也正在瞧过来，于是又掉头望着嫂子们走去的方向：

“有什么可看？成群打阵，好象是发了疯的！”

这话本来想使妈妈热闹起来，而妈妈依然是无精打采沉着面孔。河里没有水，平沙一片，现得这坝从远远看来是蜿蜒着一条蛇，站在上面的人，更小到同一颗黑子了。由这里望过去，半圆形的城门，也低斜得快要同地面合成了一起；木桥俨然是画中见过的，而往来蠕动都在沙滩，在坝上分明数得清楚，及至到了沙滩，一转眼就失了心目中的标记，只觉得一簇簇的仿佛是远山上的树林罢了。至于哐哐的喧声，却比站在近旁更能入耳，虽然听不着说的是什么，听者的心早被他牵引了去了。竹林里也同平常一样，雀子在奏他们的晚歌，然而对于听惯了的人只能够增加静寂。

打破这静寂的终于还是妈妈：

“阿三！我就是死了也不怕猫跳！你老这样守着我，到底……”

妈妈不作声，三姑娘抱歉似的不安，突然求了这埋怨，刚才的事倒好象给一阵风赶跑了，增长了一番力气娇恼着：

“到底！这也什么到底不到底！我不欢喜玩！”

三姑娘同妈妈间的争吵，其原因都坐在自己的过于乖巧，比如每天清早起来，把房里的家具抹得干净，妈妈却说，“乡户人家呵，要这样？”偶然一出门做客，只对着镜子把散在额上的头毛梳理一梳理，妈妈却硬从盒子里拿出一枝花来。现在站在坝上，眶子里的眼泪快要迸出来了，妈妈才不作声。这时节难为的是妈妈了，皱着眉头不转睛的望，而三姑娘老不抬头！待到点燃了案上的灯，才知道已经走进了茅屋，这期间的时刻竟是在梦中过去了。

灯光下也立刻照见了三姑娘，拿一束稻草，一菜篮适才饭后同妈妈在园里割回的白菜，坐下板凳三棵捆成一把。

“妈妈，这比以前大得多了！两棵怕就有一斤。”

妈妈那想到屋里还放着明天早晨要卖的菜呢？三姑娘本不依恃妈妈的帮忙，妈妈终于不出声的叹一口气伴着三姑娘捆了。

三姑娘不上街看灯，然而当年背在爸爸的背上是看过了多少次的，所以听了敲在城里响在城外的锣鼓，都能够在记忆中画出是怎样的情境来。“再是上东门，再是在衙门口领赏，……”忖着声音所来的地方自言自语的这样猜。妈妈正在做嫂子的时候，也是一样的欢喜赶热闹，那情境也许比三姑娘更记得清白，然而对于三姑娘的仿佛亲临一般的高兴，只是无意的吐出来几声“是”，——这几乎要使得三姑娘稀奇得伸起腰来了，刚才还催我去玩哩！

三姑娘实在是站起来了，一二三四的点着把数，然后又一把把的摆在菜篮，以便于明天一大早挑上街去卖。

见了三姑娘活泼泼的肩上一担菜，一定要奇怪，昨夜晚为什么那样没出息，不在火烛之下现一现那黑然而美的瓜子模样的面庞的呢？不，——倘若奇怪，只有自己的妈妈。人一见了三姑娘挑菜，就只有三姑娘同三姑娘的菜，其余的什么也不记得，因为耽误了一刻，三姑娘的菜就买不到手；三姑娘的白菜原是这样好，隔夜没有浸水，煮起来比别人的多，吃起来比别人的甜了。

我在祠堂里足足住了六年之久，三姑娘最后留给我的印象，也就在卖菜这一件事。

三姑娘这时已经是十二三岁的姑娘，因为是暑天，穿的是竹布单衣，颜色淡得同月色一般，——这自然是旧的了，然而倘若是新的，怕没有这样合式，不过这也不能够说定，因为我们从没有看见三姑娘穿过新衣：总之三姑娘是好看罢了。三姑娘在我们的眼睛里同我们的先生一样熟，所不同的，我们一望见先生就往里跑，望见三姑娘都不知不觉的站在那里笑。然而三姑娘是这样淑静，愈走近我们，我们的热闹便愈是消灭下去，等到我们从她的篮里拣起菜来，又从自己的荷包里掏出了铜子，简直是犯了罪孽似的觉得这太对不起三姑娘了。而三姑娘始终是很习惯的，接下铜子又把菜篮肩上。

一天三姑娘是卖青椒。这时青椒出世还不久，我们大家商议买四两来煮鱼吃，——鲜青椒煮鲜鱼，是再好吃没有的。三姑娘在用秤称，我们都高兴的了不得，有的说买鲫鱼，有的说鲫鱼还不及鳊鱼。其中有一位是最会说笑的，向着三姑娘道：

“三姑娘，你多称一两，回头我们的饭熟了，你也来吃，好不好呢？”

三姑娘笑了：

“吃先生们的一餐饭使不得？难道就要我出东西？”

我们大家也都笑了，不提防三姑娘果然从篮子里抓起一把掷在原来称就了的堆里。

“三姑娘是不吃我们的饭的，妈妈在家里等吃饭。我们没有什么谢三姑娘，只望三姑娘将来碰一个好姑爷。”

我这样说。然而三姑娘也就赶跑了。

从此我没有见到三姑娘。到今年，我远道回来过清明，阴雾天气，打算去郊外看烧香，走到坝上，远远望见竹林，我的记忆又好象一塘春水，被微风吹起波皱了。正在徘徊，从竹林上坝的小径，走来两个妇人，一个站住了，前面的一个且走且回应，而我即刻认定了是三姑娘！

“我的三姐，就有这样忙，端午中秋接不来，为得先人来了饭也不吃！”

那妇人的话也分明听到。

再没有别的声息：三姑娘的鞋踏着沙土。我急于要走过竹林看看然而也暂时面对流水，让三姑娘低头过去。

一九二四年十月作

（选自《废名选集》，四川文艺出版社，1988）

【学习提示】

废名（1901—1967），原名冯文炳，湖北黄梅人。1922 年考入北京大学，在北大读书期间，参加浅草社，投稿《语丝》。1937 年抗日战争全面爆发后，废名一度回到湖北老家当起了小学和中学教员。1946 年重返北京大学任教，此间他将自己回湖北避难的经历和生活感受写成长篇小说《莫须有先生坐飞机以后》。废名的代表作有短篇小说《竹林的故事》《浣衣母》《桃园》《菱荡》等。

废名曾经因其创作题材的“故乡性”和情调的“乡土性”而被认为是 20 年代乡土小说作家中的一员。后来，其 30 年代的创作又被归入“京派”。废名的小说因其特有的散文化倾向和归隐情绪而在现代小说史上成为独特的存在。

《竹林的故事》被收入北新书局 1925 年出版的同名小说集中。在小说集的卷首，作者说道：“我们在日光下所能见到的一切，永不及那窗玻璃后见到的有趣。”《竹林的故事》以真挚、细腻的笔触，刻画了一个纯洁、幽雅的乡村少女，充分展示了废名无烟火气的写作风格。

小说开头，小河、坝脚、竹林、茅屋、菜园五个富有古典意味的意象为三姑娘准备了诗境般的田园舞台，尤其是那河边郁郁葱葱的竹林与三姑娘仿佛融为一体。小说既写姑娘，亦写竹林。三姑娘的纯洁可爱与竹林的圆融通脱，升华为一种纯净的美的象征。三姑娘像竹林一般天性自然，不爱修饰：“偶然一出门做客，只对着镜子把散在额上的头毛梳理一梳理。”在一片恬静淡然之下，三姑娘也似竹子般有节，自然中有人情，人心中亦有自然。

作者将人物与景物间的界限轻轻抹平，人景交融，完美和谐。废名不轻易表露自己的思想，甚至对生活也很少做写实描绘，而是有意拉开同生活的距离，使作品产生模糊的美感、古拙的情趣和审美的意味。小说的句子之间留有古典诗歌般的空隙，使读者在阅读过程中有余地去想象、玩味和填补。因此，废名的小说初读似有平淡晦涩之感，但细细咀嚼，有如橄榄，越觉口角生香、韵味无穷。在五四时期弥漫着苦闷和伤感的文坛中，废名始终保持一种中立的姿态。他执着于对人间“纯美”的向往，用他风神散朗的文字匀勒纯洁的化外世界，吹出了一曲清美的田园牧歌。

【思考练习题】

1. 以《竹林的故事》为例，试论废名小说具有怎样的意象美。
2. “三姑娘”这个形象寄寓了废名怎样的人生理想和审美追求？
3. 结合《竹林的故事》，谈谈废名的小说在语言上具有哪些特色。

梅雨之夕

施蛰存

梅雨又淙淙地降下了。

对于雨，我倒并不觉得嫌厌，所嫌厌的是在雨中疾驰的摩托车的轮，它会得溅起泥水猛力地洒上我底衣裤，甚至会连嘴里也拜受了美味。我常常在办公室里，当公事空闲的时候，凝望着窗外淡白的空中的雨丝，对同事们谈起我对于这些自私的车轮的怨苦。下雨天是不必省钱的，你可以坐车，舒服些。他们会这样善意地劝告我。但我并不曾屈就了他们的好心，我不是为了省钱，我喜欢在滴沥的雨声中撑着伞回去。我底寓所离公司是很近的，所以我散工出来，便是电车也不必坐，此外还有一个我所以不喜欢在雨天坐车的理由，那是因为我还不曾有一件雨衣，而普通在雨天的电车里，几乎全是裹着雨衣的先生们，夫人们或小姐们，在这样一间狭窄的车厢里，滚来滚去的人身上全是水，我一定会虽然带着一柄上等的伞，也不免满身淋漓地回到家里。况且尤其是在傍晚时分，街灯初上，沿着人行路用一些暂时安逸的心境去看都市的雨景，虽然拖泥带水，也不失为一种自己底娱乐。在濛雾中来来往往的车辆人物，全都消失了清晰的轮廓，广阔的路上倒映着许多黄色的灯光，间或有几条警灯的红色和绿色在闪烁着行人底眼睛。雨大的时候，很近的人语声，即使声音很高，也好像在半空中了。

人家时常举出这一端来说我太刻苦了，但他们不知道我会得从这里找出很大的乐趣来，即使偶尔有摩托车底轮溅满泥泞在我身上，我也并不会因此而改了我底习惯。说是习惯，有什么不妥呢，这样的已经有三四年了。有时也偶尔想着总得买一件雨衣来，于是可以在雨天坐车，或者即使步行，也可以免得被泥水溅着了上衣，但到如今这仍然留在心里做一种生活上的希望。

在近来的连日的大雨里，我依然早上撑着伞上公司去，下午撑着伞回家，每天都如此。

昨日下午，公事堆积得很多。到了四点钟，看看外面雨还是很大，便独自留下在公事房里，想索性再办了几桩，一来省得明天要更多地积起来，二来也借此避雨，等它小一些再走。这样地竟逗留到六点钟，雨早已止了。

走到外面，虽然已是满街灯火，但天色却转清朗了。曳着伞，避着檐滴，缓步过去，从江西路走到四川路桥，竟走了差不多有半点钟光景。邮政局的大钟已是六点二十五分了。未走上桥，天色早已重又冥晦下来，但我并没有介意，因为晓得是傍晚的时分了，刚走到桥头，急雨骤然从乌云中漏下来，潇潇的起着繁响。看下面北四川路上和苏州河两岸行人的纷纷乱窜乱避，只觉得连自己心里也有些着急。他们在着急些什么呢？他们也一定知道这降下来的是雨，对于他们没有生命上的危险，但何以要这样急迫地躲避呢？说是为了恐怕衣裳给淋湿了，但我分明看见手中持着伞的和身上披了雨衣的人也有些脚步踉跄了。我觉得至少这是一种无意识的纷乱。但要是我不曾感觉到雨中闲行的滋味，我也是会得和这些人一样地急突地奔下桥去的。

何必这样的奔逃呢，前路也是在下着雨，张开我底伞来的时候，我这样漫想着。不觉已走过了天潼路口。大街上浩浩荡荡地降着雨，真是一个伟观，除了间或有几辆摩托车，连续地冲破了雨仍旧钻进了雨中地疾驰过去之外，电车和人力车全不看见。我奇怪它们都躲到什么地方去了。至于人，行走着的几乎是没有，但在店铺的檐下或蔽荫下是可以一团一团地看得见，有伞的和无伞的，有雨衣的和无雨衣的，全部聚集着，用嫌厌的眼望着这奈何不得的雨。我不懂他们这些雨具是为了怎样的天气而买的。

至于我，已经走近文监师路了。我并没什么不舒服，我有一柄好的伞，脸上绝不曾给雨水淋湿，脚上虽然觉得有些潮湿湿，但这至多是回家后换一双袜子的事。我且行且看着雨中的北四川路，觉得朦胧的颇有些诗意。但这里所说的“觉得”，其实也并不是什么具体的思绪，除了“我该得在这里转弯了”之外，心中一些也不意识着什么。

从人行路上走出去，探头看看街上有没有往来的车辆，刚想穿过街去转入文监师路，但一辆先前并没有看见的电车已停在眼前。我止步了，依然退进到人行路上，在一支电杆边等候着这辆车底开出。在车停的时候，其实我是可以安心地对穿过去的，但我并不曾这样做。我在上海住得很久，我懂得走路的规则，我为什么不在这个可以穿过去的时候走到对街去呢，我没知道。

我数着从头等车里下来的乘客。为什么不数三等车里下来的呢？这里并没有故意的挑选，头等座在车的前部，下来的乘客刚在我面前，所以我可以很看得清楚。第一个，穿着红皮雨衣的俄罗斯人，第二个是中年的日本妇人，她急急地下了车，撑开了手里提着的东洋粗柄雨伞，缩着头鼠窜似地绕过车前，转进文监师路去了。我认识她，她是一家果子店的女店主。第三，第四，是像宁波人似的我国商人，他们都穿着绿色的橡皮华式雨衣。第五个下来的乘客，也即是末一个了，是一位姑娘。她手里没有伞，身上也没有穿雨衣，好像是在雨停止了之后上电车的，而不幸在到目的地的时候却下着这样的大雨。我猜想她一定是从很远的地方上车的，至少应当在卡德路以上的几站罢。

她走下车来，缩着瘦削的，但并不露骨的双肩，窘迫地走上人行路的时候，我开始注意着她底美丽了。美丽有许多方面，容颜的姣好固然是一重要素，但风仪的温雅，肢体底停匀，甚至谈吐底不俗，至少是不惹厌，这些也有着份儿，而这个雨中的少女，我事后觉得她是全适合这几端的。

她向路底两边看了一看，又走到转角上看着文监师路。我晓得她是急于要招呼一辆人力车。但我看，跟着她底眼光，大路上清寂地没一辆车子徘徊着，而雨还尽量地落下来。她旋即回了转来，躲避在一家木器店底屋檐下，露着烦恼的眼色，并且蹙着细淡的修眉。

我也便退进在屋檐下，虽则电车已开出，路上空空地，我照理可以穿过去了。但我何以不即穿过去，走上了归家的路呢？为了对于这个少女有什么依恋么？并不，绝没有这种依恋的意识。但这也绝不是为了我家里有着等候我回去在灯下一同吃晚饭的妻，当时是连我已有妻的思想都不曾有，面前有着一个美的对象，而又是在一重困难之中，孤寂地只身呆立着望这永远地，永远地垂下来的梅雨，只为了这些缘故，我不自觉地移动了脚步站在她旁边了。

虽然在屋檐下，虽然没有粗重的檐溜滴下来，但每一阵风会得把凉凉的雨丝吹向我们。我有着伞，我可以如中古时期骁勇的武士似地把伞当作盾牌，挡着扑面袭来的雨的箭，但这个少女却身上间歇地被淋得很湿了。薄薄的绸衣，黑色也没有效用了，两只手臂已被画出了它们底圆润。她屡次旋转身去，侧立着，避免这轻薄的雨之侵袭她底前胸。肩臂上受些雨水，让衣裳贴着了肉倒不打紧吗？我曾偶尔这样想。

天晴的时候，马路上多的是兜搭生意的人力车，但现在需要它们的时候，却反而没有了。我想着人力车夫的不善于做生意，或许是因为需要的人太多了，供不应求，所以即是在这样繁盛的街上，也不见一辆车子底踪迹。或许车夫也都在避雨呢，这样大的雨，车夫不该避一避吗？对于人力车之有无，本来用不到关心的我，也忽然寻思起来，我并且还甚至觉得那些人力车夫是可恨的，为什么你们不拖着车子走过来接应这生意呢，这里有一位美丽的姑娘，正窘立在雨中等候着你们的任何一个。

如是想着，人力车终于没有踪迹。天色真的晚了。远处对街的店铺门前有几个短衣的男子已经等得不耐而冒着雨，他们是拼着淋湿一身衣裤的，跨着大步跑去了。我看这位少女底长眉已颦蹙得更紧，眸子莹然，像是心中很着急了。她底忧闷的眼光正与我底互相交换，在她眼里，我懂得我是正受着诧异，为什么你老是站在这里不走呢。你有着伞，并且穿着皮鞋，等什么人么？雨天在街路上等谁呢？眼睛这样锐利地看着我，不是没怀着好意么？从她将钉住着在我身上打量我的眼光移向着阴黑的天空的这个动作上，我肯定地猜测她是在这样想着。

我有着伞呢，而且大得足够容两个人底蔽荫的，我不懂何以这个意识不早就觉醒了我。但现在它觉醒了我将使我做什么呢？我可以用我底伞给她障住这样的淫雨，我可以陪伴她走一段路去找人力车，如果路不多，我可以送她到她底家。如果路很多，又有什么不成呢？我应当跨过这一箭路，去表白我底好意吗？好意，她不会有什么别方面的疑虑吗？或许她会得像刚才我所猜想着的那样误解了我，她便会得拒绝了我。难道她宁愿在这样不止的雨和风中，在冷静的夕暮的街头，独自个立到很迟吗？不啊！雨是不久就会停的，已经这样连续不断地降下了……多久了，我也完全忘记了时间底在雨水中间流过。我取出时计来，七点三十四分。一小时多了。不至于老是这样地降下来吧，看，排水沟已经来不及宣泄，多量的水已经积聚在它上面，打着旋涡，挣扎不到流下去的路，不久怕会溢上了人行路么？不会的，决不会有这样持久的雨，再停一会，她一定可以走了。即使雨不会停止，人力车大约总能够来一辆的。她一定会不管多大的代价坐了去的。然则我是应当走了么？应当走了。为什么不？……

这样地又十分钟过去了。我还没有走。雨没有住，车儿也没有影踪。她也依然焦灼地立着。我有一个残忍的好奇心，如她这样的在一重困难中，我要看她终于如何处理她自己。看着她这样窘急，怜悯和旁观的心理在我身中各占了一半。

她又在惊异地看着我。

忽然，我觉得，何以刚才会不觉得呢，我奇怪，她好像在等待我拿我底伞贡献给她，并且送她回去，不，不一定是回去，只到她所要到的地方去。你有伞，但你不走，你愿意分一半伞荫蔽我，但还在等待什么更适当的时候呢？她的眼光在对我这样说。

我脸红了，但并没有低下头去。

用羞赧来对付一个少女底注目，在结婚以后，我是不常有的。这是自己也随即觉得可怪了。我将用何种理由来譬解我的脸红呢？没有！但随即有一种男子的勇气升上来，我要求报复，这样说或许较言重了，但至少是要求着克服她的心在我身里急突地催促着。

终归是我移近了这少女，将我的伞分一半荫蔽她。

——小姐，车子恐怕一时不会得有，假如不妨碍，让我来送一送罢。我有着伞。

我想说送她回府，但随即想到她未必是在回家的路上，所以结果是这样两用地说了。当说着这些话的时候，我竭力做得神色泰然而她一定已看出了这勉强的安静的态度后面藏匿着的我底血脉之急流。

她凝视着我半微笑着。这样好久。她是在估量我这种举止底动机，上海是个坏地方，人与人都用一种不信任的思想交际着！她也许是正在自己委决不下，雨真的在短时期内不会止么？人力车真的不会来一辆么？要不要借着他底伞姑且走起来呢？也许转一个弯就可以有人力车，也许就让他送到了。那不妨事么？……不妨事。遇见了认识人不会猜疑吗？……但天太晚了，雨并不觉得小一些。

于是她对我点了点头，极轻微地。

——谢谢你。朱唇一启，她迸出柔软的苏州音。

转进靠西边的文监师路，在响着雨声的伞下，在一个少女底旁边，我开始诧异我底奇遇。事情会得展开到这个现状吗？她是谁，在我身旁同走，并且让我用伞荫蔽着她，除了和我底妻之外，近几年来我并不曾有过这样的经历。我回转头去，向后面斜看，店铺里有许多人歇下了工作对我，或是我们，看着。隔着雨的帡幪，我看得见他们底可疑的脸色。我心里吃惊了，这里有着我认识的人吗？或是可有着认识她的人吗？……再回看她，她正低下着头。拣着踏脚地走。我底鼻刚接近了她的鬓发，一阵香。无论认识我们之中任何一个的人，看见了这样的我们的同行，会怎样想？……我将伞沉下了些，让它遮蔽到我们底眉额。人家除非故意低下身子来，不能看见我们底脸面。这样的举动，她似乎很中意。

我起先是走在她的右边，右手执着伞柄，为了要让她多得些荫蔽，手臂便凌空了。我开始觉得手臂酸痛，但并不以为是一种苦楚。我侧眼看她，我恨那个伞柄，它遮隔了我底视线。从侧面看，她并没有从正面看那样的美丽。但我却从此得到了一个新的发现：她很像一个人。谁？我搜寻着，我搜寻着，好像记得，岂但……几乎每日都在意中的，一个我认识的女子，像现在身旁并行着的这个一样的身材，差不多的面容，但何以现在百思不得了呢？……啊，是了，我奇怪为什么我竟会得想不起来，这是不可能的！我底初恋的那个少女，同学，邻居，她不是很像她吗？这样的从侧面看，我与她离别了好几年了，在我们相聚的最后一日，她还只有 14 岁，……一年……二年……七年了呢。我结婚了，我没有再看见她，想来长成得更美丽了……但我并不是没有看见她长大起来，当我脑中浮起她底印像来的时候，她并不还保留着 14 岁的少女的姿态。我不时在梦里，睡梦或白日梦，看见她在长大起来，我曾自己构成她是个美丽的 20 岁年纪的少女。她有好的声音和姿态，当偶然悲哀的时候，她在我底幻觉里会得是一个妇人，或甚至是一个年轻的母亲。

但她何以这样的像她呢？这个容态，还保留 14 岁时候的余影，难道就是她自己么？

她为什么不会到上海来呢？是她！天下有这样容貌完全相同的人么？不知她认出了我没有……我应该问问她了。

小姐是苏州人么？

是的。

确然是她，罕有的机会啊！她几时到上海来的呢？她底家搬到上海来了吗？还是，哎，我怕，她嫁到上海来了呢？她一定已经忘记我了，否则她不会允许我送她走。……也许我底容貌有了改变，她不能再认识我，年数确是很久了。……

但她知道我已经结婚了吗？要是没有知道，而现在她认识了我，怎么办呢？我应当告诉她吗？如果这样是须要的，我将怎么措辞呢？……

我偶然向道旁一望，有一个女子倚在一家店里的柜上。用着忧郁的眼光。看着我，或者也许是看着她。我忽然好像发现这是我底妻，她为什么在这里？我奇怪。

我们走在什么地方了。我留心看。小菜场。她恐怕快要到了。我应当不失了这个机会。我要晓得她更多一些，但要不要使我们继续已断的友谊呢，是的，至少也得是友谊？还是仍旧这样地让我在她底意识里只不过是一个不相识的帮助女子的善意的人呢？我开始踌躇了。我应当怎样做才是最适当的。

我似乎还应该知道她正要到哪里去。她未必是归家去吧。家——要是父母的家倒也不妨事的，我可以进去，如像幼小的时候一样。但如果是她自己底家呢？我为什么不问她结婚了不曾呢……或许，连自己底家也不是，而是她底爱人底家呢，我看见一个文雅的青年绅士。我开始后悔了，为什么今天这样高兴，剩下妻在家里焦灼地等候着我，而来管人家的闲事呢。北四川路上，终于会有人力车往来的？即使我不这样地用我底伞伴送她，她也一定早已能雇到车子了。要不是自己觉得不便说出口，我是已经会得剩了她在雨中返身走了。

还是再考验一次吧。

小姐贵姓？

刘。

刘吗？一定是假的。她已经认出了我，她一定都知道了关于我的事，她哄我了。她不愿意再认识我了，便是友谊也不想继续了。女人！……她为什么改了姓呢？……也许这是她丈夫底姓？刘……刘什么？

这些思想底独白，并不占有了我多少时候。它们是很迅速地翻舞过我的心里，就在与这个好像有魅力的少女同行过一条马路的几分钟之内。我的眼不常离开她，雨到这时已在小下来也没有觉得。眼前好像来来往往的人在多起来了，人力车也恍惚看见了几辆。她为什么不雇车呢？或许快要到达她底目的地了。她会不会因为心里已认识了我，不敢断认，所以故意延滞着和我同走么？

一阵微风，将她的衣缘吹起，飘荡在身后。她扭过脸去避对面吹来的风，闭着眼睛，有些娇媚。这是很有诗兴的姿态，我记起日本画伯铃木春信的一帧题名叫“夜雨宫诣美人图”的画。提着灯笼，遮着被斜风细雨所撕破的伞，在夜的神社之前走着，衣裳和灯笼都给风吹卷着，侧转脸儿来避着风雨底威势，这是颇有些洒脱的感觉的。现在我留心到这方面了，她也有些这样的风度。至于我自己，在旁人眼光里，或许成为她底丈夫或情人了，我很有些得意着这种自譬的假饰。是的，当我觉得她确是幼小时候初恋着的女伴的时候，我是如像真有这回事似地享受着这样的假饰。而从她鬓边颊上被潮润的风吹过来的粉香，我也闻嗅得出是和我妻所有的香味一样的。……我旋即想到古人有“担簦亲送绮罗人”那么一句诗，是很适合于今日的我底奇遇的。铃木画伯底名画又一度浮现上来了。但铃木底所画的美人并不和她有一些相像，倒是我妻的嘴唇却与画里的少女的嘴唇有些仿佛的。我再试一试对于她底凝视，奇怪啊，现在我觉得她并不是我适才所误会着的初恋的女伴了。她是另外一个不相干的少女。眉额、鼻子、颧骨，即使说是有年岁底改换，也绝对地找不出一些踪迹来。而我尤其嫌厌着她的嘴唇，侧看过去，似乎太厚一些了。

我忽然觉得很舒适，呼吸也更通畅了。我若有意无意地替她撑着伞，徐徐觉得手臂太酸痛之外，没什么感觉。在身旁由我伴送着的这个不相识的少女的形态，好似已经从我底心的樊笼中被释放了出去。我才觉得天已完全夜了，而伞上已听不到些微的雨声。

——谢谢你，不必送了，雨已经停了。

她在我耳朵边这样地嘤响。

我蓦然惊觉，收拢了手中的伞。一缕街灯的光射上了她底脸，显着橙子的颜色。她快要到了吗？可是她不愿意我伴她到目的地，所以趁此雨已停住的时候要辞别我吗？我能不能设法看一看她究竟到什么地方去呢？……

——不要紧，假使没有妨碍，让我送到了罢。

——不敢当呀，我一个人可以走了，不必送罢。时光已是很晚了，真对不起得很呢。

看来是不愿我送的了。但假如还是下着大雨便怎么了呢？……我怨怼着无情的天气，何以不再继续下半小时雨呢，是的，只要再半小时就够了。一瞬间，我从她的对于我底凝视——那是为了要等候我底答话——中看出一种特殊的端庄，我觉得凛然，像雨中的风吹上我的肩膀。我想回答，但她已不再等候我。

——谢谢你，请回转罢，再会。……

她微微地侧面向我说着，跨前一步走了，没有再回转头来。我站在中路，看她底后形，旋即消失在黄昏里。我呆立着，直到一个人力车夫来向我兜揽生意。

在车上的我，好像飞行在一个醒觉之后就要忘记了的梦里。我似乎有一桩事情没有做完成，我心里有着一种牵挂。但这并不曾很清晰地意识着。我几次想把手中的伞张起来，可是随即会自己失笑这是无意识的。并没有雨降下来，完全地晴了，而天空中也稀疏地有了几颗星。

下车了，我叩门。

——谁？

这是我在伞底下伴送着走的少女底声音！奇怪，她何以又会在我家里？……门开了。堂中灯火通明，背着灯光立在开着一半的大门边的，倒并不是那个少女。朦胧里，我认出她是那个倚在柜台上用嫉妒的眼光看着我和那个同行的少女的女子。我惝恍地走进门。在灯下，我很奇怪，为什么从我妻底脸色上再也找不出那个女子底幻影来。

妻问我何故归家这样的迟，我说遇到了朋友，在沙利文吃了些小点，因为等雨停止，所以坐得久了。为了要证实我这谎话，夜饭吃得很少。

（选自《海派小说选》，复旦大学出版社，1930）

【学习提示】

施蛰存（1905—2003），浙江杭州人。1923 年后曾在上海大学、大同大学、震旦大学就读。1928 年后参与编辑《无轨列车》，1932 年起主编《现代》月刊。1937 年后先后在云南大学、厦门大学、光华大学等校执教。1952 年起在华东师范大学任教。小说创作运用意识流等描写手法，擅长心理分析。

施蛰存的主要作品有短篇小说集《上元灯》《将军底头》《梅雨之夕》《善女人行品》《小珍集》，散文集《灯下集》《待旦录》等，另有大量的译著和古典文学研究著作。

《梅雨之夕》是一篇心理小说。通篇流露的思绪如一幅淡淡的水墨画：初夏傍晚，梅雨淅淅，路遇少女，张伞送行，似曾相识，终非故人，藏储心底，念念不已。其中的景色是朦胧的，人物的感情也是朦胧的。

小说开篇就把人们带入烟雨蒙蒙的江南。“我”观察一位颇有风仪又很有些忧愁的少女，为她撑伞，送她回家，在送她的路上产生了一系列的感想和幻觉。“我”心仪那位少女，想多了解些关于她的情况，可是又无从了解，误认其为初恋，然又全无当日的踪迹。这种无从寄托的感觉让人难以排解。重要的是，通过少女想起已逝的青春时光，对往事的潜在依恋、与现实之无法调和，勾起了主人公又酸又甜又惆怅的感觉。这是小说透露给我们的思想内容之一。

另外，主人公对美是有着爱慕之心的，他的善良在那样的年代甚为“越轨”。社会上既定的准则阻碍了主人公的自然之心，而他自己心底的道德准则和他对妻子产生的负罪感，更让人们看到了他的无奈，感受到他对开朗的、纯真的、自由的人生和人性的憧憬，隐隐地又有对禁锢的、世俗的、刻板的、无聊的现实的抗争。

通篇文笔甚美，尤其对梅雨的描写、对雨中景物的捕捉很吸引人，还有对那位雨中少女的描写，除了给人以美的感觉外，还能让人体味出一种含蓄和朦胧之感，这是美的更高的层次。

除含蓄、朦胧、优雅之外，本篇还有一个更大的艺术特点，那就是心理分析。小说深入现代都市人的内心世界，用现代环境中男女产生的矛盾，表现人性经久不息的涌动。在小说中进行心理分析、捕捉潜在的意识流，是施蛰存小说的特点，也是他擅长的写作手法。

另外，本篇有简单而又完整的情节。故事基本以时间为序，穿插了一点回忆性的记叙，跳跃性不强。这种兼收并蓄、熔中西为一炉的写法，容易为广大读者所接受。

【思考练习题】

1. 小说中的“我”的心路历程是如何展现出来的？它在小说的结构安排上有何独特作用？

2. 以《梅雨之夕》为例，论述施蛰存心理分析小说的艺术特色。

小二黑结婚

赵树理

一 神仙的忌讳

刘家峧有两个神仙，邻近各村无人不晓：一个是前庄上的二诸葛，一个是后庄上的三仙姑。二诸葛原来叫刘修德，当年做过生意，抬脚动手都要论一论阴阳八卦，看一看黄道黑道。三仙姑是后庄于福的老婆，每月初一十五都要顶着红布摇摇摆摆装扮天神。

二诸葛忌讳“不宜栽种”，三仙姑忌讳“米烂了”。这里边有两个小故事：有一年春天大旱，直到阴历五月初三才下了四指雨。初四那天大家都抢着种地，二诸葛看了看历书，又掐指算了一下说：“今日不宜栽种。”初五日是端午，他历年就不在端午这天做什么，又不曾种；初六倒是个黄道吉日，可惜地干了，虽然勉强把他的四亩谷子种上了，却没有出够一半。后来直到十五才又下雨，别人家都在地里锄苗，二诸葛却领着两个孩子在地里补空子。邻家有个后生，吃饭时候在街上碰上二诸葛便问道：“老汉！今天宜栽种不宜？”二诸葛翻了他一眼，扭转头返回去了，大家就嘻嘻哈哈传为笑谈。

三仙姑有个女孩叫小芹。一天，金旺他爹到三仙姑那里问病，三仙姑坐在香案后唱，金旺他爹跪在香案前听。小芹那年才九岁，晌午做捞饭，把米下进锅里了，听见她娘哼哼得很中听，站在桌前听了一会，把做饭也忘了。一会，金旺他爹出去小便，三仙姑趁空子向小芹说：“快去捞饭！米烂了！”这句话却不料就叫金旺他爹听见，回去就传开了。后来有些好玩笑的人，见了三仙姑就故意问别人“米烂了没有？”

二 三仙姑的来历

三仙姑下神，足足有三十年了。那时三仙姑才十五岁，刚刚嫁给于福，是前后庄上第一个俊俏媳妇。于福是个老实后生，不多说一句话，只会在地里死受。于福的娘早死了，只有个爹，父子两个一上了地，家里就只留下新媳妇一个人。村里的年轻人们觉得新媳妇太孤单，就慢慢自动地来跟新媳妇作伴，不几天就集合了一大群，每天嘻嘻哈哈，十分红火。于福他爹看见不像个样子，有一天发了脾气，大骂一顿，虽然把外人挡住了，新媳妇却跟他闹起来。新媳妇哭了一天一夜，头也不梳，脸也不洗，饭也不吃，躺在炕上，谁也叫不起来，父子两个没了办法。邻家有个老婆替她请了一个神婆子，在她家下了一回神，说是三仙姑跟上她了，她也哼哼唧唧自称吾神长吾神短，从此以后每月初一十五就下起神来，别人也给她烧起香来求财问病，三仙姑的香案便从此设起来了。

青年们到三仙姑那里去，要说是去问神，还不如说是去看圣象。三仙姑也暗暗猜透大家的心事，衣服穿得更新鲜，头发梳得更光滑，首饰擦得更明，官粉搽得更匀，不由青年们不跟着她转来转去。

这是三十来年前的事。当时的青年，如今都已留下胡子，家里大半又都是子媳成群，所以除了几个老光棍，差不多都没有那些闲情到三仙姑那里去了。三仙姑却和大家不同，虽然已经四十五岁，却偏爱当个老来俏，小鞋上仍要绣花，裤腿上仍要镶边，顶门上的头发脱光了，用黑手帕盖起来，只可惜官粉涂不平脸上的皱纹，看起来好像驴粪蛋上下上了霜。

老相好都不来了，几个老光棍不能叫三仙姑满意，三仙姑又团结了一伙孩子们，比当年的老相好更多、更俏皮。

三仙姑有什么本领能团结这伙青年呢？这秘密在她女儿小芹身上。

三　小　芹

三仙姑前后共生过六个孩子，就有五个没有成人，只落了一个女儿，名叫小芹。小芹当两三岁时候，就非常伶俐乖巧，三仙姑的老相好们，这个抱过来说是“我的”，那个抱起来说是“我的”，后来小芹长到五六岁，知道这不是好话，三仙姑教她说：“谁再这么说，你就说‘是你的姑姑’。”说了几回，果然没有人再提了。

小芹今年十八了，村里的轻薄人说，比她娘年轻时候好得多。青年小伙子们，有事没事，总想跟小芹说句话。小芹去洗衣服，马上青年们也都去洗；小芹上树采野菜，马上青年们也都去采。

吃饭时候，邻居们端上碗爱到三仙姑那里坐一会，前庄上的人来回一里路，也并不觉得远。这已经是三十年来的老规矩，不过小青年们也这样热心，却是近二三年来才有的事。三仙姑起先还以为自己仍有勾引青年的本领，日子长了，青年们并不真正跟她接近，她才慢慢看出门道来，才知道人家来了为的是小芹。

不过小芹却不跟三仙姑一样，表面上虽然也跟大家说说笑笑，实际上却不跟人乱来，近二三年，只是跟小二黑好一点。前年夏天，有一天前晌，于福去地，三仙姑去串门，家里只留下小芹一个人。金旺来了，嘻皮笑脸向小芹说：“这会可算是个空子吧？”小芹板起脸来说：“金旺哥！咱们以后说话要规矩些！你也是娶媳妇大汉了！”金旺撇撇嘴说：“咦！装什么假正经？小二黑一来管保你就软了！有便宜大家讨开点，没事；要正经除非自己锅底没有黑！”说着就拉住小芹的胳膊悄悄说：“不用装模作样了！”不料小芹大声喊道：“金旺！”金旺赶紧放手跑出来。一边还咄念道：“等得住你！”说着就悄悄溜走了。

四　金旺弟兄

提起金旺来，刘家峧没有人不恨他，只有他一个本家兄弟名叫兴旺跟他对劲。

金旺他爹虽是个庄稼人，却是刘家峧一只虎，当过几十年老社首，捆人打人是他的拿手好戏。金旺长到十七八岁，就成了他爹的好帮手，兴旺也学会了帮虎吃食，从此金旺他爹想要捆谁，就不用亲自动手，只要下个命令，自有金旺兴旺代办。

抗战初年，汉奸敌探溃兵土匪到处横行，那时金旺他爹已经死了，金旺兴旺弟兄两个，给一支溃兵作了内线工作，引路绑票，讲价赎人，又做巫婆又做鬼，两头出面装好人。后来八路军来，打垮溃兵土匪，他两人才又回到刘家峧。

山里人本来就胆子小，经过几个月大混乱，死了许多人，弄得大家更不敢出头了。别的大村子都成立了村公所、各救会、武委会，刘家峧却除了县府派来一个村长以外，谁也不愿意当干部。不久，县里派人来刘家峧工作，要选举村干部，金旺跟兴旺两个人看出这又是掌权的机会，大家也巴不得有人愿干，就把兴旺选为武委会主任，把金旺选为村政委员，连金旺老婆也被选为妇救会主席，其他各干部，硬捏了几个老头子出来充数。只有青抗先队长，老头子充不得。兴旺看见小二黑这个小孩子漂亮好玩，随便提了一下名就通过了，他爹二诸葛虽然不愿，可是惹不起金旺，也没有敢说什么。

村长是外来的，对村里情形不十分了解，从此金旺兴旺比前更厉害了，只要瞒住村长一个人，村里人不论哪个都得由他两个调遣。这几年来，村里别的干部虽然调换了几个，而他两个却好像铁桶江山。大家对他两个虽是恨之入骨，可是谁也不敢说半句话，都恐怕扳不倒他们，自己吃亏。

五 小二黑

小二黑，是二诸葛的二小子，有一次反“扫荡”打死过两个敌人，曾得到特等射手的奖励。说到他的漂亮，那不只在刘家峧有名，每年正月扮故事，不论去到哪一村，妇女们的眼睛都跟着他转。

小二黑没有上过学，只是跟着他爹识了几个字。当他六岁时候，他爹就教他识字。识字课本既不是五经四书，也不是常识国语，而是从天干、地支、五行、八卦、六十四卦名等学起，进一步便学些《百中经》、《玉匣记》、《增删卜易》、《麻衣神相》、《奇门遁甲》、《阴阳宅》等书。小二黑从小就聪明，像那些算属相、卜六壬课、念大小流年或“甲子乙丑海中金”等口诀，不几天就都弄熟了，二诸葛也常把他引在人前卖弄。因为他长得伶俐可爱，大人们也都爱跟他玩，这个说：“二黑，算一算十岁属什么？”那个说：“二黑，给我卜一课！”后来二诸葛因为说“不宜栽种”误了种地，老婆也埋怨，大黑也埋怨，庄上人也都传为笑谈，小二黑也跟着这事受了许多奚落。那时候小二黑十三岁，已经懂得好歹了，可是大人们仍把他当成小孩来玩弄，好跟二诸葛开玩笑的，一到了家，常好对着二诸葛问小二黑道：“二黑！算算今天宜不宜栽种？”和小二黑年纪相仿的孩子们，一跟小二黑生了气，就连声喊道：“不宜栽种不宜栽种……”小二黑因为这事，好几个月见了人躲着走，从此就和他娘商量成一气，再不信他爹的鬼八卦。

小二黑跟小芹相好已经二三年了。那时候他才十六七，原不过在冬天夜长时候，跟着些闲人到三仙姑那里凑热闹，后来跟小芹混熟了，好像是一天不见面也不能行。后庄上也有人愿意给小二黑跟小芹做媒人，二诸葛不愿意，不愿意的理由有三：第一小二黑是金命，小芹是火命，恐怕火克金；第二小芹生在十月，是个犯月；第三是三仙姑的声名不好。恰巧在这时候彰德府来了一伙难民，其中有个老李带来个八九岁的小姑娘，因为没有吃的，愿意把姑娘送给人家逃个活命。二诸葛说是个便宜，先问了一下生辰八字，掐算了半天说：“千里姻缘使线牵”，就替小二黑收作童养媳。

虽然二诸葛说是千合适万合适，小二黑却不认账。父子俩吵了几天，二诸葛非养不行，小二黑说："你愿意养你就养着，反正我不要！"结果虽把小姑娘留下了，却到底没有说清楚算什么关系。

六　斗争会

金旺自从碰了小芹的钉子以后，每日怀恨，总想设法报一报仇。有一次武委会训练村干部，恰巧小二黑发疟疾没有去。训练完毕之后，金旺就向兴旺说："小二黑是装病，其实是被小芹勾引住了，可以斗争他一顿。"兴旺就是武委会主任，从前也碰过小芹一回钉子，自然十分赞成金旺的意见，并且又叫金旺回去和自己的老婆说一下，发动妇救会也斗争小芹一番。金旺老婆现任妇救会主席，因为金旺好到小芹那里去，早就恨得小芹了不得。现在金旺回去跟她说要斗争小芹，这才是巴不得的机会，丢下活计，马上就去布置，第二天，村里开了两个斗争会，一个是武委会斗争小二黑，一个是妇救会斗争小芹。

小二黑自己没有错，当然不承认，嘴硬到底。兴旺就下命令，把他捆起来送交政权机关处理。幸而村长脑筋清楚，劝兴旺说："小二黑发疟是真的，不是装病，至于跟别人恋爱，不是犯法的事，不能捆人家。"兴旺说："他已是有了女人的。"村长说："村里谁不知道小二黑不承认他的童养媳。人家不承认是对的；男不过十六，女不过十五，不到订婚年龄。十来岁小姑娘，长大也不会来认这笔账。小二黑满有资格跟别人恋爱，谁也不能干涉。"兴旺没话说了，小二黑反要问他："无故捆人犯法不犯？"经村长双方劝解，才算放了完事。

兴旺还没有离村公所，小芹拉着妇救会主席也来找村长，她一进门就说："村长！捉贼要赃，捉奸要双，当了妇救会主席就不说理了？"兴旺见拉着金旺的老婆，生怕说出这事与自己有关，赶紧溜走。后来村长问了问情由，费了好大一会唇舌，才给她们调解开。

七　三仙姑许亲

两个斗争会开过以后，事情包也包不住了，小二黑也知道这事是合理合法的了，索性就跟小芹公开商量起来。

三仙姑却着了急。她跟小芹虽是母女，近几年来却不对劲。三仙姑爱的是青年们，青年们爱的是小芹。小二黑这个孩子，在三仙姑看来好像鲜果，可惜多一个小芹，就没了自己的份儿。她本想早给小芹找个婆家推出门去，可是因为自己声名不正，差不多都不愿意跟她结亲。开罢斗争会以后，风言风语都说小二黑要跟小芹自由结婚，她想要真是那样的话，以后想跟小二黑说句笑话都不能了，那是多么可惜的事，因此托东家求西家要给小芹找婆家。

"插起招军旗，就有吃粮人。"有个吴先生是在阎锡山部下当过旅长的退职军官，家里很富，才死了老婆。他在奶奶庙大会上见过小芹一面，愿意续她，媒人向三仙姑一说，三仙姑当然愿意。不几天过了礼帖，就算定了，三仙姑以为了却一宗心事。

小芹已经和小二黑商量得差不多了，如何肯听她娘的话？过礼那一天，小芹跟她娘闹起来，把吴先生送来的首饰绸缎扔下一地。媒人走后，小芹跟她娘说："我不管！谁收了人家的东西谁跟人家去!”

三仙姑愁住了，睡了半天，晚饭以后，说是神上了身，打了两个呵欠就唱起来。她起先责备于福管不了家，后来说小芹跟吴先生是前世姻缘，还唱些什么“前世姻缘由天定，不顺天意活不成……”于福跪在地下哀求，神非教他马上打小芹一顿不可。小芹听了这话，知道跟这个装神弄鬼的娘说不出什么道理来，干脆躲了出去，让她娘一个人胡说。

小芹一个人悄悄跑到前庄上去找小二黑，恰在路上碰上小二黑去找她，两个就悄悄拉着手到一个大窑里去商量对付三仙姑的法子。

八 拿 双

小芹把他娘怎样主婚怎样装神，唱些什么，从头至尾细细向小二黑说了一遍，小二黑说:“不用理她！我打听过区上的同志，人家说只要男女本人愿意，就能到区上登记，别人谁也作不了主……”说到这里，听见外边有脚步声，小二黑伸出头来一看，黑影里站着四五个人，有一个说:“拿双拿双!”他两人都听出是金旺的声音，小二黑起了火，大叫道:“拿？没有犯了法!”兴旺也来了，下命令道:“捉住捉住！我就看你犯法不犯法，给你操了好几天心了!”小二黑说:“你说去哪里咱就去哪里，到边区政府你也不能把谁怎么样！走!”兴旺说:“走？便宜了你！把他捆起来!”小二黑挣扎了一会，无奈没有他们人多，终于被他们七手八脚打了一顿捆起来了。兴旺说:“里边还有个女的，也捆起来！捉奸要双，这是她自己说的!”说着就把小芹也捆起来了。

前庄上的人都还没有睡，听见有人吵架，有些人就跑出来看，麻秆火把下看见捆着的两个人，大家不问就都知道了八九分。二诸葛也出来了，见小二黑被人家捆起来，就跪在兴旺面前哀求道:“兴旺！咱两家没有什么仇！看在我老汉面上，请你们诸位高高手……”兴旺说:“这事情，我们管不了，送给上级再说吧!”小二黑说:“爹！你不用管！送到哪里也不犯法！我不怕他!”兴旺说:“好小子！要硬你就硬到底!”又逼住三个民兵说:“带他们走!”一个民兵问:“带到村公所?”兴旺说:“还到村公所干什么？上一回不是村长放了的？送给区武委会主任按军法处理!”说着就把他两个人拥上走了。

九 二诸葛的神课

邻居们见是兴旺弟兄们捆人，也没有人敢给小二黑讲情，直等到他们走后，才把二诸葛招呼回家。

二诸葛连连摇头说:“唉！我知道这几天要出事啦：前天早上我上地去，才上到岭上，碰上个骑驴媳妇，穿了一身孝，我就知道坏了。我今年是罗睺星照运，要谨防戴孝的冲了运气，因此哪里也不敢去，谁知躲也躲不过？昨天晚上二黑他娘梦见庙里唱戏。今天早上一个老鸦落在东房上叫了十几声……唉！反正是时运，躲也躲不过。”他啰哩啰唆念了一大堆，邻居们听了有些厌烦，又给他说了一会宽心话，就都散了。

有事人哪里睡得着？人散了之后，二诸葛家里除了童养媳之外，三个人谁也没有睡。二诸葛摸了摸脸，取出三个制钱占了一卦，占出之后吓得他面色如土。他说:“了不得呀了不得！丑土的父母动出午火的官鬼，火旺于夏，恐怕有些危险了。唉！人家把他选成青年队长，我就说过不叫他当，小杂种硬要充人物头！人家说要按军法处理，要不当队长哪里犯得了军法？”老婆也拍手跺脚道：“小爹呀！谁知道你要闯这么大的事啦？”大黑劝道：“甭怕！事已经出下了，由他去吧！我想这又不是人命事，也犯不了什么大罪！既然他们送到区上了，我先到区上打听打听！你们都睡吧！”说着点了个灯笼就走了。

二诸葛打发大黑去后，仍然低头细细研究方才占的那一卦。停了一会，远远听着有个女人哭，越哭越近，不大一会就来到窗下，一推门就进来了。二诸葛还没有看清是谁，这女人就一把把他拉住，带哭带闹说：“刘修德！还我闺女！你的孩子把我的闺女勾引到哪里了？还我……”二诸葛老婆正气得死去活来，一看见来的是三仙姑，正赶上出气，从炕上跳下来拉住她道：“你来了好！省得我去找你！你母女两个好生生把我个孩子勾引坏，你倒有脸来找我！咱两人就也到区上说说理！”两个女人滚成一团，二诸葛一个人拉也拉不开，也再顾不上研究他的卦。三仙姑见二诸葛老婆已经不顾了命，自己先胆怯了几分，不敢恋战，少闹了一会挣脱出来就走了。二诸葛老婆追出门来，被二诸葛拦回去，还骂个不休。

十　恩典恩典

二诸葛一夜没有睡，一遍一遍念：“大黑怎么还不回来，大黑怎么还不回来。”第二天天不明就起程往区上走，走到半路，远远看见大黑、三个民兵已都回来了，还来了区上一个助理员、一个交通员。他远远就喊叫道：“大黑！怎么样？要紧不要紧？”大黑说：“没有事！不怕！”说着就走到跟前，助理员跟三个民兵先走了。大黑告交通员说：“这就是我爹！”又向二诸葛说：“区上添传你跟于福老婆。你去吧，没有事！二黑跟小芹两个人，一到区上就放开了。区上早就说兴旺跟金旺两个人不是东西，已经把他两个人押起来了，还派助理员到咱村开大会调查他们横行霸道的证据。我赶到那里人家就问罢了，听说区上还许咱二黑跟小芹结婚。”二诸葛说：“不犯罪就好，结婚可不行，命相不对！你没有听说添传我做什么？”大黑说：“不知道，大约也没有什么大事。你去吧，我先回去告我娘说。”交通员说：“老汉！这就算见了你了！你去吧，我再传那一个去！”说了就跟大黑相跟着走了。

二诸葛到了区上，看见小二黑跟小芹坐在一条板凳上，他就指着小二黑骂道：“闯祸东西！放了你你还不快回去？你把老子吓死了！不要脸！”区长道：“干什么？区公所是骂人的地方？”二诸葛不说话了。区长问：“你就是刘修德？”二诸葛答：“是！”问：“你给刘二黑收了个童养媳？”答：“是！”问：“今年几岁了？”答：“属猴的，十二岁了。”区长说：“女不过十五岁不能订婚，把人家退回娘家去，刘二黑已经跟于小芹订婚了！”二诸葛说：“她只有个爹，也不知逃难逃到哪里去了，退也没处退。女不过十五不能订婚，那不过是官家规定，其实乡间七八岁订婚的多着哩。请区长恩典恩典就过去了……”区长说：“凡是不合法的订婚，只要有一方面不愿意都得退！”二诸葛说：“我这是两家情愿！”区长问小二黑道：“刘二黑！你愿意不愿意？”小二黑说：“不愿意！”二诸葛的脾气又上来了，瞪了小二黑一眼道：“由你啦？”区长道：“给他订婚不由他，难道由你啦？老汉！如今是婚姻自主，由不得你了，你家养的那个小姑娘，要真是没有娘家，就算成你的闺女好了。”二诸葛道：“那也可以，不过还得请区长恩典恩典，不能叫他跟于福这闺女订婚！”区长说：“这你就管不着了！”二诸葛发急道：“千万请区长恩典恩典，命相不对，这是一辈子的事！”又向小二黑道：“二黑！你不要糊涂了！这是你一辈子的事！”区长道：“老汉！你不要糊涂了；强逼着你十九岁的孩子娶上个十二岁的小姑娘，恐怕要生一辈子气！我不过是劝一劝你，其实只要人家两个人愿意，你愿意不愿意都不相干。回去吧！童养媳没处退就算成你的闺女！”二诸葛还要请区长“恩典恩典”，一个交通员把他推出来了。

十一　看看仙姑

三仙姑去寻二诸葛，一来为的是逞逞闹气的本领，二来为的是遮遮外人的耳目，其实让小芹吃一吃亏她很高兴，所以跟二诸葛老婆闹了一阵之后，回去就睡了。第二天早上，她起得很迟，于福虽比她着急，可是自己既没有主意，又不敢叫醒她，只好自己先去做饭，饭快成的时候，三仙姑慢慢起来梳妆。于福问她道：“不去打听打听小芹？”她说：“打听她做甚啦？她的本领多大啦？”于福也再没有敢说什么，把饭菜做成了放在炉边等，直等到她梳妆罢了才开饭。

饭还没有吃罢，区上的交通员来传她。她好像很得意，嗓子拉得长长的说：“闺女大了咱管不了，就去请区长替咱管教管教！”她吃完了饭，换上新衣服、新手帕、绣花鞋、镶边裤，又擦了一次粉，加了几件首饰，然后叫于福给她备上驴，她骑上，于福给她赶上，往区上去。

到了区上。交通员把她引到区长房子里，她趴下就磕头，连声叫道：“区长老爷，你可要给我做主！”区长正伏在桌上写字，见她低着头跪在地下，头上戴了满头银首饰，还以为是前两天跟婆婆生了气的那个年轻媳妇，便说道：“你婆婆不是有保人吗？为什么不找保人？”三仙姑莫名其妙，抬头看了看区长的脸。区长见是个擦着粉的老太婆，才知道是认错人了。交通员道：“认错人了！这就是于小芹的娘！”区长打量了她一眼道：“你就是小芹的娘呀？起来！不要装神作鬼！我什么都清楚！起来！”三仙姑站起来了。区长问：“你今年多大岁数？”三仙姑说：“四十五。”区长说：“你自己看看你打扮得像个人不像？”门边站着老乡一个十来岁的小闺女嘻嘻嘻笑了。交通员说：“到外边耍！”小闺女跑了。区长问：“你会下神是不是？”三仙姑不敢答话。区长问：“你给你闺女找了个婆家？”三仙姑答：“找下了！”问：“使了多少钱？”答：“三千五！”问：“还有些什么？”答：“有些首饰布匹！”问：“跟你闺女商量过没有？”答：“没有！”问：“你闺女愿意不愿意？”答：“不知道！”区长道：“我给你叫来你亲自问问她！”又向交通员道：“去叫于小芹！”

刚才跑出去那个小闺女，跑到外边一宣传，说有个打官司的老婆，四十五了，擦着粉，穿着花鞋。邻近的女人们都跑来看，挤了半院，唧唧哝哝说：“看看！四十五了！”“看那裤腿！”“看那鞋！”三仙姑半辈子没有脸红过，偏这会撑不住气了，一道道热汗在脸上流。交通员领着小芹来了，故意说：“看什么？人家也是个人吧，没有见过？闪开路！”一伙女人们哈哈大笑。

把小芹叫来，区长说：“你问问你闺女愿意不愿意！”三仙姑只听见院里人说：“四十五”“穿花鞋”，羞得只顾擦汗，再也开不得口。院里的人们忽然又转了话头，都说“那是人家的闺女”“闺女不如娘会打扮”，也有人说“听说还会下神”，偏又有个知道底细的断断续续讲“米烂了”的故事；这时三仙姑恨不得一头碰死。

区长说：“你不问我替你问！于小芹，你娘给你找的婆家你愿意跟人家结婚不愿意？”小芹说：“不愿意！我知道人家是谁？”区长问三仙姑道：“你听见了吧？”又给她讲了一会婚姻自主的法令，说小芹跟小二黑订婚完全合法，还吩咐她把吴家送来的钱和东西原封退了，让小芹跟小二黑结婚。她羞愧之下，一一答应了下来。

十二　怎么到底

三个民兵回到刘家峧，一说区上把兴旺金旺二人押起来，又派助理员来调查他们的罪恶，真是人人拍手称快。午饭后，庙里开一个群众大会，村长报告了开会宗旨，就请大家举他两个人的作恶事实。起先大家还怕扳不倒人家，人家再返回来报仇，老大一会没有人说话，有几个胆子太小的人，还悄悄劝大家说：“忍事者安然。”有个被他两人作践垮了的年轻人说：“我从前没有忍过？越忍越不得安然！你们不说我说！”他先从金旺领着土匪到他家绑票说起，一连说了四五款，才说道：“我歇歇再说，先让别人也说几款！”他一说开了头，许多受过害的人也都抢着说起来：有给他们花过钱的，有被他们逼着上过吊的，也有产业被他们霸了的，老婆被他们奸淫过的。他两人还派上民兵给他们自己割柴，拨上民夫给他们自己锄地；浮收粮，私派款，强迫民兵捆人，……你一宗他一宗，从晌午说到太阳落，一共说了五六十款。

区上根据这些罪状把他两人送到县里，县里把罪状一一证实之后，除叫他们赔偿大家损失外，又判了十五年徒刑。

经过这次大会之后，村里人也都敢出头了。不久，村干部又都经过大改选，村里人再也不敢乱投坏人的票了。这期间，金旺老婆自然也落了选。偏她还变了口吻，说：“以后我也要进步了。”

两个神仙也有了变化：

三仙姑那天在区上被一伙妇女围住看了半天，实在觉着不好意思，回去对着镜子研究了一下，真有点打扮得不像话；又想到自己的女儿快要跟人结婚，自己还卖什么老俏？这才下了个决心，把自己的打扮从顶到底换了一遍，弄得像个当长辈人的样子，把三十年来装神弄鬼的那张香案也悄悄拆去。

二诸葛那天从区上回去，又向老婆提起二黑跟小芹的命相不对，他老婆道：“把你的鬼八卦收起吧！你不是说二黑这回了不得吗？你一辈子放个屁也要卜一课，究竟抵了些什么事？我看小芹满不错，能跟咱二黑过就很好！什么命相对不对？你就不记得‘不宜栽种’？”二诸葛见老婆都不信自己的阴阳，也就不好意思再到别人跟前卖弄他那一套了。

小芹和小二黑各回各家，见老人们的脾气都有些改变，托邻居们趁势和说和说，两位神仙也就顺水推舟同意他们结婚。后来两家都准备了一下，就过门。过门之后，小两口都十分得意，邻居们都说是村里第一对好夫妻。

夫妻们在自己卧房里有时候免不了说玩话：小二黑好学三仙姑下神时候唱“前世

姻缘由天定”，小芹好学二诸葛说“区长恩典，命相不对”。淘气的孩子们去听窗，学会了这两句话，就给两位神仙加了新外号：三仙姑叫“前世姻缘”，二诸葛叫“命相不对”。

1943年5月写于太行

（选自《赵树理选集》，人民文学出版社，2004）

【学习提示】

赵树理（1906—1970），原名赵树礼，山西沁水人。1937年加入中国共产党。早年在太行山抗日根据地，即努力于文艺的通俗化工作。曾任区长和随军报纸的编辑。

1942年，毛泽东的《在延安文艺座谈会上的讲话》（以下简称《讲话》）给了赵树理极大的鼓舞。《小二黑结婚》便是赵树理在《讲话》精神鼓舞下完成的第一篇小说。作品一经发表，迅速受到群众的欢迎，赵树理成为抗日根据地有代表性的作家。之后，他又创作了《李有才板话》和《李家庄的变迁》。中华人民共和国成立后赵树理担任《说说唱唱》主编，并主持大众文艺研究工作。长篇小说《三里湾》、短篇小说《锻炼锻炼》等赢得了人们的普遍赞誉。

赵树理是“五四”以来在小说民族化、大众化方面都取得了显著成就的一位作家。他的小说大多取材于北方的农村生活，表现新旧交替时代农民思想意识的变化和新旧思想的斗争，在结构上吸收了传统小说、评书的特点，语言通俗生动、幽默有趣，给人以轻松之感。

《小二黑结婚》是赵树理的成名作，也是他的代表作，1943年5月写于太行山区。小说写了一对青年男女为争取婚姻自由同封建传统思想和封建势力斗争的故事。小二黑和小芹虽然生活在已经建立了新政权的抗日民主根据地，但是，小二黑的父亲二诸葛却认为他俩“命相不对”，反对这门亲事；小芹的母亲三仙姑贪财想卖掉女儿；村上恶霸金旺想占有小芹，也从中作梗。小二黑和小芹经过斗争，在人民政府的支持下结了婚。这篇小说并不是简单地歌颂自由恋爱，而是通过恋爱故事歌颂新一代农民敢于为掌握自己的命运而斗争的精神，歌颂先进思想对愚昧、迷信思想斗争的胜利，对以金旺兄弟为代表的封建势力斗争的胜利。

《小二黑结婚》表现出独特的艺术风格，在语言运用、人物描写、情节设置上，赵树理都有所创造。小说最突出的成就在于成功地运用了大众化的语言。人物对话生动逼真，每句话都适合人物的特殊身份、心理和状态，而且都是直接从生活中来的群众的活语言。在叙述故事和描写人物心理、行动，以及写景时，都采用通俗易懂、口语化的语言，使语言和人物、情与景交融，表现了赵树理作为语言大师的功力。

在人物描写上，赵树理继承了我国古典小说刻画人物的传统方法，即在故事情节的发展和矛盾冲突中，通过人物自身的行动和语言展示其性格特征。小说给读者留下深刻印象的是“二诸葛”“三仙姑”的外号以及“不宜栽种”“恩典恩典”的口头禅，这是中国古典小说常用的表现手法。大量的日常生活细节描写，深化了人物的性格，使作品具有浓郁的乡土气息和鲜明的地方色彩。

在结构上，小说故事性强，讲求情节的连贯性和完整性，开头介绍人物，然后展开人物性格描写，最后交代人物的结局，有头有尾。小说分章来写，采用大故事套着几个小故事的传统手法，在人物与人物的衔接中，往往设置悬念，埋下伏笔，情节跌宕起伏，曲折回环，层层推进，扣人心弦，增强了作品的艺术感染力。

【思考练习题】

1. 《小二黑结婚》在当时有怎样重大的思想意义？
2. 结合小说，谈谈赵树理对农民形象的描写有什么重大突破。
3. 小说是如何体现赵树理创作的民族风格的？

荷花淀

孙　犁

月亮升起来，院子里凉爽得很，干净得很，白天破好的苇眉子潮润润的，正好编席。女人坐在小院当中，手指上缠绞着柔滑修长的苇眉子。苇眉子又薄又细，在她怀里跳跃着。

要问白洋淀有多少苇地？不知道。每年出多少苇子？不知道。只晓得，每年芦花飘飞苇叶黄的时候，全淀的芦苇收割，垛起垛来，在白洋淀周围的广场上，就成了一条苇子的长城。女人们，在场里院里编着席。编成了多少席？六月里，淀水涨满，有无数的船只，运输银白雪亮的席子出口，不久，各地的城市村庄，就全有了花纹又密、又精致的席子用了。大家争着买：

"好席子，白洋淀席！"

这女人编着席。不久在她的身子下面，就编成了一大片。她象坐在一片洁白的雪地上，也象坐在一片洁白的云彩上。她有时望望淀里，淀里也是一片银白世界。水面笼起一层薄薄透明的雾，风吹过来，带着新鲜的荷叶荷花香。

但是大门还没关，丈夫还没回来。

很晚丈夫才回来了。这年轻人不过二十五六岁，头戴一顶大草帽，上身穿一件洁白的小褂，黑单裤卷过了膝盖，光着脚。他叫水生，小苇庄的游击组长，党的负责人。今天领着游击组到区上开会去来。女人抬头笑着问：

"今天怎么回来的这么晚？"站起来要去端饭。水生坐在台阶上说：

"吃过饭了，你不要去拿。"

女人就又坐在席子上。她望着丈夫的脸，她看着他的脸有些红涨，说话也有些气喘。她问：

"他们几个哩？"

水生说：

"还在区上。爹哩？"

女人说：

"睡了。"

"小华哩？"

"和他爷爷去收了半天虾篓，早就睡了。他们几个为什么还不回来？"

水生笑了一下。女人看出他笑的不象平常。

"怎么了，你？"

水生小声说：

"明天我就到大部队上去了。"

女人的手指震动了一下，想是叫苇眉子划破了手，她把一个手指放在嘴里吮了一下。水生说：

“今天县委召集我们开会。假若敌人再在同口安上据点，那和端村就成了一条线，淀里的斗争形势就变了。会上决定成立一个地区队。我第一个举手报了名的。”

女人低着头说：

“你总是很积极的。”

水生说：

“我是村里的游击组长，是干部，自然要站在头里，他们几个也报了名。他们不敢回来，怕家里人拖尾巴。公推我代表，回来和家里人们说一说。他们全觉得你还开明一些。”

女人没有说话。过了一会，她才说：

“你走，我不拦你，家里怎么办？”

水生指着父亲的小房叫她小声一些。说：

“家里，自然有别人照顾。可是咱的庄子小，这一次参军的就有七个。庄上青年人少了，也不能全靠别人，家里的事，你就多做些，爹老了，小华还不顶事。”

女人鼻子里有些酸，但她并没有哭。只说：

“你明白家里的难处就好了。”

水生想安慰她。因为要考虑准备的事情还太多，他只说了两句：

“千斤的担子你先担吧，打走了鬼子，我回来谢你。”

说罢，他就到别人家里去了，他说回来再和父亲谈。

鸡叫的时候，水生才回来。女人还是呆呆地坐在院子里等他，她说：

“你有什么话嘱咐嘱咐我吧。”

“没有什么话了，我走了，你要不断进步，识字，生产。”

“嗯。”

“什么事也不要落在别人后面！”

“嗯，还有什么？”

“不要叫敌人汉奸捉活的。捉住了要和他拚命。”这才是那重要的一句，女人流着眼泪答应了他。

第二天，女人给他打点好一个小小的包裹，里面包了一身新单衣，一条新毛巾，一双新鞋子。那几家也是这些东西，交水生带去。一家人送他出了门。父亲一手拉着小华，对他说：

“水生，你干的是光荣事情，我不拦你，你放心走吧。大人孩子我给你照顾，什么也不要惦记。”

全庄的男女老少也送他出来，水生对大家笑一笑，上船走了。

女人们到底有些藕断丝连。过了两天，四个青年妇女集在水生家里来，大家商量：

“听说他们还在这里没走。我不拖尾巴，可是忘下了一件衣裳。”

“我有一句要紧的话得和他说说。”

水生的女人说：

“听他说鬼子要在同口安据点……”

“哪里就碰得那么巧，我们快去快回来。”

“我本来不想去，可是俺婆婆非叫我再去看看他，有什么看头啊。”

于是这几个女人偷偷坐在一只小船上，划到对面马庄去了。

到了马庄，他们不敢到街上去找，来到村头一个亲戚家里。亲戚说：你们来的不巧，昨天晚上他们还在这里，半夜里走了，谁也不知开到哪里去。你们不用惦记他们，听说水生一来就当了副排长，大家都是欢天喜地的……

几个女人羞红着脸告辞出来，摇开靠在岸边上的小船。现在已经快到晌午了，万里无云，可是因为在水上，还有些凉风。这风从南面吹过来，从稻秧苇尖上吹过来。水面没有一只船，水象无边的跳荡的水银。

几个女人有点失望，也有些伤心，各人在心里骂着自己的狠心贼。可是青年人，永远朝着愉快的事情想，女人们尤其容易忘记那些不痛快。不久，她们就又说笑起来了。

“你看说走就走了。”

“可慌（高兴的意思）哩，比什么也慌，比过新年，娶新——也没见他这么慌过！”

“拴马桩也不顶事了。”

“不行了，脱了缰了！”

“一到军队里，他一准得忘了家里的人。”

“那是真的，我们家里住过一些年轻的队伍，一天到晚仰着脖子出来唱，进去唱，我们一辈子也没那么乐过。等他们闲了下来没有事了，我就傻想：该低下头了吧。你猜人家干什么？用白粉子在我家映壁上画上许多圆圈圈，一个一个蹲在院子里，托着枪瞄那个，又唱起来了！”

她们轻轻划着船，船两边的水哗，哗，哗。顺手从水里捞上一棵菱角来，菱角还很嫩很小，乳白色。顺手又丢到水里去。那棵菱角就又安安稳稳浮在水面上生长去了。

“现在你知道他们到了哪里？”

“管他哩，也许跑到天边上去了！”

她们都抬起头往远处看了看。

“唉呀！那边过来一只船。”

“唉呀！日本，你看那衣裳！”

“快摇！”

小船拚命往前摇。她们心里也许有些后悔，不该这么冒冒失失走来；也许有些怨恨那些走远了的人。但是立刻就想，什么也别想了，快摇，大船紧紧追过来。

大船追的很紧。

幸亏是这些青年妇女，白洋淀长大的，她们摇的小船飞快。小船活象离开了水皮的一条打跳的梭鱼。她们从小跟这小船打交道，驶起来，就象织布穿梭，缝衣透针一般快。

假如敌人追上了，就跳到水里去死吧！

后面大船来的飞快。那明明白白是鬼子！这几个青年妇女咬紧牙制止住心跳，摇橹的手并没有慌，水在两旁大声的哗哗，哗哗，哗哗哗！

“往荷花淀里摇！那里水浅，大船过不去。”

她们奔着那里不知道有几亩大小的荷花淀去，那一望无边际的密密层层的大荷叶，迎着阳光舒展开，就象铜墙铁壁一样。粉色荷花箭高高地挺出来，是监视白洋淀的哨兵吧！

她们向荷花淀里摇，最后，努力地一摇，小船窜进了荷花淀。几只野鸭扑楞楞飞起，尖声惊叫，掠着水面飞走了。就在她们的耳边响起一排枪！

整个荷花淀全震荡起来，她们想，陷在敌人的埋伏里了，一准要死了，一齐翻身跳到水里去。渐渐听清楚枪声只是向着外面，她们才又扒着船梆露出头来。她们看见不远的地方，那宽厚肥大的荷叶下面，有一个人的脸，下半截身子长在水里。荷花变成人了？那不是我们的水生吗？又往左右看去，不久各人就找到了各人丈夫的脸，啊，原来是他们！

但是那些隐蔽在大荷叶下面的战士们，正在聚精会神瞄着敌人射击，半眼也没有看她们。枪声清脆，三五排枪过后，他们投出了手榴弹，冲出了荷花淀。

手榴弹把敌人那只大船击沉，一切都沉下去了。水面上只剩下一团烟硝火药气味。战士们就在那里大声欢笑着 ，打捞战利品。他们又开始了沉到水底捞出大鱼来的拿手戏。他们争着捞出敌人的枪支、子弹带，然后是一袋子一袋子叫水浸透了的面粉和大米。水生拍打着水去追赶一个在水波上滚动的东西，是一包用精致纸盒装着的饼干。

妇女们带着浑身水，又坐到她们的小船上去了。

水生追回那个纸盒子，一只手高高举起，一只手用力拍打着水，好使自己不沉下去。对着荷花淀吆喝：

“出来吧，你们！”

好象带着很大的气。

她们只好摇着船出来。忽然从她们的小船底下冒出一个人来，只有水生的女人认的那是区小队的队长。这个人抹一把脸上的水问她们：

“你们干什么去来呀？”

水生的女人说：

“又给他们送一些衣裳来！”

小队长回头对水生说：

“都是你村的？”

“不是她们是谁，一群落后分子！”说完把纸盒顺手丢在女人们船上，一泅，又沉到水底下去了，到很远的地方才钻出来。

小队长开了个玩笑，他说：

“你们也没有白来，不是你们，我们的伏击不会这么彻底。可是，任务已经完成，该回去晒晒衣裳了。情况还紧的很！”

战士们已经把打捞出来的战利品，全装在他们的小船上，准备转移。一人摘了一片大荷叶顶在头上，抵挡正午的太阳，几个青年妇女把掉在水里又捞出来的小包裹，丢给了他们，战士们的三只小船就奔着东南方向，箭一样飞去了。不久就消失在中午水面上的烟波里。

几个青年妇女划着她们的小船赶紧回家，一个个象落水鸡似的。一路走着，因过于刺激和兴奋，她们又说笑起来，坐在船头脸朝后的一个撅着嘴说：

“你看他们那个横样子，见了我们爱搭理不搭理的！”

“啊，好象我们给他们丢什么人似的。”

她们自己也笑了，今天的事情不算光彩，可是：

“我们没枪，有枪就不往荷花淀里跑，在大淀里就和鬼子干起来！”

“我今天也算看见了打仗了。打仗有什么出奇，只要你不着慌，谁还不会趴在那里放枪呀！”

“打沉了，我也会浮水捞东西，我管保比他们水式好，再深点我也不怕！”

“水生嫂，回去我们也成立队伍，不然以后还能出门吗！”

“刚当上兵就小看我们，过二年，更把我们看得一钱不值了，谁比谁落后多少呢！”

这一年秋季，她们学会了射击。冬天，打冰夹鱼的时候，她们一个个登在流星一样的冰船上，来回警戒。敌人围剿那百顷大苇塘的时候，她们配合子弟兵作战，出入在那芦苇的海里。

1945 年 5 月于延安

（选自《孙犁文集》第一卷，百花文艺出版社，1981）

【学习提示】

孙犁（1913—2002），原名孙树勋，河北安平人。孙犁一生创作不少，代表作有短篇小说《荷花淀》《嘱咐》《碑》和长篇小说《风云初记》。他的小说清新优美，以诗意表现生活见长，影响深远，形成“荷花淀派”。

水生嫂坐在院子里织苇席，时令正是初秋，夜晚的月光特别好，雪白的苇眉子随着编织而在水生嫂的怀里跳跃着，不一会儿席子编出一大片。在如水的月光下，在飘着荷叶荷花香的白洋淀畔的农家场院中，水生嫂端坐织席，美丽若仙。水生回来了，告诉了妻子一个严峻的事实：日本鬼子要来扫荡，他要与游击队一起离家战斗。水生他们离家几天后，水生嫂及其他女人们，都因思念丈夫而冒险坐船去白洋淀里找她们的丈夫。不料她们在淀里遇到日本人的船只。日本人发现她们后紧追不舍，而她们拼命往荷花淀里划，碰巧那里正是游击队的伏击圈。女人们无意中闯进男人们埋伏着的一片水域，将日本鬼子引向纵深处，使得游击队这一仗打得很漂亮。

孙犁的小说常常以战争为背景，但他并不正面写战争，甚至他的小说有很多都几乎没有关于战争的情节。孙犁常常在战争风云中吟咏人性之善与人情之美，在大众化的、工农题材的作品中挖掘诗意和美感。

女性是孙犁最擅长表现的。对女性的诗意的表现，最能体现孙犁那一颗唯善与唯美之心。作者以一系列具有阴柔之美的象征物构成美妙的意境，以此表现他对女主人公水生嫂以及她所代表的中国女性的由衷赞美。皎洁的月光、宁静的秋水、荷叶荷花的清馨、雪白柔韧的苇眉子，这些都能使人联想到女性的纯洁、温柔、美丽、坚强。孙犁的语言尽管朴素、单纯，但却并非赵树理式的大众化口语，而是经过提炼而返璞归真的文人白话。他的小说对特殊象征物的选择、对含蓄优美意境的追求，都体现出文人文学的雅致。小说的情调美大于叙事的完整、精彩，因而诗的感觉特别强烈。

【思考练习题】

1.《荷花淀》的主要思想内容是什么？

2. 孙犁小说的艺术特色在《荷花淀》中是如何表现的？

3.“水生嫂”形象有何典型意义？

莎菲女士的日记

丁　玲

十二月二十四

今天又刮风！天还没亮，就被风刮醒了。伙计又跑进来生炉。我知道，这是怎样都不能再睡得着了的。我也知道，不起来，便会头昏。睡在被窝里是太爱想到一些奇奇怪怪的事上去。医生说顶好能多睡，多吃，莫看书，莫想事，偏这就不能，夜晚总得到两三点才能睡着，天不亮又醒了。象这样刮风天，真不能不令人想到许多使人焦躁的事。并且一刮风，就不能出去玩，关在屋子里没有书看，还能做些什么！一个人能呆呆的坐着，等时间的过去吗？我是每天都在等着，挨着，只想这冬天快点过去；天气一暖和我咳嗽总可好些，那时候，要回南便回南，要进学校便进学校，但这冬天可太长了。

太阳照到纸窗上时，我是在煨第三次的牛奶。昨天煨了四次。次数虽煨得多，却不定是要吃，这只不过是一个人在刮风天为免除烦恼的养气法子。这固然可以混去一小点时间，但有时却又不能不令人更加生气，所以上星期整整的有七天没玩它，不过在没有想出别的法子时，是又不能不借重它来象一个老年人耐心着消磨时间。

报来了，便看报，顺着次序看那大号字标题的国内新闻，然后又看国外要闻，本埠琐闻……把教育界，党化教育，经济界，九六公债盘价……全看完，还要再去温习一次昨天前天已看熟了的那些招男女，编级新生的广告，那些为分家产起诉的启事，连那些什么六〇六，百灵机，美容药水，开明戏，真光电影……都熟习了过后才懒懒的丢开报纸。自然，有时是会发现点新的广告，但也除不了是些绸缎铺五年六年纪念的减价，恕讣不周的讣闻之类。

报看完，想不出能找点什么事做，只好一人坐在火炉旁生气。气的事，也是天天气惯了的。天天一听到从窗外走廊上传来的那些住客们喊伙计的声音，便头痛，那声音真是又粗，又大，又嗄，又单调:“伙计开壶！”或是“脸水，伙计！”这是谁也可以想象出来的一种难听的声音。还有，那楼下电话也是不断的有人在那电机旁大声的说话。没有一些声息时，又会感到寂沉沉的可怕，尤其是那四堵粉垩的墙。它们呆呆的把你眼睛挡住，无论你坐在那方：逃到床上躺着吧，那同样的白垩的天花板，便沉沉的把你压住。真找不出一件能令人不生嫌厌的心的；如同那麻脸伙计，那有抹布味的饭菜，那扫不干净的窗格上的沙土，那洗脸台上的镜子——这是一面可以把你的脸拖到一尺多长的镜子，不过只要你肯稍微一偏你的头，那你的脸又会扁的使你自己也害怕——这都是可以令人生气了又生气。也许这只我一人如是。但我却宁肯能找到些新的不快活，不满足；只是新的，无论好坏，似乎都隔得我太远了。

吃过午饭，苇弟便来了。我一听到他那特有的急遽的皮鞋声已从走廊的那端传来时，我的心似乎便从一种窒息中透出一口气来的感到舒适。但我却不会表示，所以当苇弟进来时，我只能默默的望着他；他反以为我又在烦恼，握紧我一双手，“姊姊，姊姊”，那样不断的叫着。我，我自然笑了！我笑的什么呢，我知道！在那两颗只望到我眼睛下面的跳动的眸子中，我准懂得那收藏在眼帘下面，不愿给人知道的是些什么东西！这是有多么久了，你，苇弟，你在爱我！但他捉住过我吗？自然，我是不能负一点责，一个女人是应当这样。其实，我算够忠厚了；我不相信会有第二个女人这样不捉弄他的，并且我还在确确实实的可怜他，竟有时忍不住想去指点他：“苇弟，你不可以换个方法吗？这样是只能反使我不高兴的……”对的，假使苇弟能够再聪明一点，我是可以比较喜欢他些，但他却只能如此忠实的去表现他的真挚！

苇弟看见我笑了，便很满足。跳过床头去脱大氅，还脱下他那顶大皮帽来。假使他这时再掉过头来望我一下，我想他一定可以从我的眼睛里得些不快活去。为什么他不可以再多的懂得我些呢？

我总愿意有那么一个人能了解得我清清楚楚的，如若不懂得我，我要那些爱，那些体贴做什么？偏偏我的父亲，我的姊姊，我的朋友都能如此盲目的爱惜我，我真不知他们所爱惜我的是些什么；爱我的骄纵，爱我的脾气，爱我的肺病吗？有时我为这些生气，伤心，但他们却都更容让我，更爱我，说一些错到更能使我想打他们的一些安慰话。我真愿意在这种时候会有人懂得我，便骂我，我也可以快乐而骄傲了。

没有人来理我，看我，我是会想念人家，或恼恨人家，但有人来后，我不觉得又会给人一些难堪，这也是无法的事。近来为要磨炼自己，常常话到口边便咽住，怕又在无意中竟刺着了别人的隐处，虽说是开玩笑。因为如此，所以这是可以想象出来的，我是拿一种什么样的心情在陪苇弟坐。但苇弟若站起身来喊走时，我是又会因怕寂寞而感到怅惘，而恨起他来。这个，苇弟是早就知道了的，所以他一直到晚上十点钟才回去。不过我却不骗人，并不骗自己，我清白，苇弟不走，不特于他没有益处，反只能让我更觉得他太容易支使，或竟更可怜他的太不会爱的技巧了。

十二月二十八

今天我请毓芳同云霖看电影。毓芳却邀了剑如来。我气得只想哭，但我却纵声的笑了。剑如，她是够多么可以损害我自尊之心的；我因为她的容貌，举止，无一不象我幼时所最投洽的一个朋友，所以我竟不觉得时常在追随她，她又特意给了我许多敢于亲近她的勇气。但后来，我却遭受了一种不可忍耐的待遇，无论什么时候想起，我都会痛恨我那过去的，已不可追悔的无赖行为：在一个星期中我曾足足的给了她八封长信，而未曾给人理睬过。毓芳真不知想的那一股劲，明知我已不愿再提起从前的事，却故意要邀着她来，象有心要挑逗我的愤恨一样，我真气了。

我的笑，毓芳和云霖是不会留意这有什么变异，但剑如，她是能感觉得；可是她会装，装糊涂，同我毫无芥蒂的说话。我预备骂她几句，不过话只到口边便想到我为自己定下的戒条。并且做得太认真，怕越令人得意。所以我又忍下心去同她们玩。

到真光时，还很早，在门口又遇着一群同乡的小姐们，我真厌恶那些惯做的笑靥，我不去理她们，并且我无缘无故的生气到那许多去看电影的人。我来毓芳同她们说到热闹中，我丢下我所请的客，悄悄回来了。

除了我自己，是没有人会原谅我的。谁也在批评我，谁也不知道我在人前所忍受的一些人们给我的感触。别人说我怪僻，他们哪里知道我却时常在讨人好，讨人欢喜，不过人们太不肯鼓励我去说那太违我心的话，常常给我机会，让我反省到我自己的行为，让我离人们却更远了。

夜深时，全公寓都静静的，我躺在床上好久了。我清清白白的想透了一些事，我还能伤心什么呢？

十二月二十九

一早毓芳就来电话。毓芳是好人，她不会扯谎，大约剑如是真病。毓芳说，起病是为我，要我去，剑如将向我解释。毓芳错了，剑如也错了，莎菲不是欢喜听人解释的人。根本我就否认宇宙间要解释。朋友们好，便好；合不来时，给别人点苦头吃，也是正大光明的事。我还以为我够大量，太没报复人了。剑如既为我病，我倒快活，我不曾拒绝听别人为我而病的消息。并且剑如病，还可以减少点我从前自怨自艾的烦恼。

我真不知怎样才能分析出我自己来。有时为一朵被风吹散了的白云，会感到一种渺茫的，不可捉摸的难过，但看到一个二十多岁的男子（苇弟其实还大我四岁）把眼泪一颗一颗掉到我手背时，却像野人一样在得意的笑了。苇弟是从东城买了许多信纸信封来我这里玩，为了他很快乐，在笑，我便故意去捉弄，看到他哭了，我却快意起来，并且说："请珍重点你的眼泪吧，不要以为姊姊是象别的女人一样脆弱得受不起一颗眼泪……""还要哭，请你转家去哭，我看见眼泪就讨厌……"自然，他不走，不分辩，不负气，只蜷在椅角边老老实实无声的去流那不知从哪里得来的那末多的眼泪。我，自然，得意够了，是又会惭愧起来，于是用着姊姊的态度去喊他洗脸，抚摩他的头发。他镶着泪珠又笑了。

在一个老实人面前，我是已尽自己的残酷天性去磨折了他，但当他走后，我真又想能抓回他来，只请求他一句："我知道自己的罪过，请不要再爱这样一个不配承受那真挚的爱的女人吧！"

一月一号

我不知道那些热闹的人们是怎样的过年法，我是只在牛奶中加了一个鸡蛋，鸡蛋还是昨天苇弟拿来的，一共是二十个，昨天煨了七个茶卤蛋，剩下的十三个，大约总够我两星期来吃它。若吃午饭时，苇弟来，则一定有两个罐头的希望。我真希望他来。因为想到苇弟来，所以我便上西单牌楼去买了四盒糖，两包点心，一篓橘子和苹果，是预备他来时给他吃的。我是准断定在今天只有他才能来。

但午饭吃过了，苇弟却没来。

我一共写了五封信，都是用前几天苇弟买来的好纸好笔。但我想能接得几个美丽的画片，却不能。连几个最爱弄这个玩艺儿的姊姊们都把我这应得的一份儿忘了。不得画片，不稀罕，单单只忘了我，却是可气的事。不过为了自己从不曾给人拜过一次年，算了，这也是应该的。

晚饭还是我一人独吃。我烦恼透了。

夜晚毓芳云霖却来了，还引来一个高个儿少年，我只想他们才真算幸福；毓芳有云霖爱她，她满意，他也满意。幸福不是在有爱人，是在两人都无更大的欲望，商商量量平平和和的过日子。自然，也有人将不屑于这平庸，但那只是另外那人的，却与我的毓芳无关。

毓芳是好人，因为她有云霖，所以她“愿天下有情人皆成眷属”。她去年曾替玛丽作过一次恋爱婚姻介绍者。她又希望我能同苇弟好。因此她一来便问苇弟。但她却和云霖及那高个儿把我给苇弟买的东西吃完了。

那高个儿可真漂亮，这是我第一次感觉到男人的美上面，从来我是没有留心到。只以为一个男人的本行是在会说话，会看眼色，会小心就够了。今天我看了这高个儿，才懂得男人是另铸有一种高贵的模型，我看出那衬在他面前的云霖显得多么委琐，多么呆拙，……我真要可怜云霖，假使他知道了他在这大人前所衬出的不幸时，他将怎样伤心他那些所有的粗丑的眼神，举止。我更不知当毓芳拿着这一高一矮的男人相比时，是会来一种什么情感！

他，这生人，我将怎样去形容他的美呢？固然，他的颀长的身躯，白嫩的面庞，薄薄的小嘴唇，柔软的头发，都足以闪耀人的眼睛，但他却还另外有一种说不出，捉不到的丰仪来煽动你的心。如同，当我请问他的名字时，他是会用那种我想不到的不急遽的态度递过那只擎有名片的手来。我抬起头来，呀，我看见那两个鲜红的，嫩腻的，深深凹进的嘴角了。我能告诉人吗？我是用一种小儿要糖果的心情在望着那惹人的两个小东西？但我知道在这个社会里面是不会准许任我去取得我所要的来满足我的冲动，我的欲望，无论这是于人并不损害的事；所以我只得忍耐着，低下头去，默默的去念那名片上的字：

“凌吉士，新加坡……”

凌吉士，他是能那样毫无拘束的在我这儿谈笑，象是在一个很熟的朋友处，难道我能说他这是有意来捉弄一个胆小的人？我是为要强迫的去拒绝引诱，从不敢把眼光抬平去一望那可爱慕的火炉的一角。并且害得两只从不知羞惭的破烂拖鞋，也逼着我不准走到桌前的灯光处。我并且生气我自己：怎么我只会那样拘束，不调皮的在应对？平日看不起别人的交际法，今天才知道自己是还只能显得又呆，又傻气。唉，他一定以为我是一个乡下才出来的姑娘了！

云霖同毓芳两人看见我木木的，以为我不欢喜这生人，常常去打断他的说话，不久带着他走了。这个我也能感激他们的好意吗？我望着那一高两矮的影子在楼下院子中消失时，我真不愿再回到这留得有那人的靴印，那人的声音，和那人吃剩的饼屑的屋子。

一月三号

这两夜通宵通宵的咳嗽。对于药，简直就不会有信仰，药与病不是已毫无关系吗？我明明已厌烦了那苦水，但却又按时去吃它，假使连药也不吃，我更能拿什么来希望我的病呢？神要人忍耐着生活，便安排许多痛苦在死的前面，使人不敢走拢死去。我呢，我是更为了我这短促的不久的生，所以我越求生的利害；不是我怕死，是我总觉得我还没有享有得我生的一切。我要，我要使我快乐。无论在白天，在夜晚，我都是在梦想可以使我没有什么遗憾在我死的时候的一些事情。我想我能睡在一间极精致的卧房的睡榻上，有我的姊姊们跪在榻前的熊皮毡子上为我祈祷，父亲悄悄的朝着窗外叹息，我读着许多封从那些爱我的人儿们寄来的长信，朋友们都记念我流着忠实的眼泪……我迫切的需要这人间的感情，想占有许多不可能的东西。但人们给我的是什么呢？整整又两天，又一人幽囚在公寓里，没有一个人来，也没有一封信来，我躺在床上咳嗽，坐在火炉旁咳嗽，走到桌子前也咳嗽，还想念这些可恨的人们……其实是还收到一封信的，不过这除了更加我一些不快外，也只不过是加我不快。这是在一年前曾骚扰过我的一个安徽粗壮男人所寄来，我没看完就扯了。我真肉麻那满纸的“爱呀爱的”！我厌恨我不喜欢的人们的忢献……

我，我能说得出我真实的需要，是些什么呢？

一月四号

事情不知错到什么地方去了。我为什么会想到搬家，并且在糊里糊涂中欺骗了云霖，好象扯谎也是本能一样，所以在今天能毫不费力的便使用了。假使云霖知道了莎菲也会哄骗他，他不知应如何伤心；莎菲是他们那样爱惜的一个小妹妹。自然我不是安心的，并且我现在在后悔。但我能决定吗，搬呢，还是不搬？

我是不能不向我自己说：“你是在想念那高个儿的影子呢！”是的，这几天几夜我是无时不神往到那些足以诱惑我的。为什么他不在这几天中单独来会我呢？他应当知道他是不该让我如此的去思慕他。他应当来看我，说他也想念我才对。假使他来，我是不会拒绝去听他所说的一些爱慕我的话，我还将令他知道我所要的是些什么。但他却不来。我估定这象传奇中的事是难实现了。难道我去找他吗？一个女人这样放肆，是不会得好结果的。何况还要别人能尊敬我呢。我想不出好法子来，只好先去到云霖处试一试，所以吃过午饭，我便冒风向东城去。

云霖是京都大学的学生，他的住房便租在一家间于京都大学一院和二院之间青年胡同里。我到他那里时，幸好他没出去，毓芳也没来。云霖当然很诧异我在大风天出来，我说是到德国医院看病，顺便来这里。他也就毫不疑惑，又来问我的病状，我却把话头故意引到那天晚上。不费一点气力，我便已打探得那人儿是住在第四寄宿舍，位置是在京都大学二院隔壁的。不久，我于是又叹起气来，我用了许多言辞把在西城公寓里的生活，描摹得怎样寂寞，黯淡，我又扯谎，说我唯一只想能贴近毓芳（我已知道毓芳预备搬来云霖处）。我要求云霖同我往近处找房。云霖是当然高兴这差事，不会迟疑的。

在找房的时候，凑巧竟碰着了凌吉士。他也陪着我们。我真高兴，高兴使我胆大了，我狠狠的望了他几次，他没有觉得，他问我的病，我说全好了，他不信似的在笑。

我看上了一间又低，又小，又霉的东房，这是在云霖的隔壁一家叫大元的公寓里，他和云霖都说太湿，我却执意要在第二天便搬来，理由是那边太使我厌倦，而我急切的又要依着毓芳。云霖无法，也就答应了。还说好第二天一早他和毓芳便过来替我帮忙。

我能告诉人，我单单选上这房子的用意吗？它是位置在第四寄宿舍和云霖住所之间的。

他不曾向我告别，所以我又转云霖处，我尽所有的大胆在谈笑。我把他什么细小处都审视遍了。我觉得都有我嘴唇放上去的需要。他不会也想到我是在打量他，盘算他吗？后来我特意说我想请他替我补英文，云霖笑，他听后却受窘了，不好意思的在含含糊糊的回答，于是我向心里说，这还不是一个坏蛋呢，那样高大的一个男人却还会红脸？因此我的狂热更炎炽了。但我不愿让人懂得我，看得我太容易，所以我就驱遣我自己，很早的就回来了。

现在仔细一想，我惟恐我的任性，将把我送到更坏的地方去，暂时且住在这有洋炉的房里吧，难道我能说得上我是爱上了那南洋人吗？我还一丝一毫都不知道他呢。什么那嘴唇，那眉梢，那眼角，那指尖……多无意识！这并不是一个人所应需的，我着魔了，会想到那上面。我决计不搬，一心一意来养病。

我决定了。我懊悔，我懊悔我白天所做的一些不是，一个正经女人所做不出来的。

一月六号

都奇怪我，听说我搬了家，南城的金，英，西城的江，周，都来到我这低湿的小房里。我笑着，有时在床上打滚，她们都说我越小孩气了，我更大笑起来，我只想告诉她们我想的是什么。下午苇弟也来了。苇弟最不快活我搬家，因为我未曾同他商量，并且离他更远了。他见着云霖时，竟不理他，云霖摸不着他为什么生气，望着他，他却更板起脸孔，我好笑，我向自己说:“可怜，冤枉他了，一个好人!”

毓芳不再向我说剑如。她决定两三天便搬来云霖处，因为她觉得我既这样想傍着她住，她不能让我一人寂寂寞寞的住在这里。她和云霖待我更比以前亲热。

一月十号

这几天我都见着凌吉士，但我从没同他多说过几句话，我是决不先提到补英文事。我看见他一天要两次的往云霖处跑，我发笑，我准断定他以前一定不会同云霖如此亲密的。我没有一次邀求他来我那儿去玩，虽说他问了几次搬了家如何，我都装出不懂的样儿笑一下便算回答。我是把所有的心计都放在这上面用，好象同着什么东西搏斗一样。我要着那样东西，我还不愿意去取得，我务必想方设计的让他自己送来。是的，我了解我自己，不过是一个女性十足的女人，女人是只把心思放到她要征服的男人们身上。我要占有他，我要他无条件的献上他的心，跪着求我赐给他的吻呢。我简直癫了，反反复复的只想着我所要施行的手段的步骤，我简直癫了!

毓芳、云霖看不出我的兴奋来，只说我病快好了。我也正不愿他们知道，说我病好，我就假装着高兴。

一月十二

毓芳是已搬来，云霖却又搬走了。宇宙间竟会生出这样一对人来，为怕生小孩，便不肯住在一起。我猜想他们是连自己也不敢断定：当两人抱在一床时是不会另外又干出些别的事来，所以又好预先防范，不给那肉体接触的机会。至于那单独在一房时的拥抱和亲嘴，是不会发生危险，所以悄悄来表演几次，便不在禁止之列。我忍不住嘲笑他们了，这禁欲主义者！为什么会不须要拥抱那爱人的裸露的身体？为什么要压制住这爱的表现？为什么在两人还没睡在一个被窝里以前，会想到那些不相干足以担心的事？我不相信恋爱是如此的理智，如此的科学！

他俩不生气我的嘲笑，他俩还骄傲着他们的纯洁，而笑我小孩气呢。我体会得出他们的心情，但我不能解释宇宙间所发生的许许多多奇怪的事。

这夜我在云霖处（现在要说毓芳处了）坐到夜晚十点钟才回来，说了许多关于鬼怪的故事。

鬼怪这东西，我是在一点点大的时候，坐在姨妈怀里听姨爹讲《聊斋》是常事，并且一到夜里就爱听。至于怕，又是另外一件不愿告人的。因为一说怕，准就听不成，姨爹便会踱过对面书房去，小孩就不准下床了。到进了学校，又从先生口里得知点科学常识，为了信服我们那位周麻子二先生，所以连书本也信服，从此鬼怪，便不屑于害怕了。近来人是更在长高长大，说起来，总是否认有鬼怪的，但鸡粟却不肯因为不信便不出来，毛孔一个个也会竖起的。不过每次同人一说到鬼怪时，别人是不知道我正在想拗开些说到别的闲话上去，为的怕夜里一个人睡在被窝里时想到死去了的姨爹姨妈就伤心。

回来时，我看那黑魆魆的小胡同，真有点胆悸。我想，假使在哪个角落里露出一个大黄脸，或伸来一只毛手，又是在这样象冻住了的冷巷里，我不会以为是意外。但看到身边的这高大汉子（凌吉士）做镖手，大约总可靠，所以当毓芳问我时，我只答应“不怕，不怕。”

云霖也同我们出来，他回他的新房子去，他向南，我们向北，所以只走了三四步，便听不清那橡皮的鞋底在泥板上发出的声音。

他伸来一只手，拢住了我的腰：

“莎菲，你一定怕哟！”

我想挣，但挣不掉。

我的头停在他的胁前，我想，如若在亮处，看起来，我会象个什么东西，被挟在比我高一个头还多的人腕中。

我把身一蹲，便窜出来了，他也松了手陪我站在大门边打门。

小胡同里是黑极了，但他的眼睛是望到何处，我却能很清楚的看见。心微微有点跳，等着开门。

“莎菲，你怕哟！”

门闩已在响，是伙计在问谁。我朝他说：

“再——”

他猛的却握住我的手，我也无力再说下去。

伙计看到我身后的大人，露着诧异。

到单独只剩两人在一房时，我的大胆，已经是变得毫无用处了。想故意说几句客套话，也不会，只说：“请坐吧！”自己便去洗脸。

鬼怪的事，已不知忘掉到什么地方去了。

“莎菲！你常高兴读英文吗？”他忽然问。

这是他来找我，提头到英文，自然他未必欢喜白白牺牲时间去替人补课，这意思，在一个二十岁的女人面前，怎能瞒过，我笑了（这是只在心里笑）。我说：

“蠢得很，怕读不好，丢人。”

他不说话，把我桌上摆的照片拿来玩弄着，这照片是我姊姊的一个刚满一岁的女儿的。

我洗完脸，坐在桌子那头。

他望望我，便又去望那小女孩，然后又望我。是的，这小女孩长得真象我。于是我问他：

“好玩吗？你说象我不象？”

“她，谁呀！”显然，这声音就表示着非常之认真。

“你说可爱不可爱？”

他只追问着是谁。

忽的，我明白了他的意思，我又想扯谎了。

“我的，”于是我把像片抢过来吻着。

他信了。我竟愚弄了他，我得意我的不诚实。

这得意，似乎便能减少他的妩媚，他的英爽。要是不，为什么当他显出那天真的诧愕时，我会忽略了他那眼睛，我会忘掉了他那嘴唇？否则，这得意一定将冷淡下我的热情来。

然而当他走后，我却懊悔了。那不是明明安放着许多机会吗？我只要在他按住我手的当儿，另作出一些眼色，让他懂得他是不会遭拒绝，那他一定可以还会做出一些比较大胆的事。这种两性间的大胆，我想只要不厌烦那人，是也会象把肉体来融化了的感到快乐，是无疑。但我为什么要给人一些严厉，一些端庄呢？唉，我搬到这破房子里来，到底为的是些什么呢？

一月十五

近来我是不算寂寞了，白天便在隔壁玩，晚上又有一个新鲜的朋友陪我谈话。但我的病却越深了。这真不能不令我灰心，我要什么呢，什么也于我无益。难道我有所眷恋吗？一切又是多么的可笑，但死却不期然的会让我一想到便伤心。每次看见那克利大夫的脸色，我便想：是的，我懂得，你尽管说吧，是不是我已没有希望了？但我却拿笑代替了我的哭。谁能知道我在夜深流出的眼泪的份量！

几夜，凌吉士都接着接着来，他告人说是在替我补英文，云霖问我，我只好不答应。晚上我拿一本“Poor People”放在他面前，他真个便教起我来。我只好又把书丢开，我说：“以后你不要向人说在替我补英文吧，我病，谁也不会相信这事的。”他赶忙便说：“莎菲，我不可以等你病好些就教你吗？莎菲，只要你喜欢。”

这新朋友似乎是来得如此够人爱，但我却不知怎的，反而懒于注意到这些事。我每夜看到他丝毫得不着高兴的出去，心里总觉得有点歉疚，我只好在他穿大氅的当儿向他说：“原谅我吧，我是有病！”他领会错了我的意思，以为我同他客气。“病有什么要紧呢，我是不怕传染的。”后来我仔细一想，也许这话是另含得有别的意思，我真不敢断定人的所作所为是可以想象出来的那样单纯。

一月十六

今天接到蕴姊从上海来的信，更把我引到百无可望的境地。我哪里还能找得几句话去安慰她呢？她信里说："我的生命，我的爱，都于我无益了……"那她是更不必需要到我的安慰，我为她而流的眼泪了。唉！但从她信中，我可以揣想得出她婚后的生活，虽说她未肯明明的表白出来。神为什么要去捉弄这些在爱中的人儿？蕴姊是最神经质，最热情的人，自然她是更受不住那渐渐的冷淡，那已遮饰不住的虚情……我想要蕴姊来北京，不过这是做得到的吗？这还是疑问。

苇弟来的时候，我把蕴姊的信给他看：他真难过，因为那使我蕴姊感到生之无趣的人，不幸便是苇弟的哥哥。于是我又向他说了我许多新得的"人生哲学"的意义；他又尽他唯一的本能在哭。我只是很冷静的去看他怎样使眼睛变红，怎样拿手去擦干，并且我在他那些举动中，加上许多残酷的解释。我未曾想到在人世中，他是一个例外的老实人，不久，我一个人悄悄的跑出去了。

为要躲避一切的熟人，深夜我才独自从冷寂寂的公园里转来，我不知怎样的度过那些时间，我只想："多无意义啊！倒不如早死了干净……"

一月十七

我想：也许我是发狂了！假使是真发狂，我倒愿意。我想，能够得到那地步，我总可以不会再感这人的麻烦了吧……

足足有半年为病而禁绝了的酒，今天又开始痛饮了。明明看到那吐出来的是比酒还红的血，但我心却象有什么别的东西主宰一样，似乎这酒便可在今晚致死我一样，我是不愿再去细想那些纠纠葛葛的事……

一月十八

现在我还睡在这床上，但不久就将与这屋分别了，也许是永别，我断得定我还有那样能再亲我这枕头，这棉被……的幸福吗？毓芳，云霖，苇弟，金，夏，都保守着一种沉默围绕着我坐着，焦急的等着天明了好送我进医院去。我是在他们忧愁的低语中醒来的，我不愿说话，我细想昨天下午的事，我闻到屋子中所遗留下来的酒气和腥气，才觉得心是在剧烈的痛，于是眼泪便汹涌了。因了他们的沉默，因了他们脸上所显现出来的凄惨和暗淡，我似乎感到这便是我死的预兆。假设我便如此长睡不醒了呢，是不是他们也将如此的沉默的围绕着我僵硬的尸体？他们看见我醒了，便都走拢来问我。这时我真感到了那可怕的死别！我握着他们，仔细望着他们每个的脸，似乎要将这记忆永远保存着。他们便都把眼泪滴到我手上，好象觉得我就要长远的离开他们而走向死之国一样。尤其是苇弟，哭得现出丑的脸。唉，我想：朋友呵，请给我一点快乐吧……于是我反而笑了。我请他们替我清理一下东西，他们便在床铺底下拖出那口大藤箱来，在箱子里有几捆花手绢的小包，我说："这我要的，随着我进'协和'吧。"他们便递给我，我又给他们看，原来都满满是信札，我又向他们笑："这，你们的也在内！"他们才似乎也快乐些了。苇弟又忙着从抽屉里递给我一本照片，是要我也带去的样子，我更笑了。这里面有七八张是苇弟的单像。我又特容许了苇弟接吻在我手上，并握着我的手在他脸上摩擦，于是这屋子才不至于象真的有个僵尸停着的一样。天光这时也慢慢显出了鱼肚白。他们又忙乱了，慌着在各处找洋车。于是我病院的生活便开始了。

三月四号

接蕴姊死电是二十天以前的事，而我的病却又一天有希望一天了。所以在一号又由送我进院的几人把我送转公寓来，房子已打扫得干干净净。又因为怕我冷，特生了一个小小的洋炉。我真不知应怎样才能表示我的感谢，尤其是苇弟和毓芳。金和周又在这儿住了两夜才走，都充当我的看护，我是每日都躺着，简直舒服得不象住公寓，同在家里也差不了什么了！毓芳还决定再陪我住几天，等天气还暖和点便替我上西山去找房子，我便好专心去养病，我也真想能离开北京，可恨阳历三月了，还如是之冷！毓芳硬要住在这儿，我也不好十分拒绝，所以前两天为金和周搭的一个小铺又不能撤了。

近来在病院却把我自己的心又医转了，这实实在在却是这些朋友们的温情把它又重暖了起来，又觉得这宇宙还充满着爱呢。尤其是凌吉士，当他走到医院去看我时，我便觉得很骄傲，我想他那种风仪才够去看一个在病院女友的病，并且我也懂得，那些看护妇都在羡慕着我呢。有一天，那个很漂亮的密司杨问我：

“那高个儿，是你的什么人呢？”

“朋友！”我是忽略了她问的无礼。

“同乡吗？”

“不，他是南洋的华侨。”

“那么是同学？”

“也不是。”

于是她狡猾的笑了，“就仅是朋友吗？”

自然，我可以不必脸红，并且还可以警诫她几句，但我却惭愧了。她看我闭着眼装要睡的狼狈样儿，便很得意的笑着走去。后来我一直都恼着她。并且为了躲避麻烦，有人问起苇弟时，我便扯谎说是我的哥哥。有一个同周很好的小伙子，我便说是同乡，或是亲戚的乱扯。

当毓芳上课去后，我一人留在房里时，我就去翻在一月多中所收到的信，我又很快活，很满足，还有许多人在纪念我呢。我是须要别人纪念的，总觉得能多得点好意就好。父亲是更不必说，又寄了一张像来，只是白头发似乎又多了几根。姊姊们都好，可惜就为小孩们忙得很，不能多替我写信。

信还没看完，凌吉士又来了。我想站起来，但他却把我按住。他握着我的手时，我快活得真想哭了。我说：

“你想没想到我又会转回这屋子呢？”

他只瞅着那侧面的小铺，表示一种不高兴的样子，于是我告诉他从前的那两位客已走了，这是特为毓芳预备的。

他听了便向我说他今晚不愿再来，怕毓芳会厌烦他。于是我的心里更充满乐意了，便说：“难道你就不怕我厌烦吗？”

他坐在床头更长篇的述说他这一个多月中的生活，还怎样和云霖冲突，闹意见，因为他赞成我早些出院，而云霖执着说不能出来。毓芳也附着云霖，他懂得他认识我的时间太少，说话自然不会起影响，所以以后他不管这事了，并且在院中一和云霖碰见，自己便先回来了。

我懂得他的意思，但我却装着说：

“你还说云霖，不是云霖我还不会出院呢，住在里面真舒服多了。”

于是我又看见他默默的把头掉到一边去，不答应我的话。

他算着毓芳快来时，便走了，还悄悄告诉我说等明天再来。果然，不久毓芳便回来了。毓芳不会问，我也不告诉她，并且她为我的病，不愿同我多说话，怕我费神，我更乐得借此可以多去想些另外的小闲事。

三月六号

当毓芳上课去后，把我一人撂在房里时，我便会想起这所谓男女间的怪事；其实，在这上面，不是我爱自夸，我所受的训练，至少也有我几个朋友们的相加或相乘，但近来我却非常之不能了解了。当独自同着那高个儿时，我的心便会跳起来，又是羞惭，又是害怕，而他呢，他只是那样随便的坐着，类乎天真的讲他过去的历史，有时是握着我的手，但这也不过是非常之自然，然而我的手便不会很安静的被握在那大手中，慢慢的会发烧。并且一当他站起身预备走时，不由的我心便慌张了，好象我将跌入那可怕的不安中，于是我盯着他看，真说不清那眼光是求怜，还是怨恨；但他却忽略了我这眼光，偶尔懂得了，也只说：“毓芳要来了哟！”我应当怎样说呢？他是在怕毓芳！自然，我也曾不愿有人知道我暗地一人所想的一些不近情理的事，不过近来我又感得我有别人了解我感情的必要，几次我向毓芳含糊地说起我的心境，她还是只那样忠实的替我盖被子，留心到我的药，我真不能不有点烦闷了。

三月八号

毓芳已搬回去，苇弟却又想代替那看护的差事。我知道，如若苇弟来，一定比毓芳还好，夜晚若想茶吃时，总不至于因听到那浓睡中的鼾声而不愿搅扰人而把头缩进被窝里算了；但我自然拒绝他这好意，他又固执着，我只好说：“你在这里，我有许多不方便，并且病呢，也好了。”他还要证明间壁的屋子是空着，他可以住间壁；我正在无法时，凌吉士却来了，我以为他们还不认识，而凌吉士已握着苇弟的手，说是在医院已见过两次。苇弟只冷冷的不理他，我笑着对凌吉士说：“这是我的弟弟，小孩子，不懂交际，你常来同他玩罢。”苇弟真的变成了小孩子，丧着脸站起身就走了。我因为有人在面前，便感到不快，也只好掩藏住，并且觉得有点对凌吉士不住，但他却毫没介意，反问我：“不是他姓白吗，怎会变成你的弟弟？”于是我笑了：“那么你是只准姓凌的人叫你做哥哥弟弟的！”于是他也笑了。

近来青年人在一处时，便老喜欢研究到这一个“爱”字，虽说有时我也似乎懂得点，不过终究还是不很说得清。至于男女间的一些小动作，似乎我又太看得明白了。也许便是因为我懂得了这些小动作，而于“爱”才反迷糊，才没有勇气鼓吹恋爱，才不敢相信自己还是一个纯洁的够人爱的小女子，并且才会怀疑到世人所谓的“爱”，以及我所接受的“爱”……

在我刚稍微有点懂事的时候，便给爱我的人把我苦够了，给许多无事的人以诬蔑我，凌辱我的机会，以至我顶亲密的小伴侣们也疏远了，后来又为了爱的胁迫，使我害怕得离开了我的学校。以后，人虽说一天天大了，但总常常感到那些无味的纠缠，因此有时不特怀疑到所谓“爱”，竟会不屑于这种亲密。苇弟他说他爱我，为什么他只会常常给我一些难过呢？譬如今晚，他又来了，来了便哭，并且似乎带了很浓的兴味来哭一样，无论我说：“你怎么了，说呀！”“我求你，说话呀，苇弟！……”他都不理会。这是从未有的事，我尽我的脑力也猜想不出他所骤遭的这灾祸。我应当把不幸朝那一方去揣测呢？后来，大约他是哭够了，于是才大声说：“我不喜欢他！”“这又是谁欺侮了你呢，这样大嚷大闹的？”“我不喜欢那高个子！那同你好的！”哦，我这才知道原来还是呕我的气。我不觉得会笑了。这种无味的嫉妒，这种自私的占有，便是所谓爱吗？我发笑，而这笑，自然不会安慰到那有野心的男人的。并且因了我不屑的态度，更激起他那不可抑制的怒气。我看着他那放亮的眼光，我以为他要噬人了，我想：“来吧！”但他却又低下头去哭了，还揩着眼泪，踉跄的又走出去。

这种表示，也许是称为狂热的，真率的爱的表现吧，但苇弟却毫不假思索地来使用在我面前，自然是只会失败；并不是我愿意别人虚伪点，做作点，在爱上，我只觉得想靠这种小孩般举动来打动我的心，是全无用。或者这因为我的心是生来便如此硬；那我之种种不惬于人意而得来烦恼和伤心，也是应该的。

苇弟一走，自自然然我把我自己的心意去揣摩，去仔细回忆到那一种温柔的，大方的，坦白而又多情的态度上去，光这态度已够人欣赏得象吃醉一般的感到那融融的蜜意，于是我拿了一张画片，写了几个字，命伙计即刻送到第四寄宿舍去。

三月九号

我看见安安闲闲坐在我房里的凌吉士，不禁又可怜到苇弟，我祝祷世人不要象我一样，忽略了蔑视了那可贵的真诚而把自己陷到那不可拔的渺茫的悲境里；我更愿有那末一个真诚纯洁的女郎去抱领苇弟的爱，并填实苇弟所感得的空虚啊！

三月十三

好几天又不提笔，不知还是因为我心情不好，或是找不出所谓的情绪。我只知道，从昨天来我是更只想哭了。别人看到我哭，便以为我在想家，想到病，看见我笑呢，又以为我快乐了，还欣庆着这健康的光芒……但所谓朋友皆如是，我能告谁以我的不屑流泪，而又无力笑出的痴呆心境？并且因我看清了自己在人间的种种不愿舍弃的热望以及每次追求而得来的懊丧，所以连自己也不愿再同情这未能悟彻所引起的伤心。更哪能捉住一管笔去详细写出自怨和自恨呢！

是的，我好象又在发牢骚了。但这只是隐忍着在心头而反复向自己说，似乎还无碍。因为我并未曾有过那种胆量，给人看我的蹙紧眉头，和听我的叹气，虽说人们早已无条件的赠送过我以“狷傲”“怪僻”等等好字眼。其实，我并不是要发牢骚，我只要哭，想有那末一个人来让我倒在他怀里哭，并告诉他："我又糟蹋我自己了！"不过谁能了解我，抱我，抚慰我呢？是以我只能在笑声中咽住"我又糟蹋我自己了"的哭声。

我到底又为了什么呢，这真好难说！自然我是未曾有过一刻私自承认我是爱恋上那高个儿了的，但他之在我的心心念念中怎地又蕴蓄着一种分析不清的意义。虽说他那颀长的身躯，嫩玫瑰般的脸庞，柔软的眼波，惹人的嘴角，是可以诱惑许多爱美的女子，并以他那娇贵的态度倾倒那些还有情爱的。但我岂肯为了这些无意识的引诱而迷恋到一个十足的南洋人！真的，在他最近的谈话中，我懂得了他的可怜的思想：他需要的是什么？是金钱，是在客厅中能应酬他买卖的朋友们的年轻太太，是几个穿得很标致的白胖儿子。他的爱情是什么？是拿金钱在妓院中，去挥霍而得来的一时肉感的享受，和坐在软软的沙发上，拥着香喷喷的肉体，嘴抽着烟卷，同朋友们任意谈笑，还把左腿叠压在右膝上；不高兴时，便拉倒，回到家里老婆那里去。热心于演讲辩论会，网球比赛，留学哈佛，做外交官、公使大臣，或继承父亲的职业，做橡树生意，成资本家……这便是他的志趣！他除了不满于他父亲未曾给他过多的钱以外，便什么都是可使他在一夜不会做梦的睡觉；如有，便也只是嫌北京好看的女人太少，让他有时也会厌腻起游艺园，戏场，电影院，公园来……唉，我能说什么呢？当我明白了那使我爱慕的一个高贵的美型里，是安置着如此的一个卑劣灵魂，并且无缘无故还接受过他的许多亲密，这亲密自然是还值不了在他从妓院中挥霍里剩余下的一半多！想起那落在我发际的吻来，真又使我悔恨到想哭了！我岂不是把我献给他任他来玩弄我来比拟到卖笑的姊妹中去！然而这又都只能把责备来加上我自己到我更难受的，因为假设只要我自己肯，肯把严厉的拒绝放到我眸子中去，我敢相信他不会那样大胆，并且我也敢相信他之所以不会那样大胆，是由于他还未曾有过那恋爱的火焰燃炽，……唉！我应该怎样诅咒我自己！

三月十四

这是爱吗，也许要爱才具有如此的魔力，不是，为什么一个人的思想会变幻得如此不可测！当我睡去的时候，我看不起那美人，但刚从梦里醒来，一揉开睡眼，便又思念那市侩了。我想：他今天会来吗？什么时候呢？早晨，过午，晚上？于是我跳下床来，急忙忙的洗脸，铺床，还把昨夜丢在地下的一本大书捡起，不住的在边缘处摩挲着，这是凌吉士昨夜遗忘在这儿的一本《威尔逊演讲录》。

三月十四晚上

我是有如此一个美的梦想，这梦想是凌吉士所给我的。然而同时又为他而破灭。所以我因了他才能满饮着青春的醇酒，在爱情的微笑中度过了清晨；但因了他，我认识了"人生"这玩艺，而灰心而又想到死；至于痛恨到自己甘于堕落，所招来的，简直只是最轻的刑罚！真的，有时我为愿保存我所爱的，我竟想到"我有没有力去杀死一个人呢？"

我想遍了，我觉得为了保存我的美梦，为了免除使我生活的力一天天减少，顶好是即刻上西山去，但毓芳告诉我，说她所托找房子的那位住在西山的朋友还没有回信来，我又怎好再去询问或催促呢？不过我决心了，我决心让那高小子来尝一尝我的不柔顺，不近情理的倨傲和侮弄。

三月十七

那天晚上苇弟赌着气回去，今天又小小心心的自己来和解，我不觉笑了。并感到他的可爱。如若一个女人只要能找得一个忠实的男伴，做一身的归落，我想谁也没有我苇弟可靠。我笑问："苇弟，还恨姊姊不呢？"于是他羞惭的说："不敢。姊姊，你了解我罢！我是除了希冀你不会摈弃我以外不敢有别的念头的。一切只要你好，你快乐就够了！"这还不真挚吗？这还不动人吗？比起那白脸庞红嘴唇的如何？但是后来我说："苇弟，你好，你将来一定是一切都会很满你意的。"他却露出凄然的一笑。"永世也不会！——但愿如你所说……"这又是什么呢？又是给我难受一下！我恨不得跪在他面前求他只赐我以弟弟或朋友的爱罢！单单为了我的自私，我愿我少些纠葛，多点快乐。苇弟爱我，并会说那样好听的话，但他忽略了第一他应当真的减少他的热望，第二他也应隐藏起他的爱来。我为了这一个老实男人，所感到无能的抱歉，真也够受的了。

三月十八

我又托夏在替我往西山找房了。

三月十九

凌吉士居然已几日不来我这里了。自然，我不会打扮，不会应酬，不会治理家事，我有肺病，无钱，他来我这里做什么！我本无须乎要他来，但他真的不来了却又更令我伤心，更证实他以前的轻薄。难道他也是如苇弟一样老实，当他看到我写给他的字条："我有病，请不要再来扰我"，就信为是真话，竟不敢违背，而果真不来么？这又使我只想再见他一面，到底审看一下这高大的怪物是怎样的在觑看我。

三月二十

今天我往云霖处跑了三次，都未曾遇见我想见的人，似乎云霖也有点疑惑，所以他问我这几天见着凌吉士没有。我只好又怅怅的跑回来。我实在焦烦得很，我敢自己欺自己说我这几日没有思念到他吗？

晚上七点钟的时候，毓芳和云霖来邀我到京都大学第三院去听英语辩论会，并且乙组的组长便是凌吉士。我一听到这消息，心就立刻怦怦的跳起来。我只得拿病来推辞了这善意的邀请。我这无用的弱者，我没有胆量去承受那激动，我还是希望我能不见着他。不过在他俩走时，我却又请他俩致意到凌吉士，说我问候他。唉，这又是多么无意识啊！

三月二十一

在我刚吃过鸡子牛奶，一种熟习的叩门声便响着，在纸格上还印上一个颀长的黑影。我只想跳过去开门，但不知为一种什么情感所支使，我咽着气，低下头去了。

"莎菲，起来没有？"这声音是如此柔嫩，令我一听到会想哭。

为了知道我已坐在椅子上吗？为了知道我无能发气和拒绝吗？他轻轻的推开门便走进来了。我不敢仰起我滋润的眼皮来。

“病好些没有，刚起来吗？”

我答不出一句话。

“你真在生我的气啊。莎菲，你厌烦我，我只好走了。莎菲！”

他走，于我自然很合适，但我又猛然抬起头拿眼止住了他开门的手。

谁说他不是一个坏蛋呢，他懂得了。他敢于把我的双手握得紧紧的。他说：

“莎菲，你捉弄我了。每天我走你门前过，都不敢进来，不是云霖告我说你不会生我气，那我今天还不敢来。你，莎菲，你厌烦我不呢？”

谁都可以体会得出来，假使他这时敢于拥抱住我，狂乱的吻我，我一定会倒在他手腕上哭了出来：“我爱你呵！我爱你呵！”但他却如此的冷淡，冷淡得我又恨他了。然而我心里又在想：“来呀，抱我，我要接吻在你脸上咧！”自然，他依旧还握着我的手，把眼光紧盯在我脸上，然后我搜遍了，在他的各种表示中，我得不着我所等待于他的赐予。为什么他仅仅只懂得我的无用，我的可轻侮，而不够了解他之在我心中所占的是一种怎样的地位！我恨不得用脚尖踢他出去，不过我又为了另一种情绪所支配，我向他摇了头，表示是不厌烦他的来到。

于是我又很柔顺地接受了他许多浅薄的情意，听他又说着那些使他津津有味的卑劣享乐，以及“赚钱和花钱”的人生意义。并承认他暗示我许多做女人的本分。这些又使我看不起他，暗骂他，嘲笑他，我拿我的拳头，隐隐痛击我的心，但当他扬扬的走出我房时，我受逼得又想哭了。因为我压制住我那狂热的欲念，我未曾请求他多留一会儿。

唉，他走了！

三月二十一夜

在去年这时候，我过的是一种什么生活！为了有蕴姊千依百顺的疼我，我便装病躺在床上不肯起来。为了想受蕴姊抚摩我，便因那着急无以安慰我而流泪的滋味，我伏在桌上想到一些小不满意的事而哼哼唧唧的哭。便有时因在整日静寂的沉思里得了点哀戚，但这种淡淡的凄凉，却更令我舍不得去扰乱这情调，似乎在这里面我也可以品味出一缕甜意一样的。至于在夜深了的法国公园，听躺在草地上的蕴姊唱《牡丹亭》，那又是更不愿想到的事了。假使她不会被神捉弄般的去爱上那苍白脸色的男人，她一定不会死去的这样快，我当然不会一人漂流到北京，无亲无爱的在病中挣扎，虽说有几个朋友，他们也很体惜我，但在我所感应得出的我和他们的关系能和蕴姊的爱在一个天平上相称吗？想起蕴姊，我是真应当象从前在蕴姊面前撒娇一样的纵声大哭，不过这一年来，因为多懂得了一些事，虽说时时想哭却又咽住了，怕让人知道了厌烦。近来呢，我更是不知为了什么只能焦急。而想得点空闲去思虑一下我所做的，我所想的，关于我的身体，我的名誉，我的前途的好处和歹处的时间也没有，整天把紊乱的脑筋只放到一个我不愿想到的去处，因为便是我想逃避的，所以越把我弄成焦烦苦恼得不堪言说！但我除了说“死了也活该！”是不能再希冀什么了。我能求得一些同情和慰藉吗？然而我又似乎在向人乞怜了。

晚饭一吃过，毓芳便和云霖来我这儿坐，到九点我还不肯放他俩走。我知道，毓芳碍住面子只好又坐下来，云霖借口要预备明天的课，执意一人走回去了。于是我隐隐的向毓芳吐露我近来所感得的窘状，我只想她能懂得这事，并且能硬自作主来把我的生活改变一下，做我自己所不能胜任的。但她完全把话听到反面去了。她忠实的告诫我："莎菲，我觉得你太不老实，自然你不是有意，你可太不留心你的眼波了。你要知道，凌吉士他们比不得在上海同我们玩耍的那群孩子，他们很少机会同女人接近，受不起一点好意的，你不要令他将来感到失望和痛苦。我知道，你那里会爱到他呢？"这错误是不是又该归到我，假设我不想求助于她而向她饶舌，是不是她不会说出这更令我生气，更令我伤心的话来？我噎着气又笑了："芳姊，不要把我说得太坏了吓！"

毓芳愿意留下住一夜时，我又赶着她走了。

象那些才女们，因得了一点点不很受用，便能"我是多愁善感呀"，"悲哀呀我的心……""……"做出许多新旧的诗。我呢，没出息的，白白被这些诗境困着，连想以哭代替诗句来表现一下我的情感的搏斗都不能。光在这上面，为了不如人，也应摺开一切去努力做人才对，便还退一千步说，为了自己的热闹，得一群浅薄眼光之赞颂，我总也不该不拿起笔或枪来。真的便把自己陷到比死还难忍的苦境里，单单为了那男人的柔发，红唇……？

我又梦想到欧洲中古的骑士风度，这拿来比拟是不会有错，如其是有人看到凌吉士过的。他又能把那东方特长的温柔保留着。神把什么好的，都慨然赐给他了，但神为什么不再给他一点聪明呢？他还不懂得真的爱情呢，他确实不懂得，虽说他有了妻（今夜毓芳告我的），虽说他曾在新加坡乘着脚踏车追赶坐洋车的女子，因而恋爱过一小段时间，虽说他曾在"韩家潭"住过夜。但他真得到一个女人的爱过么？他爱过一个女人么？我敢说不曾！

一种奇怪的思想又在我脑中燃炽了。我决定来教教这大学生。这宇宙并不是象他所懂的那样简单的啊！

三月二十二

在心的忙乱中，我勉强竟写了这些日记了。早先是因为蕴姊写信来要，再三再四的，我只好开始来写。现在是蕴姊又死了好久，我还舍不得不继续下去，心想便为了蕴姊在世时所谆谆向我说的一些话而便永远写下去做纪念蕴姊也好。所以无论我那样不愿提笔，也只得胡乱画下一页半页的字来。本来是睡了的，但望到挂在壁上蕴姊的像，忍不住又爬起为免掉想念蕴姊的难受而提笔了。自然，这日记，我总是觉得除了蕴姊我不愿给任何人看。第一是因为这是特为了蕴姊要知道我的生活而记下的一些琐琐碎碎的事，二来我也怕别人给一些理智的面孔给我看，好更刺透我的心；似乎我自己也会因了别人所尊崇的道德而真的也感到象犯了罪一样的难受。所以这黑皮的小本子我是许久以来都安放在枕头底下的垫被的下层。今天不幸我却违背我的初意了，然而也是不得已，虽说似乎是出于毫未思考，原因是苇弟近来非常误解我，以致常常使得他自己不安，而又常常波及我。我相信在我平日的一举一动中，我都很能表示出我的态度来。为什么他懂不了我的意思呢？难道我能直接的说明，和阻止他的爱吗？我常常想，假设这不是苇弟而是另外一人，我将会知道怎样处置是最合法的。偏偏又是如此能令我忍不下心去的一个好人！我无法了，我只好把我的日记给他看，让他知道他之在我的心里是怎样的无希望，并知道我是如何凉薄的反反复复的不足爱的女人。假设苇弟知道我，我自然是会将他当做我唯一可诉心肺的朋友，我会热诚的拥着他同他接吻。我将替他愿望那世界上最可爱，最美的女人……日记，苇弟是看过一遍，又一遍了，虽说他曾经哭过，但态度非常镇静，是出我意料之外的。我说：

“懂得了姊姊吗？”

他点头。

“相信姊姊吗？”

“关于那方面的？”

于是我懂得那点头的意义。谁能懂得我呢，便能懂得了这只能表现我万分之一的日记，也只能令我看到这有限的而伤心哟！何况，希求人了解，而以想方设计用文字来反复说明的日记给人看，已够是多么可伤心的事！并且，后来苇弟还怕我以为他未曾懂得我，于是不住地说：

“你爱他！你爱他！我不配你！”

我真想一赌气扯了这日记。我能说我没有糟蹋这日记吗？我只好向苇弟说：“我要睡了，明天再来罢。”

在人里面，真不必求什么！这不是顶可怕的吗？假设蕴姊在，看见我这日记，我知道，她是会抱着我哭：“莎菲，我的莎菲！我为什么不再变得伟大点，让我的莎菲不至于这样苦啊……”但蕴姊已死了，我拿着这日记应怎样的来痛哭才对！

三月二十三

凌吉士向我说：“莎菲！你真是一个奇怪的女子。”我了解这并不是懂得了我的什么而说出的一句赞叹。他所以为奇怪的，无非是看见我的破烂了的手套，搜不出香水的抽屉，无缘无故扯碎了的新棉袍，保存着一些旧的小玩具，……还有什么？听见些不常的笑声，至于别的，他便无能去体会了，我也从未向他说过一句我自己的话。譬如他说：“我以后要努力赚钱呀。”我便笑；他说到邀起几个朋友在公园追着女学生时，“莎菲，那真有趣，”我也笑。自然，他所说的奇怪，只是一种在他习惯上不常见的奇怪。并且我也很伤心，我无能使他了解我而敬重我。我是什么也不希求了，除了往西山去。我想到我过去的一切妄想，我好笑！

三月二十四

一当他单独在我面前时，我觑着那脸庞，聆着那音乐般的声音，我心便在忍受那感情的鞭打！为什么不扑过去吻住他的嘴唇，他的眉梢，他的……无论什么地方？真的，有时话都到口边了：“我的王！准许我亲一下吧！”但又受理智，不，我就从没有过理智，是受另一种自尊的情感所裁制而又咽住了。唉！无论他的思想是怎样坏，而他使我如此癫狂的动情，是曾有过而无疑，那我为什么不承认我是爱上了他咧？并且，我敢断定，假使他能把我紧紧的拥抱着，让我吻遍他全身，然后他把我丢下海去，丢下火去，我都会快乐的闭着眼等待那可以永久保藏我那爱情的死的来到。唉！我竟爱他了，我要他给我一个好好的死就够了……

三月二十四夜深

我决心了。我为拯救我自己被一种色的诱惑而堕落，我明早便会到夏那儿去，以免看见了凌吉士又痛苦，这痛苦已缠缚我如是之久了！

三月二十六

为了一种纠缠而去，但又遭逢着另一种纠缠，使我不得不又急速的转来了。在我去夏那儿的第二天，剑如便也去了。虽说她是看另一人去的，但使我很感到不快活。夜晚，她大发其对感情的一种新近所获得的议论，隐隐的含着讥刺向我，我默然。为不愿让她更得意，我睁着眼，睡在夏的床上等到了天明，我才又忍着气转来……

毓芳告诉我，说西山房子已找好了，并且又另外替我邀了一个女伴，也是养病的，而这女伴同毓芳又算是一个很好的朋友。听到这消息，应该是很欢喜吧，但刚刚在眉头舒展了一点喜色，而一种黯然的凄凉便罩上了。虽说我从小便离开家，在外面混，但都有我的亲戚朋友随着我，这次上西山，固然说起来离城只有几十里，但在我，一个活了二十岁的人，开始一人跑到蓦生的地方去，还是第一次，假使我竟无声无息的死在那山上，谁是第一个发现我死尸的？我能担保我不会死在那里吗？也许别人会笑我担忧到这些小事，而我却真的哭过，当我问毓芳舍不舍得我时，而毓芳却笑，笑我问小孩话，说是这一点点路有什么舍不得，直到毓芳准许了我每礼拜上山一次，我才不好意思的揩干眼泪。

下午我到苇弟那儿去了，苇弟也说他一礼拜上山一次，填毓芳不去的空日。

回来已夜了，我一人寂寂寞寞的在收拾东西，想到我要离开北京的这些朋友们，我又哭了。但一想到朋友们都未曾向我流泪，我又擦去我脸上的泪痕。我是将一人寂寂寞寞的又离开这古城了。

在寂寞里，我又想到凌吉士了，其实，话不是这样说，凌吉士简直不能说“想起，”“又想起，”完全是整天都在系念到他，只能说：“又来讲我的凌吉士吧。”这几天我故意造成的离别，在我是不可计的损失，我本想放松了他，而我把他捏得更紧了。我既不能把他从我心里压根儿拔去，我为什么要躲避着不见他的面呢？这真使我懊恼，我不能便如此同他离别，这样寂寂寞寞的走上西山……

三月二十七

一早毓芳便上西山去了，去替我布置房子，说好明天我便去。我为她这番盛情，我应怎样去找得那些没有的字来表示我的感情。我本想再呆一天在城里，便也不好说出了。

我正焦急的时候，凌吉士才来，我握紧他双手，他说：

“莎菲！几天没见你了！”

我很愿意在这时我能哭得出来，抱着他哭，但眼泪只能噙在眼里，我只好又笑了。

他听见明天我要上山时，他显出的那惊诧和一种嗟叹，又很安慰到我，于是我真的笑了。他见到我笑，便把我的手反捏得紧紧的，紧得使我生痛。他怨恨似的说：

“你笑！你笑！”

这痛，是我从未有过的舒适。好象心里也正锥下去一个什么东西，我很想倒下他的手腕去，而这时苇弟却来了。

苇弟知道我恨他来，而他偏不走。我向着凌吉士使眼色，我说：“这点钟有课吧？”于是我送凌吉士出来。他问我明早什么时候走，我告他：我问他还来不来呢，他说回头便来；于是我望着他快乐了，我忘了他是怎样可鄙的人格，和美的相貌了，这时他在我的眼里，是一个传奇中的情人。哈，莎菲有了一个情人了！……

三月二十七晚

自从我赶走苇弟到这时已是整整五个钟头了。在这五点钟里，我应怎样才想得出一个恰合的名字来称呼它？象热锅上的蚂蚁在这小房子里不安的坐下，又躺下，又站起，又跑到门缝边瞧，但是——他一定不来了，他一定不来了，于是我又想哭，哭我走得这样凄凉，北京城就没有一个人陪我一哭吗？是的，我是应该离开这冷酷的北京的，为什么我要舍不得这板床，这油腻的书桌，这三条腿的椅子……是的，明早我就要走了，北京的朋友们不会再腻烦莎菲的病。为了朋友们轻快的舒适，莎菲便为朋友们死在西山也是该的！但都能如此的让莎菲一人得不着一点热情孤孤寂寂的上山去，想来莎菲便不死，也不会有损害或激动于人心吧……不想了！不想！有什么可想的？假使莎菲不如此贪心在攫取感情，那莎菲不是便很可满足于那些眉目间的同情了吗？……

关于朋友，我不说了。我知道永世也不会使莎菲感到满足这人间的友谊的！

但我能满足些什么呢？凌吉士答应我来，而这时已晚上九点了。纵是他来了，我便会很快乐吗？他会给我所需要的吗？……

想起他不来，我又该痛恨我自己了！在很早的从前，我懂得对付那一种男人便应用那一种态度，而到现在反蠢了。当我问他还来不来时，我怎能显露出那希求的眼光，在一个漂亮人面前，是不应老实，让人瞧不起……但我爱他，为什么我要使用技巧？我不能直接向他表明我的爱吗？并且我觉得只要于人无损，便吻人一百下，为什么便不可以被准许呢？

他既答应来，而又失信，显见得是在戏弄我。朋友，留点好意在莎菲走时，总不至于象是一种损失吧。

今夜我简直狂了。语言，文字是怎样在这时显得无用！我心像被许多小老鼠啃着一样，又象一盆火在心里燃烧。我想把什么东西都摔破，又想冒着夜气在外面乱跑去，我无法制止我狂热的感情的激荡，我便躺在这热情的针毡上，反过去也刺着，翻过来也刺着，似乎我又是在油锅里听到那油沸的响声，感到浑身的灼热……为什么我不跑出去呢？我等着一种渺茫的无意义的希望到来！哈……想到那红唇，我又癫了！假使这希望是可能的话——我独自又忍不住笑，我再三再四反复问我自己：“爱他吗？”我更笑了。莎菲不会傻到如此地步去爱上那南洋人。难道因了我不承认我的爱，便不可以被人准许做一点儿于人也无损的事？

假使今夜他竟不来，我怎能甘心便恝然上西山去……

唉！九点半了！

九点四十分了！

三月二十八晨三时

莎菲生活在世上，所要人们的了解她体会她的心太热烈太恳切了，所以长远的沉溺在失望的苦恼中，但除了自己，谁能够知道她所流出的眼泪的分量？

在这本日记里，与其说莎菲生活的一段记录，不如直接算为莎菲眼泪的每一个点滴，是在莎菲心上，才觉得更切实。然而这本日记现在是要收束了，因为莎菲已无需乎此——用眼泪来泄愤和安慰，这原因是对于一切都觉得无意识，流泪更是这无意识的极深的表白。可是在这最后一页的日记上，莎菲应该用快乐的心情来庆祝，她是从最大的那失望中，蓦然得到了满足，这满足似乎要使人快乐得到死才对。但是我，我只从那满足中感到胜利，从这胜利中得到凄凉，而更深的认识我自己的可怜处，可笑处，因此把我这几月来所萦萦于梦想的一点"美"反飘渺了，——这个美便是那高个儿的丰仪！

我应该怎样来解释呢？一个完全癫狂于男人仪表上的女人的心理！自然我不会爱他，这不会爱，很容易说明，就是在他丰仪的里面是躲着一个何等卑丑的灵魂！可是我又倾慕他，思念他，甚至于没有他，我就失掉一切生活意义的保障了；并且我常常想，假使有那末一日，我和他的嘴唇合拢来，密密的，那我的身体就从这心的狂笑中瓦解去，也愿意。其实，单单能获得骑士一般的那人儿的温柔的一抚摩，随便他的手尖触到我身上的任何部分，因此就牺牲一切，我也肯。

我应当发癫，因为像这些幻想中的异迹，梦似的，终于毫无困难的都给我得到了。但是从这中间，我所感得的是我所想象的那些会醉我灵魂的幸福么？不啊！

当他——凌吉士——在晚间十点钟来到时候，开始向我嚅嚅的表白，说他是如何的在想我……还使我心动过好几次；但不久我看到他那被情欲在燃烧的眼睛，我就害怕了。于是从他那卑劣的思想中所发出的更丑的誓语，又振起我的自尊心来！假使他把这串浅薄肉麻的情话去对别个女人说，一定是很动听的，可以得一个所谓的爱的心吧。但他却向我，就由这些话语的力，把我推得隔他更远了。唉，可怜的男子！神既然赋予你这样的一副美形，却又暗暗的捉弄你，把那样一个毫不相称的灵魂放到你人生的顶上！你以为我所希望的是"家庭"吗？我所欢喜的是"金钱"吗？我所骄傲的是"地位"吗？"你，在我面前，是显得多么可怜的一个男子啊！"我真要为他不幸而痛苦，然而他依样把眼光镇住我脸上，是被情欲之火燃烧得如何的怕人！倘若他只限于肉感的满足，那末他倒可以用他的色来摧残我的心；但他却哭声的向我说："莎菲，你信我，我是不会负你的！"啊，可怜的人！他还不知道在他面前的这女人，是用如何的轻蔑去可怜他的使用这些做作，这些话！我竟忍不住而笑出声来，说他也知道爱，会爱我，这只是近于开玩笑！那情欲之火的巢穴——那两只灼闪的眼睛，不正在宣布他除了可鄙的浅薄的需要，别的一切都不知道么？

"喂，聪明一点，走开吧，'韩家潭'那个地方才是你寻乐的场所！"我既然认清他，我就应该这样说，教这个人类中最劣种的人儿滚开去。然而，虽说我暗暗地在嘲笑他，但当他大胆地贸然伸开手臂来拥我时，我竟又忘记了一切，我临时失掉了我所有的一些自尊和骄傲，我是完全被那仅有的一副好丰仪迷住了，在我心中，我只想："紧些！多抱我一会儿吧，明早我便走了！"假使我那时还有一点自制力，我该会想到他的美形以外的那东西，而把他象一块石头般，丢到房外去。

唉！我能用什么言语或心情来痛悔？他，凌吉士，这样一个可鄙的人，吻我了！我静静默默的承受着！但那时，在一个温润的软热的东西放到我脸上，我心中得到的是些什么呢？我不能像别的女人一样会晕倒在他那爱人的臂膀里！我是张大着眼睛望他，我想："我胜利了！我胜利了！"因为他所以使我迷恋的那东西，在吻我时，我已知道是如何的滋味——我同时鄙夷我自己了！于是我忽然伤心起来，我把他用力推开，我哭了。

他也许忽略了我的眼泪，以为他的嘴唇是给我如何的温软，如何的嫩腻，是把我的心融醉到发迷的状态里吧，所以他又挨我坐着，继续的说了许多所谓爱情表白的肉麻话。

"何必把你那令人惋惜处暴露得无余呢？"我真这样的又可怜起他来。

我说："不要乱想吧，说不定明天我便死去了！"

他听着，谁知道他对于这话是得到怎样的感触？他又吻我，但我躲开了，于是那嘴唇便落到我的手上……

我决心了，因为这时我有的是充足的清晰的脑力，我要他走，他带点抱怨颜色，缠着我。我想，"为什么你也是这样傻劲呢？"他于是直挨到夜十二点半钟才走。

他走后，我想起适间的事情。我就用所有的力量，来痛击我的心！为什么呢，给一个如此我看不起的男人接吻？既不爱他，还嘲笑他，又让他来拥抱？真的，单凭了一种骑士般的风度，就能使我堕落到如此地步么？

总之，我是给我自己糟踏了，凡一个人的仇敌就是自己，我的天，这有什么法子去报复而偿还一切的损失？

好在在这宇宙间，我的生命只是我自己的玩品，我已浪费得尽够了，那末因这一番经历而使我更陷到极深的梦境里去，似乎也不成一个重大的事件。

但是我不愿留在北京，西山更不愿去了，我决定搭车南下，在无人认识的地方，浪费我生命的余剩；因此我的心从伤痛中又兴奋起来，我狂笑的怜惜我自己：

"悄悄地活下来，悄悄地死去，啊，我可怜你，莎菲！"

（选自《中国现代文学作品选》第三册，武汉工业大学出版社，1990）

【学习提示】

丁玲（1904—1986），原名蒋伟，字冰之，湖南临澧人。1922 年起先后入上海平民女校和上海大学学习。1930 年参加"左联"。1932 年加入中国共产党，并任"左联"党团书记。1936 年赴陕北革命根据地。1946 年到晋察冀边区参加土改运动。中华人民共和国成立后任《文艺报》主编、中央文学研究所所长、中国作协副主席、《人民文学》主编等职。代表作有处女作《梦珂》，长篇小说《太阳照在桑干河上》，短篇小说《莎菲女士的日记》，短篇小说集《在黑暗中》等。

丁玲的成名作《莎菲女士的日记》是由34篇日记组成的小说。主人公莎菲是一个不甘平庸、希望有所作为，但又一时找不到明确道路的女性知识青年。她高傲，瞧不起生活在自己周围的那些平庸的人。她很孤独，盼望遇到知音，渴望得到理解，然而知音难遇。她的身边有两个男人：一个叫苇弟，对她一片痴情，但老实懦弱，莎菲不爱他；另一个是南洋华侨凌吉士，长得一表人才，但灵魂卑下，只想赚钱，娶个漂亮妻子和生个大胖孩子。莎菲为他的美貌所倾倒，但又鄙视他的灵魂。她想离开凌吉士，但终究不能克制自己，经过激烈的内心斗争，还是吻了凌吉士，然后决定搬到一个无人认识的地方，"悄悄地活下来，悄悄地死去"。

从这篇小说中可以体会出两层意蕴。表层的意蕴是对于灵肉一致的爱情的追求。莎菲女士希望找到外貌和灵魂都美的伴侣，但凌吉士外貌美而灵魂丑，所以莎菲陷入了痛苦之中，并最终离开了凌吉士。深层的意蕴则是一种时代的苦闷。莎菲是一个有进步思想、不甘庸俗的知识青年，但在大革命失败后，一时找不到改造社会的道路，因而她感到孤独、绝望、苦闷。她的这种苦闷，并不只是个人的苦闷，而是大革命失败后许多知识青年普遍存在的时代苦闷。所以茅盾曾指出："莎菲女士是心灵上负着时代苦闷的创伤的青年女性的叛逆的绝叫者。"

这篇小说在艺术上的特点是对于女性性爱心理的大胆、细腻的描写。作品写了莎菲对于痴心追求自己，但自己又不喜欢的苇弟的抱歉感；而写得最精彩的是被凌吉士的外貌迷住后自己是如何玩弄恋爱技巧的。她对凌吉士有着抑制不住的癫狂。为了接近凌吉士，她故意在凌吉士经常路过的地方租了一间小房住下，但路遇凌吉士时表面上又极力装作无动于衷，后来发现凌吉士灵魂卑下后，内心极为矛盾，最后决定得到他的红唇后离开。被凌吉士吻过之后，她又鄙夷自己，伤心起来，但又想，好在生命只是自己的玩品。茅盾曾这样评论道："这是大胆的描写，至少在中国那时的女性作家中是大胆的。"

【思考练习题】

1. "莎菲生活在世上，所要人们的了解她体会她的心太热烈太恳切了，所以长远的沉溺在失望的苦恼中，但除了自己，谁能够知道她所流出的眼泪的分量？"如何理解莎菲女士的苦闷？其苦闷的时代意义是什么？

2. 为什么说小说中对女性心理的描写是大胆的、细腻的？

太阳照在桑干河上（节选）

丁　玲

三七　果树园闹腾起来了

暖水屯的人们都你跟我说，我跟你说着："嗯，十一家地主的园子都看起来了，说有十一家咧，贫农会的会员都在那里放哨呢。""唉，是哪十一家咧，怕都是要给清算的吧？""说是只拣有出租地的，富农的让他自己卖。""那不成呀！富农就不清算了么？""说不能全清算呀！有的户要清算的，那时要他交钱就成，这好办。""这也对，要是把全村的都卡起来，农会就只能忙着卖果子，还闹什么改革，地还得要分嘛！"……

一会，红鼻子老吴又打着锣唱过来了。他报告着卖果子委员会的名单，和委员会的一些决定。

"着呀！有任天华那就成呀！他是一个精明人，能替大伙儿打算，你看他把合作社办得多好，哪个庄户主都能挂账，不给现钱，可还能赚钱呀！"

"哈，李宝堂也是委员了，他成，果园的地他比谁也清楚，在果子园里走来走去二十年了，哪一家有多少棵树，都瞒不过他，哪一棵树能出多少斤果子，他估也估得出来，好好坏坏全装在他肚子里。"

"照情况看来这一回全给穷人当权着呢。侯忠全的儿子也出头了，这不给他的老头子急坏了么！"

人们不只在巷子里和隔壁邻舍谈讲，不只串亲戚家去打听，不只拥在合作社门外传播消息，他们还到果子园去；有些人是指定有工作的，有些妇女娃娃就去看热闹。

曾经听说过要把全村果树都卡起来的十五家富农，如今都露出了笑容，他们互相安慰也自己给自己安慰道："咱说呢，共产党就不叫人活啦，还能没有个理！"于是也全家全家的赶快出发到园子里，把熟了的果子全摘下来，他们怕落后了吃亏，要把果子赶早发出去。

那被统制下来了的十一家，也派人到园子来，他们有的来向大伙要求留下一部分，有的又想监视着那些农民看他们能怎么样，会不会偷运，把些小孩子也派来，趁大伙忙乱的时候，孩子们就抱些回家去，哪怕一个果子也好，也不能随便给人呀！

当大地刚从薄明的晨曦中苏醒过来的时候，在肃穆的，清凉的果树园子里，便飘起了清朗的笑声。这些人们的欢乐压过了鸟雀的喧噪。一些爱在晨风中飞来飞去的有甲的小虫，不安的四方乱闯。浓密的树叶在伸展开去的枝条上微微地摆动，怎么也藏不住那一累累的沉重的果子。在那树丛里还留得有偶尔闪光的露珠，就象在雾夜中耀眼的星星一样。那些红色果皮上有一层茸毛，或者是一层薄霜，显得柔软而润湿。云霞升起来了，从那密密的绿叶的缝里透过点点的金色的彩霞，林子中反映出一缕一缕的透明的淡紫色的、淡黄色的薄光。梯子架在树旁了。人们爬上了梯子，果子落在粗大的手掌中，落在篾篮子里，一种新鲜的香味，便在那些透明的光中流荡。这是谁家的园子呀！李宝堂在这里指挥着。李宝堂在园子里看着别人下果子，替别人下果子已经二十年了，他总是不爱说话，沉默的，象无所动于衷似的不断工作。象不知道果子是又香又甜似的，象拿着的是土块，是砖石那末一点也没有喜悦的感觉。可是今天呢，他的嗅觉象和大地一同苏醒了过来，象第一次才发现这葱郁的，茂盛的，富厚的环境，如同一个乞丐忽然发现许多金元一样，果子都发亮了，都在对他眏着眼呢。李宝堂一面指挥着人，一边说："这园子原来一共是二十八亩，七十棵葫芦冰，五十棵梨树，九棵苹果，三棵海棠，三十棵枣，一棵核桃。早先李子俊他爹在的时候，葫芦冰还多，到他儿子手里，有些树没培植好，就砍了，重新接上了梨树。李子俊没别的能耐，却懂得养梨，告诉咱们怎么上肥，怎么捉梨步曲，他从书上学来的呢。可惜只剩这十一亩半。靠西北角上五亩卖给了江世荣，紧南边半亩给了王子荣，一个钱也没拿到。靠洋井那三亩半还卖得不差，是顾老二买的，剩下七亩半，零零碎碎的卖给四五家人了。这些人不会收拾，又只个半亩，亩多的，就全是靠天吃饭，今年总算结得不错。"

有些人就专门把那些装满了果子的篮子，拿到堆积果子的地方。人们从这个枝上换到那个枝上，果子逐渐稀少了，叶子显得更多了。有些人抑制不住自己的欢乐，把摘下的大果子，扔给在邻树上摘果子的人，果子被接住了，大家就大笑起来，果子落在地上了，下边的人便争着去拾，有的人拾到了就往口里塞，旁边的人必然大喊道："你犯了规则呵，说不准吃的呀，这果子已经是穷人们自己的呀！""哈，摔烂了还不能吃么，吃他李子俊的一个不要紧。"

也有人同李宝堂开玩笑说："宝堂叔，你叨咕些什么，把李子俊的果园分了，就打破了你看园子这碗饭，你还高兴？"

"看园子这差事可好呢，又安静，又不晒，一个老人家，成天坐在这里抽袋把烟，口渴了，一伸手，爱吃啥，就吃啥，宝堂叔——你享不到这福了。"

"哈，"李宝堂忽然成了爱说话的老头，他笑着答道："可不是，咱福都享够了，这回该分给咱二亩地，叫咱也去受受苦吧。咱这个老光棍，还清闲自在了几十年，要是再分给一个老婆，叫咱也受受女人的罪才更好呢。哈……"

"早就听说你跟园子里的果树精成了亲呢，要不全村多少标致闺女，你都看不上眼，从来也不请个媒人去攀房亲事，准是果树精把你迷上了，都说这些妖精喜欢老头儿啦！"

一阵哄笑，又接着一阵哄笑，这边笑过了，那边又传来一阵笑，人们都变成好性子的人了。

果子一篮一篮地堆成了小山，太阳照在树顶上，林子里透不进一点风。有些人便脱了小褂，光着臂膀，跑来跑去，用毛巾擦脸上的汗，却并没有人说热。

比较严肃的是任天华那一群过秤的人。他们一本正经目不斜视的把秤过的果子记在账上，同时又把它装进篓子里。

李子俊的女人在饭后走来了。她的头梳得光光的，穿一件干净布衫，满脸堆上笑，做出一副怯生生的样子，向什么人都赔着小心。

没有什么人理她，李宝堂也装着没有看见她，却把脸恢复到原来那么一副古板样子了。

她瑟瑟缩缩地走到任天华面前，笑着道："如今咱们园子不大了，才十一亩半啦，宝堂叔比咱还清楚啦，他爹哪年不卖几亩地。"

"回去吧，"那个掌秤的豆腐店伙计说了，"咱们在这干活穷人们都放心，你还有什么不放心的。你们已经卖得不少了！"

"尽她呆着吧。"任天华说道。

"唉，咱们的窟窿还大呢，春上的工钱都还没给……"女人继续咕噜着。

在树上摘果子的人们里面不知是谁大声道："嘿，谁说李子俊只会养种梨，不会养葫芦冰？看，他养种了那末大一个葫芦冰，真真是又白又嫩又肥的香果啦！"

"哈……"旁树上响起一片无邪的笑声。

这个女人便走到远一点的地方坐下来。她望着树，望着那缀在绿树上的红色的珍宝。她想：这是她们的东西，以前，谁要走树下过，她只要望人一眼，别人就会赔着笑脸来奉承来解释。怎么如今这些人都不认识她了，她的园子里却站满了这末多人，这些人任意上她的树，践踏她的土地，而她呢，倒好象一个不相干的讨饭婆子，谁也不会施舍她一个果子。她忍着被污辱了的心情，一个一个地来打量着那些人的欢愉和对她的傲慢。她不免感慨地想道："好，连李宝堂这老家伙也反对咱了，这多年的饭都喂了狗啦！真是事变知人心啦！"

可是就没有一个人同情她。

她不是一个怯弱的人，从去年她娘家被清算起，她就感到风暴要来，就感到大厦将倾的危机。她常常想方设计，要躲过这突如其来的浪潮。她不相信世界将会永远这样下去。于是她变得大方了，她常常找几件旧衣送人，或者借给人一些粮食；她同雇工们谈在一起，给他们做点好的吃。她也变得和气了，常常串街，看见干部就拉话，约他们到家里去喝酒。她更变得勤劳了，家里的一切活她都干，还常常送饭到地里去，帮着拔草，帮着打场。许多只知道皮毛的人都说她不错，都说李子俊不成材，还有人会相信她的话，以为她的日子不好过——她还说今年要不再卖地，实在就没法过啦！可是事实上还是不能逃过这灾难，她就只得挺身而出，在这风雨中躲躲闪闪地熬着。她从不显露，她和这些人中间有不可调解的怨恨，她受了多少委屈呵！她只施展出一种女性的千依百顺，来博得他们的疏忽和宽大。

她看见大伙的工作又扩展开来了，便又走远些，在四周逡巡，舍不得离开她的土地，忍着痛苦去望那群"强盗"。她是这样咒骂他们的。

到中午时候，人们都回家吃饭去了。园子里显得安静了许多。她又走回来，巡视那些树，它们已经不再好看了，它们已经只剩下绿叶，连不大熟的果子都被摘下来了。她又走过那红色的果子堆成的小山，这在往年，她该多么的欢喜呵！可是现在她只投过去憎恨的视线。"嗯，那树底下还坐得有人看着呢！"

她通过了自己的园子，到了洋井那里，水汩汩地响着，因为在水泉突出来的地方，倒覆了一口瓦缸，水在缸底下涌出来，声音听起来非常清脆，跟着水流便成了一条小渠。这井是他们家开的，后来同地一道卖给顾老二了。顾老二却从来没有改变水渠的道路，也就是说从来没有断绝他们家的水源。这条小渠弯弯曲曲地绕着果子园流着，它灌溉了这一带二三十亩地的果子。她心想："唉，以前总可惜这块地卖给别人了，如今倒觉得还是卖了的好！”

顾涌的园子里没有人，树上的果子结得密密层层，已经有熟透了的落在地上了。他的梨树不多，红果却特别大，这人舍得上肥和花工；可是，还不是替别人卖力气。她感觉到这三亩半园子也被统制了，把顾老二也算在她们一伙，她不禁有些高兴，哼，要卖果子就谁的也卖，要分地，就分个乱七八糟吧。

可是当她刚刚这样想的时候，却听到一阵年轻女人的笑声。接着她看见一个穿浅蓝衣服的影子晃了过去，谁呢？她在脑子里搜寻着，她走到一条水渠边，有一棵柳树正从水渠那边横压了过来，倒在渠这边的一棵梨树上。梨树已经大半死去，只留下一根枝子，那上边却还意外的结着一串串的梨。她明白了对面是谁家的园子。“哼！是他们家呀！”

她已经看见那个穿浅蓝布衫的黑妮，正挂在一棵大树上，象个啄木鸟似的，在往下边点头呢。树林又象个大笼子似地罩在她周围。那些铺在她身后的果子，又象是繁密的星辰，鲜艳的星星不断的从她的手上，落在一个悬在枝头的篮子里。忽的她又缘着梯子滑了下来，白色的长裤就更飘飘晃动。这时她的二嫂也像一个田野间的兔子似的跳了过来，把篮子抢了过去，那边她姐姐又叫着了：“黑妮！你尽贪玩呀！”

黑妮是一个刚刚被解放了的囚徒。她大伯父曾经警告她道：“村子上谁也恨咱那个兄弟，咱们少出门，少惹事，你一个闺女家千万别听他的话，防着他点，是是非非你都受不了啦！”黑妮听了他的话，坚决不去找程仁，干脆地答复了二伯父道：“你们要再逼咱，咱就去告张裕民。”但不管怎样，家里总还是不放松她，死死地把她扭着，不让她好好呼吸一口新鲜空气。正在无法摆脱的时候，却一下晴了天，今天全家都喜笑颜开，当他们听到十一家果地被统制的消息时候，其中却没有钱文贵三个字，都会心地笑了。二伯父已经不再在院里踱来踱去，他躺在炕上，逍遥地摇着一把黑油纸扇。伯母东院跑到西院，不知忙什么才好。妇女们都被打发到园子里来了，钱礼就去找工人雇牲口。黑妮最感到轻松，她想他们不会再逼迫她了。她悄悄地向顾二姑娘说道：“二嫂，别怕咱爹，哼！他如今可是沾的咱二哥的光啦！”

李子俊的女人却忍不住悄悄地骂道：“好婊子养的，骚狐狸精！你千刀万剐的钱文贵，就靠定闺女，把干部们的屁股舐上了。你们就看着咱姓李的好欺负！……你们天天闹清算，闹复仇，守着个汉奸恶霸却供在祖先桌上，动也不敢动！咱们家多了几亩地，又没当兵的，又没人溜沟子，就倒尽了霉。他妈的张裕民这小子，有朝一日总要问问你这个道理！”

她不能再看下去了！她发疯了似地往回就跑，可是又看见对面走来了许多吃过午饭的人，还听到他们吆牲口的声音，她便又掉转头往侧边冲去，她不愿再看见这些人，她恨他们，她又怕不能再抑制住自己对他们的愤恨，这是万万不准透露出来的真情。她只是象一个挨了打的狗，夹着尾巴，收敛着恐惧与复仇的眼光，落荒而逃。

人们又陆续地麇聚到园子里了。侯清槐带领着运输队。两部铁轮子大车停在路上等装货，连胡泰的那部胶皮毂辘也套在那里，还加了一匹骡子。顾涌不愿跟车，没出来，李之祥被派定站在这里，拢着缆绳，举着一根长鞭子。他已经展开了笑容，不象前一晌的畏缩了，他觉得事情是有希望的。一串串的人扛着篾篓子，从园子深处朝这边走来了。只听见侯清槐站在车头上嚷道："老汉，你下去！到园子里捡捡果子吧，找点省劲的干！唉，谁叫你来的！"

这话是朝后边那辆铁轮车上的郭全说的。这老头戴了一顶破草帽，穿一件旧蓝布背心，连身也不反过来说："谁也没叫咱来，咱自个儿来的。咱自个儿还搁着两棵半果树没下呢。老头怎么样，老头就不办事了!?"他忽然看见那小个儿杨亮也扛着一篓果子走过来，不觉便去摸了一下那两撇八字胡，也高声道："咱老头还能落后，老杨！到咱这里来！装车是要会拾掇，又不要蛮力，对不对？"

"呵！是你！你的果子卖了么？"杨亮在车旁歇了下来，拿袖子擦脸上的汗。又向旁边搜寻着。

"没呢，咱那个少，迟几天没关系。"郭全弯着腰接过送上来的篓子。

杨亮想起那天他们谈的事，便问道："和你外甥商量了没有？打定主意了么？"

"什么？"他凝视着他一会，忽然明白了，笑了起来："呵！就是那事呵！唉，别人成天忙！你看，小伙子都嫌咱老了干不了活啦！嗯，没关系，咱老了，就少干点，各尽各的心！"

杨亮看见一个年轻女人也站到身边来，她把肩头上沉重的篓子慢慢的往下移，却急喊道："郭大伯，快接呀！"

她是一个瘦条子女人，黑黑红红的面孔，眉眼都细细的向上飞着。头发全向后梳，又高高地挽了一个髻子，显得很清爽。只穿一件白布的男式背心，两条长长的膀子伸了出来，特别使人注目的，是在她的一只手腕上，戴了好几道红色的假珠钏。

"嘿，坐了飞机呀！"一个走过来的年轻农民笑说道，"你真是妇女们里面的代表，羊栏里面的驴粪球啦！"

那女人决不示弱，扭回头骂道："你娘就没给你生张好嘴！"

"对！咱这嘴就是笨，咱还不会唱'东方红，太阳升'呢，哈……"谁也没有注意他给大家做的鬼脸，但大家都笑了。还有人悄悄说："欢迎唱一个！"

"唉！看你们这些人呀！有本领到斗争会上去说！可别让五通神收了你的魂！咱要是怕了谁不是人！"她踅转身走回去了。她走得是那样的快和那样的轻巧。

"谁呀？这妇女不赖！"杨亮觉得看见过这女人，却一时想不出她的名字，便问郭全。

郭全也挤着眼笑答道："羊倌的老婆，叫周月英，有名的泼辣货，一身都长着刺，可是个天不怕地不怕的女人，开起会比男人们还叫得响。算个妇女会的副主任咧。今天她们妇女会的人也全来了。"

"扛了一篓子果子，就压得歪歪扭扭叫叫喊喊的，还要称雄呢！"

"称雄！不成，少了个东西啦！"

于是大家又笑了。

一会，车子上便堆得高高的，捆得牢牢的。侯清槐得意洋洋，吆喝了一声，李之祥便挥动长鞭，车子慢慢地出发了。三辆车，一辆跟着一辆。在车后边，是从园子里上好了驮子的十几头骡子和毛驴，一个长长的行列，跟车的人，押牲口的人在两旁走着，有些人便靠紧了路边的土墙，伸长着头，目送着这个热闹的队伍。有些人也不愿立刻回园去，挤在园门口，指指点点赞谈着。这比正月的龙灯还热闹，比迎亲的轿马还使人感到新鲜和受欢迎呵！这时郭全也靠墙站着，轻轻地抹着他那八字胡，看行列走远了，才悄悄地问他身旁的杨亮道："这都给了穷人吗？"

文采也到园子里来了，他的感觉完全和过去来这里不同。他以前曾被这深邃的林地所眩惑。他想着这真是读书的胜地呵！也想着是最优美的疗养所在。他流连在这无边的绿叶之中，果子便象散乱的花朵。他听着风动树梢，听着小鸟欢噪，他怡然自得，觉得很不愿离开这种景致。可是今天呢，他被欢愉的人们所吸引住了。他们敏捷，灵巧，他们轻松，诙谐，他们忙而不乱，他们谨慎却又自如。平日他觉得这些人的笨重，呆板，枯燥，这时都只成了自己的写真。人们看见他来了，都向他打招呼，他却不能说出一句可以使人发笑的话，连使人注意也不可能。他看见负指挥总责的任天华，调动着，巡视着，计算着，检点着，又写些什么。谁也来找他，来问他，他一起一起打发了他们，人们都用满意的颜色离开他。可是他仍是象在合作社的柜房里一样，没一点特别的神气，没一点特别的模样，只显出他是既谦和又闲暇的。

胡立功更明确地说道："这要换上咱们来办成么？"

当然文采还会自慰：这到底只是些技术的，行政的事，至于掌握政策农民们就不一定能够做到。但他却不能不在这种场面里，承认了老百姓的能力，这是他从来没有想到的，更不能不承认自己和群众之间，还有着一层距离。至于理由何在，是由于他比群众高明还是因为他对群众的看法不正确，或者只是由于他和群众的生疏，那就不大清楚，也不肯多所思虑了。

他们没有在这里待许久，便又回去，忙着布置昨天商量好的事去了。

园子里却仍旧那么热闹，尤其当太阳西斜的时候，老婆子们都拄着杖走来了。这是听也没听过的事呀！财主家的果子叫穷人们给看起来，给拿到城里去卖。参加的人一加多，那些原来有些怕的，好象怀了什么鬼胎的人，便也不在乎了。有些本来只跑来瞧瞧热闹的，却也动起手来。河流都已冲上身来了，还怕溅点水沫吗？大伙儿都下了水，人人有份，就没有什么顾忌，如今只怕漏掉自己，好处全给人占了啦！这件事兴奋了全村的穷人，也兴奋了赵得禄张裕民几个人，他们满意着他们的坚持，满意着自己在群众中增长起来的威信，村上人说他们办得好咧。他们很自然的希望着就这么顺利下去吧，这总算个好兆头。他们不希望再有什么太复杂，太麻烦的事。

（选自《丁玲选集》第一卷，四川人民出版社，1984）

【学习提示】

《太阳照在桑干河上》是丁玲的代表作，是一部相当辉煌地反映了土地改革运动的、具有一定高度的、真实的、史诗级的作品，曾获1951年苏联斯大林文学奖二等奖。

小说的主要思想成就在于艺术地展示了中国共产党领导的土地改革运动。作家遵循现实主义的创作原则，在深入生活的基础上，对土地改革运动这场具有重要历史意义的事件进行了艺术反映。小说既写出了土地改革对于改变农民命运的重要意义，也写出了土地改革对于发动农民参加解放战争的巨大作用；既写出了农民要求翻身、敢于革命的本质，也写出了千百年来封建统治在他们身上产生的深刻影响。通过这部作品，人们可以看到土地改革运动的基本过程、艰难曲折和重要意义。

通过直接的心理描写刻画人物性格，是小说的主要特色之一。塑造人物时注重心理描写，是受西方小说影响的结果。作品中精彩的心理描写片段很多，如在“果树园里闹腾起来了”一章中对李子俊妻子的心理描写就相当细腻、深入。她对贫雇农的阶级仇恨以及嫉妒、绝望等心理在小说中得到了细致入微的剖析和淋漓尽致的展示。小说不追求情节的集中紧凑，而注重人物形象塑造的完整性。作品对主要人物的身世往往用专门篇幅进行集中介绍。这种中断故事的叙述而插入人物介绍的写法，虽然使作品显得有点松散，但使读者既能了解人物的现在，又能了解人物的过去，从而对人物有一个完整的印象。另外，在描写场面时，作者善于将环境介绍和人物描写、故事叙述和心理分析结合起来，运用多种手法加以表现，使得场景静中有动，画面充实。浓重的生活气息也是小说的特色之一。作品虽然主要写的是土地改革运动，但围绕这一运动展示了广阔的社会生活，而且笔触深入农民生活的各个角落，既写了人们在政治上、经济上的关系，也写了他们在生活上、伦理上的关系；既写了历史纠葛，也写了现实矛盾。

【思考练习题】

1. 小说是如何揭示土地改革运动的深远历史意义的？
2. 这部作品的艺术特点主要有哪些？
3. 结合对果树园里的描写，分析《太阳照在桑干河上》的场面描写的特点。

暴风骤雨（节选）

周立波

二四

第二天一早，白玉山到农会来起了路条，回双城去了。

屯子里事，分两头进行。萧队长带领张景瑞在一间小屋里审讯韩老五。郭全海和老初带领积极分子们，忙着分牲口。他们把那在早一腿一腿地分给小户的马匹，都收回来，加上金子元宝换的马，再加抄出的黑马，整个场子里，有二百七八十匹骡马，还有二三十头牛，外加五条小毛驴。牲口都标出等次，人都按着排号的次序，重新分配，他们计算了，全屯没马的小户，都能摊上一个囫囵个儿顶用的牲口。

是个数九天里的好天气，没有刮风，也不太冷。人们三三五五，都往小学校的操场走。他们穿着新领的棉袍、大氅、新的棉裤袄。新的靰鞡在雪地上咔嚓咔嚓地响着。小学校的操场里，太阳光照得黄闪闪的，可院的牛马欢蹦乱跳，嘶鸣，吼叫，闹成一片。人们看着牲口的牙齿、毛色和腿脚，议论着，品评着，逗着乐子。

“分了地，不分马，也是干瞪眼。”

“没有马，累死一只虎，也翻不来一块地呀。”

“挖的金子买成马，这主意谁出的?”

“还不是大伙。”

“这主意真好。”

“今年一户劈一个牲口，不比往年，四家分一个，要是四家不对心眼儿，你管他不管，你喂高粱，他喂稗草，你要拉车，他要磨磨，可别扭呐。”

老孙头走到一个青骟马的跟前说：

“这马岁数也不太小了，跟我差不一点儿。”说着，他扳开马嘴说：

“你看，口都没有了。”

小猪倌仰脸问道：

“咋叫口都没有了?”

老孙头一看是小猪倌问，先问他道：

“放猪的，你今年多大?”

小猪倌说：

“十四岁，问那干啥?”

老孙头摆谱说：

“我十四岁那年，早放马了。你还是放猪。你来，我教你，马老了，牙齿一抹平，没有窟窿，这叫没有口。口小的马，你来瞅瞅，”他带着小猪倌走到一个兔灰儿马子跟前，用手扳开它的嘴说道：

“看到吧，大牙齿上一个一个大窟窿，岁数大，草料吃多了，牙上窟窿磨没了，这叫没有口，听懂没有？”

小猪倌站在人少的地方，一面准备跑，一面调皮地说：

“你吃的草料也不少了，看看你牙齿还有没有口？”

老孙头扑过来抓他，他早溜走了。老孙头也不追他，叹一口气，对人说道：

“咱十四岁放马，哪象这猴儿崽子，口大口小也不懂？骂人倒会，不懂牲口，还算什么庄稼人？”

院子当间摆一张长方桌子，郭全海用小烟袋锅子敲着桌子说：

“别吵吵，分马了。小户一家能摊一个顶用的牲口，领马领牛，听各人的便。人分等，排号，牛马分等，不排号。记住自己的等级、号数，听到叫号就去挑。一等牛马拴在院子西头老榆树底下。”

人们拥上来，围住桌子，好几个人叫道：

“不用你说，都知道了。动手分吧，眼瞅晌午了。”

郭全海爬到桌子上，踩得桌子嘎拉拉地响。他高声叫道：

“别着忙，还得说两句。咱们分了衣裳，又分牛马，倒是谁整的呀？”

无数声音说：

“共产党领导的。”

郭全海添着说：

“牲口牵回去，见天拉车，拉磨，种地，打柴火，要想想牲口是从哪来的；分了东西就忘本，那可不行。”

许多声音回答道：

“那哪能呢？咱们可不是花炮。”

郭全海说：

“现在分吧。”说罢，跳下地来，栽花先生提着石板，叫第一号。第一号是赵大嫂子。她站在人身后，摆手说不要。老初忙走过来问她：

“大嫂子，你咋不要？”

赵大嫂子右手拉着锁住，左手摇摇说：

“咱家没有男劳力，白搭牲口，省下给人力足的人家好。”

老初说：

“我说你真傻，要一个好呀，拉磨，打柴，不用求人了。”

赵大嫂子说：

“小猪倌要另立灶火门，咱娘俩能烧多少柴，拉多少磨？还是不要好。”

老孙头站在旁边寻思着：要是赵家分了马，他插车插犋①，不用找别家，别家嘎

---

① 两家或三家的牲口伙拉一辆车，叫做插车；两家或三家的牲口伙拉一具犁或耙，叫做插犋。

咕①，赵大嫂子好说话。他怂恿她道：

“还是要一个好呀，你要没人喂，寄放我家，咱两家伙喂，你们烈属还不要，谁还配要?”

赵大嫂子说啥也不要。栽花先生叫第二名，这是郭全海。老孙头慌忙跑去，附在他耳边说道：

“拴在老榆树左边的那个青骒马，口小，肚子里还有个崽子，开春就下崽，一个变两个。快去牵了。”

郭全海笑道：

“开春马下崽子了，地怎么种?”

“一个月就歇过来了，耽误不了。”

郭全海对自己的事从来总是随随便便的，常常觉得这个好，那个也不赖。老孙头要他牵上青骒马，他就牵出来，拴在小学校的窗台旁的一根柱子上，回来再看别人分。

叫到老初的名字的时候，他早站在牛群的旁边，他底根想要个牤子，寻思着牤子劲大，下晚省喂，不喂料也行，不象骡马，不喂豆饼和高粱，就得掉膘。他今年粮食不够，又寻思着，使牛翻地，就是不快当，过年再说吧。他牵着一个毛色象黑缎子似的黑牤牛，往回走了。一个小伙子叫道：

“老初，要牛不要马，是不是怕出官车呀?”

老初回过头来说：

“去你的吧，谁怕出官车? 摊到我的官车，不能牛工还马工，换人家马去?”

老田头走到老孙头跟前，问道：

“你要哪个马?”

老孙头说：

“还没定弦②。”

其实，他早打定了主意，相中了拴在老榆树底下的右眼象玻璃似的栗色小儿马。听到叫他名，他大步流星地迈过去，把它牵上。张景瑞叫道：

“瞅老孙头挑个瞎马。”

老孙头翻身骑在儿马的光背上。小马从来没有骑过人，在场子里乱蹦乱跑，老孙头揪着它的剪得齐齐整整的鬃毛，一面回答道：

“这马眼瞎? 我看你才眼瞎呢。这叫玉石眼，是最好的马，屯子里的头号货色，多咱也不能瞎呀。”

小猪倌叫道：

“老爷子多加小心，别光顾说话，看掉下来屁股摔两瓣。”

老孙头说：

“没啥，老孙头我赶二十九年大车，还怕这小马崽子，哪一号烈马我没有骑过? 多咱看见我老孙头摔过跤呀?”

---

① 难对付，不好说话。

② 打定主意。

刚说到这儿，小儿马子狂蹦乱跳，越跳越高，越蹦越有劲。两个后腿一股劲地往后踢，把地上的雪，踢得老高。老孙头不再说话，两只手豁劲揪着鬃毛，吓得脸象窗户纸似的煞白，马绕着场子奔跑，几十个人也堵它不住，到底把老孙头扔下地来。它冲出人群，跑出学校，往屯子的公路一溜烟似地跑走了。郭全海慌忙从柱子上解下青骒马，翻身骑上，撵玉石眼去了。这儿，老孙头摔倒在地上，半晌起不来，周围的人笑声不绝。趁着老孙头躺在地上叫哎哟，不能回嘴的机会，调皮的人们围上来，七嘴八舌打趣道：

“怎么下来了？地上比马上舒坦？”

“没啥，这不算摔跤，多咱看见咱们老孙头摔过跤呀？”

“这屯子还是数老孙头能干，又会赶车，又会骑马，摔跤也摔得漂亮。拍塌一声，掉下地来，又响亮，又干脆。”

老孙头手脚朝天，屁股摔痛了。他哼着，没有工夫回答人们的玩话。几个人跑去，扶起他来，替他拍掉沾在衣上的干雪，问他哪块摔痛了？老孙头站立起来，嘴里嘀咕着：

“这小家伙，回头非揍它不解。哎哟，这儿，给我揉揉。这小家伙……哎哟，你再揉揉。”

郭全海把老孙头的玉石眼追了回来，人马都气喘吁吁。老孙头起来，跑到柴火垛子边，抽根棒子，撵上儿马，一手牵着它的嚼子，一手狠狠抡起木棒子，棒子抡到半空，却扔在地上，他舍不得打。

继续着分马。各家都分了可心牲口。白大嫂子，张景瑞的后娘，都分着相中的硬实马。老田头夫妇，牵一个膘肥腿壮的沙栗儿马，十分满意。李大个子不在家，刘德山媳妇代他挑了一个灰不溜的白骟马，拴到她的马圈里。

李毛驴转变以后，勤勤恳恳，大伙把他名也排上了。叫号叫到他的时候，他不要马，也不要牛，栽花先生问他道：

“倒是要啥哩？”

李毛驴说：

“我要我原来的那两个毛驴。”

“那你牵上吧。”

李毛驴牵着自己的毛驴，慢慢地走回家去，后面一群人跟着，议论着：

“这真是物还原主。”

“早先李毛驴光剩个名，如今又真有毛驴了。”

李毛驴没有吱声。他又悲又喜，杜善人牵去的他的毛驴又回来了，这使他欢喜，但因这毛驴，他想起了夭折的孩子，走道的媳妇，心里涌出了悲楚。后尾一个人好象知道他心事似的，跟他说道：

“李毛驴，牲口牵回来，这下可有盼头呐，好好干一年，续一房媳妇，不又安上家了吗？”

三百来户，都欢天喜地。只有老王太太不乐意。她跟她俩小子，没有挑到好牲口，牵了一个热毛子马。这号马，十冬腊月天，一身毛褪得溜干二净，冷得直哆嗦，出不去门。夏天倒长毛，蹚地热乎乎地直流汗。老王太太牵着热毛子马，脑瓜搭拉着，见人就叹命不好。老孙头说：

“那怕啥？你破上半斗小米，入在井里泡上，包喂好了。”

老田头也说：

“过年杀猪，灌上两碗热血就行。”

老王太太说：

“还要等到过年啦。”

郭全海看着老王太太灰溜溜的样子，走拢来问道：

“怎么的呐，这马不好？”

“热毛子马。”

郭全海随即对她说：

“我跟你换换，瞅瞅拴在窗台边的那个青骒马，中意不中意？”

老王太太瞅那马一眼，摇摇头说：

“肚子里有崽子，这样大冷天，下下来也难侍候，开春还不能干活。”

郭全海招呼着一些积极分子，到草垛子跟前，阳光底下，合计老王太太的事。郭全海蹲在地上，用烟袋锅子划着地上的松雪，对大伙说道：

“萧队长说过：先进的要带动落后的，咱们算先迈一步，老王太太拉后一点点，咱们得带着她走。新近她又立了功，要不是她，韩老五还抓不回来呢。要不抠出这个大祸根，咱们分了牲口，也别想过安稳日子。”

老孙头点头说道：

“嗯哪，怕他报仇。”

郭全海又说：

“如今她分个热毛子马不高兴，我那青骒马跟她串换，她又不中意，大伙说咋办？”

老孙头跟着说道：

“大伙说咋办？”

老初说：

“她要牛，我把黑牤子给她。”

白大嫂子想起白玉山叮咛她的话，凡事都要做模范，就说：

“咱领一个青骡子，她要是想要，咱也乐意换。”

张景瑞继母想起张景祥参军了，张景瑞是治安委员，自私落后，就叫他们瞧不起，这回也说：

“咱们领的兔灰儿马换给她。”

老田头跑到场子的西头，在人堆里找着他老伴，老两口子合计了一会，他走回来说：

“我那沙栗儿马换给她。”

老孙头看老田头也愿意掉换，也慷慨地说：

“我那玻璃眼倒也乐意换给她。”但是实在舍不得他的小儿马，又慌忙添说：“就怕儿马性子烈，她管不住。”

老初顶他一句说：

“那倒不用你操心，她两个儿子还管不住一个儿马子？”

郭全海站起来说道：

“好吧，咱们都把马牵到这儿来，听凭她挑选。”

郭全海说罢，邀老王太太到草垛子跟前，答应跟她掉换的各家的牲口也都牵来了。老王太太嘴上说道：“就这么的吧，不用换了，把坏的换给你们，不好。”眼睛却骨骨碌碌地瞅这个，望那个。郭全海把自己的青骒马牵到她跟前，大大方方地说道：

“这马硬实，口又轻，肚子里还带个崽子，开春就是一变俩，你牵上吧。”

老王太太看看青骒马的耷拉着的耳丫子，摇一摇头走开了。老孙头的心怦怦地跳着，脸上却笑着说道：

“老初的大黑牤子好，下晚不用喂草料，黑更半夜不用爬起来。黑骡子也好。就是马淘气，还费草料，一个马一天得五斤豆饼，五斤高粱，十五斤谷草，马喂不起呀，老王太太。”

老王太太看了看老初的牤牛，又掉转头来瞧了瞧白大嫂子的骡子，都摇一摇头，转身往老孙头的玉石眼儿马走来了，老孙头神色慌张，却又笑着说：

“看上了我这破马？我这真是个破马，性子又烈。”

老初笑着又顶他道：

“他才刚还说：他这马‘是玉石眼，是最好的马，屯子里的头号货色’。这会子说是破马了。”

老王太太走近去，用手摸摸那油光闪闪的栗色的脊梁，老孙头在一旁嚷道：

“别摸它呀，这家伙不太老实，小心它踢你。我才挑上它，叫它摔一跤。样子也不好看，玻璃眼睛，乍一看去，象瞎了似的。”老孙头不说“玉石眼”，说是“玻璃眼”。跟着还说了这马好多的坏处，好处一句也不提。临了他还说：“这马到哪里都是个扔货，要不是不用掏钱，我才不要呢。”

不知道是听信了他的话呢，还是自己看不上眼，老王太太从玉石眼走开，老孙头翻身骑上他这“玻璃眼”，双手紧紧揪着鬃毛，一面赶它跑，一面说道：“你不要吧，我骑走了。”说罢，头也不回地跑了。老王太太朝着老田头儿的沙栗儿马走去。这个马膘肥腿壮，口不大不小，老王太太就说要这个。老田头笑着说道：

“你牵上吧。”

大伙都散了。老田头牵着热毛子马回到家里。拴好马，进到屋里，老田太太心里不痛快，一声不吱。老田头知道她心事，走到她跟前说道：

“不用发愁，翻地拉车，还不一样使？”

老田太太说：

“咱们的沙栗马膘多厚，劲多大。这马算啥呀？真是到哪里也是个扔货。”

“能治好的，破上半斗小米子，搁巴斗①里，入在井里泡上，咱们粮食有多的，破上点粮给它吃就行。”

老田太太坐在炕沿说：

---

① 藤或柳条制的笸子，播种时盛籽种的。

“到手的肥肉跟人换骨头，我总是心里不甘。再说，咱们光景还不如人呢。”

老田头说：

“你是牺牲不起呀，还是咋的？你忘了咱们的裙子？她宁死也不说出姑爷的事？亏你是她的亲娘，也不学学样，连个儿马也牺牲不起，这马又不是不能治好的。”

“是呀，能治好的。”这是窗户外头一个男子声音说的话，老两口子吃了一惊。老田太太忙问道：

“谁呀？”

“我，听不出吗？”

“是郭主任吗？还不快进来，外头多冷。”

郭全海进屋，一面笑着，一面说道：

“我的青骒马牵来了。你们不乐意要热毛子马，换给我吧。”老田太太的心转过弯来了。笑着说道：

“不用换了。咱们也能治，还是把你的马牵回去吧。各人都有马，这就好了，不象往年，没有马，可憋屈呀，连地也租种不上。”

彼此又推让一会，田家到底也不要郭全海的马，临了，郭全海说道：

“这么的吧，青骒马开春下了崽，马驹子归你。”

（选自《周立波文集》第一卷，上海文艺出版社，1981）

【学习提示】

周立波（1908—1979），原名周绍仪，湖南益阳人。1928 年入上海劳动大学学习，并开始写作。1934 年参加“左联”，同年加入中国共产党。抗日战争全面爆发后，作为战地记者赴华北前线。1939 年任《救亡日报》编辑，并到延安鲁迅艺术学院任教。1946 年去东北解放区参加土地改革运动，后创作长篇小说《暴风骤雨》。中华人民共和国成立后，有影响力的作品是长篇小说《山乡巨变》。

《暴风骤雨》是我国较早反映农村土地改革运动的长篇小说之一，曾荣获 1951 年度斯大林文艺奖三等奖。小说写的是东北松花江畔元茂屯土地改革的故事。作品分上下两卷，上卷写的是从 1946 年党中央发布《关于土地问题的指示》到 1947 年全国土地会议这段时间内的农村状况，下卷写的是《中国土地法大纲》颁布后农村土地革命的进一步深入。

《暴风骤雨》的主要思想成就在于全过程地反映了中国现代史上的重要事件——土地改革运动。作品从工作组进村发动群众写起，接着是斗地主、分田地、挖浮财、起枪支、打土匪、抓特务，一直写到掀起参军热潮，完整地描写了土地改革运动的全过程。通过这个作品，读者可以看到具体生动的历史画面，也可以看到发生于土地改革运动中的关于阶级斗争的“暴风骤雨”。

作品在艺术上有以下几个特点。从创作原则上看，《暴风骤雨》虽然是写实性的作品，但却具有比较明显的理想主义倾向。在这个作品中，作者塑造了赵玉林、郭全海这样的光彩夺目的人物形象。从刻画人物的手法上看，《暴风骤雨》多通过人物的言行去刻画人物性格，几乎没有直接的心理描写。从语言上看，不管是人物语言还是叙述语言都能准确熟练地运用群众口语，地方色彩浓厚。

【思考练习题】

1. 为什么说《暴风骤雨》反映了时代气氛且具有浓厚的地方色彩？
2. 以选文中的分马经过为例，概括郭全海的性格特点。

围 城（节选）

钱锺书

六

三闾大学校长高松年是位老科学家。这“老”字的位置非常为难。可以形容科学，也可以形容科学家。不幸的是，科学家跟科学大不相同，科学家像酒，愈老愈可贵，而科学像女人，老了便不值钱。将来国语文法发展完备，总有一天可以明白地分开“老的科学家”和“老科学的家”或者说“科学老家”和“老科学家”。现在还早得很呢，不妨笼统称呼。高校长肥而结实的脸像没发酵的黄面粉馒头，“馋嘴的时间”咬也咬不动他，一条牙齿印或皱纹都没有。假使一个犯校规的女学生长得非常漂亮，高校长只要她向自己求情认错，也许会不尽本于教育精神地从宽处分。这证明这位科学家还不老。他是二十年前在外国研究昆虫学的；想来二十年前的昆虫都进化成为大学师生了，所以请他来表率多士。他在大学校长里，还是前途无量的人。大学校长分文科出身和理科出身两类。文科出身的人轻易做不到这位子，做到了也不以为荣，准是干政治碰壁下野，仕而不优则学，借诗书之泽、弦诵之声来休养身心。理科出身的人呢，就全然不同了。中国是世界上最提倡科学的国家，没有旁的国家肯这样给科学家大官做的。外国科学进步，中国科学家进爵。在外国，研究人情的学问始终跟研究物理的学问分歧；而在中国，只要你知道水电、土木、机械、动植物等等，你就可以行政治人——这是“自然齐一律”最大的胜利。理科出身的人当个把校长，不过是政治生涯的开始；从前大学之道在治国平天下，现在治国平天下在大学之道，并且是条坦途大道。对于第一类，大学是休息的摇椅；对于第二类，它是个培养的摇篮——只要他小心别摆得睡熟了。

高松年发奋办公，亲兼教务长，精明得真是睡觉还睁着眼睛，戴着眼镜，做梦都不含糊的。摇篮也挑选得很好，在平成县乡下一个本地财主的花园里，面溪背山。这乡镇绝非战略上必争之地，日本人唯一豪爽不吝啬的东西——炸弹——也不会浪费在这地方。所以，离开学校不到半里的镇上，一天繁荣似一天，照相铺、饭店、浴室、地方戏院、警察局、中小学校，一应俱全。今年春天，高松年奉命筹备学校，重庆几个老朋友为他饯行。席上说起国内大学多而教授少，新办尚未成名的学校，地方偏僻，怕请不到名教授。高松年笑道：“我的看法跟诸位不同。名教授当然很好，可是因为他的名望，学校沾着他的光，他并不倚仗学校里的地位。他有架子，有脾气，他不会全副精神为学校服务，更不会绝对服从当局的指挥。万一他闹别扭，你不容易找替人，学生又要借题目麻烦。我以为学校不但造就学生，并且应该造就教授。找一批没有名望的人来，他们要借学校的光，他们要靠学校才有地位，而学校并非非有他们不可，这种人才真能跟学校合为一体，真肯出力为公家做事。学校也是个机关，机关当然需要科学管理，在健全的机关里，绝没有特殊人物，只有安分受支配的一个个分子。所以，找教授并非难事。”

大家听了，倾倒不已。高松年事先并没有这番意见，临时信口胡扯一阵。经朋友们这样一恭维，他渐渐相信这真是至理名言，也对自己倾倒不已。他从此动不动发表这段议论，还加上个帽子道："我是研究生物学的，学校也是个有机体，教职员之于学校，应当像细胞之于有机体——"这至理名言更变而为科学定律了。

亏得这一条科学定律，李梅亭、顾尔谦，还有方鸿渐会荣任教授。他们那天下午两点多钟到学校；高松年闻讯匆匆到教员宿舍里应酬一下，回到办公室，一月来的心事不能再搁在一边不想了。自从长沙危急，聘好的教授里十个倒有九个打电报来托故解约，七零八落，开不出班，幸而学生也受战事影响，只有一百五十八人，今天一来就是四个教授，军容大振，向部里报上去也体面些。只是怎样对李梅亭和方鸿渐解释呢？部里汪次长介绍汪处厚来当中国文学系主任，自己早写信聘定李梅亭了——可是汪处厚是汪次长的伯父，论资格也比李梅亭好，那时候给教授陆续辞聘的电报吓昏了头，怕上海这批人会半路打回票，只好先敷衍汪次长。汪处厚这人不好打发，李梅亭是好朋友，老朋友总讲得开，就怕他的脾气难对付，难对付！这姓方的青年人是容易对付的。他是赵辛楣的来头，辛楣最初不肯来，介绍了他，说他是留学德国的博士，真糊涂透顶！他自己开来的学历，并没有学位，只是个各国游荡的"游学生"，并且并非学政治的，聘他当教授太冤枉了！至多做副教授，循序渐升，年轻人做事不应该爬得太高，这话可以叫辛楣对他说。为难的还是李梅亭——无论如何，他千辛万苦来了，决不会一翻脸就走的；来得困难，去也没有那么容易，空口允许他些好处就是了。他从私立学校一跳而进国立学校，还不是自己提拔他的？做人总要有良心。这些反正是明天的事，别去想它，今天——今天晚上还有警察局长的晚饭呢。这晚饭是照例应酬，小乡镇上的盛馔，翻来覆去，只有那几样，高松年也吃腻了，可是这时候四点钟已过，肚子有点饿，所以想到晚饭，嘴里一阵潮润。

同路的人，一到目的地，就分散了，好像一个波浪里的水打到岸边，就四面溅开。可是鸿渐们四个男人，当天还一起到镇上去理发洗澡。回校只见告白板上贴着粉红纸的布告，说中国文学系同学今晚七时半在联谊室举行茶会，欢迎李梅亭先生。梅亭欢喜得直说："讨厌，讨厌！我累得很，今天还想早点睡呢！这些孩子热心得不懂道理。赵先生，他们消息真灵呀！"

辛楣道："岂有此理！政治系学生为什么不开会欢迎我呀？"

梅亭道："忙什么？今天的欢迎会，你代我去，好不好！我宁可睡觉。"

顾尔谦点头叹道："念中国书的人，毕竟知礼，我想旁系的学生决不会这样尊师重道的。"说完笑眯眯地望着李梅亭，这时候，上帝会懊悔没在人身上添一条能摇的狗尾巴，因此减低了不知多少表情的效果。

鸿渐道："你们都什么系，什么系，我还不知道是哪一系的教授呢。高校长给我的电报没有说明白。"

辛楣忙说："那没有关系。你可以教哲学，教国文——"

梅亭狞笑道："教国文是要得我许可的，方先生，你好好的巴结我一下，什么都可以商量。"

说着，孙小姐来了，说住在女生宿舍里，跟女生指导范小姐同室，也把欢迎会这事来恭维李梅亭。梅亭轻佻地笑道:“孙小姐,你改了行罢,不要到外国语文系办公室去了,当我的助教,今天晚上,咱们俩同去开会。”五人同在校门口小馆子吃晚饭的时候,李梅亭听而不闻,食而不知其味,大家笑他准备欢迎会上演讲稿,梅亭极口分辩道:“胡说!还要什么准备!”

晚上近九点钟,方鸿渐在赵辛楣房里讲话,边打呵欠,正要回房去睡,李梅亭打门进来了。两人想打趣他,但瞧他脸色不正,便问:“怎么欢迎会完得这样早?”梅亭一言不发,向椅子里坐下,鼻子里出气像待开发的火车头。两人忙问他怎么啦。他拍桌大骂高松年混账,说官司打到教育部去,自己也不会输的;高松年身为校长,出去吃晚饭,这时候还不回来,影子也找不见,这种玩忽职守,就该死。原来,今天欢迎会是汪处厚安排好的,兵法上有名的“敌人喘息未定,即予以迎头痛击”。先来校的四个中国文学系讲师和助教早和他打成一片,学生也唯命是听。他知道高松年跟李梅亭有约在先,自己几近乘虚篡窃,可是当系主任和结婚一样,“先进门三日就是大”。这开会不是欢迎,倒像新姨太太的见礼。李梅亭跟随学生代表一进会场,便觉空气两样,听得同事和学生一两声叫“汪主任”已经又疑又慌。汪处厚见了他,热烈地双手握着他手,好半天搓摩不放,仿佛捉搦了情妇的手,一壁似怨似慕地说:“李先生,你真害我们等死了,我们天天在望你来——张先生,薛先生,咱们不是今天早晨还讲起他的——我们今天早晨还讲起你。路上辛苦啦?好好休息两天再上课,不忙。我把你的功课全排好了。李先生,咱们俩真是神交久矣。高校长拍电报到成都要我组织中国文学系,我想年纪老了,路又不好走,换生不如守熟,所以我最初实在不想来。高校长,他可真会磨人哪!他请舍侄——”张先生、薛先生、黄先生同声说:“汪先生就是汪次长的令伯。”——“请舍侄再三劝驾,我却不过情,我内人身体不好,也想换换空气。到这儿来了,知道有你先生,我真高兴,我想这系办得好了——”李梅亭一篇主任口气的训话闷在心里讲不出口,忍住气,搭讪了几句,喝了杯茶,只推头痛,早退席了。

辛楣和鸿渐安慰李梅亭一会,劝他回房睡,有话明天跟高松年去说。梅亭临走说:“我跟老高这样的交情,他还会要我,他对你们两位一定也有把戏。瞧着罢,咱们采取一致行动,怕他什么!”梅亭去后,鸿渐看着辛楣道:“这不成话说!”辛楣皱眉道:“我想这里面有误会,这事的内幕我全不知道。也许李梅亭压根儿在单相思,否则太不像话了!不过,像李梅亭那种人,真要当主任,也是个笑话,他那些印头衔的讲究名片,现在可不能用,哈哈。”鸿渐道:“我今年反正是倒霉年,准备到处碰钉子的。也许明天高松年不认我这个蹩脚教授。”辛楣不耐烦道:“又来了!你好像存心非倒霉不痛快似的。我告诉你,李梅亭的话未可全信——而且,你是我面上来的人,万事有我。”鸿渐虽然抱最大决意来悲观,听了又觉得这悲观不妨延期一天。

明天上午,辛楣先上校长室去,说把鸿渐的事讲讲明白,叫鸿渐等着,听了回话再去见高松年。鸿渐等了一个多钟点,不耐烦了,想自己真是神经过敏,高松年直接打电报来的,一个这样机关的首领好意思说话不作准么?辛楣早尽了介绍人的责任,现在自己就去正式拜会高松年,这最干脆。

高松年看方鸿渐和颜悦色,不相信世界上会有这样脾气好或城府深的人,忙问:“碰见赵先生没有?”

“还没有。我该来参见校长，这是应当的规矩。”方鸿渐自信说话得体。

高松年想糟了！糟了！辛楣一定会给李梅亭缠住不能脱身，自己跟这姓方的免不了一番唇舌：“方先生，我是要跟你谈谈——有许多话我已经对赵先生说了——”鸿渐听口风不对，可是脸上的笑容一时不及收敛，怪不自在地停留着，高松年看得恨不能把手指为他撮去——“方先生，你收到我的信没有?”一般人撒谎，嘴跟眼睛不能合作，嘴尽管雄赳赳地胡说，眼睛懦怯不敢平视对方。高松年老于世故，并且研究生物学的时候，学到西洋人相传的智慧，那就是：假使你的眼光能与狮子或老虎的眼光相接，彼此怒目对视，那野兽给你催眠了不敢扑你。当然野兽未必肯在享用你以前，跟你飞眼送秋波，可是方鸿渐也不是野兽，至多只能算是家畜。

他给高松年三百瓦特的眼光射得不安，觉得这封信不收到是自己的过失，这次来得太冒昧了，果然高松年写信收回成命，同时有一种不出所料的满意，惶遽地说：“没有呀！我真没有收到呀！重要不重要？高先生什么时候发的?”倒像自己撒谎，收到了信在抵赖。

“咦！怎么没收到?”高松年直跳起来，假惊异地表情做得维妙维肖，比方鸿渐的真惊惶自然得多；他没演话剧，是话剧的不幸而是演员们的大幸——“这信很重要。唉！现在抗战时间的邮政简直该死。可是你先生已经来了，好得很，这些话可以面谈了。”

鸿渐稍微放心，迎合道：“内地去上海的信，常出乱子。这次长沙的战事恐怕也影响，一大批信会遗失，高先生给我的信假如寄出得早——”

高松年做个一切撇开的手势，宽宏的饶赦那封自己没写、方鸿渐没收的信：“信就不用提了，我深怕方先生看了那封信，会不肯屈就，现在你来了，你就别想跑，呵呵！是这么一回事，你听我说，我跟你先生虽然素昧平生，可是我听辛楣讲起你的学问人品种种，我真高兴，立刻就拍电报请先生来帮忙，电报上说——”高松年顿一顿，试探鸿渐是不是善办交涉的人，因为善办交涉的人决不这时候替自己说许下的条件的。

可是方鸿渐像鱼吞了饵，一钩就上，急接口说：“高先生电报上招我来当教授，可是没有说明白什么系的教授，所以我想问一问。”

“我原意请先生来当政治系的教授，因为先生是辛楣介绍的，说先生是留德的博士。可是先生自己开来的履历表上并没有学位——”鸿渐的脸红得像有一百零三度寒热的病人——“并且不是学政治的，辛楣全搞错了。先生跟辛楣的交情本来不是很深罢?”鸿渐脸上表示的寒热又升了华氏表上一度，不知怎样对答，高松年看在眼里，胆量更大——“当然，我决不计较学位，我只讲真才实学。不过部里定的规矩呆板得很，照先生的学历，至多只能当专任讲师，教授待遇呈报上去一定要驳下来的。我相信辛楣的保荐不会错，所以破格聘先生为副教授，月薪二百八十元，下学年再升。快信给先生就是解释这一回事，我以为先生收到信的。”

鸿渐只好第二次声明没收到信，同时觉得降级为副教授已经天恩高厚了。

“先生的聘书，我方才已经托辛楣带去了。先生教授什么课程，现在很成问题。我们校暂时还没有哲学系，国文系教授已经够了，只有一班文法学院一年级学生共修的伦理学，三个钟点，似乎太少一点，将来我再想办法罢。”

鸿渐出校长室，灵魂像给蒸汽碌碡滚过，一些气概也无。只觉得自己是高松年大发慈悲收留的一个弃物，满肚子又羞又恨，却没有个发泄的对象。回到房里，辛楣赶来，说李梅亭的事总算帮高松年解决了，要谈鸿渐的事。他知道鸿渐已经跟高松年谈过话，忙道:“你没有跟他翻脸罢？这都是我不好。我有个印象以为你是博士，当初介绍你到这儿来，只希望这事快成功——”“好让你去专有苏小姐。”“不用提了，我把我的薪水，——好，好！我不！我不!”辛楣打拱赔笑地道歉，还称赞鸿渐有涵养，说自己在校长室讲话，李梅亭直闯进来咆哮得不成体统。鸿渐问梅亭的事怎样了的。辛楣冷笑道:“高松年请我劝他，纠缠了半天，他说除非学校照他开的价钱买他带的西药——唉，我还要给高松年回音呢。我心上牵挂着你的事，所以先赶回来看你。”鸿渐本来气倒平了，知道高松年真依李梅亭讨的价替学校买他带的私货，又气闷起来，想李梅亭就有补偿，只自己一个人吃亏。高松年下帖子当天晚上替新来的教授接风，鸿渐闹别扭要辞，经不起辛楣苦劝，并且傍晚高松年亲来回拜，总算有了面子，还是去了。

辛楣虽然不像李梅亭有提炼成丹、旅行便携的中国文学精华片，也随身带十几本参考书。方鸿渐不知道自己会来教伦理学的，携带的《西洋社会史》、《原始文化》、《史学丛书》等等一本也用不着。他仔细一想，慌张得没工夫生气了，希望高松年允许自己改教比较文化史和中国文学史，可是前一门功课现在不需要，后一门功课有人担任。叫化子只能讨到什么吃什么，点菜是轮他不着的。辛楣安慰他说:“现在的学生程度不比从前——”学生程度跟世道人心好像是在这装了橡皮轮子的大时代里仅有的两件退步的东西——“你不要慌，无论如何对付得过。”鸿渐上图书馆找书，馆里通共不上一千本书，老的、糟的、破旧的中文教科书居其大半，都是因战事而停办的学校的遗产。一千年后，这些书准像敦煌石窟的卷子那样名贵，现在呢？它们古而不稀，短见浅识的藏书家还不知道收买。一切图书馆本来像死用功人大考时的头脑，是学问的坟墓；这图书馆倒像个敬惜字纸的老式慈善机关，若是天道有知，办事人今世决不遭雷打，来生一定个个聪明、人人博士。鸿渐翻找半天，居然发现一本中文译本的《伦理学纲要》，借了回房，大有唐三藏取到佛经回长安的快乐。他看了几页《伦理学纲要》，想学生在这地方是买不到教科书的，要不要把这本书公开或油印了发给大家。又一转念，这事不必。从前先生另有参考书作枕中秘宝，所以肯用教科书；现在没有参考书，只靠这本教科书来灌输知识，宣扬文化，万不可公诸大众，还是让学生们莫测高深，听讲写笔记罢。自己大不了是个副教授，犯不着太卖力气的。上第一堂先对学生们表示同情，慨叹后方书籍的难得，然后说在这种环境之下，教授才不是个赘疣，因为教授讲学是印刷术没发明以前的应急办法，而今不比中世纪，大家有书可看，照道理不必在课堂上浪费彼此的时间——鸿渐自以为这话说出去准动听，又高兴得坐不定，预想着学生的反应。

鸿渐等是星期三到校的，高松年许他们休息到下星期一才上课。这几天里，辛楣是校长的红人，同事拜访他的最多，鸿渐处就少人光顾。这学校草草创办，规模不大；除掉女学生跟少数带家眷教职员以外，全住在一个大园子里，世态炎凉的对照，愈加分明。星期日下午，鸿渐正在预备讲义，孙小姐来了，脸色比路上红活得多。鸿渐要去叫辛楣，孙小姐说她刚从辛楣那儿来，政治系的教授们在开座谈会呢，满屋子的烟，她瞧人多有事，就没有坐下。

方鸿渐笑道:“政治家聚在一起，当然是乌烟瘴气。”

孙小姐笑一笑，说："我今天来谢谢方先生和赵先生。昨天下午，学校会计处把我的旅费补送来了。"

"还不是赵先生替你争来的，跟我无关。"

"不，我知道，"孙小姐温柔地固执着，"这是你提醒赵先生的。你在船上——"孙小姐省悟多说了半句话，涨红脸，那句话也遭了腰斩。

鸿渐猛记得船上的谈话，果然这女孩子全听在耳朵里了，看她那样子，自己也窘起来。害羞脸红和打呵欠或口吃一样有传染性，情况粘滞，仿佛像穿橡皮鞋走泥淖，踏不下而又拔不出。他支吾开玩笑说："好了，好了。你回家的旅费有了。还是趁早回家罢，这儿没有意思。"

孙小姐小孩子般撅嘴道："我想回家！我天天想家，我给爸爸写信也说我想家。到明年暑假那时候太远了，我想着就心焦。"

"第一次出门总是这样的，过几时就好了。你对你们那位系主任谈过没有？"

"怕死我了！刘先生要我教一组英文，我真不会教呀！刘先生说四组英文应当各有一个教师，系里连他只有三个先生，非我担任一组不可。我真不知道怎么教法，学生个个比我高大，看上去全凶得很。"

"教教就会教了。我也从来没教过书。我想学生程度不会好，你用心准备一下，教起来绰绰有余。"

"我教的一组是入学考试英文成绩最糟的一组，可是，方先生，你不知道我自己多么糟，我想到这儿来好好用一两年功，有外国人不让她教，倒要我去丢脸！"

"这儿有什么外国人呀？"

"方先生不知道么？历史系主任韩先生的太太，我也没看见过。听范小姐说，瘦得全是骨头，难看得很。有人说她是白俄，有人说她是奥国归并给德国以后流亡出来的犹太人，她丈夫说她是美国人。韩先生要她在外国语文系当教授，刘先生不答应，说她没有资格，英文都不会讲，教德文俄文现在用不着。韩先生生了气，骂刘先生自己没有资格，不会讲英文，编了几本中学教科书，在外国暑期学校里混了张证书，算什么东西——话真不好听，总算高先生劝开了，韩先生在闹辞职呢。"

"怪不得前天校长请客他没有来，咦！你本领真大，你这许多消息，什么地方听来的？"

孙小姐笑道："范小姐告诉我的。这学校像个大家庭，除非你住在校外，什么秘密都保不住，并且口舌多得很。昨天刘先生的妹妹从桂林来了，听说是历史系毕业的，大家都说，刘先生跟韩先生可以讲和了，把一个历史系的助教换一个外文系的教授。"

鸿渐掉文道："妹妹之于夫人，亲疏不同；助教之于教授，尊卑不敌。我做了你们的刘先生，决不肯吃这个亏的。"

说着，辛楣进来了，说："好了，那批人送走了——孙小姐，我知道你不会就去的。"他说这句话全无用意，可是孙小姐脸红。鸿渐忙把韩太太这些事告诉他，还说："怎么学校里还有这许多政治暗斗？倒不如进官场爽气。"

辛楣宣扬教义似的说："有群众生活的地方全有政治。"孙小姐坐一会儿去了。辛楣道："我写信给他父亲，说明把保护人的责任移交给你，好不好？"

鸿渐道:“我看这题目已经像国文的教师所谓‘做死’了，没有话可以说了，你换个题目来开玩笑，行不行?”辛楣笑他扯淡。

上课一个多星期，鸿渐跟同住一廊的几个同事渐渐熟了，历史系的陆子潇曾作敦交睦邻的拜访，所以一天下午鸿渐去回看他。陆子潇这人刻意修饰，头发又油又光，深恐为帽子埋没，与之不共戴天，深冬也光着顶。鼻子短而阔，仿佛原有笔直下来的趋势，给人迎鼻孔打了一拳，阻止前进，这鼻子后退不迭，向两旁横溢。因为没结婚，他对自己年龄的态度，不免落在时代的后面；最初他还肯说外国算法的实足岁数，年复一年，他偷偷买了一本翻译的《Life Begins at Forty》，对人家干脆不说年龄，不讲生肖，只说：“小得很呢！还是小弟弟呢!”同时表现小弟弟该有的活泼和顽皮。他讲话时喜欢窃窃私语，仿佛句句是军国机密。当然军国机密他也知道的，他不是有亲戚在行政院、有朋友在外交部么?他亲戚曾经写给他一封信，这左角印“行政院”的大信封上大书着“陆子潇先生”，就仿佛行政院都要让他正位居中似的。他写给外交部那朋友的信，信封虽然不大，而上面开的地址“外交部欧美司”六字，笔酣墨饱，字字端楷，文盲在墨夜里也该一目了然的。这一封来函、一封去信，轮流地在他桌上装点着。大前天早晨，该死的听差收拾房间，不小心打翻墨水瓶，把行政院淹得昏天黑地，陆子潇挽救不及，跳脚痛骂。那位亲戚国而忘家，没来过第二次信；那位朋友外难顾内，一封信也没回过。从此，陆子潇只能写信到行政院去，书桌上两封信都是去信了。今日正是去信外交部的日子，子潇等待鸿渐看见了桌上的信封，忙把这信搁在抽屉里，说:“不相干。有一位朋友招我到外交部去，回他封信。”

鸿渐信以为真，不得不做出惜别慰留的神情道:“啊哟！怎样陆先生要高就了！校长肯放你走么?”

子潇连摇头道:“没有的事！做官没有意思，我回信去坚辞的。高校长待人很厚道，好几个电报把我催来，现在你们各位又来了，学校渐渐上轨道，我好意思拆他台么?”

鸿渐想高松年和自己的谈话，叹气道:“校长对你先生，当然是另眼相看了。像我们这种——”

子潇说话低得有气无声，仿佛思想在呼吸:“是呀。校长就是有这个毛病，说了话不作准的。我知道了你的事很不平。”机密得好像四壁全挂着偷听的耳朵。

鸿渐没想到自己的事人家早知道了，脸微红道:“我倒没有什么，不过高先生——我总算学个教训。”

“哪里的话！副教授当然有屈一点，可是你的待遇算副教授里最高的了。”

“什么，副教授里还分等么?”鸿渐大有约翰生博士不屑把臭虫和跳蚤分等的派头。

“分好几等呢，譬如你们同来，我们同系的顾尔谦就比你低两级。就像系主任吧，我们的系主任韩先生比赵先生高一级，赵先生又比外语系的刘东方高一级。这里面等次多得很，你先生初回国做事，所以搅不清了。”

鸿渐茅塞顿开，听说自己比顾尔谦高，气平了些，随口问道:“为什么你们的系主任薪水特别高呢?”

“因为他是博士，Ph. D.。我没有到过美国，所以没听见过他毕业的那个大学，据说很有名，在纽约，叫什么克莱登大学。”

鸿渐吓得直跳起来，宛如自己的阴私给人揭破，几乎失声叫道："什么大学？"

"克莱登大学。你知道克莱登大学？"

"我知道，哼，我也是——"鸿渐恨不能把舌头咬住，已经说漏了三个字。

子潇听话中有因，像黄泥里的竹笋，尖端微露，便想盘问到底。鸿渐不肯说，他愈起疑心，只恨不能采取特务机关的有效刑罚来逼取口供。鸿渐回房，又气又笑，自从唐小姐把买文凭的事向他质问以后，他不肯再想起自己跟爱尔兰人那一番交涉，他牢记着要忘掉这事；每逢念头有扯到它的趋势，他赶快转移思路，然而身上已经一阵羞愧的微热。适才陆子潇的话倒仿佛一贴药，把心里的鬼胎打下一半。韩学愈撒他的谎，并非跟自己同谋，但有了他，似乎自己的欺骗减轻了罪名。当然新添上一种不快意，可是这种不快意是透风的，见得天日的，不比买文凭的事像谋杀灭迹的尸首，对自己都要遮掩得一丝不露。撒谎骗人该像韩学愈那样才行，要有勇气坚持到底。自己太不成了，撒了谎还要讲良心，真是大傻瓜。假如索性大胆老脸，至少高松年的欺负就可以避免。老实人吃的亏，骗子被揭破的耻辱，这两种相反的痛苦，自己居然一箭双雕地兼备了。鸿渐忽然想，近来连撒谎都不会了。因此恍然大悟，撒谎往往是高兴快乐的流露，也算得一种创造，好比小孩子游戏里的自骗自。一个人身心畅适，精力充溢，会不把顽强的事实放在眼里，觉得有本领跟现状开玩笑。真到忧患穷困的时候，人穷智短，谎话都讲不好的。

过一天，韩学愈特来拜访。通名之后，方鸿渐倒窘起来，同时快意地失望。理想中的韩学愈不知怎样的嚣张浮滑，不料是个沉默寡言的人。他想陆子潇也许记错，孙小姐准是过信流言。木讷朴实是韩学愈的看家本领。现代人有两个流行的信仰。第一：女子无貌便是德，所以漂亮女人准比不上丑女人那样有思想，有品节；第二：男子无口才，就表示有道德，所以哑巴是天下最诚朴的人。也许上够了演讲和宣传的当，现代人矫枉过正，以为只有不说话的人开口准说真话，害得新官上任，训话时个个都说："为政不在多言"，恨不能只指嘴、指心、指天，三个手势了事。韩学愈虽非哑巴，天生有点口吃。因为要掩饰自己的口吃，他讲话少、慢、着力，仿佛每个字都有他全部人格作担保。不轻易开口的人总使旁人想他满腹深藏着智慧，正像密封牢锁的箱子，一般人总以为里面结结实实都是宝贝。高松年在昆明第一次见到这人，觉得他诚恳安详，像个君子，而且未老先秃，可见脑子里的学问多得冒上来，把头发都挤掉了。再一看他开的学历，除掉博士学位以外，还有一条："著作散见美国《史学杂志》《星期六文学评论》等大刊物中"，不由自主地另眼相看。好几个拿了介绍信来见的人，履历上写在外国"讲学"多次。高松年自己在欧洲一个小国里读过书。知道往往自以为讲学，听众以为他在学讲——讲不来外国话借此学学。可是外国大刊物上发表作品，这非有真才实学不可。他问韩学愈道："先生的大作可以拿来看看吗？"韩学愈坦然说，杂志全搁在沦陷区老家里，不过这两种刊物中国各大学全该定阅的，就近应当一找就到，除非经过这番逃难，图书馆的旧杂志损失不全了。高松年想不到一个说谎者会这样泰然无事，各大学的书籍七零八落，未必找得着那期杂志，不过里面有韩学愈的文章看来是无可疑的。韩学愈也确向这些刊物投过稿，但高松年没知道他的作品发表在《星期六文学评论》的人事广告栏："中国青年，受高等教育，愿意帮助研究中国问题的人，取费低廉。"和《史学杂志》的通信栏:“韩学愈君征求二十年前本刊，愿让出者请通信某处接洽。”最后他听说韩太太是美国人，他简直改容相敬了，能娶到外国老婆非精通西学不可，自己年轻时不是想娶个比国女人没有成功么？这人做得系主任。他当时也没想到这外国老婆是在中国娶的白俄。

跟韩学愈谈话仿佛看慢动电影，你想不到简捷的一句话需要那么多的筹备，动员那么复杂的身体机构。时间都给他的话胶着，只好拖泥带水地慢走。韩学愈容颜灰暗，在阴天可以与周围的天色和融无间，隐身不见，是头等的保护色。他只有一样显著的东西，喉咙里一个大核。他讲话时，这喉咙忽升忽降，鸿渐看得自己喉咙都发痒。他不说话咽唾沫时，这核稍隐复现，令鸿渐联想起青蛙吞苍蝇的景象。鸿渐看他说话少而费力多，恨不能把那喉结瓶塞似的拔出来，好让下面的话松动。韩学愈约鸿渐上他家去吃晚饭，鸿渐谢过他，韩学愈又危坐不说话了，鸿渐只好找话敷衍，便问:“听说嫂夫人是在美国娶的?”

韩学愈点头，伸颈咽口唾沫，唾沫下去，一句话从喉核下浮上:“你先生到过美国没有?”

“没有去过——”索性试探他一下——“可是，我一度想去，曾经跟一个Dr. Mahoney通信。”是不是自己神经过敏呢？韩学愈似乎脸色微红，像阴天忽透太阳。

“这人是个骗子。”韩学愈的声调并不激动，说话也不增多。

“我知道，什么克莱登大学，我险的上了他的当。”鸿渐一面想，这人肯说那爱尔兰人是“骗子”，一定知道瞒不了自己了。

“你没有上他的当罢！克莱登是好学校，他是这学校里一个开除的小职员，借着幌子向外国不知道的人骗钱，你真没有上当？唔，那最好。”

“真有克莱登这学校么？我以为全是那爱尔兰人捣的鬼。”鸿渐诧异地站起来。

“很认真严格的学校，虽然知道的人很少——普通学生不容易进。”

“我听陆先生说，你就是这学校毕业的。”

“是的。”

鸿渐满腹疑团，真想问个详细。可是初次见面，不好意思追究，倒见得自己不相信他。并且这人说话很经济，问不出什么来；最好有机会看看他的文凭，就知道他的克莱登跟自己的克莱登是一是二了。韩学愈回家路上，腿有点软，想陆子潇的报告准得很，这姓方的跟爱尔兰人有过交涉，幸亏他不像自己去过美国，就恨不知道他是否真的没买文凭，也许他在撒谎。

方鸿渐吃韩家的晚饭，甚为满意。韩学愈虽然不说话，款客的动作极周到；韩太太虽然相貌丑，红头发，满脸雀斑像饼上苍蝇下的粪，而举止活泼得通了电似的。鸿渐研究出西洋人丑得跟中国人不同：中国人丑像造物者偷工减料的结果，潦草塞责的丑；西洋人丑得像造物主恶意的表现，存心跟脸上五官开玩笑，所以丑得有计划、有作用。韩太太口口声声爱中国，可是又说在中国起居服食，没有在纽约方便。鸿渐总觉得她口音不够地道，自己没到过美国，要赵辛楣在此就听得出了，也许是移民到纽约去的。他到学校以后，从没有人对他这样殷勤过，几天来的气闷渐渐消散。他想韩学愈的文凭假不假，管它干吗，反正这人跟自己要好就是了。可是，有一件事，韩太太讲纽约的时候，韩学愈对她做个眼色，这眼色没有逃过自己的眼，当时就有一印象，仿佛偷听到人家背后讲自己的话。这也许是自己多心，别去想它。鸿渐兴高采烈，没回房就去看辛楣："老赵，我回来了。今天对不住你，抛下你一个人吃饭。"

辛楣因为韩学愈没请自己，独吃了一客又冷又硬的包饭，这吃到的饭在胃里作酸，这没吃到的饭也在心里作酸，说："国际贵宾回来了！饭吃得好呀？是中国菜还是西菜？洋太太招待得好不好？"

"他家里老妈子做的中菜。韩太太真丑！这样丑的老婆，在中国也娶得到，何必到外国去觅宝呢！辛楣，今天我恨你没有在——"

"哼，谢谢——今天还有谁呀？只有你！真了不起！韩学愈上自校长，下到同事，谁都不理，就敷衍你一个人。是不是洋太太跟你有什么亲戚？"辛楣欣赏自己的幽默，笑个不了。

鸿渐给辛楣那么一说，心里得意，假装不服气道："副教授就不是人？只有你们大主任、大教授配彼此结交？辛楣，讲正经话，今天有你，韩太太的国籍问题可以解决了。你是老美国，听她说话，盘问她几句，就水落石出。"

辛楣虽然觉得这句话中听，还不愿意立刻放弃他的不快："你这人真没有良心。吃了人家的饭，还要管闲事，探听人家阴私。只要女人可以做太太，管她什么美国人、俄国人。难道是了美国人，她女人的成分就加了倍？养孩子的效率会与众不同？"

鸿渐笑道："我是对韩学愈的学籍有兴趣。我总有一个感觉，假使他太太的国籍是假的，那么他的学籍也有问题。"

"我劝你省点事罢。你瞧，谎是撒不得的。自己捣了鬼从此对人家也多疑心——我知道那一回事是开的玩笑，可是开玩笑开出来多少麻烦！像我们这样规规矩矩，就不会疑神疑鬼。"

鸿渐恼道："说得好漂亮！为什么当初我告诉了你韩学愈薪水比你高一级，你气得要掼纱帽不干呢？"

辛楣道："我并没有那样气量小——这全是你不好，听了许多闲话来告诉我，否则我耳根清净，好好的不会跟人计较。"

辛楣新学会一种姿态，听话时躺在椅子里，闭了眼睛，只有嘴边烟斗里的烟篆表示他并未睡着。鸿渐看得不痛快，更经不起那几句话："好！好！我以后再跟你讲话，我不是人。"

辛楣瞧鸿渐真动了气，忙张眼道："说着玩儿的，别气得生胃病，抽支烟罢。以后恐怕到人家吃晚饭也不能够了！你没有看见通知，是的，你不会发到的。大后天开校务会议，讨论施行导师制问题，听得导师要跟学生同吃饭的！"

鸿渐闷闷回房。难得一团高兴，找朋友扫尽了兴。天生人是教他们孤独的，一个个该各归各，老死不相往来。身体里容不下的东西或消化，或排泄，是个人的事；为什么心里容不下的情感，要找同伴来分摊？聚在一起，动不动自己冒犯人，或者人开罪自己，好像一只只刺猬，只好保持着彼此间的距离，要亲密团结，不是你刺痛我的肉，就是我擦破你的皮。鸿渐真想把这些感慨跟一个能了解的人谈谈，孙小姐好像比赵辛楣能了解自己，至少她听自己的话很有兴味——不过，刚才说人跟人该避免接触，怎么又找女人呢！也许男人跟男人在一起像一群刺猬，男人跟女人在一起像——鸿渐想不出像什么，翻开笔记来准备明天的功课。

鸿渐教的功课到现在还是三个钟头，同事们谈起，无人不当面羡慕他的闲适，倒好像高松年有私心，特别优待他。鸿渐对伦理学素乏研究，手边又没有参考，虽然努力准备，并不感觉兴趣。这些学生来上他的课，压根儿为了学分。依照学校章程，文法学院学生应该在物理、化学、生物、伦理四门之中，选修一门。大半人一窝蜂似地选修伦理：这门功课最容易——“全是废话”——不但不必做实验，天冷的时候，还可以袖手不写笔记。因为这门功课容易，他们选它；也因为这门功课容易，他们瞧不起它，仿佛男人瞧不起容易到手的女人。伦理学是“废话”，教伦理学的人当然是“废物”，“只是个副教授”，而且不属于任何系的。在他们心目中，鸿渐的地位比教党义的和教军事训练的高不了多少。不过教党义的和教军事训练的是政府机关派的，鸿渐的来头没有这些人大，“听说是赵辛楣的表弟，跟着他来的；高松年只聘他做讲师，赵辛楣替他争来的副教授。”无怪鸿渐老觉得班上的学生不把听讲当一回事。在这种空气之下，讲书不会有劲。更可恨伦理学开头最枯燥无味，要讲到三段论法，才可以穿插点缀些笑话，暂时还无法迎合心理。此外有两种事也使鸿渐不安。

一件是点名。鸿渐记得自己教师里的名教授们从不点名，从不报告学生缺课。这才是堂堂大学者的风度:“你们要听就听，我可不在乎。”他企羡之余，不免模仿。上第一课，他像创世纪里原人阿大（Adam）唱新生禽兽的名字，以后他连点名簿子也不带了。到第二星期，他发现五十多学生里有七八个缺席，这些空座位像一嘴牙里忽然掉了几枚，留下的空穴，看了心里不舒服。下一次，他注意女学生还固守着第一排原来的座位，男学生像从最后一排坐起的，空着第二排，第三排孤零零地坐着一个男学生。自己正观察这阵势，男学生都顽皮地含笑低头，女学生随自己的眼光，回头望一望，转脸瞧着自己笑。他总算熬住没说:“显然，我拒绝你们的力量比女同学吸引你们的力量都大。”他想以后非点名不可，照这样下去，只剩有脚而跑不了的椅子和桌子听课了。不过从大学者的放任忽变而为小学教师的琐碎，多么丢脸！这些学生是狡猾不过的，准看破了自己的用意。

一件是讲书。这好像衣料的尺寸不够而硬要做成称身的衣服。自以为预备的材料很充分，到上课才发现自己讲得收缩不住地快，笔记上已经差不多了，下课铃还有好一会儿才打。一片无话可说的空白时间，像白漫漫一片水，直向开足马达的汽车迎上来，望着发急而又无处躲避。心慌意乱中找出话来支扯，讲不上几句又完了，偷眼看手表，只拖了半分钟。这时候，身上发热，脸上微红，讲话开始口吃，觉得学生都在暗笑。有一次，简直像挨饿几天的人服了泻药，话要挤也挤不出，只好早退课一刻钟。跟辛楣谈起，知道他也有此感，说毕竟初教书人没经验。辛楣还说:“现在才明白为什么外国人要说‘杀时间’，打下课铃以前几分钟的难过！真恨不能把它一刀两断。”鸿渐最近发明一个方法，虽然不能一下子杀死时间，至少使它受些致命伤。他动不动就写黑板，黑板上写一个字要嘴里讲十个字那些时间。满脸满手白粉，胳膊酸半天，这都值得，至少以后不会早退。不过这些学生做笔记不大上劲；往往他讲得十分费力，有几个人坐着一字不写，他眼睛威胁地注视着，他们才懒洋洋地把笔在本子上画字。鸿渐瞧了生气，想自己总不至于比李梅亭糟，但是隔壁李梅亭的“先秦小说史”班上，学生笑声不绝，自己的班上偏这样无精打采。

他想自己在学校读书的时候，也不算坏学生，何以教书这样不出色。难道教书跟做诗一样，需要“别才”不成？只懊悔留学外国，没混个专家的头衔回来，可以声威显赫，把藏有洋老师演讲全部笔记的课程，开它几门，不必像现在帮闲打杂，承办人家剩下来的科目。不过李梅亭这些人都是教授有年，有现成讲义的。自己毫无经验，更无准备，教的功课又非出自愿，要参考也没有书，当然教不好。假如混过这一年，高松年守信用，升自己为教授，暑假回上海弄几本外国书看看，下学年不相信会比不上李梅亭。这样想着，鸿渐恢复了自尊心。回国后这一年来，他跟父亲疏远得多。在从前，他会一五一十全禀告方遯翁的。现在他想象得出遯翁的回信。遯翁心境好，就抚慰儿子说：“尺有所短，寸有所长，学者未必能为良师，”这够叫人内愧了；他心境不好，准责备儿子从前不用功，急时抱佛脚，也许还有一堆“亡羊补牢，教学相长”的教训。这是纪念周上对学生说的话，自己在教职员席里听得腻了，用不到千里迢迢去招来。

（选自《围城》，人民文学出版社，1980）

【学习提示】

钱锺书（1910—1998），字默存，号槐聚，笔名中书君，江苏无锡人。1933年毕业于清华大学外文系。1935年赴英国牛津大学学习，后至法国巴黎大学研究法国文学。1938年回国后任西南联合大学、暨南大学教授，中央图书馆外文部总编纂。中华人民共和国成立后历任清华大学教授，中国科学院文学研究所研究员、哲学社会科学部委员等。钱锺书并非专业作家，他长期致力于人文社会科学研究，形成了贯通中西、古今互见的治学方法，并取得了多方面的学术成就。他的文学创作有散文集《写在人生边上》、短篇小说集《人·兽·鬼》和长篇小说《围城》。这不多的创作却奠定了他在中国现代文学史上不容忽视的地位。

描写人性的弱点和表现人生的荒凉是《围城》的主题。这两方面都体现了作者的悲观主义态度。这种悲观主义的形成，固然有深刻的现实生活依据，但同时也可以说是西方现代悲观主义思潮影响的结果。悲观主义使作者较多地看到社会灰暗卑污的一面，而较少去注意其光明美好的一面。

《围城》在艺术上取得了较高的成就，这首先表现为人物塑造的成功。主人公方鸿渐是写得最为丰满的一个。他正直善良、聪明幽默，但意志薄弱、优柔寡断，既缺乏坚定的人生信念，又不懂得处世谋生的艰难，因而他极易为环境所左右，为他人所牵制，常常坠入难堪的境地。他瞧不起学位，却为了满足岳父和父亲的虚荣心而买了一张子虚乌有的美国克莱登大学的假文凭，但他又并非想当骗子，所以在寄给三闾大学的履历上并没填写自己得过博士学位。于是，当他在三闾大学得知韩学愈借助同样一张假文凭而当上了历史系教授兼系主任时，便承受了“老实人吃亏”和“骗子被揭穿”的双重痛苦。由于意志薄弱和优柔寡断，他被鲍小姐引诱然后抛弃，被苏小姐纠缠然后报复，被孙小姐诓骗然后制驭，饱尝了各种感情的折磨。作品中另外一些人物的性格也十分鲜明，如孙柔嘉表面稚弱而胸有城府，苏文纨表面文雅却自私刻薄，赵辛楣执着而稍显傻气，唐晓芙聪明却过于骄傲；李梅亭蝇营狗苟，顾尔谦阿谀逢迎，高松年老奸巨猾，韩学愈猥琐阴毒；鲍小姐淫荡，范小姐做作，方遯翁陈腐，陆太太势利，这些人物都给人留下了深刻印象。《围城》从容裕如的讽刺笔法也十分突出。这取决于作者居高临下的讽刺态度。无论是写人状物，还是议论抒情，其幽默讽刺随处可见。作者的讽刺笔法又是灵活多变的，有时如绵里藏针，含蓄隽永；有时随机触发，于谈笑风生中脱颖而出；有时如一把犀利的手术刀，剖析剔透；有时又借题发挥，妙趣横生。《围城》在语言方面也很有造诣，最突出的表现是善用比喻。钱锺书博闻强记、性喜联想，表现在小说中便是旁征博引、比喻联翩。

【思考练习题】

1. “围城”的含义主要是什么？
2. 结合选文分析小说是如何描写人性的弱点的。
3. 分析主人公方鸿渐这一形象的典型意义。

金锁记

张爱玲

三十年前的上海，一个有月亮的晚上……我们也许没赶上看见三十年前的月亮。年轻的人想着三十年前的月亮该是铜钱大的一个红黄的湿晕，像朵云轩信笺上落了一滴泪珠，陈旧而迷糊。老年人回忆中的三十年前的月亮是欢愉的，比眼前的月亮大，圆，白；然而隔着三十年的辛苦路往回看，再好的月色也不免带点凄凉。

月光照到姜公馆新娶的三奶奶的陪嫁丫鬟凤箫的枕边。凤箫睁眼看了一看，只见自己一只青白色的手搁在半旧高丽棉的被面上，心中便道："是月亮光么？"凤箫打地铺睡在窗户底下。那两年正忙着换朝代，姜公馆避兵到上海来，屋子不够住的，因此这一间下房里横七竖八睡满了底下人。

凤箫恍惚听见大床背后有窸窸窣窣的声音，猜着有人起来解手，翻过身去，果见布帘子一掀，一个黑影趿着鞋出来了，约摸是伺候二奶奶的小双，便轻轻叫了一声"小双姐姐。"小双笑嘻嘻走来，踢了踢地下的褥子道："吵醒了你了。"她把两手抄在青莲色旧绸夹袄里。下面系着明油绿裤子。凤箫伸手捻了捻那裤脚，笑道："现在颜色衣服不大有人穿了，下江人时兴的都是素净的。"小双笑道："你不知道，我们家哪比得旁人家？我们老太太古板，连奶奶小姐们尚且做不得主呢，何况我们丫头？给什么，穿什么——一个个打扮得庄稼人似的！"她一蹲身坐在地铺上，拣起凤箫脚头一件小袄来，问道："这是你们小姐出阁，给你们新添的？"凤箫摇头道："三季衣裳，就只外场上看见的两套是新制的，余下的还不是拿上头人穿剩下的贴补贴补！"小双道："这次办喜事，偏赶着革命党造反，可委屈了你们小姐！"凤箫叹道："别提了。就说省些罢，总得有个谱子！也不能太看不上眼了。我们那一位，嘴里不言语，心里岂有不气的？"小双道："也难怪三奶奶不乐意。你们那边的嫁妆，也还凑合着，我们这边的排场，可太凄惨了。就连那一年娶咱们二奶奶，也还比这一趟强些！"凤箫愣了一愣道："怎么？你们二奶奶……"

小双脱下了鞋，赤脚从凤箫身上跨过去，走到窗户跟前，笑道："你也起来看看月亮。"凤箫一骨碌爬起身来，低声问道："我早就想问你了，你们二奶奶……"小双弯腰拾起那件小袄来替她披上了，道："仔细招了凉。"凤箫一面扣钮子，一面笑道："不行，你得告诉我！"小双笑道："是我说话不留神，闯了祸！"凤箫道："咱们这都是自家人了，干吗这么见外呀？"小双道："告诉你，你可别告诉你们小姐去！咱们二奶奶家里是开麻油店的。"凤箫哟了一声道："开麻油店！打哪儿想起的？像你们大奶奶，也是公侯人家的小姐，我们那一位虽比不上大奶奶，也还不是低三下四的人——"小双道："这里头自然有个缘故。咱们二爷你也见过了，是个残废，做官人家的女儿谁肯给他？老太太没奈何，打算替二爷置一房姨奶奶，做媒的给找了这曹家的，是七月里生的，就叫七巧。"凤箫道："哦，是姨奶奶。"小双道："原来是姨奶奶的，后来老太太想着，既然不打算替二爷另娶了，二房里没个当家的媳妇，也不是事，索性聘了来做正头奶奶，好叫她死心塌地服侍二爷。”凤箫把手扶着窗台，沉吟道：“怪道呢！我虽是初来，也瞧料了两三分。”小双道：“龙生龙，凤生凤，这话是有的。你还没听见她的谈吐呢！当着姑娘们，一点忌讳也没有。亏得我们家一向内言不出，外言不入，姑娘们什么都不懂。饶是不懂，还臊得没处躲！”凤箫扑嗤一笑道：“真的？她这些村话，又是从哪儿听来的？就连我们丫头——”小双抱着胳膊道：“麻油店的活招牌，站惯了柜台，见多识广的，我们拿什么去比人家？”凤箫道：“你是她陪嫁来的么？”小双冷笑说：“她也配！我原是老太太跟前的人，二爷成天的吃药，行动都离不了人，屋里几个丫头不够使，把我拨了过去。怎么着？你冷哪？”凤箫摇摇头。小双道：“瞧你缩着脖子这娇模样儿！”一语未完，凤箫打了个喷嚏，小双忙推她道：“睡罢！睡罢！快焐一焐。”凤箫跪了下来脱袄子，笑道：“又不是冬天，哪儿就至于冻着了？”小双道：“你别瞧这窗户关着，窗户眼儿里吱溜溜的钻风。”

两人各自睡下，凤箫悄悄地问道：“过来了也有四五年了罢？”小双道：“谁？”凤箫道：“还有谁？”小双道：“哦，她，可不是有五年了。”凤箫道：“也生男育女的——倒没闹出什么话柄儿？”小双道：“还说呢！话柄儿就多了！前年老太太领着合家上下到普陀山进香去，她做月子没去，留着她看家。舅爷脚步儿走得勤了些，就丢了一票东西。”凤箫失惊道：“也没查出个究竟来？”小双道：“问得出什么好的来？大家面子上下不去！那些首饰左不过将来是归大爷二爷三爷的。大爷大奶奶碍着二爷，没好说什么。三爷自己在外头流水似的花钱，欠了公帐上不少，也说不响嘴。”

她们俩隔着丈来远交谈。虽是极力地压低了喉咙，依旧有一句半句声音大了些，惊醒了大床上睡着的赵嬷嬷。赵嬷嬷唤道：“小双。”小双不敢答应。赵嬷嬷道：“小双，你再混说，让人家听见了，明儿仔细揭你的皮！”小双还是不做声。赵嬷嬷又道：“你别以为还是从前住的深堂大院哪，由得你疯疯颠颠！这儿可是挤鼻子挤眼睛的，什么事瞒得了人？趁早别讨打！”屋里顿时鸦雀无声。赵嬷嬷害眼，枕头里塞着菊花叶子，据说是使人眼目清凉的。她欠起头来按了一按髻上横绾的银簪，略一转侧，菊叶便沙沙作响。赵嬷嬷翻了个身，吱吱格格牵动了全身的骨节，她唉了一声道：“你们懂得什么！”小双与凤箫依旧不敢接嘴。久久没有人开口，也就一个个的朦胧睡去了。

天就快亮了。那扁扁的下弦月，低一点，低一点，大一点，像赤金的脸盆，沉了下去。天是森冷的蟹壳青，天底下黑魆魆的只有些矮楼房，因此一望望得很远。地平线上的晓色，一层绿，一层黄，又一层红，如同切开的西瓜——是太阳要上来了。渐渐马路上有了小车与塌车辘辘推动，马车蹄声得得。卖豆腐花的挑着担子悠悠吆喝着，只听见那漫长的尾声：“花……呕！花……呕！”再去远些，就只听见“哦……呕！哦……呕！”

屋子里丫头老妈子也起身了，乱着开房门、打脸水、叠铺盖、挂帐子、梳头。凤箫伺候三奶奶兰仙穿了衣裳，兰仙凑到镜子前面仔细望了一望，从腋下抽出一条水绿洒花湖纺手帕，擦了擦鼻翅上的粉，背对着床上的三爷道：“我先去替老太太请安罢。等你，准得误了事。”正说着大奶奶玳珍来了，站在门槛上笑道：“三妹妹，咱们一块儿去。”兰仙忙迎了出去道：“我正担心着怕晚了，大嫂原来还没上去。二嫂呢？”玳珍笑道：“她还有一会儿耽搁呢。”兰仙道：“打发二哥吃药？”玳珍四顾无人，便笑道：“吃药还在其次——”她把拇指抵着嘴唇，中间的三个指头握着拳头，小指头翘着，轻轻地“嘘”了两声。兰仙诧异道：“两人都抽这个？”玳珍点头道：“你二哥是过了明路的，她这可是瞒着老太太的，叫我们夹在中间为难，处处还得替她遮盖遮盖。其实老太太有什么不知道？有意的装不晓得，照常的派她差使，零零碎碎给她罪受，无非是不肯让她抽个痛快罢了。其实也是的，年纪轻轻的妇道人家，有什么了不得的心事，要抽这个解闷儿？”

玳珍兰仙手挽手一同上楼，各人后面跟着贴身丫鬟，来到老太太卧室隔壁的一间小小的起坐间里。老太太的丫头榴喜迎了出来，低声道：“还没醒呢。”玳珍抬头望了望挂钟，笑道：“今儿老太太也晚了。”榴喜道：“前两天说是马路上人声太杂，睡不稳。这现在想是惯了，今儿补足了一觉。”

紫榆百龄小圆桌上铺着红毡条，二小姐姜云泽一边坐着，正拿着小钳子磕核桃呢，因丢下了站起来相见。玳珍把手搭在云泽肩上，笑道：“还是云妹妹孝心，老太太昨儿一时高兴，叫做糖核桃，你就记住了。”兰仙玳珍便围着桌子坐下了，帮着剥核桃衣子。云泽手酸了，放下了钳子，兰仙接了过来。玳珍道：“当心你那水葱似的指甲，养得这么长了，断了怪可惜的！”云泽道：“叫人去拿金指甲套子去。”兰仙笑道：“有这些麻烦的，倒不如叫他们拿到厨房里去剥了！”

众人低声说笑着，榴喜打起帘子，报道：“二奶奶来了。”兰仙云泽起身让座，那曹七巧且不坐下，一只手撑着门，一只手撑住腰，窄窄的袖口里垂下一条雪青洋绉手帕，身上穿着银红衫子，葱白线镶滚，雪青闪蓝如意小脚裤子，瘦骨脸儿，朱口细牙，三角眼，小山眉，四下里一看，笑道：“人都齐了，今儿想必我又晚了！怎怪我不迟到——摸着黑梳的头！谁教我的窗户冲着后院子呢？单单就派了那么间房给我，横竖我们那位眼看是活不长的，我们净等着做孤儿寡妇了——不欺负我们，欺负谁？”玳珍淡淡的并不接口，兰仙笑道：“二嫂住惯了北京的房子，怪不得嫌这儿憋闷得慌。”云泽道：“大哥当初找房子的时候，原该找个宽敞些的，不过上海像这样的，只怕也算敞亮的了。”兰仙道：“可不是！家里人实在多，挤是挤了点——”七巧挽起袖口，把手帕子掖在翡翠镯子里，瞟了兰仙一眼，笑道：“三妹妹原来也嫌人太多了。连我们都嫌人多，像你们没满月的自然更嫌人多了！”兰仙听了这话，还没有怎么，玳珍先红了脸，道：“玩是玩，笑是笑，也得有个分寸。三妹妹新来乍到的，你让她想着咱们是什么样的人家？”七巧扯起手绢子的一角遮住了嘴唇道：“知道你们都是清门净户的小姐，你倒跟我换一换试试，只怕你一晚上也过不惯。”玳珍啐道：“不跟你说了，越说你越上头上脸的。”七巧索性上前拉住玳珍的袖子道：“我可以赌得咒——这三年里头我可以赌得咒！你敢赌么？”玳珍也撑不住噗嗤一笑，咕哝了一句道：“怎么你孩子也有了两个？”七巧道：“真的，连我也不知道这孩子是怎么生出来的！越想越不明白！”玳珍摇手道：“够了，够了，少说两句罢。就算你拿三妹妹当自己人，没有什么避讳，现放着云妹妹在这儿呢，待会儿老太太跟着一告诉，管叫你吃不了兜着走！”

云泽早远远地走开了，背着手站在阳台上，撮尖了嘴逗芙蓉鸟。姜家住的虽然是早期的最新式洋房，堆花红砖大柱支着巍峨的拱门，楼上的阳台却是木板铺的地。黄杨木阑杆里面，放着一溜大篾篓子，晾着笋干。敝旧的太阳弥漫在空气里像金的灰尘，微微呛人的金灰，揉进眼睛里去，昏昏的。街上小贩遥遥摇着拨浪鼓，那懵腾的“不楞登……不楞登”里面有着无数老去的孩子们的回忆。包车叮叮地跑过，偶尔也有一辆汽车叭叭叫两声。

七巧自己也知道这屋子里的人都瞧不起她，因此和新来的人分外亲热些，倚在兰仙的椅背上问长问短，携着兰仙的手左看右看，夸赞了一会她的指甲，又道:“我去年小拇指上养的比这个足足还长半寸呢，掐花给弄断了。”兰仙早看穿了七巧的为人和她在姜家的地位，微笑尽管微笑着，也不大答理她。七巧自觉无趣，踅到阳台上来，拾起云泽的辫梢来抖了一抖，搭讪着笑道:“呦！小姐的头发怎么这样稀朗朗的？去年还是乌油油的一头好头发，该掉了不少罢？”云泽闪过身去护着辫子，笑道:“我掉两根头发，也要你管！”七巧只顾端详她，叫道:“大嫂你来看看，云姐姐的确瘦多了，小姐莫不是有了心事了？”云泽啪的一声打掉了她的手，恨道:“你今儿个真的发了疯了！平日还不够讨人嫌的？”七巧把两手笥在袖子里，笑嘻嘻地道:“小姐脾气好大!”

玳珍探出头来道:“云妹妹，老太太起来了。”众人连忙扯扯衣襟，摸摸鬓脚，打帘子进隔壁房里去，请了安，伺候老太太吃早饭。婆子们端着托盘从起坐间穿了过去，里面的丫头接过碗碟，婆子们依旧退到外间来守候着。里面静悄悄的，难得有人说句把话，只听见银筷子头上的细银链条窸窣颤动。老太太信佛，饭后照例要做两个时辰的功课，众人退了出来，云泽背地里向玳珍道:“二嫂不忙着过瘾去，还挨在里面做什么？”玳珍道:“想是有两句私房话要说。”云泽不由得笑了起来道:“她的话，老太太哪里听得进？”玳珍冷笑道:“那倒也说不定。老年人心思总是活动的，成天在耳边絮聒着，十句里头相信一两句，也未可知。”

兰仙坐着磕核桃，玳珍和云泽便顺着脚走到阳台上，虽不是存心偷听正房里的谈话，老太太上了年纪，有点聋，喉咙特别高些，有意无意之间不免有好些话吹到阳台上的人的耳朵里来。云泽把脸气得雪白，先是握紧了拳头，又把两只手使劲一撒，便向走廊的另一头跑去。跑了两步，又站住了，身子向前伛偻着，捧着脸呜呜哭了起来。玳珍赶上去扶着劝道:“妹妹快别这么着！快别这么着！不犯着跟她这样的人计较！谁拿她的话当桩事!”云泽甩开了她，一径往自己屋里奔去。玳珍回到起坐间里来，一拍手道:“这可闯出祸来了!”兰仙忙道:“怎么了？”玳珍道:“你二嫂去告诉了老太太，说女大不中留，让老太太写信给彭家，叫他们早早把云妹妹娶过去罢。你瞧，这算什么话？”兰仙也怔了一怔道:“女家说出这种话来，可不是自己打脸么？”玳珍道:“姜家没面子，还是一时的事，云妹妹将来嫁了过去，叫人家怎么瞧得起她？她这一辈子还要做人呢!”兰仙道:“老太太是明白人，不见得跟那一位一样的见识。”玳珍道:“老太太起先自然是不爱听，说咱们家的孩子，决不会生这样的心。她就说：‘哟！您不知道现在的女孩子跟您从前做女孩子时候的女孩子，哪儿能够打比呀？时世变了，人也变了，要不怎么天下大乱呢？’你知道，年岁大的人就爱听这一套，说得老太太也有点疑疑惑惑起来。”兰仙叹道:“好端端怎么想起来的，造这样的谣言!”玳珍两肘支在桌子上，伸着小指剔眉毛，沉吟了一会，嗤的一笑道:“她自己以为她是特别的体贴云妹妹呢！要她这样体贴我，我可受不了!”兰仙拉了她一把道:“你听——不能是云妹妹罢？”后房似乎有人在那里大放悲声，蹬得铜床柱子一片响，嘈嘈杂杂还有人在那里解劝，只是劝不住。玳珍站起身来道:“我去看看，别瞧这位小姐好性儿，逼急了她，也不是好惹的。”

玳珍出去了，那姜三爷姜季泽却一路打着呵欠进来了。季泽是个结实小伙子，偏于胖的一方面，脑后拖一根三脱油松大辫，生得天圆地方，鲜红的腮颊，往下坠着一点，有湿眉毛，水汪汪的黑眼睛里永远透着三分不耐烦，穿一件竹根青窄袖长袍，酱紫芝麻地一字襟珠扣小坎肩，问兰仙道："谁在里头嘁嘁喳喳跟老太太说话？"兰仙道："二嫂。"季泽抿着嘴摇摇头。兰仙笑道："你也怕了她？"季泽一声儿不言语，拖过一把椅子，将椅背抵着桌面，把袍子高高的一撩，骑着椅子坐了下来，下巴搁在椅背上，手里只管把核桃仁一个一个拈来吃。兰仙睨了他一眼道："人家剥了这一晌午，是专诚孝敬你的么？"正说着，七巧掀着帘子出来了，一眼看见了季泽，身不由主的就走了过来，绕到兰仙椅子背后，两手兜在兰仙脖子上，把脸凑了下去，笑道："这么一个人才出众的新娘子！三弟你还没谢谢我哪！要不是我催着他们早早替你办了这件事，这一耽搁，等打完了仗，指不定要十年八年呢！可不把你急坏了！"兰仙生平最大的憾事便是出阁的日子正赶着非常时期，潦草成了家，诸事都欠齐全，因此一听见这不入耳的话，她那小长挂子脸便往下一沉。季泽望了兰仙一眼，微笑道："二嫂，自古好心没有好报，谁都不承你的情！"七巧道："不承情也罢！我也惯了。我进了你姜家的门，别的不说，单只守着你二哥这些年，衣不解带的服侍他，也就是个有功无过的人——谁见我的情来？谁有半点好处到我头上？"季泽道："你一开口就是满肚子的牢骚！"七巧长长的吁了一口气，只管拨弄兰仙衣襟上扣着的金三事儿和钥匙。半晌，忽道："总算你这一个来月没出去胡闹过。真亏了新娘子留住了你。旁人跪下地来求你也留你不住！"季泽笑道："是吗？嫂子并没有留过我，怎见得留不住？"一面笑，一面向兰仙使了个眼色。七巧笑得直不起腰道："三妹妹，你也不管管他！这么个猴儿崽子，我眼看他长大的，他倒占起我的便宜来了！"

她嘴里说笑着，心里发烦，一双手也不肯闲着，把兰仙揣着捏着，捶着打着。恨不得把她挤得走了样才好。兰仙纵然有涵养，也忍不住要恼了，一性急，磕核桃使差了劲，把那二寸多长的指甲齐根折断。七巧哟了一声道："快拿剪刀来修一修。我记得这屋里有一把小剪子的。"便唤："小双！榴喜！来人哪！"兰仙立起身来道："二嫂不用费事，我上我屋里铰去。"便抽身出去。七巧就在兰仙的椅子上坐下了，一手托着腮，抬高了眉毛，斜睐着季泽道："她跟我生了气么？"季泽笑道："她干吗生你的气？"七巧道："我正要问呀——我难道说错了话不成？留你在家倒不好？她倒愿意你上外头逛去？"季泽笑道："这一家子从大哥大嫂起，齐了心管教我，无非是怕我花了公帐上的钱罢了。"七巧道："阿弥陀佛，我保不定别人不安着这个心，我可不那么想。你就是闹了亏空，押了房子卖了田，我若皱一皱眉头，我也不是你二嫂了。谁叫咱们是骨肉至亲呢？我不过是要你当心你的身子。"季泽嗤的一笑道："我当心我的身子，要你操心？"七巧颤声道："一个人，身子第一要紧。你瞧你二哥弄的那样儿，还成个人吗？还能拿他当个人看？"季泽正色道："二哥比不得我，他一下地就是那样儿，并不是自己作践的。他是个可怜的人，一切全仗二嫂照护他了。"七巧直挺挺的站了起来，两手扶着桌子，垂着眼皮，脸庞的下半部抖得像嘴里含着滚烫的蜡烛油似的，用尖细的声音逼出两句话道："你去挨着你二哥坐坐！你去挨着你二哥坐坐！"她试着在季泽身边坐下，只搭着他的椅子的一角，她将手贴在他腿上，道："你碰过他的肉没有？是软的、重的，就像人的脚有时发了麻，摸上去那感觉……"季泽脸上也变了色，然而他仍旧轻佻地笑了一声，俯下腰，伸手去捏她的脚道："倒要瞧瞧你的脚现在麻不麻！"七巧道："天哪，你没挨着他的肉，你不知道没病的身子是多好的……多好的……”她顺着椅子溜下去，蹲在地上，脸枕着袖子，听不见她哭，只看见发髻上插的风凉针，针头上的一粒钻石的光，闪闪掣动着。发髻的心子里扎着一小截粉红丝线，反映在金刚钻微红的光焰里。她的背影一挫一挫，俯伏了下去。她不像在哭，简直像在翻肠搅胃地呕吐。

季泽先是愣住了，随后就立起来道：“我走。我走就是了。你不怕人，我还怕人呢。也得给二哥留点面子！”七巧扶着椅子站了起来，呜咽道：“我走。”她扯着衫袖里的手帕子飐了飐脸，忽然微微一笑道：“你这样卫护二哥！”季泽冷笑道：“我不卫护他，还有谁卫护他？”七巧向门走去，哼了一声道：“你又是什么好人？趁早不用在我跟前假撇清！且不提你在外头怎样荒唐，单只在这屋里……老娘眼睛是揉不下沙子去！别说我是你嫂子了，就是我是你奶奶，只怕你也不在乎。”季泽笑道：“我原是个随随便便的人，哪禁得起你挑眼儿？”七巧待要出去，又把背心贴在门上，低声道：“我就不懂，我什么地方不如人？我有什么地方不好……”季泽笑道：“好嫂子，你有什么不好？”七巧笑了一声道：“难不成我跟了个残废的人，就过上了残废的气，沾都沾不得？”她睁着眼直勾勾朝前望着，耳朵上的实心小金坠子像两只铜钉把她钉在门上——玻璃匣子里蝴蝶的标本，鲜艳而凄怆。

季泽看着她，心里也动了一动。可是那不行，玩尽管玩，他早抱定了宗旨不惹自己家里人，一时的兴致过去了，躲也躲不掉，踢也踢不开，成天在面前，是个累赘。何况七巧的嘴这样敞，脾气这样躁，如何瞒得了人？何况她的人缘这样坏，上上下下谁肯代她包涵一点，她也许是豁出去了，闹穿了也满不在乎。他可是年纪轻轻的，凭什么要冒这个险？他侃侃说道：“二嫂，我虽年纪小，并不是一味胡来的人。”

仿佛有脚步声，季泽一撩袍子，钻到老太太屋子里去了，临走还抓了一大把核桃仁。七巧神志还不很清楚，直到有人推门，她方才醒了过来，只得将计就计，藏在门背后，见玳珍走了进来，她便夹脚跟出来，在玳珍背上打了一下。玳珍勉强一笑道：“你的兴致越发好了！”又望了望桌上道：“咦？那么些个核桃，吃得差不多了。再也没有别人，准是三弟。”七巧倚着桌子，面向阳台立着，只是不言语。玳珍坐了下来，嘟哝道：“害人家剥了一早上，便宜他享现成的！”七巧捏着一片锋利的胡桃壳，在红毡条上狠命刮着，左一刮，右一刮，看看那毡子起了毛，就要破了。她咬着牙道：“钱上头何尝不是一样？一味的叫咱们省，省下来让人家拿出去大把的花！我就不服这口气！”玳珍看了她一眼，冷冷地道：“那可没有办法。人多了，明里不去，暗里也不见得不去。管得了这个，管不了那个。”七巧觉得她话中有刺，正待反唇相讥，小双进来了，鬼鬼祟祟走到七巧跟前，嗫嚅道：“奶奶，舅爷来了。”七巧骂道：“舅爷来了，又不是背人的事，你嗓子眼里长了疔是怎么着？蚊子哼哼似的！”小双倒退了一步，不敢言语。玳珍道：“你们舅爷原来也到上海来了，咱们这儿亲戚倒都全了。”七巧移步出房道：“不许他到上海来？内地兵荒马乱的，穷人也一样的要命呀！”她在门槛子上站住了，问小双道：“回过老太太没有？”小双道：“还没呢。”七巧想了一想，毕竟不敢去告诉一声，只得悄悄下楼去了。

玳珍问小双道：“舅爷一个人来的？”小双道：“还有舅奶奶，拎着四只提篮盒。”玳珍格的一笑道：“倒破费了他们。”小双道：“大奶奶不用替他们心疼。装得满满的进来，一样装得满满的出去。别说金的银的圆的扁的，就连零头鞋面儿裤腰都是好的！”玳珍笑道：“别那么缺德了！你下去罢。她娘家人难得上门，伺候不周到，又该大闹了。”

小双赶了出去，七巧正在楼梯口盘问榴喜老太太可知道这件事。榴喜道：“老太太念佛呢，三爷趴在窗口看野景，说大门口来了客。老太太问是谁，三爷仔细看了看，说不知是不是曹家舅爷，老太太就没追问下去。”七巧听了，心头火起，跺了跺脚，喃喃讷讷骂道：“敢情你装不知道就算了！皇帝还有草鞋亲呢！这会子有这么势利的，当初何必三媒六聘的把我抬过来？快刀斩不断的亲戚，别说你今儿是装死，就是你真死了，他也不能不到你的灵前磕三个头，你也不能不受着他的！”一面说，一面下去了。

她那间房，一进门便有一堆金漆箱笼迎面拦住，只隔开几步见方的空地。她一掀帘子，只见她嫂子蹲下身去将提篮盒上面的一屉酥盒子卸了下来，检视下面一屉里的菜可曾泼出来。她哥哥曹大年背着手弯着腰看着。七巧止不住一阵心酸，倚着箱笼，把脸偎在那沙蓝棉套子上，纷纷落下泪来。她嫂子慌忙站直了身子，抢步上前，两只手捧住她一只手，连连叫着姑娘。曹大年也不免抬起袖子来擦眼睛。七巧把那只空着的手去解箱套子上的钮扣，解了又扣上，只是开不得口。

她嫂子回过头去睃了她哥哥一眼道：“你也说句话呀！成日价念叨着，见了妹妹的面，又像锯了嘴的葫芦似的！”七巧颤声道：“也不怪他没有话——他哪儿有脸来见我！”又向她哥哥道：“我只道你这一辈子不打算上门了！你害得我好！你扔崩一走，我可走不了。你也不顾我的死活。”曹大年道：“这是什么话？旁人这么说还罢了，你也这么说！你不替我遮盖遮盖，你自己脸上也不见得光鲜。”七巧道：“我不说，我可禁不住人家不说。就为你，我气出了一身病在这里。今日之下，亏你还拿这话来堵我！”她嫂子忙道：“是他的不是，是他的不是！姑娘受了委屈了。姑娘受的委屈也不止这一件，好歹忍着罢，总有个出头之日。”她嫂子那句“姑娘受的委屈也不止这一件”的话却深深打进她心坎儿里去。七巧哀哀哭了起来，急得她嫂子直摇手道：“看吵醒了姑爷。”房那边暗昏昏的紫楠大床上，寂寂吊着珠罗纱帐子。七巧的嫂子又道：“姑爷睡着了罢？惊动了他，该生气了。”七巧高声叫道：“他要有点人气，倒又好了。”她嫂子吓得掩住她的嘴道：“姑奶奶别！病人听见了，心里不好受！”七巧道：“他心里不好受，我心里好受吗？”她嫂子道：“姑爷还是那软骨症？”七巧道：“就这一件还不够受了，还禁得起添什么？这儿一家子都忌讳痨病这两个字，其实还不就是骨痨！”她嫂子道：“整天躺着，有时候也坐起来一会儿么？”七巧哧哧的笑了起来道：“坐起来，脊梁骨直溜下去，看上去还没有我那三岁的孩子高哪！”她嫂子一时想不出劝慰的话，三个人都愣住了。七巧猛地顿脚道：“走罢，走罢，你们！你们来一趟，就害得我把前因后果重新在心里过一过。我禁不起这么折腾！你快给我走！”

曹大年道：“妹妹你听我一句话。别说你现在心里不舒坦，有个娘家走动着，多少好些，就是你有了出头之日了，姜家是个大族，长辈动不动就拿大帽子压人，平辈小辈一个个如狼似虎的，哪一个是好惹的？替你打算，也得要个帮手。将来你用得着你哥哥你侄儿的时候多着呢！”七巧啐了一声道：“我靠你帮忙，我也倒了霉了！我早把你看得透里透——斗得过他们，你到我跟前来邀功要钱，斗不过他们，你往那边一倒。本来见了做官的就魂都没有了，头一缩，死活随我去。”大年涨红了脸冷笑道：“等钱到了你手里，你再防着你哥哥分你的，也还不迟。”七巧道：“你既然知道钱还没到我手里，你来缠我做什么？”大年道：“远迢迢赶来看你，倒是我们的不是了！走！我们这就走！凭良心说，我就用你两个钱，也是该的。当初我若贪图财礼，问姜家多要几百两银子，把你卖给他们做姨太太，也就卖了。”七巧道：“奶奶不胜似姨奶奶吗？长线放远鹞，指望大着呢！”大年待要回嘴，他媳妇拦住他道：“你就少说一句罢！以后还有见面的日子呢。将来姑奶奶想到你的时候，才知道她就只这一个亲哥哥了！”大年督促他媳妇整理了提篮盒，捡起就待走。七巧道：“我希罕你？等我有了钱了，我不愁你不来，只愁打发你不开！”嘴里虽然硬着，煞不住那呜咽的声音，一声响似一声，憋了一上午的满腔幽恨，借着这因由尽情发泄了出来。

她嫂子见她分明有些留恋之意，便做好做歹劝住了她哥哥：一面半搀半拥把她引到花梨炕上坐下了，百般譬解，七巧渐渐收了泪。兄妹姑嫂叙了些家常。北方情形还算平静，曹家的麻油铺还照常营业着。大年夫妇此番到上海来，却是因为他家没过门的女婿在人家当帐房，光复的时候恰巧在湖北，后来辗转跟主人到上海来了，因此大年亲自送了女儿来完婚，顺便探望妹子。大年问候了姜家阖宅上下，又要参见老太太，七巧道：“不见也罢了，我正跟她怄气呢。”大年夫妇都吃了一惊，七巧道：“怎么不淘气呢？一家子都往我头上踩，我要是好欺负的，早给作践死了，饶是这么着，还气得我七病八痛的！”她嫂子道：“姑娘近来还抽烟不抽？倒是鸦片烟，平肝导气，比什么药都强。姑娘自己千万保重，我们又不在跟前，谁是个知疼着热的人？”

七巧翻箱子取出几件新款尺头送与她嫂子，又是一副四两重的金镯子，一对披霞莲蓬簪，一床丝绵被胎，侄女们每人一只金挖耳，侄儿们或是一只金锞子，或是一顶貂皮暖帽，另送了她哥哥一只珐琅金蝉打簧表，她哥嫂道谢不迭。七巧道：“你们来得不巧，若是在北京，我们正要上路的时候，带不了的东西，分了几箱给丫头老妈子，白便宜了他们。”说得她哥嫂讪讪的。临行的时候，她嫂子道：“忙完了闺女，再来瞧姑奶奶。”七巧笑道：“不来也罢了，我应酬不起！”

大年夫妇出了姜家的门，她嫂子便道：“我们这位姑奶奶怎么换了个人？没出嫁的时候不过要强些，嘴头子上琐碎些，就连后来我们去瞧她，虽是比前暴躁些，也还有个分寸，不似如今疯疯傻傻，说话有一句没一句，就没一点儿得人心的地方。”

七巧立在房里，抱着胳膊看小双祥云两个丫头把箱子抬回原处，一只一只叠了上去。从前的事又回来了：临着碎石子街的馨香的麻油店，黑腻的柜台，芝麻酱桶里竖着木匙子，油缸上吊着大大小小的铁匙子。漏斗插在打油的人的瓶里，一大匙再加上两小匙正好装满一瓶——一斤半。熟人呢，算一斤四两。有时她也上街买菜，蓝夏布衫裤，镜面乌绫镶滚。隔着密密层层的一排吊着猪肉的铜钩，她看见肉铺里的朝禄。朝禄赶着她叫曹大姑娘。难得叫声巧姐儿，她就一巴掌打在钩子背上，无数的空钩子荡过去锥他的眼睛，朝禄从钩子上摘下尺来宽的一片生猪油，重重的向肉案一抛，一阵温风直扑到她脸上，腻滞的死去的肉体的气味……她皱紧了眉毛。床上睡着的她的丈夫，那没有生命的肉体……

风从窗子里进来，对面挂着的回文雕漆长镜被吹得摇摇晃晃，磕托磕托敲着墙。七巧双手按住了镜子。镜子里反映着的翠竹帘子和一副金绿山水屏条依旧在风中来回荡漾着，望久了，便有一种晕船的感觉。再定睛看时，翠竹帘子已经褪了色，金绿山水换为一张她丈夫的遗像，镜子里的人也老了十年。

去年她戴了丈夫的孝，今年婆婆又过世了。现在正式挽了叔公九老太爷出来为他们分家。今天是她嫁到姜家来之后一切幻想的集中点。这些年了，她戴着黄金的枷锁，可是连金子的边都啃不到，这以后就不同了。七巧穿着白香云纱衫，黑裙子，然而她脸上像抹了胭脂似的，从那揉红了的眼圈儿到烧热的颧骨。她抬起手来飕了飕脸，脸上烫，身子却冷得打颤。她叫祥云倒了杯茶来，（小双早已嫁了，祥云也配了个小厮。）茶给喝了下去，沉重地往腔子里流，一颗心便在热茶里扑通扑通跳。她背向着镜子坐下了，问祥云道："九老太爷来了这一下午，就在堂屋里跟马师爷查帐？"祥云应了一声是。七巧又道："大爷大奶奶三爷三奶奶都不在跟前？"祥云又应了一声是。七巧道："还到谁的屋里去过？"祥云道，"就到哥儿们的书房里兜了一兜。"七巧道："好在咱们白哥儿的书倒不怕他查考……今年这孩子就吃亏在他爸爸他奶奶接连着出了事，他若还有心念书，他也不是人养的！"她把茶吃完了，吩咐祥云下去看看堂屋里大房三房的人可都齐了，免得自己去早了，显得性急，被人耻笑。恰巧大房里也差了一个丫头出来探看，和祥云打了个照面。

七巧终于款款下楼来了。当屋里临时布置了一张镜面乌木大餐台，九老太爷独当一面坐了，面前乱堆着青布面，梅红签的账簿，又搁着一只瓜棱茶碗。四周除了马师爷之外，又有特地邀请的"公亲"，近于陪审员的性质。各房只派了一个男子作代表，大房是大爷，二房二爷没了，是二奶奶，三房是三爷。季泽很知道这总清算的日子于他没有什么好处，因此他到得最迟。然而来既来了，他决不愿意露出焦灼懊丧的神气，腮帮子上依旧是他那点丰肥的，红色的笑。眼睛里依旧是他那点潇洒的不耐烦。

九老太爷咳嗽了一声，把姜家的经济状况约略报告了一遍，又翻着账簿子读出重要的田地房产的所在与按年的收入。七巧两手紧紧扣在肚子上，身子向前倾着，努力向她自己解释他的每一句话，与她往日调查所得一一印证。青岛的房子，天津的房子，原藉的地，北京城外的地，上海的房子……三爷在公帐上拖欠过巨，他的一部分遗产被抵消了之后，还净欠六万，然而大房二房也只得就此算了，因为他是一无所有的人。他仅有的那一幢花园洋房，他为一个姨太太买了，也已经抵押了出去。其余只有老太太陪嫁过来的首饰，由兄弟三人均分，季泽的那一份也不便充公，因为是母亲留下的一点纪念。七巧突然叫了起来道："九老太爷，那我们太吃亏了！"

堂屋里本就肃静无声，现在这肃静却是沙沙有声，直锯进耳朵里去，像电影配音机器损坏之后的锈轧。九老太爷睁了眼望着她道："怎么？你连他娘丢下的几件首饰也舍不得给他？"七巧道："亲兄弟，明算帐，大哥大嫂不言语，我可不能不老着脸开口说句话。我须比不得大哥大嫂——我们死掉的那个若是有能耐出去做两任官，手头活便些，我也乐得放大方些，哪怕把从前的旧帐一笔勾销呢？可怜我们那一个病病哼哼一辈子，何尝有过一文半文进帐，丢下我们孤儿寡妇，就指着这两个死钱过活。我是个没脚蟹，长白还不满十四岁，往后苦日子有得过呢！"说着，流下泪来。九老太爷道："依你便怎样？"七巧呜咽道："哪儿由得我出主意呢？只求九老太爷替我们做主！"季泽冷着脸只不做声，满屋子的人都觉不便开口。九老太爷按捺不住一肚子的火，哼了一声道："我倒想替你出主意呢，只怕你不爱听！二房里有田地没人照管，三房里有人没有地，我待要叫三爷替你照管，你多少贴他些，又怕你不要他！”七巧冷笑道：“我倒想依你呢，只怕死掉的那个不依！来人哪！祥云你把白哥儿给我找来！长白，你爹好苦呀！一下地就是一身的病，为人一场，一天舒坦日子也没过着，临了丢下你这点骨血，人家还看不得你，千方百计图谋你的东西！长白谁叫你爹拖着一身病，活着人家欺负他，死了人家欺负他的孤儿寡妇！我还不打紧，我还能活个几十年么？至多我到老太太灵前把话说明白了，把这条命跟人拼了。长白你可是年纪小着呢，就是喝西北风你也得活下去呀！”九老太爷气得把桌子一拍道：“我不管了！是你们求爹爹拜奶奶邀了我来的，你道我喜欢自找麻烦么？”站起来一脚踢翻了椅子，也不等人搀扶，一阵风走得无影无踪，众人面面相觑，一个个悄没声儿溜走了。惟有那马师爷忙着拾掇帐簿子，落后了一步，看看屋里人全走光了，单剩下二奶奶一个人坐在那里捶着胸脯嚎啕大哭，自己若无其事地走了，似乎不好意思，只得走上前去，打躬作揖叫道：“二太太！二太太！……二太太！”七巧只顾把袖子遮住脸，马师爷又不便把她的手拿开，急得把瓜皮帽摘下来扇着汗。

维持了几天的僵局，到底还是无声无臭照原定计划分了家。孤儿寡妇还是被欺负了。

七巧带着儿子长白，女儿长安另租了一幢屋子住下了，和姜家各房很少来往。隔了几个月，姜季泽忽然上门来了。老妈子通报上来，七巧怀着鬼胎，想着分家的那一天得罪了他，不知他有什么手段对付。可是兵来将挡，她凭什么要怕他？她家常穿着佛青实地纱袄子，特地紧上一条玄色铁线纱裙，走下楼来。季泽却是满面春风的站起来问二嫂好，又问白哥儿可是在书房里，安姐儿的湿气可大好了。七巧心里便疑惑他是来借钱的，加意防备着，坐下笑道：“三弟你近来又发福了。”季泽笑道：“看我像一点心事都没有的人。”七巧笑道：“有福之人不在忙吗！你一向就是无牵无挂的。”季泽笑道：“等我把房子卖了，我还要无牵无挂呢！”七巧道：“就是你做了押款的那房子，你要卖？”季泽道：“当初造它的时候，很费了点心思，有许多装置都是自己心爱的，当然不愿意脱手。后来你是知道的，那块地皮值钱了，前年把它翻造了弄堂房子，一家一家收租，跟那些住小家的打交道，我实在嫌麻烦，索性打算卖了它，图个清净。”七巧暗地里说道：“口气好大！我是知道你的底细的，你在我跟前充什么阔大爷！”

虽然他不向她哭穷，但凡谈到银钱交易，她总觉得有点危险，便岔了开去道：“三妹妹好么？腰子病近来发过没有？”季泽笑道：“我也有许久没见过她的面了。”七巧道：“这是什么话？你们吵了嘴么？”季泽笑道：“这些时我们倒也没吵过嘴。不得已在一起说两句话，也是难得的，也没那闲情逸致吵嘴。”七巧道：“何至于这样？我就不相信！”季泽两肘撑在藤椅的扶手上，交叉十指，手搭凉棚，影子落在眼睛上，深深地唉了一声。七巧笑道：“没有别的，要不就是你在外头玩得太厉害了。自己做错了事，还唉声叹气的仿佛谁害了你似的。你们姜家就没有一个好人！”说着，举起白团扇，作势要打。季泽把那交叉着的十指往下移了一移，两只大拇指按在嘴唇上，两只食指缓缓抚摸着鼻梁，露出一双水汪汪的眼睛来。那眼珠却是水仙花缸底的黑石子，上面汪着水，下面冷冷的没有表情。看不出他在想什么。七巧道：“我非打你不可！”季泽的眼睛里突然冒出一点笑泡儿，道：“你打，你打！”七巧待要打，又掣回手去，重新一鼓作气道：“我真打！”抬高了手，一扇子劈下来，又在半空中停住了，吃吃笑将起来，季泽带笑将肩膀耸了一耸，凑了上去道："你倒是打我一下罢！害得我浑身骨头痒痒着，不得劲儿！"七巧把扇子向背后一藏，越发笑得格格的。

季泽把椅子换了个方向，面朝墙坐着，人向椅背上一靠，双手蒙住了眼睛，又是长长地叹了口气。七巧啃着扇子柄，斜瞟着他道："你今儿是怎么了？受了暑吗？"季泽道："你哪里知道？"半晌，他低低的一个字一个字说道："你知道我为什么跟家里的那个不好，为什么我拼命的在外头玩，把产业都败光了？你知道这都是为了谁？"七巧不知不觉有些胆寒，走得远远的，倚在炉台上，脸色慢慢地变了。季泽跟了过来。七巧垂着头，肘弯撑在炉台上，手里擎着团扇，扇子上的杏黄穗子顺着她的额角拖下来。季泽在她对面站住了，小声道："二嫂！……七巧！"

七巧背过脸去淡淡笑道："我要相信你才怪呢！"季泽便也走开了，道："不错。你怎么能够相信我？自从你到我家来，我在家一刻也待不住，只想出去。你没来的时候我并没有那么荒唐过，后来那都是为了躲你，娶了兰仙来，我更玩得凶了，为了躲你之外又要躲她，见了你，说不了两句话我就要发脾气——你哪儿知道我心里的苦楚？你对我好，我心里更难受——我得管着我自己——我不能平白的坑坏了你，家里人多眼杂，让人知道了，我是个男子汉，还不打紧。你可了不得！"七巧的手直打颤，扇柄上的杏黄须子在她额上苏苏磨擦着。季泽道："你信也罢！不信也罢！信了又怎样？横竖我们半辈子已经过去了，说也是白说。我只求你原谅我这一片心。我为你吃了这些苦，也就不算冤枉了。"

七巧低着头，沐浴在光辉里，细细的音乐，细细的喜悦……这些年了，她跟他捉迷藏似的，只是近不得身，原来还有今天！可不是，这半辈子已经完了——花一般的年纪已经过去了。人生就是这样的错综复杂，不讲理。当初她为什么嫁到姜家来？为了钱么？不是的，为了要遇见季泽，为了命中注定她要和季泽相爱。她微微抬起脸来，季泽立在她跟前，两手合在她扇子上，面颊贴在她扇子上。他也老了十年了，然而人究竟还是那个人呵！他难道是哄她么！他想她的钱——她卖掉她的一生换来的几个钱？仅仅这一转念便使她暴怒起来。就算她错怪了他，他为她吃的苦抵得过她为他吃的苦么？好容易她死了心了，他又来撩拨她。她恨他。他还在看着她。他的眼睛——虽然隔了十年，人还是那个人呵！就算他是骗她的，迟一点儿发现不好么？即使明知是骗人的，他太会演戏了，也跟真的差不多罢？

不行！她不能有把柄落在这厮手里。姜家的人是厉害的，她的钱只怕保不住。她得先证明他是真心不是。七巧定了一定神，向门外瞧了一瞧，轻轻惊叫道："有人！"便三脚两步赶出门去，到下房里吩咐潘妈替三爷弄点心去，快些端了来，顺便带把芭蕉扇进来替三爷打扇。七巧回到屋里来，故意皱着眉道："真可恶，老妈子在门口探头探脑的，见了我抹过头去就跑，被我赶上去喝住了。若是关上了门说两句话，指不定造出什么谣言来呢！饶是独门独户住了，还没个清净。"潘妈送了点心与酸梅汤进来，七巧亲自拿筷子替季泽拣掉了蜜层糕上的玫瑰与青梅，道："我记得你是不爱吃红绿丝的。"有人在跟前，季泽不便说什么，只是微笑。七巧似乎没话找话说似的，问道："你卖房子，接洽得怎样了？"季泽一面吃，一面答道："有人出八万五，我还没打定主意呢。"七巧沉吟道:“地段倒是好的。”季泽道:“谁都不赞成我脱手,说还要涨呢。”七巧又问了些详细情形,便道:“可惜我手头没有这一笔现款,不然我倒想买。”季泽道:“其实呢,我这房子倒不急,倒是咱们乡下你那些田,早早脱手的好。自从改了民国,接二连三的打仗,何尝有一年闲过,把地面上糟蹋得不成样子,中间还被收租的,师爷,地头蛇一层一层勒掯着,莫说这两年不是水就是旱,就遇着了丰年,也没有多少进帐轮到我们头上。”七巧寻思着,道:“我也盘算过来,一直挨着没有办。先晓得把它卖了,这会子想买房子,也不至于钱不凑手了。”季泽道:“你那田要卖趁现在就得卖,听说直鲁又要开仗了。”七巧道:“急切间你叫我卖给谁去?”季泽顿了一顿道:“我去替你打听打听,也成。”七巧耸了耸眉毛笑道:“得了,你那些狐群狗党里头,又有谁是靠得住的?”季泽把咬开的饺子在小碟里蘸了点醋,闲闲说出两个靠得住的人名,七巧便认真仔细盘问他起来,他果然回答得有条不紊,显然他是筹之已熟的。

七巧虽是笑吟吟的,嘴里发干,上嘴唇黏在牙仁上,放不下来。她端起盖碗来吸了一口茶,舐了舐嘴唇,突然把脸一沉,跳起身来,将手里的扇子向季泽头上滴溜溜掷过去,季泽向左偏了一偏,那团扇敲在他肩膀上,打翻了玻璃杯,酸梅汤淋淋漓漓溅了他一身,七巧骂道:“你要我卖了田去买你的房子?你要我卖田?钱一经你的手,还有得说么?你哄我——你拿那样的话来哄我——你拿我当傻子——”她隔着一张桌子探身过去打他,然而她被潘妈下死劲抱住了。潘妈叫唤起来,祥云等人都奔了来,七手八脚按住了她,七嘴八舌求告着。七巧一头挣扎,一头叱喝着,然而她的一颗心直往下坠——她很明白她这举动太蠢——太蠢——她在这儿丢人出丑。

季泽脱下了他那湿濡的白云纱长衫,潘妈绞了毛巾来代他揩擦,他理也不理,把衣服夹在手臂上,竟自扬长出门去了,临行的时候向祥云道:“等白哥儿下了学,叫他替他母亲请个医生来看看。”祥云吓糊涂了,连声答应着,被七巧兜脸给她一个耳刮子。

季泽走了。丫头老妈子也给七巧骂跑了。酸梅汤沿着桌子一滴一滴朝下滴,像迟迟的夜漏——一滴,一滴……一更,二更……一年,一百年。真长,这寂寂的一刹那。七巧扶着头站着,倏地掉转身来上楼去,提着裙子,性急慌忙,跌跌绊绊,不住地撞到那阴暗的绿粉墙上,佛青袄子上沾了大块的淡色的灰。她要在楼上的窗户里再看他一眼。无论如何,她从前爱过他。她的爱给了她无穷的痛苦。单只是这一点,就使他值得留恋。多少回了,为了要按捺她自己,她迸得全身的筋骨与牙根都酸楚了。今天完全是她的错。他不是个好人,她又不是不知道。她要他,就得装糊涂,就得容忍他的坏。她为什么要戳穿他?人生在世,还不就是那么一回事?归根究底,什么是真的,什么是假的?

她到了窗前,揭开了那边上缀有小绒球的墨绿洋式窗帘,季泽正在弄堂里往外走,长衫搭在臂上,晴天的风像一群白鸽子钻进他的纺绸裤褂里去,哪儿都钻到了,飘飘拍着翅子。

七巧眼前仿佛挂了冰冷的珍珠帘,一阵热风来了,把那帘子紧紧贴在她脸上,风去了,又把帘子吸了回去,气还没透过来,风又来了,没头没脸包住她——一阵凉一阵热,她只是淌着眼泪。

玻璃窗的上角隐隐约约反映出弄堂里一个巡警的缩小的影子,晃着膀子踱过去。一辆黄包车静静在巡警身上辗过。小孩把袍子掖在裤腰里，一路踢着球，奔出玻璃的边缘。绿色的邮差骑着自行车，复印在巡警身上，一溜烟掠过。都是些鬼，多年前的鬼，多年后的没投胎的鬼……什么是真的，什么是假的？

过了秋天又是冬天，七巧与现实失去了接触。虽然一样的使性子，打丫头，换厨子，总有些失魂落魄的。她哥哥嫂子到上海来探望了她两次，住不上十来天，末了永远是给她絮叨得站不住脚，然而临走的时候她也没有少给他们东西。她侄子曹春熹上城来找事，耽搁在她家里。那春熹虽是个浑头浑脑的年轻人，却也本本分分的。七巧的儿子长白，女儿长安，年纪到了十三四岁，只因身材瘦小，看上去才只七八岁的光景。在年下，一个穿着品蓝摹本缎棉袍，一个穿着葱绿遍地锦棉袍，衣服太厚了，直挺挺撑开了两臂，一般都是薄薄的两张白脸，并排站着，纸糊的人儿似的。这一天午饭后，七巧还没起身，那曹春熹陪着他兄妹俩掷骰子，长安把压岁钱输光了，还不肯歇手。长白把桌上的铜板一掳，笑道："不跟你来了。"长安道："我们用糖莲子来赌。"春熹道："糖莲子揣在口袋里，看脏了衣服。"长安道："用瓜子也好，柜顶上就有一罐。"便搬过一张茶几来，踩了椅子爬上去拿。慌得春熹叫道："安姐儿你可别摔跤，回头我担不了这干系！"正说着，只见长安猛可里向后一仰，若不是春熹扶住了，早是个倒栽葱。长白在旁拍手大笑，春熹嘟嘟哝哝骂着，也撑不住要笑，三人笑成一片。春熹将她抱下地来，忽然从那红木大橱的穿衣镜里瞥见七巧蓬着头叉着腰站在门口，不觉一怔，连忙放下了长安，回身道："姑妈起来了。"七巧汹汹奔了过来，将长安向自己身后一推，长安立脚不稳，跌了一跤。七巧只顾将身子挡住了她，向春熹厉声道："我把你这狼心狗肺的东西！我三茶六饭款待你这狼心狗肺的东西，什么地方亏待了你，你欺负我女儿？你那狼心狗肺，你道我揣摩不出么？你别以为你教坏了我女儿，我就不能不捏着鼻子把她许配给你，你好霸占我们的家产！我看你这混蛋，也还想不出这等主意来，敢情是你爹娘把着手儿教的！我把那两个狼心狗肺忘恩负义的老浑蛋！齐了心想我的钱，一计不成，又生一计！"春熹气得白瞪眼，欲待分辩，七巧道："你还有脸顶撞我！你还不给我快滚，别等我乱棒打出去！"说着，把儿女们推推搡搡送了出去，自己也喘吁吁扶着个丫头走了。春熹究竟年纪轻火性大，赌气卷了铺盖，顿时离了姜家的门。

七巧回到起坐间里，在烟榻上躺下了。屋里暗昏昏的，拉上了丝绒窗帘。时而窗户缝里漏了风进来，帘子动了，方才在那墨绿小绒球底下毛茸茸地看见一点天色。只有烟灯和烧红的火炉的微光。长安吃了吓，呆呆坐在火炉边一张小凳上。七巧道："你过来。"长安只道是要打，只是延挨着，搭讪把火炉边的洋铁圈屏上晾着的小红格子法布衬衫翻了一翻，道："快烤糊了。"衬衫发出热烘烘的毛气。

七巧却不像要责打她的光景，只数落了一番，道："你今年过了年也有十三岁了，也该放明白些。表哥虽不是外人，天下的男子都是一样混帐。你自己要晓得当心，谁不想你的钱？"一阵风过，窗帘上的绒球与绒球之间露出白色的寒天，屋子里暖热的黑暗给打上了一排小洞。烟灯的火焰往下一挫，七巧脸上的影子仿佛更深了一层。她突然坐起身来，低声道："男人……碰都碰不得！谁不想你的钱？你娘这几个钱不是容易得来的，也不是容易守得住。轮到你们手里，我可不能眼睁睁看着你们上人的当——叫你以后提防着些，你听见了没有？"长安垂着头道："听见了。"

七巧的一只脚有点麻，她探身去捏一捏她的脚。仅仅是一刹那，她眼睛里蠢动着一点温柔的回忆。她记起了想她的钱的一个男人。

她的脚是缠过的，尖尖的缎鞋里塞了棉花，装成半大的文明脚。她瞧着那双脚，心里一动，冷笑一声道："你嘴里尽管答应着，我怎么知道你心里是明白还是糊涂？你人也有这么大了，又是一双大脚，哪里去不得？我就是管得住你，也没那个精神成天看着你。按说你今年十三了，裹脚已经嫌晚了，原怪我耽搁了你。马上这就替你裹起来，也还来得及。"长安一时答不出话来，倒是旁边的老妈子们笑道："如今小脚不时兴了，只怕将来给姐儿定亲的时候麻烦。"七巧道："没的扯淡！我不愁我的女儿没人要，不劳你们替我担心！真没人要，养活她一辈子，我也还养得起！"当真替长安裹起脚来，痛得长安鬼哭神号的。这时连姜家这样守旧的人家，缠过脚的也都已经放了脚了，别说是没缠过的，因此都拿长安的脚传作笑话奇谈。裹了一年多，七巧一时的兴致过去了，以经亲戚们劝着，也就渐渐放松了，然而长安的脚可不能完全恢复原状了。

姜家大房三房里的儿女都进了洋学堂读书，七巧处处存心跟他们比赛着，便也要送长白去投考。长白除了打小牌之外，只喜欢跑跑票房，正在那里朝夕用功吊嗓子，只怕进学校要耽搁了他的功课，便不肯去。七巧无奈，只得把长安送到沪范女中，托人说了情，插班进去。长安换上了蓝爱国布的校服，不上半年，脸色也红润了，胳膊腿腕也粗了一圈。住读的学生洗换衣服，照例是送到学校里包着的洗衣作坊里去的。长安记不清自己的号码，往往失落了枕套手帕种种零件，七巧便闹着说要去找校长说话。这一天放假回家，检点了一下，又发现有一条褥单是丢了。七巧暴跳如雷，准备明天亲自上学校去大兴问罪之师。长安着了急，拦阻了一声，七巧便骂道："天生的败家精，拿你的钱不当钱。你娘的钱是容易得来的？——将来你出嫁，你看我有什么陪送给你！——给也是白给！"长安不敢做声，却哭了一晚上。她不能在她的同学跟前丢这个脸。对于十四岁的人，那似乎有天大的重要。她母亲去闹一场，她以后拿什么脸去见人？她宁死也不到学校里去了。她的朋友们，她所喜欢的音乐教员，不久就会忘记了有这么一个女孩子，来了半年，又无缘无故悄悄地走了。走得干净。她觉得她这牺牲是一个美丽的，苍凉的手势。

半夜里她爬下床来，伸手到窗外试试，漆黑的，是下了雨么？没有雨点。她从枕头边摸出一只口琴，半蹲半坐在地上，偷偷吹了起来。犹疑地，"Long，Long Ago"的细小的调子在庞大的夜里袅袅漾开，不能让人听见了。为了竭力按捺着，那呜呜的口琴忽断忽续，如同婴儿的哭泣。她接不上气来，歇了半晌，窗格子里，月亮从云里出来了。墨灰的天，几点疏星，模糊的缺月，像石印的图画，下面白云蒸腾，树顶上透出街灯淡淡的圆光。长安又吹起口琴。"告诉我那故事，往日我最心爱的那故事，许久以前，许久以前……"

第二天她大着胆子告诉她母亲："娘，我不想念下去了。"七巧睁着眼道："为什么？"长安道："功课跟不上，吃的也太苦了，我过不惯。"七巧脱下一只鞋来，顺手将鞋底抽了她一下，恨道："你爹不如人，你也不如人？养下你来又不是个十不全，就不肯替我争口气！"长安反剪着一双手，垂着眼睛，只是不言语。旁边老妈子们便劝道："姐儿也大了，学堂里人杂，的确有些不方便。其实不去也罢了。"七巧沉吟道："学费总得想法子拿回来。白便宜了他们不成？”便要领了长安一同去索讨，长安抵死不肯去，七巧带着两个老妈子去了一趟回来了，据她自己铺叙，钱虽然没收回来，却也着实羞辱了那校长一场。长安以后在街上遇着了同学，脸上红一阵白一阵，无地自容，只得装做不看见，急急走了过去。朋友寄了信来，她拆也不敢拆，原封退了回去。她的学校生活就此告一结束。

有时她也觉得牺牲得有点不值得，暗自懊悔着，然而也来不及挽回了。她渐渐放弃了一切上进的思想，安分守己起来。她学会了挑是非，使小坏，干涉家里的行政。她不时地跟母亲怄气，可是她的言谈举止越来越像她母亲了。每逢她单叉着裤子，揸开了两腿坐着，两只手按在胯间露出的凳子上，歪着头，下巴搁在心口上凄凄惨惨瞅住了对面的人说道：“一家有一家的苦处呀，表嫂——一家有一家的苦处！”——谁都说她是活脱的一个七巧。她打了一根辫子，眉眼的紧俏有似当年的七巧，可是她的小小的嘴过于瘪进去，仿佛显老一点。她再年青些也不过是一棵较嫩的雪里红——盐腌过的。

也有人来替她做媒。若是家境推扳一点的，七巧总疑心人家是贪她们的钱。若是那有财有势的，对方却又不十分热心，长安不过是中等姿色，她母亲出身既低，又有个不贤惠的名声，想必没有什么家教。因此高不成，低不就，一年一年耽搁了下去。那长白的婚事却不容耽搁。长白在外面赌钱，捧女戏子，七巧还没甚话说，后来渐渐跟着他三叔姜季泽逛起窑子来，七巧方才着了慌，手忙脚乱替他定亲，娶了一个袁家的小姐，小名芝寿。

行的是半新式的婚礼，红色盖头是蠲免了，新娘戴着蓝眼镜，粉红喜纱，穿着粉红彩绣裙袄。进了洞房，除去了眼镜，低着头坐在湖色帐幔里。闹新房的人围着打趣，七巧只看了一看便出来了。长安在门口赶上了她，悄悄笑道：“皮色倒还白净，就是嘴唇太厚了些。”七巧把手撑着门，拔下一只金挖耳来搔搔头，冷笑道：“还说呢！你新嫂子这两片嘴唇，切切倒有一大碟子。”旁边一个太太便道：“说是嘴唇厚的人天性厚哇！”七巧哼了一声，将金挖耳指住了那太太，倒剔起一只眉毛，歪着嘴微微一笑道：“天性厚，并不是什么好话。当着姑娘们，我也不便多说——但愿咱们白哥儿这条命别送在她手里！”七巧天生着一副高爽的喉咙，现在因为苍老了些，不那么尖了，可是扁扁的依旧四面刮得人疼痛，像剃刀片。这两句话，说响不响，说轻也不轻。人丛里的新娘子的平板的脸与胸震了一震——多半是龙凤烛的火光的跳动。

三朝过后，七巧嫌新娘子笨，诸事不如意，每每向亲戚们诉说着。便有人劝道：“少奶奶年纪轻，二嫂少不得要费点心教导教导她。谁叫这孩子没心眼儿呢！”七巧啐道：“你们瞧咱们新少奶奶老实呀——一见了白哥儿，她就得去上马桶！真的！你信不信？”这话传到芝寿耳朵里，急得芝寿只待寻死。然而这还是没满月的时候，七巧还顾些脸面，后来索性这一类的话当着芝寿的面也说了起来，芝寿哭也不是，笑也不是，若是木着脸装不听见，七巧便一拍桌子嗟叹起来道：“在儿子媳妇手里吃口饭，可真不容易！动不动就给人脸子看！”

这天晚上，七巧躺着抽烟，长白盘踞在烟铺跟前的一张沙发椅上嗑瓜子，无线电里正唱着一出冷戏，他捧着戏考，一个字一个字跟着哼，哼上了劲，甩过一条腿去骑在椅背上，来回摇着打拍子。七巧伸过脚去踢他一下道：“白哥儿你来替我装两筒。”长白道：

"现放着烧烟的，偏要支使我！我手上有蜜是怎么着？"说着，伸了个懒腰，慢腾腾移身坐在烟灯前的小凳上，卷起了袖子。七巧笑道："我把你这不孝的奴才！支使你，是抬举你！"她眯缝着眼望着他。这些年来她的生命里只有这一个男人，只有他，她不怕他想她的钱——横竖钱都是他的。可是，因为他是她的儿子，他这一个人还抵不了半个……现在，就连这半个人她也保留不住——他娶了亲。他是个瘦小白皙的年轻人，背有点驼，戴着金丝眼镜，有着工细的五官，时常茫然地微笑着，张着嘴，嘴里闪闪发着光的不知道是太多的唾沫水还是他的金牙。他敞着衣领，露出里面的珠羔里子和白小褂。七巧把一只脚搁在他肩膀上，不住的轻轻踢着他的脖子，低声道："我把你这不孝的奴才！打几时起变得这么不孝了？"长安在旁笑道："娶了媳妇忘了娘吗！"七巧道："少胡说！我们白哥儿倒不是那们样的人！我也养不出那们样的儿子！"长白只是笑。七巧斜着眼看定了他，笑道："你若还是我从前的白哥儿，你今儿替我烧一夜的烟！"长白笑道："那可难不倒我！"七巧道："盹着了，看我捶你！"

起坐间的帘子撤下送去洗濯了。隔着玻璃窗望出去，影影绰绰乌云里有个月亮，一搭黑，一搭白，像个戏剧化的狰狞的脸谱。一点，一点，月亮缓缓的从云里出来了，黑云底下透出一线炯炯的光，是面具底下的眼睛。天是无底洞的深青色。久已过了午夜了。长安早去睡了，长白打着烟泡，也前仰后合起来。七巧斟了杯浓茶给他，两人吃着蜜饯糖果，讨论着东邻西舍的隐私。七巧忽然含笑问道："白哥儿你说，你媳妇儿好不好？"长白说道："这有什么可说的？"七巧道："没有可批评的，想必是好的了？"长白笑着不做声。七巧道："好，也有个怎么个好呀！"长白道："谁说她好来着？"七巧道："她不好？哪一点不好？说给娘听。"长白起初只是含糊对答，禁不起七巧再三盘问，只得吐露一二。旁边递茶递水的老妈子们都背过脸去笑得格格的，丫头们都掩着嘴忍着笑回避出去了。七巧又是咬牙，又是笑，又是喃喃咒骂，卸下烟斗来狠命磕里面的灰，敲得托托一片响。长白说溜了嘴，止不住要说下去，足足说了一夜。

次日清晨，七巧吩咐老妈子取过两床毯子来打发哥儿在烟榻上睡觉。这时芝寿也已经起了身，过来请安。七巧一夜没合眼，却是精神百倍，邀了几家女眷来打牌，亲家母也在内。在麻将桌上一五一十将她儿子亲口招供的她媳妇的秘密宣布了出来，略加渲染，越发有声有色。众人竭力地打岔，然而说不上两句闲话，七巧笑嘻嘻地转了个弯，又回到她媳妇身上来了。逼得芝寿的母亲脸皮紫涨，也无颜再见女儿，放下牌，乘了包车回去了。

七巧接连着教长白为她烧了两晚上的烟。芝寿直挺挺躺在床上，搁在肋骨上的两只手蜷曲着像死去的鸡的脚爪。她知道她婆婆又在那里盘问她丈夫，她知道她丈夫又在那里叙说一些什么事，可是天知道他还有什么新鲜的可说！明天他又该涎着脸到她跟前来了。也许他早料到她会把满腔的怨毒都结在他身上，就算她没本领跟他拼命，至不济也得质问他几句，闹上一场。多半他准备先声夺人，借酒盖住了脸，找点岔子，摔上两件东西。她知道他的脾气。末后他会坐到床沿上来，耸起肩膀，伸手到白绸小褂里面抓痒，出人意料之外地一笑。他的金丝眼镜上抖动着一点光，他嘴里抖动着一点光，不知道是唾沫还是金牙。他摘去了他的眼镜。……芝寿猛然坐起身来，哗啦揭开了帐子。这是个疯狂的世界，丈夫不像个丈夫，婆婆也不像个婆婆。不是他们疯了，就是她疯了。

今天晚上的月亮比哪一天都好，高高的一轮满月，万里无云，像是黑漆的天上一个白太阳。遍地的蓝影子，帐顶上也是蓝影子，她的一双脚也在那死寂的蓝影子里。

芝寿待要挂起帐子来，伸手去摸索帐钩，一只手臂吊在那铜钩上，脸偎住了肩膀，不由得就抽噎起来。帐子自动的放了下来。昏暗的帐子里除了她之外没有别人，然而她还是吃了一惊，仓皇地再度挂起了帐子。窗外还是那使人汗毛凛凛的反常的明月——漆黑的天上一个灼灼的小而白的太阳。屋里看得分明那玫瑰紫绣花椅披桌布，大红平金五凤齐飞的围屏，水红软缎对联，绣着盘花篆字。梳妆台上红绿丝网络着银粉缸，银漱盂，银花瓶，里面满满盛着喜果。帐檐上垂下五彩攒金绕绒花球，花盆，如意粽子，下面滴溜溜坠着指头大的琉璃珠和尺来长的桃红穗子。偌大一间房里充塞着箱笼，被褥，铺陈，不见得她就找不出一条汗巾子来上吊，她又倒到床上去。月光里，她的脚没有一点血色——青，绿，紫，冷去的尸身的颜色。她想死，她想死。她怕这月亮光，又不敢开灯。明天她婆婆说："白哥儿给我多烧了两口烟，害得我们少奶奶一宿没睡觉，半夜三更点着灯等他回来——少不了他吗！"芝寿的眼泪顺着枕头不停地流，她不用手帕去擦眼睛，擦肿了，她婆婆又该说了："白哥儿一晚上没回房去睡，少奶奶就把眼睛哭得桃儿似的！"

七巧虽然把儿子媳妇描摹成这样热情的一对，长白对于芝寿却不甚中意，芝寿也把长白恨得牙痒痒的。夫妻不和，长白渐渐又往花街柳巷里走动。七巧把一个丫头绢儿给了他做小，还是牢笼不住他。七巧又变着方儿哄他吃烟。长白一向就喜欢玩两口，只是没上瘾，现在吸得多了，也就收了心不大往外跑了，只在家守着母亲和新姨太太。

他妹子长安二十四岁那年生了痢疾，七巧不替她延医服药，只劝她抽两筒鸦片，果然减轻了不少痛苦。病愈之后，也就上了瘾。那长安更与长白不同，未出阁的小姐，没有其它的消遣，一心一意的抽烟，抽的倒比长白还要多。也有人劝阻，七巧道："怕什么！莫说我们姜家还吃得起，就是我今天卖了两顷地给他们姐儿俩抽烟，又有谁敢放半个屁？姑娘赶明儿聘了人家，少不得有她这一份嫁妆。她吃自己的，喝自己的，姑爷就是舍不得，也只好干望着她罢了！"

话虽如此说，长安的婚事毕竟受了点影响。来做媒的本来就不十分踊跃，如今竟绝迹了。长安到了近三十的时候，七巧见女儿注定了是要做老姑娘的了，便又换了一种论调，道："自己长得不好，嫁不掉，还怨我做娘的耽搁了她！成天挂搭着个脸，倒像我该她二百钱似的。我留她在家里吃一碗闲茶闲饭，可没打算留她在家里给我气受呢！"

姜季泽的女儿长馨过二十岁生日，长安去给她堂房妹子拜寿。那姜季泽虽然穷了，幸喜他交游广阔，手里还算兜得转。长馨背地向她母亲道："妈想法子给安姐姐介绍个朋友罢，瞧她怪可怜的。还没提起家里的情形，眼圈儿就红了。"兰仙慌忙摇手道："罢！罢！这个媒我不敢做！你二妈那脾气是好惹的？"长馨年少好事，哪里理会得？歇了些时，偶然与同学们说起这件事，恰巧那同学有个表叔新从德国留学回来，也是北方人，仔细攀认起来，与姜家还沾着点老亲。那人名唤童世舫，叙起来比长安略大几岁。长馨竟自作主张，安排了一切，由那同学的母亲出面请客。长安这边瞒得家里铁桶相似。

七巧身子一向硬朗，只因她媳妇芝寿得了肺痨，七巧嫌她乔张做致，吃这个，吃那个，累又累不得，比寻常似乎多享了一些福，自己一赌气便也病了。真实不过是气虚血亏，却也将阖家支使得团团转，哪儿还能够兼顾到芝寿？后来七巧真得了病，卧床不起，越发鸡犬不宁。长安乘乱里便走开了，把裁缝唤到她三叔家里，由长馨出主意替她制了新装。赴宴的那天晚上，长馨先陪她到理发店去用钳子烫了头发，从天庭到鬓角一路密密的贴着细小的发圈，耳朵上戴了二寸来长的玻璃翡翠宝塔坠子，又换上了苹果绿乔琪纱旗袍，高领圈，荷叶边袖子，腰以下是半西式的百褶裙。一个小大姐蹲在地上为她扣揿钮，长安在穿衣镜里端详着自己，忍不住将两臂虚虚地一伸，裙子一踢，摆了个葡萄仙子的姿势，一扭头笑了起来道："把我打扮得天女散花似的！"长馨在镜子里向那小大姐做了个媚眼，两人不约而同也都笑了起来。长安妆罢，便向高椅上端端正正坐下了。长馨道："我去打电话叫车。"长安道："还早呢！"长馨看了看表道："约的是八点，已经八点过五分了。"长安道："晚个半个钟头，想必也不碍事。"长馨猜她是存心要搭点架子，心中又好气又好笑，打开银丝手提皮包来检点了一下，借口说忘了带粉镜子，径自走到她母亲屋里来，如此这般告诉了一遍，又道："今儿又不是姓童的请客，她这架子是冲着谁搭的？我也懒得去劝她，由她挨到明儿早上去，也不干我事。"兰仙道："瞧你这糊涂！人是你约的，媒是你做的，你怎么卸得了这干系？我埋怨过你多少回了——你早该知道了，安姐儿就跟她娘一样的小家子气，不上台盘。待会儿出乖露丑的，说起来是你姐姐，你丢人也是活该，谁叫你把这些是是非非，揽上身来，敢是闲疯了？"长馨咕嘟着嘴在她母亲屋里坐了半晌。兰仙笑道："看这情形，你姐姐是等着人催请呢。"长馨道："我才不去催她呢！"兰仙道："傻丫头，要你催，中什么用？她等着那边来电话哪！"长馨失声笑道："又不是新娘子，要三请四催的，逼着上轿！"兰仙道："好歹你打个电话到饭店里去，叫他们打个电话来，不就结了？快九点了，再挨下去，事情可真要崩了！"长馨只得依言做去，这边方才动了身。

长安在汽车里还是兴兴头头，谈笑风生的，到了菜馆子里，突然矜持起来，跟在长馨后面，悄悄掩进了房间，怯怯地褪去了苹果绿鸵鸟毛斗篷，低头端坐，拈了一只杏仁，每隔两分钟轻轻啃去了十分之一，缓缓咀嚼着。她是为了被看而来的。她觉得她浑身的装束，无懈可击，任凭人家多看两眼也不妨事，可是她的身体完全是多余的，缩也没处缩，她始终缄默着，吃完了一顿饭。等着上甜菜的时候，长馨把她拉到窗子跟前去观看街景，又托故走开了，那童世舫便踱到窗前，问道："姜小姐这儿来过么？"长安细声道："没有。"童世舫道："我也是第一次，菜倒是不坏，可是我还是吃不大惯。"长安道："吃不惯？"世舫道："可不是！外国菜比较清淡些，中国菜要油腻得多。刚回来，连着几天亲戚朋友们接风，很容易的就吃坏了肚子。"长安反复地看她的手指，仿佛一心一意要数数一共有几个指纹是螺形的，几个是畚箕……

玻璃窗上面，没来由开了小小的一朵霓虹灯的花——对过一家店面里反映过来的，绿心红瓣。是尼罗河祀神的莲花，又是法国王室的百合徽章……

世舫多年没见过故国的姑娘，觉得长安很有点楚楚可怜的韵致，倒有几分喜欢。他留学以前早就定了亲，只因他爱上了一个女同学，抵死反对家里的亲事，路远迢迢，打了无数的笔墨官司，几乎闹翻了脸，他父母曾经一度断绝了他的接济，使他吃了不少的苦，方才依了他，解了约。不幸他的女同学别有所恋，抛下了他，他失意之余，倒埋头读了七八年的书。他深信妻子还是旧式的好，也是由于反应作用。

和长安见了这一面之后，两下里都有了意。长馨想着送佛送到西天，自己再热心些，也没有资格出来向长安的母亲说话，只得央及兰仙。兰仙执意不肯道：“你又不是不知道，你爹跟你二妈仇人似的，向来是不见面的。我虽然没跟她红过脸，再好些也有限。何苦去自讨没趣？”长安见了兰仙，只是垂泪，兰仙却不过情面，只得答应去走一遭。妯娌相见，问候了一番，兰仙便说明了来意。七巧初听见了，倒也欣然，因道：“那就拜托了三妹妹罢！我病病哼哼的，也管不得了，偏劳了三妹妹。这丫头就是我的一块心病。我做娘的也不能说是对不起她了，行的是老法规矩，我替她裹脚；行的是新派规矩，我送她上学堂——还要怎么着？照我这样扒心扒肝调理出来的人，只要她不疤不麻不瞎，还会没人要吗？怎奈这丫头天生的是扶不起的阿斗，恨得我只嚷嚷：多咱我一闭眼去了，男婚女嫁，听天由命罢！”

当下议妥了，由兰仙请客，两方面相亲。长安与童世舫只做没见过面模样，只会晤了一次。七巧病在床上，没有出场，因此长安便风平浪静的订了婚。在筵席上，兰仙与长馨强行拉着长安的手，递到童世舫手里，世舫当众替她套上了戒指。女家也回了礼，文房四宝虽然免了，却用新式的丝绒文具盒来代替，又添上了一只手表。

订婚之后，长安遮遮掩掩竟和世舫独自出去了几次。晒着秋天的太阳，两人并排在公园里走，很少说话，眼角里带着一点对方的衣服与移动着的脚，女子的粉香，男子的淡巴菰气，这单纯而可爱的印象便是他们身边的栏杆，栏杆把他们与众人隔开了。空旷的绿草地上，许多人跑着，笑着，谈着，可是他们走的是寂寂的绮丽的回廊——走不完的寂寂的回廊。不说话，长安并不感到任何缺陷。她以为新式的男女间的交际也就“尽于此矣”。童世舫呢，因为过去的痛苦的经验，对于思想的交换根本抱着怀疑的态度。有个人在身边，他也就满足了。从前，他顶讨厌小说上的男人，向女人要求同居的时候，只说：“请给我一点安慰。”安慰是纯粹精神上的，这里却做了肉欲的代名词。但是他现在知道精神与物质的界限不能分得这么清。言语究竟没有用。久久的握着手，就是较妥贴的安慰，因为会说话的人很少，真正有话说的人还要少。

有时在公园里遇着了雨，长安撑起了伞，世舫为她擎着。隔着半透明的蓝绸伞，千万粒雨珠闪着光，像一天的星。一天的星到处跟着他们，在水珠银烂的车窗上，汽车驰过了红灯，绿灯，窗子外营营飞着一窠红的星，又是一窠绿的星。

长安带了点星光下的乱梦回家来，人变得异常沉默了。时时微笑着。七巧见了，不由的有气，便冷言冷语道：“这些年来，多多怠慢了姑娘，不怪姑娘难得开个笑脸。这下子跳出了姜家的门，趁了心愿了，再快活些，可也别这么摆在脸上呀——叫人寒心！”依着长安素日的性子，就要回嘴，无如长安近来像换了个人似的，听了也不计较，自顾自努力去戒烟。七巧也奈何她不得。

长安订婚那天，大奶奶玳珍没去，隔了些天来补道喜。七巧悄悄唤了声大嫂，道：“我看咱们还得在外头打听打听哩，这事可冒失不得！前天我耳朵里仿佛刮着一点，说是乡下有太太，外洋还有一个。”玳珍道：“乡下的那个没过门就退了亲。外洋那个也是这样，说是做了几年的朋友了，不知怎么又没成功。”七巧道：“那还有个为什么？男人的心，说声变，就变了。他连三媒六聘的还不认帐，何况那不三不四的歪辣货？知道他在外洋还有旁人没有？我就只这一个女儿，可不能糊里糊涂断送了她的终身，我自己是吃过媒人的苦的!”

长安坐在一旁用指甲去掐手掌心，手掌心掐红了，指甲却挣得雪白。七巧一抬眼望见了她，便骂道:“死不要脸的丫头，竖着耳朵听呢!这话是你听得的么?我们做姑娘的时候，一声提起婆婆家，来不迭地躲开了。你姜家枉为世代书香，只怕你还要到你开麻油店的外婆家去学点规矩哩!”长安一头哭一头奔了出去。七巧拍着枕头嗐了一声道:“姑娘急着要嫁，叫我也没法子。腥的臭的往家里拉。名为是她三婶给找的人，其实不过是拿她三婶做个幌子。多半是生米煮成了熟饭了，这才挽了三婶出来做媒。大家齐打伙儿糊弄我一个人……糊弄着也好!说穿了，叫做娘的做哥哥的脸往哪儿去放?”

又一天，长安托辞溜了出去，回来的时候，不等七巧查问，待要报告自己的行踪，七巧叱道:“得了，得了，少说两句罢!在我前面糊什么鬼?有朝一日你让我抓着了真凭实据——哼!别以为你大了，订了亲了，我打不得你了!”长安急了道:“我给馨妹妹送鞋样子去，犯了什么法了?娘不信，娘问三婶去!”七巧道:“你三婶替你寻了个汉子来，就是你的重生父母，再养爹娘!也没见你这样的轻骨头!……一转眼就不见你的人了。你家里供养了你这些年，就只差买个小厮伺候你，哪一处对你不住了，你在家里一刻也坐不稳?”长安红了脸，眼泪直掉下来。七巧缓过一口气来，又道:“当初多少好的都不要，这会子去嫁个不成器的，人家拣剩下来的，岂不是自己打嘴?他若是个人，怎么活到三十来岁，漂洋过海的，跑上十万里地，一房老婆还没弄到手?”

然而长安一味的执迷不悟。因为双方的年纪都不小了，订了婚不上几个月，男方便托了兰仙来议定婚期。七巧指着长安道:“早不嫁，迟不嫁，偏赶着这两年钱不凑手!明年若是田上收成好些，嫁妆也还整齐些。”兰仙道:“如今新式结婚，倒也不讲究这些了。就照新派办法，省着点也好。”七巧道:“什么新派旧派?旧派无非排场大些，新派实惠些，一样还是娘家的晦气!”兰仙道:“二嫂看着办就是了，难道安姐儿还会争多论少不成?”一屋子的人全笑了，长安也不觉微微一笑。七巧破口骂道:“不害臊!你是肚子里有了搁不住的东西是怎么着?火烧眉毛，等不及的要过门!嫁妆也不要了——你情愿，人家倒许不情愿呢?你就拿准了他是图你的人?你好不自量。你有哪一点叫人看得上眼?趁早别自骗自了!姓童的还不是看上了姜家的门第!别瞧你们家轰轰烈烈，公侯将相的，其实全不是那么回事!早就是外强中干，这两年连空架子也撑不起了。人呢，一代坏似一代，眼里哪儿还有天地君亲?少爷们是什么都不懂，小姐们就知道霸钱要男人——猪狗都不如!我娘家当初千不该万不该跟姜家结了亲，坑了我一世，我待要告诉那姓童的趁早别像我似的上了当!”

自从吵闹过这一番，兰仙对于这头亲事便洗手不管了。七巧的病渐渐痊愈，略略下床走动，便逐日骑着门坐着，遥遥向长安屋里叫喊道:“你要野男人你尽管去找，只别把他带上门来认我做丈母娘，活活的气死了我!我只图个眼不见，心不烦。能够容我多活两年，便是姑娘的恩典了!”颠来倒去几句话，嚷得一条街上都听得见。亲戚丛中自然更将这事沸沸扬扬传了开去。

七巧又把长安唤到跟前，忽然滴下泪来道:“我的儿，你知道外头人把你怎么长怎么短糟蹋得一个钱也不值!你娘自从嫁到姜家来，上上下下谁不是势利的，狗眼看人低，明里暗里我不知受了他们多少气。就连你爹，他有什么好处到我身上，我要替他守寡？我千辛万苦守了这二十年，无非是指望你姐儿俩长大成人，替我争回一点面子来。不承望今日之下，只落得这等的收场！”说着，呜咽起来。

长安听了这话，如同轰雷掣顶一般。她娘尽管把她说得不成人，外头人尽管把她说得不成人。她管不了这许多。唯有童世舫——他——他该怎么想？他还要她么？上次见面的时候，他的态度有点改变么？很难说……她太快乐了，小小的不同的地方她不会注意到……被戒烟期间身体上的痛苦与种种刺激两面夹攻着，长安早就有点受不了，可是硬撑着也就撑了过去，现在她突然觉得浑身的骨骼都脱了节。向他解释么？他不比她的哥哥，他不是她母亲的儿女，他决不能彻底明白她母亲的为人。他果真一辈子见不到她母亲，倒也罢了，可是他迟早要认识七巧。这是天长地久的事，只有千年做贼的，没有千年防贼的——她知道她母亲会放出什么手段来？迟早要出乱子，迟早要决裂。这是她的生命里顶完美的一段，与其让别人给它加上一个不堪的尾巴，不如她自己早早结束了它。一个美丽而苍凉的手势……她知道她会懊悔的，她知道她会懊悔的，然而她抬了抬眉毛，做出不介意的样子，说道：“既然娘不愿意结这个亲，我去回掉他们就是了。”七巧正哭着，忽然住了声，停了一停，又抽搭抽搭哭了起来。

长安定了一定神，就去打了个电话给童世舫。世舫当天没有空，约了明天下午。长安所最怕的就是中间隔的这一晚，一分钟，一刻，一刻，啃进她心里去。次日，在公园里的老地方，世舫微笑着迎上前来，没跟她打招呼——这在他是一种亲昵的表示。他今天仿佛是特别的注意她，并肩走着的时候，屡屡地望着她的脸。太阳煌煌的照着，长安越发觉得眼皮肿得抬不起来了。趁他不在看她的时候把话说了罢。她用哭哑了的喉咙轻轻唤了一声“童先生”，世舫没听见。那么，趁他看她的时候把话说了罢。她诧异她脸上还带着点笑，小声道：“童先生，我想——我们的事也许还是——还是再说罢。对不起得很。”她褪下戒指来塞在他手里，冷涩的戒指，冷湿的手。她放快了步子走去，他愣了一会，便追上来，问道：“为什么呢？对于我有不满意的地方么？”长安笔直向前望着，摇了摇头。世舫道：“那么，为什么呢？”长安道：“我母亲……”世舫道：“你母亲并没有看见过我。”长安道：“我告诉过你了，不是因为你。与你完全没有关系。我母亲……”世舫站定了脚。这在中国是很充分的理由了罢？他这么略一踌躇，她已经走远了。

园子在深秋的日头里晒了一上午又一下午，像烂熟的水果一般，往下坠着，坠着，发出香味来。长安悠悠忽忽听见了口琴的声音，迟钝地吹出了“Long，Long Ago”——“告诉我那故事，往日我最心爱的那故事。许久以前，许久以前……”这是现在，一转眼也就变了许久以前了，什么都完了。长安着了魔似的，去找那吹口琴的人——去找她自己。迎着阳光走着，走到树底下，一个穿着黄短裤的男孩骑在树桠枝上颠颠着，吹着口琴，可是他吹的是另一个调子，她从来没听见过的。不大的一棵树，稀稀朗朗的梧桐叶在太阳里摇着像金的铃铛。长安仰面看着，眼前一阵黑，像骤雨似的，泪珠一串串的披了一脸。世舫找到了她，在她身边悄悄站了半晌，方道：“我尊重你的意见。”长安举起了她的皮包来遮住了脸上的阳光。

他们继续来往了一些时。世舫要表示新人物交女朋友的目的不仅限于择偶，因此虽然与长安解除了婚约，依旧常常的邀她出去。至于长安呢，她是抱着什么样的矛盾的希望跟着他出去，她自己也不知道——知道了也不肯承认。订着婚的时候，光明正大的一同出去，尚且要瞒了家里，如今更成了幽期密约了。世舫的态度始终是坦然的。固然，她略略伤害了他的自尊心，同时他对于她多少也有点惋惜，然而“大丈夫何患无妻?”男子对于女子最隆重的赞美是求婚。他割舍了他的自由，送了她这一份厚礼，虽然她是“心领璧还”了，他可是尽了他的心。这是惠而不费的事。

无论两人之间的关系是怎样的微妙而尴尬，他们认真的做起朋友来了。他们甚至谈起话来。长安的没见过世面的话每每使世舫笑起来，说:“你这人真有意思!”长安渐渐的也发现了她自己原来是个“很有意思”的人。这样下去，事情会发展到什么地步，连世舫自己也会惊奇。

然而风声吹到了七巧的耳朵里。七巧背着长安吩咐长白下帖子请童世舫吃便饭。世舫猜着姜家许是要警告他一声，不准他和他们小姐藕断丝连，可是他同长白在那阴森高敞的餐室里吃了两盅酒，说了一回话，天气、时局、风土人情，并没有一个字沾到长安身上，冷盘撤了下去，长白突然手按着桌子站了起来。世舫回过头去，只见门口背着光立着一个小身材的老太太，脸看不清楚，穿一件青灰团龙宫织缎袍，双手捧着大红热水袋，身边夹峙着两个高大的女仆。门外日色昏黄，楼梯上铺着湖绿花格子漆布地衣，一级一级上去，通入没有光的所在。世舫直觉地感到那是个疯人——无缘无故的，他只是毛骨悚然，长白介绍道:“这就是家母。”

世舫挪开椅子站起来，鞠了一躬。七巧将手搭在一个佣妇的胳膊上，款款走了进来，客套了几句，坐下来便敬酒让菜。长白道:“妹妹呢?来了客，也不帮着张罗张罗。”七巧道:“她再抽两筒就下来了。”世舫吃了一惊，睁眼望着她。七巧忙解释道:“这孩子就苦在先天不足，下地就得给她喷烟。后来也是为了病，抽上了这东西。小姐家，够多不方便哪!也不是没戒过，身子又娇，又是由着性儿惯了的，说丢，哪儿丢得掉呢!戒戒抽抽，这也有十年了。”世舫不由得变了色，七巧有一个疯子的审慎与机智。她知道，一不留心，人们就会用嘲笑的，不信任的眼光截断了她的话锋，她已经习惯了那种痛苦。她怕话说多了要被人看穿了。因此及早止住了自己，忙着添酒布菜。隔了些时，再提起长安的时候，她还是轻描淡写的把那几句话重复了一遍。她那平扁而尖利的喉咙四面割着人像剃刀片。

长安悄悄的走下楼来，玄色花绣鞋与白丝袜停留在日色昏黄的楼梯上。停了一会，又上去了，一级一级，走进没有光的所在。

七巧道:“长白你陪童先生多喝两杯，我先上去了。”佣人端上一品锅来，又换上了新烫的竹叶青。一个丫头慌里慌张站在门口将席上伺候的小厮唤了出去，嘀咕了一会，那小厮又进来向长白附耳说了几句，长白仓皇起身，向世舫连连道歉，说:“暂且失陪，我去去就来，”三脚两步也上楼去了，只剩世舫一人独酌。那小厮也觉过意不去，低低地告诉了他:“我们绢姑娘要生了。”世舫道:“绢姑娘是谁?”小厮道:“是少爷的姨奶奶。”

世舫拿上饭来胡乱吃了两口，不便放下碗来就走，只得坐在花梨炕上等着，酒酣耳热。忽然觉得异常的委顿，便躺了下来。卷着云头的花梨炕，冰凉的黄藤心子，柚子的寒香……姨奶奶添了孩子了。这就是他所怀念着的古中国……他的幽娴贞静的中国闺秀是抽鸦片的！他坐了起来，双手托着头，感到了难堪的落寞。

他取了帽子出门，向那个小厮道："待会儿请你对上头说一声，改天我再面谢罢！"他穿过砖砌的天井，院子正中生着树，一树的枯枝高高印在淡青的天上，像瓷上的冰纹。长安静静的跟在他后面送了出来，她的藏青长袖旗袍上有着浅黄的雏菊。她两手交握着，脸上显出稀有的柔和。世舫回过身来道："姜小姐……"她隔得远远的站定了，只是垂着头。世舫微微鞠了一躬，转身就走了。长安觉得她是隔了相当的距离看这太阳里的庭院，从高楼上望下来，明晰、亲切、然而没有能力干涉，天井，树，曳着萧条的影子的两个人，没有话——不多的一点回忆，将来是要装在水晶瓶里双手捧着看的——她的最初也是最后的爱。

芝寿直挺挺躺在床上，搁在肋骨上的两只手蜷曲着像宰了的鸡的脚爪。帐子吊起了一半。不分昼夜她不让他们给她放下帐子来。她怕。

外面传进来说绢姑娘生了个小少爷。丫头丢下了热气腾腾的药罐子跑出去凑热闹了，敞着房门，一阵风吹了进来，帐钩豁朗朗乱摇，帐子自动的放了下来，然而芝寿不再抗议了。她的头向右一歪，滚到枕头外面去。她并没有死——又挨了半个月光景才死的。

绢姑娘扶了正，做了芝寿的替身。扶了正不上一年就吞了生鸦片自杀了。长白不敢再娶了，只在妓院里走走。长安更是早就断了结婚的念头。

七巧似睡非睡横在烟铺上。三十年来她戴着黄金的枷。她用那沉重的枷角劈杀了几个人，没死的也送了半条命。她知道她儿子女儿恨毒了她，她婆家的人恨她，她娘家的人恨她。她摸索着腕上的翠玉镯子，徐徐将那镯子顺着骨瘦如柴的手臂往上推，一直推到腋下。她自己也不能相信她年轻的时候有过滚圆的胳膊。就连出了嫁之后几年，镯子里也只塞得进一条洋绉手帕。十八九岁做姑娘的时候，高高挽起了大镶大滚的蓝夏布衫袖，露出一双雪白的手腕，上街买菜去。喜欢她的有肉店里的朝禄，她哥哥的结拜弟兄丁玉根，张少泉，还有沈裁缝的儿子。喜欢她，也许只是喜欢跟她开开玩笑。然而如果她挑中了他们之中的一个，往后日子久了，生了孩子，男人多少对她有点真心。七巧挪了挪头底下的荷叶边小洋枕，凑上脸去揉擦了一下，那一面的一滴眼泪她就懒怠去揩拭，由它挂在腮上，渐渐自己干了。

七巧过世以后，长安和长白分了家搬出来住。七巧的女儿是不难解决她自己的问题的，谣言说她和一个男子在街上一同走，停在摊子跟前，他为她买了一双吊袜带。也许她用的是她自己的钱，可是无论如何是由男子的袋里掏出来的。……当然这不过是谣言。

三十年前的月亮早已沉了下去，三十年前的人也死了，然而三十年前的故事还没完——完不了。

一九四三年十月

（选自《张爱玲文集》第二卷，安徽文艺出版社，1992）

【学习提示】

张爱玲（1920—1995），原名张煐，笔名梁京，祖籍河北丰润，生于上海。童年时亲历封建官僚家庭的衰败，后又在香港体验到战争的恐怖，渐形成悲观的人生态度。1943 年开始发表作品，代表作有小说《倾城之恋》《金锁记》《红玫瑰与白玫瑰》和散文《烬余录》等。1952 年离开上海移居香港，创作长篇小说《秧歌》和《赤地之恋》等。1955 年到美国，创作英文小说多部。1969 年后主要从事古典小说的研究。身后有自传性长篇小说《小团圆》等出版。

《金锁记》的主人公曹七巧，本是一个开麻油店人家的女儿。她虽然举止轻佻，说话琐碎，却不失为身心健康的女子。哥哥贪图钱财，将她嫁给了世族姜家瘫痪在床的二少爷姜仲泽。七巧企图反抗自己的命运，偷偷地爱上了小叔子姜季泽。姜季泽是浮浪子弟，但却“抱了宗旨不惹家里人”，对七巧敬而远之。七巧在性爱方面得不到满足，再加上由于出身寒微而受到姜家上上下下的歧视，心理逐渐扭曲。十几年后，丈夫和婆婆先后过世，她分得了一笔财产。分家之后，七巧带着孩子们另外租了一幢房子居住。不久，已经将自己那份财产挥霍殆尽的姜季泽来找七巧，向她示爱。喜出望外的曹七巧“低着头，沐浴在光辉里，细细的音乐，细细的喜悦……这些年了，她跟他捉迷藏似的，只是近不得身，原来还有今天！”但她很快就意识到姜季泽可能是来哄骗她的财产的。稍加试探，果然不错。一气之下，她赶走了自己心爱的人。从此，在情爱方面绝望了的七巧更加看重自己的钱财，因为那是她忍受了许多痛苦换来的。她时时处处疑心别人要来算计她的钱财。同时，性爱方面的缺失又使她的性格变得异常乖戾，不近人情。她下意识里将儿子长白当作半个情人，对儿媳抱着极端的敌意，以至于连着折磨死两个儿媳。女儿长安年近三十未嫁，她虽然也着过急，但当她看到长安找到男朋友后那种掩饰不住的喜悦时，又不自觉地嫉恨起来，终于以拆散女儿的婚事为快。

对买卖婚姻的批判是《金锁记》的主要思想内容。张爱玲的许多小说都是描写婚恋生活的，《金锁记》是其中较有代表性的一篇。婚恋生活作为人类生活的组成部分，必然要受到社会经济生活的制约。男尊女卑、门第观念必然会给婚恋生活造成负面影响。小说中的曹七巧就是这种负面影响的牺牲品。黄金的枷锁禁锢了曹七巧的一生，耗尽了她的生命，扭曲了她的性格。“她用那沉重的枷角劈杀了几个人，没死的也送了半条命。”作品写出了买卖婚姻摧残人类健康心灵的罪恶，令人触目惊心，同时也给在金钱和爱情之间进行选择的人们以深刻的启示。

《金锁记》的描写相当精细、深透，人物个性突出，尤其是对曹七巧变态心理的刻画，更显示了作者写实的功力。这不仅得益于《红楼梦》人物心理描写的启发，还得益于弗洛伊德心理分析学说的影响：曹七巧的欲火得不到正常的释放，不自觉地折磨她的儿子、儿媳和女儿。但《金锁记》又不仅仅是写实，还很讲究情调的酿制，开头与结尾处月亮意象的营造是突出的例证。

【思考练习题】

1.《金锁记》给人们的思想启示主要有哪些？

2. 曹七巧的形象塑造说明作者曾受过哪些方面的影响？这一形象有何独特的思想内涵？

3. 张爱玲说："我是喜欢悲壮，更喜欢苍凉。壮烈只有力，没有美，似乎缺少人性。悲剧则如大红大绿的配角，是一种强烈的对照。但它的刺激性还是大于启发性。苍凉之所以有更深长的回味，就因为它像葱绿配桃红，是一种参差的对照。"（《自己的文章》）结合小说谈谈张爱玲小说的"苍凉"风格。

春明外史（第四十四回）

张恨水

史科莲在一边看见，心里想道：凡是男女朋友，他们若在一处，总是讨论学说，争辩主张，没有一个说到私事的。自己觉得好像不着痕迹，其实是太深了。像余瑞香表姐她和她的情人，隔着重洋，万里迢迢，彼此通信，似乎只要说些慰藉的话，也就可以了。可是他们一封信，写上七八上十页纸，无非什么主张，什么学说，你赞成我，我也赞成你，稀松的了不得。而今再看杨杏园和李冬青那样客客气气的高谈学说，正是一样。大概青年男女的交情到了七八分深的时候，免不了常常相见，相见又不能不矜持一点，就只好借重这一块学说的招牌，做两个人相见谈话的引子。而且两个人的目的，既不在此，主张出入，丝毫没有关系，所以你赞成我，我也可以赞成你。史科莲自以为冷眼旁观，十分清楚。所以她在一边，默然不语，反觉得有味，看他们是怎样一个结果？后来李冬青谈得久了，觉得把史科莲扔在一边，很不过意，也就常常回转头来，问她一两句。她当然点头答应，完全同意。坐了一会，那太阳望西偏着，已经只有几丈高了。史科莲她是瞒了出来的，便对李冬青说要回去。李冬青以为两个人同来的，她一个人先走，似乎不妥，说道："我也走罢。杨先生大略还要到贵友那边去。"杨杏园道："我那位朋友早走了，我一个人在这里，也没有什么趣味哩。"说时，便掏出钱来，会了茶钱，一路离开五龙亭。依着杨杏园便要替她们雇船，史科莲道："我不用过海，我就走这后门出去了。"她和李冬青并排走着，杨杏园稍后有两尺路，说着话，慢慢的走去。杨杏园听说史科莲走后门，就和史科莲李冬青点个头，说一声再会，自己一个人走上过海的船去。

船到了南岸漪澜堂，走上岸去，信着脚步向西走。过了回廊，一带柳岸，背山面水，很是幽静。因为这个地方，来往的人少，路上草也深些，水边的荷叶，直伸到岸上来。岸边有一株倒着半边的柳树，横立在水面上，恰好挡住西下的太阳，树荫底下，正有一块石头，好像为着钓鱼之人而设。杨杏园觉得这个地方，很有趣味，便坐在石头上，去闻荷花的清香。水面上的微风吹来，掀动衣袂，很有些诗意。由诗上不觉想到李冬青，心想要找这样和婉能文的女子，真是不容易。有时候，她做的诗，十分清丽，我决做不出来。杨杏园坐在这里，正想得出神，忽然身后有一个人喊道："杨先生你一人在这里吗？"杨杏园回头看时，正是李冬青。笑道："我爱这地方幽静，坐着看看荷花。"李冬青道："难道不怕晒？"杨杏园这才醒悟过来，太阳已经偏到柳树一边去了，从柳条稀的地方穿了过来，自己整个儿晒在太阳里面。笑道；"刚才坐在这里，看水面上两个红蜻蜓，在那里点水，就看忘了。"李冬青和他说着话，慢慢也走到石头边，撑着手上的花布伞，就在杨杏园刚坐的那块石头上坐下了。杨杏园道："密斯李怎样也走到这边来？"李冬青道："我送了密斯史出后门去，我也是由北岸坐船来的，到了这边，我也爱这西岸幽静，要在这里走走。”杨杏园道：“这个日子还没有什么趣味。到了秋天，这山上满山乱草，洒上落叶。岸边的杨柳疏了，水里的荷叶，又还留着一小半，那时夕阳照到这里来，加上满草地里虫叫，那就很可涤荡襟怀，消去不少的烦恼。”李冬青笑道：“杨先生这一遍话，把秋天里的夕阳晚景，真也形容得出。这是幽人之致，人间重晚晴啦。”杨杏园笑道：“幽人两个字，不但我不敢当，在北京城里的人，都不敢当。有几个幽人住在这势利场中？”李冬青也笑道：“不然，古人怎样说，‘冠盖满京华，斯人独憔悴’呢？”杨杏园记得《随园诗话》中有一段诗话。一个老人说：“夕阳无限好，只是近黄昏。”一个就解说：“不然，天意怜幽草，人间重晚晴。”正和这段谈话相似。这正是她读书有得，所以在不知不觉之间，就随便的说了出来。觉得生平平章人物，都是持严格的态度，没有三言两语，可以说得他死心塌地的。这时李冬青轻描淡写的说了这样几句，他就心悦诚服，完全同意。虽然有人说，情人言语，无一句一字不是好的，但是他不相信这句话。他便对李冬青道：“这话自然可以驳倒我所持的论调，但是我也无非是个糊口四方的人，怎样敢以憔悴京华自命。”李冬青笑道：“我并不是驳杨先生的论调。”杨杏园也怕她误会了，连忙说道：“自然不是驳我。”两个人都这样忙着更正，倒弄得无话可说。李冬青收起了伞，扶着石头，慢慢的走到水边下，回转头来，不觉一笑。对杨杏园道：“你看岸上一个影子，水里一个影子，这正是对影成三人啦。”说时她身子一歪，怕跌下水去，连忙往后一仰，以便倒在岸上。杨杏园站在身边，也怕她要跌下水去，抢上前一步，伸手将她一扶，便搀着她拿伞的那只胳膊。李冬青倒退一步，这才站立住了。当时在百忙中，没有在意，这会站住了，未免不好意思，两脸像灌了血一般，直红到脖子上去。杨杏园见人家不好意思，也大悔孟浪，心想她若一不谅解，岂不要说我轻薄？自己退了一步，也站着发呆。李冬青抽出纽扣上的手绢，在身上拂了几拂，又低头拂了一拂裙子，笑道：“是故知命者不立乎岩墙之下。”杨杏园也笑道：“所以孝子不登高，不临深。”两人说了这样几句陈书，才把不好意思的情形，遮掩过去。杨杏园又道：“密斯李刚才说对影成三人，我想要上头是月亮，下面是水，中间是人，这才有趣。”李冬青道：“月亮下固然是好，但是水面上的斜阳照到人身边来，却另有一种趣味。说到这里，我就要回套杨先生刚才所说的，是秋天的斜阳好。金黄色的日光，一面照着平湖浅水，一面照着风林落叶，才是图画呢。”杨杏园笑道：“同心之言，其臭如兰。”李冬青对于这话，好像没有听见，打开她手捏的那柄扇子去扑草上飞的一只小黄蝴蝶。这蝴蝶往南飞，她也往南追，追得不见了，她才算了。杨杏园看见，也从后慢慢跟了来。李冬青扇着扇子道：“倒招出我一身的汗。”提着手上的伞，将伞尖点着地，一步一步望前走，慢慢的已绕过西岸，便对杨杏园道：“杨先生也要回寓了吧？”杨杏园道：“我还想在这里面走走呢。”李冬青道：“那末，我就先走。”说着她弯腰鞠了一躬，便含着笑容，向大门口走去了。

杨杏园望着她的后影，直等不见了，便在路边一张露椅上坐下了。心想这样个年轻的人，何以对于一切世事，都这样十分冷淡，我真不解。她的家庭似乎有一幕不可告人之隐，所以她处处都是强为欢笑的样子，但是我想她本人身上，总没有什么问题，何以也是这样疏疏落落的？就以她交的女友而论，人家敬爱她的很多，她却只和那位顾影伶仃的史科莲要好，也就可怪。一个人坐在露椅上，发了一会子呆，忽见地下，有些东西移动。定睛仔细看时，并不是什么东西，原来是太阳落下去了，月亮的光，便渐渐亮起来。他坐的地方，正是一株大槐树，月亮的光，从树叶里穿着落到地下，树一动，仿佛就有些薄薄的影子，在浅草上爬来爬去。杨杏园抬头看时，大半轮月亮，正在树的东边，月亮边几个大一点儿的星，银光灿烂，正在发亮。蓝色的天空，已经变成灰白色了。自己好笑起来，一个人坐在这里，算什么意思，起身便望大门口走。

走到那石桥，靠在栏杆上，又看了一会荷花，忽然有一个人，伸手抚着他的背，回头看，却是华伯平。杨杏园笑道："秘书老爷，好久不见啦。"华伯平笑道："大文豪大记者。"杨杏园道："你们统一筹备处是个极时髦的机关，薪水照月发的，你这三百六十块钱的现洋，够花了吧？我们这算什么，像做针线的女工一般，全靠几个手指头，何从大起？"华伯平便拉着他的衣服，说道："走走！我请你吃晚饭。你两次找我，没有遇着，今天算是陪礼。"杨杏园道："听说你在别的地方，又弄了两个挂名差事，真的吗？"华伯平笑着说道："你们是干净人，不要打听这样卑鄙龌龊的事情。走走。"杨杏园道："怪不得你忙呢，有三个衙门要到，自然没工夫了。"华伯平道："衙门里屁事！筹办处每天去一趟，其余两处，十天也不到一回。"杨杏园道："别末，为什么还忙得很？"华伯平道："除了打四圈，在惠民饭店里，我是坐不住。早几天，一吃了饭，就踌躇到哪处去玩好。后来熟人一多了，公园游艺园这些地方，只恨不能分身去应酬。到了晚饭之后，照例是一趟胡同，非到一点钟后，不能回家。你想，哪还有工夫出来找朋友？"杨杏园道："你这样闹，不但经济上受大影响，与卫生也有碍。"华伯平一皱眉道："这也是没有法子，你不去，也有人找你。"杨杏园道："我听说碧波你也给他弄了一个顾问，是真的吗？"华伯平道："是真的。"杨杏园道："他不过是一个学生，你们的处长，既不认识他，又无联络他之必要，给他这样一个名义作什么？"华伯平道："怎么是名义？一百块现洋一个月啦。自然不认识他，也不必联络他，这完全是我提拔他。"杨杏园道："你和贵处长一保荐，他就答应了吗？华伯平笑道："这真是笑话，我们敝处的顾问，本来有三四百，也有处长自己请的，也有各处代表硬要的，也有各方面头等人物荐的。其余便是和处长跑腿的几位政客开单密陈的。最后处长就把这一大批的名单，交付一个机要秘书，缮写清楚一个等次，由他批准。偏是那时我也在办公室里，老总就叫我帮着办理。"杨杏园道："老总又是谁？"华伯平笑道："老总就是处长，我们同事这样说惯了呢，那位机要秘书缮名单的时候，他却私自加上四五位去。其实我也不留心，他却做贼心虚，对我说，这是哪个阔人的侄子，哪个阔人的大舅，非加上不可，得去和老总说。你何不也加上一个名字，每月至少弄他一百元。我就说：'我的名字，怎好加上去呢？那不成了笑话？'他说：'谁说要你的名字呢，阿猫阿狗，你随便写一个得了。我说：'乱写一个也行吗？'他说：'乱写到底差一点，你把你的令亲令友开上一个得了。若是在什么公团里办事的，那就更好。'我听他这样说，一想碧波近来手头很窘，他又是什么文化大同盟的会员，何不把他弄上？因此就开了一个名字，给那位机要秘书，而且说明他的履历。他欣然答应，就把他写上名单去了。其初我还认为未必有效，谁知过了两天，他真的给我一封聘函，说是已经规定了，每月一百元车马费。我拿了这封信去告诉碧波，他还以为我和他开玩笑呢。"

杨杏园和华伯平两个人站在石桥栏杆边说话，忘其所以，直等话说完了，华伯平才重申前请，要杨杏园去吃晚饭。杨杏园道："我原不用得和你客气，但是到了这时，是我办事的时候了，我不能再耽搁。你若请我，改为明天罢。”华伯平道：“这里的西山八大处，我只去过一次，你若抽得出工夫来，我们同到八大处去玩一天，好不好？”杨杏园道：“这个热天，爬山有些不合宜。”华伯平道：“咱们坐轿子。”杨杏园道：“坐轿游山，这似乎有些笑话。那种轿子，两根木杠抬一把藤椅，真有些像江南人抬草庙里的菩萨，而且上山往后倒，下山往前冲，也不舒服。”华伯平道：“那末，不上山，在山脚旅馆里坐坐，好不好？我还有个新朋友，在半山中新盖一所房子，高兴我们可以在那里借住一宿，第二日一早回家，也不误事。”杨杏园欣然道：“好多年没有在郊外住过了，你果真去，我可以奉陪。”华伯平道：“我一天到晚没事，有什么不去？你明天早饭后在家里等我，我坐了汽车来邀你。”杨杏园道：“好，就是这样办。”就和华伯平分手回家。

到了次日，杨杏园起了一个早，把所有的稿子，都预备好了。编稿子的事，就打电话，托了同事的代办一天。不到十一点钟各事都预备妥了，便催着长班开早饭。这里饭只吃了一碗，华伯平就走进来了，后面还跟着有吴碧波。杨杏园道：“很好，三个人不多不少，你们都吃了饭吗？”华伯平指着吴碧波道：“在他寄宿舍大饭厅上吃的饭，居然是一家很齐备的小馆子。在北京当大学生，真是最舒服不过的事，什么都有人替你准备好了。”吴碧波道：“你很羡慕学生生活，我们换一换地位，如何？”华伯平道：“无奈人不能当一辈子的学生，若是能当一辈子的学生，谁不愿意？”他二人在说笑话，杨杏园便赶忙吃饭。吃过饭之后，胡乱洗了一把脸，催着长班沏茶。等茶沏好了，又滚热非常，各人斟了一茶杯，只端起来沾了一沾嘴唇，便放下来，等不及喝了，三人就匆促出门登车而去

汽车出了阜成门，不一时，便来到乡下。这汽车经过的马路，两面都种着柳树，虽然也有间断的地方，却离不很远，汽车在绿荫里面飞跑，清风迎面而来，倒也不觉的热。马路的两边，人家地里，种着的玉蜀黍和高粱，都有五六尺高，青苍披离，一望无际。杨杏园道：“你看，这种高粱地，真是深密隐蔽，所谓青纱帐起，难免可以藏匪了。”吴碧波道：“也是去年这时，我在城外进城去，一个人骑着一匹驴子，走到这样四围都是高粱的地方，真是要捏着一把汗。”杨杏园道：“这里是大路，不断的人往来，歹人藏不住，不要紧的。”吴碧波道：“这却难说呢。我听见说，是哪家一个小姐骑脚踏车进城，路上走脱了伴，把身上的首饰全取下来，埋在一株柳树兜下，做了暗记号，然后飞跑而去，第二天才坐了汽车来挖取东西。”杨杏园笑道：“法子倒是好法子，若是果然路上出坏人，她是一个女子，根本上人就是危险品呢，她就没有料到吗？”说起话来，不觉车子已走了二十多里路。西山迎面而起，越看越近。先是看见一排山，渐渐分出岗峦，渐渐看出山上的房屋，渐渐看出山上的树木，山脚下一座西式楼房，半藏半露在树影丛中，西山旅馆，已经在望。

一会工夫，汽车过了一道乾河石桥，便停在旅馆边空场里。这里到也停了七八辆汽车，一路挨山脚排着。大家下得车来，就闻着山草野花一股清芬之气。静悄悄的，听得四周深草里的虫叫，顿觉耳目为之一新。走进旅馆门口那个露台下面来，只见茶座下，除了四五个中国人而外，全是西洋人。犄角上那张桌子，沏了一壶茶。围坐着七个人，都是矮小个儿，穿着粗料的西装，叽哩咕噜说个不歇。杨杏园对华伯平道：“讨厌得很，我们上那边去坐罢。”说着，他便在前走。露台外面，是个敞厅，也摆了两张桌子，又

有几个穿西装的矮个儿围着坐在那里。华伯平知道杨杏园不愿意，便说道：“我们既然来了，也不可以不逛逛山，先到山上去走走，回头再来休息，好不好？”杨杏园首先赞成，吴碧波也没有持异议，三人就在那小花圃里穿了过去，插上小路。这时，路边下有个穿短衣服的人，在一边跟着走，对华伯平道：“先上那一边，看竹子，上碧摩崖。这一边是……”杨杏园知道是山脚下领路的，无非借此弄几个小钱。便对他一摆手道：“这里我们常来。”他听说，没有希望，回转身就走了。三个人顺着脚步儿走，过了一道石桥，慢慢一步一步走上山。不到几十步路，大家满身是汗，吴碧波早站在一棵树下，把长衫脱了下来。杨杏园华伯平二人，不约而同都脱下了长衫。华伯平笑道：“今天这太阳虽不十分厉害，你听这满山林的知了叫，正是当午，上起山来，可热得受不了。回去罢。”吴碧波一看，这山路渐渐上升，面前就有一个高坡，约有十来丈高。抬头一看太阳正在树顶上。笑着说道：“我刚才只走一个小山坡，就接二连三的喘气，回去也好。”说时，华伯平侧耳一听，说道：“这是什么响？这仿佛像是下雨。”吴碧波听着也像，说道：“果然。”杨杏园走着离开他们几步，一只手胳膊搭着长衫，一只手撑着一棵树，当着风站住。回过头笑道：“这都不晓得，这是风吹着满山的树叶子响。可惜这里没有成林的大松树，若是有，被风一吹，你还疑心在海里呢。”吴碧波道：“这风很好，我们就在这树荫底下坐坐。”说着，一路走到树荫下来，大家在草上坐着。这时听到叮当叮当一阵响声，抬头一看，不见什么，只知道那是铃声。那铃声发生在半山腰里，慢慢的由上而下走到近处，却从山坡树丛里钻出几头驴子来。驴子前头一人，戴着草帽，拿着鞭子，正绕着山道，在短树里钻呢。华伯平道：“这是一幅好图画。”杨杏园道：“你是在城市里住惯了的人，一见山林，无处不好。好像乡下人进城，走在街上车马往来，和见了龙王的宝库一般，样样奇怪了。”说话时，那几头驴子，已经走到身边。每头驴子，背着两个大篓子，倒像是不轻，那赶驴子的人，在一边走着。吴碧波随便问道：“这驴子上是什么？”那人将第一个驴子往怀里一带，吆喝一声，其余的驴子，便都停住了。连忙笑着道：“杏儿。”吴碧波道：“就是山里的杏儿吗？”那人道“是的，现摘的。”吴碧波笑着对华伯平杨杏园道：“这种新鲜的山果，比城里的那要好吃十倍。”华伯平便笑着对那人道：“乡下大哥，卖给我们几个尝尝，行不行？”那人听见城里先生，叫了他一声大哥，欢喜得很。说道：“出在咱们山里呢，不值什么，还要买呀？”说毕，就在第一个驴子背上解下一个附带的筐，伸手进去，捧了一捧黄澄澄的杏儿出来，说道：“送您尝尝。”华伯平连忙把草帽子翻过来接着，说道：“多谢，那人听了一声多谢，又捧了一捧来。华伯平见他这样客气，倒不好硬受人家的，掏了四个毛钱出来递给他。那赶驴子的，死也不肯要，说道：“就是卖，也不值这些钱呢。”说毕，牵了驴子就走了。杨杏园是不大很吃瓜果的，一看这杏儿，有鸡蛋大一个，不觉伸手在华伯平帽子里拿了一个，在身上短衣袋里，抽出手绢，将杏儿擦了一擦。在手上拿着，就觉有一点清香。咬了一口，甜美异常。一个吃完，不觉又要吃两个，一连就吃了三个。华伯平吴碧波两人更不必说，对着帽子吃了个不歇。三个人将杏儿吃完，吴碧波问杨杏园道：“如何。”杨杏园道：“果然好吃，城里果局子里的，决没有这种好味。”华伯平道：“明天你回去，可以做他一篇文章，题目就是在西山大树荫下披风吃杏子记。”杨杏园笑道：“好罗唆的题目。”华伯平道：“不这样罗唆，那就不时髦了。”吴碧波道：“不要说了，太阳慢慢偏西了，我们下山去，好好歇歇罢。”说着，他一面穿长衫，一面在前走。三个人一路走下山来，到了西山旅馆，只见那些矮子，都已走了，便在阶沿上拣了一副座位坐下。茶房过来，便问要吃什么。华伯平对杨杏园道：“饿不饿？”吴碧波杨杏园都说不饿。华伯平对茶房道：“来一份茶点罢。”一会儿工夫，茶房捧了一壶红茶，两碟点心来。杨杏园只喝了半杯兑上牛乳的茶，吃了两个点心，便躺在藤椅上，闲眺野景。

在这时，一辆大汽车开到门口敞地，一共走下来四个人，两个西洋人，两个穿西装的中国妇人。一个妇人，有二十多岁，一个却只十八九岁。这两个人的衣服，都是薄纱的，袖口都在肋下，露出两条溜圆的胳膊。领子是挖着大大一个窟窿，胸前背后，露着两大块肉。那二十多岁的妇人，肌色黄黄的，擦了一身的粉。手上拿着帽子，满头的烫发，连耳朵额角，全遮住了，严如一个鸟窠罩在头上。那个年纪轻些的，一张长脸，皮肤倒是白些，却又生了满脸的雀斑，帽子底下，露出一个半月式的短发。两个人穿着又光又瘦的高跟漏花白皮鞋。一扭一扭的，挽着两只光胳膊走了进来。两个西洋人紧紧后跟。走到这露台底下，那茶房立刻放出极和蔼的笑脸，上前欢迎，轻轻的说了一句英文。那西洋人点了一点头。几个茶房，七手八脚，张罗座位，就让这两男两女在杨杏园这一桌旁边坐下，那两个妇人的粉香，便一阵一阵，兀自扑了过来。那西洋人里面，有个长子，便操着不规则的京话，问那妇人道：“汽水？冰其凌？喝汽水，好不好？那大些的妇人笑道：“喝一点儿汽水罢。”长子西洋人道“吃汽水？很好很好！”说着，一指年纪轻的妇人问道：“你喝汽水，好不好？”她手上拿着一柄四五寸长的扇子，打开半边掩着嘴唇，笑着点了一点头。那一个西洋人，是个胖子，看见了便和长子一笑。吴碧波在一边看见，心里好生不解，这四个人并不是那样十分亲密，当然不是夫妇。而且言语上隔阂很多，又不像是朋友。那两个西洋人，不懂中国话罢了，就是这两个妇人，虽然洋气十足，恐怕也不大懂得英语，怎样会和西洋人一块儿来游西山呢？这真奇极了。他便用低低的声音，操着家乡土话问杨杏园道：“这两副角色，究竟是哪一路的人，你看得出来吗。”杨杏园道：“这有什么看不出来的，东城一带，现有一种妇女，专和大饭店里的茶房联合一气，就做这种不正当的洋商贸易。上等的能跳舞，能说外国话。这大概是初出世的雏儿呢。你若是在城里碰见她们单独的走着，真当她是一个欧化的闺秀呢。”说时，那个年纪大些的妇人，似乎知道这边有人注意她，不住的向这边看。吴碧波怕人家知道了，大家就闲谈别的事。

一会儿工夫，外面进来一个人，看见华伯平，走上前来，请了一个安。华伯平看时，是杨次长的听差。这杨次长在这西山有一座房屋，就是华伯平要向他借住的那一家。那听差说道：“昨天杨次长吩咐，说是华秘书要到山上来，怕他们不认识，派听差今天一清早就来了，好引着上山去。您啦，还是歇一会儿，还是就去？”华伯平道“就去罢。”便叫茶房开上账来。华伯平接过来一看，茶点三份，外带烟卷汽水，共是五块多。杨杏园对吴碧波一笑道：“很公道，和北京饭店的价钱差不多呢。”华伯平没有作声，掏出七块钱给他，说道：“多的算小账罢。”那茶房只答应了一句“是”。不像城里饭酒馆的茶房，多少还会说一句谢谢。三个人出了旅馆，那听差早就替他们雇好三乘轿子。杨杏园道：“路若是不多，我们就走了上去罢，这轿子并不舒服。”吴碧波领教了上山的滋味了，他一声不响，就上了一乘轿子去。第二个华伯平，也毫不谦逊，坐上轿子去了。杨杏园见大家都坐轿子，自己不能走着跟了上山，也只得坐轿子去。那轿子是一把藤椅，在椅子面前轿杠上，用两根绳子吊了一块板，这就是个搁脚的。椅子上面，六根柳条，撑着个蓝布棚儿。好像凉粉摊上那个布单子。三个人都坐在一把椅子上，在半空里你望着我，我望着你，不觉得笑起来。这轿子上山，一直望杨次长的别墅而来，走的都是小路。轿子一步一步前进，前高后低，坐轿子的正是仰着上去，后来上一个陡些的高坡，人简直躺在椅子上面，吴碧波嚷了起来道："危险，不要倒下山去吧。"轿夫笑道："不要紧，我们一年三百六十天，不知抬过多少人，要都倒出轿来，那还了得。"上了这个土坡，半山腰里，一块平地，平地上有几棵大树，树底下，一所平顶西式房子，门前一个露台，有两个人在露台底下走上前来相迎，轿子便停了。大家知道这就是杨次长的别墅，一齐下轿。

那个引着上山的听差，便在前引路，进得门来是第一进屋，穿过这一进，上一个土台，便是一个院子，又是一进屋。前后两进，绝不相连，倒像是一楼一底一般。屋也是四合院子的形式，不过外加一道游廊。游廊的柱子上，被青藤都绕满了，看不出来。院子右边一个大削壁，壁上倒挂着一株松树，树上的老藤直垂到院子里来。左边远远的一座山，是由屋后环抱过来的。这一所屋，可以说是三面环山。这上面的屋子，游廊突出来一角，成了一个平台，四面都是短短的碧廊绕着。平台正中，早已摆了一张石面桌子，三把躺椅。华伯平三人走进平台来，躺在椅子上对外一看，直望着面前的山，低到平地去。再一看平原，村庄树木，都是一丛一丛的，像玩具一般在地下。再远些，地下有一层白色的薄雾，就看不清楚了。这种薄雾，浩浩荡荡，一直与天相接，在薄雾里，隐隐的看见黑影子，高低不齐，那就是北京城了。这时听差把茶烟都预备了放在桌上，和他们三人打手巾把儿。华伯平睡在躺椅上，两脚一伸道："这地方远近都宜，真是避暑的好地方，主人翁太会享福了。"便问听差道："你们贵上一个月来几回？"听差笑道："一年也许摊不上一回哩。一月哪有几回？"华伯平道："今年来过吗？"听差道："没有来过。去年在任上，倒是很来过几回。"华伯平道"这就奇了。闲着不来，不闲着倒要来。"杨杏园笑道："这有什么不懂的？政治上的变化，说不定的。有时候有表示消极之必要，不能不到西山走走。下台了，就应该在城里应酬奔走。若是政治上的人，下野都到西山来住，那就不必再打算上台了。"华伯平点头笑道："你没有做官，你倒深知其中三昧。"便问听差道："这样说，这座房子盖起来以后，就白放在这里了。谁看守这屋子？"听差道："有一个听差，一个园丁，还有一个厨子，一共三个人。"华伯平笑道："这也不啻盖一所别墅，让这三人来住了。"杨杏园笑道："像这位杨次长，还不算冤，究竟还来住过几天。许多人在北京做官，到故乡去盖园子，一生也不见面一次。所以相传有这样两句诗，'盖得园林为老计，年年空展画图看。'"华伯平道："大概他也知这两句诗，所以很欢迎他的朋友借住，免得辜负了这一座别墅。"吴碧波道："我若有钱造这么一座别墅，我就闭户读书，住在山上。"华伯平道："你没有钱造别墅，你就这样说，你要是真造起别墅来，你就不能实行了。"三个人坐在这平台上，临风品茗，看山闲话，痛快得很。

不觉一会儿工夫，天就晚了。这里的厨子，因为主人派人传话来了，对于这三位客的饭食，好好招待，要下山去买菜，又来不及。只得在附近一个庙里，与和尚商量了半天，让了一块肥腊肉来。又把自己喂的鸡，宰了一只，其余便是自己园里的菜蔬和瓜豆。七拼八凑，也弄出上十碗菜来开晚饭。鸡和腊肉罢了，一碗觅菜，一碗油菜，一碗嫩倭瓜，吃了干净。华伯平道："这厨子弄素菜的本事好极了，就是北京城里好素菜馆子里的菜，也没有这样好。"杨杏园道"你忘记白天吃杏子的那回事吗？这就是那一样的道理。"吴碧波端着一杯漱口水，正向院子外吐水。便问杨杏园道："这里有河吗？你听听这个流水的声音。"杨杏园走到平台上来，只见山崖上大半轮明月，照得山影沉沉，树木隐隐。天上只有几颗亮星，在树梢上陪着月亮。天上一点云也没有。一片潺潺之声，却在天空。杨杏园笑道："这哪是水声，水有在半空中响的吗？"吴碧波道："这难道又是树叶响，和白天在山口上听的可不同。"华伯平听他两个人在外面说话，也走了出来。侧耳一听，果然听见一道滩河流水的声音，在这屋外，像在山腰里，又像在山顶上。笑道："有了，我明白了。这就是书上说的那个松涛，对不对？"一句没说完，只听见波浪汹涌之声，随风而来。回头又听见沙沙之声，由远而近，擦着这屋子过去。华伯平道："妙极！这要不是在山上住，哪里知道这种景况。"三个人漱洗已毕，依旧日坐在这平台上。那月亮离着屋外山顶，也不过一丈来高。在月光之下，近看山光树影，清幽如梦，远看山下，云雾濛濛，不知所在。四围除了树木为风所吹之声而外，就是这屋的四周，几头野虫，唧唧的叫。杨杏园道："我在此时，只觉得万念俱寂，想起北京城里的繁华，真如电影一般。"吴碧波道："所以古人作书，都在深山。必定如此，方能够心地干净，做得出好文章来。"大家正说着，忽听见一阵吹笛子的声音，在山上送下来。那调子是《梅花三弄》，本也很熟的，只是在这深山之中，残月之下，便觉得有无限凄凉。华伯平道："咦！"他只说了一个字，杨杏园和他摆摆手，三个人便都不作声，坐着悄悄地听去。一直等笛子吹完，吴碧波道："杏园，我们不要遇了仙家吧？他这一阵笛声，把我的心都吹动了，酸甜苦辣，我真说不出是什么味来。"他们说时，听差正走过来沏茶，华伯平便问道："这山上是什么地方？"听差道："是一幢庙。"华伯平道："这笛子是和尚吹的吗？"听差道："不是，是一位冯太太吹的，她每天晚上，都要吹一遍。"吴碧波道："这位冯太太的老爷，是一个司长吗？"听差道："对了。"吴碧波对杨杏园道："这是一个失恋的伤心人，难怪她这调子，吹得幽怨极了。"杨杏园道："你怎样知道？"吴碧波道："她的恋人，嫁给了我们的亲戚，我怎样不知道？"华伯平道："胡说！她的恋人，怎样嫁起人来？"吴碧波笑道："不说明白，你不知道。原来她的恋人，一样的是个女子，不是个男子。"杨杏园道："妙极。这是同性恋爱的故事。你说，她们是怎么一段姻缘。"吴碧波道："这冯太太在北京城里，本来也是个交际之花。后来不知什么人介绍，在交际场中，认识了一位施小姐。不到三个月的工夫，两个人发生了同性恋爱。都说男子汉没有好人，我们躲开他们，到西山去住罢。冯太太对施小姐说：'这还不是办法，我们要今生今世在一处，除非你不嫁人，我和丈夫离婚。'施小姐说：'我早就决定不嫁人了，就怕你不能离婚。'冯太太说：'好好，只要你能这样的真心，我就去和丈夫离婚。'冯太太说了这个话，果然和冯司长提出离婚的条件。冯司长本来是个西洋留学生，对婚姻问题，真是讲究恋爱主义的，慨然答应了离婚。他又知道他太太，是和人家发生了同性爱，他的好奇心，战胜了他的嫉妒心，并且答应离婚以后，每月津贴冯太太一百元的日用。这也算仁至义尽了。"杨杏园道："果是仁至义尽，冯太太可以和他保存一部分感情了。"吴碧波道："惟其如此，就越发糟了。冯太太当时一鼓作气的和冯司长离了婚，就和那位施女士同搬到西山来，住在西山什么地方，我原不知道。”说着一指听差道：“他说这笛子是冯太太吹的，那末，就是这里了。两个人大概住了两个月，果然情投意合。后来施小姐常在山上玩，看见西山旅馆里的旅客，男女成双的居多，她的爱情就不能专一啦。恰好这个时候，敝亲在山上养病，游山游得认识起来，也发生了爱情。这异性爱的力量，究竟比同性爱的力量大，施小姐就写了一封信丢在桌上，和冯太太不辞而别，下山结婚去了。冯太太万不料施小姐是这样薄情的人，这才知道女子的心，比男子还狠，又悔又恨，真是万念皆灰，住在山上，连门都不出了。”杨杏园道：“我若是冯司长，我还接她回去，那才见得他的情深量大。况且冯太太和别人是同性爱，和出山泉水又不很同，自然是坠欢可拾。”吴碧波道：“冯司长何尝不是如此，但是冯太太以为丈夫心肠太好，自己却不好意思见面了。据说，那一百元的津贴，她也不要了。以后何以为继，真是一个疑问。”听差站在一边也听住了。华伯平问他道：“这话对吗？”听差道：“不错，从前还有一位施小姐，和冯太太同住，后来走了。”华伯平道：“这冯太太，可说她负人，人家也负她，这两笔账在一处，如今都悔起来，也难怪她不下山了。”

说着，那笛子又吹起来了。也听不出是什么调子，只觉呜呜咽咽，若断若续，很是凄楚。杨杏园用手搔着头发道：“可怜！我不忍卒听了。”华伯平笑道：“你向来自负是个多情种子，何不想法救她一救？”杨杏园道：“连她自己丈夫都不能救她呢，何况别人？”这时，月亮越发斜了，凉透毛发，杨杏园不觉打一个寒噤。当时，笛子也就戛然中止。杨杏园道：“咦！有什么变故吗？这笛子吹到中间，陡然停止，不像自然的收束。”吴碧波道：“你又见神见鬼。”华伯平道：“不然，我也觉得这笛子停得可怪。”吴碧波道：“我想她拿着笛子，一定在风露里吹，刚才这一阵风我们都受不住，她一定也是受不住，所以不能吹了。”杨杏园道：“这话也近情理。但是一个孤孤单单的妇人，在深山里住着，拿着一根笛子，在淡淡的月亮底下，对凉风暗露来吹，这种情景，也就不堪了。”吴碧波笑道：“吹皱一池春水，干卿底事？”杨杏园道：“王道不外乎人情，人情不外乎天理，你觉得我这话腐败吗？”华伯平笑道：“话却是对的，不过这好像做官的人说的。”杨杏园一想，果然，自己也好笑起来。三个人在月亮底下坐了一会，身上越坐越凉，只得去睡。

这里的床铺，都是杨次长预备好了的，干净得很。因为大家都要试试山居的风味，各人搬了一张铁床，踞了一间屋。三个人在白天走山，已经辛苦了，晚上又谈了这久，所以一到床上就睡着了。杨杏园正睡在兴浓之际，忽然听到有人大叫起来，不觉惊醒。要知为何有人大叫，下回交代。

（选自《张恨水文集之春明外史卷》，华中师范大学出版社，1997）

【学习提示】

张恨水（1895—1967），原名张心远，安徽潜山人。早年任《皖江报》总编辑。1919年去北京，先后任《益世报》《世界日报》等编辑，并开始写章回小说。1924年至1929年因长篇小说《春明外史》的连载而成名。之后，长篇小说《金粉世家》《啼笑因缘》的问世进一步提升了张恨水的知名度。抗战时期，张恨水转变了创作风格，在连载的长篇小说《太平花》中增写了抗战内容，此后又连续发表了一系列抗战题材的作品。

曾任《新民报》主笔，主编副刊。1949年，张恨水发表了《写作生涯回忆》。此后任文化部顾问、中央文史馆馆员、中国作家协会理事。

作品在体裁上对传统章回体小说兼有继承与突破。作品以记者杨杏园的情感经历为线索，通过描写杨杏园与梨云、李冬青的爱恋纠葛，贯串起20世纪20年代北京纷繁广阔的社会生活。才子杨杏园对雏妓梨云一往情深，在梨云病重期间痴情守护，在她去世后黯然神伤。后来，他又结识并爱上了才女李冬青。患有暗疾的李冬青想成全杨杏园与史科莲，杨杏园却深情爱恋着李冬青。杨杏园在种种波折后对婚恋心灰意冷，转而学佛。作品将传统小说与现代西方小说的表现手法相融合，在人物形象、情节结构等方面进行了艺术探索，摆脱了才子佳人小说的大团圆结局，以悲剧收尾。茅盾曾评价："运用章回体而善为扬弃，使章回体延续了新生命的，应当首推张恨水先生。"

小说创作于北洋政府统治时期。军阀官僚勾结贪污，征战抢夺。张恨水有感于北洋政府对新闻的严酷管制，便通过小说创作来揭露社会现实。选文摘自第四十四回，杨杏园与李冬青在交谈中相互赞赏，杨杏园却因李冬青在感情中的顾忌与刻意疏离而陷入沉思；杨杏园与华伯平、吴碧波同游西山，由风中幽怨的笛声揭开了冯太太的情感经历。通过友人的"游览"见闻，勾连出官场、交际场等广阔的都市生活图景，由小见大，从细节处揭露了官僚体制冗余、崇尚消极享乐等的社会弊病，展现出新旧过渡时期市民的文化心理状况，扩充了文本的容量和深度。

作品的语言风格柔和含蓄，化用了传统和民间文化资源，将雅文化与俗文化相融合，既通过诗词烘托氛围，展露人物的内心世界，使语言具有传统韵味和诗意，又大量运用俗语、谚语和歇后语，使情节生动诙谐，充满生活气息。小说以幽默的、富有戏剧性的情节表达对现实的讽刺，有力地揭露了社会弊病，使描绘贴近城市生活和市民心理。

【思考练习题】

1. 结合选文及《春明外史》中的其他章回，分析张恨水小说的语言风格。
2. 梳理选文情节，分析作品的结构特点。

中国现代文学作品选

（第4版）下　册

Zhongguo Xiandai
Wenxue Zuopinxuan

刘　勇　李春雨　主编

北京师范大学出版集团
BEIJING NORMAL UNIVERSITY PUBLISHING GROUP
北京师范大学出版社

目 录

散 文 卷

诗 歌 卷

戏 剧 卷

散文卷

秋夜

鲁迅

在我的后园，可以看见墙外有两株树，一株是枣树，还有一株也是枣树。

这上面的夜的天空，奇怪而高，我生平没有见过这样的奇怪而高的天空。他仿佛要离开人间而去，使人们仰面不再看见。然而现在却非常之蓝，闪闪地䀹着几十个星星的眼，冷眼。他的口角上现出微笑，似乎自以为大有深意，而将繁霜洒在我的园里的野花草上。

我不知道那些花草真叫什么名字，人们叫他们什么名字。我记得有一种开过极细小的粉红花，现在还开着，但是更极细小了，她在冷的夜气中，瑟缩地做梦，梦见春的到来，梦见秋的到来，梦见瘦的诗人将眼泪擦在她最末的花瓣上，告诉她秋虽然来，冬虽然来，而此后接着还是春，胡蝶乱飞，蜜蜂都唱起春词来了。她于是一笑，虽然颜色冻得红惨惨地，仍然瑟缩着。

枣树，他们简直落尽了叶子。先前，还有一两个孩子来打他们别人打剩的枣子，现在是一个也不剩了，连叶子也落尽了。他知道小粉红花的梦，秋后要有春；他也知道落叶的梦，春后还是秋。他简直落尽叶子，单剩干子，然而脱了当初满树是果实和叶子时候的弧形，欠伸得很舒服。但是，有几枝还低亚着，护定他从打枣的竿梢所得的皮伤，而最直最长的几枝，却已默默地铁似的直刺着奇怪而高的天空，使天空闪闪地鬼䀹眼；直刺着天空中圆满的月亮，使月亮窘得发白。

鬼䀹眼的天空越加非常之蓝，不安了，仿佛想离去人间，避开枣树，只将月亮剩下。然而月亮也暗暗地躲到东边去了。而一无所有的干子，却仍然默默地铁似的直刺着奇怪而高的天空，一意要制他的死命，不管他各式各样地䀹着许多蛊惑的眼睛。

哇的一声，夜游的恶鸟飞过了。

我忽而听到夜半的笑声，吃吃地，似乎不愿意惊动睡着的人，然而四围的空气都应和着笑。夜半，没有别的人，我即刻听出这声音就在我嘴里，我也即刻被这笑声所驱逐，回进自己的房。灯火的带子也即刻被我旋高了。

后窗的玻璃上丁丁地响，还有许多小飞虫乱撞。不多久，几个进来了，许是从窗纸的破孔进来的。他们一进来，又在玻璃的灯罩上撞得丁丁地响。一个从上面撞进去了，他于是遇到火，而且我以为这火是真的。两三个却休息在灯的纸罩上喘气。那罩是昨晚新换的罩，雪白的纸，折出波浪纹的叠痕，一角还画出一枝猩红色的栀子。

猩红的栀子开花时，枣树又要做小粉红花的梦，青葱地弯成弧形了……。我又听到夜半的笑声；我赶紧砍断我的心绪，看那老在白纸罩上的小青虫，头大尾小，向日葵子似的，只有半粒小麦那么大，遍身的颜色苍翠得可爱，可怜。

我打一个呵欠，点起一支纸烟，喷出烟来，对着灯默默地敬奠这些苍翠精致的英雄们。

一九二四年九月十五日

（选自《鲁迅全集》第二卷，人民文学出版社，2005）

【学习提示】

《秋夜》是鲁迅《野草》集中的首篇，写于1924年9月15日，最初发表在1924年12月1日的《语丝》周刊的第3期上。要解读这篇寓意深远的文章，首先必须了解鲁迅写作此文的时代背景和他当时的精神状态。

创作《野草》时，鲁迅正处在生命历程中的一个特有的“沙漠”期，同行的战友都四散离去。“寂寞新文苑，平安旧战场。两间余一卒，荷戟独彷徨。”这首为小说集《彷徨》出版作的题诗，非常真切地展现了鲁迅当时虽然异常寂寞孤独，但仍然在坚持和探求的精神状态。《秋夜》的象征意味极其浓郁，通篇采用西方象征主义散文诗的写法，通过象征化了的外在景物和作为观者的“我”的感受，表现出作者与黑暗势力做斗争的反抗心态，同时这种反抗心态又是与作者对不同生命形态的哲学思考联系在一起的。

文章的开头是那句非常著名但又引起颇多争议的写景的话：“在我的后园，可以看见墙外有两株树，一株是枣树，还有一株也是枣树”，非常简单但又极富张力。这里的两株枣树，无疑是全篇凝结作者神思的情绪主体，它们并肩而立，又互不相依，字里行间流露出鲁迅所特有的执拗而孤寂的情绪，是他极力渲染的孤独的战斗者的象征。接下来，全文就展开了和枣树形象针锋相对的一个拟人化的象征世界。“天空”显然是和枣树截然对立的主要意象。它不仅“奇怪而高”“仿佛要离开人间而去”，还“闪闪地䀹着几十个星星的眼，冷眼”，显然，这天空是至高无上的，非人间的，而且冷酷无情，似乎中国几千年来封建社会的种种黑暗现实统统都被它遮掩了。与“天空”相对立的，首先是“我的后园”的那些“粉红花”。它们是那样脆弱，开得“极细小”，但又是那样纯真：“在冷的夜气中，瑟缩地做梦，梦见春的到来，梦见秋的到来，梦见瘦的诗人将眼泪擦在她最末的花瓣上，告诉她秋虽然来，冬虽然来，而此后接着还是春，胡蝶乱飞，蜜蜂都唱起春词来了。”这显然是一种理想的安慰，那些“粉红花”在这些空洞的理想中，感到了些许的快乐：“于是一笑，虽然颜色冻得红惨惨地，仍然瑟缩着。”可以推想，这些脆弱而纯真的粉红花其实就是那些怀揣着好梦的、敏感而脆弱的青年的化身。鲁迅对他们一向深表同情，但对他们过于理想化的精神状态也是一直抱着怀疑的态度。因为在鲁迅的内心，绝望总是与希望斗争，“于一切眼中看见无所有”，“于无所希望中得救”，这种超乎时代的先觉虽然让他时时看出他们的浅薄，但对于这些青年，他总是庇护、鼓励，至多也不过是善意微讽。对于像小青虫一样奋不顾身的勇士们，鲁迅则“默默地敬奠”，充满真诚的悲悼和痛惜之情。

《秋夜》作为《野草》集的开篇，它所体现出来的整体氛围是孤寂的、凄清的。作者在呈现出三种道路的同时，又提出了作为战士的自身生命价值如何实现的问题。这样的构思和布局，既表现出鲁迅作为时代的先觉者对“反抗绝望”这一哲学命题的深沉思考，也折射出其内心几乎是与生俱来的，而且是无可抵消的怀疑意识，同时也进一步渲染了作品的孤寂气氛。

【思考练习题】

1. 结合作品中的具体描写，谈谈《秋夜》表达了作者怎样的思想情绪。
2. 《秋夜》是如何运用象征手法表现文章主题的？

过 客

鲁 迅

时：

或一日的黄昏。

地：

或一处。

人：

老翁——约七十岁，白须发，黑长袍。

女孩——约十岁，紫发，乌眼珠，白地黑方格长衫。

过客——约三四十岁，状态困顿倔强，眼光阴沉，黑须，乱发，黑色短衣裤皆破碎，赤足著破鞋，胁下挂一个口袋，支着等身的竹杖。

东，是几株杂树和瓦砾；西，是荒凉破败的丛葬；其间有一条似路非路的痕迹。一间小土屋向这痕迹开着一扇门；门侧有一段枯树根。

（女孩正要将坐在树根上的老翁搀起。）

翁——孩子。喂，孩子！怎么不动了呢？

孩——（向东望着，）有谁走来了，看一看罢。

翁——不用看他。扶我进去罢。太阳要下去了。

孩——我，——看一看。

翁——唉，你这孩子！天天看见天，看见土，看见风，还不够好看么？什么也不比这些好看。你偏是要看谁。太阳下去时候出现的东西，不会给你什么好处的。……还是进去罢。

孩——可是，已经进来了。阿阿，是一个乞丐。

翁——乞丐？不见得罢。

（过客从东面的杂树间踉跄走出，暂时踌躕之后，慢慢地走近老翁去。）

客——老丈，你晚上好？

翁——阿，好！托福。你好？

客——老丈，我实在冒昧，我想在你那里讨一杯水喝。我走得渴极了。这地方又没有一个池塘，一个水洼。

翁——唔，可以可以。你请坐罢。（向女孩）孩子，你拿水来，杯子要洗干净。

（女孩默默地走进土屋去。）

翁——客官，你请坐。你是怎么称呼的？

客——称呼？——我不知道。从我还能记得的时候起，我就只一个人，我不知道我本来叫什么。我一路走，有时人们也随便称呼我，各式各样地，我也记不清楚了，况且相同的称呼也没有听到过第二回。

翁——阿阿。那么，你是从那里来的呢？

客——（略略迟疑，）我不知道。从我还能记得的时候起，我就在这么走。

翁——对了。那么，我可以问你到那里去么？

客——自然可以。——但是，我不知道。从我还能记得的时候起，我就在这么走，要走到一个地方去，这地方就在前面。我单记得走了许多路，现在来到这里了。我接着就要走向那边去，（西指，）前面！

（女孩小心地捧出一个木杯来，递去。）

客——（接杯，）多谢，姑娘。（将水两口喝尽，还杯，）多谢，姑娘。这真是少有的好意。我真不知道应该怎样感激！

翁——不要这么感激。这于你是没有好处的。

客——是的，这于我没有好处。可是我现在很恢复了些力气了。我就要前去。老丈，你大约是久住在这里的，你可知道前面是怎么一个所在么？

翁——前面？前面，是坟。

客——（诧异地，）坟？

孩——不，不，不的。那里有许多许多野百合，野蔷薇，我常常去玩，去看他们的。

客——（西顾，仿佛微笑，）不错。那些地方有许多许多野百合，野蔷薇，我也常常去玩过，去看过的。但是，那是坟。（向老翁，）老丈，走完了那坟地之后呢？

翁——走完之后？那我可不知道。我没有走过。

客——不知道？！

孩——我也不知道。

翁——我单知道南边；北边；东边，你的来路。那是我最熟悉的地方，也许倒是于你们最好的地方。你莫怪我多嘴，据我看来，你已经这么劳顿了，还不如回转去，因为你前去也料不定可能走完。

客——料不定可能走完？……（沉思，忽然惊起，）那不行！我只得走。回到那里去，就没一处没有名目，没一处没有地主，没一处没有驱逐和牢笼，没一处没有皮面的笑容，没一处没有眶外的眼泪。我憎恶他们，我不回转去！

翁——那也不然。你也会遇见心底的眼泪，为你的悲哀。

客——不。我不愿看见他们心底的眼泪，不要他们为我的悲哀！

翁——那么，你，（摇头，）你只得走了。

客——是的，我只得走了。况且还有声音常在前面催促我，叫唤我，使我息不下。可恨的是我的脚早经走破了，有许多伤，流了许多血。（举起一足给老人看，）因此，我的血不够了；我要喝些血。但血在那里呢？可是我也不愿意喝无论谁的血。我只得喝些水，来补充我的血。一路上总有水，我倒也并不感到什么不足。只是我的力气太稀薄了，血里面太多了水的缘故罢。今天连一个小水洼也遇不到，也就是少走了路的缘故罢。

翁——那也未必。太阳下去了，我想，还不如休息一会的好罢，像我似的。

客——但是，那前面的声音叫我走。

翁——我知道。

客——你知道？你知道那声音么？

翁——是的。他似乎曾经也叫过我。

客——那也就是现在叫我的声音么？

翁——那我可不知道。他也就是叫过几声，我不理他，他也就不叫了，我也就记不清楚了。

客——唉唉，不理他……。（沉思，忽然吃惊，倾听着，）不行！我还是走的好。我息不下。可恨我的脚早经走破了。（准备走路。）

孩——给你！（递给一片布，）裹上你的伤去。

客——多谢，（接取，）姑娘。这真是……。这真是极少有的好意。这能使我可以走更多的路。（就断砖坐下，要将布缠在踝上，）但是，不行！（竭力站起，）姑娘，还了你罢，还是裹不下。况且这太多的好意，我没法感激。

翁——你不要这么感谢，这于你没有好处。

客——是的，这于我没有什么好处。但在我，这布施是最上的东西了。你看，我全身上可有这样的。

翁——你不要当真就是。

客——是的。但是我不能。我怕我会这样：倘使我得到了谁的布施，我就要像兀鹰看见死尸一样，在四近徘徊，祝愿她的灭亡，给我亲自看见；或者咒诅她以外的一切全都灭亡，连我自己，因为我就应该得到咒诅。但是我还没有这样的力量；即使有这力量，我也不愿意她有这样的境遇，因为她们大概总不愿意有这样的境遇。我想，这最稳当。（向女孩，）姑娘，你这布片太好，可是太小一点了，还了你罢。

孩——（惊惧，退后，）我不要了！你带走！

客——（似笑，）哦哦，……因为我拿过了？

孩——（点头，指口袋，）你装在那里，去玩玩。

客——（颓唐地退后，）但这背在身上，怎么走呢？……

翁——你息不下，也就背不动。——休息一会，就没有什么了。

客——对咧，休息……。（默想，但忽然惊醒，倾听。）不，我不能！我还是走好。

翁——你总不愿意休息么？

客——我愿意休息。

翁——那么，你就休息一会罢。

客——但是，我不能……。

翁——你总还是觉得走好么？

客——是的。还是走好。

翁——那么，你也还是走好罢。

客——（将腰一伸，）好，我告别了。我很感谢你们。（向着女孩，）姑娘，这还你，请你收回去。

（女孩惊惧，敛手，要躲进土屋里去。）

翁——你带去罢。要是太重了，可以随时抛在坟地里面的。

孩——（走向前，）阿阿，那不行！

客——阿阿，那不行的。

翁——那么，你挂在野百合野蔷薇上就是了。

孩——（拍手，）哈哈！好！

客——哦哦……。

（极暂时中，沉默。）

翁——那么，再见了。祝你平安。（站起，向女孩，）孩子，扶我进去罢。你看，太阳早已下去了。（转身向门。）

客——多谢你们。祝你们平安。（徘徊，沉思，忽然吃惊，）然而我不能！我只得走。我还是走好罢……。（即刻昂了头，奋然向西走去。）

（女孩扶老人走进土屋，随即阖了门。过客向野地里踉跄地闯进去，夜色跟在他后面。）

一九二五年三月二日

（选自《鲁迅全集》第二卷，人民文学出版社，2005）

【学习提示】

《过客》是《野草》中看似好懂实则难懂的一篇，作者借助浅显的文字传达着他的生命哲学，即对人生或生命的深邃思考。领会这篇散文诗的关键在于理解过客（要）经历的三种道路（即来路、现路与去路）和所面对的不同的世界。过客的来路、所面对的世界是过客主动叛离的，他在与老翁的对话中评述道："回到那里去，就没一处没有名目，没一处没有地主，没一处没有驱逐和牢笼，没一处没有皮面的笑容，没一处没有眶外的眼泪。"那里是一个由既定秩序笼罩的难以动弹、缺乏诚与爱、充满着霸道与做戏的世界，那里异常沉闷而又缺乏生命力：一切都有确定的命名、确定的主人，没有自由伸展的空间与个体，整个世间都被既定的名目与既定的主人所组成的既定秩序牢牢地统辖着，任何一个降生并生存于其间的个体都无法回避，不得不正视这种无所不在、强大无比的既定秩序的存在。个体面对这种无能为力的生存环境，要么反对这种既定的秩序而被迫接受任其驱逐的漂泊流浪的命运，要么顺从这种既定的秩序而任其如牢笼一样扼杀自己的生命活力。过客不能顺从既定的秩序对他的统辖，不让固定的名目、固定的居地束缚自己，宁愿如乞丐般漂泊，也不愿像周围的人群那样逆来顺受，他清醒坚定地如同躲避瘟疫那样躲避着人群，不断地朝前走着，即使在困顿不堪的关头，他也毅然弃绝老翁好心提出的回转去的建议而说道："我憎恶他们，我不回转去！"过客宁愿不停地走下去，也不愿滞留在他叛离的世界，正是在他的主动选择——走中，他同周围的世界分离，焕发出生命的活力。

过客的去路是一个在女孩看来充满着希望（即女孩所说的"那里有许多许多野百

合，野蔷薇”），在老翁看来充满着绝望（即老翁所说的“是坟”）的世界，过客没有否认小女孩的说法，但更认同老翁的观点，即去路是一个看似充满希望实则充满绝望的世界。他清醒地认识到等着他的是怎样的境地，甚至“料不定可能走完”，将以失败而告终。当老翁先后以各种理由善意地劝说过客回转去或留下来休息时，过客也先后四次不同程度地陷入沉思，显得有些动摇时就会猛然听到前面的声音在召唤——“那前面的声音叫我走”。正是这在选择的重要关头不断出现的“前面的声音”，促使过客摒弃了回转的念头，抵制住留下来休息的动人劝诱，坚定了朝着绝望的去路走下去的抉择。这种“前面的声音”也就是过客坚守着的支撑自己不断走下去的信念。一个人树立自己的信念并不难，难就难在面对困境与诱惑时仍能坚守自己所树立的信念。过客在人生的境界上超越于老翁的地方就在于：老翁在人生的中途停下来了，放弃了自己的信念，不再听从自己的信念的召唤；而过客在老翁止步不前的地方继续前行，听从了自己的信念的召唤。正因为过客捍卫并坚守着自己的信念，才能够坚定不移地走下去，成为名副其实的“过客”。过客也正是在不停地走的过程中获得了自己生命的独立与超越，没有沦为被外在世界异化的对象。

《过客》在艺术上的独特之处表现为用话剧的形式来写散文诗。除了一些简要的介绍，文章的主要篇幅是围绕着过客、老翁、女孩三者之间的对话展开的。对话的节奏紧张而起伏多变，对话中不同人物的话语之间的对照体现出人物间的性格差异和人生境界的迥异，如三者对前路的不同看法、过客与老翁对待“前面的声音”的不同态度等。

《过客》迷人的魅力还在于它的深邃哲理，即传达出来的生命哲学思想。这首散文诗对布施、感激等道德情感问题的独特议论以及过客对来路冷酷世界的叛离、对现路温情世界的告别、对去路绝望世界的不畏惧的塑造等，都体现了鲁迅对个体生命意义如何获得、如何超越等哲学命题的追问与思考。

总之，鲁迅以哲理剧的形式创作了这首散文诗，在生动多变的对话中流淌着丰富深邃的思想，使人在欣赏它的轻盈的同时不断地体味着它的厚重。

【思考练习题】

1. 文中“过客”说道：“我憎恶他们，我不回转去！”“过客”“憎恶”的是什么？他为什么不愿“回转去”？

2. 文中写到女孩说前面“有许多许多野百合，野蔷薇”，老翁说前面“是坟”，“过客”则反复说“前面的声音”，“过客”与老翁、女孩的人生境界有何不同？

3. 简述《过客》的艺术特色。

颓败线的颤动

鲁　迅

我梦见自己在做梦。自身不知所在，眼前却有一间在深夜中紧闭的小屋的内部，但也看见屋上瓦松的茂密的森林。

板桌上的灯罩是新拭的，照得屋子里分外明亮。在光明中，在破榻上，在初不相识的披毛的强悍的肉块底下，有瘦弱渺小的身躯，为饥饿，苦痛，惊异，羞辱，欢欣而颤动。弛缓，然而尚且丰腴的皮肤光润了；青白的两颊泛出轻红，如铅上涂了胭脂水。

灯火也因惊惧而缩小了，东方已经发白。

然而空中还弥漫地摇动着饥饿，苦痛，惊异，羞辱，欢欣的波涛……。

"妈！"约略两岁的女孩被门的开阖声惊醒，在草席围着的屋角的地上叫起来了。

"还早哩，再睡一会罢！"她惊惶地说。

"妈！我饿，肚子痛。我们今天能有什么吃的？"

"我们今天有吃的了。等一会有卖烧饼的来，妈就买给你。"她欣慰地更加紧捏着掌中的小银片，低微的声音悲凉地发抖，走近屋角去一看她的女儿，移开草席，抱起来放在破榻上。

"还早哩，再睡一会罢。"她说着，同时抬起眼睛，无可告诉地一看破旧的屋顶以上的天空。

空中突然另起了一个很大的波涛，和先前的相撞击，回旋而成旋涡，将一切并我尽行淹没，口鼻都不能呼吸。

我呻吟着醒来，窗外满是如银的月色，离天明还很辽远似的。

我自身不知所在，眼前却有一间在深夜中紧闭的小屋的内部，我自己知道是在续着残梦。可是梦的年代隔了许多年了。屋的内外已经这样整齐；里面是青年的夫妻，一群小孩子，都怨恨鄙夷地对着一个垂老的女人。

"我们没有脸见人，就只因为你，"男人气忿地说。"你还以为养大了她，其实正是害苦了她，倒不如小时候饿死的好！"

"使我委屈一世的就是你！"女的说。

"还要带累了我！"男的说。

"还要带累他们哩！"女的说，指着孩子们。

最小的一个正玩着一片干芦叶，这时便向空中一挥，仿佛一柄钢刀，大声说道：

"杀！"

那垂老的女人口角正在痉挛，登时一怔，接着便都平静，不多时候，她冷静地，骨立的石像似的站起来了。她开开板门，迈步在深夜中走出，遗弃了背后一切的冷骂和毒笑。

她在深夜中尽走，一直走到无边的荒野；四面都是荒野，头上只有高天，并无一个虫鸟飞过。她赤身露体地，石像似的站在荒野的中央，于一刹那间照见过往的一切：饥饿，苦痛，惊异，羞辱，欢欣，于是发抖；害苦，委屈，带累，于是痉挛；杀，于是平静。……又于一刹那间将一切并合：眷念与决绝，爱抚与复仇，养育与歼除，祝福与咒诅……。她于是举两手尽量向天，口唇间漏出人与兽的，非人间所有，所以无词的言语。

当她说出无词的言语时，她那伟大如石像，然而已经荒废的，颓败的身躯的全面都颤动了。这颤动点点如鱼鳞，每一鳞都起伏如沸水在烈火上；空中也即刻一同振颤，仿佛暴风雨中的荒海的波涛。

她于是抬起眼睛向着天空，并无词的言语也沉默尽绝，惟有颤动，辐射若太阳光，使空中的波涛立刻回旋，如遭飓风，汹涌奔腾于无边的荒野。

我梦魇了，自己却知道是因为将手搁在胸脯上了的缘故；我梦中还用尽平生之力，要将这十分沉重的手移开。

一九二五年六月二十九日

（选自《鲁迅全集》第二卷，人民文学出版社，2005）

【学习提示】

《颓败线的颤动》这篇散文诗写的是人生的噩梦。文中写了两个连续的梦境。文章通过无私的爱遭到背叛这样一个令人伤心的故事，来探讨爱与被爱的关系，揭示了真正的爱者那无我的爱，表达了对于背叛者无言的恨。作者采用蒙太奇手法，设置了三个场景，展示了无我的爱、爱的背叛与遗弃、无言的恨的全过程。

鲁迅在文中凸显了母亲的爱是忘我的爱。梦中的情境正是作者前期生活态度的表现，精神境界的相通让作者感到了一阵亢奋和紧张。鲁迅曾无私地、毫无保留地为自己所爱的人献出了自己的全部，他帮助需要帮助的青年，青年是未来的希望，他甘愿为青年牺牲。他说："所以觉醒的人，此后应将这天性的爱，更加扩张，更加醇化；用无我的爱，自己牺牲于后起新人。"他甚至认为："老的让开道，催促着，奖励着，让他们走去。路上有深渊，便用那个死填平了，让他们走去。少的感谢他们填了深渊，给自己走去；老的也感谢他们从我填平的深渊上走去。——远了远了。明白这事，便从幼到壮到老到死，都欢欢喜喜的过去；而且一步一步，多是超过祖先的新人。"

在作品的结尾，作者的梦醒了。作者特意说明，他之所以做梦是因为他将手搁在胸脯上了的缘故，并且在梦中，他还用尽平生之力，试图将这十分沉重的手移开。这一段表面上是说自己所做的这个梦不过是个梦而已，实际上作者突出"手搁在胸脯上"，是说明自己的这篇文章是用心写出来的，是自己的真情流露。作者渴望背叛他的人的理解，想以此唤醒他们的良心，让他们真正醒悟。

【思考练习题】

1. 如何理解《颓败线的颤动》中的“无我的爱”与“无言的恨”?

2. 试论《颓败线的颤动》的艺术特色。

【延展阅读】

以上三篇散文诗皆选自《野草》。鲁迅在《自选集》自序中说:“后来《新青年》的团体散掉了,有的高升,有的退隐,有的前进,我又经验了一回同一战阵中的伙伴还是会这么变化”,因而“有了小感触,就写些短文,夸大点说,就是散文诗,以后印成一本,谓之《野草》”。请补充阅读《野草》中的其他作品,深入理解《野草》的主题思想。

记念刘和珍君

鲁 迅

一

中华民国十五年三月二十五日，就是国立北京女子师范大学为十八日在段祺瑞执政府前遇害的刘和珍杨德群①两君开追悼会的那一天，我独在礼堂外徘徊，遇见程君②，前来问我道，“先生可曾为刘和珍写了一点什么没有?”我说“没有”。她就正告我，“先生还是写一点罢；刘和珍生前就很爱看先生的文章。”

这是我知道的，凡我所编辑的期刊，大概是因为往往有始无终之故罢，销行一向就甚为寥落，然而在这样的生活艰难中，毅然预定了《莽原》③ 全年的就有她。我也早觉得有写一点东西的必要了，这虽然于死者毫不相干，但在生者，却大抵只能如此而已。倘使我能够相信真有所谓“在天之灵”，那自然可以得到更大的安慰，——但是，现在，却只能如此而已。

可是我实在无话可说。我只觉得所住的并非人间。四十多个青年的血，洋溢在我的周围，使我艰于呼吸视听，那里还能有什么言语？长歌当哭，是必须在痛定之后的。而此后几个所谓学者文人的阴险的论调，尤使我觉得悲哀。我已经出离愤怒了。我将深味这非人间的浓黑的悲凉；以我的最大哀痛显示于非人间，使它们快意于我的苦痛，就将这作为后死者的菲薄的祭品，奉献于逝者的灵前。

二

真的猛士，敢于直面惨淡的人生，敢于正视淋漓的鲜血。这是怎样的哀痛者和幸福者？然而造化又常常为庸人设计，以时间的流驶，来洗涤旧迹，仅使留下淡红的血色和微漠的悲哀。在这淡红的血色和微漠的悲哀中，又给人暂得偷生，维持着这似人非人的世界。我不知道这样的世界何时是一个尽头！

我们还在这样的世上活着；我也早觉得有写一点东西的必要了。离三月十八日也已有两星期，忘却的救主快要降临了罢，我正有写一点东西的必要了。

---

① 刘和珍（1904—1926），江西南昌人，北京女子师范大学英文系学生。杨德群（1902—1926），湖南湘阴人，北京女子师范大学国文系预科学生。

② 程君，指程毅志，湖北孝感人，北京女子师范大学教育系学生。

③ 《莽原》，文艺刊物，鲁迅编辑，1925年4月24日创刊于北京。初为周刊，附《京报》发行，同年11月27日出至第三十二期休刊。1926年1月10日改为半月刊，未名社出版。1926年8月鲁迅离开北京后，由韦素园接编，1927年12月25日出至第四十八期停刊。这里所说的“毅然预定了《莽原》全年”，指《莽原》半月刊。

三

在四十余被害的青年之中，刘和珍君是我的学生。学生云者，我向来这样想，这样说，现在却觉得有些踌躇了，我应该对她奉献我的悲哀与尊敬。她不是“苟活到现在的我”的学生，是为了中国而死的中国的青年。

她的姓名第一次为我所见，是在去年夏初杨荫榆女士做女子师范大学校长，开除校中六个学生自治会职员的时候。① 其中的一个就是她；但是我不认识。直到后来，也许已经是刘百昭率领男女武将，强拖出校之后了，才有人指着一个学生告诉我，说：这就是刘和珍。其时我才能将姓名和实体联合起来，心中却暗自诧异。我平素想，能够不为势利所屈，反抗一广有羽翼的校长的学生，无论如何，总该是有些桀骜锋利的，但她却常常微笑着，态度很温和。待到偏安于宗帽胡同②，赁屋授课之后，她才始来听我的讲义，于是见面的回数就较多了，也还是始终微笑着，态度很温和。待到学校恢复旧观③，往日的教职员以为责任已尽，准备陆续引退的时候，我才见她虑及母校前途，黯然至于泣下。此后似乎就不相见。总之，在我的记忆上，那一次就是永别了。

四

我在十八日早晨，才知道上午有群众向执政府请愿的事；下午便得到噩耗，说卫队居然开枪，死伤至数百人，而刘和珍君即在遇害者之列。但我对于这些传说，竟至于颇为怀疑。我向来是不惮以最坏的恶意，来推测中国人的，然而我还不料，也不信竟会下劣凶残到这地步。况且始终微笑着的和蔼的刘和珍君，更何至于无端在府门前喋血呢？

然而即日证明是事实了，作证的便是她自己的尸骸。还有一具，是杨德群君的。而且又证明着这不但是杀害，简直是虐杀，因为身体上还有棍棒的伤痕。

但段政府就有令，说她们是“暴徒”！

但接着就有流言，说她们是受人利用的。

惨象，已使我目不忍视了；流言，尤使我耳不忍闻。我还有什么话可说呢？我懂得衰亡民族之所以默无声息的缘由了。沉默呵，沉默呵！不在沉默中爆发，就在沉默中灭亡。

五

但是，我还有要说的话。

我没有亲见；听说，她，刘和珍君，那时是欣然前往的。自然，请愿而已，稍有人

---

① 在北京女子师范大学学生反对校长杨荫榆的风潮中，杨于1925年5月7日借召开“国耻纪念会”之机，强行登台做主席，但当即为全场学生的嘘声所驱赶。下午，她在西安饭店召集若干教员宴饮，策划迫害学生。9日，以评议会名义开除许广平、刘和珍、蒲振声、张平江、郑德音、姜伯谛等六个学生自治会职员的学籍。

② 反对杨荫榆的女师大学生被赶出学校后，在西城宗帽胡同租赁房屋作为临时校舍，于1925年9月21日开学。当时鲁迅和部分教师曾去义务授课，表示支持。

③ 女师大学生经过一年多的斗争，在社会进步力量的声援下，于1925年11月30日迁回宣武门内石驸马大街原址，宣告复校。

心者，谁也不会料到有这样的罗网。但竟在执政府前中弹了，从背部入，斜穿心肺，已是致命的创伤，只是没有便死。同去的张静淑[1]君想扶起她，中了四弹，其一是手枪，立仆；同去的杨德群君又想去扶起她，也被击，弹从左肩入，穿胸偏右出，也立仆。但她还能坐起来，一个兵在她头部及胸部猛击两棍，于是死掉了。

始终微笑的和蔼的刘和珍君确是死掉了，这是真的，有她自己的尸骸为证；沉勇而友爱的杨德群君也死掉了，有她自己的尸骸为证；只有一样沉勇而友爱的张静淑君还在医院里呻吟。当三个女子从容地转辗于文明人所发明的枪弹的攒射中的时候，这是怎样的一个惊心动魄的伟大呵！中国军人的屠戮妇婴的伟绩，八国联军的惩创学生的武功，不幸全被这几缕血痕抹杀了。

但是中外的杀人者却居然昂起头来，不知道个个脸上有着血污……。

六

时间永是流驶，街市依旧太平，有限的几个生命，在中国是不算什么的，至多，不过供无恶意的闲人以饭后的谈资，或者给有恶意的闲人作“流言”的种子。至于此外的深的意义，我总觉得很寥寥，因为这实在不过是徒手的请愿。人类的血战前行的历史，正如煤的形成，当时用大量的木材，结果却只是一小块，但请愿是不在其中的，更何况是徒手。

然而既然有了血痕了，当然不觉要扩大。至少，也当浸渍了亲族，师友，爱人的心，纵使时光流驶，洗成绯红，也会在微漠的悲哀中永存微笑的和蔼的旧影。陶潜[2]说过，“亲戚或余悲，他人亦已歌，死去何所道，托体同山阿。”倘能如此，这也就够了。

七

我已经说过：我向来是不惮以最坏的恶意来推测中国人的。但这回却很有几点出于我的意外。一是当局者竟会这样地凶残，一是流言家竟至如此之下劣，一是中国的女性临难竟能如是之从容。

我目睹中国女子的办事，是始于去年的，虽然是少数，但看那干练坚决，百折不回的气概，曾经屡次为之感叹。至于这回在弹雨中互相救助，虽殒身不恤的事实，则更足为中国女子的勇毅，虽遭阴谋秘计，压抑至数千年，而终于没有消亡的明证了。倘要寻求这一次死伤者对于将来的意义，意义就在此罢。

苟活者在淡红的血色中，会依稀看见微茫的希望；真的猛士，将更奋然而前行。

呜呼，我说不出话，但以此记念刘和珍君！

四月一日。

（选自《鲁迅全集》第三卷，人民文学出版社，2005）

---

① 张静淑（1902—1978），湖南长沙人，北京女子师范大学教育系学生。受伤后经医治，幸得不死。

② 陶潜，晋代诗人。这里引用的是他所作《挽歌》中的四句。

【学习提示】

鲁迅的杂文或是由某一客观人事引发的，但它所关注与表现的，却是自身的感受。一切客观人事都要通过鲁迅主观心灵（思维、感情、心理等）的过滤、折射，才能成为他的杂文的题材。因此，出现在鲁迅的杂文里的人事，已不再具有纯粹的客观性，而是在过滤、折射过程中发生了变异（甚至变形）而主观化了的，是主客体的一种新的融合。读者能够透过杂文里的描述，看到（触摸到）活生生的鲁迅：他的所见、所思、所感，即他的困惑的思想、他的被损害的心理、他的激荡的情感——他心灵的“歌哭”。

1926年3月，奉系军阀在日本帝国主义支持下进兵关内，冯玉祥率领的国民军同奉军作战。3月18日，北京民众为了反对帝国主义侵犯我国主权，在天安门前集会抗议，会后到执政府前请愿。段祺瑞竟命令卫兵向请愿群众开枪，并用大刀铁棍追打砍杀，打死打伤二百余人，制造了屠杀爱国人民的“三一八”惨案。刘和珍等爱国青年均于当时遇害。

然而，当时的反动文人却在一些刊物上发表文章，对爱国的热血青年进行中伤、诬蔑，致使鲁迅悲愤之极，他在《无花的蔷薇之二》中写道：“如果中国还不至于灭亡，则已往的史实示教过我们，将来的事便要大出于屠杀者的意料之外——这不是一件事的结束，是一件事的开头。墨写的谎说，决掩不住血写的事实。血债必须用同物偿还。拖欠得愈久，就要付更大的利息。”

刘和珍积极参加学潮运动，带领同学们向封建势力、北洋军阀宣战，1926年在“三一八”惨案中遇害，年仅22岁。鲁迅先生在参加了刘和珍的追悼会之后作了本文，追忆这位始终微笑着的和蔼的学生，痛悼“为中国而死的中国的青年”，歌颂“虽殒身不恤”的“中国女子的勇毅”，同时痛斥反动政府的凶残行径，揭露反动文人的丑恶嘴脸，深刻指出了烈士死难的意义，预言了革命的发展。

【思考练习题】

1. 作者为什么反复说“有写一点东西的必要”，又反复说“无话可说”？结合全文体会作者的情感发展脉络。

2. 以本文为例，深刻体会鲁迅作品“忧愤深广”的底色与基调。

拿来主义

鲁　迅

中国一向是所谓“闭关主义”，自己不去，别人也不许来。自从给枪炮打破了大门之后，又碰了一串钉子，到现在，成了什么都是“送去主义”了。别的且不说罢，单是学艺上的东西，近来就先送一批古董到巴黎去展览，但终“不知后事如何”；还有几位“大师”们捧着几张古画和新画，在欧洲各国一路的挂过去，叫作“发扬国光”①。听说不远还要送梅兰芳博士到苏联去，以催进“象征主义”②，此后是顺便到欧洲传道。我在这里不想讨论梅博士演艺和象征主义的关系，总之，活人替代了古董，我敢说，也可以算得显出一点进步了。

但我们没有人根据了“礼尚往来”的仪节，说道：拿来！

当然，能够只是送出去，也不算坏事情，一者见得丰富，者见得大度。尼采③就自诩过他是太阳，光热无穷，只是给与，不想取得。然而尼采究竟不是太阳，他发了疯。中国也不是，虽然有人说，掘起地下的煤来，就足够全世界几百年之用。但是，几百年之后呢？几百年之后，我们当然是化为魂灵，或上天堂，或落了地狱，但我们的子孙是在的，所以还应该给他们留下一点礼品。要不然，则当佳节大典之际，他们拿不出东西来，只好磕头贺喜，讨一点残羹冷炙做奖赏。

这种奖赏，不要误解为“抛来”的东西，这是“抛给”的，说得冠冕些，可以称之为“送来”，我在这里不想举出实例④。

我在这里也并不想对于“送去”再说什么，否则太不“摩登”了。我只想鼓吹我们再吝啬一点，“送去”之外，还得“拿来”，是为“拿来主义”。

但我们被“送来”的东西吓怕了。先有英国的鸦片，德国的废枪炮，后有法国的香粉，美国的电影，日本的印着“完全国货”的各种小东西。于是连清醒的青年们，也对于洋货发生了恐怖。其实，这正是因为那是“送来”的，而不是“拿来”的缘故。

所以我们要运用脑髓，放出眼光，自己来拿！

譬如罢，我们之中的一个穷青年，因为祖上的阴功（姑且让我这么说说罢），得了

---

① “发扬国光”，1932年至1934年间，美术家徐悲鸿、刘海粟曾分别去欧洲一些国家举办中国美术展览或个人美术作品展览。“发扬国光”是1934年5月28日《大晚报》报道这些消息时的用语。

② “象征主义”，1934年5月28日《大晚报》报道：“苏俄艺术界向分写实与象征两派，现写实主义已渐没落，而象征主义则经朝野一致提倡，引成欣欣向荣之概。自彼邦艺术家见我国之书画作品深合象征派后，即忆及中国戏剧亦必采取象征主义。因拟……邀中国戏曲名家梅兰芳等前往奏艺。”鲁迅曾在《花边文学·谁在没落?》一文中批评《大晚报》的这种歪曲报道。

③ 尼采（F. Nietzsche，1844—1900），德国哲学家，唯意志论者。鼓吹“超人”哲学。这里所述尼采的话，见于他的《札拉图斯特拉如是说·序言》。

④ 1933年6月4日，国民党政府和美国在华盛顿签订五千万美元的“棉麦借款”，购买美国的小麦、面粉和棉花。这里指的可能是这一类事。

一所大宅子，且不问他是骗来的，抢来的，或合法继承的，或是做了女婿换来的。那么，怎么办呢？我想，首先是不管三七二十一，“拿来”！但是，如果反对这宅子的旧主人，怕给他的东西染污了，徘徊不敢走进门，是孱头；勃然大怒，放一把火烧光，算是保存自己的清白，则是昏蛋。不过因为原是羡慕这宅子的旧主人的，而这回接受一切，欣欣然的蹩进卧室，大吸剩下的鸦片，那当然更是废物。“拿来主义”者是全不这样的。

他占有，挑选。看见鱼翅，并不就抛在路上以显其“平民化”，只要有养料，也和朋友们像萝卜白菜一样的吃掉，只不用它来宴大宾；看见鸦片，也不当众摔在毛厕里，以见其彻底革命，只送到药房里去，以供治病之用，却不弄“出售存膏，售完即止”的玄虚。只有烟枪和烟灯，虽然形式和印度，波斯，阿剌伯的烟具都不同，确可以算是一种国粹，倘使背着周游世界，定会有人看，但我想，除了送一点进博物馆之外，其余的是大可以毁掉的了。还有一群姨太太，也大以请她们各自走散为是，要不然，“拿来主义”怕未免有些危机。

总之，我们要拿来。我们要或使用，或存放，或毁灭。那么，主人是新主人，宅子也就会成为新宅子。然而首先要这人沉着，勇猛，有辨别，不自私。没有拿来的，人不能自成为新人，没有拿来的，文艺不能自成为新文艺。

六月四日。

（选自《鲁迅全集》第六卷，人民文学出版社，2005）

【学习提示】

1931 年“九一八”事变发生后，日本帝国主义加深了对我国的侵略，而当时的国民党中央政府却奉行“不抵抗”政策。他们一方面不断对日妥协，另一方面为在文化上实行专制统治而大力推行“尊孔读经”和“新生活运动”。1934 年，《文学》月刊对如何接受文学遗产的问题发起讨论，文艺界对此展开热烈的讨论。在争论中出现了“全盘肯定”和“全盘否定”的错误倾向，鲁迅就此提出了马克思主义的观点——“拿来主义”。这篇文章是鲁迅通过嬉笑怒骂、妙趣横生的语言形式，表现一种抨击时政、挑战强权的思想，一种论析文化、洞悉历史的胆识的杂文。

这篇文章，一是针对国民政府崇洋媚外、出卖民族文化遗产的投降主义；二是针对革命文艺阵线内部的两种错误倾向，即割断历史，全盘否定的“左”倾错误和拜倒在洋人脚下，主张全盘吸收的右倾错误。文章最精彩之处就是形象设喻的手法，即通过对不同的人对“一所大宅子”的不同态度的形象描述，批判了对待文化遗产所持的错误态度，提出了应有的正确态度。一个个比喻就是一个个意象，而众多的意象则构成了鲜明、生动的意象链，同时从属于作者所要说明的中心论点。

在中国现代文学史上，只有鲁迅的杂文堪称具有史诗性，其反映了中国现代社会的历史发展，也解剖了这个时代的各种社会思想。

鲁迅杂文的特点是把深刻的人生哲理与对生动的社会现象及生活现象的描述结合起来，用强烈的主体意识记录客观事实。在艺术上，它更与现代的摄影艺术相近，所摄取的对象，是纯粹客观的事实，通过角度、图像的选择和不同对象的组合等艺术手段，使所表现的事物的本质显露得更加充分，更具典型意义，更启人深思。

【思考练习题】

1. 文章中提到的“大宅子”指什么？请结合文章谈谈鲁迅对待“大宅子”的态度与方法。

2. 阅读作品，结合时代背景深入分析鲁迅提出“拿来主义”的目的。

桨声灯影里的秦淮河

朱自清

一九二三年八月的一晚，我和平伯同游秦淮河；平伯是初泛，我是重来了。我们雇了一只“七板子”，在夕阳已去，皎月方来的时候，便下了船。于是桨声汩——汩，我们开始领略那晃荡着蔷薇色的历史的秦淮河的滋味了。

秦淮河里的船，比北京万甡园，颐和园的船好，比西湖的船好，比扬州瘦西湖的船也好。这几处的船不是觉着笨，就是觉着简陋、局促；都不能引起乘客们的情韵，如秦淮河的船一样。秦淮河的船约略可分为两种：一是大船；一是小船，就是所谓“七板子”。大船舱口阔大，可容二三十人。里面陈设着字画和光洁的红木家具，桌上一律嵌着冰凉的大理石面。窗格雕镂颇细，使人起柔腻之感。窗格里映着红色蓝色的玻璃；玻璃上有精致的花纹，也颇悦人目。“七板子”规模虽不及大船，但那淡蓝色的栏干，空敞的舱，也足系人情思。而最出色处却在它的舱前。舱前是甲板上的一部。上面有弧形的顶，两边用疏疏的栏干支着。里面通常放着两张藤的躺椅。躺下，可以谈天，可以望远，可以顾盼两岸的河房。大船上也有这个，便在小船上更觉清隽罢了。舱前的顶下，一律悬着灯彩；灯的多少，明暗，彩苏的精粗，艳晦，是不一的，但好歹总还你一个灯彩。这灯彩实在是最能钩人的东西。夜幕垂垂地下来时，大小船上都点起灯火。从两重玻璃里映出那辐射着的黄黄的散光，反晕出一片朦胧的烟霭，透过这烟霭，在黯黯的水波里，又逗起缕缕的明漪。在这薄霭和微漪里，听着那悠然的间歇的桨声，谁能不被引入他的美梦去呢？只愁梦太多了，这些大小船儿如何载得起呀？我们这时模模糊糊的谈着明末的秦淮河的艳迹，如《桃花扇》及《板桥杂记》里所载的。我们真神往了。我们仿佛亲见那时华灯映水，画舫凌波的光景了。于是我们的船便成了历史的重载了。我们终于恍然秦淮河的船所以雅丽过于他处，而又有奇异的吸引力的，实在是许多历史的影象使然了。

秦淮河的水是碧阴阴的；看起来厚而不腻，或者是六朝金粉所凝么？我们初上船的时候，天色还未断黑，那漾漾的柔波是这样恬静，委婉，使我们一面有水阔天空之想，一面又憧憬着纸醉金迷之境了。等到灯火明时，阴阴的变为沉沉了：黯淡的水光，像梦一般；那偶然闪烁着的光芒，就是梦的眼睛了。我们坐在舱前，因了那隆起的顶棚，仿佛总是昂着首向前走着似的，于是飘飘然如御风而行的我们，看着那些自在的湾泊着的船，船里走马灯般的人物，便像是下界一般，迢迢的远了，又像在雾里看花，尽朦朦胧胧的。这时我们已过了利涉桥，望见东关头了。沿路听见断续的歌声：有从沿河的妓楼飘来的，有从河上船里度来的。我们明知那些歌声，只是些因袭的言词，从生涩的歌喉里机械的发出来的；但它们经了夏夜的微风的吹漾和水波的摇拂，袅娜着到我们耳边的时候，已经不单是她们的歌声，而混着微风和河水的密语了。于是我们不得不被牵惹着，震撼着，相与浮沉于这歌声里了。从东关头转湾，不久就到大中桥。大中桥共有三个桥拱，都很阔大，俨然是三座门儿；使我们觉得我们的船和船里的我们，在桥下过去时，真是太无颜色了。桥砖是深褐色，表明它的历史的长久；但都完好无缺，令人太息于古昔工程的坚美。桥上两旁都是木壁的房子，中间应该有街路？这些房子都破旧了，多年烟熏的迹，遮没了当年的美丽。我想象秦淮河的极盛时，在这样宏阔的桥上，特地盖了房子，必然是髹漆得富富丽丽的；晚间必然是灯火通明的，现在却只剩下一片黑沉沉！但是桥上造着房子，毕竟使我们多少可以想见往日的繁华；这也慰情聊胜无了。过了大中桥，便到了灯月交辉，笙歌彻夜的秦淮河，这才是秦淮河的真面目哩。

大中桥外，顿然空阔，和桥内两岸排着密密的人家的大异了。一眼望去，疏疏的林，淡淡的月，衬着蓝蔚的天，颇像荒江野渡光景；那边呢，郁丛丛的，阴森森的，又似乎藏着无边的黑暗：令人几乎不信那是繁华的秦淮河了。但是河中眩晕着的灯光，纵横着的画舫，悠扬着的笛韵，夹着那吱吱的胡琴声，终于使我们认识绿如茵陈酒的秦淮水了。此地天裸露着的多些，故觉夜来的独迟些；从清清的水影里，我们感到的只是薄薄的夜——这正是秦淮河的夜。大中桥外，本来还有一座复成桥，是船夫口中的我们的游踪尽处，或也是秦淮河繁华的尽处了。我的脚曾踏过复成桥的脊，在十三四岁的时候。但是两次游秦淮河，却都不曾见着复成桥的面；明知总在前途的，却常觉得有些虚无缥缈似的。我想，不见倒也好。这时正是盛夏。我们下船后，借着新生的晚凉和河上的微风，暑气已渐渐销散；到了此地，豁然开朗，身子顿然轻了——习习的清风荏苒在面上，手上，衣上，这便又感到了一缕新凉了。南京的日光，大概没有杭州猛烈；西湖的夏夜老是热蓬蓬的，水像沸着一般，秦淮河的水却尽是这样冷冷地绿着。任你人影的憧憧，歌声的扰扰，总像隔着一层薄薄的绿纱面幂似的；它尽是这样静静的，冷冷的绿着。我们出了大中桥，走不上半里路，船夫便将船划到一旁，停了桨由它宕着。他以为那里正是繁华的极点，再过去就是荒凉了；所以让我们多多赏鉴一会儿。他自己却静静的蹲着。他是看惯这光景的了，大约只是一个无可无不可。这无可无不可，无论是升的沉的，总之，都比我们高了。

那时河里闹热极了；船大半泊着，小半在水上穿梭似的来往。停泊着的都在近市的那一边，我们的船自然也夹在其中。因为这边略略的挤，便觉得那边十分的疏了。在每一只船从那边过去时，我们能画出它的轻轻的影和曲曲的波，在我们的心上；这显着是空，且显着是静了。那时处处都是歌声和凄厉的胡琴声，圆润的喉咙，确乎是很少的。但那生涩的，尖脆的调子能使人有少年的，粗率不拘的感觉，也正可快我们的意。况且多少隔开些儿听着，因为想象与渴慕的做美，总觉更有滋味；而竞发的喧嚣，抑扬的不齐，远近的杂沓，和乐器的嘈嘈切切，合成另一意味的谐音，也使我们无所适从，如随着大风而走。这实在因为我们的心枯涩久了，变为脆弱；故偶然润泽一下，便疯狂似的不能自主了。但秦淮河确也腻人。即如船里的人面，无论是和我们一堆儿泊着的，无论是从我们跟前过去的，总是模模糊糊的，甚至渺渺茫茫的；任你张圆了眼睛，揩净了眦垢，也是枉然。这真够人想呢。在我们停泊的地方，灯光原是纷然的；不过这些灯光都是黄而有晕的。黄已经不能明了，再加上了晕，便更不成了。灯愈多，晕就愈甚；在繁星般的黄的交错里，秦淮河仿佛笼上了一团光雾。光芒与雾气腾腾的晕着，什么都只剩了轮廓了；所以人面的详细的曲线，便消失于我们的眼底了。但灯光究竟夺不了那边的月色；灯光是浑的，月色是清的。在浑沌的灯光里，渗入了一派清辉，却真是奇迹！那晚月儿已瘦削了两三分。她晚妆才罢，盈盈的上了柳梢头。天是蓝得可爱，仿佛一汪水似的；月儿便更出落得精神了。岸上原有三株两株的垂杨树，淡淡的影子，在水里摇曳着。它们那柔细的枝条浴着月光，就像一支支美人的臂膊，交互的缠着，挽着；又像是月儿披着的发。而月儿偶尔也从它们的交叉处偷偷窥看我们，大有小姑娘怕羞的样子。岸上另有几株不知名的老树，光光的立着；在月光里照起来，却又俨然是精神矍铄的老人。远处——快到天际线了，才有一两片白云，亮得现出异彩，像美丽的贝壳一般。白云下便是黑黑的一带轮廓；是一条随意画的不规则的曲线。这一段光景，和河中的风味大异了。但灯与月竟能并存着，交融着，使月成了缠绵的月，灯射着渺渺的灵辉；这正是天之所以厚秦淮河，也正是天之所以厚我们了。

这时却遇着了难解的纠纷。秦淮河上原有一种歌妓，是以歌为业的。从前都在茶舫上，唱些大曲之类。每日午后一时起；什么时候止，却忘记了。晚上照样也有一回。也在黄晕的灯光里。我从前过南京时，曾随着朋友去听过两次。因为茶舫里的人脸太多了，觉得不大适意，终于听不出所以然。前年听说歌妓被取缔了，不知怎的，颇涉想了几次——却想不出什么。这次到南京，先到茶舫上去看看，觉得颇是寂寥，令我无端的怅怅了。不料她们却仍在秦淮河里挣扎着，不料她们竟会纠缠到我们，我于是很张皇了，她们也乘着"七板子"，她们总是坐在舱前的。舱前点着石油汽灯，光亮眩人眼目：坐在下面的，自然是纤毫毕见了——引诱客人们的力量，也便在此了。舱里躲着乐工等人，映着汽灯的余辉蠕动着；他们是永远不被注意的。每船的歌妓大约都是二人；天色一黑，她们的船就在大中桥外往来不息的兜生意。无论行着的船，泊着的船，都要来兜揽的。这都是我后来推想出来的。那晚不知怎样，忽然轮着我们的船了。我们的船好好的停着，一只歌舫划向我们来了；渐渐和我们的船并着了。烁烁的灯光逼得我们皱起了眉头；我们的风尘色全给它托出来了，这使我踧踖不安了。那时一个伙计跨过船来，拿着摊开的歌折，就近塞向我的手里，说，"点几出吧！"他跨过来的时候，我们船上似乎有许多眼光跟着。同时相近的别的船上也似乎有许多眼睛炯炯的向我们船上看着。我真窘了！我也装出大方的样子，向歌妓们瞥了一眼，但究竟是不成的！我勉强将那歌折翻了一翻，却不曾看清了几个字；便赶紧递还那伙计，一面不好意思地说，"不要。我们……不要。"他便塞给平伯，平伯掉转头去，摇手说，"不要！"那人还腻着不走。平伯又回过脸来，摇着头道，"不要！"于是那人重到我处，我窘着再拒绝了他。他这才有所不屑似的走了。我的心立刻放下，如释了重负一般。我们就开始自白了。

我说我受了道德律的压迫，拒绝了她们；心里似乎很抱歉的。这所谓抱歉，一面对于她们，一面对于我自己。她们于我们虽然没有很奢的希望；但总有些希望的。我们拒绝了她们，无论理由如何充足，却使她们的希望受了伤；这总有几分不做美了。这是我觉得很怅怅的。至于我自己，更有一种不足之感。我这时被四面的歌声诱惑了，降服了；但是远远的，远远的歌声总仿佛隔着重衣搔痒似的，越搔越搔不着痒处。我于是憧憬着贴耳的妙音了。在歌舫划来时，我的憧憬，变为盼望；我固执的盼望着，有如饥渴。虽然从浅薄的经验里，也能够推知，那贴耳的歌声，将剥去了一切的美妙；但一个平常的人像我的，谁愿凭了理性之力去丑化未来呢？我宁愿自己骗着了。不过我的社会感性是很敏锐的；我的思力能拆穿道德律的西洋镜，而我的感情却终于被它压服着。我于是有所顾忌了，尤其是在众目昭彰的时候。道德律的力，本来是民众赋予的；在民众的面前，自然更显出它的威严了。我这时一面盼望，一面却感到了两重的禁制：一，在通俗的意义上，接近妓者总算一种不正当的行为；二，妓是一种不健全的职业，我们对于她们，应有哀矜勿喜之心，不应赏玩的去听她们的歌。在众目睽睽之下，这两种思想在我心里最为旺盛。她们暂时压倒了我听歌的盼望，这便成就了我的灰色的拒绝。那时的心实在异常状态中，觉得颇是昏乱。歌舫去了，暂时宁靖之后，我的思绪又如潮涌了。两个相反的意思在我心头往复：卖歌和卖淫不同，听歌和狎妓不同，又干道德甚事？——但是，但是，她们既被逼的以歌为业，她们的歌必无艺术味的；况她们的身世，我们究竟该同情的。所以拒绝倒也是正办。但这些意思终于不曾撇开我的听歌的盼望。它力量异常坚强；它总想将别的思绪踏在脚下。从这重重的争斗里，我感到了浓厚的不足之感。这不足之感使我的心盘旋不安，起坐都不安宁了。唉！我承认我是一个自私的人！平伯呢，却与我不同。他引周启明先生的诗，“因为我有妻子，所以我爱一切的女人，因为我有子女，所以我爱一切的孩子。”① 他的意思可以见了。他因为推及的同情，爱着那些歌妓，并且尊重着她们，所以拒绝了她们。在这种情形下，他自然以为听歌是对于她们的一种侮辱。但他也是想听歌的，虽然不和我一样。所以在他的心中，当然也有一番小小的争斗；争斗的结果，是同情胜了。至于道德律，在他是没有什么的；因为他很有蔑视一切的倾向，民众的力量在他是不大觉着的。这时他的心意的活动比较简单，又比较松弱，故事后还怡然自若；我却不能了。这里平伯又比我高了。

在我们谈话中间，又来了两只歌舫。伙计照前一样的请我们点戏，我们照前一样的拒绝了。我受了三次窘，心里的不安更甚了。清艳的夜景也为之减色。船夫大约因为要赶第二趟生意，催着我们回去；我们无可无不可的答应了。我们渐渐和那些晕黄的灯光远了，只有些月色冷清清的随着我们的归舟。我们的船竟没个伴儿，秦淮河的夜正长哩！到大中桥近处，才遇着一只来船。这是一只载妓的板船，黑漆漆的没有一点光。船头上坐着一个妓女；暗里看出，白地小花的衫子，黑的下衣。她手里拉着胡琴，口里唱着青衫的调子。她唱得响亮而圆转；当她的船箭一般驶过去时，余音还袅袅的在我们耳际，使我们倾听而向往。想不到在弩末的游踪里，还能领略到这样的清歌！这时船过大中桥了，森森的水影，如黑暗张着巨口，要将我们的船吞了下去。我们回顾那渺渺的黄光，不胜依恋之情；我们感到了寂寞了！这一段地方夜色甚浓，又有两头的灯火招邀着；桥外的灯火不用说了，过了桥另有东关头疏疏的灯火。我们忽然仰头看见依人的素月，不觉深悔归来之早了！走过东关头，有一两只大船湾泊着，又有几只船向我们来着。嚣嚣的一阵歌声人语，仿佛笑我们无伴的孤舟哩。东关头转湾，河上的夜色更浓了；临水的妓楼上，时时从帘缝里射出一线一线的灯光；仿佛黑暗从酣睡里眨了一眨眼。我们默然的对着，静听那汩——汩的桨声，几乎要入睡了；蒙眬里却温寻着适才的繁华的余味。我那不安的心在静里愈显活跃了！这时我们都有了不足之感，而我的更其浓厚。我们却又不愿回去，于是只能由懊悔而怅惘了。船里便满载着怅惘了。直到利涉

①原诗是，“我为了自己的儿女才爱小孩子，为了自己的妻才爱女人”。见《雪朝》第48页。

桥下，微微嘈杂的人声，才使我豁然一惊；那光景却又不同。右岸的河房里，都大开了窗户，里面亮着晃晃的电灯，电灯的光射到水上，蜿蜒曲折，闪闪不息，正如跳舞着的仙女的臂膊。我们的船已在她的臂膊里了；如睡在摇篮里一样，倦了的我们便又入梦了。那电灯下的人物，只觉像蚂蚁一般，更不去萦念。这是最后的梦；可惜是最短的梦！黑暗重复落在我们面前，我们看见傍岸的空船上一星两星的，枯燥无力又摇摇不定的灯光。我们的梦醒了，我们知道就要上岸了；我们心里充满了幻灭的情思。

1923 年 10 月 11 日作完，于温州

（选自《朱自清散文全编》，浙江文艺出版社，1995）

【学习提示】

朱自清（1898—1948），原名自华，字佩弦，江苏扬州人，原籍浙江绍兴。1916 年入北京大学哲学系学习，在大学读书时受五四革命浪潮激发，开始创作新诗。1920 年大学毕业后，到江南从事中学教育，教课之余勤奋写作，除了继续写诗以外，开始写散文和小说，《笑的历史》《桨声灯影里的秦淮河》是较早创作的散文作品。此后，又写出了大量美文，奠定了现代散文大家的地位。1925 年，受聘为清华大学中文系教授，于此执教至病逝。抗日战争期间曾随校南迁昆明，积极参加民主运动，抗日战争结束后，积极支持学生运动。1948 年 8 月在《抗议美国扶日政策并拒绝领取美援面粉宣言》上签字，不久因病去世。朱自清集诗人、散文家、学者于一身，著有诗集《雪朝》（与人合作），诗文集《踪迹》，散文集《背影》《欧游杂记》《你我》《伦敦杂记》，文艺论著《诗言志辨》《论雅俗共赏》等。

这篇文章是 1923 年 8 月仲夏之夜作者与友人俞平伯同游秦淮河后相约而作的同题之文，并于两个月后同期发表于《东方杂志》。朱自清笔下的秦淮河与俞平伯笔下的很不同，富有诗情画意是该文的最大特色。秦淮河在作者笔下如诗、如画、如梦一般。作者的笔触是细致的，在描绘秦淮河风光时，不求气势豪放，而以精巧展现美，具体细腻地描绘了秦淮河的秀丽安逸。船只、绿水、灯光、月光、大中桥……种种景物，作者抓住其光、形、色，用了类似法国印象派绘画的笔法，浓墨重彩，精笔描绘，却是明丽中不见雕琢，淡雅而不落俗套。

在文章结尾处，即使是在桨声灯影的曼妙景色中，作者其实并未能很好领略秦淮河所蕴含的六代繁华的笙歌。歌舫驶过处，除了歌妓的袅袅清音尚残存着“繁华的余味”，剩下的也只是一叶满载着懊悔早归的孤舟，作者因此再度产生了“寂寞”和“惆怅”之感，“心里充满了幻灭的情思”。联系到朱自清创作此文时的真实心境，这种惆怅情绪就很容易理解了。当时五四启蒙运动的高潮已经过去，朱自清和文化界的很多知识分子一样，彷徨无路，正处于暂时沉寂的苦闷中，但他依旧没有放弃探索和思考。他这种多少有些颓废的“幻灭的情思”，不是来源于厌倦人生的遁世哲学，而是来源于思索黑暗现实之后的失望情绪，正如俞平伯评论他一首长诗时所说的那样：“虽然根底上不免有些颓废气息，而在行为上却始终是积极的，肯定的，呐喊的，挣扎着的”（《读〈毁灭〉》），此语用来形容这篇美文的怅惘基调也是非常恰切的。

《桨声灯影里的秦淮河》这篇文章鲜明地体现了朱自清散文缜密、细致的特色。朱自清在描绘秦淮河的景色时，将自然景色、历史影像、真实情感融会贯通，展现出一幅令人缅怀的桨声灯影里的秦淮河影像，同时又洋溢着一股真挚深沉而又细腻的感情，给人以缱绻眷恋的追怀之感。

【思考练习题】

1. 文章最后写道："我们的梦醒了，我们知道就要上岸了；我们心里充满了幻灭的情思"，这里蕴含着一种"惆怅"的心情，请谈谈文章是如何表现这种心情的。

2. 朱自清运用了怎样的手法描绘出一幅秦淮河的工笔画卷？

背影

朱自清

我与父亲不相见已二年余了，我最不能忘记的是他的背影。那年冬天，祖母死了，父亲的差使也交卸了，正是祸不单行的日子，我从北京到徐州，打算跟着父亲奔丧回家。到徐州见着父亲，看见满院狼藉的东西，又想起祖母，不禁簌簌地流下眼泪。父亲说，“事已如此，不必难过，好在天无绝人之路！”

回家变卖典质，父亲还了亏空；又借钱办了丧事。这些日子，家中光景很是惨淡，一半为了丧事，一半为了父亲赋闲。丧事完毕，父亲要到南京谋事，我也要回北京念书，我们便同行。

到南京时，有朋友约去游逛，勾留了一日；第二日上午便须渡江到浦口，下午上车北去。父亲因为事忙，本已说定不送我，叫旅馆里一个熟识的茶房陪我同去。他再三嘱咐茶房，甚是仔细。但他终于不放心，怕茶房不妥帖；颇踌躇了一会。其实我那年已二十岁，北京已来往过两三次，是没有甚么要紧的了。他踌躇了一会，终于决定还是自己送我去。我两三回劝他不必去；他只说，“不要紧，他们去不好！”

我们过了江，进了车站。我买票，他忙着照看行李。行李太多了，得向脚夫行些小费，才可过去。他便又忙着和他们讲价钱。我那时真是聪明过分，总觉他说话不大漂亮，非自己插嘴不可。但他终于讲定了价钱；就送我上车。他给我拣定了靠车门的一张椅子；我将他给我做的紫毛大衣铺好坐位。他嘱我路上小心，夜里要警醒些，不要受凉。又嘱托茶房好好照应我。我心里暗笑他的迂；他们只认得钱，托他们直是白托！而且我这样大年纪的人，难道还不能料理自己么？唉，我现在想想，那时真是太聪明了！

我说道，“爸爸，你走吧。”他望车外看了看，说，“我买几个橘子去。你就在此地，不要走动。”我看那边月台的栅栏外有几个卖东西的等着顾客。走到那边月台，须穿过铁道，须跳下去又爬上去。父亲是一个胖子，走过去自然要费事些。我本来要去的，他不肯，只好让他去。我看见他戴着黑布小帽，穿着黑布大马褂，深青布棉袍，蹒跚地走到铁道边，慢慢探身下去，尚不大难。可是他穿过铁道，要爬上那边月台，就不容易了。他用两手攀着上面，两脚再向上缩；他肥胖的身子向左微倾，显出努力的样子。这时我看见他的背影，我的泪很快地流下来了。我赶紧拭干了泪，怕他看见，也怕别人看见。我再向外看时，他已抱了朱红的橘子望回走了。过铁道时，他先将橘子散放在地上，自己慢慢爬下，再抱起橘子走。到这边时，我赶紧去搀他。他和我走到车上，将橘子一股脑儿放在我的皮大衣上。于是扑扑衣上的泥土，心里很轻松似的，过一会说，“我走了；到那边来信！”我望着他走出去。他走了几步，回过头看见我，说，“进去吧，里边没人。”等他的背影混入来来往往的人里，再找不着了，我便进来坐下，我的眼泪又来了。

近几年来，父亲和我都是东奔西走，家中光景是一日不如一日。他少年出外谋生，独立支持，做了许多大事。那知老境却如此颓唐！他触目伤怀，自然情不能自已。情郁于中，自然要发之于外；家庭琐屑便往往触他之怒。他待我渐渐不同往日，但最近两年的不见，他终于忘却我的不好，只是惦记着我，惦记着我的儿子。我北来后，他写了一信给我，信中说道，“我身体平安，惟膀子疼痛利害，举箸提笔，诸多不便，大约大去之期不远矣。”我读到此处，在晶莹的泪光中，又看见那肥胖的，青布棉袍，黑布马褂的背影。唉！我不知何时再能与他相见！

1925年10月在北京

（选自《朱自清散文全编》，浙江文艺出版社，1995）

【学习提示】

《背影》是朱自清的代表作，更是一篇写人间至情的传世佳作，其中表现的深挚的父子之情感染着一代又一代读者。

《背影》写于1925年，在此之前，朱自清和父亲因经济问题在感情上有所不和。朱家本是殷实的小康之家，父亲于光绪二十七年（1901年）由东海县赴扬州府属邵伯镇上任。三年后，全家迁移扬州城。父亲最后在徐州做到徐州榷运局长，一直有固定收入。1917年冬，朱自清的祖母病逝，父亲也突然失了官差，经济来源中断，由于平日积蓄不多，家境日益艰难。朱自清大学毕业后，父子在为家庭承担多少经济负担的问题上产生矛盾，最终导致争吵、严重失和。1923年暑假，朱自清携妻儿回扬州，父亲未予理睬，直至写作《背影》的1925年10月，“不相见”已“二年余”。

然而，不管有多少摩擦和痛苦，骨肉至亲、血脉相连的感情是无法割舍的，父子奔丧完毕北上作别时，父亲“肥胖的，青布棉袍，黑布马褂的背影”已在朱自清脑海里烙下了不可抹平的印迹。父亲的“铁颜”和“仇恨”在朱自清心中布下的是阴影，如果不恢复骨肉之情的常态，不能坦然地为人之子，他将永远不安。在接到父亲来信之前，朱自清也在力图消解矛盾，在这样的心理变化下，父亲的信对他形成巨大冲击，骨肉至亲引发的原始力量再也无法被压抑。朱自清在介绍《背影》的创作过程时写道：“我写《背影》，就因为文中所引的父亲的来信里那句话。当时读了父亲的信，真是泪如泉涌。我父亲待我的许多好处，特别是《背影》里所叙的那一回，想起来跟在眼前一般无二。”父亲信中的那句话就是：“我身体平安，惟膀子疼痛利害，举箸提笔，诸多不便，大约大去之期不远矣。”这句话如同利刃，刺得作家心如刀绞。原以为已不存在的爱父之情没有消失，而是在心灵最深处积久弥深。父亲的宽容和爱子之心带给他温暖，令他“泪如泉涌”，这一次他真正理解了父亲，“他少年出外谋生，独立支持，做了许多大事。那知老境却如此颓唐！他触目伤怀，自然情不能自已。情郁于中，自然要发之于外；家庭琐屑便往往触他之怒。他待我渐渐不同往日”，但“他终于忘却我的不好，只是惦记着我，惦记着我的儿子”。长时间来失去的父爱和无所依傍的爱父之情终于回来了，找回记忆中的深刻，填补心灵的缺憾，“背影”就是那个关键的影像。失去后再拥有，所以更加珍视，更加曲折、丰满，也更加感人，这就是《背影》中蕴藉的情感。

末世民生，艰苦非常。动荡不安的社会现实，“家中光景一日不如一日”的生活境遇，使这份至真至纯的父子亲情更为可贵。

本文风格质朴，不加雕饰，真淳尽显，风格朴实无华，口语化的语言尤其运用成功，人物语言特别是父亲的几句话，简洁朴拙，却生动传情，如“事已如此，不必难过，好在天无绝人之路”，既道出了家境之苦，也写出父亲心甘情愿承受家庭重负，更包含对儿子的宽慰，慈父形象跃然纸上。

【思考练习题】

1. 文中作者写道：“我最不能忘记的是他的背影”，“那肥胖的，青布棉袍，黑布马褂的背影”，结合作品中的类似描写，谈谈这篇散文在情感表达上有什么特点。

2. 《背影》如何集中体现了朱自清散文创作的艺术特点？

给亡妇

朱自清

谦，日子真快，一眨眼你已经死了三个年头了。这三年里世事不知变化了多少回，但你未必注意这些个，我知道。你第一惦记的是你几个孩子，第二便轮着我。孩子和我平分你的世界，你在日如此；你死后若还有知，想来还如此的。告诉你，我夏天回家来着：迈儿长得结实极了，比我高一个头。闰儿父亲说是最乖，可是没有先前胖了。采芷和转子都好。五儿全家夸她长得好看；却在腿上生了湿疮，整天坐在竹床上不能下来，看了怪可怜的。六儿，我怎么说好，你明白，你临终时也和母亲谈过，这孩子是只可以养着玩儿的，他左挨右挨去年春天，到底没有挨过去。这孩子生了几个月，你的肺病就重起来了。我劝你少亲近他，只监督着老妈子照管就行。你总是忍不住，一会儿提，一会儿抱的。可是你病中为他操的那一份儿心也够瞧的。那一个夏天他病的时候多，你成天儿忙着，汤呀，药呀，冷呀，暖呀，连觉也没有好好儿睡过。那里有一分一毫想着你自己。瞧着他硬朗点儿你就乐，干枯的笑容在黄蜡般的脸上，我只有暗中叹气而已。

从来想不到做母亲的要像你这样。从迈儿起，你总是自己喂乳，一连四个都这样。你起初不知道按钟点儿喂，后来知道了，却又弄不惯；孩子们每夜里几次将你哭醒了，特别是闷热的夏季。我瞧你的觉老没睡足。白天里还得做菜，照料孩子，很少得空儿。你的身子本来坏，四个孩子就累你七八年。到了第五个，你自己实在不成了，又没乳，只好自己喂奶粉，另雇老妈子专管她。但孩子跟老妈子睡，你就没有放过心；夜里一听见哭，就竖起耳朵听，工夫一大就得过去看。十六年初，和你到北京来，将迈儿、转子留在家里；三年多还不能去接他们，可真把你惦记苦了。你并不常提，我却明白。你后来说你的病就是惦记出来的；那个自然也有份儿，不过大半还是养育孩子累的。你的短短的十二年结婚生活，有十一年耗费在孩子们身上；而你一点不厌倦，有多少力量用多少，一直到自己毁灭为止。你对孩子一般儿爱，不问男的女的，大的小的。也不想到什么“养儿防老，积谷防饥”，只拚命的爱去。你对于教育老实说有些外行，孩子们只要吃得好玩得好就成了。这也难怪你，你自己便是这样长大的。况且孩子们原都还小，吃和玩本来也要紧的。你病重的时候最放不下的还是孩子。病的只剩皮包着骨头了，总不信自己不会好；老说:“我死了，这一大群孩子可苦了。”后来说送你回家，你想着可以看见迈儿和转子，也愿意；你万不想到会一走不返的。我送车的时候，你忍不住哭了，说:“还不知能不能再见?”可怜，你的心我知道，你满想着好好儿带着六个孩子回来见我的。谦，你那时一定这样想，一定的。

除了孩子，你心里只有我。不错，那时你父亲还在；可是你母亲死了，他另有个女人，你老早就觉得隔了一层似的。出嫁后第一年你虽还一心一意依恋着他老人家，到第二年上我和孩子可就将你的心占住，你再没有多少工夫惦记他了。你还记得第一年我在北京，你在家里。家里来信说你待不住，常回娘家去。我动气了，马上写信责备你。你教人写了一封覆信，说家里有事，不能不回去。这是你第一次也可以说第末次的抗议，我从此就没给你写信。暑假时带了一肚子主意回去，但见了面，看你一脸笑，也就拉倒了。打这时候起，你渐渐从你父亲的怀里跑到我这儿。你换了金镯子帮助我的学费，叫我以后还你；但直到你死，我没有还你。你在我家受了许多气，又因为我家的缘故受你家里的气，你都忍着。这全为的是我，我知道。那回我从家乡一个中学半途辞职出走。家里人讽你也走。哪里走！只得硬着头皮往你家去。那时你家像个冰窖子，你们在窖里足足住了三个月。好容易我才将你们领出来了，一同上外省去。小家庭这样组织起来了。你虽不是什么阔小姐，可也是自小娇生惯养的，做起主妇来，什么都得干一两手；你居然做下去了，而且高高兴兴地做下去了。菜照例满是你做，可是吃的都是我们；你至多夹上两三筷子就算了。你的菜做得不坏，有一位老在行大大地夸奖过你。你洗衣服也不错，夏天我的绸大褂大概总是你亲自动手。你在家老不乐意闲着；坐前几个“月子”，老是四五天就起床，说是躺着家里事没条没理的。其实你起来也还不是没条理；咱们家那么多孩子，哪儿来条理？在浙江住的时候，逃过两回兵难，我都在北平。真亏你领着母亲和一群孩子东藏西躲的；末一回还要走多少里路，翻一道大岭。这两回差不多只靠你一个人。你不但带了母亲和孩子们，还带了我一箱箱的书；你知道我是最爱书的。在短短的十二年里，你操的心比人家一辈子还多；谦，你那样身子怎么经得住！你将我的责任一股脑儿担负了去，压死了你；我如何对得起你！

你为我的劳什子书也费了不少神；第一回让你父亲的男佣人从家乡捎到上海去。他说了几句闲话，你气得在你父亲面前哭了。第二回是带着逃难，别人都说你傻子。你有你的想头：“没有书怎么教书？况且他又爱这个玩意儿。”其实你没有晓得，那些书丢了也并不可惜；不过教你怎么晓得，我平常从来没和你谈过这些个！总而言之，你的心是可感谢的。这十二年里你为我吃的苦真不少，可是没有过几天好日子。我们在一起住，算来也还不到五个年头。无论日子怎么坏，无论是离是合，你从来没对我发过脾气，连一句怨言也没有。——别说怨我，就是怨命也没有过。老实说，我的脾气可不大好，迁怒的事儿有的是。那些时候你往往抽噎着流眼泪，从不回嘴，也不号啕。不过我也只信得过你一个人，有些话我只和你一个人说，因为世界上只你一个人真关心我，真同情我。你不但为我吃苦，更为我分苦；我之有我现在的精神，大半是你给我培养着的。这些年来我很少生病。但我最不耐烦生病，生了病就呻吟不绝，闹那伺候病的人。你是领教过一回的，那回只一两点钟，可是也够麻烦了。你常生病，却总不开口，挣扎着起来；一来怕搅我，二来怕没人做你那份儿事。我有一个坏脾气，怕听人生病，也是真的。后来你天天发烧，自己还以为南方带来的疟疾，一直瞒着我。明明躺着，听见我的脚步，一骨碌就坐起来。我渐渐有些奇怪，让大夫一瞧，这可糟了，你的一个肺已烂了一个大窟窿了！大夫劝你到西山去静养，你丢不下孩子，又舍不得钱；劝你在家里躺着，你也丢不下那份儿家务。越看越不行了，这才送你回去。明知凶多吉少，想不到只一个月工夫你就完了！本来盼望还见得着你，这一来可拉倒了。你也何尝想到这个？父亲告诉我，你回家独住着一所小住宅，还嫌没有客厅，怕我回去不便哪。

前年夏天回家，上你坟上去了。你睡在祖父母的下首，想来还不孤单的。只是当年祖父母的坟太小了，你正睡在圹底下。这叫做“抗圹”，在生人看来是不安心的；等着想办法哪。那时圹上圹下密密地长着青草，朝露浸湿了我的布鞋。你刚埋了半年多，只有圹下多出一块土，别的全然看不出新坟的样子。我和隐今夏回去，本想到你的坟上来；因为她病了没来成。我们想告诉你，五个孩子都好，我们一定尽心教养他们，让他们对得起死了的母亲——你！谦，好好儿放心安睡吧，你。

1932年10月11日作

（选自《朱自清散文全编》，浙江文艺出版社，1995）

【学习提示】

《给亡妇》是朱自清1936年出版的散文集《你我》中的一篇，它又一次写出了朱自清的至性人情。与《背影》一样，同是朱自清第二阶段以写身边琐事为主的"家常体"散文（第一阶段主要是美文创作，如《绿》《匆匆》等）。朱自清在中西两种审美观念中形成了独特的审美理想，"意在表现自己"是其中的重要方面。这一原则在"家常体"散文中体现得尤为突出。本文着意表现的就是作者对亡妇的带着愧疚的深情怀念。

本文作于1932年，武钟谦女士逝世已近三年，但朱自清对她的深情丝毫没有改变。朱、武于1911年定亲，1916年成婚，到武钟谦1929年去世，他们共同生活了十二年，十二年间他们相处和谐、感情深挚。朱自清有强烈的事业心，但事业不是他的全部，他同样珍视温馨的家庭生活。柔顺、贤惠的妻子让他拥有了充实富足的感情生活，她在生活上照顾他，为他承担了全部家务；在事业上支持他，换了金镯子帮他交学费，为保藏他的书也费了不少神。她还是他精神上的依靠，他也视妻子为真正的知己。文中朱自清这样表白自己："不过我也只信得过你一个人，有些话我只和你一个人说，因为世界上只你一个人真关心我，真同情我。"身心投入的关怀、患难与共的生活锻铸了浓郁持久的爱，妻子死后，朱自清对她眷念不已，永怀愧疚之情："在短短的十二年里，你操的心比人家一辈子还多；谦，你那样身子怎么经得住！你将我的责任一股脑儿担负了去，压死了你；我如何对得起你！"朱自清的感情世界在文中得到充分揭示，我们可以体味出他的情感之真、心地之善。

朱自清的深情追述刻画了一个贤妻、慈母的形象，她不仅对丈夫关爱、支持、理解，对孩子更是无私地献出全部。"从来想不到做母亲的要像你这样"，"你的短短的十二年结婚生活，有十一年耗费在孩子们身上；而你一点不厌倦，有多少力量用多少，一直到自己毁灭为止"。她对孩子"只拚命的爱去"，她感觉自己身体日渐衰弱，常说的一句话就是"我死了，这一大群孩子可苦了"，记挂在心的还是孩子。对孩子的无私的爱是一个女人具备的感人至深的美德，是最为高尚的精神，这种美德足以令丈夫感动、令孩子的父亲永志不忘。

武钟谦的死是朱自清生命旅途中的一大不幸，那个家使他在烦忧中感到人世的温馨，在重压下得到暂时的解脱。妻子的离去带走了他的寄托，在痛苦中他重温情愫，向她倾心诉说，就像他们从未分开。

【思考练习题】

1. 文章是如何“意在表现自己”的情感的？
2. 谈谈本文在文章体式上的特点。
3. 举例分析本文的语言特色。

钓台的春昼

郁达夫

因为近在咫尺，以为什么时候要去就可以去，我们对于本乡本土的名区胜景，反而往往没有机会去玩，或不容易下一个决心去玩的。正唯其是如此，我对于富春江上的严陵，二十年来，心里虽每在记着，但脚却从没有向这一方面走过。一九三一，岁在辛未，暮春三月，春服未成，而中央党帝，似乎又想玩一个秦始皇所玩过的把戏了，我接到了警告，就仓皇离去了寓居。先在江浙附近的穷乡里，游息了几天，偶而看见了一家扫墓的行舟，乡愁一动，就定下了归计。绕了一个大弯，赶到故乡，却正好还在清明寒食的节前。和家人等去上了几处坟，与许久不曾见过面的亲戚朋友，来往热闹了几天，一种乡居的倦怠，忽而袭上心来了，于是乎我就决心上钓台去访一访严子陵的幽居。

钓台去桐庐县城二十余里，桐庐去富阳县治九十里不足，自富阳溯江而上，坐小火轮三小时可达桐庐，再上则须坐帆船了。

我去的那一天，记得是阴晴欲雨的养花天，并且系坐晚班轮去的，船到桐庐，已经是灯火微明的黄昏时候了，不得已就只得在码头近边的一家旅馆的高楼上借了一宵宿。

桐庐县城，大约有三里路长，三千多烟灶，一二万居民，地在富春江西北岸，从前是皖浙交通的要道，现在杭江铁路一开，似乎没有一二十年前的繁华热闹了。尤其要使旅客感到萧条的，却是桐君山脚下的那一队花船的失去了踪影。说起桐君山，却是桐庐县的一个接近城市的灵山胜地，山虽不高，但因有仙，自然是灵了。以形势来论，这桐君山，也的确是可以产生出许多口音生硬，别具风韵的桐严嫂来的生龙活脉。地处在桐溪东岸，正当桐溪和富春江合流之所，依依一水，西岸便瞰视着桐庐县市的人家烟树。南面对江，便是十里长洲；唐诗人方干的故居，就在这十里桐洲九里花的花田深处。向西越过桐庐县城，更遥遥对着一排高低不定的青峦，这就是富春山的山子山孙了。东北面山下，是一片桑麻沃地，有一条长蛇似的官道，隐而复现，出没盘曲在桃花杨柳洋槐榆树的中间，绕过一支小岭，便是富阳县的境界，大约去程明道的墓地程坟，总也不过一二十里地的间隔。我的去拜谒桐君，瞻仰道观，就在那一天到桐庐的晚上，是淡云微月，正在作雨的时候。

鱼梁渡头，因为夜渡无人，渡船停在东岸的桐君山下。我从旅馆踱了出来，先在离轮埠不远的渡口停立了几分钟，后来向一位来渡口洗夜饭米的年轻少妇，弓身请问了一回，才得到了渡江的秘诀。她说："你只须高喊两三声，船自会来的。"先谢了她教我的好意，然后以两手围成了播音的喇叭，"喂，喂，渡船请摇过来！"地纵声一喊，果然在半江的黑影当中，船身摇动了。渐摇渐近，五分钟后，我在渡口，却终于听出了咿呀柔橹的声音。时间似乎已经入了酉时的下刻，小市里的群动，这时候都已经静息，自从渡口的那位少妇，在微茫的夜色里，藏去了她那张白团团的面影之后，我独立在江边，不知不觉心里头却兀自感到了一种他乡日暮的悲哀。渡船到岸，船头上起了几声微微的水浪清音，又铜东的一响，我早已跳上了船，渡船也已经掉过头来了。坐在黑影沉沉的舱里，我起先只在静听着柔橹划水的声音，然后却在黑影里看出了一星船家在吸着的长烟管头上的烟头，最后因为被沉默压迫不过，我只好开口说话了："船家！你这样的渡我过去，该给你几个船钱？"我问。"随你先生把几个就是。"船家说话冗慢幽长，似乎已经带着些睡意了，我就向袋里摸出了两角钱来。"这两角钱，就算是我的渡船钱，请你候我一会，上去烧一次夜香，我是依旧要渡过江来的。"船家的回答，只是恩恩乌乌，幽幽同牛叫似的一种鼻音，然而从继这鼻音而起的两三声轻快的咯声听来，他却已经在感到满足了，因为我也知道，乡间的义渡，船钱最多也不过是两三枚铜子而已。

到了桐君山下，在山影和树影交掩着的崎岖道上，我上岸走不上几步，就被一块乱石绊倒，滑跌了一次。船家似乎也动了恻隐之心了，一句话也不发，跑将上来，他却突然交给了我一盒火柴。我于感谢了一番他的盛意之后，重整步武。再摸上山去，先是必须点一枝火柴走三五步路的，但到得半山，路既就了规律，而微云堆里的半规月色，也朦胧地现出一痕银线来了，所以手里还存着的半盒火柴，就被我藏入了袋里。路是从山的西北，盘曲而上，渐走渐高，半山一到，天也开朗了一点。桐庐县市上的灯光，也星星可数了。更纵目向江心望去，富春江两岸的船上和桐溪合流口停泊着的船尾船头，也看得出一点一点的火来。走过半山，桐君观里的晚祷钟鼓，似乎还没有息尽，耳朵里仿佛听见了几丝木鱼钲钹的残声。走上山顶，先在半途遇着了一道道观外围的女墙，这女墙的栅门，却已经掩上了。在栅门外徘徊了一刻，觉得已经到了此门而不进去，终于是不能满足我这一次暗夜冒险的好奇怪癖的。所以细想了几次，还是决心进去，非进去不可，轻轻用手往里面一推，栅门却呀的一声，早已退向了后方开开了，这门原来是虚掩在那里的。进了栅门，踏着为淡月所映照的石砌平路，向东向南的前走了五六十步，居然走到了道观的大门之外，这两扇朱红漆的大门，不消说是紧闭在那里的。到了此地，我却不想再破门进去了，因为这大门是朝南向着大江开的，门外头是一条一丈来宽的石砌步道，步道的一旁是道观的墙，一旁便是山坡，靠山坡的一面，并且还有一道二尺来高的石墙筑在那里，大约是代替栏杆，防人倾跌下山去的用意，石墙之上，铺的是二三尺宽的青石。在这似石栏又似石凳的墙上，尽可以坐卧游息，饱看桐江和对岸的风景，就是在这里坐它一晚，也很可以，我又何必去打开门来，惊起那些老道的恶梦呢？

空旷的天空里，流涨着的只是些灰白的云，云层缺处，原也看得出半角的天，和一点两点的星，但看起来最饶风趣的，却仍是欲藏还露，将见仍无的那半规月影。这时候江面上似乎起了风，云脚的迁移，更来得迅速了，而低头向江心一看，几多散乱着的船里的灯光，也忽明忽灭地变换了一变换位置。

这道观大门外的景色，真神奇极了。我当十几年前，在放浪的游程里，曾向瓜州京口一带，消磨过不少的时日，那时觉得果然名不虚传的，确是甘露寺外的江山，而现在到了桐庐，昏夜上这桐君山来一看，又觉得这江山的秀而且静，风景的整而不散，却非那天下第一江山的北固山所可与比拟的了。真也难怪得严子陵，难怪得戴征士，倘使我若能在这样的地方结屋读书，以养天年，那还要什么的高官厚禄，还要什么的浮名虚誉哩？一个人在这桐君观前的石凳上，看看山，看看水，看看城中的灯火和天上的星云，更做做浩无边际的无聊的幻梦，我竟忘记了时刻，忘记了自身，直等到隔江的击柝声传来，向西一看，忽而觉得城中的灯影微茫地减了，才跑也似地走下了山来，渡江奔回了客舍。

第二日侵晨，觉得昨天在桐君观前做过的残梦正还没有续完的时候，窗外面忽而传来了一阵吹角的声音。好梦虽被打破，但因这同吹觱篥似的商音哀咽，却很含着些荒凉的古意，并且晓风残月，杨柳岸边，也正好候船待发，上严陵去；所以心里虽怀着了些儿怨恨，但脸上却只现出了一痕微笑，起来梳洗更衣，叫茶房去雇船去。雇好了一只双桨的渔舟，买就了些酒菜鱼米，就在旅馆前面的码头上上了船。轻轻向江心摇出去的时候，东方的云幕中间，已现出了几丝红韵，有八点多钟了，舟师急得厉害，只在埋怨旅馆的茶房，为什么昨晚不预先告诉，好早一点出发。因为此去就是七里滩头，无风七里，有风七十里，上钓台去玩一趟回来，路程虽则有限，但这几日风雨无常，说不定要走夜路，才回来得了的。

过了桐庐，江心狭窄，浅滩果然多起来了。路上遇着的来往的行舟，数目也是很少，因为早晨吹的角，就是往建德去的快班船的信号，快班船一开，来往于两埠之间的船就不十分多了。两岸全是青青的山，中间是一条清浅的水，有时候过一个沙洲，洲上的桃花菜花，还有许多不晓得名字的白色的花，正在喧闹着春暮，吸引着蜂蝶。我在船头上一口一口的喝着严东关的药酒，指东话西地问着船家，这是什么山？那是什么港？惊叹了半天，称颂了半天，人也觉得倦了，不晓得什么时候，身子却走上了一家水边的酒楼，在和数年不见的几位已经做了党官的朋友高谈阔论。谈论之余，还背诵了一首两三年前曾在同一的情形之下做成的歪诗：

不是尊前爱惜身，佯狂难免假成真，
曾因酒醉鞭名马，生怕情多累美人。
劫数东南天作孽，鸡鸣风雨海扬尘，
悲歌痛哭终何补，义士纷纷说帝秦。

直到盛筵将散，我酒也不想再喝了，和几位朋友闹得心里各自难堪，连对旁边坐着的两位陪酒的名花都不愿意开口。正在这上下不得的苦闷关头，船家却大声的叫了起来说：

“先生，罗芷过了，钓台就在前面，你醒醒罢，好上山去烧饭吃去。”

擦擦眼睛，整了一整衣服，抬起头来一看，四面的水光山色又忽而变了样子了。清清的一条浅水，比前又窄了几分，四围的山包得格外的紧了，仿佛是前无去路的样子。并且山容峻削，看去觉得格外的瘦格外的高。向天上地下四围看去，只寂寂的看不见一个人类。双桨的摇响，到此似乎也不敢放肆了，钩的一声过后，要好半天才来一个幽幽的回响，静，静，静，身边水上，山下岩头，只沉浸着太古的静，死灭的静，山峡里连飞鸟的影子也看不见半只。前面的所谓钓台山上，只看得见两个大石垒，一间歪斜的亭子，许多纵横芜杂的草木。山腰里的那座祠堂，也只露着些废垣残瓦，屋上面连炊烟都没有一丝半缕，象是好久好久没有人住了的样子。并且天气又来得阴森，早晨曾经露一露脸过的太阳，这时候早已深藏在云堆里了，余下来的只是时有时无从侧面吹来的阴飕飕的半箭儿山风。船靠了山脚，跟着前面背着酒菜鱼米的船夫走上严先生祠堂去的时候，我心里真有点害怕，怕在这荒山里要遇见一个干枯苍老得同丝瓜筋似的严先生的鬼魂。

在祠堂西院的客厅里坐定，和严先生的不知第几代的裔孙谈了几句关于年岁水旱的话后，我的心跳也渐渐儿的镇静下去了，嘱托了他以煮饭烧菜的杂务，我和船家就从断碑乱石中间爬上了钓台。

东西两石垒，高各有二三百尺，离江面约两里来远，东西台相去，只有一二百步，但其间却夹着一条深谷。立在东台，可以看得出罗芷的人家，回头展望来路，风景似乎散漫一点，而一上谢氏的西台，向西望去，则幽谷里的清景，却绝对的不象是在人间了。我虽则没有到过瑞士，但到了西台，朝西一看，立时就想起了曾在照片上看见过的威廉退儿的祠堂。这四山的幽静，这江水的青蓝，简直同在画片上的珂罗版色彩，一色也没有两样，所不同的，就是在这儿的变化更多一点，周围的环境更芜杂不整齐一点而已，但这却是好处，这正是足以代表东方民族性的颓废荒凉的美。

从钓台下来，回到严先生的祠堂——记得这是洪杨以后严州知府戴槃重建的祠堂——西院里饱啖了一顿酒肉，我觉得有点酩酊微醉了。手拿着以火柴柄制成的牙签，走到东面供着严先生神像的龛前，向四面的破壁上一看，翠墨淋漓，题在那里的，竟多是些俗而不雅的过路高官的手笔。最后到了南面的一块白墙头上，在离屋檐不远的一角高处，却看到了我们的一位新近去世的同乡夏灵峰先生的四句似邵尧夫而又略带感慨的诗句。夏灵峰先生虽则只知崇古，不善处今，但是五十年来，象他那样的顽固自尊的亡清遗老，也的确是没有第二个人。比较起现在的那些官迷财迷的南满尚书和东洋宦婢来，他的经术言行，姑且不必去论它，就是以骨头来称称，我想也要比什么罗三郎郑太郎辈，重到好几百倍。慕贤的心一动，醺人的臭技自然是难熬了，堆起了几张桌椅，借得了一支破笔，我也向高墙上在夏灵峰先生的脚后放上了一个陈屁，就是在船舱的梦里，也曾微吟过的那一首歪诗。

从墙头上跳将下来，又向龛前天井去走了一圈，觉得酒后的喉咙，有点渴痒了，所以就又走回到了西院，静坐着喝了两碗清茶。在这四大无声，只听见我自己的啾啾喝水的舌音冲击到那座破院的败壁上去的寂静中间，同惊雷似地一响，院后的竹园里却忽而飞出了一声闲长而又有节奏似的鸡啼的声来。同时在门外面歇着的船家，也走进了院门，高声的对我说：

“先生，我们回去罢，已经是吃点心的时候了，你不听见那只公鸡在后山啼么？我们回去罢！”

一九三二年八月在上海写

（选自《郁达夫文集》第三卷，花城出版社，生活·读书·新知三联书店香港分店，1982）

【学习提示】

《钓台的春昼》一文作于1932年，时值郁达夫为躲避国民党当局的通缉隐回家乡富春江。从文章的题目和选材来看，这是一篇典型的游记散文，但和郁达夫的许多这类散文一样，它并未以游记本身为文章的重点，甚至连钓台名胜的外观都未过多正面描写，而是重在抒发情感，借景发挥。文章抒发的主要情感，是一种对社会现实强烈不满，痛感人生失意而又无可奈何的矛盾心绪。当作者来到自幼就非常熟悉的富春江畔时，坦诚率真的天性，使他将自己内心深处久久压抑着的愁苦郁闷，尽情地发泄出来。这种现实失意无法排遣的伤感之情，始终伴随着这次富春江钓台之游。不掩饰苦闷和孤独，从来就是郁达夫的特点。因此，这篇走访钓台的游记，看似游兴很高，落笔如神，但实际上处处都流露出“独游孤赏”的凄清哀婉之情。

在艺术手法上，本文写景抒情皆自然而然，徐徐道来，从容不迫，即使是表达那种令人伤感的情绪，也是闲庭信步，有章有法，尤其是文章语言的清新流畅和细腻多情。文章还在意境制造上独具特色：似真似梦、有虚有实。游览景致的轨迹与作者的心迹交织，给人以多种联想与思考。此外，整篇文章在行文过程中，时有一些旧体诗词的巧妙插入，既营造出一种富于历史感的独特气氛，又构成了郁达夫山水游记的一种风格，新鲜活泼，生动典雅。

【思考练习题】

1. 本文复杂而独特的思想内容表现在哪些方面？
2. 在艺术手法上，本文有什么特色？

笑

冰 心

雨声渐渐的住了，窗帘后隐隐的透进清光来。推开窗户一看，呀！凉云散了，树叶上的残滴，映着月儿，好似萤光千点，闪闪烁烁的动着。——真没想到苦雨孤灯之后，会有这么一幅清美的图画！

凭窗站了一会儿，微微的觉得凉意侵人。转过身来，忽然眼花缭乱，屋子里的别的东西，都隐在光云里；一片幽辉，只浸着墙上画中的安琪儿。——这白衣的安琪儿，抱着花儿，扬着翅儿，向着我微微的笑。

“这笑容仿佛在那儿看见过似的，什么时候，我曾……”我不知不觉的便坐在窗口下想，——默默的想。

严闭的心幕，慢慢的拉开了，涌出五年前的一个印象。——一条很长的古道。驴脚下的泥，兀自滑滑的。田沟里的水，潺潺的流着。近村的绿树，都笼在湿烟里。弓儿似的新月，挂在树梢。一边走着，似乎道旁有一个孩子，抱着一堆灿白的东西。驴儿过去了，无意中回头一看。——他抱着花儿，赤着脚儿，向着我微微的笑。

“这笑容又仿佛是哪儿看见过似的！”我仍是想——默默的想。

又现出一重心幕来，也慢慢的拉开了，涌出十年前的一个印象。——茅檐下的雨水，一滴一滴的落到衣上来。土阶边的水泡儿，泛来泛去的乱转。门前的麦垄和葡萄架子，都濯得新黄嫩绿的非常鲜丽。——一会儿好容易雨晴了，连忙走下坡儿去。迎头看见月儿从海面上来了，猛然记得有件东西忘下了，站住了，回过头来。这茅屋里的老妇人——她倚着门儿，抱着花儿，向着我微微的笑。

这同样微妙的神情，好似游丝一般，飘飘漾漾的合了拢来，绾在一起。

这时心下光明澄静，如登仙界，如归故乡。眼前浮现的三个笑容，一时融化在爱的调和里看不分明了。

一九二〇年

（选自《冰心全集》第一册，海峡文艺出版社，2012）

【学习提示】

冰心（1900—1999），原名谢婉莹，福建长乐（今福州市长乐区）人。冰心有一个清静和美的家庭，父亲是位海军军官。在烟台海边，冰心度过了她的童年，大海以它奇幻多彩的晨昏朝夕，孕育了她诗人般的气质。在五四运动启发下，她看到了当时中国的一些社会问题，从1919年9月起，以“冰心”这一笔名写了许多“问题小说”，如《两个家庭》《斯人独憔悴》《去国》等，引起了较为强烈的社会反响。1921年经推荐，冰心参加了文学研究会。这时她已不满足于只在小说中提出问题，而是希望在探索人生的路上找到答案，以慰藉刚从封建思想束缚中挣脱出来而又找不到出路的彷徨与苦闷的小资产阶级知识分子。这就产生出了一批体现冰心的“爱的哲学”的小说，如《超人》《烦闷》等。

从1920年开始，受泰戈尔《飞鸟集》的影响，冰心又以小诗抒唱对人生的思考，写出了为文坛瞩目的短诗集《繁星》和《春水》，创造了所谓“小诗流行的时代”。除了创作之外，冰心还翻译过泰戈尔的《园丁集》、纪伯伦的《先知》等。

作品中阐发的“爱的哲学”是冰心特有的一把观察人生、理解人生的钥匙。优裕的出身、和睦的家庭，使冰心很少经历挫折。在她看来，人生就是不断地奉献爱与接受爱，“有了爱，便有了一切”。《笑》中充溢全篇的是人世间温和纯净的爱，笑源于内心的纯真之爱，这世界里再没有别的，只剩了一片“爱的调和”。

文章是对爱和美的释义。

开篇便描绘了一幅“清美的图画”，在至清、至纯、至美的氛围里，只有爱才有资格存活，于是浮现了三幅洋溢着爱和美的微笑画面：首先是安琪儿的笑，“屋子里的别的东西，都隐在光云里；一片幽辉，只浸着墙上画中的安琪儿”，安琪儿“抱着花儿，扬着翅儿，向着我微微的笑”。这笑为什么这么熟悉？第二幅画面中，道旁的孩子“抱着花儿，赤着脚儿，向着我微微的笑”。第三幅画面中，“我”忘下了什么东西，回头看时，茅屋里的老妇人“倚着门儿，抱着花儿，向着我微微的笑”。情境各不相同，相同的是都“抱着花儿”，都“微微的笑”。“花儿”便是美和爱，是对美和爱的向往、追求与热爱，于是“这同样微妙的神情”最终“缩在一起”，“一时融化在爱的调和里看不分明了”。

本文最突出的艺术特色是精心设置了一个清幽、柔和、光明的意境。“清光”“凉云”“残滴”“萤光千点”构筑的是一幅清美的图画，寥寥数语就完成了对意境的打造。接下来的三幅微笑图同样是清幽的、充满诗意的，情境因雨而生，更平添了几分静谧和纯净。境由心生，这份清净明和不仅是外在的，更是作者内心的，而且并非虚无缥缈，无所着落，而是和“登仙界”“归故乡”一样的。读到这里，人们不仅读出了美丽的画面，也读出了美丽的心灵和调和一切的爱。

文章在语言的运用上也极为成功，当时发表后，学校竞相选入课本，语法学家甚至对它做通篇句式读解。冰心的语言自成一体，本文活泼而变化有节的句式、和谐悦耳的音韵美感充分体现了其清新、灵动的语言神采。全篇以白话为主，用词与造句都达到了臻于完美的境界，特别是一些单音节词，用得传神而别致，如“凉云散了”“映着月儿”“隐在光云里”“笼在湿烟里”“涌出一个印象”“缩在一起”等。

【思考练习题】

1. 以本篇作品为例，阐释“冰心体”。
2. 本篇作品传达的感觉和情绪是朦胧的、空灵的，其主题思想是什么？

藕与莼菜

叶绍钧

同朋友喝酒，嚼着薄片的雪藕，忽然怀念起故乡来了。若在故乡，每当新秋的早晨，门前经过许多乡人：男的紫赤的胳膊和小腿肌肉突起，躯干高大且挺直，使人起健康的感觉；女的往往裹着白地青花的头巾，虽然赤脚，却穿短短的夏布裙，躯干固然不及男的那样高，但是别有一种健康的美的风致；他们各挑着一副担子，盛着鲜嫩的玉色的长节的藕。在产藕的池塘里，在城外曲曲弯弯的小河边，他们把这些藕一再洗濯，所以这样洁白。仿佛他们以为这是供人品味的珍品，这是清晨的画境里的重要题材，倘若涂满污泥，就把人家欣赏的浑凝之感打破了；这是一件罪过的事，他们不愿意担在身上，故而先把它们洗濯得这样洁白，才挑进城里来。他们要稍稍休息的时候，就把竹扁担横在地上，自己坐在上面，随便拣择担里过嫩的“藕枪”或是较老的“藕朴”，大口地嚼着解渴。过路的人就站住了，红衣衫的小姑娘拣一节，白头发的老公公买两支。清淡的甘美的滋味于是普遍于家家户户了。这样情形差不多是平常的日课，直到叶落秋深的时候。

在这里上海，藕这东西几乎是珍品了。大概也是从我们故乡运来的。但是数量不多，自有那些伺候豪华公子硕腹巨贾的帮闲茶房们把大部分抢去了；其余的就要供在较大的水果铺里，位置在金山苹果吕宋香芒之间，专待善价而沽。至于挑着担子在街上叫卖的，也并不是没有，但不是瘦得像乞丐的臂和腿，就是涩得像未熟的柿子，实在无从欣羡。因此，除了仅有的一回，我们今年竟不曾吃过藕。

这仅有的一回不是买来吃的，是邻舍送给我们吃的。他们也不是自己买的，是从故乡来的亲戚带来的。这藕离开它的家乡大约有好些时候了，所以不复呈玉样的颜色，却满被着许多锈斑。削去皮的时候，刀锋过处，很不爽利。切成片送进嘴里嚼着，有些儿甘味，但是没有那种鲜嫩的感觉，而且似乎含了满口的渣，第二片就不想吃了。只有孩子很高兴，他把这许多片嚼完，居然有半点钟工夫不再作别的要求。

想起了藕就联想到莼菜。在故乡的春天，几乎天天吃莼菜。莼菜本身没有味道，味道全在于好的汤。但是嫩绿的颜色与丰富的诗意，无味之味真足令人心醉。在每条街旁的小河里，石埠头总歇着一两条没篷的船，满舱盛着莼菜，是从太湖里捞来的。取得这样方便，当然能日餐一碗了。

而在这里上海又不然；非上馆子就难以吃到这东西。我们当然不上馆子，偶然有一两口去叨扰朋友的酒席，恰又不是莼菜上市的时候，所以今年竟不曾吃过。直到最近，伯祥的杭州亲戚来了，送他瓶装的西湖莼菜，他送给我一瓶，我才算尝了新。

向来不恋故乡的我，想到这里，觉得故乡可爱极了。我自己也不明白，为什么会起这么深浓的情绪？再一思索，实在很浅显：因为在故乡有所恋，而所恋又只在故乡有，就萦系着不能割舍了。譬如亲密的家人在那里，知心的朋友在那里，怎得不恋恋？怎得不怀念？但是仅仅为了爱故乡么？不是的，不过在故乡的几个人把我们牵系着罢了。若无所牵系，更何所恋念？像我现在，偶然被藕与莼菜所牵系，所以就怀念起故乡来了。

所恋在哪里，哪里就是我们的故乡了。

1923年9月7日

（选自《叶圣陶作品精选》，长江文艺出版社，2019）

【学习提示】

叶绍钧是文学研究会的重要成员，他提倡"为人生的艺术"，主张揭露黑暗，表现民生疾苦，其创作具有鲜明的现实主义和人道主义色彩。相比于小说，叶绍钧的散文类型较为多样，既有像《五月卅一日急雨中》那种激烈的抗争之作，也有《与佩弦》之类深情的怀人之作。同时，他还擅长从平凡中取材，并能从平凡事物上谈出动人的天理物趣，表达出诚挚的深情。《藕与莼菜》就是这类风格作品中的名篇。

文章表面上只是谈论藕与莼菜，但平和质朴的语言中蕴藏着对故乡深切的眷恋和怀念之情：由喝酒偶尔吃到藕，想到故乡那"别有一种健康的美的风致"的质朴农民；想到农民担上"一再洗濯"的"鲜嫩的玉色的长节的藕"；想到藕那"清淡的甘美的滋味"；想到这里街上叫卖的"瘦得像乞丐的臂和腿"，"涩得像未熟的柿子"的藕；因为想起藕，又联想到莼菜那"嫩绿的颜色与丰富的诗意，无味之味真足令人心醉"。虽是怀念藕与莼菜，但字里行间，无处不渗透着作者浓重的思乡之情。最后，文章以"所恋在哪里，哪里就是我们的故乡了"作结，既是对故乡深切眷恋的委婉表达，也流露出作者对于无常的人生命运的达观态度。

这篇文章结构严谨，不求奇异。全文不长，共七个段落，清楚地分为三个层次。前三段谈藕，第四、第五两段谈莼菜，最后两段谈对于故乡的怀念，由藕写到莼菜写到乡情，情节连贯，过渡自然。文章结尾"觉得故乡可爱极了"与文章开头"忽然怀念起故乡来了"首尾圆合，于平实中体现着严谨的格调，体现出作者为文"脚踏实地，造次不苟"的特征。

叶绍钧的文学语言整饬、严谨、平实、纯正，十分讲究语言的规范。《藕与莼菜》也是如此，如"一再洗濯""大口地嚼着解渴"，使用"濯""嚼"等动词，质朴的农民形象跃然纸上。又如"鲜嫩的玉色的长节的藕"，没有华丽辞藻铺陈，却早已让人垂涎三尺。叶绍钧的散文以写实为主，很少直接抒情，也很少直接表明观点。全篇极少有直抒胸臆的句子，只是将一些关于藕与莼菜的琐事娓娓道来，但若细细品味，那平实的字句就是作者真情的流露，整篇文章韵味隽永，令人回味无穷。

【思考练习题】

1. 文章写藕是"鲜嫩的玉色的长节的"，莼菜是"嫩绿的颜色与丰富的诗意"，在对藕和莼菜的赞美中表达了作者怎样的情感？

2.《藕与莼菜》的语言有哪些特色？

翡冷翠山居闲话

徐志摩

在这里出门散步去，上山或是下山，在一个晴好的五月的向晚，正象是去赴一个美的宴会，比如去一果子园，那边每株树上都是满挂着诗情最秀逸的果实，假如你单是站著看还不满意时，只要你一伸手就可以采取，可以恣尝鲜味，足够你性灵的迷醉。阳光正好暖和，决不过暖，风息是温驯的，而且往往因为他是从繁花的山林里吹度过来，他带来一股幽远的淡香，连着一息滋润的水汽，摩挲著你的颜面，轻绕着你的肩腰，就这单纯的呼吸已是无穷的愉快；空气总是明净的，近谷内不生烟，远山上不起霭，那美秀风景的全部正象画片似的展露在你的眼前，供你闲暇的鉴赏。

作客山中的妙处，尤在你永不须踌躇你的服色与体态；你不妨摇曳著一头的蓬草，不妨纵容你满腮的苔藓；你爱穿什么就穿什么；扮一个牧童，扮一个渔翁，装一个农夫，装一个走江湖的吉布赛，装一个猎户，你再不必提心整理你的领结，你尽可以不用领结，给你的颈根与胸膛一半日的自由，你可以拿一条这边艳色的长巾包在你的头上，学一个太平军的头目，或是拜伦那埃及装的姿态；但最要紧的是穿上你最旧的旧鞋，别管他模样不佳，他们是顶可爱的好友，他们承着你的体重却不叫你记起你还有一双脚在你的底下。

这样的玩顶好是不要约伴，我竟想严格的取缔，只许你独身；因为有了伴多少总得叫你分心，尤其是年轻的女伴，那是最危险最专制不过的旅伴，你应得躲避她象你躲避青草里一条美丽的花蛇！平常我们从自己家里走到朋友的家里，或是我们执事的地方，那无非是在同一个大牢里从一间狱室移到另一间狱室去，拘束永远跟着我们，自由永远寻不到我们，但在这春夏间美秀的山中或乡间你要是有机会独身闲逛时，那才是你福星高照的时候；那才是你实际领受，亲口尝味，自由与自在的时候，那才是你肉体与灵魂行动一致的时候；朋友们，我们多长一岁年纪往往只是加重我们头上的枷，加紧我们脚胫上的练，我们见小孩子在草里在沙堆里在浅水里打滚作乐，或是看见小猫追他自己的尾巴，何尝没有羡慕的时候，但我们的枷，我们的练永远是制定我们行动的上司！所以只有你单身奔赴大自然的怀抱时，象一个裸体的小孩扑入他母亲的怀抱时，你才知道灵魂的愉快是怎样的，单是活着的快乐是怎样的，单就呼吸单就走道单就张眼看耸耳听的幸福是怎样的。因此你得严格的为己，极端的自私，只许你，体魄与性灵，与自然同在一个脉搏里跳动，同在一个音波里起伏，同在一个神奇的宇宙里自得。我们浑朴的天真是象含羞草似的娇柔，一经同伴的抵触，他就卷了起来，但在澄静的日光下，和风中，他的姿态是自然的，他的生活是无阻碍的。

你一个人漫游的时候，你就会在青草里坐地仰卧，甚至有时打滚，因为草的和暖的颜色自然的唤起你童稚的活泼；在静僻的道上你就会不自主的狂舞，看着你自己的身影幻出种种诡异的变相，因为道旁树木的阴影在他们迂徐的婆娑里暗示你舞蹈的快乐：你也会得信口的歌唱，偶尔记起断片的音调，与你自己随口的小曲，因为树林中的莺燕告诉你春光是应得赞美的；更不必说你的胸襟自然会跟着曼长的山径开拓，你的心地会看着澄蓝的天空静定，你的思想和著山壑间的水声，山罅里的泉响，有时一澄到底的清澈，有时激起成章的波动，流，流，流入凉爽的橄榄林中，流入妩媚的阿诺河去……

并且你不但不须应伴，每逢这样的游行，你也不必带书。书是理想的伴侣，但你应得带书，是在火车上，在你住处的客室里，不是在你独身漫步的时候。什么伟大的深沉的鼓舞的清明的优美的思想的根源不是可以在风籁中，云彩里，山势与地形的起伏里，花草的颜色与香息里寻得？自然是最伟大的一部书，歌德说，在他每一页的字句里我们读得最深奥的消息。并且这书上的文字是人人懂得的；阿尔帕斯与五老峰，雪西里与普陀山，莱因河与扬子江，梨梦湖与西子湖，建兰与琼花，杭州西溪的芦雪与威尼市夕照的红潮，百灵与夜莺，更不提一般黄的黄麦，一般紫的紫藤，一般青的青草同在大地上生长，同在和风中波动——他们应用的符号是永远一致的，他们的意义是永远明显的，只要你自己性灵上不长疮瘢，眼不盲，耳不塞，这无形迹的最高等教育便永远是你的名分，这不取费的最珍贵的补剂便永远供你的受用：只要你认识了这一部书，你在这世界上寂寞时便不寂寞，穷困时不穷困，苦恼时有安慰，挫折时有鼓励，软弱时有督责，迷失时有南针。

（选自《徐志摩散文选集》，百花文艺出版社，1985）

【学习提示】

徐志摩（1897—1931），浙江海宁人。曾留学欧美，先后在美国哥伦比亚大学、英国剑桥大学攻读政治、经济，获硕士学位。1921 年开始写诗，1922 年回国后历任北京大学、清华大学等校教授，并参与主编《诗刊》《新月》等文学期刊。著有诗集《志摩的诗》《翡冷翠的一夜》《猛虎集》《云游》，散文集《落叶》《巴黎的鳞爪》《秋》等。他的散文写得俊俏甜美，妩媚多姿，叙事、写景、抒情浑然交织，情文并茂，几乎是“浓得化不开”，特别是对自然风光的描绘，辞藻绚丽，文笔优美，情怀率直，充满跳跃舒展的灵性。

《翡冷翠山居闲话》细腻地刻画了徐志摩在意大利文化名城翡冷翠（今译佛罗伦萨）山居时的心境，笔调飘逸潇洒、秀美抒情，为人们描绘了一个去雕饰、无羁绊、少伪装的纯美的自然世界。

文章以诗的语言和旋律反复咏叹，勾勒出一片绝美的充满诗情画意的天地。在这里，作家将自然的美具体化为适度的阳光、温驯的风息、明净的空气，人“与自然同在一个脉搏里跳动，同在一个音波里起伏，同在一个神奇的宇宙里自得”。在描写一个人漫游时，作家将内心浓郁的诗意挥洒向青草和暖的颜色，道旁树木的阴影，林中欢唱的莺燕，僻静漫长的山径，澄蓝高远的天空，潺潺流淌的山泉，坐地仰卧、打滚欢呼的姿态，纵情狂舞、变幻不定的身影，信口放歌、自成曲调的欢唱……静动交织，明暗相和，虚实共生，构成诗、画、乐三美融合的美的意境，深深地打动着读者。

徐志摩的语言向以灵动见长，《翡冷翠山居闲话》行文活泼，流畅而不失秀美。风是无影无踪、无形无味的，可是作者却拟风为人，赋予晚风以人的性格情态，把山间晚风写得有声有色、有滋有味、可感可触。在描写春夏间山中和乡间风光的时候，铺陈排比，一气呵成，写尽了独身闲逛、不受牵绊的自由惬意，也可看出作家纵情自然、无比愉悦的心情。可以说，整篇文章以诗一般的语言构成。作者游赏自然，抒发性灵，借助拟人、比喻、排比等修辞手法，巧妙地抒发了自己浪迹自然、形神愉悦的至乐至情。

【思考练习题】

1. 以《翡冷翠山居闲话》为例，谈谈徐志摩的散文语言有哪些特色。

2.《翡冷翠山居闲话》在描写景物上有何特点？

蹲在洋车上

萧　红

看到了乡巴佬坐洋车，忽然想起一个童年的故事。

当我还是小孩的时候，祖母常常进街。我们并不住在城外，只是离市镇较偏的地方罢了！有一天，祖母又要进街，命令我：

“叫你妈妈把斗风给我拿来！”

那时因为我过于娇惯，把舌头故意缩短一些，叫斗篷作斗风，所以祖母学着我，把“风”字拖得很长。

她知道我最爱惜皮球，每次进街的时候，她问我：

“你要些什么呢？”

“我要皮球。”

“你要多大的呢？”

“我要这样大的。”

我赶快把手臂拱向两面，好像张着的鹰的翅膀。大家都笑了！祖父轻动着嘴唇，好像要骂我一些什么话，因我的小小的姿势感动了他。

祖母的斗篷消失在高烟囱的背后。

等她回来的时候，什么皮球也没带给我，可是我也不追问一声：

“我的皮球呢？”

因为每次她也不带给我；下次祖母再上街的时候，我仍说是要皮球，我是说惯了，我是熟练而惯于做那种姿势。

祖母上街尽是坐马车回来。今天却不是，她睡在仿佛是小槽子里，大概是槽子装置了两个大车轮，非常轻快，雁似的从大门口飞来，一直到房门。在前面挽着的那个人，把祖母停下，我站在玻璃窗里，小小的心灵上，有无限的奇秘冲击着。我以为祖母不会从那里头走出来，我想祖母为什么要被装进槽子里呢？我渐渐惊怕起来，我完全成个呆气的孩子，把头盖顶住玻璃，想尽方法理解我所不能理解的那个从来没有见过的槽子。

很快我领会了！看见祖母从口袋里拿钱给那个人，并且祖母非常兴奋，她说叫着，斗篷几乎从她的肩上脱溜下去！

“呵！今天我坐的东洋驴子回来的，那是过于安稳呀！还是头一次呢，我坐过安稳的车了！”

祖父在街上也看见过人们所呼叫的东洋驴子，妈妈也没有奇怪。只是我，仍旧头皮顶撞在玻璃那儿，我眼看那个驴子从门口飘飘的不见了！我的心魂被引了去。

等我离开窗子，祖母的斗篷已是脱在炕的中央，她嘴里叨叨的讲着她街上所见的新闻。可是我没有留心听，就是给我吃什么糖果之类，我也不会留心吃，只是那样的车子太吸引我了！太捉住我小小的心灵了！

夜晚在灯光里，我们的邻居，刘三奶奶摇闪着走来，我知道又是找祖母来谈天的。所以我稳当当地占了一个位置在桌边。于是我咬起嘴唇来，仿佛大人样能了解一切话语。祖母又讲关于街上所见的新闻，我用心听，我十分费力！

“……那是可笑，真好笑呢！一切人站下瞧，可是那个乡下佬还是不知道笑自己。拉车的回头才知道乡巴佬是蹲在车子前放脚的地方，拉车的问：‘你为什么蹲在这地方？’”

“他说怕拉车的过于吃力，蹲着不是比坐着强吗？比坐在那里不是轻吗？所以没敢坐下……”

邻居的三奶奶，笑得几个残齿完全摆在外面。我也笑了！祖母还说，她感到这个乡巴佬难以形容，她的态度，她用所有的一切字眼，都是引人发笑。

“后来那个乡巴佬，你说怎么样！他从车上跳下来，拉车的问他为什么跳？他说：‘若是蹲着嘛，那还行。坐着，我实在没有那样的钱。’拉车的说：‘坐着，我不多要钱。’那个乡巴佬到底不信这话，从车上搬下他的零碎东西，走了。他走了！”

我听得懂，我觉得费力，我问祖母：

“你说的，那是什么驴子？”

她不懂我的半句话，拍了我的头一下，当时我真是不能记住那样繁复的名词。过了几天祖母又上街，又是坐驴子回来的，我的心里渐渐羡慕那驴子，也想要坐驴子。

过了两年，六岁了！我的聪明，也许是我的年岁吧！支持着我使我愈见讨厌我那个皮球，那真是太小，而又太旧了；我不能喜欢黑脸皮球，我爱上邻家孩子手里那个大的；买皮球，好像我的志愿，一天比一天坚决起来。

向祖母说，她答：“过几天买吧，你先玩这个吧！”

又向祖父请求，他答：“这个还不是很好吗？不是没有出气吗？”

我得知他们的意思是说旧皮球还没有破，不能买新的。于是把皮球在脚下用力捣毁它，任是怎样捣毁，皮球仍是很圆，很鼓，后来到祖父面前让他替我踏破！祖父变了脸色，像是要打我，我跑开了！

从此，我每天表示不满意的样子。

终于一天晴朗的夏日，戴起小草帽来，自己出街去买皮球了！朝向母亲曾领我到过的那家铺子走去。离家不远的时候，我的心志非常光明，能够分辨方向，我知道自己是向北走。过了一会，不然了！太阳我也找不着了！一些些的招牌，依我看来都是一个样，街上的行人好像每个要撞倒我似的，就连马车也好像是旋转着。我不晓得自己走了多远，只是我实在疲劳，不能再寻找那家商店；我急切的想回家，可是家也被寻觅不到。我是从那一条路来的？究竟家是在什么方向？

我忘记一切危险，在街心停住，我没有哭，把头向天，愿看见太阳。因为平常爸爸不是拿着指南针看看太阳就知道或南或北吗？我虽然看了，只见太阳在街路中央，别的什么都不能知道，我无心留意街道，跌倒在了阴沟板上面。

“小孩！小心点！”

身边的马车夫驱着车子过去，我想问他我的家在什么地方，他走过了！我昏沉极了！忙问一个路旁的人：

“你知道我的家吗？”

他好像知道我是被丢的孩子，或许那时候我的脸上有什么急慌的神色，那人跑向路的那边去，把车子拉过来，我知道他是洋车夫，他和我开玩笑一般：

“走吧！坐车回家吧！”

我坐上了车，他问我，总是玩笑一般的：

“小姑娘！家在那里呀？”

我说：“我们离南河沿不远，我也不知道哪面是南，反正我们南边有河。”

走了一会，我的心渐渐平稳，好像被动荡的一盆水，渐渐静止下来，可是不多一会，我忽然忧愁了！抱怨自己皮球仍是没有买成！从皮球联想到祖母骗我给买皮球的故事，很快又联想到祖母讲的关于乡巴佬坐东洋驴子的故事。于是我想试一试，怎样可以像个乡巴佬。该怎样蹲法呢？轻轻的从座位滑下来，当我还没有蹲稳当的时节，拉车的回头来：

“你要做什么呀？”

我说：“我要蹲一蹲试试，你答应我蹲吗？”

他看我已经偎在车前放脚的那个地方，于是他向我深深的做了一个鬼脸，嘴里哼着：

“倒好哩！你这样孩子，很会淘气！”

车子跑得不很快，我忘记街上有没有人笑我。车跑到红色的大门楼，我知道到家了！我应该起来呀！应该下车呀！不，目的想给祖母一个意外的发笑，等车拉到院心，我仍蹲在那里，像耍猴人的猴样，一动不动。祖母笑着跑出来了！祖父也是笑！我怕他们不晓得我的意义，我用尖音喊：

“看我！乡巴佬蹲东洋驴子！乡巴佬蹲东洋驴子呀！”

只有妈妈大声骂着我，忽然我怕她要打我，我是偷着上街的。

洋车忽然放停，从上面我倒滚下来，不记得被跌伤没有。祖父猛力打了拉车的，说他欺侮小孩，说他不让小孩坐车让蹲在那里。没有给他钱，从院子把他轰出去。

所以后来，无论祖父对我怎样疼爱，心里总是生着隔膜，我不同意他打洋车夫，我问：

“你为什么打他呢？那是我自己愿意蹲着。”

祖父把眼睛斜视一下：“有钱的孩子是不受什么气的。”

现在我是廿多岁了！我的祖父死去多年了！在这样的年代中，我没发现一个有钱的人蹲在洋车上；他有钱，他不怕车夫吃力，他自己没拉过车，自己所尝到的，只是被拉着的舒服滋味。假若偶尔有钱家的小孩子要蹲在车厢中玩一玩，那么孩子的祖父出来，拉洋车的便要被打。

可是我呢？现在变成个没有钱的孩子了！

1934年3月16日

（选自《白面孔——萧红散文集》，译林出版社，2015）

【学习提示】

萧红的散文创作大致可分为两类：一类是对坎坷漂泊的亲身经历的描述，带有很强的自叙传性质，如散文集《商市街》；另一类则是对童年往事的回溯，记录自己幼时生活的小小悲欢，如小说散文集《桥》。散文《蹲在洋车上》选自《桥》，是萧红追忆童年的散文中有代表性的一篇。

文章主要回忆了发生在“我”童年时候的一段往事，“我”因为独自上街迷了路，被一个好心的洋车夫拉着送回了家，可祖父非但没有感谢他，反而将他打出去，原因就在于“我”一直蹲在洋车上，这显然有悖于祖父们认为的有钱人从来不蹲在车上的观点。可以看到，虽然萧红写的是一段童年往事，但最终的叙述重心还是落在了那个不起眼的洋车夫身上。这些处于社会最底层的饱受苦难的小人物们在作家的笔下显得异常平静，没有被刻意美化和渲染。那个洋车夫甚至都没有过多的言语，他好像总是“开玩笑一般”的逗“我”玩，把“我”送回家，包括被祖父误会轰出门去，都没见到他的任何辩解和反驳，他永远都是默默的，默默地生死，默默地承受。萧红用看似冷静的笔调写这些挣扎在最底层的沉默的灵魂，笔底却是暗流涌动，喑呜不已。萧红其实是在以自己悲剧性的生命体验去观照自幼成长的环境，对底层民众生存状态做最原生的描述，揭示时代的苦难悲哀。同时也因为有了这种对人自身命运的正视和清醒体味，萧红的这些回忆童年往事的作品才具有了普遍的意义。“在这样的年代中，我没有发现一个有钱的人蹲在洋车上；他有钱，他不怕车夫吃力，他自己没拉过车，自己所尝到的，只是被拉着的舒服滋味”，文中流露出的这种慨叹和苍凉感已不仅仅是她个人的，而是超越了一己狭小的情感体验，从属于整个时代和社会。

应该说，回忆往事尤其是童年往事本是散文中常见的叙述方式和内容，萧红的可贵之处除了上述这种外冷内热的悲悯情怀，还在于她拥有儿童般的感受世界的方式。《蹲在洋车上》就完全是以一个孩子的视角来讲述故事的，甚至在叙述的语言上都有着孩童般的朴拙和纯真，写祖母从城里坐洋车回来，“我”对从未坐过的洋车的新奇感受:“我完全成个呆气的孩子，把头盖顶住玻璃，想尽方法理解我所不能理解的那个从来没有见过的槽子”；写“我”对新皮球的向往，对旧皮球的厌恶:“我不能喜欢黑脸皮球，我爱上邻家孩子手里那个大的”；写“我”迷失在路上的感觉:“太阳我也找不着了！”……一个天真顽劣的孩童形象在萧红笔下呼之欲出，展现了她作为一个年轻的女作家善于捕捉儿童心理和言行的细腻笔触。这种笔触与萧红淳厚而温暖的童年记忆有关，同时也成就了萧红在中国现代文坛的独特风格。

【思考练习题】

1.《蹲在洋车上》表达了萧红人生经历中怎样的情感意蕴？

2.《蹲在洋车上》是如何体现萧红创作的“儿童视角”的？

饿

萧　红

"列巴圈"挂在过道别人的门上，过道好象还没有天明，可是电灯已经熄了。夜间遗留下来睡朦朦的气息充塞在过道，茶房气喘着，抹着地板。我不愿醒得太早，可是已经醒了，同时再不能睡去。

厕所房的电灯仍开着，和夜间一般昏黄，好象黎明还没有到来，可是列巴圈已经挂上别人家的门了！有的牛奶瓶也规规矩矩的等在别人的房间外。只要一醒来，就可以随便吃喝，但，这都只限于别人，是别人的事，与自己无关。

扭开了灯，郎华睡在床上，他睡得很恬静，连呼吸也不震动空气一下。听一听过道连一个人也没走动，全旅馆的三层楼都在睡中，越这样静越引诱我，我的那种想头越坚决。过道尚没有一点声息，过道越静越引诱我，我的那种想头越想越充涨我；去拿吧！正是时候，即使是偷，那就偷吧！

轻轻扭动钥匙，门一点响动也没有，探头看了看，"列巴圈"对门就挂着，东隔壁也挂着，西隔壁也挂着。天快亮了！牛奶瓶的乳白色看得真真切切，"列巴圈"比每天也大了些。结果什么也没有去拿，我心里发烧，耳朵也热了一阵，立刻想到这是"偷"。儿时的记忆再现出来，偷梨吃的孩子最羞耻。过了好久我就贴在已关好的门扇上，大概我象一个没有灵魂的，纸剪成的人贴在门扇。大概这样吧：街车唤醒了我，马蹄得得，车轮吱吱的响过去。我抱紧胸膛，把头也挂到胸口，向我自己心说：我饿呀！不是"偷"呀！

第二次也打开门，这次我决心了！偷就偷，虽然是几个"列巴圈"我也偷，为着我"饿"，为着他"饿"。

第二次又失败，那么不去做第三次了。下了最后的决心，爬上床，关了灯，推一推郎华，他没有醒，我怕他醒，在"偷"这一刻，郎华也是我的敌人，假若我有母亲，母亲也是敌人。

天亮了！人们醒了，马路也醒了。做家庭教师，无钱吃饭也要去上课，并且要练武术。他喝了一杯空茶走的，过道那些"列巴圈"早已不见，都让别人吃了。

从昨夜饿到中午，四肢软弱一点，肚子好象被踢打放了气的皮球。

窗子在墙壁中央，天窗似的，我从窗口探身出去，赤裸裸，完全和日光接近，市街临在我的脚下，直线的，错综着许多角度的楼房，大柱子一般工厂的烟囱，街道横顺交织着。秃光的街树。白云在天空作出各样的曲线。高空的风吹破我的头发，飘荡我的衣襟。市街和一张烦烦杂杂颜色不清晰的地图挂在我的眼前。楼顶和树梢都挂住一层稀薄的白霜，整个城市在阳光下闪闪灼灼撒了一层银片，我的衣襟风拍着作响，我冷了，我孤孤独独的好象站在无人的山顶。每家楼顶的白霜，一刻不是银片了，而是些雪花，冰花或是什么更严寒的东西在吸我，全身浴在冰水里一般。

我披了棉被再出现到窗口，那不是全身，仅仅是头和胸突在窗口。一个女人站在一家药店门口讨钱，手下牵着孩子，衣襟裹着更小的孩子。药店没有人出来理她，过路人也不理她，都象说她有孩子不对，穷就不该有孩子，有也应该饿死。

我只能看到街路的半面，那女人大概向我的窗下走来，因为我听见那孩子的哭声很近。

“老爷，太太，可怜可怜…………”可是看不见她在追逐谁，虽然是三层楼也听得这般清楚，她一定是跑得颠颠断断的呼喘:“老爷……老爷……可怜吧!”

那女人一定正相同我，一定早饭还没有吃，也许昨晚的也没有吃，她在楼下急迫的来回的呼声传染了我，肚子立刻响起来，肠子不住的呼叫…………

郎华仍不回来，我拿什么来喂肚子呢？桌子可以吃吗？草褥子可以吃吗？

晒着阳光的行人道，来往的行人，小贩，乞丐……这一些看得我疲倦了！打着呵欠从窗口爬下来。

窗子一关起来，立刻满生了霜，过一刻玻璃片就流着眼泪了！起初是一条一条的，后来就大哭了！满脸是泪，好象在行人道上讨饭的母亲的脸。

我坐在小屋，饿在笼中的鸡一般，只想合起眼睛来静着，默着，但又不是睡。

“咯，咯!”这是谁在打门！我快去开门：是三年前旧学校里的图画先生。

他和从前一样很喜欢说笑话，没有改变，只是胖了一点，眼睛又小了一点。他随便说，说得很多。他的女儿，那个穿红花旗袍的小姑娘，又加了一件黑绒上衣，她在藤椅上怪美丽的，但她有点不耐烦的样子：

“爸爸，我们走吧。”小姑娘哪里懂得人生！小姑娘只知道美，哪里懂得人生？

曹先生问:“你一个人住在这里吗？”

“是——”我当时不晓得为什么答应“是”，明明是和郎华同住，怎么要说自己住呢？

好象这几年并没有别开，我仍在那个学校读书一样。他说：

“还是一个人好，可以把整个的心身献给艺术。你现在不喜欢画，你喜欢文学，就把全心献给文学。只有忠心于艺术的心才不空虚，只有艺术才是美，才是真美。‘爱情’这话很难说，若是为了性欲才爱，那么就不如临时解决，随便可以找到一个，只要是异性。爱是爱，‘爱’很不容易，那么就不如爱艺术，比较不空虚……”

“爸爸，走吧!”小姑娘哪里懂得人生，只知道“美”，她看一看这屋子一点意思也没有，床上只铺一张草褥子。

“是，走——”曹先生又说，眼睛指着女儿:“你看我，十三岁就结了婚。这不是吗？曹云都十五岁啦!”

“爸爸，我们走吧!”

他和前几年一样，总爱说“十三岁”就结了婚。差不多全校同学都知道曹先生是十三岁结婚的。

“爸爸，我们走吧!”

他把一张票子丢在桌上就走了！那是我写信去要的。

郎华还没有回来，我应该立刻想到饿，但我完全被青春迷惑了！读书时候哪里懂得“饿”？只晓得青春最重要，虽然现在我也并没老，但总觉得青春是过去了！过去了！

我冥想了一个长时期，心浪和海水一般的潮了一阵。

追逐实际吧！青春惟有自私的人才系念她，“只有饥寒，没有青春。”

几天没有去过的小饭馆，又坐在那里边吃喝了。“很累了吧！腿可疼？道外道里要有十五里路。”我问他。

只要有的吃，他也很满足，我也很满足。其余什么都忘了！

那个饭馆，我已经习惯，还不等他坐下，我就抢了个地方先坐下，我也把菜的名字记得很熟，什么辣椒白菜啦，雪里红豆腐啦…………什么酱鱼啦！怎么叫酱鱼呢？哪里有鱼！用鱼骨头炒一点酱，借一点腥味就是啦！我很有把握，我简直都不用算一算就知道这些菜也超不过一角钱。因此我很大的声音招呼，我不怕，我一点也不怕化钱。

回来，没有睡觉之前我们一面喝着开水一面说：

“这回又饿不着了！又够吃些日子。”

闭了灯，又满足又安适地睡了一夜。

1935年

（选自《萧红选集》，人民文学出版社，1981）

【学习提示】

萧红的散文大都是叙事性的，其中尤以自传性和追忆性的作品为多。在她的散文中，我们看到的不是由想象构造出来的幻景世界，也没有邈远难及的古人古事，而常常是真切可感的现实生活。

她两部最得好评、代表着她散文创作成就的《商市街》和《回忆鲁迅先生》，写的都是普通的生活事件。特别是后者，很能见出她选材的特点。萧红的足迹遍布半个中国，还到过日本，她的散文却多取材于她的东北故乡的生活。在中国现代文学中，反映东北生活的作品不多，其中相当一部分还只是浮光掠影的观感游记。像萧红那样观察细致、感受深切的描述和叙写，那样充满生活气息和地方色彩的作品实是少见。鲁迅逝世后，颂悼和缅怀文章很多，大都是赞扬鲁迅的功绩或追述他在一些重要事件中的活动。而《回忆鲁迅先生》却单单选取了鲁迅在日常生活中的一些细小的事情，从平时的衣着、言谈乃至举手投足都纤悉无遗、活灵活现地被描绘出来。

当时社会的黑暗与丑恶，使得许多追求光明而又寻觅不到出路的作家，往往喜爱在散文创作中建造出一个美好的想象世界，以表现自己的理想、追求以及对现实的厌弃、批判或逃避。萧红本人的生活也并不平静，接触到的地域，从东北角的小县城呼兰到最南端的大都市香港，在这遥远漫长而又坎坷不平的道路上，她经历了不少的风风雨雨，耳闻目睹了许多重大事件。然而，她的散文所摄取的却是那些非常普通甚至平凡无奇的生活小事。

萧红的散文创作则深深地执着于描写现实的社会生活。以个人的生活经历、熟悉的人物以及印象深刻的素常见闻，作为她创作的主要题材。尽管取材的范围不算广阔，没有跨出她个人生活的界限，但也没离开过现实的土地。萧红以鲁迅为恩师，这里的

《饿》，也是在“我”的观察和叙述中实现的，冷眼旁观里道出社会的“吃人”本质，人情冷暖。

【思考练习题】

1. 萧红曾经在《生死场》中描述：“人和动物一起忙着生，忙着死。”本文曾经被称作《生死场》的缩影，请结合当时的历史背景分析本文体现的人的生存困境。

2. 结合本文，谈一谈萧红散文的艺术风格。

雨　前

何其芳

最后的鸽群带着低弱的笛声在微风里划一个圈子后，也消失了。也许是误认这灰暗的凄冷的天空为夜色的来袭，或是也预感到风雨的将至，遂过早地飞回它们温暖的木舍。

几天的阳光在柳条上撒下的一抹嫩绿，被尘土埋掩得有憔悴色了，是需要一次洗涤。还有干裂的大地和树根也早已期待着雨。雨却迟疑着。

我怀想着故乡的雷声和雨声。那隆隆的有力的搏击，从山谷返响到山谷，仿佛春之芽就从冻土里震动，惊醒，而怒茁出来。细草样柔的雨声又以温存之手抚摩它，使它簇生油绿的枝叶而开出红色的花。这些怀想如乡愁一样萦绕得使我忧郁了。我心里的气候也和这北方大陆一样缺少雨量，一滴温柔的泪在我枯涩的眼里，如迟疑在这阴沉的天空里的雨点，久不落下。

白色的鸭也似有一点烦躁了，有不洁的颜色的都市的河沟里传出它们焦急的叫声。有的还未厌倦那船一样的徐徐的划行。有的却倒插它们的长颈在水里，红色的蹼趾伸在尾后，不停地扑击着水以支持身体的平衡。不知是在寻找沟底的细微的食物，还是贪那深深的水里的寒冷。

有几个已上岸了。在柳树下来回地作绅士的散步，舒息划行的疲劳。然后参差地站着，用嘴细细地抚理它们遍体白色的羽毛，间或又摇动身子或扑展着阔翅，使那缀在羽毛间的水珠坠落。一个已修饰完毕的，弯曲它的颈到背上，长长的红嘴藏没在翅膀里，静静合上它白色的茸毛间的小黑睛，仿佛准备睡眠。可怜的小动物，你就是这样做你的梦吗？

我想起故乡放雏鸭的人了。一大群鹅黄色的雏鸭游牧在溪流间。清浅的水，两岸青青的草，一根长长的竹竿在牧人的手里。他的小队伍是多么欢欣地发出啁啾声，又多么驯服地随着他的竿头越过一个田野又一个山坡！夜来了，帐幕似的竹篷撑在地上，就是他的家。但这是怎样辽远的想象呵！在这多尘土的国土里，我仅只希望听见一点树叶上的雨声。一点雨声的幽凉滴到我憔悴的梦，也许会长成一树圆圆的绿阴来覆荫我自己。

我仰起头。天空低垂如灰色的雾幕，落下一些寒冷的碎屑到我脸上。一只远来的鹰隼仿佛带着怒愤，对这沉重的天色的怒愤，平张的双翅不动地从天空斜插下，几乎触到河沟对岸的土阜，而又鼓扑着双翅，作出猛烈的声响腾上了。那样巨大的翅使我惊异。我看见了它两肋间斑白的羽毛。

接着听见了它有力的鸣声，如同一个巨大的心的呼号，或是在黑暗里寻找伴侣的叫唤。

然而雨还是没有来。

一九三三年春，北京

（选自《何其芳散文选集》，百花文艺出版社，1986）

【学习提示】

何其芳（1912—1977），四川万县（今重庆市万州区）人。20 世纪 20 年代的川东地区依旧处在新文学与旧文学交替的阶段，何其芳 14 岁以前在家念了好几年私塾。在这一时期，他阅读了大量古典文学作品："惊讶，玩味，而且沉迷于文字的彩色，图案，典故的组织，含意的幽深和丰富。"这为他后来融汇中外诗歌的创作提供了营养。何其芳在进入新式小学读书以后，逐渐得以涉猎五四以来的新文学书籍，读到冰心、闻一多、泰戈尔等中外诗人的作品，并开始模仿早期流行的新诗形式进行创作。1931 年，何其芳考进北京大学，与校友卞之琳、李广田等一起交流文学，从事诗歌、散文创作，并在《现代》等杂志上发表了许多诗歌和散文。1936 年，何其芳与卞之琳、李广田三人的诗歌合集《汉园集》出版。同年，他的散文集《画梦录》出版，获得《大公报》文艺奖金。此时的何其芳深受西方唯美主义和象征主义文学的影响，有"为艺术而艺术"的倾向，厌弃现实生活中的阴暗和丑陋，热衷于在自己装饰起来的艺术小天地里寻找爱与美，把艺术当作逃避现实的工具。直到毕业后，他走向社会，在天津和山东等地教书，目睹了城市下层民众和农民的艰辛以及上层社会的奢靡后，他开始放弃自己的冷漠和孤独，站在个人的立场上来反抗社会，并把写作作为他对抗不平等社会的"武器"。抗日战争爆发后，他更是满怀激情地投入救国的行列，并在 1938 年投奔延安，任教于鲁迅艺术学院，此后陆续出版诗集《夜歌》等。

何其芳一开始创作散文之时就有着强烈的文体意识。他不满意五四以来的散文创作，认为当时除了说理、讽刺的散文之外，抒情散文多半流于生活琐事的叙述和个人感伤的告白，散文创作的形式感不强。"我愿意以微薄的努力来证明每篇散文应该是一种独立的创作，不是一段未完篇的小说，也不是一首短诗的放大。"他为自己提出的任务是"为抒情的散文发现一个新的园地"，"追求着纯粹的柔和，纯粹的美丽"。这样一种迥异于他人的独立的散文文体意识，使何其芳的散文独树一帜。心灵的敏感细腻、语言的纤巧精致以及性格的忧郁多思，都促使何其芳的散文实验获得成功。《画梦录》中的《雨前》《岩》《黄昏》《梦后》等，都是精致的美文。

《雨前》是《画梦录》中有代表性的一篇。它极力描绘大雨降临之前窒闷阴郁的景象，渲染了一种渴望雷霆风暴的强烈情绪。这篇文章写于 1933 年，正值中华民族处于内忧外患、灾难深重的年代，整个社会面临着一种"山雨欲来风满楼"的局面，这一切不可能对年轻的何其芳没有影响。沉闷、守旧的社会现状压抑着他对爱情、梦想的追求，这无疑加剧了其渴望变动、渴望新鲜、渴望丰富的情绪。

《雨前》最让人惊异难忘的是作者观察入微的眼光和文字的准确、优美。首先，关于鸽群、白鸭和鹰隼的动作和神态的刻画相当准确，令人心折。其次，文字精致优美、诗意盎然，是本文的另一个艺术特色。最后，何其芳在句式中还常常用到通感的修辞手法，视觉、嗅觉、味觉、触觉、听觉等不同感觉互相沟通、交错，增加了语言的张力，丰富了内容的层次感，增强了文章的表达效果。

【思考练习题】

1. 从这篇文章可以看出何其芳具有怎样的散文文体意识？
2.《雨前》具有哪些艺术特点？

山之子

李广田

住在“中天门”的“泰山旅馆”里，我们每天得有方便，在“快活三里”目送来往的香客。

自“岱宗坊”至“中天门”，恰好是登绝顶的山路之一半。“斗母宫”以下尚近于平坦，久于登山的人说那一段就是平川大道。自“斗母宫”以上至“中天门”，则步步向上，逐渐陡险，尤其是“峰回路转”以上，初次登山的人就以为已经陡险到无以复加了。尤其妙处，则在于“南天门”和“绝顶”均为“中天门”的山头所遮蔽，在“中天门”下边的人往往误认“中天门”为“南天门”，于是心里想道这可好了，已经登峰造极了，乃至费了很大的力气攀到“中天门”时，猛然抬头，才知道从此上去却仍有一半更陡险的盘路待登，登山人不能不仰面兴叹了。然而紧接着就是“快活三里”，于是登山人就说这是神的意思，不能不坐下来休息，且向神明致最诚的敬意。

由“中天门”北折而下行，曰“倒三盘”，以下就是二三里的平路。那条山路不但很平，而且完全不见什么石块在脚下坷坷绊绊，使上山人有难言的轻快之感。且随处是小桥流水，破屋丛花，鸡鸣犬吠，人语相闻。山家妇女多做着针织在松柏树下打坐，孩子们常赤着结实的身子在草丛里睡眠，这哪里是登山呢，简直是回到自己的村落中了。虽然这里也有几家卖酒食的，然而那只是做另一些有钱人的买卖，至于乡下香客，他们的办法却更饶有佳趣。他们三个一帮，五个一团，他们用一只大柳条篮子携着他们的盛宴：有白酒，有茶叶，有煎饼，有咸菜，有已经劈得很细的干木柴，一把红铜的烧心壶，而“快活三里”又为他们备一个“快活泉”。这泉子就在“快活三里”的中间，在几树松柏荫下，由一处石崖下流出，注入一个小小的石潭，水极清洌，味亦颇甘，周有磐石，恰好作了他们的几筵。黎明出发，到此正是早饭时辰，于是他们就在这儿用过早饭，休息掉一身辛苦，收拾柳筐，呼喝着重望“南天门”攀登而上了。我们则乐得看这些乡下人朴实的面孔，听他们以土音说乡下事情，讲山中故事，更羡慕从他们柳篮内送出来的好酒香。自然，我们还得看山，看山岭把我们绕了一周，好象把我们放在盆底，而头上又有青翠的天空作盖。看东面山崖上的流泉，听活活泉声，看北面绝顶上的人影，又有白云从山后飞过，叫我们疑心山雨欲来。更看西面的一道深谷，看银雾从谷中升起，又把诸山缠绕。我们是为看山而来的，我们看山然而我们却忘记了是在看山。

等到下午两三点钟左右，是香客们下山的时候了。他们已把他们的心事告诉给神明，他们已把一年来的罪过在神前取得了宽恕，于是他们象修完了一桩胜业，他们的脸上带着微笑，他们的心里更非常轻松。而他们的身上也是轻松的，柳篮里空了，酒瓶里也空了，他们把应用的东西都打发在山顶上，把余下的煎饼屑，和临出发时带在身上的小洋针、棉花线、小铜元和青色的制钱，也都施舍给了残废的讨乞人。他们从山上带下平安与快乐在他们心里，他们又带来许多好看的百合花在空着的篮里，在头巾里，在用山草结成的包裹里。我们不明白这些百合花是从哪里得来的，而且那么多，叫我们觉得非常稀奇。

我们前后在这里住过十余日，一共接纳了两个小朋友，一名刘兴，一名高立山。我几时遇到高立山总是同他开一次玩笑："高立山，你本来就姓高，你立在山上就更高了。"这样喊着，我们大家一齐笑。

忽然听到两声尖锐的招呼，闻声不见人，使我觉得更好玩。原来那呼声是来自雾中，不过十分钟就看见我那两个小朋友从雾中走来了：刘兴和高立山。高立山这名字使我喜欢。我爱设想，玩游人孑然一身，笔立泰山绝顶被天风吹着，图画好看，而画中人却另有一番怆恨。刘兴那孩子使我想起我的弟弟，不但相貌相似，精神也相似，是一个朴实敦厚的孩子。我不见我的弟弟已经很久了。我简直想抱吻面前的刘兴，然而那孩子看见我总是有些畏缩，使我无可如何。

"呀！独个儿在这里不害怕吗?"

我正想同他们打招呼，他们已同声这样喊了。

我很懂得他们这点惊讶。他们总以为我是城市人，而且来自远方，不懂得山里的事情，在这样大雾天里孑然独立，他们就替我担心了。说是担心倒也很亲切，而其中却也有些玩弄我的意味吧，这个就更使我觉得好玩。我在他们面前时常显得很傻，老是问东问西，我向他们打听山花的名字，向他们访问四叶参或何首乌是什么样子，生在什么地方，问石头，问泉水，问风候云雨，问故事传说。他们都能给我一些有趣的回答。于是他们非常骄傲，他们又笑话我少见多怪。

"害怕？有什么可怕呢?"我接着问。

"怕山鬼，怕毒蛇。——怕雾染了你的眼睛，怕雾湿了你的头发。"

他们都哈哈大笑了。笑一阵，又告诉我山鬼和毒蛇的事情。他们说山上深草中藏伏毒蛇，此山毒蛇也并不怎么长大，颜色也并不怎么凶恶，只仿佛是石头颜色，然而它们却极其可怕，因为它们最喜欢追逐行人，而它们又爬得非常迅速，简直如同在草上飞驰，人可以听到沙沙的声音。有人不幸被毒蛇缠住，它至死也不会放松，除非你立刻用镰刀把它割裂，而为毒蛇所啮破的伤痕是永难痊好的，那伤痕将继续糜烂，以至把人烂死为止。这类事情时常为割草人或牧羊人所遭遇。

"毒蛇既到处皆是，为什么我还不曾见过?"

"你不曾见过，不错，你当然不会见到，因为山里的毒蛇白天是不出来的，你早晨起来不看见草叶上的白沫吗?"说这话的是刘兴。

这件证明颇使我信服，因为我曾见过绿草上许多白沫，我还以为那是牛羊反刍所流的口涎呢。而且尤以一种叶似竹叶的小草上最常见到白沫，我又曾经误认那就是薇一类植物，于是很自然地想起饿死首阳山的两个古人。

高立山却以为刘兴的说明尚不足奇，他更以惊讶的声色告诉道：

"晴天白日固然不出来，象这样大雾天却很容易碰见毒蛇。"

刘兴又仿佛害怕的样子加说道："不光毒蛇呀，就连山鬼也常常在大雾天出现呢。"

他们说山鬼的样子总看不清，大概就象团团的一个人影儿。山鬼的居处是巉岩之下的深洞里。那些地方当然很少有人敢去，尤其当夜晚或者雾天。原来山鬼也同毒蛇一样，有时候误认大雾为黑夜。打柴的，采药的，有时碰见山鬼，十个有八个就不能逃生，因为山鬼也象水鬼一样，喜欢换替死鬼，遇见生人便推下巉岩或拉入石窟。他们又说常听见山鬼的哭声和呼号声，那声音就好象雾里刮大风。

“你不信吗?”高立山很严肃地想说服我，“我告诉你，哑巴的爹爹和哥哥都是碰到了山鬼，摔死在后山的山涧里。”

他们的声音变得很低，脸色也有些沉郁，他们又向远方的浓雾中送一个眼色，仿佛那看不见的地方就有山鬼。

这话颇引起我的好奇，我向他们打听那个哑子是什么人物。他们说那哑巴就住在上边“升仙坊”一旁的小庙里，他遇见任何人总爱比手划脚地说他的哑巴话。于是我急忙说道:“我知道，我知道，我见过他，我见过他。”这回忆使我喜悦，也使我怅惘。一日清晨，我们欲攀登山之绝顶，爬到“升仙坊”时正看到许多人停下来休息，而那也正是应当休息的地方，因为从此以上，便是最难走的“紧十八盘”了。我们坐下来以后，才知道那些登山人并非只为了休息，同时，他们是正在听一个哑子讲话。一个高大结实的汉子，山之子，正站在“升仙坊”前面峭壁的顶上，以洪朗的声音，以只有他自己能了解的语言，说着一个别人所不能懂的故事，虽然他用了种种动作来作为说明，然而却依然没有人能够懂他。我当然也不懂他，然而我却懂得了另一个故事：泰山的精灵在宣说泰山的伟大，正如石头不能说话，我们却自以为懂得石头的灵心。只要一想起“升仙坊”那个地方，便是一幅绝好的图画了：向上去是“南天门”，“南天门”之上自然是青天一碧，两旁壁立千仞，松柏森森，中间夹一线登天的玉梯，再向下看呢，“浮云连海岱，平野入青徐”，俯视一气，天下就在眼底了，而我们的山之子就笔立在这儿，今天我才知道他是永远住在这里的。我急忙止住两个孩子:“你且慢讲，你且慢讲，我告诉你，我告诉你。”但是我将告诉他们什么呢？我将说那个哑巴在山上说一大篇话却没有人懂他，他好不寂寞呀，他站在峭岩上好不壮观啊，风之晨，雨之夕，“升仙坊”的小庙将是怎样的飘摇呢？至若星月在天，举手可摘，谷风不动，露凝天阶，山之子该有怎样的一山沉默呀！然而我却不能不怀一个闷葫芦，到底那哑巴是说了些什么呢？“高立山，告诉我，他到底是说了些什么呢?”我不能不这样问了。

“说些什么，反正是那一套啦，说他爸爸是因为到山涧采山花摔死的，他的哥哥也一样地摔死在山涧里了。”高立山翻着白眼说。

“就是啦，他们就是被山鬼讨了替代啊，为了采山花。”刘兴又提醒我。

山花？什么山花？两个孩子告诉我：百合花。

两个小孩子就继续告诉我哑巴的故事。泰山后面有一个古涸涧，两面是峭壁，中间是深谷，而在那峭壁上就生满了百合花。自然，那个地方是很少有人攀登的，然而那些自生的红百合实在好看。百合花生得那么繁盛，花开得那么鲜艳，那就是一个百合涧。哑巴的爸爸是一个顶结实勇敢的山汉，他最先发现这个百合涧，他攀到百合涧来采取百合，卖给从乡下来的香客。这是一件非常艰险的工作，攀着乱石，拉着荆棘，悬在陡崖上掘一株百合必须费很大工夫，因此一株百合也卖得一个好价钱。这事情渐渐成为风尚，凡进香人都乐意带百合花下山，于是哑巴的哥哥也随着爸爸作这件事业。然而父子两个都遭了同样的命运：爸爸四十岁时在一个浓雾天里坠入百合涧，作哥哥的到三十岁上又为一阵山风吹下了悬崖。从此这采百合的事业更不敢为别人所尝试，然而我们的山之子，这个哑巴，却已到了可以承继父业的成年，两条人命取得一种特权，如今又轮到了哑巴来占领这百合涧。他也是勇敢而大胆，他也不曾忘记爸爸和哥哥的殉难，然而就正为了爸爸和哥哥的命运，他不得不拾起这以生命为孤注的生涯。他住在“升仙坊”的小庙里，趁香客最多时他去采取百合，他用这方法来奉养他的老母和他的寡嫂。

我很感激两个小孩子告诉我这些故事。刘兴那孩子说完后还显得有些忧郁，那种木讷的样子就更象我的弟弟。雾渐渐收起，却又吹来了山风，我们都觉得有些冷意，我说了“再见”向他们告辞。

天气渐渐冷起来了。山下人还可以穿单衣，住在山上就非有棉衣不行了。又加上多雨多雾，使精神上感到极不舒服。因为我们不曾携带御寒的衣服，就连“快活三里”也不常去了。选一个比较晴朗的日子，我们决定下山。早晨起来就打好了行李，早饭之后就来了轿子。两个抬轿子的并非别人，乃是刘兴的爸爸和高立山的爸爸，这使我们觉得格外放心。跟在轿子后面的是刘兴和高立山，他们是特来给我们送行的。此刻的我简直是在惜别了，我不愿离开这个地方，我不愿离开两个小朋友，尤其是刘兴——我的弟弟。他们的沉默我很懂得，他们也知道，此刻一别就很难有机会相遇了。而且，真巧，为什么一切事情安排得这样巧呢，我们的行李已经搬到轿子上了，我们就要走了，忽然两个孩子招呼道：“哑巴，哑巴，哑巴来了！”

不错，正是那个哑巴，我们在“升仙坊”见过他。他已经穿上了小棉袄，他手上携一个大柳筐。我特为看看他的筐里是什么东西，很简单：一把挖土的大铲子，一把刀，一把大剪子。我们都沉默着，哑巴却同别人打开了招呼。两个孩子哑哑地学他说话，旅馆中人大声问他是否下山，他不但哑，而且也聋，同他说话就非大声不行。于是他也就大声哑哑地回答着，并指点着，指点着山下，指点着他的棉袄，又指点着他的筐子，又指点着“南天门”。我们明白他昨天曾下山去，今天早晨刚上来。我同昭都想从这个人身上有所发现，但也不知道要发现些什么。在一阵喧嚷声中，我们的轿子已经抬起来了。两个小朋友送了我们颇长的一段路，等听不见他俩的话声时，我还同他们招手，摇帽子，而我的耳朵里却还仿佛听见那个哑巴的咿咿呀呀。

一九三六年十一月十八日　济南

（选自《李广田散文选集》，百花文艺出版社，1982）

【学习提示】

李广田（1906—1968），号洗岑，山东邹平人。1923 年考入山东第一师范学校，受到五四新思潮的洗礼。1929 年考入北京大学预科。1930 年前后开始进行文学活动，发表小说、散文、诗歌等。早期诗文风格浑厚质朴，笔调亲切而又忧郁。1936 年，他将几年之中的诗作编成《行云集》，与卞之琳、何其芳合在《汉园集》中出版。在诗歌创作的同时，李广田也从事散文创作，有《画廊集》《银狐集》出版，具有浓厚的乡土气息和鲜明的地方色彩。从1941年起，李广田赴西南联大任教，过着迁徙流离的生活，广泛接触社会现实，散文题材日益多样化，又陆续出版了《圈外》《回声》《灌木集》以及小说《金坛子》《引力》等，反映了作者对于祖国人民命运的关切。中华人民共和国成立后，又写作了《花潮》《山色》等散文，另有文学理论著作《文学枝叶》《文学书简》等。

《山之子》写于1936年，刊于《文丛》创刊号，后收入1939年文化生活出版社出版的《雀蓑记》中。这是一篇描写泰山的散文，作者不仅生动地描绘了号称“东岳”泰山的险陡及其景色的峻洁、幽深，还刻画了一位象征着泰山般坚韧、奇伟的山之子的形象。

文章在结构的安排上独具匠心，在叙述故事时并没有采取开门见山的方式直接告诉读者“山之子”的含义，而是以“我”游泰山的见闻为线索，先描绘泰山雄奇的景色，尽管这些景色在历朝历代无数文人的笔下都出现过，但作者以淳朴清新的笔调，娓娓道来，如行云流水，让读者随其由衷地景仰那份源自岱宗的神韵。从“快活三里”的秀丽，到山中人家的佳趣，再写香客，写两个孩子，并由此引出他们所讲述的关于泰山的种种传说故事，最后引出“山之子”。文章的主体部分，在前面的大量烘托、渲染与对照下出现，有着强大的感染力量。虽然主体部分所占的篇幅较小，但枝叶扶疏，相互衬映，浑然一体，虽形散，却神聚，生动地将“山之子”的形象与风采“镂刻”在读者心上。

【思考练习题】

1. 简述“山之子”的性格特征。
2. 《山之子》的艺术特色主要有哪些？

给我的孩子们

丰子恺

我的孩子们！我憧憬于你们的生活，每天不止一次！我想委曲地说出来，使你们自己晓得。可惜到你们懂得我的话的意思的时候，你们将不复是可以使我憧憬的人了。这是何等可悲哀的事啊！

瞻瞻！你尤其可佩服。你是身心全部公开的真人。你什么事体都像拼命地用全副精力去对付。小小的失意，像花生米翻落地了，自己嚼了舌头了，小猫不肯吃糕了，你都要哭得嘴唇翻白，昏去一两分钟。外婆普陀去烧香买回来给你的泥人，你何等鞠躬尽瘁地抱他，喂他；有一天你自己失手把他打破了，你的号哭的悲哀，比大人们的破产，失恋，broken heart〔心碎〕，丧考妣，全军覆没的悲哀都要真切。两把芭蕉扇做的脚踏车，麻雀牌堆成的火车，汽车，你何等认真地看待，挺直了嗓子叫"汪——"，"咕咕咕……"，来代替汽油。宝姐姐讲故事给你听，说到"月亮姐姐挂下一只篮来，宝姐姐坐在篮里吊了上去，瞻瞻在下面看"的时候，你何等激昂地同她争，说"瞻瞻要上去，宝姐姐在下面看！"甚至哭到漫姑面前去求审判。我每次剃了头，你真心地疑我变了和尚，好几时不要我抱。最是今年夏天，你坐在我膝上发见了我腋下的长毛，当作黄鼠狼的时候，你何等伤心，你立刻从我身上爬下去，起初眼瞪瞪地对我端相，继而大失所望地号哭，看看，哭哭，如同对被判定了死罪的亲友一样。你要我抱你到车站里去，多多益善地要买香蕉，满满地擒了两手回来，回到门口时你已经熟睡在我的肩上，手里的香蕉不知落在哪里去了。这是何等可佩服的真率，自然，与热情！大人间的所谓"沉默"，"含蓄"，"深刻"的美德，比起你来，全是不自然的，病的，伪的！

你们每天做火车，做汽车，办酒，请菩萨，堆六面画，唱歌，全是自动的，创造创作的生活。大人们的呼号"归自然！""生活的艺术化！""劳动的艺术化！"在你们面前真是出丑得很了！依样画几笔画，写几篇文的人称为艺术家，创作家，对你们更要愧死！

你们的创作力，比大人真是强盛得多哩：瞻瞻！你的身体不及椅子的一半，却常常要搬动它，与它一同翻倒在地上；你又要把一杯茶横转来藏在抽斗里，要皮球停在壁上，要拉住火车的尾巴，要月亮出来，要天停止下雨。在这等小小的事件中，明明表示着你们的弱小的体力与智力不足以应付强盛的创作欲、表现欲的驱使，因而遭逢失败。然而你们是不受大自然的支配，不受人类社会的束缚的创造者，所以你的遭逢失败，例如火车尾巴拉不住，月亮呼不出来的时候，你们决不承认是事实的不可能，总以为是爹爹妈妈不肯帮你们办到，同不许你们弄自鸣钟同例，所以愤愤地哭了，你们的世界何等广大！

你们一定想：终天无聊地伏在案上弄笔的爸爸，终天闷闷地坐在窗下弄引线的妈妈，是何等无气性的奇怪的动物！你们所视为奇怪动物的我与你们的母亲，有时确实难为了你们，摧残了你们，回想起来，真是不安心得很！

阿宝！有一晚你拿软软的新鞋子，和自己脚上脱下来的鞋子，给凳子的脚穿了，刬袜立在地上，得意地叫“阿宝两只脚，凳子四只脚”的时候，你母亲喊着“龌龊了袜子！”立刻擒你到藤榻上，动手毁坏你的创作。当你蹲在榻上注视你母亲动手毁坏的时候，你的小心里一定感到“母亲这种人，何等杀风景而野蛮”罢！

瞻瞻！有一天开明书店送了几册新出版的毛边的《音乐入门》来。我用小刀把书页一张一张地裁开来，你侧着头，站在桌边默默地看。后来我从学校回来，你已经在我的书架上拿了一本连史纸印的中国装的《楚辞》，把它裁破了十几页，得意地对我说：“爸爸！瞻瞻也会裁了！”瞻瞻！这在你原是何等成功的欢喜，何等得意的作品！却被我一个惊骇的“哼！”字喊得你哭了。那时候你也一定抱怨“爸爸何等不明”吧！

软软！你常常要弄我的长锋羊毫，我看见了总是无情地夺脱你。现在你一定轻视我，想道：“你终于要我画你的画集的封面！”

最不安心的，是有时我还要拉一个你们所最怕的陆露沙医生来，教他用他的大手来摸你们的肚子，甚至用刀来在你们臂上割几下，还要教妈妈和漫姑擒住了你们的手脚，捏住了你们的鼻子，把很苦的水灌到你们的嘴里去。这在你们一定认为太无人道的野蛮举动吧！

孩子们！你们真果抱怨我，我倒欢喜；到你们的抱怨变为感谢的时候，我的悲哀来了！

我在世间，永没有逢到像你们这样出肺肝相示的人。世间的人群结合，永没有像你们样的彻底地真实而纯洁。最是我到上海去干了无聊的所谓“事”回来，或者去同不相干的人们做了叫做“上课”的一种把戏回来，你们在门口或车站旁等我的时候，我心中何等惭愧又欢喜！惭愧我为什么去做这等无聊的事，欢喜我又得暂时放怀一切地加入你们的真生活的团体。

但是，你们的黄金时代有限，现实终于要暴露的。这是我经验过来的情形，也是大人们谁也经验过的情形。我眼看见儿时的伴侣中的英雄，好汉，一个个退缩，顺从，妥协，屈服起来，到像绵羊的地步。我自己也是如此。“后之视今，亦犹今之视昔”，你们不久也要走这条路呢！

我的孩子们！憧憬于你们的生活的我，痴心要为你们永远挽留这黄金时代在这册子里。然这真不过像“蜘蛛网落花”略微保留一点春的痕迹而已。且到你们懂得我这片心情的时候，你们早已不是这样的人，我的画在世间已无可印证了！这是何等可悲哀的事啊！

《子恺画集》代序，一九二六年耶诞节作

（选自《丰子恺散文全编》，浙江文艺出版社，1992）

【学习提示】

丰子恺（1898—1975），浙江桐乡人。早年从李叔同学习绘画、音乐。1919 年毕业于浙江第一师范学校，1921 年赴日留学，回国后长期致力于艺术教育。有《丰子恺漫画》。著有《音乐入门》，译有《西洋画派十二讲》和《源氏物语》《猎人笔记》等多种。擅散文和诗词，文笔隽永清朗，语淡意深，有《缘缘堂随笔》等。

在丰子恺的早期散文中，讴歌童真是其主题，他神往于儿童世界的纯真美好，厌恶世俗社会的虚伪污浊。《给我的孩子们》就是其中描写儿童生活的名篇。在这篇文章中，作者将自己的心思、感觉、情绪完全融入儿童的心灵世界，细腻而敏锐地体察着原本属于儿童的生活感兴，赞美着儿童不受大自然和人类社会支配和束缚的强盛创造力。他真诚地赞美着儿童的各种异于成人的行为。在丰子恺眼中，这一切都证明着儿童的天真、纯洁、诚实、健全、活泼、热情、自然、心胸宽广和人格完整。丰子恺倾心于儿童世界并非因其思想幼稚或者脱离现实，而是感到儿童的“黄金时代有限，现实终于要暴露的”，他“眼看见儿时的伴侣中的英雄，好汉，一个个退缩，顺从，妥协，屈服起来，到像绵羊的地步”，他自己也是如此。因此，他要用儿童生活的健全来反衬成人社会的病态，反省自己内心的异化，这也体现着他对于理想人性的不渝追求。

与五四时期同样以儿童为讴歌对象的冰心相比，丰子恺对于童趣童真的体会是不同的。冰心写给儿童的散文，以平等对话、感情引导的方式来启发儿童“爱”的思想，是她“爱的哲学”的一种表现。冰心只是和儿童站在同等地位上，以自己的童心和温情来感染小读者，还达不到对孩子体贴入微，完全进入孩子的心灵的境界。丰子恺则不同，他热爱儿童，平等地对待儿童，更信奉“儿童本位”，所以郁达夫称赞他“对于小孩子的爱，与冰心女士不同的一种体贴入微的对于小孩子的爱，尤其是他的散文里的特色”。

丰子恺一向反对“做”文章，反对写诗用艰深晦涩的词语，使别人看不懂，或看起来费力。他在《艺术漫谈》中将艺术形象地比作“米”“麦”，认为艺术应当大众化，为大众所欣赏，如同家家户户每天能吃到的米、麦一样普通，不应当是那种只供少数人享用的山珍海味，因此他的散文语言质朴自然。

【思考练习题】

1. 如何理解丰子恺的“儿童本位”思想？这与冰心的讴歌儿童有哪些不同？
2. 结合《给我的孩子们》，分析丰子恺散文创作的特色。

山中避雨

丰子恺

前天同了两女孩到西湖山中游玩，天忽下雨。我们仓皇奔走，看见前面有一小庙，庙门口有三家村，其中一家是开小茶店而带卖香烛的。我们趋之如归。茶店虽小，茶也要一角钱一壶。但在这时候，即使两角钱一壶我们也不嫌贵了。

茶越冲越淡，雨越落越大。最初因游山遇雨，觉得扫兴；这时候山中阻雨的一种寂寥而深沉的趣味牵引了我的感兴，反觉得比晴天游山趣味更好。所谓“山色空濛雨亦奇”，我于此体会了这种境界的好处。然而两个女孩子不解这种趣味，她们坐在这小茶店里躲雨，只是怨天尤人，苦闷万状。我无法把我所体验的境界为她们说明，也不愿使她们“大人化”而体验我所感的趣味。

茶博士坐在门口拉胡琴。除雨声外，这是我们当时所闻的唯一的声音。拉的是《梅花三弄》，虽然音阶摸得不大正确，拍子还拉得不错。这好像是因为顾客稀少，他坐在门口拉这曲胡琴来代替收音机作广告的。可惜他拉了一会就罢，使我们所闻的只是嘈杂而冗长的雨声。为了安慰两个女孩子，我就去向茶博士借胡琴。“你的胡琴借我弄弄好不好？”他很客气把胡琴递给我。

我借了胡琴回茶店，两个女孩很欢喜。“你会拉的？你会拉的？”我就拉给她们看。手法虽生，音阶还摸得正。因为我小时候曾经请我家邻近的柴主人阿庆教过《梅花三弄》，又请对面弄里一个裁缝司务大汉教过胡琴上的工尺。阿庆的教法很特别，他只是拉《梅花三弄》给你听，却不教你工尺的曲谱。他拉得很熟，但他不知工尺。我对他的拉奏望洋兴叹，始终学他不来。后来知道大汉识字，就请教他。他把小工调、正工调的音阶位置写了一张纸给我，我的胡琴拉奏由此入门。现在所以能够摸出正确的音阶者，一半由于以前略有摸 violin〔小提琴〕的经验，一半仍是根基于大汉的教授的。在山中小茶店里的雨窗下，我用胡琴从容地（因为快了要拉错）拉了种种西洋小曲。两女孩和着了歌唱，好像是西湖上卖唱的，引得三家村里的人都来看。一个女孩唱着《渔光曲》，要我用胡琴去和她。我和着她拉，三家村里的青年们也齐唱起来，一时把这苦雨荒山闹得十分温暖。我曾经吃过七八年音乐教师饭，曾经用 piano〔钢琴〕伴奏过混声四部合唱，曾经弹过 Beethoven〔贝多芬〕的 sonata〔奏鸣曲〕，但是有生以来，没有尝过今日般音乐的趣味。

两部空黄包车拉过，被我们雇定了。我付了茶钱，还了胡琴，辞别三家村的青年们，坐上车子。油布遮盖我面前，看不见雨景。我回味刚才的经验，觉得胡琴这种乐器很有意思。piano 笨重如棺材，violin 要数十百元一具，制造虽精，世间有几人能够享用呢？胡琴只要两三角钱一把，虽然音域没有 violin 之广，也尽够演奏寻常小曲。虽然音色不比 violin 优美，装配得法，其发音也还可听。这种乐器在我国民间很流行，剃头店里有之，裁缝店里有之，江北船上有之，三家村里有之。倘能多造几个简易而高尚的胡琴曲，使像《渔光曲》一般流行于民间，其艺术陶冶的效果，恐比学校的音乐课广大得多呢。我离去三家村时，村里的青年们都送我上车，表示惜别。我也觉得有些儿依依（曾经搪塞他们说："下星期再来！"其实恐怕我此生不会再到这三家村里去吃茶且拉胡琴了。）若没有胡琴的因缘，三家村里的青年对于我这路人有何惜别之情，而我又有何依依于这些萍水相逢的人呢？古语云："乐以教和。"我做了七八年音乐教师没有实证过这句话，不料这天在这荒村中实证了。

1935年秋日作

（选自《丰子恺散文全编》，浙江文艺出版社，1992）

【学习提示】

《山中避雨》描写的是作者在西湖山中避雨的经历和感触，表面看来浅显易懂，但仔细回味，却弦外有音，意趣幽远。

《山中避雨》在艺术风格方面也很值得称道。首先，文章运用了以小见大的艺术手法。中国传统文化本是一个相当博大的话题，作者却慧心独具地选取了别人习焉不察的一个很小的角度，来挖掘深刻的思想意义，"寄至味于淡泊"，通过小处表达出深婉的情致。例如，文章一开始便是幅古山水画：西湖山、山雨、小庙、村落、茶店、空濛之山色，作者以年长之身陶醉于其中，这实际上就是中国传统文化境界的一个缩影。再如，作者和青年们的器乐唱和，从小处中可见一个学者对交流沟通的欣赏，渴望与青年们无遮无碍交流的美好理想。这种以小见大的艺术手法，使取材不大的琐事文章渗透着别具韵味的内涵深度。其次，本文语言古拙从容，淡雅质朴。整篇文章没有繁华秾丽的辞藻，朴素单纯的叙述风格中蕴含着委婉的诗意。作者自己在《辞缘缘堂》一文中说过："缘缘堂构造用中国式，取其坚固坦白，形式用近世风，取其单纯明快。一切因袭、奢侈、烦琐、无谓的布置与装饰，一概不入。"这段话以他的建筑美学观形象地表明了他的文学观，即不事雕琢，毫无粉饰。文章用简洁淡雅的语言熔描写、叙事、抒情于一炉。例如，在山中避雨后告辞而去："若没有胡琴的因缘，三家村里的青年对于我这路人有何惜别之情，而我又有何依依于这萍水相逢的人呢？"笔墨不赋色彩，不事渲染，对心绪也施以老道的白描勾勒，把可能激昂澎湃的情感从容地平静地道来，艺术上达到了"无技巧"的境界。

【思考练习题】

1. 《山中避雨》表达了作者怎样的思想意蕴？
2. 举例分析《山中避雨》是如何成功地运用以小见大的艺术手法的。
3. 试述《山中避雨》的语言风格。

“春朝”一刻值千金

（懒惰汉的懒惰想头之一）

梁遇春

十年来，求师访友，足迹走遍天涯，回想起来给我最大益处的却是“迟起”，因为我现在脑子里所有些聪明的想头，灵活的意思多半是早上懒洋洋地赖在床上想出来的。我真应该写几句话赞美它一番，同时还可以告诉有志的人们一点迟起艺术的门径。谈起艺术，我虽然是门外汉，不过对于迟起这门艺术倒可说是一位行家，因为我既具有明察秋毫的批评能力，又带了甘苦备尝的实践精神。我天天总是在可能范围之内，尽量地滞在床上——那是我们的神庙——看着射在被上的日光，暗笑四围人们无谓的匆忙，回味前夜的痴梦——那是比做梦还有意思的事，——细想迟起的好处，唯我独尊地躺着，东倒西倾的小房立刻变做一座快乐的皇宫。

诗人画家为着要追求自己的幻梦，实现自己的痴愿，宁可牺牲一切物质的快乐，受尽亲朋的诟骂，他们从艺术里能够得到无穷的安慰，那是他们真实的世界，外面的世界对于他们反变成一个空虚。迟起艺术家也具有同等的精神。区区虽然不是一个迟起大师，但是对于本行艺术的确有无限的热忱——艺术家的狂热。所以让我拿自己做个例子罢。当我是个小孩时候，我的生活由家庭替我安排，毫无艺术的自觉，早上六点就起来了。后来到北方念书去，北方的天气是培养迟起最好的沃土，许多同学又都是程度很高的迟起艺术专家，于是绝好的环境同朋辈的切磋使我领略到迟起的深味，我的忠于艺术的热度也一天一天地增高。暑假年假回家时期，总在全家人吃完了早饭之后，我才敢动起床的念头。老父常常对我说清晨新鲜空气的好处，母亲有时提到重温稀饭的麻烦，慈爱的祖母也屡次向我姑母说“早起三日当一工”（我的姑母老是起得很早的），我虽然万分不愿意失丢大人们的欢心，但是为着忠于艺术的缘故，居然甘心得罪老人家。后来老人家知道我是无可救药的，反动了怜惜的心肠，他们早上九点钟时候走过我的房门前还是用着足尖；人们温情地放纵我们的弱点是最容易刺动我们麻木的良心，但是我总舍不得违弃了心爱的艺术，所以还是懊悔地照样地高卧。在大学里，有几位道貌岸然的教授对于迟到学生总是白眼相待，我不幸得很，老做他们白眼的鹄的，也曾好几次下个决心早起，免得一进教室的门，就受两句冷讽，可是一年一年地过去，我足足受了四年的白眼待遇，里头的苦处是别人想不出来的。有一年寒假住在亲戚家里，他们晚饭的时间是很早的，所以一醒来，腹里就咕隆地响着，我却按下饥肠，故意想出许多有趣事情，使自己忘却了肚饿，有时饿出汗来，还是坚持着非到十时是不起来的。对于艺术我是多么忠实，情愿牺牲。枵腹做诗的爱仑·波真可说是我的同志。后来入世谋生，自然会忽略了艺术的追求；不过我还是尽量地保留一向的热诚，虽然已经是够堕落了。想起我个人因为迟起所受的许多说不出的苦痛，我深深相信迟起是一门艺术，因为只有艺术才会这样带累人，也只有艺术家才肯这样不变初衷地往前牺牲一切。

但是从迟起我也得到不少的安慰，总够补偿我种种的苦痛。迟起给我最大的好处是我没有一天不是很快乐地开头的。我天天起来总是心满意足的，觉得我们住的世界无日不是春天，无处不是乐园。当我神怡气舒地躺着时候，我常常记起勃浪宁的诗："上帝在上，万物各得其所。"（鱼游水里，鸟栖树枝，我卧床上。）人生是短促的，可是若使我们有过光荣的青春，我们的一生就不能算是虚度，我们的残年很可以傍着火炉，晒着太阳在回忆里过日子。同样地一天的光阴是很短促的，可是若使我们有过光荣的早上，（一半时间花在床上的早晨！）我们这一天就不能说是白丢了，我们其余时间可以用在追忆清早的幸福，我青年时期若是欢欣的结晶，我们的余生一定不会很凄凉的，青春的快乐是有影子留下的，那影子好似带了魔力，惨淡的老年给它一照，也呈出和蔼慈祥的光辉。我们一天里也是一样的，人们不是常说：一件事情好好地开头，就是已经成功一半了；那么赏心悦意的早晨是一天快乐的先导。迟起不单是使我天天快活地开头，还叫我们每夜高兴地结束这个日子；我们夜夜去睡时候，心里就预料到明早迟起的快乐——预料中的快乐是比当时的享受，味还长得多——这样子我们一天的始终都是给生机活泼的快乐空气围住，这个可爱的升平景象却是迟起一手做成的。

迟起不仅是能够给我们这甜蜜的空气，它还能够打破我们结结实实的苦闷。人生最大的愁忧是生活的单调。悲剧是很热闹的，怪有趣的，只有那不生不死的机械式生活才是最无聊赖的。迟起真是惟一的救济方法。你若使感到生活的沉闷，那么请你多睡半点钟（最好是一点钟），你起来一定觉得许多要干的事情没有时间做了，那么是非忙不可——"忙"是进到快乐宫的金钥，尤其那自己找来的忙碌。忙是人们体力发泄最好的法子，亚里士多德不是说过人的快乐是生于能力变成效率的畅适。我常常在办公时间五分钟以前起床，那时候洗脸拭牙进早餐，都要用最快的速度完成，全变做最浪漫的举动，当牙膏四溅，脸水横飞，一手拿着头梳，对着镜子，一面吃面包时节，谁会说人生是没有趣味呢？而且当时只怕过了时间，心中充满了冒险的情绪。这些暗地晓得不碍事的冒险兴奋是顶可爱的东西，因为当我们这班不敢真真履险的懦夫。我喜欢北方的狂风，因为当我们冲着黄沙往前进的时候，我们仿佛是斩将先登，冲锋陷阵的健儿，跟自然的大力肉搏，这是多么可歌可泣的壮举，同时除开耳孔鼻孔塞点沙土外，丝毫危险也没有，不管那时是怎地像煞有介事样子。冒险的嗜好那个人没有，不过我们胆小，不愿白丢了生命，仁爱的上帝，因此给我们卷地蔽天的刮风，做我们安稳冒险的材料。住在江南的可怜虫，找不到这一天赐的机会，只得英雄做时势，迟些起来，自己创造机会。就是放假期间，十时半起床，早餐后抽完了烟，已经十一时过了，一想到今天打算做的事情一件也没有动手，赶紧忙着起来——天下里还有比无事忙更有趣味的事吗？若使你因为迟起挨到人家的闲话，那最少也可以打破你日常一波不兴无声无臭的生活。我想凡是尝过生活的深味的人一定会说痛苦比单调灰色生活强得多，因为痛苦是活的，灰色的生活却是死的象征。迟起本身好似是很懒惰的，但是它能够给我们最大的活气，使我们的生活跳动生姿；世上最懒惰不过的人们是那般黎明即起，老早把事做好，坐着呆呆地打呵欠的人们。迟起所有的这许多安慰，除开艺术，我们那里还找得出来呢？许多人现在还不明白迟起的好处，这也可以证明迟起是一种艺术，因为只有艺术人们才会这样地不去睬它。

现在春天到了，“春宵苦短日高起”，五六点钟醒来，就可以看见太阳，我们可以醉也似地躺着，一直躺了好几个钟头，静听流莺的巧啭，细看花影的慢移，这真是迟起的绝好时光。能让我们天天多躺一会儿罢，别辜负了这一刻千金的“春朝”。

《懒惰汉的懒惰想头》是当代英国小品文家 Jerome K. Jerome① 的文集名字（*Idle Thoughts of An Idle Fellow*），集里所说的都是拉闲扯散、瞎三道四的废话，可是自带有幽默的深味，好似对于人生有比一般人更微妙的认识同玩味——这或者只是因为我自己也是懒惰汉，官官相卫，惺惺惜惺惺，那么也好，就随它去罢。“春宵一刻值千金”这句老话，是谁也知道的，我觉得换一个字，就可以做我的题目。连小小二句题目，都要东抄西袭凑合成的，不肯费心机自己去做一个，这也可以见我的懒惰了。

在副题目底下加了“之一”两字，自然是指明我还要继续写些这类无聊的小品文字，但是什么时候会写第二篇，那是连上帝都不敢预言的。我是那么懒惰，有时晚上想好了意思，第二天起得太早，心中一懊悔，什么好意思都忘却了。

（选自《春醪集》，东方出版社，1995）

【学习提示】

梁遇春（1906—1932），福建闽侯人。他是一个早夭的文学天才，个人经历十分简单，1922 年考入北京大学预科，后进入英文系学习，1928 年毕业，到上海暨南大学任助教，第二年回北大图书馆工作，1932 年夏天染病辞世。

梁遇春著译甚勤，均完成于其人生的最后几年。散文集有《春醪集》《泪与笑》两部：前者出版于 1930 年，后者是在作者去世后于 1934 年出版的。他的译著多达二三十种，多是英国的，也有俄罗斯、波兰等东欧国家的，以《小品文选》《英国诗歌选》影响较大。

梁遇春是一个优秀的散文文体家。郁达夫在《中国新文学大系・散文二集・导言》中称之为“中国的爱利亚”。“爱利亚”今译伊利亚，是英国 19 世纪的散文大家兰姆的笔名。确实，梁遇春深受英国散文特别是兰姆随笔的影响，是一个执着的人生思考者，偏爱死亡的主题，对人类怀有悲悯之情，笔下多感伤情调。他长于议论，往往用夹叙夹议的形式，议论中外古今，探索人生真谛。可以说，他所写的文章，全是这种漫谈式的议论散文。收入《春醪集》中的《“春朝”一刻值千金》(懒惰汉的懒惰想头之一)，就是一篇放谈、纵谈的样本。作品的主旨是证明迟起的妙处，因此开篇即宣布，“十年来，求师访友，足迹走遍天涯，回想起来给我最大益处的却是‘迟起’，因为我现在脑子里所有些聪明的想头，灵活的意思多半是早上懒洋洋地赖在床上想出来的。我真应该写几句话赞美它一番，同时还可以告诉有志的人们一点迟起艺术的门径。”这样的观点，在崇尚勤勉的中国称得上是惊世骇俗，但作者并不以之为忤，反而放怀大谈迟起的妙处，

---

①Jerome K. Jerome，杰罗姆・凯・杰罗姆（1859—1927)。《懒惰汉的懒惰想头》是他的成名之作。

宣称迟起是一门艺术。“后来到北方念书去，北方的天气是培养迟起最好的沃土，许多同学又都是程度很高的迟起艺术专家，于是绝好的环境同朋辈的切磋使我领略到迟起的深味，我的忠于艺术的热度也一天一天地增高。”他极力赞扬迟起的好处，叙说从中获得的安慰和乐趣：“迟起不仅是能够给我们这甜蜜的空气，它还能够打破我们结结实实的苦闷。……你若使感到生活的苦闷，那么请你多睡半点钟（最好是一点钟），你起来一定觉得许多要干的事情没有时间做了，那么是非忙不可——‘忙’是进到快乐宫的金钥，尤其那自己找来的忙碌。”种种毫无顾忌的言论，令人不得不钦佩作者直抒胸臆的勇气。文章结尾，作者进一步强调：“现在春天到了……这真是迟起的绝好时光。能让我们天天多躺一会儿罢，别辜负了这一刻千金的‘春朝’。”作者以侃侃而谈的方式，结束了自己看似荒诞无稽，实则达观真纯的一番怪论。

【思考练习题】

1.《“春朝”一刻值千金》是如何体现梁遇春“散文文体家”的风格的？

2. 结合本文，简述梁遇春散文的艺术特色。

动人的北平

林语堂

北平好像是一个魁梧的老人，具有一种老成的品格。一个城市与人相似，各有不同的品格，有的卑污狭隘，好奇多疑；有的宽怀大量的豪爽达观。北平是豪爽的，北平是宽大的。他包容着新旧两派，但他本身并不稍为之动摇。

穿高跟鞋的摩登女郎与着木屐的东北老妪并肩而行，北平却不理这回事。胡须苍白的画家，住在大学生公寓的对面，北平也不理这回事。新式汽车与洋车、驴车媲美，北平也不理这回事。

在高耸的北京饭店后面，一条小路上的人过着一千年来未变的生活，谁去理那回事？离协和医院一箭之地，有些旧式的古玩铺，古玩商人抽着水烟袋，仍然沿用旧法去营业，谁去理那回事？穿衣尽可随便，吃饭任择餐馆，随意乐其所好，畅情欣赏美善——谁来理你？

北平又像是一株古木老树，根脉深入地中，借之得畅茂。在它的树荫下与枝躯上寄生的，有数百万的昆虫。这些昆虫如何能知道树的大小，如何生长根，在地下有多少深，还有在别枝上寄生的是什么昆虫？一个北平居民如何能形容老大的北平呢？

一个人总觉得他不了解北平。在那里已经住了十年以后，你偶然会在小路上发现一个驼背的老人，后悔没有早日遇见他；或是一个可爱的老画家，露着大肚子坐在槐树下的竹椅上用芭蕉扇摇风乘凉梦想他过去的日子；或是一个踢毽子的老人，他能把毽子放在头顶上一点一点的移动着，然后由背后掉下来时，平落在他的鞋底；或是一个刀手；或是一个儿童戏剧学校的太太；或是一个人力车夫变成满洲国的高贵人；或是一个前朝的县太爷。一个人怎敢说他了解北平呢？

北平是一个“珠玉之城”，一个人眼从未见过的珠玉之城，它是具有紫金的御色屋顶，以及宫殿亭园楼榭的珠玉之城。它为珠玉结成的古城，它有紫色的“西山”，青带似的“玉泉”，“中央公园”垂老的杉树，以及“天坛”、“先农坛”。城内有九个公园，三个御湖，名为中南北“三海”，现在任人游览。并且北平有蓝天洁月，雨夏凉秋，与高爽的冬日气候。

北平像是一个国王的梦境，它有宫殿、御园、百尺宽的大道、艺术博物院、专校、大学、医院、庙塔、艺商、与旧书摊林立的街道。北平像是一个饮食专家的乐园。它有数百年的饭馆，招牌被烟熏得破旧不堪，还有肩上搭着毛巾的光头堂倌，他们的招待是十足和蔼的，因为他们在满清政府服侍过高官大吏，曾受了传统的特别训练。北平是贫富共居的地方，每个邻近的铺号都许一个贫老的人记帐取货，街上贩卖的东西很便宜。你可以留连在那里的一个茶馆里，一整个下午不走。北平是采购者的天堂，广有中国古代的手艺品、书籍、图画、古玩、玉石、珐琅镶嵌、灯笼之类。那是一个到处能买货的地方，商贩也会带着货物走上门来；在清晨，门外路上货贩众多，叫卖声形成极美妙的调门儿。

北平是清静的，它是一个住家的城市，每家都有一个院落，每院都有一个金鱼缸和一株梧桐或石榴树；那里的果蔬新鲜，桃就是桃，柿就是柿。它是一个理想的城市，每个人都有呼吸之地；农村幽静与城市舒适媲美。那里的街道排列恰当，清晨在花园中拔白菜的时候，抬头可以看到西山的雄姿——然而距离一家大百货商店，只有一箭之地。

北平有多样性——多样的人。它有法律与触犯法律的人，守法的警察与作奸犯科的警察，盗贼与保护盗贼的人，乞丐与乞丐之王。它有圣贤、罪人、回教徒、除妖的藏人、算命、拳手、和尚、妓女、中国与俄国的职业舞女、日本和朝鲜的走私者、画家、哲学家、诗人、收藏家、青年大学生、影迷。它有卑鄙的政客、年老息影的县官、新生活运动者、现充女佣的前清官吏的太太。

北平有五颜六色旧的与新的色彩。它有皇朝的色彩，古代历史的色彩，蒙古草原的色彩。驼商自张家口与南口来到北平，走进古代的城门。它有高大的城墙，城门顶上宽至四五十公尺，它有城楼与齐楼，它有庙宇、古老花园、寺塔；每一块石头，每一棵树木，以及每一座桥梁，都具有历史典故。

使北平成为理想的居住城市的原由，可列举下列三点来加以说明：

北京城虽始建于十二世纪，但它现在的式样是明朝永乐皇帝在十五世纪初建造的（永乐皇帝也重建过长城），因之富有皇室的华贵。有一个南城，稍小于北城，自南城最南的门向内，有一条绵延五英里的中轴，它穿经依次相连的每一道城门，直抵皇宫正殿。

紫禁城位于北城的中心，周围绕有城壕与金色瓦顶的墙垣，背后是煤山，山上共有五座亭台，顶上盖有灿烂彩色的瓦。由煤山可以看到那条中轴，附近还有鼓楼。三海位于紫禁城的西面与西南面，那里是皇室的画舫遨游之地。

与中轴平行的是两条宽庄的大道，在东城是哈德门大街，在西城是宣武门大街，每条大街宽约六十英尺，在紫禁城前接连两街东西直通的大道，是宽逾百尺的天安门大街，在外城南门附近，位于中轴东西两端的，是天坛与先农坛。那里是皇帝祈年风调雨顺之处。

因为中国人对建筑美的观念，须兼顾雅适而不仅在高伟，宫殿屋顶所以都属于平阔一类的，也因为皇帝之外，无人许住楼房，所以到处都显得极其宽阔。

因是使北平显得如此舒适可爱的，成为居民的生活方式。居住繁华街衢附近的人，也都能安详生活。那里的生活程度很低，生活也颇富意味。政府官员与阔人可以聚餐于大饭馆，而洋车夫用个铜板，也可以买到油盐酱醋，不论在什么地方，附近总会有一个杂货店与茶馆的。

那儿很自由去追求你的学问、娱乐、嗜好，或者去赌博和搞政治。没有人理会你穿什么衣服，做什么事。这就是北平的兼容并包之处，你可以和贤人与恶人往来，和学者与赌徒往来，或者和画家往来。如果你景仰皇帝，可以到禁宫周围散步，幻想你自己也是一个皇帝。

如果你要是有闲，你可以在城内的九个公园中，任意游逛，坐在竹椅上或是杉树下的藤椅上，整一下午喝你的茶，所费不过是两角五分。那些茶役常是和蔼客气。或者在夏天的下午，你可以去游什刹海（湖），或者你可以出西直门去游览颐和园。

北平城外大都是村庄麦田，到处可见裸体的儿童，他们在路边嬉戏时，常向行人讨钱。你可以和他们交谈，或者闭目装睡，不理他们。你或者可以去圆明园找意大利宫殿的古迹，它是被八国联军强劫烧毁的。

在路过颐和园的途中，你可以在那里留连一整天的时光。沿途经过许多美丽的景象，玉泉山的大理石塔便在望了，在那里你可以留连一个下午，面前就是西山，景色迷人，可以数月忘返。

但是北平最迷人的，是住在那里的常人，他们不是圣贤和教授，而是人力车夫。从西城到颐和园洋车费一元左右，你或者以为这是很便宜的。这的确是便宜，而车夫却欣然收之，看见车夫们沿途互相取乐，笑论别人的不幸遭遇，你会有莫名其妙之感。

在晚上返家的途中，你也许会遇到一个褴褛的老年人力车夫。他向你讲述他的遭遇时，口吻诙谐清雅。如果你以为他年纪过老，想要下车步行时，他一定要强拉你回家。但是如果你突然跳了下来，然后把车钱照付，他向你表示的那种竭诚感激，是你有生以来从未见过的。

（选自《林语堂文集》第十卷，作家出版社，1996）

【学习提示】

林语堂（1895—1976），原名林和乐，后改名林玉堂，福建龙溪（今漳州）人。1912 年考入上海圣约翰大学，1919 年赴美留学，1923 年回国，先后在北大、北京女子大学任教，1924 年参加语丝社，成为该社的长期撰稿人之一。在五四运动期间，女师大学潮时，林语堂先后写了《祝土匪》《说文妖》《“读书救国”谬论一束》《悼刘和珍杨德群女士》等文，矛头直指反动军阀及其帮凶，配合了鲁迅等人对反动势力的斗争。1932 年起在上海编辑《论语》《人间世》《宇宙风》等刊物，提倡“幽默闲适”的小品。1936 年赴美国，以英语写作介绍中国文化的《吾国吾民》等，并用英文翻译了中国古籍《论语》《老子》。另编有《当代汉英词典》。中英文著作尚有《剪拂集》《大荒集》《我的话》《暴风雨中的树叶》《京华烟云》《苏东坡传》等。

散文《动人的北平》收于林语堂的幽默随笔文集《爱与刺》中，1940 年在美国初版。此前，林语堂已于 1936 年应夏威夷大学的邀请赴美国任教，《爱与刺》是他在美国报刊上发表的专栏文章的合集。

林语堂的中西文化素养都很丰厚，既能写出或凌厉或闲适的中文小品文章，也能熟练地使用英文进行创作。从 1928 年起，他就开始尝试直接用英文写作，往往一稿两用，英文写完后再自译成中文发表。1934 年，受美国作家赛珍珠的启发，林语堂开始创作以中国和中国人为题材，旨在“对外讲中”的《吾国吾民》。《吾国吾民》在美国初版后，好评如潮，又相继被译成多种文字，成为当时外国人了解中国的一本重要著作。到了美国之后，身处异域的林语堂一心想的就是将中国的文化更全面、更公允地介绍给外国，让国外民众能真正切实地了解中国文化和中国人，因此笔耕不辍。

说起北平这座城市，它与中国现代作家一直有着非常密切的关系。很多作家都曾在北京居住生活或者短暂停留过，而且也都留下了很多追忆北平的文字。北平之于林语堂，关系也是非同一般的。1916年，年仅21岁的林语堂自上海的圣约翰大学毕业后，就来到北京的清华学校任英文教员。1923年从美国留学归国后，他又历任北大、北师大等高校的教授，1924年参加“语丝社”。可以说，林语堂的创作生涯就是从北平开始的，与鲁迅等现代文学界同人的交往也是从北平开始的。林语堂虽是在福建南部长大，但说着一口流利的北京话，可见北京的生活带给他的影响是全面、重大而又长远的。所以，当他人到中年，又身处异乡，同时又有着要宣传自己国家的理想预设，再来回望祖国时，他笔下的北平显得那样动人自然便是情理之中的事了。

林语堂对自己曾有过一句非常中肯的评价：“我的最长处是对外国人讲中国文化，而对中国人讲外国文化。”正因承载了“对外讲中”的价值预设，所以《动人的北平》中的诗意情调和理想化色彩，都是可以被理解和接受的，作为后来的读者，也应该在这样包容的前提下去解读这篇文章。

【思考练习题】

1. 简析林语堂和老舍描写的北平的不同之处。
2. 《动人的北平》是如何体现林语堂“对外讲中”的创作理念的？

包身工

夏 衍

已经是旧历四月中旬了，上午四点一刻，晓星才从慢慢地推移着的淡云里消去，蜂房般的格子铺里的人们已经在蠕动了。

“拆铺啦！起来。”

穿着一身和时节不相称的拷皮衫裤①的男子，像生气似的叫喊。

“芦柴棒！去烧火，妈的，还躺着，猪猡！”

七尺阔，十二尺深的工房楼下，横七竖八地躺满了十六七个“猪猡”。跟着这种有威势的喊声，在充满了汗臭、粪臭和湿气的空气里，她们很快地就像被搅动了的蜂窝一般地骚动起来。打呵欠，叹气，叫喊，找衣服，穿错了别人的鞋子，胡乱地踏在别人身上，在离开别人头部不到一尺的马桶上很响地小便。成人期女孩所共有的害羞的感觉，在这些被叫做“猪猡”的人们中间似乎已经很钝感了。半裸体的起来开门，拎着裤子争夺马桶，将身体稍稍背转一下就会公然地在男人面前换衣服。

那男人虎虎地向起身得慢一点的女人们身上踢了几脚，回转身来站在不满二尺阔的楼梯上，向楼上的另一群人呼喊。

“揍你的！再不起来？懒虫！等太阳上山吗？”

蓬头，赤脚，一边扣着纽扣，几个睡眼惺忪的“懒虫”从楼上冲下来了，自来水龙头边挤满了人，用手捧些水来浇在脸上；“芦柴棒”着急地要将大锅子里的稀饭烧滚，但是倒冒出来的青烟引起了她一阵猛烈的咳嗽。十五六岁，除出老板之外大概很少有人知道她的姓名，手脚瘦得像芦棒梗一样，于是大家就拿芦柴棒当做了她的名字。

这是杨树浦福临路东洋纱厂的工房。长方形的，用红砖墙严密地封锁着的工房区域，被一条水门汀的弄堂马路划成狭长的两块。像鸽子笼一般的分割得很均匀。每边八排，每排五户，一共是八十户一楼一底的房屋。每间工房的楼上楼下，平均住宿着三十三个被老板们所指骂的“懒虫”和“猪猡”，所以，除出“带工”老板②、老板娘、他们的家族亲戚，和那穿拷皮衣服的同一职务的打杂、请愿警③……之外，这工房区域的墙圈里还住着二千个左右穿着破烂衣服而专替别人制造衣料的“猪猡”。

但是，她们正式的名称却是“包身工”。她们的身体，已经以一种奇妙的方式，包给了叫做“带工”的老板。每年——特别是水灾旱灾的时候，这些在东洋厂里有“脚路”④ 的带工，就亲身或者派人到他们家乡或者灾荒区域，用他们多年熟练了的、可以

①拷皮衫裤，拷绸裤褂。

②“带工”老板，管理包身工的工头。

③请愿警，旧社会有钱的人为了安全，出钱向反动政府雇用的警察，也就是“保镖的”。

④脚路，就是门路。

将一根稻草讲成金条的嘴巴，去游说那些无力“饲养”可又不忍让他们儿女饿死的同乡。

“还用说，住的是洋式的公司房子，吃的是鱼肉荤腥，一个月休息两天，咱们带着到马路上去玩玩，嘿，几十层楼的高房子，两层楼的汽车，各种各样，好看好玩的外国东西，老乡！人生一世，你也得去见识一下啊！”

“做满三年，以后赚的钱就归你啦，块把钱一天的工钱，嘿，别人跟我叩了头也不替她写进去！咱们是同乡，有交情。”

“交给我带去，有什么三差二错，我还能回家乡吗？”

这样说着，咬着草根树皮的女孩子可不必说，就是她们的父母也会怨悔自己没有跟去享福的福分了。于是，在预备好了的“包身契”上画上一个十字，包身费一般是大洋二十元，期限三年，三年之内，由带工的供给住食，介绍工作，赚钱归带工者收用，生死疾病，一听天命，先付包洋十元，人银两讫，“恐后无凭，立此包身契据是实”！

福临路工房的二千左右的包身工，隶属在五十个以上的带工头手下，她们是顺从地替“带工”赚钱的“机器”，所以每个“带工”所带包工的人数，也就表示了他们的手面①和财产。少一点的三十五十，多一点的带到一百五十个以上。手面宽的“带工”不仅可以放债，买田，起屋，还能兼营茶楼、浴室、理发铺一类的买卖。

东洋厂家将这些红砖墙围着的工房以每月五元的代价租给“带工”，“带工”就在这鸽子笼一般的“洋式”楼房里装进三十几部没有固定车脚的活动机器。这种工房没有普遍弄堂房子一般的“前门”，它们的前门恰和普通房子的后门一样。每扇前门楹上，一律钉着一块三寸长的木牌，上面用东洋笔法的汉字写着“陈永田泰州”“许富达维扬”等等带工头的籍贯和名字。门上，大大小小地贴着褪了色的红纸春联，中间，大都是红纸剪的元宝、如意、八卦，或者木版印的“姜太公在此，百无禁忌”的图像。春联的文字，大都是“积德前程远”“存仁后步宽”之类。这些春联贴在这种地方，好像是在对别人骄傲，又像是在对自己讽刺。

四点半之后，当没有影子和线条的晨光胆怯地显现出来的时候，水门汀路上和弄堂里，已被这些赤脚的乡下姑娘挤满了。凉爽而带有一点湿气的朝风，大约就是这些生活在死水一般的空气里的人们仅有的天惠。她们嘈杂起来，有的在公共自来水龙头边舀水，有的用断了齿的木梳梳掉拗执地粘在她们头发上的棉絮。陆续地、两个一组两个一组地用扁担抬着平满的马桶，吆喝着从人们身边擦过。带工“老板”或者打杂的拿着一叠叠的“打印子簿子”，懒散地站在正门出口——好像火车站轧票处一般的木栅子前面。楼下的那些席子、破被之类收拾掉之后，晚上倒挂在墙壁上的两张板桌放下来了。十几只碗，一把竹筷，胡乱地放在桌上，轮值烧稀饭的就将一洋铅桶糨糊一般的薄粥放在板桌的中央。她们的定食是两粥一饭，早晚吃粥，中午干饭。中午的饭和晚上的粥，由老板差人给她们送进工厂里去。粥，它的成分可并不和一般通用的意义一样。里面是较少的籼米、锅焦、碎米，和较多的乡下人用来喂猪的豆腐的渣粕！粥菜，这是不可能的事了，有几个“慈祥”的老板到小菜场去收集一些莴苣菜的叶瓣，用盐卤渍一浸，这就是

①手面，排场的意思。

她们难得的佳肴。

只有两条板凳，——其实，即使有更多的板凳，这屋子里面也没有同时容纳三十个人吃粥的地位，她们一窝蜂地抢一般地各人盛了一碗，歪着头用舌头舐着淋漓在碗边外的粥汁，就四散地蹲伏或者站立在路上和门口。添粥的机会，除了特殊的日子——譬如老板、老板娘的生日，或者发工钱的日子之外，通常是很难有的。轮着揩地板、倒马桶的日子，也有连一碗也轮不到的时候。洋铅桶空了，轮不到盛第一碗的人们还捧着一只空碗，于是老板娘拿起铅桶，到锅子里去刮下一些锅焦、残粥，再到自来水龙头边去冲上一些冷水，用她那双方才在梳头的油手搅拌一下，气烘烘地放在这些廉价的、不需要更多"维持费"的"机器"们的前面。

"死懒！躺着死不起来，活该！"

十一年前内外棉的顾正红事件①，尤其是五年前的"一·二八"战争之后，东洋厂家对于这种特殊的廉价"机器"的需要突然增加起来。据说，这是一种极合经营原则和经济原理的方法。有括弧的机器，终究还是血肉构成的人类。所以当他们忍耐到超过了最大限度的时候，他们往往会很自然地想起一种久已遗忘了的人类所该有的力量。有时候，愚蠢的"奴隶"会体会到一束箭折不断的理论，再消极一点他们也还可以拼着饿死不干。此外，产业工人的"流动性"，这是近代工业经营最嫌恶的条件，但是，他们是决不肯追寻造成"流动性"的根源的。一个有殖民地人事经验的自称是"温情主义者"的日本人在一本著作的序文上说："在这次争议（五卅）中，警察力没有任何的威权。在民众的结合力前面，什么权力都是不中用了！"可是，结论呢？用温情主义吗？不，不！他们所采用的，只是用廉价而没有"结合力"的"包身工"来代替"外头工人"（普通的自由劳动者）的方法。

第一，包身工的身体是属于带工的老板的，所以她们根本就没有"做"或者"不做"的自由，她们每天的工资就是老板的利润，所以即使在生病的时候，老板也会很可靠地替厂家服务，用拳头、棍子，或者冷水来强制她们去做工。就拿上面讲到过的芦柴棒来做个例吧（其实，这样的事倒是每个包身工都有遭遇的机会），有一次在一个很冷的清晨，芦柴棒害了急性的重伤风而躺在床（？②）上了。她们躺的地方，到了一定的时间是非让出来做吃粥的地方不可的，可是在那一天，芦柴棒可真的不能挣起来了，她很见机地将身体慢慢地移到屋子的角上，缩做一团，尽可能地不占屋子的地位。可是，在这种工房里生病躺着休养的例子，是不能任你开的。很快地一个打杂的走过来了。干这种职务的人，大半是带工头的亲戚，或者在"地方上"有一点势力的"白相人"③，所以在这种地方他们差不多有生杀自由的权力。芦柴棒的喉咙早已哑了，用手做着手势，表示身体没力，请求他的怜悯。

"假病！老子给你医！"

---

①顾正红事件，一九二五年五月间，上海日本内外棉纱厂的资本家镇压工人罢工，枪杀罢工运动的工人领袖共产党员顾正红，造成"五卅"惨案。

②其实这是不能叫作床的。——编者。

③白相人，流氓。

一手抓住了头发，狠命地举起往地上一摔，芦柴棒手脚着地，打杂的跟上去就是一脚，踢在她的腿上，照例，第二第三脚是不会少的，可是打杂的很快地就停止了，后来据说，那是因为芦柴棒露骨地突出的腿骨，碰痛了他的足趾！打杂的恼了，顺手夺过一盆另一个包身工正在揩桌子的冷水，迎头泼在芦柴棒的头上。这是冬天，外面在刮寒风。芦柴棒遭了这意外的一泼，反射地跳起来，于是在门口擦牙的老板娘笑了：

“瞧！还不是假病！好好的会爬起来，一盆冷水就医好了。”

这只是常有的例子的一个。

第二，包身工都是新从乡下出来，而且她们大半都是老板的乡邻，这一点，在“管理”上是极有利的条件。厂家除了在工房周围造一条围墙，门房里置一个请愿警，和门外钉一块“工房重地，闲人莫入”的木牌，使这些“乡下小姑娘”和别的世界隔绝之外，将管理权完全交给了带工的老板。这样，早晨五点钟由打杂的或者老板自己送进工厂，晚上六点钟接领回来，她们就永没有和“外头人”接触的机会。所以，包身工是一种“罐装的劳动力”，可以“安全地”保藏，自由地取用，绝没有因为和空气接触而起变化的危险。

第三，那当然是工价的低廉。包身工由“带工”带进厂里，于是她们的集合名词又变了，在厂方，她们叫做“试验工”或者“养成工”。试验工的期间表示了厂家在试验你有没有工作的能力，养成工的期间那就表示了准备将一个“生手”养成为一个“熟手”。最初的工钱是每天十二小时，大洋一角乃至一角五分，最初的工作范围是不需要任何技术的扫地、开花衣、扛原棉、松花衣之类，几个礼拜之后就调到钢丝车间、条子间、粗纱间去工作。在这种工厂所有者的本国，拆包间、弹花间、钢丝车间的工作，通例是男工做的，可是在上海，他们就不必顾虑到“社会的纠缠”和“官厅的监督”，就将这种不是女性所能担任的工作，加到工资不及男工三分之一的包身工们身上去了。

五点钟，第一回声很有劲地叫了。红砖罐头的盖子——那扇铁门一推开，就像放鸡鸭一般地无秩序地冲出一大群没锁链的奴隶。每人手里拿一本打印子的簿子，不很讲话，即使讲话也没有什么生气。一出门，这人的河流就分开了，第一厂的朝东，二三五六厂的朝西。走不到一百步，她们就和另一种河流——同在东洋厂家工作的“外头工人”们汇在一起。但是，住在这地域附近的人，对这河流里面的不同的成分是很容易看得出的。外头人的衣服多少的整洁一点，有人穿着旗袍，黄色或者淡蓝的橡皮鞋子，十七八岁的小姑娘们有时爱搽一点粉，甚至也有人烫过头发。包身工，就没有这种福气了，她们没有例外地穿着短衣，上面是褪色和油脏了的湖绿乃至青莲的短衫，下面是元色或者柳条的裤子。长头发，很多还梳着辫子。破脏的粗布鞋，缠过而未放大的脚，走路也就有点蹒跚的样子。在路上走，这两种人很少有谈话的机会。脏，乡下气，土头土脑，言语不通，这也许都是她们不亲近的原因。过分地看高自己和不必要地看轻别人，这在“外头工人”的心里也是下意识地存在着的。她们想：我们比你们多一种自由，多一种权利，——这就是宁愿饿肚子的自由，随时可以调厂和不做的权利。

红砖头的怪物已经张着嘴巴在等待着它的滋养物了。印度门警①把守着铁门，在门房间交出准许她们贡献劳动力的凭证，包身工只交一本打印子的簿子，外头工人在这簿子之外还有一张粘着照片的入厂凭证。这凭证已经有十一年的历史了。顾正红事件之后，内外棉摇班（罢工）了，可是其他的东洋厂还有一部分在工作，于是，在沪西的丰田厂，有许多内外棉的工人冒混进去，做了一次里应外合的英勇的工作。从这时候起，由丰田厂的提议，工人入厂之前就需要这种有照片的凭证了。——这种制度，是东洋厂所特有的，中国厂当然没有，英国厂，譬如怡和，工人进厂的时候还可以随便地带个把亲戚或者自己的儿女去学习（当然不给工资），怡和厂里随处可以看见七八岁甚至五六岁的童工，这当然是不取工钱的“赠品”。

织成衣服的一缕缕的纱，编成袜子的一根根的线，穿在身上都是光滑舒适而愉快的。可是，在从棉制成这种纱线的过程，就不像穿衣服那样的愉快了。纱厂工人的三大威胁——音响、尘埃和湿气。

到杨树浦去的电车经过齐齐哈尔路的时候，你就可以听到一种“沙沙”的急雨和“隆隆”的雷响混合在一起的声音。一进厂，猛烈的噪音，就会消灭——不，麻痹了你的听觉，马达的吼叫，皮带的拍击，锭子的转动，齿轮的轧轹……一切使人难受的声音，好像被压缩了的空气一般的紧装在这红砖墙的厂房里面，分辨不出这是什么声音，也决没有使你听觉有分别这些音响的余裕。纺纱间里的“落纱”（专管落纱的熟练工）和“荡管”（巡回管理的上级女工，日本人叫做“见回”），命令工人的时候，不用言语，不用手势，而用经常衔在嘴里的口哨，因为只有口哨的锐利的高音才能突破这种紧张了的空气。

尘埃，那种使人难受的程度，更在意料之外了。精纺粗纺间的空间，肉眼也可看出飞扬着无数的“棉絮”，扫地的女工经常地将扫帚的一端按在地上像揩地板一样地推着，一个人在一条“弄堂”（两部纺机的中间）中间反复地走着，细雪一般的棉絮依旧可以看出积在地上。弹花间、拆包间和钢丝车间更可不必讲了。拆包间的工作，是将打成包捆的原棉拆开，用手扯松，拣去里面的夹杂成分；这种工作，现在的东洋厂差不多已经完全派给包身工去做了，因为她们“听话”，肯做别的工人不愿做的工作。在那种车间里，不论你穿什么衣服，一刻儿就会一律变成灰白。爱作弄人的小恶魔一般的在室中飞舞着的花絮，“无孔不入”地向着她们的五官钻进，头发、鼻孔、睫毛和每一个毛孔，都是这些纱花寄托的场所；要知道这些花絮粘在身上的感觉，那你可以假想一下——正像当你工作到出汗的时候，有人在你面前拆散和翻松一个木棉絮的枕芯，而使这枕芯的灰絮遍粘在你的身上！纱厂女工没有一个有健康的颜色，做十二小时的工，据调查每人平均要吸入〇．一五克的花絮！

湿气的压迫，也是纱厂工人——尤其是织布间工人最大的威胁。她们每天过着黄霉，每天接触着一种饱和着水蒸气的热气。按照棉纱的特性，张力和湿度是成正比例的。说得平直一点，棉纱在潮湿状态比较不容易扯断，所以车间里必须有喷雾器的装

---

①印度门警，那时候上海许多帝国主义国家经营的洋行、工厂等，都用印度人做门警。因为那时候，印度也是被侵略的国家，帝国主义国家就利用他们的特权，奴役了一部分印度人为他们服务。

置。在织布间，每部织机的头上就有一个不断地放射蒸汽的喷口，伸手不见五指，对面不见他人！身上有一点被蚊虱咬开或者机器碰伤而破皮的时候，很快地就会引起溃烂。盛夏一百十五六度的温度下面工作的情景，那就决不是“外面人”所能想像的了。

这大概是自然现象吧，一种生物在这三种威胁下面工作，加速度地容易疲劳，尤其是在做夜班的时候。但是打瞌睡是不会有的，因为野兽一般的铁的暴君监视着你，只要断了线不接，锭壳轧坏，皮辊摆错方向，乃至车板上有什么堆积，就会有遭“拿莫温”（工头）和“小荡管”毒骂和殴打的危险。这几年来，一般地讲，殴打的事实已经渐渐地少了，可是这种“幸福”只局限在“外头工人”的身上。拿莫温和小荡管打人，很容易引起同车间工人的反对，即使当场不发作，散工之后往往会有“喊朋友”“品理”和“打相打”① 的危险，但是，包身工是没有“朋友”和帮手的。什么人都可以欺侮，什么人都看不起她们，她们是最下层的“起码人”，她们是拿莫温和小荡管们发脾气和使威风的对象。在纱厂，做了“烂污生活”的罚规，大约是殴打、罚工钱和“停生意”三种，那么，从包身工所有者——带工老板的立场来看，后面的两种当然是很不利了。罚工钱就是减少他们的利润，停生意不仅不能赚钱，还要贴她二粥一饭，于是带工头不假思索地就欢喜他们采用殴打这一种办法了。每逢端节重阳年头年尾，带工头总要给拿莫温们送礼，那时候他们总得卑屈地讲：

“总得请你帮忙，照应照应，咱的小姑娘有什么事情尽管打！打死不干事，只是不要罚工钱，停生意！”

打死不干事。在这种情形之下，“包身工”当然是“人人得而欺之”了。有一次，一个叫做小福子的包身工整好了的烂纱没有装起，就遭了拿莫温的殴打，恰恰运气坏，一个“东洋婆”走过来了，拿莫温为要在洋东家面前显出他的威风，和对“东洋婆”表示他管督的严厉，打得比寻常格外着力。东洋婆望了一会，也许是她不喜欢这种不“文明”的殴打，也许是她要介绍一种更合理的惩戒方法，走近身来，揪住小福子的耳朵，将她扯到太平龙头的前面，叫她向着墙壁立着，拿莫温跟着过来，很懂得东洋婆的意思似的拿起一个丢在地上的皮带盘心子，不怀好意地叫她顶在头上，东洋婆会心地笑了：

“迭个（这个）小姑娘坏来些！懒惰！”

拿莫温学着同样生硬的调子说。

“皮带盘心子顶在头上，就不会打瞌睡！”

这种“文明的惩罚”，有时候会叫你继续到两小时以上，两小时不做工作，赶不出一天该做的“生活”，那么工资减少而招致带工老板的殴打，也就是分内的事了。殴打之外，还有饿饭、吊、关黑房间等等方法。

实际上，拿莫温对待外头工人也并不怎样客气，因为除了打骂之外还有更巧妙的方法，譬如派给你难做的“生活”，或者调你去做不愿意的工作，所以外头有些工人就被迫用送节礼的办法来巴结拿莫温，希望保障自己安全。拿出血汗换的钱来孝敬工头，在

①“喊朋友”“品理”和“打相打”，旧社会帮派之间解决纠纷的一些办法。工人往往利用这种形式，向工头展开斗争。

她们当然是一种难堪的负担，但是在包身工，那是连这种送礼的权利也没有的！外头工人在抱怨这种额外的负担，而包身工人却在羡慕这种可以自主的拿出钱来贿赂工头的权利！

在一种特殊优惠的保护之下，吸收着廉价劳动力的滋养，在中国的东洋厂飞跃地膨大了。单就这福临路的东洋厂讲，光绪二十八年三井系的资本收买大纯纱厂而创立第一厂的时候，锭子还不到两万，可是三十年之后，他们已经有了六个纱厂，五个织布厂，二十五万个锭子，三千张布机，八千工人和一千二百万元的资本。美国哲人爱玛生的朋友，达维特·索洛曾在一本书上说过，美国铁路每一根枕木下面，都横卧着一个爱尔兰工人的尸首，那么我也这样联想，在东洋厂的每一个锭子上面，都附托着一个中国奴隶的冤魂！

“一·二八”战争之后，他们的政策又改变了，这特征就是劳动强化。统计的数字表示着这四年来锭子和布机数的增加和工人人数的减少。可是在这渐减的工人里面，包身工的成分却在激剧地增加。举一个例，杨树浦某厂的条子车间，三十二个女工里面就有二十四个包身工，全般的比例，大致相仿。即使用最少的约数百分之五十计算，全上海三十家东洋厂的四万八千工人里面，替厂家和带工头二重服务的包身工总在二万四千人以上！

科学管理和改良机器，粗纱间过去每人管一部车的，现在改管一“弄堂”了；细纱间从前每人管三十木管的（每木管八个锭子），现在改管一百木管了；布机间从前每人管五部布机，现在改管二十乃至三十部了。表面上看，好像论货计工，产量增多就表示了工资的增大，但是事实并不这样简单。工钱的单价，几年来差不多减了一倍。譬如做粗纱，以前每“亨司”（八百四十码）单价八分，现在已经不到四分了，所以每人管一部车子，工作十二小时，从前做八“亨司”可以得到六角四分，现在管两部车做十六“亨司”工钱还不过四角八分左右。在包身工，工钱的多少，和她“本身”无涉，那么当然这剥削就上在带工头的账上了。

两粥一饭，十二小时工作，劳动强化，工房和老板家庭的义务劳动，猪猡一般的生活，泥土一般的作践——血肉造成的“机器”，终于和钢铁造成的机器不一样的，包身契上写明的三年期间，能够做满的大概不到三分之二。工作，工作，衰弱到不能走路还是工作，手脚像芦柴棒一般的瘦，身体像弓一般的弯，面色像死人一般的惨！咳着，喘着，淌着冷汗，还是被逼着在做工。譬如讲芦柴棒吧，她的身体实在瘦得太可怕了，放工的时候，厂门口的“抄身婆”（检查女工身体的女人）也不愿意用手去接触她的身体。

“让她扎一两根油线绳吧！骷髅一样，摸着她的骨头会做怕梦！”

但是，带工老板是不怕做怕梦的！有人觉得太难看了，对她的老板说：

“譬如做好事吧，放了她！”

“放她？行！还我二十块钱，两年间的伙食、房钱。”他随便地说，回转头来瞪了她一眼。

“不还钱，可别做梦！宁愿赔棺材，要她做到死！”

芦柴棒现在的工钱是每天三角八分，拿去年的工钱三角二分做平均，做了两年，带工老板在她身上实际已经收入了二百三十块了！

还有一个，什么名字记不起了，她熬不住这种生活，用了许多工夫，在上午的十五分钟休息时间里，偷偷地托一个在补习学校念书的外头工人写了一封给她父母的家信，邮票，大概是那同情她的女工捐助的了。一个月，没有回信，她在焦灼，她在希望，也许她的父亲会到上海来接她回去，可是，回信是捏在老板手里了。散工回来的时候，老板和两个打杂的站在门口。满脸横肉的老板赶上一步，一把扭住她的头发，踢，打，掷和爆发一般的听不清的轰骂！

“死婊子！你倒有本事，打断我的家乡路！

“猪猡，一天三餐喂昏了！

“揍死你，给大家做个样子！

“谁给你写的信？讲，讲！”

鲜血和惨叫使整个工房都怔住了，大家都在发抖，这好像真是一个榜样。打倦了之后，再在老板娘的亭子楼里吊一晚。这一晚上，整屋子除出快要断气的呻吟一般的呼唤之外，绝没有别的声息，屏着气，睁着眼，千百个奴隶在黑夜中叹息她们的命运。

人类的身体构造，有时候觉得确实有一点神奇。长得结实肥胖的往往会像折断一根麻梗一般的很快的死亡，而像芦柴棒一般的却偏能一天一天地磨难下去。每一分钟都有死的可能，可是她还有韧性地在那儿支撑。两粥一饭、十二小时噪音、尘埃和湿气中的工作，默默地，可是规则地反复着，直至榨完了残留在她皮骨里的最后的一滴血汗为止。

看着这种饲养小姑娘谋利的制度，我禁不住想起孩子时候看到过的船户养墨鸭捕鱼的事了。和乌鸦很相像的那种怪样子的墨鸭，整排地停在舷上，它们的脚是用绳子吊住了的，下水捕鱼，起水的时候船户就在它的颈子上轻轻地一挤。吐了再捕，捕了再吐，墨鸭整天地捕鱼，卖鱼得钱的却是养墨鸭的船户。但是，从我们孩子的眼里看来，船户对墨鸭并没有怎样的虐待，因为船户总还得养活它们，喂饱它们，而现在，将这种关系转移到人和人的中间，便连这一点施与也已经不存在了！

在这千万的被饲养者的中间，没有光，没有热，没有希望……没有法律，没有人道。这儿有的是二十世纪烂熟了的技术、机械、制度，和对这种制度忠实地服务着的十五六世纪封建制下的奴隶！

黑夜，静寂的、死一般的长夜。表面上，这儿似乎还没有自觉，还没有团结，还没有反抗，——她们住在一个伟大的锻冶场里面，闪烁的火花常常在她们身边擦过，可是，在这些被强压强榨着的生物，好像连那可以引火，可以燃烧的火种也已经消散掉了。

不过，黎明的到来还是没法可抗拒的；索洛警告美国人当心枕木下的尸骸，我也想警告这些殖民主义者当心呻吟着的那些锭子上的冤魂。

一九三六年四月·上海

（选自《包身工》，解放军文艺出版社，2000）

【学习提示】

夏衍（1900—1995），原名沈乃熙，字端轩，号端先，浙江杭县（今杭州）人。早年参加五四运动。毕业于日本明治专门学校电机科。1927年加入中国共产党，曾从事工人运动，是中国左翼作家联盟的发起人和领导者之一。1930年，夏衍组织发起左翼戏剧家联盟，领导左翼戏剧运动。夏衍译介了高尔基的名著《母亲》，并在20世纪30年代创作了一大批优秀的话剧及电影剧本，如《赛金花》《秋瑾传》《上海屋檐下》及《狂流》等。1936年，夏衍深入实际，在广为调查的基础上，写成了优秀报告文学《包身工》。《包身工》标志着我国报告文学创作的成熟。全民族抗日战争爆发后，夏衍负责主编《救亡日报》，其间又完成了《心防》《愁城记》等多部话剧。1942年，夏衍赴重庆主编《新华日报》副刊，同年写成四幕剧《水乡吟》和五幕剧《法西斯细菌》，同期还改编了列夫·托尔斯泰的小说《复活》，并与于伶、宋之的等合作写过电影文学剧本。中华人民共和国成立后，夏衍历任文化部副部长、中国文联副主席等职，并致力于发展新中国的电影事业，陆续将《祝福》《林家铺子》等优秀小说改编搬上银幕，深受人民的喜爱。

《包身工》写于1936年，发表于同年6月《光明》创刊号，后收入1938年广州离骚出版社出版的同名报告文学集。《包身工》是我国早期报告文学的名篇，它的问世，对我国现代报告文学的发展具有重要的意义。所谓“包身工”，专指一种以残酷的方式把人身包给带工老板而完全丧失人身自由的纺织女工。这种包身工制度，是近代资本主义的剥削方式与半殖民地半封建社会的奴隶式剥削方式相结合的产物。日本帝国主义与中国反动势力狼狈为奸，利用它，从中国人民身上榨取高额利润，致使成千上万的工人血汗被榨尽，直至丧失生命。作者抱着“觉得非把这个人间地狱揭发出来不可”的决心，克服种种困难，在上海的东洋纱厂，详细观察了两个多月，搜集了大量材料，以高度的真实性，揭示了包身工悲惨的生活真相。

《包身工》之所以具有巨大的影响和长久的生命力，除了它高度的思想性之外，也与它艺术上的娴熟与成功分不开。作者从原始材料中，严格筛选出那些突出包身工悲惨生活的事例，以表现她们作为“活机器”的特征。作品以一天为线索，以时间为顺序，交错运用议论、描写、抒情等手法，采用细节描写与全景勾画、个别与一般相结合的方式，反映了包身工非人的生活。同时，作品巧妙地把片段事件的叙述和人物活动的描写结合，展示给读者一幅幅具体可感的生动画面与一个个鲜活的人物形象，结构严谨，真实而又富有浓厚的艺术性，比纯理性的论述更具感人的力量。尤其是在人物形象的刻画上，虽然每个人物着墨不多，但都给读者留下了深刻的印象，如骨瘦如柴的“芦柴棒”，“熬不住”及要跳出苦海却遭毒打的女工，甚至是口蜜腹剑的带工老板及穷凶极恶的打杂的，等等。此外，作品还具有浓厚的论辩色彩，集中体现在对于纱厂为何爱用包身工的原因的分析上。三点原因，都分析得相当深刻，切中实质，很具说服力。又如，作者列举数字说明纱厂产量的增加，也从理性上增强了文章的论辩色彩，使作品看起来，有情有感，有理有据，具有巨大的感染力量。

【思考练习题】

1. 简述《包身工》的思想内容以及它对现代报告文学创作的意义。

2. 简述《包身工》在人物形象刻画时采用的方法及采用这些方法的好处。

3. 找出文中体现作者论辩色彩的例子，试说明它们对于表现文章主旨的作用。

到底是上海人

张爱玲

一年前回上海来，对于久违了的上海人的第一个印象是白与胖。在香港，广东人十有八九是黝黑瘦小的，印度人还要黑，马来人还要瘦。看惯了他们，上海人显得个个肥白如瓠，像代乳粉的广告。

第二个印象是上海人之“通”。香港的大众文学可以用脍炙人口的公共汽车站牌“如要停车，乃可在此”为代表。上海就不然了。初到上海，我时常由心里惊叹出来：“到底是上海人！”我去买肥皂，听见一个小学徒向他的同伴解释：“喏，就是‘张勋’的‘勋’，‘功勋’的‘勋’，不是‘薰风’的‘薰’。”新闻报上登过一家百货公司的开幕广告，用骈散并行的阳湖派体裁写出切实动人的文字，关于选择礼品不当的危险，结论是：“友情所系，讵不大哉！”似乎是讽刺，然而完全是真话，并没有夸大性。

上海人之“通”并不限于文理清顺，世故练达。到处我们可以找到真正的性灵文字。去年的小报上有一首打油诗，作者是谁我已经忘了，可是那首诗我永远忘不了。两个女伶请作者吃了饭，于是他就做诗了：“樽前相对两头牌，张女云姑一样佳。塞饱肚皮连赞道：难觅任使踏穿鞋！”多么可爱的，曲折的自我讽嘲！这里面有无可奈何，有容忍与放任——由疲乏而产生的放任，看不起人，也不大看得起自己，然而对于人与己依旧保留着亲切感。更明显地表示那种态度的有一副对联，是我在电车上看见的，用指甲在车窗的黑漆上刮出字来：“公婆有理，男女平权。”一向是“公说公有理，婆说婆有理”，由他们去罢！各有各的理。“男女平等”，闹了这些年，平等就平等罢！——又是由疲乏而起的放任。那种满脸油汗的微笑，是标准中国幽默的特征。

上海人是传统的中国人加上近代高压生活的磨练。新旧文化种种畸形产物的交流，结果也许是不甚健康的，但是这里有一种奇异的智慧。

谁都说上海人坏，可是坏得有分寸。上海人会奉承，会趋炎附势，会混水摸鱼，然而，因为他们有处世艺术，他们演得不过火。关于“坏”，别的我不知道，只知道一切的小说都离不了坏人。好人爱听坏人的故事，坏人可不爱听好人的故事。因此我写的故事里没有一个主角是个“完人”。只有一个女孩子可以说是合乎理想的，善良，慈悲，正大，但是，如果她不是长得美的话，只怕她有三分讨人厌。美虽美，也许读者们还是要向她叱道：“回到童话里去！”在“白雪公主”与“玻璃鞋”里，她有她的地盘。上海人不那么幼稚。

我为上海人写了一本香港传奇，包括《沉香屑，第一炉香》，《沉香屑，第二炉香》，《茉莉香片》，《心经》，《琉璃瓦》，《封锁》，《倾城之恋》七篇。写它的时候，无时无刻不想到上海人，因为我是试着用上海人的观点来察看香港的。只有上海人能够懂得我的文不达意的地方。

我喜欢上海人，我希望上海人喜欢我的书。

一九四三年八月

（选自《张爱玲文集》第四卷，安徽文艺出版社，1992）

【学习提示】

与张爱玲的小说同样出色的，是她的散文。《到底是上海人》发表于1943年，鲜明地体现出张爱玲“入世”与“出世”这两种相逆的人生态度的圆融结合，趣味丰盈，亲切自如。

在文中，张爱玲由生活琐事出发，体察上海人的独特之处。她从卖肥皂的小学徒对于“勋”和“薰”的清晰辨析以及百货公司的开幕广告所使用的骈散并行的文体，感受到上海人的文理清顺和世故练达，由小报的打油诗以及电车车窗上的字，体会到上海人在生活的重重磨砺下所形成的推己及人的自嘲式的宽容与亲切。对此，张爱玲精妙地总结为:“上海人是传统的中国人加上近代高压生活的磨练。新旧文化种种畸形产物的交流。”在张爱玲看来，这种文化境遇“也许是不甚健康的，但是这里有一种奇异的智慧”。她进一步从上海人的“坏”入手，认为他们的“坏”是独特的，因为“坏得有分寸”，他们“会奉承，会趋炎附势，会混水摸鱼，然而，因为他们有处世艺术，他们演得不过火”，将上海人的“坏”归结为一种因努力适应现实生活而不得不具备的智慧。这种“坏”的“智慧”，恰是人生的本真面目，因为“一切的小说都离不了坏人。好人爱听坏人的故事，坏人可不爱听好人的故事”，“完人”在现实中是难以立足的，只能在“白雪公主”与“玻璃鞋”这样的童话中存在。这既是对上海人“坏”的“智慧”的深刻剖析，同时也反映出张爱玲对于人性的透彻体悟以及由这种体悟所形成的对于人生、人性的理解。张爱玲在肯定“不那么幼稚”的上海人的同时，也形成了自己对于人生和人性独特的观察视角，所以她说，“只有上海人能够懂得我的文不达意的地方”。

《到底是上海人》文章结构极为精妙，作者以对生活琐事的感受入笔，展现上海人之“通”于世俗生活，不露痕迹地带入自己的印象式评介，生发个人对于人生的独特体察，寥寥数语，却能切中肯綮，使读者会心之感油然而生。文章用语简练，少铺叙，多点睛之笔，行文流畅，收放自如。

【思考练习题】

1. 结合《到底是上海人》，谈谈张爱玲的“私语”体的散文风格。

2. 在这篇文章中，张爱玲从上海人的“坏”谈起，深入分析了上海人的文化性格，其中蕴含着作家对于“中国人”在中西、新旧文化交融中的思考，如何理解这种思考？

更衣记

张爱玲

如果当初世代相传的衣服没有大批卖给收旧货的，一年一度六月里晒衣裳，该是一件辉煌热闹的事罢。你在竹竿与竹竿之间走过。两边拦着绫罗绸缎的墙——那是埋在地底下的古代宫室里发掘出的甬道。你把额角贴在织金的花绣上。太阳在这边的时候，将金线晒得滚烫，然而现在已经冷了。

从前的人吃力地过了一辈子，所作所为，渐渐蒙上了灰尘；子孙晾衣裳的时候又把灰尘给抖了下来，在黄色的太阳里飞舞着。回忆这东西若是有气味的话，那就是樟脑的香，甜而稳妥，像记得分明的快乐，甜而怅惘，像忘却了的忧愁。

我们不大能够想象过去的世界，这么迂缓，安静，齐整——在满清三百年的统治下，女人竟没有什么时装可言！一代又一代的人穿着同样的衣服而不觉得厌烦。开国的时候，因为“男降女不降”，女子的服装还保留着显著的明代遗风。从十七世纪中叶直到十九世纪末，流行着极度宽大的衫裤，有一种四平八稳的沉着气象。领圈很低，有等于无。穿在外面的“大袄”，在并非正式的场合，宽了衣，便露出“中袄”。“中袄”里面有紧窄合身的“小袄”，上床也不脱去，多半是娇媚的，桃红或水红。三件袄子之上又加着“云肩背心”，黑缎宽镶，盘着大云头。

削肩，细腰，平胸，薄而小的标准美女在这一层层衣衫的重压下失踪了。她的本身是不存在的，不过是一个衣架子罢了。中国人不赞成太触目的女人。历史上记载的耸人听闻的美德——譬如说，一只胳膊被陌生男子拉了一把，便将它砍掉——虽然博得普通的赞叹，知识阶级对之总隐隐地觉得有点遗憾，因为一个女人不该吸引过度的注意；任是铁铮铮的名字，挂在千万人的嘴唇上，也在呼吸的水蒸气里生了锈。女人要想出众一点，连这样堂而皇之的途径都有人反对，何况奇装异服，自然那更是伤风败俗了。

出门时裤子上罩的裙子，其规律化更为彻底。通常都是黑色，逢着喜庆年节，太太穿红的，姨太太穿粉红。寡妇系黑裙，可是丈夫过世多年之后，如有公婆在堂，她可以穿湖色或雪青。裙上的细褶是女人的仪态最严格的试验。家教好的姑娘，莲步姗姗，百褶裙虽不至于纹丝不动，也只限于最轻微的摇颤。不惯穿裙的小家碧玉走起路来便予人以惊风骇浪的印象。更为苛刻的是新娘的红裙，裙腰垂下一条条半寸来宽的飘带，带端系着铃。行动时只许有一点隐约的叮当，像远山上宝塔上的风铃。晚至一九二〇年左右，比较潇洒自由的宽褶裙入时了，这一类的裙子方才完全废除。

穿皮子，更是禁不起一些出入，便被目为暴发户。皮衣有一定的季节，分门别类，至为详尽。十月里若是冷得出奇，穿三层皮是可以的，至于穿什么皮，那却要顾到季节而不能顾到天气了。初冬穿“小毛”，如青种羊，紫羔，珠羔，然后穿“中毛”，如银鼠，灰鼠，灰脊，狐腿，甘肩，倭刀；隆冬穿“大毛”——白狐，青狐，西狐，玄狐，紫貂。“有功名”的人方能穿貂。中下等阶级的人以前比现在富裕得多，大都有一件金银嵌或羊皮袍子。

姑娘们的“昭君套”为阴森的冬月添上点色彩。根据历代的图画，昭君出塞所戴的风兜是爱斯基摩式的，简单大方，好莱坞明星仿制者颇多。中国十九世纪的“昭君套”却是颠狂冶艳的，——一顶瓜皮帽，帽檐围上一圈皮，帽顶缀着极大的红绒球，脑后垂着两根粉红缎带，带端缀着一对金印，动辄相击作声。

对于细节的过份的注意，为这一时期服装的要点。现代西方的时装，不必要的点缀品未尝不花样多端，但是都有个目的——把眼睛的蓝色发扬光大起来，补助不发达的胸部，使人看上去高些或矮些，集中注意力在腰肢上，消灭臀部过度的曲线……古中国衣衫上的点缀品却是完全无意义的。若说它是纯粹装饰性质的罢，为什么连鞋底上也满布着繁缛的图案呢？鞋的本身就很少在人前露脸的机会，别说鞋底了，高底的边缘也充塞着密密的花纹。

袄子有“三镶三滚”，“五镶五滚”，“七镶七滚”之别，镶滚之外，下摆与大襟上还闪烁着水钻盘的梅花，菊花。袖上另钉着名唤“阑干”的丝质花边。宽约七寸，挖空镂出福寿字样。

这样聚集了无数小小的有趣之点。这样不停地另生枝节，放恣，不讲理，在不相干的事物上浪费了精力，正是中国有闲阶级一贯的态度。惟有世界上最清闲的国家里最闲的人，方才能够领略到这些细节的妙处。制造一百种相仿而不犯重的图案，固然需要艺术与时间；欣赏它，也同样地烦难。

古中国的时装设计家似乎不知道，一个女人到底不是大观园。太多的堆砌使兴趣不能集中。我们的时装的历史，一言以蔽之，就是这些点缀品的逐渐减去。

当然事情不是这么简单。还有腰身大小的交替盈蚀。第一个严重的变化发生在光绪三十二三年。铁路已经不那么稀罕了，火车开始在中国人的生活里占一重要位置。诸大商港的时新款式迅速地传入内地。衣裤渐渐缩小，“阑干”与阔滚条过了时，单剩下一条极窄的。扁的是“韭菜边”，圆的是“灯草边”，又称“线香滚”。在政治动乱与社会不靖的时期——譬如欧洲的文艺复兴时代——时髦的衣服永远是紧匝在身上，轻捷利落，容许剧烈的活动。在十五世纪的意大利，因为衣裤过于紧小，肘弯膝盖，筋骨接榫处非得开缝不可。中国衣服在革命酝酿期间差一点就胀裂开来了。“小皇帝”登基的时候，袄子套在人身上像刀鞘。中国女人的紧身背心的功用实在奇妙——衣服再紧些，衣服底下的肉体也还不是写实派的作风，看上去不大像个女人而像一缕诗魂。长袄的直线延至膝盖为止，下面虚飘飘垂下两条窄窄的裤管，似脚非脚的金莲抱歉地轻轻踏在地上。铅笔一般瘦的裤脚妙在给人一种伶仃无告的感觉。在中国诗里，“可怜”是“可爱”的代名词。男人向有保护异性的嗜好，而在青黄不接的过渡时代，颠连困苦的生活情形更激动了这种倾向。宽袍大袖的，端凝的妇女现在发现太福相了是不行的，做个薄命人反倒于她们有利。

那又是一个各趋极端的时代。政治与家庭制度的缺点突然被揭穿。年青的知识阶级仇视着传统的一切，甚至于中国的一切。保守性的方面也因为惊恐的缘故而增强了压力。神经质的论争无日不进行着，在家庭里，在报纸上，在娱乐场所。连涂脂抹粉的文明戏演员，姨太太们的理想恋人，也在戏台上向他们的未婚妻借题发挥讨论时事，声泪俱下。

一向心平气和的古国从来没有如此骚动过。在那歇斯底里的气氛里，“元宝领”这东西产生了——高得与鼻尖平行的硬领，像缅甸的一层层叠至尺来高的金属顶圈一般，逼迫女人们伸长了脖子。这吓人的衣领与下面的一捻柳腰完全不相称。头重脚轻，无均衡的性质正象征了那个时代。

民国初建立，有一时期似乎各方面都有浮面的清明气象。大家都认真相信卢骚的理想化的人权主义。学生们热诚拥护投票制度，非孝，自由恋爱。甚至于纯粹的精神恋爱也有人实验过，但似乎不会成功。

时装上也显出空前的天真，轻快，愉悦。“喇叭管袖子”飘飘欲仙，露出一大截玉腕。短袄腰部极为紧小。上层阶级的女人出门系裙，在家里只穿一条齐膝的短裤，丝袜也只到膝为止，裤与袜的交界处偶然也大胆地暴露了膝盖，存心不良的女人往往从袄底垂下挑拨性的长而宽的淡色丝质裤带，带端飘着排穗。

民国初年的时装，大部份的灵感是得自西方的。衣领减低了不算，甚至被蠲免了的时候也有。领口挖成圆形，方形，鸡心形，金刚钻形。白色丝质围巾四季都能用。白丝袜脚跟上的黑绣花，像虫的行列，蠕蠕爬到腿肚子上。交际花与妓女常常有戴平光眼镜以为美的。舶来品不分皂白地被接受，可见一斑。

军阀来来去去，马蹄后飞沙走石，跟着他们自己的官员，政府，法律，跌跌绊绊赶上去的时装，也同样地千变万化。短袄的下摆忽而圆，忽而尖，忽而六角形。女人的衣服往常是和珠宝一般，没有年纪的，随时可以变卖，然而在民国的当铺里不复受欢迎了，因为过了时就一文不值。

时装的日新月异并不一定表现活泼的精神与新颖的思想。恰巧相反。它可以代表呆滞；由于其他活动范围内的失败，所有的创造力都流入衣服的区域里去。在政治混乱期间，人们没有能力改良他们的生活情形。他们只能够创造他们贴身的环境——那就是衣服。我们各人住在各人的衣服里。

一九二一年，女人穿上了长袍。发源于满洲的旗装自从旗人入关之后一直是与中土的服装并行着的，各不相犯。旗下的妇女嫌她们的旗袍缺乏女性美，也想改穿较妩媚的袄裤，然而皇帝下诏，严厉禁止了。五族共和之后，全国妇女突然一致采用旗袍，倒不是为了效忠于满清，提倡复辟运动，而是因为女子蓄意要模仿男子。在中国，自古以来女人的代名词是“三绺梳头，两截穿衣。”一截穿衣与两截穿衣是很细微的区别，似乎没有什么不公平之处，可是一九二〇年的女人很容易地就多了心。她们初受西方文化的薰陶，醉心于男女平权之说，可是四周的实际情形与理想相差太远了，羞愤之下，她们排斥女性化的一切，恨不得将女人的根性斩尽杀绝。因此初兴的旗袍是严冷方正的，具有清教徒的风格。

政治上，对内对外陆续发生的不幸事件使民众灰了心。青年人的理想总有支持不了的一天。时装开始紧缩。喇叭管袖子收小了。一九三〇年，袖长及肘，衣领又高了起来。往年的元宝领的优点在它的适宜的角度，斜斜地切过两腮，不是瓜子脸也变了瓜子脸，这一次的高领却是圆筒式的，紧抵着下颌，肌肉尚未松弛的姑娘们也生了双下巴。

这种衣领根本不可恕。可是它象征了十年前那种理智化的淫逸的空气——直挺挺的衣领远远隔开了女神似的头与下面的丰柔肉身。这儿有讽刺、有绝望后的狂笑。

当时欧美流行着的双排钮扣的军人式的外套正和中国人凄厉的心情一拍即合。然而恪守中庸之道的中国女人在那雄赳赳的大衣底下穿着拂地的丝绒长袍，袍衩开到大腿上，露出同样质料的长裤子，裤脚上闪着银色花边。衣服的主人翁也是这样的奇异的配搭，表面上无不激烈地唱高调，骨子里还是唯物主义者。

近年来最重要的变化是衣袖的废除。（那似乎是极其艰难危险的工作，小心翼翼地，费了二十年的工夫方才完全剪去。）同时衣领矮了，袍身短了，装饰性质的镶滚也免了，改用盘花钮扣来代替，不久连钮扣也被捐弃了，改用揿钮。总之，这笔账完全是减法——所有的点缀品，无论有用没用，一概剔去。剩下的只有一件紧身背心，露出颈项、两臂与小腿。

现在要紧的是人，旗袍的作用不外乎烘云托月忠实地将人体轮廓曲曲勾出。革命前的装束却反之，人属次要，单只注重诗意的线条，于是女人的体格公式化，不脱衣服不知道她与她有什么不同。

我们的时装不是一种有计划有组织的实业，不比在巴黎，几个规模宏大的时装公司如 Lelong's，Schiaparelli's，垄断一切，影响及整个白种人的世界。我们的裁缝却是没主张的。公众的幻想往往不谋而合，产生一种不可思议的洪流。裁缝只有追随的份儿。因为这缘故，中国的时装更可以作民意的代表。

究竟谁是时装的首创者，很难证明，因为中国人素不尊重版权，而且作者也不甚介意，既然抄袭是最隆重的赞美。最近入时的半长不短的袖子，又称“四分之三袖”，上海人便说是香港发起的，而香港人又说是由上海传来的，互相推诿，不敢负责。

一双袖子翩翩归来，预兆形式主义的复兴。最新的发展是向传统的一方面走，细节虽不能恢复，轮廓却可尽量引用，用得活泛，一样能够适应现代环境的需要。旗袍的大襟采取围裙式，就是个好例子，很有点“三日入厨下”的风情，耐人寻味。

男装的近代史较为平淡。只有一个极短的时期，民国四年至八九年，男人的衣服也讲究花哨，滚上多道的如意头，而且男女的衣料可以通用，然而生当其时的人都认为是天下大乱的怪现状之一。目前中国人的西装，固然是谨严而黯淡，遵守西洋绅士的成规，即是中装也长年地在灰色，咖啡色，深青里面打滚，质地与图案也极单调。男子的生活比女子自由得多，然而单纯这一件不自由，我就不愿意做一个男子。

衣服似乎是不足挂齿的小事。刘备说过这样的话：“兄弟如手足，妻子如衣服。”可是如果女人能够做到“丈夫如衣服”的地步，就很不容易。有个西方作家（是萧伯纳么？）曾经抱怨过，多数女人选择丈夫远不及选择帽子一般的聚精会神，慎重考虑。再没有心肝的女子说起她“去年那件织锦缎夹袍”的时候，也是一往情深的。

直到十八世纪为止，中外的男子尚有穿红着绿的权利。男子服色的限制是现代文明的特征。不论这在心理上有没有不健康的影响，至少这是不必要的压抑。文明社会的集团生活里，必要的压抑有许多种，似乎小节上应当放纵些，作为补偿。有这么一种议论，说男性如果对于衣着感到兴趣些，也许他们会安份一点，不至于千方百计争取社会的注意与赞美，为了造就一己的声望，不惜祸国殃民。若说只消将男人打扮得花红柳绿的，天下就太平了，那当然是笑话。大红蟒衣里面戴着绣花肚兜的官员，照样会淆乱朝纲。但是预言家威尔斯的合理化的乌托邦里面的男女公民一律穿着最鲜艳的薄膜质的衣裤，斗篷，这倒也值得做我们参考的资料。

因为习惯上的关系，男子打扮得略略不中程式，的确看着不顺眼，中装加大衣，就是一个例子，不如另加上一件棉袍或皮袍来得妥当，便臃肿些也不妨。有一次我在电车上看见一个年青人，也许是学生，也许是店伙，用米色绿方格的兔子呢制了太紧的袍，脚上穿着女式红绿条纹短袜，嘴里衔着别致的描花假象牙烟斗，烟斗里并没有烟。他吮了一会，拿下来把它一截截拆开了，又装上去，再送到嘴里去吮，面上颇有得色。乍看觉得可笑，然而为什么不呢，如果他喜欢？……秋凉的薄暮，小菜场上收了摊子，满地的鱼腥和青白色的芦粟的皮与渣。一个小孩骑了自行车冲过来，卖弄本领，大叫一声，放松了扶手，摇摆着，轻倩地掠过。在这一刹那，满街的人都充满了不可理喻的景仰之心。人生最可爱的当儿便在那一撒手罢？

一九四三年十二月

（选自《张爱玲文集》第四卷，安徽文艺出版社，1992）

【学习提示】

《更衣记》在张爱玲散文中的地位，恰如《金锁记》在其小说中的地位。在这篇作品中，张爱玲以其个性化的语言，对20世纪上半叶的中国服装进行了简略而全面的描绘，并寄予了深沉的人性思索与感叹，是一篇别具特色的散文佳作。

在《更衣记》中，张爱玲将人与衣的关系概括为以下三种类型：第一类是人必须严格遵循服装样式，如十七世纪中叶直到十九世纪末，削肩，细腰，平胸，薄而小的标准美女在一层层衣衫的重压下失踪了。她的本身是不存在的，不过是一个衣架子罢了。第二类是衣的样式转变恰好反映着人的观念转变。例如，适应着光绪三十二三年间的政治动乱与社会不靖，原有的宽袍大袖变成了像刀鞘一样的紧身长袄，下面虚飘飘垂下两条窄窄的裤管，在青黄不接的过渡时代，颠连困苦的生活情形导致了女性在服装上的伶仃取向。第三类则是由于人自身无力改造环境而不得不以衣作为反抗现实的象征，如1920年的女性失落于男女平权的无法实现，而不得不选择具有清教徒风格的旗袍，以此抹杀自身的女人根性。

《更衣记》是一篇明显具有张爱玲风格的散文作品。她对颜色、声音、气味有着强烈的感受，常常以通感这一修辞手法表现自己内心细腻无比的感受。例如，“回忆这东西若是有气味的话，那就是樟脑的香，甜而稳妥，像记得分明的快乐，甜而怅惘，像忘却了的忧愁”，将回忆的感觉以樟脑的香味作比，同时又与“记得分明的快乐”与“忘却了的忧愁”相联系，从气味、感受等多个层面勾勒回忆带给人的怅惘而稳妥的甜蜜，使读者感同身受。再如，“秋凉的薄暮，小菜场上收了摊子，满地的鱼腥和青白色的芦粟的皮与渣”，将可嗅的鱼腥与可见的青白芦粟皮渣并置，秋天的菜场如在目前。通感手法的运用使张爱玲的散文如同在音乐声中徐徐展开的一幅幅繁丽有味的图画，令人品之无尽。文章中精妙恰切的比喻更是随处可见，如将不惯穿裙的小家碧玉走路的摇颤比喻为惊风骇浪，将新娘行动时红裙上的小铃的隐约的响声比喻为远山上宝塔上传来的风铃声……各类形象的比喻，细腻地展现出她所要表现的事物的情态。

张爱玲以独特的女性视角，对各个时期的服饰细节予以详尽而细微的表现，显示了女性作家在此方面的特长。在行文中，张爱玲时刻不忘对女性特质进行阐释，在表现服装向传统回归时，也体现出她身为女性作家对于女性社会地位、社会角色所特有的敏感。

【思考练习题】

1. 如何理解《更衣记》是一篇展示“女性视角”的散文？
2. 结合文章谈谈张爱玲是如何运用通感这一修辞手法表达细腻感受的。

诗歌卷

蝴蝶

胡　适

两个黄蝴蝶，双双飞上天。
　不知为什么，一个忽飞还。
剩下那一个，孤单怪可怜；
　也无心上天，天上太孤单。

1916 年 8 月 23 日

（选自《尝试集》，人民文学出版社，2000）

【学习提示】

胡适（1891—1962），原名胡洪骍，字适之，安徽绩溪人。胡适幼年丧父，由母亲抚养成人，在家乡接受了九年的旧式教育。这一期间，他广泛阅读了大量的白话章回小说，培养了对于白话文的感情，以及运用白话文的能力。1904 年赴上海求学，大量阅读维新书刊，思想上产生了剧烈的变化，萌发了变革社会的思想。1910 年，赴美留学，先在康奈尔大学读农科，后改文科。1915 年入哥伦比亚大学研究院，师从杜威，服膺实用主义哲学。1917 年 1 月，在《新青年》上发表《文学改良刍议》，要求废除文言文提倡白话文，掀起"文学革命"运动。同年应蔡元培和陈独秀的邀请回国，到北京大学任教，广泛参与了新文化运动各个思想领域中的论战，促进了新文化运动的迅速发展。从 1917 年归国到 1926 年前后，胡适的文学活动进入了爆发期，发表了大量的文论、新诗、小说和话剧，并翻译了一些西方文学作品，引起了巨大的社会反响。1920 年，胡适的《尝试集》作为中国新文学史上第一本新诗集由亚东图书馆出版，出版后立即风靡海内，两年中连出四版。后长期从事文化教育工作。在文学、哲学、历史等领域都有开创性贡献。

1916 年，胡适在美国正式决定实践自己的"文学革命"主张，"自誓将致力于其所谓'活文学'"。当时他深受西方新思想的影响，接受了杜威的实验主义思想方法，如他所说："我的白话文学论不过是一个假设……我的白话诗的实地试验，不过是我的实验主义的一种应用。"《蝴蝶》一诗正作于本年，是他写得较早的一篇诗作。当时诗人是一个致力于革新的热血青年，但是他周围的大多数同学都激烈反对他的文学主张，很少知音，再加上孤身于国外求学，远离母亲、妻子，诗人心中的苦闷可以想见。胡适曾经因此而被旧派文人讥为"黄蝴蝶"，这恰恰从另一个方面证明了此诗所蕴含的力量。

这首诗在形式上基本袭用旧体诗体，但用的是白话，而且不拘平仄，押韵也不严格，虽然在音节、押韵等方面都显得有些随心所欲，但是从整体上看，受旧体诗的束缚还是很明显，近似于一首古风。胡适后来也说："我现在回头看我这五年来的诗，很像一个缠过脚后来放大了的妇人回头看他一年一年的放脚鞋样，虽然一年放大一年，年年的鞋样总还带着缠脚时代的血腥气。"胡适在《尝试集》中引用陆游的诗句"但开风气不为师"来说明自己创作的意义，他对自己在新文学史上的地位还是有清醒认识的。

【思考练习题】

1. 怎样看待《尝试集》在文学史特别是新诗发展史中的地位?
2.《蝴蝶》这首诗表现出"新诗"的哪些特点?

匪徒颂

郭沫若

匪徒有真有假。

《庄子·胠箧》篇里说:“故跖之徒问于跖曰:‘盗亦有道乎?’跖曰:‘何适而无有道耶?夫妄意室中之藏,圣也;入先,勇也;出后,义也;知可否,智也;分均,仁也。五者不备而能成大盗者,天下未之有也。’”

象这样身行五抢六夺,口谈忠孝节义的匪徒是假的。照实说来,他们实在是军神武圣的标本。

物各从其类,这样的假匪徒早有我国的军神武圣们和外国的军神武圣们赞美了。小区区非圣非神,一介“学匪”,只好将古今中外的真正的匪徒们来赞美一番吧。

一

反抗王政的罪魁,敢行称乱的克伦威尔呀!
私行割据的草寇,抗粮拒税的华盛顿呀!
图谋恢复的顽民,死有余辜的黎塞尔①呀!
西北南东去来今,
　　一切政治革命的匪徒们呀!
　　　万岁!万岁!万岁!

二

鼓动阶级斗争的谬论,饿不死的马克思呀!
不能克绍箕裘,甘心附逆的恩格斯呀!
亘古的大盗,实行共产主义的列宁呀!
西北南东去来今,
　　一切社会革命的匪徒们呀!
　　　万岁!万岁!万岁!

---

① 黎塞尔(José Rizal,1861—1896),菲律宾的爱国诗人,曾发动反抗当时的菲律宾统治者西班牙的斗争,失败被杀。

三

反抗婆罗门的妙谛，倡导涅槃邪说的释迦牟尼呀！
兼爱无父、禽兽一样的墨家巨子呀！
反抗法王的天启，开创邪宗的马丁路德呀！
西北南东去来今，
　　一切宗教革命的匪徒们呀！
　　　万岁！万岁！万岁！

四

倡导太阳系统的妖魔，离经叛道的哥白尼呀！
倡导人猿同祖的畜生，毁宗谤祖的达尔文呀！
倡导超人哲学的疯癫，欺神灭像的尼采呀！
西北南东去来今，
　　一切学说革命的匪徒们呀！
　　　万岁！万岁！万岁！

五

反抗古典三昧的艺风，丑态百出的罗丹呀！
反抗王道堂皇的诗风，饕餮粗笨的惠特曼呀！
反抗贵族神圣的文风，不得善终的托尔斯泰呀！
西北南东去来今，
　　一切文艺革命的匪徒们呀！
　　　万岁！万岁！万岁！

六

不安本分的野蛮人，教人“返自然”的卢梭呀！
不修边幅的无赖汉，擅与恶疾儿童共寝的丕时大罗启①呀！
不受约束的亡国奴，私建自然学园的泰戈尔呀！
西北南东去来今，
　　一切教育革命的匪徒们呀！
　　　万岁！万岁！万岁！

1919年年末作

（选自《郭沫若选集》第三卷，四川人民出版社，1982）

---

① 丕时大罗启（Pestalozzi，1746—1827），瑞士的教育家，曾建立学校，根据卢梭的教育理论教育贫苦儿童。

【学习提示】

郭沫若（1892—1978），原名郭开贞，笔名郭鼎堂，四川乐山人。1914年去日本留学，先学医，后从事文艺运动。1918年开始新诗创作。1921年，出版第一部诗集《女神》。1924年接触马克思主义理论，倡导革命文学。1926参加北伐战争。1927年参加南昌起义，同年8月加入中国共产党。1928年起流亡日本。抗日战争全面爆发后，积极从事抗日救亡运动。这一时期著有话剧《屈原》《虎符》《棠棣之花》等，影响广泛。中华人民共和国成立之后，郭沫若在担任了国家领导职务之余，依旧创作大量作品，直到1978年逝世。

在郭沫若看来，五四以后的中国，就像一位葱俊的、有进取气象的姑娘，郭沫若对其之爱如同对待自己的爱人一般热烈。他曾在自传《创造十年》中谈到过《匪徒颂》一诗的创作缘由："那是对日本新闻界的愤慨，日本记者称五四运动以后的中国学生为'学匪'，为抗议'学匪'的诬蔑，便写出了那首颂歌。"事实上，《匪徒颂》的产生不仅是郭沫若个人爱国情感的抒发，也是20世纪中国社会变革和思想文化革命时代精神的表现。

作为中国新诗的奠基者和开拓者，郭沫若就是鲁迅口中所呼唤的那种典型的"摩罗诗人"。其新诗之所以"新"，极大程度源于其中所蕴含的"破坏"因子，而这实际上是一种破"旧"精神，从深层意义上带有启蒙主义色彩，正是因为这种"破坏—创新"精神，郭沫若的诗才得以成为五四时代精神的最强音。现代著名评论家闻一多先生是极力称赞郭沫若的创作精神的，他曾撰文写道："若讲新诗，郭沫若君的诗才配称新呢，不独艺术上他的作品与旧诗词相去最远，最要紧的是他的精神完全是时代的精神——二十世纪的时代的精神。"（闻一多《〈女神〉之时代精神》）

《匪徒颂》完成于1919年年末，被收入《女神》中，可谓是郭沫若新诗中的名作。在诗中，郭沫若毫不客气地自领了"学匪"的名号，并对古往今来的"一切政治革命的匪徒""一切社会革命的匪徒""一切宗教革命的匪徒""一切学说革命的匪徒""一切文艺革命的匪徒""一切教育革命的匪徒"高呼"万岁"，表现出强烈的个人情感，极具浪漫主义色彩。不仅如此，郭沫若还抓住了庄子哲学中"掊击圣人，纵舍盗贼，而天下始治矣"的核心，以全新的思想价值观（五四新文化思想）重新审视、阐释、肯定这些"真正的匪徒"们毁坏一切，重建一切的伟大精神。郭沫若以创作反击那些日本记者口中的"学匪"诬蔑：假若那些敢于反抗旧社会、旧传统、旧道德的学生是"匪徒"，那他就通过歌颂历史上那些"真正的匪徒"，以迎接正在被创造的"青春中国"。总而言之，《匪徒颂》表现了诗人对广大五四支持者的推崇及其个人激昂的爱国情怀，直至如今仍具有深刻的文化影响力。

【思考练习题】

1. 在《匪徒颂》中，郭沫若是如何运用"庄子哲学"来完成对"匪徒们"的歌颂的？

2. 谈谈这首诗歌的思想内涵。

天狗

郭沫若

（一）

我是一条天狗呀！
我把月来吞了，
我把日来吞了，
我把一切的星球来吞了，
我把全宇宙来吞了。
我便是我了！

（二）

我是月的光，
我是日的光，
我是一切星球的光，
我是 X 光线的光，
我是全宇宙的 Energy 底总量！

（三）

我飞奔，
我狂叫，
我燃烧。
我如烈火一样地燃烧！
我如大海一样地狂叫！
我如电气一样地飞跑！
我飞跑，
我飞跑，
我飞跑，
我剥我的皮，
我食我的肉，
我吸我的血，
我啮我的心肝，
我在我神经上飞跑，
我在我脊髓上飞跑，
我在我脑筋上飞跑。

我便是我呀！
我的我要爆了！

1920年2月初作

（选自《新诗选》第一册，上海教育出版社，1979）

【学习提示】

郭沫若说，天才的发展有两种类型：“一种是直线形的发展，一种是球形的发展”，他分别列举孔子和歌德为这两类天才的代表（《论诗三札》）。其实，郭沫若自己就是一个“球形发展”式的天才，他同时在多种文学领域驰骋才华，发挥着自己的创造力。他敢于接受自己时代的各种新思潮、新方法，并大胆实践于自己的创作之中。西方现代派的一些创作方法如象征主义、表现主义等，都在他的创作里有不同程度的呈现。关于郭沫若，人们实际上所关注的绝不仅仅是他那辉煌的成就，而更多的是他的活生生的创造精神，以及生机勃发、不可抑制的力的冲动。“一个永远伟大的未成品”，这是郭沫若对他所崇敬的诗人雪莱的评价，其实也正是郭沫若自身艺术品格和艺术价值的生动体现。无疑，这股创造精神在《女神》中体现得最为明显，使人们在中国诗歌里第一次看到了“一种伟大的反抗的力”，一种“二十世纪的力的表现”。而《天狗》正是郭沫若展示这种“伟大的反抗的力”的代表作。

“天狗”原来是传说中能吞吃日月的神物。在科学不发达的年代里，人们逢到日食、月食之日，就敲锣打鼓，以驱赶天狗，营救日月。诗人对此推陈出新，并加以诗意的生发。在《天狗》中，人们看到一个要将身上一切的光和能全部释放出来的“飞奔”“狂叫”“燃烧”的“天狗”形象，听到一种惊世骇俗的绝叫。“天狗”冲决一切罗网，破坏一切旧事物的强悍形象，正是那个时代个性解放要求的诗意化的夸张。诗人说他曾经受到惠特曼及其《草叶集》“暴风般的煽动”，又说，“我的诗多半是反性格的，同尼采相似”。但是，诗人笔下的“我”，诞生于半殖民地半封建的旧中国，又经受过新文化运动的洗礼，是“我中有你，你中有我”。这个“我”，不同于极端个人主义的“我”，它是一个典型，是五四时期反抗压迫、争取自由的一代青年的艺术概括。当诗的第三节写到“我剥我的皮，我食我的肉，我吸我的血，我啮我的心肝”……这些动人心魄的诗句时，人们自然地想到烈火中自焚的“凤凰”和甘愿为祖国化为灰烬的“炉中煤”，这个“我”升华了。

《天狗》是一篇充满浪漫主义色彩的作品，它在艺术形式上无拘无束，是典型的自由诗。

【思考练习题】

1.“我便是我呀！我的我要爆了！”分析诗中“我”的象征意义。

2. 以《天狗》为例，简要分析郭沫若诗歌的特征。

凤凰涅槃

郭沫若

天方国古有神鸟名“菲尼克司”（Phoenix），满五百岁后，集香木自焚，再从死灰中更生，鲜美异常，不再死。

按此鸟即吾国所谓凤凰也：雄为凤，雌为凰。《孔演图》云：“凤凰火精，生丹穴。”《广雅》云：“凤凰……雄鸣曰即即，雌鸣曰足足。”

序　曲

除夕将近的空中，
飞来飞去的一对凤凰，
唱着哀哀的歌声飞去，
衔着枝枝的香木飞来，
飞来在丹穴山上。
山右有枯槁了的梧桐，
山左有消歇了的醴泉，
山前有浩茫茫的大海，
山后有阴莽莽的平原，
山上是寒风凛冽的冰天。

天色昏黄了，
香木集高了，
凤已飞倦了，
凰已飞倦了，
他们的死期将近了。

凤啄香木，
一星星的火点迸飞。
凰扇火星，
一缕缕的香烟上腾。
凤又啄，
凰又扇，
山上的香烟弥散，
山上的火光弥满。

夜色已深了，
香木已燃了，
凤已啄倦了，
凰已扇倦了，
他们的死期已近了！

啊啊！
哀哀的凤凰！
凤起舞，低昂！
凰唱歌，悲壮！
凤又舞，
凰又唱，
一群的凡鸟，
自天外飞来观葬。

凤　歌

即！即！即！
即！即！即！
茫茫的宇宙，冷酷如铁！
茫茫的宇宙，黑暗如漆！
茫茫的宇宙，腥秽如血！

宇宙呀，宇宙，
你为什么存在？
你自从哪儿来？
你坐在哪儿在？
你还是个有限大的空球？
你还是个无限大的整块？
你若是个有限大的空球，
那拥抱着你的空间
他从哪儿来？
你的外边还有些什么存在？
你若是个无限大的整块，
这被你拥抱着的空间
他从哪儿来？
你的当中为什么又有生命存在？
你到底还是个有生命的交流？

你到底还是个无生命的机械？

昂头我问天，
天徒矜高，莫有点儿知识。
低头我问地，
地已死了，莫有点儿呼吸。
伸头我问海，
海正扬声而呜唈。

啊啊！
生在这样个阴秽的世界当中，
便是把金刚石的宝刀也会生锈！
宇宙呀，宇宙，
我要努力地把你诅咒：
你脓血污秽着的屠场呀！
你悲哀充塞着的囚牢呀！
你群鬼叫号着的坟墓呀！
你群魔跳梁着的地狱呀！
你到底为什么存在？
我们飞向西方，
西方同是一座屠场。
我们飞向东方，
东方同是一座囚牢！
我们飞向南方，
南方同是一座坟墓！
我们飞向北方，
北方同是一座地狱！
我们生在这样个世界当中，
只好学着海洋哀哭！

凰　歌

足！足！足！
足！足！足！
五百年来的眼泪倾泻如瀑！
五百年来的眼泪淋漓如烛！
流不尽的眼泪！
洗不尽的污浊！
浇不息的情炎！

荡不去的羞辱！
我们这缥缈的浮生
到底要向哪儿安宿？

啊啊！
我们这缥缈的浮生
好象那大海里的孤舟！
左也是漶漫，
右也是漶漫，
前不见灯台，
后不见海岸，
帆已破，
樯已断，
楫已飘流，
柁已腐烂，
倦了的舟子只是在舟中呻唤，
怒了的海涛还是在海中泛滥。

啊啊！
我们这缥缈的浮生
好象这黑夜里的酣梦！
前也是睡眠，
后也是睡眠，
来得如飘风，
去得如轻烟，
来如风，
去如烟，
眠在后，
睡在前，
我们只是这睡眠当中的
一刹那的风烟！

啊啊！
有什么意思？
有什么意思？
痴！痴！痴！
只剩些悲哀，烦恼，寂寥，衰败，
环绕着我们活动着的死尸，

贯串着我们活动着的死尸。

啊啊！
我们年青时候的新鲜哪儿去了？
我们年青时候的甘美哪儿去了？
我们年青时候的光华哪儿去了？
我们年青时候的欢爱哪儿去了？
去了！去了！去了！
一切都已去了！
一切都要去了！
我们也要去了！
你们也要去了！
悲哀呀！烦恼呀！寂寥呀！衰败呀！

啊啊！
火光熊熊了。
香气蓬蓬了。
时期已到了。
死期已到了。
身外的一切！
身内的一切！
一切的一切！
请了！请了！

群鸟歌

岩　鹰

哈哈！
凤凰！凤凰！
你们枉为这禽中的灵长！
你们死了么？
你们死了么？
我才欢喜！
我才欢喜！
从今后该我为空界的霸王！

孔　雀

哈哈！
凤凰！凤凰！
你们枉为这禽中的灵长！

你们死了么？
你们死了么？
我才欢喜！
我才欢喜！
从今后请看我花翎上的威光！

鸱 枭

哈哈！
凤凰！凤凰！
你们枉为这禽中的灵长！
你们死了么？
你们死了么？
我才欢喜！
我才欢喜！
哦！是哪儿来的鼠肉馨香？

家 鸽

哈哈！
凤凰！凤凰！
你们枉为这禽中的灵长！
你们死了么？
你们死了么？
我才欢喜！
我才欢喜！
从今后请看我们驯良百姓的安康！

鹦 鹉

哈哈！
凤凰！凤凰！
你们枉为这禽中的灵长！
你们死了么？
你们死了么？
我才欢喜！
我才欢喜！
从今后请听我们雄辩家的主张！

白 鹤

哈哈！
凤凰！凤凰！
你们枉为这禽中的灵长！
你们死了么？
你们死了么？

我才欢喜！
我才欢喜！
从今后请看我们高蹈派的徜徉！

凤凰更生歌

鸡　鸣
　　昕潮涨了！
　　昕潮涨了！
　　死了的光明更生了！

　　春潮涨了！
　　春潮涨了！
　　死了的宇宙更生了！

　　生潮涨了！
　　生潮涨了！
　　死了的凤凰更生了！

凤凰和鸣
　　我们更生了！
　　我们更生了！
　　一切的一，更生了！
　　一的一切，更生了！
　　我们便是“他”，他们便是我！
　　我中也有你，你中也有我！
　　　　我便是你！
　　　　你便是我！
　　　　火便是凰！
　　　　凤便是火！
　　　　翱翔！翱翔！
　　　　欢唱！欢唱！

　　我们光明呀！
　　我们光明呀！
　　一切的一，光明呀！
　　一的一切，光明呀！
　　光明便是你，光明便是我！
　　光明便是“他”，光明便是火！

火便是你！
火便是我！
火便是“他”！
火便是火！
翱翔！翱翔！
欢唱！欢唱！

我们新鲜呀！
我们新鲜呀！
一切的一，新鲜呀！
一的一切，新鲜呀！
新鲜便是你，新鲜便是我！
新鲜便是“他”，新鲜便是火！
火便是你！
火便是我！
火便是“他”！
火便是火！
翱翔！翱翔！
欢唱！欢唱！

我们华美呀！
我们华美呀！
一切的一，华美呀！
一的一切，华美呀！
华美便是你，华美便是我！
华美便是“他”，华美便是火！
火便是你！
火便是我！
火便是“他”！
火便是火！
翱翔！翱翔！
欢唱！欢唱！

我们芬芳呀！
我们芬芳呀！
一切的一，芬芳呀！
一的一切，芬芳呀！
芬芳便是你，芬芳便是我！

芬芳便是“他”，芬芳便是火！
　　火便是你！
　　火便是我！
　　火便是“他”！
　　火便是火！
　　翱翔！翱翔！
　　欢唱！欢唱！

我们和谐呀！
我们和谐呀！
一切的一，和谐呀！
一的一切，和谐呀！
和谐便是你，和谐便是我！
和谐便是“他”，和谐便是火！
　　火便是你！
　　火便是我！
　　火便是“他”！
　　火便是火！
　　翱翔！翱翔！
　　欢唱！欢唱！

我们欢乐呀！
我们欢乐呀！
一切的一，欢乐呀！
一的一切，欢乐呀！
欢乐便是你，欢乐便是我！
欢乐便是“他”，欢乐便是火！
　　火便是你！
　　火便是我！
　　火便是“他”！
　　火便是火！
　　翱翔！翱翔！
　　欢唱！欢唱！

我们热诚呀！
我们热诚呀！
一切的一，热诚呀！
一的一切，热诚呀！

热诚便是你，热诚便是我！
热诚便是“他”，热诚便是火！
　　火便是你！
　　火便是我！
　　火便是“他”！
　　火便是火！
　　翱翔！翱翔！
　　欢唱！欢唱！

我们雄浑呀！
我们雄浑呀！
一切的一，雄浑呀！
一的一切，雄浑呀！
雄浑便是你，雄浑便是我！
雄浑便是“他”，雄浑便是火！
　　火便是你！
　　火便是我！
　　火便是“他”！
　　火便是火！
　　翱翔！翱翔！
　　欢唱！欢唱！

我们生动呀！
我们生动呀！
一切的一，生动呀！
一的一切，生动呀！
生动便是你，生动便是我！
生动便是“他”，生动便是火！
　　火便是你！
　　火便是我！
　　火便是“他”！
　　火便是火！
　　翱翔！翱翔！
　　欢唱！欢唱！

我们自由呀！
我们自由呀！
一切的一，自由呀！

一的一切，自由呀！
自由便是你，自由便是我！
自由便是“他”，自由便是火！
　　火便是你！
　　火便是我！
　　火便是“他”！
　　火便是火！
　　翱翔！翱翔！
　　欢唱！欢唱！

我们恍惚呀！
我们恍惚呀！
一切的一，恍惚呀！
一的一切，恍惚呀！
恍惚便是你，恍惚便是我！
恍惚便是“他”，恍惚便是火！
　　火便是你！
　　火便是我！
　　火便是“他”！
　　火便是火！
　　翱翔！翱翔！
　　欢唱！欢唱！

我们神秘呀！
我们神秘呀！
一切的一，神秘呀！
一的一切，神秘呀！
神秘便是你，神秘便是我！
神秘便是“他”，神秘便是火！
　　火便是你！
　　火便是我！
　　火便是“他”！
　　火便是火！
　　翱翔！翱翔！
　　欢唱！欢唱！

我们悠久呀！
我们悠久呀！

一切的一，悠久呀！
一的一切，悠久呀！
悠久便是你，悠久便是我！
悠久便是“他”，悠久便是火！
　　火便是你！
　　火便是我！
　　火便是“他”！
　　火便是火！
　　翱翔！翱翔！
　　欢唱！欢唱！

我们欢唱！
我们欢唱！
一切的一，常在欢唱！
一的一切，常在欢唱！
是你在欢唱？是我在欢唱？
是“他”在欢唱？
是火在欢唱？
　　欢唱在欢唱！
　　只有欢唱！
　　只有欢唱！
　　只有欢唱！
　　欢唱！
　　　欢唱！
　　　　欢唱！

1920年1月20日

（选自《新诗选》第一册，上海教育出版社，1979）

【学习提示】

1920年1月30日、31日两天，上海《时事新报》的文学副刊“学灯”，破例以整版的篇幅连续发表了郭沫若的抒情长诗《凤凰涅槃》，一时引起新文化运动中的人们的广泛关注。这首诗诞生之时，正值中国历史发生伟大转折的五四时期。这是一个充满生气、狂飙突进的时代，一个充满了破坏和建设、革新和创造的时代。被时代新潮唤醒了的人们，一方面热烈地追求个性的解放和祖国的新生，向往光明的社会前途；另一方面激烈地反对旧道德、旧礼教、专制政治，抨击一切封建偶像和黑暗势力。这样峻急的时代精神和磅礴的历史气概深深触动了远在日本的郭沫若，他几乎是一气呵成地完成了此诗。

在写这首诗的前三天，郭沫若在写给友人的谈诗的信中，一方面引用了一首作于三年前的诗，抒发个人的忧郁和民族的苦难，表达了五四前夕知识分子因找不到出路而苦闷、失望的典型心理；另一方面他又写道："我不是个'人'，我是破坏了的人，我是不配你'敬服'的人，我现在很想能如phoenix长生鸟一样，采集些香木来，把我现有的形骸烧毁了去，唱着哀哀切切的挽歌把他烧毁了去，从那冷静的灰里再生出个'我'来！"（《三叶集》）他后来也说："我的那篇《凤凰涅槃》便是象征着中国的再生。"（《创造十年》）他在熔中外传说神话于一炉的艺术创造中，糅进了鲜明的时代精神，寄寓了对社会黑暗与腐朽的诅咒，抒发了对祖国、个人的新生的切盼之情。可以说，《凤凰涅槃》是讴歌祖国与个人在时代烈火里得到蜕变和新生的悲壮而热烈的交响曲。

《凤凰涅槃》的成功不是偶然的，诗人在其中倾注了自己的才情和天分。它具有以下的艺术特色：其一，在结构上，诗歌以"凤凰"为核心意象，由"序曲""凤歌""凰歌""群鸟歌"和"凤凰更生歌"组成，通篇布局严谨有序，各章开合自如，既有内在的联系，又能独立充分地展开。其二，在音乐性上，诗歌打破了旧体诗格律的束缚，达到了自由体诗歌的大解放，但是又不是无节奏的乱、无节奏的自由，而是根据内容和情绪变化来调整节奏，在变化中见和谐。全诗仿佛是变奏曲，在主题的多次变奏中展现其壮丽多彩；又像回旋曲，将若干互不相同的插段交织在基本乐段中，造成回旋反复、腾挪跌宕的效果；加上自由体诗歌特有的诗节力度，使得全诗有一种激昂向上的雄性的交响乐节奏。其三，在风格上，诗歌体现了浓郁的浪漫主义色彩。在诗人笔下，神话传说成了一种艺术的再创造。将火中再生的"凤凰"人格化、时代化、诗意化，变成反抗黑暗时世的象征，变成五四时期狂飙突进、勇于破坏、勇于创造的时代精神的象征。大胆新奇的想象、瑰丽壮美的色彩、浪潮般的排比句式，使得诗歌气势磅礴，雄浑浪漫。

【思考练习题】

1. 结合诗中的"更生""光明""新鲜""欢乐"等词语，谈谈这首诗的思想内涵。
2. 《凤凰涅槃》与其诞生的时代有怎样的联系？
3. 《凤凰涅槃》如何在整体上代表了《女神》的基本风格特色？

红 烛

闻一多

蜡炬成灰泪始干
——李商隐

红烛啊！
这样红的烛！
诗人啊！
吐出你的心来比比，
可是一般颜色？

红烛啊！
是谁制的蜡——给你躯体？
是谁点的火——点着灵魂？
为何更须烧蜡成灰，
然后才放光出？
一误再误；
矛盾！冲突！

红烛啊！
不误，不误！
原是要“烧”出你的光来——
这正是自然底方法。

红烛啊！
既制了，便烧着！
烧罢！烧罢！
烧破世人底梦，
烧沸世人底血——
也救出他们的灵魂，
也捣破他们的监狱！

红烛啊！
你心火发光之期，
正是泪流开始之日。

红烛啊！
匠人造了你，
原是为烧的。
既已烧着，
又何苦伤心流泪？
哦！我知道了！
是残风来侵你的光芒，
你烧得不稳时，
才着急得流泪！

红烛啊！
流罢！你怎能不流呢？
请将你的脂膏，
不息地流向人间，
培出慰藉底花儿，
结成快乐底果子！

红烛啊！
你流一滴泪，灰一分心。
灰心流泪你的果，
创造光明你的因。

红烛啊！
“莫问收获，但问耕耘。”

1923年9月7日

（选自《红烛》，泰东图书局，1923）

【学习提示】

闻一多（1899—1946），本名闻家骅，湖北蕲水（今浠水）人。早年参加新月社，先后在青岛大学、清华大学等校任教。著有诗集《红烛》《死水》，表现了对祖国深挚的感情和对黑暗现实的憎恶与抗议。在形式上主张格律化，讲求“节的匀称、句的均齐”，追求“音乐美、绘画美、建筑美”，诗风秾丽深沉，结构整饬谨严。后期主要从事学术研究。全国性抗日期间，任昆明西南联合大学教授。1943年后，积极参加民主运动。抗日战争胜利后，积极参加反对内战的民主运动。1946年7月15日在昆明被国民党特务暗杀。

1923年，闻一多出版了他的第一部正式诗集《红烛》，因此，与诗集同名的序诗《红烛》在闻一多的新诗创作中具有代表性地位。《红烛》作于闻一多留美期间。在五四精神的鼓舞和影响下，闻一多在《红烛》中并没有如在《死水》中那般表露出过多的悲观情绪，相对的，他在试图以自己满腔的热情和无限的能量架构一个理想中国。

从内容上看，这首诗叙写的是一支燃烧着的红烛在生死之间追思生命的价值，表现出一股极尽哀荣的牺牲精神——红烛以燃烧自己“点着灵魂”，“烧破世人底梦”，“烧沸世人底血”，“救出他们的灵魂”，“捣破他们的监狱”——红烛需要以毁灭自身为代价换取微弱的光芒。“灰心流泪你的果，创造光明你的因”，相较于红烛本身，闻一多更注重的是红烛牺牲自己所换来的光芒的永恒意义。精神上的价值是肉体魅力不能替代的，只有懂得奉献，才能让伟大的精神永垂不朽。即使受到了“风”的阻挠，红烛流着泪也要继续燃烧，这就是红烛的精神，红烛的意志，也是闻一多寄寓诗歌中的对中国未来发展的希望。

于闻一多而言，“红烛”只不过是一个生命意象，诗歌通篇都带有浓重的浪漫主义与唯美主义色彩，在表现手法上更灌注了大量的主观情绪与幻想，以叙写红烛的燃烧与奉献代入现实生活，体现了闻一多强烈的爱国主义情怀。在形式上，闻一多在一定程度上借助了中国传统诗歌的创作技巧，有意控制诗歌的形式与节奏，使其不脱离诗歌感情，为诗人后来提倡的新诗格律化奠定了基础。而闻一多自身在《红烛》中灌注的思想情感也时刻激励着每一代中国诗人的创作与研究。

【思考练习题】

1. 结合诗歌内容与形式，分析《红烛》借助了中国传统诗歌的哪些创作技巧。
2. 请结合诗歌的创作背景，谈谈“红烛”“风”等意象分别代表什么。

死 水

闻一多

这是一沟绝望的死水，
清风吹不起半点漪沦。
不如多扔些破铜烂铁，
爽性泼你的剩菜残羹。

也许铜的要绿成翡翠，
铁罐上锈出几瓣桃花；
再让油腻织一层罗绮，
霉菌给他蒸出些云霞。

让死水酵成一沟绿酒，
飘满了珍珠似的白沫；
小珠笑一声变成大珠，
又被偷酒的花蚊咬破。

那么一沟绝望的死水，
也就夸得上几分鲜明。
如果青蛙耐不住寂寞，
又算死水叫出了歌声。

这是一沟绝望的死水，
这里断不是美的所在，
不如让给丑恶来开垦，
看他造出个什么世界。

1925 年 4 月

（选自《死水》，新月书店，1929）

【学习提示】

《死水》写于 1925 年 4 月，是公认的爱国主义佳作。闻一多是一位正直、善良、处处维护民族自尊的爱国者。留学美国期间，由于遭到种族歧视，闻一多在精神上备感压抑，因此在 1925 年提前回国，可是一踏上国土，展现在眼前的却是军阀混战、生灵涂炭、一片腐败没落的景象。诗人炽热的爱国心和种种报效祖国的雄心抱负，不免顿时消沉，趋于幻灭。先前那种热烈的思念祖国之情代之为对封建军阀统治的诅咒和对劳动人民深深的同情，以及对风雨飘摇的祖国的深深忧虑，这种爱国之情与忧患意识交融，汇成了鲜明的爱国主义特色。

《死水》是闻一多的代表作，也是他提出的“新格律”诗歌的典范之作。闻一多认为，新诗应讲究格律美，而这种格律不是古典诗词格律的翻版，而是应该具有中国现代特色和形式。因此，他主张新诗应该具有“三美”特征：一是“音乐美”，即诗歌的音节美、旋律美。诗歌从第一行起每行都有用两个字或者三个字构成的“音尺”（或称“顿”），念来极为顺口，收尾的又全是双音词，读来相当和谐；二是“绘画美”，即辞藻的选择和运用要体现象形文字状形绘声的优点，诗歌中的“翡翠”“罗绮”“云霞”“珍珠”等词语，都是这一主张的生动体现；三是“建筑美”，要求节的对称和句的均齐。《死水》无疑是“三美”理论的最佳体现者。除此之外，由于深受波德莱尔的《恶之花》的影响，诗歌中的在脏污的“铁罐”上锈出“几瓣桃花”，用“油腻”织出一层“罗绮”“霉菌给他蒸出些云霞”，达到了对黯淡、死寂、污秽的死水世界的有力的反讽。此外，象征、比喻、反语等手法的恰当运用，也使诗歌对丑恶现实的暴露更加深刻，增加了深沉感人的艺术力量。

【思考练习题】

1. 闻一多的诗歌“三美”理论包括哪些内容？请简要说明。
2. 结合《死水》，谈谈闻一多依据“三美”理论进行的创作实践。

沙扬娜拉

徐志摩

最是那一低头的温柔，
　像一朵水莲花不胜凉风的娇羞，
道一声珍重，道一声珍重，
　那一声珍重里有蜜甜的忧愁——
　沙扬娜拉！

一九二四年七月作

（选自《再别康桥——徐志摩诗歌全集》，时代文艺出版社，2000）

【学习提示】

徐志摩的诗歌音乐性很强，具有飘逸、柔美的艺术风格，尤其是他前期的作品，由于深受英国浪漫主义诗歌的影响，诗意盎然，犹如一匹“最不受羁勒的野马”。诗评家陈梦家说：“志摩的诗是温柔的、多情的、自由奔放的，更多一些个人的情感。”这种飘逸的艺术风格一方面来自他洒脱丰富的情感，另一方面又得力于他的音乐感和创新的形式。

从整首诗歌来看，一、三、五行是短句，二、四行是长句，五行的排列长短相间，音乐旋律变化有规律性，但也不是简单呆板的一长一短，第三行两句重复，不同于第一行的旋律，第五行收束时音乐短而余音回荡。这一首诗，从音乐节奏上说，简直无法增减一个字，无法改动一个标点。为了使诗的旋律柔和，诗的每一个音节中的几个字数多数有平有仄，只有两三个音节中的字全是平声。这首诗，就整个旋律来说，是温柔的、多情的，却又不使人感到腻烦。

徐志摩注意诗的外形美观，追求诗的表现技巧的另一个突出表现便是注意运用美的辞藻，注重辞藻之间的搭配，这也是其诗歌的一个不可忽略的特色。《沙扬娜拉》一诗中的“一低头的温柔”“蜜甜的忧愁”，将女郎比喻为“不胜凉风”的“娇羞”的“水莲花”，无一不见工巧。全诗充满了甜美的辞藻，但是毫无堆砌之感，每一个词都恰到好处，自然流动，婉转美妙。

【思考练习题】

1. 这首诗表达了一种怎样的情感？
2.《沙扬娜拉》的音乐性很强，试分析这首诗是如何体现“音乐美”的。

再别康桥

徐志摩

轻轻的我走了，
　正如我轻轻的来；
我轻轻的招手，
　作别西天的云彩。

那河畔的金柳，
　是夕阳中的新娘；
波光里的艳影，
　在我的心头荡漾。

软泥上的青荇，
　油油的在水底招摇；
在康桥的柔波里，
　我甘心做一条水草！

那榆荫下的一潭，
　不是清泉，是天上虹；
揉碎在浮藻间，
　沉淀着彩虹似的梦。

寻梦？撑一支长篙，
　向青草更青处漫溯；
满载一船星辉，
　在星辉斑斓里放歌。

但我不能放歌，
　悄悄是别离的笙箫；
夏虫也为我沉默，
　沉默是今晚的康桥！

悄悄的我走了，
　正如我悄悄的来；

我挥一挥衣袖，
不带走一片云彩。

十一月六日中国海上

（选自《再别康桥——徐志摩诗歌全集》，时代文艺出版社，2000）

【学习提示】

1920 年，徐志摩违背了父亲让他做个银行家的意愿，远渡重洋，从美国来到英国研究文学。他以一个特别生的资格在剑桥大学随意选科听课，度过了一年多逍遥自在的日子。后来他回忆说，这是他一生中最为幸福的日子。他在风景秀丽的康河两岸随意歇息，躺在草坪上，或读书，或看天上的云，有时候则到波平如镜的康河里划船，完全陶醉在大自然的怀抱里。1925 年和 1928 年，他又先后两次重游康桥，《再别康桥》即写于后一次告别康桥。

诗人以自我形象入诗，以挥手作别康桥起笔。如前所说，康桥是被诗人视为有灵性、有生命的地方，而今却要与它道别了，起笔连用三个“轻轻的”，含蓄委婉、情韵俱现地传达出诗人的袅袅情思。诗的节奏轻快，旋律柔和，诗人潇洒飘逸的风度，轻盈的脚步通过音乐性极强的诗句刻绘了出来。此时此刻，康桥的一切，在诗人的眼里都是十分宝贵的。接着诗人描绘了康桥那迷人的景色。淡淡的诗句，满蕴的温柔，又带着点别离的凄楚。诗的最后一节和开头一节相照应，音乐的旋律和节奏基本相同，保持了全诗音乐旋律的完整性，然而，在诗句上换了几个词：“轻轻的”换成了“悄悄的”“作别西天的云彩”换成了“不带走一片云彩”，这样便在原来轻柔的感情里，增添了一层淡淡的哀愁的颜色。

徐志摩这首《再别康桥》的成功不是偶然的。首先，它给人以音乐美。全诗韵律和谐，节奏舒缓，每节自然换韵，灵巧自如，通脱轻盈，以韵律的流动来表现情感的流动，流畅悦耳。其次，它有优美的意境。中国古典诗歌讲究意境的和谐、优美。徐志摩有很深的古典文学根基，并热衷于中西诗歌的融合，诗歌中的“金柳”“青荇”“清泉”“夏虫”等意象组成一个深邃幽静的世界，使人悠然向往之。音韵圆润，意境谐融，情境和谐，离情浓郁，《再别康桥》美得蚀骨。

【思考练习题】

1. 诗人在对“康桥”形象的描绘中表达了一种怎样的情感？
2. 简述《再别康桥》的艺术特色。

偶 然

徐志摩

我是天空里的一片云，
偶尔投影在你的波心——
　　你不必讶异，
　　更无须欢喜——
在转瞬间消灭了踪影。

你我相逢在黑夜的海上，
你有你的，我有我的，方向；
　　你记得也好，
　　最好你忘掉，
在这交会时互放的光亮！

（选自《再别康桥——徐志摩诗歌全集》，时代文艺出版社，2000）

【学习提示】

《偶然》最初刊载于1926年5月27日《晨报副刊·诗镌》第9期，发表时署名“志摩”。这首诗虽然仅有十行，但却寓意深刻，动人心弦。从诗中所表达的内容和抒发的情感来看，这应该是一首情诗，写给一位与自己分别的情人，诗歌抒写的是“我”与恋人偶然相逢，却又不得不分离的这样一种人生遭际。

徐志摩是一位天真烂漫的抒情诗人，他短暂的一生都在追求浪漫的真情，他把“爱”视为生命的全部，在“爱情”中窥探生命的奥秘。徐志摩的诗歌在内容上往往偏重于表现敏感的思绪、内心的颤动以及生命的意义。在他的诗中，描写得最多的就是“爱情”，通过对爱情所带来的甜蜜、欢乐、悲叹、幽怨等心理和情绪的揭示，进而展开对爱情命运的慨叹，从而实现他对人生的深层的哲理思考。

在《偶然》这首小诗中，诗人自己化身为“天空里的一片云”，与之相对的则是一湾湖水，“我”投影在“你的波心”则是象征着爱情的发生。“云”和“湖”是诗人塑造的两个意象，代表的是爱情的双方。正如在他其他的诗中所选取的意象一样，在《偶然》里，诗人所塑造的“云”和“湖”同样是灵动而轻巧、纯洁而美丽的意象。

“黑夜的海上”是诗人塑造的另一个意象。“你”与“我”的相逢本是美好的，却因为相逢于“黑夜的海上”，于是这种相逢便不能长久。在黑夜的大海上，航行中的人们是迷茫的，是孤独的，是感伤的，然而“你”“我”相遇了，因为这种相遇而互放出“光亮”，宛如生命被点燃。然而“你”有你的方向，“我”有我的方向，与第一节中的

“云”投影在“波心”的结局一样，此处又是爱情的分离。不同的是，在这一节中，诗人用了一种更为洒脱的态度来面对这种情人间的分别，他对情人温柔地说道：“你记得也好，最好你忘掉。”诗人是在用遗忘的方式来抚平心中的伤痛。

《偶然》表达的是一种洒脱、淡然的人生态度，但实际上却是作者对于人生中的“分别”的一种无可奈何的接受与坦然的面对，其中蕴含着深厚的、难以名状的情感。

【思考练习题】

1. 分析作品中“云”“波心”“黑夜的海上”等意象的含义，并谈谈对这首诗的内涵的理解。

2. 以《偶然》为例，分析说明徐志摩诗歌的艺术特点。

纸　船

冰　心

我从不肯妄弃了一张纸，
　总是留着——留着，
叠成一只一只很小的船儿，
　从舟上抛下在海里。

有的被天风吹卷到舟中的窗里，
　有的被海浪打湿，沾在船头上。
我仍是不灰心的每天的叠着，
　总希望有一只能流到我要它到的地方去。

母亲，倘若你梦中看见一只很小的白船儿，
　不要惊讶它无端入梦。
这是你至爱的女儿含着泪叠的，
　万水千山，求它载着她的爱和悲哀归去。

一九二三年八月二十七日，太平洋舟中。

（选自《冰心全集》第二卷，海峡文艺出版社，1994）

【学习提示】

冰心是20世纪20年代最突出的女性诗人之一，她的诗歌清隽秀丽，含蓄温婉。从1920年开始，冰心以小诗的形式抒唱对人生的思考，创作了为文坛所瞩目的《繁星》《春水》等诗集，形成了所谓“小诗流行的时代”。在她的小诗中，童真、母爱与自然常常融为一体，难以分割，没有尘世中半点污浊的烦扰，形成了真纯而使人迷恋的意境。虽然这只是一个美好的梦境，一个理想中的世界，但正因为无法实现才更加使人留恋，令人向往。这些小诗感情相当柔弱，但词句清丽，韵律天然，而且注意寓情于景，情景交融，相映相生，有一种恬静和美的意境。

《纸船》正是冰心这种审美倾向的代表性作品。1923年初夏，23岁的冰心在上海乘约克逊号邮船赴美留学。独自离开家庭，远赴万里求学，对于冰心来说，无疑是一种难以忍受的痛苦。她感到惆怅，感到孤独，因而深深思念着自己的母亲。离沪后的第10天，即8月27日，在船上，在远离故乡、远离母亲的茫茫大海中，冰心写下了这首情真意切的诗。在这首诗里，冰心凭借“叠纸船”这个儿时常玩的游戏，遥寄自己对母亲的怀念，表达了对母亲深切的思念与爱，进而抒发出对母亲、对祖国的深深眷恋之情。

【思考练习题】

1.《纸船》表达了诗人怎样的思想感情?

2. 这首诗是如何运用托物寓情手法的?

倦旅

冰　心

灯已灭了，
　残花只管散着余香。
欹枕处——
　只一两声飞雨
　　打着窗户。
听到此时，
　一切的心都淡了！

新月未落，
　朝霞已生，
　濛濛里——
　一颗曙星
　躲避天光似的
　　穿着乱云飞走。
好辛苦的路途呵！
看到此时
　　一切的心都淡了！

银海般的雪地，
　怒潮般的山风——
　这样的别离！
　山外隆隆的车声，
　　不知又送谁人远去。
　听到此时，
　　一切的心都淡了！

鼓励的信，
　寄与了倦慵的人！
事违初意皆如此！
一书在手，
　湖光睡去，

星辰渐生——
看到此时
一切的心都淡了！

一九二四年一月二日，青山沙穰。

（选自《冰心全集》第二卷，海峡文艺出版社，1994）

【学习提示】

冰心的“小诗”始终贯穿着对母爱、童真与大自然的讴歌，也有不少对人生意义的沉思默想。在冰心看来，如果世界都由这种满怀着“爱”的心灵来驾驭，人类就会真正幸福。显然，这种爱带有极大的空想成分，但它却如此地使冰心痴迷，使她常常陶醉在这种爱的幻想中。她的作品因为有爱，让人感到轻松、愉悦和真诚。也正因如此，她的理想在现实生活中就不可避免地要受挫。冰心的部分诗歌作品，就流露出理想受挫时的忧郁、痛苦，《倦旅》就是其中的代表性作品。

《倦旅》是一首意境很美的诗作，充满了淡淡的忧郁，抒写出游子漂泊在外的寂寞，永远也不停止的对家的思念之情。全诗一共分为四节。开头，诗人写自己在深夜嗅着“残花”的“余香”，听着雨滴敲打窗户的声音，辗转反侧，难以入睡，怀念远方的亲友，不由得“一切的心都淡了！”实在难以成眠，她只好睁开眼睛，看着未落的“新月”，天空中的“一颗曙星”，感慨“好辛苦的路途呵！”就这样整夜不寐，不知不觉，残夜将近，听到“山外隆隆的车声”，诗人也想到自己将动身继续这“辛苦的路途”，不由得再次感叹——“一切的心都淡了！”在结尾，诗人想到朋友寄来的“鼓励的信”，不由得有些惭愧自己的“倦慵”，惭愧自己对生命的虚掷。

这首诗不但意境优美、动人肺腑，而且音乐感极强。全诗四节，细细抒写了诗人的所见所感，并以“一切的心都淡了！”将之串联起来，一种凄美、忧郁的韵律感回荡其中，显示出高超的艺术技巧。

【思考练习题】

1. 冰心在这首诗中表达了怎样的思想情感？
2. 举例说明《倦旅》的音乐感体现在哪些方面。

蛇

冯　至

我的寂寞是一条长蛇，
静静地没有言语。
你万一梦到它时，
千万啊，不要悚惧！

它是我忠诚的侣伴，
心里害着热烈的乡思：
它想那茂密的草原——
你头上的、浓郁的乌丝。

它月影一般轻轻地
从你那儿轻轻走过；
它把你的梦境衔了来
像一只绯红的花朵。

一九二六

（选自《冯至诗文选集》，人民文学出版社，1955）

【学习提示】

冯至（1905—1993），原名冯承植，字君培，直隶涿州（今属河北）人。他和同时代的大多数作家一样，是吸吮时代特别是五四文学革命的乳汁成长起来的。五四时期，他还是一个中学生，《新青年》《新潮》《少年中国》《晨报副刊》等新文学刊物，成了他的引路者。1921 年，他来到北京读书，在新文化运动的发源地之一北京大学学习了六年。一方面，他阅读了大量国内的新出版物；另一方面，他也广泛接触了我国古代和外国的文学作品。1923 年夏，他参加了文学团体浅草社，浅草社解散后，又与友人于 1925 年创办沉钟社。冯至从 1921 年开始诗歌创作，他这一时期的诗作，多歌唱爱情、青春、友谊，表达青年人的期待和失望，不无忧郁感伤，但多亲切自然之作。1927 年，冯至出版了诗集《昨日之歌》，同年，前往哈尔滨的一所中学执教。他初次远离乡亲和朋友，又初次踏入社会，接触到社会中种种阴暗面，一时心情苦闷，无所适从，写下了五百行的长诗《北游》，深入刻画了哈尔滨的种种丑陋现象和他的深沉感触。1929 年，出版诗集《北游及其他》。1930 年，赴德国留学。1935 年回国。1939 年为昆明西南联大外语系德语教授，在经过长期的沉默和体验以后，达到了对生命和艺术的豁然贯通，写下了诗集《十四行集》、散文集《山水》和小说《伍子胥》。1949年后历任北京大学西语系主任、中国社会科学院外国文学研究所所长、中国作协副主席等职。诗作前期受唐诗、宋词及德国浪漫派影响，轻柔婉约；后期深受里尔克等西方现代诗人影响，艺术上更为纯熟。

冯至擅长从日常生活中发现诗情，擅长从平凡小事中捕捉诗意。他往往把来自生活的真切体验同新颖含蓄的意象绵密地糅合在一起，产生幽婉深沉的韵味。《蛇》就是其中的佳篇。

关于这首诗的创作，冯至曾经解释过，是受到英国唯美主义画家比亚兹莱的一幅黑白线条画的启发：画上是一条蛇，那条蛇嘴里衔着一朵花，头仰天挺立着，尾巴盘在地上。他对这幅画印象很深，回来后就写了《蛇》这首诗。比亚兹莱是英国唯美主义画派的重要成员。唯美主义画派的作品具有富于幻想的华丽风格，为突出这一点，他们常常选择有起伏曲线的、华丽的事物。冯至这首诗里出现的“长蛇”“姑娘”“草原”“乌丝”“梦境”“花朵”等意象，都带有很浓的唯美主义画派的痕迹。可以说，《蛇》是冯至用文字对比亚兹莱的画进行创造性转换的结果。在这首诗中，冯至打破了常规逻辑组合原则，采用“长蛇”“梦境”“花朵”等形象，曲折地、间接地表达了自己强烈渴望和深深的思恋之情。

【思考练习题】

1.《蛇》这首诗受到了唯美主义绘画风格怎样的影响？

2.《蛇》中的“蛇”象征着什么？暗含了诗人怎样的思想感情？

那时……

冯　至

那时觉得既然醒了，
就不该
关着阴暗的门窗；
那时觉得既然醒了，
就应该
放进窗外的光明。

处处看见新绿。
处处看见阳光。

那时像离开了马棚的
小马，
第一次望见平原；
那时像离开鸟巢的
小鸟，
第一次望见天空。

前面是旷远。
前面是清明。

那时我们抛下许多的
事物，
不管是好还是坏；
那时要去追求许多的
事物，
不管是远还是近。

有的在眼前。
有的在明天。

那时我们用简单的
文字

写出简单的诗文；
那时我们用幼稚的
文字
写出幼稚的思想。

写的很幼稚。
想的也单纯。

那时父母看见了
我们，
常暗地为我们担忧；
那时邻人看见了
我们，
常在我们背后冷笑。

我们却不管。
我们却不顾。

那时无论如何，
要跳出
窒闷的家庭；
那时无论如何，
要舍弃
狭窄的家乡。

外面在招手。
外面在呼唤。

那时我们爱谈论
历史上
新发现的诗人；
那时我们相信
一个
俄国的革命者。

一切为了真理。
一切为了正义。

那时谁也不会想，
在前途

有无限的艰难；
那时谁也不会想，
艰难时
便会彼此分手。

如今走了二十多年，
却经过
无数的歧途与分手；
如今走了二十多年，
看见了
无数的死亡与杀戮。

那时追求的
在什么地方？

如今的平原和天空，
依然
照映着五月的阳光；
如今的平原和天空，
依然
等待着新的眺望。

一九四七

（选自《冯至诗文选集》，人民文学出版社，1955）

【学习提示】

《那时……》写于1947年，当时的冯至已经年过“不惑”，所以本诗的副题是“一个中年人述说五四以后的那几年”。在1947年那样风雨飘摇的年代，冯至不是偶然地回忆起青年时代的那种心态的。绝大多数青年人都是富有进取心和勇于接受新鲜事物的，社会因此才会进步，人类因此才充满希望，但青年人在勇往直前的过程中有过于幼稚和纯真的一面，很多道理乃至哲理尽管富有指导意义，可在他们看来，却常常与“保守”“迂腐”联系在一起。这既是青年人的可爱之处，也是他们有待磨砺之处。在五四运动过去将近30年之时，冯至以一个过来人的身份回首当年，诗中所表现的思想感情是极有代表性的。

冯至的语言质朴而富有表现力，他的回忆以一种淡然超脱的口吻述说青年时代的真实心态，其中充满了各种各样的人生感叹，隐藏着丰富的人生哲理意蕴，却没有表现出明显的褒贬意味。诗人仿佛是捧着一颗赤子之心，让读者自己去体会、去品味。以“那时”为契机，冯至写了很多“那时”的生活和心情，这些读起来如“白话”的描摹与陈述，这些貌似平淡无奇的诗句，对于没有经历过多少世事的人来说，也许并不容易体会其中的情境；对于经历过这类事情的人来说，如果他只是冷漠地对待人生的种种遭际，那么此诗同样难以激发其内心的思绪和感情的涟漪；对于曾经对生活拥有活泼的进取心而至今依然迷恋生活的人来说，则会从中读出很多温馨与忧伤，很多怀念和向往。《那时……》的境界始而新鲜辽阔，继而婉转低回，最后是于丝丝的迷惘茫然中放眼未来。

【思考练习题】

1.《那时……》体现了冯至怎样的思想感情？

2. 分析这首诗独特的诗形，并谈谈它对表现情感的作用。

孩儿塔

殷　夫

孩儿塔哟，你是稚骨的故宫，
伫立于这漠茫的平旷，
倾听晚风无依的悲诉，
谐和着鸦队的合唱！
呵！你是幼弱灵魂的居处，
你是被遗忘者的故乡。

白荆花低开旁周，
灵芝草暗覆着幽幽私道，
地线上停凝着风车巨轮，
澹漫漫的天空没有风暴；
这哟，这和平无奈的世界，
北欧的悲雾永久地笼罩。

你们为世遗忘的小幽魂，
天使的清泪洗涤心的创痕；
哟，你们有你们人生和情热，
也有生的歌颂，未来的花底憧憬。

只是你们已被世界遗忘。
你们的呼喊已无迹留，
狐的高鸣，和狼的狂唱，
纯洁的哭泣只暗绕莽沟。

你们的小手空空，
指上只牵挂了你母亲的愁情，
夜静，月斜，风停了微嘘，
不睡的慈母暗送她的叹声。

幽灵哟，发扬你们没字的歌唱，
使那荆花悸颤，灵芝低回，
远的溪流凝住轻泣，

黑衣的先知者默然飞开。

幽灵哟，把黝绿的磷火聚合，
照着死的平漠，暗的道路，
引住无辜的旅人伫足，
说：此处飞舞着一盏鬼火……

1929年，于上海流浪中

（选自《中国现代文学作品选》第二册，复旦大学出版社，1986）

【学习提示】

殷夫（1909—1931），原名徐柏庭，又名徐祖华，笔名一署白莽，浙江象山人。在十三四岁的时候，殷夫开始写诗。绚丽的故乡山水、纯真无邪的友情，激发了他最初的创作灵感。1926年夏，殷夫考进上海浦东中学高中三年级，一面在校读书，一面与中国共产党有了联系，开始走上革命道路。1928年加入太阳社。1929年春，他重返上海，在党的领导下，专门从事青年工人运动。1930年参加“左联”，并任团中央刊物《列宁青年》的编辑。1931年2月7日被国民党政府秘密杀害于上海龙华。由于长期从事职业革命活动，经历了地下斗争的磨炼，殷夫的作品节奏明快有力、粗犷雄伟，刚健之中透露着清新之美，具有很大的鼓动性。在20世纪30年代唯美诗风盛行的诗坛上，殷夫的作品的确带来了一股热烈、悲壮而清新的风。

提到殷夫，人们首先想到的是他的革命烈士的形象以及他的“红色鼓动诗”中的战斗激情。然而，殷夫在早期的诗歌创作中，也写出了许多具有浓郁浪漫色彩的抒情诗，这些抒情诗感情细腻而生动，令人印象深刻，《孩儿塔》便是其中具有代表性的一首。

《孩儿塔》一诗收入同名诗集《孩儿塔》中，这本诗集收集了殷夫1926年至1929年的主要作品。在这些诗歌中，以抒情诗居多，蕴含着一个青年诗人丰富的情感和敏感的思绪，其中与诗集同名诗篇《孩儿塔》便是一首优秀的抒情诗。“孩儿塔”是诗人家乡用来埋葬幼儿尸身的地方。诗人看到孩儿塔，心中不禁涌起阵阵感伤，于是写下这首诗来哀悼埋葬于此的幼儿们。诗人以孩儿塔象征那扼杀新生一代的黑暗社会，呼唤小“幽灵”们去聚合“黝绿的磷火”，为黑暗中探索的人们照出一条道路。

【思考练习题】

1. 试分析《孩儿塔》这首诗中所表现的诗人细腻而生动的情感及其内涵。

2.《孩儿塔》这首诗的意象丰富而奇特，如“被遗忘者的故乡”“黑衣的先知者”“黝绿的磷火”，请结合这些意象体会、理解该诗的艺术特色。

弃妇

李金发

长发披遍我两眼之前，
遂隔断了一切羞恶之疾视，
与鲜血之急流，枯骨之沉睡。
黑夜与蚊虫联步徐来，
越此短墙之角，
狂呼在我清白之耳后，
如荒野狂风怒号：
战栗了无数游牧。

靠一根草儿，与上帝之灵往返在空谷里。
我的哀戚惟游蜂之脑能深印着；
或与山泉长泻在悬崖，
然后随红叶而俱去。

弃妇之隐忧堆积在动作上，
夕阳之火不能把时间之烦闷
化成灰烬，从烟突里飞去，
长染在游鸦之羽，
将同栖止于海啸之石上，
静听舟子之歌。

衰老的裙裾发出哀吟，
徜徉在丘墓之侧，
永无热泪，
点滴在草地
为世界之装饰。

（选自《新诗选》第一册，上海教育出版社，1979）

【学习提示】

李金发（1900—1976），又名李淑良，广东嘉应（今梅州）人。早年在香港求学。1919 年去法国学习雕塑艺术。1925 年回国，曾任蔡元培秘书和从事教育工作，并与留法同学创办《美育》杂志。曾长期周游各国，后定居美国纽约。早期诗作深受法国象征主义影响，诗意朦胧，语言晦涩，为中国象征诗派的开创者。后期诗歌趋于平实朴素。

著有诗集《微雨》《为幸福而歌》《食客与凶年》等。

《微雨》是中国新诗史上第一部象征主义诗集，朱自清说李金发是把法国象征主义手法“第一个介绍到中国诗里”的诗人，在当时“是一支异军”。在他的诗中，抒情主人公的形象多半是孤独凄苦的人生旅客，抒发的都是生活的苦恼与烦闷。伴随着这种感伤的情调，他的诗还有一股浓重的颓废气息和神秘色彩，呈现在诗里的多是像“夜狼与嚎狗”“残叶溅血”“死神唇边的笑”等令人恐怖的意象。这种低沉的调子和悲观的气氛，充分表现了象征主义的“以颓废为美”的倾向。再加上他有意破坏传统艺术程式，强调主观直觉，追求含蓄朦胧，喜用隐喻暗示，随意采用省略、跳跃等手法，所以作品往往晦涩难懂，从而引起诗坛的强烈反响，赞成者有之，反对者亦有之。

《弃妇》是李金发第一首公开发表的“象征诗”，也是《微雨》开卷的第一首诗。由于它体现了李金发诗作的风格特色，一向被视为他的代表作。从表面看，《弃妇》写的是一位被遗弃的妇女的痛苦和悲哀，诗人代她向社会的歧视和压力倾吐了心中的凄苦和幽怨的感情。然而，“弃妇”只是一个情感的象征物，实质上乃是诗人对人生命运感受的象征。这人生充满了悲苦，充满了孤寂，也充满了不平和愤懑。在诗人的眼里，人生不过是彷徨于亡者墓前的弃妇，她的悲伤和痛苦都是无法为人所理解、无法改变的。诗人在这个悲剧性的象征形象里，抒写了对人生世事的感慨和不平。

《弃妇》这首诗具有李金发所代表的中国象征派较为鲜明的美学追求和艺术特征。第一，自觉把从丑中挖掘出艺术美作为一种审美情趣来表现。李金发深受波德莱尔的影响，故喜欢用那些丑恶残缺的阴冷意象，如《弃妇》中的“鲜血”“枯骨”“游蜂之脑”等都是阴森冷艳的意象，而这些意象的组合更形成了一个艺术中的怪象——弃妇，从而从丑恶中开掘出美，从怪异中开掘出诗意。第二，通过无序自由的联想，将感觉或情感意象化。法国象征派认为，现实是丑陋的，而美乃存在于想象和象征之中。李金发受其影响，所以他的诗作注重象征和意象的使用，力避抽象和空洞的说教，追踪着自己独特的感觉，把种种抽象的内在的复杂情绪化为一个个具体鲜明可感的意象，把主观色彩涂抹在这些意象上，创造出朦胧而奇异的意境。

【思考练习题】

1. 结合诗中“黑夜”“蚊虫”“灰烬”“游鸦”等意象，分析《弃妇》这首诗的象征艺术特色。

2. 《弃妇》这首诗表达了作者怎样的思想内涵？

雨 巷

戴望舒

撑着油纸伞，独自
彷徨在悠长，悠长
又寂寥的雨巷，
我希望逢着
一个丁香一样地
结着愁怨的姑娘。

她是有
丁香一样的颜色，
丁香一样的芬芳，
丁香一样的忧愁，
在雨中哀怨，
哀怨又彷徨；

她彷徨在这寂寥的雨巷，
撑着油纸伞
像我一样，
像我一样地
默默彳亍着，
冷漠，凄清，又惆怅。

她静默地走近
走近，又投出
太息一般的眼光，
她飘过
像梦一般地，
像梦一般地凄婉迷茫。

像梦中飘过
一枝丁香地，
我身旁飘过这女郎；
她静默地远了，远了，

到了颓圮的篱墙，
走尽这雨巷。

在雨的哀曲里，
消了她的颜色，
散了她的芬芳，
消散了，甚至她的
太息般的眼光，
她丁香般的惆怅。①

撑着油纸伞，独自
彷徨在悠长、悠长
又寂寥的雨巷，
我希望飘过
一个丁香一样地
结着愁怨的姑娘。

1927 年作

（选自《戴望舒诗全编》，浙江文艺出版社，1989）

【学习提示】

戴望舒（1905—1950），浙江杭州人，在上海震旦大学学习期间开始写诗。曾赴法国留学。抗日战争时期在香港参加进步文化运动，宣传抗日。1949 年离开香港到北京，次年病逝。

戴望舒一生留存的诗作有 90 多首，分别收在《我底记忆》（1929）、《望舒草》（1933）、《望舒诗稿》（基本上是前两个集子的合集，1937）和《灾难的岁月》（1948）四个集子中。第一部诗集《我底记忆》以《雨巷》为代表，也以《雨巷》成就最高，诗人也因此被冠以“雨巷诗人”的称号。

戴望舒一生的创作，以忧愁和悲伤的风格为主，前期创作注重朦胧意象、暗示手法的运用，常用象征主义甚或超现实主义结构形象的方法；后期创作更注重选取富有特点的生活细节表现诗情，诗歌的叙事成分增多，间或直抒胸臆，语言质朴明丽，风格渐趋乐观、上扬。

《雨巷》是戴望舒的成名作，写于 1927 年，最初发表在 1928 年 8 月出版的《小说月报》第 19 卷第 8 号上。诗人以“雨巷”“丁香”为象征意象，真实而又隐晦地抒发了自己极度苦闷又怀抱希望，却追求无着的“隐秘的灵魂”。《雨巷》充满了彷徨失望和感伤痛苦的情绪，却不能笼统地说是纯属个人的哀叹。诗人的抒情吟诵再现了当时一部分

---

① 收入《望舒诗稿》时，此句删去“她”字。——原注

青年心灵深处的声音。

《雨巷》的创作无疑受到了法国象征派诗歌艺术的影响。诗人从法国象征派诗人的理论和创作中顿悟出新意，以一种“既不是隐藏自己，也不是表现自己”的特异形式，创造了“雨巷”这一富于象征意味的诗境。在这虚实藏露的中间，读者分明窥视到诗人心中那忧悒不展的愁结和彷徨中不甘沉沦的微茫希望。

在《雨巷》中，“丁香一样地结着愁怨的姑娘”的象征性抒情形象的塑造，显然受到了中国古典诗词的启发。唐代李商隐《代赠》有云：“芭蕉不展丁香结，同向春风各自愁。”南唐李璟更是把丁香结与雨中惆怅连在一起，其《浣溪沙》有云:“青鸟不传云外信，丁香空结雨中愁。”有的研究者甚至认为《雨巷》是“丁香空结雨中愁”的现代白话版的扩充和“稀释”。事实并非如此，因为诗人吸收古典诗词中描写愁情、创造意境的方法所表现出来的怅惘伤感，到底不是那时的闺中思妇的怨恨别情，而是大革命突遭挫败后一部分找不到出路的青年知识分子心灵的写照，是诗人依据自己的生活体验加上艺术想象创造出来的。

《雨巷》在艺术上的突出成就是它的音乐美，当年叶圣陶就曾盛赞它“替新诗底音节开了一个新的纪元”。全诗七节，每节六行，长短相间又大致匀称。诗行字句之间，或相互勾连，或参差错落，或呼应首尾。每节诗押韵二至三次，间隔有致，一韵到底。诗由“雨巷”定韵，通过“悠长”“姑娘”“芬芳”“彷徨”等词组，形成“ang”韵。诗歌还成功运用了复沓回环的手法，并借助排比以及音组的自然停顿等，有意舒缓诗的节奏，构成回环流荡的音乐般的旋律。在诗人流动的愁绪中，读者仿佛听到了潇潇的雨声、彷徨的足音。

【思考练习题】

1.《雨巷》的音乐美表现在哪些方面？

2. 诗歌中的“雨巷”“丁香”这些意象的象征含义是什么？表达了作者怎样的思想情感？

寻梦者

戴望舒

梦会开出花来的，
梦会开出娇妍的花来的：
去求无价的珍宝吧。

在青色的大海里，
在青色的大海的底里，
深藏着金色的贝一枚。

你去攀九年的冰山吧，
你去航九年的旱海吧，
然后你逢到那金色的贝。

它有天上的云雨声，
它有海上的风涛声，
它会使你的心沉醉。

把它在海水里养九年，
把它在天水里养九年，
然后，它在一个暗夜里开绽了。

当你鬓发斑斑了的时候，
当你眼睛朦胧了的时候，
金色的贝吐出桃色的珠。

把桃色的珠放在你怀里，
把桃色的珠放在你枕边，
于是一个梦静静地升上来了.

你的梦开出花来了，
你的梦开出娇妍的花来了，
在你已衰老了的时候。

（选自《戴望舒诗全编》，浙江文艺出版社，1989）

【学习提示】

《寻梦者》出自戴望舒的诗集《望舒草》。《望舒草》1933 年由上海现代书局出版，共收诗作 41 首，书末附有《诗论零札》17 条，主要写于 1929 年至 1932 年，体现了作者诗歌艺术的日趋成熟。

《寻梦者》是一首感情真挚深沉、艺术精熟的佳作，写出了诗人和他那一代知识分子寻求理想、憧憬光明、上下求索的心路历程。“寻梦者”既是作者的自喻，也是一代人的象征。戴望舒成名的 1927 年前后，正是中国社会剧烈动荡的时期，面对黑暗恐怖的现实，知识分子感到的是普遍的幻灭，有的人投身到积极的斗争之中，有的人则在自我的天地中寻求解脱，戴望舒属于后者。现实的无助、内省的气质、青春期的躁动使得诚实而敏感的诗人沉溺于自我的情感中难以自拔，表现在诗作中则是丰富的孤独、寂寞、绝望、痛苦、虚无与惆怅。但诗人毕竟是年轻而正直的，有着一腔爱国热血，他不可能把自己完全地封闭起来，在逃避现实的同时，内心深处蕴积的情绪总会有所表露。《寻梦者》就是这种情绪的表现，它使人们看到了诗人对理想与光明的期待与追寻，以及虽历经艰难甚至付出青春的代价但也无怨无悔的执着。

《寻梦者》的诗情深挚，诗思奇丽。在诗人眼里，梦就像那颗美丽的珠贝一样，蕴藏在遥远的大海深处，诗人踏上寻梦的历程，去追寻那朵“娇妍的花”。《寻梦者》的结构具有重叠复沓、一唱三叹的美感。全诗共八节，每节三行，在三行中，前两行采用叠句的形式唱出，先起后承，并用重复递进的句式推出，加深了对诗的内在情绪及韵律的渲染和强化，第三句则做一升华。以第一节为例，“梦会开出花来的，梦会开出娇妍的花来的”，第二句增加了“娇妍的”三字，进一步渲染了梦的绮丽美好，并为第三句的情绪飞跃做了铺垫，完成了全诗中每节“起势—蓄势—升华”的诗格形式，绵密而通脱，典雅而有致。

戴望舒早年写诗，主要受旧体诗词的影响，后又接受借鉴了法国象征派诗人的一些理论和创作，逐渐形成了自己的创作理念。他大胆地突破了当时诗坛上新格律诗对于音乐美、绘画美的刻意追求，认为“诗不能借重音乐，它应该去了音乐的成分”，“诗不能借重绘画的长处”。然而，诗人并非完全摒弃音乐、绘画成分在诗歌中的作用，而是不愿戴着这些镣铐跳舞，诗人更注重的是诗情的自然流露。《寻梦者》一诗虽不押韵，但其形式上的重叠复沓及内在情绪上的抑扬顿挫仍然传递着一种音乐的旋律，其意象的具体与色彩的鲜明也同样具有绘画的美感，而且在诗中表现得更加自由通脱、潇洒有致。

【思考练习题】

1. 如何理解诗人所塑造的“寻梦者”的抒情意象？
2. 试分析《寻梦者》的艺术特色。

【延展阅读】

《寻梦者》选自戴望舒的诗集《望舒草》，这部诗集共收诗歌 41 首，是戴望舒诗歌创作的主要成果之一，请补充阅读《望舒草》中的其他诗歌，体会、理解戴望舒诗歌创作的艺术风格。

预言

何其芳

这一个心跳的日子终于来临！
呵，你夜的叹息似的渐近的足音，
我听得清不是林叶和夜风私语，
麋鹿驰过苔径的细碎的蹄声！
告诉我用你银铃的歌声告诉我，
你是不是预言中的年青的神？

你一定来自那温郁的南方！
告诉我那里的月色，那里的日光！
告诉我春风是怎样吹开百花，
燕子是怎样痴恋着绿杨！
我将合眼睡在你如梦的歌声里，
那温暖我似乎记得，又似乎遗忘。

请停下你疲劳的奔波，
进来，这里有虎皮的褥你坐！
让我烧起每一个秋天拾来的落叶，
听我低低地唱起我自己的歌！
那歌声将火光一样沉郁又高扬，
火光一样将我的一生诉说。

不要前行！前面是无边的森林：
古老的树现着野兽身上的斑纹，
半生半死的藤蟒一样交缠着，
密叶里漏不下一颗星星。
你将怯怯地不敢放下第二步，
当你听见了第一步空寥的回声。

一定要走吗？请等我和你同行！
我的脚步知道每一条熟悉的路径，
我可以不停地唱着忘倦的歌，
再给你，再给你手的温存！

当夜的浓黑遮断了我们，
你可以不转眼地望着我的眼睛！

我激动的歌声你竟不听，
你的脚竟不为我的颤抖暂停！
像静穆的微风飘过这黄昏里，
消失了，消失了你骄傲的足音！
呵，你终于如预言中所说的无语而来，
无语而去了吗，年青的神？

1931 年秋天

（选自《何其芳诗全编》，浙江文艺出版社，1995）

【学习提示】

何其芳不但是著名的散文家，更是著名的诗人。20 世纪 30 年代，他以不多的诗篇，跻身于群星璀璨的诗坛，深深地打动和吸引了读者。他的诗歌和他的散文一样，主要抒写青年人对爱情的憧憬和幻想，充满了纯真、灵性的美。何其芳喜欢“读着晚唐五代时期的那些精致的冶艳的诗词，蛊惑于那种憔悴的红颜上的妩媚”，同时又喜欢欧美的象征主义诗歌——“在几位班纳斯派以后的法兰西诗人的篇什中找到了一种同样的迷醉”。因此，他早年致力于将两者融合在自己的创作中。他说：“我不是从一个概念的闪动去寻找它的形体，浮现在我的心灵里的原来就是一些颜色，一些图案……我从陈旧的诗文里选择着一些可以重新燃烧的字，使用着一些可以引起新的联想的典故。”（《梦中道路》）

《预言》是何其芳的成名作，比较典型地代表了他早期诗歌的风格。它写于 1931 年秋天，诗人当时才 20 岁。作品真实地表露了 20 世纪 30 年代的青年对爱情的渴望，也反映了他们精神上的追求与迷惘，所以一发表，立即像诗人的散文集《画梦录》一样，激起了同代人的强烈共鸣。1945 年，诗人出版了第一本诗集，收入此诗，并以此诗的名字为诗集命名。

《预言》是一首爱情诗，是诗人对自己得不到回报的初恋的“预言”，抒写了诗人一段珍贵的感情经历。诗人把心仪已久的恋人比作“女神”，用“麋鹿”走过苔径时的足音，暗示自己在期待恋人来临时的敏感和紧张心情。“叹息似的渐近的足音”和“细碎的蹄声”，是那么细腻、温柔和小心，将一个刚刚坠入爱河的青年人的微妙心理，刻画得惟妙惟肖。诗人祈求“年青的神”不要离开自己，可“年青的神”似乎并不了解诗人的心情。最后，“年青的神”终于走了，“像静穆的微风飘过这黄昏里”，悄悄地消失了，给诗人留下了凄清的哀怨，给诗人留下了深深的惆怅。

何其芳喜欢在回忆和梦幻中寻找美。他的诗总是在淡淡的哀怨中透出一些欢快的色彩。诗中没有着意刻画“年青的神”的形象，所抒写的爱情，具有强烈的自我性，同时又具有不可言说的朦胧性，给读者留下了相当广阔的联想空间，使诗歌有一种宁静、柔婉的朦胧美。

诗歌的语言精致、优美，韵律和谐，洋溢着动人的音乐美。全诗共六节，每节六行，虽不是严格意义上的押韵，但整体上第一、二、四六行韵脚较为一致，读来具有音乐的美感。

【思考练习题】

1.《预言》表达了诗人怎样的思想情感？

2. 以《预言》为例，分析何其芳的诗歌创作具有哪些特点。

假使我们不去打仗

田　间

假使我们不去打仗，
敌人用刺刀
杀死了我们，
还要用手指着我们骨头说：
　“看，
　这是奴隶！”

1938 年作

（选自《田间诗选》，人民文学出版社，1983 年）

【学习提示】

田间（1916—1985），原名童天鉴，安徽无为人。1934 年到上海光华大学求学，并参加“左联”。1935—1936 年参加《文学丛报》《新诗歌》的编辑工作。田间的诗歌创作较早，1935 年便出版了第一部诗集《未明集》。诗集描绘了 20 世纪 30 年代初旧中国农村和城市的黑暗景象，对劳苦大众的悲惨命运寄予了深切的同情，同时也表达了强烈的反抗意识，如《母亲的泪》等诗篇。接着，田间又相继推出《中国牧歌》和《中国农村的故事》两部诗集。《中国牧歌》表现农民的苦难与抗争，感情更趋强烈，如《夜》等诗篇由衷地歌颂了东北人民的抗日活动。长诗《中国农村的故事》作于 1936 年夏，分《饥饿》、《扬子江上》和《去》三部，以红军长征为背景，诉说农民的苦痛，歌颂农民的反抗。

抗日战争全面爆发后，田间的诗歌创作进入成熟期。1937 年 12 月完成的长篇政治抒情诗《给战斗者》标志着田间诗歌独特风格的形成。

1938 年参加八路军西北战地服务团，任战地记者，不久北上延安，参与发起街头诗运动。“街头诗”以鼓动人民大众投入抗战的洪流为特征，充满了火热的战斗精神。《假使我们不去打仗》《毛泽东同志》《义勇军》《呵，游击司令》《给饲养员》等是田间“街头诗”创作的名篇，有力地发挥了诗歌的战斗作用。这一时期，田间完成诗集《给战斗者》，还创作了诗集《呈在大风砂里奔走的岗卫们》。抗日战争后期和解放战争时期，田间创作了《抗战诗抄》和《短歌》两部诗集，以及两部长篇叙事诗《戎冠秀》和《赶车传》（第一部）。

田间的诗歌创作，跳动着时代的脉搏，表现了人民激昂的抗战斗志和坚定的抗战意志。与此相适应，他的诗句多短促、坚实、有力，有如征战的鼓点，激昂慷慨，形成了朴实、明快、强烈的艺术风格。田间无愧于“时代的鼓手”的称号。

田间的诗富有强烈的现实战斗性，《假使我们不去打仗》就是其中的代表作。诗行简短，寓意深长，在朴素的诗句里，充满着火热的时代气息和强烈的爱憎感情。

“七七事变”后国民党政府奉行消极的抵抗政策，导致国土不断沦丧，抗日统一战线也屡次遭到破坏。田间作为一个诗人，关怀国家和民族的命运，关注抗战形势，他创作本诗的目的就是要惊醒所有的中国人，唤醒所有的中国人，全面激发他们的抗战热情。

田间的这首诗描绘的假设情境向人们预示了不积极抗战的可怕后果，这种反面的惊醒比正面的呼吁更加能够唤起人们的爱国情绪和斗志。

【思考练习题】

1. 结合《假使我们不去打仗》的时代背景，谈谈这篇诗歌的主题思想。
2. 分析这首诗的艺术特点。

老 马

臧克家

总得叫大车装个够，
它横竖不说一句话，
背上的压力往肉里扣，
它把头沉重的垂下！

这刻不知道下刻的命，
它有泪只往心里咽，
眼里飘来一道鞭影，
它抬起头望望前面。

一九三二年四月

（选自《烙印》，浙江文艺出版社，1997）

【学习提示】

臧克家（1905—2004），又名臧瑗望，笔名何嘉等，山东诸城人。早年就读于山东第一师范学校。1927年入武汉中央军事政治学校。1934年毕业于山东大学。1943年毕业于山东大字。1946年曾主编《侨声报》文艺副刊、《文讯》月刊等。中华人民共和国成立后曾任人民出版社编审、中国作协书记处书记、《诗刊》主编等职。所作诗研究炼字炼意，音调自然和谐，富有社会意义。著有诗集《烙印》《罪恶的黑手》《泥土的歌》《生命的零度》，长诗《李大钊》等。

《老马》写于1932年4月，收在臧克家1933年出版的诗集《烙印》中，是一篇有着广泛影响的优秀诗作。

诗人臧克家在谈到《老马》这首诗时说过：“我写了老马，另外也写了许多受压迫的农民形象，实际上也就是写了我自己。”也就是说，诗人在“老马”的形象中寄寓了自身的境遇和情怀，按作者自己的话说：“武汉大革命失败了，我回到山东，一九三二年，在国立青岛大学读书。对蒋介石反动政权，全盘否定，而对于革命的前途，觉得十分渺茫。生活是苦痛的，心情是沉郁而悲愤的。”诗人此时的思想、情感与受压迫的农民有一脉相通之处，对于“背上的压力往肉里扣”的老马亦然。

全诗韵律整饬、音调和谐。一共两节，每节四行，每行字数大致相同，均为三个音步。每节诗都是第一、第三句协韵，第二、第四句协韵，而且选用的均为去声韵，读来给人以沉重之感，但很好地配合了诗歌内容上的需要。诗人以一种谨严的形式、蕴藉的手法，通过捕捉一个朴实平常的画面，寄寓了深厚的情感：对过着非人生活的农民的深切同情和对黑暗社会的愤恨。《老马》一诗是臧克家早期的代表作，真切地表达了他当时的心情，也成功地塑造了当时中国被压迫、奴役的农民形象。

【思考练习题】

1. 试谈臧克家诗歌创作的特点。
2. 简述《老马》的思想内涵和艺术特色。

断 章

卞之琳

你站在桥上看风景，
看风景人在楼上看你。

明月装饰了你的窗子，
你装饰了别人的梦。

1935 年 10 月

（选自《中国新诗库·第三辑·卞之琳卷》，长江文艺出版社，1991）

【学习提示】

卞之琳（1910—2000），江苏海门人。1929 年入北京大学学习。1940 年后任教于西南联合大学、南开大学。1947 年赴英国牛津大学执教。1949 年后任北京大学西语系教授，北京大学文学研究所、中国社会科学院外国文学研究所研究员。诗风晦涩、含蓄，富有形式感。著有诗集《鱼目集》《汉园集》（与何其芳和李广田的合集）、《慰劳信集》《雕虫纪历 1930—1958》等，译有《哈姆雷特》等。

卞之琳最初写诗受“新月派”影响，如《群鸦》《噩梦》《魔鬼的夜歌》《黄昏》等，形式上采用格律体，意境上营造所谓浪漫派诗的“哥特式”的凄冷风格。但他很快转向以瓦雷里为代表的后期象征主义，而进入温和现代主义时期。《断章》《淘气》《白螺壳》《圆宝盒》《距离的组织》《尺八》《无题》等一系列诗篇构成了中国现代诗歌史上独具风格的作品。他早期的诗作写旧北京的风土人情和中下层平民百姓的灰色生活，富有怀旧怀远情调。所谓“小处敏感，大处茫然”，他“茫然”于时代风云，却醉心于新诗技巧与形式的试验，着力于新诗的“欧化”“古化”。首先，卞之琳是中国新诗史上少有的具有自觉哲学意识的诗人。他的诗歌不以社会现实的具体关注为旨归，而是从某种具象性生发开来，进而提升到哲学高度，表现出一种理性之美，如《圆宝盒》所象征的无限可能和无穷变化，《断章》中主客体关系的相对性，《道旁》中“行人”与“树下人”生命之“倦”与“闲”的对照与互讽。但是，卞之琳并不深究其中所蕴含的哲学命题，他所表现的是一种哲学的趣味，是一种理趣，可以视为对宋诗的隔代呼应与发展。其次，卞之琳的诗歌具有“非个人化”特征。他将西方小说化、典型化、戏拟化的“戏剧性处境”与中国古典小说中的“意境”相融合，从而达到“个人”隐匿的效果。在诗中，“我”“你”“他”都是可以互换而用的，或者无“我”，即使有“我”，也是似我非我。随之而来的是抒情方式的转变，“感”让位于“思”，情感内化，倾向于小说化、戏剧化，诗风趋于坚实、硬朗。

卞之琳后期的诗作以《慰劳信集》为代表，着重通过“典型”的细节表现人物，以健康清新的内容和明朗的形式热情歌颂中国共产党领导下的抗日战争，在诗的形式上，偏重格律，语言浅白，诗风爽朗。

《断章》是卞之琳的代表作，更是一首脍炙人口的作品。短短四句，似乎一看就懂，仔细推敲，又觉意犹未尽。李健吾认为，这首诗着重在“装饰”二字，暗示人生不过互相装饰，很有些悲哀的味道。诗人却不同意，认为该诗着重在“相对”上：人（“你”）可以看风景，也可能自觉或不自觉地点缀了风景；人（“你”）可以见明月装饰了自己的窗子，也可能自觉或不自觉地成为别人梦境的装饰。诗人将人生哲理与诗歌意象融合，表现了自己对宇宙和人生的探求；在技巧和形式方面，则融会了传统的意境和西方象征主义的艺术手法，形成了自己的现代诗风。

【思考练习题】

1. 分析《断章》在意象构造上的特点。
2.《断章》是一首蕴含着深刻哲理的诗歌，请谈谈对这首诗的理解。

雨同我

卞之琳

“天天下雨，自从你走了。”
“自从你来了，天天下雨。”
两地友人雨，我乐意负责。
第三处没消息，寄一把伞去？

我的忧愁随草绿天涯：
鸟安于巢吗？人安于客枕？
想在天井里盛一只玻璃杯，
明朝看天下雨今夜落几寸。

1937 年 5 月

（选自《中国新诗库·第三辑·卞之琳卷》，长江文艺出版社，1991）

【学习提示】

在中国现代诗歌史上，“新月诗派”和“现代诗派”是相继兴起的不同诗派，但是两者也有相近之处，即都在创作中积极吸收古典诗词的营养。无论是闻一多、徐志摩等人，还是戴望舒、何其芳、废名等人，都致力于在新诗和旧诗之间架起一座桥梁，在新诗中营造古典诗歌的美学理想。卞之琳也是如此。他的诗吸收了古代诗词的许多营养，其细微处的确是曲尽人意，富极雅致娟秀的妩媚。对外界景物的敏感之微，对内部心灵的感受之细，在唐可以忆起细腻柔软的晚唐诗，在宋可以比拟清婉秀丽的南宋词。何其芳是通过“从陈旧的诗文里选择着一些可以重新燃烧的字，使用着一些可以引起新的联想的典故”来重建古典意境，卞之琳却是通过现代技巧来达到的。可以说，卞之琳在技巧上是现代的，在心灵深处依旧是古典的。他恰恰是通过对现代辞藻的巧妙组合来达到古典意境的。卞之琳是一个现代派的古典派。读卞之琳的诗，往往要联想起许多古典诗词，如废名所说“有温（庭筠）的浓艳的高致”，“还有李（商隐）诗的温柔缠绵”，甚至还有《论语》的色泽。

《雨同我》这首诗穿插在远与近、昨与今之间，在现代的形式和现代的辞藻下，埋藏着一个士大夫的慵倦意绪。读这首诗，人们很容易想起古人的别离诗，尤其是唐代刘长卿的《别严士元》：“春风倚棹阖闾城，水国春寒阴复晴。细雨湿衣看不见，闲花落地听无声。日斜江上孤帆影，草绿湖南万里情。东道若逢相识问，青袍今已误儒生。”

【思考练习题】

1.《雨同我》表现了作者怎样的情绪？

2.《雨同我》是如何借鉴古典诗词的？请举例说明。

大堰河

——我的褓姆

艾　青

大堰河，是我的褓姆。
她的名字就是生她的村庄的名字，
她是童养媳，
大堰河，是我的褓姆。

我是地主的儿子；
也是吃了大堰河的奶而长大了的
大堰河的儿子。
大堰河以养育我而养育她的家，
而我，是吃了你的奶而被养育了的，
大堰河啊，我的褓姆。

大堰河，今天我看到雪使我想起了你：
你的被雪压着的草盖的坟墓，
你的关闭了的故居檐头的枯死的瓦菲，
你的被典押了的一丈平方的园地，
你的门前的长了青苔的石椅，
大堰河，今天我看到雪使我想起了你。

你用你厚大的手掌把我抱在怀里，抚摸我；
在你搭好了灶火之后，
在你拍去了围裙上的炭灰之后，
在你尝到饭已煮熟了之后，
在你把乌黑的酱碗放到乌黑的桌子上之后，
在你补好了儿子们的为山腰的荆棘扯破的衣服之后，
在你把小儿被柴刀砍伤了的手包好之后，
在你把夫儿们的衬衣上的虱子一颗颗的掐死之后，
在你拿起了今天的第一颗鸡蛋之后，
你用你厚大的手掌把我抱在怀里，抚摸我。

我是地主的儿子，
在我吃光了你大堰河的奶之后，
我被生我的父母领回到自己的家里。
啊，大堰河，你为什么要哭？

我做了生我的父母家里的新客了！
我摸着红漆雕花的家具，
我摸着父母的睡床上金色的花纹，
我呆呆地看檐头的我不认得的“天伦叙乐”的匾，
我摸着新换上的衣服的丝的和贝壳的钮扣，
我看着母亲怀里的不熟识的妹妹，
我坐着油漆过的安了火钵的炕凳，
我吃着碾了三番的白米的饭，
但，我是这般忸怩不安！因为我
我做了生我的父母家里的新客了。

大堰河，为了生活，
在她流尽了她的乳液之后，
她就开始用抱过我的两臂劳动了；
她含着笑，洗着我们的衣服，
她含着笑，提着菜篮到村边的结冰的池塘去，
她含着笑，切着冰屑悉索的萝卜，
她含着笑，用手掏着猪吃的麦糟，
她含着笑，扇着炖肉的炉子的火，
她含着笑，背了团箕到广场上去
　晒好那些大豆和小麦，
大堰河，为了生活，
在她流尽了她的乳液之后，
她就用抱过我的两臂，劳动了。

大堰河，深爱着她的乳儿；
在年节里，为了他，忙着切那冬米的糖，
为了他，常悄悄地走到村边的她的家里去，
为了他，走到她的身边叫一声“妈”，
大堰河，把他画的大红大绿的关云长
　贴在灶边的墙上，
大堰河，会对她的邻居夸口赞美她的乳儿；
大堰河曾做了一个不能对人说的梦：

在梦里，她吃着她的乳儿的婚酒，
坐在辉煌的结彩的堂上，
而她的娇美的媳妇亲切的叫她“婆婆”
…………
大堰河，深爱她的乳儿！

大堰河，在她的梦没有做醒的时候已死了。
她死时，乳儿不在她的旁侧，
她死时，平时打骂她的丈夫也为她流泪，
五个儿子，个个哭得很悲，
她死时，轻轻地呼着她的乳儿的名字，
大堰河，已死了，
她死时，乳儿不在她的旁侧。

大堰河，含泪地去了！
同着四十几年的人世生活的凌侮，
同着数不尽的奴隶的凄苦，
同着四块钱的棺材和几束稻草，
同着几尺长方的埋棺材的土地，
同着一手把的纸钱的灰，
大堰河，她含泪地去了。

这是大堰河所不知道的：
她的醉酒的丈夫已死去，
大儿做了土匪，
第二个死在炮火的烟里，
第三，第四，第五
在师傅和地主的叱骂声里过着日子。
而我，我是在写着给予这不公道的世界的咒语。
当我经了长长的飘泊回到故土时，
在山腰里，田野上，
兄弟们碰见时，是比六七年前更要亲密！
这，这是为你，静静地睡着的大堰河
所不知道的啊！

大堰河，今天，你的乳儿是在狱里，
写着一首呈给你的赞美诗，
呈给你黄土下紫色的灵魂，
呈给你拥抱过我的直伸着的手，

呈给你吻过我的唇，
呈给你泥黑的温柔的脸颜，
呈给你养育了我的乳房，
呈给你的儿子们，我的兄弟们，
呈给大地上一切的，
我的大堰河般的褓姆和她们的儿子，
呈给爱我如爱她自己的儿子般的大堰河。

大堰河，
我是吃了你的奶而长大了的
你的儿子，
我敬你
爱你！

1933 年 1 月 14 日，雪朝

（选自《艾青诗选》，人民文学出版社，1997）

【学习提示】

艾青（1910—1996），原名蒋正涵，号海澄，浙江金华人。1928 年考入杭州国立西湖艺术院绘画系，翌年赴法勤工俭学，专修绘画。1932 年回国，在上海参加中国左翼作家联盟。抗日战争全面爆发后，加入中华全国文艺界抗敌协会。1941 年赴延安，任教于鲁迅艺术学院文学系，主编《诗刊》。1945 年任华北联合大学文艺学院副院长等职。中华人民共和国成立后曾任中央美术学院军代表、中国美协理事、《人民文学》副主编。1957 年后，先后在北大荒、新疆劳动。1979 年后任中国作协副主席。

艾青的诗歌生涯是从监狱中开始的。1932 年 5 月，从法国归国的艾青加入中国左翼美术家联盟，7 月被诬入狱，直至 1935 年 10 月。艾青在狱中，一共写了 25 首诗，包括《监房的夜》《叫喊》《聆听》《巴黎》《马赛》等，尤其是《大堰河——我的褓姆》，使艾青一举成名。1936 年，第一本诗集《大堰河》出版，收诗 9 首，以其深沉的感情和新颖的风格，受到人们的喜爱。“给予这不公道的世界的咒语”，是艾青给自己诗歌定下的最初基调，反映在《大堰河》以及以后的作品中。

艾青从 1935 年 10 月出狱到抗日战争全面爆发前夜所写的诗歌，见于《旷野》诗集中的《马槽集》，包括《太阳》《春》《生命》《黎明》《煤的对话》《复活的土地》等，是“光明组诗”，诗中充满了希望，表现出对光明的向往和追求。抗日战争全面爆发以后，诗人从北到西，从西到南，在半个中国颠沛流离。战争中人民的苦难使诗人逐渐由激越昂扬的斗志转入深沉的思索，用诗人的良知和敏感的心灵审视民族的过去、现在和未来。《北方》《向太阳》《他死在第二次》《旷野》《黎明的通知》《火把》《献给乡村的诗》等诗集，是全面抗战前期诗歌创作中最丰硕的收获。“土地”和“太阳”是本期诗歌中的中心意象。前者凝聚着诗人对祖国——大地母亲以及对生于斯、耕作于斯、死于斯的劳动者的深沉的爱。无论是《我爱这土地》《雪落在中国的土地上》《北方》，还是《乞丐》《手推车》《补衣妇》，那真诚朴素，无一字不发自诗人灵魂深处，无一字不震撼着读者的灵魂。后者则表现了诗人灵魂的另一面：对光明、美好、理想的热烈不息的追求。“太阳”“光明”“春天”“黎明”“生命”与“火焰”是艾青诗歌的永恒主题。这和前面的“光明组诗”是一以贯之的。可以说，没有对光明的追求，就没有艾青的诗。《向太阳》《黎明的通知》是这一时期写得最好的光明颂诗。需要一提的还有诗人写于1939 年 3 月的两首抒情性很强的叙事长诗《吹号者》和《他死在第二次》，作品刻画了两个为国牺牲的战士形象，是献给为民族生存而决死战斗的人们的赞歌。被称为《向太阳》的姐妹篇的《火把》，在较宽广的背景下展现了两个女青年思想的蜕变与新生的故事。这样的题材以长诗的形式表现，具有特殊的意义。诗中跳跃着像火把一样燃烧的热情，“它真像火把一样使当时正在寻找革命道路的青年知识分子燃烧了起来”。

1941 年，艾青来到了延安。反映崭新的生活，为工农兵服务，为无产阶级服务是《黎明的通知》《献给乡村的诗》《反法西斯》《雪里钻》等诗集的一个重要特点。

《大堰河——我的褓姆》是艾青的成名作，是一个地主阶级叛逆的儿子献给他真正的母亲——中国大地上善良而又不幸的普通农妇的赞歌。“大堰河，今天我看到雪使我想起了你……”诗人通过对自己乳母的回忆与追思，抒发了对贫苦农妇大堰河的怀念之情、感激之情和赞美之情，表达出对这“不公道的世界”的诅咒和仇恨。

从诗的形式来看，这又是一首带有叙事性的自由体抒情诗。作者不拘泥于外形的束缚，很少注意诗句的韵脚或字数、行数的整齐划一，但又运用有规律的排比、复沓造成变化中的统一，参差中的和谐。全诗共 13 节，少则 4 行一节，多则十几行一节；少则每行 2 字，多则每行二十余字；全诗不押韵，但每一节首尾句短而重复，以确定基调和色彩，中间几行基本采用排比句式，且多长句，以达到尽情抒发情感和铺叙的目的。

【思考练习题】

1. 结合这首诗和艾青的创作道路，谈谈艾青诗歌中的独特意象。
2. 《大堰河——我的褓姆》一诗的思想内容和艺术特色主要有哪些？

雪落在中国的土地上

艾　青

雪落在中国的土地上，
寒冷在封锁着中国呀……

风，
像一个太悲哀了的老妇，
紧紧地跟随着
伸出寒冷的指爪
拉扯着行人的衣襟，
用着像土地一样古老的话
一刻也不停地絮聒着……

那从林间出现的，
赶着马车的
你中国的农夫
戴着皮帽
冒着大雪
你要到哪儿去呢？

告诉你
我也是农人的后裔——
由于你们的
刻满了痛苦的皱纹的脸
我能如此深深地
知道了
生活在草原上的人们的
岁月的艰辛。

而我
也并不比你们快乐啊
——躺在时间的河流上
苦难的浪涛

曾经几次把我吞没而又卷起——
流浪与监禁
已失去了我的青春的
最可贵的日子，
我的生命
也像你们的生命
一样地憔悴呀

雪落在中国的土地上，
寒冷在封锁着中国呀……

沿着雪夜的河流，
一盏小油灯在徐缓地移行，
那破烂的乌篷船里
映着灯光，垂着头
坐着的是谁呀？

——啊，你
蓬发垢面的少妇，
是不是
你的家
——那幸福与温暖的巢穴——
已被暴戾的敌人
烧毁了么？
是不是
也像这样的夜间，
失去了男人的保护，
在死亡的恐怖里
你已经受尽敌人刺刀的戏弄？

咳，就在如此寒冷的今夜，
无数的
我们的年老的母亲，
都蜷伏在不是自己的家里，
就像异邦人
不知明天的车轮
要滚上怎样的路程……
——而且

中国的路
是如此地崎岖
是如此地泥泞呀。

雪落在中国的土地上，
寒冷在封锁着中国呀……

透过雪夜的草原
那些被烽火所啮啃着的地域，
无数的，土地的垦殖者
失去了他们所饲养的家畜
失去了他们肥沃的田地
拥挤在
生活的绝望的污巷里：
饥馑的大地
朝向阴暗的天
伸出乞援的
颤抖着的两臂。

中国的苦痛与灾难
像这雪夜一样广阔而又漫长呀！

雪落在中国的土地上，
寒冷在封锁着中国呀……

中国，
我的在没有灯光的晚上
所写的无力的诗句。
能给你些许的温暖么？

1937 年 12 月 28 日夜间

（选自《艾青诗选》，人民文学出版社，1997）

【学习提示】

艾青是一个感情饱满的诗人。他的诗作总是蕴藏着一种深沉而强烈的忧郁。在抗日战争的炮火中，诗人辗转于中国大部分的国土，看到了抗战的艰苦，看到了人民的贫困，认识到通往胜利之路的艰辛，悲苦、忧郁的情绪笼罩在他的心头。此刻，他不仅理解了中国农民的现实苦难，而且对这古老的国土上所养育的民族有了更为深刻的认识，从小感染到的农民的忧郁升华到新的时代高度，时代浪子的漂泊情愫找到了坚实的归宿，对祖国、民族前途的热切思考，成为他许多诗作的主题。作于这一时期的《雪落在中国的土地上》，也回荡着这种“忧郁”“忧伤”“悲哀”的情感。诗的开头两句“雪落在中国的土地上，/寒冷在封锁着中国呀……”以舒缓沉郁的语调所表现的沉重、忧郁的感情，构成了贯穿全诗的基调。这种忧郁反映了艾青对祖国、民族、人民的爱与艰苦现实之间的矛盾，是尚未找到答案前的思虑，它不同于退让的叹息，而是进取的准备。

艾青的诗写的虽是实在的生活，但手法上常常运用新鲜的比喻、丰富的想象，而塑造的形象却似乎比现实生活中的更贴切。这些形象是奇幻的，可以看到象征派诗歌的影子，但又沉淀着现实的、社会的诗情。这就使艾青笔下的形象，尽管如天之空、似海之阔，却总是紧紧地联系着战斗着的祖国的大地，反映了诗人对生活的熟悉和理解的深度。

诗篇在艺术表现上具有鲜明的特色。第一，这首诗主要是以情动人，突出的特点是坦率、真诚、情深辞切。诗人的咏叹发自内心，是自然流泻出来的，袒露出纯洁的灵魂和对祖国的深情，没有任何斧凿的痕迹。第二，全篇使用了排比、复沓的艺术表现手法，具有强烈的旋律与节奏感，达到了回肠荡气、一唱三叹的艺术效果。第三，在这首诗中，诗人吸取了现代派诗歌的特点，即用象征、隐喻等诗歌意象来表达感情，具有意象美。

【思考练习题】

1.《雪落在中国的土地上》中出现的“农夫”“少妇”“年老的母亲”等人物形象，象征着什么？表达了诗人怎样的思想感情？

2.《雪落在中国的土地上》具有哪些艺术特色？

手推车

艾　青

在黄河流过的地域
在无数的枯干了的河底
手推车
以唯一的轮子
发出使阴暗的天穹痉挛的尖音
穿过寒冷与静寂
从这一个山脚
到那一个山脚
彻响着
北国人民的悲哀

在冰雪凝冻的日子
在贫穷的小村与小村之间
手推车
以单独的轮子
刻画在灰黄土层上的深深的辙迹
穿过广阔与荒漠
从这一条路
到那一条路
交织着
北国人民的悲哀

1938年初

（选自《艾青诗选》，人民文学出版社，1997）

【学习提示】

“忧郁”“忧伤”“悲哀”“苦痛”“灾难”“贫困”，诸如此类的字眼，以不同的形态，出现在艾青的很多诗作中。这种“忧郁”既有从小就感染上的“农民的忧郁”，又有异国街头流浪的“漂泊情愫”，更有在战争的炮火中，感受北国人民的苦难时所产生的与古老民族忧国忧民、感时愤世的传统相契合的“民族忧郁”。正如诗人所说：“叫一个生活在这年代的忠实的灵魂不忧郁，这就如叫一个辗转在泥色的梦里的农夫不忧郁，是一样的属于天真的一种奢望。”这“忧郁”既包含着诗人对人民、对祖国的深沉的爱，又体现着诗人对生活的忠实与思索。但是，这种“忧郁”不是冷淡的哀愁，而是积极的思索；不是对生活的绝望，而是对美好生活的执着追求。这“忧郁”是一种更为深沉的力量，它能够“发出使阴暗的天穹痉挛的尖音”，它能在灰黄土层上刻画下“深深的辙迹”，这是一种力，一种忠实于生活的清醒的现实主义态度。

《手推车》便是一首这样的诗。它写于1938年年初，此时的诗人就像诗中的“手推车”一样在山与山间、村与村间、路与路间颠簸、流浪，他亲眼看见、亲身感受了北方农民的贫困和悲哀。诗人说：“这是关于北方农村的写景。我用它来表现北方农民的艰苦。凡尔哈伦写农村的破落与城市的触角，启发了我写中国黄河流域日益增长的苦难。”手推车是写实，更是象征，象征着挣扎于水深火热中的广大北国人民。

艾青说：“一首诗里面，没有新鲜，没有色调，没有光彩，没有形象——艺术的生命在哪里呢？”他的许多诗，犹如完整的画幅，用协调的光色和匀称的构图感染着人们，这得益于他的美术素质。同时，这种色调的运用，又不同于象征派诗歌从文字外壳进行的虚设，而是来自生活，是生活实感和诗歌情绪的结合。例如，诗人在表现“土地”意象与主题时，使用的是灰、紫、黄的色调和暗淡的光，这使现实的苦难更见凝重，而在表现的“太阳”意象与“光明”主题时则采用金色、通红、浅黄、浅蓝的色调以及强烈明洁或温柔的光，让人联想起生活的美好。

【思考练习题】

1. 为什么说艾青的诗是“忧郁”的？

2. 艾青说：“一首诗里面，没有新鲜，没有色调，没有光彩，没有形象——艺术的生命在哪里呢？”以《手推车》为例，解释这句话的含义。

诗　人

绿　原

有奴隶诗人
他唱苦难的秘密
他用歌叹息
他的诗是荆棘
不能插在花瓶里

有战士诗人
他唱真理的胜利
他用歌射击
他的诗是血液
不能倒在酒杯里

1949 年

（选自《绿原自选诗》，人民文学出版社，1998）

【学习提示】

绿原（1922—2009），原名刘仁甫，笔名刘半九，湖北黄陂（今武汉市黄陂区）人。1942 年在重庆复旦大学外文系读书期间参与合编诗刊《诗垦地》，同年出版第一本诗集《童话》。《童话》收录诗人在 1941—1942 年创作的诗歌如《惊蛰》《憎恨》《小时候》等 20 首，想象新奇、语言绮丽，给诗坛增添了新鲜的活力。当然，这部诗集也是稚嫩的，它切入生活的力度与深度都显不足，艺术上也还不太成熟。1943 年之后，绿原的诗风发生根本性转变，以写政治抒情诗为主，但也写政治讽刺诗。绿原在 1949 年加入中国共产党，任职于《长江日报》、中共中央宣传部。1953 年至 1954 年，绿原写了较多明朗清新、具有生活气息的诗篇。1955 年受“胡风反革命集团”案牵连。1962 年恢复工作，在人民文学出版社编译德语文学，后任该社副总编辑。著有诗话集《葱与蜜》，诗集《集合》《人之诗》《人之诗续篇》等。

《诗人》是一篇歌颂诗人的诗，因此这首诗实际上是处在烽火硝烟年代中的诗人绿原自身的生命写照。在绿原眼中，诗人有两种，一种是“奴隶诗人”：“他唱苦难的秘密/他用歌叹息/他的诗是荆棘/不能插在花瓶里。”虽然这种诗人的诗是“荆棘”，与插在花瓶里供人观赏的娇花比起来更有力量，但它只能“唱苦难的秘密”，除了“叹息”之外，别无作为。他依然是“奴隶”，奴隶就只能任人宰割。绿原要做的是另一种诗人，即“战士诗人”：“他唱真理的胜利/他用歌射击/他的诗是血液/不能倒在酒杯里。”这种诗人不仅知道“苦难的秘密”，他更知道战胜苦难的“真理”，他的目光没有局限于现在的“苦难”，他能远瞻未来，洞察“真理的胜利”。他是战士般的诗人，他以诗作为战斗武器“射击”。他的诗篇就是他身体中流淌的战斗热血，比“荆棘”更具生命的热情和活力。在激情洋溢的诗句中，读者能深切地体会到诗人强烈的历史使命感和战斗自觉性。

【思考练习题】

1. 《诗人》的主旨是什么？
2. 谈谈《诗人》形式上的特点。

种子有翅膀

牛　汉

种子
长着翅膀
要飞
找寻远方肥沃的平原

芦苇的种子张着白亮的翅膀飞在灌木林上
蒲公英的种子旋转着向日葵似的圆翅膀
榆树的种子是绿色的会飞的星星
柳树的种子有白色的云朵似的羽翎
蛋里有萌生翅膀的小鸟儿
海水里的鱼卵自由地飞翔
大雷雨的翅膀是黑云闪电和暴风

不怕
土地上的陷阱，监狱
心灵的种子
有翅膀

是种子
就长着翅膀
要飞
要找寻远方肥沃的开垦过的黑土地带
从荒凉的土地上飞起

1945年，城固

（选自《牛汉抒情诗选》，青海人民出版社，1989）

【学习提示】

牛汉（1923—2013），原名史成汉，笔名牛汀、谷风等，山西定襄人。抗日战争全面爆发后，牛汉流亡到陕西，后又到甘肃天水，在中学时代读到艾青、田间、胡风等人的诗集，震撼之余，开始诗歌创作，受上述诗人的影响明显。1941年起，牛汉在《诗创作》《诗垦地》《诗》等刊物上发表诗作。1943年秋，牛汉考入西北大学俄文专业。

1946年春，因参加民主运动被捕入狱。一般将1941—1946年春划为诗人创作的第一阶段。此时的诗作中梦幻色彩尚浓，浪漫气质较为明显，长于取材自然，托物言志，借景抒情，充溢着对生活的热爱与对理想的憧憬，诗艺还不够成熟，但活力充沛，已显示出“七月”派诗人共有的特色，如反映抗战烽火，表现民族意志，咏唱自由与解放，以歌唱自然来抒写怀抱等，语言也生动、明朗，色彩鲜明。这一阶段的代表作是《鄂尔多斯草原》《地下的声音》《驼队的摇篮》《夜的憧憬》。

1946年获释后，牛汉加入中国共产党，从事地下工作，1948年夏到华北解放区，1950年底参加抗美援朝。监狱生活的体验与地下工作、实际战争的磨炼使诗人的思想走向成熟，创作风格也有了较明显的转变。1946年下半年出狱至50年代中期是诗人创作的第二个阶段。诗作的现实感加重，涵盖面更为宽广，内蕴也开掘更深。牛汉在狱中创作了《牢狱集》组诗，1947—1948年创作诗集《彩色的生活》，后编入“七月诗丛”第二辑，于1951年初在上海出版。《爱》《春天》《锤炼》《彩色的生活》等是牛汉这一阶段的代表作。

“文化大革命”中后期，牛汉坚持“地下写作”，以吟咏动植物来寄托自身在劫难中的思索，意象鲜明，富有韵味，是诗艺成熟的表现，主要作品有《悼念一棵枫树》《根》《蚯蚓的血》等，20世纪80年代初收入诗集《温泉》。

20世纪80年代之后牛汉重新开始创作诗歌，视野更为开阔，蕴含也更深广。他的诗作仍坚持朴实、真诚的风格，且更为沉毅有力。《铁的山脉》《鹰的归宿》《岸边的草芽》《阳光恋》等都是这一时期的代表作。80年代中后期，牛汉又有诗集《蚯蚓和羽毛》《沉默的悬崖》等出版。

《种子有翅膀》是牛汉的早期诗作，属于诗人创作第一个阶段的作品，稚嫩的痕迹还较明显，但清新、淳朴，想象丰富，充满生命活力。

【思考练习题】

1. 试述牛汉诗歌创作的几个主要阶段，各举一两首代表作。
2. 结合《种子有翅膀》谈谈牛汉前期诗歌创作的艺术特色。

金黄的稻束

郑　敏

金黄的稻束站在
割过的秋天的田里，
我想起无数个疲倦的母亲，
黄昏的路上我看见那皱了的美丽的脸，
收获日的满月在
高耸的树巅上，
暮色里，远山是围着我们的心边，
没有一个雕象能比这更静默。
肩荷着那伟大的疲倦，你们
在这伸向远远的一片
秋天的田里低首沉思，
静默。静默。历史也不过是
脚下一条流去的小河，
而你们，站在那儿，
将成为人类的一个思想。

（选自《诗集 1942—1947》，湖南文艺出版社，1986）

【学习提示】

郑敏（1920—2022），福建闽侯人。1943 年毕业于昆明西南联大哲学系。在校期间郑敏就开始写诗，作品多刊于《大公报》《中国新诗》等报刊。郑敏的诗歌创作受里尔克等西方现代派诗人影响较大，同时，当时正在西南联大任教的冯至的《十四行集》的对生活做象征化、智性化的表现更对其创作产生了直接影响。1949 年，郑敏出版了她在中华人民共和国成立前的唯一一部诗集——《诗集 1942—1947》，其中收录了她的代表诗作《濯足》《金黄的稻束》《鹰》《人力车夫》《怅怅》《清道夫》等。郑敏的诗作以抒情哲理诗为主，以形象的语言与比喻，从容自如地表现了对社会、人生、宇宙的种种感觉和领悟，语言婉约深沉，意蕴深刻优美。郑敏的诗作中还有不少是抒写诗人对现实的思考或刻画下层人物形象的，如《清道夫》《人力车夫》等。在 20 世纪 40 年代的中国诗坛，郑敏与穆旦等诗人一起在诗歌创作中大胆借鉴西方现代派诗歌的艺术手法，以现代人的思想意识和西方现代派诗人的思维方式观察现实、思考人生，从而共同推动了一个新的诗派的发展，他们就是今天人们所说的“九叶诗派”。1948 年，郑敏赴美国布朗大学就读，获英国文学硕士学位。1955 年，返回祖国，到中国社会科学院文学研究所工作，从事英国文学研究。1960 年，调入北京师范大学外语系任教。1979 年之后，郑敏开始转向西方当代文学的理论研究，发表有关解构主义的论文多篇，并译有《美国当代诗选》。1979 年重新开始诗歌创作，与前一时期相比，郑敏这一时期的诗作更注重开掘长期被掩埋、被束缚、被隐藏在深处的创作资源，深厚凝练。这一时期有《寻觅集》《心象》《早晨，我在雨里采花》三部诗集出版，并且不少作品已译成英、德、荷、日等文字。

《金黄的稻束》是一首抒情哲理诗。诗人在“割过的秋天的田里”的背景下，描绘了金黄的稻束雕像般地“低首沉思”“静默”，同时辅以“高耸的树巅上”的“收获日的满月”以及“暮色里”的“远山”，从而勾勒出一幅秋日里悠远、静穆、深沉的图画，这正是人们理解全诗意蕴的总的氛围背景。诗人由金黄的稻束联想到“无数个疲倦的母亲”，她仿佛看到她们从“黄昏的路上”走来时那“皱了的美丽的脸”。在这里，稻束被比喻为母亲，母亲吃苦耐劳，哺育儿女，无私奉献的美好品质赋予了稻束形象深厚的意蕴。稻束生生不息、无私育民的特质不正是与母亲的特性相通吗？对稻束的歌颂，实际上正是对一种母亲般的无私奉献、坚韧不拔的精神的歌颂。“静默。静默。历史也不过是/脚下一条流去的小河，/而你们，站在那儿，/将成为人类的一个思想。”“历史”的加入使整个诗的空间一下子开阔起来，从眼前的稻束，作者的思绪穿越了过去、现在与未来，将读者带入一个高远、恒久的空间。在那里，历史也不过是稻束的脚下流去的小河，于是，稻束便雕像般地屹立于时间的长河之中。它们“将成为人类的一个思想”而永存，这样，稻束所象征的那种“大我”精神被提升到了超越历史的永恒的高度。

袁可嘉说过，“雕像”是理解郑敏诗歌的一把钥匙，本诗也是如此，诗人很注意对雕塑或油画的美的追求。她以“稻束”“母亲”“历史”“思想”等连绵不断的新颖意象表达含蓄的意蕴，通过气氛的渲染，构成一幅想象的图景，收到了细微、缓慢、持久而又留有想象余地的艺术效果。在这首诗中，诗人感触的空间和层次，不是静态的，而是倏然的、跃动的，常有意想不到的转折，带读者跃入全新的境界。诗的意义正是在这众多意象的跳跃中逐渐完成的，这赋予了这首诗一种流动的美感。此外，这首诗还体现出一种现代时空观念。诗人所描绘的在广阔的田野上排列着的稻束这一意象有着三维空间的立体形式，但是只有在“历史也不过是/脚下一条流去的小河”这个时间意象的参与下，稻束的雕像才具有精神上的升华——“站在那儿，将成为人类的一个思想”。最后的意象不只是立体的，而且是空间和历史的共存。这种哲理的纵深感正是在四维时空统摄作用下才产生的。

【思考练习题】

1. “金黄的稻束”象征什么？

2. 为什么说“雕像”是理解郑敏诗歌的一把钥匙？请结合本诗说明。

沉　钟

袁可嘉

让我沉默于时空，
如古寺锈绿的洪钟，
负驮三千载沉重，
听窗外风雨匆匆；

把波澜掷给大海，
把无垠还诸苍穹，
我是沉寂的洪钟，
沉寂如蓝色凝冻；

生命脱蒂于苦痛，
苦痛任死寂煎烘，
我是锈绿的洪钟，
收容八方的野风！

一九四六年

（选自《九叶集》，作家出版社，2000）

【学习提示】

袁可嘉（1921—2008），浙江慈溪人。1941年开始发表新诗，同年考入昆明西南联大外语系。在校期间，袁可嘉的诗歌创作经历了从现实主义到浪漫主义最后到现代主义的转变。作为“九叶诗派”的重要理论家和诗人，袁可嘉20世纪40年代的诗作大多发表于《中国新诗》《诗创造》《文学杂志》《大公报》《益世报》等报刊上，当时并未结集出版。袁可嘉的一部分诗作表现出沉思的特征，如《沉钟》《岁暮》《空》等，是诗人对生命、对宇宙的感悟，但诗人并不以此为完满，他很快将目光转向了社会现实，创作了大量描绘20世纪40年代末中国大都市生活的丑恶与污秽，抒写知识分子心态的诗篇，如《南京》《上海》《进城》《难民》等。在这部分作品中，诗人尝试把社会性题材与现代派诗歌的艺术手法糅合，联系自己对时代的体验与感触，避免了浮光掠影的描述或空洞情绪的倾泻，努力表现现代人在兵荒马乱时代的现代心态。

袁可嘉的诗论在20世纪40年代的中国诗坛占有重要地位。他的《新诗戏剧化》《对于诗的迷信》等论文不仅为九叶诗人的创作提供了重要的理论基础，而且是现代新诗思潮史与现代文论史上的重要成果。中华人民共和国成立后，袁可嘉长期从事理论研究、外国文学研究与翻译工作，写诗较少。1981年，袁可嘉与辛笛等合出诗集《九叶集》，引起文学界的广泛重视，由此，书中的九位现代诗人被命名为“九叶诗派”。1994年，《半个世纪的脚印——袁可嘉诗文选》出版，袁可嘉在半个世纪中所创作的新诗、诗论都收入该书。

在《沉钟》这首诗中，“沉钟”即“古寺锈绿的洪钟”作为主体情绪的象征物出现，写沉钟的种种，实质上也就是在写诗人自己对生命的感受与体验。

《沉钟》这首诗通过沉钟抒怀，与传统咏物诗的“感物吟志”有某些相通之处。在诗歌节奏上，基本上是七字三顿，且一韵到底，读起来朗朗上口。因此，可以说《沉钟》对中国诗歌传统具有一定程度的继承性。然而，它显然又与传统咏物诗不同，它在意象摄取上更具现代派诗歌的新奇性、暗示性以及寓思辨于形象等特征。

【思考练习题】

1.“沉钟”的象征意义是什么？

2.本诗兼有散文化长处的律化诗体形式对全诗思想意义的表达有什么作用？

赞　美

穆　旦

走不尽的山峦的起伏，河流和草原，
数不尽的密密的村庄，鸡鸣和狗吠，
接连在原是荒凉的亚洲的土地上，
在野草的茫茫中呼啸着干燥的风，
在低压的暗云下唱着单调的东流的水，
在忧郁的森林里有无数埋藏的年代
它们静静地和我拥抱：
说不尽的故事是说不尽的灾难，沉默的
是爱情，是在天空飞翔的鹰群，
是干枯的眼睛期待着泉涌的热泪，
当不移的灰色的行列在遥远的天际爬行；
我有太多的话语，太悠久的感情，
我要以荒凉的沙漠，坎坷的小路，骡子车，
我要以槽子船，漫山的野花，阴雨的天气，
我要以一切拥抱你，你，
我到处看见的人民呵，
在耻辱里生活的人民，佝偻的人民，
我要以带血的手和你们一一拥抱，
因为一个民族已经起来。

一个农夫，他粗糙的身躯移动在田野中，
他是一个女人的孩子，许多孩子的父亲，
多少朝代在他的身边升起又降落了
而把希望和失望压在他身上，
而他永远无言地跟在犁后旋转，
翻起同样的泥土溶解过他祖先的，
是同样的受难的形象凝固在路旁。
在大路上多少次愉快的歌声流过去了，
多少次跟来的是临到他的忧患；
在大路上人们演说，叫嚣，欢快，
然而他没有，他只放下了古代的锄头，
再一次相信名词，溶进了大众的爱，

坚定地，他看着自己溶进死亡里，
而这样的路是无限的悠长的
而他是不能够流泪的，
他没有流泪，因为一个民族已经起来。

在群山的包围里，在蔚蓝的天空下，
在春天和秋天经过他家园的时候，
在幽深的谷里隐着最含蓄的悲哀：
一个老妇期待着孩子，许多孩子期待着
饥饿，而又在饥饿里忍耐，
在路旁仍是那聚集着黑暗的茅屋，
一样的是不可知的恐惧，一样的是
大自然中那侵蚀着生活的泥土，
而他走去了从不回头诅咒。

为了他我要拥抱每一个人，
为了他我失去了拥抱的安慰，
因为他，我们是不能给以幸福的，
痛哭吧，让我们在他的身上痛哭吧，
因为一个民族已经起来。

一样的是这悠久的年代的风，
一样的是从这倾圮的屋檐下散开的
无尽的呻吟和寒冷，
它歌唱在一片枯槁的树顶上，
它吹过了荒芜的沼泽，芦苇和虫鸣，
一样的是这飞过的乌鸦的声音。
当我走过，站在路上踟蹰，
我踟蹰着为了多年耻辱的历史
仍在这广大的山河中等待，
等待着，我们无言的痛苦是太多了，
然而一个民族已经起来，
然而一个民族已经起来。

1941年12月

（选自《穆旦诗文集》第1卷，人民文学出版社，2006）

【学习提示】

穆旦（1918—1977），原名查良铮，曾用笔名梁真，浙江海宁人。1935年就读于清华大学。1940年毕业于西南联合大学英文系，后留校任教。1942年参加中国远征军赴缅甸抗日战场。1948年到美国芝加哥大学英国文学系学习。1953年回国后任南开大学外文系教授。

穆旦早期创作受拜伦、雪莱等英国浪漫派诗人的影响，抒情气质浓重，曾根据英国随笔写作长篇叙事诗《玫瑰的故事》，后在西南联大受教于英籍教师燕卜逊，接触到艾略特、奥登等英美现代派诗人，深受其影响，诗风为之一变。1937年10月，穆旦随校南迁至长沙，后又迁至昆明，辗转大半个中国，1942年2月参加中国远征军，后又出征缅甸抗日战场，亲历与日军的战斗及大撤退，挣扎数月才跋涉至安全地带。对战争与死亡的直接体验使诗人积蕴了丰厚的生活基础，也培植出其诗作奇崛多变而又沉雄厚重的风格。

自20世纪30年代后期至1948年赴美留学前夕，穆旦的诗歌创作进入了黄金时期，有诗集《探险队》《旗》《穆旦诗集（1939—1945）》三种，收有诗作近百首。大致说来，对自我的探寻与对战争的体验是其诗作的两大主题。诗作多辩证色彩，多矛盾反映，忠诚于自我的生活感觉，又时时贯穿着对时代变幻的外部思索。真挚而坚韧的敏锐与强烈而跃动的冲击交织成生命中理性与感性的统一。诗歌语言色彩滞重，多奇异的纠结与组合，读来常给人以突兀感。其主要作品有《野兽》《蛇的诱惑》《赞美》《诗八首》《旗》等，也有少量清新柔和的谣曲作品，如《摇篮曲》《流吧，长江的水》等。

自20世纪40年代末至70年代中，穆旦的诗才诗艺主要体现在大量译作中。他译有英俄浪漫派诗作多种，其中又以普希金与拜伦为重。翻译的拜伦的长篇叙事诗《唐璜》尤其为人推崇，另外还译有《普希金抒情诗集》《雪莱抒情诗选》。

1937年7月，抗日战争全面爆发后，穆旦随母校清华大学迁往湖南长沙，后又迁往云南昆明，成为西南联大的一员。在这次学校搬迁的途中，穆旦与老师和其他同学在68天的时间里，行经湘、黔、滇，因此而看到了比以往在城市中能够看到的更为残酷的现实，看到了更为广大的中国人的生活，这次经历给了穆旦极大的影响。在途中，穆旦以诗人的敏锐感受到了现实生活所发生的巨大的变化，饥饿、病痛、灾难、战争和死亡等威胁着整个中华民族，同时，穆旦也看到了部分已经觉醒了的中国人那高大的身躯和积极的抗战精神，他们虽然在血与火之中挣扎、斗争，但他们却以令人惊叹的大无畏的牺牲精神号召和带领了更多的中国人站起来与日寇战斗。《赞美》就是诗人创作的一曲对这些已经觉醒了的中华儿女的颂歌，凝聚着他对时代的感受与思考及对中华民族前途和命运的关怀。

【思考练习题】

1. 诗人塑造了一个富有象征意义的形象——“农夫”，试分析这个形象的含义。
2. 谈谈《赞美》的艺术特点，并与郑敏、袁可嘉等人的诗歌进行比较。

出发

穆 旦

告诉我们和平又必需杀戮，
而那可厌的我们先得去欢喜。
知道了“人”不够，我们再学习
蹂躏它的方法，排成机械的阵式，
智力体力蠕动着像一群野兽，

告诉我们这是新的美。因为
我们吻过的已经失去了自由；
好的日子去了，可是接近未来，
给我们失望和希望，给我们死，
因为那死的制造必需摧毁。

给我们善感的心灵又要它歌唱
僵硬的声音。个人的哀喜
被大量制造又该被蔑视
被否定，被僵化，是人生底意义；
在你的计划里有毒害的一环，

就把我们囚进现在，呵上帝！
在犬牙的甬道中让我们反复
行进，让我们相信你句句的紊乱
是一个真理。而我们是皈依的，
你给我们丰富，和丰富的痛苦。

1942年2月

（选自《穆旦诗文集》第1卷，人民文学出版社，2006）

【学习提示】

穆旦在回顾自己的创作时说：“诗应该写出‘发现底惊异’。你对生活有特别的发现，这发现使你大吃一惊（因为不同于一般流行的看法，或出乎自己过去的意料之外），于是你把这种惊异之处写出来，其中或痛苦或喜悦，但写出之后，你心中如释重负，摆脱了生活给你的重压之感，这样，你就写成了一首有血肉的诗，而不是一首不关痛痒的、人云亦云的诗。”《出发》正是穆旦的一首写出生活中“发现底惊异”的“有血肉的诗”。

《出发》是穆旦在1942年参加了中国远征军后在军中创作的，原题名为《诗》，后来收入《穆旦诗集（1939—1945）》时改作《出发》。在《出发》中，穆旦从战争中发掘当时生活的残酷、反人性的一面。他首先发现的是暴力对人性的极度扭曲："告诉我们和平又必需杀戮，/而那可厌的我们先得去欢喜"，"知道了'人'不够，我们再学习/蹂躏它的方法"，而且社会在继续这种种扭曲人性的做法的同时居然"告诉我们这是新的美"，要将历史的变态作为生活的常态。穆旦并不否定战争也会具有正义性，他认识到正义的一方之所以进行战争是"因为那死的制造必需摧毁"，但是并不能因此而否认战争本身就是对人性的一种冷酷的摧残："给我们善感的心灵又要它歌唱/僵硬的声音"；它大量制造了"个人的哀喜"，然后又"蔑视""否定"它，使之"被僵化"，而使这种遭遇异化为人们"人生底意义"！穆旦面对这个"发现"，不由得发出凄厉的令人战栗的叫喊："就把我们囚进现在，呵上帝！/在犬牙的甬道中让我们反复/行进，让我们相信你句句的紊乱/是一个真理。而我们是皈依的，/你给我们丰富，和丰富的痛苦。"

在这首诗中，穆旦冷静地审视现实，针对暴力对人性的极度扭曲进行了深刻的反省，表现了诗人对人类命运的关怀和忧虑，具有极强的力度和深度。穆旦不像浪漫主义诗人那样盲目自信地肯定自我，热情洋溢地讴歌自我，而是在自我的正视中，剖析自我，反省自我，否定自我，超越自我。整首诗在语气和句式上都呈现出一种紧张急迫之感，毫无和缓疏解的停留，呈现出一种"力"的运行，锐利如刀。

【思考练习题】

1. 以《出发》为例，谈谈如何理解穆旦所说的"诗应该写出'发现底惊异'"。
2.《出发》具有怎样的艺术特色？

王贵与李香香（节录）

李 季

第一部

二 王贵揽工

王麻子的娃娃叫王贵，
不大不小十三岁。

崔二爷来好打算，
养下个没头长工常使唤；

算个儿子掌柜的不是大，
顶上个揽工的不把钱花。

羊羔子落地咩咩叫，
王贵虽小啥事都知道。

牛驴受苦喂草料，
王贵四季吃不饱。

大年初一饺子下满锅，
王贵还啃糠窝窝。

穿了冬衣没夏衣。
六月天翻穿老羊皮。

秋天收庄稼一张镰，
磨破了手心还说慢。

冬天王贵去放羊，
身上没有好衣裳；

脚手冻烂血直淌，

干粮冻得硬梆梆；

心想拔柴放火烤，
雪下的柴儿点不着了。

马兰开花五瓣瓣，
王贵揽工整四年。

冬雪大来年冬麦好，
王贵就象麦苗苗。

十冬腊月雪乱下，
王贵想起他亲大；

老牛死了换上牛不老，
杀父深仇要子报。

三　李香香

百灵子雀雀百灵子蛋，
崔二爷家住死羊湾。

死羊湾前沟里有一条水，
有一个穷老汉李德瑞。

大河里涨水清混不分，
死羊湾有财主也有穷人。

白胡子李德瑞五十八，
家里只有一枝花。

女儿名叫李香香，
没有兄弟死了娘。

脱毛雀雀过冬天，
没有吃来没有穿。

十六岁的香香顶上牛一条，
累死挣活吃不饱。

羊肚子手巾包冰糖，
虽然人穷好心肠。

玉米结子颗颗鲜，
李老汉年老心肠软。

时常拉着王贵的手，
两眼流泪说："娃命苦！

"年岁小来苦头重，
没娘没大孤零零。

"讨吃子住在关爷庙，
我这里就算你的家。"

刮风下雨人闲下，
王贵就来把柴打。

一个妹子一个大，
没家的人儿找到了家。

第二部

一　闹革命

三边没有树石头少，
庄户人的日子过不了。

天上无云地下旱，
过不了日子另打算。

羊群走路靠头羊，
陕北起了共产党。

领头的名叫刘志丹，

把红旗举到半天上。

草堆上落火星大火烧，
红旗一展穷人都红了。

千里的雷声万里的闪，
陕北红了半个天。

紫红犍牛自带耧，
闹革命的心思人人有。

前半晌还是个庄稼汉，
黑夜里背枪打营盘。

打开寨子分粮食，
土地牛羊分个光。

少先队来赤卫军，
净是些十八九的年轻人。

女人们走路一阵风，
长头发剪成短缨缨。

上河里涨水下河里混，
王贵暗里参加了赤卫军。

白天到滩里去放羊，
黑夜里开会闹革命。

开罢会来鸡子叫，
十几里路往回跑。

白天放羊一整天，
黑夜不睐一睐眼。

身子劳碌精神好，
闹革命的心劲高又高。

五个手指头不一般长，
王贵的心思和人不一样。

别人的仇恨象座山，
王贵的仇恨比天高：

活活打死老父亲，
而今又要抢心上的人！

牛马当了整五年，
崔二爷没给过一个工钱。

崔二爷来胡打算，
修寨子买马又招兵。

地主豪绅个个凶，
崔二爷是个大坏蛋！

庄户人个个想吃他的肉，
狗儿见他也哼几哼。

众人向游击队长提意见，
早早的打下死羊湾。

心急等不得豆煮烂，
定下个日子腊月二十三。

半夜先捉定崔二爷，
到天明大队开进死羊湾。

定下计划人忙乱，
——后天就是二十三。

三　红旗插到死羊湾

队长的哨子呼呼响，
挂枪上马人人忙。

听说王贵受苦刑，
半夜三更传命令：

“王贵是咱好同志，
再怎么也不能叫他把命送！”

二十匹马队前边走，
赤卫军、少先队紧跟上。

马蹄落地嚓嚓响，
长枪、短枪、红缨枪。

白生生的蔓菁一条根，
庄户人和游击队是一条心。

听见枪声齐下手，
菜刀、鸟枪、打狗棍；

里应外合一起干，
死羊湾闹的翻了天。

枪声乱响鸡狗乱叫唤，
游击队打进了死羊湾。

崔二爷在炕上睡大觉，
听见枪声往起跳。

打罢王贵发了瘾，
大烟抽得正起劲；

黄铜烟灯玻璃罩，
银镶的烟葫芦不能解心焦；

大小老婆两三个，
哪个也没有香香好！

肥羊肉掉在狗嘴里头，
三抢两抢夺不到手。

王贵这一回再也活不成，
小香香就成了我的人。

越想越甜赛沙糖，
涎水流在下巴上。

烟灯旁边做了一个梦，
把香香抱在怀当中；

又酸又甜好梦做不长，
“噼啪”“噼啪”枪声响。

头一枪惊醒坐起来，
第二枪响时跳下炕。

连忙叫起狗腿子，
“关着大门快上房！”

“哪边过来那边打，
一人赏你们十块响洋。”

人马多枪声稠不一样，
崔二爷心里改了主张；

朝霞满天似火烧，
崔二爷从后门溜跑了。

太阳出来天大亮；
红旗插在山畔上。

太阳出来一朵花，
游击队和咱穷汉们是一家。

滚滚的米汤热腾腾的馍，
招待咱游击队好吃喝。

救下王贵松开了绳，

同志们个个眼圈红。

把王贵痛的直昏过，
香香哭着叫哥哥：

“你要死了我也不得活，
睁一睁眼睛看一看我！”

四　自由结婚

太阳出来遍地红，
革命带来了好光景。

崔二爷在时就象大黑天，
十有九家没吃穿。

穷人翻身赶跑崔二爷，
死羊湾变成活羊湾。

灯盏里没油灯不明，
庄户人没地种就象没油的灯；

有了土地灯花亮，
人人脸上发红光。

吃一嘴黄连吃一嘴糖，
王贵娶了李香香。

男女自由都平等，
自由结婚新时样。

唐僧取经过了七十二个洞，
他们俩取的折磨数不清。

千难万难心不变，
患难夫妻实在甜。

俊鸟投窝叫喳喳，

香香进洞房泪如麻。

清泉里淌水水不断，
滴湿了王贵的新布衫。

“半夜里就等着公鸡叫，
为这个日子把人盼死了。”

香香想哭又想笑，
不知道怎么说着好。

王贵笑的说不出来话，
看着香香还想她！

双双拉着香香的手，
难说难笑难开口：

“不是闹革命穷人翻不了身，
不是闹革命咱俩也结不了婚：

“革命救了你和我，
革命救了咱们庄户人。

“一杆红旗要大家扛，
红旗倒了大家都遭殃。

“快马上路牛耕地，
闹革命是咱们自己的事。

“天上下雨地下滑，
自己跌倒自己爬。

“太阳出来一股劲地红，
我打算长远闹革命。”

过门三天安了家，
游击队上报名啦。

羊肚子手巾缠头上，
肩膀上背着无烟钢。

十天半月有空了，
请假回来看香香。

看罢香香归队去，
香香送到沟底里。

沟湾里胶泥黄又多，
挖块胶泥捏咱两个；

捏一个你来捏一个我，
捏的就象活人脱。

摔碎了泥人再重和，
再捏一个你来再捏一个我；

哥哥身上有妹妹，
妹妹身上也有哥哥。

捏完了泥人叫哥哥，
再等几天你来看我。

第三部

二 羊肚子手巾

崔二爷他把良心坏，
李德瑞支差一去不回来。

老雀死了公雀飞出窝，
香香一个人怎过活？

有心去找游击队，
狗腿子照着走不开。

又送米来又送面，
崔二爷想把香香心买转；

请上这个央那个，
一天来劝两三遍；

硬的吓来软的劝，
香香至死心不变；

一天哭三回，三天哭九转，
铁石的心儿也变软。

人不伤心不落泪，
羊肚子手巾水淋淋。

羊肚子手巾一尺五，
拧干了眼泪再来哭。

房子后边土坡坡，
瞭见寨子外边黄沙窝。

沙梁梁高来沙窝窝低，
照不见亲人在哪里。

房子前边种榆树，
长的不高根子粗；

手扒着榆树摇几摇，
你给我搭个顺心桥！

隔窗子瞭见雁飞南，
香香的苦处数不完。

人家都说雁儿会带信，
捎几句话儿给我心上的人：

“你走时树木才发芽，
树叶落净你还不回家！

“马儿不走鞭子打，
人不能回来捎上两句话；

“一圪塔石头两圪塔砖，
你不知道妹妹怎么难；

“满天云彩风吹乱，
咱俩的婚姻叫人搅散。

“五谷里数不过豌豆圆，
人里头数不过咱俩可怜！

“庄稼里数不过糜子光，
人里头数不过咱俩凄惶！

“想你想的吃不进去饭，
心火上来把嘴燎烂。

“阳洼里糜子背洼里谷，
那里想起你那里哭！

“端起饭碗想起了你，
眼泪滴到饭碗里，

“前半夜想你点不着灯，
后半夜想你天不明；

“一夜想你合不着眼，
炕围上边画你眉眼。

“叫一声哥哥快来救救我，
来的迟了命难活；

“我要死了你莫伤心，
死活都是你的人。

“马高镫短扯手长，

魂灵儿跟在你身旁。”

刘二妈来好心肠，
香香难过她陪上。

得空就来把香香劝：
“可怜的娃娃不要伤心！

“有朝一日游击队回来了，
公仇私仇一齐报；

“活捉崔二爷拿绳绑，
狗腿子白军一扫光！”

三十三颗荞麦九十九道棱，
伤心过度香香得了病；

天不下雨庄稼颜色变，
面黄肌瘦变了容颜。

带病做了一双鞋，
含着眼泪交给刘二妈：

“刘二妈！这双鞋托付你，
我死后一定要捎给他。

“送去鞋子把话捎：
他只能穿我做这一双鞋子了！”

三　团圆

崔二爷来发了火：
“死丫头这样不抬举我！”

黑心歪尖赛虎狼，
下了毒手抢香香。

七碟子八碗摆酒席，

看下的日子腊月二十一。

崔二爷娶小狗腿子忙。
坐席的净是连排长。

当兵的每人赏了五毛钱，
猜拳赌博闹翻天。

香香哭的像泪人，
越想亲人越伤心。

红绸子袄来绿缎子裤，
死拉硬扯穿上身。

香香又哭又是骂：
“姓崔的你怎么不娶你老妈妈！

“有朝一日遂了我心愿，
小刀子扎你没深浅！”

听见只当没听见，
崔二爷炕上抽洋烟；

过足了烟瘾去看酒，
推推让让活像一群咬架狗。

你敬我来我敬你，
烧酒喝在狗肚里。

你恭喜来他恭喜，
崔二爷好比是他亲大哩。

崔二爷来笑嘻嘻：
“薄酒蔬菜大家要原谅哩；

“我娶这小房靠大家，
众位不帮忙就没办法。

“本来该叫她来敬敬酒，
酬劳诸位多辛苦。

“脑筋不转只是个哭，
往后闲了再叫她补。

“这个女人生来贱，
看不上有钱的爱穷汉；

“穷骨头王贵争又抢，
胳膊扭大腿他犯不上。

“我和她这婚姻天配就，
东捣西捣没脱过我的手。

“从来肥羊大圈里生，
穷鬼们啥也闹不成。

“说来说去还是我说的那句话：
太阳会从西边出来吗？”

喝酒赌博寨门口没放哨，
游击队悄悄进来了！

枪声一响乱喊“杀”，
咱们的游击队打来啦！

一人一马一杆枪，
咱们游击队势力壮！

大刀、马刀、红缨枪，
马枪、步枪、无烟钢。

白军当兵的哪个愿打仗，
乖乖地都给游击队缴了枪。

点起火把满寨子明，
庄户人个个来欢迎。

连排长没兵酒席桌前干着急，
崔二爷怕的钻到炕洞里。

连长跑了抓排长，
一个一个都捆上。

崔二爷浑身软不塌塌，
捆一个“老头来看瓜”。

连长翻身往外跳，
冷不防被牛四娃抓定了。

听见枪响香香笑，
十成是咱游击队打来了；

人逢喜事精神爽，
翻起身来跳下炕。

走起路来快又急，
看看我亲人在哪里？

队长跟前请了假，
王贵到上院来找她；

满院子火把亮又明，
不见我妹妹在哪里？

远远瞭见一个新媳妇，
上身穿红下身绿。

马有记性不怕路途长，
王贵的模样香香不会忘；

羊肚子手巾脖子里围，
不是我哥哥是个谁！

两人见面手拉着手，

难说难笑难开口；

一肚子话儿说不出来，
好比一条手巾把嘴塞。

挣扎半天王贵才说了一句话：
“咱们闹革命，革命也是为了咱！”

一九四五年十二月于陕北三边

（《延安文艺丛书·诗歌卷》，湖南文艺出版社，1984）

【学习提示】

李季（1922—1980），原名李振鹏，河南唐河人。1938年到延安中国人民抗日军事政治大学学习，次年加入中国共产党。1942年冬到陕甘宁边区工作。1945年创作长篇叙事诗《王贵与李香香》，产生很大影响。1948年任延安《群众日报》副刊编辑。中华人民共和国成立后，任中南文联编辑出版部部长，作协兰州分会主席，《长江文艺》《诗刊》《人民文学》主编。诗作富有革命激情和地方色彩，形式上追求民族化、大众化。

1946年9月，《解放日报》发表了李季的长篇叙事诗《王贵与李香香》。长诗以三边地区死羊湾为背景，写出了旧社会鲜明的阶级对立，生动地展现了贫苦农民在共产党领导下闹革命的壮丽图景。这首诗的深刻之处还在于它成功地表现了革命事业与劳动人民命运的密切关系。长诗不仅描写了王贵与香香的淳朴爱情，而且把爱情的悲欢离合和革命联系在一起：游击队还没有来时，王贵和香香饱受崔二爷折磨；游击队打来时，他们便能自由结婚；游击队转移后，香香又险遭崔二爷侮辱；游击队解放了死羊湾后，他们得以重新团圆。作品生动而又令人信服地说明了“咱们闹革命，革命也是为了咱”的道理。

《王贵与李香香》在艺术上最突出的表现是对陕北民歌“信天游”的创造性运用。“信天游”是陕北一带流行的一种民歌，曲调淳朴、高亢、悠长，节奏自由，一般由上下两个乐句构成。歌词常为两句一段，短的只有一段，长的可接连数十段，用同一曲调（有时稍加变化）反复演唱。《王贵与李香香》用这种民歌形式连缀成一部叙事长诗，以表现错综复杂的社会生活，塑造不同的人物形象，使这种原来比较简单的民歌成为一种具有中国民族风格的新的诗歌形式。同时，长诗又继承“信天游”的长处，大量运用比兴手法来表达思想，抒发感情。《王贵与李香香》中的比兴新颖而又通俗，如“一个算盘九十一颗珠，崔二爷牛羊没数数”，由地主收租常用的算盘珠数而联想到崔二爷牛羊多到难以计数；又如“山丹丹开花红姣姣，香香人材长得好”，用陕北常见的山丹丹花比喻香香的秀美。自然生动的比兴增强了诗篇的韵味和感染力。诗篇语言朴素生动，句子大体整齐，以多种押韵的方法来加强节奏感，诗歌韵律灵动，谐调动听；兼采陕北农民口语，平白如话，通俗易懂。诗歌将鲜明的时代色彩、浓厚的革命内涵和质朴的民歌形式融为一体，在新诗艺术的民族化、大众化上做了一次成功的尝试。

【思考练习题】

1.《王贵与李香香》表现了怎样的主题？

2. 为什么说《王贵与李香香》在新诗艺术的民族化、大众化上做了一次成功的尝试？

戏 剧 卷

压 迫

丁西林

叔和：

这篇短剧是供献给你的。这剧里主人的一种可爱的特性，是否受了你的暗示，我不敢说，但是这剧的情节，是由你发生的。去年的冬天——大约你还记得罢——你想离开我们自己找房另住，有一天晚上，我们坐在火炉的旁边烤火，讲起这件事来，我们和你开顽笑，说你如果不结婚，你一定找不到房子。因为北京租房，要满足两个条件：一是有铺保，一是有家眷。那时我觉得这个题目很有趣味，对你说，我要替你写一个短剧。这事已隔了一年多了。在这一年之内，多少次我想把这剧本写出，都没有成功。现在这篇剧本都算勉强脱稿，但是你已经死了！以前我写的那几篇试验的作品，都曾经先由你看过，然后发表。这一篇特别为你写的东西，反而得不着你的批评，这是很令人感伤的一件事。

这篇短剧不过是一种幻想。没有“问题”，也没有“教训”。然而因为你的死，它倒有了特别的意义。你是怎样死的。你知道么？你的病，是瘟热病，你的死，是苍蝇咬死的。苍蝇不会咬人，但是你住在医院的时候，你的朋友每次去看你，都要在你的床上，你的身上，你的牛奶杯上替你打死好多的苍蝇。你处在那种无人看护的情境，说你是苍蝇咬死的，总不算太不理智吧。因此我想到，你真的找房的时候，如果能和这剧里的主人一样，遇到那样的一个富有同情的人，和你“联合起来”，去抵抗——不但“有产阶级的压迫”——社会上一切的压迫与欺负，我相信，你是一定不会死的。

你是一个很有humor的人，一定不会怪我写一篇喜剧来纪念一个已死的朋友。我的生性是不悲观的，然而你可以相信，我写完了这篇剧本，思念到你，我感觉到的只是无限的凄凉与悲哀。

西林　十四，十二，七

剧中人物

男客人
女客人
房东太太
老妈子
巡警

布　景

一间中国旧式的房子。后面一门通院子，左右壁各一门通耳房。房的中间偏右方，一张方桌，四围几张小椅。桌上铺了白布，中间放着一架煤油灯及茶具。偏左方，一张茶几，两张椅子，靠壁放着。一张椅子背上担着一件雨衣，旁边放着一个手提的皮包。后面的左边靠墙放着一张类似洗脸架带有镜子的小桌，上面放着一个时钟及花瓶。屋内尚有其他的陈设，壁上还有一些字画，但都很简单而俭朴。

开幕时，一个着粗呢洋服，长筒皮靴的男人坐在茶几旁边的一张椅上抽烟斗，一个老妈子立在门外，将手伸到屋檐的外边去试验有无雨点。

老　妈　（走进屋来）雨倒不下了，怎么还不回来？（从桌上拿了茶壶，走到茶几边代客人倒茶。）

男　客　（不耐烦，站起）唉，你先弄一点东西来吃，好不好？

老　妈　东西倒有在那里，不过这也得等太太回来。

男　客　吃东西也得等太太回来？

老　妈　（叹了一口气）是的，吃东西得等太太回来，房子的事情，也得等太太回来。

男　客　好吧，等太太回来吧。横竖是那么一回事，太太回来也是那样。太太不回来也是那样。（复坐下。）

老　妈　（摇头）看那样子，太太不象肯答应把这房子租给你。

男　客　不把这房子租给我？谁教她受我的定钱？

老　妈　是的，那只怪小姐不好。其实——唉——太太的脾气也太古怪了。象你先生这样的人，有什么要紧？深更半夜，屋里有一个男人，还可以有个照应。

男　客　这房子以前有人租过没有？

老　妈　这房子已经空了有一年多了，也没有租出去。

男　客　这房子并不坏，为什么没有人来要？

老　妈　没有人要？谁看了都说这房子好，都愿意租。这房子又干净，又显亮，前面还有那样的一个花园。

男　客　这样说为什么一年多没有租出去呢？

老　妈　你先生也不是外人，告诉你也没有什么要紧，你知道，我们的太太爱的就是打牌，一天到晚在外边。家里就只有我和小姐两个人。有人来看房，都是小姐去招呼。有家眷的人，一提到太太，小孩，小姐就把他回了。没有家眷的人，小姐才答应，等到太太回来，一打听，说是没有家眷，太太就把他回了。这样不要说是一年，就是十年，我看这房子也租不出去。

男　客　怎么，象这一回的事，以前已经有过么？

老　妈　也不知有过多少次。每回租房，小姐都要和太太吵一次。不过平常小姐不敢作主，这一次她作主受了你先生的定钱，所以才生出这样的事来。

男　客　她如果早作主，这房子老早就租了出去。

老　妈　是的，不过平常租房的人，听说房子不能租给他们，他们也就没有话说，不象你先生这样的……

男　客　古怪，是不是？是的，你们太太的脾气太古怪了，我的脾气也太古怪了，这一回两个古怪碰在一块儿，所以这事就不好办了。不过我也觉得这房子不坏，尤其是前面的那个小花园。

老　妈　看你先生的样子，一定也是爱清静的。这里一天到晚听不到一点嘈杂的声音，离你先生办事的地方又近，所以……我曾在那里替你先生想……

男　客　你替我想怎么？

老　妈　……就说你先生是有家眷的，家眷要过几天才来，这样一说，太太一定可以答应把这房子租给你。

男　客　好了，如果过几天没有家眷来，怎样？

老　妈　住了些时，太太看了你先生什么都好，她也就不管了。

男　客　不行不行，一个人没有结婚，并没有犯罪，为什么连房子都租不得？

老　妈　喔，我不过觉得你先生这样的爱这房子，如果租不成功，心里一定不舒服，所以那么瞎想罢了，我原是不懂事的。——啊，这大概是太太回来了。（走到门口，高声）是太太么？（答应外边）是的，在这儿。（走出，客人也站了起来，少停，房东太太由后门走进，老妈跟在她的后面。）

房　东　对不住，劳你等了。

男　客　我对你不住，打搅了你。我教你们的老妈子不要去惊动你，她没有听我的话。

房　东　那没有什么。（从一个皮夹子里拿出一张票子）啊，这是你先生留下的定钱，请你收起来。

男　客　啊，对不住，我今天是到这边来住宿的，不是来讨定钱的。

房　东　怎么？昨天我不是对你说明白了么，说这房子不能租给你？

男　客　啊，是的，你说的很明白。

房　东　那么今天你还教人把行李送到这儿来是什么意思？

男　客　（高兴得很）因为教我不要来是你说的，不是我说的，我并没有答应你说不来，我答应了没有？

房　东　（渐渐的感到不快）你这话我真不大明白，你的意思，好象是说这房子的租不租要由你答应，是不是？

男　客　喔，不是，这房子的租不租，自然是要由你答应。不过，既把房子租了给我，这房子的退不退，就得由我答应。你知道，现在这房子不是租不租的问题，是退不退的问题。

房　东　（渐渐生起气来）我这房子是几时租给你的？

男　客　你既受了我的定钱，这房子就算租了给我。

房　东　真是碰到鬼！我几时受你的定钱？那是我的女儿，她不懂事。

男　客　不懂事？她又不是一个小孩子。

房　东　喔，现在这些废话都不必讲，我这房子并不是不租，我是要租一个有家眷的人，如果你先生有家眷来同住，我这房子租你，我没有话说。

男　客　你这话说的毫无道理。你租房的时候，说明了要家眷没有？我骗了你没有？

房　东　（改用和平的方法）租房的时候没有说，可是我昨天已经对你先生说过，我们家里没有一个男人……

男　客　（停止她）唉，唉，我问你，你租房的时候，你家里有男人没有？为什么现在才想到？

房　东　你这人一点道理不讲，我没有这许多工夫来和你争论。

老　妈　（想做和事佬）喔，太太，今天时候也不早了，天又下雨，现在要这位先生另外找房子，也不大方便，可不可以让这位先生暂时在这儿住一宵，明天再想旁的法子。

男　客　（固执）不行！这话不是这样讲，如果我不租这房子，我即刻就走，既是受了我的定钱，这房子就非租给我不可！

房　东　那么我告诉你，你今晚非走不可！

男　客　（冷笑了一声）哼！（坐了下来。）

房　东　（站到他的面前）你走不走？

男　客　不走！

房　东　王妈，去把巡警叫来。

老　妈　喔，太太！

房　东　你去叫巡警来。

男　客　巡警来了又怎样？巡警也得讲理呀。

老　妈　太太，我想……

房　东　我叫你去叫巡警去，你听见了没有？——你去不去？

老　妈　好吧。（由后门走出。）

房　东　要他即刻就来！（由后门走出，用力将门一关。）

男　客　（没有了办法。袋里摸出烟包和烟斗，包里的烟又完了，从皮包里取出一个烟罐，开了一罐新烟，先把烟包装满了，然后装了烟斗。正想抽烟的时候，忽然来了敲门的声音，厉声的）进来！（仍然背了门立着。）

女　客　（推开门，轻轻走进。身上着了一件雨衣，一手提了一只小皮包，一手拿了一把雨伞。一进门就开了口，一开了口就有不能停止的势子）啊，对不起，请你原谅。（男客人急转过身来，这时他才看见进来的是这样的一个人）这是很无礼的，我知道，但是我没有办法，你们的大门没有关，我一连敲了好几下，都没有人答应，所以只好一直走进来。

男　客　（气还未平，但没有忘记把衔在嘴里的烟斗拿下来放在桌上）你有什么事？

女　客　我？我是到这边大成公司做事来的。今天刚从北京来，下午三点的车子，直到六点钟才到，九十里路，走了两个半钟头，你看！现在我要找一个住宿的地方，在火车站上，我打听了好几个地址，一连走了三四家，都没有找到一间合用的房子。有人告诉我，说这边还有几间空房……

男　客　（遇到了对头）啊，你是来租房的！

女　客　是的。不知道这边的房子租出去了没有？

男　客　（狠心的回答）你的运气不好，这房子刚刚租出去。

女　客　啊，你说我运气不好，我的运气可真不好。碰到这样的天气，这乡下的路又不好走，你看，我一身的衣服都打湿了。两只脚走得发酸。（叹了一口气）唉，我可以借你们的凳子坐了歇一回么？

男　客　对不起，请坐。（气全没有了。）

女　客　（放下皮包雨伞）谢谢你。（坐在茶几里边的一张椅上，向四边观察房里的一切。）

男　客　（引起了趣味，坐在方桌旁的一张小椅上）刚才你说你是到大成公司来做事的，不知道在那边担任的什么事？——啊，也许我不应该问。

女　客　不应该问？那有什么？这又不是不可以告诉人的事。前两个星期，他们在报上登了一个广告，要聘请一位书记。那个广告，什么报上都有，我想你一定看到的。

男　客　（点了一点头。）

女　客　上星期五，他们又在报上登了一个启事，说“敝公司拟聘书记一席，现已聘定，所有亲友寄来荐书，恕不一一做复，特此声明。”这个启事，你看见了没有？

男　客　（又点了一点头。）

女　客　那位聘定的书记就是我。你没有想到吧？——你没有想到是一个女人吧？

男　客　这倒没有想到。

女　客　（得意得很）不过现在怎样办呢？你替我想想，后天就要到公司里去接事，现在连住的地方还没有找到！从六点半钟一直走到现在，就没有停脚。不瞒你说，我连饭还没有吃呢。（起身整理了一回衣，走到镜子的前面照脸。）

男　客　（好象很同情的样子）饭还没有吃？那怎么行？这一层说不定我或者可以帮助你。（起身倒了一杯茶。）

女　客　谢谢你，我不过是告诉你。我不是来骗饭吃的。

男　客　喔对不起！——好，请先喝一杯茶吧。

女　客　谢谢。（复坐原处。）

男　客　（袋里摸出纸烟盒）你不抽烟吧？

女　客　我不抽烟，不过我并不反对旁人抽烟。（喝了一口茶。）

男　客　谢谢你。（放回烟盒，收了烟斗，背转了身，燃火抽烟。）

女　客　（摸到她的脚）喔，天呀！你看我的这双脚，还象是人的脚么……

男　客　（急转过身来）怎么样？

女　客　不仅是水，连泥都走进去了！

男　客　（殷勤起来）那真糟。要不要换袜子？如果要换袜子，我可以走到外边去。

女　客　谢谢你，我不要换袜子。就是换袜子，也用不着把你赶到外边去。

男　客　不要紧，如果袜子没有带，我还可以借你一双。

女　客　谢谢你，你的好意我很感激，不过换它有什么用处？反正是要到水里走去的。

男　客　要到水里走去？——干什么要到水里走去？

女　客　不到水里走去有什么办法？这样漆黑的天，一到街上，你还分得出哪里是水哪里是路来么？

男　客　（如有所思。）

女　客　（又喝了一口茶，叹了一口气，起身告辞）啊，打搅了你，对不住得很。（拿了皮包雨伞，预备走出。）

男　客　（阻止她）不用忙，再歇一会儿。——刚才你说，你是要租房的，是不是？

女　客　（面向了他）怎么！我说了半天，你还没有听懂么？

男　客　听是听懂了。不过……唉，你看这三间房子怎么样？

女　客　怎么，你不是说已经租出去了么？（放下皮包。）

男　客　租是租出去了，不过也许可以让给你。

女　客　（高兴起来）可以让给我？真的么？（放下雨伞。）

男　客　自然是真的。（又替她倒好了一杯茶。）

女　客　（坐下，接了茶）谢谢。不过为什么可以让给我？是不是这房子如果我愿租，你就可以不租给那个人？

男　客　（摇头。）

女　客　不然，你刚才说的是句谎话，这房子就没有租出去？

男　客　不，我说的是实话。这房子是已经租出去了。现在也不是不租给那个人。我说可以让给你，是说已经租好了房子的那个人，自己愿意让给你。

女　客　那我可不明白。为什么那个人愿意把房子让给我？他连见都没有见过我，为什么要把房子让给我？

男　客　那你不用管。

女　客　这房子闹鬼不闹鬼？

男　客　怎么，难道你怕鬼么？

女　客　喔，我是不怕鬼的，我说也许那个人怕鬼。

男　客　喔，那个人也是不怕鬼的。——不管有鬼没有鬼，让我们来看看房子，好不好？（从桌上拿了灯引她看房。）这是一间睡房。（开了右壁的门，让她走进）芦草的顶篷，洋灰地，洋式床，现成的铺盖。窗子外面是一个小小的花园。一清早就可以听到鸟的声音。白天撩开窗帘，满屋里都是太阳。（女客人走出。又把她引到右边的耳房）这边也是一个睡房。铺盖家具也都是现成。房间的大小，和那边一样。就是光线差一点。一个人住的时候，这里可以做睡房，那边可以做书房。（女客人走出）中间可以吃饭会客。（放下灯）这屋子又干净，又显亮，一天到晚，听不到一点嘈杂的声音。这里离你办事的地方又近。我看这房子是于你再合适没有了。

女　客　这三间房子租多少钱？（坐下。）

男　客　喔，便宜得很。这样的三间房子，只租五块钱一月。

女　客　房子倒不错，房价也不贵。（想了一想）这房子真的可以让给我吗？

男　客　自然是真的，为什么要骗你？

女　客　不过今晚就来住，总不行吧？

男　客　行，行！（好象忽然想起一件事来）不过——你结了婚没有？

女　客　（跳了起来，挺了胸脯，竖起眉毛）什么！！

男　客　（还要补一句）你结了婚没有？

女　客　（怒了）你这话问的太无道理！

男　客　太无道理？

女　客　简直是一种侮辱！

男　客　（高兴起来）“侮辱”，对了，一点都不错，我也是这样说。但是现在有房出租的人，似乎最重要的是先要知道你结婚没有。

女　客　我结婚没有，干你什么事？

男　客　是的，一点都不错，我结婚没有干她们什么事？可是她们一定要问，你说奇怪不奇怪？

女　客　我完全不懂你的意思。

男　客　谁说你懂？你自然不懂我的意思。不过你不要性急，让我告诉你，你就会懂。——刚才你说，你是到这边大成公司来做事的，是不是？……

女　客　你这人的记忆力真坏，怎么刚说过了的话，即刻就忘了。

男　客　不要生气。我不过是告诉你，我也是到这边大成公司来做事的。

女　客　你也是到大成来做事的？

男　客　是的。你没有想到吧？

女　客　你在大成做什么事？

男　客　我在这边当工程师。

女　客　这样说，你并不是这里的房东？

男　客　谁说我是这里的房东？我说了我是这里的房东没有？你看我的样子，象一个房东么？

女　客　（抢着说）啊我知道了！你是这里的房客！这三间房子是你租的，现在你觉得不合适，想把它退了。

男　客　想把它退了！谁说我想把它退了？

女　客　刚才你不是说这房子可以让给我的么？

男　客　是的，我是说可以让，没有说要退。

女　客　那我更加不明白了，你既不想退，为什么要让呢？

男　客　你真的不明白么？

女　客　真的不明白。（坐下。）

男　客　因为——我看了你……喔，不是，因为房东不肯租给我。

女　客　为什么房东不肯租给你？

男 客 啊，就是这婚姻的问题。现在我们讲到题目上来了。一星期以前，我到这里来看房子，碰到了房东小姐。一见了我，她就盘问我，问我有没有老太太，有没有小孩子，有没有兄弟姊妹，直等到我明明白白的告诉了她我是没有结过婚，她才满了意。连房价也没有多讲，她就答应了把房子租给我。

女 客 懂么？她一定知道了你是一个工程师，她想嫁给你！

男 客 真的么？这我倒没有想到。——昨天下午，我到这里来的时候，她们老太太告诉我，说如果我没有家眷来同住，她这房子不能租给我。她明明知道我没有家眷，她把这话来要挟我，你说可恶不可恶？

女 客 为什么没有家眷来同住，这房子就不能租给你？

男 客 我不知道啊。她说她们家里没有男人。

女 客 笑话。

男 客 这简直是一种侮辱，是不是？

女 客 是的。——后来怎么样？

男 客 后来我把她教训了一顿。

女 客 她明白了这个道理没有？

男 客 明白了这个道理？一个人一过了四十岁，他脑子里就已经装满了旧的道理，再也没有地方装新的道理，我告诉你。

女 客 现在怎么样？

男 客 现在？现在我不走！

女 客 她呢？

男 客 她？她去叫巡警。

女 客 叫巡警？叫巡警来干什么？

男 客 叫巡警来撵我！

女 客 真的么！

男 客 为什么要骗你？你如果不相信，等一会儿巡警就要来，你自己看好了。

女 客 这倒是怪有趣的事。不过巡警如果真的要撵你，你怎么样？

男 客 你没有来之前，我不知道怎样。现在我有了主意。

女 客 你预备怎样？

男 客 我把巡警痛打一顿，让他把我带到巡警局里去，教房东把房子租给你。这样一来，我们两个人就都有了住宿的地方。

女 客 那不行。（*若有所思。*）

男 客 那为什么不行。

女 客 你还是没有出那口气。——唉，我倒有个主意。

男 客 你有什么主意？

女 客 （*少顿*）让我来做你的太太，好不好？

男 客 什么！！

女 客 喔，你不用吓得那么样，我不是向你求婚。

男　客　喔，你误会了我的意思，——我——我——因为我实在没有想到这个方法。

女　客　这是最妙的一个方法。她说你没有家眷同住，这房子就不能租给你。现在你说你有了家眷，看她还有什么话说？

男　客　她一定没有话说。不过——你愿意么？

女　客　我为什么不愿意？这于我有什么损害？——又不是真的做你的太太。

男　客　喔，谢谢你！

女　客　你不要把我意思弄错。我不是说做了你的太太，我就有什么损害，那完全是另外一个问题。

男　客　是的，那完全是另外一个问题。不过你帮我把租房的问题解决了，我总应该向你道谢。

女　客　嗤！道谢，无产阶级的人，受了有产阶级的压迫，应当联合起来抵抗他们。（侧耳静听。）

男　客　不错，不错。

女　客　我听见有人说话。

男　客　那一定是巡警！（急促的）唉，不过我已经说过我是没有家眷的，现在怎样对她们讲？

女　客　就说我们吵了嘴，你是逃出来的，不愿意给人知道……

男　客　（巡警已经走到门外，急忙的点了一点头，教她不要再讲话）吁！

（男客人坐在方桌边，装作生气的样子。女客人坐在茶几旁边。后门由外推开，走进一个巡警。手里提了一个风灯，后面跟了老妈和房东太太。她们看见房里来了一个女人，非常的惊讶。房里来的这个女人，见她们来了，起了一回身，向她们行了一个很谦和的礼。巡警将风灯放在桌上，与那位生气的先生行了一个礼。）

巡　警　您贵姓？

男　客　（不客气的）我姓吴。

巡　警　（把头点了一点）喔。——府上是？

男　客　府上？我没有府上。

女　客　（起始做起受了委屈的太太来）啊，你是拿定主意不要家了，是不是？

巡　警　（注意到插嘴的人，向男客人）这位……贵姓是？

男　客　（答不出，看了女客人一眼，女客也正在代他为难，他只好起始做起依旧赌气的丈夫来）我不知道。你问她自己好了。

巡　警　（真的问她自己）您贵姓？

女　客　（很高兴的）我？我——也姓吴。

巡　警　喔，您也姓吴。

女　客　是的。

巡　警　（再也想不出别的话）府上是？

女　客　我？我住在北京西四牌楼太平胡同关帝庙对面，门牌三百七十五号，电话西局四千六百九十二。——啊，你把它写下来吧，等一会儿你一定要忘记。

巡　警　（真的摸出一本小簿子来）北京……（写字。）

女　客　西四牌楼太平胡同。（让巡警写）关帝庙对面。

巡　警　门牌多少？

女　客　三百七十五号。电话西局——四千——六百——九十二。

巡　警　（写完了）谢谢您。（藏好了簿子，又转到男客）您是来这边租房的，是不是？

男　客　不是！我是来这边住宿的，这房子我老早就租好了。

巡　警　（难住了。没有了办法，又转到女客）您是来这边？……

女　客　我？我是来这边找人的。

房　东　（不能再耐了）你到这边找什么人？

女　客　（很客气的向她点了一点头）我到这边来找我的男人。

房　东　找你的男人？谁是你的男人？

女　客　我想你应该知道吧？——你既把房子都租了给他。

房　东　怎么！这位先生是你的男人么？

女　客　我不知道。你问他好了，看他承认不承认？

老　妈　（也不能再耐了）太太，你看怎么样！我老早就对您说过，这位先生一定是有太太的，您不信。

巡　警　（糊涂了）怎么？刚才你们不是说这位先生没有家眷，怎么现在他又有了家眷？

老　妈　不要糊涂吧，刚才这位太太还没来，我们怎么会知道？如果这位太太早来这里，还可以省了我在雨地里走一趟呢。

女　客　对你不住。这实在不能怪我，五点钟的车子，六点半钟才到这里。

老　妈　请您不要多心。我不过是说给他太不懂事。

巡　警　这话可得要说明白了，太太要我到这边来，是说这位先生租了这三间房子，要一个人在这边住。这屋里住的都是堂客，他先生一个人在这边住，很不方便，是那么个意思，现在这位先生的太太既是来了，这事就好办。如果太太是和先生在这边同住，那就没有我的事，如果太太不在这边住，这件事还得……

老　妈　不要瞎说吧。太太自然是在这边住。——一看还不知道——先生和太太不过是为了一点小事，闹了一点意见，你不来劝解劝解，还来说那样的话。太太不在这边住，到哪里住去？——好了，现在没有你的事了，你赶紧回去打你的牌去吧。（把风灯送到他手里）走！走！

巡　警　这样说，那就没有我的事了。好了，再见，再见。

女　客　再见。你放心好了，哪一天我不在这里住的时候，我通知你就是了。

巡　警　对不起，打搅，打搅。

（巡警走出。老妈兴高采烈的拿了茶壶走出。房东太太承认了失败，看了她的客人一眼，也只好板了面孔走出。）

男　客　（关上门，想起了一个老早就应该问而还没有问的问题，忽然转过头来）啊，你姓什么？

女　客　我——啊——我——

——幕下

（选自《中国现代文学作品选》第一册，湖南人民出版社，1985 年）

【学习提示】

丁西林（1893—1974），原名丁燮林，字巽甫，江苏泰兴人。丁西林早年抱着科学救国的志向赴英国攻读物理和数学，留学期间，阅读了大量的英文小说和剧作，激发了他对戏剧的热爱之情。回国后，他执教于北京大学，一方面致力于自然科学的教学与研究，另一方面进行戏剧创作，并且取得了相当高的成就。他尤其执着于独幕喜剧的创作，其作品堪称典范。五四时期创作了《一只马蜂》《压迫》等独幕剧，抗日战争时期作有多幕剧《等太太回来的时候》、独幕剧《三块钱国币》等。剧作构思新颖，人物语言机智风趣，具有轻松幽默的风格。

丁西林是中国现代戏剧史上有着独特风格的喜剧作家，特别是在独幕剧的创作方面，成就突出，被称为“独幕剧的圣手”是当之无愧的。

《压迫》写于 1925 年，剧本所揭示的社会意义比《一只马蜂》更为明确，艺术技巧更趋成熟，喜剧气氛也更为浓厚。

作者申明，他写这个剧本，是为了“纪念一个已死的朋友”。剧情是温婉而幽默的，但作者写作此剧却是为了寄寓“无限的凄凉与悲哀”，实际是对当时“有产阶级的压迫”——“社会上一切的压迫与欺负”的激愤和抗议，同时也是为了表达自己的“一种幻想”：希望“富有同情的人”能够“联合起来”“去抵抗”不合理的社会现象，这样才可能获得和保障自己做人的合法权益。

《压迫》在剧情结构方面有独到之处。全剧采用“二元三人”模式，即将剧中主要人物设定为三人，其中二人处于矛盾冲突的对峙格局，第三人则起着结构性的作用，为冲突化解提供某种契机。例如，男客与房东太太因观念不同而产生对峙，形成紧张局面，女客出场则轻而易举地打开了死结，使得矛盾双方及相关人事都有了一个相对合理的结局。

《压迫》的喜剧色彩非常明显，结尾更是如此：男客与女客都租到了房子，房东太太及其女儿也各得其所（对房东太太来说，男客与女客假充夫妻等于男客有家眷；对其女儿来说，男客实际是单身），所有人都如愿以偿。作者表达的是一种和谐、互补、合理的美学观念。剧本最后两句话颇有相声中抖包袱的效果，在房子租定后，男客才忽然想起问女客的姓名：“啊，你姓什么？”灵活、通达的女客一下没有反应过来：“我——啊——我——”，剧情到此突然结束，不禁令人捧腹。

【思考练习题】

1. 丁西林前期和后期的戏剧创作有何不同？丁西林为什么被称为“独幕剧的圣手”？

2.《压迫》具有怎样的喜剧特色？

雷　雨（第四幕）

曹　禺

〔周宅客厅内，半夜两点钟的光景。

〔开幕时，周朴园一人坐在沙发上读报，旁边开着一个立灯，四周是黑魆魆的。

〔外面雨声淅沥可闻，窗前帷幕垂下来了。中间的门紧紧地掩起，由门上玻璃望出去，花园的景物都掩没在黑暗里。

周朴园　（放下报，疲倦地伸一伸腰）来人啦！来人！（擦着眼镜，走到左边饭厅门口）这儿有人么？（外面闪电。他走到右边柜前，按铃。）

〔仆人上。

仆　人　老爷！

周朴园　我叫了你半天。

仆　人　外面下雨，听不见。

周朴园　（指钟）钟怎么停了？

仆　人　（解释地）每次总是四凤上的，今天她走了，这件事就忘了。

周朴园　什么时候了？

仆　人　嗯，——大概有两点钟了。

周朴园　刚才我叫账房汇一笔钱到济南去，他们弄清楚了没有？

仆　人　您说寄给济南一个姓鲁的，是么？

周朴园　嗯。

仆　人　预备好了。

〔外面闪电，周朴园回头望花园。

周朴园　藤萝架那边的电线，太太叫人来修理了么？

仆　人　叫了，电灯匠说下着大雨不好修理，明天再来。

周朴园　那不危险么？

仆　人　可不是么？刚才大少爷的狗走过那儿，碰着那根电线，就给电死了。现在那儿已经用绳子圈起来，没有人走那儿。

周朴园　哦。——什么，现在几点了？

仆　人　快两点了。老爷要睡觉么？

周朴园　你请太太下来。

仆　人　太太睡觉了。

周朴园　（无意地）二少爷呢？

仆　人　早睡了。

周朴园　那么，你看看大少爷。

仆　人　大少爷吃完饭出去，还没有回来。

〔半晌。

周朴园　（走回沙发前坐下，寂寞地）怎么这屋子一个人也没有？

仆　人　是，老爷，都睡了。

周朴园　好，你去吧。

仆　人　您不要什么东西么？

周朴园　我不要什么。

〔仆人由中门下。周朴园站起来，在厅中来回沉闷地踱着，又停在右边柜前，开了中间的灯，沉思地望着侍萍的相片。

〔周冲由饭厅上。

周　冲　（没想到父亲在这儿）爸！

周朴园　（露喜色）你——你没有睡？

周　冲　嗯。

周朴园　找我么？

周　冲　不，我以为母亲在这儿。

周朴园　（失望）哦——你母亲在楼上。

周　冲　没有吧，我在她的门上敲了半天，她的门锁着。——是的，也许在屋里。——爸，我走了。

周朴园　冲儿。

〔周冲站住。

周朴园　不要走。

周　冲　爸，您有事？

周朴园　没有。（慈爱地）你现在怎么还不睡？

周　冲　（服贴地）是，爸，我睡晚了，我就睡。

周朴园　你今天吃完饭把克大夫给的药吃了么？

周　冲　吃了。

周朴园　打了球没有？

周　冲　嗯。

周朴园　快活么？

周　冲　嗯。

周朴园　（立起，拉起周冲的手）为什么，怕我么？

周　冲　是，爸爸。

周朴园　（干涩地）你象是有点不满意，是么？

周　冲　（窘迫）我，我说不出来，爸。

〔半晌。

〔周朴园走回沙发，坐下叹一口气。招周冲来，周冲走近。

周朴园 （寂寞地）今天——呃，爸爸有一点觉得自己老了。（停）你知道么？

周　冲 （冷淡）不，不知道。

周朴园 （忽然）如果爸爸有一天死了，没有人照抚你，你不怕么？

周　冲 （无表情地）嗯，怕。

周朴园 （想让儿子亲近自己，可亲地）你今天早上说要拿你的学费帮一个人，你说说看，能答应的总是要答应的。

周　冲 那是我一时胡涂，以后我不会这样说话了。

〔半晌。

周朴园 （责备地望着周冲）你对我说话很少。

周　冲 我——我说不出，您平时总象不愿意见我们。（嗫嚅地）今天您就有点——有点特别，您——

周朴园 （不愿他向下说）嗯，你去吧！

周　冲 是，爸爸。（由饭厅下。）

〔周朴园失望地看着他儿子走出，又拿起侍萍的相片。蘩漪由中门不做声地走进来，雨衣上的水还在往下滴，颜色惨白，鬓发湿漉漉的。

周蘩漪 （看见周朴园惊愕地望着她，冷漠地）还没有睡？（立在门前。）

周朴园 你？（走近她）你上哪儿去了？冲儿找你一晚上。

周蘩漪 （平常地）我出去走走。

周朴园 这样大的雨，你出去走？

周蘩漪 嗯——（忽然报复地）我有神经病。

周朴园 我问你，你刚才在哪儿？

周蘩漪 （厌恶地）你不用管。

周朴园 （打量她）你的衣服都湿了，还不脱了它？

周蘩漪 我心里发热，我要在外面冰一冰。

周朴园 （不耐烦地）不要胡言乱语的，你刚才究竟上哪儿去了？

周蘩漪 （望着他，一字一字地）在你的家里！

周朴园 （烦恶地）在我的家里？

周蘩漪 （微笑）嗯，在花园里赏雨。

周朴园 一夜晚？

周蘩漪 （快意地）嗯，淋了一夜晚。

〔半晌。周朴园惊疑地望着蘩漪，她象一座石像，仍然站在门前。

周朴园 蘩漪，我看你上楼去歇一歇吧。

周蘩漪 （硬生生地）不。（忽然）你拿的什么？（轻蔑）哼，又是那个女人的照片！（伸手去拿。）

周朴园 你可以不看，萍儿母亲的。

周蘩漪 （抢过来，就灯下看）萍儿的母亲很好看。

〔周朴园没有理她，自己在沙发上坐下。

周蘩漪 我问你，是不是？

周朴园 嗯。

周蘩漪 样子很温存的。

〔周朴园不理她。

周蘩漪 看起来很聪明。

周朴园 （冥想）嗯。

周蘩漪 （欣赏地）真年轻。

周朴园 （不自觉地）嗯，年轻。

周蘩漪 （放下相片）奇怪，我象是在哪儿见过似的。

周朴园 （抬起头，疑惑地）你在哪儿见过她？好，我看你睡去吧。（立起，把相片拿起来。）

周蘩漪 拿这个做什么？

〔周朴园望望蘩漪，没有理她。

周蘩漪 （从周朴园手中取过来）放在这儿！（怪样地笑）不会掉的，我替你守着她。（放在桌上。）

周朴园 不要装疯！你现在有点胡闹！

周蘩漪 我是疯了。请你不用管我。

周朴园 （愠怒）好，你上楼去吧，我要一个人在这儿歇一歇。

周蘩漪 不，我要一个人在这儿歇一歇，你给我出去。

周朴园 （严肃）蘩漪，我叫你上楼去！

周蘩漪 （轻蔑）我不愿意，告诉你，我不愿意。

〔半晌。

周朴园 （低声）你要注意（指头）这儿，记着克大夫的话，他要你静静的，少说话。明天克大夫还来，我已经替你请好了。

周蘩漪 （望着前面）明天？哼！

〔周萍低头由饭厅走出，神色忧郁，走向书房。

周朴园 萍儿。

周　萍 （抬头，惊讶）爸！您还没有睡。

周朴园 （责备地）怎么，现在才回来？

周　萍 不，爸，我早回来了。我出去买东西去了。

周朴园 你来做什么？

周　萍 我到书房，看看爸写的介绍信在那儿没有。

周朴园 你不是明天早车走吗？

周　萍 我忽然想起今天夜晚两点半有一趟车，我预备现在就走。

周蘩漪 （忽然）现在？

周　萍 嗯。

周蘩漪 就这样急么？

周　萍 是，母亲。

周朴园 （和蔼地）外面下着大雨，半夜走不大方便吧？

周　萍　这时走，明天一早到，找人方便些。

周朴园　信就在书房书桌上，你要现在走也好。

〔周萍点头，走向书房。

周朴园　你等等！（向蘩漪）你到书房把信替他拿来。

周蘩漪　（看周朴园，不信任地）嗯！（走进书房，下。）

周朴园　（望蘩漪出，谨慎地）她不愿意上楼，回头你先陪她到楼上去，叫底下人好好地伺候她睡觉。

周　萍　是，爸爸。

周朴园　（更小心）你过来！

〔周萍走近。

周朴园　（低声）告诉底下人，叫他们小心点，（烦恶地）我看她的病更重了，刚才她忽然一个人出去了。

周　萍　出去了？

周朴园　嗯。（严重地）在外面淋了一夜晚的雨，说话也非常奇怪，我怕这不是好现象。——我老了，我愿家里平平安安的……

周　萍　（不安地）我想爸爸只要把事不看得太严重了，事情就会过去的。

周朴园　（畏缩地）不，不，有些事简直是想不到的。世界上的事真是奇怪。今天我忽然悟到作人不容易，太不容易。（疲倦地）你肯到矿上去磨炼一下，我很高兴。有一样东西，你可以带去。（领周萍到方桌前，拉开抽屉给他看）但是，只为着保护自己，不要拿它来闯祸。（把抽屉锁上）拿着钥匙！走的时候，不要忘了带着。（把抽屉的钥匙交给周萍。）

〔蘩漪持信上。

周蘩漪　（嫌恶地）信。

周朴园　（如梦初醒，向周萍）好，你走吧，我也想睡了。蘩漪，你也好好休息一下。

周　萍　（盼望他走）嗯，好。

〔周朴园由书房下。

周蘩漪　（见周朴园走出，阴沉地）你是一定要走了。

周　萍　嗯。

周蘩漪　（忽然）刚才你父亲对你说什么？

周　萍　（闪避）他说要我陪你上楼去，请你睡觉。

周蘩漪　（冷笑）他应当叫几个人把我拉上去，关起来。

周　萍　（故意装做不明白）你这是什么意思？

周蘩漪　（迸发）你不用瞒我。我知道，我知道，（辛酸地）他说我是神经病、疯子，我知道他要你这样看我，他要什么人都这样看我。

周　萍　（心悸）不，你不要这样想。

周蘩漪　（奇怪的神色）你？你也骗我？（阴郁地）我从你们的眼神看出来，你们父子都愿我快成疯子！你们——父亲同儿子——偷偷在我背后说冷话，笑我，在我背后计算着我。

周　萍　（镇静）你不要神经过敏，我送你上楼去。

周蘩漪　（突然地）不要你送，走开！（低声）我还用不着你父亲背着我，把我当疯子，要你送我上楼。

周　萍　（抑制着自己的烦嫌）那你把信给我，让我自己走吧。

周蘩漪　（不明白地）你上哪儿？

周　萍　（不得已）我要走，我要收拾收拾我的东西。

周蘩漪　（冷静地）我问你，你今天晚上上哪儿去了？

周　萍　（敌对地）你不用问，你自己知道。

周蘩漪　（恐吓地）到底你还是到她那儿去了。

〔半晌，蘩漪望周萍，周萍低头。

周　萍　（断然）嗯，我去了，我去了，（挑战地）你要怎么样？

周蘩漪　（软下来）不怎么样。（强笑）今天下午的话我说错了，你不要怪我。我只问你走了以后，你预备把她怎么样？

周　萍　以后？——（贸然）我娶她！

周蘩漪　娶她？

周　萍　嗯。

周蘩漪　父亲呢？

周　萍　（冷漠地）以后再说。

周蘩漪　（神秘地）萍，我现在给你一个机会。

周　萍　（不明白）什么？

周蘩漪　（劝诱地）如果今天你不走，你父亲那儿我可以替你想法子。

周　萍　不必，这件事我认为光明正大，我可以跟任何人谈。

周蘩漪　（忧郁地）萍！

周　萍　干什么？

周蘩漪　（阴郁地）你知道你走了以后，我会怎么样？

周　萍　不知道。

周蘩漪　（恐惧地）你看看你的父亲，你难道想象不出？

周　萍　我不明白你的话。

周蘩漪　（指着头）就在这儿；你不知道么？

周　萍　（似懂非懂地）怎么讲？

周蘩漪　（好象在叙述别人的事情）第一，那位专家，克大夫免不了会天天来的，要我吃药，逼我吃药。吃药，吃药！渐渐伺候我的人一定要多，守着我，把我当个怪物似地看着。

周　萍　（烦）我劝你，不要这样胡想，好不好？

周蘩漪　他们都跟着你父亲说：“小心，小心点，她有点疯病！”他们都偷偷地在我背后叽咕着。慢慢地无论谁都要躲着我，不敢见我，最后铁链子锁着我，那我真就成了疯子了。

周　萍　（无办法）唉！（看表）不早了，给我信吧，我还要收拾东西呢。

周蘩漪　（恳求地）萍，这不是不可能的。萍，你想一想，你就一点——就一点无动于衷吗？

周　萍　你——（故意恶狠地）你自己要走这一条路，我有什么办法？

周蘩漪　（愤怒）什么，你忘记你自己的母亲也是被你父亲气死的么？

周　萍　（一了百了）我母亲不象你，她懂得爱！她爱她自己的儿子，她没有对不起我父亲。

周蘩漪　（眼睛射出疯狂的火）你有权利说这种话么？你忘了就在这屋子，三年前的你么？你忘了你自己才是个罪人；你忘了，我们——（突停，压制自己）哦，这是过去的事，我不提了。

〔周萍低头，坐沙发上。

周蘩漪　（转向周萍）哦，萍，好了。这一次我求你，最后一次求你。我从来不肯对人这样低声下气说话，现在我求你可怜可怜我，这个家我再也忍受不住了。（哀婉地诉说）今天这一天我受的罪你都看见了，这种日子不是一天，以后是整月的，整年的，一直到我死，才算完。你的父亲，他厌恶我；他知道我明白他的底细，他怕我。他愿意人人看我是怪物，是疯子，萍！——

周　萍　（心乱）你，你别说了。

周蘩漪　（急迫地）萍，我没有亲戚，没有朋友，没有一个可信的人，我现在求你，你先不要走——

周　萍　（躲闪地）不，不成。

周蘩漪　（恳求地）即使你要走，你带我也离开这儿——

周　萍　（恐惧地）什么？你简直胡说！

周蘩漪　（恳求地）不，不，你带我走，——带我离开这儿，（不顾一切地）日后，甚至于你要把四凤接来——一块儿住，我都可以，（热烈地）只要你不离开我。

周　萍　（惊惧地望着她）我——我怕你真疯了！

周蘩漪　不，你不要这样说话。只有我明白你，我知道你的弱点，你也知道我的。你什么我都清楚。（忽然那样诱惑地笑起来）你过来，你——怕什么？

周　萍　（望着她，忍不住喊出）你不要笑！（更重）你不要这样对我笑！（苦恼地打着自己的头）哦，我恨我自己，我恨，我恨我为什么要活着。

周蘩漪　（酸楚地）我这样累你么？你知道我活不到几年了。

周　萍　（痛苦地）你难道不知道这种关系谁听着都厌恶么？

周蘩漪　（冷冷地）我跟你说过多少遍，我不这样看，我的良心不叫我这样看。（郑重地）萍，今天我做错了，如果你现在听我的话，不离开家，我可以再叫四凤回来。

周　萍　什么？

周蘩漪　（清清楚楚地）叫她回来还来得及。

周　萍　（走到她面前，沉重地）你给我滚开！

周蘩漪　什么？

周　萍　你现在不象明白人，你上楼睡觉去吧。

周蘩漪　（看清了自己的命运）那么，完了。

周　萍　嗯，你去吧。

周蘩漪　（绝望地）刚才我在鲁家看见你同四凤。

周　萍　（惊）什么，你刚才是到鲁家去了？

周蘩漪　（坐下）嗯，我在他们家附近呆了半天。

周　萍　（恐惧）什么时候你在那里？

周蘩漪　（低头）我看着你从窗户进去。

周　萍　（急切）你？

周蘩漪　（失神地望着前面）我就走到窗户前面站着。

周　萍　你什么时候走的？

周蘩漪　（清朗地）一直等到你也走了。

周　萍　（走到她身旁）那窗户是你关上的。

周蘩漪　（阴沉地）嗯，我。

周　萍　（恨极）你是我想不到的一个怪物！

周蘩漪　（抬起头）什么？

周　萍　你真是一个疯子！

周蘩漪　（无表情地望着他）你要怎么样？

周　萍　（狠恶地）我要你死！（由饭厅下，门猝然关上。）

周蘩漪　（呆呆地坐着，望着饭厅的门。瞥见侍萍的相片，拿起来看看又放下。她沉静地立起来，踱了两步）奇怪，我要干什么？

〔中门轻轻推开，蘩漪回头，鲁贵悄悄走进来。

鲁　贵　（弯了弯腰）太太，您好。

周蘩漪　（略惊）你来做什么？

鲁　贵　（假笑）给您请安来了。我在门口等了半天。

周蘩漪　（镇静）哦，你刚才在门口？

鲁　贵　对了。（诡秘地）我看见大少爷正跟您打架，我——（假笑）我就没敢进来。

周蘩漪　（沉静地，不为所迫）你来要做什么？

鲁　贵　（有把握地）我倒是想报告给太太，说大少爷今天晚上喝醉了，跑到我们家里去。现在太太既然是也去了，那我就不必多说了。

周蘩漪　（嫌恶地）你现在想怎么样？

鲁　贵　（倨傲地）我想见见老爷。

周蘩漪　老爷睡觉了，你要见他什么事？

鲁　贵　没有什么，要是太太愿意办，不找老爷也可以。——（意有言外地）都看太太怎么办了。

周蘩漪 （半晌，忍下来）你说吧，我也许可以帮你的忙。

鲁　贵 （重复一遍，狡黠地）要是太太愿意做主，不叫我见老爷，多麻烦。那就大家都省事了。我们只是求太太还赏饭吃。

周蘩漪 （不高兴地）你，你以为你——（缓缓地）好，那也没有什么。

鲁　贵 （得意地）谢谢太太。（伶俐地）那么就请太太赏个准日子吧。

周蘩漪 那就后天来吧。

鲁　贵 （行礼）谢谢太太恩典！

〔中门推开。

鲁　贵 （回头）谁？

〔大海由中门进，衣服湿透了，脸色阴沉沉地。蘩漪惊讶地望着他。

鲁大海 （向鲁贵）你在这儿！

鲁　贵 你怎么进来的？

鲁大海 铁门关着，叫不开，我爬墙进来的。

鲁　贵 你来干什么？四凤怎么样了？

鲁大海 （擦着脸上的雨水）没找着，妈在门外等着呢。

鲁　贵 （觉得大海小题大做，烦恶地皱着眉毛）你别管啦，四凤一会儿就会回家。你跟我回去。周家的事情也妥了，都好了，走吧！

鲁大海 别走，——你先给我把这儿大少爷叫出来。

鲁　贵 （疑惧地）你又要怎么样？

鲁大海 （盯视）你找不找？

鲁　贵 （怯弱地）你又要给我捅娄子？

鲁大海 我告诉你，我不是打架来的。

周蘩漪 （镇静地）鲁贵，叫他来吧，我在这儿，不要紧的。

鲁大海 你要是不找他出来就一个人跑了，你可小心！——叫他们把门打开，让妈进来。

鲁　贵 好，好，好，完了我可就这么走了。——（低声，自语）这个小王八蛋！（走进饭厅下。）

周蘩漪 （立起）你是谁？

鲁大海 四凤的哥哥。

周蘩漪 你要见我们大少爷么？

鲁大海 嗯。

周蘩漪 （缓缓地）听说他现在就要上车。

鲁大海 （回头）什么！

周蘩漪 他现在就要走。

鲁大海 他要跑了？

周蘩漪 嗯，他！

〔周萍由饭厅上，一眼就看见大海。

周　萍 （极力镇静）哦！

鲁大海 好。你还在这儿。（指蘩漪）你叫她走开，我有话要跟你一个人说。

周　萍 （望着蘩漪，她不动，再走到她面前）请您上楼去吧。

周蘩漪 好。（由饭厅下。）

〔大海愤恨地望着周萍。

周　萍 （惧怕地）没想到你现在就来了。

鲁大海 （阴沉沉）听说你要走。

周　萍 （强笑）不过现在也赶得上，你来得还是时候。你预备怎么样？我已经准备好了。

鲁大海 （狠恶地）你准备好了？

周　萍 （望着大海）嗯。

鲁大海 （走到周萍面前）你！（用力打周萍的脸。）

周　萍 （握着拳抑制自己）你，你，——（由袋内抽出手绢，捂着脸。）

鲁大海 （切齿地）哼！现在你要跑了！

〔半晌。

周　萍 （压下自己的怒气，辩白地）我早有这个计划。

鲁大海 （恶狠地笑）早有这个计划？

周　萍 我以为我们中间误会太多。

鲁大海 误会！我对你没有误会，你就是一个没有血性，只顾自己的混蛋。

周　萍 我们两次见面，都是我性子最坏的时候，叫你得着一个最坏的印象。

鲁大海 （轻蔑地）不用推托，你是个少爷，你心地混帐！你们都是吃饭太容易，有劲儿不知道怎样使，就拿着穷人家的女儿开开心，完了事可以不负一点儿责任。

周　萍 现在我想辩白是没有用的。我知道你是有目的而来的。（心虚地）你把你的枪或者刀拿出来吧。随你收拾我。

鲁大海 你真机灵！——在你家里！你还不值得我这样，我现在不愿意拿我这条有用的命换你这么个半死的东西。

周　萍 （强辩）我想你以为我现在是怕你。你错了，与其说我怕你，不如说我怕我自己；我错了一步，不愿再错第二步。

鲁大海 （冷笑）我看象你这种人，活着就错了。刚才要不是我的母亲，我当时就宰了你！现在你的命还在我的手心里。

周　萍 我死了，那是我的福气。你以为我怕死，我不，我不，我欢迎你来。我够了，我是活厌了的人。

鲁大海 哦，你活厌了，可你还拉着我的妹妹陪着你，陪着你。

周　萍 （强笑）你说我自私么？你以为我是真没有心肝，跟她开开心就完了么？你问问你妹妹，她知道我活着就是为着她，我是真爱她！

鲁大海 哦，你是真爱她！（讽刺地）那你为什么不对你董事长爸爸说说呢？

周　萍 这就是我的痛苦。我的环境太坏。你想想，我这种家庭怎么允许有这样的事。

鲁大海 所以你就可以一面表示你是真心爱她，跟她做出什么事都可以，一面你还得想着你的家庭，你的爸爸。他们要叫你丢掉她你就能丢掉她，再娶一个门当户对的阔小姐来配你，对不对？

周　萍 我没有这么想过，我看你是四凤的哥哥，我才这样说。我爱四凤，她也爱我。我们都年轻，我们都是人。两个人天天在一起，结果免不了有点荒唐。然而我相信我以后会对得起她，我会娶她做我的太太，我没有一点亏心的地方。

鲁大海 这么说，你反而很有理了。可是董事长大少爷，谁相信你会爱上一个工人的妹妹，一个当老妈子的穷女儿？

周　萍 我跟你说的是真话，你要相信我，我没有一点骗她。

鲁大海 （厉声）不要再说了，你把我妹妹叫出来。

周　萍 （奇怪）什么？

鲁大海 四凤，她自然在你这儿。

周　萍 没有，没有，我还以为她在你们家里呢。

鲁大海 （厌恶地）我没这么大工夫跟你扯，我们跟你们有的是没了的帐！你以为矿上那笔血债我们就算完了吗？……跟你说这些也是废话，你先把我妹妹交出来，我还有要紧的事情呢。

周　萍 她，她不在这儿。

鲁大海 （切齿地）你是真的不想活了！（掏出枪对着周萍。）

〔外面口哨声。

周　萍 她，她来了。

鲁大海 什么？

周　萍 （颤抖地）这是她。我们每次见面都是这样。（急切地）请你先在旁边屋子待一会儿。她没想到你在这儿。我想她再受不得惊了。

〔周萍引鲁大海至饭厅门，鲁大海下。

周　萍 （至中门）凤儿！（开门）进来！

〔四凤由中门进，眼泪同雨水流在脸上，散乱的头发水淋淋地粘在鬓角。

鲁四凤 （胆怯地）没有人吧？

周　萍 没有。（拉着她的手。）

鲁四凤 萍！（抱着周萍抽咽。）

周　萍 你怎么会这样？你怎么会找着我？你怎么进来的？

鲁四凤 我从小门溜进来的。

周　萍 你的手冰凉，你先换一换衣服。

鲁四凤 不。（看着周萍，含泪）萍，你还在这儿，这一会儿就象过了多少年一样。

周　萍 你上哪儿去了，我的傻姑娘！

鲁四凤 我一个人在雨里跑，不知道自己在哪儿。天上打着雷，我什么都忘了，我象是听见妈在喊我，可是我怕，我拚命地跑，我想找着我们门口那一条河跳。

周　萍　凤，我对不起你，原谅我。你原谅我，不要怨我。

鲁四凤　我胡里胡涂又跑到这儿，走到花园那电线杆底下，我想死了算了。我知道一碰那根电线，就可以什么都忘了。可是，我忽然看见你窗户的灯，我想到你在屋子里。我突然觉得，我不能这样就死，我不能一个人死，我丢不了你。我想我们还是可以走，只要一块儿离开这儿。

周　萍　（沉重地）嗯，一块儿离开这儿。

鲁四凤　（急切地）就是这一条路，萍，我现在已经没有家。（辛酸地）哥哥恨死我，我妈我是没脸见的。我现在什么都没有了，我没有亲戚，没有朋友。我只有你，萍，你明天带我去吧。

〔半晌。

周　萍　（顿）不，不。

鲁四凤　（失望地）萍！

周　萍　（望了饭厅门一眼）我们现在就走。

鲁四凤　现在就走？

周　萍　嗯，我原来打算一个人走，以后再来接你，现在，我改主意了。

鲁四凤　一块儿走么？

周　萍　一块儿走。

鲁四凤　（狂喜地不住亲周萍的手，一面流着眼泪）真的，真的，萍，你是我的好人，你是天底下顶好顶好的好人，你，你把我救了。

周　萍　（立起）凤，走以前我们先见一个人。见完他，我们就走。

鲁四凤　谁？

周　萍　你哥哥。

鲁四凤　哥哥？

周　萍　他找你，他就在饭厅里。

鲁四凤　不，不，不要见他。他恨你，他会害你的。走吧，我们就走吧。

周　萍　不成，我们现在一定要见他一面，不然，我们也是走不了的。

鲁四凤　可是，萍，你……

〔周萍走到饭厅门口开门。

周　萍　咦，他不在这儿。

鲁四凤　萍，我们还是快走吧。

〔鲁四凤拉周萍至中门，中门开，鲁侍萍与鲁大海进。鲁侍萍的样子仿佛变了一个人，在雨里叫喊、哭号，声音已经喑哑，她似乎老了许多。

鲁四凤　（惊惧）妈！

〔略顿。

鲁侍萍　（伸出手向四凤，哀痛地）凤儿。

鲁四凤　（扑向母亲）妈！

鲁侍萍　（抚摸四凤的头顶）孩子，我的可怜的孩子。

鲁四凤　（泣不成声地）妈，饶了我吧。

鲁侍萍 你为什么早不告诉我？

鲁四凤 （低头）我怕，我怕您生气，看不起我，不要我。我不敢告诉您。

鲁侍萍 （沉痛地）这怪你妈太胡涂了，我早该想到的。（辛酸地）可是这谁料得到就会有这种事，偏偏又叫我的孩子碰着呢？妈的命苦，可你们的命……

鲁大海 （一直耐着性子等着，劝慰地）妈，您别说这些话了，我还得走呢。您带着四凤先回去吧。

鲁侍萍 （困惑地）大海，怎么你还是非走不可？

鲁大海 （温和地）妈，我先给您雇车去。（转身。）

鲁侍萍 大海！

〔鲁大海下。

周　萍 （见鲁大海下，急切地）鲁奶奶，我跟她商量好啦，我现在就带她一块离开这儿。

鲁侍萍 （恍惚地）嗯，嗯。

周　萍 鲁奶奶，就这么办了？

鲁侍萍 什么？你怎么说？

周　萍 您相信我。我一定好好地待四凤，我跟她现在就走。

鲁侍萍 （才听明白）你们走？凤儿，你要跟他走？

鲁四凤 （紧握着母亲的手）妈，我只好先离开您了。

鲁侍萍 （坚决地）你们不能在一块儿。

鲁四凤 妈！

鲁侍萍 四凤，我们走吧，我们走，赶快走。

鲁四凤 （死命地退缩）妈，您不能这样。

鲁侍萍 不，不成！走，走。

鲁四凤 （哀求）妈，您愿意您的女儿急得死在您的眼前吗？

周　萍 （走向鲁侍萍前）鲁奶奶，我知道我对不起您，不过我能尽我的力量补我的错，现在事情已经做到这一步，您……

鲁侍萍 （向四凤）凤儿，你听着，我情愿没有你，我不能叫你跟他在一块儿。——走吧！

鲁四凤 啊，妈妈！（晕倒在母亲怀里。）

鲁侍萍 （抱着鲁四凤）我的孩子，你……

周　萍 （急）她晕过去了。

鲁侍萍 （按着四凤的前额，低声）四凤！

〔周萍赶快倒杯凉开水递给鲁侍萍。

鲁侍萍 （接过凉开水灌四凤）好孩子，你回来，回来。

鲁四凤 （喘出一口气）啊，妈！

鲁侍萍 （安慰她）孩子，你不要怪妈心狠，妈的苦说不出。

鲁四凤 （叹出一口气）妈！

鲁侍萍 什么？

鲁四凤 （向周萍）我，我不能不告诉你。

周　萍 凤，你好点了？

鲁四凤 我，我总是瞒着你，对您（乞怜地望着鲁侍萍）也不能讲。

鲁侍萍 什么，孩子。

鲁四凤 （抽咽）我，——我跟他现在已经……（大哭。）

鲁侍萍 怎么，你说你——（讲不下去。）

周　萍 （拉起四凤的手）四凤！真的，你——

鲁四凤 （哭）嗯。

周　萍 什么时候？什么时候？

鲁四凤 （低头）大概已经三个月。

周　萍 哦，四凤，你为什么不告诉我！

鲁侍萍 （低声）天哪！

周　萍 （走向侍萍）鲁奶奶，您无论如何不要再固执哪，都是我错了。我求您！我求您放了她吧。我敢保我以后对得起她，对得起您。

鲁四凤 （走到侍萍面前跪下）妈，您可怜可怜我们，答应我们，让我们走吧。

鲁侍萍 （不做声，坐着，发痴）我是在做梦。我的儿女，我自己生的儿女，三十年工夫——哦，天哪，（掩面哭，挥手）你们走吧，我不认得你们。（转过头去。）

周　萍 那么，（向四凤）我们走吧。

〔四凤起。

鲁侍萍 （不自主地）不，不能够！

鲁四凤 （又跪下，哀求）妈，您是怎么了？我的心已经定了。不管怎么样，我都是他的了。妈，我现在到了这一步：他到哪儿，我也得到哪儿；您难道不明白吗，妈！——

鲁侍萍 （叫四凤不要往下说，苦痛地）孩子。

周　萍 鲁奶奶，您要是一定不放她，我们只好不顺从您，自己走了。——凤！

鲁四凤 （摇头）不，（还望着侍萍）妈！

鲁侍萍 （低声）啊，天知道谁犯了罪，谁造的这种孽！——他们都是可怜的孩子，不知道自己做的是什么。天哪，如果要罚，也罚在我一个人身上。（伤心地）他们是我的干净孩子，他们应当好好地活着。罪孽是我造的，苦也应当我一个人尝。（立起，望着天）今天晚上，是我让他们一块儿走的。这罪过我知道，我都替他们担戴了；要是真有了什么，也就让我一个人担戴吧。（回过头）凤儿，——

鲁四凤 （不安地）妈，您怎么，您说的是什么？

鲁侍萍 （回转头）没有什么。（和缓地）你起来，你们一块儿走吧。

鲁四凤 （立起，抱着她的母亲）妈！

周　萍 走，（看表）不早了，只有二十五分钟，叫他们把车子开出来，走吧。

鲁侍萍 （沉静地）不，凤儿，你们这次走，是偷偷地走，在黑地里走，不要惊动人。（向鲁四凤，哀婉地）过来，我的孩子，让我好好地亲一亲。

〔四凤过来抱母亲。

鲁侍萍 （向周萍）你也来，让我也看你一下。

〔周萍至前，低头。

鲁侍萍 （望周萍，擦眼泪）好，你们走吧！——我要你们两个在走以前答应我一件事。

周　萍 您说吧。

鲁侍萍 你们不答应，我还是不要四凤走的。

鲁四凤 妈，您说吧，我答应。

鲁侍萍 （看他们两人）你们这次走，最好越走越远，不要回头。今天离开，你们无论生死，就永远不要见我了。

鲁四凤 （难过）妈，不——

周　萍 （使眼色，低声）她现在难过，——过后，就好了。

鲁四凤 嗯，好，——妈，那我们走了。（跪下，向侍萍叩头；落泪。）

〔侍萍竭力忍着。

鲁侍萍 （挥手）走吧！

周　萍 我们从饭厅里出去吧，饭厅里还放着我几件东西。

〔周萍、四凤、侍萍走到饭厅门口。饭厅门开，蘩漪走出。

鲁四凤 （失声）太太！

周蘩漪 （沉稳地）咦，你们到哪儿去？外面还打着雷呢！

周　萍 （向蘩漪）怎么，你在外面偷听！

周蘩漪 嗯，不只我，还有人呢。（向饭厅走）出来呀，你！

〔周冲由饭厅上，畏缩地。

鲁四凤 （惊愕）二少爷！

周　冲 （不安地）四凤！

周　萍 （不高兴）弟弟，你怎么这样不懂事？

周　冲 （莫名其妙）妈叫我来的，我不知道你们这是干什么。

周蘩漪 （冷冷地）现在你就明白了。

周　萍 （焦躁，向蘩漪）你这是干什么？

周蘩漪 （嘲弄地）我叫你弟弟来给你们送行。

周　萍 （气愤）你真卑鄙。……

周　冲 哥哥！

周　萍 （向周冲）对不起！（突向蘩漪）不过世界上没有象你这样的母亲！

周　冲 （迷惑地）妈，这是怎么回事？

周蘩漪 你看哪！（向四凤）四凤，你预备上哪儿去？

鲁四凤 （嗫嚅）我……我？……

周　萍 不要说一句瞎话，告诉他们，说我们预备一块儿走。

周　冲 （明白）什么，四凤？你预备跟他一块儿走？

鲁四凤 嗯，二少爷，我，我是——

周　冲 （半质问地）你为什么早不告诉我？

鲁四凤 我不是不告诉你；我跟你说过，叫你不要找我，因为我——我已经不是个——

周　萍 （向四凤）不，你告诉他们！（指蘩漪）讲，说你就要嫁我！

周　冲 （略惊）四凤，你——

周蘩漪 （向周冲）现在你明白了！

〔周冲低头。

周　萍 （突向蘩漪，刻毒地）你真没有一点心肝！你以为他会替——会破坏么？冲弟弟，你说，你现在有什么意思，你说，你预备对我怎么样？你说吧。

〔周冲望蘩漪，又望四凤，自己低头。

周蘩漪 冲儿，说呀！（半晌，急促）冲儿，你为什么不说话呀？你为什么不问？为什么不问你哥哥？（又顿）

〔众人俱看周冲，周冲不语。

周蘩漪 冲儿，说呀！怎么，难道你是个哑巴？是个呆子？看见这样的事情还不会吭一声么？

周　冲 （抬头，羔羊似地）不，妈！（又望四凤，低头）只要四凤愿意，我没有什么。

周　萍 （走到周冲面前）弟弟！

周　冲 （疑惑地）不，我忽然发现我好象并不是真爱四凤。（渺渺茫茫地）以前——我是胡闹。（望着周萍热烈的神色）哥哥，你把她带走吧，只要你好好地待她！

周蘩漪 （幻灭）呵，你呀！（忽然气愤）你不是我的儿子，（昏乱地）你简直没有点男人气，我要是你，（指四凤）我就杀了她，毁了她。你一点也不象我，——你不是我的儿子，不是我的儿子！

周　冲 （难过地）您怎么啦？

周蘩漪 （向周冲，半疯狂地）不要以为我是你的母亲，（高声）你的母亲早死了，早叫你父亲逼死了，闷死了。（揩眼泪，哀痛地）我忍了多少年了，我在这个死地方，监狱似的周公馆，陪着一个阎王十八年了，我的心并没有死；你的父亲只叫我生了冲儿，然而我的心，我这个人还是我的。（指周萍）就只有他才要了我整个的人，可是他现在不要我，又不要我了。

周　冲 （痛极）妈，我最爱的妈，您这是怎么回事？

周　萍 你先不要管她，她在发疯！

周蘩漪 （激烈地）你现在也学会你的父亲了，你这虚伪的东西！没有疯——我一点也没有疯！我要你说，我要你告诉他们！

周　萍 （狼狈地）你叫我告诉什么？我看你上楼睡去吧。

周蘩漪 （冷笑）你不要装！你告诉他们，我并不是你的后母。

〔大家惊惧。

周　冲 （无可奈何地）妈！

周蘩漪 （不顾地）告诉他们，告诉四凤，告诉她！

鲁四凤 （忍不住）妈呀！（投入侍萍怀。）

周蘩漪 你记着，是你才欺骗了你的弟弟，是你欺骗了我，是你才欺骗了你的父亲！

周　萍 （向鲁四凤）不要理她，我们走吧。

周蘩漪 不用走了，大门锁了。你父亲就下来，我派人叫他来的。

鲁侍萍 天！

周　萍 你这是干什么？

周蘩漪 （冷冷地）我要你父亲见见他将来的好媳妇，然后你们再走。（喊）朴园，朴园！……

周　冲 妈，您不要！

周　萍 （走到蘩漪面前）疯子，你敢再喊！

〔蘩漪跑到书房门口，喊。

鲁侍萍 （慌）四凤，我们出去。

周蘩漪 不，他来了！

〔周朴园由书房进，大家不动，静寂。

周朴园 （在门口）你叫什么？你还不上楼去睡？

周蘩漪 （倨傲地）我请你见见你的好亲戚。

周朴园 （见侍萍、四凤在一起，惊）啊，你，你们这是做什么？

周蘩漪 （拉四凤向周朴园）这是你的媳妇，你见见。（指着周朴园向四凤）叫他爸爸！（指着侍萍向周朴园）你也认识认识这位老太太。

鲁侍萍 太太！

周蘩漪 萍，过来！当着你的父亲，过来，给这个妈叩头。

周　萍 （难堪）爸爸，我——

周朴园 （明白地）怎么——（向侍萍）侍萍，你到底还是回来了。

周蘩漪 （惊）什么？

鲁侍萍 （慌）不，不，您弄错了。

周朴园 （冷冷地）侍萍，我想你也会回来的。

鲁侍萍 不，不！（低头）啊！天！

周蘩漪 （惊愕地）侍萍？什么，她是侍萍？

周朴园 （烦厌地）你不必再故意问我。她就是萍儿的母亲，三十年前死了的。

周蘩漪 天哪！

〔半晌。四凤苦闷地叫了一声，望着她的母亲，侍萍苦痛地低着头。周萍迷惑地望着父亲同侍萍。这时蘩漪渐渐走到周冲身边。

周朴园 （沉痛地）萍儿，你过来。你的生母并没有死，她还在世上。

周　萍 （半狂地）不是她！爸，不是她！

周朴园 （严厉地）混帐！不许胡说！她没有什么好身世，也是你的母亲。

周　萍 （痛苦万分）哦，爸！

周朴园 （郑重地）不要以为你跟四凤同母，觉得脸上不好看，你就忘了人伦天性。（向侍萍）我预备寄给你两万块钱，现在你既然又来了，……

鲁侍萍 不……四凤，我们走！

周朴园 （暴怒地，对周萍）跪下，认她！这是你的生母。

鲁四凤 （昏乱地）妈，这不会是真的。

〔侍萍不语。

周蘩漪 （向周萍，悔恨地）萍，我，我万想不到是——是这样，萍——

周　萍 （向周朴园）爸爸！（向侍萍）母亲！

鲁四凤 （与周萍互相望着，忽然忍不住）啊，天！（由中门跑下。）

〔周萍扑在沙发上。

周蘩漪 （急喊）四凤！四凤！（转向周冲）冲儿，她的样子不大对，你赶快出去看看她。

〔周冲由中门跑下，喊四凤。

周朴园 （至周萍前）萍儿，这是怎么回事？

周　萍 （突然）您不该生我！（由饭厅跑下。）

〔远处听见四凤的惨叫声，周冲狂呼四凤，接着周冲也惨叫一声。

鲁侍萍 （喊）四凤，你怎么啦！

周蘩漪 （同时喊）我的孩子，我的冲儿！

〔侍萍同蘩漪由中门跑出。

周朴园 （急走至窗前拉开窗幕，颤声）怎么？怎么？

〔仆人由中门跑上。

仆　人 （喘）老爷！

周朴园 快说，怎么啦？

仆　人 （急不成声）四凤……死了……

周朴园 （急）二少爷呢？

仆　人 也……也死了。

周朴园 （颤声）啊，什么？

仆　人 四凤碰着那条走电的电线。二少爷不知道，赶紧拉了一把，两个人一块儿中电死了。

周朴园 这不会。这不能够，不能够！

〔周朴园与仆人跑下。

〔周萍由饭厅出，颜色惨白，神气是沉静的。他走到方桌前打开抽屉，取出手枪，走进右边书房。

〔外面人声嘈乱，哭声，叫声，混成一片。侍萍由中门上。老年仆人跟在后面，拿着电筒。

〔侍萍一声不响地立在台中。

老仆人 （安慰地）老太太，您别发呆！这不成，您得哭，您得好好哭一场。

鲁侍萍 （无神地）嗯。

老仆人 这是没有法子的事——可是您得哭哭。

鲁侍萍 不，我，我——（呆立。）

〔中门大开，许多仆人围着蘩漪，蘩漪不知是在哭在笑。

仆　人 （在外面）进去吧，太太，别看哪。

〔蘩漪为人拥至中门。

周蘩漪 （哭着）冲儿，你这么张着嘴？你的样子怎么直对我笑？——冲儿，你这个胡涂孩子。

〔周朴园走进中门。

周朴园 蘩漪，进来！我的手发木，你也别看了。

老仆人 太太，进来吧。人已经叫电火烧焦了，没有法子办了。

周蘩漪 （进来依然哭着）冲儿，我的好孩子。刚才还是好好的，你怎么会死，你怎么会死得这样惨？

周朴园 你要静一静。（擦眼泪。）

周蘩漪 （痛恨地）冲儿，你该死，该死！你有了这样的母亲，你该死！

〔外面人声嘈杂。

周朴园 谁在外面这么吵？

〔老仆下，另一仆人上。

周朴园 外面是怎么回事？

仆　人 今天早上那个鲁大海，他又来了，他说他母亲在这儿。

周朴园 （犹疑片刻，望一下侍萍）好，你让他进来。

鲁侍萍 不用了。（立起，向中门走去，至门口返身，向周朴园）他不会来的，他恨你！（昂首返身走出。）

〔仆人一齐下。屋中只有周朴园、周蘩漪二人。

〔寂静。

周朴园 （忽然）萍儿呢？大少爷呢？萍儿，萍儿！（无人应）来人呀！来人！（无人应）你们给我找呀，我的大儿子呢？

〔书房枪声，屋内死一般的静默。

周蘩漪 （忽然）啊！（跑进书房，周朴园呆立不动，蘩漪狂喊跑出）他……他……

周朴园 他……他……

〔周朴园与蘩漪一同跑下，进书房。

——剧终

一九三三年

（选自《戏剧》，吉林人民出版社，1980）

【学习提示】

曹禺（1910—1996），原名万家宝，湖北潜江人，出生于天津。1933 年完成四幕话剧《雷雨》，随后创作《日出》《原野》，因精妙的戏剧技巧和深刻的思想内涵在中国话剧史上影响深远。全国性抗战期间创作有《蜕变》《北京人》《家》（改编自巴金同名小说）。中华人民共和国成立后创作的剧本有《明朗的天》、《胆剑篇》（执笔）、《王昭君》等。

《雷雨》以20世纪20年代前后的中国社会为背景，描写了一个资产阶级封建家庭的悲剧。全剧集中于一天（上午至午夜两点）、两个舞台地点（周家客厅和鲁家住宅），通过两家八个人物前后三十年的错综复杂的纠葛，揭示了封建家庭的罪恶和对人性的摧残。

该剧在客观上揭露了封建家庭的罪恶，对周朴园的伪善和专制做了批判，给予蘩漪、侍萍等受压迫者以深切的同情。同时剧作中体现的命运观念，对周朴园形象的评价等都是长期以来众说纷纭、争论不休的话题。因此，该剧的主题是相当复杂的。《雷雨》和一切经典性作品一样是说不尽的，读者可以从不同的角度进行不断的阐释和挖掘。

《雷雨》作为曹禺的代表作，具有相当高的艺术成就。戏剧构思巧妙，结构紧凑，矛盾集中。作者严格按照“三一律”来组织安排情节，结构上采用回溯法，把“过去的戏剧”和“现在的戏剧”紧密结合起来，把三十年的恩恩怨怨、多条线索的矛盾纠葛，组织得有条不紊。八个人物的命运用一个主要情节、一天的时间、两个地点加以反映，令人叹为观止。一系列巧妙安排，使得戏剧冲突不断激化，并在第四幕中一齐爆发，撼人心魄。

《雷雨》中的八个人物性格鲜明，各具特色。蘩漪受压抑时的郁闷、反抗时的狂热，周朴园的专制冷酷，周萍的怯懦和自私，侍萍的淳朴善良与忍辱负重，四凤的聪慧美丽，周冲的单纯天真，大海的鲁莽，鲁贵的奴才相，无不给人留下深刻的印象。个性化的语言也是该剧的一大特色。八个人物的地位、经历、性格、心理各不相同，曹禺非常细致地写出了这各不相同的人物的台词。无论是第一幕开始时鲁贵与四凤的对话，还是周朴园命令蘩漪喝药时的语言，或是侍萍与周朴园在周公馆第一次见面时的对白，都充分反映了人物的性格特点，表现了人物在特定情境下的内心活动，富有画面感和冲击力。总之，《雷雨》作为中国现代戏剧史上的经典作品，取得的成就是多方面的，其影响是深远的。

【思考练习题】

1. 曹禺的创作可以分为哪几个阶段，各个阶段的代表作有哪些？
2. 周朴园形象的复杂性表现在哪些方面？
3. 《雷雨》在结构上有什么特点？

日　出（第四幕）

曹　禺

与第三幕在同一个夜晚。

半夜后，大约有四点钟的光景，在××大旅馆那间华丽的休息室内。

屋内帘幕都深深垂下来，在强烈的灯光下，那些奇形怪状的陈设刺激人的眼发昏。满屋笼漫着浓厚的烟氲和恶劣的香粉气，酒瓶歪在地上，和金子一般贵重的流质任意地倒湿了地毡，染黄了沙发的丝绒，流满了大理石的茶几。在中间，一张小沙发的脚下，香槟酒杯的碎玻璃堆在那里。墙上的银耀耀的钟正指着四时许。

左面的屋子里面还是稀哩哗啦地打着牌，有时静下来，只听见一两下清脆的牌声，有时说话的，笑的，骂的，叫的，愤愤然击着牌桌的，冷笑的……和洗牌的声音搅成一片。

开幕时，白露一个人站在窗前，背向观众，正撩开帷幕向下望。她穿着黑丝绒的旗袍，周围沿镶洒满小黑点的深黄花边，态度严肃，通身都是黑色。

她独自立在窗前，屋内没有一丝动静。

半响。

左面的门大开，立刻传出人们打牌喧笑的声音。

〔里面的男女声音：露露！露露！

〔露露没有理他们，还是那样孤独着。

〔乔治的声音：露露！露露！（他的背影露出来，臂膊靠着门钮，对里面的人们说话。）不，不，我就来。（自负地）你看我叫她，我

〔乔治走出来，穿着最讲究的西服，然而领带散着，背心的钮子没有扣好。他一手抓住香槟酒瓶，一手是酒杯，兴高采烈地向白露走过来。

乔　（一步三摇地走近白露，灵感忽然附了体）哦！我的小露露。（看上看下，指手画脚，仿佛吟诗一样）So beautiful! So charming and so melancholic!（于是翻江倒海，更来得凶猛）So beautifully bewitching! and so bewitchingly beautiful!

露　（依然看着窗外，不动，仿佛没有听见他的话）嗯，你说的是什么？

乔　（走到她又一边）我说你真美。你今天晚上简直是美！（摇头摆尾闭起眼说）美！美极了！你真会穿衣服，你穿得这么忧郁，穿得这么诱惑！并且你真会用香水，闻起来（用他的敏锐的鼻子连连嗅着，赞美地由鼻孔冲出一声长长的由高而低的“嗯！”）这么清淡，而又这么幽远！（活灵活现演作他的戏；感动地长长吐出一口气）啊！我一闻着那香水的香味，Oh no，你的美丽的身体所发

出的那种清香，就叫我想到当初我在巴黎的时候，（飘飘然神往）哦，那巴黎的夜晚！那夜晚的巴黎！（又赞美地由鼻孔冲出那一声“嗯！”）嗯！Simply beautiful！

露 （依然没有回头）你喝醉了吧！

乔 喝醉了？今天我太高兴了！你刚才瞧见刘小姐么？她说她要嫁给我，她一定要嫁给我，可是我跟她说了：（趾高气扬的样子）我说：“你！（藐视）你要嫁给我！你居然想嫁给我！你？”她低着头，挺可怜的样子，说：“（哭声）George！只要你愿意，我这方面总是没有问题的。”说着，说着，眼泪就要掉下来。可是（拉一下白露，但她并没有转过身来）你看我，我就这么看着她。（斜着眼睛昂着头向下望）我说：“你？你居然想嫁给George Chang！Pah！（又是他的一甩手）这世界上只有陈白露才配嫁给George Chang呢！”（他等白露的笑，但是——）咦，露露，你为什么不笑？

露 （态度依然）这有什么可笑的？（低沉地）你还有酒么？

乔 （奇怪）你还想喝？

露 嗯。

乔 你看我多么会伺候你，这儿早就预备好了。（倒酒的时候，由右屋听见顾八奶奶叫白露的声音。他把酒倒好，递给白露，她一口灌下，看也不看就把酒杯交给乔治）

〔顾八奶奶由右门出，她穿戴仍然鲜艳夺目，气势汹汹地走进来。

顾 （在门口）白露，究竟你的安眠药在哪儿？（忽然看见乔治）哟！博士，原来是你们俩偷偷地躲在这屋子说话呢。

乔 两个人？那我大概是喝醉了。

顾 怎么？

乔 奇怪，我怎么刚才只觉得我是一个人在这屋子发疯呢？

顾 得了，我不懂你这一套博士话。白露，快点，你的安眠药在哪儿？

露 在我床边那个小柜子里。

乔 怎么啦，八奶奶？

顾 （摸心）我心痛，我难过。

乔 又为什么？

顾 还不是那个没良心的东西气的我。我这个人顶娇嫩了，你看这一气，三天我也睡不着。我非得拿点安眠药回家吃不可。得了，你们两个好好谈话吧。（翻身就要进门）

乔 别，别走。你先坐一坐跟我们谈谈。

顾 不，不，不，我心痛得利害，我先得吃点杜大夫的药。

乔 你看，你在这里吃不一样？

顾 可是你听听我的心，又是扑腾腾扑腾腾的，（捧着自己的心，痛苦的样子）哟！我得进去躺躺。

〔忽然右门大开，又传进种种喧笑声。

〔刘小姐的声音：Georgy——

顾 （望着立在右门口的刘小姐，眉开眼笑地）刘小姐，你还没有走，还在打着牌么？（对乔治）好啦，刘小姐来了，你们三个人玩吧。

〔顾八奶奶仍由左门下。

〔刘小姐：Georgy!

乔 （以手抵唇）嘘！（指白露，做势叫刘小姐进来，来一同谈谈。不过——）

〔刘小姐的声音：（严厉地）Georgy!!

乔 （做势叫她不要喊，仿佛说白露大概心里不知为什么不痛快，并且像是一个人在流眼泪，劝她还是进来一起玩玩。但是——）

〔刘小姐的声音：（毫不是他所说的那付可怜的样子）我不进去，我偏不进去。

乔 （耸耸肩表示没有办法，却还在做势劝她进来。然而——）

〔刘小姐的声音：（更严厉地）Georgy!!! 你进来不进来！你来不来！

乔 （大概门里面的人下了很严重的哀的美顿书，里面不知做些什么表示，但是他已经诚惶诚恐地——）No，please don't! I'm coming! 我来，我来，我就来。

〔乔治慌慌张张地笑着走进右门。

〔刘小姐的声音：（很低而急促的声音）我要走了，你一个人在这儿，少跟她们胡扯，听见了没有？

〔乔治的声音：可我没有怎么跟谁胡扯呀。

〔半响。

〔白露缓缓回过身来。神色忧伤的，酒喝多了。晕红泛满了脸。不自主地她的头倒在深蓝色的幕帷里，她轻轻捶着胸，然而捶了两下，仿佛绝了望似地把手又甩下来。

〔静静地泪珠由眼边流出来，她取出手帕，却又不肯擦掉，只呆呆地凝视自己的手帕。

露 （深长而低微叹一口气）嗯！（她仰起头，泪水由眼角流下来，她把手帕铺在眼上）

〔外面敲门声。

露 （把手帕忙取下来，擦擦眼睛）谁？

〔福升声：我，小姐。

露 进来。

〔福升进。他早已回到旅馆，现在又穿起他的号衣，施施地走进来。

福 小姐。

露 你来干什么？

福 （看见白露哭了）哦，您没有叫我？

露 没有。

福 哦，是，是，……（望着白露）小姐，您今天晚上喝多了。

露 嗯，我今天想喝酒。

福 （四面望望）方先生不在这儿？

露 他还没有回来。有事么？

福 没有什么要紧的事。刚才又来了一个电报。是给方先生的。

露 跟早上打来的是一个地方么？

福 嗯。

露 在哪儿？

福 （由口袋取出来）您要么？

露 回头我自己交给他吧。（福升把电报交给白露）反正还早。

福 （看看自己的手表）早？已经四点来钟了！

露 （失神地）那些人们没有走。

福 （望左面的房门）客人们在这儿又是吃，又是喝，有的是玩的，谁肯走？

露 （悲戚戚点头）哦，我这儿是他们玩的地方。

福 （不懂）怎么？

露 可是他们玩够了呢？

福 呃！……呃！……自然是回家去。各人有各人的家，谁还能一辈子住旅馆？

露 那他们为什么不走？

福 小姐，您说……呃……呃……那自然是因为他们没有玩够。

露 （还是不动声色地）那么他们为什么没有玩够？

福 （莫名其妙，不得已地笑）那……那……那他们是没有玩够嘿，没有玩够嘿。

露 （忽然走到福升面前迸发）我问你，他们为什么没有玩够！（高声）他们为什么不玩够？（更高声）他们为什么不玩够了走，回自己的家里去。滚！滚！滚！（愤怒）他们为什么不——（忽然她觉出自己失了常态，她被自己吓住了，说不完，便断在那里，低下头）

〔福升望望白露的脸，仿佛很了解的样子。他倒了一杯白水端到白露面前。

福 小姐。

露 （看着他手里的杯子）干什么？

福 您大概是真喝多了。

露 （接下杯子）不，不。（摇摇头低声）我大概是真玩够了。（坐下）玩够了！（沉思）我想回家去，回到我的老家去。

福 （惊奇）小姐，您这儿也有家？

露 嗯，你的话对的。（叹一口气）各人有各人的家，谁还一辈子住旅馆？

福 小姐，您真有这个意思？

露 嗯，我常常这么想。

福 （赶紧）小姐，您要是真想回老家，那您在这儿欠的那些账，那您——

露 对了，我还欠了许多债。（有意义地）不过这些年难道我还没有还清？

福 （很事实地）小姐，您刚还了八百，您又欠了两千，您这样花法，一辈子也是还不清的。今天下午他们又来了，您看，这些账单（又从自己口袋往外拿）这一共是——

露 不，不用拿，我不要看，我不要看。

福　可是他们说您明天下午是非还清不可的，我跟他们说好话，叫他们——

露　谁叫你跟他们说好话？冤有头，债有主，我自己没求过他们，要你去求？

福　可是小姐，——

露　我知道，我知道了。你不要再提了，钱！钱！钱！为什么你老这样子来逼我。

〔电话铃响。

福　（拿起耳机）喂，……你哪儿！哦……我这儿是五十二号陈小姐的房间。

露　谁？

福　（掩住喇叭）李太太，（又对耳机）哦，是是。李先生他不在这儿。他今天下午来过，可是早走了。……是……是……不过李先生刚才跟这儿潘四爷打过电话，说请他老人家候候，说一会儿还要来这儿的。要不，您一会儿再来个电话吧。再见。（放下耳机）

露　什么事？

福　李先生的少爷病得很重，李太太催李先生赶快回去。

露　嗯。好，你去吧！

〔潘四爷由中门走进来，油光满面，心里充满了喜信，眯着一对小眼睛，一张大嘴呵呵地简直拢不住，一只手举着雪茄，那一只手不住地搓弄两撇小胡子。福升让进潘月亭，由中门下。

潘　露露，露露，客没有走吧。

露　没有。

潘　好极了。来，大家都玩一会，今天让大家玩个痛快。

露　怎么？

潘　我现在大概才真正走了好运，我得着喜信了。

露　什么？喜信？是金八答应你提款缓一星期了。

潘　不，不是，这个金八前两天就答应我了。我告诉你，公债到底还要涨，涨，大涨特涨。这一下子真把我救了！你知道，我今天早上忽然听说公债涨是金八在市面故意放空气，闹玄虚，故意造出谣言说他买了不少，叫大家也好买，其实他是自己在向外抛，造出好行市向外甩。那时候我真急了！我眼看我上了他的当，我买的公债眼看着要大落特落，我整个的钱都叫他这一下子弄得简直没有法子周转，你看我这一大堆事业，我一大家子的人，你看我这么大年纪，我要破产，我怎么不急？我告诉你，露露，我连手枪都预备好了，我放在身上，我——（咳嗽）

露　（给他手帕）哦，可怜！可怜的老爸爸。

潘　（高起兴）你现在真不应该再叫我老爸爸了。我现在一点不老，我听见这个消息，我年青了二十年，我跟你说人不能没有钱，没有钱就不要活着，穷了就是犯罪，不如死。可是，露露，我现在真真有钱了，我过两天要有很多很多的钱，再过些天，说不定我还要有更多更多的钱。（忽然慷慨地）哦，我从此以后要做点慈善事业，积积德，弥补弥补。——

露　不过，你们轻轻把小东西又送回到金八手里，这件事是很难弥补的。

潘 （忽然想起来）哦，小东西怎么样了？你难道还没有把她找回来？

露 找回来？她等于掉在海里了，我找，达生找，都没有一点影子。

潘 不要紧，有钱，我有钱。我一定可以把小东西还是活蹦乱跳地找回来。叫你高兴高兴。

露 （绝望地）好，好吧！哦，你知道李石清要这时候来见你么？

潘 知道。他说他有好消息告诉我。可是这个东西太混帐，他以为我好惹，这次我要好好地给他一点厉害看。

露 怎么？

〔顾八奶奶由右门上。

顾 露露！露露！——哟，潘四爷，这一晚上你上哪儿去了？（撒娇地）真是的，把我们甩在这儿，不理我们，你们男人们，真是的！——对了，四爷，您看胡四进了电影公司正经干多了吧。还是四爷对，四爷出了主意，荐的事总是没有错儿的。（不等潘月亭回答，就跑到左面立柜穿衣镜前照自己，忽转向露）露露，你看我现在气色怎么样，不难看吧？

潘 （没有办法）露露，你陪八奶奶谈吧，我去到那屋看看客人去。

〔潘由左门下。

顾 四爷，您走了。（又忙忙地）白露，我睡不着。（自怜）我越躺越难过。

露 你怎么啦？

顾 （贸然）你说他还来不来？这个没有良心的东西，他叫我在你这儿等着他，他要跟我说戏，说“坐楼杀惜”，你看快天亮了，他的魂也没有见一个。唉，（指她的红鼻头）你看两条手绢都哭湿了，（其实她在干咽）我真，我……我真想叫福升问问他……

露 （厌烦，不等她说完便叫）福升！福升！

〔福升由中门进。

露 你知道胡四爷上哪儿去了？

福 不，不知道。

顾 （撅着嘴气冲冲地）他就会说不知道。

福 实……（谗笑）实在是不知道。不过仿佛胡四爷说他先去——

顾 （暴躁地）
福 （假笑地）} （同时说）换衣服去了。

顾 （急躁）换衣服！换衣服！你就会说换衣服。

露 怎么？（对顾）你知道胡四干什么去了？

福 （谦逊地）顾八奶奶刚才问了我四五遍，怪不得她老人家听腻了。您想，她老人家脾气也是躁一点，再者她老人家……

顾 （忽然变色）福升，我不喜欢你这么胡说乱道的什么“老人家”“她老人家”的。我不愿意人家这么称呼我，我不爱听。

福 是，顾八奶奶。

顾 去！去！去！我瞅你就生气，谁叫你进来跟我添病的。

福 是，是。（福升由中门下）

顾 （捶自己的心）你看我的心又痛起来了，胡四进了电影公司两天，越学越不正经干。我非死了不可！露露！你的安眠药我都拿去了。

露 （略惊）怎么，你要吃安眠药？

顾 嗯，我非吃了不可。

露 （劝她）那你又何必呢？你还给我。（伸手）

顾 （不明白）不，我非吃了不可，我得回家睡觉去。我睡一场好觉，气就消了。杜大夫说睡一点钟好觉，就像多吃两碗饭。我要多吃两碗饭，气气他。

露 哦！（放下心）不过我先警告你，这个安眠药是很厉害的。你要吃了十片，第二天就会回老家的，你要小心点。

顾 （拿着安眠药看）哦！吃十片就会死。

露 十片就成了。

顾 那，……那，我就……我就吃一片，不，半片；不好，三分之一，我看，对我就很可以了。

露 那才好，我刚才听你的话，我以为——

顾 哦，（忽然明白）你说我吃安眠药寻死？我才不呢。我不傻，我还得乐两年呢！哼，我刚刚懂一点事，我为他……哼，胡四有一天要跟我散了，我们就散。我再找一个，我……我非气死他不可！（太费力气，颤巍巍地摇着头。）

露 （冷冷地望着她）你说得不累么？

顾 可不是，我是有点累了。我得打几付牌休息休息我的脑筋。你跟我一块来吧。

露 不，你先去吧！我想一个人坐一坐。

〔顾由左门下。

〔中门敲门声。

露 谁？

方达生 我。（推开门进来，他还穿着他的毛蓝布大褂，神色沉郁，见着白露，微现喜色）

露 你刚回来？

达 我回来一会，我走到你门口，我听见顾太太在里面，我就没进来。

露 （望着他）怎么样？小东西找着了么？

达 （摇头）没有。那种地方我都一个一个去看了。但是，没有她。

露 （失望）这是我早料到的。（半晌，扶他坐下）你累了么？

达 有一点，不过我很兴奋，我很兴奋。我在想，这两天我不断地想着个问题。

露 （笑）怎么，你又想，想起来了。

达 嗯。没有办法，我是这么一个人，我又想起来了。尤其是今天一夜晚，叫我觉得——（忽然）我问你，人与人之间为什么要这么残忍呢？

露 （笑）这就是你所想的问题么？

达 不，不尽然。我想的比这个问题要大，要实际得多。我奇怪，为什么你们允许金八这么一个禽兽活着？

露 你这傻孩子，你还没有看清楚，现在，我告诉你，不是我们允许不允许金八活着的问题，而是金八允许我们活着不允许我们活着的问题。

达 我不相信金八有这么大的势力。他不过是一个人。

露 你怎么知道他是一个人？

达 （沉思）嗯……（忽然）你见过金八么？

露 我没有那么大福气。你想见他么？

达 （有意义地）嗯，我想见见他。

露 那还不容易，金八多得很，大的，小的，不大不小的，在这个地方有时像臭虫一样，到处都是。

达 （沉思）对了，臭虫！金八！这两个东西都是一样的，不过臭虫的可厌，外面看得见，而金八的可怕外面是看不见的，所以他更凶更狠。

露 （眼盯着达生）你仿佛有点变了。

达 嗯，我似乎也这么觉得。不过我应该谢谢你。

露 （不懂）为什么？

达 （严重地）是你给我这么一个机会。

露 我不大明白你的话，你的口气似乎有点后悔。

达 （肯定地）不！我不后悔，我毫不后悔多在这里住几天。你的话是对的。我应该多观察观察这一帮东西。现在我看清楚他们了，不过我还没有看清楚你，我不明白你为什么要跟他们混？你难道看不出他们是鬼，是一群禽兽。竹均，我看你的眼，我就知道你厌恶他们，而你故意天天装出满不在意的样子，天天自己骗着自己。

露 （深邃地望着他）你——

达 你这样看我做什么？

露 （忽然——倔强地嘲讽着）你很相信你自己的聪明。

达 竹均，你又来了。不，我不聪明。但是我相信你的聪明。你不要瞒我，你心里痛苦，请你看在老朋友的分上，我求你不要再跟我倔强，我知道你嘴头上硬，故意说着谎，叫人相信你快乐，可是你眼神儿软，你的眼瞒不住你的恐慌，你的犹疑，不满。竹均，一个人可以欺骗别人，但欺骗不了自己，你这样会把你闷死的。

露 （叹一口气）不过你叫我干什么好呢？

达 很简单，你跟我走，先离开这儿。

露 离开这儿？

达 嗯，远远地离开他们。

露 （仰头想）可……可……可是上哪里去呢？我这个人在热闹的时候总想着寂寞，寂寞了又常想起热闹。整天不知道自己怎么样才好。你叫我到哪里去呢？

达 那有一个办法：你应该结婚！你需要嫁人！你该跟我走。

露 （忽然笑起来）你的拿手好戏又来了。

达 不，不，你不要误会，我不是跟你求婚。我并没有说我要娶你。我说我带你走，这一次我要替你找个丈夫。

露 你替我找丈夫？

达 嗯，我替你找。你们女人只懂得嫁人，可是总不懂得嫁哪一类人。这一次，我带你去找，我要替你找一个真正的男人。你跟我走。

露 （笑着）你是说一手拉着我一手敲着锣，到处去找我的男人么？

达 那怕什么？竹均，你应该嫁一个真正的男人。他一定很结实，很傻气，整天地苦干，像这两天那些打夯的人一样。

露 哦，你说要我嫁给一个打夯的？

达 那不也很好。你看他们哪一点不像个男人？竹均，你应该结婚。你应该立刻离开这儿。

露 （思虑地）离开——是的。不过，结婚？（嘘出一口气）

达 竹均，你正年青，为什么不试试呢？活着原来就是不断的冒险，结婚是里面最险的一段。

露 （顿，忽然，把头转过去，缓缓一字一字地）可是这个险我冒过了。

达 （吃了一惊）什么？你试过？

露 （乏味地）嗯，我试过。但是（叹一口气）一点也不险。——平淡无聊，并且想起来很可笑。

达 竹均，……你……你已经结过婚？

露 咦，你为什么这么惊讶？难道必须等你替我去找，我才可以冒这个险么？

达 （低声）这个人是谁？

露 （神秘地）这个人有点像你。

达 （起了兴趣）像我？

露 嗯，像！——他是个傻子。

达 （失望）哦。

露 因为他是个诗人。（追想）这个人哪，……这个人思想起来很聪明，做起事就很糊涂。让他一个人说话他最可爱，多一个人谈天他简直憋扭得叫人头痛。他是个最忠心的朋友，可是个最不体贴的情人。他骂过我，而且他还打过我。

达 但是，（怕说的样子）你爱他？

露 （肯定）嗯，我爱他！他叫我离开这儿跟他结婚，我就离开这儿跟他结婚。他要我到乡下去，我就陪他到乡下去。他说“你应该生个小孩！”我就为他生个小孩。结婚以后几个月，我们过的是天堂似的日子。他最喜欢看日出，每天早上他一天亮就爬起来，叫我陪他看太阳。他真像个小孩子，那么天真！那么高兴！有时乐得在我面前直翻跟头，他总是说“太阳出来了，黑暗就会过去的。”他永远是那么乐观，他写一本小说也叫《日出》，因为他相信一切是有希望的。

达 不过——以后呢？

露 以后？——（低头）这有什么提头！

达 为什么不叫我也分一点他的希望呢？

露 （望着前面）以后他就一个人追他的希望去了。

达 怎么讲？

露 你不懂？后来，新鲜的渐渐不新鲜了。两个人处久了，渐渐就觉得平淡了，无聊了。但是都还忍着，不过有一天……他忽然说我是他的累赘，我也忍不住说他简直是讨厌！从那天以后我们渐渐就不打架了，不吵嘴了，他也不骂我，也不打我了。

达 那不是很好么？

露 不，不，你不懂。我告诉你结婚后最可怕的事情不是穷，不是嫉妒，不是打架，而是平淡，无聊，厌烦。两个人互相觉得是个累赘。懒得再吵嘴打架，直盼望哪一天天塌了，等死。于是我们先只见面拉长脸，皱眉头，不说话。最后他怎么想法子叫我头痛，我也怎么想法子叫他头痛。他要走一步，我不让他走；我要动一动，他也不许我动。两个人仿佛捆在一起扔到水里，向下沉，……沉，……沉，……

达 不过你们逃出来了。

露 那是因为那根绳子断了。

达 什么？

露 孩子死了。

达 你们就分开了？

露 嗯，他也去追他的希望去了。

达 那么，他在哪里？

露 不知道。

达 那他有一天也许回来看你。

露 不，他决不会回来的。他现在一定工作得高兴。（低头）他会认为我现在简直已经堕落到没有法子挽救的地步。（悲痛地）哼！他早把我忘记了。

达 （忽然）你似乎还没有忘记他？

露 嗯，我忘不了他。我到死也忘不了他。喂，你喜欢这两句话么？“太阳升起来了，黑暗留在后面；但是太阳不是我们的，我们要睡了。”你喜欢么？

达 我不大懂。

露 这是他的小说里一个快死的老人说的。

达 你为什么忽然要提起这一句？

露 因为我……我……我时常想着这样的人。

达 （忽然）我看你现在还爱他。

露 （低头）嗯。

达 你很爱他。

露 （望）嗯。——但是你为什么这么问我？

达 没有什么，也许我问清楚了，可以放下心。这样，我可以不必时常惦念着你了。谢谢你，竹均，你真是个爽快人。（立起来）竹均，我要去收拾东西去了。

露 你就要走？这里还有你一封电报。（拿出来交给他）

达 （拆开看）嗯。（把电报揉成一团）

露　是催你回去么？

达　嗯，是的。（停顿）再见吧！竹均！（伸出手来）

露　为什么这么忙？难道你天亮就走么？

达　我想天亮就离开旅馆。

露　你坐哪一趟车？

达　不，不，我不回去。我只是想搬开。

露　你不走？

达　不，我不回去。不过我也许不能常来看你了。

露　（奇怪）为什么？这句话很神秘。

达　我在这里要多住些天，也许我在这里要做一点事情。

露　你在这里找事做？

达　事情自然很多，我也许要跟金八打打交待，也许要为着小东西跑跑，也许为那小书记那一类人做点事，都难说，我只是想有许多事可做的。

露　这么说，你跟他要走一条路了。

达　谁？

露　他，——我那个诗人。

达　不，我不会成诗人。但是我也许真会变成一个傻子。

露　（叹一口气）去吧！你们去吧！我知道我会被你们都忘记的。

达　（忽然）不过，竹均，你为什么不跟我走？（拉起她的手，热烈地）你跟我走！还是跟我走吧。

露　可是——（空虚地望着前面）上哪儿去呢？我告诉过你，我是卖给这个地方的。

达　（放下手，怜恤地望着她）好吧。你，——唉，……你……你这个人太骄傲，太倔强。

〔敲门声。

露　谁？

〔李石清推中门进。李石清忽然气派不同了，挺着胸脯走进来，马褂换了坎肩，前额的头发也贼亮贼亮的梳成了好几绺，眼神固然依旧那样东张西望地提防着，却来得气势汹汹，见着人客气里含着敌视，他不像以前那样对白露低声下气，他有些故为傲慢。

露　哦，李先生。（福升随进）

李　（看看方达生和白露）陈小姐，（回头对门前的福升）福升，你下去叫我的汽车等着我，我也许一会儿跟潘经理谈完话就回公馆的。

福　是，李先——（忽然）是，襄理。不过您太太方才打电话，说——

李　（厌烦地）我知道了。你下去吧。

露　李先生，你的少爷好一点了么？

李　好，好，还好。月亭在屋里么？

露　月亭大概在吧。

李　我要跟他谈一点机密的事。

露　（不愉快）是要我们出去躲躲么？

李　（知道自己有点过份）不，不，那倒不必。我进去找他谈也是可以的。少陪！少陪！

〔李石清扬长地走入左门。

露　（看他走进去，嗤笑）唉！

达　这个人忽然——是怎么回事了？

露　你不知道！他当了襄理了。

达　（恍然）哦！（笑了笑）可怜！

露　嗯。好玩的很。

〔胡四由中门进。他又换了一套衣服，更“标致”了，他一边拿着大衣，一边夹着烟卷，嘴里哼着流行调，开了中门。

胡　（仿佛到了自己的家，把帽子扔在沙发上，大氅也搁在那里，口里不住地吹着哨，他似乎一个人也没有看见，稳稳当当地放好衣服，走到左面立柜穿衣镜前照照自己，打着呵欠对白露说话）白露，她呢？

露　谁？

胡　（还是那一付不动情感的嘴脸）老妖精！

露　不知道。

胡　（又打了一个呵欠）困么？

达　（嫌恶）你问谁？

胡　哦，方——方先生。您刚回来？我们总算投缘。今天晚上见了两面。

达　（不理他）白露，你愿意到我屋里坐一下么？

露　嗯，好。

〔两个人由中门下。

胡　（望着他们走出去）妈的加料货！“刺儿头”带半疯！

〔整整自己的衣服，又向那穿衣镜回回头，理两下鬓角，正预备进右门，右门开了，由里走出潘月亭和李石清。

李　（对潘）里面人太多，还是在这儿谈方便些。

潘　好，也好。

胡　（很熟稔地）石清，你怎么现在还在这儿？还不回家去？

李　嗯，嗯。

胡　潘经理。

潘　胡四，你快进去吧。八奶奶还等着你说戏呢！

胡　是，我就去。石清，你过来，我跟你先说一句话。

李　什么？

胡　（笑嬉嬉地）我昨儿格在马路上又瞧见你的媳妇了，（低声对着他的耳朵）你的媳妇长得真不错。

李　（一向与胡四这样惯了的，现在无法和他正颜厉色，只好半气半恼，似笑非笑地）唏！唏！岂有此理！岂有此理！

胡 没有什么说的，石清，回头见。

〔胡四很伶俐地由右门下。

潘 请坐吧。有什么事么？

李 （坐下很得意地）自然有。

潘 你说是什么？

李 月——（仿佛不大顺口）经理知道了市面上怎么回事么？

潘 （故意地）不大清楚，你说说看。

李 （低声秘语）我这是从一个极秘密的地方打听出来的。我们这一次买的公债算买对了，您放心吧！金八这次真是向里收，谣言说他故意造空气，他好向外甩，完全是神经过敏，假的。这一次我们算拿准了，我刚才一算，我们现在一共是四百五十万，这一“倒腾”，说不定有三十万的赚头。

潘 （唯唯否否地）是……是……是。（但是没有等李石清说完，他忽然插嘴）哦，我听福升说你太太——

李 （不屑于听这些琐碎的事）那我知道，我知道。——我跟您说，我们说不定有三十万的赚头。这还是说行市就照这样涨。要是一两天这个看涨的消息越看越真，空户们再忍痛补进，跟着一抢，凑个热闹，我跟您说，不出十天，再多赚个十万二十万，随随便便地就是一说。

潘 （阻止他）是你的太太催你回去么？

李 不要管她，先不管她。我提议，月亭，这次行里这点公债现在我们是绝对不卖了。我告诉你，这个行市还要大涨特涨，不会涨到这一点就完事。并且（非常兴奋地）我现在劝你，月亭，我们最好明天看情形再买进，明天的行市还可以买，还是吃不了亏。

潘 石清，你知道你的儿子病了么？

李 不要紧，不要紧。——（更紧张）我看我们还是买。对！我们就这么决定了。月亭，这是千载一时的好机会。这一次买成功了，我主张，以后行里再也不冒这样的险。说什么我们也不必拆这个烂污，以后留点信用吧。不过，这一次我们破釜沉舟干一次，明天，一大清早。我们看看行市，还是买进。

潘 不过——

李 我们再加上五十万，凑上一个整数。我想这决不会有错的。我计算着我们应该先把行里的信用整顿一下，第一，行里的存款要——

潘 石清！石清！你知道你的儿子病得很重么？

李 为什么你老提这些不高兴的话？

潘 因为我看你太高兴了。

李 怎么，为什么不高兴呢！这次事我帮您做得不算不漂亮。我为什么不高兴呢！

潘 哦，我忘了你这两天做了襄理了。

李 经理，您这句话是什么意思？

潘 也没有什么意思。你知道我现在手下这点公债已经是钱了么？

李 自然。

潘 你知道就这么一点赚头已经足足能还金八的款么？

李 我计算着还有富余。

潘 哦，那好极了。有这点富余再加我潘四这点活动劲儿，你想想我还怕不怕人跟我捣乱？

李 我不大明白经理的话。

潘 譬如有人说不定要宣传我银行的准备金不够？

李 哦？

潘 或者说我把银行房产都抵押出去。

李 哦，……

潘 再不然，说我的银行这一年简直没有赚钱。眼看着要关门。

李 （谗笑）不过，经理，何必提这个？这不——

潘 我自己自然不愿意提这个。不过说不定有人偏要提，提这个，你说这怎么办？

李 这话不太远了点么？

潘 （冷冷地看着他）话倒是不十分远。也不过是六七天的工夫，我仿佛听见有人跟我当面说过。

李 经理，您这是何苦呢？圣人说过："小不忍则乱大谋。"一个做大事的人多忍似乎总比不忍强。

潘 （棱他一眼）我想我这两天很忍了一会，不过，我要跟你说一句实在话，我很讨厌一个自作聪明的人在我的面前多插嘴，我也不大愿意叫旁人看我好欺负，天生的狗食，以为我心甘情愿地叫人要挟。但是我最厌恶行里的同人背后骂我是个老混蛋，瞎了眼，昏了头，叫一个不学无术的三等货来做我的襄理。

李 （极力压制自己）我希望经理说话无妨客气一点，字眼上可以略微斟酌斟酌再用。

潘 我很斟酌，很留神，我这一句一句都是不可再斟酌的客气话。

李 （狞笑）好了，这些名词字眼都可说无关紧要：头等货，三等货，都是这么一说，差别倒是很有限。不过，经理，我们都是多半在外做事的人，我想，大事小事，人最低应该讲点信用。

潘 （看李）信用？（大笑）你要谈信用？信用我不是不讲，可是要看谁？我想我活了这么大年纪，我该明白跟哪一类人才可以讲信用，跟哪一类人就根本用不着讲信用的。

李 那么，经理仿佛是不预备跟我讲信用了。

潘 （尖酸地）这句话真不像你这么聪明的人说的。

李 经理自然是比我们聪明的。

潘 那倒也不见得。不过我也许明白一个很要紧的小道理。就是对那种太自作聪明的坏蛋，我有时可以绝对不讲信用的。（忽然）你知道你的太太跟你打电话了么？

李 （眩惑地）我知道，我知道。

潘 你的少爷病得快要死了，李太太催你快回家。

李 （瞪眼望着潘，低声）我是要回家的。

潘 那好极了。我听说你还有汽车在门口等着你。（刻薄地）坐汽车回家是很快的，回家之后，你无妨在家里多多练习自己的聪明，你这样精明强干的人不会没有事的。有了事，我看你还可以常常开开人家的抽屉，譬如说看看人家的房产是不是已经抵押出去了，调查调查人家的存款究竟有多少。……不过，我可以顺便声明一下，省得你替我再多操心，我那抽屉里的文件现在都存在保险库去了。

李 （愤怒叫他说不出一个字）嗯！

潘 （由身上取出一个信封）李先生，这是你的薪水清单。我跟你算一算，襄理的薪水一月一共是二百七十元。你做了三天，会计告诉我，你已经预支了二百五十元，不过我想我们还是客气点好，我支给你一个月的全薪。现在剩下的二十五块钱，请你收下，不过你今天坐的汽车账行里是不能再替你付的。

李 可是，潘经理——（忽然他不再多说了，狠狠地盯了潘一眼，伸出手。）好，你拿来吧。（接下钱）

潘 （走了两步，回过头）好，我走了，你以后没事可以常到这儿来玩玩，以后你爱称呼我什么就称呼我什么，就像方才，你叫我月亭也可以；称兄道弟，跟我“你呀我呀”地说话也可以；现在我们是平等了！再见。

〔潘由右门下。

李 （一个人楞了半天，才由鼻里嗤出一两声冷笑。）好！好！（拿起钞票，紧紧地握着、恨恨地低声）二十五块！（更低声）二十五块钱。（咬牙切齿）我要宰了你呀！（电话铃响一下，他不理）我为着你这点公债，我连家都忘了，孩子的病我都没有理，我花费自己的薪水来做排场，打听消息。现在你成了功赚了钱，忽然地，不要我了。（狞笑）不要我了。你把我当成贼看，你骂了我，当面骂了我，侮辱我，瞧不起我！（刺着他的痛处，高声）啊，你瞧不起我！（打着自己的胸）你瞧不起我李石清，你这一招简直把我当作混蛋给耍了。哦，（电话铃又响了响）（嘲弄自己，尖酸地笑起来）你真会挖苦我呀！哦，我是“自作聪明”！我是“不学无术”！哦，我原是个“坏蛋”！哼，叫我坏蛋你都是抬高了我，我原来是个“三等货”！（怪笑，电话铃又响了一阵）可是你以为我就这样跟你了啦？你以为我怕你，——哼，（眼睛闪出愤恨的火）今天我要宰了你，宰了你们这帮东西，我一个也不饶，一个也不饶你们的。

〔忽然中门急急敲门声。

李 谁？

〔李太太慌张走进，颜色更憔悴，衣服满是皱纹，泪水承在眼边。

李太太 石清！你怎么啦？你出去一天为什么现在还不回家！

李 （眼直瞪瞪地）我不回家！

李太太 （哭出声音）小五儿快不成了，舌头都凉了，石清。我现在同妈叫了个车送他到医院，走了三个医院，三个医院都不肯收。

李 不收？是治不了啦？

李太太 医院要钱。（忽然四面望望）他们要现款，都要现钱。最低的都要五十块押款。现在家里只有十五块钱，我都拿出来也不够。（抽噎）石清，你得想法子，救救我们的孩子。

李 （摸摸自己的身上，掏出几张零碎票子）都拿去吧。

李太太 （忙数）这……这只有十七块多钱。

李 那……那……那有什么法子？

李太太 （擦眼泪）不过石清，（望着他）小五这孩子——

李 （悲愤）为什么我们要生这么一大堆孩子呢！（然而不由己地拿起方才的钞票，紧紧握着，咽下愤恨交给李太太，辛酸地）拿去！拿去，这是二十五块“卖脸钱”。（李太太收下。）

李太太 （急切地）不过石清，你不一块去么？

李 你先去，我一会来。

李太太 可是，石清——

李 （咆哮起来）叫你先走，你就先走。你还吵什么！快走！快走！你不要惹我！

〔叩门声。

李太太 （恳求）不过，石清——（叩门声仍响）有人来！

李 谁？（不答，叩门声仍响）进来！谁？（叩门声仍响）谁？（他走至中门，猛然开了门，吃了一惊。黄省三像一架骷髅立在门口，目光灼灼地望着他。

李 （低声）你！（冷笑）你来得真巧。

〔他幽然地进来，如同吹来了一阵阴风。他叫人想起鬼，想起从坟墓里夜半爬出来的僵尸。他的长袍早不见了。上身只是一件藏青破棉袄，领扣敞着，露出棱棱几根颈骨，底襟看得见里面污旧的棉絮，袖口很长，拖在下面。底下只穿一件单裤，两条腿在里面撑起来细得如一对黍棒。他头发非常散乱，人也更佝偻了，但他不像以前那样畏怯，他的神色阴惨，没有表情，不会笑，仿佛也不大会哭，他呆滞地望着李石清，如同中了邪魔一样。

李 （对李太太）你走吧。有人来了。

李太太 石清……

〔向他投一道怨望的眼光，嘤嘤地哭泣走出中门。

李 （望她出了门，愤怒地）哼，我不走的，我不走的，我想不出办法，我死了也不走的。（来回走，忘记黄省三在他面前）

黄 经理！

李 （忽然立住）哦，你——你这流氓，你为什么又缠上我了？

黄 嗯。经理！

李 （疑惑地）什么，经理？谁叫你叫我经理？谁叫你叫我经理？

黄 （依然呆板地，背书一样）经理，我是银行的小书记。我姓黄，我叫黄省三，我一个月赚十块二毛五。我有三个孩子，经理，我有三个孩子……我一个月赚十块二毛五！我姓黄，我叫黄省三，……

李 （看着他，忽然明白）你！你是——（然而急躁地）真！你为什么又找上我了？你知道我是谁？我是谁？你找我做什么？

黄 潘经理！我求你，我求你！

李 我不是潘经理，我不姓潘，我姓李！（指自己）你难道不认识我？不认识我这个人？

黄 （点头）我认识你。

李 谁？

黄 你是潘经理。

李 真！你这是来做什么？你为什么单检这个时候找我来跟我开心。你找上我是做什么？

黄 （还是呆滞的）他们不叫我死！他们不答应叫我死。

李 （急得失了同情）你死就死了，他们为什么不让你死？

黄 那些人，那些官儿们，老爷们，他们偏要放我。

李 哦，他们把你放出来了。

黄 他们偏说我那个时候神经失常，犯神经病，他们偏把我放出来，硬说我没有罪。（诚恳地）我求您，我求您，您行行好，您再重重地给我一拳，（指着自己的肺部）就在这儿，一下就成了，您行行好，潘经理。

李 真！我不是潘经理，你看清楚一点，我不姓潘，我姓李，我叫李石清，你难道不认识？

〔半晌。

黄 （忽然嘤嘤地像一个女人哭起来）我的孩子，我的可怜的孩子们，我把你们害死了，爹爹逼你们死了。

李 怎么，你的孩子都——

黄 都上了天了。（忽然）你们为什么不让我死？（神经错乱，以为仍在法庭）我没有犯神经病！我跟您说，庭长！那时，我实在没有犯神经病！我很清楚，我自己买的鸦片烟。庭长，那钱是潘经理给我的三块钱，两块钱还了房钱，我拿一块钱买的鸦片烟。庭长，我自己买的红糖跟烟搀好，叫孩子们喝的，我亲手把他们毒死的。可是你们为什么要救我？我没有钱再买烟，你们难道就不许我跳河？你们为什么不让我死？庭长，您不要信我这些邻居的话，他们是胡说八道，我那时候很明白，我没有犯神经病。国家有法律，你们不能放我。庭长！（抓住李的手）庭长，我亲手毒死了人，毒死我的儿了，我的望望，我的小云，我的……（抱着李）我的庭长，您得要杀死我呀！

李 （用力解开自己）躲开我，你放下手。你这个混帐东西！你看看，你到了哪儿？（用力摇撼他）你看看我是谁？

黄 （看李，四面望，半晌，忽然）潘……潘……经理，我这是到了哪儿了？

李 真！死鬼，你跟我缠些什么？走，走，滚，滚，你再不滚开，我就要叫警察抓你了。

〔要按电铃。

黄 你别，你别叫他们。（拉着李的手）你别，别叫他们！（沉痛辛酸地）潘，潘经理，人不能这么待人呀，人不能这么待人呀！前些日子我孩子们在，我要活着，我求你们叫我活着，可是你们偏不要我活着。现在（涕哭）他们死了，我要死了，我要死，我求你们叫我死，可是你们又偏不要我死。潘经理，我们都是人，人不能这么待人呀！（衰弱地哭了起来）

李 真！……你这个混蛋！你简直把我的心搅乱了。你快滚，快滚，我简直也要疯了。滚，你这个流氓，你跟我滚哪！

黄 不，我求您，潘经理，您行行好吧。我再也活不下去了，我跟您跪下，您可怜可怜我吧，您别再逼我了，（跪下）您让我走一条痛快的路吧。

李 （拉起他）好，我让你死，我让你死。不过你先起来，你得先认识我，我姓李，你再听一遍，我姓李，李，李，李。

黄 （记不起来）李？

李 你不记得那一天你到这儿找我？……我……我劝过你拉洋车？

黄 哦？

李 我还劝过你要饭？

黄 哦？

李 我还劝过你偷？

黄 哦，你还劝过我跳楼！（忽然疯狂一般欢喜，四面望，仿佛找窗户，立刻向窗户那面跑）

李 （一手拉住他）福升！福升！福升！

〔福升由中门进。

李 把他拉出去。这个人疯了。

福 你又来了！

〔福升抓住他向外拉，黄省三像小鸡一样地和他做徒然的挣扎。

黄 李先生，我没有疯！你得救救我，你得救救我！我没有疯啊！

〔黄为福升拉下去。

李 天啊！（急躁地）这个傻王八蛋，你为什么疯了？你为什么疯？你太便宜他了！

〔电话铃又急响。

李 （拿起耳机）喂，哪儿？报馆张先生么？哦，我是石清。什么？刚才你打电话来？没人接？哦……哦……你已经派人拿一封信送来了。哦！是的，你先别着急。……什么？消息不好？谁说的？……怎么，还是金八的人露出来的。不会吧！这两天，不是听说金八天天在收么？……什么？他一点也没有买！……怎么，这一星期看涨完全是他在造谣言！……啊？他从昨天起已经把早存的货向外甩了，……这句话是真的吗？（他喜欢得手都抖起来）什么？这个消息已经传出去了。……哦，哦，那么明天行市开盘就要大落。哦，你想可以落多少？……（拍着桌子）什么？第二盘就会停拍。（坐在桌子上）哦……哦……（拍着自己的屁股）你说……大丰这次公债简直叫金八坑了。……是……是，我也是这么想，我怕金八说不定就要提款。……好极了，——哦，糟极了。……好，你已经写过一封信，送到这儿。好，回头见，回头见，我就交给四爷。

〔他放下耳机，走到门口。

李 福升！福升！

〔福升上。

李 刚才报馆张先生派人给四爷送来一封信，你看见了没有？

福 早看见了。

李 在哪儿？

福 这儿。（由身上掏出来）

李 拿来！拿来！怎么早不说？

〔李由福升手里抢来，连忙看。

福 （在旁边插嘴）我刚才倒是想给四爷的，可是我瞅见四爷正在打牌，手气好，连着“和”三番，我就没送上去。

李 去，去！出去。少在这儿多嘴。

福 是，襄理。

〔福升下。

李 （看完信，长吸一口气，几乎是跳跃）你来的好！你来的好！你来的真是时候。

〔白露由中门上。

李 （满面堆着笑容）陈小姐，客还没有走么？

露 他们就要走了，我来送送他们。怎么，襄理，忽然这一会红光满面的。

李 哼，人逢喜事精神爽，也许现在——立刻我要有一件最开心的事。

露 又要升副理了么？

李 （狞笑）这点快活跟升了副理也差不多少。小姐要是到屋里去的时候，我就请小姐把四爷赶快请出来一会，因为现在有人送来一封信，有一件很重要很重要的事情发生，请他老人家立刻到这屋里来吩咐吩咐该怎么办好。

露 奇怪，您现在忽然又非常客气起来了。

李 当着小姐总是应该客气一点的。（鞠躬）

〔白露由右门下。

李 （颤抖）哦……哦……我怎么反而稳不住了。（来回地走）

〔潘月亭由右门进。

潘 哦，你还没有回家？

李 是，经理，我因为心里老惦念您行里的公事，所以总是不想回去。

潘 你找我做什么？

李 （低声下气）您的牌打得怎么样？

潘 （看看他）还顺遂！

李 我听说您现在手气很好。

潘 是不坏。

李 您“和”了几次三番？

潘 （不屑）我料到你又会找我的，不过没想到你见了我，尽说这一类的话。

李 您想我还是要找您，求您赏碗饭吃，——是呀，我没有钱，我是靠着银行过日子。您想，您刚才——

潘 （忽然）那封信呢？

李 哪封信？

潘 白露说你有一封我的信在手里。

李 是，您想看么？

潘 哪儿来的？

李 报馆张先生特派人送来的。

潘 快点拿来。

李 不过我怕您看完之后太惊讶了，我没有敢就跟您送去。

潘 怎么，是公债又要大涨么？

李 自然是公债，我刚一看，我告诉您，我简直惊讶极了。

潘 好极了，一提公债就准是喜信，我这一次算看对了。好，快拿出来吧。

李 不过，经理，我先拆开看了。

潘 什么？你怎么敢拆开了？

李 不过，经理，我要是不拆开，我怎么能知道是个喜信，好跟您报喜呢？

潘 （急想看信）好，好，好，你快拿来吧。

李 （慢慢掏出信）您不会生气吧。您不会说我自作聪明，故意多事吧？（一面把信由信封抽出，慢慢把信纸铺在桌上）请您一张一张地看吧。

潘 （奇怪他为什么这样做排，仿佛觉出来里面很蹊跷。他不信任地望着李石清，却又急忙地拿起信纸来读）好，好。

李 （在他旁边插嘴，慢吞吞地）这件事我简直是想不到的，不会这么巧，不会来得这么合适。我想这一定是谣言，天下哪会有这样快的事。您看，我有点好插嘴，好多说几句闲话，经理，您不嫌烦么？

潘 （看完了信，慌起来，再看几句）我……我不相信，这是假的。这个消息一定是不可靠的。（忙走到电话前面，拨号码）喂喂，喂你是新报馆么？我姓潘，我是潘四爷呀！……我找总编辑张先生说话。快点！快点！……什么？出去了？不过他刚才……？哦，他刚出去。……你知道他上哪儿去了么？……怎么，不知道？……混蛋！你怎么不问一声？……得，得了，不用了。（放下耳机，停一下，敲着信封，忽然想起一个人，又拨圆盘号码）喂，你是会贤俱乐部么？我找丁先生说话。……什么，就是金八爷的私人秘书，丁牧之丁先生。……什么？他回家了！他怎么会这时候回家？现在不过（看自己的手表）才——

李 现在不过才五点多，快天亮了。

潘 （望了李一眼，对着喇叭）那么他家里的电话号码呢？……哦，四三五四三，好……好……好。（放下耳机）这帮东西，求着他们，他们都不知跑到哪儿去了？（又拨圆盘号码）喂……喂……喂，你是丁宅么？（再转号码）喂……喂……喂。（再转，自语）怎么会没有人接？

李 自然是底下人都睡觉了。

潘 （重重放下耳机）都睡死了！（颓然坐下）荒唐，荒唐！这消息一定是不可靠的。不会的，不会的。

〔李石清目光眈眈，不转眼地望着他。

潘 露露！露露！

〔白露由右门进。

露 干什么？月亭？

潘 劳驾，你跟我倒一杯开水。

露 怎么啦？

潘 我有点头痛。

〔白露去倒水。

李 我也想这消息是不可靠的。（似乎很诚恳地）您早上不打听了许多人了么？

潘 （自语）这有点开玩笑。这简直是开玩笑。

〔白露把水递给他。

露 怎么，月亭？

潘 （把信交给她）你看！（坐在那里发痴）

李 （走到潘的面前，低声）经理，其实这件事没有什么大不了的关系。公债要是落一毛两毛的，也没有什么大损失。您忘了细看看，经理，那信上真提了要落多少？

潘 （霍地立起来）哦，是的，是的。露露，把信给我。（一把抢过来，忙忙地看）

李 （在潘后面，指指点点）不，不，在这一张，在这一张，（二人低声读信）"……此消息已传布市面，明日行市定当一落千丈，决无疑义。……"

露 他明明说行市一定要大落特落。

潘 （颓然）嗯。他的意思是说明天开了盘就要停拍。

李 （辩驳的样子）可是方才张先生来了信以后，他又来了电话。

潘 （燃着了希望挺起腰）他后来又来了电话，哦，什么，他说什么？

李 他说还是没有办法。金八在后面操纵，没有一点法子。

潘 （又颓然靠椅背）这个混帐东西！

〔福升推中门进。

露 干什么？

福 报馆张先生来了。

露 请他进来。

福 他说这边人太多，不便说话，他还在十号等您。

〔潘月亭立刻向门走。与福升进门差不多同时电话铃响。李石清接电话。

李 喂，你哪儿？……我是五十二号。哦……我是石清，哦……哦，您找潘四爷？他就在这儿。（拦住要出门的潘月亭）金八的秘书丁先生要找你说话。

潘 （接耳机）喂，我月亭啊……哦，丁先生。刚才我找了你许久，……是……是……是……不要紧！没什么。……什么？他要提（看着李，又止住话头）……

什么，明天早上他就完全要提……喂，喂，不过我跟金八爷明明说好再缓一个星期……那他这……这简直故意地开玩笑！……（暴躁地）喂，丁先生。他不能这么不讲信用……“信用！”你告诉他。他说好了再缓一星期，他现在忽然……喂……喂……我要请金八爷谈一下，什么？他现在不见人？不过……喂，我问你，牧之，八爷这两天买什么公债没有？……什么……他卖都卖不完？……哦……（忽然）喂，喂，……你听着！你听着！（乱敲半天，没有回应，放下耳机）这个狗食，他在姑娘家喝醉了，到了这么晚他才把这件事告诉我。（颓然倒在椅上）

福　四爷，报馆张先生……

潘　去，去，去！你们别再来搅我。

李　不过，经理，——

潘　（咆哮）走！走！（对李石清）你走！（李走出中门。对白露）你先到那边去，让我歇歇。

露　月亭，你——

潘　（摇摇手）你先去看看他们，他们大概都要走了。

〔白露走出右门。

潘　（来回徘徊，坐下立起，立起坐下）唉，没有办法，这是死路！金八简直是故意要收拾我。

〔中门呀然响。

潘　（心惊肉跳）谁？谁？

李　还是我，经理。自作聪明的坏蛋又来了。

潘　你来——你又来干什么？

李　我想我们两个人谈谈比三个人要痛快一点。

潘　你还要谈什么？

李　不谈什么，三等货来看看头等货现在怎么样了。

潘　（跳起来）混蛋！

李　（竖起眉）你混蛋！

潘　跟我滚！

李　（也厉声）你先跟我滚！（半晌，冷笑）你忘了现在我们是平等了。

潘　（按下气，坐下）你小心，你这样说话，你得小心。

李　我不用小心，我家没有一个大钱，我口袋里尽是当票，我用不着小心！

潘　不过你应当小心有人请你吃官司，你这穷光蛋。

李　穷光蛋，对了。不过你先看看你自己吧！我的潘经理。我没有债，我没有成千上万的债。我没有人逼着我要钱，我没有眼看看钱到了手，又叫人家抢了走。潘经理，你可怜可怜你自己吧。你还不及一个穷光蛋呢，我叫一个流氓要了，我只是穷，你叫一个更大的流氓要了，他要你的命。（尖酸地）哦，你是不跟一个自作聪明的坏蛋讲信用的。可是人家愿意跟你讲信用？你不讲信用，人家比你还不讲信用，你以为你聪明，人家比你还要聪明。你骂了我，你挖苦我！

你侮辱我，哦，你还瞧不起我！（大声）现在我快活极了！我高兴极了！明天早上我要亲眼看着你的行里要挤兑，我亲眼看着付不出款来，我还亲眼看着那些十块八块的穷户头，（低声恶意地）也瞧不起你，侮辱你，挖苦你，骂你，咒你，——哦，他们要宰了你，吃了你呀！你害了他们！你害了他们！他们要剥你的皮，要挖你的眼睛！你现在只有死，只有死你才对得起他们！只有死，你才逃得了！

潘 （暴躁地敲着桌子）不要说了！不要说了！

李 我要说，我要痛痛快快地说，——你这老混蛋，你这天生的狗食，你瞎了眼，昏了头，——

潘 （跳了起来）我……我先宰了你再说。（要与李拚命，一把抓着李的头颈正要——）

〔白露跑出。

露 月亭，月亭。你让他去吧！

李 （他的头颈为潘掐住，挣扎）你杀了我吧！你宰了我吧。可是金八不会饶了你，在门口，……在门口，……

潘 （放下手）在门口，什么？

李 在门口黑三等着你。金八叫他来候着你。

潘 为……为什么？

李 他怕你跑了，他叫黑三那一帮人跟着你。

露 （半响，潘垂首，低声）金八，金八！怎么到处都是他？

潘 （低头）他要逼死我。（忽然对李惨笑）你现在大概可以满意了吧！

李 （望望潘，没有说话）

〔电话铃急响。

潘 白露，你先替我接一下：这多半是金八的电话。

李 让我接。

露 不，不，我接。（已经拿起耳机，李与潘各据左右，二人都紧张地望着她）喂，谁？我是五十二号！我白露！哦什么？李太太。……哦……哦……你找石清？石清就在这儿。（回首向李石清）李太太由医院打来的电话。（潘颓然坐沙发上）

李 （拿起耳机）我石清！你们到了医院了。哦，哦，……小五怎么？（焦急地，和方才不关心的心情恰恰相反）什么？你再说一遍，……我听不清楚……什么？小五断……断……断了气了？那……（停，发一下楞）那你找医生啊！（痛苦地拍着桌子）找医生啊！不是已经带了钱么？给他们钱！你给他们钱哪！……什么？他……他在路上死……死的。……（眼泪流下来）哦，……哦，……他在路上叫着我，叫着爸爸……就……就没有气了。（没有力量再听下去，扔下耳机，呜咽起来）哦，我的儿子啊！……哦……我的小五啊。（忽然又拿起耳机）我就来！我就来！

〔李石清一边抓起帽子，一边揩着眼泪望了潘一眼，潘也呆呆望了他一眼，李便由中门走出去。

露 可怜！月亭，你们这是为什么？

〔远处鸡叫。

潘 白露，客走了么？

露 早走了，只有胡四、顾八他们还在这儿。

潘 我难道会有这一天么？白露，你等等，我想跟报馆张先生再商量商量。

露 月亭，你好一点了么？

潘 还好，还好，我去一下，我回头就来看你。

露 你就走了么？

潘 不，我说回头就来的。

露 好，你去吧！

〔潘由中门下。

〔远处鸡鸣声，白露走到窗前，缓缓拉开窗幔，天空微露淡蓝色。她望一望，嘘一口气，又慢慢踱回来。远远鸡声又鸣，她立在台中望空冥想。

露 （低声，忧郁地自己叫自己）白露，天又要亮了。

〔由右门走进了胡四和顾八奶奶，胡四烟容满面，一脸油光。他用手揩自己的脸，一面继续地说：顾八奶奶崇拜英雄一般头歪歪地望着他。

胡 （大概是刚推开烟盘子，香味还留连在口里，咂咂嘴，满意地嘘一口气）这一口烟还不离，真提神！（接说）底下紧接着鼓点。大锣，小锣，一块儿来：八拉达长，八拉达长，八拉达长，长长令长，八拉达，达，达，……（咳嗽，吐一口痰在地上）

顾 好好地又吐痰，你倒好好地跟我说啊。（完全不觉察到白露的心情，得意地）露露，你听，你听胡四跟我说“坐楼杀惜”呢。（卖弄地）这家伙点叫“急急风”。

胡 （烟吸多了，嗓音闭塞发哑，但非常有兴味地，翻着白眼）这怎么叫“急急风”，你看你这记性这还学戏呢。

顾 （掩饰地）哦，哦，这叫“慢长锤”。

胡 去，去，得了吧！这不叫“慢长锤”。算了，算了，你就听家伙点就成了：（重说）八拉达长，八拉达长，八拉达长，长长令长。八拉达！（突停，有声有色，右手向下敲了三下，当作鼓板）达！达！达！（手向下一敲锣）长！（满身做工，满脸的戏，说得飞快）你瞧着，随着家伙点，那“胡子”一甩“髯口”，一皱眉，一瞪眼，全身乱哆嗦。这时家伙点打“叫头”，那“胡子”咬住了银牙，一手指着叫！（手几乎指到顾的鼻端）“贱人哪？……”

顾 什么“贱人贱人”的！我不爱听胡子，我学的是花旦。

胡 （藐视）你学花旦？（楞一下）可你也得告诉我是哪一段呀？

顾 （仿佛在寻思）就是那一句“忽听得……”什么来着，前面是谁唱着来着：“叫声大姐快开门”的。

胡 （卖弄）哦，那容易，那容易！

顾 你跟我连做派带唱先来一下。

胡 那还难？那还难？胡琴拉四平调：已格弄格里格弄格弄格弄，唱，（摇头摆尾）“叫声大姐快开门！”白口：“大姐，开门来！”

顾 我要花旦。

胡 别着急！紧接着，掀帘子上花旦！（自己便扭扭捏捏地拿起手绢扮演起来）台步要轻俏，眼睛要灵活，出台口一亮相，吃的是劲儿足！就这样！（非常妩媚而诱惑的样子）已格弄格里格弄格弄格弄，（用逼尖了喉咙）“忽听得，（又用原来的声音）弄格里格弄格弄格弄格弄（浑身做工）门外有人唤，弄格弄里格弄格个弄格……”

〔远处鸡叫。

露 你们听，听。

胡 什么？

露 鸡叫了！

〔远处鸡再鸣。

顾 可不是鸡叫了！（忽然望到窗外）哟，天都快亮了。（对胡四）走吧！走吧！快回去睡吧。今天可在这儿玩晚了。

胡 （满不在乎的样子）不过我那五百块钱的账怎么办呢？

顾 回家就给我开一张支票叫大丰银行给你。不过——

胡 （伶俐地）听你的话，下一次我再也不到那个坏女人那里去了。

顾 好啦，别在露露面前现眼啦。你快穿衣服，走吧。你明天，哦，你今天不还要到电影厂拍戏去啦么？

胡 （应声虫，一嘴的谎）是，是啊，导演说今天我不来，片子就不能拍了。

顾 那你就赶快穿衣服，回家睡吧。我今天也跟你一块去电影厂的。

胡 （吃了一惊）哦，你，你也……（但先不管这个，于是非常仔细，慢吞吞地穿衣服）

顾 （一回转身，向白露，极自满地）露露，现在我告诉你，胡四要成大明星了。眼瞅着要红起来了，公司里说他是个空前绝后的大杰作，要他连演三套片子。过两天，电影杂志就都要登他的相片，大的，那么老大的。说不定也要登我的相片。

露 你的？

顾 嗯，我的，我跟胡四的！顾八奶奶的，顾八奶奶跟中国头等杰作大明星胡四的。因为（低声，女孩子似地羞怯，不好意思说出话来）我想……我想，我现在还是答应他好。我想……我想我们后天就……就结婚。你看，露露，那好不好？

露 好，好的很。不过——

顾 露露，你跟我当伴娘，一定，一定。

露 （更低）好，好，不过——

顾 什么？

露 我问你，你的钱是不是现在是存在大丰银行里？

顾 自然是存在那里头。你问这做什么？

露 不做什么！随便问问。

顾 （望着胡四，赞美地）啊！（她把自己的皮包打开，拿出粉金，正预备擦粉，忽然看见那药瓶）露露，你看我，我现在还要这个东西干什么？（拿出药瓶）谢谢你，这安眠药还是还给你，我不用了。

露 谢谢你，（接过来）我正想跟你要回来呢。

顾 好极了，还是你拿去用吧。

胡 （穿好衣服）走吧，走吧！

顾 不，我还得擦点粉呢。

胡 （一把拉住她）得了吧，天快亮了，谁还看你？走吧，走吧！

〔拉着顾八向中门走。

顾 （得意地，对白露）你看我这个活祖宗！（被胡四拉了两步）再见啊！

胡 白露，再见。

〔胡四把帽子戴好，向下一捺，与顾八一齐由中门走出。

〔白露一个人走到窗前，打开窗户，静默中望见对面房屋的轮廓逐渐由黑暗中爬出来，一切都和第一幕一般，外面的雾团很美，很悠静又很凄凉，老远隐隐又听得见工厂哀悼似的汽笛声，夹杂着自市场传来一两声远远的鸡鸣，是太阳还未升出的黎明时光。

〔中门敲门声。

露 （未回头）进来吧。

〔福升由中门进，微微打了一个呵欠。

露 （没有转身）月亭，怎么样？有点办法没有？

福 小姐。

露 （回转身）哦，是你。

福 四爷叫我过来说，他不来了。

露 哦。

福 他说怕这一两天都不能来了。

露 是，我知道。

福 他叫我跟您说，叫您好好保重，多多养自己的病，叫您以后凡事要小心点，爱护自己，他说……

露 哦，我明白，他说不能再来看我了。

福 嗯，嗯，是的。不过，小姐，您为什么偏要得罪潘四爷这么有钱的人呢？……您得罪一个金八还不够，您还要——

露 （摇头）你不明白，我没有得罪他。

福 那么，我刚才把您欠的账条顺手交给他老人家，四爷只是摇头，叹口气，一句话也没有说就走了。

露 唉，你为什么又把账单给他看呢？

福 可是，小姐，今天的账是非还不可的，他们说闹到天也得还！一共两千五百元，少一个铜子也不行！您自己又好个面子，不愿跟人家吵啊闹啊地打官司上堂。您说这钱现在不从四爷身上想法子，难道会从天上掉下来？

露　（冥想）也许会从天上掉下来的。

福　那就看您这几个钟头的本事吧。我福升实在不能再替您挡这门账了。

露　（拿起安眠药瓶，紧紧地握着）好，你去吧。

〔福升正由中门下，右门有人乱敲门，嚷着“开门，快开门”。福升跑到右门，推开门，张乔治满脸的汗跑出来。

乔　（心神恍惚地）怎么，你们把门锁上做什么？

福　（笑）没有锁，谁锁了？

乔　（摸着心）白露，我做了一个梦，I dreamed a dream。哦，可怕，可怕极了，啊，Terrible! Terrible! 啊，我梦见这一楼满是鬼，乱跳乱蹦，楼梯，饭厅，床，沙发底下，桌子上面，一个个啃着活人的脑袋，活人的胳臂，活人的大腿，又笑又闹，拿着人的脑袋壳丢过来，扔过去，戛戛地乱叫，忽然哄地一声，地下起了一个雷，这个大楼塌了，你压在底下，我压在底下，许多许多人都压在底下。……

〔福升由中门下。

露　Georgy，你方才干什么去啦？

乔　我睡觉啦。

露　你没有走？

乔　咦，我走了，你现在还看得见我？我喝得太多了，我在那屋墙犄角一个沙发睡着了，你们就没有瞧见我，我就做了这么一个梦。Oh，Terrible! Terrible!! 简直地可怕极了。

露　方才你喝了不少的酒。

乔　对了，一点也不错，我喝得太多了，神经乱了，我才做这么一个恶梦。（打了一个呵欠）我累了，我要回去了。哦，（忽然提起精神来）我告诉你一件事……

露　不，我现在求求……求你一件事。

乔　你说吧。你说的话没有不成的。

露　有一个人，……要……要跟我借三千块钱。

乔　哦，哦。

露　我现在手下没有这些钱借给他。

乔　哦，哦。

露　Georgy，你能不能设法代我弄三千块钱借给这个人？

乔　那……那……就当要……另作别论了。我这个人向来是大方的。不过也要看谁了？你的朋友我不能借，因为……因为我心里忌妒他。不过要像你这样聪明的人要借这么有限几个钱花花，那自然是不成问题的。

露　（勉强地）好！好！你就当做我亲自向你借的吧。

乔　你？露露要跟我借钱？跟张乔治借钱？

露 嗯，为什么不呢？

乔 得了，这我绝对不相信的。露露会要这么几个钱用，No，No，I can never believe it！这我是绝不相信的。你这是故意跟我开玩笑了。（大笑）你真会开玩笑，露露会跟我借钱，而且跟我借这么一点点的钱。啊，小露露，你真聪明，真会说笑话，世界上没有再像你这么聪明的人。好了，再见了。（拿起帽子）

露 好，再见。（微笑）你倒是非常聪明的。

乔 谢谢！谢谢！（走到门口）哦，对了，我想起来了。我告诉你，到了后来我实在缠不过她，我还是答应她了。我想，我们想明天就去结婚。不过，我说过，我是一定要你当伴娘的。

露 要我当伴娘？

乔 自然是你，除了你找不着第二个合适的人。

露 是的，我知道。好，再见。

乔 好，再见。就这么办。Good night！哦，Good morning！我的小露露。

〔乔治挥挥手由中门走出。

〔晨光渐渐由窗户透进来，日影先只射在屋檐上。白露把门关好，走到中间的桌旁坐下，楞一下，她立起走了两步，怜惜地望望屋内的陈设。她又走到沙发的小几旁，拿起酒瓶，倒酒。尽量地喝了几口。她立在沙发前发楞。

〔中门呀地开了，福升进。

露 （低哑的声音）你来干什么？

福 天亮了，太阳都出来了，您还不睡？

露 是，我知道。

福 您不要打点豆浆喝了再睡么？

露 不，我不要，你去吧。

福 （由身上取出一卷账条）小姐！这是今天要还的那些账条，我……我搁在这里，您先合计合计。（把账条放在中间的桌子上）

露 好！你搁在那儿吧。

福 您不要什么东西啦？

露 （摇摇头）

〔福升背着白露很疲倦地打了一个呵欠由中门走出。

〔白露把酒喝尽，放下酒杯，走到中桌前慢慢翻着账条，看完了一张就扔在地下，桌前满铺着是乱账条。

露 （嘘出一口气）嗯。

〔她由桌上拿起安眠药瓶，走到窗前的沙发，拔开塞，一片两片地倒出来。她不自主地停住了，她颓然跌在沙发上，楞楞地坐着。她抬头。在沙发左边一个立柜的穿衣镜里发现了自己，立起来，走到镜子前。

露 （左右前后看了看里面一个美丽的妇人，又慢慢正对着镜子，摇摇头，叹气，凄然地）生得不算太难看吧。（停下）人不算得太老吧。可是……（很悠长地嘘出一口气。她不忍再看了，她慢慢又踱到中桌前，一片一片由药瓶数出来，脸上带着微笑，声音和态度仿佛自己是个失了父母的小女孩子，一个人在墙角落的小天井里，用几个小糖球自己哄着自己，极甜蜜地而又极凄楚地怜惜着自己）一片，两片，三片，四片，五片，六片，七片，八片，九片，十片。（紧紧地握着那十片东西，剩下的空瓶哨啷一声丢在痰盂里。她把胳膊平放桌面，长长伸出去，望着前面，微微点着头，哀伤地）这——么——年——青，这——么——美，这——么——（眼泪悄然流下来。她振起精神，立起来，拿起茶杯，背过脸，一口，两口，把药很爽快地咽下去）

〔这时阳光渐渐射过来，照在什物狼藉的地板上。天空非常明亮，外面打地基的小工们早聚集在一起，迎着阳光由远处“哼哼唷，哼哼唷”地又以整齐严肃的步伐迈到楼前。木夯一排一排地砸在土里，沉重的石硪落下，发出闷塞的回声，随着深沉的“哼哼唷，哼哼唷”的呼声是做工的人们战士似地那样整齐的脚步。他们还没有开始“叫号”。

露 （扔下杯子，凝听外面的木夯声，她挺起胸走到窗前，拉开帘幕，阳光照着她的脸。她望着外面，低声地）“太阳升起来了，黑暗留在后面。（她吸进一口凉气，打了个寒战，她回转头来）但是太阳不是我们的，我们要睡了。”（她忽然关上灯，又把窗帘都拉拢，屋内陡然暗下来，只帘幕缝间透出一两道阳光颤动着。她捶着胸，仿佛胸际有些痛苦窒塞。她拿起沙发上那一本《日出》，躺在沙发上，正要安静地读下去——）

〔很远，很远小工们约唱起了夯歌——唱的是“轴号”。但听不清楚歌词。

〔外面方达生的声音：竹均！竹均！（声音走到门前。她慌忙放下书本，立起来，走到门前，知道是他。四面望望，立刻把桌上的账条拾起，团在手里，又拿起那本《日出》，匆促地走进左面卧室，她的脚步已经显得一点迟钝，进了门就锁好）

〔外面方达生：（低声）竹均！竹均！你屋里没有人吧。竹均！竹均！我要走啦！（没有人应）竹均，那我就进来啦。（外面有一两声麻雀叫）

〔方达生推门进。

达 （左右望）竹均！我告诉你——（忽察觉屋里很黑，他走到窗前把幕帷又拉开，阳光射满了一屋子。雀声吱吱地唱着）真奇怪，你为什么不让太阳进来。（他走到左面卧室门前）竹均，你听我一句，你这么下去，一定是一条死路，你听我一句，要你还是跟我走，不要再跟他们混，好不好？你看，（指窗外）外面是太阳，是春天。

〔这时小工们渐唱渐近，他们用下面的腔调在唱着“日出啊东来呀，满天（地）大红（来吧）……”

达 （敲门）你听！你听！（狂喜地）太阳就在外面，太阳就在他们身上。你跟我来，我们要一齐做点事，跟金八拚一拚，我们还可以——（觉得里面不肯理他）竹均，你为什么不理我？（低低敲着门）你为什么不说话？你——（他回转身，叹一口气）你太聪明，你不肯做我这样的傻事。（陡然振作起来）好了，我只好先走了，竹均，我们再见。

〔里还是不答应，他转过头去听窗外的夯歌，迎着阳光由中门昂首走出去。

〔由外面射进来满屋的太阳，窗外一切都亮得耀眼。

〔砸夯的工人们高亢而洪壮地合唱着轴歌，（即“日出东来，满天大红！要想得吃饭，可得做工！”）沉重的石硪一下一下落在土里，那声音传到观众的耳里是一个大生命浩浩荡荡地向前推，向前进，洋洋溢溢地充塞了宇宙。

〔屋内渐渐暗涩，窗外更光明起来。

——幕徐落

（选自北京师范学院中文系现代文学教研室《戏剧选》，据文化生活出版社 1946 年版）

【学习提示】

完成《雷雨》以后，曹禺有感于以前创作的《雷雨》“太像戏”，因而力求新的突破。写于 1935 年的《日出》就是其戏剧观念转变后的产物。在戏剧结构上，《日出》不再追求精心设计的戏剧冲突，改而注重呈现日常生活；在关注对象上，则主要从家庭的内部冲突转移和扩大到整个社会。

剧本以女主人公客居的高级旅馆和翠喜等人所在的下等妓院为场景展开叙述，将上层社会的荒淫和下层人民的悲惨做了鲜明对比，展示了出入其间的各色人等，把他们分为“不足者”和“有余者”两类，表达了作者对“损不足以奉有余”的社会制度的强烈抗议和抨击。最后，作者把希望寄托在具有“浩浩荡荡”的“大生命”的劳动者身上，显示了曹禺创作视野的扩大和思考问题的深入。

剧本用近乎漫画的手法刻画了一群所谓“有余者”。他们过着奢侈糜烂的生活，心灵空虚，毫无理想，唯一的指望就是弄钱。他们在捉弄别人时，也处于“被捉弄”的地位，仿佛自己能够主宰自己的命运，却被一种更大的连自己也弄不清楚的力量支配着。在这些人里，有投机倒把、买空卖空的银行经理潘月亭，有狡黠狠毒的高级职员李石清，有满脑子金钱、女人的西仔张乔治，有俗不可耐、自作多情的阔寡妇顾八奶奶，有流氓黑三，有“面首”胡四以及虽没有出场却始终掌握着剧中人物命运的金融寡头金八等。为了钱，他们不光压榨下层百姓，而且互相拆台。潘月亭所说的“人不能没有钱，没有钱就不要活着”就是他们的人生哲学；李石清所说的“我被一个流氓耍了，我只是穷，你叫一个更大的流氓耍了，他要你的命”就是他们的生存状态。

剧作对“不足者”的悲剧命运格外关注。银行小职员黄省三为了每月十块二毛五的工钱累得抬不起头，喘不过气，他想凭着老实本分养活一家老小，却最终走投无路，家破人亡；下等妓院的翠喜，虽沦落风尘，却有一颗“金子般的心”；年轻的小东西最终因不堪凌辱而悬梁自尽。作者把愤怒与抗议指向那个“损不足以奉有余”的吃人的社会。

剧作的主人公是交际花陈白露，她是这个病态都市的产物和象征。年轻时的陈白露“喜欢太阳，喜欢春天，喜欢年青”，怀着“飞”的欲望离开家乡，来到了现代大都市，但她并没有找到理想的精神家园，却误入歧途，过着“舞女不是舞女，娼妓不是娼妓，姨太太不是姨太太”的屈辱生活。尽管她有同情心和是非感，也羡慕自由，不甘沦落，但由于久陷泥淖，难以自拔，失去了摆脱现存环境的动力和勇气，只能感叹“太阳升起来了，黑暗留在后面”，但“太阳不是我们的，我们要睡了”，最终在日出之前结束了自己的生命。从她安然地、极为平静地“一片，两片，三片……十片”数着安眠药往嘴里放的细节可以看出，对她来说，“生”已是一种无法摆脱的痛苦，而“死”才能彻底摆脱痛苦与罪孽，才是一种获得新生的途径。“日出”的含义，正与陈白露的命运密切相关。

《日出》显示了曹禺在驾驭结构、人物、语言方面的功力，特别是他的语言有着强烈的表现力和鲜明的动作性，为读者提供了想象和理解的弹性空间，也为演员提供了进行二度创作的极大余地。

【思考练习题】

1. 《日出》体现了曹禺的戏剧创作在思想和艺术上发生了怎样的转变？
2. 结合《日出》，分析陈白露这一人物形象的典型意义。

名优之死（第二幕）

田　汉

午后二时。

刘振声之家，刘凤仙居室，锦帐低垂。

〔刘振声之另一女弟子刘芸仙由右门轻轻登场，至榻前略掀帐子，唤刘凤仙起床。

刘芸仙　姐姐，姐姐，起来呀。

刘凤仙　（在床上闭着眼睛答应）唔。

刘芸仙　起来呀，先生叫你起来吊嗓呀。

刘凤仙　唔，就起来了。（可是动也不动。）

刘芸仙　怎么又不起来呢？时候真不早了。

刘凤仙　（带愠）晓得了。

〔刘芸仙只好暂下。

〔帐子里面的刘凤仙仍无起意。

〔一会儿刘芸仙又轻轻走至榻前。

刘芸仙　姐姐，姐姐，起来呀，怎么还没有起来呢？

刘凤仙　（刚入好梦，被其叫醒）尽在这里叫什么！好容易睡一忽儿又给你吵醒了。

刘芸仙　先生要我来催你的呀。

刘凤仙　催，催什么命！我一会儿不就起来啦？

刘芸仙　一会儿一会儿的，洗脸水都凉了。

刘凤仙　凉了不好再打。

刘芸仙　我哪有工夫。

刘凤仙　你没有工夫，谁有工夫？人家每天黑更半夜地回来，教你打盆水都没工夫，……

刘芸仙　（忍气换水）好，水打好哪，快起来吧，姐姐。张先生等了好一会儿了，见你没有起来，到间壁左老板那儿去了。

刘凤仙　好，别怨鬼似的在这里吵了，我就起来了。

〔刘芸仙见叫也没有用，废然再退。

〔帐子里的刘凤仙仍无起意。

〔一会儿刘老板自己上来了。刘芸仙跟在后面。

刘振声　（走到榻前，略掀帐子，慈母似的）凤仙，凤仙！起来呀。

〔刘凤仙不语。

刘振声　（略推之）凤仙，凤仙！该起来了。快三点了。

刘凤仙　唔哦。先生，我一会儿就起来。

刘振声 就起来？咳，这“就”字是最坏事的。

刘凤仙 （孩子似的）昨晚睡得太晚了。

刘振声 谁不睡得晚？我也是三点才睡，可是凭怎样睡得晚，早上十点总得起来的。

刘凤仙 谁都像您？胡老板他们起得比我还晚呢。

刘振声 所以我说我们戏班里的习惯太坏了。再说，胡老板原本工夫挺扎实，他起得晚是因为他后来有了嗜好，因此嗓子也差了。你又不抽大烟干吗单学他起得晚呢？

刘凤仙 （撒娇地）先生，我也学学他抽大烟好不好？（作抽烟声。）

刘振声 好，那么一来你就有出息了。快起来，再不起来我要掀被窝了。

刘凤仙 嗡……（一翻身，又向里面睡去了。）

〔刘振声离了她，坐在床边茶几椅上。刘芸仙给他点上香烟。桌钟敲三点。

刘振声 （喝了一口茶，对帐子里）凤仙，听，三点了。再隔几个钟头，昨晚排的戏就得上了。快起来走一走吧。

刘凤仙 那样的新戏马马虎虎得了。

刘振声 马马虎虎？凤仙儿……新戏跟我们开路，更不应该马虎，对不对？（有许多话想说又不愿意说似的，但终于这么吐出来一部分）你还是听我的话爱重咱们的玩意儿吧。学咱们这一行，玩意儿就是性命。别因为有了一点小名气就把自己的命根子给毁了。玩意儿真好人家总会知道的，把玩意儿丢生了，名气越大越加不受用，你看多少有名的脚儿不都是这样垮了的吗？……人总得有德行。怎么叫有德行呢？就是越有名气越用功，我望你有名气，可更望你用功。

刘凤仙 难道我没有用过功么？

刘振声 你自然用过功，你从前真是个用功的孩子，真不枉我教你一场。我望你成功比望我自己还要切，所以责备你就不能不严。凤仙，你比从前变多了。从前不管是下雨下雪，天还没亮，你就起来跟妹妹一块儿去喊嗓子，练功。现在你睡到这时候还不起来；从前你听我的话，现在你好像觉得我的话都是害你的了，你不知道那些恭维你的话才真是害你的哩。

刘凤仙 （不服）我知道了。

刘振声 但愿你知道才好。

〔琴师携琴上。

刘振声 啊，张先生你来了。

琴　师 来了，我到左老板那边坐了一会儿。

刘振声 左老板在家吗？

琴　师 在家。

刘振声 我当他到会里去了呢。他们不是组织了一个丑行联合会，今天开会吗？

琴　师 不，改了明天了。

刘振声 这个我倒很赞成。

琴　师　听说占行也要组织联合会了。

刘振声　这办法很好，从前咱们唱戏的靠大人先生们保护，可他们总是嘴里说得好，骨子里看不起咱们，吃咱们，现在该咱们自己联合起来保护自己了。

琴　师　是呀，就是我们搞场面的现在也组织会了。

刘振声　场面也有会了吗？那好。……凤仙，快起来吧。张先生来了。

刘凤仙　（在被内）唔。

琴　师　我来了两次了。我以为大小姐这会儿该起来了，还没有起来吗？哈哈。

刘振声　昨晚唱完了又接着排戏，睡得晚了些。

刘凤仙　（掀帐笑窥）啊呀，张先生这么早就来了吗？

琴　师　啊，大小姐，还早呢，快吃晚饭了。

刘振声　快起来吊一吊吧。

刘凤仙　好，这就起来了。（一面披衣，揉眼）人家还没有睡醒呢。叫妹妹先吊吧。张先生，您坐一会儿，我去洗洗脸就来。（著拖鞋匆匆由右门下。）

〔琴师调好琴。

刘振声　那么芸仙，你吊吊吧。

刘芸仙　好。

琴　师　（一面弄琴）那么唱什么呢？……

刘振声　就把昨天学的“昭关”后段吊一吊吧。

琴　师　（奏弦）好，来呀。

刘芸仙　（唱）一事无成两鬓斑……

刘振声　口劲还不坏。

〔刘凤仙已洗好脸上来。

〔刘芸仙停。

刘凤仙　唱呀。

〔刘芸仙继续唱完。

刘振声　还不错。不过尖团字还得分清楚一些。比方“马到长江”的“江”字就没有念好。（对刘凤仙）这一下该你了。

琴　师　来个什么呢？

刘凤仙　还是“汾河湾”吧。

琴　师　哪一段？

刘凤仙　唱四句好哪。

〔琴师拉“西皮原板”。

刘凤仙　（唱）儿的父投军无音信，全仗着儿打雁奉养娘亲，将弓袋和鱼膘与儿拿定，不等待红日落儿要早早回程。

琴　师　今儿个嗓子满好呀。

刘振声　可是后面的“早早回程”顶好这么唱——“早早……回程。”再唱下去吧。

〔阿福上。

阿　福　老板，陈老板来找您来了。

刘振声 哦。那么张先生你多多指点她们吧。(下。)

琴　师 好，您别客气。那么大小姐再吊一吊？

刘凤仙 好，妹妹再吊吧。(望望衣镜里)瞧我披头散发的。(下。)

琴　师 把前儿教你的“法门寺”温一温，怎么样，二姑娘？

刘芸仙 头里起吗？

琴　师 “郿坞县”起吧。

刘芸仙 (唱)郿坞县在马上神魂不定。……

琴　师 这儿这样唱。(订正一句)

刘芸仙 (再唱)可怜我七品官不如黎民。

琴　师 对，唱下去。

刘芸仙 (唱到)叫衙役将人犯与爷……

〔这时刘凤仙从妆阁走出来。

刘凤仙 (匆匆地，对刘芸仙)妹妹，你快到永康去一趟，问问那鬼裁缝，我的旗袍倒是什么时候做好。他倒是还要不要我照顾他生意。快去。好妹妹。

刘芸仙 我不去。他不是说过明天就得吗？

刘凤仙 我知道，去催催他，要他给赶一赶，说姐姐今天要。

刘芸仙 等一天有什么要紧？我不去。

刘凤仙 你不去！姐姐帮过你多少忙，要你跑这几步路也不干？我看你这孩子给先生宠的要上天了。

刘芸仙 瞧我不是在吊嗓吗？

刘凤仙 得了，你成角儿还早哩。忙在这一时半刻的？

刘芸仙 一会儿就上戏了，要旗袍有啥用？你也忙在这一时半刻的？

刘凤仙 唉，气死我了，你这不要脸的家伙竟敢顶起我来了。

刘芸仙 谁顶你？本来嘛，今天你又不出门，要新旗袍干嘛？

刘凤仙 你怎么知道我不出门？你居然跟我作起主来了，真是不要脸的东西！

刘芸仙 哼！看谁不要脸！

琴　师 好，得了，得了，别闹了。二姑娘今天打住，明天再吊吧。千万别为小事伤了姊妹的和气。

刘芸仙 都是我不对，都是我不对！……

刘凤仙 那么是我不对了，我得罪了你了？

琴　师 好了，好了，这都是我不对，我不该来请你们吊嗓。好了，我走了，我五点还有点事。真是，你们姊妹俩好好的闹什么呢？从前我们弟兄两个在一块的时候也老爱闹，好像这世界上就多了他一样，现在剩下我一个人想要找一个兄弟说说话也没有了。

刘凤仙 是，她太不听话了，她太没出息了！

刘芸仙 哼，你听话？你有出息？

刘凤仙 不要脸的东西。

刘芸仙 你要脸？

琴　师　好了，好了，别闹了，都是我的不好。我去了就好了。大小姐回头园子里见。二姑娘回见。

刘凤仙　回见。

〔琴师下。

〔刘凤仙送琴师至门口，阖上门，回头很凶恶地走近刘芸仙。

刘凤仙　你这个东西，你敢说我不要脸。我什么地方不要脸？你说说。（揪她耳朵。）

〔刘芸仙大哭。

刘凤仙　瞧你这不要脸的东西，人家还没有打着你就哭起来了。让先生听见了回头又栽我的不是，对不对？年纪这么小，心倒好险啊。

刘芸仙　可没有你那么险。

刘凤仙　我什么地方险？什么地方险？

〔外面敲门声。

刘凤仙　（对刘芸仙）快出去看谁来了！

〔刘芸仙匆匆退场。

〔刘凤仙急忙对镜略整衣鬓。

〔刘芸仙鼓着嘴进来。

刘凤仙　（回头）谁来了？

刘芸仙　还不是那个坏蛋来了。

〔杨大爷很熟识地不待请，早进来了。

杨大爷　凤仙。

刘凤仙　哦，您来了。

杨大爷　刚起来吗？

刘凤仙　起来了老半天了。您请坐吧。

杨大爷　（坐）啊呀，二小姐有什么不舒服吗？

刘凤仙　她呀，生气了。

杨大爷　跟谁生气？该不是生了我的气吧。啊，我又忘了给你买朱古力糖，该打该打。

刘芸仙　谁爱吃你的糖，还朱古力，羊古力哩。

杨大爷　对，明天晚上没有戏，我请你姐姐跟你去看回力球。

刘芸仙　我不要看回力球。

杨大爷　那么后天咱们上丽娥丽姐，好不好？

刘凤仙　客人来了，怎么不倒茶啊？

〔刘芸仙倒了一杯茶使气地往桌子上一放。

刘凤仙　怎么啦！要你上永康你不高兴，要你倒茶也不高兴吗？回头你可高兴吃饭？

刘芸仙　我可没有吃你的饭！我吃的是先生的饭。

刘凤仙　先生的饭就是我的饭！

刘芸仙　嗳呀，我倒不晓得。

刘凤仙 您看这孩子有什么用？真把我给气死了。

杨大爷 真是，二小姐，年纪小脾气倒不小呢。

刘芸仙 我脾气小不小不关你的事！

杨大爷 姑娘们脾气太大了容易老啊，二小姐。

刘凤仙 杨大爷别和这没有出息的噜唆了。您今天打哪儿来的？

杨大爷 我是打家里来“专程拜谒”的。

刘凤仙 不见得吧。

杨大爷 你去问阿土，我每天离了你这里就回到家里；离了家里就到你这里来了。

刘凤仙 今天怎么来的这么早呢？

杨大爷 前天在后台，“春申报”的老王不是问你要“玉堂春”的戏照吗？今天我陪你到光艺去拍那么一张。好不好？

刘凤仙 我就等着您哩。行头跟头面我叫阿蓉早给准备好了。

杨大爷 拍完“玉堂春”，我们也来一张吧。就是这个打扮吗？

刘凤仙 在永康做了一件新旗袍，要明天才得。我叫芸仙去催一催，她不去，我们刚才还吵嘴哩。

杨大爷 没关系，做得了再拍嘛。

刘凤仙 就去吗？

杨大爷 就去呀。我的新车子也开来了。

刘凤仙 哦，待一会儿，喝点酒去吧。我们家里有好酒。

杨大爷 有好酒？你爱喝酒吗？

刘凤仙 您知道我是从来不喝酒的，先生不许我喝酒。说喝酒坏嗓子，唱戏的人坏了嗓子就是坏了命根子。尤其是我们唱青衣的，要是嗓子坏了人家想捧也没法儿捧了，对不对？

杨大爷 对呀。那么刘老板喝酒吗？他好像也是不喝的。去年有一次我跪着劝他他还不喝哩。（望刘芸仙）那么莫非你们二小姐倒是个酒仙吗？难怪她脾气这么大了。

刘芸仙 瞎说！谁要喝酒。

杨大爷 那么，你们家哪来的好酒呢？人家送给你们的吗？

刘凤仙 不，是我买了预备送给人家的。芸仙，把我橱子里那瓶洋酒给我拿来，先让杨大爷尝，是不是好酒。

刘芸仙 咱们家哪有酒？

刘凤仙 我昨天买的。

刘芸仙 我又不晓得。姐姐，你自己拿去吧。

刘凤仙 唔，好。现在不和你闹。（自己很快地从橱里拿出一瓶酒来）这不是酒?!真是不会做事的丫头。……

〔刘芸仙一句话要出口却收回了。

刘凤仙 杨大爷您看看是不是好酒？

杨大爷 （接瓶一看）哦呀，这正是我最爱喝的威斯忌，你哪里买来的？

刘凤仙 那一晚我们在舞场，我见您顶爱喝这种酒，昨天我上百货公司就顺便买了这一瓶，想送给您。我也不知道是怎么个称呼，只记得酒的颜色和瓶子的装潢。没有买错吗？

杨大爷 （喝了一杯）不错，不错，正是这种酒，凤仙，你真聪明。（再喝一杯）啊，凤，你不但聪明而且多情。

刘芸仙 （学着）不但多情，而且是个大浑蛋。

杨大爷 哈哈，二小姐的嘴可真是不含糊。来来来，喝一杯，咱们和气和气吧。

刘芸仙 谁和你和气？

刘凤仙 好了，咱们走吧。别和这孩子淘气了。她是先生的爱臣，谁也惹不起她的。

〔刘芸仙要说什么了，但……

刘凤仙 我们先到园子里去吧。头面和衣裳都在那儿呢。

杨大爷 好，叫车子转一转就得了。

刘凤仙 哦，杨大爷，您看我这件大衣做得好不好？

杨大爷 这就是前回做的那件吗？好极了。颜色太漂亮了。

刘凤仙 可是先生不大喜欢……

杨大爷 （低声鬼脸）那有什么关系，我喜欢就成。（替她穿上大衣）好，走了。

刘凤仙 等一等。（重复理一理发）好，走吧。（走至门口回头见刘芸仙怒视，急带笑向她）好妹妹，别这么吹胡子瞪眼的，多难看呀。

刘芸仙 我不要好看。

刘凤仙 这有什么意思呢？姐姐又不是跟你闹嘴。我问你，妹妹，回头先生回来了你对他说我上哪儿去了？

刘芸仙 我说你坐那个大坏蛋的车走了。

刘凤仙 好，你真那么说我可饶不了你。好妹妹，别淘气了。姐姐回头替你做一件挺挺好看的衣裳，你可别告诉先生说我同杨大爷出去了，你就说我到永康去试衣服样子去了，好不好？

〔刘芸仙低头不答。

刘凤仙 好妹妹，听话呀，回头我带些好东西你吃。姐是最疼你的，不是吗？

杨大爷 （在门口）凤仙，走呀。

刘凤仙 就来了。妹妹，别忘了。

〔刘凤仙下场。

〔刘芸仙望着他们出去，叹了一声气。替刘凤仙叠被窝。刘振声匆匆登场见帐子内叠被的以为是刘凤仙。

刘振声 凤仙！凤仙！（见不是，问）你姐姐呢？

刘芸仙 姐姐——出去了。

刘振声 （也没有留神，随便坐下）又出去了吗？陈太太想找她呢。陈老板家里的孩子今天满周岁，请我们去吃晚饭。她上哪儿去了？到街上买东西去了吗？

刘芸仙 （含糊地）唔……

刘振声 倒杯茶来。

刘芸仙 好。（取桌上杯倒去酒，换上茶。）

刘振声 （一饮而尽，忽感异味）唔？怎么有酒气呀？

〔刘芸仙不语。

刘振声 （见威斯忌瓶）这酒哪来的？你们在家里瞒着我喝酒吗？

刘芸仙 我——我不喝。我——我从没有喝过酒，先生。

刘振声 那么你姐姐喝酒？她什么时候学会喝酒的？怎么不告诉我？

刘芸仙 姐姐——也——也不喝酒。

刘振声 那么谁喝酒来着？左老板来过吗？

刘芸仙 不，他没有来过。

刘振声 那么——谁来过的？

〔刘芸仙不语。

刘振声 这酒是谁买的？

刘芸仙 姐姐买的。

刘振声 她自己不喝买给谁的？

〔刘芸仙不语。

刘振声 她一个人出去的吗？

刘芸仙 不。

刘振声 那么同谁出去的？

〔刘芸仙不语。

刘振声 （沉痛地）芸仙！我辛辛苦苦把你姐姐领大，教她走上玩意儿的正路。好容易她翅膀硬了，她就离开正路，不要我了，不肯对我说实话了。你——你也是我辛辛苦苦拉扯大的，你还没有成名，还用得着我的帮助，你也不肯对我说实话了吗？

〔刘芸仙悲从中来……

刘振声 凭你说，我把你们领大，是想拿你们卖钱吗？是想靠你们养活我吗？都不是啊。我只想多培养出几个有天分的，看重玩意儿的孩子，只想在这世界上得一两个实心的徒弟。这个想头也不算是太过分吧。怎么临了连你这孩子都骗起我来了吗？

刘芸仙 先生，我怎么敢骗您？不过我不想您晓得这些事情，晓得了您心里要难过的呀。

刘振声 你只说这酒是姐姐买给谁的？

刘芸仙 这是她买给那时常来的那坏蛋的。

刘振声 唔。……那么，她是同那姓杨的出去的了。

刘芸仙 坐他的汽车一块出去的，说是去照相。

刘振声 她还说了些什么没有？

刘芸仙 她要我别告诉先生。

刘振声 （悲声）是呀，你本不该告诉我的呀，（狂笑）哈哈哈！（将威斯忌瓶对着口喝。）

刘芸仙 （急上前跪，拉刘振声手哭）先生……

——幕落

（选自《田汉剧作选》，人民文学出版社，1955）

【学习提示】

田汉（1898—1968），原名田寿昌，湖南长沙人，毕生献身于革命的文化艺术事业，是中国话剧的开拓者，戏曲改革运动的先驱和中国早期革命音乐、电影的组织者与领导者。主要作品有《咖啡店之一夜》《获虎之夜》《名优之死》《丽人行》等。

《名优之死》是田汉20世纪20年代最为出色的作品。主人公京剧老艺人刘振声，性格刚强正直，十分看重自己的艺术，虽负债累累，但从不为了赚钱而糟蹋自己的艺术。他最大的理想便是培养几个有天分、看重自己行当的弟子，以使这门艺术后继有人。他还希望与京剧艺人联合起来，共同对抗恶浊的社会。但他美好的愿望在当时是无法实现的，旧社会的艺人没有地位，处境险恶，最令他痛心的是弟子刘凤仙在杨大爷等恶势力的引诱下，不断堕落。贫病交加，手枪威胁，刘振声从不屈服，但看到艺术横遭践踏，他的精神彻底崩溃了。刘振声带病登台演出，杨大爷却唆使一帮人在台下喝倒彩，刘振声不堪侮辱，因气失声，最终倒在了心爱的舞台上。他的死激起了身边艺人的悲愤和反抗，使走上堕落之路的刘凤仙也有所震动。该剧通过艺术家的遭遇，客观上暴露了旧中国社会的黑暗，表达了对那个扼杀艺术和一切美好事物的旧社会的愤怒之情，赞颂了刘振声执着于艺术，为艺术献身的高贵品质，体现了作者一贯追求的“真艺术”的精神，标志着田汉戏剧艺术的成熟。

《名优之死》在艺术上取得了相当高的成就。全剧结构严谨，情节自然，冲突集中。作者巧妙地把艺术舞台和人生舞台编织在一起，在戏剧小舞台上透露出社会大舞台的信息。社会矛盾通过剧中人物关系表现出来，其主线是刘振声和杨大爷的冲突，这条线索在剧中或隐或显，推动了情节的发展。此外，刘振声、左宝奎、刘芸仙等人同杨大爷、刘凤仙等人的内部冲突等几条线索与主线交织，构成了整个剧情，从而使得戏剧结构单纯中蕴含着复杂。该剧还别出心裁地安排了剧场后台和卧室两个场景，使艺人的舞台生活和日常生活以极其自然的形式展示在观众面前。全剧出场人物不多，但都有着鲜明的性格：刘振声刚正抑郁，左宝奎幽默风趣，刘凤仙虚荣娇气，刘芸仙善良朴实，杨大爷阴险狠毒。此外，全剧语言凝练、简洁，富于个性化，而不似一般的浪漫抒情剧以长篇对话和大段独白取胜。第二幕围绕刘凤仙起床的一段戏，短短几句对话，便把刘振声对艺术的热爱和对弟子的关心、刘凤仙的不思进取和贪图安逸以及刘芸仙的天真忠厚刻画出来。总之，《名优之死》在田汉的戏剧创作中是承前启后之作，后来的话剧和戏曲作品在题材和艺术上都与之有着割不断的联系。

【思考练习题】

1. 简述田汉戏剧创作的基本历程。
2. 刘振声这一人物形象的典型意义是什么?
3. 《名优之死》在艺术结构上有什么特色?

上海屋檐下（第一幕）

夏　衍

〔上海东区习见的“弄堂房子”，横断面。右侧是开着的后门，从这儿可以望见在弄内来往的人物。接着是灶披间，前面是自来水龙头，和水门汀砌成的水斗，灶披间上方是亭子间的窗，窗开着，窗口稍下是马口铁做成的倾斜的雨庇，这样，下雨的日子女人们也可以在水斗左右洗衣淘米，亭子间窗口挂着淘箩，蒸架……和已洗未干的小孩尿布。灶披间向左，是上楼去的扶梯，勾配很急，楼梯的边上的中间已经踏成圆角，最下的一两档已经用木板补过。楼梯的平台，靠右是进亭子间的房门，平台上斜挂着一张五支光的电灯，灯罩已经破了一半。平台向左，可以看见上前楼去的扶手。楼梯左侧，用白木薄板隔成的“后间”，不开灯的时候，里面阴暗得看不出任何的东西。再左隔着一层板就是“客堂间”，狭长的玻璃窗平门。最左是小天井，和前门的一半，天井和后门天井一样地搭着马口铁皮的雨庇，下面胡乱地堆着一些破旧的家具、小煤炉、板桌等等。这一楼一底的屋子一共住着五家。客堂间是二房东林志成一家，灶披间是小学教员赵振宇的房间，透过窗和门，可以看见和窗口成直角地搭着一张铁床，窗口是一张八仙桌，桌子对面是一架小行军床，门内里方的壁上是壁橱、筷笼等等，进门处是碎砖垫高了的煤炉、锅子、食具……失了业的洋行职员黄家楣住在亭子楼上，楼梯平台上放着一只火油炉子，这就是他们烧饭的地方。前楼只住着施小宝一个，她不开“火仓”，午饭夜饭都吃包饭。看不见的阁楼住着一个年老的报贩，常常酗酒，有一点变态，因为他老是爱哼《李陵碑》里面的“盼娇儿，不由人……”的词句，所以大家就拿“李陵碑”当作了他的名字。

〔客堂间是二房东住的地方，陈设比较整齐，从一张写字台和现在已经改作衣橱用了的一口玻璃书橱看来，可以知道林志成过去也许还是个“动笔头”的知识阶级。

〔这是一个郁闷得使人不舒服的黄梅时节。从开幕到终场，细雨始终不曾停过。雨大的时候丁冬的可以听到檐漏的声音，但是说不定一分钟之后，又会透出不爽朗的太阳。空气很重，这种低气压也就影响了这些住户们的心境。从他们的举动谈话里面，都可以知道他们一样地都很忧郁，焦躁，性急，……所以有一点很小的机会，就会爆发出必要以上的积愤。

〔上午八点以前，天在下雨，室内很暗，杨彩玉正在收拾房间和已吃过了早餐的碗盏，葆珍独自向着桌子，按着一只玩具用的桌上小钢琴，眼睛热心地望着桌上的书本，嘴里低声地唱着。

〔后门口，赵振宇的妻子正在门边买小菜，阿香挤在身边。赵振宇戴着眼镜，热心地在看报，阿牛收拾着书包，预备去上学。

〔弄堂前后卖物与喧嚷之声不绝。

葆　珍　（唱着）“……可是我问你：贩来一匹布，赚得几毛几？……（调子不对，重新唱过）……可是我问你：贩来一匹布，赚得几毛几？要知他们得了你的钱，立刻变成枪弹子……”

杨彩玉　葆珍！时间不早啦！

葆　珍　（撅一撅嘴，不理会）“……要知他们得了你的钱，立刻变成枪弹子，一颗颗，一颗颗，……将来都是打在你的心坎里……”

杨彩玉　跟你说，时候不早啦！

葆　珍　我还没有唱会呐，今天放了学，要去教人的。……

杨彩玉　自己不会，还教人？（从床上拎起一件衣服）衣服脱了也不好好地挂起来，往床上一扔，十二岁啦，自己的身体管不周全，还想教别人，做什么“小先生”！

葆　珍　（将书本收拾）这件要洗啦！

杨彩玉　洗，你倒很方便，这样的下雨天，洗了也不会干。（将衣服挂起）

葆　珍　（跑过去很快地除下来，往洗了脸的脸水中一扔）穿不干净的衣服，不卫生！

杨彩玉　（又好笑又生气）我不知道，要你说！（端了面盆到天井里去）

葆　珍　（收拾了书包）阿牛！（拎了书包往灶披间走）

赵　妻　（声）卖就卖，不卖拉倒！（狠狠地提着菜篮进来）

〔卖菜的手里数着铜板，好像受了什么天大的委屈似的挤进门来，拼命地说。

卖菜的　照你说，两个半铜板一两，也差三个铜板呐，连篮一斤二两，除了七两的篮，十一两，二百七十五……

赵　妻　谁说七两？（将篮里的茭白猛地覆在地上，用秤称着空篮）我说八两半……

卖菜的　（上前一步瞧着她的秤）嗳嗳，嗳，你瞧……

赵　妻　（做了一做称的样子，就算数了，向里面走）卖就卖，不卖拿去！

卖菜的　好啦好啦，添两个铜板……

赵　妻　（回身摸袋，故意迟疑，好容易将两个铜板交给卖菜的，当卖菜的挑起篰正要走的时候，她就很快地从他的篰里面拿了一支茭白）添一支！

卖菜的　（情急）这怎么行？……

〔赵妻狠命地将门关上，阿香帮着将身子顶住。

赵　妻　你这卖菜的顶不爽快！（回头来自言自语地）下了这十天半个月的雨，简直连青菜茭白也买不起了！

卖菜的　（声）喂喂……（推了几下门，也只得罢了，拖长了嗓子）嗳……茭白喽白菜——

〔赵振宇望妻子看了一眼，露出微笑，很快地又将眼光移向报纸上。

葆　珍　（大声地）阿牛，昨天教你的歌学会了？

阿　牛　（从灶披间伸出头来）不准你叫，你得叫我赵琛！

葆　珍　（故意地）偏叫，阿牛，阿牛，牛——

阿　牛　你真的叫？

葆　珍　你不是属牛吗？

阿　牛　那我也叫！叫你阿拖，拖油……

葆　珍　（急了）赵琛！

阿　牛　哈哈哈……（回进去拿书包）

〔杨彩玉正提了菜篮出来，葆珍撅起了小嘴，对她母亲瞪了一眼。

杨彩玉　什么？你——

葆　珍　（指着阿牛）阿牛，他又说啦，叫我——

杨彩玉　（一抹阴影从她的脸上掠过，低声而有力地）别理他，去念书吧！点心钱拿了没有？

〔葆珍摇头，杨彩玉回去拿钱给她。

〔此时林志成从前面推门进来，板着面孔，好像受了一肚子的委屈似的，一声不发，把弹簧锁的钥匙往袋子里一塞，从桌上拿起一杯开水，吞也似的喝了，胡乱地往床上一躺。

杨彩玉　（有点讶异）什么，你不舒服？

〔林志成不语。

杨彩玉　衣服也不换……（将挂了的寝衣除了给他）

〔林志成仍不理。

杨彩玉　（生气了）怎么的？你这人，老是跟我寻气，我又不是你的出气洞！

〔林志成看见杨彩玉生气了，便挣起半个身子来，预备换衣服，欲言又止。

〔杨彩玉不理会他，提了菜篮和葆珍一同出去，随手将从客堂到后间的门带上。林志成换了衣服，纳头便睡。

阿　牛　（看见葆珍去上学，喊）等一等，林葆珍！（回头对他母亲）妈，五个铜板买铅笔。

赵　妻　没有！

阿　牛　先生说要！

赵　妻　先生说要，我说不要！

〔赵振宇笑着从袋子里摸出了几个铜板来交给阿牛。

阿　牛　（对葆珍）后面的两句，我还不会唱……

葆　珍　后面的？……（带着调子）“一颗颗，一颗颗……”

阿　牛　唔，你再唱一遍……

〔二人欲下。

杨彩玉　（从后面）葆珍！放了学就回来，在外面乱跑，给你爸爸知道了又会……

葆　珍　（表示不快）什么爸爸爸爸……（下）

〔桂芬买了小菜回来，与杨彩玉遇个正着，赵妻悄悄地对杨彩玉望了一眼。

杨彩玉 （为着掩饰，对桂芬）喔，你早啊！（出门去）

赵　妻 （很快地对桂芬）听见吗？

桂　芬 什么？

赵　妻 （用嘴往门外一撅低声地）说起了她爸，葆珍就生气，嘟起了嘴。（模仿着）“什么爸爸爸爸”，唔，现在时势变了，小孩儿人事懂得早，一点儿事情也瞒不过啦！

桂　芬 （微笑）十二三岁啦怎么还不懂！（在水斗边把小菜一件件地拿出来）

赵　妻 （向客堂间方面听了一下，低声）可是听说姓林的跟她妈结婚，她还很小呐。

桂　芬 照理说，姓林的待她也很不错，我正在说呐，这样的晚爷，总算很少啦。

赵　妻 （抢着）可不是，我们搬到这儿来快一年啦，从来也没有听见打过骂过她，有时候，姓林的跟她妈妈寻事，发脾气，可是一看见她，就会什么话也没有啦。

桂　芬 唔，这是天性吧，不是自己生的，总有点儿两样。况且，她的同伴们又爱跟她开玩笑，什么拖油瓶……（笑）小孩儿总是好胜的。

赵　妻 （停了一停）你还不知道呐，她跟我们阿牛讲话，讲到姓林的事，总是林伯伯，从来也没听她叫过爸爸。

桂　芬 那不是他们以前就认识吗？

赵　妻 哪止认识，姓林的和她自己的爸爸还是好朋友呐，听说。

桂　芬 喔，那为什么……

〔突然，天上骤雨一般地落下一阵大点子的雨来。

赵　妻 唧，做黄梅真讨厌，又潮又闷，人也闷死啦！

桂　芬 唔，接连的下雨，橡皮套鞋也漏啦！

赵　妻 （看见桂芬在洗鱼和肉）喔，今天买了这许多？

〔亭子楼上黄父高声地咳嗽。

桂　芬 （强笑着）乡下的爸爸来啦，总得买一点！

赵　妻 喔，我倒忘记啦！——上海没来过吧。（剥着茭白）

桂　芬 嗯，本来，去年秋天打算来的——

赵　妻 喔，（想起了似的）来看看新添的孙儿，对吗？

桂　芬 （勉强地笑着）他，也有五六年不回去啦！

赵　妻 老先生倒很清健，三公司，大马路，都陪他去玩过啦？

桂　芬 差不多，初到上海，总得这一套。

赵　妻 昨晚上回来很晚啦，你们黄先生陪他去玩了大世界？

桂　芬 不，就在这儿近处，上“东海”去看了影戏。（自发地笑了）可是花了钱，他倒不爱看，说，人的头一会儿大，一会儿小，看到有点儿懂的时候，便又卜的跳过去啦。

赵　妻 （同意她）电影儿我也不爱看，一闪一闪的把头也弄晕啦，老年人总是爱看大戏的，陪他去看一本《火烧红莲寺》吧。去年年底，我的哥哥陪我去看了一本，喔，真好极啦，行头又好，布景又新，电灯一黑，台上的什么都变啦。真的，让他看了回乡下去，（笑）也许，几天几晚也讲不完呢。

桂　芬　嗳，家楣也是这么说。

赵　妻　在上海还得住几天吧？

桂　芬　（俯下眼睛）说不定，总还有几天吧。

赵　妻　好福气！儿子在上海成了家，添了孙儿。……

桂　芬　可是……要是家楣有事情做，……（往亭子间望了一眼，低声地）……这也叫一家不知道一家的事啊，在他老人家看来，像我们这样的生活也许很失望吧。种田人家好容易地把一个儿子培植起来，读到大学毕业，乡下人的眼界都是很小的，他们都在说，家楣在上海发了财，做了什么大事情呐，可是……（不禁有点儿黯然）到上海来一看，一家大小只住了一个亭子间！……（洗好了菜，站起来）

赵　妻　你们黄先生在乡下还有兄弟吗？

桂　芬　那倒好啦，还不是只有他一个。

赵　妻　（只能劝慰她）可是，你们黄先生有志气，将来总会……

桂　芬　（接上去）有志气有什么用，上海这个鬼地方，没志气的反而过得去；他，偏是那副坏脾气，什么事情也不肯将就……

赵振宇　（放下报纸，一手除眼镜，用手背擦一擦眼睛）不，不，随便将就，才是坏脾气，社会坏，就是人坏，好人，就应该从自己做起的。大家都跟你们黄先生一样的不随便，不马虎……

桂　芬　（要走了）不随便，就只配住亭子间，对吗？

赵振宇　不，不，不是这么说，做人但求问心无愧，譬如说……

赵　妻　（狠狠地）别再譬如说啦！再不去，又会脱班啦，几毛钱一点钟的功课，还要扣薪水……

赵振宇　没有的事，此刻八点差一刻，到学校里四分半钟就够啦。（回头对桂芬，诚恳地）譬如说……（一看，见桂芬已经上楼去了）

赵　妻　（带着冷笑）人家爱听你的话吗？这样的话，到课堂里去讲吧，骗骗小孩儿……

赵振宇　（坦然）听不听是人家的事，讲不讲却是我的事啊！我，我……

赵　妻　得啦，得啦，走吧，过一会儿姓林的走过来，话又会讲不完啦，海阔天空的……

赵振宇　（望着客堂间）这几天他又做夜班吗？

赵　妻　做日班做夜班，跟你有什么相干？

〔门外卖糍米饭的声音。

阿　香　（对她妈）妈，吃糍米饭！

赵　妻　（摸了一摸袋，大概没有钱了，便转换口气）不是才吃过稀饭吗？

阿　香　嗯！我要——

赵　妻　（狠狠地）你爸爸还没有发财呐！

〔阿香羡慕地望着门外。

〔前楼施小宝方才起来，室内很暗，伸了一个懒腰，把窗帷扯开，室内方才明亮，点了一支烟，开窗，望着窗外的雨，皱眉装了一个苦脸，拿了热水瓶，懒懒地下楼来，走到亭子间的平台上的时候向亭子间门缝里望了一眼，好像看见了什么好笑的事情似的，抿着嘴自笑。

〔她是一个所谓廉价的摩登少妇，很时髦地烫着头发，睡眼惺忪，残脂未褪。艳红色的印花旗袍，领口的两个钮扣摊着，拖着拖鞋，并不很美，但是眉目间自有风情，婀娜地走着。

〔走到灶披间门口。随手将尚余大半截的纸烟一掷，赵妻听见她下来，用憎恶的眼光对她望了一眼，故意地避开视线，用力地扇煤炉，白烟直冲上去。

施小宝　（对赵妻看了一眼）喔，你们多早啊！（打一个伸欠）又是下雨，听着滴滴答答的声音，就睡着不想起来啦！……（伸欠）

赵　妻　（有恶意地）你福气好啊！

施小宝　（对她一笑）喔，赵先生今天不上课？

〔赵振宇热心地看报。

施小宝　（有点儿意外）怎么的，今天，往常人家不跟你讲话，你偏有说有笑，今天跟你说，你偏不理。

赵振宇　（连忙放下报）啊啊，你啊，瞧，报上说……

施小宝　（将热水瓶中的残水随手一倒）报上说什么？

〔水溅在赵妻的身上，赵妻虎虎地瞪了她一眼。

施小宝　啊，对不住！（悠然地开了后门，出去泡水了）

〔林志成辗转不能入睡，坐起来。

赵振宇　（看着他妻子的一副忿忿的神气，禁不住）哈哈！……

赵　妻　（突然回转身来）笑什么？

赵振宇　为什么老是跟她过不去呢？住在一个屋子里面，见了面就吵嘴，像个什么样儿！……

赵　妻　那副怪样子我就看不惯，野鸡不像野鸡，妖形怪状，男人不在家，不三不四的男人一个个地带到家里来。……

〔亭子楼上黄家楣猛烈地咳嗽着，从窗口扑出上半身来。苍白瘦削而带忧郁表情，用手挥着下面冲上去的煤烟，把窗关上。小孩哭声。

赵振宇　嗳，这跟你又有什么相干呐，况且这也不能怪她啊，我不是跟你说过吗，这也是为着生活啊，男人搭了大轮船全世界的漂，今天日本，明天南洋，后天又是美国，一年不能回来三两次，没有家产，没有本领，赚不得钱，你要她三贞五烈，这不是太，……太……

赵　妻　讲道理到耶稣堂里去！什么事情，都要讲出一大篇的道理来，可是我看你也只强了一张嘴，你有才学，你能赚钱吗？哼！我跟她过不去，和你有什么相干？我跟别人讲话，不要你插进来！……

赵振宇 什么？我……笑话……（指手画脚地走到他妻子前面，还要发议论的修复时候——）

〔门外卖方糕的叫卖声，阿香奔回来，打断了他的话。

阿　香 妈，买方糕！

赵　妻 吃不饱的，刚才……

〔施小宝泡了开水回来，在门口，一手推开了门。

施小宝 （对门外）方糕，喂！（付钱买了几块，回头来看见了阿香的神气，又对卖糕的）喂！再给一块！（对阿香）来，来！

〔阿香走过去拿。

赵　妻 （大声地）不准拿。

施小宝 （笑着）这有什么关系呐，小孩儿总是爱吃的。

赵　妻 不准拿！跟你说！

〔阿香望着母亲，还是把手伸出来。

施小宝 不要紧，你吃好啦！……

赵　妻 （一把将阿香扯开）不争气的小鬼！你没有吃过方糕吗？（怒容满面地望着施小宝）

施小宝 （耸一耸眉毛）恶啃！……

赵　妻 恶啃什么？

施小宝 小孩儿的事，认什么真！

赵　妻 孩子是我的，你不要认真，我偏要认真！跟你说，咱们穷是穷，可是不清不白的钱买的东西，是不准小孩儿吃的！

施小宝 （也生气了）什么，你说谁的钱不清白？

赵　妻 （冷笑）还问我呐？

施小宝 嗳，你这人为什么这样不讲理啊！连好歹也不知道，人家好心好意的——

赵　妻 （吐出来一般地说）用不着你的好心好意。

施小宝 用不着就算啦！（笑着）不讲理的——（往楼上走）蠢东西！

赵　妻 （赶上一步）蠢东西骂谁？

施小宝 （从楼梯上回头来做一个轻蔑的表情，但是依旧带着笑）骂你！（飘然上去）

〔赵妻正要再讲的时候，楼上黄家楣的父亲抱着两岁的小孩子下来了，桂芬手里拿着要洗的衣服跟在后面，赵妻只得吐了一口唾沫。

赵　妻 不要脸的！

〔黄父是一个十足的乡下人，褪了色的蓝粗布衫，系着作裙。须发已经有几根花白，得意地抱着孙儿，好像走不惯这狭斜的楼梯，一步步当心地下来。

桂　芬 （用好奇的眼光望了一眼施小宝，对她公公高声地说）在弄堂里走一走，别让他到弄口去，外面有汽车……

黄　父　（殷勤地和赵振宇招呼，指着小孩）他要我抱到街上去，哈哈，上海地方走不开，要是在乡下……

赵振宇　（接上去）老先生，上海比乡下好玩吗？

黄　父　（答非所问）前几天还怕陌生，一会儿就熟啦！瞧，尽是要我抱，嘿！……

赵振宇　（不懂似的）嗳？

桂　芬　（对赵振宇）他耳朵不方便，还没听见呐！

赵振宇　（点头，大声地）老先生，上海比乡下好玩吗？

黄　父　乡下？嗳嗳，还要住几天，阿楣和她（指着桂芬）不放我走。好在蚕事已经过啦，自己家里不做丝，卖了茧子，就没有事啦！……

赵振宇　唔，倒是很好玩，（对桂芬）你们怎么跟他讲啦？一点儿也听不见吗？

桂　芬　（笑着）大声的喊，或者跟他做手势！

〔黄父抱着小孩推门走出，阿香趁着机会跟着也去。

桂　芬　（赶上去）喂，（大声地）别买东西给他吃！肚子要吃坏的。（回身进来自言自语）欢喜他，什么东西都给他吃，讲又讲不清。（对赵妻）可是，耳朵不便也有不便的好处啊！有什么事情可以瞒过他，他到现在还不知道家楣没有事情做呐，跟他说，学校里在考试，这几天不上课，反正他又不懂得……

赵振宇　跟他说在教书？唔，我们是同行。

桂　芬　（寂寞地笑着）家楣跟他说，在青年会办的夜学校里教书，他相信得什么似的。前天咱们坐电车从青年会门口经过，他就大声地嚷起来，“啊！这就是阿楣的学校。”好像整座的大洋房全是他自己的一样，把全车的人都引笑啦！（洗衣服）

赵振宇　哈哈哈，这看法倒不错，大洋房全是我的！哈……

〔太阳忽然一亮，林志成踱来踱去，把平门推开。

赵　妻　（听见他的声音，很快地）时候到啦，还不去干吗？姓林的起来啦，过一会走到这儿来，又会讲得不能动身的。

赵振宇　不要紧。

赵　妻　什么叫不要紧啊！快，他已经起来啦。

赵振宇　怕什么，他又不是老虎，此刻又不会向你要房钱。

赵　妻　我就不爱看他那副样子，冷冰冰的好像欠了他的多，还了他的少，跟他打招呼，老是喉咙口转气，“唔”，连小孩子也怕他，（征求桂芬同意般地）对吗？

〔桂芬点头。

赵振宇　（有得意之色）可是，他偏跟我谈得来，见了我他就……

赵　妻　（抢着忿忿地）我听了就讨厌，海阔天空的，自个儿的事情管不了，还讲什么国家，社……社，社会，（对桂芬）这些鬼话，我学也学不会！

〔桂芬微笑。

施小宝　（走到楼梯边，低声地）黄先生！黄先生！

黄家楣 （从亭子间出来）什么事？（有点窘态）

〔二人走近。

黄家楣 我……这几天……你的钱……

施小宝 （嫣然一笑）不，别这样说，这点钱算得什么，……嗳，黄先生，给我做件事情……

黄家楣 什么？

〔桂芬倾听。

施小宝 （从袋里拿出一封信来）请您念给我听一听！

黄家楣 （看了信）这是你，……你老太爷寄来的，唔，……他说家里都好……

施小宝 （不等他念完，接着）可是，要钱用？对吗？

黄家楣 唔，……大风把墙吹倒啦，所以要……

施小宝 反正是这么回事，黄先生，别念啦，你只告诉我，他要几块？

黄家楣 ……唔，顶少要十五块。还有……

施小宝 （一下就把信拿回去）哼，又是十五块，他女儿发了财，在做太太！……（要走了）

黄家楣 喔，我的那五块，月底……

施小宝 （做一个媚眼）你——就太认真啦，这算得什么？（笑）世界上像你这样老实的男人就太少啦！（用染着紫红蔻丹的手指轻佻地在他下巴上一触，飘然地走了）

〔黄家楣有点窘，用手摸了摸被触的地方，慢慢地回亭子间去。

林志成 （走到自来水龙头边去漱口，嘴里叽咕地）买什么小菜，还不回来！

赵振宇 （笑容满面）早，做夜班？

林志成 （没有一点笑意）唔……

赵振宇 （也像自言自语）很忙吧，今年纱厂生意好……

林志成 哼！生意好坏，我们反正是一样。生意清，天天愁关厂，愁裁人；好容易生意好起来，又是这么一天三班，全夜工，不管人死活，反正有的是做不死的牛！——

赵振宇 可是，生意好总比生意坏好一点吧！譬如说，……

林志成 没有的事，现在厂里不分日夜地赶工，货已经订到明年的三月份了。我们的大老板，历年不景气，亏空了千把万，现在，一年就统统还清啦。现在一共五个厂，每天平均要赚三万五千块，一个月，三五十五，三三见九，一个月就是一百多万，那一年不是一千二百万吗？吃苦的就是我们，工人过不下去，还可以摇班，可是当职员，就连这一点权利也没有，三十五十块钱一个月，就买去了你这么一个能算能写又能替他打人骂人的管理员……

赵振宇 唔，每天三万五，每年一千二百万，来这么十年，那不是一亿二千万……

林志成 别的不说，单讲我发工钱，每半个月就是几千块，花花绿绿的纸，在我这手里经过的也够多啦。别人看，以为发工钱是一个好缺份；可是我，就看不惯那一套，做事凭良心，就得吃赔账。今天就为我少扣了三毛五分钱的存工，就给那工务课长训斥了一顿。哼，训斥，他比我后二年进厂，因为会巴结，会讨好，就当了课长啦。天下的事，有理可以讲吗？（不胜愤慨）

赵振宇 （点点头）唔，吃一行怨一行，这是古话。可是，话又得说回来，像您这样的能够在一个厂里做上这么五六年，总已经算不错啦，像我们这样的生活，比上固然不足，可是比下还是有余……（指着报上的记事）上海有千千万万的人没饭吃，和他们比一下……

林志成 （不等他说完）不对，我以为，上就上，下就下，最不行的就像我们一样。有钱，住洋房，坐汽车，当然好喽；没有钱，索性像那阁楼上的“李陵碑”一样，倒也干脆，有得吃，吃一顿，没得吃，束束裤带上阁楼去睡觉。不用面子，不要虚名，没有老婆儿女，也没有什么交际应酬。衣服破啦，花三个子儿叫缝穷的缝一缝，跟我们一样的在街上走，谁也不会笑他。可是我们，大褂儿上打一个补丁，还能到厂里去吗？妈的“长衫班”，借了债，也得挣场面！

〔桂芬悄悄地看了他一眼。

赵振宇 可是，也许，从“李陵碑”的眼里看来，以为我们的生活比他好吧！人，反正是永远也不会满意的，不满意就有牢骚，牢骚就要悲观，悲观就伤身体，你说身体是咱们自己的，我为什么要跟自个儿的身体作对呢？所以我，就是这样想，有什么不满意的时候，我就把自己的生活和那些更不如我的比一比，那心就平下去啦，譬如说……

赵　妻 （从旁插嘴，爆发一般的口吻）譬如说，譬如说，只有你，没出息，老是往下爬！为什么不跟有钱有势的比一比？

赵振宇 （不去理会她，坐下来，预备长谈了）譬如说——

赵　妻 别譬如说啦，今天不上课吗？

赵振宇 （好像听不见）譬如说，我们有机会念书，能够懂得事情，能够这样的看着这个花花世界，有时候随意的发发议论，这也是一种权利啊！（大声地）哈哈哈——

林志成 （大不以为然）唔唔，这样的权利，我可不敢当！

赵振宇 可是，林先生，平心说，社会待我们念书人，已经很不错啦，中国能有多少人能够念书，能够有跟我们一样的……

赵　妻 （冷冷地）还算不错，哼，那你可以去当叫化啦！

赵振宇 我说，现在全世界上的人，都一样地在受难，各人有各人的苦处，你瞧，这段消息，（将报纸递过去）我们在马路上看见他们的时候，哪一个不是雄赳赳，气昂昂，坐在铁甲车上，满脸的杀气，铁帽子下面的那双有凶光的眼睛，好像要将我们吃下去，可是把那套老虎皮脱下来，还不是跟我们一样！

林志成 （接过报纸来看，悲痛的表情）什么？……

〔黄家楣推开窗来下望。

赵　妻　（以为有什么新奇的消息了）什么事？

赵振宇　你不懂得！

赵　妻　不懂得才问你啊！

赵振宇　好，那么我讲给你听。（不自觉地流露出对小学生讲故事的姿态）报上说，在一个……咱们中国贴邻的国度里，有一个兵，他打过仗，得过勋章，懂吗？胸口挂的勋章……可是退了伍，他就养不活他的老婆和爹娘，在一个晚上，他偷偷地借了一个房间，吞鸦片烟……不，不，（连忙去看了一看报）吞毒药自杀啦！他在遗书上说，我卖尽了可以卖的东西，现在，只剩这一个父母传给我的身体啦，听说医学校里要买尸首，那么就把我的尸首卖了养家吧！……结果，根据他的遗嘱，把尸首卖了，卖了大洋三十六块，扣去旅馆的房钱一块二毛，他的爸爸淌着眼泪领回了三十四块八毛的遗产！报馆记者在这一新闻上面安上一个标题——标题懂吗？就是题目，《壮士一匹，实价三十四元八毛》！

林志成　（愤愤地）妈的！（把报纸一掷）扣他一块二毛的那家伙简直是强盗！

赵振宇　可不是，只是为着钱，为着这一点点钱……（回头故意和他妻子开玩笑）所以，我见了钱就讨厌！

黄家楣　（悲怆的口吻）桂芬！

〔桂芬听得出神不应。

林志成　哼！……咱们中国，有的是浮尸，尸首也卖不到这样的价钱！

赵振宇　（又有新的话题了）嗳嗳，讲到浮尸，今天报上说……

〔小天津——一个“白相人”风的年轻人，推门进来，对大家望了一眼，一直地往楼上去了。赵妻对桂芬用一种轻蔑的表情耳语，态度间有多少的得意。

桂　芬　（睁着好奇的眼）当真？

赵　妻　（指着自己的眼睛）我亲自看见的，前晚上鬼鬼祟祟地陪她出去，昨天天快亮的时候才回来，昨晚上在这儿，（指指水斗边）我还看见他向女的要回扣！

桂　芬　（掩口）丢人的！

林志成　妈的，这世界真是男盗女娼，还不是为了钱，什么丢人的事都可以做！

〔楼上施小宝看见小天津便大声地喊：“滚出去！”大家抬头听。

林志成　有朝一日我有了势力，我一定要（恨恨地）把那些……（正要讲下去的时候——）

赵振宇　（大声地）啊！（跳起来）只有三分钟啦！（拿了桌上的书往外就跑）

赵　妻　（怒目瞪着他）死也改不好的坏脾气！

黄家楣　（从楼上）桂芬！桂芬！

桂　芬　（抬头）什么呀？

赵振宇　（猛然地推门进来）忘了帽子！（奔入屋内，取了帽子胡乱地往头上一套，奔出）

赵　妻　（赶出去，在门口喊）喂，为什么不换套鞋？……（望见他一溜烟的去了，只能回转，嘴里咕噜着）

〔桂芬把洗的衣服绞起。

林志成　（发牢骚和谈话的对手走了，只能回到自己房里去）买什么小菜啦，九点钟还不回来！

〔黄家楣走出亭子间往下走，这时候桂芬正揩着手迎上去。

黄家楣　来！

桂　芬　什么事，还有几件衣服没洗好呐。

〔赵妻收拾房间，林志成独自打水洗脸。

黄家楣　（站在楼梯中间）忙什么，这样的天气，一会儿就下雨，洗了又不会干。

桂　芬　（望着他）有什么事？

黄家楣　（稍稍迟疑了一下）还有吗？

桂　芬　（不懂）什么？

黄家楣　昨天的——（下半句咽了下去）

桂　芬　（会意了，低了头）买了小菜，还剩几毛钱。

黄家楣　那，今天……

桂　芬　（抬起头来望着他）今天？

黄家楣　（沉默了一刻，另找话题似的装着苦笑）桂芬！你觉得爸爸……你觉得爸爸对我很失望吧？看他的神气……

桂　芬　为什么？我看不出。

黄家楣　（沉痛地）为什么？卖了田，卖了地，典了房产，借了榨得出血来的高利钱，把一个儿子培植出来，可是今天……

桂　芬　（拦住他）你老讲这一套，什么用？你又不曾做过什么坏事情，又不是偷懒不愿找事情做，这样大的上海找不到一件小事情，这又有什么办法啦！

黄家楣　（抓着自己的头发，渐渐兴奋）全是那时候高等小学的姚先生讲坏的，他跟我爸爸说，这孩子是一个天才，学校里从来不曾有过这样的高材生，将来一定有成就，让他埋没在乡下太可惜啦！可是现在，要是他还活着，我倒要请他来看一看，天才在亭子间里面！（咳嗽）

桂　芬　怎么啦，你又是……（顾虑旁人听见，制止他）

黄家楣　（沉默了一下，透了口气，放低声音）爸爸好容易到了上海，要他整天地在亭子间里管小孩，这不是太可怜吗？

桂　芬　我知道，可是——

黄家楣　小孩儿不是还有个锁片吗？（将视线避开桂芬）

桂　芬　（耸一耸眉毛）上次给你的三块几毛钱，不就是这金锁片换的吗？

黄家楣　唔！（黯然）咪咪很可怜，这一点东西也……

桂　芬　（望了他一眼，不语）

黄家楣　那么，你——（不讲下去）

桂　芬　什么？（望着他）

〔黄家楣俯首不语。

桂　芬　（慢慢地）本来，有钱，是有钱的样子，没钱，是没钱的样子，你爸爸在这儿也不会住得很久吧！……

〔黄家楣不语。

桂　芬　（自然流露）我倒耽心着今后呐。这边借三块，那边借五块，一天天地撑下去，总有一天……

黄家楣　（骤然地抬起头来，爆发似的）你以为我永远也不会有事情做吗？……（讲了这一句，又突然止住了，垂头）

桂　芬　（狼狈）不，不，我不是这样说，嗳，你又是，（改换了央求的口吻）家楣，我说错啦！

〔黄家楣无言地用手抚了一下她的肩膀，转身要上楼去。

〔这时候后门哑然地推开，黄父抱着咪咪进来，似乎很高兴。咪咪一只手拿着一块蛋糕，一只手拿着一串荸荠。阿香反背着手，鬼鬼祟祟地跟在后面，两只眼盯着她母亲。

黄　父　哈哈，对啦对啦，是这一家，你很聪明！

黄家楣　爸回来啦！（要迎下去，突然咳嗽起来）

桂　芬　你上去吧，这儿风很大。

赵　妻　（望着她女儿的手）什么？谁给你的？……

阿　香　（手里也是一串荸荠，嘟着嘴）我说不要，他（指着黄父）一定要给我的。

赵　妻　蠢东西，客气也不懂得！（对黄父正要讲话，一会儿想起，用手势表示感谢之意）

黄　父　（大声地）亏得她，上海的屋子全是一个样，一出门就找不到是哪一家啦！哈哈哈！（走向楼梯）

赵　妻　（取过阿香的荸荠，勒下三个）吃一半！（随手提起自己的围身裙，按在阿香的鼻上）哼！

〔阿香用力一哼，发出很响的声音。

赵　妻　五岁啦，连鼻涕也不会哼！（带着阿香进房去）

黄家楣　（忍住了呛，装着笑，接过咪咪）小东西，尽要老爹抱！（对父）爸爸，上去躺一下吧，今晚上去看大戏，《火烧红莲寺》。

〔桂芬望着小孩手里的荸荠。

黄　父　（听不清，依旧答非所问）唉，不要紧，不要紧，算得什么，乡下的小孩儿一顿就吃这么三十五十个，吃吃，就吃惯啦！哈哈……

〔桂芬沉着脸回到水斗边。天上又是一阵骤雨，她只能退了一步站在灶披间门口，黄家楣用手帕按着嘴也走出亭子间来，好像为着不使他父亲看见一般地猛烈地咳呛，桂芬耸着耳听。

赵　妻　（忠告似的）你们黄先生的毛病得去请先生看一看啊！清早咳得很厉害！

桂　芬　可是他……

赵 妻 噢，说起来，我倒有个好单方，已经治好了许多人啦，五月端午的正午时，用七七四十九个大蒜头，四眼不见……

〔突然施小宝的房内好像推倒了什么东西似的发出了怪响的声音，赵妻、桂芬、林志成一起抬头听，接着，小天津若无其事地嘴里吹着口哨，——大约是跳舞场里流行的歌曲吧，——施小宝虎虎地跟出来，嘴里一路喊。

施小宝 我不去，不去，偏不去！

〔小天津在楼梯上站住，回头望着她，尽吹口哨，不语。

施小宝 （走到平台上）你去跟他说，我一点儿也没有错。要我跟他赔罪！休想！我打他是应该的，哼！他才不漂亮，请吃了一顿饭，就打别人的主意！跟他说，Johnie快回来啦，有话跟他去讲！（回身欲走）

〔小天津用下巴招她下来。

施小宝 （走下几档）什么？（竖起了眉毛）

小天津 （随手将一根楼梯上的扶手档子攀过来，轻轻地一折两段，悠然地丢掉，拂去手上的木屑，然后冷冷地对施小宝）你总还要在上海滩上走路吧，不听我的话，你的腿，总不比这木头还硬吧！（重新吹着口哨，在许多眼光凝视中下楼，悠然地开门而去）

〔赵妻很快地跟出去张望了一下，用力地将门关上。

施小宝 （有点儿悚然，但在众人面前，不能不硬挺几句）狗东西！强盗！（回身上楼去，倒在床上）

林志成 （听见争执，从客堂间里赶出来，直望着小天津走了之后，走到楼梯边来拾起折断了的扶手档，忿忿地）瞎了眼的，全租了些好房客！

〔林志成正要回身转去的时候，后门有人敲门，赵妻不敢去开，望着林志成。林志成没办法地壮一壮胆，上去扯开门。叩门的是一个须发蓬松的中年男子，穿着一套不称身的西装，肩上已经湿透了，他有一双善良而眼梢细长的眼睛，高耸的鼻子，但是态度可以看出他此刻正在一个饱经苦难而身心俱惫的状态之下，他就是杨彩玉的前夫，林志成的好友，葆珍的父亲——匡复。

匡 复 请问，这儿有一位姓林……（看见林志成，仔细地认了一下）啊，你就是志成！我真找遍啦！

林志成 （太意外了，使他睁着充血的眼睛，倒退了两步）你……你……

匡 复 你不认识我了吗？我……

林志成 （细细地看了之后，面色变了）啊，复生！什么……

匡 复 （热烈地伸手过去）啊，我变啦，要是在街上碰到，怕再也不会认识我吧！（苦笑）

林志成 （哑然如遭电击，不知所措）啊！——

匡 复 （热情地握住了他的手）志成！

林志成 （一瞬间爆发出遇见了旧友时的感情）复生！你回来了！你！（差不多抱住了他，但是一瞬间后，面色又惨变了）

匡　复　（举首四望了一下，看见赵妻等睁眼望着他，向桂芬和赵妻叮咛地招呼，对林志成）这全是你的家吗？……

林志成　（如梦初醒）啊，不，不，里面坐，里面坐！（陪着匡复到客堂间去）

〔赵妻等以惊奇的目光望着，林随手将门关上。

匡　复　（边走边说）这一带全变啦，无轨电车也通啦，屋子大半也拆造过啦。在七八年前我在这一带住的时候……

〔林志成失神似的望着他。

匡　复　什么，志成，你看我的样子……

林志成　（掩饰内心混乱）唔唔，坐，坐，你抽烟吗？（从抽斗里找香烟）

匡　复　什么，你忘了我不抽烟吗？

林志成　噢噢，那么，……（拿起热水瓶，倒开水，但是他简直不感到瓶里已经没有水了，所以空做着倒水的姿势）喝杯开水！（手抖着）

匡　复　（望着他的手，对于他的那种张皇失措的神情开始吃惊）什么，志成，我来得太突兀，你觉得很奇怪吧？你，你身体怎样？有什么不舒服吗？

林志成　（愈加狼狈）不，不……

匡　复　那么，老朋友，为什么不替我的恢复自由高兴呢？我们分手之后，连我进去之前的一年半计算在内，已经整整的十年啦！

林志成　唔唔，复生，我，我，很高兴，可是，这，这不是做梦吧！

匡　复　（笑着）不，你捏我的手，这不是梦，这是现实！

〔林志成握着他的手，对他望了一眼，又垂头不语。

匡　复　（感慨）我在那鸽子笼里梦想了八年的事，今天居然实现了。我每逢放风的时候，吸着一口新鲜的空气，吹着一阵从远方吹来的风，我就很快地想到你，志成，期满了之后，第一就要找到你，见了你，就可以看见我的彩玉，我的葆珍！志成，她们，她们……

林志成　（眼睛里露出恐怖的光）她们，唔，她们……

匡　复　她们好吗？她们……（紧握着林志成的手）喔，志成，我不知道应该怎样感谢你，这几年，她们怎样过的，告诉我！……

〔林志成不语。

匡　复　她们好吗？志成，你说……

林志成　（塞住了喉咙）她们……（苦痛）

匡　复　（吃惊）什么？她们怎么样？

〔林志成仍旧不语。

匡　复　（站起来）志成，你告诉我，她们怎样了？她们……你用不着瞒住我，她们已经——（悲怆地）

林志成　不，不，她们很好，……过一会儿……

匡　复　（透了一口气）喔，她们很好吗？志成！要是没有你这个朋友，她们也许已经死掉，也许已经流浪在街头，我不知道做了多少的可怕的梦，梦见彩玉带了葆珍，乞丐一样地在街头要饭，啊……

〔正在他们谈话的时候，阿香蹑手蹑脚地走到门边来窃听。赵妻正在小风炉上炒菜，看见阿香跑去窃听，立即赶过去一把扯开她，用拳头威胁她，阿香没法地走开。但是赵妻听见匡复讲到彩玉这两个字，便立定了脚，不自禁地也以和阿香同样的姿势，从门缝里偷听。阿香站在楼梯边望着她母亲，嘟起了嘴，瞪着。

〔匡复的话未完，突然的前门叩门声，林志成狼狈，站起来，不去开，好容易下定决心。

林志成 （对匡复）她……（还要说下去）

〔内声：（从门外）“老板娘，洋瓶申报纸有吗？”

林志成 （紧张消失了，怒烘烘地）没有！

〔内声：（习惯的口吻）“阿有啥烂铜烂铁，旧衣裳，旧皮鞋换哦？”（喊着去了）

匡　复 （被他打断了话头，拿起杯子，看见没有水，又放下。这时候才将室内看了一遍，当他的视线射到挂着的一件女人的旗袍的时候）噢，志成，（强作精神）我还不知道，你已经结了婚吗？

林志成 （痛苦愈甚）唔！……

匡　复 几年啦，你太太呢？

〔林志成不语。

匡　复 为什么？在里面觉得日子过得很慢，可是想一想，时间还是很快的，在学校里面闹饭厅的老对手，现在都已经是中年人啦！（感慨系之，停了一下）志成，你今年是三十……五？

林志成 （终于忍不住了，突然地站起来）复生！这几年，你为什么不给我一封信？写一封平安信，总不该是不可能吧！

匡　复 什么？

林志成 从你在龙华的时候带了那封信给我之后，……就一个字也没有……那时候，案子又是那么严重！

匡　复 朋友，对不住，我不知道外面是个什么世界，寄信给你，也许会对你不方便……

林志成 （用一种差不多要哭的声音）可是，可是，复生！你这样做，你这样做，就使我犯了罪，犯了一种没有面目见朋友的罪啦！复生，请你唾骂我，我卑劣，我对不住你……

匡　复 （惊住）什么？你说——

林志成 我不是人，我没有面目见你，我……（双手抱住了头）

匡　复 什么事？志成，我一点也不懂，你说……你说……

林志成 复生！

匡　复 什么？

林志成 我——（停止）

匡　复 什么啊？你说。

林志成 我跟彩玉——

〔匡复一怔。

林志成 （咬紧牙根）我跟彩玉同居了！

匡　复 （混乱，但是无意识地）嗯——（颓然坐下，学语似的）同——居——了！

桂　芬 （大声地）啊哟，赵师母！你的菜炒焦啦！

〔赵妻狼狈地跑回。桂芬拿了洗好的衣服之类上楼去。

林志成 （低声而有力地）自从我接到你从龙华辗转托人带给我的信，我就去找彩玉，跟你想象的一样，那时候，她们潦倒在一家阁楼上，你家里的一切，差不多全在你出事的时候给拿去啦。我……（喘了一口气）我尽我的力量招呼她们，可是，一年，两年，得不到你一点儿消息，跟你同案子的人，死的死啦，变的变啦，足足的等了你三年，（渐兴奋而高声）简直不知道你死了还是活着……（很快地改语调）可是，不，不，这并不能作为我犯罪的辩解，我犯了罪，我对不住你……可是，复生！我是一个人，我有感情，我为着要使她们幸福，我就……

匡　复 （昂奋的声音）要使她们幸福？……（好容易才制止了自己的感情混乱）唔，……等一等，我……让我想一想……

林志成 现在想起来，使我苦痛的原因，还是为了一点不值钱的所谓的义气，我要帮助朋友，帮助朋友的家属。每次看见葆珍的时候，我总暗暗地想，我一定要保护她，使她能够念书，能够继续你的志向……可是，这就使我犯了罪，我……

匡　复 （失神似的自言自语，好像不曾听见林志成的话）要使她们幸福——

林志成 （多少的有点歇斯底里）我也是男子汉，我也念过书，以前，你将我看作自己的兄弟一样，那么你在患难中的时候，我能做出对不住你的事吗？一两个月之后我感到了危险，我几次三番地打定主意，我要离开，离开这种我平生不曾经历过的危险，我想凑成一笔整数的钱，交给彩玉，那么，我可以不必经常地照顾她们的生活，可是——

匡　复 （好容易恢复了他的平静）那么彩玉呢？

林志成 也许，她也跟我一样，命运遮住了我们的眼睛，愈挣扎，愈危险，终于——

匡　复 慢，那么现在……

林志成 （不等他说完）现在？一切不都已经很明白吗？我犯了罪，就等着你的审判。不，在你来审判我之前，良心早已在拷问着我了，当我些微地感觉到一点幸福，感觉到一点家庭的温暖，这时候一种看不见的刑具就紧紧地压住了我的心。现在好啦，你来啦，我供认，我不抵赖，……我在你面前服罪，我等着你的裁判！（一口气地讲完，好像安心似的透了口气，颓然）

匡　复 不，我不是这意思，我要知道，现在你和彩玉都幸福吗？

林志成 （反攻似的口吻，但是痛苦地）你说，幸福能建筑在苦痛的心上吗？

匡　复　（黯然）唔——

〔沉默片刻，桂芬拿了一个洋瓶从亭子间出来。

黄　父　（声）你别去打酒啊，我不喝，……嗳嗳……

〔桂芬走到后门口，正值阁楼的住户“李陵碑”回来，臂下夹着几份卖不完的报，已经喝了一点酒，醉醺醺地谁也不理会，嘴里哼着，一径往楼上去。

李陵碑　（唱）“盼娇儿，不由人，珠泪双流……（苍凉之感）我的儿啊，七郎儿，回雁门，把兵求救，为什么，此一去，不见回头……”

匡　复　（跟着李陵碑的歌声，望了一望楼顶，颓丧地）我不该来看你们，我多事啦……

林志成　什么，你说……

〔匡复不语。

〔有人敲门，林志成毫不思索地站起来，决然。

林志成　好，她回来啦，我，我此刻出去，让你们谈话，怎么办我都愿意。朋友，我等着你的决定……（去开门）

〔但是进来的是一个穿工服的青年人。

青　年　（张皇地）林先生，快，工务课长请你立刻去，厂里出了事，快……

林志成　（冷冷地）日班的事，跟我有什么相干？

青　年　不，不，闹得很厉害，快，大家等着。（差不多强迫一样拉着他）

林志成　不，不，我有事……（被扯着只能换了衣服下场）

匡　复　（重新再将室内仔细地观察了一下，走近案前，拿起一本葆珍方才剩下的唱歌本子，看了一下。独自地）林葆珍，唔，林！（将书放下，屈指计算）那时候她是五岁……（无意识地在葆珍的小钢琴上按了一下）

〔这时候太阳一闪，黄父抱着咪咪从亭子间窗口探出头来，望一望天。一刻，黄家楣拿了一个包袱匆匆地下楼来，当他走到水斗边的时候，正值桂芬打了酒回来。

桂　芬　（望着他的包裹）什么？

黄家楣　（有点忸怩）衣服！……

桂　芬　（将露出在包裹外的一只衣角一扯，望了他一眼，然后）家楣，我只有这一件出客的衣服啦……

〔黄父从楼窗口望着。

黄家楣　（解嘲地）反正你又没有应酬，天气热了又用不着，过几天……（看见桂芬有不舍之意，硬一硬心肠不管她，往外就走）

桂　芬　家——

〔黄家楣头也不回地走了，望着他的背影，桂芬突然以手掩面，爆发一般地啜泣。黄父在楼上看见了这种情景，面色陡变，很快地从楼梯上走下来。二人在楼梯边相遇，桂芬看见他，狼狈地改换笑容。

桂　芬　老爹……

黄　父　（望着她）唔……

〔后门，杨彩玉提着菜篮回来，好奇地望着他们。

〔雨渐大，弄内儿童喧噪声。

——幕下

（选自《海上文学百家文库·夏衍卷》，上海文艺出版社，2010）

【学习提示】

《上海屋檐下》是抗日战争全面爆发前夏衍的代表剧作，该剧真实地描绘了上海一条普通弄堂里五户人家琐碎、辛酸的生活。作品以二房东林志成与杨彩玉、匡复之间复杂的爱情纠葛为主线。十年前，革命者匡复入狱，好友林志成担负起照顾其妻子杨彩玉和女儿葆珍的重任，因匡复长期没有音讯，林便与杨同居。之后，匡复出狱来寻找妻子、女儿，三人陷于极度的痛苦之中。剧作细腻、深入地展示了三人面对进退两难的局面时内心所掀起的情感波澜。林在厂里上下受气，在家里又遇上归来的匡复，愧疚难当，便打算辞掉厂里的差使，并从家庭出走，使好友与妻女团聚。杨彩玉在两人的感情之间挣扎，匡复的出现唤起了她的美好回忆，她决心告别这种平庸可怜的生活，并鼓励匡复与她开始新的生活。身心疲惫仍想振作的匡复也希望与家人团聚，但在短短的一天中，他看到了“上海屋檐下”人们的痛苦，清醒地意识到，应该有更光明的生活，最后在孩子们的歌声当中离家投入更加广阔的社会生活中去。

除了这条情节主线，剧作还对其余四家人的生活进行了生动的描绘。该剧描绘了黄梅时节上海普通人家穷困平庸的生活，引起人们对现存不合理社会的思考，但又对未来充满信心。匡复的留言“勇敢地活下去”，孩子们稚气而富有进取心的歌声都预示着黑暗时代即将结束，光明最终会来到人间。

夏衍独特的剧作风格，在《上海屋檐下》中有着突出的体现。首先便是生活气息浓郁，夏衍善于写普通知识分子与小市民的平凡人生，从日常事件中发掘深刻的内涵。他没有在剧作中表现抗日战争的宏伟场面，而是选取生活的侧面，通过对上海弄堂里五家住户生活的淋漓酣畅的描绘，表现出时代的主题和生活的本质。取材的平凡、构思的自然与主题的深刻构成了该剧的鲜明特色。该剧的结构也颇具特色，它截取了生活的一个横断面，将一天内五家人的生活组织在同一舞台之上，以林志成一家生活为主线，其余四条线索交织描绘，穿插进行，使整个剧情显得不蔓不枝而又错落有致。《上海屋檐下》不像曹禺的《雷雨》以奇巧的构思、扣人心弦的悬念和激烈的矛盾冲突取胜，也不似郭沫若的《屈原》、田汉的《名优之死》以主人公的活动为线索，而是在一个空间内巧妙地变换场面，使得条理明晰严密，浑然一体。整体风格的洗练、深远和隽永在该剧中也体现得很明显。《李陵碑》里面的一句唱词的反复穿插，写尽了这位老人的麻木心态；黄父强作笑颜与最后留下几块血汗钱，林志成初见匡复时惊慌失措拿空水瓶倒水也都是传神之笔。整个剧作可以说是平中见奇，情浓如诗。

【思考练习题】

1. 结合作品分析夏衍是如何刻画人物性格、描绘人物内心世界的。
2. 比较分析夏衍与曹禺在戏剧冲突的构造上各有什么特点。

这不过是春天（第三幕）

李健吾

还是那间客室，因为时间改了上午，不免有些发暗，然而渐渐浅褪，直到最后，依旧亮了起来。

〔秘书陪同秘探，等候厅长出来。

王彝丞 要是真的话，你敢动手逮捕他吗？

白振山 （迟疑）这得看事行事。现在我一点逮捕的意思也没有。不过做主的不是我，我也不过受人差遣，我跟谁都没有恩怨。

王 姓谭的是姓冯的，倒是小事。问题在牵着太太。

白 所以我来跟厅长讨个主意。

王 你应该先问清楚太太。

白 不，我先探探厅长口气。我向例主张，先办公事，后讲交易。

王 厅长回头有饭局，自己做东，或许这时起了床。

白 等听差看回来再说。（行近圆桌。）这儿有两杯茶，还有点儿热，像谁刚来过。

王 是那位小学校长。

白 她一定是送信来的。也好，先让太太有个准备。对于花钱不在乎的人们，总得给点儿时间划算。

王 姓谭的一早出了门。

白 正好，这出戏正要背着他唱。

〔男仆由小门上。

男仆 厅长用过早点出来。

白 不要紧，我多等等。

男仆 太太跟姨小姐就从花园回来。

白 （会意。）好好，我们前面等，厅长出来，烦你通知一声。（向王。）我们前面坐。

〔他们由客厅下。

〔男仆过去开开小门，侧身而立。

〔夫人和校长挽着手，说着话，缓步而上。

〔男仆由原路上。

校长 你不如再想想。是我引他来的，如今还是我引他去。你犯不上死心眼儿留他。害你自己是真的。

夫人 他一早上你学校去的？

校长 没有，直到如今，我没有瞧见他。

夫　人　我疑心是他叫你来的。

校　长　不，我自己要来的。来，我们坐下细谈谈。

〔两个人坐在沙发上。

夫　人　茶冷了，不要换杯热的？

校　长　不，我不喝。你不用打断我的话头。好孩子，听我说。

夫　人　我听着，你说好了。

校　长　你得放他走。你留他住了两天，没有看出他一点不是十年前的旧人？你该看出点儿来。他已经不是你爱的学生，那股热情也用到别的地方。你要看不出来，也该觉出来。你觉了出来，不过你口硬，不甘心承认，没有勇气承认。你那点傻劲儿，只是骗骗自己的遮眼罩子，其实黑还是黑，难受还是难受。敢说你现在不感到一点点幻灭，幻灭的悲衰？你感到了的，不过你样子做的很快活，像是哄的住人，哄的住自己，其实你那两只水汪汪眼睛先是奸细。我这么说，你一定不好过，可是戳穿了纸包儿，整个露出你那节儿不敢见人的心肠，也许就是好过。得了，听我话，放他走。

夫　人　你那么相信我的势力？以为我真有本领永远留住他，扣在自己身边？

校　长　如今你也许没有那样魔力，不过你什么事都做的出来。

夫　人　你忘记了一桩事。从前我那么年轻，那么好看的时代，他受不住我一句话的刺激，一言不发，就离开了我。现在我上了年纪，嫁了个他看不上眼的男人，染了许多他看不上眼的习气，你真以为我能够挽住他——一个漂流了十年，见过千千万万女性的美男子？谢谢你，究竟是姐姐，太看的起我。

校　长　咱姐儿俩可都是女人，我要说你说的太厉害，你得记住这全是我自己的体验。方才你把自己说的那么难堪，看着我！我说，那是良心话，还是说来好玩？我不信你出于本心。没有个女人甘心揭开自己的底细，要是揭了开，还是我那句话，什么事都做的出来。

夫　人　你以为我会杀人？

校　长　不，你还没有那份儿胆子。

夫　人　我会闹离婚？

校　长　你？做了十年阔太太，回头闹离婚？活像鱼失了水，马上涸死。从前你嫌人家穷，现在你就不嫌了？进一步说，你以为人家受不住你讥讽，离开了你，在你满是好意。一点都不是！你看自己看的太高，忘掉别人还有理想。他离开你，不是怕你挖苦，是怕你毁了他的理想。你从没有接过他一封信，是不是？

夫　人　（差不多失掉嗓音。）没有。

校　长　（继续。）我偶尔接到他一两封信，这我从没有对你说过。有什么用呢？你过的很安适，他有他的事业。他起先看你看做仙人，等他知道你也不过是个平常女人，日子过的一点儿不带灵性，他绝不会再走进你的世界。“好马不吃回头草”，血性人都是这样。你从不替别人想；女孩子全吃了这亏。

从前你以为他不配做你丈夫，如今你以为他可以当你情人了，是不是？

夫　人　我没有叫他来，是他自己来的。

校　长　人家由于友谊，难道你以为人家由于爱情？你受人奉承惯了，看不出人跟人还有区别。你要他跟你那群人一样，见天过来巴结太太！说穿了，那也不全为你。

夫　人　我一点不要作践他。

校　长　临了还不一样？过不上两个暑天，他也会叫你打在秘书群里头。来，叫我问你。能不能抛下眼前的荣华富贵，跟他私奔？

夫　人　你发了疯！

校　长　哈！你不成，是不是？

夫　人　当然不成。

校　长　我想不到你回的这样斩铁截钉。好了，我也不用再问你，你自己明白。

夫　人　不过你方才说的，我什么事都做的出来。

校　长　做出来满足你的私欲，是不是？你把人全看做填路的石子儿，叫你走个快，走个稳，早点儿叫你称心如意。

夫　人　我没有说的那么可怕。

校　长　我不跟你拌嘴。

夫　人　你领他来，你领他走，不成！我不是纸扎人儿，你领不了他走。我爱他，他也亲我来的。

校　长　你是个顶倔强的小孩子，我不同你讲话。

夫　人　你是个顶别扭的小学校长，我跟你没有话说。

校　长　来来，别撅嘴。

夫　人　你得帮我想个主意留他。

校　长　他说他要走的？

夫　人　他没有说，他叫我“试试看”。

校　长　我简直不懂你们这些孩子话。为什么“试试看”？

夫　人　他说我留不住他，我说我留的住他，他说“试试看”。

校　长　我不管。

夫　人　你得叫他答应我当秘书。

校　长　你不成，我怎么能够？

夫　人　他听你的话。

校　长　可是你爱他，他也亲你来的。

夫　人　你这叫吃飞醋！

校　长　谢谢你，我再也不同你讲话。

夫　人　（起立。）你马上给我走！

校　长　对不住，我等个人回来说句话。

夫　人　不许你见他！

校　长　他会见我的，你看！回过头！

〔冯允平由客厅上。看见她们箭拔弩张的情势，他楞住了，站在屋心，不再前进。

冯　怎么了？

夫人　（趋前。）不怎么！她爱你！

〔她冲出小门。

〔冯打算追她回来，迟疑了一下，立刻转回身，过来坐在沙发上。

冯　你们吵嘴来的？

校长　没有什么要紧，你知道她的脾气。她一会儿就跟我好。

冯　我跑的很累。

校长　说是你一早出了门。我等了很久。

冯　等我？

校长　我来告你件怪事。昨天黄昏，有人到学校探听你的消息。

冯　（凝神。）什么人？

校长　起先门房上来回话，我只当做你的朋友？可是今早又有人来探听，而且据门房上人讲，校门左近总有人转来转去，像是守着什么人出入。

冯　噢？他怎么个问法？

校长　详细我不知道。不过就底下人讲，一个二十多岁的年轻人，穿了身蓝布褂子，样子怪像学生，一进门房就问：有没有位冯允平冯先生。

冯　奇怪！怎么会问到你那儿去？

校长　怪的是第二天早晨又有人来问。这回换了个五十多岁的人，也是一进来就问冯允平冯先生。口气挺像个老朋友。门房回了句没有。于是他问有没有位姓谭的。

冯　朋友里没有人知道我姓谭，也没有五十岁的人。

校长　一定有人想知道你的行止。

冯　难说。

校长　你新从南方来，不定引起官方的注意？

冯　也许。

〔他站起来，在屋心徘徊。

校长　这两天你出门，不觉得有人尾随？

〔冯摇摇头。

校长　好些人糊里糊涂失了踪，你应该小点儿心。

冯　（站住。）你有没有告诉她——令妹？

校长　没有。

〔冯点点头。

校长　你还在这儿住下去？自然，住在厅长府上，又是太太的表亲，再保险不过。

冯　我什么时候都可以离开这儿。

校长　怕女主人不放你走。你看得出来，她很恋着你。

冯　　　不过我走了，会跟我没有来一样。

校　长　是说你？是说她？

冯　　　都可以说，不过我的意思更指着她。

校　长　你这回跟她住了几天，应该有点儿满足，补起十年来的惦记。

〔冯点点头。

校　长　（起立。）那么你走好了。

冯　　　我理应谢谢你。

校　长　没有什么。我倒应该谢谢你，因为你，我学校多了一千块钱基金。（两人握手。）你大概不会再到我那边去。

冯　　　大概不会。

〔夫人重由小门上。她笑喜喜的，差不多另换了个人。

夫　人　（向校长。）姐姐，怎么！你要走吗？

校　长　是的。这么快，你平了气？

夫　人　根本我没有生气。

校　长　（向冯。）你亲眼看见她跑出去的。我倒不管她生不生气，不过她毁谤我的名誉，是要提出抗议的。

夫　人　我留你用午饭，算和解了罢。

校　长　我出来了一早晨，这时得回学校看看。改一回，你得恭恭敬敬写个帖子来，我再来领情罢。

夫　人　真地，你不用走，回头厅长出门，家里只我一个人。

校　长　（向外行。）我给你荐举位陪客。

夫　人　我要你陪。

校　长　也要我亲你吗？

〔她笑着向客厅跑出去。

夫　人　我不掰掉你的嘴！

〔她追出去。

〔冯站在那里，唇边挂着微笑，始终没有动，静听着遥遥传来的“再见再见！”仿佛醒了过来，他预备由小门下。

〔男仆由小门上，闪在一旁。等候厅长进来，厅长披着青斗篷，戴着绒帽，出门的样子，看见冯，他点点头。

厅　长　（向冯。）早晨没有出去？

冯　　　刚回来。

厅　长　噢！天气还好。（向男仆。）请白先生这儿见。

男　仆　是。

厅　长　备汽车。

男　仆　是。

〔男仆由客厅下。

厅　长　你有事，请便。

冯　是。

〔冯由小门下。

〔厅长行近圆桌，坐在沙发上。

〔稍缓，白振山在帘边出现，看见厅长，远远鞠下躬去，然后趋向前面。

厅长　你坐下。

白　不敢。

厅长　坐下好说话。

白　是。

厅长　你快点儿说，我出去还有个应酬。

白　是。（坐在沙发侧缘上。）这是关于逮捕那个姓冯的事。

厅长　我记得，我记得。他叫什么来的？

白　冯允平。

厅长　是的。你侦察的怎么样？有没有这人？

白　有这人。

厅长　好的很。捕住没有？

白　困难就在这上头。不敢欺瞒厅长，这得买通几个得力的眼线，因为，厅长明白，我们队里没有人认识这姓冯的。

厅长　他藏在什么地方？

白　现在不敢说一定。有些嫌疑地方，已经派好了人看守。

厅长　就好办。只要面生，形迹可疑，你就下手好了。

白　直到如今，还没有遇见这样人。他既然是南方派来秘密工作的重要人员，一定轻易不拿把柄给人。

厅长　照你说，这很难办。

白　厅长无妨先颁个赏额。

厅长　赏额？

白　（斗胆。）是的。好些地方都得用钱。例如买通眼线，就要一笔开消。依职下看，厅长拨下一千就成。

厅长　胡说！一千块钱捕个革命党，还不定捕的住捕不住！

白　现在革命党看着不要紧，将来里应外合……

厅长　放屁！这也是你说的！

白　是，是，职下该死！不过，这是厅长的恩典，多少赏下点儿来，底下人好欢欢喜喜办事。

厅长　他们不关薪？

白　是，是。

厅长　你们这些办官事的人，见月领了薪俸不算，处处还要讲价钱。总部公事交我时候，说好了多少来的？我这儿警饷没有着落，天天跟总部商量，你这儿贼没有捕住，先叫上头开支票，有这样道理吗？

白　是，是。

厅　长　你跟了我多少年，官场上这点儿事还不明白？

白　是，是。

〔男仆由客厅上。

男　仆　厅长，车备好了。

厅　长　就走。

男　仆　是。

〔男仆于原路下。

厅　长　（起立。）叫你手下人多用点儿心。

白　（起立。）是，大人。

厅　长　（向外行。）等人捕获以后，那时百儿八十，我再向总部请。

白　全仗大人体恤。

〔厅长向外扬长而下。

〔白深深一躬下去，已经没有厅长影子，他才站直了，回过身，做鬼脸，吐舌头，仿佛恐惧过去了，起而代之的是轻蔑，戏弄，报复。听见轻快的步声，他立即严肃起来，而且是要出去的样子。

〔夫人由外上，一看屋内换了人，而且不是意中人，立即收住步，改了面容。

夫　人　呵！白先生！

白　（奉承。）是，太太。太太好？我这儿正有桩事跟太太报告。

夫　人　怪了，你有事跟我讲！好，我们这边坐下谈。

白　是，太太。

〔他等夫人坐好了，坐下。

夫　人　什么事？

白　先请太太过目一样东西。（从衣袋取出公函，抽出公文，呈上。）这儿是。太太请看。

〔夫人接过一看，很是惊恐，但是她不言语，极力表示若无其事的镇静。现在她明白冯允平了，仿佛她受了骗，心上是伤痕，这伤痕一直牵动她的尊严，所以她没有喊出口，反而哑着。

〔白观察着她的表情。她也晓得他观察着她。她一抬起头，他就移开视线。

夫　人　是厅长交下来的？

白　厅长交下来的。

夫　人　你探出什么消息没有？

白　这，刚有点儿眉目，禀过太太，我就布置。

夫　人　你方才跟厅长谈的就是这个？

白　就是这个。不过，太太明白，上头向我要人，可是交的出交不出，又是底下人的事。

夫　人　假定你交不出。

白　遵照太太的意思。

夫　人　我没有意思。

白　　　是，是，假定我交不出。

夫　人　那，你怎么样？

白　　　我回厅长句话：人已闻风远遁。

夫　人　那么，厅长呢？

白　　　厅长回总部一封公文，说：查得并无此人。

夫　人　（差不多扔出手上那页公文。）假定你交得出。

白　　　这，没有这个假定的道理。

夫　人　为什么？

白　　　太太明白，上头没有赏额。

夫　人　（微笑。）厅长不给钱？

白　　　是的。

夫　人　你意思是多少？

白　　　我跟厅长说了个一千的数目，他骂我胡说。

夫　人　譬如有人送你一千，你放他走吗？

白　　　我放。

夫　人　是你说的？

白　　　我用人格担保。

夫　人　（起立。）等等，我上里面就回来。

白　　　是，太太。

〔他站起来，湾着腰，送她走出小门。然后他直起腰，转过身子，和水纹散开了一样，他的圆脸松适起来。

〔（自语。）一千块钱！我一个人吞！呵呵，留下你那“百儿八十”罢，我的厅长大人！呆住姓冯的，呆不住姓冯的，是革命党也罢，不是也罢，我全不放在心上。就是烧了这座城，毁了你的贪赃前程，我的厅长大人，看着银钱分上，我也管不了你那许多！对了，革命党，闹罢！把官儿都让女人做，我才开心！我们太太真有她的！爽快，麻利，精明，慷慨，又年轻漂亮，就是不给钱，人也情愿巴结。

〔听见步声，他立即转过身，预备过去开门，但是夫人已经进来，他只好闪在后面，卑微地掬着腰，笑着脸。

夫　人　这是张五百块钱的支票。（将支票放在几上。）还有五百，明早开给你。

白　　　是，谢谢太太。

〔他趋前取起支票，仔细审看。

夫　人　（鄙夷）不是假的。

白　　　（急忙收起。）哪儿的话！全凭太太栽培。

夫　人　你们只认识现洋。

白　　　不，不；是，是。

夫　人　明天见过厅长，你再见我。

白　　是。我知道怎么交代。

夫　人　好，明天见。

白　　是。

夫　人　对不起，过路烦请王先生进来。

白　　是，我明天早晨来。

〔他向客厅下。

〔夫人望他走出去，然后回身扑在沙发上，呜咽起来。她需要哭，仿佛情感过分紧张，不得不发泄，她不觉察有人由小门上来，站在她前面，静静地，同情地，看着她渐渐恢复原状。她发见冯允平，因为无法而且无从掩饰，索兴不言语。

冯　　我说过也许不辞而别，现在我一想，还是说声应该。谢谢女主人的恩情。

夫　人　（哑着嗓音。）你坐下。

冯　　我特来辞行。

夫　人　知道了。我正准备你走。你坐下，听我给你安排。

〔冯只得坐下。

〔王秘书在帘边出现。

王　　是太太叫我？

夫　人　（打起精神。）对不起，王先生。你现在还是给我天津去一趟，把赵大夫请来。

王　　是。不过还得乘下午四点车。

夫　人　不用，坐我的汽车去。

王　　（踌躇。）我还没有用午饭。

夫　人　你路上用罢。

王　　好好，一样的。

夫　人　车备好了，请进来说一声。

王　　是，是。

〔他由原路下。

夫　人　要是你上天津的话，不妨坐我的汽车去，好在是个顺路捎带。我想你不会不上天津。从天津可以搭船去上海，从上海可以换船到广东，是不是？

冯　　（微笑。）你安排的很好。（想吻她的手。）你是人世顶高贵的女子。

夫　人　（缩回手。）少肉麻点儿！

冯　　是我错。对于你，应该用静默感谢。

夫　人　（讥诮。）谢谢你的静默。可是，或许我没有理由问，不过话到了口头上，咽下去也没有用。现在，请问，你的事情全办妥了吗？

冯　　全办妥了。

夫　人　那么，请你原谅我的直率，你来真地是为我吗？

冯　　不是。

夫　人　连原因之一也不是了，是不是？（不等他开口。）你欺骗我的热情，你欺骗你的老朋友，你欺骗我的一切，你欺骗我，你知道吗？

冯　不是欺骗，用不着欺骗。

夫　人　那么，你这善于措辞的革命家，又是什么？

冯　是隐瞒，是一种事实上必需的顾虑。

夫　人　顾虑我出卖你，卖给我那位厅长大人？

冯　不见得。因为，说实话，我没有向你解释的必要？

夫　人　（大怒）利用我，是不是必要？闭住你的嘴，我不要听你的！我听够了，听够了你的甜言蜜语！我也看够了，看够了你无耻的行径！你把我当做个什么东西！我就这么不配做你的知己？昨天你还亲我，对了！你还分的出心勾引我！你知道吗？昨晚我已经走到你门口又走回去，你知道吗？你不知道我多么爱你！你看事看的那么高贵，看爱看的那么卑贱，还不如朵野花，一脚踩在鞋底下！那你为什么来见我，你这么看不起我？你这人面兽心！你就没有拿我当人看！不过，我也是人，我也做给你看，你这负心贼！我还盼你跟我在一起，在一起避暑，快快活活过上一夏天！可是你打心就没有我！好像只有你一个人配活着，此外都是多余！可是我还偏活了给你看！走，走你的！我不留你！

〔冯默然起立，伸手告辞。

夫　人　呵！我不要你走！我不要你走！来，坐下说句话，直到如今我还没有听见你开口！（强他就座。）我说得太过火，我不见怪你，是不是？（温柔地。）你不知道我多么爱你。我性子一上来，就忘掉了分寸。我想爱人的人都是这样，你敢说不是？

冯　我伤了你的虚荣是真的。

夫　人　不管它，你让我伤心是真的。说，让我听听你的声音，以后我们也许没有机会再碰见。要是你再到北边来，你还来看我，是不是？

冯　（握住她的手。）我怕不能够。再来时候，不像现在，我会掺在我那一大群伙伴里面，兴兴头头，唱着歌，喊着口号，换个样子，你想不到的热狂样子。

夫　人　（苦笑。）我明白，我明白。我不会等你等到那一天的。现在，你还恨我吗？

冯　恨你？

夫　人　我从前不肯嫁你。

冯　我早忘掉了。从前的事我没有工夫来想。

夫　人　你为党一定忙的利害。见天早晨你都在外面，做什么？我简直想不出，怎么个革命法。跟你那些朋友，商量，联络，埋伏，破坏，对不对？你一定是个小头目，或者大头目。你知道吗？你的秘密我全晓得了哪。你奇怪，是不是？说来也可笑，我花了很大价钱买来的，有点儿不值，怕是。不管它，反正我花了一千块钱买来了点儿意外伤心，——我是头号傻子，做的还都是头号傻事。

冯　有人想呆我，是不是？

夫　人　我奇怪的是，人家怎么知道你。

冯　会不会把你也疑心到里头？

夫　人　疑心我什么？

冯　你我的友谊。

夫　人　我当疑心我是革命党哪。别的话，我们这样女人也不放在心上。你以为我做了厅长太太，就真地正正经经做起人来了吗？也许别的女人会这样子，我虽说糊涂，也不会一点儿人的意味不留给自己。我老想法儿活着。犹如一盆花生在窖子里头，我能够怎么舒展，就尽量舒展。

冯　这未尝不是一种生存的道理。

夫　人　你的话倒像回子事，口气怕没有那么恭敬。我再傻也听的出来。不过，你要我怎么样？别瞧我一滩死水，见了缝儿也是钻。这正是我那点儿小得意处。我不比你们男人，一赌气，走遍天涯闹革命，闹的丢不开手，命也赔在里头。你敢说，你闹革命不是赌气？

冯　一个警察厅厅长太太绝不懂什么是革命的。

夫　人　至少她比一个革命家懂的爱情。

冯　我不知道。

夫　人　（跳起来，惨笑。）你不知道？我的允平，允平，你不知道？喝，喝，喝，他不知道，我的小革命家哪！（在他面前站直了。）我不喜欢你这样寡言——寡味——连动作也寡的英雄！（看见他的脸抽搐。）你身边没有带颗炸弹？或者手枪？

冯　做什么？

夫　人　要是我，先炸掉一个警察厅厅长。

冯　（微笑。）你以为他配吗？你太看高了你丈夫！

夫　人　（思维。）你的话也有道理。到了性命关头，他头个投降。来，听我句话，要是我跟你走呢？

冯　你？

夫　人　我。

冯　马上？

夫　人　马上。

冯　我不信。

夫　人　你跟姐姐一样，不信我会走！

冯　她对。

夫　人　你那么看不起我？

冯　不，你看人生看的太儿戏。我们没有法子在一起。不可能。

夫　人　（呆了呆，强笑。）然而你来看我。

冯　我来看我十年前爱过的女孩子——我理想里面的，梦想里面的——一个已经死去了的女孩子。

夫　人　死去了？

冯 要不是我梦醒了。

夫　人 你知道我现在想怎么你？我想一枪打死你！（看见他不言语。）不！我们永久是好朋友，不是？我们这出戏还没有唱，就收了场，不有点儿太快？心里有点儿遗憾，不觉得？拉拉手，你该走了！

〔冯起立，同她珍重道别。

〔王秘书在帘边出现，看见他们握手，不觉楞了楞。他咳嗽着。

〔夫人转过身，看着他。

王 车备好了，我这就走。

夫　人 好罢。谭先生要到天津去一趟，捎带着他，你一道也不寂寞。

王 （怀疑。）谭先生跟我一块儿上天津？

夫　人 他另外有事。

王 是，是。那么，马上就走？

冯 好，我们一同出去。（向夫人。）再见！

夫　人 （向冯。）再见！（高声。）再见！

〔她向前送了两步，扶住茶几，便不动了，望着他们的背影。

——幕（全剧完。）

（选自《这不过是春天》，商务印书馆，1937）

【学习提示】

李健吾（1906—1982），笔名刘西渭，山西运城人。1923年，在北师大附中求学的李健吾写出他第一个剧本《出门之前》，发表在文学社团刊物《爝火》上。此后陆续发表过《私生子》《工人》《翠子的将来》《另外一群》《生机》等几个独幕剧。1930年毕业于清华大学。翌年留学法国巴黎大学。自30年代起，李健吾进入创作盛期，留法期间的剧作有三部多幕剧：1931年激于“九一八”事变而作的《火线之外》和《火线之内》，以及1933年创作的《村长之家》。1933年回国后陆续发表剧作《这不过是春天》《梁允达》《新学究》《以身作则》等。40年代的剧作以改编中外名著为多，较著名的有《秋》《阿史那》等。中华人民共和国成立后，历任上海戏剧专科学校教授、中国社会科学院 外国文学研究所研究员。代表所有话剧《以身作则》、《十三年》、《这不过是春天》和《黄花》等，评论集《咀华集》《咀华二集》等。译有莫里哀《喜剧六种》、福楼拜《包法利夫人》等。

《这不过是春天》创作于1934年暮春，原载于当年的《文学季刊》。全剧分为三幕，时代大背景是北伐时期某年的春天，时间集中在非连续的一天半中，地点局限在北平警察厅厅长家的内客厅，人物比较简单，共七人。戏剧主要有两条线索：一条是以总部和厅长为领导、王彝丞辅助、白振山及其手下执行的逮捕冯允平的任务，以失败告终；另一条是冯允平伪装成谭刚，女子小学校长做掩护，厅长夫人暗中相助，护送冯离开，任务最终成功完成。戏剧的第一、第二、第三幕分别对应亚里士多德的“头、身、尾”三段，剧幕的安排非常明晰。第一幕交代事情发展的缘由，人物依次出场，大概呈现出反面人物“捉”、正面人物“藏”、中间人物“蒙”的现象；第二幕情节向前发展，白和王已经得知谭刚就是冯允平，但是没有抓；第三幕冯和校长感觉事情会暴露，欲出走，最终夫人花巨资买下消息，护送冯离开，全剧完。

李健吾喜剧的语言是融口语化、性格化、动作性和抒情性于一体的，同时又具有文雅风趣、机智幽默的特点。在《这不过是春天》的第一幕和第三幕里，厅长夫人和冯允平在厅长公馆初次相逢和再次分手时的两场谈话就在家常闲话中蕴有丰富而深厚的内涵。语言朴实无华而不枯燥乏味，人物性格及其内心世界得到了充分的展现。临别之时，虽然也有冯允平所说的“人人有一个春天，可是人人留不住他的春天”之类富于暗示性和抒情性的台词，但与初逢时相比，两人的思想交锋更多，言辞也更为尖锐和激烈，厅长夫人喜怒爱怨的感情得到了淋漓尽致的表现。总而言之，李健吾以其朴实、生动，凝练、含蓄的文学语言，在富有创造性的戏剧结构里，塑造了具有历史文化内蕴的典型形象。他以解剖灵魂的戏剧创作，达到了当时人性开掘所能达到的高度和深度。《这不过是春天》代表了李健吾喜剧的最高成就。

【思考练习题】

1. 以《这不过是春天》来分析李健吾的戏剧特色。
2. 试分析《这不过是春天》当中的“厅长夫人”的形象。

屈　原（第五幕）

郭沫若

第一场

〔夜，月光皎洁。一带宫墙，于正中偏右处放置一木槛。

〔婵娟被囚于槛内。衣貌已颇狼藉，花环零乱，仍在颈上。

〔卫士甲于槛之附近，执戈看守，往来盘旋。公子子兰与宋玉沿墙壁由右首出场。此时宋玉已改着华丽之服装。

卫士甲　（惊觉）谁呀？

子　兰　我是子兰公子！

宋　玉　（同时）公子子兰啦！

〔卫士甲直立，静侍。

子　兰　那婵娟姑娘的囚槛是放在这儿的？

卫士甲　是，就在这儿。

子　兰　我有几句话要同她说，你可以方便一下。

卫士甲　是，公子是可以随便同她讲话的。不过要请原谅：因为我有看守的责任，我不能够离开这儿。

子　兰　那是用不着道歉的。

〔二人走近囚槛。

子　兰　是不是可以暂时放她出来一下？

卫士甲　只要有公子担戴，我想是可以的。

子　兰　那就把她放出来一下。

卫士甲　是。（取腰间钥匙将开囚槛。）

婵　娟　（在槛内）不，我不出去！我不愿意接受任何人的恩惠！

〔卫士甲踌躇，回顾子兰。

子　兰　婵娟，你又何必呢。听说你挨了皮鞭，周身都打伤了，出来舒展一下也是好的啦。

婵　娟　不，我不愿意接受任何人的恩惠！

宋　玉　不必那样倔强吧。

婵　娟　我不愿意同你讲话，我不愿意见你。你们走开，不要挨近我！

子　兰　好的，不要那样虎声虎气的。你不愿意出来也不勉强，我只想同你说几句话，并不多麻烦。

〔卫士甲让开，在槛之右侧稍远处伫立。

婵　娟　我是说过的，我不愿意讲话，也不愿意见谁。（说罢将两手紧复颜面，头向下）

子　兰　讲不讲由你，见不见也由你，我们来是完全出于好意的。

〔婵娟姿态不动，无言。

子　兰　婵娟，我是一心想救你，我也不能在这儿多作逗留，我只直截了当的向你说几句话。（稍停）我希望你能够对我说：你是喜欢我。即使你心里不真是喜欢也不要紧，只要你听从我的话，在我的身边服侍我，我立刻便可以向母亲说，把你饶恕了，母亲是一定许可的。你究竟愿不愿意？

〔婵娟姿态不动，无言。

子　兰　（稍停后）你说吧。只要简单地说一个字都可以。只是说“愿”或者“不”，就只这样简单的一个字啦，你说吧，你请说吧。

〔婵娟姿态不动，始终无言。

子　兰　（更娓婉地）你不肯说，就请把头动一下也好啦。或者点一点，或者摇一摇，我是绝对尊重你的意志的。

〔婵娟姿态不动，毫无表示。

子　兰　唉，简直就跟石头人一样啦。

宋　玉　婵娟，我知道你现在恐怕顶不高兴我，不过我也想尽我的一份友谊。你对于公子子兰的好意是不好辜负的。你自己恐怕还不知道，你的命运说不定就只有今天这一个晚上了。我们楚国的惯例，斩决囚犯是在清早行刑。下午捉着犯人的时候，罪轻的便丢监，罪重应该斩决的便囚在槛里，等到明天清早再推出去斩首示众。你怕还不知道吧，同你一道抓进城来的那位舞师都下了监，而你偏偏囚在了槛子里。可见南后是一定要处死你的。你也未免太倔强了。你骂了南后，又骂了国王，怎么不遭大祸呢？现在公子子兰的确是一片诚心，他放下了他的公子的身份来请求你，我看你是不好那么执拗的。

〔婵娟丝毫不动。

宋　玉　（停了一会之后）婵娟，你即使把你自己的性命看得很轻，但我知道你是把先生看得很重的。先生的命运同你也是一样啦，他得罪了南后，又得罪了国王，而且又在国王和南后面前侮辱了显贵的国宾。我是知道的，先生的命运怎么也延长不过明天！公子子兰此刻来救你，其实也是想救先生。只要你答应了公子的请求，公子可以立即在南后面前讲情，不仅你可以得救，先生也是可以得救的。这一点我是可以保证的。（稍停）我看，假使你不放心，你尽可以把救先生这件事作为交换条款啦。（回向子兰）公子子兰，你觉得怎样？我看婵娟可以向你这样提出，便是要你今天晚上便从南后那里得到赦免先生和婵娟的手诏。假使今天晚上你能得到那手诏，她便允许你。假使得不到手，那就没有话再说了。你看怎样呢？

子　兰　我是没有什么的，只要看婵娟怎样。

宋　玉　（又向婵娟）婵娟，你是听见的啦，你的意思是怎样呢？这是最近情理的办法了！

〔婵娟仍丝毫不动。

宋　玉　唉，你怎么总不表示态度呢？你把头点一点呢，摇一摇呢。

〔婵娟仍丝毫不动。

宋　玉　没有办法，简直是比先生还要顽固。你自己的性命不要紧，难道看到先生死到临头都还不想搭救吗？

婵　娟　（如水破闸门般地痛哭出声，并责骂）你们这些没灵魂的！先生死都死了，你们还在这儿假惺惺！

宋　玉　（出乎意外）唔，先生死了？

子　兰　谁对你说的？

婵　娟　（哭）谁对我说的？就是南后对我说的。

子　兰　妈在什么时候对你说的？

婵　娟　她在东门外看见我的时候。

宋　玉　怎么样死的呢？

婵　娟　是跳进东皇太一庙前的池塘里淹死了的。

宋　玉　南后看见他死的吗？

婵　娟　南后说：看见老百姓们把他的尸首打捞起来了，南后还把先生的切云冠和长剑拿了回来，又把先生戴过的这个花环给了我。（示二人以花环）这就是先生剩下的唯一的遗念啦！（说罢大哭）啊，先生，先生，你是白白被人陷害了！别人家轻易地残害了忠良，出卖了楚国，白白地把你陷害了。我知道你是死不瞑目的，死不瞑目的呀！……

〔宋玉与子兰二人亦惨然无言者有间。

卫士甲　（前进数步）子兰公子，好不让我说几句话？

子　兰　你有什么话要说？

卫士甲　三闾大夫并没有死，我知道得最清楚。南后的话是说来骗她的。

婵　娟　（止泣）什么？你说什么？

卫士甲　婵娟姑娘，我劝你不要伤心，你的先生并没有死。我是保护国王和南后去游东皇太一庙的一个人。哪有三闾大夫跳水的事啦？完全是假造的。我们回到东门的时候，还看见三闾大夫在城濠上大声地叫出“国王呀，南后呀，你们怎么那样的愚昧呀！”真是太不凑巧，端端就在那时候，我们走到东门大桥。他的话便被国王听见了。

宋　玉　后来怎么样呢？

卫士甲　国王很生气，立刻要我们去把他抓来，还是南后出了一个主意，说：逗逗疯子玩儿，是满有意思的。因此国王便叫我们去把他请了来。

宋　玉　请了来怎么样呢？

卫士甲　请了来呀，我们的南后便一直和他开玩笑。不过三闾大夫的装束也很稀奇，他戴着一顶高帽子，佩着一把很长的宝剑。脖子上还戴着花环——就是婵娟姑娘戴着的那个了。南后开始向他把花环要了来戴上，便装起疯来。一会儿是装巫山神女，一会儿又装湘君湘夫人，老是把三闾大夫来开玩笑。国王和那位秦国的什么丞相张仪便笑得个不亦乐乎。逼得三闾大夫对于那位秦国的丞相大骂了一场呢。

宋　玉　哦，原来还有那么一回事？

〔婵娟此时改变神志，注意谛听，表示十分关心。

卫士甲　哎，那骂得可真也是不亦乐乎。他骂他是小偷……

宋　玉　（向子兰）对娄，从前张仪是在令尹家里偷过璧玉的。

卫士甲　他骂他是卖国求荣的奸贼。他是魏国的公族余子，跑到秦国去便叫秦国征服魏国，跑回魏国去又劝魏国投降秦国。他骂他连自己的父母之邦都不爱的人，那里会爱我们楚国。我看三闾大夫这番话实在说得顶有道理啦。

宋　玉　后来又怎样？

卫士甲　后来他又骂他愚弄国王，愚弄南后，想离间齐国和楚国的邦交，好让秦国来渔人得利。他骂他是秦国的间谍，骂他简直不是人。

宋　玉　张仪怎么样了？

卫士甲　张仪被骂得哑口无言，只是无赖地说三闾大夫死了的夫人是齐国人。并且还说到婵娟姑娘上来了呢。……

子　兰　他说婵娟姑娘怎样？

卫士甲　他说婵娟姑娘是陪嫁货，自然也是齐国人。接着便说屈大夫是受了齐国的贿赂，吃了齐国的大钱啦。

宋　玉　我相信先生一定是很生气的。

卫士甲　不错，屈大夫真是大生其气。他便骂张仪才是四处受贿的奸猾小人，骂他昨天晚上还受了南后一千五百个大钱。

宋　玉　南后为什么要送钱给他呢？

卫士甲　那我怎么会知道。不过经屈大夫这样一提，南后便大生其气，她说：简直是疯子，简直是胡说八道！于是国王便叫我们把屈大夫抓起来，把他的帽子摘取了，宝剑拔掉了，押送到东皇太一庙里去了。

宋　玉　是呵，我们原是听说关在东皇太一庙的啦。

婵　娟　你这话是真的？

卫士甲　（含愠）我要骗你做什么呢！你该是听见的，那位钓鱼的人出来替你说话的时候，不是说过，你说的话是他告诉的，刚才三闾大夫说的话也是他告诉的吗？看那情形，恐怕是……

婵　娟　（有所恍悟）唔，是的，恐怕我走了之后先生来，先生走了之后我又来的。

子　兰　好了，话还是说回头吧。我是不好在这儿久留的。时间也不允许我久留。婵娟，先生是还在，我自信有本领救你，也有本领救先生。就看你的态度怎样。

婵　娟　我的态度怎样？我的态度就跟先生一样。先生说过，我们生要生得光明，死要死得磊落。先生决不愿苟且偷生，我也是决不愿苟且偷生的！这就是我的态度！

子　兰　好的好的，算我枉费了唇舌。我们恭喜先生成为烈士……

宋　玉　婵娟，也恭喜你成为烈女啦！

婵　娟　宋玉，我特别的恨你！你辜负了先生的教训，你这没有骨气的无耻的文人！

宋　玉　随你怎么骂都好，各人有各人的路，不好勉强的。公子子兰，我们走吧。

子　兰　（行而复返）婵娟，你究意怎么样？

婵　娟　我决不服从你！你们要救先生，偏偏要拿我来做交换品，你们简直是禽兽！

子　兰　（拉着宋玉转身便走）好，我们走，我们走！简直不成话，受不了，受不了！……

〔二人由原路下。

〔舞台沉默。卫士甲复如前往复踯躅。

〔有顷，月光消失。一更夫手提红灯，执柝，由右首入场。

更　夫　（自语）吓，天气变得好快，怕要有雷雨啦。

卫士甲　现在什么时候了？

更　夫　我要准备打三更了。

卫士甲　就快半夜了吗？

更　夫　可不是！

〔更夫走过，卫士甲忽有所思，凝视其背影，欲呼而止者再。

〔俟更夫已下场，卫士甲终于决心呼出。

卫士甲　打更的朋友，你转来一下。

更　夫　（内声）什么事呀？

卫士甲　有点事同你商量。

〔更夫上。

更　夫　有什么事呀？

卫士甲　请你过来一下。

更　夫　（走至卫士甲前）你究竟有什么事呀？老兄！是不是要出恭呵？

卫士甲　是，就是打算要登登坑。这宫庭里的钥匙通在你老兄身上吗？

更　夫　（向腰间拍了拍，起金属之声）哼，到了晚上来，我们一个更夫比国王还要厉害。国王就要出宫，也非得启禀我们不可啦。

卫士甲　对你不住，要请你老兄帮我代理一下。借你的灯来用一用。

更　夫　不过，你要快点儿才行呢。老兄，我是有职务之人，把更头弄迟了，要受处分的啦。（以灯授之。）

卫士甲　（接灯后，却将灯与戈均插放于楹次。在身上搜索）糟糕，没有方便的东西。

更　夫　真的，要快点呀，老兄！

卫士甲　对你不住。（出其不意地，将更夫颈子用两手套上。）

〔更夫一时气咽。

卫士甲 （见更夫气咽后，将其衣帽脱下，复取其钥匙与击柝之具，然后一面打开囚槛，一面向婵娟）婵娟姑娘，我要搭救你。请你一点也不要踌躇。乘着这月黑的时候，你装着打更的，我们一道跑出城去。我们去救三闾大夫。

婵　娟 你为什么要杀他，未免太残忍了吧？

卫士甲 姑娘，你不知道。这是我们的一种法术，叫作“活杀自在”。他并没有死，回头我要把他救活转来的。你赶快出来。

〔婵娟勉强出槛，虽身受鞭伤，但尚能行步，卫士甲解其锁链，以更夫衣帽授之。

卫士甲 你赶快改装吧。哦，你身子不方便，我帮助你。

（为之戴上更夫之帽。将为穿衣，欲取去其花环）这个可以丢掉了。

婵　娟 （急止之）不，我要的！就把衣裳套在这上边好了。

〔卫士甲如嘱为之穿衣，一面用锁链将更夫之手反剪，一面更以衣物紧勒其口，拖入槛内，锁好，再隔栏按其颈而活之。

卫士甲 （向更夫）老兄，对你不住，我们真正出宫去了。

〔婵娟提灯，击柝，徐徐由右首下场。卫士甲随之下。舞台转暗。

第二场

〔东皇太一庙之正殿。与第二幕明堂相似，四柱三间，唯无帘幕。三间靠壁均有神象。中室正中东皇太一与云中君并坐，其前左右二侧山鬼与国殇立侍，右首东君骑黄马，左首河伯乘龙，均斜向。马首向左，龙首向右。左室为一龙船，船首向右，湘君坐船中吹笙。湘夫人立船尾摇橹。右室一片云彩之上现大司命与少司命。左右二室后壁靠外侧均有门，左者开放，右者掩闭。各室均有灯，光甚昏暗，室外雷电交加，时有大风咆哮。

〔靳尚带卫士二人，各蒙面，诡谲地由右侧登场。

靳　尚 （命卫士乙）你去叫太卜郑詹尹来见我。

卫士乙 是。（向湘夫人神象左侧门走入。）

〔俄顷，一瘦削而阴沉的老人，左手提灯，随卫士乙由左侧门入场。靳尚除去面罩，向郑詹尹走去。

靳　尚 刚才我叫人送了一通南后的密令来，你收到了吗？

郑詹尹 （鞠躬）收到了。上官大夫，我正想来见你啦。

靳　尚 罪人怎样处置了？

郑詹尹 还锁在这神殿后院的一间小屋子里面。

靳　尚 你打算什么时候动手？

郑詹尹 （迟疑地）上官大夫，我觉得有点为难。

靳　尚 （惊异）什么？

郑詹尹 屈原是有些名望的人，毒死了他，不会惹出乱子吗？

靳　尚 哼，正是为了这样，所以非赶快毒死他不可啦！那家伙惯会收揽人心，把他囚在这里，都城里的人很多愤愤不平。再缓三两日，消息一传开了，会引起更大规模的骚动。待消息传到国外，还会引起关东诸国的非难。到那时你不放他吧，非难是难以平息的。你放他吧，增长了他的威风，更有损秦、楚两国的交谊。秦国已经允许割让的商于之地六百里，不用说，就永远得不到了。因此，非得在今晚趁早下手不可。你须得用毒酒毒死了他，然后放火焚烧大庙。今晚有大雷电，正好造个口实，说是着了雷火。这样，老百姓便只以为他是遭了天灾，一场大祸就可以消灭于无形了。

郑詹尹 上官大夫，屈原不是不喝酒的吗？

靳　尚 你可以想出方法来劝他。你要做出很宽大，很同情他的样子。不要老是把他锁在小屋子里。你可让他出来，走动走动。他带着脚镣手铐，逃不了的。

郑詹尹 （迟疑地）你们是不是有点小题大做呢？

靳　尚 （含怒）你这是什么话？

郑詹尹 我觉得你们把屈原又未免估计得过高。他其实只会做几首谈情说爱的山歌，时而说些哗众取宠的大话罢了，并没有什么大本领。只要你们不杀他，老百姓就不会闹乱子。何苦为了一个夸大的诗人，要烧毁这样一座庄严的东皇太一庙？我实在有点不了解。

靳　尚 哈哈，你原来是在心疼你的这座破庙吗？这烧了有什么可惜？国王会给你重新造一座真正庄严的庙宇。好了，我不再和你多说了。你烧掉它，这是南后的意旨。你毒死他，这是南后的意旨。要快，就在今晚，不能再迟延。南后的脾气，你是知道的。你尽管是她的父亲，但如果不照着她的意旨办事，她可以大义灭亲，明天便把你一齐处死。（把面巾蒙上，向卫士）走！我们从小路赶回城去！

〔靳尚与二卫士由左首下场。

〔郑詹尹立在神殿中，沉默有间，最后下出了决心，向东君神象右侧门走入，俄顷，将屈原带出。

郑詹尹 三闾大夫，请你在这神殿上走动走动，舒散一下筋骨吧。这儿的壁画，是你平常所喜欢的啦。我不奉陪了。

〔屈原略略点头，郑詹尹走入左侧门。

〔屈原手足已戴刑具，颈上并系有长链，仍着其白日所着之玄衣，披发，在殿中徘徊。因有脚镣行步甚有限制，时而伫立睥睨，目中含有怒火。手有举动时，必两手同时举出。如无举动时，则拳曲于胸前。

屈　原 （向风及雷电）风！你咆哮吧！咆哮吧！尽力地咆哮吧！在这暗无天日的时候，一切都睡着了，都沉在梦里，都死了的时候，正是应该你咆哮的时候，应该你尽力咆哮的时候！

　　尽管你是怎样的咆哮，你也不能把他们从梦中叫醒，不能把死了的吹活转来，不能吹掉这比铁还沉重的眼前的黑暗，但你至少可以吹走一些灰尘，吹走一些砂石，至少可以吹动一些花草树木。你可以使那洞庭湖，使那长江，使那东海，为你翻波涌浪，和你一同地大声咆哮呵！

啊，我思念那洞庭湖，我思念那长江，我思念那东海，那浩浩荡荡的无边无际的波澜呀！那浩浩荡荡的无边无际的伟大的力呀！那是自由，是跳舞，是音乐，是诗！

啊，这宇宙中的伟大的诗！你们风，你们雷，你们电，你们在这黑暗中咆哮着的，闪耀着的一切的一切，你们都是诗，都是音乐，都是跳舞。你们宇宙中伟大的艺人们呀，尽量发挥你们的力量吧。发泄出无边无际的怒火把这黑暗的宇宙，阴惨的宇宙，爆炸了吧！爆炸了吧！

雷！你那轰隆隆的，是你车轮子滚动的声音！你把我载着拖到洞庭湖的边上去，拖到长江的边上去，拖到东海的边上去呀！我要看那滚滚的波涛，我要听那鞺鞺鞳鞳的咆哮，我要飘流到那没有阴谋、没有污秽、没有自私自利的没有人的小岛上去呀！我要和着你，和着你的声音，和着那茫茫的大海，一同跳进那没有边际的没有限制的自由里去！

啊，电！你这宇宙中最犀利的剑呀！我的长剑是被人拔去了，但是你，你能拔去我有形的长剑，你不能拔去我无形的长剑呀。电，你这宇宙中的剑，也正是，我心中的剑。你劈吧，劈吧，劈吧！把这比铁还坚固的黑暗，劈开，劈开，劈开！虽然你劈它如同劈水一样，你抽掉了，它又合拢了来，但至少你能使那光明得到暂时间的一瞬的显现，哦，那多么灿烂的，多么眩目的光明呀！

光明呀，我景仰你，我景仰你，我要向你拜手，我要向你稽首。我知道，你的本身就是火，你，你这宇宙中的最伟大者呀，火！你在天边，你在眼前，你在我的四面，我知道你就是宇宙的生命，你就是我的生命，你就是我呀！我这熊熊地燃烧着的生命，我这快要使我全身炸裂的怒火，难道就不能迸射出光明了吗？

炸裂呀，我的身体！炸裂呀，宇宙！让那赤条条的火滚动起来，象这风一样，象那海一样，滚动起来，把一切的有形，一切的污秽，烧毁了吧，烧毁了吧！把这包含着一切罪恶的黑暗烧毁了吧！

把你这东皇太一烧毁了吧！把你这云中君烧毁了吧！你们这些土偶木梗，你们高坐在神位上有什么德能？你们只是产生黑暗的父亲和母亲！

你，你东君，你是什么个东君？别人说你是太阳神，你，你坐在那马上丝毫也不能驰骋。你，你红着一个面孔，你也害羞吗？啊，你，你完全是一片假！你，你这土偶木梗，你这没心肝的，没灵魂的，我要把你烧毁，烧毁，烧毁你的一切，特别要烧毁你那匹马！你假如是有本领，就下来走走吧！

什么个大司命，什么个少司命，你们的天大的本领就只有晓得播弄人！什么个湘君，什么个湘夫人，你们的天大的本领也就只晓得痛哭几声！哭，哭有什么用？眼泪，眼泪有什么用？顶多让你们哭出几笼湘妃竹吧！但那湘妃竹不是主人们用来打奴隶的刑具么？你们滚下船来，你们滚下云头来，我都要把你们烧毁！烧毁！烧毁！

哼，还有你这河伯……哦，你河伯！你，你是我最初的一个安慰者！我是看得很清楚的呀！当我被人们押着，押上了一个高坡，卫士们要息脚，我也就站立在高坡上，回头望着龙门。我是看得很清楚，很清楚的呀！我看见婵娟被人虐待，我看见你挺身而出，指天画地有所争论。结果，你是被人押进了龙门，婵娟她也被人押进了龙门。

但是我，我没有眼泪。宇宙，宇宙也没有眼泪呀！眼泪有什么用呵？我们只有雷霆，只有闪电，只有风暴，我们没有拖泥带水的雨！这是我的意志，宇宙的意志。鼓动吧，风！咆哮吧，雷！闪耀吧，电！把一切沉睡在黑暗怀里的东西，毁灭，毁灭，毁灭呀！

〔郑詹尹左手提灯，右手执爵，由湘夫人神像左侧之门入场。

郑詹尹 三闾大夫，你又在做诗了吗？你的声音比风还要宏大，比雷霆还要有威势啦。啊，象这样雷电交加的深夜，实在可怕。我连庙门都不敢去关了。你怎么老是不去睡呢？是的，我看你好象朗诵了好长的一首诗啦。你怕口渴吧。我给你备了一杯甜酒来，虽然没有下酒的东西，请你润润喉，也好啦。

屈　原 多谢你，请你放在那神案上，手足不方便，对你不住。

郑詹尹 唉，真是不知道要闹成个什么世界了。本来是“刑不上大夫，礼不下庶人”的，这个体统也弄得来扫地无存了。连我们的三闾大夫，也要让他带脚镣手铐。三闾大夫，这脚镣手铐假如是有钥匙，我一定要替你打开的啦。可恨的是他们把钥匙都带走了啊。

屈　原 多谢你，这脚镣手铐我倒并不感觉痛苦，有这些东西在身上，倒反而增加了我的力量，不过行动不方便些罢了。

郑詹尹 我看你的喉嗓一定渴得很厉害的，这酒我捧着让你喝。还要睡一睡才能天亮呢。

屈　原 多谢你，我现在口不渴。我本来也是不喜欢喝酒的人。回头我口渴了，一定领你的盛情好了。请你不要关照。

郑詹尹 （将爵放在神案上）慢慢喝也好。其实酒倒也并不是坏东西。只要喝得少一点，有个节制，倒也是很好的东西啦。

屈　原 是的，我也明白。我的吃亏处，便是大家都醉而我偏不醉，马马虎虎的事我做不来。

郑詹尹 真的，这些地方正是好人们吃亏的地方啦。说起你吃亏的事情上来，我倒是感觉着对你不住呢！

屈　原 怎么的？

郑詹尹 三闾大夫，你忘记了吧，郑袖是我的女儿啦。

屈　原 哦，是的，可是差不多一般的人都把这事情忘记了。

郑詹尹 也是应该的娄。她母亲早死，我又干着这占筮卜卦的事体，对于她的教育没有做好。后来她进了宫廷，我更和她断绝了父女的关系。她近来简直是愈闹愈不成个体统，她把你这样忠心耿耿的人都陷害成这个样子了。

屈　原　太卜，请你相信我，我现在只恨张仪，对于南后倒并不怨恨。南后她平常很喜欢我的诗，在国王面前也很帮助过我。今天的事情我起初不大明白，后来才知道是那张仪在作怪啦。一般的人也使我很不高兴，成了张仪的应声虫。张仪说我是疯子，大家也就说我是疯子。这简直是把凤凰当成鸡，把麒麟当成羊子啦。这叫我怎么能够忍受？所以别人愈要同情我，我便愈觉得恶心。我要那无价值的同情来做什么？

郑詹尹　真的啦，一般的老百姓真是太厚道了。

屈　原　不过我的心境也很复杂，我虽然不高兴他们的厚道，但我又爱他们的厚道。又如南后的聪明吧，我虽然能够佩服，但我却不喜欢。这矛盾怕是不可以调和的吧？我想要的是又聪明又厚道，又素朴又绚烂，亦圣亦狂，即狂即圣，个个老百姓都成为绝顶聪明，你看我这个见解是不是可以成立的呢？

郑詹尹　这是所谓“大智若愚，大巧若拙”的话啦。

屈　原　不，不是那样。我不是要人装傻，而是要人一片天真。人人都有好脾胃，人人都有好性情，人人都有好本领。可是我自己就办不到！我的性情太激烈了，我自己也觉得有点偏，要想矫正却不能够。你看我怎样的好呢？我去学农夫吧？我又拿不来锄头。我跑到外国去吧？我又舍不得丢掉楚国。我去向南后求情，请她容恕我吧？她能够和张仪合作，我却万万不能够和张仪合作。你看我怎样办的好呢？

郑詹尹　三闾大夫，对你不住。你把这些话来问我，我拿着也没有办法。其实卜卦的事老早就不灵了。不怕我是在做太卜的官，恐怕也是我在做太卜的官，所以才愈见晓得它的不灵吧。古时候似乎灵验过来，现在是完全不行了。认真说：我就是在这儿骗人啦。但是对于你，我是不好骗得的。三闾大夫，象我这样骗人的生活，假使你能够办得到，恐怕也是好的吧。我们确实是做到了“大愚若智，大拙若巧”的地步，呵哈哈哈哈……风似乎稍微止息了一点，你还是请进里面去休息一下吧，怎么样呢？

屈　原　不，多谢你，我也不想睡，请你自己方便吧。

郑詹尹　把酒喝一点怎么样呢？

屈　原　我回头一定领情的啦，太卜。

郑詹尹　你该不会疑心这酒里有毒的吧？

屈　原　果真有毒，倒是我现在所欢迎的。唉，我们的祖国被人出卖了，我真不忍心活着看见它会遭遇到的悲惨的前途呵。

郑詹尹　真的啦，象这样难过的日子，连我们上了年纪的人，都不想再混了。

屈　原　大家都不想活的时候，生命的力量是会爆发的。

郑詹尹　好的，你慢慢喝也好，我还想去躺一会儿。

屈　原　请你方便，怕还有一会儿天才能亮呢。

〔郑詹尹复提着灯笼由原道下场。

〔大风渐息，雷电亦止，月光复出，斜照殿上。

屈　原　啊，宇宙你也恬淡起来了。真也奇怪，我现在的心境又起了一个不可思议的变换。我想，毕竟还是人是最可亲爱的呵。不怕就是你所不高兴的人，在你极端孤寂的时候和他说了几句话，似乎也是镇定精神的良药啦。（复在殿中徘徊）啊，河伯！（徘徊有间之后，在河伯前伫立）请让我还是把你当成朋友，让我再和你谈谈心吧。你知道么？现在我所最担心的是我的婵娟呀！她明明是被人家抓去了的。她是很尊敬我的一个人，她把我当成了她的父亲、她的师长，她把我看待得比她自己的性命还要贵重。（稍停）她最能够安慰我。我也把她当成了我自己的女儿，当成了我自己最珍爱的弟子。唉，我今天实在不应该抛撇了她，跑了出来。她虽然在后园子里面看着那些人胡闹，她虽然把我的衣裳拿了一件出去，但我相信那一定是宋玉要她做的，宋玉那孩子，他是太阴柔了。（将神案上的酒爵拿起将饮，复搁置）唉，这酒的气味，我终竟是不高兴。河伯，你是不是喜欢喝酒的呢？你现在的情形又是怎样？我也明明看见，别人也把你抓去了。你明明是为我而受难，为正义而受难呀。啊，我真不知道该怎样报答你的好呵！（复在神殿中徘徊。）

〔此时卫士甲与婵娟由右首出场。屈原瞥见人影，顿吃一惊。

屈　原　是谁？

婵　娟　啊，先生在这儿啦，我婵娟啦！（用尽全力，踉跄奔上神殿，跪于屈原前，拥抱其膝，仰头望之，似笑，又似干哭）

屈　原　（呈极凄绝之态）啊，婵娟，你怎么来的？你脸上怎么有伤呀？你怎么这样的装束？

婵　娟　（断续地）先生，我高兴得很。……你请……不要问我。……我……我是什么话都不想说。我只想……就这样……就这样抱着先生的脚，……抱着先生的脚，……就这样……死了去吧。

〔屈原不禁潸然，两手抚摩着婵娟的头，昂头望着天。如此有间。婵娟始终仰望屈原，喘息甚烈。

屈　原　（俯首安慰）婵娟，我没有想到还能够看见你，你一定是逃走出来的，你是超过了死线了。你知道宋玉是怎样吗？

婵　娟　（仍喘息）他……他跟着公子子兰……搬进宫里去了。

屈　原　那也由他去吧。谁能够不怕艰险，谁才可以登上高山。正义的路是崎岖的路，它只欢迎勇敢的人。……那位钓鱼的人呢？

婵　娟　听说丢进监里去了。

屈　原　（沉默一忽之后）婵娟，你口渴吧？

〔婵娟点头。

屈　原　（两手移去，将案上酒爵取来）这儿有杯甜酒，你喝了它吧。

〔婵娟就爵，一饮而尽，饮之甚甘，自己仍跪于地，紧紧拥抱着屈原的两膝，昂首望之。屈原以两手置爵于神案上之后，仍抚摩其头。俄而婵娟脸色渐变，全身痉挛。

屈　原　（屈膝俯身，以两手套其颈，拥之于怀）啊，婵娟，你怎样？你怎样？

婵　娟　（凝目摇头）先生，……那酒……那酒……有毒。……可我……我真高兴……我……真高兴！（振作起来）我能够代替先生，保全了你的生命，我是多么地幸运呵！……先生，我是一个普通人家的女儿，我受了你的感化，知道了做人的责任。我始终诚心诚意地服侍着你，因为你就是我们楚国的柱石。……我爱楚国，我就不能不爱先生。……先生，我经常想照着你的指示，把我的生命献给祖国。可我没有想到，我今天是果然作到了。（渐渐衰弱）我把我这微弱的生命，代替了你这样可宝贵的存在。先生，我真是多么地幸运呵！……啊，我……我真高兴！……真高兴！……

屈　原　（紧紧拥抱着婵娟）婵娟！你要活下去呵！活下去呵！婵娟！婵娟！……

婵　娟　（更衰弱）……啊，我……真高兴！……（喘息与痉挛愈烈。终竟作最大痉挛一次，死于屈原怀中，殿上灯火全体熄灭，只余月光。）

〔屈原无言，拥着婵娟尸体，昂首望天，眼中复燃起怒火，卫士甲在前直静立于殿下，至此始上殿至屈原之前。

卫士甲　三闾大夫，请你告诉我，那酒是谁个送给你的？

屈　原　（回顾，含怒而平淡地）是这儿的太卜郑詹尹。（说罢复其原有姿态。）

卫士甲　哼，就是那南后的父亲吗？我是认识他的。（急骤地向左侧房屋走入。）

〔屈原仍如塑象一般，寂立不动。

〔少顷，卫士甲复急骤而出。

卫士甲　三闾大夫，请你容恕我，我把那恶人郑詹尹刺杀了。在他的身上还搜出了一通密令，我念给你听。“太卜执事：奉南后意旨，望执事于今夜将狂人毒死，放火焚庙，以灭其迹。上官大夫靳尚再拜。”密令是这样，因此我也就照着南后的意旨，在郑詹尹的床上放了一把火。这罪恶的神庙看看也就要和那罪恶的尸体一道消灭了。

屈　原　那很好。我还希望你帮助我，把婵娟安放在神案上，我们应该为她举行一个庄严的火葬。

卫士甲　待我先解除先生的刑具。（解除其刑具）婵娟姑娘穿的还是更夫的衣裳，应该给她脱掉啦。

屈　原　（起立先解婵娟之衣）哦，戴得有这样的花环。（更进行其它动作。）

卫士甲　（一面帮助，一面诉说）先生，这还是你编的花环呢。在东门外被南后给你要去了，后来南后又给了婵娟姑娘。她一身都是挨了鞭打的，你看这手上都有伤，脸上都有伤，鞭打得很厉害。南后更打算明天便处死她，把她装在囚槛里，由我看守。……夜半将近的时分，你的两位弟子宋玉和公子子兰走来劝婵娟，要她听从公子子兰的要求，做他的侍女，他们便搭救她。但是婵娟始终不肯。……她所说的话和她的精神太使我感动了，因此我就决心救她。从宋玉口中听说先生今晚上也有生命的危险，所以我也就决心陪着她来救你。……我们是从宫中逃出来的，就是用了一点诡计把一个更夫来顶替了婵娟。在我替她换上更夫装束的时候，婵娟姑娘她还坚决地不肯把你这花环丢掉呢！

〔二人已经将婵娟妥置于神案，头在左侧。

屈　原　（整理婵娟胸部，自其怀中取出帛书一卷，展视之）哦，这是我清早写的《橘颂》啦。我是写给宋玉的，是宋玉又给了你吧！婵娟，你倒是受之而无愧的。唉，我真没有想出，我这《橘颂》才完全是为你写出的哀辞呀。

卫士甲　先生，那么，你好不就拿给我念，我们来向婵娟姑娘致祭。

屈　原　好的，你就请从这后半读起。（授书并指示）一首一尾你要加些什么话，也由你斟酌好了。

〔屈原移至婵娟脚次，垂拱而立，左翼已有火光及烟雾冒出。

卫士甲　（立于屈原之右，在神案右后隅，展读哀辞）维楚大夫屈原率其仆夫致祭于婵娟之前而颂曰：

呵，年青的人，你与众不同。
你志趣坚定，竟与橘树同风。
你心胸开阔，气度那么从容！
你不随波逐流，也不故步自封。
你谨慎存心，决不胡思乱想。
你至诚一片，期与日月同光。
我愿和你永做个忘年的朋友。
不挠不屈，为真理斗到尽头！
你年纪虽小，可以为世楷模。
足比古代的伯夷，永垂万古！——哀哉尚飨。

〔屈原再拜，卫士甲亦移至其后再拜。礼毕，卫士甲将帛书卷好，奉还屈原。

屈　原　现在一切都完毕了，请问你叫什么名字？

卫士甲　先生，你不必问我的姓名，我要永远做你的仆人，你就叫我“仆夫”吧。

屈　原　你今后打算要我怎样？

卫士甲　先生，你怎么这样问我呢？

屈　原　因为我现在的生命是你和婵娟给我的，婵娟她已经死了，我也就只好问你了。

卫士甲　先生，我们楚国需要你，我们中国也需要你，这儿太危险了，你是不能久呆的。我是汉北的人，假使先生高兴，我要把先生引到汉北去。我们汉北人都敬仰先生，受了先生的感召，我们知道爱真理，爱正义，抵御强暴，保卫楚国。先生，我们汉北人一定会保护你的。

屈　原　好的，我遵从你的意思。我决心去和汉北人民一道，就做一个耕田种地的农夫吧。你赶快把服装换掉啦。那儿有现成的衣帽。（指示更夫衣帽。）

卫士甲　哦，我真糊涂，简直没有想到，幸好有这一套啦。

（换衣。）

〔火光烟雾愈燃愈烈。

屈　原　（高举手中帛书）啊，婵娟，我的女儿！婵娟，我的弟子！婵娟，我的恩人呀！你已经发了火，你把黑暗征服了。你是永远永远的光明的使者呀！（执帛书之一端向婵娟抛去，帛书展布于尸上。）

——幕徐徐下

〔幕后唱《礼魂》之歌：
唱着歌，打着鼓，
手拿着花枝齐跳舞。
我把花给你，你把花给我，
心爱的人儿，歌舞两婆娑。
春天有兰花，秋天有菊花，
馨香百代，敬礼无涯。

1942年1月11日夜

（选自《郭沫若选集》第四卷，四川人民出版社，1982）

【学习提示】

郭沫若是现代文学史上足以代表一个时代的著名诗人和历史剧作家。他的早期历史剧在结构形态上还没有完全从诗的格局中蜕变出来。《棠棣之花》《湘累》《女神之再生》合称“女神三部曲”，表现了五四时期狂飙突进的时代精神。《卓文君》《王昭君》《聂嫈》中的三个主人公合称“三个叛逆的女性”。《卓文君》塑造了一个出走的娜拉式的中国妇女形象，具有鲜明的时代精神特征。该剧不仅保持了剧作家积极浪漫主义的特点，而且开始重视在完整的故事结构中刻画人物性格，这标志着郭沫若历史剧创作的进步。《王昭君》以人的尊严反对帝王的权威，以个性解放反对封建专制，是五四社会思潮的集中表现。《聂嫈》是《棠棣之花》的深化和发展，表现了聂嫈在其弟聂政刺杀韩相牺牲以后不畏强暴、英勇献身的精神，有着强烈的现实意义。郭沫若的早期历史剧显现出主观表现的倾向，充满理想的色彩，具有浪漫主义的鲜明特征。

《屈原》写于1942年，正是中国现代史上黑暗与光明进行决战的时期，郭沫若为现实激起的愤怒，通过屈原的愤怒抒发出来。剧作家将时代的悲剧精神和进步要求注入历史剧中，表达了时代和人民的呼声。

《屈原》作为郭沫若历史剧的代表，其艺术成就主要体现在以下几个方面。

首先，全剧主线突出，具有高度的概括性。该剧既不像传统戏曲那样按时间的发展有头有尾地进行描述，也不像易卜生和曹禺的剧作那样用倒叙和回溯的手法，而是选取了矛盾集中的一天做具体描绘，对于前后史实，则采用了虚写的方法加以提示，从而使得剧情紧凑，吸引观众。

其次，两种势力的冲突贯穿全剧。正义的一方以屈原为代表，婵娟、卫士甲围绕并服务于此；邪恶一方以郑袖为代表，张仪、靳尚等依附于她。一方意志顽强，另一方有权有势，使得整个剧情高潮迭起。《雷电颂》是情节和情感发展的高峰，婵娟和卫士甲的出场，使冲突由高潮转向解决。婵娟之死和屈原的离去是剧作的结局。全剧气势雄伟，波澜壮阔，惊心动魄。

最后，该剧还成功地塑造了众多性格鲜明的人物形象。屈原作为全剧的主人公，志洁行廉、坚贞自守，同时又具有抒情诗人敏感清高、耽于理想的性格特征。美丽、纯洁、善良又爱憎分明的婵娟是道义美的化身，具有十分感人的艺术魅力。邪恶势力的代表郑袖聪明而又心狠手辣，寡廉鲜耻，坦率与邪恶交织，微笑中包藏着杀机，也是一个令人难忘的艺术典型。总之，《屈原》作为郭沫若浪漫主义剧作的代表，有着巨大的审美价值，是20世纪40年代历史剧的重要收获。

【思考练习题】

1. 郭沫若前后两个时期的历史剧创作有什么不同？
2. 屈原这一人物形象的特定思想内涵是什么？
3. 《屈原》的艺术成就主要表现在哪些方面？

五奎桥（节选）

洪　深

〔众人便鹄候着。未看见人，先听见周乡绅假咳嗽的声音。周乡绅颏下的长须，叫人看了觉得他是“年高德重”；不止是他实际所过的五十三岁了。颀长身材，瘦狭脸庞，一双清秀中含着锐利的眼睛；而且吐属文雅，气度大方，不愧是一个世代仕宦，自己又是读过书做过官办过事，退老在家享福的乡绅！他的手腕，他的机智，已到了“炉火纯青”的程度；所以人家平常决不觉得他会有奸诈——除非——除非他是动了肝火暴躁的时候，他的面目便还免不了要露出些狰狞的真相。你看他今天穿着一件宽大的生丝长衫，戴一副金丝边蓝眼镜，一只手携一根犀角装头镶洋金的直手杖，一只手摇一把绿玉柄的全白羽毛扇；斯斯文文，踱上桥来，真是一团和气。

〔王老爷肥头大脑，一双小眼睛；真是起码官，满脸讨厌相。他极想装出些官的威武，但无论他心里怎样狠恶，做出的事，说出的话，总带着几分笨气。如果他不笨，他也不会相信周乡绅的话，陪同他下乡来了。

〔周乡绅带来两个仆人，王老爷带来一个司法警，还有几个轿夫，此刻都紧跟着主人走上来立在桥那面侍候着。

谢先生　（垂下两手）周先生。

周乡绅　（点头）很好。你叫他们搬两张椅子来。（对王老爷）我们就在这里说话也好。

〔谢先生指点一个长工去了。

周乡绅　（对着众乡下人笑颜点头）今天桥上人倒不少，大约村里人都在这里了。其中一大半我都不认得。（仔细巡视）

陈金福　（周乡绅眼睛看到他的时候，恭敬叫一声）周大老爷。

周乡绅　（稍微点点头）唔。（从人丛中寻出一个头发花白的农民）你不是黄二官么？半年多不见，人又老劲了。身体还象从前一样健壮么！

黄二官　（不知不觉的客气起来了）托周先生的福，我还算是老健；饭也吃得落，田也种得动！

周乡绅　（点点头；又转身对一个老年农民说）家里老小都好么？老伴怎么没有来？

一个老年农民　她在家里抱小孙子，没有来！托福，都好。

周乡绅　你又添了孙子了，好福气。

〔一个老年农民笑了。

周乡绅　（对一个胖胖的中年农民）你的大儿子到了上海去，新近回来过没有？

一个老年农民　没有，可是有信来过；他在上海学机器匠呢，明年要满师了。

周乡绅 哦。（转身对王老爷）他的大儿子本来在大街上卖鱼，前年到上海去的。（又回转身，轻描淡写的对众人说）谢先生差人告诉我，你们醮打过又要闹拆桥了，是这么一回事么？

〔大众立刻肃静了；没有一个人肯领头回答。

周乡绅 何不同我说说呢！

李全生 是的，田里干得快，车水实在来不及，所以我们要拆桥，撑只洋龙船过桥去打水。

周乡绅 （好当没有听见）田里缺水，田头缺水么？

李全生 是的。

周乡绅 （正眼不去看他，自对乡下人说）田里缺水，想必是天不落雨的缘故。我们就应当斋戒求雨。从前大禹的时代，也是大旱，“三年不雨，乃作桑林之舞”。这个叫做“挽天意”！（他说得这样神秘）

〔众人莫名其妙，面面相觑。

周乡绅 如果求了雨，天还不落雨，你们乡下有的是水车，有的是人手，有的是黄牛水牛，应该多车水。起早，磨晚，勤进一点，辛苦一点。这又是一个办法，叫做“尽人事”！

〔几个老农民，听了有点头的。

周乡绅 至于说到田里没有水要拆桥，我虚度五十三岁，从来没有经历过，听见过。我读遍四书五经二十四史，书中从没有说起过。天不落雨，从来没有拆桥的办法的。

李全生 （忍不住了）周先生，你要晓得——

周乡绅 （正色厉声）等我说完。

一个老年农民 等周先生说完。

〔李全生只得不响。

周乡绅 你们说，拆桥是为了摇一只洋龙船进去打水。我们中国人种田素来是用水车的，这是圣人定了下来的制度；我中华以农立国，几千年来，所靠的就是这部水车！乡下人从来不曾说过不好不便，不妨问问村里的老辈看！现在何以忽然要用起洋龙来了！

〔几个老年农民，觉得他愈说愈有理了。

周乡绅 洋龙是洋人做出来的洋东西。难道洋人不来，中国的田都得干死了么。何以洋人洋东西没有到中国来的过去五千年，中国人照样可以种田，而且不年年闹旱闹荒呢！

〔简单的老农民，有几个居然点头称是了。

周乡绅 我辞官居家近十年来，看见你们乡下，凡是用洋龙打水的地方，一夏天用不着车水，一群年轻小伙子，都聚在茶馆里赌钱碰马将，（做出愤世嫉俗的样子，将他手里拿的洋人做出来的洋手杖，用力敲地）这就是洋人造出来的洋东西的好处了！

〔老年乡民，同情于周乡绅的更多了。

周乡绅 （又和缓地）至于这座五奎桥，是我周家祖上状元公修造的；因为三代五进士，所以叫做五奎桥。自从这桥造了之后，我们周家固然是世代书香，辈辈仕宦；就是你们乡下人，住在五奎桥左近的，也都是年年丰登，岁岁平安。虽说乡下地方，一年之中，免不了总有点水火盗贼；但是大年多，荒年少；顺境多，逆境少；这就是风水的好处了。这座五奎桥，岂但关系我们周家祖坟上的风水，也关系你们全乡全村的风水。这样好风水，保桥还来不及呢！岂可青口白舌，轻易说拆去么！你们当中，还有几位有了年岁有点见识的老辈，请仔细想想，不要轻于听信了一般年青小伙子的胡说。

〔好一番巧妙的歪曲，乡下人被他说糊涂了；至于那年纪老的一半，现在是不要拆桥的了。长工们早已搬了两张椅子来，周乡绅回身邀王老爷坐了，很得意的两人咬着耳朵。

一个头发花白的农民 （对同伴）我们走罢。

一个老年农民 正是，半个早晨已经过去了，我们要紧赶回田里去车水呢。

一个中年农妇 车也没有用，咳。

另一个老年农民 总比不车好，还是回去车车罢。

〔零零落落地走了十来个农民，不走的除了陈金福之外都是年轻人了。

〔李全生见了暗自发急。这时珠凤忽从村里来。

大　保 （先看见，低声喊）珠凤，你刚才在哪里的？为什么此刻才来？

珠　凤 我在陪伴全生的病娘，煮粥给她吃，现在怎么样，桥还拆不拆呢？

大　保 现在可说不定了。

周乡绅 （一眼看见珠凤）来，这位小姑娘上前来。

〔珠凤不愿意，但也有人推她上前，她不得已上桥去。

周乡绅 你来，我们好象是见过的，是了是了，你是金福的女儿，是不是，名字叫珠凤？

〔珠凤不响。

周乡绅 我还是前年看见的；一年多不见，长得这样长大了。（掉头喊）金福。

陈金福 是。

周乡绅 你只是一个女儿罢。（正经之至）相貌倒端正，一副聪明样子，一点不象乡下人。几时领她到城里来，给我做（冠冕之至的）干女儿。

陈金福 是了。

珠　凤 （看见全生）全生，你娘叫我来寻你的。她又大咳起来了，叫你回去。

李全生 （正在想心事）晓得了。我有事呢，不回去。

珠　凤 我先去了。你娘还等着我拿粥给她吃呢。（径去了）

〔周乡绅似乎有些爽然若失的样子；举起羽扇障着太阳仍和王老爷咬耳朵。乡下人又有几个走了。这时候最急的是李全生，太阳直高起来，时光象快马般过去。五奎桥不曾动得一块砖头，那拆桥的人反而被周乡绅的花言巧语，说得三心两意，走散一半了！他看破了周乡绅的阴谋诡计，胸中有说不出的悲愤，恨不得三拳两脚一顿把他打死；但是救稻事大，出气事小，压住了心头火，严重地镇静的和周乡绅讲理，他的忍耐，正似纸包火。

李全生 周先生。（周乡绅似乎未听见。厉声）周先生。

周乡绅 （震惊）唔！

李全生 你不能用这种下作法子来对付我们！

周乡绅 （恢复常态随随便便的）什么对付你们！

李全生 你周先生上桥的时候，这里桥上桥下都是我们村里人；你周先生难道会不晓得他们个个都是来拆桥的么！你周先生偏装做不明白，故意找出几个老年人，跟他们说家常，拉交情，（斥骂）献你的假殷勤！

周乡绅 “君子不忘旧”，我们多年的乡邻，一向认得的，问问家常有什么不应该，笑话了！

李全生 你当做我们看不透你的心事么！乡下人都是老实的，直心直肚肠；你以为同他们客套几句，说两声好听话恭维他们几句，他们就会当你是好人，掉转头向着你帮着你；至少也要顾到点情面，不好意思拉破脸皮和你闹拆桥——好的好的，你算成功了，村里人果然好几个回去了！（咬牙）好恶毒的计策！

周乡绅 咦，笑话了！（不慌不忙）我是本地的乡绅！乡绅们说的话，乡下人素来是听从的。我要他们怎样，他们就是怎样。何消得什么计策！笑话了！

李全生 让我告诉你，清清楚楚的告诉你，你尽管欺他们骗他们，欺骗得他们回去车水了！不过等到他们又车了一天的水，车到（沉痛）个个皮焦骨痛，可是田里的水仍旧不见多出来，田里的稻仍旧还是枯下去的时候，他们（吆喝）他们就会明白是上了你的当，他们不但拆你的桥；还要寻着你，不饶赦你的！

周乡绅 （看见风色不大好，立起身对王老爷）这里太阳晒，热不过，我们祠堂里去坐罢。

李全生 （再取和缓态度）就是你，也有几亩田在桥东边，是你周家的护坟田。田虽然不是你自已种，种你田的人，总不会瞒你的。你何不问问你们自己家里的田户，你的坟田里是不是也缺水，田里的稻是不是也要干死，你不要因为你家在桥西的田多，今年不怕收成不好，你就全不顾桥东的种田人了！

周乡绅 （立定了）我的田我自己会料理，何劳你烦心，笑话了。

李全生 我们求过你不知有多少次数了，今天再求你一次，请你立刻让我们拆桥，我们总会记得你的好处，说不定也有回答你的一日的。而且我们已经商量了，我们自己聚钱，将来造一座更大更好的桥还你。即或拆了桥，有人会说，“乡下人要拆桥就把周乡绅家的五奎桥拆了”，好象是乡下人占了上风似的。可是你周先生就让乡下人占一次上风有什么不好？你到底是帮助救活了桥东几十家的男女老小呢！让我们拆桥罢！

桂升、徐元发 （附和）让我们拆桥罢，辰光不早了！

周乡绅 （似乎活动了；一看，他的长工仆役轿夫等比乡下人多到两三倍了；当着他们面前，是不可示弱的）不能，这座桥是有关风水的！

李全生 风水的话，哪里靠得住！如果五奎桥真正是十全十美的好风水，今年的雨水不会这样少，桥东四百多亩田也不会这样干了！五奎桥的风水，也许对于姓周的一家还是好的，因为你周先生的田在桥西面的多。对于我们桥东几十家的种田人，五奎桥的风水是坏透的了。

周乡绅 桥是我们周家的，我姓周的一定不许拆。

李全生 一定不许拆的话，那末（瞪着周乡绅，有用意的一字一字慢慢说）恐怕这座五奎桥，连到对于你周家的风水也是不好的了！

周乡绅 （渐渐的明白了他的意思，不觉大怒）混帐，乡下人敢这样放肆么！乡下人的事，乡绅们倒不能作主，反而让乡下人作了主去么！天下真要反了！

桂　升 （也怒）你只有一座桥，我们有四百多亩田呢！

周乡绅 我早料到的，现在乡下人不安分的多。七天醮打完，天不落雨，又该要闹一闹，所以我今天特为请了地方法院的王老爷，跟我一同下乡来。（对王）请他看看我这座修理得齐齐整整的桥，请他再看看近来乡下人嚣张跋扈的样子！（对李全生）桥是我周家的祖产，哪个敢动一动！动一动就是犯法，现有司法警察在这里，捉到衙门里去重办。

王老爷 （忠人之事）哼！呣！（立起来对众人）我在旁边看了半天了。你们有你们的苦处，我也知道了。不过我是地方法院的官，我只能代表法律说话。

〔李全生等众人不得不听他。

王老爷 法律是大公无私的！嘿！呣！什么叫大公无私的呢！就是，犯了哪一种罪，一定有哪一种刑罚，一点没有通融，一点没有客气的，你犯罪是如此，他犯罪也是如此！居心不良而犯罪是如此；为了不得已，象你们这样，怕田里的稻枯死，发急要拆桥，因而犯罪，也是如此。法律是大公无私的！

〔众人闻未所闻。

王老爷 你们今天所做的事，几乎没有一件不是犯罪的。你们都是乡下人，不懂得法律，（从口袋内取出一本袖珍《六法全书》，内中几页早用白纸条夹开）第一，你们不应该聚集了许多人到桥上！刑法第一百五十六条，“公然聚众，意图为强暴胁迫……在场助势之人，处六月以下有期徒刑拘役……首谋者，处三年以下有期徒刑”。你们聚众，就是犯法的！第二，刑法第一百九十九条，“损坏或壅塞陆路水路桥梁，或其他公众往来之设备，致生往来之危险者，处三年以下有期徒刑拘役”。还有，第三百八十一条，“损坏他人建筑物……致令不堪用者，处五年以下有期徒刑”。（有几个字，他念得格外清朗）

〔众人心里都不平。

王老爷 你们不但不应该拆桥，连嘴里说说也是犯法的。刑法第三百十九条，“以加害生命身体自由名誉财产之事，恐吓他人，致生危害于安全者，处二年

以下有期徒刑”。这是中华民国的刑法，印在书上；不是我想出来的。（藏起书）

〔李全生冷笑一声。

王老爷 （摆出架子）我是一个法官，不能不维护法律的尊严。我既然来了，凡是我眼睛所看见一切犯法的事，我就不能不管。哪一个犯法，我就拘办那一个。嘿！晦！我再清清楚楚对你们说一遍。你们在桥上扳一块砖头，动一块土就是犯法的，你们拿拆桥的话，恐吓周先生也是犯法的。我静坐在这里看着！不要你们桥没有拆成，先去坐了三五年的监牢；而吃了官司，桥还是没有拆成！你们胡闹，是没有用的。

〔众青年农民听他这样说，果然有点迟疑起来。

周乡绅 （得意）你们哪个敢动一动！

李全生 （上前拉住周乡绅）我不同你转圈子讲法律，我只问你一句话。

〔周乡绅愕然看着他。

李全生 如果今年真的旱荒了，怎么办？

周乡绅 什么旱荒？

李全生 如果今年真的旱荒了，你养活我们村里几十家人口么？

周乡绅 旱荒，你看田里满满的稻，今年会旱荒么！

李全生 桥西的年成是好的。可是如果桥东的稻都枯死了，你让我们到你的祠堂里，吃你周家的米么？

周乡绅 放屁，这是什么野人，敢说这种野话！他是什么人，他姓什么？

〔李全生瞪着他。

周乡绅 （问谢先生）他姓什么，叫什么？

谢先生 他就是李全生。

周乡绅 李全生，哦，李全生。（忽然触动灵机）原来你就是李全生，我和你说了半天话，还不晓得，失敬了！

李全生 我是李全生。

周乡绅 （面孔一板）你是什么东西！（做出愤慨的样子）你配来同我说话么！

〔李全生呆住了。

周乡绅 我来告诉你们。（一路想一路说）他曾经有一次寻了我家一个长工，要他领了去见谢先生，说是这回拆桥的事，是由他领头，他可以作得主的。意思之间，想点好处——

李全生 好处，什么话！

周乡绅 你怕我将你的底细都揭露出来么！

〔李全生上前想去揪他。

周乡绅 （避开）拉他下去。

〔仆人、轿夫等都上桥来。

李全生 你的好处，放你妈的狗屁！

桂升、徐元发 （拉住全生）你让他说。（推全生到一边，对周乡绅）你说你说！

周乡绅 想问我要好处！他说拆桥的事情，都在他掌握之中；他能叫乡下人拆，也能叫乡下人不拆，意思之间，如果我能允许他点好处，他就叫乡下人不拆。他对谢先生说，他家里只有一个娘，一年能吃多少米，希望我照应照应他。他还要谢先生领他进城来见我——（看谢先生）

〔谢先生咳嗽。

周乡绅 谢先生为了这件事，居然特为进城来见我。我道这是不妥当的。如果乡下人真是为了洋龙打水而要拆桥的，那还情有可原。现今这样说法，竟是乡下人上了李全生的当，专为了李全生一个人发财了。我是堂堂正正的乡绅，何犯着去买通勾结一个乡下人。我难道自己说不服乡下人，来受他的竹杠么！我吩咐谢先生一口回绝了他。当时他就恨恨的说，“周乡绅这样小气，不要后悔！”他要去撺掇乡下人去闹事了。（看着谢先生）

〔谢先生怕做难人，局促不安。

周乡绅 他今天果然领着你们来拆桥了，这是他好处没有到手的原故。

〔桂升等抱住全生不让他上桥。

周乡绅 谢先生现在就在这里，你们可以问问他，到底有没有这样一件事。这种话说过没有，“他家里只有一个娘，一年能吃多少米，要周乡绅照应他”！（看谢先生）

〔谢先生还不说。

周乡绅 （怒目逼视）谢先生，是不是？

〔众人屏息而听。

谢先生 （模棱）有的他——他——他家——

周乡绅 （得意）如何？

谢先生 他家里只有一个娘，一年吃不了多少米，这是实在的。

大　保 （真气不过了）啊——啊——！

周乡绅 （大怒）什么人！

〔众人视大保，大保不响。

周乡绅 哪里来的野孩子！乡绅们在这里说话，你敢来打搅么！

〔众人都不作声。

周乡绅 哪里来的野种，赶他开去！

〔众人看着谢先生。

周乡绅 （问谢先生）他是哪一个的儿子！

谢先生 （不得已）我的儿子。

周乡绅 （没有法子发作）哼！

〔有人悄悄叫大保避开。

一个青年农民 （怀疑）全生，真有这件事么？

李全生 哪里会有。不过他家有一个长工，有一次倒来劝过我。叫我不要领头闹，周乡绅肯照应我。我没有答应他。

一个青年农民 是么！

桂　升　这是周乡绅存心诬蔑人，全生阿哥决不会做这种事的。

〔青年农民还是疑疑惑惑有点不放心。

周乡绅　你们还当李全生是好人，他完全是利用你们，向我敲竹杠。这样一个假公济私、刁诈奸恶的东西，你们还好相信他的话么！

陈金福　（踌躇了半天了）周老爷。（枝枝节节，有点不敢说）我是老实人，只会说老实话——我们并不是要听李全生的话，没得饭吃是真的——我种的田在桥东边，就是你老人家的坟田，也是没有水——我呢，到了真荒的时候，不愁你老人家不周济我些——别人呢，难说了——全生不过种七亩多田，别人却是几十家人口呢——乡下人不读书，没有城里人才情好，这是真的；不过也未见得十分容易骗，会上了全生的当——周老爷要明白，这是大家的事，不是全生一个人的事——不是全生一个人弄出来的——

周乡绅　（勃然）依你说，是不是应该拆桥呢！

陈金福　眼看着桥西是大丰年，自己一粒收不着，是有点难过的。

桂　升　（嚷起来）你听听，你们自己的种田人，都是这样说了。

周乡绅　（这一下真动了肝火了）你吃我的饭，种我的田，竟敢这样胡说。（举起手杖劈头劈脑的打去）

〔可怜陈金福只能招架，不敢还手。

周乡绅　（对长工等）拽他到祠堂里去，捆起来！（对谢先生）查查帐簿看，他前两年还欠多少租米，带他到城里，送他到地方法院重办去！（对轿夫）把轿子搭到祠堂里来，我就要进城了。

〔他看着几个长工揪住陈金福，由谢先生押到祠堂里去，他自己正待动脚。

李全生　（跳上桥去）你不要拣忠厚人欺。我们和你客气商量着拆桥，你偏要逼得我们不得不翻脸。桥是拆定了，你答应也是拆，你不答应也是拆。官司我吃好了！现在的法律，不帮乡绅们，难道还会帮我们乡下人么！（上前便把桥栏杆的砖扳了一块下来）

周乡绅　呕！（提起手杖又是没头没脑的打）

李全生　（夺过手杖来掷在河里）我不同你相打，我只拆了桥，救我田里的稻。

〔此时长工轿夫仆人等，满布桥上，农民不得上前。

〔周乡绅急了将手里羽毛扇在李全生头上乱敲，也被李全生夺过去，撕得粉粉碎。

周乡绅　（狂喊）捉强盗，捉土匪！

王老爷　（俨然出现）你们来，捉住他！他损坏人家的财产，有罪的！

〔司法警和几个仆人好容易把李全生捉住。

周乡绅　（吩咐）也捆在祠堂里去。

〔李全生挣不脱被仆人们拖去；农民气极，奔上桥来抢他；人少力量薄，被长工们捆住。

周乡绅　还了得，还了得，乡下人真反了。（对王老爷）我先到祠堂里去，桥上的事，拜托你了。（由一个长工搀扶着去了）

〔众农民从来没象今天这样愤慨，但是慑于积威，还是有点敢怒而不敢言。

桂　升　（对徐元发）你去多喊几个乡下人来！

〔徐元发奔向村里去了。这时候珠凤听见喧闹的声音寻了来。

大　保　珠凤，不好了！

珠　凤　什么事？

大　保　（不平）你的爹爹被周乡绅大打了一顿。

珠　凤　（失声）打了一顿！

大　保　被周乡绅拿他手里的棍子打了一顿，（甚为不甘）现在捆到祠堂里去了，还要打呢！

珠　凤　（变色，半晌）我去看看去。

大　保　（胆量也来了）好，我陪你去。

〔珠凤冷笑一声，两个人也奔向祠堂去了。那些长工轿夫们，虽说是吃周乡绅的饭，看见这种事，也有点不服气；有几个甚而是怒形于色；现在都不起劲，退回桥那边去了。

桂　升　（愈想愈气）这是什么理，我倒问问他看。（奔上桥来）请问王老爷，为什么捉李全生？

王老爷　他毁坏人家财产，他扳了桥上的砖，又撕了周乡绅的羽毛扇。

桂　升　请问王老爷，为什么捉陈金福？

王老爷　他——他——他说话说得不好。

桂　升　（看他这样不讲理，愤怒极了，不知是哪里来的勇气，什么法院什么老爷全都不管了，握起拳头在王老爷的面上晃，就要打他的样子）问王老爷，打人——动手打人——是不是犯法的？

王老爷　（见他的拳头有点怕）打人是犯法的，犯法的。

桂　升　周乡绅动手打人，你为什么不捉周乡绅！

王老爷　我——我——嘿唔！

〔这时候农民又陆陆续续来了不少，看着桂升羞辱王老爷。

桂　升　你做的是什么官！你是做中华民国的官呢，还是做周乡绅家的官！

〔王老爷闭口无言。

桂　升　姓周的养一只狗，也不会象你这样听话的。

〔这时候忽然听见祠堂一面珠凤惊叫的声音。众人又渐渐地静下来，倾听着。又听见珠凤突喊：“爹爹，他们打得你这样厉害么！”

〔桥上的人听了，毛骨耸然；四五十个人一点声息也没有；忽然不约而同的象暴雷似的，众人大喊一声；连长工轿夫一起在内。

王老爷　（面如土色，想溜）我去——我去看看去——叫他们不要再打。（转身就走）

桂　升　（拿着几块砖头，追上来掷他）不要逃，不要逃，你敢不把捆着两个人放出来！

王老爷　（急急的走着）放——放。（人不见了）

桂　升　（转身大喊）我们还等什么！拆呀！拆呀！

众农民　（齐应）拆呀！（各人拿着家伙就动起手来）

〔只听见村里头一片锣响，渐渐自远而近；徐元发打着锣，领着不少的男女老少农民来了；看见拆桥，大家动手。桂升一面拾着砖，一面指挥着大众。徐元发敲着锣领着几个人又奔向祠堂那面去。桥上砖石横飞。

李全生　（奔回来，看见有人拆桥了）好，我去把洋龙船撑过来。（向西去了）

〔祠堂那边锣声震天价响。周家的长工也有来帮着扛砖头的。大保、珠凤扶着陈金福回去；金福也忙着拾砖。大保和珠凤走过桥来立在一边看着；看了一会。

大　保　（看着那五奎桥一点一点没有了）呵呵，这一下周乡绅算是完全的完结了！这叫做“敬酒不吃吃罚酒”，好好和他商量，再也霸住了不肯的。一定要弄到这样，他现在也服服帖帖不声不响了！

珠　凤　现在乡下人有了活路了！

〔锣声又响起来，徐元发又领了更多的人来拆桥了。

——幕下——

（选自《中国新文学大系　1927—1937》第十五集，上海文艺出版社，1985）

【学习提示】

洪深（1894—1955），字浅哉，江苏武进（今常州）人。1912 年入清华学校。1916 年赴美学烧瓷工程，后改学戏剧。1920 年学习结业后到纽约参加职业剧团演出，翌年与张彭春合写英文剧《木兰从军》。1922 年回国，1923 年上演第一部剧作《赵阎王》，自饰主角。同年 9 月加入戏剧协社，任排演主任，从此开始了建立中国现代话剧的实验活动。他建立了正规的导演制，实行了严格的排练，并实现男女合演，将舞台布景也由原来的平面景改为立体布景，这些做法在当时国内尚属首创，使正处于由文明戏向现代话剧过渡的中国话剧完成了历史性转化。1928 年 4 月洪深提议用“话剧”一词统一当时对戏剧的称谓，同年冬加入南国社。1926 年创办复旦剧社，并在多所大学任教，从事教学工作达 30 年之久。洪深自 1922 年起还兼搞电影工作，于 1925—1937 年任明星影片公司编导，写出了中国第一部较完整的电影文学剧本《申屠氏》，并引进了有声电影技术。中华人民共和国成立后主要从事对外文化联络工作。洪深一生创作、编译了近四十部话剧剧本，作品大都取材于现实生活，时代特色鲜明，如《赵阎王》《五奎桥》《香稻米》《包得行》《鸡鸣早看天》等。洪深重戏剧的社会效益，能对不同的剧本采用不同的创作方法；深谙表演艺术，能采用多种方法启发演员；导演手法多样且富于创造性，为中国的话剧事业做出了重大的贡献。

《五奎桥》写于 1930 年，是洪深的代表作“农村三部曲”的第一部。五奎桥是江南某乡间水陆交通要道。因桥孔狭窄，农民抗旱用的“洋龙船”无法通过，四百多亩水稻面临枯死。农民要求拆桥，桥主周乡绅认为此桥关系祖坟“风水”，坚决反对拆桥。全剧围绕拆桥与反拆桥展开了一系列尖锐的斗争。在艺术上，该剧按照时间顺序展示冲突，随着“旱情”的发展，戏剧矛盾不断激化，将剧情一步步推向高潮，同时，人物性格在尖锐的矛盾冲突中逐渐显露。戏剧成功地塑造了周乡绅、青年农民李全生等人地形象，集中而精练地反映了农民与地主阶级对立的时代主题，是中国话剧史上较早反映农民不甘忍受压迫奋起反抗的一部话剧。该剧是“五四”以来优秀的剧作之一，1933年6月由上海复旦剧社首演，朱端钧导演，洪深饰李全生，袁牧之饰周乡绅。

【思考练习题】

1. 分析《五奎桥》中的主要人物形象。

2. 赏析戏剧节选部分的艺术特色。

升官图（第三幕）

陈白尘

〔次日下午。

〔客厅里悬灯结彩，愈加辉煌。

〔结婚仪式快要开始了，新娘之一，省长夫人即原来的知县太太，亦即刘小姐刘科长，在她过去住过的那间内室里化妆。另一位新娘——马小姐，则在后花园一所洋房里化妆。

〔听差们穿出穿进，女傧相们不时地从两边门里出来要这要那。

〔马局长自天井中奔上。

马局长 新娘子都装扮好了吗？（急急忙忙地去推内室的门）快点吧，还有十分钟！

〔省长夫人声：不要催！

马局长 （敢怒而不敢言，低声嘀咕）不催不催，只有十分钟了。（转身再向后花园去）那边新娘子，好了没有？

听差二 快了，快了！（穿堂而过。）

马局长 只有十分钟了呀！（下。）

〔侍从从天井上。

侍从 （向内室）省长大人说，请快点了！

内声 知道了。

〔侍从打算向天井下，艾局长急上，碰个照面。

侍从 艾局长，您忙？

艾局长 （急藏手中的大纸包）唔，二爷，您忙！

侍从 您找谁？

艾局长 嗳，我找知县大人。

侍从 唔。（看一眼）艾局长，请不要弄错了，现在这儿是省长夫人的房间。

艾局长 二爷，不会错，您放心。她是省长夫人了。

侍从 那就对，艾老爷。（下。）

〔马局长上。

马局长 要命，要命，只有五分钟了。——艾局长您在这儿？……哦，您是向省长夫人请安来了？（笑向天井下。）

艾局长 哼，马局长现在是该你得意了。

〔萧局长自天井潜步上。

萧局长 （鬼祟地）艾局长，传单印来了没有？

艾局长　（将纸包交给他）刚刚才印好，准备去发！——哦，你跟秘书长说了没有？

萧局长　还没找到他。

艾局长　快点找他——一定在举行婚礼以前跟他说！我是两套计划：软的不行再来硬的！——传单先别动，要听到我的信号，再发。——你带来多少人？

萧局长　五十多人！

艾局长　让他们都埋伏在大礼堂四周，听我号令。快去！

〔萧局长急下。

〔艾局长向内室窥探，踟蹰着。

〔假知县着大礼服上。

假知县　快点啦！省长夫人！

艾局长　知县大人，省长夫人还没有装扮好！

假知县　急死人！只有三分钟啦！

艾局长　急什么呢，迟早今天总要结婚的，坐下休息一会吧！——您今天看了报没有？

假知县　看报，我今天还有心思看报？

艾局长　（掏出一份报递给他）大人！今天的报您得看一下，上面有两篇好文章呐！

假知县　什么文章？

艾局长　（笑）您看了再说。

假知县　哎呀！现在哪有工夫看报！——秘书长！秘书长！（奔下。）

〔内室门开，女傧相引新娘——省长夫人出。

省长夫人　怎么，省长呢？直在催，直在催，省长还没有来！

艾局长　恭喜夫人！

省长夫人　哦……（惊止。）

艾局长　怎么，夫人不认识我了！

省长夫人　（向女傧相）你们先进去，替我找一朵花来。

〔女傧相下。

省长夫人　你来干嘛？

艾局长　（狠毒地）你好，你就把我卖了！

省长夫人　我卖了你？——前天你为什么把那个死鬼找回来，你想丢我的人？

艾局长　那是因为别人先出卖了你——你上了人家的当啦！

省长夫人　我上了人家的当？我也不是三岁孩子！

艾局长　那你是甘心情愿嫁给老头子？

省长夫人　你要我不明不白地跟你一辈子？

艾局长　那好吧，请你付出点代价！

省长夫人　代价？

艾 局 长 省长大人娶一位夫人，还能不出点代价？

省长夫人 那你去找他！（愤然欲去）

艾 局 长 我是找他，可要请你传话。

省长夫人 我不管！

艾 局 长 唷，那么无情无义呀！告诉你：我连老头子都告下了！

省长夫人 笑话！你告老头子？哪一家法院？

艾 局 长 法院自然不敢管喽，我有报纸。

省长夫人 报纸？封掉它！谁敢登？

艾 局 长 尽可以封，可是我把新闻发到外国去！

〔省长夫人无言。

艾 局 长 请你在他面前美言两句吧？唉。就说报纸上的文章是我写的，看他是不是还我一个价钱？——如若不然，咱们还有一手。——得，话就说到这儿，静候好音。再见了，省长夫人。（急下。）

省长夫人 该死的，你别走呀！

〔艾局长的声音：省长大人来了！您快点吧，新娘子化妆好了，等着您！

〔许多人的脚步声。

〔省长夫人退进内室。

〔假秘书长引省长上，侍从及男傧相随后。

假秘书长 （回顾）您看他这副神气！我想这篇文章（指报纸）一定是他写的！

侍 从 刚才我就看见他在这儿鬼鬼祟祟的，不知干什么。这文章当然是他搞的！

省 长 好大胆！他到太岁头上来动土了！查明白，干掉他！

侍 从 对，应该永除后患！

假秘书长 那马上抓他起来吧，大人？

省 长 嗨！今天是我大好日子，总不能杀人呀！——得，先别管他，结了婚再说！（奔进内室。）

〔假知县奔上，后面随着男傧相。

假 知 县 秘书长，秘书长，你看这报上在骂我们！

假秘书长 您也看见了！

假 知 县 （拖假秘书长在一边）这家报馆是谁办的，封门，马上封他的门！

假秘书长 马上就封？省长大人说，今儿是好日子，过了今天再说。

假 知 县 还要等到明天？你瞧，这儿一个“偷”字，这儿又是个“假”字，你说你说，这不是骂你我二人！这一定说咱们是偷——说咱们是假的！

假秘书长 （看报）唔，您说的是这个？这并不是骂我们：这个“偷”字是一个影片的名字叫做《偷香窃玉》，这是一部最伟大的美国电影！

假 知 县 （惊）哦，那个“假”字呢？

假秘书长 这是说道尹大人请假的新闻，他请假养病去了——与我们没有关系的，大人！

假知县 （难为情）不行，不行，今天是我结婚的好日子，他们在报上偏偏要用这两个字，一定是有意捣蛋！

〔省长大人急上，向侍从低声商量。

假秘书长 （注意省长动态，心不在焉地）是！是！

假知县 从此以后报纸上不许用这两个字，谁用了就封门！

假秘书长 可是报上另外有两篇文章在骂您和省长大人，您可看见？

假知县 怎么？骂我什么？

假秘书长 人家要打倒您和省长大人啦！

假知县 （怒）打倒我？打倒省长？那还了得？是谁？抓来砍了！

省长 （点头）嗯，嗯，是要重办！可是呢，……

假秘书长 大人，您不能再宽容他了，前天他带那个疯子来冒充知县，您都没有处罚他，所以他更加胆大妄为了。

省长 可是秘书长，他能够调皮捣蛋，可见得倒很有点本领。——有这种本领的人就能作官；而要做官的人，也非有这种本领不可。所以我现在认为他倒是一个人才，应该收服他！

假秘书长 是的，这是大人的远见，不过……

省长 当然，我也并不是特别赏识他，你们知道：他既能写这篇文章，难道他就不会把这篇文章送到外国去吗？家丑不可外扬，让我们友邦知道这些丑事也是大可不必！

〔马局长奔上。

马局长 快点呀，二位大人，已经过了二十分钟啦！——二位大人，快去迎新娘吧！

省长 好，结婚要紧！

假知县 对！

〔马局长领假知县及男傧相下。

〔省长引男傧相进内室。

〔侍从随省长欲下，假秘书长拉住他。

假秘书长 二爷，省长大人这是什么意思？

侍从 我们大人是主张“大事化小，小事化无”的，什么事都希望搁得平、放得稳，平平安安过去就得了。

假秘书长 那么大人打算怎么处置他呢？

侍从 当然还是两面光呀，大家都过得去。

假秘书长 现在怎么能够两面光呢？

侍从 他攻击省长是假的，不过是想攻击你们知县。

假秘书长 可是知县只有一个，不是他的就是我们的，省长大人总不能让我们落空呀？……

侍从 （笑）秘书长，刚才报上不是还有一个消息，说本道道尹请假了？

假秘书长 （恍然）哦！（大喜）二爷，您得帮忙！

侍　　从　可是我们省长大人头又要痛啦！

假秘书长　那么是前脑？后脑？

侍　　从　（不悦）秘书长，这是一个道尹呀！（用手在头上画一圈）双份！

假秘书长　（伸出五指，翻复）十根？太多了，二爷！

侍　　从　现在不必谈，省长大人还要看看动静，如果他拿不出别的花样来，理都不理他！

〔音乐奏婚礼曲。

〔通花园的门和内室的门同时开了，两对新人各领男女傧相出，走向天井去。萧局长自天井飞奔而入。

萧 局 长　不得了！不得了！——大人，停一停！——秘书长，不得了！老百姓要暴动！

〔新婚行列停止了，音乐停止，省长及假知县奔过来。

〔马局长也从后花园奔出。

假秘书长　暴动？

侍　　从　怎么一回事？

萧 局 长　老百姓混进衙门来了，要暴动！

马 局 长　萧局长，你是存心丢我的面子，还是开玩笑？我警察局长怎么会不知道？

〔齐局长并不很热心地走进来。

萧 局 长　（冷笑）等您知道了，二位大人都性命难保了！

假 知 县　（大惊）呀！到底怎么回事？

萧 局 长　今天客人太多，进进出出，什么人都有，混进来好几百老百姓！

假 知 县　好几百？

萧 局 长　是！有五六百！

马 局 长　胡说，五六百人怎么没看见？

齐 局 长　嗳嗳，你们二位别抬杠，先让他报告！

萧 局 长　你让齐局长说，是不是来了很多人？

齐 局 长　我……我没有十分看清楚，我的眼睛有点近视。

萧 局 长　有许多人暗藏武器，带着手枪，有许多人带着传单标语。——齐局长你没看见吗？

齐 局 长　是的，是的，大概有，我看不清楚。

马 局 长　你的消息可靠不？

萧 局 长　（反攻）对了，马局长，算我多事，这当然是你警察局的责任，还请你去调查一下吧。

省　　长　别废话了！——他们打算干什么？

萧 局 长　（掏出两张标语）大人看，这是我捡来的两张标语。（打开来，一张是“打倒省长”，一张是“打倒知县”。）

省　　长　他们打算怎么干呢？

萧局长 据说他们等候二位大人行结婚礼的时候，就实行暴动。现在前院、后院、前厅、后厅、大礼堂、后花园，到处都布置得有他们的人！

假知县 （惊惶无主）大人这……这怎么办？

马局长 这一定都是乱党——革命党！把他们抓起来！

假知县 对，对，马上抓起来！

萧局长 当然这又是马局长的差事了！

侍　从 （向省长）大人，这还是一码子事！

省　长 （点头）嗯。（作态）好，他们闹到我面前来了。马上派人来弹压！——马局长，你马上可以调动多少武装力量？

马局长 （惊）武装力量？

萧局长 省长大人问你马上能够调动多少人马？

省　长 前天你说十分钟之内可以召集十万人，你这句话有几成可以兑现？

马局长 这……

萧局长 （冷讽地）几万人总可以有吧！

省　长 不必客气了，我知道那是一句大话。但有几成呢？有几成说几成！

马局长 （窘急）那！……那十万人是可以动员，但不是十分钟之内，卑职恐怕说错了，是十天之内。

省　长 那还说什么！——你还想抓人？

假秘书长 大人，我看大事化小事，小事化无，也不必大动干戈了！

省　长 对，你的话对，一个政治家绝不能与民为仇，绝不能妄动干戈，我们要以人民的幸福为重，要化干戈为玉帛！

假秘书长 是的，卑职们很能体谅大人为国为民的苦心！

〔外面忽起吼叫，隐隐听到“打倒”之声。

萧局长 哎呀，大人，您听！……

假知县 （几乎哭出声来）大人，大人，怎么办？

马局长 （全身发抖）大人这……

〔吼叫又起。

萧局长 这不得了，不得了！

齐局长 这真是不得了！

假知县 大人！

马局长 大人！

省　长 嚷什么！

假秘书长 大人自有办法，你们别乱嚷！

〔第三次吼叫声起。

〔同时艾局长自天井中慢慢走来。

艾局长 （笑容满面）二位大人，时间已经过了，请去行礼啦！大家都等着吃喜酒哩！

省　长 （镇静地微笑）马上就来了，可是我还在计划一件事。

艾局长 哦，大人有什么计划？

省　长 今天是我和你们知县大人的双喜的好日子，我想凑凑热闹，再喜上加喜，让大家痛快一下。——可是外面吼叫什么？

艾局长 没有什么，他们是在欢呼大人万岁。

省　长 这声音不大好听，要欢呼万岁让他们叫得清楚一点。

艾局长 是，卑职马上通知他们。——可是请大人指示，是什么计划？

省　长 （目视侍从）我现在要宣布一件喜事……

〔侍从目视假秘书长作探询状。

〔假秘书长扑扑胸脯举手作五数，反复两次。

侍　从 （向省长点头）O. K.！

省　长 好，我是一不做二不休，我再宣布两件喜事，加上我们两对结婚，四件喜事，合并举行。来个事事如意！第一件，本道道尹请假出缺，我升任本县知县做本道道尹！

假知县 （大喜过望）什么？大人？

假秘书长 省长大人升任您做本道道尹，快点叩谢大人！

假知县 （跪倒在地，叩头如捣蒜）叩谢大人！叩谢大人恩典！

省　长 第二件，本县知县既然升任道尹，就以本县财政局艾局长升任本县知县！

艾局长 谢省长大人栽培！

省　长 好了，今天是喜上加喜，四件喜事，合并举行。艾局长，——新任知县，你去宣布一下吧。

艾局长 是。（急奔出门外，向外举手为号。）

省　长 好了，没有事了，去结婚吧！

〔音乐奏婚礼曲。

〔婚礼行列排好了。

〔省长与侍从耳语，侍从再向假秘书长耳语。

〔外面高叫：省长大人万岁万岁万万岁。

〔艾局长退让在一边，婚礼行列出发。

〔艾局长向萧局长有所指示，萧局长偕齐局长下。

〔台上仅艾局长与假秘书长留下。

假秘书长 新任知县大人，卑职恭喜您了！

艾局长 （大笑）秘书长，（握手）怎么如此称呼呢？您一定也跟道尹大人升迁了？（打哈哈）我们这叫做不打不相识？（真是惺惺相惜）秘书长，我们都是一家人了！

假秘书长 （大笑）真是不打不相识。大人，您真是（竖大拇指）政界的杰出人才！

艾局长 秘书长，您才了不起，真是宦场中的能手，道尹又被您抢去了。（大笑）

〔二人握手大笑。

〔欢呼声又起。

假秘书长 哦，刚才省长大人吩咐：明天早上，省长就起程回省。道尹大人明天也就启程赴任，知县大人——您明天也好走马上任了。可是（低声）您今天报上的文章，还有今天这许多布置，对于省长和我们知县大人都有点太难看了；解铃还是系铃人，您得想个办法，让二位大人面子上光彩光彩呀！

艾局长 （笑）秘书长放心，这早在我的计划之中了。我知道省长大人和秘书长都是聪明人，绝不会让我走到极端的。既不走极端，我就得预先布置一条退路。

假秘书长 已经布置好了？

艾局长 我的计划是可战可和，可进可退，可攻可守，而且是可左可右的双轨计划。

〔假秘书长惊疑。

艾局长 说得明白点，就是我拟定了两套计划，同时进行，一面在准备打倒的计划，一面也准备了拥护的计划，省长大人和秘书长懂得我的意思，我就拥护。不理，我就打倒！

假秘书长 哦，（笑）您这真叫三刀两面了！

艾局长 （大笑）……所以我也准备好了拥护计划。比如说：明天在报纸上，就发表这篇（掏出大批文件）拥护省长大人和知县大人的文章，这里是拥护的传单、标语、宣言，这里是拥护大会的口号，这里是拥护大会的提议案……甚至今天我带来的群众，也都带着两件东西：一件是武器，还有一件是拥护的小旗子！

假秘书长 好极了，好极了，那我们今天是不是就可以开一个欢送省长大人和知县大人的群众大会？

艾局长 可以，可以，当然可以。只要把所有拥护的字样改做欢送就行啦！——我已经请萧局长去办了！

假秘书长 那就好极了！好极了！我说您是了不起的人才，真是了不起的人才！我们相见恨晚了！

艾局长 （握手）秘书长，我们是英雄识英雄，真是相见恨晚了！

〔音乐奏婚礼曲。

假秘书长 婚礼已经完了？

艾局长 大人他们已经回来了。

〔婚礼行列回来了。

〔马局长、萧局长、齐局长及省长侍从也进来了。

〔于是艾局长、假秘书长及各局长向省长、假知县贺喜，各局长再向艾局长贺喜，省长夫人也向知县太太贺喜。

萧局长 （向艾局长耳语之后）你看，他们已经来了！

〔老百姓子、丑、寅、卯、辰、巳、午、未……等上。前面举一面横幅大旗，旗上是："欢送省长大人！欢送知县大人！"十二个大字。每人手中一根童子军式的木棍，棍头上都是写着欢送标语的小旗子，列队向客厅里来。后面，留在天井里还有好多人。

老百姓们 欢送省长大人，欢送知县大人！

艾 局 长 （狂喜）好极了，好极了，你们来得正好，你们是来欢送省长、知县二位大人的？

老百姓们 是。

艾 局 长 那，好极了，好极了！——省长大人！道尹大人！因为听说大人们明天就要回省上任，所以老百姓们马上就赶来欢送二位大人！卑职现在正式代表本县各机关、团体、学校，以及全县一百万民众向二位大人表示热烈的欢送！（掏出文稿来）

〔萧局长向老百姓举手示意，众百姓随即鼓掌。

艾 局 长 卑职来代表民众朗诵欢送词。（读）“省长大人，知县大人，你们是老百姓的伟大救星！”

〔萧局长领导鼓掌。

艾 局 长 “你们是老百姓的救命恩人呀！……”

〔萧局长领导鼓掌。

艾 局 长 “自从省长、知县莅任以来，我们老百姓好象生活在天堂里一般……”（向萧局长）鼓掌！

〔萧局长又领导鼓掌。

艾 局 长 “我们每人都住了洋房，我们每人都有了汽车，我们每天都在吃大菜，我们真是丰衣足食，安居乐业呀！”

〔萧局长领导大声鼓掌。

艾 局 长 “我们感谢二位大人，我们从没受过苛捐杂税的剥削，我们从没受过土豪劣绅的压迫，我们从没受过贪官污吏的敲诈，我们从没受过特务和集中营的威胁。我们从没有——不！我们都有人身的自由，言论的自由，以及一切的自由！这都是二位大人的德政！我们感激二位大人！……”

〔萧局长领导着拚命地鼓掌。

〔在鼓掌声中，悬在那里的铃铛忽然大响起来。

〔鼓掌声突然停止。

假 知 县 （大惊）哎呀！

假秘书长 （大惊）哎呀，什么事！

〔就在同时，老百姓手中的横幅大旗翻转来了，变做“打倒省长，打倒知县”八个大字。

〔就在同时，老百姓手中木棍上的纸旗都撕去了，木棍举了起来，每个人都被监视起来。

〔就在同时，艾局长被老百姓从领后一把抓住。

〔两位新娘子惊叫起来。

假秘书长 （掏出手枪，但被背后的老百姓抓住他的手）艾局长，你这是怎么一回事？

艾 局 长 天哪，我也不知道是怎么一回事呀？

〔天井里一片吼叫。

老百姓子 对不起，你们欺骗了我们，出卖了我们，一会儿要我们来欢送什么，一会儿又要我们来打倒什么，你们这伙混蛋把老百姓当着什么呀！都一起替我滚吧！

艾 局 长 到哪儿去？

老百姓子 我们，要审判你们，走！

〔老百姓齐声大吼。

众 官 员 天哪，这可完啦！

〔老百姓抓住每一个官员的后领要拖走，被抓的人都惊叫起来。

假 知 县 （拖住一个老百姓不放）我不是知县呀！放了我吧！我不是知县呀！放了我吧！我不是知县呀！……

〔天井里一片怒吼。

——暗转

（选自《中国话剧选》（二），上海文艺出版社，1982）

【学习提示】

陈白尘（1908—1994），原名陈增鸿、陈征鸿，江苏淮阴（今淮安市淮阴区）人。1927 年入上海艺术大学文学科，后转入南国艺术学院。抗日战争全面爆发后投身抗日救亡戏剧运动。中华人民共和国成立后，任上海戏剧电影工作者协会主席、上海市文联秘书长、中国作家协会秘书长、《人民文学》副主编等职。主要有喜剧《结婚进行曲》《升官图》《阿 Q 正传》等，历史剧《大渡河》《大风歌》，电影剧本《乌鸦与麻雀》等。

《升官图》的故事发生在一个凄风苦雨之夜，两个被追捕的强盗，闯入了一所古老的住宅，惊魂乍定，进入梦乡，做了一场升官发财的黄粱美梦：两人在一次群众暴动后，趁知县受伤，秘书长丧命之际，浑水摸鱼，冒充做了知县和秘书长。而知县太太和利欲熏心的县衙官僚为了利益，竟承认了两个冒牌官员，真知县反而被抓去当壮丁。衙门里面的各色人物除了有鱼肉百姓、财迷心窍的本质以外，各有其不同的丑恶嘴脸：有“身材奇短，但总爱耀武扬威全副武装”的警察局长；有拿公款去放债的财政局长；有西装笔挺、油头粉面的工务局长；有精神萎靡，但一口气可打二十圈麻将，拼命从教师和学生身上榨油的教育局长；还有虚荣、势利的知县太太，贪图享乐、毫无羞耻之心的马小姐，这一伙人贪得无厌、无恶不作，把整个县城搞得乌烟瘴气。此时有消息传来，省长要到此视察，群丑又开始了新的表演，挖空心思地粉饰太平，以赢得省长的好感和赏识。谁知“俭朴”的省长，搜刮财物的手段更为高明，头痛要用金条熏烟做药，头痛几次便收到了足够的金条，同时又将原知县太太据为己有，宣布视察完毕，枪毙了从壮丁中逃出来的真知县，一切太平。在省长与知县太太，假知县与马小姐就要举行婚礼时，财政局长见有机可乘，多方活动，要挟省长、县长诸人。省长随机应变，提拔假知县为道尹，升财政局长为知县。平息了一场骚乱后，升官的升官，发财的发财，皆大欢喜。正当他们庆祝之时，愤怒的群众把他们一个个抓走……此时两个强盗从梦中惊醒，仓皇出逃，东方已白，鸡鸣天亮。

《升官图》以夸张、变形和漫画式的手法对国民党统治时代的官场做了淋漓尽致的暴露和讽刺。表演的是梦境，表现的却是现实。情节近乎荒诞，反映的却是事实，是梦境与现实、荒诞和事实的统一，刻画了一幅官场群丑图。

《升官图》是陈白尘最重要的讽刺喜剧作品之一。该剧在结构上构思巧妙，独具匠心。采用序幕、尾声为框架，中间三幕为主体的形式。由序幕入戏，尾声梦醒出戏，简单利索，爽快明朗，把中间的“梦”嵌在两头现实的框架中，使其象征寓意得以凸显。在情节上，作品以强盗的弄假成真之举贯穿全剧，并且运用了误会、巧合、突转、发现等一系列戏剧手法，悬念迭起，扣人心弦。

该剧大量运用夸张、反复等手法，成功地刻画了一系列性格鲜明的喜剧人物。《升官图》意在刻画群丑，目的在群体，但与此同时，这部剧作也没有忽视对人物个性的诠释，省长的道貌岸然、财政局长的诡计多端、警察局长的愚蠢残忍都给读者留下了深刻的印象。

该剧运用了高超的喜剧讽刺手法，表现出泼辣、犀利、汪洋恣肆的风格。剧作既借鉴了莫里哀、果戈理等外国喜剧家的讽刺手法，也在整体构思上借用了唐传奇《枕中记》和明传奇《邯郸记》的框架，继承和发扬了中国传统讽刺艺术。这种大胆的想象和奇妙的构思，看似荒诞不经，实则合情合理，使人物的漫画化和性格化相统一。总之，《升官图》作为现代讽刺喜剧艺术的集大成者，取得了相当高的成就。

【思考练习题】

1. 陈白尘的剧作主要分为哪两类？代表作有哪些？
2. 列举《升官图》中富有代表性的人物形象，并说明他们的主要性格特色。
3. 为什么说《升官图》是中国现代讽刺喜剧艺术的集大成者？

白毛女（第一幕）

贺敬之、丁毅等

一九三五年冬，

河北省某县杨格村，村前平原，村后大山。

第一场

〔除夕。天降大雪。

〔佃户杨白劳之女喜儿手拿玉茭子面在风雪中上。

〔音乐奏第一曲。

喜　儿　（唱第二曲）

北风吹，雪花飘，
雪花飘飘年来到。
爹出门去躲账整七天，
三十晚上还没回还。
大婶子给了玉茭子面，
我等我的爹爹回家过年。（推门进屋）

〔屋中穷苦简陋，内有一灶，旁有灶神，柴禾及盆罐散放在角落里，锅台上放一油灯。

喜　儿　呵，今儿年三十啦，家家都蒸黄米糕，包饺子，烧香，贴门神……过年啦。爹出门七八天啦，还没回来，家里过年的东西什么也没有。（稍停）家里就是我爹跟我两个人啦，三岁上就死了娘，爹种了财主黄世仁家六亩地：爹种地，我跟后，风里来，雨里走……年年欠东家的租子，一到快过年的时候，爹就出去躲账了。今儿年三十晚上，天这么黑了。爹怎么还不回来？（焦虑地）唔，刚才我到大婶家去，她给了我一些玉茭子面，我再掺上些豆渣，捏上几个窝窝，等爹回来好吃。（舀水，和面，做窝窝。）

〔音乐奏第三曲。

〔屋外，风把门吹开。喜儿跑去看，无人。

〔呵，是风把门吹开了。

（唱第四曲）

风卷雪花在门外，
风打着门来门自开；
我盼爹爹快回家，
一脚踏进门里来，
一脚踏进门里来。

（白）爹出去的时候是挑着豆腐担子出去的，要是卖了豆腐，称回二斤面来，那还能吃上一顿饺子哪。

（唱第五曲）

我盼爹爹心中急，
等爹回来心欢喜，
爹爹带回白面来，
欢欢喜喜过个年，
欢欢喜喜过个年！（继续做窝窝。）

〔杨白劳身上落了一层雪，背着豆腐担子，披着盖豆腐的布，踉踉跄跄地上。

〔音乐奏第六曲。

杨白劳 （唱第七曲）

十里风雪一片白，
躲账七天回家来；
指望着熬过这一关，
挨冻受饿，我也能忍耐。

（一面畏缩地看看四周，一面打门。白）喜儿，开门！

喜　儿 （开门，惊喜）爹！你回来啦？

杨白劳 嗯。（以手急止喜儿不要大声。）

喜　儿 （给爹打身上的雪）爹，外面的雪下得真大，你身上落了这么厚一层……

杨白劳 （急切地）喜儿，我走了这几天，少东家打发人来要账了没有？

喜　儿 二十五那天，穆仁智来了一回。

杨白劳 （一惊）怎么？来过一回！他说什么来着？

喜　儿 他看你不在家就回去了。

杨白劳 后来呢？

喜　儿 后来再没有来过。

杨白劳 （半信半疑）真的？

喜　儿 真的，爹。

杨白劳 （还是不大相信）呵？

喜　儿 那谁还哄你呢，爹！

杨白劳 （放下心来）唉，这就好了，喜儿，你听听外面风刮得这么厉害！……

喜　儿 雪下得那么大！

杨白劳 天也快黑了。

喜　儿 道儿也难走，爹！

杨白劳 我看穆仁智这回不会来啦。咱欠东家这一石五斗租子，二十五块钱驴打滚的账，这回总算又躲过去啦。

喜　儿 （欢喜地）又躲过去啦，爹！

杨白劳 喜儿，掐把柴禾叫爹烤烤火。

〔音乐奏第八曲。

杨白劳 （审视地，看锅台）怎么这点儿玉茭子面还没吃完？

喜　儿 早就吃完了，这是刚才王大婶给的。（抓柴禾。）

杨白劳 怎么这么冷的天，你一个人上山去打柴了？

喜　儿 这是我和大春哥一块儿去的。（点起柴禾）爹！你饿了吧？

杨白劳 （烤火）爹饿了，饿了。（喜悦地）哈哈……

喜　儿 窝窝捏上了，我去蒸去。

杨白劳 等一等，喜儿，你看这是什么？（从怀中掏出一个口袋。）

喜　儿 （惊喜地抢过来）什么，爹？

杨白劳 （唱第九曲）

卖豆腐赚下了几个钱，
集上称回了二斤面，
怕叫东家看见了，
揣在怀里四五天。

喜　儿 （唱第十曲）

卖豆腐赚下了几个钱，
爹爹称回来二斤面，
带回家来包饺子，
欢欢喜喜过个年。
哎！过呀过个年！

（白）爹，我去喊王大婶过来包饺子。

杨白劳 （止喜）再等会儿，喜儿，你看这又是什么？

喜　儿 什么，爹？

杨白劳 （从怀里掏出一小纸包，包了很多层，一层一层剥开，原来是红头绳，边剥边唱第十一曲）

人家的闺女有花戴，
爹爹钱少不能买，
扯上了二尺红头绳，
给我喜儿扎起来！
哎！扎起来！

〔喜儿跪在杨白劳膝前，杨白劳给喜儿扎头绳。

喜　儿 （唱第十二曲）

人家的闺女有花戴，
我爹钱少不能买，
扯回来二尺红头绳，
给我扎起来。
哎！扎呀扎起来。（起立。）

杨白劳 哈哈，喜儿，转过来叫爹看看，（喜儿转身）好，一会儿叫你大春哥和王大婶子也过来看看。（喜儿羞涩又撒娇地一扭身）唔，爹还请了两张门神来，把它贴上吧。（取门神。）

喜　儿　门神？

〔二人贴门神。

喜　儿　（唱第十三曲）

门神门神骑红马，

杨白劳　（唱）

贴在门上守住家；

喜　儿　（唱）

门神门神扛大刀，

杨白劳　（唱）

大鬼小鬼进不来。

杨白劳、喜儿（唱）

哎！进呀进不来！

杨白劳　唔，叫大鬼小鬼进不来。

喜　儿　叫那要账的穆仁智也进不来！

杨白劳　好孩子，叫咱们过个平安年。

〔两人关门。

〔王大婶子上。

〔音乐奏第十四曲。

王大婶　今儿大春从集上称回二斤面来，我去看看他杨大伯回来了没有，要是回来了，喊他们爷儿俩过来包饺子。（到杨白劳门口一看）呵，准是他杨大伯回来了，看那门神都贴上啦！（打门）喜儿，开门！

喜　儿　谁呀？

王大婶　你大婶子嘛！

〔喜儿开门，王大婶进门。

喜　儿　大婶子，你看我爹回来啦。

王大婶　他大伯，你多会回来的？

杨白劳　才回来一袋烟的工夫。

喜　儿　大婶，我爹称回二斤面来，我才说喊你过来包饺子，你可就先来了，你看！你看！

王大婶　好孩子，你大春哥也称回二斤面，二升米还换了一斤肉，我是喊你爷儿俩过去包饺子的。

喜　儿　就在这儿包吧！

王大婶　还是过去包吧！

喜　儿　就在这儿包嘛，大婶子。

杨白劳　咳，就在这儿包嘛。

王大婶　看你们这爷儿俩！这还能让到外人去吗？（转身悄声对杨白劳）他杨大

伯……过了这个年，喜儿和大春都大了一岁了，我还等着你的信儿呢！

杨白劳 （怕喜儿听见，又要让喜儿听见）她大婶，你先不要着急，只要等上个好年月，咱就准给孩子们办，咳……

喜　儿 （故作不知，打断话头）大婶过来和面嘛！

杨白劳 唔，唔，快和面去吧，快和面去吧！

王大婶 （笑）哈哈哈……（去和面。）

〔穆仁智上，手提红灯，上面有“积善堂黄”四字。

穆仁智 （唱第十五曲）

讨租讨租，
要账要账，
我有四件宝贝身边藏：
一支香来一支枪，
一个拐子一个筐——
见了东家就烧香，
见了佃户就放枪，
能拐就拐，
能诳就诳。

今儿晚上，我们少东家叫我到佃户杨白劳家里去给他办一件事，一件心事，一件不叫人知道的事。少东家给我定下一计，叫杨白劳到我们少东家家里谈谈。（到门边打门）老杨，开门！

杨白劳 谁呵？

穆仁智 我，穆仁智。

众 呵？（一惊。）

〔王大婶和喜儿急把面盆等物藏起。

穆仁智 老杨，快开门呵！

〔杨白劳无法，只得开门。穆仁智进来，众哑然。

穆仁智 （持灯照屋内一圈，喜儿躲在王大婶背后）老杨……（异乎寻常地和气）预备好过年了吧？

杨白劳 咳，穆先生，还没动烟火呢。

穆仁智 唔。老杨，麻烦你一下，我们少东家请你去一趟，有事商量商量。

杨白劳 呵！（惊）这，这，穆先生，我打不起租子，还不起账呵！

穆仁智 哎，不是，这回少东家叫你去，一不打租，二不要账，有要事商量。今儿年三十啦，少东家心里高兴，有话好说，有事好办。走一趟吧！

杨白劳 （哀求地）我……穆先生……

穆仁智 （指门）没有什么，走一趟。

〔杨白劳只好走。

喜　儿 （急切地）爹，你……

穆仁智 （用灯照喜儿，轻薄地）唔，不要紧，喜儿，少东家给你花戴，叫你爹给带回来。嘿嘿……

王大婶 （把豆腐包给杨白劳披上）他大伯，披上吧，外面雪又下大了……你到了那里，给少东家多跪上会子，总不能不让咱过这个年呵。

穆仁智 是呀！（推杨白劳出门）

〔杨白劳走出，又回头。

喜　儿 爹……

〔音乐奏第十六曲。

杨白劳 咳……

穆仁智 快走吧。（推杨白劳走下。）

喜　儿 大婶，我爹……（哭。）

王大婶 （安慰地）你爹一会儿就回来啦。走，先到大婶家和面去吧！

（挽喜儿下。）

第二场

〔地主黄世仁家，靠近客厅的一间偏房。桌旁有椅子，桌上放着一个高台蜡烛，烛光之下照着账本、算盘、砚台、水烟袋等物。

〔幕开，音乐奏第十七曲，幕内一片欢笑豁拳碰杯的声音。

〔黄世仁微醉，心满意足地剔着牙齿上。

黄世仁 （唱第十八曲）

花天酒地辞旧岁，
张灯结彩过除夕，
堂上堂下齐欢笑，
酒不醉人人自醉。
我家自有谷满仓，
哪管他穷人饿肚肠。

〔大升端嗽口水上。

黄世仁 （嗽口）大升，去告诉老太太，说我头痛，不能陪客人们喝酒啦，叫她老人家陪他们吧。

大　升 是。（下。）

黄世仁 我黄世仁这辈子总算没有白过，家有良田十五顷，每年要收上千石的租子。自幼我就学会了大斗进小斗出，里里外外都是能手，这几年家产越闹越发达了。去年我女人死了，娘要我续一个，其实，没有一个在家里，我倒反而自在一些。女人吗，那还不就是墙上的泥坯，扒了一层又一层，我要是想要谁，比如今天晚上这个吧，那还不是很容易的事情么！

〔穆仁智领杨白劳上。

杨白劳 （畏畏缩缩地，唱第十九曲）

廊檐下红灯照花了眼，
这叫我老汉心不安，

不知道这一去是何事？
喜儿等我快回还。

穆仁智 老杨，少东家在这，这儿走。

〔两人进门。

黄世仁 （客气地）唔，老杨来了，请坐！（示位。）

〔杨白劳不敢坐。

穆仁智 （倒茶）喝茶，喝茶。

〔杨白劳不敢喝。

黄世仁 老杨，家里的年货办齐全了吧？

杨白劳 咳，少东家，你不知道呵，大雪屯门十几天，家里没柴没米，几天都没动锅了。

穆仁智 哎，我说老杨，你不用在这里哭穷啦，少东家不是外人，他还能不知道。

黄世仁 是呵，老杨，你家里不宽裕我也知道，可是这一年又过去啦，租子嘛还是要麻烦你一下。（翻账本）你种我家是六亩地，去年拖下了五斗租，今年夏天是四斗半，秋天再加五斗五……

穆仁智 （打算盘）五的五，二五一十……

黄世仁 还有你欠我的钱，你记着：我父亲在的时候，你老婆死了买棺材，借了我五块钱，前年你有病，打发王大春来借了两块半，去年又一个三块整，当时同人言明是五分利，这利打利，利滚利一共是……

穆仁智 （打算盘）利打利，利滚利一共是……五五二十五，二五一十，四退六进一，……一共二十五块五毛，一石五斗租子。

黄世仁 一共是二十五块五毛，一石五斗租子。对不对，老杨？

杨白劳 是，少东家……对……

黄世仁 老杨，你看这是白纸黑字写的清清楚楚的，一丝不差，一毫不错。老杨，今儿是年三十啦，这账是不能再拖啦！你要带来了的话，那就当面交钱，立地勾账；要没带来，那出去想个办法，叫穆先生陪你走一趟。

穆仁智 两条道叫你拣，叫我跑腿也情愿。怎么样，老杨？

杨白劳 （哀求地）咳，穆先生……少东家……我求求你，再让过我这一回吧。我实在没钱，打不起租子，还不起账呵！（呜咽地）少东家……穆先生……

黄世仁 咳，老杨，不要这样子嘛，你过年，我也过年，你为难，我更为难。今儿这笔账是一定要清了。

杨白劳 （趋前哀求）少东家……

黄世仁 （不耐烦地）咳！人呵，有理走遍天下，无理寸步难行！今儿你欠我的账，说到天上也要还呀！

穆仁智 老杨，今儿我们少东家的话是说下啦，少东家说一是一，决不改口。老杨，你一定想个法子。

杨白劳 少东家，我有什么法子呀，我这个孤老头子，没有亲朋贵友，叫我到哪儿想法子去呀？少东家……（苦苦哀求。）

黄世仁 （看时机已到，向穆仁智示意）咳……

穆仁智 （对杨白劳）咳，我说老杨，有个办法了，我们少东家给你指下一条阳关大道，看你走不走……

杨白劳 （不解地）穆先生，你说……

穆仁智 你回去，把你闺女喜儿领来顶租子，怎么样？

杨白劳 （晴天霹雳）啊？

穆仁智 回去领喜儿来顶租子！

杨白劳 （下跪，哀号地）少东家，这可不行啊！

（唱第二十曲）

猛听叫喜儿顶租子，
好比晴天打霹雳！
喜儿啊是我的命根子，
父女俩死也不能离！

（白）少东家我求你……

（唱）我求求少东家大发慈悲，
再让我老杨这一回，
我一生只有这一个女，
人不到难处不落泪。……

黄世仁 （愤然起立）咳，我这是为你着想啊，老杨。把喜儿领到我家来过几年好日子，不比在你家少吃没穿受罪好得多吗！再说，喜儿来了，我还能亏待她？这么一来，你的账也就勾了，这不是两全其美的事吗！

杨白劳 少东家，不……可不行啊……

穆仁智 哎，老杨，听我说，穷生奸计，富长良心，少东家这是一片好心，为你一家啊。你想想：喜儿要来了，还不是享福来了，这以后，吃好的，穿好的，饭来张口，水来伸手，不比在你家少吃没穿强多啦！再说叫喜儿受那个罪，咱们少东家看了也过意不去呀。咳，我看就这么办吧！

杨白劳 咳，少东家，穆先生，喜儿这孩子是我的命啊，她三岁上就死了娘，我一泡屎一泡尿把她拉扯大的，一滴水一滴汗把她养活大的。我老杨这么大年纪，就这么一个丫头，这丫头就当是我一个儿啊，我怎么也不能离开她……（向黄世仁）少东家……

黄世仁 哼！（不答理。）

杨白劳 （向穆仁智）穆先生……

〔穆仁智不答理。

黄世仁 （少顷）老杨，我可不能再等啦，两条路你自己拣吧：给人，还是还账？

穆仁智 老杨，今儿少东家满高兴的，不要得罪少东家吃不了兜着！

黄世仁 （怒）不要给他讲了！快给他写个文书，叫他明天把人送来！（怒，欲下。）

杨白劳 （上前拖住）少东家，你可不能走啊！

黄世仁 去你的！（推开杨白劳，急下。）

穆仁智 好，就这么办吧，老杨。（到桌旁写文书。）

杨白劳 （疯狂地拦住穆仁智）你……你不能呵！

（唱第二十一曲）

我杨白劳犯了什么罪？
立逼着卖我的亲生女！
受苦我受了这一辈子，
想不到我落到了这步田地！

穆仁智 老杨，想开点，不要糊涂一时，今儿这个事是答应也得答应，不答应也得答应！（推开杨白劳，拿笔写文书。）

杨白劳 （拉住穆仁智的手）呵！

（接唱第二十一曲）

老天单杀独根草，
大水尽淹独木桥，
我一生只有这一个女，
离开了喜儿我活不了！

穆仁智 （大怒）你别糊涂了！一会少东家生了气可不是玩的！

杨白劳 我……我……我找个说理的地方去！（欲冲出门去。）

穆仁智 （拍案）哪里说理去！县长和咱们少东家是朋友，这就是衙门口，你到哪里说理去！

杨白劳 （惊住）我……我……

穆仁智 （又缓和地）老杨，不行呵，胳膊抗不过大腿去，我劝你写个文书按个手印，不就结了吗！（写文书。）

杨白劳 （又去拦）你……你……

〔黄世仁急上。

黄世仁 （声色俱厉）怎么还嘴硬？杨白劳！告诉你说：今儿行也得行，不行也得行，（对穆仁智）快给他写文书！

杨白劳 （愣住）呵？

穆仁智 （写文书，念）……“立约人杨白劳，欠东家租子一石五斗，大洋二十五块五毛，因家贫无法偿还，愿将亲生女喜儿卖与东家，以人顶账，两相情愿，决不反悔，空口无凭，立此为证……立约人黄世仁杨白劳，中人穆仁智”……（写毕）好啦，说话为空，落笔为实，来，老杨，按个手印吧。

杨白劳 （疯狂似地）少东家，可不行呵……

黄世仁 （威吓地）怎么？好，那叫刘三黑把他捆起来，送到县上去！

杨白劳 （大惊，昏迷地，战抖着）呵？把我送到县上去……少东家！

穆仁智 （拉住杨白劳的手）按上个手印吧！（按手印。）

杨白劳 （看自己的手指有墨迹，惊）呵？……（倒地。）

穆仁智 哈，一个手印还了几十年的账……（把文书给黄世仁。）

〔黄世仁向穆仁智示意。

穆仁智 （用手试杨白劳呼吸后，向黄世仁）没什么。

黄世仁 杨白劳，你也该回去啦，明儿把喜儿送过来。（对穆仁智）把那一张文书给他带上。

穆仁智 （扶起杨白劳）这一张是你的，给……（给文书）明儿送喜儿来给少东家拜年，叫她到这儿来，过个好年，去吧！（推杨白劳出门，反手关门。）

〔杨白劳出门不支，倒地。

黄世仁 老穆，明儿一早多带几个人去，不要叫老头子回去一闹不认这个账，跑了的话，那可落个人财两空。

穆仁智 是。

黄世仁 还有，千万不要把风声闹大了，大年初一，不太好看。叫那些穷人们闹出去，有理也说不清。有人问就说老太太要看看喜儿，领喜儿来给老太太拜年的。

穆仁智 对。（下。）

黄世仁 哼！杀不了穷汉，当不了富汉，弄不了杨白劳，就得不到喜儿。（满意地，下。）

〔黄世仁家门口。

杨白劳 （在门外苏醒过来，爬起）老天呵，杀人的老天呵！

（唱第二十二曲）

　　老天杀人不眨眼！

　　黄家就是鬼门关！

（白）杨白劳，糊涂的杨白劳呵，

（唱）为什么文书上按了手印？

　　亲生的女儿卖给了人！

（白）喜儿呀，你爹对不起你呵！

（唱）你等爹回家来过年，

　　爹怎能有脸把你见？（踉跄走下。）

第三场

〔村边道上。

〔赵老汉挎一小篮上，里面有一小块肉一壶酒。

赵老汉 （唱第二十三曲）

　　大风大雪吹的紧，

　　十家灯火九不明。

　　人家过年咱过年，

　　穷富过年不一般：

　　东家门里有酒肉，

　　佃户家里无米面。

〔隐约听见地主家里欢闹声。

〔哎！富家主儿过年乐也乐死啦，穷人过年苦也苦死啦！老杨哥出去躲账七八天了，也该回来啦。我打上四两烧酒，到他家喝上两盅，心里有话，呱啦他一顿，也算是过个穷年。

（唱第二十四曲）

官向官来民向民，
穷人向的是穷人；
我找老杨过三十，
四两水酒一片心。（下。）

〔杨白劳上。

杨白劳 （唱第二十五曲）

杨白劳昏沉沉如醉酒，
这么大的风雪往哪里走？
怀揣着文书杀人刀，
杀了自己的亲骨肉。哎……

（白）喜儿你在哪里？你不知道你爹……（倒下。）

〔赵老汉上。

赵老汉 （发现有人跌倒，上前搀起一看）老杨哥，是你？

杨白劳 你，你是谁？

赵老汉 我是老赵！

杨白劳 唔！老赵兄弟……

赵老汉 （把杨白劳搀起）老杨哥，你这是怎么回事？

杨白劳 呵？（一下子发狂似地，但又压了下去）没……没有什么，刚才我到财主家去啦……

赵老汉 唔，又是在财主家受了气啦。雪下大啦，先回去吧，回去好好地说，痛痛快快地说。（扶杨白劳走。）

杨白劳 说……说……好好地说……痛痛快快地说……

〔杨白劳家。

赵老汉 到了。怎么门还搭着？（开门搀杨白劳入）怎么灯也不点？……（摸火点灯）喜儿哪？

杨白劳 （听见提起喜儿，不自禁地大声惊呼）呵，喜儿呢？喜儿！

赵老汉 （感到有些异样）你怎么啦，老杨哥？

杨白劳 （压制自己平静下来）没什么，喜儿是到她大婶家包饺子去啦。

赵老汉 唔，今天过年还有饺子吃，孩子也该欢喜欢喜啦。老杨哥，你看我给你送来了一斤肉，留着明天你爷俩吃。我还打了这四两酒，今晚上咱哥儿俩喝两盅。（烧火，暖酒。）

杨白劳 （应付地）唔，喝……喝两盅，喝……两盅。（烤火。）

〔两人喝酒。

赵老汉 老杨哥，刚才你到东家去到底是怎么回事？

杨白劳 那……没有什么……老赵……

赵老汉 到底是怎么回事？给我说，我是老赵，不是旁人。

杨白劳 唉，说……

赵老汉 快说嘛，老杨哥，在这里还怕什么呢？

杨白劳 我……

赵老汉 （急切地）真急死人啦！你先前有话不对旁人说，总是闷在肚子里，可是咱哥俩，从来就是说的一个心里的话，今晚上可不能低头打闷雷，说，老杨哥，说。

杨白劳 （不安地）唉，我说。我今个躲账才回来，穆仁智把我叫到财主家里去啦。

赵老汉 唔。

杨白劳 少东家翻开账本，穆仁智打着算盘，当面逼我还账，我还不起，他……

赵老汉 他怎么样？

杨白劳 他就要喜儿顶租子！

赵老汉 （一惊）呵？（急追问）你答应没有？

杨白劳 我……我……（紧快地）我没有！

赵老汉 （兴奋）好！老杨哥，你办的对呀，叫喜儿到财主家顶了租子，那是把孩子推到火坑里去啦！俗话说：佛烧一支香，人争一口气，咱就争的这口气。老杨哥，你做的有志气！（举杯）来，老杨哥，再喝。

杨白劳 （内心极度痛苦，不知如何应对）老赵……老赵，你不知道财主家明天，不，明年，明年还是叫咱们的喜儿去呀！

赵老汉 明年？唉，老杨哥，我心里捉摸这么个事：明年咱不在这里蹲啦，咱到口外去！

杨白劳 哪里？口外去？……（恍惚地）唉，穷家难舍，热土难离呀，到了外头还不是要饿死……

赵老汉 我看也兴饿不死吧？在这种东家这二亩嘎咕地，光叫租子逼的也活不成啦。今年我给财主打了五十天短工，还没还清他那五亩瓜地的租子，昨儿还逼我哪。咳！我这没儿没女的孤老头子，一辈子就死在那儿亩嘎咕地里啦？我看，咱还是一块带上喜儿到口外去混混，把喜儿拉扯成人。咱们这把年纪还能活几天，咱们死了没什么，可不能害了孩子。

杨白劳 （伤心地，重复赵老汉的话）咱们死……死了没什么，可不能害了孩子……

赵老汉 老杨哥，你捉摸捉摸是这么个理儿吧？我看咱明年一开了春，就拾掇着走。（又举酒）再喝。

〔杨白劳默不作声。

〔王大婶、喜儿、王大春端饺子上。

王大婶 大春，你大伯真回来啦？

王大春 我看见他从财主家门口出来的。（对喜儿）喜儿，路不好走，我端吧。

喜　儿 我能端，大春哥。

〔杨白劳听见门外话语声，急忙揩干眼泪，故作无事。

喜　儿　（走近，见门缝有亮光）大婶，你看我爹真回来啦！

〔王大婶、喜儿、王大春进门。

喜　儿　（惊喜地）爹，你回来啦！

王大春　大伯你回来啦！

王大婶　他赵大叔，你也在这儿……

赵老汉　我们哥儿俩早拉了有一会子啦。

王大春　大伯，你到财主家里去，怎么样啦？

杨白劳　（吞吞吐吐地）我……我去啦，打不起租子，还不起账，他……

众　他怎么样？

杨白劳　不……我……我就给他跪了会子，没有什么，我就回来啦。

王大春　大伯，是真的？

喜　儿　是真的？爹，真没什么？

杨白劳　真的，孩子，我哪回哄过你……

赵老汉　（肯定地）可不是真的！

王大婶　（拭泪）咳，谢天谢地，这就好啦，咱们总算过了个年。（向赵老汉）他赵大叔，亏了这几斤面还没叫财主家拿去，包了些饺子，他大伯，你赵大叔，来吃饺子吧！

赵老汉　（亲近地）好，吃！……

杨白劳　（敷衍地）吃……

王大婶　大春，把蒜臼子里的蒜倒出来。把这碗端给你大伯。喜儿，这碗端给你赵大叔。

王大春　（把碗端给杨白劳）大伯，吃吧。

〔杨白劳接碗。众吃饺子。

喜　儿　（唱第二十六曲）

爹爹躲账回家转，

王大春、王大婶（唱）

包上饺子过新年。

众　（合唱）

一家大小团团坐，
欢欢喜喜过个年。
哎！过呀过个年！

王大婶　（唱）

大雪屯门十几天，

众　（合唱）

一家总算能团圆。

王大婶　（唱）

盼望着孩子都长大，

众 （合唱）

平平安安过几年。

哎！过呀过几年！

喜　儿 爹，你快吃吧。

杨白劳 吃，吃……

赵老汉 （触景生情，回忆地）大春，喜儿，今儿过年吃饺子啦，你听大叔说过去有一回吃饺子的个事儿，那是民国十九年上，五月十三，关老爷磨刀那天，天上下着麻秆子小雨，从南边山上来了一起子队伍，叫做红军……

王大婶 你赵大叔，你又说这些啦，快吃吧。

喜　儿 大婶，你让赵大叔说吧，我喜欢听。

赵老汉 唔，身上披红挂红，腰里缠着个红疙瘩，个个都是红脸大汉，这就叫红军。红军来到了城南赵家庄，那会我就在那儿。红军一来，就把那个赵阎王赵财主给杀了。后来就给穷人放粮分地，五月十三，家家穷人都是几箥箩儿箥箩的白面，都包饺子吃。那会儿，我到哪家哪家都拉我吃饺子……哈哈哈哈……

王大春 （关心地）大叔，后来红军上哪里去啦？

赵老汉 后来到城里去啦。唉，占了不长时间，又来了起子绿军，红军就上了大北山，再没下来。红军走了以后，穷人就又遭了殃啦！

王大春 大叔，你说，那起子红军还来不来？

赵老汉 （半晌，满怀希望地）我看，要来的。

喜　儿 （急切地）大叔，你说他们多咱来？

赵老汉 （意味深长地）九九归一，有一天，到了关老爷磨刀的那一天，红军还会来的。哈哈哈……

〔王大春、喜儿齐笑。

王大婶 别老说啦，快吃吧。（对杨白劳）你大伯，你吃呀，还有哪！

喜　儿 爹，快吃。

杨白劳 （手端着碗难以下咽，痛苦地，半晌）唔，喜儿，你看你大婶好不好？

喜　儿 大婶子好。

杨白劳 你大婶，你看喜儿这孩子好不好？

王大婶 好孩子嘛！

杨白劳 喜儿，我再问你，你看爹好不好？

喜　儿 看你，爹好嘛！

杨白劳 （痛苦已极，别有用意地）好……好……爹不好……

王大婶 （一惊）唉，你看你杨大伯是怎么啦，说这话做什么？

赵老汉 （解释地）刚才我们哥儿俩喝了两盅，八成是醉啦……哈……那还用说，你们都好呀，喜儿，大春，（暗示地）快啦！哈哈！

〔喜儿害羞地转身。

王大婶 别说啦，吃吧。

杨白劳 吃……吃……

〔众又吃。

喜　儿 （唱第二十七曲）

爹爹躲账回家转，

王大春、王大婶 （唱）

包上饺子过新年。

众 （合唱）

一家大小团团坐，

欢欢喜喜过个年。

哎！过呀过个年！

王大婶 （唱）

大雪屯门十几天，

众 （合唱）

一家总算能团圆。

王大婶 （唱）

盼望着孩子都长大，

众 （合唱）

平平安安过几年。

哎！过呀过几年！

〔杨白劳坐立不安，最后偷向一个角落，以颤抖的手伸向怀中，掏卖身文书。

王大婶 你大伯，你掏什么，快吃吧。

杨白劳 （惊慌地）我掏，我掏……（掩饰）唉，袄里子扯啦。我腰里连一个钱也没有啦，想给孩子两个压岁钱，都不行啦。

王大婶 算了吧，有顿饺子吃还不好？你大伯，你快吃吧。

杨白劳 我……歇一会再吃。

王大婶 他赵大叔，吃嘛。

赵老汉 我可是吃好啦。

王大婶 （对王大春、喜儿）你俩呢？

王大春、喜儿 吃饱啦。

王大婶 那咱收拾家具吧，（众收拾家具）你大伯今儿在外头跑了一天，累啦，该歇啦。

杨白劳 （机械地）该歇啦。

王大婶 家常话说不完，明儿再说，明儿叫大春给你拜年。

赵老汉 我也要走啦，喜儿，好好照护你爹。老杨哥，明儿我过来给你拜年，我走啦。

杨白劳 老赵，你好走……

〔赵老汉下。

王大春 大伯，我们也走啦。

杨白劳 大春，好好照护你娘回去吧。

喜　儿 大婶，你走啦？

王大婶 唔。

〔王大婶和王大春出门，喜儿去关门。

王大春 （在门口向喜儿）喜儿，大伯累了，叫他早些歇吧。

喜　儿 嗯！（关门。）

〔王大婶和王大春下。

杨白劳 喜儿，你歇去吧。

喜　儿 你也歇吧，爹。

杨白劳 （无可奈何地）爹……爹要守岁……

喜　儿 那我也要守岁。

杨白劳 那就再抓把柴禾烧点火……

〔音乐奏第二十八曲。

〔喜儿烧火。杨白劳和喜儿烤火。

杨白劳 （咳嗽起来）喀……喀……喜儿，爹老啦，不中用啦。

喜　儿 （给杨白劳捶背）爹，你说这干什么？快烤火吧。

〔两人烤火，空气沉静压抑，屋外落雪。半晌。

杨白劳 喜儿，睡着了？

喜　儿 没有，爹……

杨白劳 叫爹把灯挑亮一点。（挑灯。）

〔又一会，灶上小油灯渐暗。喜儿渐渐入睡。

杨白劳 （看灯）捻儿点完了。油也没了。（灯灭）灯也灭了。（轻呼）喜儿！

〔喜儿已经睡熟。

杨白劳 睡着啦。喜儿，喜儿！

（唱第二十九曲）

喜儿喜儿你睡着了，
爹爹叫你你不知道。
你作梦也想不到呵，
你爹有罪不能饶！

喜儿呀，爹对不起你。他王大婶子，我对不起你。老赵兄弟，我对不起你。我写了文书，按了手印呀！……喜儿她娘呀，你死的时候说："好歹把喜儿这孩子拉扯大……"我把她拉扯大啦，喜儿跟我风里雨里受罪受了十七年，今天……喜儿她娘，我对不起你，我卖了她啦！……明天财主要把喜儿带走呀！你们活着的，死了的，你们是人，是神，是鬼，你们都不能饶我。我糊涂，我有罪呀！我不能叫你走！我要和他们拼！（疯狂地冲出门去，风雪迎面扑来）呵，县长，财主，……狗腿……衙役……我哪里去？哪里走呵？

（手抓文书）哎……

（唱第三十曲）

县长，财主，狼虫虎豹！

我欠租欠账，

（白）还有你们逼着我写的呀……

（唱）卖身的文书。

北风刮，大雪飘，

哪里走？哪里逃？

哪里有我的路一条？

（昏迷地，稍停，决心已定）唔，我还有点点豆腐的卤水，我喝了它吧……（喝卤）我再喝点凉水……（喝水，脱下身上棉衣给喜儿盖上。跑出门外，跌倒在雪地里，死去）

〔音乐奏第三十一曲。

〔一连串的鞭炮声在村上响起来，大年初一到了。

第四场

〔王大春在鞭炮声中兴奋地上。

王大春 杨大伯，杨大伯，给你拜年来啦！（脚下突然触着尸首）呵？（看见地下杨白劳的尸首，拂去死者脸上的雪花，认出是杨白劳）呵，杨大伯，是你呀？这是怎么啦？（急走到门口打门）喜儿，喜儿，快开门！（又急转向幕内）娘！娘！快来呀！快来呀！

喜　儿 （从睡梦中惊起）爹！爹！（不见爹爹。）

王大春 喜儿，（一下推开了门）喜儿，你看你爹……

喜　儿 我爹怎么啦？（跑出门外一下发现爹的尸首，扑上去，大哭）爹呵！爹！

王大春 喜儿，这是怎么啦？

喜　儿 （唱第三十二曲）

昨天黑夜爹爹回到家，

心里有事不说话，

天明倒在雪地里，

爹爹爹爹为什么？

王大春 （无法，又向幕内）娘，你快来！

〔王大婶上。

王大婶 大春，怎么啦？

王大春 娘，你看杨大伯，他……（指尸首。）

王大婶 你杨大伯怎么啦？（在尸首边跪下来，掐了又掐，希望使死者活转）大春，快去叫你赵大叔他们来！

〔王大春下。

王大婶 （知道死者已僵硬，毫无活转的希望，干嚎地）他杨大伯，他杨大伯！

喜　儿　爹！（哭。）

〔王大春引赵老汉、李拴、大锁上。

赵老汉　这是怎么啦？

大　锁　大春，怎么回事？

李　拴　这是老杨呵？

王大婶　（哭诉）他大叔们哪，夜儿晚上回来还好好价，谁知道今儿一早就……（说不下去。）

赵老汉　（伏下身去看了看情形）是喝了卤啦！

喜　儿　爹呀！

赵老汉　（看见死者紧握的手）呵？

〔赵老汉用手掐杨白劳的手，王大春和大锁一起帮助掐开，取出了卖身的文书。

李　拴　（念文书）“立约人杨白劳，欠东家租……因家贫无法偿还，愿将亲生女喜儿……卖与……”（念不下去，契约落地。）

〔众悲痛填胸。

王大婶　天哪！这是……

喜　儿　（大哭）爹呀！

（唱第三十三曲）

猛听说把我卖给人，
好比烈火烧在身！
莫非爹爹不疼儿？
莫非嫌我不孝顺？

赵老汉　（悲愤地，对死者）老杨哥，昨晚上你只把话给我说了一半呀！你不该死呵，你离不开那二亩地，你是叫人逼死的！

大　锁　（气愤地）昨晚上把我的驴拉走了，今儿这两颗租子就逼死了杨大叔，这还有穷人活的？不行！……（气极，说不下去，向后冲去。）

王大春　（怒不可遏）逼死了大伯，喜儿也叫……咱豁出去给他拚啦！（跟着大锁往后冲去。）

〔赵老汉和李拴拉住大锁，王大婶拉住王大春。

王大婶　大春，大春……

李　拴　（劝阻）不行呵，大锁，大春。白纸上写了黑字的呀，杨大叔按了手印的。

王大春　手印？手印还不是他们逼着按的！咱往上告！

大　锁　对！往上告去！

李　拴　咳，上哪里告去？区长，县长，还不是和有钱人一个鼻孔出气，我看这口气能咽下去还是咽下去吧。

大　锁　咽下去？我咽不下去！

王大春　这就没有咱穷人活的啦！（顿足。）

赵老汉　（热泪盈眶）大春，大锁，干打雷不中用。时候不早啦，财主家等会就要来带人啦，快点收拾收拾，先把死人埋了吧，还能叫喜儿送她爹入土。今天的世道咱们都看得清楚，刀把子攥在他手里，穷人上哪里去说理去？……（对喜儿）喜儿，今天这事情都是我们老年人不中用，千错万错，对不起你，孩子！……她王大婶子，快收拾收拾给孩子戴上孝吧！

〔众低头，无语，悲愤，拭泪。

〔穆仁智带两个打手上。

穆仁智 好，爷儿们过年好呵！恭喜恭喜，发财发财！

〔众一惊。

穆仁智 （一下子看见众围着的尸首，早已想到八九分，却故作吃惊）呵？这是……

李　拴 这是老杨。

穆仁智 唔，老杨呵……昨晚上不是还好好的，怎么就……唉，（故表同情）这真是想不到，老杨这么个忠厚人就……（一转）唔，那……咱们大家给帮一把，快给他料理后事吧……唔，喜儿在这里啦，那我看就这样办吧，叫喜儿跟我到东家跟前去磕个头，给她爹求口棺材去，喜儿，走！（要上去拉喜儿。）

王大春 （怒不可遏，冲上向穆仁智举起拳头，穆仁智躲开）早知道你来干什么的了，你不能把喜儿带走！

大　锁 （也冲上去）你敢……

打　手 （以手中匣枪对住王大春、大锁）干什么！不要动！

穆仁智 （一翻脸）好，那咱们就打开窗子说亮话吧！老杨把喜儿卖给咱们少东家啦，这是文书。（掏出文书）老杨按了手印的。天理人情都摆在这里……王大春，对不起，今天喜儿是我们少东家的人啦。

王大春 穆仁智，你不要狗仗人势，欺侮穷人！

穆仁智 你要怎么着？……你还骂我，好小子，走着瞧吧！

赵老汉 穆先生……这道理也太说不过去了，孩子爹才死了，大年初一就来拉人走呵？

穆仁智 什么叫理？（指文书）这就是理。少管闲事。

王大婶 穆先生，你叫孩子送她爹入了土再……

穆仁智 那不行，咱们少东家叫马上把人带去，走……（看情形，又稍缓和）唉，其实我也做不得主，有话给少东家说去。唉，不过我看好在这以后喜儿就享福啦嘛，（又拉喜儿）走吧，喜儿。

王大春、大锁 你！（又欲冲上。）

〔狗腿们的枪堵住王大春和大锁，王大婶在背后恐惧地拉住王大春。

赵老汉 （暗示地制止着）大春，大锁！

喜　儿 （从穆仁智手上挣脱，扑到赵老汉和王大婶怀中）大叔！大婶！（又扑到死者身上，痛哭）爹！爹！　……

穆仁智 （又拉喜儿）咳，喜儿，人死如灯灭，不中用啦。还是走吧！（用力拉喜儿。）

喜　儿　（惊恐地挣扎，大呼）大叔！大婶！

王大婶　穆先生，我求求你，叫孩子给她爹戴个孝吧！

穆仁智　好，戴个孝！

〔王大婶回屋中取出白布，缠在喜儿头上。

赵老汉　（扶住喜儿，向死者，沉痛地）老杨哥！喜儿今个不能给你摔老盆啦。这都是我们老年人的过，对不起孩子……（向喜儿）喜儿，来，给你爹磕头！

喜　儿　大叔！大婶！（磕头。）

〔穆仁智拉喜儿下，喜儿哭叫，王大婶跟下。

〔王大春、大锁欲追，被赵老汉拦住。

赵老汉　大春，大锁！……今天是人家的世道，有什么法子？……黄家害死了多少人呵……咱们记住吧。他黄家总有气数尽的一天！总有一天会改朝换代的！……（众呜咽）别哭了，来，把死人埋了吧！

〔众抬杨白劳尸下。

〔音乐奏第三十四曲。

——幕落

（选自《延安文艺丛书·歌剧卷》，湖南人民出版社，1985）

【学习提示】

由延安鲁迅艺术学院集体创作、贺敬之和丁毅共同执笔的《白毛女》，是中国现代民族歌剧的奠基之作。剧本于 1945 年 5 月由延安新华书店出版，后又经过三次大的修改，从思想到艺术日臻完善，影响经久不衰。

《白毛女》是根据晋察冀边区流传的“白毛仙姑”的故事改编的。歌剧共分五幕十六场。歌剧叙述了河北某县杨各庄佃农杨白劳女儿喜儿的悲惨遭遇，揭露了地主阶级对农民在经济上的残酷剥削和在人身上的巨大侮辱。女主人公喜儿在“北风吹，雪花飘，雪花飘飘年来到”的冬天，被地主黄世仁以抵押还债为名掳走，父亲杨白劳因此喝卤水自杀。喜儿在黄家受尽虐待，并被黄世仁奸污，怀有身孕。黄家又想在黄世仁成亲那天将喜儿卖掉，在黄家仆人张二婶的帮助下，喜儿深夜逃出黄家，在深山野林中过了“三年不见太阳”的日子。由于缺少阳光和食盐，她的毛发变白，被当地群众误认为“白毛仙姑”显灵。在中国共产党的领导下，八路军解放了杨各庄，人们从山洞里救出了喜儿，使她重见阳光，过上了正常人的生活。歌剧从“白毛仙姑”故事中提炼出“旧社会把人变成鬼——新社会把鬼变成人”这个革命主题，并向人们揭示：只有在共产党的领导下，农民群众才能翻身做主人。剧中人物个性鲜明——黄世仁凶狠淫荡，穆仁智为虎作伥，杨白劳老实善良、忍辱负重，喜儿活泼向上、不屈反抗，等等。

《白毛女》是在 20 世纪 40 年代解放区新秧歌运动背景下产生的优秀民族新歌剧。它融会了西洋歌剧的形式，特别是充分发挥了其善于抒情的优势。同时，它对传统民间艺术的借鉴、利用和改造也非常成功：《北风吹》一段唱词即有河北民歌《青阳传》的调子；喜儿在奶奶庙巧遇黄世仁的唱腔，则吸收了山西梆子的高亢、激昂的特点；喜儿在黄家受欺压时，为表达幽愤情绪，则采取了河北民歌《小白菜》的曲调。

【思考练习题】

1.《白毛女》主要的思想内容是什么？

2. 为什么说《白毛女》是优秀的民族新歌剧？它是如何吸收中西戏剧的营养的？

后 记

北京市高等教育自学考试中国现代文学这门课程，根据新的教学计划，从2001年起将正式分为中国现代文学作品选（专科阶段）与中国现代文学史（本科阶段）两门课。课程的重新设置，体现了循序渐进、由浅入深的学习规则，这既减轻了考生在自学过程中的难度，又使考生能够扎扎实实地掌握有关知识和技能，真正做到学以致用。

显然，要真正学好中国现代文学的有关内容，必须首先学好现代文学作品选，对具体作品的透彻理解，对作家创作风格的准确把握，是进一步学好现代文学史的重要基础。有了作品选垫底，才能在更为深广的层次上探究文学史发展进程中的特征和规律。但是，向考生们提供一部理想的、真正便于大家自学的现代文学作品选教材，并不是一件容易的事情，它既要充分展示现代文学的广度和深度，要有经典意义，同时又要切实便于大家自学和考试，要有规范性、标准性和可操作性。我们自觉很难做得成功和完满，我们只能说尽量朝着这个方向努力。一部教材的成功与否，特别需要在教学实践中加以检验。因此，我们期待着广大同学和教师在实际教学过程中对我们所编写的这部教材多多给予批评指正。

这部现代文学作品选教材由北京师范大学中文系现代文学教研室王富仁教授和刘勇教授选定篇目，又由现代文学教研室钱振纲、杨联芬、沈庆利、黄开发诸位教师进行了深入的讨论和研究，最后由刘勇教授审定全稿。李春雨、潘艳、林方三位研究生在收集和整理资料方面做了大量烦琐、细致而辛苦的工作。

参加该教材作品提示和思考题撰写工作的主要是北京师范大学中文系现代文学教研室的年轻教师和部分博士、硕士研究生，他们是：

钱振纲 刘 勇 杨联芬 沈庆利 黄开发 王卫东 吴成年 夏 敏
惠丽鑫 刘娜娜 朱萍萍 李 晶 陈忠彩 李春燕 李春雨 杨 志
常贺敏 马 斌 覃文珍 潘 艳 林 方

最后，特别应该感谢北京师范大学出版社及文学编辑室主任傅德林和本书的责任编辑马朝阳，他们的慧识和辛勤劳作，使这本教材得以及时出版发行，为广大考生提供了极大的方便。

编 者

2000年10月于北京师范大学

修订本后记

2000 年由北京师范大学出版社出版的这部《中国现代文学作品选》（上、下册），当时主要是为北京市高等教育自学考生学习所用的教材，在几年的使用过程中，受到了广大师生的普遍欢迎。

学术研究在深入，学科建设在发展，对学生的要求也在不断提高。随着这样的形势，有必要对现有的作品选进行再次修订，以期在今后的使用中发挥更好的作用。

此次修订的一个基本的想法是大学本科生和自考生都能使用这本教材。我们在篇目的选择、学习提示的撰写中，兼顾到了这两类学生的特点。此次修订一方面是调整篇目，尤其是把更新颖、更具有代表性，或者以前遗漏的一些有价值的篇目增补进来；另一方面则对一些风格较为接近的篇目做了适当的删减。在学习提示的撰写与修改中，我们力求更加准确而清晰地概括作品的主题内涵、艺术风格，思考练习题的设置着重让学生能更加贴近作品，更加有效地加强和加深对作品的思想意义和艺术价值的理解。此外，在这次修订中，我们还增加了延展阅读这个形式，希望以此拓展学生的视野，扩大他们的知识面，在作品与作品、作品与读者之间形成一种互动。

此次修订在主编刘勇的主持下进行，许江、文茜等博士生承担了具体的工作，特别是许江在篇目调整等方面做了大量工作，在此一并说明，并向他们致谢！

最后，应该特别感谢北京师范大学出版社各级领导对本教材修订的支持，他们的支持也是对广大学生的真情相助，其中赵月华为该书修订付出的辛劳更是不能忘记的，同样向她深深致谢！

刘　勇

2009 年 8 月于北京师范大学

第 3 版修订后记

2010 年由北京师范大学出版社再版的《中国现代文学作品选》（上、下册），在北京市高等教育自学考生学习使用过程中，产生了良好的效果，得到了广大师生的好评。在此基础上，为了适应学科建设的发展，我们对现有的作品选再次进行了修订，以期在今后的使用过程中发挥更好的作用。

此次修订在篇目的选择上更加兼顾大学本科生和自考生两类学生的特点，在保持作品稳定不动的基础上，在学习提示上做了较大的修改与删减。力求更加准确、清晰地概括作品的主题内涵、艺术风格，使得内容重点更加突出，结构更加明晰，线索更加明晰，让学生更加贴近作品，更加有效地加强和加深对作品的思想意义和艺术价值的理解。此外，本次修订对上一版本中存在的部分错字、表达不恰当的语句等进行了细致的校对和修改。

此次修订在主编刘勇的主持下进行，姚舒扬、张悦、任敏、郝思聪、白华召、康巧琳、商雪晴、陶梦真、王龙洋、郭霞等承担了具体的工作，在此一并说明，并向他们致谢！

最后，应该特别感谢北京师范大学出版社各级领导对本教材修订的支持，他们的支持也是对广大学生的真情相助，其中马佩林、周劲含二位老师对该书修订的辛劳更是不能忘记的，同样向他们深深致谢！

刘　勇

2015 年 4 月于北京师范大学

第 4 版修订后记

2016 年由北京师范大学出版社再版的《中国现代文学作品选》（上、下册），主要是为大学本科生学习所用的教材，在几年的使用过程中，产生了良好的效果，受到广大师生的普遍欢迎。从 2016 年第 3 版出版到今天已经过去七年多了，北师大出版社又给了我们一次宝贵的修订机会，借此我们根据社会发展的新要求，结合学术研究的新态势和学科建设的新构想，特别是根据该套丛书在教学当中的实际效果，我们对该套作品选再次进行了调整，以期在今后的使用当中发挥更好的作用。

此次修订一方面丰富了现代文学经典作家的代表性篇目，小说卷增加了鲁迅的《肥皂》、张恨水的《春明外史》（第四十四回）；散文卷增加了鲁迅的杂文《记念刘和珍君》《拿来主义》、萧红的《饿》；诗歌卷增加了郭沫若的《匪徒颂》、闻一多的《红烛》；戏剧卷增加了李健吾的《这不过是春天》（第三幕）、洪深的《五奎桥》（节选）；另一方面对一些风格相近的篇目进行了删减，针对同一位作家的多个篇目，依照作品的发表时间调整了顺序。此外，这次修订补充完善了学习提示和思考练习题的内容，修润打磨了一些语句表述。修订后的作品选更注重照应现代文学各个文体之间的内在联系，有利于完善学生的阅读结构，拓展学生的文学视野，不仅能够使学生加深对于作品艺术内涵和思想意蕴的理解，同时还能帮助学生补充了解现代文学相关的重要背景知识。这套教材在北师大和其他院校的使用过程中，一直有不错的反响，我们期待通过这次认真细致的修订，能够收获更好的教学反馈。

特别需要指出的是，随着时间的推移现代文学越来越呈现出自身的价值，越来越显示出它的经典意义。而现代作家的经典意义——开阔的思想、深邃的视野、丰富的技巧以及对中国社会生活和人性各方面的表现和反思，永远给人感动和震撼的力量。所有这些都是由作家的作品体现出来的。因此，作品选才是中国现代文学经典意义正面的、直接的体现。只有认真阅读作品，才能真正进入每一位现代作家所构筑的文学世界，才能理解每一位现代作家所倾注的思考。如果不读作品，一切感悟都是虚幻的，一切研究都是空话。

此次修订在主编刘勇教授、李春雨教授的主持下进行，汤晶、乔宇、解楚冰、刘景艳、陈蓉玥、庄敏等承担了大量的研究工作，杨晨玥、李昊、林嘉欣、马欣雨等也参加了部分具体的修订工作，在此一并说明，并向他们致谢！

最后，特别感谢北京师范大学出版社各级领导对本教材修订的重视与支持，他们的支持也是对广大学生的真情相助，其中周劲含老师对该书修订的辛劳更是不能忘记的，同样向她深深致谢！

刘　勇　李春雨

2023 年 10 月于北京师范大学